商務
漢字
精解字典

謝春玲 編著

商務印書館

商務漢字精解字典

作　　者：謝春玲

責任編輯：楊克惠　趙　梅

封面設計：刁飛明

出　　版：商務印書館 (香港) 有限公司

　　　　　香港筲箕灣耀興道 3 號東滙廣場 8 樓

　　　　　http://www.commercialpress.com.hk

發　　行：香港聯合書刊物流有限公司

　　　　　香港新界大埔汀麗路 36 號中華商務印刷大廈 3 字樓

印　　刷：中華商務彩色印刷有限公司

　　　　　香港新界大埔汀麗路 36 號中華商務印刷大廈 14 字樓

版　　次：2012 年 9 月第 1 版第 1 次印刷

　　　　　©2012 商務印書館 (香港) 有限公司

　　　　　ISBN 978 962 07 0331 7

　　　　　Printed in Hong Kong

序

　　漢字自產生之日起，其發展變化就在經常地、不斷地進行着。變化總是從偶然的、個別的、無規則的、細微的改變開始的。而發展的結果，卻出現了商代使用的甲骨文與今日通行的楷書之間的巨大差異。古今文字發展變化的巨大差異，中間有沒有一個分節點，這個節點在哪裏？今天中國內地使用的簡化字又是通過甚麼方式和途徑變成現在這個樣子的？謝春玲博士編著的《商務漢字精解字典》一書向讀者展現和詮釋了漢字形義演變、由繁到簡發展變化的過程。

　　本書詳析了常用漢字共 4000 餘個，對每個漢字的分析分為字形、析形、簡化和釋義四個部分。

　　在字形方面，本書列出甲骨文、金文、小篆、隸書、楷書代表字形，有的簡化字經由草書楷正而得，字形部分還列出草書和行書，全面展現了古今漢字形體演變和繁簡轉變過程。

　　以往關於漢字形體演變的書籍，所列字形一般止於小篆，讀者只能溯源，卻不見"流"之所蹤。有些書雖列出楷書字形，卻是印刷體，未能展現漢字古今演變的原生態，更看不到漢字簡化的過程。

　　本書的字形從甲、金、篆、隸到行、草、楷書，均出自拓片摹本或碑帖影印本，無一使用印刷體，真實反映了字體演變的原始面貌。在這一部分，讀者不僅可以認識漢字的源頭，還可以清楚看到"隸書"是古今漢字演變的分節點，更可以了解漢字是通過甚麼方式演變成今天的簡化字。這是本書區別於同類書籍最突出的特點之一。

　　在析形方面，本書的"析形"部分對每一個字的結構方式和古今形體演變及承襲關係作出詳細闡釋，強調"隸變"對漢字形體演變所產生的重要影響。

漢字由繁趨簡，就形體而言，有許多不同的來源。學者們根據不同的來源歸納出漢字簡化的各種方法，最早當以錢玄同在 1922 年提出的八種方法為基礎。歷經近一個世紀，人們對漢字簡化方法和途徑的認識不斷深入，不少人都對分類做過調整嘗試。拙著《漢字學簡論》所歸納的是九種類型：1. 用古字；2. 草書楷化；3. 局部代全體；4. 用象徵性符號代替繁複偏旁；5. 改換簡易聲旁；6. 改換簡易形旁；7. 同時改換簡易形旁和聲旁；8. 新造會意字；9. 合併同音字。謝春玲基本接受了我的這種分類，並在本書"簡化"部分系統地把它貫徹到所收的全部簡化字中進行詳細分析介紹。這是本書區別於同類書籍最突出的特點之二。

在釋義方面，本書對本義的闡釋以《説文》為重要參考，但不固守《説文》，盡可能全面參考甲古文、金文字典，吸收甲骨文出土以後近人研究漢字的新成果，並根據作者本人多年的研究，進行認真比對和慎重的取捨，承接"析形"對字形的分析，從本義出發，展示字(詞)義引申脈絡及音借關係。

在形聲字的分析方面，由於現代漢字中大多數形聲字的聲旁已經不能準確標示字的讀音，因此，作者對古今語音變化大的聲旁作了古今音關聯解説，這有助於讀者認識聲旁古今音的變化。

從上述分析來看，本書很適合大、中、小學語文教學工作者，漢語言文學專業和師範院校大學生及對漢字演變有興趣的讀者使用。

上個世紀 80 年代中期，謝春玲在華南師範大學讀本科選修我教授的《漢字學》時，已表現出對漢字學，尤其是古文字學的濃厚興趣。之後，她又完成了《漢語史》專業碩士學位課程。本書原是廣東教育出版社向我約的稿，謝春玲當時參與了此書體例的制定及大綱的編寫工作，這個過程，顯示出她對此書編撰的獨特見解和漢字學較扎實的基礎，由於當時我手頭有幾本書稿尚未完成，我便向出版社推薦由謝春玲擔任此書的編寫工作。二十年來，她一直虛心學習、勤勉工作，堅持不懈地編著此書。

2003 年，謝春玲移居香港，繼續攻讀碩士和博士學位，並已獲得香港理工大學文學碩士學位和香港大學哲學博士學位。繼續深造令她眼界開闊了，學術水平有了進一步的提高，這些年來，她先後發表了關於漢字研究的論文十多篇。在香港商務印書館出版的《奇妙的漢字》多媒體電子讀物任編審。現在，她任教於香港中文大學文學院，並在中文大學語言中心期刊"Language Matters"專欄"漢字演變"欄目中任專欄撰稿人。儘管攻讀學位和教學工作都很繁忙，但她始終沒有放棄這本書的編著工作。二十年來，這本書的編著伴隨她從青年步入了中年，她懷着孩子開始着手編寫這部書，現今，她的一對雙胞胎孩子已長大成人，這本書也即將問世，謹此向她致賀。

張桂光

2012 年 5 月於華南師範大學

目　錄

凡　例

本書體例分為字頭、字形、析形、簡化和釋義五個部分。

一、字頭

1. 本書以國家語言文字工作委員會和國家教育部聯合頒佈的《現代漢語常用字表》一級、二級常用字(3500個)為選字範圍，並結合香港使用繁體字的現實進行增刪，收入字數約為 4000 餘個。字頭為繁體字。

2. 字頭後依次列出該字的簡化字和異體字。(　)內是簡化字，〔　〕內是異體字。

3. 字頭依音序排列，輕聲字排在第四聲之後。注音按照《漢語拼音方案》的規定，依照普通話的語音系統，使用漢語拼音字母。

二、字形

1. 列出漢字古今發展各階段代表字體——甲骨文、金文、小篆、隸書、楷書字形。如果字頭的簡化字是從草書(含行書)楷化而來，則列出草書、行書字形。

2. 所列字形均出自拓片摹本或碑帖影印本，不採用印刷體及電腦人工造字，以期真實反映字體演變之原始面貌。

3. 古文字字形的標注：

　　1) 甲骨文選自《甲骨文編》、《甲骨文字典》等字典，字形右下標"甲"，不列明出處；

　　2) 金文選自《金文編》、《金文補編》、《金文常用字典》等字典，字形右下標"金"，不列明出處；

3) 小篆選自《説文解字》（如有必要，也列出説文古文、籀文）字形右下標"篆"（或説文古文、籀文等），不列明出處；

　　如果甲字歷史上曾借用乙字形體表示，而乙字亦為本書字頭字，則甲字所借之字形在乙字字形欄列出。例如"格"字，甲骨文、金文借"各"字表示，在"各"字字形欄列出甲骨文、金文形體，"格"字字形欄不重複列出。如果甲字所借之乙字雖非本書字頭字，但乙字成為甲字後起形聲字的聲符，則甲字字形欄列出乙字形體。如"觀"字曾借"雚"字表示，"雚"字成為後起形聲字"觀"字的聲符，所以"觀"字字形欄列出"雚"字古文形體。如果甲字只是借用乙字形體，但乙字沒有成為甲字轉化為形聲字的聲符，則甲字字形欄不列出乙字形體。如"恭"字，甲骨文、金文借"龏"字表示，"恭"字字形欄不列出"龏"字形體，只在"析形"部分作説明。

4. 今文字字形的標注：

1) 隸書是漢字古今演變的分野，在漢字形體演變過程中起到分水嶺的作用，因此，隸書主要選自年代較早的秦漢魏晉簡帛或碑刻，不選用之後各朝代書法家書法字帖，字形右下標"隸"，並列明碑名及簡名，但不列明篇目。

2) 簡化字所據之行、草、楷書主要選自宋代、唐代及以前碑刻或書法名家真跡拓本影印本，一般不選用之後的書法字帖。所選之字形不代表是簡化字最早出現的形體，只備參考。字形右下標"草""行"、"楷"，並列明碑名或書家姓名，但不列明篇目。草書楷化過程中許多簡化字的偏旁類推簡化，字形部分不逐一列出該字草書（或行書）字形。如"訁"、"纟"、"钅"、"饣"等偏旁的字，一般不具列草書（或行書）字形。

3) 草書字形排列的順次：一般以時間先後為序。如楷書已經出現簡化，則草書字形列於楷書前；如果楷書仍是繁體，後世簡化字是根據草書楷化而成，則草書列於楷書之後。

三、析形

1. 結構方式：本書【析形】部分根據字形所列之古今形體，對所收每一個字的結構及古今形體演變之承襲關係作詳細闡釋。沿用《説文解字》(簡稱《説文》)"六書"術語，即：象形、指事、會意、形聲、轉注、假借。另根據今人的研究補充了"附畫因聲指事"、"附畫因義指事"、"變體表音"、"減體指事"等幾種結構方式。"附畫因聲指事"如"百"字，在"白"字的基礎上附加筆畫而成，而仍以"白"為聲；變體表音字如"乒"、"乓"二字；"減體指事"如"片"字，從"木"字古文形體減去半邊而成的。

2. 隸變：本書強調"隸變"對漢字形體演變所產生的重要影響，指出"隸變"後漢字形體出現的變化。例如古文肉、月二字形近，隸變後，兩個字作偏旁時多同化寫作"月"等。

3. 古音溯源：一些形聲字的聲旁由於古今語音的演變，已不能準確標示今音，本書依據王力"上古韻部及常用字歸部表"和"上古聲母常用字歸類表"，也參考《廣韻》等韻書，為這些字的聲旁加注古音溯源。註釋中"古音同"指上古聲母、韻母皆同；"二字古音同韻部"指兩個字上古音韻母同部；"韻部相近"指兩個字上古韻部有"旁轉"和"對轉"關係。

4. 同音字的"析形"出現在初始義字頭的"析形"部分，但在同音字的"析形"部分作説明。如在字頭"鋼 gàng"字的"析形"部分説明見"鋼 gāng"。

5. 某個字的簡化帶出以該字為偏旁的一族字類推簡化，在該字"析形"後加方框列出類推的簡化字。如：

> "貝"字為偏旁的字類推簡化。例如：敗、狽、貶、財、貸、賭、販、費、賦、負、債、購、貫、貴、賀、賤、貿、貯、貨、貧、貪、責、賢、賊、質、賺、贈、資等。

四、簡化

本書【簡化】部分系統地把漢字簡化的主要方法和途徑收入有繁簡關係的字條。

漢字形體由繁趨簡，有許多不同的來源。本書以錢玄同 1922 年所歸納的漢字簡化八種方法為基礎，又採納張桂光先生《漢字學簡論》一書所歸納的漢字簡化九種方法(張桂光，2004)，對所收的全部簡化字進行詳細介紹，向讀者展示漢字是通過甚麼方式演變成今天的簡化字。

九種簡化方式為：

1. 草書楷化：

   如“東”字的簡化字是根據王羲之草書“东”楷化而成的。

2. 更換聲符

   如“補”字的簡化字“补”以筆畫較簡的“卜”為聲符，替換了筆畫較繁複的“甫”。

3. 更換意符

   如“貓”字的簡化字“猫”是用類近而筆畫較簡的“犭”(犬)為意符，替換了筆畫較繁複的“豸”。

4. 同時改換簡易意符和聲符。

   如“驚”字的簡化字“惊”即同時改意符“馬”為“忄”；改聲符“敬”為“京”。

5. 符號代替

   如“鄧”字的簡化字“邓”是用符號代替的方法，左旁以筆畫較簡的“又”作為象徵性符號，替換了筆畫繁複的“登”。

6. 保留特徵，局部刪除

   這類簡化方法又可分為“保留特徵、局部代替全體”和“保留特徵、局部刪除”兩類。前者如“飛”字，以字形的局部“飞”代替全字；後者如“寶”字的簡化字“宝”，“宀”內只保留了代表字義特徵的“玉”，刪除了其餘部件。

7. 沿用古體

如"網"字的簡化字"网"沿用甲骨文"𭥍"和小篆"𗸼"網的形體簡作"网"。

8. 同音(近音)合併

如"穀"、"谷"本是兩個字,簡化字是用同音合併的方法,用音同、筆畫較簡的"谷"代替了筆畫較繁複的"穀",合併了"穀"、"谷"二字的意義。

9. 另造新字

如"塵"的簡化字是用另造新字的方法,新造了上部是"小"、下部是"土"的"尘"字。

有的簡化字是綜合運用一種以上簡化方法的,如"罷"字楷書簡體是用了保留特徵、更換意符的方法,上部保留了代表字義特徵的"罒"(網),下部用更換意符的方法,以筆畫較簡、代表引申義特徵的"去"替換了筆畫較繁複的"能"。

五、釋義

本書【釋義】部分分為本義、引申義和音借義三部分。

1. 本義前用◎表示。

1) 本義的闡釋以《説文》為重要參考,但不固守《説文》,力求全面參考甲骨文、金文、戰國文字等字典,盡可能吸取甲骨文、簡帛出土以後近人研究漢字的新成果。

2) 釋義部分若只有本義一個義項,則直接釋義,前面不加◎,不標明"本義"。

3) 本義有一個以上義項而未能明證各義項時代先後者,則用①②……分別列出。

4) 本義沒有詞例,如有需要則引用甲骨文、銘文、典籍、古詩文以證。釋義中所謂"古人釋"一般引自許慎《説文》、段玉裁《説文解字注》以及前人各家註釋。

2. 引申義前用◇表示。

本義之後是引申義。用 ① ②……分別列出，詞例之間用"｜"分隔。詞例中字頭字以外的字以音序排列先後。如：字典｜字跡｜字幕｜字盤｜字書｜字體｜字形｜字音｜本字｜別字｜名字｜生字｜數字｜古文字

3. 音借義前用△表示。

音借義是指某個字的字音被借去表示另一個同音(或近音)字的意義，被借去表示的意義與這個字沒有意義的關聯。即語言中已經有某個詞，但文字中卻沒有記錄這個詞的字，所以借用同音或近音的字代替，這便有了音借義。如："各"字，本義為"至"，"來到"，音借表示"每個"，"彼此不同的"，例如"各處"、"各方"、"各人"等，音借義與本義沒有意義關聯。

對於那些語言中已經有某個詞，也有文字記錄它的意義，但在使用中，人們卻用了另一個音同或音近的字來表示，也就是用了別字，本書用"因聲通……"或"因聲用同……"表示。如"模範"之"範"字本作"笵"，而"範"字本義指古時出行前祭路神的儀節，因聲用為"笵"。

4. 人名、地名用字(包括省份名、州縣名等)之源起難以考證，所以一律放在"釋義"最後部分。

本書詞例部分還盡可能收入近二十年的新詞語，也收入已廣為大眾接受的一些網絡新詞語。如"雷人"、"微博"等，突顯了"釋義"的時代性。

筆畫檢字表

　　本表收入漢字按筆畫多少排列，同筆畫的字，則按字的起筆，以橫 (一)、豎 (丨)、撇 (丿)、點 (丶)、折 (一) 為序。

一畫		**三畫**		巾	202	女	306	歹	71
一	492	**一**		**丿**		刃	353	匹	318
乙	495	三	360	千	334	叉	40, 41	巨	213
二畫		于	510	乞	330	**四畫**		牙	479
二	102	干	123	川	60			屯	424
丁	88	土	422	丸	427	**一**		戈	129
十	378	士	380	久	210	王	430	比	20
七	327	工	132	凡	105	井	207	互	161
卜	32	才	35	勺	369	天	414	切	340
人	352	下	449	夕	443	夫	114	**丨**	
入	357	寸	69	**丶**		元	518	止	547
八	6	丈	535	亡	429	云	521	少	369
乃	297	大	71, 72	**乛**		丐	123	日	354
九	210	万	291	尸	376	扎	530	中	551, 552
几	175	与	512	己	179	木	294	内	299
匕	21	**丨**		已	495	五	440	水	392
刁	86	上	367, 368	弓	132	支	544	**丿**	
了	239, 252	小	459	子	565, 567	不	33	午	440
刀	77	口	226	也	490	太	405	手	384
力	244	山	365			犬	348	牛	305
又	509					友	509		

飼	395	裏	243	溢	498	隔	130	蓉	355
頒	11	廈	364, 450	溯	399	隙	448	蒙	282
頌	396	痹	23	溶	355	隕	522	摟	262
腰	488	痰	407	滓	566	隘	3	遠	518
腸	44	廉	248	溺	301	綁	13	嘉	184
腥	465	遊	507	粱	250	經	206, 208	臺	404
腮	359	資	565	慌	167, 168	絹	216	摧	68
腫	552	靖	209	慎	374	剿	46, 197	蒸	542
腹	121	新	464	愧	231			赫	155
腺	454	意	498	塞	359, 360,	**十四畫**		截	200
腳	197, 217	義	496		362			誓	383
腦	298	羨	454	窟	227	───一───		境	209
肆	499	煎	188	運	522	瑪	273	摘	531
猿	518	道	78	遍	25	瑣	402	摔	391
鳩	210	遂	400, 401	褂	140	碧	22	墊	85
猾	163	塑	399	裸	271	瑰	144	壽	385
獅	377	慈	64	福	117	魂	172	摺	538
斟	540	煤	279	禍	174	摸	290	摻	42, 366
解	201, 202,	煙	480			摳	226	聚	215
	463	煉	248	───乛───		駁	31	熙	445
煞	363, 364	煩	105	肅	398	蒜	399	兢	207
───丶───		煌	167	羣	350	蓋	122, 130	榛	540
		煥	166	殿	85	趙	537	構	135
試	382	溝	134	辟	22	趕	124	槐	164
詩	377	滅	287	違	432	墓	295	檜	336
誇	228	源	518	裝	561	幕	295	榴	259
誠	50	滑	163	媽	272	夢	283	榜	13
話	164	準	563	媳	446	蓖	23	榕	355
詭	144	塗	422	嫉	179	蒼	37	榨	530
詢	476	滔	410	嫌	452	蒿	151	輔	118
該	122	溪	444	嫁	186	蓆	446	輕	343
詳	455	滄	38	預	514	蓄	472	輓	428
稟	29	溜	258, 260	彙	170	蒲	325	歌	129

丿		離	242	攙	42	籃	235	繼	182
贊	525	瓣	12	壞	351	籍	179	**二十一畫**	
穫	174	蠆	262	攘	351	譽	516	一	
穩	437	韻	522	攏	261	覺	198, 216		
簌	32	羹	131	攔	235	艦	191	蠢	63
簽	333	類	241	勸	349	鐐	253	攝	371
簾	247	爆	16	礬	105	鐘	552	驅	346
簿	34	爍	393	麵	286	釋	383	驃	271
簫	458	瀝	246	飄	320	饒	351	蘭	235
牘	93	瀨	27	礫	246	饑	175	攜	461
邊	23	懶	236	礦	230	朧	261	櫻	502
懲	51	懷	164			騰	412	欄	235
鏈	249	寵	55	丨		觸	59	轟	157
鏹	43			齡	257			覽	236
鏡	209	乛		齣	57	丶		殲	186
辭	64	疆	193	鹹	451	譯	497	霸	8
鏌	291	繩	375	獻	454	議	496	露	263, 265
饅	275	繹	499	耀	489	癥	542	霹	317
鵬	316	繳	197	黨	76	癢	487		
臘	234	繪	170	贍	367	辮	25	丨	
鯨	207	繮	193	懸	473	競	208	贓	525
		繡	470	闡	43	贏	504	闢	318
丶				躁	527	糯	307	躍	520
譚	407	**二十畫**		蠕	356	爐	263	纍	239, 240
識	379, 549	一		嚴	481	瀾	235	蠟	234
譜	326	蘋	322	嚼	196, 198,	寶	15	囂	458
證	543	蘆	263, 264		217	豁	172, 174	巍	432
譏	177	孽	303	嚷	351	襪	427		
靡	284	蘇	397	曨	261	羆	9	丿	
廬	264	警	207	巖	481			鐵	416
癟	26, 27	薦	2			乛		鐺	50, 75
癡	52	蘑	291	丿		譬	319		
龐	312	藻	527	犧	444	纊	27		
				籌	56				

A

阿 ā

【析形】見"阿ē"。

【釋義】◎本義指大丘陵，音ē。△音借作前綴，用在稱呼、排行、姓名或小名前，音ā：阿爸｜阿斗｜阿芳｜阿婆｜阿姨

啊 ā

啊 楷（顏真卿）

【析形】啊字《説文》所無。楷書左旁是口，意符，表明字義與口發出的聲音有關；右旁是阿，聲符，表示讀音。形聲字。

【釋義】表示讚歎或驚異：啊，好清新的空氣！｜啊唷，看見螢火蟲了！

啊 á

【析形】見"啊ā"。

【釋義】用在句首的歎詞，表示疑問或反問：啊？你説甚麼？

啊 ǎ

【析形】見"啊ā"。

【釋義】用在句首的歎詞，表示疑惑：啊，這是誰幹的？

啊 à

【析形】見"啊ā"。

【釋義】用在句首的歎詞，表示答應或醒悟：啊，好的！｜啊，原來是他！

啊 a

【析形】見"啊ā"。

【釋義】①用在句尾或句中，表示驚異或讚歎等：桂林的山真奇啊！｜多好的姑娘啊！②用在句末表示肯定、催促、囑咐等語氣：説的是啊！｜快去啊！｜小心啊！

腌 ā

【析形】見"腌yān"。

【釋義】〔腌臢〕(ā zā) 不乾淨，弄髒。◇引申①心裏彆扭，不痛快：考試沒過關，腌臢極了。②糟踐，使難堪：這不是腌臢人嗎？

哀 āi

 篆 **哀** 隸（葉慧明碑）

哀 楷（元珍墓誌）

【析形】哀字金文中間是口，意符，取意悲傷哭嚎；外廓是衣，聲符，表示讀音（哀、衣二字古音同韻部）。形聲字。小篆沿襲金文。隸書筆畫化，略失"衣"字初形。楷書沿襲隸書。

【釋義】◎本義指悲傷，悲痛：哀愁｜哀號háo｜哀傷　◇引申①傷悼：哀辭｜哀悼｜默哀　②憐憫：哀矜｜哀憐｜哀其不幸

挨 āi

挨 篆 **挨** 楷（顏真卿）

【析形】挨字小篆左旁是手，意符，表明字的初義與手的動作有關；右旁是矣，聲符，表示讀音（挨、矣二字古音同韻部）。形聲字。隸變後，手字在字左側為偏旁時寫作"扌"。

【釋義】◎本義指推擊，打。◇引申指①靠近：挨肩｜挨近｜挨靠｜挨着　②依次：挨次｜挨個｜挨家挨戶

唉 āi

篆 唉 楷(顏真卿)

【析形】唉字小篆左旁是口，意符，表明字義與口發出的聲音有關；右旁是矣，聲符，表示讀音(唉、矣二字古音同韻部)。形聲字。楷書沿襲小篆。

【釋義】①答應的聲音。②歎氣的聲音：唉聲歎氣

哎〔嗳〕āi

哎 楷(顏真卿)

【析形】哎字《說文》所無。楷書左旁是口，意符，表明字義與口發出的聲音有關；右旁是艾，聲符，表示讀音。形聲字。異體字以"愛"為聲符。

【釋義】歎詞①表示不滿或驚訝：哎呀|哎喲 ②表示提醒：哎，你不是要去上課嗎？

埃 āi

篆 隸(孔彪碑) 埃 楷(顏真卿)

【析形】埃字小篆左旁是土，意符，表明字義與塵土有關；右旁是矣，聲符，表示讀音(埃、矣二字古音同韻部)。形聲字。隸、楷書沿襲小篆。

【釋義】◎本義指灰塵，塵土：塵埃|黃埃 △音借作長度單位，一埃等於億分之一厘米，主要用於計算光波及其他很短的電磁波的波長。

挨〔捱〕ái

【析形】見"挨āi"。

【釋義】◎本義指推擊、打，音āi。◇引申用同"捱"，表示①遭受，忍受：挨打|挨擠|挨罵|挨整|挨揍|挨餓受凍 ②拖延時間：挨時間(以上各引申義音ái)

癌 ái

癌 楷(顏真卿)

【析形】癌字《說文》所無。楷書外廓是"疒"，意符，表明字義與疾病有關(見"病"字)；內中是"岩"字古文，聲符，

表示讀音。形聲字。

【釋義】上皮細胞形成的惡性腫瘤：癌變|癌瘤|癌症|癌腫|肺癌|血癌

矮 ǎi

篆 矮 楷(顏真卿)

【析形】矮字小篆左旁是矢，意符，古人以射箭量長短，故以"矢"為意符；右旁是委，聲符，表示讀音。形聲字。楷書沿襲小篆。

【釋義】◎本義指人身材短：矮人|矮小|矮子 ◇引申①指低，不高：矮牆|矮凳 ②指級別、地位低：他比我矮一級。

藹〔藹〕ǎi

篆 藹 楷(顏真卿)

【析形】藹字小篆上部是"艸"，意符，表明字的初義與植物有關；下部是藹，聲符，表示讀音。形聲字。隸、楷書沿襲小篆。

【簡化】簡化字"藹"聲符左側的"訁"根據草書楷化而成。

【釋義】◎本義指果實繁盛。△音借指和氣可親的樣子：藹然|和藹

唉 ài

【析形】見"唉āi"。

【釋義】歎詞，表示惋惜或傷感：唉，真遺憾！

愛〔爱〕ài

金 篆 隸(馬王堆帛書) 愛 楷(鍾繇) 愛 草(王羲之)

【析形】愛字金文中間是心，意符，表明字義與心性有關；外廓是旡，聲符，表示讀音(愛、旡二字古音同韻部)。形聲字。小篆下部增"夂"(甲骨文像趾頭朝下之足印形)為意符，表明字義與行為動作有關。隸、楷書聲符訛變，失去初形。

【簡化】簡化字"爱"根據草書楷化而成。

【釋義】◎本義指慈愛，恩惠，即對人或事物有深厚的感情：愛戴|愛國|愛慕|愛憎|博愛|寵愛|仁愛|喜愛|心愛|友愛

◇引申①愛惜：愛護｜珍愛｜自愛　②特指男女間的戀愛感情：戀愛｜愛情｜求愛｜相愛　③喜歡：愛好 hào｜愛踢球｜愛整齊　△音借作音譯詞的構詞語素〔愛滋病〕

礙 (碍) ài

𪉩篆 礙隸(隸辨) 碍楷(顏真卿)

【析形】礙字小篆左旁是石，意符，路有石礙則受阻，取阻擋意；右旁是疑，聲符，表示讀音（礙、疑二字古音同韻部）。形聲字。隸書沿襲小篆。楷書聲符為“导”（“得”字古文，一讀 ài）。

【釋義】阻擋，使事情不順利：礙事｜妨礙｜達礙｜障礙｜阻礙｜礙手礙腳

艾 ài

𦮃篆 艾隸(曹全碑) 艾楷(顏真卿)

【析形】艾字小篆上部是“艸”，意符，表明字義與植物有關；下部是“乂”，聲符，表示讀音。形聲字。隸、楷書沿襲小篆。

【釋義】◎本義指草名，又名艾蒿，蘄艾，冰台，葉莖有香氣，可供藥用，乾後製成艾絨條，可作灸用。△音借表示停止：方興未艾

隘 ài

𨹟篆 隘隸(趙寬碑) 隘楷(顏真卿)

【析形】隘字小篆左旁是阜，本義指土山，意符，表明字義與地勢等有關；右旁是益，聲符，表示讀音（隘、益二字古音同韻部）。形聲字。隸變後，阜字在字左側為偏旁時寫作“阝”。

【釋義】◎本義①指狹窄的地方：隘口｜隘巷｜狹隘　②指險要的地方：關隘｜險隘｜要隘　◇引申指人的器量小：心胸狹隘

安 ān

𡧛甲 𡧛金 𡧘篆 安隸(曹全碑) 安楷(顏真卿)

【析形】安字甲骨文外廓像屋宇形，隸作“宀”；內中像一個跪踞着、雙手交於胸前端坐的女子之形，均為意符，家有妻室，人有所安，取意安定。會意字。金文、小篆、隸、楷書均沿襲甲骨文。

【釋義】◎本義指安居，安定：安樂｜安眠｜安寧｜安心｜安逸｜安如泰山｜心安理得｜國泰民安｜隨遇而安　◇引申①使安定：安民｜安神｜安胎｜安慰｜安樂死｜除暴安良｜治國安邦　②平安，沒有危險，與“危”相對：安抵｜安檢｜安康｜安全｜安危｜保安｜公安｜治安｜居安思危　③使處於合適的位置：安插｜安頓｜安家｜安營｜安葬｜安置　④固定在一定的地方：安設｜安裝　⑤存着，懷着：安心不善｜安的甚麼心？　△音借表示①疑問代詞，“哪裏”，“怎麼”：安能如此？｜其人安在？　②音譯詞，安培(電流強度單位) 的簡稱：伏安｜微安

氨 ān

氨楷(顏真卿)

【析形】氨字《說文》所無。楷書上部是“气”，意符，表明字義與氣體有關；下部是安，聲符，表示讀音。形聲字。

【釋義】氮和氫的化合物，分子式 NH_3，無色而有劇臭的氣體，易溶於水，在常溫下加壓即可溶化。可用作冷凍劑，還用於製造硝酸、氮肥和興奮劑：氨氣｜氨水｜氨基酸

庵 〔菴〕 ān

庵隸(衡方碑) 庵楷(顏真卿) 菴楷(歐陽通)

【析形】庵字《說文》所無。隸書上部是“广”，古文像高屋形，意符，表明字義與房屋有關；下部是奄，聲符，表示讀音。形聲字。楷書沿襲隸書。楷書異體以“艸”為意符，表明字的初義與草木有關。

【釋義】①圓頂草屋　②小寺廟，多指尼姑住的小寺廟：庵堂｜尼姑庵

鞍 ān

鞌篆 鞍隸(馬王堆帛書) 鞍楷(顏真卿)

【析形】鞍字小篆下部是革，意符，表明材質；上部是安，聲符，表示讀音。形聲

字。隸書寫作左右結構。楷書沿襲隸書。
【釋義】馬鞍，放在馬背上供人騎坐的器
具：鞍韉│鞍子│鞍馬勞頓│馬不歇鞍〔鞍
馬〕體育器械的一種。

俺 ǎn

俺篆 俺楷(顏真卿)

【析形】俺字小篆左旁是人，意符，表明
字的初義與人有關；右旁是奄，聲符，表
示讀音。形聲字。隸變後，人字在字左側
為偏旁時寫作"亻"。
【釋義】本義指大（古文"大"字像人形）。
北方方言表示第一人稱"我"。

岸 àn

岸篆 岸楷(顏真卿)

【析形】岸字小篆上部是山，意符，取高
之意；中間是"厂"，像山崖石岸之形，意
符，表明字義與高地有關；下部是干，聲
符，表示讀音。形聲字。楷書沿襲小篆。
【釋義】◎本義指江、河、湖、海等邊際
高起的陸地：岸標│堤岸│對岸│海岸│護
岸│江岸│口岸│沿岸│隔岸觀火│回頭是
岸 ◇引申①高大：魁岸│偉岸 ②高傲，
嚴肅的樣子：傲岸│道貌岸然

按 àn

按篆 按楷(龍藏寺碑)

【析形】按字小篆左旁是手，意符，表明
字義與手的動作有關；右旁是安，聲符，
表示讀音。形聲字。隸變後，手字在字左
側為偏旁時寫作"扌"。
【釋義】◎本義指用手往下壓：按鈴│按
脈│按摩 ◇引申①止住：按兵不動 ②抑
制：按捺 ③依照：按理│按時│按照│按部
就班│按勞分配│按圖索驥│按需分配 ④考
查，研究，核對：按驗│有文可按 ⑤對文
章、詞句所作的說明、提示或考證：編者
按 △音借作音譯詞的構詞語素〔按揭〕

案 àn

案篆 案隸(華山神廟碑) 案楷(歐陽詢)

【析形】案字小篆下部是木，意符，表明
材質；上部是安，聲符，表示讀音。形聲
字。隸、楷書沿襲小篆。
【釋義】◎本義指几桌：案頭│伏案│書案│
條案 ◇引申①架起的砧板或擱板：案板│
白案│紅案 ②因在案上書寫，又指記載計
劃、建議、辦法等的文件：案卷 juàn│備
案│病案│存案│答案│檔案│定案│法案│方
案│教案│立案│提案 ③案件：案情│案由│
案子│辦案│報案│慘案│錯案│定案│斷案│
翻案│歸案│結案

暗 〔晻、闇〕àn

暗篆 暗楷(蘇孝慈墓誌)

【析形】暗字小篆左旁是日，意符，表明
字義與日光有關；右旁是音，聲符，表示
讀音（古音暗、音二字同韻部）。形聲字。
楷書沿襲小篆。異體字以"奄"為聲符；
或以"門"為意符，門戶阻隔日光，取意
晦暗。
【釋義】◎本義指光線不足，不亮，與
"明"相對：暗淡│暗房│暗箱│暗影│灰
暗│昏暗│陰暗│暗無天日│棄暗投明 ◇引
申①愚昧，糊塗：暗昧│兼聽則明，偏
信則暗 ②不顯露的，秘密的（此義不作
"晻"或"闇"）：暗藏│暗娼│暗溝│暗礁│
暗流│暗器│暗殺│暗傷│暗示│暗算│暗
灘│暗探│暗線│暗想│暗笑│暗語│暗箱操
作│明察暗訪│明碉暗堡│明槍暗箭│明爭
暗鬥

骯 (肮) āng

肮楷(顏真卿)

【析形】骯字左旁是骨，意符，代表身
體；右旁是亢，聲符，表示讀音。形聲
字。
【簡化】楷書簡體"肮"是用更換意符的
方法，以義近、筆畫較簡的"月"（古文
"肉"字的隸變體。古文"肉"、"月"二字
形近，隸變後，兩個字作偏旁時多同化
寫作"月"）為意符，替換了筆畫較繁複的
"骨"，與本指喉嚨，音 háng 的"肮"字異
字同形。
【釋義】〔骯髒〕◎本義指身體盤曲，本讀

A

"kǎng zǎng"　△音借表示污穢，不乾淨。◇引申比喻醜惡，卑鄙。(以上音借義及引申義音 āng zāng)

昂 áng

昂篆 昂隸(隸辨) 昂楷(顏真卿)

【析形】昂字小篆上部是日，意符，表明字義與太陽有關；下部是卬，聲符，表示讀音。形聲字。隸、楷書沿襲小篆。

【釋義】◎本義指抬頭望日。◇引申①仰起，抬起，仰首：昂然|昂首闊步 ②上漲，昂貴|高昂 ③形容精神振奮：昂揚|高昂|激昂|軒昂|氣昂昂|鬥志昂揚|慷慨激昂|器宇軒昂

凹 āo

凹楷(顏真卿)

【析形】凹字《說文》所無。楷書像兩端高起、中間低陷的物體或地勢。象形字。

【釋義】周圍高，中間低，與"凸"相對：凹版|凹鏡|凹面|凹凸|凹陷

熬 āo

【析形】見"熬áo"。

【釋義】◎本義指以文火慢煮。音áo。◇引申指烹調方法，煮。音āo：熬菜|熬白菜

熬 áo

熬金 熬篆 熬隸(馬王堆帛書) 熬楷(顏真卿)

【析形】熬字金文下部是火，意符，表明字義與火有關；上部是敖，聲符，表示讀音。形聲字。小篆、楷書沿襲金文。隸變後，火字在字下部為偏旁時分化出"灬"旁。

【釋義】◎本義指以文火慢煮：熬湯|熬藥|熬油|熬粥 ◇引申指忍受，捱過：熬煎|熬磨|熬刑|熬夜|煎熬

襖 (袄) ǎo

襖篆 襖楷(顏真卿)

【析形】襖字小篆左旁是衣，意符，表明字義與衣服有關；右旁是奧，聲符，表示讀音。形聲字。隸變後，衣字在字左側為

偏旁時寫作"衤"。

【簡化】簡化字"袄"是用更換聲符的方法，以筆畫較簡的"夭"為聲符，替換了筆畫繁複的"奧"。

【釋義】◎本義指皮衣一類的衣服：皮襖 ◇引申泛指有裡裏的上衣：夾襖|棉襖

傲 ào

傲篆 傲楷(顏真卿)

【析形】傲字小篆左旁是人，意符，表明字義與人有關；右旁是敖，聲符，表示讀音。形聲字。隸變後，人字在字左側為偏旁時寫作"亻"。

【釋義】驕傲：傲岸|傲骨|傲慢|傲氣|傲然|傲視|倨傲|孤傲|自傲

奧 ào

奧篆 奧隸(校官碑) 奧楷(顏真卿)

【析形】奧字小篆上部外廓像屋宇形，隸作"宀"，意符，表明字義與居室有關；內中是釆，聲符，表示讀音。形聲字。(一說內中訛作"釆"。)隸書意符"宀"形體訛變，下部兩手形隸作"六"，楷書又寫作"大"。

【釋義】◎本義指祭祀時所設之神主位或尊長居坐之處。◇引申①房屋的深處：堂奧 ②含義深，不容易理解：奧博|奧秘|奧妙|古奧|深奧

拗 ào

拗篆 拗楷(顏真卿)

【析形】拗字小篆左旁是手，意符，表明字的初義與手的動作有關；右旁是幼，聲符，表示讀音。形聲字。隸變後，手字在字左側為偏旁時寫作"扌"。

【析形】◎本義指折，折斷。音ǎo。◇引申指不順，不順從。音ào：拗口|違拗

澳 ào

澳篆 澳楷(顏真卿)

【析形】澳字小篆左旁是水，意符，表明

字義與水有關；右旁是奧，聲符，表示讀音。形聲字。隸變後，水字在字左側為偏旁時寫作"氵"。

【釋義】◎本義指水邊地。◇引申①海邊凹進、可以停船的地方：三都澳（在福建）②澳門：穗港澳

懊 ào

懊 楷（顏真卿）

【析形】懊字《説文》所無。楷書左旁是"忄"(心)，意符，表明字義與心理活動有關；右旁是奧，聲符，表示讀音。形聲字。

【釋義】煩惱，悔恨：懊恨|懊悔|懊惱|懊喪

B

八 bā

八 甲　八 金　八 篆　⺍ ⺍ 隸（史晨碑）

八 楷（智永）

【析形】八字甲骨文像物體分別相背之形。象形字。金文、小篆、隸書各體均沿襲甲骨文。

【釋義】◎本義指分開，相背。△音借表示①數目字：八成|八度|八角|八股|八仙|八字 ②不定數，多：八面玲瓏|胡説八道|亂七八糟|四面八方|四通八達|五花八門

巴 bā

巴 篆　巴 隸（曹全碑）　巴 楷（顏真卿）

【析形】巴字小篆像一條張着大口的蛇，上部是蛇頭，下部是蛇身、蛇尾。象形字。隸書筆畫化，蛇形已失。楷書沿襲隸書。

【釋義】◎本義指古代傳説中的一種大蛇，稱巴蛇：巴蛇食象 △音借表示①盼望：巴望|巴不得 ②貼近，挨着；引申指黏住或黏在別的東西上的東西：前不巴村，後不巴店|鍋巴 ③地名，在今四川東部：巴東|巴山 ④又作音譯詞的構詞語素〔巴士〕

扒 bā

扒 楷（顏真卿）

【析形】扒字《説文》所無。楷書左旁是"扌"(手)，意符，表明字義與手的動作有關；右旁是八，意符兼聲符，表示分開，也表示讀音。會意兼聲字。

【釋義】◎本義指刨，挖：扒堤|扒炕|剝土 ◇引申①硬往下脱，剝：扒皮 ②撥：扒拉|扒開草叢 ③用手抓着可依附的東西，緊把着：扒着欄杆

吧 bā

吧 楷（顏真卿）

【析形】吧字《説文》所無。楷書左旁是口，意符，以口能發出聲音取意；右旁是巴，聲符，表示讀音。形聲字。

【釋義】象聲詞：吧嗒|吧嘰|吧唧

疤 bā

疤 楷（顏真卿）

【析形】疤字《説文》所無。楷書外廓是"疒"，意符，表明字義與傷病有關（見"病"字）；內中是巴，聲符，表示讀音。形聲字。

【釋義】◎本義指瘡口或傷口長好後留下的痕跡：瘡疤|刀疤|傷疤 ◇引申比喻器

物上像疤的痕跡：碗上有個疤

叭 bā

叭 楷 (顏真卿)

【析形】叭字《說文》所無。楷書左旁是口，意符，以口能發出聲音取意；右旁是八，聲符，表示讀音。形聲字。

【釋義】象聲詞：叭的一聲響｜槍聲叭叭響

芭 bā

芭 楷 (顏真卿)

【析形】芭字《說文》所無。楷書上部是"艸"，意符，表明字義與植物有關；下部是巴，聲符，表示讀音。形聲字。

【釋義】①香草名。②芭蕉：一種高大直立、多年生草本植物，葉長而寬大，果實叫芭蕉，與香蕉相似。

捌 bā

捌 篆 捌 楷 (顏真卿)

【析形】捌字小篆左旁是手，意符，表明字義與手的動作有關；右旁是別，聲符，表示讀音。形聲字。隸變後，手字在字左側為偏旁時寫作"扌"。

【釋義】◎本義指一種農具耙。△音借作數目字"八"的大寫。

笆 bā

笆 楷 (顏真卿)

【析形】笆字《說文》所無。楷書上部是"竹"(竹)，意符，表明字義與竹子有關；下部是巴，聲符，表示讀音。形聲字。

【釋義】①一種長刺的竹子。②用竹子或柳條編成的器物或障礙物：笆斗｜笆簍｜籬笆

拔 bá

拔 篆 拔 隸 (居延簡) 拔 楷 (顏真卿)

【析形】拔字小篆左旁是手，意符，表明字義與手的動作有關；右旁是犮，聲符，表示讀音。形聲字。隸變後，手字在字左側為偏旁時寫作"扌"。

【釋義】◎本義指用手往外抽、拉：拔除｜拔掉｜拔秧　◇引申❶奪取：拔據點 ❷吸出(毒氣等)：拔毒｜拔火罐 ❸起動：拔腳｜拔腿｜開拔 ❹升升，選取：拔取｜選拔｜提拔｜甄拔 ❺超出，提高：拔高｜拔尖兒｜海拔｜挺拔｜出類拔萃

跋 bá

跋 篆 跋 楷 (顏真卿)

【析形】跋字小篆左旁是足，意符，表明字義與腿腳的動作有關；右旁是犮，聲符，表示讀音。形聲字。楷書沿襲小篆。

【釋義】◎本義指撲倒。◇引申指翻爬，翻山越嶺：跋涉｜跋山涉水 △音借指文體的一種，寫在書籍或文章的後面，內容多屬於評價、鑒定、考釋之類：跋文｜跋語｜題跋｜序跋

把 bǎ

把 篆 把 楷 (顏真卿)

【析形】把字小篆左旁是手，意符，表明字義與手的動作有關；右旁是巴，聲符，表示讀音。形聲字。隸書沿襲小篆。隸變後，手字在字左側為偏旁時寫作"扌"。

【釋義】◎本義指握持，掌握：把持｜把舵｜把攬｜把脈｜把玩｜把盞　◇引申❶守衛，看守：把風｜把關｜把門｜把守 ❷柄(握持的對象)：把柄｜把手｜車把｜拖把 ❸長條形物紮成的捆子：草把｜火把｜秫秸把 ❹結拜關係：把嫂｜把兄｜拜把子 ❺把握的量詞：一把刀｜一把米 ❻介詞，同"將"：把電視關掉

靶 bǎ

靶 篆 靶 楷 (顏真卿)

【析形】靶字小篆左旁是革，意符，表明材質；右旁是巴，聲符，表示讀音。形聲字。楷書沿襲小篆。

【釋義】◎本義指韁繩首端繫於勒之銅環而下垂的部分，音bà。△音借表示練習射箭或射擊用的目標，音bǎ：靶場｜靶子｜打靶｜活靶

壩 (坝) bà

壩 楷(顏真卿)

【析形】壩字《說文》所無。楷書左旁是土，意符，表明字義與土築有關；右旁是霸，聲符，表示讀音。形聲字。

【簡化】簡化字"坝"是用更換聲符的方法，以"貝"字簡體"贝"為聲符，替換了筆畫繁複的"霸"。

【釋義】本義指攔水的建築物：壩子|堤壩|河壩|水壩|攔洪壩　又常用於地名，指山地中的平地或平原：壩地|坪壩

把 〔欛〕bà

【析形】見"把bǎ"。異體字以"木"為意符，"霸"為聲符。

【釋義】◎本義指握持，掌握，音bǎ。◇引申①器物上便於用手握持的部分：把子|刀把|門把|印把子　②花、葉或果實的柄：花把兒|梨把兒。(以上各引申義音bà)

爸 bà

爸 楷(顏真卿)

【析形】爸字《說文》所無。楷書上部是父，意符，父親之別稱；下部是巴，聲符，表示讀音。形聲字。

【釋義】父親，多疊用：爸爸

罷 (罢) bà

罷 篆　**罷** 隸(馬王堆帛書)　**罢** 楷(顏真卿)

【析形】罷字小篆上部是网(網)，下部是能，均為意符，賢能入網，取意免職放遣(一說"能"為熊類動物，本義指捕熊)。會意字。隸書沿襲小篆。隸變後，网字在字上部為偏旁時寫作"罒"。

【簡化】楷書簡體"罢"是用保留特徵、更換意符的方法，上部保留代表本義特徵的"罒"(網)，下部以筆畫較簡、表示引申義的"去"字為意符，替換了筆畫較繁複的"能"。

【釋義】◎本義指放遣罪人。◇引申①免去，解除(職務等)：罷官|罷職|罷免|罷權　②停止，結束：罷工|罷課|罷市|罷手　③完了，完畢：吃罷飯

霸 bà

霸 金　**霸** 篆　**霸** 隸(趙寬碑)　**霸** 楷(顏真卿)

【析形】霸字金文右下是月，意符，表明字的初義與月亮有關；上部的"雨"與左下的"革"合作"霝"(古音讀若"膊")，聲符，表示讀音。形聲字。小篆、隸、楷書沿襲金文。

【釋義】◎本義指陰曆每月初始見到的月亮(或月光，音pò)，即後來"月魄"的"魄"之本字。古人把一個月分成四段：第一段是初一至七、八日，稱為"初吉"；第二段是八、九日至十四、十五日，稱為"既生霸"；第三段是十五、十六日至二十二、二十三日，稱為"既望"；第四段是二十三日至月底，稱為"既死霸"。銅器銘文有"既生霸"、"既死霸"等記時名稱。△音借指古代諸侯聯盟的首領：霸主|稱霸|爭霸　◇引申①強佔，兇橫：霸道|霸據|霸權|霸佔　②強橫無理、依仗權勢欺壓人的人：惡霸|漁霸

耙 bà

耙 楷(顏真卿)

【析形】耙字《說文》所無。楷書左旁是耒，義為古代犁上的木把，意符，表明字義與農具有關；右旁是巴，聲符，表示讀音。形聲字。

【釋義】◎本義指碎土和平地的農具：釘齒耙|圓盤耙　◇引申指用耙碎土：耙地

巴 ba

【析形】見"巴bā"。

【釋義】◎本義指古代傳說中的一種大蛇，音bā。△音借作詞尾，讀輕聲：乾巴|結巴|尾巴|下巴|啞巴|眨巴|嘴巴

吧 ba

【析形】見"吧bā"。

【釋義】語氣詞，一般用在句末：①表示命令，請示：前進吧！　②表示推測，估

量：不至於吧！不來了吧！ ③表示允
許：就這麼辦吧！｜好吧！

掰〔擘〕bāi

擘篆 掰楷(顏真卿)

【析形】掰字古文寫作"擘"。小篆下部是
手，意符，表明字義與手的動作有關；上
部是辟，聲符，表示讀音。形聲字。楷書
"掰"為後起會意字，兩旁是手，中間是
分，表示用手把東西分開。

【釋義】用手把東西分開或擗斷：掰開｜掰
玉米｜分斤掰兩

白 bái

白甲 白金 白篆 白隸(郭有道碑)

白楷(張猛龍碑)

【析形】白字甲骨文、金文均像拇指之形。
象形字。小篆線條化，略失初形。隸書筆
畫化，楷書沿襲隸書。

【釋義】◎本義表示拇指，拇指居五指
之首，故引申指伯仲之伯(見"伯bó")。
△音借表示白色，即像霜雪一樣的顏色，
與"黑"相對：白樺｜白頭｜白藥｜白衣｜雪
白｜銀白｜月白 ◇引申①亮：白日｜白天｜
白晝 ②清楚，明白：清白｜不白之冤｜
真相大白 ③說明，陳述：表白｜辯白｜告
白｜剖白｜自白 ④口頭說的話，與文言
相對：白話｜白話文 ⑤戲曲中只說不唱
的語句：賓白｜道白｜獨白｜對白｜京白｜旁
白｜韻白 ⑥空無所有：白飯｜白卷｜補白｜
空kòng白 ⑦無代價，無報償：白吃｜白
幹｜白給 ⑧沒有效果：白搭｜白費｜白忙

百 bǎi

百甲 百金 百篆 百隸(郭有道碑)

百楷(爨寶子碑)

【析形】百字甲骨文借"白"字之音，並在
"白"字中間加一折角形符號，以區別於
"白"字，上部再加"一"表示數目，是附
畫因聲指事字。金文、小篆、隸書沿襲甲
骨文而形體略變。

【釋義】◎數詞，十個十為一百：百分｜百

年｜百萬｜百分比 ◇引申泛指很多：百般｜
百感｜百貨｜百廢俱興｜百科全書｜百年大
計｜百依百順

伯 bǎi

【析形】見"伯bó"。

【釋義】◎本義指長兄。音bó。◇引申指
丈夫的哥哥。音bǎi：大伯子

柏 bǎi

柏甲 柏篆 柏隸(張表碑) 柏楷(褚遂良)

【析形】柏字甲骨文下部是木，意符，表
明字義與樹木有關；上部是白，聲符，
表示讀音。形聲字。小篆寫作左右結構。
隸、楷書沿襲小篆。

【釋義】樹名。柏科植物的泛稱。常綠喬
木，葉小，鱗片狀。木質堅硬，可用作建
築材料。

擺(擺) bǎi

【析形】擺字《說文》所無。左旁是手，意
符，表明字義與手的動作有關；右旁是
罷，聲符，表示讀音。形聲字。

【簡化】簡化字"擺"聲符的簡化見"罷"
字。

> "罷"字為偏旁的字類推簡化。例如：
> 擺、黑等。

【釋義】◎本義指撥開，甩開。◇引申①
搖動，也指來回擺動的東西：擺動｜擺手｜
停擺｜搖擺｜鐘擺｜搖頭擺尾｜大搖大擺 ②
顯示，炫耀：擺闊｜擺譜｜擺架子 ③陳
列，安放：擺設｜擺攤｜擺宴

襬(擺) bǎi

襬楷(顏真卿)

【析形】襬字《說文》所無。楷書左旁是
"衤"，意符，表明字義與衣服有關；右旁
是罷，聲符，表示讀音。形聲字。

【簡化】簡化字是用同音合併的方法，以
"擺"字簡體"擺"代替筆畫繁複的"襬"，
合併了襬、擺二字的意義。

【釋義】衣裙的下幅：下襬｜裙襬

B

敗 (败) bài

甲 甲 金 篆 敗 隸(禮器碑)
敗 楷(顏真卿)

【析形】敗字甲骨文形一左旁像鼎形,右旁像手持棒形,均為意符,以持棒毀物取意毀壞。會意字。甲骨文形二左旁像貝殼形,代表財物(見"貝"字)。金文左旁為二"貝"。小篆又省一"貝"。隸變後,手持棒形隸作"攵"。楷書沿襲隸書。

【簡化】簡化字意符"貝"的簡化見"貝"字。

【釋義】◎本義指毀壞:敗壞|敗家|身敗名裂|傷風敗俗 ◇引申①破舊,腐爛:敗絮|腐敗|破敗 ②衰落,凋謝:敗落|衰敗|頹敗 ③不成功,與"成"相對:敗筆|敗訴|成敗|失敗 ④失利,輸,與"勝"相對:敗北|敗兵|敗將|敗局|敗退|敗仗|挫敗|潰敗 ⑤使失敗:摧敗|挫敗|擊敗|戰敗 ⑥解除,消散:敗毒|敗火|敗血

拜 bài

金 篆 篆 隸(史晨碑)
拜 楷(虞世南)

【析形】拜字金文右旁是手,意符,表明字義與手的動作有關;左旁是秂,聲符,表示讀音。形聲字。小篆形一"手"在左旁;形二作兩手相並之形,右下部增"丁"(古文"下"字)為意符,表示下拜。會意字。隸、楷書沿襲小篆形二。

【釋義】◎本義指古代表示恭敬的一種禮節,行禮時兩足跪地,低頭,兩手至地。後又作行禮、訪問、會見的通稱:拜賀|拜會|拜見|拜年|拜謁|朝拜|回拜|禮拜|團拜 ◇引申①表示敬意或客氣的話:拜辭|拜訪|拜謝 ②用一定的禮節授與某種名位、官職或結成某種關係:拜將|拜盟|拜堂|結拜

班 bān

金 篆 班 楷(顏真卿)

【析形】班字金文中間是刀,兩旁是玉,均為意符,表示以刀分割玉石。會意字。

小篆沿襲金文。楷書中間"刀"形訛變。

【釋義】◎本義指分玉:班瑞 ◇引申指分發,又引申①按學習或工作需要編成的組織:班級|班子|戲班 ②按時間分成的段落或工作學習的崗位:上班|夜班|值班 ③定時開行的:班車|班次|航班 ④量詞:一班車|一班人 △因聲通"斑":班白|班駁

般 bān

甲 金 篆 般 楷(顏真卿)

【析形】般字甲骨文左旁像一隻豎置的高圈足盤子,為"盤"字初文;右旁像手持物形,表示製器,隸作"般"。會意字。因左側"盤"形與"舟"字古文形近,故金文、小篆左旁訛作"舟"。楷書右旁作"殳"。

【釋義】◎本義為器名,即盤子,流行於商至戰國的一種水器,圓形,淺腹。△音借表示種、樣:百般|那般|萬般|一般

斑 bān

篆 玟 隸(隸辨) 斑 楷(顏真卿)

【析形】斑字小篆寫作"辬",中間是文("紋"字初文),意符,表明字義與紋理有關;兩旁合作辡,聲符,表示讀音。形聲字。隸書寫作"斑",兩旁是"玉",中間是文,均為意符,表明字的初義與玉石花紋有關。會意字。楷書沿襲隸書。

【釋義】◎本義指斑紋或斑點。◇引申泛指①有斑紋或斑點的:斑白|斑馬|斑竹|光斑|黃斑|壽斑|瘀斑 ②雜色:斑白|斑駁 ③比喻整體中有代表性的部分:略見一斑

搬 bān

搬 楷(顏真卿)

【析形】搬字《說文》所無。楷書左旁是"扌"(手),表明字義與手的動作有關;右旁是般,聲符,表示讀音。形聲字。

【釋義】◎本義指挪動,遷移:搬兵|搬場|搬動|搬家|搬遷|搬運 ◇引申表示照原樣移用:照搬|生搬硬套

扳 bān

扳楷(顏真卿)

【析形】扳字《説文》所無。楷書左旁是"扌"(手)，意符，表明字義與手的動作有關；右旁是反，聲符，表示讀音。形聲字。

【釋義】◎本義指拉，牽引。◇引申①使位置固定的東西改變方向或轉動、或扭動：扳道｜扳扣｜扳手｜扳閘｜扳子 ②扭轉：扳回一局

頒 (颁) bān

顜篆**頒**楷(顏真卿)

【析形】頒字小篆右旁是頁，本義指頭(見"頁"字)，意符，表明字義與頭有關；左旁是分，聲符，表示讀音。形聲字。

【簡化】楷書簡體"颁"意符"页"的簡化見"頁"字。

【釋義】◎本義指大頭。△音借表示發佈，發下：頒佈｜頒發｜頒行

板 bǎn

板隸(隸辨) **板**楷(顏真卿)

【析形】板字小篆見"版"字。隸書左旁是木，意符，表明材質；右旁是反，聲符，表示讀音(板、反二字古音同)。形聲字。楷書沿襲隸書。

【釋義】◎本義指木板。◇引申①一切成片的較硬的物件：牀板｜地板｜鋼板｜黑板｜甲板｜模 mú 板｜平板｜石板 ②硬得像木板似的：板結｜板實 ③中國民族樂器中木製的打拍子用具。④音樂的節拍：板式｜板眼｜叫板｜快板｜走板｜一板一眼｜一字一板 ⑤少變化，不靈活：｜板滯｜呆板｜古板｜刻板｜死板 ⑥面部表情嚴肅：板着臉

闆 (板) bǎn

【析形】闆字《説文》所無。外廓是門，意符，取意掌門人；內中是品，聲符，表示讀音。形聲字。

【簡化】簡化字是用同音合併的方法，以音近、筆畫較簡的"板"代替筆畫繁複的

"闆"，合併了闆、板二字的意義。

【釋義】〔老闆〕舊時對商店主人的稱呼。

版 bǎn

版篆**版**楷(褚遂良)

【析形】版字小篆左旁是片，是"木"字的半邊，意符，表明字義與片木有關；右旁是反，聲符，表示讀音(版、反二字古音同)。形聲字。楷書沿襲小篆。

【釋義】◎本義指將木頭分割成薄片。◇引申①木板，築土牆用的夾板：版築 ②上面有文字或圖形的供印刷用的底板：版本｜版畫｜版刻｜版權｜版式｜版税｜活版｜膠版｜絕版｜凸版 ③印刷排印的次數：版次｜重版｜出版｜再版｜翻版 ④報紙的分頁：版心｜頭版

辦 (办) bàn

辦篆**辦**楷(顏真卿)

【析形】辦字小篆中間是力，意符，以致力於某事取意治理，處理；兩旁合為"辡"，聲符，表示讀音。形聲字。楷書沿襲小篆。

【簡化】簡化字"办"是用符號代替的方法，在意符"力"的兩旁分別用一"、"作為象徵性符號，替換了筆畫繁複的聲符"辡"。

【釋義】◎本義指治理，處理、料理：辦案｜辦法｜辦公｜辦理｜承辦｜籌辦｜舉辦｜主辦 ◇引申①置備，採購：辦貨｜採辦｜置辦 ②懲治，處罰：查辦｜懲辦｜法辦｜嚴辦 ③經營：創辦｜民辦｜興辦

半 bàn

半金**半**篆**半**隸(馬王堆帛書) **半**楷(顏真卿)

【析形】半字金文上部是八，像分別相背之形；下部是牛，均為意符，以剖牛取意成半。會意字。小篆沿襲金文。隸書"牛"已失初形。楷書沿襲隸書。

【釋義】◎本義指二分之一：半百｜半壁｜半邊｜半截｜半數｜半世 ◇引申①不完全：半島｜半醉｜半成品｜半信半疑｜半殖民地 ②在……中間：半空｜半路｜半途｜半夜

扮 bàn

扮篆 扮楷(顏真卿)

【析形】扮字小篆左旁是手，意符，表明字義與手的動作有關；右旁是分，聲符，表示讀音。形聲字。隸變後，手字在字左側為偏旁時寫作"扌"。

【釋義】◎本義指握持。△音借表示化妝，裝飾：扮裝｜打扮｜改扮｜假扮｜裝扮 ◇引申指扮演：扮戲｜扮相｜裝扮

伴 bàn

伴甲 伴篆 伴楷(顏真卿)

【析形】伴字甲骨文由二"夫"組成，均為意符，表示二人相伴並行，為"伴"字之本字。會意字。小篆沿襲甲骨文。"伴"字為後起形聲字。楷書左旁是"亻"（人），意符，表明字義與人有關；右旁是半，聲符，表示讀音。

【釋義】◎本義指伴侶，同在一起的人：夥伴｜結伴｜旅伴｜同伴｜舞伴 ◇引申指陪着，配合：伴唱｜伴娘｜伴隨｜伴同｜伴奏

拌 bàn

拌楷(顏真卿)

【析形】拌字《說文》所無。楷書左旁是"扌"（手），意符，表明字義與手的動作有關；右旁是半，聲符，表示讀音。形聲字。

【釋義】◎本義指攪和：拌料｜拌麵｜攪拌｜涼拌 ◇引申指爭吵：拌嘴

瓣 bàn

瓣篆 瓣楷(顏真卿)

【析形】瓣字小篆中間是瓜，意符，表明字義與瓜類有關；兩旁合為"辡"，聲符，表示讀音。形聲字。楷書沿襲小篆。

【釋義】◎本義指瓜類的種子。◇引申①泛指植物的種子、果實或球莖可以分開的小塊兒：蒜瓣兒｜豆瓣醬 ②花冠的分片或草木的葉片：花瓣 ③量詞，用以計算小塊兒或片狀物：一瓣蒜｜一瓣橘子

絆 (绊) bàn

絆篆 絆楷(爨寶子碑) 绊楷(顏真卿)

【析形】絆字小篆左旁是"糸"，意符，表明字的初義與繩索有關；右旁是半，聲符，表示讀音。形聲字。楷書沿襲小篆。

【簡化】楷書簡體"绊"的意符"纟"根據草書楷化而成。

【釋義】◎本義指套住馬腿的繩。◇引申指攔住或纏住使跌倒或行走不方便：絆倒｜絆腳｜羈絆

幫 (帮)〔幚〕bāng

帮楷(顏真卿)

【析形】幫字《說文》所無。下部是帛，意符，表明材質；上部是封，聲符，表示讀音（幫、封二字古音同）。形聲字。

【簡化】楷書簡體"帮"是用更換意符、聲符的方法，以筆畫較簡的"巾"為意符，替換筆畫較繁的"帛"；又以筆畫較簡的"邦"為聲符，替換筆畫較繁複的"封"。

【釋義】◎本義指鞋的邊緣部分：鞋幫 ◇引申①泛指物體兩旁或周圍的部分：幫子｜船幫 ②幫助：幫辦｜幫補｜幫襯｜幫忙｜幫腔｜幫手｜幫兇 ③群，夥，集團：幫會｜幫派｜搭幫｜匪幫｜黑幫 ④量詞：一幫人

邦 bāng

邦甲 邦金 邦(說文古文) 邦篆 邦隸(張表碑) 邦楷(王獻之)

【析形】"邦"與"封"為同源字。甲骨文下部是田，意符，表明字義與土地有關；上部像植樹於田，以植樹為界取意封國。金文右旁增"邑"為意符，表明字義與城邑有關；植樹形作"丰"，寫作左右結構。說文古文沿襲甲骨文。小篆沿襲金文。隸變後，邑字在字右側為偏旁時寫作"阝"。

【釋義】◎本義指古代諸侯封國的稱呼。◇引申指國家：邦交｜聯邦｜鄰邦｜友邦｜治國安邦

梆 bāng

梆楷(顏真卿)

【析形】梆字《説文》所無。楷書左旁是木，意符，表明字義與樹木或木頭有關；右旁是邦，聲符，表示讀音。形聲字。

【釋義】◎本義指樹名。又指用挖空的木頭或竹筒做成的響器。◇引申①戲曲聲腔：梆子腔│河北梆子 ②象聲詞，敲擊木頭的聲音：梆梆響

綁 (绑) bǎng

綁楷(顏真卿)

【析形】綁字《説文》所無。楷書簡體左旁是"纟"(糸)，意符，表明字義與繩索有關；右旁是邦，聲符，表示讀音。形聲字。

【簡化】楷書簡體"绑"的意符"纟"根據草書楷化而成。

【釋義】用繩、帶等纏繞或捆紮：綁匪│綁架│綁票│綁腿│捆綁│陪綁

榜 bǎng

榜篆**榜**楷(顏真卿)

【析形】榜字小篆左旁是木，意符，表明字義與木有關；右旁是旁，聲符，表示讀音。形聲字。楷書沿襲小篆。

【釋義】◎本義指木片，木板。◇古人書寫於竹木片上，故引申①古代公開張貼的文書、告示：榜文 ②公開張貼的名單：出榜│放榜│金榜│光榮榜

膀 bǎng

膀篆**膀**楷(顏真卿)

【析形】膀字小篆左旁是肉，意符，表明字義與肉體有關；右旁是旁，聲符，表示讀音。形聲字。古文肉、月二字形近，隸變後，兩個字作偏旁時多同化寫作"月"。

【釋義】①脅，即腋下到腰上的部分。②胳膊上部靠肩的部分，或指整個胳膊：臂膀│肩膀 ③鳥類的翅膀

棒 bàng

棒楷(顏真卿)

【析形】棒字古文寫作"捧"。小篆左旁是

木，意符，表明材質；右旁是音，聲符，表示讀音。形聲字。楷書聲符為"奉"。

【釋義】◎本義指棍，杖：棍棒│木棒 ◇引申指像棒狀的東西：棒槌│冰棒│磁棒│電棒 △音借表示好，多指體力、能力：這球打得真棒！

傍 bàng

傍篆**傍**楷(智永)

【析形】傍字小篆左旁是人，意符，表明字義與人的活動有關；右旁是"旁"，意符兼聲符，表示靠近，也表示讀音。會意兼聲字。隸變後，人字在字左側為偏旁時寫作"亻"。

【釋義】◎本義指靠近，臨近：傍黑兒│傍晌│傍晚 ◇引申指靠，依：偎傍│依傍│依山傍水

蚌 bàng

蚌篆**蚌**楷(顏真卿)

【析形】蚌字小篆左旁是虫，意符，表明字義與動物類有關；右旁是丰，聲符，表示讀音。形聲字。楷書沿襲小篆。

【釋義】生活在淡水裏的一種軟體動物，介殼長圓形，殼內有珍珠層，有的可以產珍珠：蚌殼兒

謗 (谤) bàng

謗篆**謗**隸(隸辨)**謗**楷(顏真卿)

【析形】謗字小篆左旁是言，意符，表明字義與言語有關；右旁是旁，聲符，表示讀音。形聲字。隸、楷書沿襲小篆。

【簡化】簡化字"谤"的意符"讠"根據草書楷化而成。

【釋義】◎本義為指責別人的過失。《國語‧周語上》："厲王虐，國人謗王。"並無貶義。◇引申指惡意地攻擊別人：謗書│誹謗│譏謗

磅 bàng

磅楷(顏真卿)

【析形】磅字《説文》所無。楷書左旁是

石,意符,表明字的初義與石頭有關;右旁是旁,聲符,表示讀音。形聲字。

【釋義】◎本義指石落之聲,音pāng。△音借作音譯詞,英美制重量單位,一磅合0.9072市斤。◇引申①秤的一種:磅秤 ②用磅去稱:過磅

包 bāo

⑬篆包隸(熹平石經)包楷(顏真卿)

【析形】包字小篆像有子成形於母腹中,外裹胎胞之形。會意字。隸書形體訛變。楷書沿襲隸書。

【釋義】◎本義指胎衣,胎胞。此義後作"胞"。◇引申①容納在內,總攬在一起:包含|包涵|包括|包容|包孕|包辦|包攬|包銷|包修|承包|發包 ②包攬的,專用的:包場|包廂|包廂|包月 ③裹起來:包裹|包金|包紮|包裝 ④裹起來的東西:包袱|裹|沙包|郵包;或指有餡的食物:包子|麵包|湯包 ⑤隱藏,掩蓋:包藏|包庇 ⑥裝東西的袋:背包|荷包|皮包|錢包|書包|腰包 ⑦四面圍住,圍繞:包抄|包圍

胞 bāo

⑬篆胞隸(隸辨)胞楷(顏真卿)

【析形】表示胎胞的"胞"字本作"包"(見"包"字)。胞為後起會意兼聲字。小篆左旁是肉,意符,表明字義與肉體有關;右旁是包,意符兼聲符,表明字義與裹包有關,也表示讀音。古文肉、月二字形近,隸變後,兩個字作偏旁時多同化寫作"月"。

【釋義】◎本義指人或哺乳動物妊娠期子宮內包裹胎兒的膜質囊,即胎衣:胞衣 ◇引申指同父母的,同國家和民族的:胞弟|胞叔|僑胞|同胞

炮 bāo

【析形】見"炮páo"。

【釋義】◎本義指把帶毛的肉用泥裹住放在火上燒烤,音páo。◇引申①烹調方法,把牛羊等放在熱油鍋中急炒:炮羊肉 ②烘,烤:把濕衣服炮乾(以上各引申義音bāo)

剝 bāo

【析形】見"剝bō"。

【釋義】◎本義指割裂,音bō。◇引申指去掉外面的皮、殼,音bāo:剝皮|剝花生

苞 bāo

⑬篆苞楷(顏真卿)

【析形】苞字小篆上部是"艸",意符,表明字義與植物有關;下部是包,聲符,表示讀音。形聲字。楷書沿襲小篆。

【釋義】①草名,蓆草。莖堅韌,可製蓆子和草鞋。②花未開,包着花朵的小葉片:花苞|含苞

褒〔襃〕bāo

襃篆襃隸(曹全碑)褒楷(顏真卿)

【析形】褒字小篆上下合為"衣",意符,表明字的初義與衣服有關;中間是保,聲符,表示讀音。形聲字。隸書筆畫化,"衣"形訛變。楷書沿襲隸書。

【釋義】◎本義指衣襟寬大:褒衣博帶 ◇引申①寬大。②誇獎,讚揚,與"貶"相對:褒貶|褒獎|褒揚

雹 báo

⑬説文古文⑬篆雹隸(隸辨)雹楷(顏真卿)

【析形】雹字説文古文上部是雨,意符,表明字義與雨水有關;下部像冰雹形,均為意符,表示雨水凝結成冰塊。會意字。小篆下部以"包"為聲符,表示讀音,成為形聲字。隸、楷書沿襲小篆。

【釋義】冰雹,空中水蒸氣遇冷結成的冰粒或冰塊,常在夏季隨暴雨下降,對人畜莊稼危害極大:雹災|冰雹

薄 báo

【析形】見"薄bó"。

【釋義】◎本義指草木叢生處,音bó。△音借表示(扁平物體)厚度小,與"厚"相對,口語多唸"báo":薄板|薄被|薄冰|薄餅 ◇引申①不肥沃:薄地|薄田 ②

淡，不濃：薄酒｜酒味薄　③（感情）冷
淡：大家待我不薄

飽（饱）bǎo

飽篆　飽楷（智永）　飽楷（顏真卿）

【析形】飽字小篆左旁是食，意符，表明字義與食物有關；右旁是包，聲符，表示讀音。形聲字。楷書沿襲小篆。

【簡化】楷書簡體"饱"的意符"饣"根據草書楷化而成。

【釋義】◎本義指吃足，與"餓"相對：飽餐｜飽飯｜溫飽｜飽食終日　◇引申①滿足：一飽眼福　②充滿，充分：飽和｜飽滿｜飽經風霜

寶（宝）〔寶〕bǎo

寶甲　寶甲　寶金　寶篆　寶隸（校官碑）　寶楷（敬使君碑）　宝楷（顏真卿）

【析形】寶字甲骨文形一上部像房屋形，下部是貝，均為意符，表示屋內有財寶（見"貝"字）。會意字。甲骨文形二下部增"玉"為意符，家有財寶之意更顯。金文下部右旁增"缶"為聲符，表示讀音（寶、缶二字古音同）。形聲字。小篆、隸書沿襲金文。楷書把"缶"訛作"尓"，成為異體字。

【簡化】楷書簡體"宝"是用保留特徵、局部刪除的方法，下部保留代表字義特徵的"玉"，刪除了其餘部件。簡化字沿用楷書簡體。

【釋義】◎本義指珍寶，又為玉器的總稱。◇引申①泛指珍貴的東西：寶貝｜寶庫｜財寶｜瑰寶｜國寶｜元寶｜珍寶｜珠寶　②珍貴的：寶典｜寶劍｜寶石｜寶塔｜寶座　③敬辭，舊時多用於稱呼對方的店舖、家屬等：寶刹chà｜寶號｜寶眷

保 bǎo

保甲　保甲　保金　保說文古文　保篆　保隸（馬王堆帛書）　保楷（王羲之）

【析形】保字甲骨文形一像人背着小孩並以手護衛之形。會意字。甲骨文形二省為"人"和"子"。金文沿襲甲骨文形二，右

下尚殘留"以手護子"之意符。說文古文把"人"、"手"、"子"分成三個部件，手形在右上部。小篆則省略了上部的"手"。隸書根據小篆轉寫而成。隸變後，人字在字左側為偏旁時寫作"亻"。

【釋義】◎本義指保護幼兒。◇引申①養育：保健｜保育　②保護，維護：保安｜保駕｜保佑｜保障　③保持，使不喪失：保藏｜保存｜保管｜保留｜保守　④保證，擔保：保薦｜保舉｜保釋｜保險｜保修｜取保｜確保｜作保

堡 bǎo

堡楷（顏真卿）

【析形】堡字《說文》所無。楷書下部是土，意符，表明字義與土築有關；上部是保，聲符，表示讀音。形聲字。

【釋義】◎本義指土築的小城：城堡　◇引申泛指軍事工事：堡壘｜地堡｜碉堡｜橋頭堡

報（报）bào

報甲　報金　報篆　報隸（禮器碑）　報草（王羲之）

【析形】報字甲骨文中間像一跪跽之人形，左旁像手械桎梏人的雙手，右上部還有一隻手，均為意符，以手按戴刑具之人跪下使服，取意判罪。會意字。金文手械形與人形分離。小篆沿襲金文。隸書根據小篆轉寫而成。

【簡化】簡化字"报"根據草書略加改造楷化而成。

【釋義】◎本義指判罪，判決。◇引申①報復：報仇｜報怨｜回報　②報答：報償｜報酬｜報恩｜報國｜報效｜回報｜圖報　③告知，傳達：報案｜報告｜報關｜報捷｜報警｜報考｜呈報｜彙報｜申報｜通報｜預報　④傳達信息的報紙或某些刊物：報刊｜報社｜報章｜登報｜見報｜日報｜學報　⑤用文字報導消息或發表意見的某些東西：壁報｜諜報｜公報｜海報｜情報｜戰報

抱 bào

抱篆　抱篆　抱隸（肥致碑）　抱楷（王羲之）

B

【析形】表示懷抱之義的"抱"字本作"裹"。小篆形一上下合為"衣"，意符；中間是包，意符兼聲符，衣襟包胸，取懷抱之意，包也表示讀音。會意兼聲字。小篆形二是表示用手臂抱住之義的"抱"字，左旁是手，右旁是包，表示圍抱。二字之義合併作"抱"。隸、楷書沿襲小篆形二。隸變後，手字在字左側為偏旁時寫作"扌"。

【釋義】◎本義①懷抱，胸懷，本作"裹"。②用手臂圍住：抱拳｜抱腰｜合抱｜摟抱｜擁抱　◇引申①心裏存着，懷着：抱憾｜抱恨｜抱歉｜抱怨　②胸懷：抱負｜懷抱　③圍繞：環抱｜拱抱｜山環水抱　△因聲通"菢"，表示孵卵：抱窩｜抱小雞

暴 bào

【析形】見"暴pù"。

【釋義】◎本義指曬，音pù。◇引申①顯現：暴光｜暴露　②殘酷，兇狠：暴君｜暴力｜暴虐｜暴徒｜暴行｜暴政　③糟蹋：暴殄天物｜自暴自棄　④猛烈，急驟：暴跌｜暴動｜暴利｜暴亂｜暴怒｜暴漲｜風暴｜狂暴｜暴風驟雨　⑤急躁，衝動：暴躁｜粗暴｜火暴　⑥突然：暴病｜暴死｜暴卒（以上各引申義音bào）

爆 bào

爗篆 爆楷（顏真卿）

【析形】爆字小篆左旁是火，意符，表明字義與火有關；右旁是暴，聲符，表示讀音。形聲字。楷書沿襲隸書。

【釋義】◎本義指火迸散，爆裂。◇引申①泛指猛然破裂或迸出：爆破｜爆炸｜爆竹｜起爆｜引爆　②突然：爆發｜爆震　③烹調方法：爆炒｜油爆蝦

豹 bào

豸甲　豹篆　豹隸（熹平石經）　豹楷（顏真卿）

【析形】豹字甲骨文像豹之形，頭、身、尾、足俱全，身上豹紋顯著。象形字。小篆左旁是豸，一種如貓虎之類的長脊動物，意符，代表動物；右旁是勺，聲符，表示讀音（豹、勺二字古音同韻部）。形聲字。隸、楷書沿襲小篆。

【釋義】◎獸名，哺乳動物，是一種猛獸，似虎而較小，身上有許多斑點或花紋；也指像豹的某些動物：豹貓｜豹子｜海豹｜雪豹｜雲豹｜金錢豹

刨 〔鉋、鑤〕bào

【析形】見"刨páo"。異體字以"釒"為意符，表明材質；或以"暴"為聲符。

【釋義】◎本義指削，音páo。◇引申①刮削金屬、木料等平面的工具或機器：刨牀｜刨刀｜刨子｜平刨｜牛頭刨　②用刨子或刨牀推刮：刨冰｜刨工｜刨花｜刨木頭（以上各引申義音bào）

杯 〔盃、桮〕bēi

桮江陵楚簡　梧篆　杯楷（智永）

【析形】杯字簡帛文左旁是木，意符，表明材質；右旁是"不"，聲符，表示讀音。形聲字。小篆聲符為"否"（杯、不、否三字古音同韻部）。楷書沿襲簡帛文。異體字寫作上下結構，下部"皿"為意符，表示盛器。

【釋義】◎本義指裝飲料的器皿。◇引申①泛指裝液體的器皿：杯盞｜杯子｜茶杯｜瓷杯｜燒杯　②杯狀獎勵品：獎杯｜金杯　③量詞：杯水車薪

背 bēi

【析形】見"背bèi"。

【釋義】◎本義指脊背，音bèi。◇引申①人用背馱東西：背帶｜背囊　②負擔：背負｜背債（以上各引申義音bēi）

悲 bēi

悲篆　悲隸（鮮于璜碑）　悲楷（蘇孝慈墓誌）

【析形】悲字小篆下部是心，意符，表明字義與心理活動有關；上部是非，聲符，表示讀音（悲、非二字古音同韻部）。形聲字。隸、楷書沿襲小篆。

【釋義】◎本義指傷心，哀痛：悲哀｜悲慘｜悲憤｜悲泣｜悲傷｜悲痛　◇引申指憐憫：慈悲｜悲天憫人

碑 bēi

篆　隸(華山神廟碑)　楷(高貞碑)

【析形】碑字小篆左旁是石，意符，表明字義與石頭有關；右旁是卑，聲符，表示讀音。形聲字。隸、楷書沿襲小篆。
【釋義】◎本義指古代立於宮廟前用作視日影的豎石。◇引申泛指刻有文字或圖畫，作為紀念或標記的石頭：碑記|碑林|碑帖 tiè|碑文|豐碑|界碑|路碑|墓碑|紀念碑|里程碑

卑 bēi

金　篆　隸(校官碑)　楷(智永)

【析形】卑字金文下部是一隻手，像手持一酒器之形。會意字。小篆酒器形已訛變。隸書筆畫化，更失原形。楷書沿襲隸書。
【釋義】◎本義指古時盛酒的容器，也稱"榼"。△音借表示身份、地位低下：卑賤|卑微|自卑|尊卑　◇引申①(品質或質量)低劣：卑鄙|卑劣|卑污　②表示謙恭：卑詞|卑職|謙卑

北 běi

甲　金　篆　隸(白石君碑)　楷(李璧碑)

【析形】北字甲骨文、金文均像兩人相背之形，為"背"字古文。會意字。小篆沿襲甲、金文。隸變後人形已失。楷書沿襲隸書。
【釋義】◎本義指相背。◇引申指打敗仗(戰者相對而鬥，敗者轉背而逃)：敗北|連戰皆北|追亡逐北　△音借作方位詞，與"南"相對：北方|北風|北國|北海|北極|北京|北半球

貝 (贝) bèi

甲　金　篆　隸(孔宙碑陰)　楷(王羲之)　草(皇象)

【析形】貝字甲骨文像一隻貝殼之形。象形字。金文沿襲甲骨文。小篆線條化，形體略變。隸、楷書沿襲小篆。
【簡化】簡化字"贝"根據草書楷化而成。

"貝"字為偏旁的字類推簡化，例如：
敗、狽、貶、財、貸、賭、販、費、賦、負、債、購、貫、貴、賀、賤、貿、貯、貨、貧、貪、責、賢、賊、賬、質、賺、贈、資等。

【釋義】◎軟體動物的統稱：貝雕|貝殼|乾貝|扇貝　中國古代先民曾以貝殼為貨幣單位，因此，以"貝"為意符的字多與錢財寶物有關。◇引申指珍奇的東西：寶貝。

備 (备)〔俻〕 bèi

甲　金　金　篆　隸(馬王堆帛書)　楷(張猛龍碑)

【析形】備字甲骨文像插着箭的貯箭器具，隸作"葡"，取置備意。會意字。金文形一沿襲甲骨文；形二左旁增"人"為意符，表明字義與人的活動有關。小篆沿襲金文形。隸書聲符形體已訛變。
【簡化】簡化字"备"是用保留特徵、局部刪除的方法，只保留右旁輪廓特徵"备"，刪除了其餘部分。
【釋義】◎本義指置備。◇引申①防備，預備，準備：備案|備荒|備考|備課|備戰|備註|儲備|戒備|警備|配備　②具備：兼備|齊備|完備　③完全：備受歡迎|艱苦備嘗　④設備：軍備|置備|裝備

背 bèi

篆　隸(衡方碑)　楷(智永)

【析形】背字初文作"北"(見"北"字)。"北"字借作方位詞後，為本義造了"背"字。小篆下部是肉，意符，表明字義與肉體有關；上部是北，聲符，表示讀音。形聲字。古文肉、月二字形近，隸變後，兩個字作偏旁時多同化寫作"月"。
【釋義】◎本義指背脊，後背自肩至腰的部分：背包|背部|背影|後背|駝背　◇引申①物體的反面或後面：背後|背面|背陰|手背　②不順利，倒楣：背時|背運　③用背部對着，與"向"相對：背光|背道而馳|

背山面水 ④違反，不遵守：違背｜背信棄義 ⑤拋棄，離開：背離｜背叛｜背棄｜背井離鄉 ⑥離開書，憑記憶唸出詩文：背書｜背熟｜背誦 ⑦偏僻，冷落：背靜｜背眼 ⑧聽覺不靈敏：耳朵背 ⑨躲避，瞞：背地裏

倍 bèi

陪篆 倍楷（顏真卿）

【析形】倍字小篆左旁是人，意符，表明字義與人的活動有關；右旁是音，聲符，表示讀音。形聲字。隸變後，人字在字左側為偏旁時寫作"亻"。

【釋義】◎本義指違背，叛逆。《說文》："倍，反也。"段玉裁注："以反者覆也，覆之則有二面，故二之曰倍。"◇引申① 兩倍，加倍：倍增｜事半功倍 ②照原數增加：倍數｜十倍｜身價百倍

被 bèi

祓篆 祓隸（華山神廟碑）被楷（元珍墓誌）

【析形】被字小篆左旁是衣，意符，表明字義與衣物有關；右旁是皮，聲符，表示讀音（被、皮二字古音同）。形聲字。隸變後，衣字在字左側為偏旁時寫作"衤"。

【釋義】◎本義指被子，睡覺時覆蓋在身體上的東西：被褥｜被套｜棉被 ◇引申① 覆蓋：被覆 ②遭受：被捕｜被刺｜被俘｜被害 ③放在動詞前，表示受動：被告｜被控｜被迫

輩 (辈) bèi

輩篆 輩楷（顏真卿）

【析形】輩字小篆下部是車，意符，表明字的初義與車有關；上部是非，聲符，表示讀音（古音輩、非二字聲母同）。形聲字。楷書沿襲小篆。

【簡化】簡化字"辈"意符的簡化見"車"字。

【釋義】◎本義指車百輛。也指車依次排列。◇引申①同等，同類：輩出｜我輩｜吾輩 ②輩分，行輩：前輩｜同輩｜晚輩｜先輩｜祖輩

狽 (狈) bèi

鵈甲 鵈金 狽楷（顏真卿）

【析形】狽字甲骨文上部是犬，代表動物，意符，表明字義與動物有關；下部是貝，聲符，表示讀音。形聲字。金文寫作左右結構。《說文》未見"狽"字。隸變後，犬字在字左側為偏旁時寫作"犭"。

【簡化】楷書簡體"狈"聲符的簡化見"貝"字。

【釋義】古代傳說中的一種野獸，前腿特別短，行走時要趴在狼身上，沒有狼，牠就不能行走：狼狽｜狼狽為奸

憊 (惫) bèi

備篆 憊楷（顏真卿）

【析形】憊字小篆左旁是心，意符，表明字義與心力有關；右旁是備，聲符，表示讀音。形聲字。楷書寫作上下結構。

【簡化】簡化字"惫"聲符的簡化見"備"字。

【釋義】疲乏，困頓：疲憊｜衰憊

焙 bèi

焙楷（顏真卿）

【析形】焙字《說文》所無。楷書左旁是火，意符，表明字義與火有關；右旁是音，聲符，表示讀音。形聲字。

【釋義】用微火烘烤：焙乾｜烘焙

臂 bei

【析形】見"臂bì"。

【釋義】義同"臂bì"，用於"胳臂"一詞。

奔 bēn

奔金 奔金 奔篆 奔楷（顏真卿）

【析形】奔字金文形一上部像人甩開兩手舉步奔走之形；下部是三個"止"（甲骨文像是印形。"趾"字初文），均為意符，表明字義與行走有關。會意字。金文形二把下部三"止"訛為三"屮"。小篆沿襲金文形二。楷書又把下部訛作"卉"。

【釋義】◎本義指快跑，急走：奔波｜奔馳

奔跑|奔走|飛奔|疲於奔命 ◇引申指逃
亡：奔竄|出奔|私奔

本 běn

木金帛篆 **本**隸(曹全碑) 本楷(張猛龍碑)

【析形】本字金文在"木"字下部加"、"作
為指事符號，表示樹木根本之所在。指事
字。小篆下部連"、"成線。隸、楷書沿
襲小篆。

【釋義】◎本義指草木的根：草本|木本|
本固枝榮 ◇引申①事物的根基或根源，
與"末"相對：本末|本原|本位|本質|根
本 ②原來的：本該|本來|本色|本意|本
字|原本 ③自己方面的：本地|本分|本
國|本人|本身|本土|本職 ④中心的，主
要的：本部|本科|本體 ⑤本錢：本金|
本利|本息|成本|虧本|賠本|資本 ⑥版
本：範本|複本|稿本|藍本|手本|樣本|譯
本|珍本|正本 ⑦冊子：讀本|畫本|教本|
課本|書本|文本；或指戲劇的底本：唱
本|腳本|劇本|戲本 ⑧現今的：本年|本
日 ⑨根據，依據：本着

奔 bèn

【析形】見"奔 bēn"。

【釋義】◎本義指快跑，急走，音 bēn。
◇引申①投向：逃奔|投奔|奔小康 ②年
紀接近：奔七十了(以上各引申義音 bèn)

笨 bèn

𥬷篆 笨楷(顏真卿)

【析形】笨字小篆上部是竹，意符，表明
字的初義與竹子有關；下部是本，聲符，
表示讀音。形聲字。楷書沿襲小篆。

【釋義】◎本義指竹子的內層，即竹筒內白
色的一層竹衣。△音借表示粗大，沉重：
笨重|笨拙 ◇引申①不靈巧：呆笨|嘴笨|
笨手笨腳 ②不聰明，愚蠢：笨蛋|蠢笨|
愚笨 ③粗重，費力氣的：笨活|笨重

崩 bēng

嵍篆 崩楷(虞世南)

【析形】崩字小篆左旁是山，意符，表明
字義與山有關；右旁是朋，聲符，表示讀
音。形聲字。楷書寫作上下結構。

【釋義】◎本義指山倒塌：崩潰|崩塌|山
崩 ◇引申①泛指倒塌：雪崩|土崩瓦解|
天崩地裂 ②破裂：崩裂|分崩離析 ③被
崩裂的東西擊中：被石頭崩中了 ④舊稱
帝王或王后死：駕崩 △音借作象聲詞，
指槍斃：一槍崩了他

繃(绷) bēng

綳篆 绷楷(顏真卿)

【析形】繃字小篆左旁是糸，意符，表明
字義與繩索有關；右旁是崩，聲符，表示
讀音。形聲字。楷書沿襲小篆。

【簡化】楷書簡體"绷"是用更換聲符的方
法，以筆畫較簡的"朋"替換筆畫較繁複
的"崩"；意符"纟"根據草書楷化而成。

【釋義】◎本義指用繩子布帛等纏，包
紮，拉緊：繃帶|繃直 ◇引申①粗粗地縫
上或用針別上：繃線|繃針|繃被頭 ②當
中用藤皮、棕繩或布帛等繃緊的竹木框：
繃架|牀繃|藤繃

繃(绷) běng

【析形】見"繃 bēng"。

【釋義】◎本義指纏束。音 bēng。◇引申
①板着：繃着臉 ②強忍着：繃住勁|繃不
住笑了起來(以上各引申義音 běng)

蹦 bèng

蹦楷(顏真卿)

【析形】蹦字《說文》所無。楷書左旁是
足，意符，表明字義與腿腳有關；右旁是
崩，聲符，表示讀音。形聲字。

【釋義】雙腳並攏跳：蹦極|活蹦亂跳|一
蹦老高

泵 bèng

泵楷(顏真卿)

【析形】泵字《說文》所無。楷書上部是
石，下部是水，均為意符，表明字義與
石、水有關。會意字。

【釋義】◎本義指水沖擊礁石。△音借作

音譯詞，指一種吸入或排出液體或氣體的機械：風泵｜氣泵｜水泵｜油泵　◇引申指用泵壓入或抽出：泵入｜泵油

蚌 bèng

【析形】見"蚌 bàng"。
【釋義】本義指生活在淡水裏的一種軟體動物。音 bàng。後用作地名用字。音 bèng。蚌埠，市名，在安徽。

繃（绷）bèng

【析形】見"繃 bēng"。
【釋義】◎本義指纏束，音 bēng。△音借用在某些形容詞前，表示程度深。音 bèng：繃棒｜繃亮｜繃硬

逼 bī

逼篆 逼楷（顏真卿）
【析形】逼字小篆左旁是辵，意符，表明字義與行為動作有關；右旁是畐，聲符，表示讀音。形聲字。隸變後，辵字為偏旁時寫作"辶"。
【釋義】◎本義指迫近，靠近：逼近｜逼視｜逼真｜緊逼　◇引申①脅迫，給人以威脅：逼供｜逼迫｜強逼｜威逼｜寒氣逼人　②強迫索取：逼命｜逼債｜逼租｜催逼

鼻 bí

鼻篆 鼻隸（馬王堆帛書）鼻楷（顏真卿）
【析形】鼻字甲骨文、金文像鼻子之形（見"自"字）。小篆上部是自，意符，表示鼻子；下部是畀，聲符，表示讀音，為後起形聲字。隸、楷書沿襲小篆。
【釋義】◎本義指鼻子，即人和動物呼吸兼嗅覺的器官：鼻煙　◇引申①器物上突出帶孔的部分或帶孔的零件：針鼻兒　②初，開始：鼻祖

荸 bí

荸楷（顏真卿）
【析形】荸字《說文》所無。楷書上部是"艹"（艸），意符，表明字義與植物有關；下部是孛，聲符，表示讀音。形聲字。
【釋義】〔荸薺〕多年生草本植物，葉管狀，地下莖為球莖，皮赤褐色，肉白色，可食用。江浙人稱之為地栗，兩廣人稱之為馬蹄。

比 bǐ

比甲 比金 比篆 比隸（白石君碑）比楷（張猛龍碑）
【析形】比字甲骨文像兩個面朝右並行的人，取意並列。會意字。金文、小篆沿襲甲骨文。隸變後，人形已失。楷書沿襲隸書。
【釋義】◎本義指並列：比肩｜比鄰｜比翼雙飛｜鱗次櫛比　◇引申①比較，較量：比況｜比擬｜比賽｜比照｜對比｜排比｜評比｜相比　②比方，模擬：比量｜比如｜比喻　③比較同類數量的倍數關係：比分｜比例｜比率｜比值｜比重｜反比｜正比｜百分比

彼 bǐ

彼篆 彼隸（孔宙碑）彼楷（智永）
【析形】彼字小篆左旁是"彳"（甲骨文像道路形），意符，表明字義與行止有關；右旁是皮，聲符，表示讀音。形聲字。隸、楷書沿襲小篆。
【釋義】◎本義指對方，與"此"相對：彼等｜彼退我進｜知己知彼　◇引申作遠指代詞"那"，"那個"：彼岸｜彼此｜彼時｜此起彼伏｜顧此失彼

筆（笔）bǐ

筆甲 筆金 筆篆 筆楷（智永）
【析形】筆字甲骨文像手執筆形。隸作"聿"。會意字。金文沿襲甲骨文。小篆上部增"竹"為意符，表明材質。會意字。隸書手執筆形已失。
【簡化】簡化字"笔"是用另造新字的方法，上部仍為"竹"（竹），下部是毛，均為意符，表明材質。會意字。
【釋義】◎本義指寫字畫畫的工具：筆尖｜鋼筆｜運筆　◇引申①寫：筆記｜筆錄｜輟筆｜代筆｜擱筆｜絕筆　②筆法：筆觸｜筆調｜

敗筆 ③組成漢字的筆畫：筆跡∣筆順∣起筆 ④量詞：一筆錢∣一筆生意

鄙 bǐ

咼甲 喬金 鄙篆 鄙隸(隸辨)
鄙楷(褚遂良)

【析形】鄙字甲骨文、金文借音近、像倉廩形的"咼"字表示。小篆右旁增"邑"為意符，表明字義與城邑有關；左旁"咼"為聲符，表示讀音。形聲字。隸變後，邑字在字右側為偏旁時寫作"阝"。

【釋義】◎本義指周代地方行政區劃名。五鄙為鄙(百家為酇)。也指小城或邊遠的地方：邊鄙∣都鄙∣西鄙 ◇引申指①狹，陋。②粗俗，低劣：鄙陋∣鄙俗∣卑鄙∣粗鄙 ③輕蔑：鄙薄∣鄙視∣鄙夷∣可鄙 ④謙詞：鄙見∣鄙人∣鄙意

匕 bǐ

ㄟ甲 ㄟ金 匕篆 匕隸(武威簡)
匕楷(顏真卿)

【析形】匕字甲骨文像反人之形(人字甲骨文均面左而立)。象形字。金文、小篆沿襲甲骨文。隸書筆畫化，形體已變。楷書沿襲隸書。

【釋義】◎本義未詳。(一說為雌性的標誌，構字如"牝"、"妣"等)。△音借表示①匙勺一類食器的泛稱。②〔匕首〕短劍。

秕 〔粃〕bǐ

秕篆 秕比隸(隸辨) 秕楷(褚遂良)

【析形】秕字小篆左旁是禾，意符，表明字義與穀類植物有關；右旁是比，聲符，表示讀音。形聲字。異體字以"米"為意符，取義與"禾"同。

【釋義】◎本義指子實不飽滿的穀子：秕穀∣秕糠∣秕子∣糠秕 ◇引申指惡，壞：秕政

幣 (币) bì

幣篆 币隸(隸辨) 幣楷(顏真卿)

【析形】幣字小篆下部是巾，意符，表明字的初義與巾帛等有關；上部是敝，聲符，表示讀音。形聲字。楷書沿襲小篆。

【簡化】簡化字"币"是參照隸書，用符號代替的方法，上部以"丿"作為象徵性的符號，替換筆畫繁複的聲符"敝"，失去了表音作用。

【析形】◎本義指帛。古時以束帛作為祭祀或贈送賓客的禮物，稱為"幣"。◇引申①把車馬玉帛等聘享之物也通稱"幣"。②指貨幣，即交換各種商品的媒介：幣值∣幣制∣金幣∣外幣∣硬幣∣紙幣

必 bì

必金 必篆 必隸(居延簡)
必楷(崔敬邕墓誌)

【析形】必字金文中間像戈一類古代兵器(或工具)形；兩旁合為"八"，聲符，表示讀音(必、八二字古音同)。形聲字。小篆沿襲金文。隸書"戈"形已失。楷書沿襲隸書。

【釋義】◎本義指古代兵器的柄，當是"柲"字初文，也泛指器物的柄。△音借表示肯定，必然：必勝∣必居其一 ◇引申指必須，一定要：必備∣必修∣必不可少

畢 (毕) bì

畢甲 畢金 畢篆 畢隸(曹全碑) 毕楷(顏真卿)

【析形】畢字甲骨文像古代一種有柄帶網的捕獸器具之形。象形字。金文上部增"田"為意符，表明字義與田獵有關，成為會意字。小篆沿襲金文。隸書線條化，器具形已失。

【簡化】楷書簡體"毕"上部以"比"為聲符，替代了原字繁複的部件，下面器具形簡作"十"，成為形聲字。

【釋義】◎本義指古時田獵用的一種長柄網，一種捕獸器具。△音借表示①全，完全：畢生∣畢恭畢敬∣鋒芒畢露 ②完結，完成：畢業∣完畢 ③星名，二十八宿之一。

閉 (闭) bì

閉金 閉篆 閉隸(馬王堆帛書)
闭楷(石經周易)

【析形】閉字金文外廓是門，意符，表明字義與門有關，門上帶閂，指事門鍵。指事字。小篆把門鍵訛作"才"。隸、楷書沿襲小篆。

【簡化】楷書簡體"闭"意符的簡化見"門"字。

【釋義】◎本義指關門。◇引申①泛指關，合：閉幕｜封閉｜關閉｜禁閉｜幽閉｜閉門造車｜閉目塞 sè 聽 ②結束，停止：閉會｜閉幕｜倒 dǎo 閉｜停閉 ③堵塞不通：閉氣｜閉塞

斃 (毙)〔獘〕bì

斃篆 𣸫篆 毙楷(顏真卿)

【析形】斃字小篆形一下部是犬，意符，以動物匍匐取倒伏之意；上部是敝，聲符，表示讀音。形聲字。形二下部是"死"，意符，取倒斃、死亡之意。

【簡化】楷書簡體"毙"是用更換聲符的方法，以筆畫較簡的"比"為聲符，替換筆畫繁複的"敝"。

【釋義】◎本義指倒仆，向前倒下：多行不義必自斃 ◇引申指倒在地上死去：斃命｜倒斃｜擊斃｜坐以待斃

秘 bì

【析形】見"秘 mì"。

【釋義】◎本義指神，音 mì。△音借作音譯詞的構詞語素，音 bì。〔秘魯〕國名，在南美洲。

辟 bì

𨐌甲 𨐒甲 𨐌金 辟篆 辟隸(辟雍碑)

辟楷(顏真卿)

【析形】辟字甲骨文形一左旁像跪跽之人形；右旁像古代一種刑具，隸作"辛"，均為意符，對人施刑，取法度之意。會意字。甲骨文形二中間增"口"為意符，表示審訊或判罪。金文、小篆沿襲甲骨文形二。隸書根據小篆轉寫而成。楷書沿襲隸書。

【釋義】◎本義指法，法度。◇在封建社會裏，國君即法，引申①君主：復辟 ②法制除惡，又引申指排除：辟邪 △因聲

通"避"：辟易

碧 bì

碧篆 碧隸(樓蘭簡) 碧楷(顏真卿)

【析形】碧字小篆上部左旁是玉，下部是石，均為意符，表示玉石；右上為白，聲符，表示讀音(碧、白二字古音韻部相近)。會意兼聲字。隸、楷書沿襲小篆。

【釋義】◎本義指青綠色的玉石：碧玉｜碧血丹心｜金碧輝煌 ◇引申指青綠色或淺藍色：碧空｜碧藍｜碧浪

蔽 bì

蔽篆 蔽隸(郭有道碑) 蔽楷(顏真卿)

【析形】蔽字小篆上部是"艸"，意符，表明字義與植物有關；下部是敝，聲符，表示讀音。形聲字。隸、楷書沿襲小篆。

【釋義】◎本義指小草。◇草覆蓋地，故引申①遮蓋，擋住：蒙蔽｜掩蔽｜隱蔽｜遮蔽｜一葉蔽目 ②概括：一言以蔽之

弊 bì

弊楷(智永)

【析形】弊字是從"獘"、"斃"分化而來(見"斃"字)。楷書下部是"廾"(古文像拱手形)，意符，表明字義與行為動作有關，以區別於"斃"字，表示引申義；上部聲符仍為"敝"。

【釋義】◎本義指倒仆，寫作"獘"、"斃"。◇引申指①害處，毛病，寫作"弊"：弊病｜弊端｜積弊｜利弊｜流弊｜宿弊 ②指蒙混騙人的行為：舞弊｜私弊｜作弊

壁 bì

壁篆 壁楷(顏真卿)

【析形】壁字小篆下部是土，意符，表明字義與土築有關；上部是辟，聲符，表示讀音。形聲字。楷書沿襲小篆。

【釋義】◎本義指牆壁：壁燈｜壁櫃｜壁畫｜殘垣斷壁｜銅牆鐵壁 ◇引申①陡峭的山崖：壁立｜峭壁｜石壁｜崖壁 ②某些物體上作用像壁的部分：腸壁｜胃壁｜鍋爐壁 ③一

面，一邊：壁廂｜一壁｜半壁江山　④營壘：壁壘｜堅壁｜作壁上觀

臂 bì

臂篆　䯒隸(樓蘭簡)　臂楷(顏真卿)

【析形】臂字小篆下部是肉，意符，表明字義與肉體有關；上部是辟，聲符，表示讀音。形聲字。古文肉、月二字形近，隸變後，兩個字作偏旁時多同化寫作"月"。

【釋義】◎本義指胳膊，從肩到腕的部分：臂膀｜臂膊｜振臂　◇引申指形狀或作用像臂的：力臂｜懸臂｜搖臂

避 bì

避篆　避隸(萊慧明碑)　避楷(顏真卿)

【析形】避字小篆左旁是辵，意符，表明字義與行為動作有關；右旁是辟，聲符，表示讀音。形聲字。隸變後，辵字為偏旁時寫作"辶"。

【釋義】◎本義指迴避，躲避：避風｜避忌｜避世｜避暑｜逃避｜退避｜揚長避短　◇引申指防止：避免｜力避｜避雷針

庇 bì

庇篆　庇楷(蘇孝慈墓誌)

【析形】庇字小篆外廓是"广"，像高屋形，意符，取遮蔽之意；內中是比，聲符，表示讀音。形聲字。楷書沿襲小篆。

【釋義】遮蔽，掩護：庇護｜庇佑｜包庇｜蔭 yìn 庇

泌 bì

泌篆　泌楷(顏真卿)

【析形】泌字小篆左旁是水，意符，表明字義與水有關；右旁是必，聲符，表示讀音。形聲字。隸變後，水字在字左側為偏旁時寫作"氵"。

【釋義】本義為山溪水流之貌。後作地名用字。泌陽，在河南。

蓖 bì

蓖楷(顏真卿)

【析形】蓖字《說文》所無。楷書上部是"艹"(艸)，意符，表明字義與植物有關；下部是篦，聲符，表示讀音。形聲字。

【釋義】〔蓖麻〕一年生或多年生草本植物，種子可榨油：蓖麻油｜蓖麻子

痹〔痺〕bì

痹篆　痹隸(隸辨)　痹楷(顏真卿)

【析形】痹字小篆左旁與上部一橫合隸作"疒"，意符，表明字義與疾病有關(見"病"字)；內中是畀，聲符，表示讀音。形聲字。隸、楷書沿襲小篆。異體字以"卑"為聲符。

【釋義】◎本義為中醫病名，指由風、寒、濕等引起的肢體疼痛或麻木的病：風痹｜寒痹｜麻痹　◇引申指麻木：手痹｜手腳麻痹

璧 bì

璧金　璧篆　璧隸(華山神廟碑)

璧楷(顏真卿)

【析形】璧字金文下部是玉，意符，表明字義與玉器有關；上部是辟，聲符，表示讀音。形聲字。小篆、隸書沿襲金文。楷書玉字右旁加"丶"。

【釋義】玉器。扁平，圓形，中心有孔。古代貴族用作祭祀、朝聘、喪葬時的禮器，也用作裝飾品：合璧｜完璧歸趙

邊〔边〕biān

邊金　邊篆　邊隸(居延簡)　邊草(懷素)

边楷(顏真卿)

【析形】邊字金文左旁像道路形，隸作"彳"，下部像足印形，隸作"止"，意符，表明字義與行止有關；右旁是臱，聲符，表示讀音。形聲字。小篆把"彳"、"止"兩個部件合篆作"辵"。隸變後，辵字為偏旁時寫作"辶"。

【簡化】楷書簡體"边"根據草書略加改造楷化而成。簡化字沿用楷書簡體。

【釋義】◎本義指邊緣，邊沿：海邊｜路邊｜天邊　◇引申①旁，即靠近物體的地方：旁邊｜身邊｜手邊　②邊界，邊境：邊陲｜邊

防 | 邊疆 | 邊塞 | 戍邊　③鑲在或畫在邊緣上的條狀裝飾：花邊兒 | 鑲金邊　④幾何圖形上夾成角的射線或圍成多邊形的線段。

編 (编) biān

冊甲 編篆 編隸 編楷 (顏真卿)

【析形】編字甲骨文左旁是冊，右旁像繩索，均為意符，表示用繩把簡冊串聯起來。會意字。小篆左旁是"糸"，意符，表示繩索；右旁是扁，聲符，表示讀音，成為形聲字。隸、楷書沿襲小篆。

【簡化】簡化字"编"的意符"纟"根據草書楷化而成。

【釋義】◎本義指把竹簡按順序排列串聯在一起的繩子。又指把長條形的東西交織起來：編織 | 編製　◇引申①排列，組織：編次 | 編隊 | 編號 | 編碼 | 編排 | 改編 | 擴編　②對資料或現成稿件進行整理、加工、創作：編導 | 編訂 | 編輯 | 編劇 | 編著 | 編纂　③整本的書或書的一部分：彙編 | 簡編 | 新編 | 續編 | 斷簡殘編

鞭 biān

𩍿金 𩋆金 鞭篆 鞭楷 (顏真卿)

【析形】鞭字金文形一像手持鞭之形；形二左旁增"人"為意符，像以鞭抽人。會意字。"便"字借為"方便"義，並為借義所專，小篆為本義造了"鞭"字。左旁是革，意符，表明材質，以區別於"便"字。楷書沿襲小篆。

【釋義】◎本義指馬鞭，也泛指鞭子：皮鞭 | 揚鞭 | 掌鞭 | 鞭長莫及　◇引申①用鞭子抽打：鞭策 | 鞭笞 | 鞭撻 | 快馬加鞭　②像鞭子的東西：鞭毛 | 教鞭　③一種古代兵器：鋼鞭 | 竹節鞭

蝙 biān

蝙篆 蝙楷 (顏真卿)

【析形】蝙字小篆左旁是虫，意符，表明字義與昆蟲動物類有關；右旁是扁，聲符，表示讀音。形聲字。楷書沿襲小篆。

【釋義】〔蝙蝠〕一種能飛的哺乳動物，身體像老鼠，前後肢和尾部之間有翼膜，夜間在空中飛翔，捕食蚊、蛾等。

扁 biǎn

扁篆 扁楷 (顏真卿)

【析形】扁字小篆上部是戶，本義指單扇門；下部是冊，本指書簡（古人在竹簡上寫字，串連成冊），代表文字，均為意符，表示在門戶上題字。會意字。楷書沿襲小篆。

【釋義】◎本義指在門戶上題字。◇引申①匾額，即題字的長方形牌子。此義後作"匾"(見"匾"字)。②物體的厚度比長度和寬度小：扁擔 | 扁豆 | 扁骨 | 扁平

貶 (贬) biǎn

貶 貶篆 貶隸 (隸辨) 貶楷 (顏真卿)

【析形】貶字小篆左旁是貝，意符，表明字義與財物等有關 (見"貝"字)；右旁是乏，意符兼聲符，表示缺少，也表示讀音 (貶、乏二字古音同韻部)。會意兼聲字。

【簡化】楷書簡體"贬"意符的簡化見"貝"字。簡化字沿用楷書簡體。

【釋義】◎本義指損減，降低：貶低 | 貶價 | 貶損 | 貶謫 | 貶值　◇引申指給予不好的評價，與"褒"相對：貶詞 | 貶斥 | 貶義 | 貶責 | 褒貶

匾 biǎn

匾楷 (顏真卿)

【析形】匾字《說文》所無。楷書外廓是匚，像一方形容器，意符，表明字的初義與盛器有關；內中是扁，聲符，表示讀音。形聲字。

【釋義】◎本義指一種圓形，平底，邊框很淺的竹器：蠶匾　△因聲用作"扁"，指掛在門的上方或牆的上部，作為標記或表示讚揚的、體積扁薄的橫牌 (見"扁"字)：匾額 | 牌匾

變 (变) biàn

變篆 𡡩隸 (華山神廟碑) 變楷 (顏真卿)
变草 (王獻之)

【析形】變字小篆下部是"攴"(甲骨文像手持棒形,表示擊打),意符,物體受擊打則改其形制,取意改變;上部是"䜌",聲符,表示讀音。形聲字。隸書把意符"攴"訛作"乂"。楷書又作"夊"。

【簡化】簡化字"变"根據草書略加改造楷化而成。

【釋義】◎本義指改變,變化:變革│變更│變換│蛻變│演變│質變　◇引申①使改變:變法　②突然發生的非常事件:變故│變局│變亂│兵變│慘變│叛變│事變│政變

便 biàn

篆便　隸(隸辨)　楷(顏真卿)

【析形】"便"是"鞭"字之本字,借用為"便利"義,並為借義所專。小篆根據"鞭"字金文(見"鞭"字)轉寫而成。隸變後,人字在字左側為偏旁時寫作"亻"。

【釋義】◎本義指鞭子。△音借表示便利:便當│便捷│方便│靈便│輕便│自便　◇引申①方便的時機:便車│趁便│乘便│順便　②平常的,非正式的:便道│便飯│便服│便函│便門│便條　③大小便:便毒│便秘│糞便

遍 〔徧〕 biàn

徧篆遍楷(顏真卿)

【析形】遍字本作"徧"。小篆左旁是"彳"(甲骨文像道路形),意符,道路通達則行止遍及;右旁是扁,聲符,表示讀音。形聲字。楷書意符為"辶",取意同"彳"。

【釋義】◎本義指遍及:遍佈│遍地│遍野│普遍│周遍　◇引申作量詞,表示動作的次數:讀了數遍

辨 biàn

辨金辨篆辨楷(顏真卿)

【析形】辨字金文中間是刀,意符,刀可斷物,取意判別;兩旁合為"辡",聲符,表示讀音。形聲字。小篆沿襲金文。隸變後,意符刀旁形體訛變。

【釋義】判別,區分:辨認│辨識│辨析│明辨是非

辯 (辩) biàn

辯篆辯隸(馬王堆帛書)辯楷(褚遂良)

【析形】辯字小篆兩旁合為"辡",義為辯解;中間是言,均為意符,表示爭辯,辡也表示讀音。會意兼聲字。隸、楷書沿襲小篆。

【簡化】簡化字"辩"意符"讠"根據草書楷化而成。

【釋義】辯論,說明是非或真假:辯白│辯駁│辯護│辯解│辯證│答辯│詭辯│抗辯

辮 (辫) biàn

辮篆辮楷(顏真卿)

【析形】辮字小篆中間是"糸",意符,表明字義與絲線等有關;兩旁合為"辡",聲符,表示讀音。形聲字。楷書沿襲小篆。

【簡化】簡化字"辫"的意符"纟"根據草書楷化而成。

【釋義】◎本義指把絲線或絲狀物交織編結成帶狀物:辮子│紮辮子　◇引申①像辮子的東西:蒜辮子　②比喻把柄:揪辮子

標 (标) biāo

標篆標楷(顏真卿)

【析形】標字小篆左旁是木,意符,表明字的初義與樹木有關;右旁是票,聲符,表示讀音。形聲字。楷書沿襲小篆。

【簡化】簡化字"标"是用保留特徵、局部刪除的方法,保留聲符下部的"示",刪除了上部的"覀"。

【釋義】◎本義指樹梢,與"本"相對:治標　◇引申①頂端。《玉篇‧木部》:"標,顛也"。②顯出　③記號,符號:標本│標號│標籤│標誌│航標│目標│商標│音標│坐標　④用文字或其他事物表明:標價│標明│標題│標語　⑤用比價方式買賣貨物或承包工程時各競爭一方所標出的價格:標金│標賣│開標│投標│招標　⑥獎給競賽優勝者的紀念品:奪標│錦標

彪 biāo

影金 扇篆 彪楷(顏真卿)

【析形】彪字金文左旁是虎,右旁的“彡”像毛飾畫文,均為意符,表示虎紋。會意字。小篆意符“彡”寫入“虎”內。楷書又作左右結構。

【釋義】◎本義指虎紋。◇引申①有文采的樣子:彪炳│彪煥 ②老虎,小老虎。③比喻人體魁梧高大:彪形大漢

膘 〔臕〕biāo

膘篆 膘楷(顏真卿)

【析形】膘字小篆左旁是肉,意符,表明字義與肉體有關;右旁是票,聲符,表示讀音。形聲字。古文肉、月二字形近,隸變後,兩個字作偏旁時多同化寫作“月”。

【釋義】◎本義指小腹兩旁的肉。◇引申指畜牲的肥肉:膘情│掉膘│長 zhǎng 膘

表 biǎo

表篆 表隸(王基碑) 表楷(孝文帝造像)

【析形】表字小篆外廓是衣,中間是毛,均為意符,表示外衣(古代以皮為裘,毛皆在外,故以衣毛為表)。會意字。隸書筆畫化,已失初形。楷書沿襲隸書。

【釋義】◎本義指上衣。◇引申①外層,外部,與“裏”相對:表層│表面│表皮│表象│外表│地表 ②外貌:儀表│徒有其表 ③顯示,表示:表白│表達│表露│表明│表態│表現│表演│表揚│發表 ④榜樣,模範:表率│師表 ⑤古代文體,文書、奏章的一種:戰表│《出師表》⑥古代測日影的標杆:圭表 ⑦測量某種量的器具:表筆│表尺│水表│儀表│寒暑表 ⑧中醫指用藥物把感受的風寒發散出來:表寒│解表 △音借表示親戚關係:表親│表哥│表叔│姑表│姨表

錶 (表) biǎo

【析形】錶字《說文》所無。左旁是金,意符,表明材質;右旁是表,聲符,表示讀音。形聲字。

【簡化】簡化字是用同音合併的方法,以音同、筆畫較簡的“表”代替筆畫較繁複的“錶”,合併了錶、表二字的意義。

【釋義】◎計時的器具,比鐘小,可以隨身攜帶:錶針│懷錶│碼錶│手錶│鐘錶

憋 biē

憋楷(顏真卿)

【析形】憋字《說文》所無。楷書下部是心,意符,表明字義與心理活動有關;上部是敝,聲符,表示讀音。形聲字。

【釋義】◎本義指惡,怒。◇引申①悶,不痛快:憋悶│憋氣 ②勉強忍住,強行控制住:憋了一肚子氣

瘪 (癟) biē

【析形】見“瘪 biě”。

【釋義】〔瘪三〕上海人指城市中無正當職業而以乞討或偷竊為生的遊民。

鱉 (鼈)〔鱉〕biē

鱉篆 鱉楷(顏真卿)

【析形】鱉字小篆下部是黽,即蛙的一種,意符,表示水中動物;上部是敝,聲符,表示讀音。形聲字。楷書以“魚”為意符(鱉俗名甲魚或團魚)。異體字以“龜”為意符。

【簡化】簡化字“鳖”意符的簡化見“魚”字。

【釋義】◎生活在水中,形狀像龜的爬行動物,也叫甲魚、團魚,俗稱王八:鱉裙│甕中捉鱉 ◇引申指形體像鱉的:地鱉│田鱉│土鱉

別 bié

別篆 別隸(曹全碑) 別楷(敬使君碑)

【析形】別字小篆左旁是丹,為“骨”字初文,右旁是刀,均為意符,以刀解骨表示分剖之意。會意字。隸書左旁訛作“另”。隸變後,刀字在字右側為偏旁時寫作“刂”。

【釋義】◎本義指分剖。◇引申①分離:別離│分別│告別│送別│永別 ②區分,分

辨：辨別｜鑒別｜判別｜區別｜識別｜甄別 ③ 另外的：別稱｜別處｜別名｜別史｜別墅｜別字 ④類別：級別｜派別｜性別｜職別 ⑤與眾不同：別致｜特別｜別開生面｜別樹一幟 ⑥差別：天壤之別 △音借表示①不要：別幹｜別去｜別走 ②用針等把一物附在另一物上：別針｜別在胸前

瘪（瘪）biě

瘪 楷（顏真卿）

【析形】瘪字《說文》所無。楷書外廓是"疒"，意符，表明字義與疾病有關（見"病"字）；內中當是㿜字的省減，本義指枯敗，與"瘪"音近，意符兼聲符。會意兼聲字。

【簡化】簡化字"瘪"下部依據"㑹"字的簡化類推簡作"仑"。

【釋義】◎本義指枯病。◇引申指不飽滿，即物體表面凹下去：瘪穀｜瘪殼｜乾瘪

彆（别）biè

彆 楷

【析形】彆字《說文》所無。字下部是弓，意符，表明字義與弓有關；上部是敝，聲符，表示讀音。形聲字。

【簡化】簡化字是用同音合併的方法，以音近、筆畫較簡的"別"代替筆畫繁複的"彆"，合併了彆、別二字的意義。

【釋義】◎本義指弓末反曲處。◇引申指執拗，不順，意見不合：彆扭

賓（宾）〔賔〕bīn

賓 甲 甲 金 金 篆 賓 隸 賓 楷（顏真卿）

【析形】賓字甲骨文形一外廓像屋宇形，內中像側立之人形，均為意符，表示有來客。會意字。形二下部增"止"（"趾"字初文）為意符，表明字義與行為動作有關。金文形一沿襲甲骨文形一，又在"人"上加一畫表示客至家門。金文形二下部增"貝"為意符，表示賓客攜財物而至（王國維釋"賓"字："古者賓客至，必有物以贈之……故其字從'貝'"）。小篆保留了"止"和"貝"，省減了"人"。隸書沿襲小篆。

【簡化】楷書簡體"宾"保留了意符"宀"，下部以筆畫較簡的"兵"為聲符，替代了

原字下部筆畫繁複的部件，成為形聲字。簡化字沿用楷書簡體。

> "賓"字為偏旁的字類推簡化。例如：宾、滨、缤、鬓等。

【釋義】◎客人，與"主"相對：賓館｜賓客｜貴賓｜國賓｜嘉賓｜賓至如歸｜喧賓奪主

濱（滨）bīn

濱 隸（樊敏碑）　**滨** 楷（顏真卿）

【析形】濱字《說文》所無。隸書左旁是"氵"（水），意符，表明字義與水有關；右旁是賓，聲符，表示讀音。形聲字。楷書沿襲隸書。

【簡化】楷書簡體"滨"聲符的簡化見"賓"字。

【釋義】◎本義指水邊，近水的地方：海濱｜湖濱｜水濱 ◇引申指靠近（水邊）：濱海｜濱江

彬 bīn

彬 說文古文　**林三** 隸（隸辨）　**彬** 楷（顏真卿）

【析形】彬字說文古文右旁是"彡"，像毛飾畫文，表示文采；左旁是"焚"字的省減，聲符，表示讀音。形聲字。隸、楷書沿襲說文古文。

【釋義】〔彬彬〕◎本義指文質兼備：文質彬彬 ◇引申指斯文，文雅：彬彬有禮

繽（缤）bīn

繽 楷（顏真卿）

【析形】繽字《說文》所無。楷書左旁是"糸"，意符，取其繁多之意；右旁是賓，聲符，表示讀音。形聲字。

【簡化】簡化字"缤"的意符"纟"根據草書楷化而成；聲符的簡化見"賓"字。

【釋義】◎本義指繁盛，眾多。◇引申指紛亂。

〔繽紛〕繁多，雜亂：落英繽紛｜五彩繽紛

瀕（濒）bīn

瀕 金　**瀕** 篆　**濒** 楷（顏真卿）

【析形】瀕字金文左旁是涉，本義指徒

步過河；右旁是頁，本義指頭（見"頁"
字），代表人，均為意符，表示人靠近水
邊。會意字。小篆水旁在"步"字之間。
楷書沿襲金文。隸變後，水字在字左側為
偏旁時寫作"氵"；

【簡化】簡化字"瀕"意符的簡化見"頁"
字。

【釋義】◎本義指緊靠水邊：瀕湖｜東瀕大
海　◇引申指接近，迫近：瀕臨｜瀕死｜瀕
危｜瀕於破產

鬢 (鬓) bìn

鬢篆　鬢隸(隸辨)　鬢楷(顏真卿)

【析形】鬢字小篆左旁與右上的"乡"合為
"髟"，本義指長鬢下垂之貌，意符，表明
字義與毛髮有關；右下是賓，聲符，表示
讀音。形聲字。隸書沿襲小篆。楷書寫作
上下結構。

【簡化】簡化字"鬓"聲符的簡化見"賓"
字。

【釋義】耳朵前的頭髮：鬢髮｜鬢角｜鬢毛｜
兩鬢｜霜鬢

冰 bīng

冰金　冰篆　冰隸(隸辨)　冰楷(歐陽詢)

【析形】冰字金文左旁是水，右旁像水結
成的冰塊，均為意符，表示水凝結成冰。
會意字。小篆"水"在右旁，左旁像冰凌
狀，取意與金文同。隸書把冰凌狀隸作
"氵"。楷書沿襲隸書。

【釋義】◎本義指水在攝氏零度以下結成
固體：冰雹｜冰川｜冰河｜冰山｜溜冰　◇引
申①像冰狀樣的東西：冰糖｜乾冰｜滑冰　②
用冰鎮物使冷：把西瓜冰上　③使人感到
寒冷：河水冰手

兵 bīng

兵甲　兵金　兵篆　兵隸(居延簡)

兵楷(虞世南)

【析形】兵字甲骨文上部像斧斤之形，隸
作"斤"，代表兵器；下部像兩隻手，均
為意符，表示手持兵器。會意字。金文、
小篆沿襲甲骨文。隸變後，下部的兩隻手

隸作"六"。楷書沿襲隸書。

【釋義】◎本義指兵器。◇引申①軍械：
兵戈｜兵艦｜短兵相接｜秣馬厲兵　②士兵，
軍隊：兵變｜兵士｜兵營｜兵種｜騎兵｜用兵｜
徵兵　③關於軍事或戰爭的：兵法｜兵家｜
兵亂｜兵書｜舉兵｜興兵

丙 bǐng

丙甲　丙金　丙篆　丙隸(乙瑛碑)

丙楷(智永)

【析形】丙字甲骨文像器物底座之形。象
形字。金文沿襲甲骨文。小篆形體略變。
隸、楷書沿襲小篆。

【釋義】◎本義當指器物的基座。古文又
用作單位量詞，甲骨文有"馬二十丙"、
"車二丙"之記載。△音借作天干的第三
位，與地支相配，用以紀年、月、日：丙
夜　◇引申作序數第三位的代稱：丙級

柄 bǐng

柄甲　柄篆　柄楷(顏真卿)

【析形】柄字甲骨文上部是木，意符，表
明字義與木有關；下部是丙，聲符，表示
讀音。形聲字。小篆寫作左右結構。楷書
沿襲小篆。

【釋義】◎本義指斧頭的把兒。◇引申①
泛指器物的把兒：刀柄｜斧柄｜勺柄　②
花、葉或果實與莖或枝相連的部分：花莖｜
葉莖　③比喻在言行上被人抓住的材料：
把柄｜話柄｜笑柄　④權：國柄｜權柄

餅 (饼) bǐng

餅篆　餅楷(顏真卿)

【析形】餅字小篆左旁是食，意符，表明
字義與食物有關；右旁是"并"字的省
減，聲符，表示讀音。形聲字。楷書沿襲
小篆。

【簡化】簡化字"饼"的意符"饣"根據草書
楷化而成。

【釋義】◎本義指用麵粉製成的食品，一
般為扁圓形，烤熟、蒸熟或炸熟：餅乾｜
薄餅｜烙餅｜月餅　◇引申指形狀像餅的東
西：餅肥｜煤餅｜柿餅｜鐵餅

秉 bǐng

（甲骨文、金文、篆、隸（曹全碑）、楷（顏真卿）字形）

【析形】秉字甲骨文左旁像一株禾苗，右旁像一隻手，均為意符，以手持禾表示禾束。會意字。金文手形插入禾束。小篆沿襲金文。隸變後，手形分化出"彐"旁。

【釋義】◎本義指禾束。◇引申①執持，握着：秉筆｜秉燭 ②掌握，主持：秉公｜秉政 ③因聲通"稟"：秉承｜秉性

屏 bǐng

【析形】見"屏píng"。

【釋義】◎本義指當門的小牆。音píng。◇引申①遮蔽。②抑止（呼吸）：屏氣｜屏息｜屏聲斂氣 ③排除，放棄：屏除｜屏棄（以上各引申義音bǐng。）

稟〔禀〕bǐng

（金、篆、隸（郭有道碑）、楷（顏真卿）字形）

【析形】稟字金文上部像上有頂、下有屯圍的倉廩之形；下部是禾，均為意符，表示存儲糧食的倉廩。會意字。小篆倉廩形有所省減，上部隸作"亩"。楷書下部訛作"示"。

【釋義】◎本義同"廩"。◇引申①古代官府以穀賜人。②接受，繼承：稟承｜稟賦｜稟性 △音借表示舊時下對上報告：稟報｜稟陳｜稟告｜回稟

併〔并〕bìng

（甲、金、篆、楷（顏真卿）、楷（高延福碑）字形）

【析形】併字甲骨文像兩人相從之形，中間兩畫是連接符號，表示相連、合併之意。會意字。金文、小篆沿襲甲骨文。楷書人形已失。楷書異體增"亻"為意符。內地採用"并"字。

【釋義】◎本義指合併，合在一起：併發｜併力｜歸併 ◇引申指吞併：裁併｜歸併｜兼併

並〔竝、并〕bìng

（甲、金、篆、隸（曹全碑）、楷（朱君山墓誌）字形）

【析形】並字甲骨文像兩人並排站立之形。會意字。金文沿襲甲骨文。小篆形體略變。隸書沿襲小篆。楷書人形盡失。內地採用"并"字。

【釋義】◎本義指並排，挨着：並肩｜並立｜並聯｜並列｜並行 ◇引申①連詞。一般用以連接兩個動詞：並且｜討論並通過 ②放在否定副詞前，表示不像預料的那樣：並不冷｜並非易事

病 bìng

（甲骨文、篆、隸（孔宙碑）、楷（顏真卿）字形）

【析形】病字甲骨文左旁像一張牀（豎起）之形，右旁像一個身上發汗的人躺在牀上，均為意符，人臥病在牀，取意重病。會意字。"病"字初文。小篆把右旁人形省作"一"，右下增"丙"為聲符，成為形聲字。隸書把小篆左旁與右上的一橫合隸作"疒"。隸變後，與疾病傷痛有關的字均以"疒"為意符。

【釋義】◎本義指重病。古稱病輕者為疾，病重者為病，今義則無此區別：病歷｜病人｜發病｜急病｜治病 ◇引申①弊端：弊病 ②比喻缺點，錯誤：病句｜病文｜毛病｜通病｜語病

撥〔拨〕bō

（篆、隸（上尊號碑）、楷（褚遂良）、楷（顏真卿）字形）

【析形】撥字小篆左旁是手，意符，表明字義與手的動作有關；右旁是發，聲符，表示讀音（撥、發二字古音聲母相同，韻母同部）。形聲字。隸變後，手字在字左側為偏旁時寫作"扌"。

【簡化】楷書簡體"拨"聲符的簡化見"發"字。

【釋義】◎本義指治，治理：撥亂反正 ◇引申①掉轉：撥轉 ②用手或棍棒等挑動、分開：撥弄｜挑撥｜撥雲見日 ③分

給，調配：撥付|撥工|撥款|撥糧|調撥|增撥

波 bō

篆 波 隸（楊統碑）　波 楷（虞世南）

【析形】波字小篆左旁是水，意符，表明字義與水有關；右旁是皮，聲符，表示讀音（波、皮二字古音聲母相同，韻母同部）。隸變後，水字在字左側為偏旁時寫作"氵"。

【釋義】◎本義指水流的起伏：波蕩|波浪|波濤|波紋|餘波|波瀾壯闊|隨波逐流|推波助瀾 ◇引申①振動在物體中的傳播：波段|波谷|波譜|波源|長波|電波|短波|光波|聲波|微波|超聲波 ②比喻事情發生意外的變化：波折|風波|軒然大波

玻 bō

玻 楷（顏真卿）

【析形】玻字《說文》所無。楷書左旁是玉字古文，意符，玻璃晶瑩似玉，故以"玉"為意符；右旁是皮，聲符，表示讀音（玻、皮二字古音聲母相同，韻母同部）。形聲字。

【釋義】〔玻璃〕用細砂、石灰石、碳酸鈉等混合加高熱熔解，冷卻後製成的質地硬而脆的透明體。也泛指像玻璃的質料：玻璃板|玻璃鋼|玻璃絲

剝 bō

ㄓ 甲 ㄌㄅ 篆 氯 篆 彔 隸（馬王堆帛書）　剝 楷（顏真卿）

【析形】剝字甲骨文右旁是刀，意符，表明字義與刀有關；左旁是卜，聲符，表示讀音。形聲字。小篆形一沿襲甲骨文；形二聲符為彔（剝、卜、彔三字古音同韻部）。隸、楷書沿襲小篆。隸變後，刀字在字右側為偏旁時寫作"刂"。

【釋義】◎本義指割裂。◇引申①去掉皮殼或外面的其他東西：剝離|剝皮|剝蝕|生吞活剝 ②強制除去，掠奪：剝奪|剝削|盤剝

菠 bō

菠 楷（顏真卿）

【析形】菠字《說文》所無。楷書上部是"艹"（艸），意符，表明字義與植物有關；下部是波，聲符，表示讀音。形聲字。

【釋義】〔菠菜〕一年生或二年生草本植物，根帶紅色，莖和葉都可以吃，是普通蔬菜。

〔菠蘿〕鳳梨。多年生長綠草本植物，果實外部呈鱗片狀，果肉味甜酸，供食用。

播 bō

敨 金 敤 金 說文古文 ⿰番攴 篆 播 楷（顏真卿）

【析形】播字金文右旁像手持物形，隸作"攴"，意符，表明字義與手的動作有關；左旁是采（非"采"字，音 biàn），意符兼聲符，表示分佈、分別之意，也表示讀音。會意兼聲字。說文古文聲符為"番"（采、番古文本為一字）。小篆左旁是手，意符；右旁聲符沿襲說文古文為"番"。隸變後，手字在字左側為偏旁時寫作"扌"。楷書沿襲小篆。

【釋義】◎本義指撒種：播種 zhǒng|播種 zhòng|春播|點播|撒播 ◇引申指傳佈，傳揚：播發|播送|播音|廣播|流播|聯播|轉播

百 bó

【析形】見"百 bǎi"。

【釋義】◎本義為數詞。音 bǎi。△音借作地名用字。音 bó。百色，縣名，在廣西壯族自治區。

伯 bó

⿰白 甲 ⿰白 金 ⿰人白 篆 伯 隸（乙瑛碑）　伯 楷（元倪墓誌）

【析形】伯字甲骨文、金文像拇指形狀。隸作"白"（見"白"字）。拇指居首位，故以之指稱排行居首的長兄。小篆左旁增"人"為意符，以區別於音借表示顏色之"白"字。隸變後，人字在字左側為偏旁時寫作"亻"。

【釋義】◎本義指長兄，即在兄弟排行中的老大：伯兄|伯仲　又指父親的哥哥：伯父|伯母|叔伯　◇引申作對年齡大、輩分高的人的尊稱：伯伯|伯公|伯母|大伯|老伯

駁（驳）bó

駁甲 駁篆 駁楷（顏真卿）

【析形】駁字甲骨文左旁是馬，意符，表明字的初義與馬有關；右旁像色塊相雜狀，表示馬之毛色斑駁。會意字。小篆、楷書沿襲甲骨文。

【簡化】簡化字"驳"意符的簡化見"馬"字。

【釋義】◎本義指馬毛色不純。◇引申①泛指顏色不純，夾雜着別的顏色：斑駁②雜亂，混雜：駁雜　△音借表示①用船載運：駁船|駁運|拖駁②列舉理由，否定對方的觀點和意見：駁斥|駁回|辯駁|反駁|批駁

泊 bó

泊隸（馬王堆帛書） 泊楷（顏真卿）

【析形】泊字隸書左旁是水，意符，表明字義與水有關；右旁是白，聲符，表示讀音。形聲字。楷書沿襲隸書。

【釋義】◎本義指船靠岸，停船：泊位|停泊|船泊港口　◇引申①停留：飄泊②停車靠位：泊車|泊位|亂停亂泊③恬靜：淡泊

柏 bó

【析形】見"柏bǎi"。

【釋義】◎本義指樹名。音bǎi。△音借作音譯詞的構詞語素。音bó。〔柏林〕德國城市名。

脖 bó

脖楷（顏真卿）

【析形】脖字《說文》所無。楷書左旁的"月"是古文"肉"字的隸變體（古文肉、月二字形近，隸變後，兩個字作偏旁時多同化寫作"月"），意符，表明字義與肉體有關；右旁是孛，聲符，表示讀音（脖、

孛二字古音韻部相近）。形聲字。

【釋義】◎本義指頸項，即頭和軀幹相連的部分：脖頸兒 bó gěngr|圍脖兒|卡 qiǎ 脖子　◇引申指器物上像脖子的部分：拐脖兒

博 bó

博金 博篆 博隸（張君碑） 博楷（顏真卿）

【析形】博字金文左旁的"十"是古文甲盾之"甲"字簡寫體，意符，取意持盾搏鬥，與"搏"字同；右旁是專，聲符，表示讀音。形聲字。小篆、隸、楷書沿襲金文。

【釋義】◎本義指搏鬥。△音借表示①寬廣，大：博愛|博大|博覽|博識|博士|博物|博學|廣博；引申指通曉：博古通今②取得：博得|博取③古代的一種棋戲，後泛指賭博：博局|博徒

搏 bó

搏金 搏篆 搏隸（隸辨） 搏楷（顏真卿）

【析形】搏字金文左旁像古代一種兵器，隸作"干"，意符，表明字義與武器有關；右旁是專，聲符，表示讀音。形聲字。小篆左旁是手，意符，表明字義與手的動作有關。隸變後，手字在字左側為偏旁時寫作"扌"。

【釋義】◎本義指對打，相擊：搏鬥|拼搏|肉搏　◇引申①拍打：搏髀②跳動：搏動|脈搏|心搏

膊 bó

膊篆 膊楷（顏真卿）

【析形】膊字小篆左旁是肉，意符，表明字義與肉體有關；右旁是專，聲符，表示讀音（膊、專二字古音韻部相近）。形聲字。古文肉、月二字形近，隸變後，兩個字作偏旁時多同化寫作"月"。

【釋義】膀子，肩膀以下手腕以上的部分：臂膊|赤膊|胳膊

薄 bó

薄篆 薄隸（禮器碑） 薄楷（智永）

【析形】薄字小篆上部是"艸"，意符，表明字義與草木有關；下部是溥，聲符，表示讀音。形聲字。隸、楷書沿襲小篆。

【釋義】◎本義指草木叢生處。◇草芥賤生，故引申①輕微，少：薄酬｜薄命｜單薄 ②不莊重，不厚道：刻薄｜輕薄 ③輕視，看不起：鄙薄｜菲薄｜厚此薄彼 △音借表示迫近，靠近：薄暮｜日薄西山

勃 bó

勃篆（隸辨）勃楷（顏真卿）

【析形】勃字小篆右旁是力，意符，表明字義與力量有關；左旁是孛，聲符，表示讀音。形聲字。隸、楷書沿襲小篆。

【釋義】◎本義指排，推動。◇引申①興起，旺盛之貌：勃勃｜勃發｜蓬勃 ②驚慌或發怒變色：勃然大怒

舶 bó

舶楷（顏真卿）

【析形】舶字《說文》所無。楷書左旁是舟，意符，表明字義與船舶有關；右旁是白，聲符，表示讀音。形聲字。

【釋義】◎本義指航海的大船。◇引申①泛指一般的船：船舶｜巨舶 ②由海運進口又引申泛指進口的：舶來品

渤 bó

渤楷（褚遂良）

【析形】渤字《說文》所無。楷書左旁是"氵"（水），意符，表明字義與水有關；右旁是勃，聲符，表示讀音。形聲字。楷、隸書沿襲小篆。

【釋義】水名。渤海，在山東半島和遼東半島之間。

跛 bǒ

跛篆 跛楷（顏真卿）

【析形】跛字小篆左旁是足，意符，表明字義與腿腳有關；右旁是皮，聲符，表示讀音（跛、皮二字古音同韻部）。形聲字。楷書沿襲小篆。

【釋義】腳瘸，行走起來身體不平衡：跛腳｜跛子

簸 bǒ

簸篆 簸楷（顏真卿）

【析形】簸字小篆上部的"竹"與左下部的"其"合為"箕"，意符，表明字義與簸箕有關；右下是皮，聲符，表示讀音（簸、皮二字古音同韻部）。形聲字。楷書沿襲小篆。

【釋義】◎本義指（用簸箕）揚去穀米中的糠秕塵土等雜物。◇引申指搖動：簸蕩｜顛簸

薄 bò

【析形】見"薄bó"。

【釋義】〔薄荷〕草本植物，莖葉有清涼的香味，中醫入藥。

簸 bò

【析形】見"簸bǒ"。

【釋義】〔簸箕〕一種簸糧食或撮垃圾等的器具。

蔔 （卜） bo

【析形】蔔字《說文》所無。上部是"艹"（艸），意符，表明字義與植物有關；下部是匐，聲符，表示讀音。形聲字。

【簡化】簡化字是用同音合併的方法，以音近、筆畫較簡的"卜"代替筆畫繁複的"蔔"，合併了蔔、卜二字的意義。

【釋義】〔蘿蔔bo〕二年生草本植物，種類很多：白蘿蔔｜紅蘿蔔｜胡蘿蔔｜糖蘿蔔

膊 bo

【析形】見"膊bó"。

【釋義】膀子；胳膊。

卜 bǔ

卜甲 卜金 卜篆（褚遂良）卜楷（鍾繇）

【析形】卜字甲骨文像古人用龜甲獸骨占卜時燒灼甲骨出現的裂痕（殷商時代，先民占卜時，先在龜甲或獸骨的背面鑽鑿，

使其變薄，易於見兆。然後在鑽鑿處灼炙，甲骨正面出現裂紋，並發出"卜"的一聲。裂紋稱為"兆坼"，占卜者根據兆坼斷定吉凶，裂紋平順者示吉，曲折斷裂者示凶，"卜"字形音由此而得。）。象形字。金文、小篆、隸書均沿襲甲骨文。楷書把橫畫寫作"、"。

【釋義】◎本義指殷周時期一種用火灼龜甲、獸骨取兆以占吉凶的活動：卜辭｜卜問｜問卜｜占卜｜求籤問卜 ◇引申①預測，估計：預卜｜勝敗可卜 ②選擇：卜居｜卜鄰

補 (补) bǔ

補篆 補隸(史晨碑) 补楷(顏真卿)

【析形】補字小篆左旁是衣，意符，表明字的初義與衣服有關；右旁是甫，聲符，表示讀音(補、甫二字古音同)。形聲字。隸變後，衣字在字左側為偏旁時寫作"衤"。

【簡化】楷書簡體"补"是用更換聲符的方法，以音近、筆畫較簡的"卜"為聲符，替換筆畫較繁複的"甫"。簡化字沿用楷書簡體。

【釋義】◎本義指修補補衣服：補丁｜補綴｜縫補 ◇引申①修補破損的器物：補路｜亡羊補牢 ②把不足或缺少的部分充實，添全：補償｜補充｜補缺｜補貼｜填補｜增補 ③事後再做或補充，事後改正：補發｜補過｜補救｜補考｜補選｜彌補 ④滋養：補品｜補藥｜補液｜補益｜滋補

捕 bǔ

捕篆 捕隸(李孟初碑) 捕楷(智永)

【析形】捕字小篆左旁是手，意符，表明字義與手的動作有關；右旁是甫，聲符，表示讀音。形聲字。隸變後，手字在字左側為偏旁時寫作"扌"。

【釋義】捉拿，逮：捕獲｜捕撈｜捕食｜捕捉｜緝捕｜拘捕

堡 bǔ

【析形】見"堡bǎo"。

【釋義】本義指土築的小城，音bǎo。也泛指村莊(多用於地名)，音bǔ：吳堡(在陝西)｜柴溝堡(在河北)

哺 bǔ

哺篆 哺楷(顏真卿)

【析形】哺字小篆左旁是口，意符，表明字義與口的動作有關；右旁是甫，聲符，表示讀音。形聲字。隸、楷書沿襲小篆。

【釋義】◎本義指咀嚼。也泛指吃喝。◇引申①口中所含的食物：吐哺 ②餵食：哺乳｜哺養｜哺育

不 bù

不甲 不金 不篆 不隸(曹全碑) 不楷(張猛龍碑)

【析形】不字甲骨文、金文均像植物根鬚之形。象形字。小篆沿襲甲、金文。隸書筆畫化，略失原形。楷書沿襲隸書。

【釋義】◎本義指植物之根。△借表示否定：不對｜不好｜不去｜不行｜不在｜不正 ◇引申表示沒有：不測｜不料｜不毛之地｜不期而遇｜不速之客｜不約而同

布 〔佈〕bù

布金 布篆 布隸(曹全碑) 布楷(龍藏寺碑) 佈楷(顏真卿)

【析形】布字金文下部是巾，意符，表明字義與棉麻織物等有關；上部是父，聲符，表示讀音(布、父二字古音同韻部)。形聲字。小篆沿襲金文。隸書聲符"父"已訛變。楷書異體增"亻"為意符，表明音借義與人的活動有關。此義今內地作"布"。

【釋義】◎本義指棉、麻等織物的統稱：布料｜布匹｜布衣｜襯布｜粗布｜麻布｜土布；也指古代一種以布製的錢幣：泉布 △音借表示陳述，宣告，此義又作"佈"：佈告｜頒佈｜發佈｜公佈｜宣佈｜開議佈公 ◇引申指①流傳：遍佈｜傳佈｜流佈｜散佈 ②分散排列：分佈｜密佈｜星羅棋佈 ③指陳設，安排：佈防｜佈景｜佈局｜佈置｜擺佈

步 bù

步甲 步金 步篆 步隸(馬王堆帛書) 步楷(顏真卿)

【析形】步字甲骨文像行走時留下一前一

後兩個足印之形，表示腳步。會意字。金文沿襲甲骨文。小篆形體略變。隸書上部寫作"止"，下部足印形訛變。楷書沿襲隸書。

【釋義】◎本義指腳步，行走時兩腳之間的距離：步伐｜疾步｜舉步｜邁步｜起步｜踏步｜正步　◇引申①行走，步行：步履｜步行｜代步｜留步｜漫步｜散步｜信步　②進行的程式階段：步驟｜初步｜進步｜逐步　③踏，踩，追隨：步韻｜步人後塵

怖 bù

怖篆 怖楷(顏真卿)

【析形】怖字小篆左旁是心，意符，表明字義與心理活動有關；右旁是布，聲符，表示讀音。形聲字。隸變後，心字在字左側為偏旁時寫作"忄"。

【釋義】惶恐，懼怕：可怖｜恐怖

部 bù

部篆 部隸(曹全碑) 部楷(王羲之)

【析形】部字小篆右旁是邑，意符，表明字義與城邑、地域等有關；左旁是音，聲符，表示讀音(部、音二字古音同韻部)。形聲字。隸變後，邑字在字右側為偏旁時寫作"阝"。

【釋義】◎本義為漢朝地名。◇引申①部位，部分：部件｜部類｜東部｜局部｜全部｜聲部｜胸部　②某些機關、組織的名稱或按業務劃分的單位：部隊｜部門｜軍部｜學部｜總部｜編輯部｜外交部｜司令部　③統轄，統率：部屬｜部下｜率部｜所部　④安排：部署　⑤量詞：一部車｜寫了部小說

埠 bù

埠楷(顏真卿)

【析形】埠字《說文》所無。楷書左旁是土，右旁是阜，義為土山，均為意符，表明字義與高地有關，阜也表示讀音。會意兼聲字。

【釋義】◎本義指停船的碼頭。◇引申指通商口岸或城市：本埠｜船埠｜開埠｜商埠｜外埠

簿 bù

簿楷(顏真卿)

【析形】簿字《說文》所無。楷書上部是"竹"(竹)，意符，表明材質(古人以竹木片為書寫材料)；下部是溥，聲符，表示讀音。形聲字。

【釋義】供書寫或記載事項的本子：簿冊｜簿籍｜賬簿｜練習簿

C

擦 cā

擦楷(顏真卿)

【析形】擦字《說文》所無。楷書左旁是"扌"(手)，意符，表明字義與手的動作有關；右旁是察，聲符，表示讀音。形聲字。

【釋義】◎本義指摩擦，接觸：擦音｜磨擦　◇引申①用布、手巾等揩，抹乾淨：擦亮｜擦拭｜擦澡　②擦拭的用具：板擦　③塗抹：擦粉｜擦油　④貼近：擦黑｜擦邊球｜擦肩而過

猜 cāi

猜篆 猜楷(顏真卿)

【析形】猜字小篆左旁是犬，意符，表意未明(一說犬性疑心重)；右旁是青，聲符，表示讀音(猜、青二字古音聲母相同)。形聲字。隸變後，犬字在字左側為

偏旁時寫作"犬"。

【釋義】◎本義指恨，嫉恨。◇引申①起疑心：猜忌｜猜嫌｜猜疑 ②設想，推測：猜測｜猜度 duó｜猜謎｜猜拳｜猜想

才 cái

甲 金 篆 隸(張遷碑)

楷(石婉墓誌)

【析形】才字甲骨文像植物從地下冒出地面之形。象形字。金文沿襲甲骨文。小篆略失初形。隸、楷書沿襲小篆。

【釋義】◎本義指草木初生。△音借表示才能：才幹｜才華｜才氣｜才情｜才識｜才智｜才子 ◇引申①有才能的人：將才｜奇才｜天才｜通才｜英才｜高才生 ②某類人（含貶義）：奴才｜庸才

纔 (才) cái

楷(虞世南)

【析形】纔字《說文》所無。楷書左旁是糸，意符，表明字義與絲帛類事物有關；右旁是毚，聲符，表示讀音。形聲字。

【簡化】簡化字是用同音合併的方法，以音同、筆畫較簡的"才"代替筆畫繁複的"纔"，合併了纔、才二字的意義。

【釋義】◎本義指黑裏帶紅的帛。△音借①作副詞，表示方始：方纔｜剛纔｜適纔 ②表示強調："這纔對。"

材 cái

篆 隸(隸辨) 楷(顏真卿)

【析形】材字小篆左旁是木，意符，表明字義與樹木有關；右旁是才，聲符，表示讀音。形聲字。隸、楷書沿襲小篆。

【釋義】◎本義指木料：木材｜材料 ◇引申①原料，材料：鋼材｜集材｜器材｜藥材 ②棺材：壽材 ③人的能力資質：成材｜蠢材｜人材｜大材小用 ④資料：教材｜素材｜題材

財 (财) cái

篆 隸(乙瑛碑) 楷(顏真卿)

【析形】財字小篆左旁是貝，意符，表明字義與錢財有關（見"貝"字）；右旁是才，聲符，表示讀音。形聲字。隸、楷書沿襲小篆。

【簡化】簡化字"财"意符的簡化見"貝"字。

【釋義】金錢和物資的總稱：財寶｜財產｜財富｜財經｜財貿｜財權｜財團｜財務｜財政｜理財

裁 cái

篆 楷(顏真卿)

【析形】裁字小篆左下是衣，意符，表明字義與衣服有關；上部與右旁合為"𢦏"，聲符，表示讀音。形聲字。楷書聲符寫作"𢦏"（古文"𢦏"與"𢦏"同）。

【釋義】◎本義指剪衣服。◇引申①切開：裁剪｜剪裁 ②去掉，削減：裁兵｜裁核｜裁減｜裁軍｜裁員 ③取捨，安排：別出心裁｜獨出心裁 ④衡量，判斷：裁定｜裁斷｜裁度 duó｜裁決｜裁判｜仲裁 ⑤控制：獨裁｜制裁 ⑥刎頸，殺：自裁 ⑦文學作品的分類、體制：體裁

采 cǎi

甲 金 篆 隸(白石君碑) 楷(鍾繇)

【析形】采字甲骨文上部像手爪形，隸作"爫"；下部像樹上掛果之形，均為意符，以摘樹果取意摘取。會意字。金文省減樹上"果實"。小篆、隸書沿襲金文。

【釋義】◎本義指摘取。此義後作"採"。△音借表示神色：風采｜神采

採 (采) cǎi

楷(高貞碑)

【析形】採摘義本作"采"（見"采"字）。楷書左旁是"扌"（手），意符，表明字義與手的動作有關；右旁是采，意符兼聲符，本義即摘取，也表示讀音，會意兼聲字。

【簡化】簡化字是用同音合併的方法，以音近筆畫較簡的"采"替代"採"，合併"採"、"采"二字的意義。

【釋義】◎本義指摘取：採摘 ◇引申①

搜集：採伐｜採訪｜採風｜採集｜採光　②選取：採辦｜採購｜採錄｜採取｜採納　③開採：採掘｜採礦

彩 cǎi

彩篆彩楷(褚遂良)

【析形】彩字小篆右旁是"彡"，像毛飾畫文，意符，表明字義與花紋有關；左旁是采，聲符，表示讀音。形聲字。楷書沿襲小篆。

【釋義】本義指文采。引申①各種顏色：彩虹｜彩繪｜彩練｜彩色｜彩陶｜彩霞　②光榮，優美，出色：光彩｜精彩　③賭博時的呼喝叫好：喝彩　④稱讚誇獎的歡呼聲：喝彩　⑤賭博或某種遊戲中給得勝者的東西：彩票｜中彩｜博彩業　⑥有價獎券的總稱：彩民｜福利彩票｜體育彩票

綵〔彩〕cǎi

綵楷(智永)

【析形】綵字楷書左旁是"糹"，意符，表明字義與絲綢有關；右旁是采，聲符，表示讀音。形聲字。異體字作"彩"。內地採用"彩"字。

【釋義】彩綢：剪綵｜紮綵｜張燈結綵

睬 cǎi

睬楷(顏真卿)

【析形】睬字《說文》所無。楷書左旁是目，意符，取意理會；右旁是采，聲符，表示讀音。形聲字。

【釋義】理會，答理：理睬

踩 cǎi

踩楷(顏真卿)

【析形】踩字《說文》所無。左旁是足，意符，表明字義與腿腳有關；右旁是采，聲符，表示讀音。形聲字。

【釋義】腳踏：踩水｜踩了一腳｜踩自行車

菜 cài

菜篆菜楷(智永)

【析形】菜字小篆上部是"艸"，意符，表明字義與植物有關；下部是采，聲符，表示讀音。形聲字。楷書沿襲隸書。

【釋義】◎本義指蔬類的總稱：蔬菜｜菜市場｜布衣蔬食　◇引申①指烹調過的蔬菜、肉類等副食品：菜單｜菜餚｜飯菜｜葷菜｜酒菜｜名菜｜素菜｜小菜　②又專指油菜花：菜油

參 (参) cān

【析形】見"參shēn"。

【釋義】◎本義為星名。音shēn。△音借表示加入：參加｜參謀｜參預｜參政　◇引申①進見：參拜｜參見｜參謁　②參考：參合｜參看｜參閱｜參照｜參酌 (以上音借義及其引申義音cān)

餐〔湌〕cān

餐篆餐篆餐楷(顏真卿)

【析形】餐字小篆形一左旁是水，右旁是食，均為意符，表明字義與食物及水有關。會意字。形二下部是食，意符，表明字義與飲食有關；上部是㕚，聲符，表示讀音。形聲字。楷書沿襲小篆形二。

【釋義】◎本義指吞食，吃：餐具｜餐廳｜飽餐｜會餐｜就餐｜聚餐｜野餐｜佐餐　◇引申①飲食，飯食：速食｜素餐｜午餐｜西餐｜正餐　②量詞：一日三餐

殘 (残) cán

殘篆殘隸(景君碑)殘楷(敬使君碑)
殘草(顏真卿)殘楷(顏真卿)

【析形】殘字小篆左旁是歹(甲骨文像屍骸殘骨形)，意符，表明字義與殺傷等事有關；右旁是戔，聲符，表示讀音。形聲字。楷書沿襲小篆。

【簡化】楷書簡體"残"根據草書楷化而成。

【釋義】◎本義指傷害：殘害｜殘殺｜摧殘　◇引申①兇惡：殘暴｜殘酷｜殘忍｜兇殘　②不完整：殘敗｜殘本｜殘骸｜殘貨｜殘疾｜殘缺｜殘兵敗將｜殘編斷簡　③剩餘的，將盡的：殘存｜殘冬｜殘留｜殘年｜殘生｜殘餘｜殘月｜殘照｜殘渣餘孽｜苟延殘喘

蠶 (蚕) cán

甲 籀篆 隸(隸辨) 楷(石經禮記)
蚕 楷(顏真卿)

【析形】蠶字甲骨文像一條蠶蟲之形。象形字。小篆下部是二"虫"，意符，表明字義與蟲類有關；上部是朁，聲符，表示讀音。形聲字。隸、楷書形一沿襲小篆。

【簡化】楷書簡體"蚕"是用另造新字的方法，下部保留了意符"虫"，新造簡化字"蚕"。

【釋義】一種能吐絲結繭的蟲。繭絲可用作纖維資源，有家蠶、柞蠶等，通常專指家蠶：蠶食｜蠶絲｜蠶業｜蠶葉｜蠶子｜春蠶｜桑蠶

慚 (惭)〔慙〕cán

篆 慚 楷(顏真卿)

【析形】慚字小篆下部是心，意符，表明字義與心理活動有關；上部是斬，聲符，表示讀音。形聲字。楷書寫作左右結構。隸變後，心字在字左側為偏旁時寫作"忄"。

【簡化】簡化字"惭"聲符左旁的簡化見"車"字。

【釋義】羞愧：慚愧｜羞慚｜自慚形穢｜大言不慚

慘 (惨) cǎn

篆 隸(正直殘石) 慘 楷(顏真卿)

【析形】慘字小篆左旁是心，意符，表明字義與心性有關；右旁是參，聲符，表示讀音。形聲字。隸變後，心字在字左側為偏旁時寫作"忄"。

【簡化】簡化字"惨"聲符的簡化見"參"字。

【釋義】◎本義指狠毒，殘暴：慘毒｜慘殺｜慘無人道 ◇引申①程度嚴重：慘敗｜慘禍｜慘重 ②淒慘，悲傷：慘劇｜慘景｜慘烈｜慘痛｜慘死｜慘狀｜慘不忍睹｜慘絕人寰

燦 (灿) càn

燦篆 灿 楷(顏真卿)

【析形】燦字小篆左旁是火，意符，取光之意；右旁是粲，聲符，表示讀音。形聲字。

【簡化】楷書簡體"灿"是用更換聲符的方法，以筆畫較簡的"山"為聲符，替換了筆畫繁複的"粲"。

【釋義】光彩耀眼：燦爛｜燦然｜光燦燦｜金燦燦

倉 (仓) cāng

甲 金 篆 隸(史晨碑)
倉 楷(崔敬邕墓誌)

【析形】倉字甲骨文像倉房建築之形，上有屋頂，中有門戶，下有台基。象形字。金文、小篆、隸書沿襲甲骨文。楷書筆畫化後，形體略變。

【簡化】簡化字"仓"是用符號代替的方法，下部以筆畫較簡的"㔾"作為象徵性符號，替換了原來筆畫較繁複的部件。

> "倉"字作偏旁的字類推簡化。例如：蒼、艙、滄、苍、槍、搶、嗆等。

【釋義】◎本義指貯藏穀物的地方。◇引申泛指儲藏物品的建築物：倉儲｜倉庫｜倉廩｜糧倉｜填倉 △音借表示匆忙：倉促｜倉皇

蒼 (苍) cāng

篆 蒼 隸(華山神廟碑) 蒼 楷(褚遂良)

【析形】蒼字小篆上部是"艸"，意符，表明字義與植物有關；下部是倉，聲符，表示讀音。形聲字。隸、楷書沿襲小篆。

【簡化】簡化字"苍"聲符的簡化見"倉"字。

【釋義】◎本義指草色。◇引申①青黑色、深藍色或深綠色：蒼翠｜蒼龍｜蒼天｜蒼鬱｜松柏蒼蒼 ②灰白色：蒼髯｜白髮蒼蒼

艙 (舱) cāng

艙 楷(顏真卿)

【析形】艙字《說文》所無。楷書左旁是舟，意符，表明字的初義與船舶有關；右

旁是倉，意符兼聲符，指載物藏貨的地方，也表示讀音。會意兼聲字。

【簡化】簡化字"艙"聲符的簡化見"倉"字。

【釋義】◎本義指船上分隔開來載人或裝東西的部分。◇引申泛指船或飛機中載人或貨物的空間：艙位│船艙│貨艙│機艙│客艙│臥艙│座艙

滄 (沧) cāng

滄篆 滄楷(爨寶子碑)

【析形】滄字小篆左旁是水，意符，表明字義與水有關；右旁是倉，聲符，表示讀音。形聲字。隸變後，水字在字左側為偏旁時寫作"氵"。

【簡化】簡化字"沧"聲符的簡化見"倉"字。

【釋義】本義指寒冷。又通"蒼"，指青黑色、深藍色或深綠色：滄海│滄桑│滄海桑田│滄海一粟│曾經滄海

藏 cáng

藏篆 藏隸(華山神廟碑) 藏楷(顏真卿)

【析形】藏字小篆上部是"艸"，意符，草叢可藏匿，取意隱匿；下部是臧，聲符，表示讀音。形聲字。隸、楷書沿襲小篆。

【釋義】◎本義指隱匿：藏匿│藏身│包藏│窩藏│隱藏 ◇引申指收存，儲藏：藏書│庫藏│冷藏│埋藏│收藏│蘊藏│貯藏

操 cāo

操篆 操隸(郭有道碑) 操楷(褚遂良)

【析形】操字小篆左旁是手，意符，表明字義與手的動作有關；右旁是喿，聲符，表示讀音。形聲字。隸變後，手字在字左側為偏旁時寫作"扌"。

【釋義】◎本義指把持，拿着：操刀│操縱│穩操勝券│同室操戈 ◇引申①做事，從事：操持│操勞│操神│操心│操作 ②行為，品行：操守│操行 xíng│節操│情操│貞操 ③操練：操兵│操演│會操│練操│上操│體操│做操 ④用某種語言、方言說話：操英語│操粵語

糙 cāo

糙楷(顏真卿)

【析形】糙字《説文》所無。楷書左旁是米，意符，表明字的初義與穀米有關；右旁是造，聲符，表示讀音。形聲字。

【釋義】◎本義指脱殼未舂的粗米，或舂得不細的米：糙糧│糙米 ◇引申指不細膩，不光滑：糙活│糙紙│粗糙│毛糙

槽 cáo

槽篆 槽楷(顏真卿)

【析形】槽字小篆左旁是木，意符，表明材質；右旁是曹，聲符，表示讀音。形聲字。隸變後聲符形體略變。

【釋義】◎本義指四邊高起、中間凹下，盛畜獸飼料的長條形的器具。◇引申①泛指盛飲料或其他液體的器具：酒槽│水槽 ②兩邊高起、中間凹下的物體，凹下的部分叫槽：槽刨 bào│槽鋼│地槽│渡槽│河槽│落槽

曹 cáo

曹甲 曹金 曹篆 曹隸(桐柏廟碑) 曹楷(顏真卿)

【析形】曹字甲骨文上部是兩個"東"字，古時官員審案時，原告、被告都站在東面，意符，代表訴訟雙方；下部是口，亦為意符，表明字義與言語有關，取意訴訟。會意字。金文下部為曰，取意與"口"同。小篆沿襲甲、金文。隸書上部合二"東"而又省去一些筆畫。楷書沿襲隸書。

【釋義】◎本義指古代訴訟的原告和被告兩方，稱兩曹。◇引申①古代分科辦事的官署，漢官分曹治事，有東曹、西曹。也稱州郡的屬官：功曹 ②由分科之義引申指類，輩：爾曹│汝曹│吾曹

草 cǎo

草金 草篆 草隸(孔彪碑) 草楷(張猛龍碑)

【析形】草字金文像兩株小草形。象形字。

小篆沿襲金文。隸書借表示皂斗（櫟樹之果實）的"草"字表示草木之"草"。楷書沿襲隸書。

【釋義】◎本義①草本植物的總稱：草藥｜草原｜芳草｜雜草 ②泛指用作燃料、飼料等稻麥之類的莖和葉：草棚｜草堂｜稻草 ◇引申①粗糙，不細緻：草率｜草圖｜草樣｜潦草 ②初步的，非正式的：草案｜草測｜草創｜草稿｜草簽｜起草 ③文字書寫形式（筆畫相連、書寫快捷）的名稱：草書｜草體｜草寫｜草字｜狂草

冊 〔册〕cè

冊（甲）册（金）冊（篆）**冊** 隸（隸辨）
册 楷（虞世南）

【析形】冊字甲骨文像用繩子把竹簡串聯成冊的形狀（紙張出現以前，古人在竹簡上書寫，然後編聯成冊）。象形字。金文、小篆沿襲甲骨文。隸書筆畫化，略失原形。楷書沿襲隸書。異體字形體略變，作"册"。內地採用"册"字。

【釋義】◎本義指編串好的書簡。◇引申①裝訂成的書和本子：冊頁｜表冊｜畫冊｜名冊｜史冊｜手冊｜賬冊｜註冊 ②量詞：一冊書

廁 （厕）〔廁〕cè

廁（篆）厠 隸（馬王堆帛書）厠 楷（顏真卿）

【析形】廁字小篆外廓是"广"，像高屋形，意符，表明字義與房屋有關；內中是則，聲符，表示讀音。形聲字。隸書意符作"厂"。楷書沿襲隸書。

【簡化】簡化字"厕"聲符的簡化見"则"字。

【釋義】專供人大小便的地方：廁所｜公廁｜茅廁｜男廁｜女廁

側 （侧）cè

側（金）側（篆）側 楷（顏真卿）

【析形】側字金文左旁是人，意符，表明字義與人的活動有關；右旁是則，聲符，表示讀音。形聲字。小篆沿襲金文。隸變後，人字在字左側為偏旁時寫作"亻"。

【簡化】楷書簡體"侧"聲符的簡化見"则"字。

【釋義】◎本義指旁邊：側擊｜側記｜側門｜側面｜側線｜側翼｜側影｜兩側 ◇引申①向旁邊歪斜：側目｜側泳｜傾側｜輾轉反側 ②偏向：側重 zhòng

測 （测）cè

測（金）測（篆）測 隸（校官碑）測 楷（虞世南）

【析形】測字金文左旁是水，意符，表明字義與水有關；右旁是則，聲符，表示讀音。形聲字。小篆沿襲金文。隸變後，水字在字左側為偏旁時寫作"氵"。

【簡化】簡化字"测"聲符的簡化見"则"字。

【釋義】◎本義指量度水深。◇引申①估量，測量：測定｜測繪｜測試｜觀測｜目測｜探測 ②猜想：測度 duó｜測字｜猜測｜推測｜臆測｜預測｜變幻莫測｜居心叵測

策 cè

策（篆）策 楷（顏真卿）

【析形】策字小篆上部是竹，意符，表明材質；下部是束，聲符，表示讀音（策、束二字古音同韻部）。形聲字。楷書沿襲小篆。

【釋義】◎本義指竹製的馬鞭。也指用策趕馬。◇引申①鞭打，督促：策勵｜鞭策｜驅策 ②策動，籌劃：策反｜策劃｜策略｜國策｜決策｜上策｜政策 △音借通"冊"，簡策，古時用竹片或木片記事著書，成篇的叫策：史策 引申指古代考試的一種文體：策論｜對策

層 （层）céng

層（篆）層 楷（顏真卿）層 草（祝枝山）

【析形】層字小篆上部像屋壁之形，意符，表明字義與房屋有關；下部是曾，意符兼聲符，表示重疊之意，也表示讀音。會意兼聲字。

【簡化】簡化字"层"根據草書略加改造楷化而成。

【釋義】◎本義指重屋。◇引申①重疊，重

複，接連不斷：層次｜層林｜層雲｜表層｜高層｜基層｜夾層｜礦層｜煤層｜皮層｜上層｜深層｜岩層｜層出不窮｜層巒疊嶂 ②量詞：三層樓 ③重疊事物的一個部分：外層｜雲層

曾 céng

【析形】見"曾 zēng"。

【釋義】◎本義指古代一種蒸食的炊器。音 zēng。△音借作副詞，表示從前有過某種行為或情況。音 céng：曾經｜曾幾何時｜曾經滄海｜不曾｜未曾

蹭 cèng

蹭篆 蹭楷(顏真卿)

【析形】蹭字小篆左旁是足，意符，表明字義與腿腳有關；右旁是曾，聲符，表示讀音。形聲字。楷書沿襲小篆。

【釋義】◎本義指難行。◇引申①慢吞吞地行動：磨蹭 ②磨擦：蹭破皮 ③因擦過而沾上：別蹭上油 ④做某種就便的事：蹭車｜蹭飯

叉〔扠〕chā

甲篆 叉楷(顏真卿)

【析形】叉字甲骨文在像手形的"又"字上加點指事，表示手指叉開。指事字。小篆沿襲甲骨文。楷書形體略變。異體字增"扌"(手)旁會意。

【釋義】◎本義指手指叉開。◇引申①兩手叉開相交錯(此義也作"扠")。②交錯，相交：叉腰｜打叉｜交叉 ③用叉扎取：叉肉 ④有兩個以上長齒的器具：叉車｜叉子｜刀叉｜鋼叉

差 chā

差金 差篆 差楷(顏真卿)

【析形】差字金文上部是來，本義指麥子；中間像手形，均為意符，表示用手搓麥，當是"搓"字的初文；手的下部加指事性符號"工"，與手形合為"左"，表示讀音。會意兼聲字。小篆沿襲金文。楷書上部的"來"已訛變。

【釋義】◎本義指用手磨治麥粒。△音借

表示失誤，意外的變化：差池｜差錯｜偏差｜陰錯陽差 ◇引申①兩數相減的餘數：差額｜差數｜等差｜逆差｜時差 ②比較而產生的區別：差別｜差價｜差距｜差異｜反差｜極差 ③勉強：差強人意 ④稍微，略微，尚：差可告慰｜天氣差暖

插 chā

插篆 插楷(顏真卿)

【析形】插字小篆左旁是手，意符，表明字義與手有關；右旁是臿，古文像用杵春麥，意符兼聲符，取插入之意，也兼表示讀音。會意兼聲字。隸變後，手字在字左側為偏旁時寫作"扌"。

【釋義】◎本義指刺入，扎進去：插頭｜插秧｜插枝｜插座｜倒 dào 插｜插翅難飛｜見縫插針 ◇引申①放進去，安排進出：插花｜插畫｜插曲｜插圖｜插敍｜插頁｜穿插｜插科打諢 ②夾雜，交錯，交叉：冬瓜豆角花插着種 ③加進去：插班｜插播｜插隊｜插手｜插足｜插嘴｜安插

杈 chā

【析形】見"杈 chà"。

【釋義】一種農業上用來挑柴草的工具。

喳 chā

【析形】見"喳 zhā"。

【釋義】象聲詞，低語聲：喳喳｜嘁嘁喳喳

叉 chá

【析形】見"叉 chā"。

【釋義】〈方〉擋住，卡住：河被冰塊叉住了。

茶 chá

茶篆 茶楷(顏真卿)

【析形】茶字小篆上部是"艸"，意符，表明字義與植物有關；下部是余，聲符，表示讀音(茶、余二字古音同韻部)。形聲字。楷書聲符下部訛變。

【釋義】◎本義指茶樹，是中國特產。又指用茶葉沏成的飲料：茶杯｜茶道｜茶樓｜

茶藝　◇引申①某些飲料的名稱：涼茶｜奶茶｜杏仁茶　②像茶水般的黃褐色：茶鏡｜茶色

查〔查〕chá

查楷（顏真卿）

【析形】查字《説文》所無。楷書上部是木，意符，表明字義與木有關；下部當是"且"字的訛變，聲符，表示讀音。形聲字。

【釋義】◎本義指木筏，同"楂"。△音借表示檢查，考察：查抄｜查點｜查對｜查封｜查獲｜查看｜查收｜抽查｜覆查｜盤查｜審查｜搜查｜巡查　◇引申①調查：查辦｜查訪｜查考｜查證｜考查｜普查｜偵查｜追查　②翻檢：查閲｜查字典

察 chá

寀篆　**察**隸（乙瑛碑）　**察**楷（智永）

【析形】察字小篆上部是"宀"，意符，古人釋："從宀者，取覆而審之"；下部是祭，意符兼聲符，祭祀鄭重其事，取意審慎，也表示讀音(察、祭二字古音同韻部)。會意兼聲字。隸、楷書沿襲小篆。

【釋義】仔細看，審查：察訪｜察覺｜察看｜觀察｜監察｜警察｜檢察｜糾察｜覺察｜勘察｜考察｜審察｜視察｜體察｜省 xǐng 察｜偵察

茬 chá

茬篆　**茬**隸（馬王堆帛書）　**茬**楷（顏真卿）

【析形】茬字小篆上部是"艸"，意符，表明字義與植物有關；下部是在，聲符，表示讀音(茬、在二字古音同韻部)。形聲字。隸、楷書沿襲小篆。

【釋義】◎①草盛貌，音 chí。　②同"槎"，即斜砍，劈削，音 chá。　◇引申①莊稼收割後殘留在地裏的莖或根：稻茬｜豆茬｜麥茬｜滅茬　②在同一塊地上莊稼種植或收割的次數：茬口｜換茬｜回茬｜連茬｜苗茬｜正茬　△音借通"碴兒"：答茬兒｜對茬兒｜接茬兒｜找茬兒

碴 chá

碴楷（顏真卿）

【析形】碴字《説文》所無。楷書左旁是石，意符，以石之碎取碎屑義；右旁是查，聲符，表示讀音。形聲字。

【釋義】◎本義指物體的小碎塊，碎屑：玻璃碴兒　◇引申①器物上的破口：碗上有個新碴　②事端：找碴兒

叉 chǎ

【析形】見"叉 chā"。

【釋義】◎本義指手指叉開，音 chā。　◇引申指分開，音 chǎ：叉腿。

衩 chǎ

【析形】見"衩 chà"。

【釋義】◎本義指衣裙旁邊開口的地方。音 chà。　◇引申指褲衩。音 chǎ。

叉 chà

【析形】見"叉 chā"。

【釋義】〔劈叉 chà〕見"劈 pī"。

岔 chà

岔楷（顏真卿）

【析形】岔字《説文》所無。楷書上部是分，表示分支；下部是山，均為意符，表示山脈分歧處。會意字。

【釋義】◎本義指山脈分歧的地方。　◇引申①泛指由主幹分出來的：岔道兒｜岔口｜岔流｜岔路｜道岔　②轉移方向或話題：岔開｜打岔　③事故，亂子：岔子

差 chà

【析形】見"差 chā"。

【釋義】◎本義指用手磨治麥粒，音 chā。　△音借表示錯誤。　◇引申①不相合，不相同：差不多｜差不離｜差得遠　②不符合標準，不好：差勁｜品質差　③欠缺，短少：差三兩｜差一點兒 (以上各引申音義 chà)

衩 chà

衩 楷(顏真卿)

【析形】衩字《說文》所無。楷書左旁是
"衤"(衣)，意符，表明字義與衣服有關；
右旁是叉，聲符，表示讀音。形聲字。

【釋義】衣裙旁邊開口的地方，俗稱衩口。

刹 chà

刹 篆　刹 楷(顏真卿)

【析形】刹字小篆右旁是刀，取意未明；
左旁是"殺"字的省減，聲符，表示讀音。
形聲字。隸變後，刀字在字右側為偏旁時
寫作"刂"。

【釋義】◎本義未詳。△音借作音譯詞的
構詞語素，表示①極短的時間：刹那 ②
佛教的寺廟：寶刹│古刹

杈 chà

杈 篆　杈 楷(顏真卿)

【析形】杈字小篆左旁是木，意符，表明
字義與樹木有關；右旁是叉，聲符，表示
讀音。形聲字。楷書沿襲小篆。

【釋義】樹幹等植物的分枝：杈子│樹杈│
丫杈│枝杈

拆 chāi

拆 楷(顏真卿)

【析形】拆字《說文》所無。楷書左旁是
"扌"(手)，意符，表明字義與手的動作有
關；右旁是斥，聲符，表示讀音。形聲
字。

【釋義】◎本義指分裂，裂開，通"坼"。
◇引申①打開，分離：拆穿│拆封│拆開│
拆散│拆台│拆洗│拆卸│拆字 ②拆毀：拆
除│拆遷│過河拆橋

差 chāi

【析形】見"差chā"。

【釋義】◎本義指用手磨治麥粒。音chā。
△音借指派遣：差遣│差使 ◇引申①差
役，被派遣的人：兵差│當差│公差│欽差│
聽差│信差│郵差 ②公務，職務：差事│辦

差│出差│交差│外差│抓差│專差(以上音
借義及其引申義音chāi)

柴 chái

柴 篆　柴 楷(顏真卿)

【析形】柴字小篆下部是木，意符，表明
字義與木材有關；上部是此，聲符，表示
讀音(柴、此二字古音同韻部)。形聲字。

【釋義】本義為小木散材。又指作燃料的
木柴或物質：柴草│柴火│柴門│柴油│乾
柴│火柴│木柴│劈pǐ柴

豺 chái

豺 篆　豺 楷(顏真卿)

【析形】豺字小篆左旁是豸(甲骨文、金文
像狗、貓一類動物的形象)，意符，表明
字義與動物有關；右旁是才，聲符，表示
讀音。形聲字。楷書沿襲小篆。

【釋義】野獸名，一種兇殘的野獸，形似
狗：豺狗│豺狼

掺(摻) chān

掺 楷(顏真卿)

【析形】摻字《說文》所無。楷書左旁是
"扌"(手)，意符，表明字義與手的動作有
關；右旁是參，聲符，表示讀音。形聲
字。

【簡化】簡化字"掺"聲符的簡化見"參"
字。

【釋義】◎本義指塗抹。◇引申指伴
和huo，混合：掺和huo│掺雜

攙(攙) chān

攙 篆　攙 楷(顏真卿)

【析形】攙字小篆左旁是手，意符，表明
字義與手的動作有關；右旁是毚，聲符，
表示讀音。形聲字。隸變後，手字在字左
側為偏旁時寫作"扌"。

【簡化】簡化字"攙"是用符號代替的方
法，聲符下部用"⺀"作為象徵性符號，
替換了"毚"字下部繁複的部件。

【釋義】◎本義指插入。◇引申①把一種

東西混合到另一種東西裏面去：攙兌｜攙和 huo｜攙假｜攙雜　②扶，牽挽：攙扶

單 (单) chán

【析形】見"單 dān"。

【釋義】〔單 chán 于〕匈奴君主的稱號。

饞 (馋) chán

饞楷(顏真卿)

【析形】饞字《說文》所無。楷書簡體左旁是"饣"(食)，意符，表明字義與食物有關；右旁是"毚"字簡體，聲符，表示讀音。形聲字。

【簡化】簡化字"馋"聲符的簡化見"攙"字。

【釋義】◎本義指貪吃：饞嘴｜解饞　◇引申指貪羨：眼饞

纏 (缠) chán

纏篆　纏楷(顏真卿)

【析形】纏字小篆左旁是糸，意符，表明字義與絲繩等有關；右旁是廛，聲符，表示讀音。形聲字。楷書沿襲小篆。

【簡化】簡化字"缠"的意符"纟"根據草書楷化而成；聲符是用保留特徵、局部刪除的方法，保留"廛"字的輪廓，刪除了一些筆畫。

【釋義】◎本義指盤繞，紮束：纏繞｜纏足　◇引申指攪擾，牽涉：纏綿｜纏磨｜纏手｜糾纏｜胡攪蠻纏

蟬 (蝉) chán

蟬篆　蟬楷(顏真卿)

【析形】蟬字小篆左旁是虫，意符，表明字義與昆蟲有關；右旁是單，聲符，表示讀音(蟬、單二字古音同韻部)。形聲字。楷書沿襲小篆。

【簡化】簡化字"蝉"聲符的簡化見"單"字。

【釋義】昆蟲，也稱"知了"。蟬科動物的通稱。雄的腹部有發音器，能連續不斷發出尖銳的聲音。雌的不能發聲，但在腹部有聽器：蟬鳴｜蟬翼｜蟬吟｜蟬噪｜金蟬脫殼 qiào

產 (产) chǎn

產金　產篆　產隸(曹全碑)

產楷(蘇孝慈墓誌)　产楷(顏真卿)

【析形】產字金文下部是生，意符，表明字義與生長有關；上部是"彥"字的省減，聲符，表示讀音(產、彥二字古音同韻部)。形聲字。小篆、隸、楷書沿襲金文。

【簡化】楷書簡體"产"是用保留特徵、局部代全體的方法，保留原字輪廓特徵"产"代替全字，刪除了其餘部件。簡化字沿用楷書簡體。

> "產"字為偏旁的字類推簡化。例如：铲、萨等。

【釋義】◎本義指生久，生育，即人或動物的幼體從母體分離出來：產房｜產科｜產卵｜產院｜臨產｜助產　◇引申①創造物質或精神財富，生產：產量｜產生｜產銷｜產值｜出產｜豐產｜國產｜減產｜年產｜停產｜脫產｜增產｜生產力　②產業：產權｜地產｜動產｜房產｜公產｜家產｜破產｜遺產｜資產　③產品，物產：海產｜礦產｜林產｜名產｜水產｜特產｜土產

鏟 (铲) 〔剷、剗〕chǎn

鏟篆　鏟楷(顏真卿)　鏟草(草書韻會)

【析形】鏟字小篆左旁是金，意符，表明材質；右旁是產，聲符，表示讀音。形聲字。楷書沿襲小篆。異體字以"刂"(刀)為意符，表明字義功能與刀相似；或以"戋"為聲符。

【簡化】簡化字"铲"的意符"钅"根據草書楷化而成；聲符的簡化見"產"字。

【釋義】◎本義指用來削平或撮取東西的鐵器：鏟子｜電鏟｜風鏟｜鍋鏟｜鏟土機　◇引申指用鏟鏟東西(此義又作"剷")：鏟除

闡 (阐) chǎn

闡篆　闡隸(張表碑)　闡楷(顏真卿)

【析形】闡字小篆外廓是門，意符，門可洞開，取意開；內中是單，聲符，表示

讀音（闡、單二字古音同韻部）。形聲字。隸、楷書沿襲小篆。

【簡化】簡化字"闡"根據草書楷化而成（見"門"、"單"二字）。

【釋義】◎本義指開。◇引申指說明，講明白：闡發｜闡明｜闡釋｜闡述

顫（颤）chàn

顫篆 颤楷（顏真卿）

【析形】顫字小篆右旁是頁，意符，表明字的初義與頭有關（見"頁"字）；左旁是亶，聲符，表示讀音。形聲字。

【簡化】楷書簡體"颤"意符的簡化見"頁"字。簡化字沿用楷書簡體。

【釋義】◎本義指頭不定。◇引申指振動，發抖：顫動｜顫抖｜顫音

昌 chāng

昌金 昌篆 昌隸（史晨碑）昌楷（虞世南）

【析形】昌字金文形構表意未明。小篆上部是日，取意光明，美好；下部是曰，均為意符，取意美好、正當的言辭。會意字。隸、楷書沿襲小篆。

【釋義】◎本義指美善、正當的言論：昌論　◇引申指美好，興盛：昌明｜昌盛

猖 chāng

猖楷（顏真卿）

【析形】猖字《說文》所無。楷書左旁是"犭"（犬），代表動物，意符，表明字義與獸類的特性有關；右旁是昌，聲符，表示讀音。形聲字。

【釋義】兇猛而放肆，肆意妄為：猖獗｜猖狂

長（长）cháng

長甲 长金 长篆 長隸（史晨碑）長楷（元珍墓誌）长草（王羲之）长楷（顏真卿）

【析形】長字甲骨文像一個長髮執杖的老人形象。象形字。古人蓄髮，年邁髮長，古人以之表示長久義。金文執杖形省簡。小篆、隸書形體訛變。楷書形一沿襲隸書。

【簡化】楷書簡體"长"根據草書楷化而成。

"長"字為偏旁的字類推簡化。例如：怅、伥、胀、张、帐、账、胀、涨等。

【釋義】◎本義指長久。◇引申①泛指空間、時間距離較大，與"短"相對：長城｜長存｜長久｜長壽｜長途｜長遠｜冗長｜修長｜延長　②長度：長短｜波長｜身長｜音長｜周長　③長處，擅長：長於｜見長｜特長｜專長｜長線投資｜取長補短｜揚長避短　④經常：長此以往｜細水長流

場（场）〔塲〕cháng

場篆 塲隸（桐柏廟碑）场草（智永）場楷（顏真卿）

【析形】場字小篆左旁是土，意符，表明字義與土地有關；右旁是易，聲符，表示讀音（場、易二字古音同韻部）。形聲字。隸、楷書沿襲小篆。

【簡化】簡化字"场"根據草書楷化而成。

【釋義】◎本義指古代祭神用的平地。◇引申①泛指平坦的空地，多用來碾軋穀物、翻曬糧食：場院｜打場｜翻場｜碾場｜攤場｜揚場　②集市：趕場｜墟場　③量詞：一場戲｜一場雨

腸（肠）cháng

腸篆 腸隸（居延簡）肠草（智永）肠楷（顏真卿）

【析形】腸字小篆左旁是肉，意符，表明字義與肉體有關；右旁是易，聲符，表示讀音（腸、易二字古音同韻部）。形聲字。隸書沿襲小篆。古文肉、月二字形近，隸變後，兩個字作偏旁時多同化寫作"月"。

【簡化】楷書簡體"肠"根據草書楷化而成。

【釋義】◎本義指人和某些動物的消化器官之一，主管消化和吸收養分：腸胃｜腸液｜腸子　◇引申①填充動物腸子做成的食品：灌腸｜臘腸｜香腸　②人的內在感情：愁腸｜熱腸｜心腸｜牽腸掛肚

嘗 (尝)〔嚐、甞〕cháng

嘗金 嘗篆 嘗隸(馬王堆帛書) 嘗楷(智永)
嘗草(懷素)

【析形】嘗字金文下部是旨，本義指美味，意符，表明字義與味道有關；上部是尚，聲符，表示讀音。形聲字。小篆、隸書沿襲金文。楷書把意符"旨"省為"甘"，取意與"旨"同。異體字左旁增"口"為意符，表明字義與口的功能有關。

【簡化】簡化字"尝"根據草書略加改造楷化而成。

【釋義】◎本義指以口辨別滋味，此義又作"嚐"：品嘗｜臥薪嘗膽 ◇引申①比喻經歷：艱辛備嘗 ②曾經：何嘗｜未嘗 ③試一試：嘗試

常 cháng

尚金 常篆 常隸(曹全碑) 常楷(李超墓誌)

【析形】常字金文是借音近的"尚"字表示。小篆下部增"巾"為意符，表明字義與布巾類事物有關，上部"尚"為聲符，表示讀音。形聲字。隸、楷書沿襲小篆。

【釋義】◎本義同"裳"，指裙子。△音借表示經常，時常：常常｜常備｜常見｜常任｜常委｜常用 ◇引申指普通，一般，平常：常規｜常年｜常情｜常識｜常態｜常溫｜常務｜非常｜日常｜如常｜失常｜通常｜往常｜尋常｜異常｜正常

償 (偿) cháng

償篆 償楷(顏真卿)

【析形】償字金文借音近的"賞"字表示(見"賞"字)。小篆左旁增"人"為意符，表明字義與人的活動有關；右旁"賞"為聲符，表示讀音。形聲字。隸變後，人字在字左側為偏旁時寫作"亻"。

【簡化】楷書簡體"偿"是用更換聲符的方法，以"尝"字的簡化字"尝"為聲符，替換了筆畫較繁複的"賞"。

【釋義】◎本義指歸還，抵補：償付｜償還｜償命｜報償｜抵償｜賠償｜清償｜得不償失 ◇引申指滿足，實現：如願以償

廠 (厂) chǎng

廠楷(顏真卿)

【析形】廠字《說文》所無。楷書外廓是"广"，古文像高屋形，意符，表明字義與房屋有關；內中是敞，意符兼聲符，表示敞露，也表示讀音。會意兼聲字。

【簡化】簡化字"厂"是用保留特徵、局部代全體的方法，保留原字輪廓特徵"厂"，代替"廠"，刪除了內中的"敞"。

【釋義】◎本義指露舍，即無牆壁的房屋。又指許多人聚集在一起從事生產或加工的場所(古代工廠作坊多為棚屋露舍)：廠房｜廠礦｜廠商｜廠長｜廠址｜船廠｜紗廠｜鋼鐵廠

場 (场)〔塲〕chǎng

【析形】見"場cháng"。

【釋義】◎本義指古代祭神用的平地。又泛指平坦的空地，音cháng。◇引申①較開闊、較大、許多人聚集活動的地方：場地｜場合｜場面｜賭場｜法場｜廣場｜考場｜農場｜市場｜現場｜刑場 ②舞台：場記｜場景｜包場｜登場｜早場｜專場 ③戲劇的分段：過場｜選場｜第一場 ④物質存在的一種基本形式，具有能量、動量和品質，能傳遞實物間的相互作用：磁場｜電場 ⑤量詞：場次｜兩場電影｜一場球賽 ⑥某種活動範圍：官場｜名利場｜逢場作戲 ⑦事情發生的地點：當場｜現場 ⑧生活情景(包括文學藝術作品)：場面｜場景(以上各引申義音chǎng)

敞 chǎng

敞篆 尚攵隸(桐柏廟碑) 敞楷(顏真卿)

【析形】敞字小篆右旁是"攴"，像手持棒之形，意符，取意行事；左旁是尚，聲符，表示讀音。形聲字。隸書把"攴"隸作"攵"。楷書沿襲隸書。

【釋義】◎本義指平整高地以遠望。◇引申①寬廣，高朗：敞亮｜高敞｜寬敞｜軒敞 ②張開，打開：敞車｜敞開｜敞口｜敞衣｜敞篷車

暢 (畅) chàng

暢篆 暢楷(高慶碑) 暢草(孫過庭)

畅楷(顏真卿)

【析形】暢字小篆左旁是田，意符，表明字的初義與田地有關；右旁是昜，聲符，表示讀音。形聲字。楷書意符訛作"申"。

【簡化】楷書簡體"畅"根據草書楷化而成。

【釋義】◎本義指田地荒蕪，不長植物。◇引申①表示沒有阻礙，通達：暢達｜暢想｜暢銷｜明暢｜順暢｜通暢｜曉暢②舒適，痛快：暢快｜暢遊｜酣暢｜和暢｜歡暢｜寬暢｜舒暢③盡情地：暢懷｜暢談｜暢敍｜暢飲｜暢所欲言

倡 chàng

倡篆　倡楷(顏真卿)

【析形】倡字小篆左旁是人，意符，表明字義與人的活動有關；右旁是昌，聲符，表示讀音。形聲字。隸變後，人字在字左側為偏旁時寫作"亻"。

【釋義】◎本義指古代歌舞樂人。音chāng。◇引申①指發歌，領唱。②宣導，發起，首先提出：倡辦｜倡首｜倡言｜倡議｜首倡｜提倡(以上引申義音chàng)

唱 chàng

唱篆　唱楷(智永)

【析形】唱字小篆左旁是口，意符，表明字義與口的行為有關；右旁是昌，聲符，表示讀音。形聲字。楷書沿襲小篆。

【釋義】◎本義指領唱。◇引申①高聲叫：唱好｜唱賣｜唱名｜唱票②表示說：唱反調｜唱高調③歌唱：唱本｜唱詞｜唱歌｜唱功｜唱腔｜重唱｜說唱｜演唱④吟詠：唱和hè｜唱詩｜吟唱⑤唱機：唱片兒｜唱頭｜唱針⑥充當：唱主角

抄 chāo

抄楷(顏真卿)

【析形】抄字《説文》所無。楷書左旁是"扌"(手)，意符，表明字義與手的動作有關；右旁是少，聲符，表示讀音。形聲字。

【釋義】◎本義指掠取，搶劫。◇引申①搜查並沒收：抄獲｜抄家｜抄沒｜抄身｜查抄②照別人的文章寫下來當作自己的：抄襲｜抄用③摘編的文稿：詩抄｜史抄｜雜抄；或指謄寫：抄本｜抄錄｜抄送｜抄寫｜手抄｜摘抄④匆忙地拿起：抄起鐵棒⑤從側面或較近的路過去：抄道｜抄近兒｜包抄　△音借表示兩手交叉在胸前或插進袖筒裏：抄手

吵 chāo

【析形】見"吵chǎo"。

【釋義】〔吵吵〕許多人亂説話。

鈔 (钞) chāo

鈔篆　钞楷(顏真卿)

【析形】鈔字小篆左旁是金，意符，表明字義與金屬工具有關；右旁是少，聲符，表示讀音。形聲字。

【簡化】楷書簡體"钞"的意符"钅"根據草書楷化而成。

【釋義】◎本義指用鐵器等掠取，搶劫："東冠趙魏，西鈔蜀漢"，此義後作"抄"。△音借表示紙幣：鈔票｜冥鈔｜錢鈔｜偽鈔｜現鈔

超 chāo

超篆　超隸(孔彪碑)　超楷(王羲之)

【析形】超字小篆左旁是走，意符，表明字義與行為動作有關；右旁是召，聲符，表示讀音。形聲字。隸、楷書沿襲小篆。

【釋義】◎本義指跳躍，越過。◇引申①超出：超標｜超車｜超齡｜超前｜超群｜超人｜超速｜超越｜超載｜超支｜超重｜超聲波｜超音速②在某個範圍以外，不受限制：超度｜超然｜超生｜超脱｜超逸③不同於平常的，最高級的：超等｜超級｜超價｜超市

綽 (绰) chāo

【析形】見"綽chuò"。

【釋義】◎本義指寬，緩，音chuò。△音借表示抓起，音chāo：綽起斧頭

勦 chāo

【析形】見"勦jiǎo"

【釋義】◎本義指殺，音 jiǎo。◇引申指把別人的東西當作自己的，抄襲，音 chāo：剿説｜剿襲(同"抄襲")

朝 cháo

【析形】見"朝 zhāo"。

【釋義】◎本義指早晨，音 zhāo。◇引申①古時君主聽政在早晨，故引申指君主聽政的地方，與"野"相對：朝奉｜朝服｜朝廷｜朝野｜朝政 ②朝代，指整個王朝，也指某一個皇帝的一代：皇朝｜王朝｜周朝 ③朝見，朝拜：朝頂｜朝貢｜朝聖 ④指向，面對着：朝東｜朝着(以上各引申義音 cháo)

潮 cháo

潮(金) 潮(篆) 潮(隸)(隸辨) 潮(楷)(顏真卿)

【析形】潮字金文左旁是水，意符，表明字義與水有關；右旁是"朝"字的省減，聲符，表示讀音。形聲字。小篆沿襲金文。隸書聲符無省減。隸變後，水字在字左側為偏旁時寫作"氵"。

【釋義】◎本義指定時漲落的海水：潮流｜潮水｜潮位｜潮汐｜潮汛｜落潮｜浪潮｜退潮｜早潮 ◇引申①比喻像海水一樣起伏的情狀：潮流｜暗潮｜風潮｜高潮｜工潮｜回潮｜熱潮｜思潮｜學潮 ②微濕：潮氣｜潮濕｜防潮｜受潮

巢 cháo

巢(金) 巢(篆) 巢(隸)(郭有道碑)
巢(楷)(蘇孝慈墓誌)

【析形】巢字金文像築在樹上的鳥巢之形。象形字。小篆上部鳥巢形已訛變。隸、楷書沿襲小篆。

【釋義】◎本義指鳥窩。後泛指鳥類及蜂、蟻等的窩：巢礎｜巢穴｜蜂巢｜鳥巢｜蟻巢 ◇引申比喻盜匪或敵人等集聚的地方：匪巢｜老巢｜傾巢出動

嘲 cháo

嘲(篆) 嘲(楷)(顏真卿)

【析形】嘲字小篆左旁是口，意符，表明字義與口的行為有關；右旁是朝，聲符，表示讀音。形聲字。楷書沿襲小篆。

【釋義】用言語譏笑：嘲諷｜嘲笑｜嘲異｜譏嘲｜解嘲｜冷嘲熱諷

吵 chǎo

吵(楷)(顏真卿)

【析形】吵字《説文》所無。楷書左旁是口，意符，表明字義與口的行為有關；右旁是少，聲符，表示讀音。形聲字。

【釋義】◎本義指爭吵：吵嘴｜吵架 ◇引申指聲音雜亂：吵鬧｜吵嚷

炒 chǎo

炒(楷)(顏真卿)

【析形】炒字《説文》所無。楷書左旁是火，意符，表明字義與火有關；右旁是少，聲符，表示讀音。形聲字。

【釋義】◎本義指一種烹調方法，把食物放在鍋裏加熱並翻動使熟：炒菜｜炒飯｜煎炒｜熱炒｜小炒 ◇引申①倒買倒賣：炒股｜炒家｜炒地皮｜炒外匯 ②比喻解僱：炒魷魚 ③比喻重複已經說過的話或做過的事：炒冷飯｜翻炒 ④比喻有意誇大：炒作｜熱炒

車 (车) chē

車(甲) 車(金) 車(金) 車(篆) 車(隸)(王基碑)
車(楷)(鍾繇) 东(草)(智永) 车(楷)(顏真卿)

【析形】車字甲骨文像古代車的俯視形，有輪、衡、轅、軸等。象形字。金文形一沿襲甲骨文，亦為車的俯視形；形二是只保留輪和車軸的簡體。小篆、隸、楷書沿襲金文形二。

【簡化】楷書簡體"车"根據草書楷化而成。簡化字沿用楷書。

> "車"字為偏旁的字類推簡化。例如：輯、漸、連、輸、轄、軒、軋、轅、暈、暫等。

【釋義】◎本義指車子，陸地上有輪的交通工具：車流｜車票｜車站｜車轍｜火車｜轎車｜馬車｜戰車 ◇引申①利用輪動原理的某些生產工具：紡車｜風車｜滑車｜水車 ②機器：車牀｜車刀｜車間｜車盤｜吊車 ③用車牀切削東西：車邊｜車工

扯〔撦〕chě

扯 楷(顏真卿)

【析形】扯字《説文》所無。楷書左旁是
"扌"(手),意符,表明字義與手的動作有
關;右旁是止,聲符,表示讀音。形聲
字。異體字以"奢"為聲符。

【釋義】◎本義指拉,牽:拉扯|牽扯|扯
後腿 ◇引申①撕,撕開:扯破|扯下 ②
閒談:扯白|扯淡|扯謊|胡扯|瞎扯|閒扯

徹(彻)chè

徹 楷(顏真卿)

【析形】徹字甲骨文左旁像一隻食器,隸
作"鬲";右旁像一隻手,表示吃完東西
把餐具撤除掉。會意字。金文形一食器
下增"火"為意符;形二"火"形訛變,表
示手的"又"訛作"攴"。小篆把"鬲"訛
作"育",左旁又增"彳"(甲骨文像道路
形)為意符,表明字義與行走有關,隸作
"徹",盡失初形。隸、楷書沿襲小篆。

【簡化】簡化字"彻"是用另造新字的方
法,保留了"彳"為意符,以筆畫較簡的
"切"為聲符,成為形聲字。

【釋義】◎本義指飯後撤除餐具。△音借
表示貫通,深透:徹底|徹骨|徹夜|貫徹|
透徹|徹頭徹尾|響徹雲霄

撤chè

【析形】撤字本作"徹"(見"徹"字)。音借
為深透義後,為本義造了以"扌"(手)為
意符的"撤",表示撤除義。

【釋義】◎本義指除去,去掉:撤除|撤防|
撤換|撤消|撤銷|撤職 ◇引申指消解,
退,收:撤兵|撤離|撤退|撤走

澈chè

澈 楷(顏真卿)

【析形】澈字《説文》所無。楷書左旁是
"氵"(水),意符,表明字義與水有關;
右旁是"徹"字的省減,聲符,表示讀音。
形聲字。

【釋義】水清,明淨:澄澈|明澈|清澈

臣chén

臣 楷(智永)

【析形】臣字甲骨文、金文像一豎目形。
象形字。古代打仗時,被俘者只能低眉順
眼看主人,故眼睛呈豎目狀,代表奴隸
形象(古文字以橫目形表示眼睛,豎目形
則為"臣"字)。小篆線條化後,豎目形略
失。隸、楷書沿襲小篆。

【釋義】◎本義指奴隸。◇引申①管理奴
隸的人。②君主制國家官員的通稱:臣僚|
臣民|臣子|大臣|功臣|奸臣|君臣|佞臣|
忠臣|欽差大臣

塵(尘)chén

塵 楷(顏真卿)

【析形】塵字小篆上部是三鹿,下部是
土,均為意符,以群鹿奔行、灰土飛揚表
示塵土。會意字。隸書上部省為一鹿。楷
書沿襲隸書。

【簡化】簡化字是用另造新字的方法,新
造了"尘"字。上部是小,下部是土,表
示細小塵埃。會意字。

【釋義】◎本義指細小灰土:塵埃|塵垢|
塵土|灰塵|風塵|洗塵 ◇引申①蹤跡,事
跡:步人後塵 ②佛家、道家等指人間世
俗:塵世|塵事|紅塵|看破紅塵

辰chén

辰 楷(顏真卿)

【析形】辰字甲骨文像一隻海蜃(蛤蚌)蚌
肉伸出殼外之形。象形字。金文沿襲甲骨
文。小篆形體略變。隸、楷書沿襲小篆。

【釋義】◎本義指蛤蚌。△音借表示地支
的第五位。◇引申①辰時,上午七時至九
時。②時日:辰光|誕辰|良辰|生辰|時
辰 ③日、月、星的總稱:北辰|星辰

沉〔沈〕chén

沉 楷(張猛龍碑)

【析形】沉字甲骨文形一外廓像水流形，水中是牛；形二水中是羊，表示把牲畜沉入水中，是古代祭祀時的一種用牲法。會意字。金文左右旁保留了意符水，右旁是尢，聲符，表示讀音(沉、尢二字古音同韻部)。形聲字。小篆沿襲金文。隸變後，水字在字左側為偏旁時寫作"氵"。楷書聲符訛作"冗"。

【釋義】◎本義指古代祭祀用牲法之一。甲骨文有記載祭祀祖先時"沉三羊、五牛"的用牲法。◇引申①沒入水中，與"浮"相對。也比喻陷入某種境界中：沉澱│沉浮│沉沒│沉溺 ②往下落，往下放：沉降│陷│陸沉│血沉 ③程度深：沉寂│沉脈│迷│沉重 ④感覺沉重(不舒服)：沉悶│昏沉│頭沉 ⑤鎮定：沉靜│沉穩│沉着 zhuó

陳 (陈) chén

【析形】陳字金文左上部像山崖形，隸作"阜"，本義為土山，下部是土，均為意符，表明字義與地域等有關；右上部是東，取意未明。小篆省去意符"土"，又把"東"訛為"木"和"申"兩個部件，"申"為聲符。隸變後，"阜"在字左側為偏旁時寫作"阝"。

【簡化】簡化字"陈"聲符的簡化見"東"字。

【釋義】◎本義金文形一為姓氏，為田齊之陳；形二為媯姓之姓(《說文》："虞舜居媯汭，因以為氏。"《左傳·莊公二十二年》："有媯之後，將育於姜。"杜預註："媯，陳姓。")。後為古國名。△音借表示安放，擺放：陳放│陳列│陳設│鋪 pū 陳 ◇引申①敍說：陳情│陳述│鋪陳 ②時間久的，舊的：陳腐│陳規│陳跡│陳舊│陳年

晨 chén

【析形】晨字甲骨文上部像兩隻手，下部是"蜃"字初文(見"辰"字)，均為意符，

古代先民利用蜃殼為除草工具。《淮南子·泛論訓》："古者剡耜而耕，摩蜃而耨。"古人註："蜃，大蛤，摩令利，用之耨。耨，鋤田穢也。"故字以手持蜃殼除田草表示農事。會意字。金文沿襲甲骨文。小篆線條化，蜃形已失。隸書把古文上部的兩手形訛為"日"。楷書沿襲隸書。

【釋義】◎本義當指農事(除田穢)。◇以晨起務農引申表示清早，太陽剛出的時候：晨光│晨曦│凌晨│清晨│早晨

忱 chén

【析形】忱字小篆左旁是心，意符，表明字義與心性有關；右旁是尢，聲符，表示讀音(忱、尢二字古音同韻部)。形聲字。隸變後，心字在字左側為偏旁時寫作"忄"。

【釋義】忠誠，真誠：赤忱│熱忱│謝忱

襯 (衬) chèn

【析形】襯字《說文》所無。繁體寫作"襯"。左旁是"衤"(衣)，意符，表明字義與衣服有關；右旁是親，聲符，表示讀音。形聲字。

【簡化】楷書簡體"衬"是用更換聲符的方法，以筆畫較簡的"寸"為聲符，替換了筆畫繁複的"親"。簡化字沿用楷書簡體。

【釋義】◎本義指內衣。◇引申①裏面的，托在裏面：襯布│襯墊│襯褲│襯裏│襯衫│環襯│鋪 pū 襯 ②從旁說明，烘托：襯托│襯映│幫襯│反襯│烘襯│陪襯│映襯

稱 (称) chèn

【析形】見"稱 chēng"。

【釋義】◎本義指提舉。◇引申①衡量物體輕重。音 chēng。②適合，相當。音 chèn：稱身│稱體│稱意│稱願│稱職│對稱│相稱│勻稱│稱心如意

趁 chèn

【析形】趁字小篆左旁是走，意符，表明

字義與行走有關；右旁是參，聲符，表示讀音。形聲字。楷書沿襲小篆。

【析形】◎本義指追逐。◇引申①趕赴。②利用（時間、機會）：趁便｜趁機｜趁勢｜趁早

稱 (称) chēng

【析形】稱字甲骨文上部像一隻手，下部像一條魚，均為意符，以手提物取提舉之意。會意字。金文沿襲甲骨文。小篆形一沿襲甲、金文；形二左旁增"禾"為意符，代表農作物，表示掂量、測定穀物的重量。隸、楷書沿襲小篆形二。

【簡化】簡化字"称"根據草書略加改造楷化而成。

【釋義】◎本義指提舉。◇引申①舉用：稱兵｜稱貸 ②稱量，即衡量測定物體輕重。③推舉，讚揚：稱道｜稱頌｜稱歎｜稱羨｜稱譽｜稱讚 ④叫，叫做，號稱：稱霸｜稱呼｜泛稱｜堪稱｜自稱 ⑤名號：稱謂｜愛稱｜別稱｜簡稱｜美稱｜名稱｜俗稱｜通稱｜統稱｜職稱 ⑥說：稱便｜稱道｜稱快｜稱述｜稱謝｜口稱｜聲稱｜誣稱｜宣稱｜佯稱｜著稱

撐 〔撑〕 chēng

【析形】撐字《說文》所無。楷書左旁是"扌"（手），意符，表明字義與手的動作有關；右旁是掌，意符兼聲符，以掌支撐取意抵住，支持，也表示讀音（撐、掌二字古音同韻部）。會意兼聲字。異體字以"牚"為聲符。

【釋義】◎本義指抵住，支持：撐持｜撐腰｜硬撐｜支撐｜撐不住｜撐場面｜撐門面 ◇引申①用力抵住使物體運動：撐船｜撐杆跳高 ②張開：撐傘｜撐開口袋 ③裝滿，塞足：撐飽｜撐破

鐺 (铛) chēng

【析形】鐺字小篆左旁是金，意符，表明材質；右旁是當，聲符，表示讀音。形聲字。隸、楷書沿襲小篆。

【簡化】楷書簡體"铛"根據草書楷化而成。

【釋義】似鍋的一種溫器，三足，用來溫酒和茶。也指一種烙餅用的平底鍋：餅鐺 又與古代一種刑具銀鐺的"鐺"（dāng）字異字同形。

成 chéng

【析形】成字甲骨文像以斧劈物之形。金文沿襲甲骨文。會意字。小篆把所劈之物訛作"丁"，聲符，表示讀音（成、丁二字古音同韻部），成為形聲字。隸書聲符形體已訛變。楷書沿襲隸書。

【釋義】◎本義指古代兵器的一種。△音借表示完成，實現，與"敗"相對：成功｜成活｜成立｜成事｜促成｜大成｜告成｜建成｜落成 ◇引申①成為，形成：成才｜成風｜成家｜成名｜達成｜構成｜釀成｜形成｜造成｜組成 ②已定的，定型的：成方｜成規｜成見｜成藥｜成衣｜成語 ③生物長到定型的階段：成熟｜成年｜成人｜老成 ④成果，成就：成績｜成效｜大成｜收成｜有成｜一事無成｜坐享其成 ⑤已達到一定的數量：成群｜成套｜成天｜成年累月

呈 chéng

【析形】呈字小篆上部是口，意符，口可開合，取意開、顯現；下部是壬，聲符，表示讀音（呈、壬二字古音同韻部）。形聲字。隸、楷書沿襲小篆。

【釋義】◎本義指顯露，顯現：呈現｜龍鳳呈祥 ◇引申①舊時公文的一種，下級送報上級：呈文｜辭呈｜簽呈 ②恭敬地送上去：呈報｜呈遞｜呈請｜呈獻

誠 (诚) chéng

【析形】誠字小篆左旁是言，意符，古人尚言而有信，取意心誠；右旁是成，聲符，表示讀音。形聲字。隸、楷書沿襲小篆。

【簡化】簡化字"诚"的意符"讠"根據草書楷化而成。

【釋義】◎本義指真心：誠懇｜誠樸｜竭誠｜精誠｜真誠｜誠心誠意 ◇引申指確實，的確：誠然｜誠有其人

承 chéng

承甲　承金　承篆　承隸(曹全碑)

承楷(褚遂良)

【析形】承字甲骨文上部像一個跪着的人形，下部像兩隻手，均為意符，兩手托起一人，取承托之意。會意字。金文沿襲甲骨文。小篆人形略失，下部再增一"手"為意符，表明字義與手的動作有關。隸書人形、手形均已失。楷書沿襲隸書。

【釋義】◎本義指承托，承受：承塵｜承載 zài｜承重 ◇引申①接受，擔當：承辦｜承包｜承擔｜承當｜承諾｜承認｜秉承｜應 yìng 承 ②接續：承繼｜承接｜承襲｜承前啟後｜繼承｜師承

城 chéng

城金　城金　城篆　城隸(孔宙碑)

城楷(崔敬邕墓誌)

【析形】城字金文形一左旁像城樓形，是城郭的"郭"字古文，意符，表明字義與城郭有關；右旁是成，意符兼聲符，取意築就，也表示讀音。會意兼聲字。金文形二上部是成，下部是土，意符，表明字義與土築有關。小篆寫作左右結構，隸、楷書沿襲小篆。

【釋義】◎本義指城邑，城牆以內的地方。古時為防禦而建築高牆，牆以內稱城：城池｜城郭｜城樓｜城門｜城牆｜外城｜圍城 ◇引申指城市，與"鄉"相對：城堡｜城防｜城郊｜城區｜城鄉｜城鎮｜都城｜京城｜名城｜山城

乘 chéng

乘甲　乘金　乘金　乘篆　乘隸(馬王堆帛書)

乘楷(顏真卿)

【析形】乘字甲骨文上部像一個正面人形，下部像樹木形，均為意符，以人立於樹上表示登、升、騎等意。會意字。金文形一沿襲甲骨文；形二在像人形的"大"下增二"止"(甲骨文像足印形"趾"字初文)為意符，強調行為動作的部位。小篆沿襲金文形二。隸書形體訛變。楷書沿襲隸書。

【釋義】◎本義指登，升。◇引申①騎，坐：乘車｜乘船｜乘客｜搭乘｜乘務員｜乘風破浪 ②趁，利用：乘便｜乘機｜乘涼｜乘勢｜乘興 xìng｜乘虛而入 △音借表示①佛教的教義：大乘｜上乘｜小乘 ②算術的"四則"之一：乘法｜乘號｜乘積｜乘數

盛 chéng

盛甲　盛金　盛篆　盛隸(禮器碑)

盛楷(元倪墓誌)

【析形】盛字甲骨文左旁是一隻器皿，意符，表明字義與盛器有關；右旁是成，聲符，表示讀音。形聲字。金文寫作上下結構。小篆、隸、楷書沿襲金文。

【釋義】◎本義指祭祀時放在容器中的穀物。◇引申①把飯、菜等放進碗、盤等器皿裏：盛飯｜盛湯 ②容納，裝：這泳池盛不下這麼多人。

程 chéng

程篆　程隸(曹全碑)　程楷(顏真卿)

【析形】程字小篆左旁是禾，意符，表明字的初義與穀物有關；右旁是呈，聲符，表示讀音。形聲字。隸、楷書沿襲小篆。

【釋義】◎本義指稱量穀物。◇引申①衡量：計日程功 ②規矩，法式：程式｜方程｜規程｜章程 ③程序、安排：過程｜教程｜進程｜課程｜療程｜流程｜日程｜議程 ④路程：單程｜歸程｜航程｜兼程｜歷程｜旅程｜全程｜啟程｜雙程｜遠程｜征程｜中程｜專程

懲 (惩) chéng

懲篆　懲楷(顏真卿)

【析形】懲字小篆下部是心，意符，取意懲戒；上部是徵，聲符，表示讀音。形聲字。楷書沿襲小篆。

【簡化】簡化字"懲"是用更換聲符的方法，以筆畫較簡的"征"為聲符，替換了筆畫繁複的"徵"。

【釋義】◎本義指處罰：懲辦｜懲處｜懲罰｜懲治｜獎懲｜嚴懲不貸　◇引申指警戒：懲前毖後

澄〔澂〕chéng

灥篆澄　隸(華山神廟碑)　澄楷(智永)

【析形】澄字小篆作"澂"。左旁是水，意符，表明字義與水有關；右旁是"徵"字的省減，聲符，表示讀音。形聲字。隸書改聲符為"登"。楷書沿襲隸書。隸變後，水字在字左側為偏旁時寫作"氵"。

【釋義】水靜而清：澄澈｜澄清｜澄湛

橙 chéng

橙篆橙楷(顏真卿)

【析形】橙字小篆左旁是木，意符，表明字義與樹木有關；右旁是登，聲符，表示讀音。形聲字。楷書沿襲小篆。

【釋義】果樹名，常綠小喬木。又指這種植物的果實：橙黃｜橙樹｜橙子｜香橙

逞 chěng

逞篆逞隸(隸辨)　逞楷(顏真卿)

【析形】逞字小篆左旁是辵，意符，表明字義與行走有關；右旁是呈，聲符，表示讀音。形聲字。隸變後，辵字為偏旁時寫作"辶"。

【釋義】◎本義指通。◇引申①施展，實現：得逞｜不逞之徒　②顯露：逞能｜逞強　③縱容，放任：逞兇｜逞性子

秤 chèng

【析形】見"稱chēng"。本作"稱"，俗作"秤"。"平"為聲符，表示讀音。形聲字。

【釋義】◎本義指衡量物體輕重。◇引申指稱輕重的器具：秤錘｜秤桿｜秤鈎｜秤紐｜秤砣｜市秤｜壓秤

吃〔喫〕chī

嚠篆吃隸(武威簡)　吃楷(顏真卿)

【析形】吃字小篆左旁是口，意符，表明字義與口的行為有關；右旁是契，聲符，表示讀音。形聲字。楷書以"乞"為聲符。

【釋義】◎本義指吃東西，即把食物放到嘴裏，咀嚼後嚥下去：吃飯｜吃喝｜吃素｜好吃　◇引申①耗費：吃勁｜吃力　②經受：吃苦｜吃虧｜吃重 zhòng｜吃官司　③依靠某種事物來生活：吃教｜吃糧｜吃老本｜靠山吃山　④受，挨：吃緊｜吃驚｜吃一塹，長一智　⑤消滅：拿車 jū 吃掉他的炮　⑥吸收，沒入：吃刀｜吃水深（以上音借義及其引申義異體作"喫"）

嗤 chī

嗤楷(顏真卿)

【析形】嗤字《說文》所無。楷書左旁是口，意符，表明字義與口的行為有關；右旁是蚩，聲符，表示讀音。形聲字。

【釋義】譏笑：嗤笑｜嗤之以鼻

癡(痴) chī

癡篆癡楷(顏真卿)

【析形】癡字小篆外廓隸作"疒"，意符，表明字義與疾病有關（見"病"字）；內中是疑，聲符，表示讀音（癡、疑二字古音同韻部）。形聲字。楷書沿襲小篆。

【簡化】簡化字"痴"是用更換聲符的方法，以筆畫較簡的"知"為聲符，替換了筆畫繁複的"疑"。

【釋義】◎本義指呆傻，愚笨：癡呆｜癡漢｜癡傻｜白癡｜發癡｜嬌癡　◇引申指不明智，極度迷戀某人或某種事物：癡迷｜癡情｜癡想｜癡心｜書癡

池 chí

池隸(樓蘭簡)　池楷(李璧碑)

【析形】池字隸書左旁是"氵"（水），意符，表明字義與水有關；右旁是也，聲符，表示讀音（池、也二字古音同韻部）形聲字。楷書沿襲隸書。

【釋義】◎本義①水塘，積水的坑：池塘｜鹽池　②護城河：城池｜金城湯池　◇引申指旁邊高、中間凹下去的地方：花池｜舞

池|樂 yuè 池

馳(驰) chí

篆 馳隸(馬王堆帛書) 馳楷(元珍墓誌)
驰楷(顏真卿)

【析形】馳字小篆左旁是馬，意符，表明字的初義與馬有關；右旁是也，聲符，表示讀音(馳、也二字古音同韻部)。形聲字。隸、楷書沿襲小篆。

【簡化】楷書簡體“驰”意符的簡化見“馬”字。

【釋義】◎本義指馬疾行。◇引申①泛指車馬跑得快：馳騁|馳行|馳騖|馳驟|奔馳|飛馳|驅馳 ②嚮往：馳想|神馳|心馳神往 ③傳揚：馳名|馳譽

遲(迟) chí

甲 金 篆 遲隸(禮器碑)
遲楷(張猛龍碑) 迟楷(顏真卿)

【析形】遲字甲骨文左旁像道路形，隸作“彳”，意符，表明字義與行走有關；右旁是犀，意符兼聲符，意為滯留不進，也表示讀音(遲、犀二字古音同韻部)。會意兼聲字。金文下部增“止”(甲骨文像足印形。“趾”字初文)為意符，表明字義與行為動作有關。小篆把“彳”、“止”合篆作“辵”，聲符為“犀”。隸書聲符形體訛變。楷書沿襲隸書。隸變後，辵字為偏旁時寫作“辶”。

【簡化】楷書簡體“迟”是用更換聲符的方法，以筆畫較簡的“尺”為聲符，替換了筆畫繁複的“犀”。簡化字沿用楷書簡體。

【釋義】◎本義指慢行，緩慢：遲緩|遲脈|遲滯 ◇引申①晚，與“早”相對：遲到|遲暮|遲誤|延遲|推遲|姍姍來遲|事不宜遲 ②不靈敏：遲鈍

持 chí

金 篆 持隸(華山神廟碑)
持楷(張猛龍碑)

【析形】持字金文下部像一隻手形，意符，表明字義與手的動作有關；上部是之，聲符，表示讀音。形聲字。小篆左旁再增“手”表意，右下部是“寸”(手臂寸口處)，亦表示手。隸變後，手字在字左側為偏旁時寫作“扌”。

【釋義】◎本義指握住，拿着：持槍|持證|把持 ◇引申①撐着：支持|撐持 ②料理，主管：持定|操持|主持 ③保持，堅持：持久|持續|維持|自持 ④保護，扶助：扶持|護持 ⑤挾制：劫持|脅持|挾持

匙 chí

篆 匙楷(顏真卿)

【析形】匙字小篆右旁是匕，像古代的一種長柄淺斗、形似湯勺的取食器具，意符；左旁的“是”為聲符，表示讀音。形聲字。楷書沿襲小篆。

【釋義】舀取液體或粉末狀物體的小勺，俗稱調羹：茶匙|湯匙

弛 chí

篆 弛楷(虞世南)

【析形】弛字小篆左旁是“弓”，意符，表明字的初義與弓有關；右旁是“也”，聲符，表示讀音(弛、也二字古音同韻部)。形聲字。楷書沿襲小篆。

【釋義】◎本義指放鬆弓弦。◇引申指放鬆，解除：弛緩|弛禁|廢弛|鬆弛|張弛

尺 chǐ

金 篆 尺隸(華山神廟碑)
尺楷(元珍墓誌)

【析形】尺字金文像側立人形，腿上脛部加點指明十寸處為一尺(古人常以人體的某一部位為法度標識，如“寸”字以人的手十分動脈處表示寸口等)。指事字。小篆把“人”訛作“尸”(“尸”字甲骨文、金文像人彎身屈腿之形)，意符，代表人；下部訛作“乙”。隸書乙字形體訛變。

【釋義】◎本義為長度單位，十寸為尺：尺寸|尺度|尺碼|公尺|市尺 ◇引申①量度和製圖器具：表尺|角尺|捲尺|皮尺|曲尺|丁字尺 ②像尺的東西：戒尺|鐵尺|鎮尺

齒 (齿) chǐ

凶甲 凶金 齒篆 齒楷(顏真卿)

【析形】齒字甲骨文像張口露牙之形。象形字。金文上部增"止"為聲符，成為形聲字。小篆沿襲金文。楷書筆畫化，齒形略變。

【簡化】簡化字"齿"是用保留特徵、局部刪除的方法，保留原字的輪廓特徵，刪除了原字下部的一些筆畫。

【釋義】◎本義指門牙，泛指牙齒：齒齦｜唇齒｜白齒｜口齒｜門齒｜犬齒 ◇引申①物體上齒形的部分：齒輪｜鋸齒｜輪齒｜梳齒 ②年齡：年齒｜序齒｜沒齒不忘 ③說到，提及：不齒｜啟齒｜何足掛齒

恥 〔耻〕 chǐ

恥篆 耻楷(智永)

【析形】恥字小篆右旁是心，意符，表明字義與心理活動有關；左旁是耳，聲符，表示讀音(恥、耳二字古音同韻部)。形聲字。楷書意符"心"訛作"止"，失去表意作用。內地採用"耻"字。

【釋義】羞愧，羞辱：恥辱｜恥笑｜廉恥｜羞恥｜無恥｜寡廉鮮恥

侈 chǐ

侈篆 侈楷(智永)

【析形】侈字小篆左旁是人，意符，表明字義與人的活動有關；右旁是多，聲符，表示讀音(侈、多二字古音同韻部)。隸變後，人字在字左側為偏旁時寫作"亻"。

【釋義】◎本義指浪費：侈靡｜奢侈｜窮奢極侈 ◇引申指過分，誇大：侈談

斥 chì

斥楷(顏真卿)

【析形】斥字《說文》所無。楷書以"斤"(古代砍伐工具)字表意，表示用斧頭等驅趕，並在"斤"字上加"、"區別於"斤"字。是一種因義附畫指事字。

【釋義】◎本義指驅逐，使離開：斥革｜斥賣｜斥逐｜貶斥｜擯斥｜排斥 ◇引申指責備：斥罵｜斥退｜斥責｜駁斥｜痛斥｜訓斥 △音借表示多，滿：充斥

赤 chì

赤甲 赤金 赤篆 赤隸(隸辨) 赤楷(顏真卿)

【析形】赤字甲骨文上部像正面人形，隸作"大"，義為大；下部是火，均為意符，表示大火。會意字。金文、小篆沿襲甲骨文。隸變後，"大"訛作"土"，"火"也失去初形。楷書沿襲隸書。

【釋義】◎本義當指大火。◇引申①紅色；也指比紅色稍暗的一種顏色：赤豆｜赤紅｜赤松｜赤銅 ②嬰兒初生時皮膚赤紅色，故稱赤子。③光着，裸露：赤臂｜赤膊｜赤腳｜赤裸裸 ④比喻忠誠：赤忱｜赤誠｜赤膽忠心 ⑤空無所有：赤地｜赤貧｜赤手空拳

翅 〔翄〕 chì

翅篆 翅楷(顏真卿)

【析形】翅字小篆左旁是羽，意符，表明字義與羽翼有關；右旁是支，聲符，表示讀音。形聲字。楷書意符在右，聲符在左。

【釋義】◎本義指鳥類的飛行器官，又泛指鳥類、昆蟲的翼：插翅｜展翅｜振翅 ◇引申①某些魚的魚鰭：魚翅 ②形狀像翅膀的東西、部位：鼻翅

沖 〔沖〕 chōng

沖甲 沖金 沖篆 沖楷(李超墓誌) 沖楷(顏真卿)

【析形】沖字甲骨文左旁是水，意符，表明字義與水有關；右旁是中，聲符，表示讀音。形聲字。金文、小篆沿襲甲骨文。隸變後，水字在字左側為偏旁時寫作"氵"。楷書形二"水"旁寫作"冫"。內地採用"冲"字。

【釋義】◎本義指水湧動搖盪之狀。◇引申①水流撞擊，被強大的水流破壞或捲走(此義又作"衝")：沖積｜沖破堤壩 ②用水來洗刷或清除：沖積｜沖涼｜沖曬｜沖刷｜沖洗 ③用開水或酒等澆：沖淡｜沖服｜沖

劑 ④抵消，抵銷：沖喜｜沖賬 ⑤山區的平地：沖田｜韶山沖

衝 (冲) chōng

篆 衝　隸(隸辨) 衝楷(王羲之)

【析形】衝字小篆外廓是行(甲骨文像四通八達的道路之形)，意符，表示通途道路；中間是童，聲符，表示讀音。形聲字。隸書聲符為"重"。楷書沿襲隸書。

【簡化】簡化字是用同音合併的方法，以讀音相近、筆畫較簡的"冲"("冲"字俗體)代替筆畫繁複的"衝"，合併了衝、冲二字的意義。

【釋義】◎本義指通途大道。◇引申①交通要道：要衝｜首當其衝 ②很快地向前直闖：衝鋒｜衝擊｜衝垮｜衝殺｜俯衝 ③猛烈地撞擊：衝擊｜衝開｜衝浪｜衝破｜衝突｜衝撞｜緩衝 ④直上：氣衝霄漢｜怒髮衝冠

充 chōng

篆 充　隸(居延簡) 充楷(智永)

【析形】充字小篆上部是"育"字的省減，下部是人，均為意符，取意育兒快高長大。會意字。隸書沿襲小篆。楷書把"育"字上部的"子"(倒寫)訛作"云"。

【釋義】◎本義指長，高。◇引申①充足：充分 fèn｜充滿｜充沛｜充溢｜充盈｜充裕 ②裝滿，塞住：充電｜充飢｜充氣｜充塞 sè｜充數｜充血｜填充 ③擔任：充當｜充任 ④冒充：混充｜假充｜硬充

蟲 (虫) chóng

篆 蟲楷(褚遂良)

【析形】蟲字小篆由三"虫"構成，像聚蟲之狀。會意字。楷書沿襲小篆。

【簡化】蟲字的簡化字是用保留特徵、局部代全體的方法，保留"虫"代替全字("虫"字本義為毒蛇，音 huī。至少在戰國時已見用為指昆蟲之"蟲"，成為"蟲"字簡化字)，刪除了其餘兩個"虫"。

【釋義】◎本義為古代對一切動物之統稱：長蟲｜大蟲｜爬蟲 ◇引申指昆蟲：蟲害｜蟲卵｜蟲災｜蟲子｜飛蟲｜毛蟲｜蚊蟲

种 chóng

种 隸(禮器碑陰)

【析形】種字隸書左旁是禾，意符，以幼禾取意幼小；右旁是中，聲符，表示讀音，形聲字。

【釋義】本意指幼小。姓氏用字。

重 chóng

【析形】見"重 zhòng"。

【釋義】◎本義指重量，音 zhòng。◇引申①表示重複，重疊：重合｜重婚｜重繭｜重孫｜重文｜重陽 ②層：重重｜重唱｜重霄｜重洋｜重奏｜雙重 ③再：重版｜重犯｜重現｜重演｜重印(以上各引申義音 chóng)

崇 chóng

篆 崇　隸(華山神廟碑) 崇楷(褚遂良)

【析形】崇字小篆上部是山，意符，表明字義與山有關；下部是宗，聲符，表示讀音。形聲字。隸、楷書沿襲小篆。

【釋義】◎本義指山大而高：崇山峻嶺 ◇引申①高：崇高 ②表示重視，尊敬：崇拜｜崇奉｜崇敬｜崇尚｜推崇｜尊崇｜崇洋媚外

寵 (宠) chǒng

金 篆 寵　隸(夏承碑) 寵楷(顏真卿)

【析形】寵字金文上部是"宀"，意符，表明字義與屋宇有關；下部是龍，聲符，表示讀音。小篆、隸、楷書均沿襲金文。

【簡化】簡化字"宠"聲符簡化見"龍"字。

【釋義】◎本義指尊居。◇引申①尊寵：寵愛 ②偏愛：寵愛｜寵兒｜寵物｜寵信｜寵倖｜愛寵｜得寵｜恩寵｜失寵｜爭寵｜嘩眾取寵｜受寵若驚

衝 (冲) chòng

【析形】見"衝 (冲) chōng"。

【釋義】◎本義指通途大道，音 chōng。◇引申①向前直闖。②向着，朝着：衝她一笑｜衝着前方｜衝着這事來 ③憑，根據：衝着這股勁頭，一定能取得好成績 ④用機器衝壓：衝牀｜衝模 ⑤又再引申指衝擊

的力量大，猛烈有勁：酒味很衝|水流得很衝|他幹活真衝 (以上各引申義音 chòng)

抽 chōu

袖篆 抽楷 (鍾繇)

【析形】抽字小篆左旁是手，意符，表明字義與手的動作有關；右旁是由，聲符，表示讀音。形聲字。隸變後，手字在字左側為偏旁時寫作"扌"。

【釋義】◎本義指引出，拔出：抽風|抽氣|抽籤|抽紗|抽身|抽水|抽絲|抽煙 ◇引申①提取，騰出：抽查|抽調 diào|抽空 kòng|抽稅 ②牽動：抽搐|抽動|抽風|抽筋|抽泣|抽噎 ③長 zhǎng 出：抽穗|抽芽 ④用條狀物打：抽打|用鞭子抽

仇 〔讎、讐〕chóu

𠈌篆 𠈌隸 (馬王堆帛書) 仇楷 (顏真卿)

【析形】仇字小篆左旁是人，意符，表明字義與人有關；右旁是九，聲符，表示讀音 (仇、九二字古音同韻部)。形聲字。隸變後，人字在字左側為偏旁時寫作"亻"。異體字見"讎"字。

【釋義】◎本義指配偶，伴侶，無褒貶之分。音 qiú。◇引申①怨偶。②仇敵：仇家|仇人|夙仇|同仇敵愾|疾惡如仇 ③仇恨：仇視|報仇|復仇|結仇|私仇|冤仇 (以上各引申義音 chóu)

讎 (讐) chóu

讎篆

【析形】讎字小篆中間是言，意符，表明字義與言語有關；兩旁合為雔，聲符，表示讀音。形聲字。

【釋義】◎本義指對答，應答：無言以讎 ◇引申指校對文字。△因聲作"仇"字異體：寇讎

綢 (绸) chóu

綢篆 綢楷 (顏真卿) 綢行 (趙孟頫)

【析形】綢字小篆左旁是糸，意符，表明字義與絲繩等有關；右旁是周，聲符，表

示讀音。形聲字。楷書沿襲小篆。

【簡化】簡化字"绸"的意符"纟"根據草書楷化而成。

【釋義】◎本義指用繩索纏紮：綢繆纏繞|未雨綢繆 ◇引申專指粗繭絲織成的紡織品，又作絲織品的總稱：綢緞|綢子|紡綢|繭綢|絲綢

酬 〔酧、詶、醻〕chóu

醻篆 酬篆 酉州隸 (隸辨) 酬楷 (敬使君碑)

【析形】酬字小篆形一左旁像一隻酒罐子，隸作"酉"，意符，表明字的初義與酒有關；右旁是壽，聲符，表示讀音。形聲字。小篆形二聲符為州。隸、楷書沿襲小篆形二。異體字或以"言"為意符，表示以言語稱謝；或以"守"為聲符。

【釋義】◎本義指古時酒宴禮節，也叫導飲。後通指勸酒，敬酒：酬酢 ◇引申①用錢物償付或報答：酬報|酬答|酬金|酬謝|報酬 ②實現：壯志未酬 ③交際往來：酬答|酬對|應酬

稠 chóu

稠篆 禾周隸 (隸辨) 稠楷 (顏真卿)

【析形】稠字小篆左旁是禾，意符，表明字義與穀類植物有關；右旁是周，聲符，表示讀音。形聲字。隸、楷書沿襲小篆。

【釋義】◎本義指種植多而密。◇引申①泛指多而密：稠密|稠人廣眾 ②指液體濃，與"稀"相對：稠糊|稠粥

愁 chóu

愁篆 愁楷 (李超墓誌)

【析形】愁字小篆下部是心，意符，表明字義與心理活動有關；上部是秋，聲符，表示讀音 (愁、秋二字古音同韻部)。形聲字。楷書沿襲小篆。

【釋義】憂慮：愁腸|愁苦|愁悶|愁緒|哀愁|憂愁

籌 (筹) chóu

籌篆 筹楷 (顏真卿)

【析形】籌字小篆上部是竹，意符，表明字義與竹器有關；下部是壽，聲符，表示讀音。形聲字。

【簡化】楷書簡體"筹"聲符的簡化見"壽"字。

【釋義】◎本義指用小竹片等製成的計算用具：籌碼｜籌算｜竹籌 ◇引申①謀劃：籌辦｜籌備｜籌劃｜籌建｜籌謀｜統籌｜運籌 ②設法收集：籌措｜籌集｜籌款｜籌募

疇 (畴) chóu

疇 甲 篆 篆 疇 隸 (萊慧明碑)

疇 楷 (王羲之)

【析形】疇字甲骨文上下兩個"口"，表示兩方田地，貫穿而下的曲線像田壟彎曲之形，為"壽"字初文。象形字。小篆形一沿襲甲骨文；形二左旁增"田"為意符，表意更明確。隸、楷書沿襲小篆形二。

【簡化】簡化字"畴"右旁的簡化見"壽"字。

【釋義】◎本義指已耕作的田地：田疇 ◇引申表示同類：範疇

醜 (丑) chǒu

醜 篆 醜 隸 (孔彪碑) 醜 楷 (敬使君碑)

【析形】醜字小篆右旁是鬼，意符，取意可憎可惡；左旁是酉，聲符，表示讀音。形聲字。隸、楷書沿襲小篆。

【簡化】簡化字是用同音合併的方法，以音近（古音二字聲母不同）、筆畫較簡的"丑"代替筆畫繁複的"醜"，合併了醜、丑二字的意義。

【釋義】◎本義指可厭惡的，可恥的：醜惡｜醜聞｜出醜｜遮醜｜醜態百出 ◇引申指相貌不好看，與"美"相對：醜陋｜醜相 xiàng

丑 chǒu

丑 甲 丑 金 丑 篆 丑 隸 (居延簡)

丑 楷 (褚遂良)

【析形】丑字甲骨文是在像右手形的"又"字上表示手指的末端加標指事符號，標示指甲處。指事字。金文沿襲甲骨文。小篆

形體已訛變。隸、楷書根據小篆轉寫而成。

【釋義】◎本義指手指甲。△音借表示①地支的第二位，引申指丑時，即夜裏1點至3點。②傳統戲劇中的一種角色行當：丑角 jué｜文丑｜武丑｜小丑

臭 chòu

【析形】見"臭 xiù"。

【釋義】◎本義指用鼻子辨別氣味。音 xiù。此義後作"嗅"。◇引申①氣味的總稱：其臭如蘭 ②難聞的氣味，與"香"相對：臭氣｜臭味｜臭氧｜發臭｜銅臭｜腥臭｜腋臭 ③惹人厭惡的，可恥的：臭名昭著｜臭味相投｜遺臭萬年 ④拙劣，不高明：臭棋｜這字寫得真臭 ⑤狠狠地：把他臭罵一頓

出 chū

出 甲 出 金 出 篆 出 隸 (乙瑛碑)

出 楷 (李超墓誌)

【析形】出字甲骨文下部像穴坑形（古代先民的房屋是一種半地穴式的簡易建築），上部像一隻足印形，隸作"止"（"趾"字初文），表示從穴坑向外邁出。會意字。金文、小篆沿襲甲骨文。隸書筆畫化，失去初形。楷書沿襲隸書。

【釋義】◎本義指從裏面到外面，與"進"、"入"相對：出動｜出差｜出車｜出訪｜出境｜出遊｜輸出｜外出 ◇引申①生長，產，產生：出版｜出處｜出錯｜出典｜出品｜出身｜出生｜出世｜出台｜出現 ②顯露：出面｜出名｜出沒｜出奇｜出示｜出現｜日出｜突出 ③發出，發洩：出汗｜出氣｜出言不遜 ④來到：出場｜出勤｜出庭｜出席 ⑤趨向動詞：發出｜飛出｜付出｜交出｜列出｜滲出｜提出｜推出｜退出｜選出｜演出｜展出｜逐出 ⑥往外拿，支付：出借｜出力｜出賣｜出納｜出手｜出售｜出題｜出租 ⑦超出：出格｜出軌｜出界｜出色｜出眾｜傑出｜凸出｜出線權｜出乎意料｜出類拔萃｜喜出望外

齣 (出) chū

齣 楷 (顏真卿)

【析形】齣字《説文》所無。楷書右旁是句，意符，代表唱詞；左旁是齒，聲符（"齣"字舊讀 chǐ），表示讀音。形聲字。

【簡化】簡化字是用同音合併的方法，以音近、筆畫較簡的"出"代替筆畫繁複的"齣"，合併了齣、出二字的意義。

【釋義】表示戲曲傳奇中的一個大段落或戲曲的一個獨立劇目。

初 chū

創(甲) 初(金) 初(篆) 初(隸)(華山神廟碑)
初(楷)(虞世南)

【析形】初字甲骨文左旁是衣，右旁是刀，均為意符，以裁衣之始取意開始。會意字。金文、小篆沿襲甲骨文。隸書意符"衣"形體已變。隸變後，衣字在字左側為偏旁時寫作"衤"。

【釋義】◎本義指開始，起頭：初春|初期|初學|開初|年初|最初　◇引申①第一：初版|初次|初稿|初審|初試|初旬 ②最低的：初等|初級|初小 ③原來的：初意|初願|初衷

除 chú

除(篆) 除(隸)(乙瑛碑) 除(楷)(顏真卿)

【析形】除字小篆左旁是阜，本指土山，意符，表示台階；右旁是余，聲符，表示讀音（除、余二字古音同韻部）。形聲字。隸變後，阜字在字左側為偏旁時寫作"阝"。

【釋義】◎本義指宮殿的台階：庭除 △音借表示①去掉：除塵|除掉|除名|撤除|開除|清除；引申表示不計算在內：除開|除外 ②算術中的除法：除號|除數|乘除 ③除夕：除夜|歲除

廚 〔厨〕 chú

廚(篆) 厨(隸)(隸辨) 厨(楷)(顏真卿)

【析形】廚字小篆外廓是"广"，像高屋形，意符，表明字義與房屋有關；內中是尌，聲符，表示讀音。形聲字。隸書外廓寫作"厂"，取意與"广"同，聲符形體已訛變。楷書沿襲隸書。內地採用"厨"字。

【釋義】◎本義指煮飯做菜的地方：廚房　◇引申指廚師：廚藝|幫廚|大廚|名廚

鋤 (鋤)〔耡、鉏〕 chú

鋤(篆) 鋤(楷)(顏真卿)

【析形】鋤字小篆作"耡"。左旁是耒，古代翻土農具的曲木柄，意符，表明字義與農具有關；右旁是助，聲符，表示讀音。形聲字。楷書左旁是"钅"(金)，意符，表明材質，聲符仍為"助"。異體字或以"且"為聲符。

【簡化】楷書簡體"鋤"的意符"钅"根據草書楷化而成。

【釋義】◎一種鬆土和除草的農具：鋤頭|大鋤|耘鋤　◇引申①用鋤頭鬆土鋤草：開鋤|夏鋤 ②剷除：鋤奸|誅鋤異己

雛 (雛) chú

雛(甲) 雛(籀文) 雛(篆) 雛(楷)(顏真卿)
雛(草)(趙孟頫)

【析形】雛字甲骨文右旁是鳥，意符，表明字義與禽鳥類有關；左旁是芻，聲符，表示讀音。形聲字。籀文沿襲甲骨文。小篆右旁是隹，短尾鳥之總名。楷書沿襲小篆。

【簡化】簡化字"雏"的聲符"刍"根據草書略加改造楷化而成。

【釋義】◎本義指幼雞。◇引申①幼小的（多指禽鳥類）：雛雞|雛鴨|雛燕|鳥雛|育雛 ②未定型前的形式：雛形

櫥 〔橱〕 chú

橱(楷)(顏真卿)

【析形】櫥字《説文》所無。楷書左旁是木，意符，表明材質；右旁是廚，聲符，表示讀音。形聲字。內地採用"橱"字。

【釋義】放置衣服等物的傢具：櫥櫃|壁櫥|櫃櫥|紗櫥|碗櫥

處 (處)〔处〕 chǔ

處(金) 處(金) 處(篆) 處(篆) 處(隸)(桐柏廟碑)
處(楷)(顏真卿)

【析形】處字金文形一左旁像側立之人形，右旁像几桌形，均為意符，人據几而坐，取意止息。會意字。形二下部左旁是止（"趾"字初文），右旁是"几"，取意與形一同，上部增"虍"為聲符，表示讀音，成為形聲字。小篆形一沿襲金文形二；形二省減了聲符"虍"作"处"。隸書沿襲小篆形一而形體略變，簡化字沿襲小篆形二而把右旁的"几"寫作"卜"。

【釋義】◎本義指暫止，休息。◇引申①表示居住：穴居野處 ②同在一起生活，交往：處世｜共處｜難處｜相處 ③位置在（某處）：處境｜處心積慮｜設身處地｜養尊處優 ④處置，辦理：處方｜處理｜處事｜之泰然 ⑤定罪：處罰｜處分 fèn｜處決｜處治｜懲處｜判處

礎 (础) chǔ

【析形】礎字小篆左旁是石，意符，表明字的初義與石頭有關；右旁是楚，聲符，表示讀音。形聲字。

【簡化】楷書簡體"础"是用更換聲符的方法，以筆畫較簡的"出"為聲符，替換了筆畫繁複的"楚"。

【釋義】◎本義指墊在柱子下面的石礅，即底腳石。◇引申指基底或根基：礎石｜基礎

儲 (储) chǔ

【析形】儲字小篆左旁是人，意符，表明字義與人的活動有關；右旁是諸，聲符，表示讀音。形聲字。

【簡化】簡化字"储"聲符左旁的"訁"根據草書楷化而成。

【釋義】積蓄，存放：儲備｜儲藏｜儲存｜儲金｜儲蓄｜倉儲｜存儲｜積儲

楚 chǔ

【析形】楚字甲骨文上部是林，意符，表

明字義與樹木有關；下部是足，聲符，表示讀音（楚、足二字古音韻部相近）。形聲字。金文、隸書沿襲甲骨文。小篆聲符為"疋"（古文足、疋同字）。疋、楚二字古音同韻部）。楷書沿襲小篆。

【釋義】◎本義指叢莽。又為樹名，即牡荊，棘屬植物，枝幹堅勁，可以作杖。△音借表示①古國名：楚辭｜楚國｜四面楚歌｜朝秦暮楚 ②痛苦：苦楚｜悽楚｜酸楚｜痛楚 ③清晰，整齊：齊楚｜清楚 ④鮮明，整潔，秀美：楚楚動人｜衣冠楚楚 ⑤嬌柔，纖弱：楚楚可憐

處 (处) 〔処〕 chù

【析形】見"處 chǔ"。

【釋義】◎本義指暫止，休息，音 chǔ。◇引申①地方：處處｜處所｜到處｜各處｜害處｜何處｜患處｜近處｜難處｜去處｜用處｜住處 ②單位或單位裏部門的名稱：處長｜辦事處｜售票處｜營業處（以上各引申義音 chù）

畜 chù

【析形】畜字甲骨文上部像束絲形，隸作玄；下部像田疇形（"田"中小點像植物），均為意符，表示把田獵所得束繫起來，取意積存。會意字。金文、小篆、隸、楷書均沿襲甲骨文。

【釋義】◎本義指有所積存。◇引申指飼養的禽獸，即家畜：畜肥｜畜生｜畜牲｜六畜｜牲畜｜種畜

觸 (触) chù

【析形】觸字金文左旁是角，意符，表明字義與動物頭角有關；右旁是蜀，聲符，表示讀音。形聲字。小篆、隸、楷書沿襲金文。

【簡化】簡化字"触"是用保留特徵、局部代全體的方法，保留聲符下部的"虫"代替了"蜀"。

【釋義】◎本義指動物以角抵物。◇引申

①碰，撞，接觸：觸電│觸動│觸發│觸機│觸礁│觸角│觸覺│觸目│觸手│抵觸　②冒犯：觸犯│觸怒

矗 chù

矗楷(顏真卿)

【析形】矗字《說文》所無。楷書由三個"直"字構成，均為意符，表示直聳而上。會意字。

【釋義】高聳直立，聳立：矗立

揣 chuāi

【析形】見"揣 chuǎi"。

【釋義】◎本義指丈量。音 chuǎi。△音借表示藏在衣服裹，音 chuāi：揣手兒

揣 chuǎi

揣篆揣楷(顏真卿)

【析形】揣字小篆左旁是手，意符，表明字義與手的動作有關；右旁是耑，聲符，表示讀音。形聲字。隸變後，手字在字左側為偏旁時寫作"扌"。

【釋義】丈量，估量，估計：揣測│揣度 duó│揣摩

揣 chuài

【析形】見"揣 chuǎi"。

【釋義】〔挣揣〕挣扎，用力擺脫束縛。

川 chuān

川甲川金川篆川隸(郭有道碑)
川楷(顏真卿)

【析形】川字甲骨文像川流之形。象形字。金文、小篆均沿襲甲骨文。隸書筆畫化。楷書沿襲隸書。

【釋義】◎本義指河流，水道：冰川│河川│山川│川流不息　◇引申①地勢平坦的地方：平川│米糧川　②四川：川貝│川菜│川劇│川軍

穿 chuān

穿篆穿楷(顏真卿)

【析形】穿字小篆上部是穴，下部是牙，均為意符，動物用牙齒打洞，取意穿孔打洞。會意字。楷書沿襲小篆。

【釋義】◎本義指穿孔，打洞。◇引申①通，進入：穿刺│百步穿楊│滴水穿石│望眼欲穿　②通過：穿廊│穿梭│穿越│穿堂風│穿針引線　③破(看破)，透：拆穿│戳穿│揭穿│看穿│說穿　④用繩線等把東西連貫起來：穿珠子　⑤把衣服、鞋襪等套在身上，與"脫"相對：穿戴│穿着 zhuó│耐穿

傳 (传) chuán

傳甲傳金傳篆傳隸(隸辨)傳楷(智永)
傳草(孫過庭)

【析形】傳字甲骨文左旁是人，意符，表明字義與人的活動有關；右旁是專，聲符，表示讀音。形聲字。金文、小篆均沿襲甲骨文。隸變後，人字在字左側為偏旁時寫作"亻"。

【簡化】簡化字"传"根據草書楷化而成。

【釋義】◎本義指遞送：傳達│傳呼│傳令│傳世│傳統│傳閱│傳真│單傳│家傳│留傳│失傳│世傳│遺傳│祖傳　◇引申①傳播：傳佈│傳道│傳教│傳媒│傳說│傳頌│傳誦│傳聞│傳言│流傳│盛傳│誤傳│宣傳│謠傳　②傳授：傳習│師傳│言傳身教　③發出命令叫人來：傳喚│傳見│傳訊　④表達：傳情│傳神　⑤傳導：傳電│傳熱　⑥傳染：傳染病

船 〔舩〕 chuán

船金船篆船楷(顏真卿)

【析形】船字金文左旁是舟，意符，船古稱舟；右旁是"鉛"字的省減，聲符，表示讀音(船、鉛二字古音同韻部)。形聲字。小篆、楷書沿襲金文。異體字右旁的"公"疑是"鉛"字右旁的訛變。

【釋義】水上交通工具：船舶│船艙│船廠│船家│船桅│船位│船舷│渡船│飛船│航船│貨船│客船

喘 chuǎn

喘篆喘楷(顏真卿)

【析形】喘字小篆左旁是口，意符，表

明字義與口有關；右旁是耑（"端"字初文），聲符，表示讀音。形聲字。楷書沿襲隸書。
【釋義】①呼吸急促：喘氣｜喘息｜氣喘 ②氣喘的簡稱：痰喘

串 chuàn

串 隸（隸辨）串 楷（顏真卿）

【析形】串字《說文》所無。隸書像用繩索或棍棒之類的東西把物品連貫在一起。象形字。楷書沿襲隸書。
【釋義】◎本義指把物品連貫在一起。◇引申①泛指連貫：串聯｜串通｜貫串｜連串 ②勾結：串供｜串通｜勾串 ③錯誤地連接：串調兒｜串行 háng｜串線｜串秧兒 ④量詞：一串鑰匙｜一串珍珠 ⑤由這裏到那裏走動：串門兒｜串遊 ⑥擔任戲曲角色：串戲｜串演｜反串｜客串

創 (创) chuāng

屮金 㓛篆 劊篆 刅 隸（隸辨）
創 楷（崔敬邕墓誌）

【析形】創字金文是在"刀"字兩旁各加"、"指事刀有所斷。指事字。小篆形一沿襲金文，形二右旁是刀，意符，表明字義與刀有關；左旁是倉，聲符，表示讀音。形聲字。隸、楷書沿襲小篆形二。隸變後，刀字在字右側為偏旁時寫作"刂"。
【簡化】簡化字"創"聲符的簡化見"倉"字。
【釋義】◎本義指創傷：創痕｜創口｜創面｜刀創 ◇引申指殺傷：重（zhòng）創敵軍

瘡 (疮) chuāng

瘡 楷（顏真卿）

【析形】瘡字《說文》所無。楷書外廓是"疒"，意符，表明字義與病痛有關（見"病"字）；內中是倉，聲符，表示讀音。形聲字。
【簡化】簡化字"疮"聲符的簡化見"倉"字。
【釋義】◎本義指外傷的傷口：刀瘡｜棒瘡 ◇引申指皮膚上潰爛的病：瘡疤｜毒瘡｜

口瘡｜痔瘡

窗 〔窓、窻、牕、牎〕chuāng

囪篆 窗篆 窗 楷（顏真卿）

【析形】窗字小篆形一像窗戶之形。有窗框、窗枝。隸作"囪"。象形字。形二在"囪"字上部增"穴"（本義為土室）為意符，表示屋室開窗。異體字以"怱"、"悤"、"忽"等為聲符，或以"片"（本義為剖開的木）為意符，表明材質。
【釋義】◎本義指天窗。古人稱在牆上開的窗為"牖"，在屋頂上所開的窗為"窗"。◇引申泛指房屋、車船上通氣透光的洞口：窗花｜窗台｜氣窗｜視窗

牀 〔床〕chuáng

牀篆 床 楷（智永）

【析形】小篆牀字右旁是木，意符，表明材質；左旁像一架牀，有牀面、牀腳（甲骨文刻作豎置狀，小篆沿襲之），隸作"爿"，意符兼聲符，也表示讀音（牀、爿二字古音同韻部）。會意兼聲字。楷書左旁訛作"广"，牀形已失。內地採用"床"字。
【釋義】◎本義指供人坐臥的傢具：牀板｜牀單｜牀鋪｜牀褥｜牀位 ◇引申①表面平坦如牀的東西：冰牀｜冷牀｜苗牀｜溫牀｜榨牀 ②稱某些機器：刨 bào 牀｜車牀｜機牀｜剪牀｜鋸牀｜拉牀｜磨牀 ③槽：道牀｜河牀｜牙牀 ④量詞：一牀被

幢 chuáng

幢篆 幢 楷（顏真卿）

【析形】幢字小篆左旁是巾，意符，表明材質；右旁是童，聲符，表示讀音（幢、童二字古音同韻部）。形聲字。楷書沿襲小篆。
【釋義】◎本義指古代作儀仗用的，以羽毛為飾的一種旗幟：幡幢 △音借指刻着佛號或經咒的石柱：經幢｜石幢

闖 (闯) chuǎng

闖篆 闯 楷（顏真卿）

【析形】闖字小篆外廓是門，內中是馬，均為意符，以馬衝門表示猛衝之意。會意字。

【簡化】楷書簡體"闯"的簡化見"門"和"馬"字。簡化字沿用楷書簡體。

【釋義】◎本義指猛衝，敢幹：闖將|闖勁兒|瞎闖 ◇引申①惹起：闖禍 ②經歷，歷練：闖蕩|闖練|闖蕩江湖

創 (创) chuàng

【析形】見"創chuāng"。

【釋義】◎本義指創傷，音chuāng。◇由劃開創口引申指開始做，初次做，音chuàng：創辦|創刊|創立|創業|開創

吹 chuī

禾甲 呼金 哦篆 吹 隸(史晨碑) 吹楷(張猛龍碑)

【析形】吹字甲骨文左旁像人張口吐氣之形，右旁是口，均為意符，表示呼氣。會意字。金文"口"在左旁。小篆沿襲金文，右旁人張口形略變。隸書右旁隸作"欠"。楷書沿襲隸書。

【釋義】◎本義指合攏嘴唇用力呼氣：吹號|吹哨|吹奏 ◇引申①說大話：吹牛|吹捧|吹噓 ②空氣流動衝拂物體：吹拂|風吹雨打

炊 chuī

炋篆 竹隸(馬王堆帛書) 炊楷(顏真卿)

【析形】炊字小篆左旁是火，意符，表明字義與火有關；右旁是"吹"字的省減，聲符，表示讀音。形聲字。隸、楷書沿襲小篆。

【釋義】燒火做飯菜：炊煙|茶炊|斷炊

垂 chuí

伞篆 坐篆 畜篆 隸(校官碑) 垂楷(顏真卿)

【析形】垂字小篆形一像花葉下垂之形。象形字。小篆形二下部是土，意符，表明字義與土地有關；上部是聲符，表示讀音，成為形聲字。本義指邊疆，邊際。此義後作"陲"。隸書略失初形。楷書下部的"土"訛作"士"。

【釋義】◎本義指掛下，低下來：垂釣|垂簾|垂柳|垂涎 ◇引申①將及，接近：垂老|垂暮|垂死|垂危 ②表示留存：名垂千古|永垂不朽

錘 (锤)〔鎚〕chuí

鋞篆 錘楷(顏真卿) 捶草(草書韻會)

【析形】錘字小篆左旁是金，意符，表明字義與金屬有關；右旁是垂，聲符，表示讀音。形聲字。異體字以"追"為聲符。

【簡化】楷書簡體"锤"的意符"钅"根據草書楷化而成。

【釋義】◎本義指秤上平衡重量的金屬塊：秤錘 ◇引申①古代重量單位，八銖為錘。表示敲打東西的工具之"錘"字與此字異字同形：錘子|鍛錘|風錘|鐵錘 ②用錘敲擊：錘打|千錘百煉 ③像錘的東西：錘骨|紡錘|鐘錘

捶 〔搥〕chuí

挂篆 捶楷(顏真卿)

【析形】捶字小篆左旁是手，意符，表明字義與手的動作有關；右旁是垂，聲符，表示讀音。形聲字。隸變後，手字在字左側為偏旁時寫作"扌"。異體字以"追"為聲符。

【釋義】用拳頭或棒槌敲打：捶背|捶門|捶胸頓足

春 chūn

苪甲 苫金 眥篆 春隸(孔宙碑) 春楷(元珍墓誌)

【析形】春字甲骨文左旁上下是"屮"(草)，表示植物，中間是日，表示太陽，均為意符，以春和日麗，草木萌生表示春天；右旁是屯，聲符，表示讀音。形聲字。金文上部是"艸"，聲符"屯"在中間。小篆沿襲金文。隸書保留了意符"日"，"艸"與聲符"屯"合併寫作"夫"，失去表音作用。楷書沿襲隸書。

【釋義】◎本義指春季，一年四季的第一個季節，在每年農曆的正、二、三月：春耕|春光|春色|春天|春運|立春|暮

春 ◇引申①比喻生機，欣欣向榮的景象：回春|青春|滿面春風|滿園春色|妙手回春 ②男女情慾：春情|春心|懷春

椿 chūn

篆 楷(顏真卿)

【析形】椿字小篆左旁是木，意符，表明字義與樹木有關；右旁是屯，聲符，表示讀音。形聲字。楷書聲符為“春”。

【釋義】樹名，落葉喬木，嫩葉有香味，可作蔬菜，木材供建築等用：椿樹|臭椿|香椿

純（纯）chún

甲 金 金 篆 隸(張表碑)

草(王羲之) 楷(顏真卿)

【析形】純字甲骨文借音近的“屯”字表示。金文形一沿襲甲骨文；形二左旁增“糸”為意符，表明字義與絲有關，成為形聲字。小篆、隸書沿襲金文形二。

【簡化】楷書簡體“纯”的意符“纟”根據草書楷化而成。

【釋義】◎本義指蠶絲。◇引申①純色的絲織品。②純正，不含雜質：純白|純潔|純金|純淨 ③善良，美好：純樸|純真|純正 ④熟練：純熟

唇〔脣〕chún

篆 楷(顏真卿)

【析形】唇字小篆下部是肉，意符，表明字義與肉體有關；上部是辰，聲符，表示讀音。形聲字。古文肉、月二字形近，隸變後，兩個字作偏旁時多同化寫作“月”。楷書改意符為“口”，表意更確切。

【釋義】嘴唇：唇齒|唇裂|唇舌

淳〔湻〕chún

篆 隸(馬王堆帛書) 楷(顏真卿)

【析形】淳字小篆左旁是水，意符，表明字的初義與水有關；右旁是𦎫，聲符，表示讀音。形聲字。隸變後，水字在字左側為偏旁時寫作“氵”，聲符與表示享受的“享”字混同。楷書沿襲隸書。

【釋義】◎本義指澆灌。因聲通“醇”表示味道濃厚。◇引申指敦厚樸實：淳厚|淳樸

醇〔醕〕chún

篆 隸(辟雍碑) 楷(顏真卿)

【析形】小篆醇字左旁像一隻酒罎子，意符，表明字義與酒有關；右旁是𦎫，聲符，表示讀音。形聲字。隸書聲符與表示享受的“享”字混同。楷書沿襲隸書。

【釋義】◎本義指酒質濃厚。◇引申指純粹：醇和|醇厚|醇化|醇香|醇正|清醇 △音借指有機化合物的一大類：甲醇|木醇|乙醇|膽固醇

蠢 chǔn

篆 隸(樊敏碑) 楷(崔敬邕墓誌)

【析形】蠢字小篆下部是二“虫”，意符，表明字義與昆蟲有關；上部是春，聲符，表示讀音。形聲字。隸、楷書沿襲小篆。

【釋義】◎本義指蟲動。◇引申泛指像蟲類蠕動的樣子：蠢動 △音借表示愚笨：蠢笨|蠢材|愚蠢

戳 chuō

楷(顏真卿)

【析形】戳字《説文》所無。楷書右旁是戈，意符，表示工具；左旁是翟，鳥名，代表刺殺的對象，均為意符，表示用槍、矛等刺。會意字。

【釋義】◎本義指用槍、矛等尖端刺物。◇引申①刺擊，拆穿：戳穿|戳破 ②刺刻印記、圖章等：戳記|戳子|蓋戳|手戳|郵戳 ③豎立，站：把旗杆戳起來|他戳在原地不動

綽（绰）chuò

篆 楷(顏真卿)

【析形】綽字小篆左旁是糸，意符，以衣帶寬鬆取寬緩之意；右旁是卓，聲符，表示讀音。形聲字。

【簡化】楷書簡體“绰”的意符“纟”根據草

書楷化而成。

【釋義】◎本義指寬，寬裕，緩：寬綽｜闊綽｜綽綽有餘　◇引申表示隱隱約約，模糊，不真實：影影綽綽

差 cī

【析形】見“差chā”。

【釋義】◎本義指用手磨治麥粒，音chā。△音借合成〔參差〕表示長短、高低不齊，音cī：參差不齊｜參差錯落

詞 (词) cí

詞篆　詞隸(葉慧明碑)　詞楷(歐陽詢)

词行(孫過庭)　词楷(顏真卿)

【析形】詞字小篆左旁是言，意符，表明字義與言語有關；右旁是司，意符兼聲符，古人釋“詞”：“司，主也。意主於內，而言發於外，故從司、言。”會意兼聲字。隸、楷書沿襲小篆。

【簡化】楷書簡體“词”的意符“讠”根據草書簡化而成。

【釋義】①説話、文章或文學作品中的語詞：詞句｜詞令｜唱詞｜賀詞｜誓詞｜題詞｜潛台詞　②語言中音義獨立的、可以自由運用的最小單位：詞典｜詞彙｜詞類｜詞素　③韻文文體之一。原指古樂府的變體，後泛稱合樂的詩體：詞調｜詞牌｜詞譜｜詞韻｜詩詞｜填詞

辭 (辞)〔辤〕cí

辭金　辤金　辭篆　辭隸(曹全碑)

辭楷(顏真卿)　辤篆　辤隸(馬王堆帛書)

辞楷(張猛龍碑)　辞草(李世民)

【析形】辭、辤本是兩個字。辭字金文形一左旁像上下兩手理絲之形，隸作“𤔔”，取意治理；右旁是司，意符兼聲符，取意主事，兼表示讀音。會意兼聲字。形二右旁是辛(甲骨文像古代刑具，引申指有罪受刑之人)，意符，表明字義與有罪的人或事相關；中間有個“口”，取意訴訟。會意字。小篆沿襲金文形二而省略了“口”。隸、楷書沿襲小篆。辤字小篆右旁是辛，古代刑具；左旁是受，受刑之人宜拒之，均為意符，取意不

受。會意字。隸書沿襲小篆。

【簡化】簡化字根據草書合辭、辤二字為“辞”。

【釋義】辭　◎本義指訟辭，即紛爭辯訟。◇引申①泛指言詞，文詞：辭令｜措辭｜悼辭｜敬辭｜謙辭｜文辭｜修辭｜言辭　②又同“詞”：辭典｜辭書　③古典文學的一種體裁：辭賦｜楚辭　④古體詩的一種：《木蘭辭》

辤　◎本義指不受，後用“辭”表此義。◇引申①辭職：辭呈｜辭去　②解雇：辭退　③躲避，推託：辭讓｜辭謝｜推辭｜義不容辭　④道別：辭別｜辭歲｜辭行｜告辭

慈 cí

慈金　慈篆　慈隸(景君碑)　慈楷(顏真卿)

【析形】慈字金文下部是心，意符，表明字義與心性有關；上部是茲，聲符，表示讀音。形聲字。小篆、隸、楷書沿襲金文。

【釋義】◎本義指愛，和善：慈愛｜慈悲｜慈和｜慈母｜慈善｜慈祥｜仁慈　◇引申指母親：家慈

磁 cí

磁楷(顏真卿)

【析形】磁字《説文》所無。楷書左旁是石，意符，表明字義與石有關；右旁是茲，聲符，表示讀音。形聲字。

【釋義】◎本義指磁石。◇引申①物質能吸引鐵、鎳、鈷等的屬性：磁棒｜磁場｜磁帶｜磁極｜磁卡｜磁力｜磁療｜磁性｜電磁｜防磁　②同“瓷”：磁器

祠 cí

祠金　祠篆　祠隸(華山神廟碑)

祠楷(張猛龍碑)

【析形】祠字金文左旁是示，意符，表明字義與祭祀有關(見“示”字)；右旁是司，意符兼聲符，取意主事，兼表示讀音。會意兼聲字。小篆、隸、楷書沿襲金文。

【釋義】◎本義為祭名，指春祭。◇引申指供奉祖宗、鬼神或受崇拜的人的地方：

祠堂│神祠│宗祠│先賢祠

瓷 〔甆〕cí

祇篆 瓷楷（顏真卿）

【析形】瓷字小篆左下部是瓦，意符，表明字義與瓦器有關；左上部兩畫與右旁合為“次”，聲符，表示讀音。形聲字。楷書寫作上下結構。異體字以“茲”為聲符。
【釋義】本義指色白質堅的陶器。後專指用高嶺土等燒成的質料，所做器物比陶器細緻堅硬：瓷雕│瓷瓶│瓷器│瓷土│瓷磚│青瓷│陶瓷

雌 cí

雌篆 雌隸（馬王堆帛書） 雌楷（顏真卿）

【析形】雌字小篆右旁是隹，本指一種短尾鳥，意符，表明字義與鳥類有關；左旁是此，聲符，表示讀音。形聲字。隸、楷書沿襲小篆。
【釋義】◎本義指母鳥。◇引申指母的，陰性的，與“雄”相對：雌蜂│雌花│雌蕊│雌性

此 cǐ

此甲 此金 此篆 此隸（馬王堆帛書）
此楷（張猛龍碑）

【析形】此字甲骨文左旁像足印形，隸作“止”（“趾”字初文），意符，表明字義與行止有關；右旁是“人”字的反寫，亦為意符，表示人到一處而止息。會意字。金文、小篆沿襲甲骨文。隸書把“人”寫作“匕”。楷書沿襲隸書。
【釋義】◎本義指人停止之地。◇引申①作近指代詞，表示“這”，“這個”：此地│此間│此刻│此外│因此│值此│至此│多此一舉│顧此失彼│豈有此理 ②這樣：故此│如此│長此以往 ③表示時間，這時候；或表示處所，這裏：此後│此致│從此│就此│特此│由此

次 cì

次甲 次金 次篆 次隸（禮器碑）
次楷（龍藏寺碑）

【析形】次字甲骨文、金文右旁像人張口打噴嚏形。象形字。小篆張口噴嚏形已訛變，把所噴之口液訛作“二”，意符兼聲符，取接連之意，也表示讀音（次、二兩個字古音同韻部）。會意兼聲字。隸書把“二”寫作“冫”。楷書沿襲隸書。
【釋義】◎本義指連打噴嚏。◇引申①動作的量詞：次數│初次│架次│累 lěi 次│屢次│人次│印次 ②次第，順序：次序│班次│版次│層次│車次│漸次│名次│依次│座次 ③位居第二的：次男│次貧│次日│次要│次子│其次│主次│次大陸 ④不精，品質較差：次等│次貨│次品

刺 cì

刺篆 刺楷（顏真卿）

【析形】刺字小篆左旁是束，義為木芒，是“刺”字本字；右旁是刀，均為意符，表示用刀或像束一樣尖銳的東西戳入，束也兼表示讀音。會意兼聲字。隸變後，刀字在字右側為偏旁時寫作“刂”。
【釋義】◎本義指用銳利之物戳入或穿透：刺繡 ◇引申①殺，行刺：刺客│刺殺│被刺 ②尖銳像針的東西：刺刀│刺槐│草刺│倒刺│骨刺 ③刺激：刺鼻│刺耳│刺骨│刺眼 ④譏諷：諷刺│譏刺 ⑤暗中打聽：刺探

伺 cì

伺篆 伺楷（顏真卿）

【析形】伺字小篆左旁是“人”，意符，表明字義與人的活動有關；右旁是司，聲符，表示讀音。形聲字。隸變後，人字在字左側為偏旁時寫作“亻”。
【釋義】◎本義指候望，等候。◇引申表示服侍，侍候：伺候

賜 （賜）cì

賜金 賜金 賜篆 賜隸（曹全碑）
賜楷（安樂王墓誌）

【析形】賜字金文形一右旁像一個盤子，把盤子傾斜，裏面東西傾倒出來，取意

賜予。會意字。隸作"易"。形二增意符"貝"，表明字義與財物有關(見"貝"字)，以區別音借義"容易"之"易"，為本義造了"賜"字。小篆、隸、楷書沿襲金文形二。

【簡化】簡化字"賜"意符的簡化見"貝"字。

【釋義】◎本義指給予，賞：賜予|恩賜|賞賜|御賜　◇引申①賞給的東西：厚賜②有求於人的敬辭：賜覆|賜教

匆〔悤、怱〕cōng

𢜳篆 匆楷(顏真卿)

【析形】匆字小篆作"悤"。下部是心，意符，表明字義與心理活動關；上部是囪，聲符，表示讀音。形聲字。楷書省減"心"。

【釋義】急促：匆匆|匆猝|匆促|匆忙

葱〔蔥〕cōng

🌱金 🌿篆 葱楷(顏真卿)

【析形】葱字金文像葱苗從球根處萌生出來的形狀，為"葱"字初文。象形字。小篆上部是"艸"，意符，表明字義與植物有關；下部是悤，聲符，表示讀音。形聲字。楷書聲符為"怱"。

【釋義】◎本義指多年生草本植物，葉子圓筒形，中空，鱗莖圓柱形，開小白花，種子黑色。可作疏菜、調味品，還可入藥：葱花|葱頭|洋葱　◇引申指青色：葱翠|葱綠|葱鬱

聰(聪)cōng

聰篆 耳悤隸(郭有道碑)　聰楷(顏真卿)

【析形】聰字小篆左旁是耳，意符，表明字義與耳朵有關；右旁是悤，聲符，表示讀音。形聲字。隸書聲符為"总"。楷書沿襲隸書。內地採用"聪"字。

【釋義】◎本義指聽，聽覺：失聰　◇引申①聽覺靈敏。②泛指靈敏：聰慧|聰明|聰穎|耳聰目明

囪 cōng

⊠篆 囪楷(顏真卿)

【析形】囪字小篆像窗戶形，有窗框、窗枝。象形字。楷書沿襲小篆。

【釋義】◎本義指窗，音chuāng。◇引申指爐灶出煙的通路，音cōng：煙囪

從(从)cóng

竹甲 彳甲 劜金 從金 𠍵篆 訓篆
于並隸(辟雍碑)　從楷(張猛龍碑)
从楷(顏真卿)

【析形】從字甲骨文形一像兩人前後相隨之形。會意字。形二左旁增"彳"為意符，像道路形，表明字義與行走有關。金文形一沿襲甲骨文形一；形二沿襲甲骨文形二而下部又增"止"("趾"字初文)為意符，取意行止。小篆形一沿襲甲、金文形一；形二把"彳"、"止"兩個部件合篆作"辵"。隸書右上部的"从"字訛變。楷書形一沿襲隸書。

【簡化】楷書簡體"从"是用沿用古體的方法，沿用甲骨文形一寫作"从"。

【釋義】◎本義指跟隨，隨行：從良|從師|從征|盲從|隨從　◇引申①跟隨的人：僕從|侍從|隨從②聽從：服從|順從|信從|遵從③依照某種原則：從簡|從寬|從速|從嚴④從屬的，次要的：從犯|主從⑤自，由：從此|從前|從頭|自從⑥從事：從軍|從戎

叢(丛)〔藂〕cóng

叢篆 叢楷(顏真卿)

【析形】叢字小篆上部是丵，像草木叢生貌，意符，表明字義與草木有關；下部是取，聲符，表示讀音。形聲字。楷書沿襲小篆。異體字上部改意符為"林"，仍以"取"為聲符。

【簡化】簡化字是用另造新字的方法，上部"从"為聲符，下面"一"為指事性符號，代表草木生長之土地，新造筆畫省簡的"丛"字。

【釋義】◎本義指密集生長的草木。◇引

申①聚集：叢林｜論叢｜人叢 ②多：叢集｜
叢刊｜叢書｜叢雜

湊 〔凑〕còu

湊篆 湊楷（顏真卿）

【析形】湊字小篆左旁是水，意符，表明
字義與水有關；右旁是奏，聲符，表示讀
音。形聲字。楷書意符為"氵"。內地採
用"凑"字。

【釋義】◎本義指人在水邊聚集。◇引申
①聚集：湊集｜湊攏｜湊數｜緊湊｜拼湊 ②
接近：往前湊 ③碰，趕：湊巧｜湊趣兒

粗 cū

粗篆 粗楷（顏真卿）

【析形】粗字小篆左旁是米，意符，表明
字的初義與糧米有關；右旁是且，聲符，
表示讀音（粗、且二字古音聲母相同，韻
母同韻部）。形聲字。楷書沿襲小篆。

【釋義】◎本義指糙米，糧糙。◇引申①
粗大，粗糙，與"細"、"精"相對：粗笨｜
粗布｜粗劣｜粗陋｜粗壯｜粗製濫造｜去粗取
精 ②疏忽，不周密：粗疏｜粗率 shuài｜粗
心 ③略微：粗讀｜粗略｜粗通 ④粗野，魯
莽，豪放：粗暴｜粗鄙｜粗獷｜粗狂｜粗豪｜粗
魯｜粗俗 ⑤聲音大而低：粗重｜粗聲粗氣

促 cù

促篆 促隸（隸辨）促楷（顏真卿）

【析形】促字小篆左旁是人，意符，表明
字義與人的活動有關；右旁是足，聲符，
表示讀音。形聲字。隸變後，人字在字左
側為偏旁時寫作"亻"。

【釋義】◎本義指急迫，時間短：促脈｜倉
促｜匆促｜短促｜急促｜緊促｜迫促 ◇引申①迫
近，靠近：促膝談心 ②催，推進，推動：
促成｜促請｜促使｜促銷｜催促｜督促｜敦促

醋 cù

醋篆 醋楷（顏真卿）

【析形】醋字小篆左旁像一隻酒罎子，
隸作"酉"，意符，表明字的初義與酒有

關；右旁是昔，聲符，表示讀音（醋、昔
二字古音同韻部）。形聲字。楷書沿襲小
篆。

【釋義】◎本義指客人以酒回敬主人，也
寫作"酢"。音 zuò。△音借表示一種含有
酸味的調味品。音 cù：醋精｜米醋｜熏醋
◇引申比喻嫉妒（多指在男女關係上）：醋
意｜吃醋

簇 cù

簇楷（顏真卿）

【析形】簇字《説文》所無。楷書上部是
"竹"（竹），意符，表明字義與竹子有關；
下部是族，聲符，表示讀音。形聲字。

【釋義】◎本義指小竹叢生。◇引申①聚
集：簇生｜簇擁 ②成堆或成團的東西：花
團錦簇 ③量詞：一簇鮮花

攢 〔攒〕cuán

攢楷（顏真卿）

【析形】攢字《説文》所無。楷書左旁是
"扌"（手），意符，表明字義與手的動作有
關；右旁是"贊"，聲符，表示讀音（攢、
贊二字古音聲母相同，韻母同韻部）。形
聲字。

【簡化】簡化字"攒"聲符的簡化見"贊"
字。

【釋義】聚集，拼湊：攢聚｜攢眉｜攢射｜攢
三聚五｜人頭攢動

竄 〔窜〕cuàn

竄篆 竄隸（馬王堆帛書）竄楷（顏真卿）

【析形】竄字小篆上部是穴，本指土室，
下部是鼠，均為意符，以鼠藏匿穴中取隱
藏之意。會意字。隸、楷書沿襲小篆。

【簡化】簡化字是用另造新字的方法，保
留了"穴"，用筆畫較簡的"串"為聲符，
更換了筆畫繁複的意符"鼠"，成為形聲
字。

【釋義】◎本義指隱藏。◇引申①逃亡，
逃跑：竄犯｜奔竄｜鼠竄｜逃竄 ②逃亡必易
地，故又引申指改動，修改：竄改｜點竄

篡 cuàn

篆　楷（顏真卿）

【析形】篡字小篆下部的"厶"是"私"字古文，意符，表明字義與私利之事有關；上部是算，聲符，表示讀音。形聲字。楷書聲符形體略變。

【釋義】◎本義指劫奪。舊稱臣子為了自己的私利奪取君位為"篡"。◇引申泛指奪取：篡奪｜篡位

催 cuī

篆　隸（隸辨）　楷（智永）

【析形】催字小篆左旁是人，意符，表明字義與人的活動有關；右旁是崔，聲符，表示讀音。形聲字。隸變後，人字在字左側為偏旁時寫作"亻"。

【釋義】迫促，促使：催逼｜催產｜催促｜催眠｜催青｜催芽｜催化劑

摧 cuī

篆　隸（王基碑）　楷（崔敬邕墓誌）

【析形】摧字小篆左旁是手，意符，表明字義與手的動作有關；右旁是崔，聲符，表示讀音。形聲字。隸變後，手字在字左側為偏旁時寫作"扌"。

【釋義】◎本義指排擠。◇引申①折斷，挫敗：摧敗｜摧折 ②毀壞，傷害：摧殘｜摧毀｜摧枯拉朽｜無堅不摧

崔 cuī

篆　楷（敬使君碑）

【析形】崔字小篆上部是山，意符，取意高大；下部是佳，聲符，表示讀音。形聲字。楷書沿襲小篆。

【釋義】本義指高大：崔巍｜崔嵬

脆〔脆〕cuì

篆　楷（顏真卿）

【析形】脆字小篆左旁是肉，右旁是"絕"字的省減，均為意符，以斷肉取斷碎之意，"絕"也兼表示讀音（脆、絕二字古

音同韻部）。會意兼聲字。楷書聲符訛作"危"。古文肉、月二字形近，隸變後，兩個字作偏旁時多同化寫作"月"。

【釋義】◎本義指易斷易碎，與"韌"相對。◇引申①鬆脆（多指食物）脆生｜薄báo脆｜酥脆 ②說話做事爽快利落：脆快｜乾脆 ③聲音清亮：清脆｜爽脆

翠 cuì

篆　隸（辟雍碑）　楷（智永）

【析形】翠字小篆上部是羽，意符，表明字義與羽毛有關；下部是卒，聲符，表示讀音（翠、卒二字古音同韻部）。形聲字。隸、楷書沿襲小篆。

【釋義】◎本義指羽毛青翠色的鳥，即翠鳥。◇引申①翠綠色：翠菊｜翠藍｜翠玉｜翠竹｜蒼翠｜蔥翠｜青翠 ②翡翠：翠鈿｜點翠｜珠翠

悴〔顇〕cuì

篆（朝侯殘碑）　隸　楷（顏真卿）

【析形】悴字小篆左旁是心，意符，表明字義與心理活動有關；右旁是卒，聲符，表示讀音（悴、卒二字古音同韻部）。形聲字。隸書以"頁"（本義指頭，見"頁"字）為意符，表明字義與顏面有關，為"悴"字異體。楷書沿襲小篆。隸變後，心字在字左側為偏旁時寫作"忄"。

【釋義】◎本義指憂愁。◇引申指面色黃瘦：憔悴

粹 cuì

篆　楷（顏真卿）

【析形】粹字小篆左旁是米，意符，表明字的初義與穀米有關；右旁是卒，聲符，表示讀音（粹、卒二字古音同韻部）。形聲字。楷書沿襲小篆。

【釋義】◎本義指精米。◇引申①不雜：粹白｜純粹 ②精華：國粹｜精粹

村〔邨〕cūn

篆　楷（顏真卿）

【析形】村字小篆作"邨"。右旁是邑，意符，表明字義與人居住的地方有關；左旁是屯，聲符，表示讀音。形聲字。楷書左旁是木，意符，鄉間村落林木環繞，故以"木"為意符；右旁是寸，聲符，表示讀音。形聲字。內地採用"村"字。

【釋義】鄉間許多人家居住的地方：村落｜村寨｜村鎮｜村莊｜荒村｜鄰村｜農村｜山村｜鄉村｜自然村

存 cún

存篆（華山神廟碑） 存楷（虞世南）

【析形】存字小篆右旁是子，意符，代表人；左旁是才（古文"在"字），意符兼聲符，表示存在，也表示讀音。會意兼聲字。隸書上部"才"字形體訛變。楷書沿襲隸書。

【釋義】◎本義當為生存：存亡｜共存｜倖存｜依存　◇引申①保留，留下：存案｜存檔｜存貨｜存有｜殘存　②蓄積：存儲｜存戶｜存款｜存摺｜積存｜貯存　③寄放：存放｜寄存　△音借表示撫恤，問候：存問｜溫存

寸 cùn

寸篆（居延簡） 寸楷（智永）

【析形】寸字小篆像一隻右手形，在手之寸口處加一橫標示寸口、寸脈處。指事字。隸書手形已失。楷書沿襲隸書。

【釋義】◎本義指寸口（中醫把脈處）。◇引申①市制長度單位：尺寸｜市寸｜英寸　②喻很短或很小：寸步難行｜寸草不生｜手無寸鐵｜鼠目寸光

搓 cuō

搓楷（顏真卿）

【析形】搓字本作"差"（見"差"字）。楷書左旁增"扌"（手）為意符，表明字義與手的動作有關，以區別於"差別"等音借義，為本義造了"搓"字，成為形聲字。

【釋義】兩個手掌相對摩擦或用手掌揉別的東西：搓板｜搓澡｜揉搓

撮 cuō

撮篆 撮隸（隸辨） 撮楷（顏真卿）

【析形】撮字小篆左旁是手，意符，表明字義與手的動作有關；右旁是最，聲符，表示讀音（撮、最二字古音同韻部）。形聲字。隸變後，手字在字左側為偏旁時寫作"扌"。

【釋義】◎本義指抓取，摘取（用三個指頭取東西）：撮藥｜撮鹽　◇引申①聚攏：撮合　②作量詞：一撮鹽

錯 (错) cuò

錯篆 錯隸（孔彪碑） 錯楷（中嶽靈廟碑）
錯草（王羲之）

【析形】錯字小篆左旁是金，意符，表明字的初義與金屬有關；右旁是昔，聲符，表示讀音（錯、昔二字古音同韻部）。隸、楷書沿襲小篆。

【簡化】簡化字"错"的意符"钅"根據草書楷化而成。

【釋義】◎本義指在凹下去的文字、花紋中鑲上或塗上金銀等：錯金　◇引申①相互交叉，參差：錯落｜錯亂｜錯雜｜錯綜｜交錯　②與事實不符，不正確：錯案｜錯怪｜錯覺｜錯誤｜錯字　③過失，壞：錯處｜出錯｜過錯｜認錯

挫 cuò

挫篆 挫隸（隸辨） 挫楷（蘇孝慈墓誌）

【析形】挫字小篆左旁是手，意符，表明字義與手的動作有關；右旁是坐，聲符，表示讀音。形聲字。隸變後，手字在字左側為偏旁時寫作"扌"。

【釋義】◎本義指摧折，損傷：挫敗｜挫傷｜挫折｜受挫　◇引申指壓下，降低：抑揚頓挫

措 cuò

措篆 措隸（隸辨） 措楷（蔡襄）

【析形】措字小篆左旁是手，意符，表明字的初義與手的動作有關；右旁是昔，聲符，表示讀音（措、昔二字古音同韻部）。

形聲字。隸變後，手字在字左側為偏旁時寫作"扌"。

【釋義】◎本義指安放，處置：措辭｜措施｜舉措｜失措｜措手不及｜不知所措 ◇引申表示籌劃，置辦：籌措

銼 (锉)〔剉〕cuò

鉎篆 銼楷(顏真卿)

【析形】銼字小篆左旁是金，意符，表明材質；右旁是坐，聲符，表示讀音。形聲字。異體字以"刂"(刀)為意符，表示工具。

【簡化】簡化字"锉"的意符"钅"根據草書楷化而成。

【釋義】①用金屬製成的磨東西的工具：銼刀｜板銼｜扁銼｜方銼｜圓銼 ②用銼磨削東西：把零件銼一銼

D

搭 dā

搭楷(顏真卿)

【析形】搭字《說文》所無。楷書左旁是"扌"(手)，意符，表明字義與手的動作有關；右旁是荅，聲符，表示讀音。形聲字。

【釋義】◎本義①擊，打：搭條 ②表示披，掛：搭腰｜背搭子｜把衣服搭在竹竿上 ◇引申①架設：搭建｜搭橋｜搭架子 ②相接，附着：搭茬兒｜搭腔｜勾搭 ③配合：搭檔｜搭配 ④湊上，加入：搭班｜搭伴｜搭夥 ⑤幫忙：搭補｜搭手｜搭救 ⑥乘 chéng，坐：搭車｜搭乘｜搭船｜搭客｜搭載 zài

答 dā

【析形】見"答 dá"。

【釋義】◎本義為竹名，音 dá。△音借表示①回答：答理｜答應 ②接着別人的話說：答腔 ③象聲詞：滴答滴答 (以上各音借義音 dā)

打 dá

【析形】見"打 dǎ"。

【釋義】◎本義指撞擊，敲打，音 dǎ。△音借作音譯詞。十二為一打，音 dá。

達 (达) dá

㳸甲 達金 韃篆 䩨篆 達隸(禮器碑陰)

達楷(虞世南) 达楷(顏真卿)

【析形】達字甲骨文左旁像道路形，隸作"彳"，右上像正面人形，隸作"大"，右下像足印形，隸作"止"("趾"字初文)，代表人足，均為意符，表示人在路上行走無阻，"大"兼表示讀音。會意兼形聲字。金文保留了"彳"、"止"，聲符作"羍"，表示讀音。形聲字。小篆把"彳"、"止"兩個部件合篆作"辵"。隸變後，辵字為偏旁時寫作"辶"。

【簡化】楷書簡體"达"是用沿用古體的方法，沿用甲骨文及小篆形二，以筆畫較簡的"大"替換了筆畫繁複的"羍"。

> "達"字為偏旁的字類推簡化。例如：
> 噠、撻等。

【釋義】◎本義指通，暢達：直達 ◇引申①達到，實現：達標｜達成｜到達｜抵達 ②表達，轉告：達意｜傳達｜轉達 ③通曉，明白：達觀｜暢達｜放達｜曠達｜明達｜通達 ④顯赫，高貴：達官｜賢達｜顯達

答 dá

答楷(顏真卿)

【析形】答字《說文》所無。楷書上部是"竹"(竹)，意符，表明字的初義與竹子有關；下部是合，聲符，表示讀音(答、合

二字古音同韻部）。形聲字。
【釋義】◎本義為竹名，答竹，產於安南。也指用竹子編成的竹索。△音借①表示回答：答案｜答詞｜答覆｜解答｜應 yìng 答 ②受了別人的好處，還報別人：答禮｜答謝｜報答｜酬答

瘩 dá

瘩楷（顏真卿）

【析形】瘩字《說文》所無。楷書外廓是"疒"，意符，表明字義與疾病有關（見"病"字）；內中是荅，聲符，表示讀音。形聲字。
【釋義】〔瘩背〕中醫稱生在背部的癰。

打 dǎ

扑篆 打楷（顏真卿）

【析形】打字小篆左旁是手，意符，表明字義與手的動作有關；右旁是丁，聲符，表示讀音（打、丁二字古音聲母相同，韻母同部）。形聲字。隸變後，手字在字左側為偏旁時寫作"扌"。
【釋義】◎本義指撞擊，即用手或器具撞擊物體：打鼓｜打擊｜打鐵｜打響｜打字｜拍打｜敲打 ◇引申①攻打，毆打：打敗｜打倒｜打垮｜打仗｜鞭打｜拷打｜斯打｜武打 又引申指指責，使受挫：打假 ②做，從事：打動｜打賭｜打劫｜打撈｜打雜｜打包裹｜打格子｜打哈欠｜打手勢 ③舉，提：打傘｜打燈籠｜打旗子｜打起精神 ④定出，計算：打草稿｜打主意 ⑤採取某種方式：打比喻｜打官腔｜打折扣｜打圓場 ⑥建造，建築：打地基 又引申指製造（器物、食器等）：打刀｜鐵打｜打毛衣｜打燒餅 ⑦放射，發出：打靶｜打雷｜打炮｜打槍｜打針｜打點滴｜打電話 ⑧做某種運動或遊戲：打牌｜打球｜單打 ⑨捕捉（禽獸等）：打獵｜打鳥｜打魚 ⑩揭，鑿開：打開｜打進｜打通｜打釺｜打眼兒 ⑪發生與人交涉的行為：打問｜打官司｜打交道 ⑫招乘：打車｜打的 dī ⑬舀取：打飯｜打水｜打粥

大 dà

甲 金 篆 大隸（華山神廟碑）

大楷（元珍墓誌）

【析形】大字甲骨文像一個正面伸開雙臂站立之人形。象形字。金文、小篆沿襲甲骨文。隸書筆畫化形體略變。楷書沿襲隸書。
【釋義】◎本義當指大人。◇引申指①在面積、體積、力量、強度等方面超過所比較的對象，與"小"相對：大道｜大地｜大國｜大局｜大考｜大款｜大陸｜大腦｜大寫｜大學｜大選｜大戰 ②年長 zhǎng，排行第一或位居第一的：大伯｜大副｜大將｜老大 ③尊稱：大臣｜大人｜大師｜大作｜大元帥｜大總統 ④重要的：大典｜大關｜大計｜大慶｜大事｜大業｜大意｜重大 ⑤程度深：大敗｜大變｜大跌｜大幹｜大好｜大吉｜大肆｜大治｜大驚失色｜真相大白 ⑥不很詳細，不很精確：大概｜大略｜大體｜大約｜大致 ⑦時間更遠一點：大後天｜大前年 ⑧用在時令前表示強調：大冷天｜大清早｜大熱天

瘩 da

【析形】見"瘩 dá"。
【釋義】見"疙"字。

呆 dāi

呆楷（顏真卿）

【析形】呆字《說文》所無。楷書上部是口，下部是木，均為意符，取意木訥，說話做事不靈活。會意字。
【釋義】◎本義①不靈活，遲鈍：呆板｜呆笨｜呆滯｜癡呆｜呆頭呆腦 ②臉部表情死板，發愣：發呆｜目瞪口呆 ◇引申①停留：呆滯｜呆一會 ②會計上收不回來的賬：呆賬

逮 dǎi

【析形】見"逮 dài"。
【釋義】◎本義表示及，音 dài。◇引申指捕捉，音 dǎi：逮老鼠

歹 dǎi

【析形】好歹的"歹"字與"死"、"殘"等字所從的"歹"（音 è）字為同形字（據有的學

者研究，現在讀 dǎi 的"歹"字是由藏文字母ㄅ變來的，詞義是從蒙古語借來的）。

【釋義】壞，惡（人、事），與"好"相對：歹毒｜歹徒｜歹意｜好歹｜為非作歹

大 dài

【析形】見"大 dà"字。

【釋義】義同"大 dà"。用於稱醫生、國王、強盜首領，或某些地名、植物等。

音 dài：大夫｜大王｜大城（在河北）

代 dài

代篆 代 隸（華山神廟碑）代 楷（崔敬邕墓誌）

【析形】代字小篆左旁是人，意符，表明字義與人的活動有關；右旁是弋，聲符，表示讀音（代、弋二字古音同韻部）。形聲字。隸變後，人字在字左側為偏旁時寫作"亻"。

【釋義】◎本義指更替，代替：代辦｜代表｜代步｜代號｜代理｜代銷｜代用｜借代｜替代｜代言人｜取而代之｜新陳代謝｜越俎代庖 ◇引申①世系相傳的輩次：傳代｜絕代｜上代｜世代｜代代相傳｜世世代代 ②歷史上劃分的時期：朝代｜古代｜近代｜年代｜時代｜末代｜斷代史｜劃時代｜改朝換代｜千秋萬代 ③地質學名詞：元古代｜中生代

帶 （带）dài

帶篆 帶 隸（孔彪碑）帶 楷（王羲之）

帶 草（皇象）

【析形】帶字小篆像繫佩之形，上部像帶上繫結，下部像垂巾。象形字。隸書上部形體略變。楷書沿襲隸書。

【簡化】簡化字"带"根據草書楷化而成。

【釋義】◎本義指束衣的腰帶。古人束衣佩掛用兩種帶子：一種是皮製的革帶，在衣內用來懸佩；一種是絲帶，束在外衣上，圍在腰間，在表面打結，兩端垂下，稱作紳。◇引申①泛指帶子或像帶子的長條物：背帶｜繃帶｜光帶｜膠帶｜履帶｜皮帶｜飄帶｜臍帶｜韌帶｜聲帶 ②隨身着：夾帶｜佩帶｜隨帶｜攜帶 ③順便做某事：帶信｜附帶｜捎帶｜順帶 ④帶動：拖帶 ⑤引導，領：帶隊｜帶領｜帶路｜帶

頭 ⑥連着：帶累 léi｜連帶｜沾親帶故

貸 （贷）dài

貸篆 貸 隸（隸辨）貸 楷（顏真卿）

【析形】貸字小篆下部是貝，意符，表明字義與財物有關（見"貝"字）；上部是代，聲符，表示讀音（貸、代二字古音同韻部）。形聲字。隸書沿襲小篆。

【簡化】楷書簡體"贷"意符的簡化見"貝"字。簡化字沿用楷書簡體。

【釋義】◎本義指施予，借出。古書注："謂我施人曰貸也"。◇引申①泛指借出或借入：貸方｜貸款｜告貸｜借貸｜農貸｜信貸｜貸學金｜高利貸 ②由施予義又引申指寬恕：寬貸｜嚴懲不貸 ③推卸：責無旁貸

待 dài

待金 待篆 待 隸（武威簡）

待 楷（崔敬邕墓誌）

【析形】待字金文左旁像道路形，隸作"彳"，意符，表明字義與行止有關；右旁是寺，聲符，表示讀音（待、寺二字古音同韻部）。形聲字。小篆、隸、楷書沿襲金文。

【釋義】◎本義指等待，等候：待崗｜待機｜待考｜待命｜待續｜急待｜期待｜坐待 ◇引申①對待：待遇｜看待｜苛待｜寬待 ②招待：接待｜款待

怠 dài

怠金 怠篆 怠 隸（隸辨）怠 楷（張猛龍碑）

【析形】怠字金文下部是心，意符，表明字義與心性有關；上部是台，聲符，表示讀音。形聲字。小篆、隸、楷書沿襲金文。

【釋義】◎本義指輕慢：怠慢 ◇引申①懶惰：怠惰｜懶怠｜懈怠 ②疲倦：倦怠

袋 dài

袋篆 袋 楷（顏真卿）

【析形】袋字小篆下部是巾，意符，表明材質；上部是代，聲符，表示讀音。形聲

字。楷書以"衣"為意符。

【釋義】口袋：袋子｜被袋｜麻袋｜皮袋｜煙袋｜衣袋｜郵袋｜酒囊飯袋　◇引申作量詞：兩袋米｜一袋煙

逮 dài

金 隸篆 𧼛篆 逮楷(顏真卿)

【析形】隸字金文像一隻手抓住一條獸尾之形，取意捉及、捕獲。會意字。小篆形一沿襲金文而略變；形二左旁是辵，意符，表明字義與行為動作有關；右旁是隸，意符兼聲符，表示及至，也表示讀音（逮、隸二字古音同韻部）。會意兼聲字。隸變後，辵字為偏旁時寫作"辶"。

【釋義】◎本義指捕獲，捉拿：逮捕　◇引申指及，及至：力有不逮

戴 dài

甲 戴篆 戴楷(鍾繇)

【析形】戴字甲骨文像人舉起雙手把面具戴在頭上之形，隸作"異"（見"異"字）。象形字。小篆上部增"戈"為聲符，成為形聲字。楷書沿襲小篆。

【釋義】◎本義指把東西加在頭上。◇引申①頭上頂着：戴罪立功｜不共戴天｜披星戴月②佩帶：穿戴｜張冠李戴③尊奉，推崇，擁護：愛戴｜擁戴｜感恩戴德

丹 dān

甲 𠁁金 丹篆 隸(李氏公德碑)　丹楷(虞世南)

【析形】丹字甲骨文外廓像高腳冶煉爐之形，中間的"、"表示硃砂之類的礦物質。指事字。金文、小篆沿襲甲骨文。隸書形體略變。楷書沿襲隸書。

【釋義】◎本義指硃砂礦物。◇引申①紅色：丹楓｜丹桂｜丹青｜丹砂｜丹霞②依成方配製成的顆粒狀或粉末狀的中藥：丹方｜煉丹｜仙丹｜靈丹妙藥

擔 (担) dān

擔楷(顏真卿)

【析形】擔字《説文》所無。楷書左旁是"扌"（手），意符，表明字義與手和臂膀的動作有關；右旁是詹，聲符，表示讀音。形聲字。

【簡化】簡化字"担"是用了更換聲符的方法，以筆畫較簡的"旦"為聲符，替換了筆畫繁複的"詹"。

【釋義】◎本義指用肩挑：擔架｜擔水　◇引申①承當：擔保｜擔待｜擔負｜擔名｜擔任｜承擔｜分擔｜負擔②放不下：擔心｜擔憂

單 (单) dān

甲 單金 單篆 單隸(鮮于璜碑)　單楷(顏真卿) 单草(王羲之)

【析形】單字甲骨文像古代捕獵禽獸的工具。象形字。金文沿襲甲骨文。小篆把上部寫成"吅"。隸、楷書沿襲小篆。

【簡化】簡化字"单"根據草書楷化而成。

> "單"字為偏旁的字類推簡化。例如：撣、彈、鄲、憚、殫、禪、蟬、嬋、闡等。

【釋義】◎本義指狩獵工具。△音借表示單獨：單方｜單個｜單身　◇引申①薄弱：單薄｜勢單力薄②僅一個，與"雙"相對：單打｜單軌｜單親｜單刀直入③項目或種類少，不複雜：單純｜簡單④只有一層的（衣服等）：單被｜單褂兒｜單衣⑤蓋在牀上或罩在棉胎外的布：被單｜牀單｜褥單⑥奇 jī 數（1、3、5、7、9）：單號｜單日｜單數⑦分項記載事物的紙片：單方｜單據｜貨單｜憑單

耽 dān

耽篆 耽隸(樊敏碑) 耽楷(顏真卿)

【析形】耽字小篆左旁是耳，意符，表明字的初義與耳有關；右旁是尤，聲符，表示讀音（耽、尤二字古音同韻部）。形聲字。隸、楷書沿襲小篆。

【釋義】◎本義指耳大下垂。◇由下垂義引申①沉溺：耽酒｜耽樂｜耽思｜耽玩②滯留，遲延：耽擱｜耽誤

膽 (胆) dǎn

膽篆 膽楷(顏真卿)

【析形】膽字小篆左旁是肉,意符,表明字義與肉體有關;右旁是詹,聲符,表示讀音。形聲字。古文肉、月二字形近,隸變後,兩個字右偏旁時多同化寫作"月"。

【簡化】簡化字"胆"是用了更換聲符的方法,以筆畫較簡的"旦"為聲符,替換了筆畫繁複的"詹"。

> "詹"字為偏旁的字類推簡化。例如:胆、担等(瞻、贍、澹等字除外)。

【釋義】◎本義指膽囊,動物體內消化器官之一。◇引申①膽量:膽大|膽略|膽識|斗 dǒu 膽|壯膽 ②裝在器物內部,中間空,可以灌入水或空氣的東西:瓶膽|球膽

撣 (掸)〔撢〕dǎn

撣篆 掸楷(顏真卿)

【析形】撣字小篆左旁是手,意符,表明字義與手的動作有關;右旁是單,聲符,表示讀音。形聲字。隸變後,手字在字左側為偏旁時寫作"扌"。異體字以"覃"為聲符。

【簡化】簡化字"掸"聲符的簡化見"單"字。

【釋義】◎本義指拂去塵土:撣塵 ◇引申指用雞毛或布做成的除塵用具:撣子|雞毛撣

石 dàn

【析形】見"石 shí"。

【釋義】◎本義為山石,音 shí。△借用作重量單位,十斗為一石,音 dàn("石"字古音有 shí、dàn 二音)。

旦 dàn

旦甲 旦金 旦篆 旦隸(校官碑)
旦楷(虞世南)

【析形】旦字甲骨文像日出之形,上面是太陽,下面像海平面或地平線。指事字。

金文沿襲甲骨文。小篆下部寫成一橫畫。隸、楷書沿襲小篆。

【釋義】◎本義指天亮,早晨,與"暮"相對:旦夕|通宵達旦|枕戈待旦 ◇引申指某一天:元旦|正 zhēng 旦|毀於一旦 △音借指傳統戲曲中扮演女性的角色:旦角兒|花旦|武旦|正 zhèng 旦

但 dàn

但篆 但隸(泰山金剛經) 但楷(虞世南)

【析形】但字小篆左旁是人,意符,表明字的初義與人的活動有關;右旁是旦,聲符,表示讀音。形聲字。隸變後,人字在字左側為偏旁時寫作"亻"。

【析形】◎本義同"袒",即裸露出身體的部分。◇引申①空,徒。②僅,只:但願|不但|非但|豈但 ③表示轉折的連詞:但是

擔 (担) dàn

【析形】見"擔 dān"。

【釋義】◎本義指用肩挑,音 dān。◇引申①挑東西的用具:擔子|挑擔|重擔 ②擔負的責任:擔子|重擔 ③又作市制的重量單位:公擔|市擔|一擔糧食(以上各引申義音 dàn)

誕 (诞) dàn

誕金 誕篆 誕隸(郭有道碑)
誕楷(蘇孝慈墓誌) 诞草(趙孟頫)

【析形】誕字金文借音近的"延"表示(誕、延二字古音同韻部)。小篆左旁增"言"為意符,表明字義與言辭等有關;右旁延為聲符,表示讀音。形聲字。隸、楷書沿襲小篆。

【簡化】簡化字"诞"的意符"讠"根據草書楷化而成。

【釋義】◎本義指虛妄、放誕不實之詞:誕辭|誕妄 ◇引申指荒唐的,不切實際、不近情理的:怪誕|荒誕|誇誕 △音借表示人出生,生日:誕辰|誕生|聖誕

淡 dàn

淡篆 淡楷(智永)

【析形】淡字小篆左旁是水，意符，以水淡取意味道不濃；右旁是炎，聲符，表示讀音（淡、炎二字古音同韻部）。形聲字。隸變後，水字在字左側為偏旁時寫作"氵"。

【釋義】味道不濃：淡酒｜清淡｜粗茶淡飯 ◇引申①液體或氣體中所含的某種成分少，稀薄，與"濃"相對：淡化｜淡墨｜淡水｜沖淡 ②顏色淺，與"深"相對：淡綠｜淡雅｜濃淡｜素淡｜輕描淡寫 ③沒有意味的，無關緊要的：淡話｜淡事｜扯淡｜平淡 ④冷淡，不熱心，不經意：淡泊｜淡薄｜淡漠｜淡然｜淡忘｜恬淡 ⑤不興旺：淡季｜淡月｜清淡

彈（弹）dàn

【析形】見"彈 tán"。

【釋義】◎ 本義指用弓發射彈丸。音 tán。◇引申①彈弓所用之鐵丸或泥丸：彈弓｜彈丸｜彈丸之地 ②內裝爆炸物，具有破壞、殺傷能力的東西：彈道｜彈殼｜彈藥｜導彈｜炮彈｜槍彈（以上各引申義音 dàn）

蛋 dàn

篆　楷（顏真卿）

【析形】蛋字小篆作"蜑"。下部是虫，意符（蛋字本指南方一個少數民族。古人歧視東南沿海少數民族，視其如蟲介，故字以"虫"為意符）；上部是延，聲符，表示讀音（蜑、延二字古音同韻部）。形聲字。楷書作"蛋"。

【釋義】◎本義指南方一種少數民族，廣東水上居民舊稱蛋民。△音借指鳥、龜、蛇等所生的帶有硬殼的卵：蛋糕｜蛋黃｜蛋清｜雞蛋｜下蛋｜雞飛蛋打

氮 dàn

【析形】氮字《說文》所無。上部是"气"，意符，表明字義與氣體有關；下部是炎，聲符，表示讀音。形聲字。

【釋義】氣體元素。符號 N，約佔空氣中總體積的五分之四。無色，無臭，不能燃燒，也不能助燃，化學性質很不活潑。是植物營養的重要成分之一，可用來製造氨、硝酸和氮肥：氮肥｜氮氣

當（当）dāng

篆　隸（泰山金剛經）　楷（張猛龍碑）　草（歐陽詢）

【析形】當字小篆下部是田，意符，表明字的初義與田地有關；上部是尚，聲符，表示讀音。形聲字。隸、楷書沿襲小篆。

【簡化】簡化字"当"根據草書楷化而成。

> "當"字為偏旁的字類推簡化。例如：当、裆、铛、挡、档、铛等。

【釋義】◎本義指田地與田地相抵，價值對等。◇引申①對着，向着：當空｜當面｜當眾 ②正在（那時候，那地方）：當場｜當初｜當地｜當即｜當年 ③相稱 chèn：當量｜相當 ④充當，承受：當兵｜當差｜當選｜擔當 又引申指主持，掌管：當道｜當局｜當權｜當政 ⑤應該：當然｜本當｜理當｜應當 ⑥抵擋：螳臂當車｜以一當十｜勢不可當 ⑦正中間：當道 △音借作象聲詞：叮當｜噹當

鐺（铛）dāng

篆　草（鮮于樞）

【析形】鐺字小篆左旁是金，意符，表明字義與金屬有關；右旁是當，聲符，表示讀音。形聲字。

【簡化】簡化字"铛"根據草書楷化而成。

【釋義】〔鋃鐺〕鐵鎖鏈。也形容金屬撞擊的聲音。

襠（裆）dāng

楷（顏真卿）

【析形】襠字《說文》所無。楷書左旁是"衤"，意符，表明字義與衣服有關；右旁是當，聲符，表示讀音。形聲字。

【簡化】簡化字"裆"聲符的簡化見"當"字。

【釋義】兩條褲腿相連的地方：橫襠｜褲襠｜開襠褲｜連襠褲

擋 (挡)〔攩〕dǎng

擋 楷(顏真卿)

【析形】擋字《說文》所無。楷書左旁是"扌"(手)，意符，表明字義與手的動作有關；右旁是當，聲符，表示讀音。形聲字。異體字以"黨"為聲符。

【簡化】簡化字"挡"聲符的簡化見"當"字。

【釋義】◎本義指槌打，音 tāng。◇引申①表示阻攔，抵擋：擋架｜阻擋｜擋箭牌｜螳臂擋車 ②用來阻隔的東西：擋事｜窗擋兒｜護擋兒 ③遮蔽：擋風｜擋雨｜遮擋 ④排檔的簡稱：換擋｜空 kōng 擋(以上各引申義音 dǎng)

党 dǎng

【析形】党字《說文》所無。下部是儿(人)，意符，代表人；上部是尚，聲符，表示讀音。形聲字。

【釋義】古代族名：党項

黨 (党) dǎng

黨 篆　**黨** 隸(夏承碑)

【析形】黨字小篆下部是黑，意符，取意黝暗、不鮮明；上部是尚，聲符，表示讀音。形聲字。隸書沿襲小篆。

【簡化】簡化字是用同音合併的方法，以音同、筆畫較簡的"党"代替筆畫繁複的"黨"，合併了黨、党二字的意義。

【釋義】◎本義指不鮮明。△音借指古代地方戶籍編制單位，五百家為黨。◇引申①政黨，在中國還特指中國共產黨：黨費｜黨綱｜黨徽｜黨籍｜黨紀｜黨旗｜黨性｜黨員｜黨章 ②為私利關係而結成的集團：黨徒｜黨羽｜死黨｜同黨｜餘黨｜結黨營私 ③親族：父黨｜妻黨 ④偏袒：黨同伐異

當 (当) dàng

【析形】見"當 dāng"。

【釋義】◎本義指田地與田地相抵，價值對等，音 dāng。◇引申①抵得上：一個人當兩個人用 ②抵押：當舖｜典當｜贖當｜押當 ③適宜：不當｜得當｜恰當｜失當｜適

當｜妥當 ④作為：當做｜安步當車｜長歌當哭 ⑤事情發生在同一時間：當天｜當晚 ⑥圈套：勾當｜上當(以上各引申義音 dàng)

蕩 (荡)〔盪〕dàng

蕩 篆　**蕩** 楷(虞世南)　**荡** 草(趙構)

【析形】蕩字小篆左下是水，意符，表明字的初義與水有關；上部與右下合為昜，聲符，表示讀音。形聲字。隸變後，水字在字左側為偏旁時寫作"氵"。

【簡化】簡化字"荡"根據草書楷化而成。

【釋義】◎本義為水名。源出河南省湯陰縣北，唐以後稱湯水。◇引申①淺水湖：水蕩｜蘆葦蕩 ②由水面平坦 引申指平坦：浩蕩｜坦蕩｜空蕩蕩 △音借指行為放縱：放蕩｜浪蕩｜淫蕩

盪 (荡) dàng

盪 甲　**盪** 甲　**盪** 篆　**盪** 隸(葉慧明碑)

【析形】盪字甲骨文形一下部像一隻小船(舟)，上部像手持撐船篙之正面人形，均為意符，取意蕩舟。會意字。形二為人側立持篙於舟上之形。小篆把下部的"舟"訛作"皿"(古文舟、皿二字形近)；上部是湯，聲符，表示讀音，成為形聲字。隸書沿襲小篆。今蕩舟之"盪"義借音同的"蕩"(荡)字表示。

【釋義】◎本義指盪舟。◇引申①來回擺動，搖晃：盪漾｜動盪｜浩盪｜晃盪｜激盪｜飄盪｜搖盪｜震盪｜振盪 ②走來走去，無事閒逛：闖盪｜逛盪｜浪盪｜流盪｜閒盪｜遊盪 ③清除：盪滌｜滌盪 ④弄光：盪平｜掃盪｜盪然無存(以上各引申義亦作"蕩"，簡化字寫作"荡")

檔 (档) dàng

档 楷(顏真卿)

【析形】檔字《說文》所無。楷書左旁是木，意符，表明材質；右旁是當字簡體，聲符，表示讀音。形聲字。

【簡化】楷書簡體"档"聲符的簡化見"當"字。

【釋義】◎本義指器物上用來分格或支撐的橫格：橫檔 也泛指存放案卷用的帶格子的櫥架：存檔|歸檔 ◇引申①機關企業分類保存的各種文件或材料：檔案 ②某些商品的等級：檔次|低檔|高檔；又引申指中低檔的飯店：大排檔 ③量詞：這檔子事兒不好辦 ④時間或空間上的空隙：檔期|空 kōng 檔|缺檔 ⑤肉菜市場內按商品類別分割的舖位：肉檔|魚檔|蔬菜檔

刀 dāo

【析形】刀字甲骨文像刀形，上有刀把，下有刀體。象形字。小篆形體略變。隸書根據小篆轉寫而成。楷書沿襲隸書。
【釋義】◎本義指以金屬為製作材料，用於切、割、削、砍等的器具：刀具|刀口|刀傷|菜刀|剪刀|屠刀|戰刀 ◇引申指像刀的：刀山火海|兩面三刀|風霜刀劍

叨 dāo

【析形】見"叨 tāo"
【釋義】◎本義同"饕"，貪，音 tāo。△音借表示話多，音 dāo：叨叨|嘮叨|念叨|絮叨

叨 dáo

【析形】見"叨 tāo"。
【釋義】〔叨咕〕小聲絮叨

導 (导) dǎo

【析形】繁體作"導"，是"道"字引申義造成的字形分化。金文上部是道，意符兼聲符，表示道路，也表示讀音；下部像手形，表示以手引導、帶路。會意兼聲字。小篆左旁是辵，意符，表明字義與行走有關；下部"手"形訛作"寸"（古文"寸"字為偏旁時也表明字義與手的動作有關）。隸變後，辵字為偏旁時寫作"辶"。
【簡化】簡化字"导"根據草書略加改造而成。
【釋義】◎本義表示道路（金文用作"道路"

之"道"）。◇引申①表示指引，帶領：導播|導購|導航|導論|導嚮|導遊|宣導|引導|指導|主導 ②傳達：導電|導管|導熱|導體 ③教育：教導|輔導|勸導|訓導|誘導

島 (岛) dǎo

【析形】島字小篆下部是山，古人釋島為"海中之山"，故字以"山"為意符；上部是鳥，聲符，表示讀音（島、鳥二字古音同韻部）。形聲字。楷書沿襲小篆。
【簡化】簡化字"岛" 聲符的簡化見"鳥"字。
【釋義】江、湖、海洋中的陸地；島國|島嶼|半島|孤島|海島|荒島|群島|珊瑚島

倒 dǎo

【析形】倒字小篆左旁是人，意符，表明字義與人的活動有關；右旁是到，聲符，表示讀音。形聲字。隸變後，人字在字左側為偏旁時寫作"亻"。
【釋義】◎本義指人倒仆。◇引申①豎立的東西橫倒下來：倒斃|倒伏|倒塌|絆倒|病倒|摔倒|推倒|臥倒|暈倒|栽倒 ②推翻：倒閣|駁倒|壓倒|排山倒海 ③垮台，失敗：倒閉|倒楣|倒台|倒運 ④轉換，移動：倒班|倒倉|倒車|倒換|倒騰|倒運|投機倒把|神魂顛倒

蹈 dǎo

【析形】蹈字小篆左旁是足，意符，表明字義與腿腳有關；右旁是舀，聲符，表示讀音。形聲字。隸、楷書沿襲小篆。
【釋義】◎本義指踐踏，踩：蹈海|蹈襲|重蹈覆轍|赴湯蹈火 引申①跳動：舞蹈|手舞足蹈 ②遵循，照着做：循規蹈矩

搗 (捣)〔擣〕dǎo

【析形】搗字小篆左旁是手，意符，表明

字義與手的動作有關；右旁是壽，聲符，表示讀音（搗、壽二字古音同韻部）。形聲字。隸變後，手字在字左側為偏旁時寫作"扌"。楷書聲符為"島"。

【簡化】簡化字"搗"聲符的簡化見"島"字。

【釋義】◎本義指手推。◇引申①舂，捶擊，砸：搗毀｜搗米｜搗蒜｜搗碎 ②打進：直搗敵營 ③攪亂：搗蛋｜搗鬼｜搗亂

禱 (祷) dǎo

禱篆　禱隸（華山神廟碑）　禱草（懷素）
禱楷（顏真卿）

【析形】禱字小篆左旁是示，意符，表明字義與祭祀求神一類事有關（見"示"字）；右旁是壽，聲符，表示讀音（禱、壽二字古音同韻部）。形聲字。隸變後，示字在字左側為偏旁時寫作"礻"。

【簡化】楷書簡體"祷"的聲符"寿"根據草書楷化而成。

【釋義】◎本義指向神祝告求福：禱辭｜禱告｜禱祝｜祈禱 ◇引申指盼望：盼禱｜至禱

到 dào

到金　到篆　到隸（華山神廟碑）
到楷（顏真卿）

【析形】到字金文左旁是至，右旁像側立之人形，均為意符，表示人抵達（某地）。會意字。小篆把"人"訛作"刀"，聲符，表示讀音，成為形聲字。隸變後，刀字在字右側為偏旁時寫作"刂"。

【釋義】◎本義指抵達，達到：到場｜到底｜到頂｜到會｜到家｜到手｜到頭｜到任｜報到 ◇引申①往：到北京去 ②表示動作行為的結果：辦到｜感到｜受到｜遇到｜做到 ③表示周全：精到｜周到｜面面俱到

倒 dào

【析形】見"倒dǎo"。

【釋義】◎本義指人倒仆。音dǎo。◇引申①傾倒，使容器裏的東西出來：倒茶｜倒垃圾｜翻箱倒櫃 ②位置、順序顛倒：倒插

｜倒立｜倒數｜倒敍｜倒影｜倒置｜倒裝｜本末倒置 ③向相反方向行動：倒車｜倒流｜倒退｜倒行逆施 ④反面的，相反的：喝倒彩｜倒打一耙（以上各引申義音 dào）

盜 (盗) dào

盜篆　盜隸（居延簡）　盜楷（智永）

【析形】盜字小篆下部是皿，意符，代表器物；上部是次，義同"涎"，本指想吃東西而生口液，亦為意符，取意貪慾。會意字。隸書沿襲小篆。楷書上部訛作"次"。

【釋義】◎本義指偷竊：盜劫｜盜賣｜盜竊｜盜取｜盜用｜防盜｜欺世盜名｜掩耳盜鈴 ◇引申指強行搶劫或偷竊別人財物的人：盜匪｜盜賊｜海盜｜強盜

悼 dào

悼篆　悼隸（郭有道碑）　悼楷（褚遂良）

【析形】悼字小篆左旁是心，意符，表明字義與心理活動有關；右旁是卓，聲符，表示讀音（悼、卓二字古音同韻部）。形聲字。隸變後，心字在字左側為偏旁時寫作"忄"。

【釋義】◎本義指恐懼。◇引申指悲痛地懷念：悼詞｜悼念｜悼亡｜哀悼｜痛悼｜追悼

道 dào

道金　道金　道篆　道隸（王基碑）
道楷（虞世南）

【析形】道字金文形一外廓是"行"，像四通八達的道路，意符，表明字義與道路有關；中間是首，代表人，意符，表示人在路上行走，也表示讀音（道、首二字古音同韻部）。會意兼聲字。金文形二下部增意符"止"（甲骨文像足印形。"趾"字初文），表明字義與行走有關。小篆把左旁的"彳"和下部的"止"合篆作"辵"，省減"行"字右旁的"亍"。隸變後，辵字為偏旁時寫作"辶"。

【釋義】◎本義指道路：道口｜河道｜開道｜管道｜要道｜下水道 ◇引申①途徑，方向，方法：道理｜茶道｜公道｜同道｜王道｜醫道｜正道 ②説，表示（方法、途

徑等）：道白｜道破｜道歉｜道喜｜稱道｜説道 ③達到某種道德標準或思想標準的途徑（包括闡明這一途徑的學術或宗教的思想體系）：道統｜道學｜傳道｜衛道｜尊師重道 ④屬於道家的、道教的：道觀 guàn｜道士｜老道｜仙風道骨 ⑤道德：道義｜厚道｜人道｜大逆不道 ⑥線條：道道｜道子｜橫道兒｜斜道 ⑦量詞：兩道門｜五道溝｜一道河｜幾道手續

稻 dào

甲 金 篆 隸（白石君碑）

楷（顏真卿）

【析形】稻字甲骨文上部是米，下部像用杵在臼中舂穀米之形，均為意符，表示穀米。會意字。金文下部是意符米；上部的"爪"與中間的"臼"合為聲符，表示讀音。形聲字。小篆左旁是禾，意符，表示稻穀；右旁是舀，聲符，表示讀音，寫作左右結構。隸、楷書沿襲小篆。

【釋義】五穀之一。一年生草本植物，葉子狹長，花白色或綠色。子實去殼後是大米，是中國主要的糧食作物之一：稻草｜稻穀｜稻米｜稻田｜稻香｜糯稻｜水稻｜早稻

得 dé

甲 甲 金 篆 隸（白石君碑）

楷（歐陽詢）

【析形】得字甲骨文形一上部像貝殼形，右下像一隻手，均為意符，表示有所得（中國古代曾以貝殼為貨幣單位）。會意字。甲骨文形二左旁增"彳"（像道路形）為意符，表示行有所得。金文分別沿襲甲骨文形一和形二。小篆沿襲金文形二而把手形訛作"寸"（古文"寸"字為偏旁時亦表明字義與手的動作有關）。隸書意符"貝"形體訛變。楷書沿襲隸書。

【釋義】◎本義指得到，獲得，與"失"相對：得便｜得逞｜得利｜得勝｜得失｜贏 ◇引申①滿意，高興：得意｜自得 ②適合：得當 dàng｜得法｜得體 ③能夠，可以：得以｜使得｜得過且過

德 〔惪〕dé

甲 金 金 篆 隸（曹全碑）

楷（高貞碑）

【析形】德字甲骨文左旁像道路形，隸作"彳"，意符，表明字義與行止有關；右旁是直，意符兼聲符，以直眼前行取意德行，也表示讀音（德、直二字古音同韻部）。會意兼聲字。金文形一沿襲甲骨文，形二右下增"心"為意符，表明字義與心性有關。小篆、隸、楷書沿襲金文形二。

【釋義】◎本義指品行，德行：德育｜德政｜德治｜道德｜美德｜品德｜缺德｜賢德 ◇引申①恩惠：報德｜恩德｜功德｜積德｜感恩戴德｜歌功頌德 ②心意：離心離德｜同心同德 △音借作音譯詞的構詞語素，指德國〔德語〕〔德意志〕

地 de

【析形】見"地 dì"。

【釋義】◎本義指陸地，音 dì。△音借作助詞，音 de，用在詞或短語後，表示它前面的是狀語：開心地生活｜努力地學習

的 de

【析形】見"的 dì"。

【釋義】◎本義指白色。音 dì。△音借作助詞。①附在詞或短語之後，表示它前邊的詞或短語是定語：人民的英雄｜鮮豔的旗幟 ②附在詞或短語後邊，合起來成為具有名詞功能的"的"字結構：觸目的是一張舊照片 ③附在聯合短語之後，表示"等等"、"之類"的意思：煮點瓜兒豆兒甚麼的 ④語氣詞，附在整個句子末尾，表示肯定語氣：昨天我去過圖書館的。（以上各音借義音 de）

得 de

【析形】見"得 dé"。

【釋義】◎本義指得到。音 dé。◇引申①用在動詞後面表示可能：使得｜搬得動｜來得及 ②作動詞的構詞成分，表示及，致：懂得｜記得｜見得｜覺得｜樂得｜顯得 ③用在動詞或形容詞後連接表示結果或程度的補語：

D

跳得高|好得很(以上各引申義音de)

得 děi

【析形】見"得dé"。

【釋義】◎本義指得到。音dé。◇引申①需要,必須:必得|非得|總得 ②表示揣測的必然:這苗再不澆水就得乾枯了|再不去就得遲到了(以上各引申義音děi)

燈 (灯) dēng

鐙篆 燈楷(顏真卿)

【析形】燈字小篆作"鐙",即"錠"字(古人釋:"錠中置燭,故謂之鐙。"),左旁是金,意符,表明字義與金屬有關;右旁是登,聲符,表示讀音。形聲字。楷書以"火"為意符,取光之意。

【簡化】簡化字"灯"是用更換聲符的方法,以筆畫較簡的"丁"為聲符,替換了筆畫繁複的"登"。

【釋義】照明或做其他用途的發光器具:燈光|燈火|燈塔

登 dēng

甲 金 豆篆 登隸(曹全碑)

登楷(龍藏寺碑)

【析形】登字甲骨文上部是二"止"("趾"字初文),表明字義與行為動作有關;中間像古代食器形,隸作"豆";下部像兩隻手,均為意符,以手捧食器向上進獻表示升之意。會意字。金文沿襲甲骨文。小篆省去下部兩隻手。隸書上部二"止"寫作"癶"。楷書沿襲隸書。

【釋義】◎本義指升,即自下而上,由低處往高處走或升:登岸|登高|登基|登臨|登陸|登攀 ◇引申①穀物成熟登場cháng:五穀豐登 ②上冊,記載:登報|登記|登科|登載zǎi|刊登 △因聲用同"蹬",見"蹬dēng"字。

蹬 dēng

【析形】見"磴dèng"。

【釋義】本義佛供腳踏用的東西,音dèng。◇引申①踩,踏:蹬自行車|蹬在凳子上

爬上去 ②穿(鞋):腳蹬高跟兒鞋

等 děng

箁篆 苹隸(曹全碑) 等楷(虞世南)

【析形】等字小篆上部是竹,代表竹簡;下部的寺是"持"字初文(見"持"字),均為意符,表示把簡冊疊整齊。會意字。隸書把"竹"寫作"艸"。楷書沿襲小篆。

【釋義】◎本義指把簡冊疊整齊。◇引申①程度和數量相同:等份|等號|等同|等式|等效|等於|對等|均等|平等|相等 ②等級:等差|高等|甲等|劣待|特等|頭等|優等|下等 ③等待:等到|等候|坐等 △音借表示①多數:你等|我等 引申指種類:此等|這等 ②表示列舉未盡或煞尾:魚肉禽蛋等

凳 〔櫈〕 dèng

凳楷(顏真卿)

【析形】凳字《說文》所無。楷書下部是几(古人席地而坐時供倚靠的器具),意符,表明字義與坐具有關;上部是登,聲符,表示讀音。形聲字。異體字增"木"為意符,表明材質。

【釋義】本義指供人坐或登牀用的傢具。今指沒有靠背的坐具:凳子|矮凳|板凳

鄧 (邓) dèng

金 金 篆 鄧隸(桐柏廟碑)

鄧楷(顏真卿)

【析形】鄧字金文形一借音近的"登"字表示;形二左下部增"邑"為意符,表明字義與國邑有關,登為聲符,表示讀音,成為形聲字。小篆"邑"在右側。隸變後,邑字在字右側作偏旁時寫作"阝"。

【簡化】簡化字"邓"是用符號代替的方法,左旁以筆畫較簡的"又"作為象徵性符號,替換了筆畫繁複的"登"。

【釋義】本義為古代國名,今仍有鄧縣,在河南。後用作姓氏用字。

澄 dèng

【析形】見"澄chéng"。

【釋義】◎本義指水靜而清，音 chéng。◇引申指使液體裏的雜質沉澱。音 dèng：澄清｜澄沙

瞪 dèng

瞪 楷（顏真卿）

【析形】瞪字《説文》所無。楷書左旁是目，意符，表明字義與眼睛有關；右旁是登，聲符，表示讀音。形聲字。

【釋義】◎本義指直視。◇引申①怒目直視 ②睜大眼睛：瞪眼｜目瞪口呆

蹬 dèng

蹬 篆 蹬 隸（隸辨） 蹬 楷（顏真卿）

【析形】蹬字小篆左旁是足，意符，表明字義與腿腳有關；右旁是登，聲符，表示讀音。形聲字。

【釋義】本義指供腳踏用的東西。

〔蹭蹬〕遭遇挫折。

低 dī

低 篆 低 楷（顏真卿）

【析形】低字小篆左旁是人，意符，表明字義與人有關；右旁是氐，意符兼聲符，義為下，距離地面近，也表示讀音。會意兼聲字。隸變後，人字在字左側為偏旁時寫作"亻"。

【釋義】◎本義指頭向下垂：低頭 ◇引申①一般水準或平均程度之下，與"高"相對：低潮｜低沉｜低調｜低估｜低劣｜低落｜低迷｜低燒｜低聲 ②離地面近，與"高"相對：低沉｜低空｜低落｜減低｜降低｜山高水低 ③等級在下面的：低檔｜低級｜低年級 ④下垂：低垂 ⑤卑微：低賤｜低三下四｜低聲下氣

堤 dī

堤 篆 堤 楷（蘇孝慈墓誌）

【析形】堤字小篆左旁是土，意符，表明字義與土築有關；右旁是"是"，聲符，表示讀音。形聲字。楷書沿襲小篆。

【釋義】防水、擋水的建築物：堤岸｜堤壩｜河堤｜潰堤｜路堤｜築堤

提 dī

【析形】見"提 tí"。

【釋義】〔提溜〕垂手拿着。

〔提防〕小心防備。

滴 dī

滴 篆 滴 楷（顏真卿）

【析形】滴字小篆左旁是水，意符，表明字義與水有關；右旁是啇，聲符，表示讀音。形聲字。隸變後，水字在字左側為偏旁時寫作"氵"。楷書聲符作"啇"。

【釋義】◎本義指液體一點一點往下落：滴管｜滴瓶｜滴水穿石｜垂涎欲滴 也指落下的水點：水滴 ◇引申①比喻極小的東西：點滴 ②量詞：一滴水

嘀 dī

嘀 楷（顏真卿）

【析形】嘀字《説文》所無。楷書左旁是口，意符，以口能發出響聲取意；右旁是啇，聲符，表示讀音。形聲字。

【釋義】象聲詞：嘀答嘀答

的 dí

【析形】見"的 dì"。

【釋義】◎本義指白色。音 dì。△音借表示確實。音 dí：的確

敵（敌）dí

啻 金 敵 篆 敵 隸（熹平石經） 敵 楷（顏真卿）

【析形】敵字金文是借音近的"啻"字表示。小篆右旁增"攴"（甲骨文像手舉棒形）為意符，表明字義與擊打有關；左旁"啇"為聲符，表示讀音。形聲字。隸書聲符寫作"啇"，楷書"攴"旁作"攵"。

【簡化】簡化字"敌"是用符號代替的方法，左旁以筆畫較簡的"舌"作為象徵性符號，替換筆畫較繁複的"啇"，失去了表音作用。

【釋義】◎本義指敵人，仇敵：敵對｜敵國｜

敵意|敵陣|死敵|勁敵|天敵|政敵 ◇引申
①抵抗，對抗：無敵|寡不敵眾|所向無
敵 ②不相上下，相當的：敵手|匹敵|同
仇敵愾|勢均力敵

笛 dí

笛篆 笛楷(顏真卿)

【析形】笛字小篆上部是竹，意符，表明
材質；下部是由，聲符，表示讀音（笛、
由二字古音同韻部）。形聲字。楷書沿襲
小篆。

【釋義】◎本義指一種竹製管樂器：笛子|
短笛|橫笛 ◇引申指響聲尖銳的發音器：
警笛|汽笛

滌 (涤) dí

滌篆 滌楷(顏真卿)

【析形】滌字小篆左旁是水，意符，表
明字義與水有關；右旁是條，聲符，表
示讀音（滌、條二字古音同韻部）。形聲
字。隸變後，水字在字左側為偏旁時寫作
"氵"。

【簡化】簡化字"涤"聲符的簡化見"條"
字。

【釋義】洗，清除：滌除|滌盪|洗滌

嘀 dí

【析形】見"嘀dī"。

【釋義】〔嘀咕〕，小聲説話。也指猜疑，猶
疑。

嫡 dí

嫡篆 嫡楷(鍾繇)

【析形】嫡字小篆左旁是女，意符，表明
字義與婦女有關；右旁是啇，聲符，表示
讀音。形聲字。楷書聲符為"商"。

【釋義】◎本義指正妻，古人釋嫡："正
室曰嫡"。即宗法制度下家庭的正支，與
"庶"相對：嫡傳|嫡母|嫡子 ◇引申①家
庭中血統關係近的：嫡親|嫡堂 ②正宗，
正統：嫡派|嫡系部隊

抵 dǐ

抵篆 抵隸(張表碑) 抵楷(顏真卿)

【析形】抵字小篆左旁是手，意符，表明
字義與手的動作有關；右旁是氐，聲符，
表示讀音。形聲字。隸變後，手字在字左
側為偏旁時寫作"扌"。

【釋義】◎本義指推，拒：抵擋|抵抗|抵
賴|抵禦|抵制 ◇引申①抵償：抵補|抵
命|抵賬|抵罪 ②代替，抵押：抵損|抵
債|相抵 △音借表示到：抵達|抵京|安抵

牴 〔觝〕 dǐ

牴篆

【析形】小篆左旁是牛，意符，以牛角頂
觸取意抵觸；右旁是氐，聲符，表示讀
音。形聲字。異體字以"角"為意符，寫
作"觝"。

【釋義】牛羊等用角頂觸：牴觸（內地採用
"抵"字）

底 dǐ

底金 底篆 底楷(顏真卿)

【析形】底字金文上部是"厂"，像山崖下
向內凹陷之形，意符，取義下面，下層；
下部是氐，意符兼聲符，表示低下，也
表示讀音。會意兼聲字。小篆意符訛作
"广"。楷書沿襲小篆。

【釋義】◎本義指物體的下層或最下面：
底層|底座|海底|眼底 ◇引申①根源，內
情：底牌|底細|根底|家底|交底|揭底|謎
底|摸底|有底|知底 ②原本，草稿：底版
|底本|底冊|底稿|底片|底樣|留底 ③末
了，盡頭：徹底|到底|年底|歸根到底

地 dì

地金 地籀文 地篆 地隸(華神廟碑)

地楷(元珍墓誌)

【析形】地字金文下部是土，意符，表明
字義與土地有關；上部是隊，聲符，表示
讀音。形聲字。小篆改聲符為"也"（地、
也二字古音同韻部）。形聲字。隸、楷書
沿襲小篆。

【釋義】◎本義指陸地，地面，地；地產｜地皮｜地契｜地勢｜地衣｜高地｜耕地｜野地｜種地　也指地球，地殼：地表｜地熱｜地圖｜地震｜地軸　◇引申①地點：兩地｜所在地　②地方，地區：地帶｜地域｜基地｜極地｜禁地｜聖地｜要地　③地位：出人頭地｜設身處地

弟 dì

弟（甲）弟（金）弟（篆）弟 隸（曹全碑）弟 楷（鍾繇）

【析形】弟字甲骨文中間貫穿而下的是弋，一種帶繩的箭，中間像有繩索纏繞，像束弋之形，弋也表示讀音。會意兼聲字。金文、小篆沿襲甲骨文。隸書形體已訛變。楷書沿襲隸書。

【釋義】◎本義當指束弋。△音借表示弟弟：弟妹｜弟媳｜弟兄｜胞弟｜家弟｜兄弟　◇引申①親戚中同輩而年紀比自己小的男子：表弟｜襟弟｜盟弟｜內弟　②男性朋友之間的謙稱或表示親近的稱呼：老弟｜仁弟｜賢弟　③學徒，學生：師弟｜徒弟

的 dì

的 隸（校官碑）的 楷（智永）

【析形】的字《説文》所無。隸書左旁是白，意符，表明字的初義與白色有關；右旁是勺，聲符，表示讀音（的、勺二字古音同韻部）。楷書沿襲隸書。

【釋義】◎本義指白色。△音借表示箭靶的中心：目的｜有的放矢｜眾矢之的

帝 dì

帝（甲）帝（金）帝（篆）帝 隸（華山神廟碑）帝 楷（張猛龍碑）

【析形】帝字甲骨文像古代架起柴草燎祭之形。象形字。金文、小篆沿襲甲骨文。隸書筆畫化，已失初形。楷書沿襲隸書。

【釋義】◎本義指祭祀天神。◇引申①王天下之主的君主、皇帝：帝國｜帝王｜帝制｜皇帝｜五帝　也指宗教或神話中主宰萬物的神：帝君｜上帝　②帝國主義的簡稱：帝俄

遞〔递〕dì

遞（篆）遞 楷（李璧碑）遞 楷（顏真卿）

【析形】遞字小篆左旁是辵，意符，表明字義與行走有關；右旁是虒，聲符，表示讀音（遞、虒二字古同韻部）。形聲字。隸變後，辵字為偏旁時寫作"辶"。楷書形一沿襲小篆。

【簡化】楷書簡體"递"是用更換聲符的方法，以筆畫較簡的"弟"為聲符，替換了筆畫繁複的"虒"。簡化字沿用楷書簡體。

【釋義】◎本義指順次更迭，交替：遞補｜遞加｜遞減｜遞進｜遞增　◇引申指傳送：遞交｜遞解 jiè｜遞送｜呈遞｜傳遞｜郵遞｜轉遞

第 dì

第 隸（乙瑛碑）第 楷（顏真卿）

【析形】第字《説文》所無。隸書上部是"⺮"（竹），意符，代表竹簡，竹簡按先後次序編起來，取意次第；下部是"弟"字的省減，聲符，表示讀音。形聲字。楷書沿襲隸書。

【釋義】◎本義指次序，等級：次第｜等第｜品第　◇引申①科舉時代考試及格的等次：不第｜登第｜及第｜科第｜落第　②按一定品級為封建官僚或貴族建造的住宅：府第｜空第｜門第

蒂〔蔕〕dì

蒂 楷（顏真卿）

【析形】蒂字《説文》所無。楷書上部是"艹"（艸），意符，表明字義與植物有關；下部是帝，聲符，表示讀音。形聲字。異體字聲符為"帶"。

【釋義】◎本義指花或瓜果與莖枝相連的部分：花蒂｜根深蒂固｜瓜熟蒂落　◇引申指末尾：紙煙蒂

締〔缔〕dì

締（篆）締 楷（顏真卿）缔 草（李世民）

【析形】締字小篆左旁是"糸"，意符，取意纏結；右旁是帝，聲符，表示讀音。形聲字。

D

【簡化】楷書簡體"締"的意符"纟"根據草書楷化而成。

【釋義】◎本義指結在一起，不可解開。◇引申①結合，訂立：締交｜締結｜締約 ②結束，限制：取締

顛 (颠) diān

繠篆 顠隸(景君碑) 頋草(王獻之)
顛楷(顏真卿)

【析形】顛字小篆右旁是頁，意符，表明字義與頭有關(見"頁"字)；左旁是真，聲符，表示讀音(顛、真二字古音同韻部)。形聲字。隸、楷書沿襲小篆。

【簡化】楷書簡體"颠"的意符"页"根據草書楷化而成。

【釋義】◎本義指頭頂。◇引申①泛指物體最高的部分：山顛｜樹顛｜塔顛 ②自高跌落：顛覆｜顛撲不破 ③倒置：顛倒｜來倒去｜神魂顛倒 ④波動，震盪：顛簸

掂 〔故〕diān

掂楷(顏真卿)

【析形】掂字《說文》所無。楷書左旁是"扌"(手)，意符，表明字義與手的動作有關；右旁是店，聲符，表示讀音。形聲字。異體字以"占"為聲符，以"攴"為意符。

【釋義】用手托着東西估量輕重：掂對｜掂掇｜掂量｜掂斤播兩

典 diǎn

典甲 典金 典金 𥮥篆 典隸(華山神廟碑)
典楷(智永)

【析形】典字甲骨文上部像古代簡冊之形，下部像兩隻手，均為意符，雙手捧簡冊以示尊崇，取意經典。會意字。金文形一沿襲甲骨文；形二下部手形訛作"丌"。小篆沿襲金文形二。隸書簡冊形略失，下部訛作"六"。楷書沿襲隸書。

【釋義】◎本義指經典。多指記載被尊為準則、規範的書籍，或指古人教訓、古代規章制度等：典籍｜寶典｜詞典｜辭典｜法典｜古典｜藥典｜字典｜引經據典 ◇引申①標

準，法則：典範｜典章 ②用房產、田產或其他財物作抵押，取得貸款：典當 dàng｜典借｜典押 ③古代寓意深刻的小故事：典故｜出典 ④優美不粗俗：典雅 ⑤鄭重、規範的儀式：典禮｜大典｜國典｜慶典｜盛典

點 (点) diǎn

黗篆 点楷(顏真卿)

【析形】點字小篆左旁是黑，意符，表示小黑點；右旁是占，聲符，表示讀音(點、占二字古音同韻部)。形聲字。隸變後，火字在字下部為偏旁時分化出"灬"旁。

【簡化】楷書簡體"点"是用保留特徵、局部刪除的方法，保留聲符"占"和意符，"黑"字下面的"灬"，刪除了"黑"字上部其餘部件。簡化字沿用楷書簡體。

【釋義】◎本義指細小的黑色斑痕：斑點｜墨點｜污點 ◇引申①用筆加上點子：標點｜校 jiào 點｜批點｜評點｜圈點｜畫龍點睛 ②一個個地查對：點名｜點收｜點數｜查點｜盤點｜清點 ③事物的一方面或部分：基點｜焦點｜缺點｜疑點｜優點｜重點 ④一定的地點、位置或程度的標誌：冰點｜地點｜頂點｜沸點｜力點｜盲點｜難點｜熔點｜支點｜終點 又引申表示時間：零點｜晚點｜誤點｜正點｜終點 ⑤小數點：3.14 讀作三點一四 ⑥量詞，表示少量：差點｜一點兒｜有點兒｜第一點 ⑦點綴：點染｜裝點 ⑧在許多選項中指點：點播｜點菜｜點擊｜點將｜點戲 ⑨指引，啟發：點撥｜點化｜點明｜點破｜點醒 ⑩指着火：點燈｜點火｜點燃 ⑪漢字筆畫的一種，即"、"：橫豎點撇折

碘 diǎn

碘楷(顏真卿)

【析形】碘字《說文》所無。楷書左旁是石，意符，代表礦物質；右旁是典，聲符，表示讀音。形聲字。

【釋義】一種非金屬元素，符號I。紫灰色晶體，有金屬光澤，性脆，易昇華。碘的製劑可用來消毒和治療甲狀腺腫：碘酊｜碘酒｜碘片

電 (电) diàn

甲電 金雷雹 篆電 楷(顏真卿)

【析形】電字甲骨文像閃電形。象形字。隸作"申"。金文上增"雨"為意符，雷雨天電閃雷鳴，取意閃電。會意字。小篆沿襲金文。楷書把"申"字下部寫作"乚"，以區別於"申"字。

【簡化】簡化字是用沿用古體的方法，沿用甲骨文隸作"电"，省減了上部的"雨"。

【釋義】◎本義指閃電。◇引申①有電荷存在和電荷變化的現象：電波|電池|電磁|電極|電流|電路|電腦|電能|電氣|電器|電子 ②觸電：電傷 ③電報或電話：電賀|電匯|電碼|電文|電信|回電|外電|郵電

店 diàn

店 楷(顏真卿)

【析形】店字《說文》所無。楷書外廓是"广"，本指依山崖建造的房屋，意符，表明字義與屋宇有關；內中是"坫"字的省減，聲符，表示讀音。形聲字。

【釋義】◎本義指用於放置農具、看守農作物的草舍。◇引申①商店：店舖 pù|店員|飯店|酒店|糧店|書店 ②客店：店家|旅店

墊 (垫) diàn

埶 篆墊 隸(居延簡) 墊 楷(褚遂良)

墊 楷(顏真卿)

【析形】墊字小篆下部是土，意符，表明字的初義與土地有關；上部是執，聲符，表示讀音（墊、執二字古音韻部相近）。形聲字。隸書和楷書形一沿襲小篆。

【簡化】楷書簡體"垫"聲符的簡化見"執"字。

【釋義】◎本義指（地）下陷。◇引申①把東西塞在底下或鋪在上面，使物體加高、加厚或平整：墊高|墊平|墊土 ②墊在下面的東西：墊腳|墊子|牀墊|靠墊|鋪 pū 墊|坐墊 ③暫時替人付錢、受過等：墊背|墊付|墊款|墊錢|賠墊

殿 diàn

殿 篆殿 隸(白石君碑) 殿 楷(歐陽詢)

【析形】殿字小篆右旁是殳(甲骨文像手持棒形)，意符，取意擊打；左旁是屍，聲符，表示讀音。形聲字。隸、楷書沿襲小篆。

【析形】◎本義指擊發出的聲音。△音借表示①殿堂，古代高大的房屋通稱殿。引申指帝王受朝理事或供奉神佛的房屋：殿試|大殿|宮殿 ②行軍時走在最後的部隊：殿軍 引申指在最後：殿後

佃 diàn

町 金佃 篆佃 楷(顏真卿)

【析形】佃字金文左旁是田，右旁是人，均為意符，取意耕種，田亦表示讀音。會意兼聲字。小篆人旁在左，田旁在右。隸變後，人字在字左側為偏旁時寫作"亻"。

【釋義】◎本義指耕田種地。◇引申指農民向地主或官府租種土地：佃戶|佃農|佃租|租佃

甸 diàn

田 金町 金甸 篆甸 隸(隸辨) 甸 楷(顏真卿)

【析形】古文"佃"、"甸"為一字。金文形一是借"田"字為"甸"；形二右旁是人，左旁是田，均為意符，表示王田。會意字。小篆分化出佃、甸二字，把"人"旁的"佃"字之"人"訛作"勹"。隸、楷書沿襲小篆。

【釋義】◎本義指王田。《說文》釋甸："天子五百里地。"銘文通"田"。◇引申指古時都城的郊外。方言多用於地名。

玷 diàn

玷 隸(隸辨) 玷 楷(褚遂良)

【析形】玷字《說文》所無。隸書左旁是玉，意符，表明字的初義與玉石有關；右旁是占，聲符，表示讀音。形聲字。楷書沿襲小篆。

【釋義】◎本義指玉石上的瑕斑：白圭之玷 ◇引申指使有污點：玷辱|玷污|瑕玷

淀 diàn

淀楷（顏真卿）

【析形】淀字《説文》所無。楷書左旁是"氵"（水），意符，表明字義與水有關；右旁是定，聲符，表示讀音。形聲字。

【釋義】淺水湖泊，多用於地名：白洋淀

澱（淀）diàn

澱篆

【析形】澱字小篆左旁是水，意符，表明字義與水有關；右旁是殿，聲符，表示讀音。形聲字。隸變後，水字在字左側為偏旁時寫作"氵"。

【簡化】簡化字是用同音合併的方法，以音同、筆畫較簡的"淀"代替筆畫繁複的"澱"，合併了澱、淀二字的意義。

【釋義】液體中沉下的東西：澱粉｜沉澱

惦 diàn

惦楷（顏真卿）

【析形】惦字《説文》所無。楷書左旁是"忄"（心），意符，表明字義與心理活動有關；右旁是店，聲符，表示讀音。形聲字。

【釋義】掛念，思念：惦記｜惦念

奠 diàn

奠甲　奠金　奠篆　奠隸（隸辨）　奠楷（顏真卿）

【析形】奠字甲骨文像几桌上有一隻酒罋子，表示將酒食等祭品放在祭台上用以祭祀。會意字。金文沿襲甲骨文。小篆上部增"八"為意符，表示分擺祭品。隸、楷書沿襲小篆。

【釋義】◎本義指將祭品置於神前祭神：奠酒 ◇引申①用祭品向死者表示哀思：奠儀｜祭奠 ②安置，建立：奠定｜奠都｜奠基

叼 diāo

叼楷（顏真卿）

【析形】叼字《説文》所無。楷書左旁是口，意符，表明字義與口有關；右旁是刁，聲符，表示讀音。形聲字。

【釋義】用嘴夾住（物體的一部分）：叼煙｜貓叼老鼠

雕〔鵰〕diāo

雕籀文　雕篆　周楷（虞世南）

【析形】雕字籀文右旁是鳥，意符，表明字義與鳥類有關；左旁是周，聲符，表示讀音（雕、周二字古音同韻部）。形聲字。小篆以"隹"（短尾鳥之總名）為意符。楷書沿襲小篆。

【釋義】◎本義指一種像鷹的大形猛禽。△因聲用同"彫"或"琱"，表示雕刻，即在竹木、玉石、金屬等上面刻畫，也指刻畫成的工藝品：雕塑｜浮雕｜石雕 ◇引申指有彩畫裝飾的東西：雕弓｜雕樑｜雕牆｜雕琢｜漆雕｜牙雕

彫〔雕〕diāo

彫篆　周彡隸（孔宙碑）　彫楷（元珍墓誌）

【析形】彫字小篆右旁是彡，意符，像毛飾畫紋形，表示雕紋；左旁是周，聲符，表示讀音。形聲字。隸、楷書沿襲小篆。

【釋義】◎本義指琢紋。◇引申泛指在竹木、玉石、金屬等上面刻畫，也指刻畫成的工藝品。內地用"雕"表示"彫"。

琱〔雕〕diāo

琱篆

【析形】琱字小篆左旁是玉，意符，表明字義與玉石有關；右旁是周，聲符，表示讀音。形聲字。

【釋義】本義指治玉。內地用"雕"表示"琱"。

刁 diāo

刁楷（顏真卿）

【析形】刁字《説文》所無。楷書是借"刀"字之音，改"刀"字的"丿"為"乛"，以區別於"刀"字，是一種因聲附畫（筆畫）而造的指事字。

【釋義】◎本義指古代軍隊使用的一種有

柄的金屬小斗，白天可供做飯，夜間敲擊以巡夜：刁斗　△音借表示狡猾，奸詐：刁悍｜刁滑｜刁難 nàn｜刁鑽

碉 diāo

碉楷（顏真卿）

【析形】碉字《説文》所無。楷書左旁是石，意符，表明字義與石頭有關；右旁是周，聲符，表示讀音（碉、周二字古音同韻部）。形聲字。

【釋義】◎本義指石室。◇引申指軍事上防守用的建築物，即碉堡：碉樓｜明碉暗堡

弔〔吊〕diào

弔甲　弔金　弔篆　弔隸（菅洛碑）　吊楷（褚遂良）

【析形】吊字甲骨文像人被有繳之矢纏繞之形，取意未明。隸作“弔”。金文、小篆沿襲甲骨文。隸書人形已失。楷書作“吊”。

【釋義】◎本義未明。《説文》釋：“問終也”。表示哀悼死者。◇引申①對死者親屬表示慰問，又表示悼念：弔喪 sāng｜弔孝｜弔唁｜憑弔　②表示慰問：形影相弔　△音借表示①懸掛：吊牀｜吊帶｜吊杆｜吊鈎｜吊環｜吊橋｜吊梯｜上吊　②提取：吊車｜吊窗｜吊桶｜吊裝｜起吊　③收回：吊銷（以上①②③今作“吊”）　④量詞。古時一千個制錢為一弔

釣（钓）diào

釣篆　釣楷（智永）　釣草（智永）　釣楷（顏真卿）

【析形】釣字小篆左旁是金，意符，表明材質；右旁是勺，聲符，表示讀音。形聲字。楷書沿襲小篆。

【簡化】楷書簡體“钓”的意符“钅”根據草書楷化而成。

【釋義】◎本義指用釣鈎帶上食餌誘捕魚或其他水生動物：釣餌｜釣竿｜釣鈎｜釣台｜垂釣　◇引申指用手段騙取：沽名釣譽

調（调）diào

調楷（顏真卿）

【析形】見“調 tiáo”。

【釋義】◎本義指（語言、聲音等）和諧，適合，音 tiáo。◇引申①語音和音樂的高低變化：調子｜腔調｜曲調｜聲調｜語調｜南腔北調　②格調：情調｜色調　③更動，分派（使之適合）：調撥｜調動｜調度｜調防｜調令｜調派｜調遣　④調查，了解：函調｜外調（以上各引申義音 diào）

掉 diào

掉篆　掉楷（顏真卿）

【析形】掉字小篆左旁是手，意符，表明字義與手的動作有關；右旁是卓，聲符，表示讀音（掉、卓二字古音同韻部）。形聲字。隸變後，手字在字左側為偏旁時寫作“扌”。

【釋義】◎本義指搖動，擺動：尾大不掉　◇引申①回轉：掉頭｜掉轉 zhuǎn　②互換：掉包｜掉過兒｜掉換　③拋棄，落下：除掉｜丟掉｜扔掉｜掉眼淚　④落在後面：掉隊　⑤減損，消失：掉膘｜掉價｜掉色 shǎi

爹 diē

爹楷（顏真卿）

【析形】爹字《説文》所無。楷書上部是父，意符，父親之異稱；下部是多，聲符，表示讀音（爹、多二字古音韻部相近）。形聲字。

【釋義】本義指父親：爹爹｜阿爹｜乾爹　也指對老年男子的尊稱：老爹

跌 diē

跌篆　跌楷（顏真卿）

【析形】跌字小篆左旁是足，意符，表明字義與腳有關；右旁是失，意符兼聲符，取意失落，也表示讀音（跌、失二字古音韻部）。會意兼聲字。楷書沿襲隸書。

【釋義】◎本義指失足躓倒：跌倒｜跌跤｜跌傷　◇引申指下降，低落：跌價｜跌落｜暴跌｜猛跌｜漲 zhǎng 跌｜跌停板

疊〔叠、疉、疊〕dié

疊篆　疊隸（隸辨）　疊楷（孫秋生造像）

【析形】疊字小篆上部是三“日”，取多

之意;下部是宜,取其堆積、層疊之意
(見"宜"字)。會意字。隸書上部訛作
三"田"。楷書沿襲隸書。內地用的"疊"
字是用了符號代替的方法,上部以三個
"又"作為象徵性符號,替換了原來三個
"田"。

【釋義】◎本義指層層堆積,累積:疊印|
疊嶂|重疊|堆疊 ◇引申①重複:疊句|疊
韻 ②摺疊:疊報|疊被|疊紙

蝶 〔蜨〕dié

蜨篆

【析形】蝶字本作"蜨"。小篆左旁是虫,
意符,表明字義與昆蟲類有關;右旁是
疌,聲符,表示讀音。形聲字。俗作
"蝶",右旁是枼,聲符,表示讀音。形聲
字。

【釋義】見〔蝴蝶〕。

諜 (谍) dié

諜篆 諜楷(王羲之)

【析形】諜字小篆左旁是言,意符,表明
字義與言語有關;右旁是枼,聲符,表示
讀音。形聲字。楷書沿襲小篆。

【簡化】簡化字"谍"的意符"讠"根據草書
楷化而成。

【釋義】本義指間諜,即刺探敵情的人:
諜報員 也指秘密探察到的敵情:諜報

碟 dié

【析形】碟字《說文》所無。左旁是石,意
符,表明材質;右旁是枼,聲符,表示讀
音。形聲字。

【釋義】盛菜蔬或調味品的餐具,圓形,
底平而淺:碟子|茶碟|碗碟 ◇引申指像
碟的:飛碟|光碟

丁 dīng

丂甲 ▼金 ↑篆 丁隸(趙寬碑)
丂楷(張猛龍碑)

【析形】丁字甲骨文、金文均像一枚釘頭
的俯視之形,是"釘"字初文。象形字。
小篆取釘子的正視形。隸書筆畫化,失去

初形。楷書沿襲隸書。

【釋義】◎本義當為釘子。◇引申指"丁"
字字形的事物:丁字尺|丁字路 △音借表示
①天干的第四位:甲乙丙丁 引申作次序
的第四:丁等 ②舊稱成年的男子:抽丁|
壯丁 引申指從事某種職業的人:家丁|園
丁 或指人口:人丁|添丁 ③象聲詞:丁
當|丁冬 ④音譯詞的構詞語素〔丁克族〕
〔丁克家庭〕

叮 dīng

叮楷(顏真卿)

【析形】叮字《說文》所無。楷書左旁是
口,意符,表明字義與口的行為動作有
關;右旁是丁,聲符,表示讀音。形聲
字。

【釋義】①囑咐:叮嚀|叮囑 ②蜂、蚊等
昆蟲類用針形口器刺人:給蚊子叮了一
下。③象聲詞:叮噹

盯 dīng

盯楷(顏真卿)

【析形】盯字《說文》所無。楷書左旁是
目,意符,表明字義與眼睛有關;右旁是
丁,聲符,表示讀音。形聲字。

【釋義】注視:盯梢|盯住

釘 (钉) dīng

釘篆 釘隸(馬王堆帛書) 釘草(孫過庭)
釘楷(顏真卿)

【析形】釘字本作"丁"(見"丁"字)。丁字
借用作天干第四位的序數,又為本義造
了"釘"字。小篆左旁是金,意符,表明
材質;右旁是丁,聲符,表示讀音。形聲
字。隸書沿襲小篆。

【簡化】楷書簡體"钉"的意符"钅"根據草
書楷化而成。

【釋義】◎本義指釘子,用金屬或竹、木
做成的條形頭尖物,用以連接或固定物
體:釘錘|釘鞋|道釘|螺釘|圖釘 ◇引申
指緊跟着不放鬆:釘梢

頂 (顶) dǐng

𩑱金 𩒑籀文 㥃篆 **頂**楷(顏真卿)

【析形】頂字金文右旁是頁，本義指頭，意符，表明字義與頭部有關（見"頁"字）；左旁是鼎，聲符，表示讀音。形聲字。籀文沿襲金文。小篆改聲符為"丁"。楷書沿襲小篆。

【簡化】簡化字"顶"意符的簡化見"頁"字。

【釋義】◎本義指頭頂。◇引申①物體最高、最上部分：頂點｜頂端｜頂峰 ②用頭支承：頂禮｜頂碗 ③替代：頂班 ④支撐，抵住：頂門 ⑤爭辯，用強硬的話反駁：頂撞｜頂嘴 ⑥對面迎着：頂風冒雨 ⑦量詞：一頂帽子

鼎 dǐng

𣉢甲 𣊓金 鼎篆 **鼎**隸(馬王堆帛書)

鼎楷(元珍墓誌)

【析形】鼎字甲骨文像古代一種炊器，上部是鼎腹，下有鼎足。象形字。金文沿襲甲骨文。小篆把鼎腹訛作"目"，隸、楷書沿襲小篆。

【釋義】◎本義指古代煮食物的器具，一般三足兩耳：鼎沸｜鼎銘｜鼎彝｜鐘鼎文 古代曾用鼎作為傳國寶器，因以喻王位、帝業：定鼎｜問鼎 ◇引申①比喻三方分立：鼎立｜鼎峙｜鼎足立勢 ②由分立義引申指更新：鼎革｜革故鼎新 ③盛大：大名鼎鼎 △音借表示正當 dāng，正在：鼎盛

訂 (订) dìng

訌篆 **訂**楷(歐陽詢) **订**草(孫過庭)

【析形】訂字小篆左旁是言，意符，表明字的初義與言語有關；右旁是丁，聲符，表示讀音。形聲字。

【簡化】簡化字"订"的意符"讠"根據草書楷化而成。

【釋義】◎本義指評議，評定。◇引申①經過研究、商議而定立：訂婚｜訂約｜簽訂 ②約定：訂購｜訂貨 ③改正文字中的錯誤：訂正｜校訂

釘 (钉) dìng

【析形】見"釘 dīng"。

【釋義】◎本義指釘子。音 dīng。◇引申①把釘子或楔子錘打進別的東西，或用釘子把別的東西固定起來：釘窗子｜釘釘子 ②用針線把鈕扣、帶子等縫住：釘扣子(以上各引申義音 dìng)

定 dìng

𡨄甲 𡩃金 𡨄篆 **定**隸(張遷碑)

定楷(顏真卿)

【析形】定字甲骨文上部像房屋形，隸作"宀"，意符，代表家室；下部是正，意符兼聲符，古人云："正家而天下定矣"，有房子住，人便安定，"正"亦表示讀音。會意兼聲字。金文、小篆沿襲甲骨文。隸書聲符訛作"疋"。楷書沿襲隸書。

【釋義】◎本義指安定，穩定：定神｜定心｜堅定｜立定｜平定｜心神不定 ◇引申①使不移動：定格｜定睛｜定居｜固定｜定滑輪 ②規定的，不可改變的：定價｜定局｜定理｜定量｜定論｜定律｜法定｜規定｜恆定｜限定｜注定 ③決定，使確定：定案｜定產｜定奪｜定稿｜定規｜定計｜定位｜定向｜定型｜定罪｜測定｜奠定｜斷定｜否定｜鑒定｜肯定｜擬定｜判定｜評定｜制定 ④事先約定：定報｜定購｜定單｜定貨｜定息｜定銷｜定閱｜定做｜預定 ⑤必然，表示意志堅決：定然｜必定｜篤定｜一定

錠 (锭) dìng

鋋篆 **錠**楷(顏真卿)

【析形】錠字小篆左旁是金，意符，表明材質；右旁是定，聲符，表示讀音。形聲字。

【簡化】楷書簡體"锭"的意符"钅"根據草書楷化而成。

【釋義】①指燈，多為金屬製成。②古代盛熟食的有足的蒸器。③紡車和紡紗機上繞紗的機件：錠子｜紡錠｜紗錠 ④製成塊狀的金屬或藥劑：鋼錠｜金錠｜銀錠｜萬應錠

丟 diū

丟楷(顏真卿)

【析形】丟字《說文》所無。楷書是在"去"字上加指事符号"丿",取意丟棄。是一種因義附畫(筆畫)的指事字。

【釋義】◎本義指抛棄,扔掉:丟掉|丟棄|丟盔卸甲|丟卒保車 jū ◇引申①失去:丟醜|丟掉|丟臉|丟人|丟失 ②擱置:丟手

東 (东) dōng

東甲東金東篆 東隸(孔彪碑)
東楷(張猛龍碑) 东草(王羲之)

【析形】東字甲骨文像一隻袋囊之形,兩端捆紮,中間盛物。象形字。金文沿襲甲骨文。小篆訛作"日在木間"。隸、楷書沿襲小篆。

【簡化】簡化字"东"根據草書楷化而成。

> "東"字為偏旁類推簡化。例如:冻、栋、陈等。

【釋義】◎本義當為袋囊。△音借作方向字,表示太陽出來的方向,與"西"相對:東北|東部|東方|東風|東南|東歐 ◇古代主位在東,客位在西,故引申指主人:東家|房東|股東|做東|東道國|東道主

冬 dōng

冬甲 冬金 冬金 冬篆 冬隸(馬王堆帛書)
冬楷(蘇孝慈基誌)

【析形】冬字甲骨文借音近的"終"字表示。字像懸着的一束絲,兩端打了結,表示終端,為"終"字初文。金文形一沿襲甲骨文;形二外廓仍是"終",內有日,表示時日,四時歲終為冬季,"終"也表示讀音,成為會意兼聲字。小篆下部是"仌"("冰"字初文),意符,以水結冰表示冬季;上部"終"為聲符,成為形聲字。隸書根據小篆轉寫而成。楷書沿襲隸書。

【釋義】四季之末,一年中最寒冷的季節,冬季:冬耕|冬節|冬令|冬麥|冬眠|冬裝|殘冬|寒冬

董 dǒng

董篆 董隸(景君碑) 董楷(顏真卿)

【析形】董字小篆上部是"艸",意符,表明字的初義與植物有關;下部是童,聲符,表示讀音。形聲字。隸書改聲符為"重"。楷書沿襲隸書。

【釋義】本義為草名。

〔鼎董〕又名長苞香蒲。香蒲科。多年生草本。葉片可編蓆織鞋。△音借表示①監察管理:董理 ②董事:商董|校董

懂 dǒng

懂楷(顏真卿)

【析形】懂字《說文》所無。楷書左旁是"忄"(心),意符,表明字義與心理活動有關;右旁是董,聲符,表示讀音。形聲字。

【釋義】明白,了解:懂得|懂行 háng|懂事|懵懂

動 (动) dòng

動金 動篆 動隸(泰山金剛經) 動楷(鍾繇)

【析形】動字金文借音近的"童"字表示。小篆右旁是力,意符,表明字義與力氣有關;左旁是重,聲符,表示讀音。形聲字。隸、楷書沿襲小篆。

【簡化】簡化字"动"是用符號代替的方法,以筆畫較簡的"云"作為象徵性符號,替換了筆畫較繁的"重"。

【釋義】◎本義指動作,行動,即為實現某種意圖而進行的活動:動機|動靜|動向|轟動|舉動|勞動|掀動 ◇引申①改變原來的位置或靜止狀態,與"靜"相對:動態|波動|調動|改動|移動|運動|轉動 ②使之起作用,使用:動筆|動兵|動武|動員|策動|發動|推動|引動 ③感動,觸動:動情|動容|動聽|動心|打動|激動|生動|動肝火 ④起始:動工|動身|開動|發動|啟動 ⑤生物的一大類:動物

凍 (冻) dòng

凍篆 冻草(草書韻會) 凍楷(顏真卿)

【析形】凍字小篆左旁的"仌"是"冰"字古

文，像水凝結成冰棱之狀，隸作"冫"，意符，表明字義與冰有關；右旁是東，聲符，表示讀音。形聲字。

【簡化】楷書簡體"凍"的聲符"东"根據草書楷化而成。

【釋義】◎本義指厚冰。◇引申①受冷凝結：凍結|凍土|冰凍|解凍|冷凍|霜凍 ②凝結了的湯汁或果汁兒：果凍兒|肉凍兒 ③受冷所致的：凍瘡|凍害|凍僵|凍傷

棟 (栋) dòng

㮯篆 棟隸(張表碑) 棟楷(歐陽詢)
㮯草(懷素)

【析形】棟字小篆左旁是木，意符，表明材質；右旁是東，聲符，表示讀音。形聲字。隸、楷書沿襲小篆。

【簡化】簡化字"栋"的聲符"东"根據草書楷化而成。

【釋義】◎本義指房屋的正樑：棟樑|雕樑畫棟|汗牛充棟 ◇引申作量詞：一棟樓房

洞 dòng

洞篆 洞隸(鮮于璜碑) 洞楷(李璧碑)

【析形】洞字小篆左旁是水，意符，表明字的初義與水有關；右旁是同，聲符，表示讀音。形聲字。隸變後，水字在字左側為偏旁時寫"氵"。

【釋義】◎本義指疾流。◇引申①通，穿透，深。②孔穴，窟窿：洞穴|地洞|門洞|橋洞|山洞 ③深入：洞察|洞徹|洞達|洞悉

都 dōu

【析形】見"都dū"。

【釋義】◎本義指都城。音dū。△音借表示①全，完全：全都|整天都呆在網上 ②表示加重語氣：覺都顧不上睡 ③表示已經：天都黑了(以上各音借義音dōu)

兜 dōu

兜篆 兜楷(顏真卿)

【析形】兜字小篆像人頭戴盔之形。下部像人，上部像古時作戰用的頭盔。象形

字。隸變後，下部之人形隸作"儿"。楷書沿襲小篆。

【釋義】◎本義指兜鍪，即胄，古代頭盔。◇引申①做成兜的形狀把東西攏住：兜肚|兜風|兜兒蓋臉 ②口袋或類似口袋的東西：兜子|褲兜|網兜|衣兜 ③圍繞，包抄：兜捕|兜抄|兜圈子 ④到處招攬：兜攬|兜售|兜銷|兜生意 ⑤乘車或遊艇到處遊逛或乘涼：兜風

斗 dǒu

斗甲 斗金 斗篆 斗隸(居延簡) 斗楷(顏真卿)

【析形】斗字甲骨文像一把舀酒水的勺子之形，上面像勺兜，下有柄。象形字。金文沿襲甲骨文。小篆形體已訛變。隸書"斗"形已失。楷書沿襲隸書。

【釋義】◎本義指古代酒器。◇引申①形狀略像斗的器物：斗車|斗笠|斗篷|漏斗|煙斗|熨斗 ②口大底小的一種量器：木斗|市斗 又引申指容量單位，十升為一斗。③北斗星的簡稱：斗柄|泰斗|星移斗轉 也指星名，二十八宿之一。通稱南斗。又作"星"的通稱：南斗|星斗 ④形容大東西之小：斗門|斗室 或指小東西之大：斗膽

抖 dǒu

抖楷(顏真卿)

【析形】抖字《說文》所無。楷書左旁是"扌"(手)，意符，手可甩動或使動，取意振動；右旁是斗，聲符，表示讀音。形聲字。

【釋義】◎本義指振動，甩動：抖動 ◇引申①顫動，哆嗦：顫抖|發抖|戰抖 ②鼓起(精神)：抖擻 ③與"出來"連用，表示全部倒出，揭穿：抖出來

陡 dǒu

陡楷(顏真卿)

【析形】陡字《說文》所無。楷書左旁是"阝"(阜)，義為土山，意符，表明字義與高地有關；右旁是走，聲符，表示讀音。形聲字。

【釋義】◎本義指山勢峻峭。◇引申①近於垂直的坡度：陡峻∣陡坡∣陡峭 ②突然：陡然∣陡變

蚪 dǒu

蚪楷（顏真卿）

【析形】蚪字《説文》所無。楷書左旁是虫，意符，表明字義與動物昆蟲類有關；右旁是斗，聲符，表示讀音。形聲字。

【釋義】〔蝌蚪〕見"蝌"字。

鬥 (斗)〔鬦、鬪、鬬〕 dòu

鬥甲　鬥篆　鬥隸（錢泳）　鬪楷（白鶴觀碑）

【析形】鬥字甲骨文像兩人交手格鬥之形。象形字。小篆形體已訛變。隸書根據小篆筆畫化。楷書把兩人交手格鬥之形訛作"鬥"，內中又以"豆"為聲符，表示讀音；以"斤"（斧頭）為意符，表示砍伐意。異體字或訛"鬥"為"鬦"，以"斗"、"豆"為聲符；或以"鬥"、"斲"（義為"砍"）為意符，成為會意字。

【簡化】簡化字是用同音合併的方法，以音近、筆畫較簡的"斗"代替筆畫較繁複的"鬥"，合併了斗、鬥二字的意義。

【釋義】◎本義指對打，相爭：鬥毆∣鬥氣∣鬥拳∣搏鬥∣格鬥∣決鬥∣械鬥∣爭鬥∣鬥心眼兒 ◇引申①鬥爭：鬥志∣奮鬥∣戰鬥 ②比賽爭勝：鬥牌∣鬥贏∣鬥智 ③使動物相鬥：鬥雞∣鬥牛∣鬥蟋蟀

豆 〔荳〕 dòu

豆甲　豆金　豆篆　豆隸（校官碑）
豆楷（顏真卿）

【析形】豆字甲骨文像一個高足食器形，上部一畫像食器有所盛。象形字。金文、小篆、隸書均沿襲甲骨文。異體字上部加"艹"（艸）為意符，表明音借義與植物有關。

【釋義】◎本義指古代盛食物的器具。△音借表示豆類植物的總稱：豆腐∣豆漿∣豆醬∣大豆∣毛豆∣青豆 ◇引申指形狀像豆的東西：土豆∣金豆子∣花生豆（音借義異體作"荳"。）

逗 dòu

逗篆　逗隸（基誌）　逗楷（顏真卿）

【析形】逗字小篆左旁是辵，意符，表明字的初義與行止有關；右旁是豆，聲符，表示讀音。形聲字。隸變後，辵字為偏旁時寫作"辶"。

【釋義】◎本義表示止，停留：逗留 ◇引申指句中的停頓：逗點∣逗號∣句逗 △音借表示招惹：逗弄∣逗趣兒∣逗笑兒∣逗引∣撩逗∣挑逗∣引逗

痘 dòu

痘楷（顏真卿）

【析形】痘字《説文》所無。楷書外廓是"疒"，意符，表明字義與疾病有關（見"病"字）；內中是豆，意符兼聲符，表明字義與豆狀物有關，也表示讀音。會意兼聲字。

【釋義】病名。因病毒引起皮膚上生出豆樣的水泡或膿泡的傳染病，俗稱天花：痘瘡∣水痘∣羊痘 也指牛痘疫苗：痘苗∣牛痘∣種痘

都 dū

都金　都篆　都隸（曹全碑）　都楷（張猛龍碑）

【析形】都字金文右旁是邑，意符，表明字義與城邑有關；左旁是者，聲符，表示讀音（都、者二字古音同韻部）。形聲字。小篆沿襲金文。隸變後，邑字在字右側為偏旁時寫作"阝"。

【釋義】古代指有先君宗廟的城邑，即國都。現指國家最高行政機關所在地：都城∣古都∣故都∣國都∣京都∣首都 也指大城市，或以盛產某種東西而聞名的城市：都會∣都市∣鋼都

督 dū

督篆　督楷（顏真卿）

【析形】督字小篆下部是目，意符，表示察視；上部是叔，聲符，表示讀音。形聲字。楷書沿襲小篆。

【釋義】◎本義指察視，監察：督察∣督

促 ◇引申①指擔任監督的官：督軍|督撫|督學|都督|總督 ②統率，指揮：督辦|督師|督率|督戰|督陣

毒 dú

篆 毒 隸(隸辨) 毒 楷(顏真卿)

【析形】毒字小篆上部是"屮"（"草"字古文），意符，表明字義與植物有關；下部是毐，亦為意符，義為禍害，取奪之意。會意字。隸書把上部的"屮"與"毐"字的上部連成一體。楷書沿襲隸書。

【釋義】◎本義指毒草。◇引申①毒物，即危害生物體的物質：毒劑|毒氣|毒素|毒藥|中 zhòng 毒 ②用毒物殺害：毒害|毒化|毒死 再引申指兇狠殘酷：毒打|毒計|毒辣|惡毒|狠毒|陰毒 ③對思想意識有害的事物：毒化|放毒|流毒

獨 (独) dú

篆 獨 隸(泰山金剛經) 獨 楷(王羲之)

【析形】獨字小篆左旁是犬，意符，羊喜群居，狗好獨行，古人釋："犬相得而鬥也"，故字以犬為意符，取意獨自、單個；右旁是蜀，聲符，表示讀音。形聲字。隸變後，犬字在字左側為偏旁時寫作"犭"。

【簡化】簡化字"独"是用保留特徵、局部代全體的方法，聲符只保留"虫"代替全字，刪除了其餘部件。

【釋義】◎本義指孤單，單一，獨自：獨霸|獨白|獨裁|獨唱|獨斷|獨立|獨力|獨苗|獨特|獨資|獨奏|孤獨|獨當一面|獨家新聞|獨具匠心 ◇引申①唯有，只有：惟獨|得天獨厚 ②年老沒有兒子的人：鰥寡孤獨

讀 (读) dú

篆 讀 楷(智永) 读 草(黃庭堅)

【析形】讀字小篆左旁是言，意符，表明字義與言語有關；右旁是賣，聲符，表示讀音（讀、賣二字古音同韻部）。形聲字。古文"賣"與"賣"字形近，楷書聲符訛作"賣"。

【簡化】簡化字"读"根據草書楷化而成。

【釋義】◎本義指誦讀，照着文字唸：讀經|讀書|宣讀 ◇引申①閱，看：讀本|讀物|攻讀|默讀|審讀|研讀 ②上學：讀書|就讀|走讀

牘 (牍) dú

篆 牘 隸(隸辨) 牘 楷(張猛龍碑)

【析形】牘字小篆左旁是片，本指木片，意符，表明材質；右旁是賣，聲符，表示讀音（牘、賣二字古音同韻部）。形聲字。古文"賣"與"賣"字形近，隸書聲符訛作"賣"。

【簡化】簡化字"牍"右旁的簡化見"賣"字。

【釋義】◎本義指古時寫字的木片，也稱木簡：連篇累牘 ◇引申指文件，書信：案牘|尺牘|公牘|書牘|文牘

肚 dǔ

【析形】見"肚 dù"。

【釋義】◎本義指人或動物的腹部。音 dù。◇引申指動物的胃。音 dǔ：牛肚|羊肚|豬肚

堵 dǔ

金 墻 篆 堵 隸(隸辨) 堵 楷(顏真卿)

【析形】堵字金文左旁像一建築物，本指外城，意符，表明字義與建築物有關；右旁是者，聲符，表示讀音（堵、者二字古音同韻部）。形聲字。小篆意符為"土"，隸、楷書沿襲小篆。

【釋義】◎本義指土牆：觀者如堵 ◇引申①表示牆的面積單位。古代用板築法築土牆，五板為一堵。②量詞：一堵牆 ③堵塞：堵住|堵嘴 ④悶：添堵|心裏堵得慌

賭 (赌) dǔ

篆 賭

【析形】賭字小篆左旁是貝，意符，表明字義與財物有關（見"貝"字）；右旁是者，聲符，表示讀音（賭、者二字古音同韻部）。形聲字。

D

【簡化】簡化字"賭"意符的簡化見"貝"字。

【釋義】◎本義指用財物作注爭勝負輸贏：賭本│賭博│賭場│賭錢│賭徒│賭注 ◇引申指爭高下和輸贏：賭賽│打賭

睹〔覩〕dǔ

覩說文古文　睹篆　睹隸(樊敏碑)

睹楷(蘇孝慈墓誌)

【析形】睹字說文古文右旁是見，意符，表明字義與視覺有關；左旁是者，聲符，表示讀音(睹、者二字古音同韻部)。形聲字。小篆左旁是目，意符，取意與"見"同。隸、楷書沿襲小篆。

【釋義】看見：目睹│睹物思人│慘不忍睹│耳聞目睹│熟視無睹

杜 dù

杜甲　杜金　杜金　杜篆　杜隸(曹全碑)

杜楷(褚遂良)

【析形】杜字甲骨文右旁是木，意符，表明字義與樹木有關；左旁是土，聲符，表示讀音。形聲字。金文形一沿襲甲骨文，形二意符在左旁。小篆、隸、楷書沿襲金文形二。

【釋義】◎本義為樹名，即杜梨。△音借表示阻塞，斷絕：杜絕│防微杜漸 ◇引申指無根據隨意臆造：杜撰　姓氏用字。

肚 dù

肚楷(翁闓運)

【析形】肚字《說文》所無。楷書左旁的"月"是古文"肉"字的隸變體(古文肉、月二字形近，隸變後，兩個字作偏旁時多同化寫作"月")，意符，表明字義與肉體有關；右旁是土，聲符，表示讀音。形聲字。

【釋義】◎本義指人或動物的腹部：肚臍│肚子 ◇引申指圓而凸起像肚子形狀的東西：腿肚子

度 dù

度篆　度隸(泰山金剛經)　度楷(柳公權)

【析形】度字小篆下部是一隻手，意符，古人常以手為尺度量度長短，取意量度；上部是"庶"字的省減，聲符，表示讀音(度、庶二字古音同韻部)。形聲字。隸書把下部的"手"寫作"又"。楷書沿襲隸書。

【釋義】◎本義指計量長短的標準：度量衡 ◇引申①依照計算的標準劃分的單位：度數│長度│弧度│刻度│濕度│速度│緯度 ②範圍的極限，最高或最低的數量：過度│適度│無度│限度 ③程度，事物所達到的境界：純度│幅度│高度│極度│熱度│深度 ④氣量，胸襟：大度│風度│氣度 ⑤量詞，表示"次"，"回"：幾度│一度│再度 △音借表示①過，度過，由此及彼：度荒│度假│度命│度日 ②有關佛教的，佛教以離俗出生死為"度"：度牒│超度│剃度

渡 dù

渡篆　渡隸(居延簡)　渡楷(蘇孝慈墓誌)

【析形】渡字小篆左旁是水，意符，表明字義與水有關；右旁是度，聲符，表示讀音。形聲字。隸變後，水字在字左側為偏旁時寫作"氵"。

【釋義】◎本義①通過水面或載運過河：渡船│渡輪│橫渡│強渡│偷渡│引渡 ②渡口：渡頭│津渡 ◇引申指由這一岸到那一岸，通過：渡槽│渡過│過渡

妒〔妬〕dù

妒篆

【析形】妒字小篆左旁是女，意符，在古人眼中，妒忌之類不好的品德與女性都是有關係的；右旁是戶，聲符，表示讀音。形聲字。異體字聲符為"石"(石、度二字古音同韻部)。

【釋義】◎本義指婦女因爭寵而嫉恨丈夫。◇引申指心中忌恨勝過自己的人：妒忌│嫉妒│忌妒

鍍(鍍) dù

【析形】鍍字《說文》所無。左旁是金，意符，表明字義與金屬有關；右旁是度，聲符，表示讀音。形聲字。

【簡化】簡化字"鍍"的意符"钅"根據草書楷化而成。

【釋義】用電解或其他化學方法使一種金屬附着到另一種金屬或物體的表面上：鍍金|鍍銀|電鍍

端 duān

端篆

【析形】端字小篆左旁是立，意符，以直立取意直、正；右旁是耑，聲符，表示讀音。形聲字。

【釋義】◎本義指直，正：端方|端正|端莊|端坐　◇引申指用手平正地捧着：端茶|端水　△音借表示①東西的一頭：筆端|頂端|尖端|極端|兩端|末端|上端|雲端　②事情的開頭，原因：端倪|端緒|發端|禍端|開端|事端|無端|爭端　③方面，頭緒：弊端|萬端|要端|異端　④仔細看：端量 liáng|端詳

短 duǎn

短篆 短隸(馬王堆帛書) 短楷(智永)

【析形】短字小篆左旁是矢(箭)，意符，古人常以矢為尺度量度長短，取意量度長短；右旁是豆，本指較小的食器，意符，取意短小意。會意字。隸、楷書沿襲小篆。

【釋義】◎本義指不長，與"長"相對。詞義擴大表示空間和時間的兩端距離小：短程|短促|短笛|短跑|短途|短信|短訊|長吁短歎　◇引申①不足，缺少：短欠|短缺|短少|短於　②缺點，弱點：短處|護短|揭短|蜚短流長|說長道短

段 duàn

段金 段篆 段隸(隸辨) 段楷(歐陽詢)

【析形】段字金文像手持錘在山崖擊石之形。會意字。小篆沿襲金文。隸書把手持錘形隸作"殳"。楷書沿襲隸書。

【釋義】◎本義指錘擊，錘煉。此義後作"鍛"。◇由錘擊使斷裂引申①事物或時間的劃分：段落|地段|工段|階段|片段　②方法，計謀：手段　③量詞：一段歌詞|一段文章

斷 (断) duàn

斷金 斷說文古文 斷篆 斷隸(馬王堆帛書) 斷楷(顏真卿) 斷草(王羲之)

【析形】斷字金文左旁像紡錘形，右旁像有把刀，均為意符，以刀斷絲表示截斷之意。會意字。說文古文沿襲金文而略變。小篆左旁是𢇍，"絕"字古文，斷絲形更顯；右旁是斤，本義指古代形似斧的砍物工具，均為意符，取意與"刀"同，表示用斧斤截斷。會意字。隸、楷書沿襲小篆。

【簡化】簡化字"断"根據草書楷化而成。

【釋義】◎本義指截開：斷層|斷代|斷口|斷面|割斷|截斷|切斷　◇引申①斷絕：斷交|斷糧|中斷　②絕對：斷然　③裁決，判定：斷案|斷定|斷言|論斷|判斷|推斷|武斷|診斷|專斷

緞 (缎) duàn

緞楷(顏真卿)

【析形】緞字《說文》所無。楷書左旁是"糸"，意符，表明字義與絲帛有關；右旁是段，聲符，表示讀音。形聲字。

【簡化】簡化字"缎"的意符"纟"根據草書楷化而成。

【釋義】中國特產的絲織品，質地厚密而有光澤：緞子|綢緞|貢緞|花緞|錦緞|素緞

鍛 (锻) duàn

鍛篆 鍛楷(顏真卿) 鍛草(趙構)

【析形】鍛字小篆左旁是金，意符，表明字義與金屬有關；右旁是段，聲符，表示讀音。形聲字。楷書沿襲小篆。

【簡化】簡化字"锻"的意符"钅"根據草書簡化而成。

【釋義】◎把金屬加熱後捶打：鍛錘|鍛工|鍛鐵|鍛造|冷鍛|壓鍛　◇引申指通過體育活動增強體質：鍛煉

堆 duī

堆隸(居延簡) 堆楷(顏真卿)

【析形】堆字《說文》所無。隸書左旁是

土，意符，表明字的初義與土有關；右旁
是佳，聲符，表示讀音。形聲字。楷書沿
襲隸書。
【釋義】◎本義指聚土：墳堆│土堆　◇引
申①堆積在一起的東西：草堆│土堆│雪
堆│反應堆　②堆積：堆存│堆疊│堆放│堆
集│堆砌　③表示成堆的物或人：一堆人│
一堆雜物

隊 (队) duì

河甲陆甲戌金陽篆隊隸(隸辨)

隊楷(顏真卿)

【析形】隊字甲骨文形一右旁像山崖形，
隸作"阜"，義為土山；左旁像人頭朝下之
人形，均為意符，像人從高處墜落。會意
字。形二右旁是倒寫的"子"字，取意與
倒"人"同。金文左旁是意符"阜"，右旁
是豕，聲符，表示讀音，成為形聲字。小
篆沿襲金文。隸變後，阜字在字左側為偏
旁時寫作"阝"。
【簡化】簡化字"队"是用沿用古體的方法，
沿用甲骨文，造了筆畫省簡的"队"字。
【釋義】◎本義指從高處墜落。音zhuì。
此義後寫作"墜"。△音借表示集體的編
制單位：隊伍│部隊│車隊│軍隊│樂隊　◇引
申①行列：隊列│隊形│編隊│排隊　②特指
少年光鋒隊：隊徽│隊旗│入隊　③量詞：
一隊人馬(以上各音借引申義音duì)

對 (对) duì

戌甲對金對篆對隸(張表碑)

對楷(李璧碑)

【析形】"對"字甲骨文右旁像一隻手，左
旁像燭台之形，均為意符，秉燭照應對
方，取意應對。會意字。金文沿襲甲骨
文。小篆燭臺形已訛變，手形訛作"寸"。
隸、楷書沿襲小篆。
【簡化】簡化字"对"是用符號代替的方
法，以筆畫較簡的"又"作為象徵性符
號，替換了左旁筆畫繁複的部件。
【釋義】◎本義指應答，回答：對答│酬
對│應yìng對　◇引申①朝向，向着：對
準│面對│針對　②對付：對策│對待│對症

下藥　③相合，投合，適合：對板│對本│
對勁兒│對口│對路　④比照，檢查，調
整：對光│對號│對數│對證│查對│核對│
校jiào對　⑤正前方，在一邊稱另一邊：
對岸│對角│對面　⑥互相，彼此相對，二
者相向：對白│對比│對唱│對稱chèn│對
等│對歌│對話│對聯│對流│對偶│對照│對
質│配對　⑦競爭的雙方，敵對：對方│對
局│對抗│對壘│對立│對峙│反對│作對

兌 duì

罗甲兑金兑篆兑隸(馬王堆帛書)

兌楷(顏真卿)

【析形】兌字甲骨文下部是人，中間是
口，口上是八，本義為分開，均為意符，
表示人張口笑，取意喜悅。會意字。金
文、小篆沿襲甲骨文。隸書下部"人"形
隸作"儿"。楷書沿襲隸書。今"兑"字上
部的"八"寫作"丷"。
【釋義】◎本義指喜悅，高興。△音借表
示交換：兌付│兌換│兌款│兌現│匯兌│折
兌　◇引申指攙和：兌水│攙兌

噸 (吨) dūn

噸楷(顏真卿)

【析形】噸字《說文》所無。楷書左旁是
口，表示擬音(漢語許多擬音字均以"口"
為意符)；右旁是頓，聲符，表示讀音。
形聲字。
【簡化】簡化字是用同音合併的方法，以
音近、筆畫較簡的"吨"代替筆畫繁複的
"噸"，合併了噸、吨二字的意義。
【釋義】①公制重量單位。一噸等於一千公
斤，二千市斤：公噸│美噸│英噸　②計算
船隻容積的單位：噸位

蹲 dūn

蹲篆蹲楷(顏真卿)

【析形】蹲字小篆左旁是足，意符，表明
字義與腿腳有關；右旁是尊，聲符，表示
讀音。形聲字。楷書沿襲隸書。
【釋義】◎本義指坐　◇引申①虛坐，即
兩腿彎曲，臀部不着地，像坐的樣子：

蹲着|蹲在地上　②停駐，閒居：蹲在家裏　③集中一段時間在某一地點（做調查）：蹲點

敦 dūn

金 金 篆 敦 隸（曹全碑）敦 楷（智永）

【析形】敦字金文形一上部像一食器，下部是羊，表示把羊放入食器中；形二右旁增“攴”（甲骨文像手持物之形）為意符，取置備。小篆沿襲金文形二。隸書把左下的“羊”訛作“子”，右旁的“攴”寫作“攵”。楷書沿襲隸書。

【釋義】◎本義當為置羊於食器中。金文用作銅器名，為盛黍、稻、粱之器。△音借表示篤厚，寬厚：敦厚|敦睦|敦實 ◇引申指誠懇：敦促|敦聘|敦請

墩 dūn

墩 楷（顏真卿）

【析形】墩字《説文》所無。楷書左旁是土，意符，表明字義與土有關；右旁是敦，聲符，表示讀音。形聲字。

【釋義】◎本義指土堆：土墩 ◇引申①用磚石砌成的基腳：門墩|橋墩 ②粗厚的石塊或木頭：墩子|樹墩

盹 dǔn

盹 楷（顏真卿）

【析形】盹字《説文》所無。楷書左旁是目，意符，表明字義與眼睛有關；右旁是屯，聲符，表示讀音。形聲字。

【釋義】閉目小睡：打盹兒|瞇盹兒|醒盹兒

盾 dùn

金 金 盾 篆 盾 楷（顏真卿）

【析形】盾字金文形一左下部的“十”像盾形，意符；上部是豚，聲符，表示讀音。形聲字。形二是形一的省減，盾形已失。小篆根據金文形二轉寫而成。楷書沿襲小篆。

【釋義】◎本義指盾牌：後盾|矛盾 ◇引申指盾形的東西：金盾|銀盾

頓（頓）dùn

篆 頊 隸（華山神廟碑）頓 楷（顏真卿）

草（王之望）

【析形】頓字小篆右旁是頁，本義指頭，意符，表明字的初義與頭有關（見“頁”字）；左旁是屯，聲符，表示讀音。形聲字。隸、楷書沿襲小篆。

【簡化】簡化字“顿”的意符“页”根據草書楷化而成。

【釋義】◎本義指以頭叩地：頓首 ◇引申①泛指以腳或以物踩地：捶胸頓足|搓手頓腳 ②上下抖動使整齊，處理，安置：安頓|整頓 ③停留，稍停：頓號|停頓|抑揚頓挫 ④立刻，即時：頓然|頓悟|茅塞 sè 頓開 ⑤量詞，表示次數：頓一頓|一日三頓 △音借表示窮困，疲乏：困頓|勞頓|疲頓|委頓

鈍（鈍）dùn

篆 鈍 草（孫過庭）鈍 楷（顏真卿）

【析形】鈍字小篆左旁是金，意符，表明字義與金屬有關；右旁是屯，聲符，表示讀音。形聲字。楷書沿襲小篆。

【簡化】楷書簡體“钝”的意符“钅”根據草書楷化而成。簡化字沿用楷書簡體。

【釋義】◎本義指刀劍不鋒利，與“快”、“利”相對：鈍刀|鈍化 ◇引申指不靈活：遲鈍|魯鈍|愚鈍|頑鈍

囤 dùn

篆 囤 楷（顏真卿）

【析形】囤字小篆上部是竹，意符，表明材質；下部是屯，聲符，表示讀音。形聲字。楷書意符為“囗”，表示環圍。

【釋義】指用竹篾、荊條等編成的，或用蓆子圍成的儲存糧食的器具：糧囤|米囤

多 duō

甲 金 篆 多 隸（馬王堆帛書）

多 楷（王羲之）

【析形】多字甲骨文以兩塊肉疊在一起取

多之意。會意字。金文、小篆、隸、楷書均沿襲甲骨文。

【釋義】◎本義指數量大，與"少"相對：多少｜多數｜繁多｜眾多｜多功能｜多媒體 ◇引申①超出原有或應有的數目：多餘｜多了｜一百多 ②過分的，不必要的：多事｜多心｜多疑｜多嘴｜多此一舉 ③相差的程度大：好得多｜快很多｜強多了 ④表示疑問：多大｜多會兒｜多久｜多少 ⑤用在感歎句裏，表示驚歎、讚歎：多好｜多精神｜多幸福

哆 duō

【析形】表示"哆嗦"義的"哆"字《說文》所無。左旁是口，意符，表明字的初義與口有關；右旁是多，聲符，表示讀音。形聲字。

【釋義】〔哆嗦〕發抖。

奪 (夺) duó

金 篆 隸(馬王堆帛書) 奪楷(歐陽詢)

夺楷(顏真卿)

【析形】奪字金文上部外廓是衣，內中是雀，下部像一隻手，均為意符，用手把小鳥放入懷中，據為己有，取意奪取。會意字。小篆把"衣"訛為"大"，"雀"訛為"佳"(短尾鳥之總名)。隸書下部手形訛變。楷書手形作"寸"。

【簡化】楷書簡體"夺"是用保留特徵、局部刪除的方法，保留原字的輪廓特徵，刪除了中間的"佳"。

【釋義】◎本義指強取：奪取｜篡奪｜掠奪｜搶奪｜爭奪｜巧取豪奪 ◇引申①使失去：剝奪 ②爭先取得：奪標｜奪魁 ③勝過：巧奪天工 ④作決定：裁奪｜定奪 ⑤衝脫：奪眶而出｜奪門而入

度 duó

【析形】見"度dù"。

【釋義】◎本義指計量長短的標準。音dù。◇引申指估量，推測。音duó：度量｜猜度｜揣度｜忖度｜推度｜審時度勢

踱 duó

踱楷(顏真卿)

【析形】踱字《說文》所無。楷書左旁是足，意符，表明字義與腿腳有關；右旁是度，聲符，表示讀音。形聲字。

【釋義】慢慢地走：踱方步｜踱來踱去

朵 〔朶〕duǒ

篆 朵楷(顏真卿)

【析形】朵字小篆下部是木，代表樹木，上部像花苞。象形字。楷書根據小篆轉寫而成。

【釋義】◎本義指植物的花和苞：花朵 ◇引申作量詞，用於花朵或類似花朵的事物：一朵花｜一朵雲

躲 duǒ

躲楷(顏真卿)

【析形】躲字《說文》所無。楷書左旁是身，意符，表明字的初義與身體有關；右旁是朵，聲符，表示讀音。形聲字。

【釋義】◎本義指隱藏身體。◇引申泛指隱藏，避開：躲藏｜躲避｜躲閃｜躲債

垛 〔垜〕duǒ

篆 垛楷(顏真卿)

【析形】垛字小篆左旁是土，意符，表示土築；右旁是朵，聲符，表示讀音。形聲字。楷書沿襲小篆。

【釋義】◎本義指古代門堂兩側的房間。◇引申指牆的兩側或上頭伸出的部分：垛口｜垛子｜城垛｜門垛

惰 duò

篆 惰楷(顏真卿)

【析形】惰字小篆左旁是心，意符，表明字義與心性有關；右旁是"墮"字的省減，聲符，表示讀音。形聲字。隸變後，心字在字左側為偏旁時寫作"忄"。

【釋義】◎本義指懶散，不勤快，與"勤"相對：怠惰｜懶惰 ◇引申指不易改變的性

質：惰性

駄（駄）duò

【析形】見"駄tuó"。

【釋義】◎本義指馬（或其他牲口）負載。音tuó。◇引申指駄子，牲口負載的貨物。音duò。

垛〔垜〕duò

【析形】見"垛duǒ"。

【釋義】◎本義指古代門堂兩側的房間，音duǒ。◇引申①堆積成的堆：草垛｜柴垛｜麥垛 ②量詞：一垛草（以上引申義音duò）

舵〔柁〕duò

舵楷（顏真卿）

【析形】舵字《說文》所無。楷書左旁是舟，意符，表明字義與船有關；右旁是它，聲符，表示讀音（舵、它二字古音同韻部）。異體字以"木"為意符，表明材質。

【釋義】◎本義指船尾用來控制航向的裝置。◇引申泛指船、飛機等控制方向的裝置：舵輪｜舵手｜把舵｜掌舵｜看風使舵｜隨風轉舵

墮（墮）duò

墮篆　墮隸（隸辨）　墮楷（顏真卿）

【析形】表示墜落之義本作"隊"。（見"隊"字）。墮字小篆左旁是土，意符，代表墮落之地；右旁是隋，聲符，表示讀音。形聲字。隸書"土"旁在下，聲符省減了右上"左"字的部分筆畫。楷書聲符無省減。

【簡化】簡化字沿襲隸書，用保留特徵、局部刪除的方法，保留原字的輪廓特徵，刪除了右上部"左"字的部分筆畫。

【釋義】往下落：墮落｜墮馬｜墮入

跥〔跺〕duò

跥楷（顏真卿）

【析形】跥字《說文》所無。楷書左旁是足，意符，表明字義與腿腳有關；右旁是朵，聲符，表示讀音。形聲字。

【釋義】頓足，腳用力踏地：跥腳

E

阿 ē

阿金　阿篆　阿隸（居延簡）　阿楷（智永）

【析形】阿字金文左旁像山崖形，隸作"阜"，意符，表明字義與山有關；右旁是可，聲符，表示讀音（阿、可二字古音同韻部）。形聲字。小篆沿襲金文。隸變後，阜字在字左側為偏旁時寫作"阝"。

【釋義】◎本義指大的丘陵。△音借①表示迎合，偏袒：阿附｜阿諛逢迎 ②地名用字。東阿，縣名，在山東。

鵝（鵝）〔鵞〕é

鵝篆　鵝楷（顏真卿）

【析形】鵝字小篆左旁是鳥，意符，表明字義與禽鳥類有關；右旁是"我"，聲符，表示讀音（鵝、我二字古音聲母相同，韻母同部）。形聲字。楷書聲符在左，意符在右。

【簡化】簡化字"鵝"意符的簡化見"鳥"字。

【釋義】家禽，像鴨，但額部有肉質突起：鵝毛｜鵝黃｜鵝絨｜鵝掌

蛾 é

蛾篆　蛾隸（隸辨）　蛾楷（顏真卿）

【析形】蛾字小篆左旁是虫，意符，表明字義與昆蟲有關；右旁是"我"，聲符，表示讀音（蛾、我二字古音聲母相同，韻

母同部）。形聲字。隸、楷書沿襲小篆。

【釋義】指大致像蝴蝶的昆蟲，多在夜間活動，常飛向燈光，其中很多種是農業害蟲：蛾子|蠶蛾|麥蛾|螟蛾|天蛾

額（额）〔頟〕é

篆 楷（顏真卿） 草（孫過庭）

【析形】額字小篆右旁是頁，本義指頭（見“頁”字），意符，表明字義與頭部有關；左旁是各，聲符，表示讀音。形聲字。楷書聲符為“客”。

【簡化】簡化字“额”的意符“页”根據草書楷化而成。

【釋義】◎本義指頭前面、髮際下、眉上部分：額骨|額頭|前額|焦頭爛額 ◇引申指在門上的牌匾：碑額|匾額|橫額 △音借表示規定的數目：額數|額外|差額|定額|金額|巨額|面額|名額|票額|限額|餘額

E

訛（讹）〔譌〕é

金 篆 隸（馬王堆帛書）

楷（褚遂良） 草（趙孟頫）

【析形】訛字金文左旁是言，意符，取意言論錯誤；右旁是化，聲符，表示讀音（訛、化二字古音同韻部）。形聲字。小篆聲旁是“為”，表示讀音（古音“為”字也與“訛”字同韻部）。隸書沿襲小篆。楷書聲符仍為“化”。

【簡化】簡化字“讹”的意符“讠”根據草書楷化而成。

【釋義】◎本義指錯誤：訛傳|訛談|訛誤|訛字|以訛傳訛 ◇引申指敲詐：訛詐

俄 é

篆 楷（顏真卿）

【析形】俄字小篆左旁是人，意符，表明字的初義與人有關；右旁是“我”，聲符，表示讀音（俄、我二字古音聲母相同，韻母同部）。形聲字。隸變後，人字在字左側為偏旁時寫作“亻”。

【釋義】◎本義指頭偏側不正，又泛指傾側。△音借作音譯詞的構詞語素，指俄羅斯：俄國|俄文|俄語|沙俄

惡（恶）〔噁〕ě

【析形】見“惡è”。

【釋義】◎本義指罪過，壞行為，音è。◇引申指厭惡（wù）的感覺，也指要嘔吐的感覺，音ě，現多寫作“噁”：噁心

惡（恶）è

篆 隸（校官碑） 草（王羲之）

楷（顏真卿）

【析形】惡字小篆下部是心，意符，表明字義與心性有關；上部是亞，聲符，表示讀音（惡、亞二字古音同韻部）。形聲字。隸書沿襲小篆。

【簡化】楷書簡體“恶”根據草書楷化而成。簡化字沿用楷書簡體。

【釋義】◎本義指罪過，壞行為，與“善”相對：惡行|首惡|罪惡|作惡 ◇引申①惡劣，壞：惡臭|惡感|惡果|惡化|惡疾|惡習|惡性|惡意|惡兆|醜惡|窮山惡水 ②兇狠，兇猛：惡霸|惡毒|惡魔|惡戰|險惡|邪惡|兇惡

餓（饿）è

篆 楷（顏真卿）

【析形】餓字小篆左旁是食，意符，表明字義與食物有關；右旁是“我”，聲符，表示讀音（餓、我二字古音聲母相同，韻母同部）。形聲字。

【簡化】楷書簡體“饿”的意符“饣”根據草書楷化而成。簡化字沿用楷書簡體。

【釋義】飢餓，嚴重的“餓”（見“飢”字），與“飽”相對：餓飯|餓殍|挨餓|餓肚子

扼〔搤〕è

篆 篆 楷（顏真卿）

【析形】扼字小篆形一左旁是手，意符，表明字義與手的動作有關；右旁是鬲，聲符，表示讀音。形聲字。小篆形二聲符為戹，楷書作“厄”。隸變後，手字在字左側為偏旁時寫作“扌”。異體字以“益”為

聲符，表示讀音。

【釋義】◎本義指把握，握住。◇引申①用手掐住，抓住：扼殺|扼腕|扼要|扼住 ②把守，控制：扼守|扼制

遏 è

遏篆 過楷（顏真卿）

【析形】遏字小篆左旁是辵，意符，表明字義與行止有關；右旁是曷，聲符，表示讀音。形聲字。隸變後，辵字為偏旁時寫作“辶”。

【釋義】阻止，抑制：遏抑|遏止|遏制|阻遏|怒不可遏

愕 è

愕楷（顏真卿）

【析形】愕字《說文》所無。楷書左旁是“忄”(心)，意符，表明字義與心理活動有關；右旁是咢，聲符，表示讀音。

【釋義】驚訝，發愣：愕然|驚愕

噩 è

噩金 噩楷（顏真卿）

【析形】噩字金文是“喪”字的分化體（見“喪”字）。《說文》無“噩”字。楷書中間訛作“王”。

【釋義】驚恐，驚愕，嚇人的：噩耗|噩夢

鱷（鰐）〔鱷〕è

鰐楷（顏真卿）

【析形】鱷字《說文》所無。楷書左旁是魚，意符（鱷魚像魚一樣棲息於河流池沼，故以魚為意符）；右旁是咢，聲符，表示讀音。形聲字。異體字聲符為“噩”。

【簡化】簡化字“鰐”意符的簡化見“魚”字。

【釋義】鱷魚，爬行動物，性兇猛。多產於熱帶、亞熱帶。揚子鱷是中國的特產。

恩 ēn

恩篆 恩隸（樊敏碑）恩楷（顏真卿）

【析形】恩字小篆下部是心，意符，表明字義與心理感覺有關；上部是因，聲符，表示讀音（恩、因二字古音聲母相同，韻母同部）。形聲字。隸、楷書沿襲小篆。

【釋義】給予或受到好處，也指深厚情誼，與“仇”相對：恩愛|恩寵|恩賜|恩德|恩典|恩情|恩人|恩澤|感恩

兒（儿）ér

兒甲 兒金 兒篆 兒楷（褚遂良）儿楷（顏真卿）

【析形】兒字甲骨文像側立人形，突出大腦門兒，且腦囟骨尚未閉合，表示嬰孩兒。象形字。金文、小篆沿襲甲骨文。楷書筆畫化略失原形。

【簡化】楷書簡體“儿”是用保留特徵、局部代全體的方法，保留下部代表“人”的“儿”代替全字，刪除了其餘部件。

【釋義】◎本義指小孩子：兒科|兒童|孤兒|胎兒|小兒|嬰兒 ◇引申①兒子：兒女|兒孫|小兒 ②多指青年男子：兒女|健兒|男兒 ③雄性的：兒馬 ④詞尾，含“小”義：棍兒|盆兒|小孩兒|小妞兒|小曲兒 ⑤一些詞（主要是名詞）的後綴，構成兒化韻：蓋兒|今兒|攤兒|信兒|白麵兒

而 ér

而甲 而金 而篆 而隸（張表碑）而楷（龍藏寺碑）

【析形】而字甲骨文像下巴頦垂鬚之形。象形字。金文形體略變。小篆沿襲金文。隸書線條化，形體略變。楷書沿襲隸書。

【釋義】◎本義指面頰煩毛。△音借作連詞，連接詞、短語或句子。①表示並列關係：學而不厭|物美而價廉 ②表示轉折關係：大而無當|華而不實|視而不見|不勞而獲 ③表示承接或遞進關係：公而忘私|輕而易舉|取而代之 ④把表示目的、時間、方式、情狀等的詞語連接到動詞上：不辭而別|不謀而合|不約而同|乘虛而入|侃侃而談|三思而行|順流而下|脫口而出|一哄而散 ⑤有“到”的意思：由上而下|由南而北|一而再，再而三 作詞尾：忽而|然而 作第二人稱代詞，表示“你”，“你的”：而翁（你的父親）

耳 ěr

甲 金 篆 耳 隸(馬王堆帛書)
耳 楷(張猛龍碑)

【析形】耳字甲骨文、金文均像耳廓形。象形字。小篆形體略變。隸書沿襲小篆。楷書根據隸書楷正而成。

【釋義】◎本義指聽覺和平衡器官：耳朵|耳廓|耳機|耳聾|耳膜|耳塞|耳語 ◇引申①形狀像耳朵的：蒼耳|木耳|銀耳 ②位置在兩旁的：耳房|耳門|帽耳 △音借作句末語氣詞，表示"罷了"、"而已"：想當然耳|此言戲之耳

爾 (尔) ěr

甲 禾金 爾金 介三體石經 爾篆
爾 隸(郭有道碑) 爾 楷(顏真卿)

【析形】爾字甲骨文像植物枝葉繁茂之狀。象形字。金文形一沿襲甲骨文，形二形體略變。三體石經作了省簡。小篆沿襲金文形二。隸書筆畫化。楷書沿襲隸書。

【簡化】簡化字"尔"根據三體石經楷化而成。

【釋義】◎本義指植物繁茂的樣子，又作"薾"。△音借作代詞。表示①第二人稱，相當於"你"：爾曹|爾虞我詐|出爾反爾 ②表示如此，這樣：乃爾|不過爾爾 ③作助詞。用在形容詞後，相當於"地"、"然"：偶爾|率爾|莞爾|卓爾不群

餌 (饵) ěr

餌篆 饵草(懷素) 餌楷(顏真卿)

【析形】餌字小篆左旁是食，意符，表明字義與食物有關；右旁是耳，聲符，表示讀音。形聲字。

【簡化】楷書簡體"饵"的意符"饣"根據草書楷化而成。

【釋義】◎本義指糕餅：餅餌|果餌 也指釣魚用的魚食兒及其它引誘動物、誘殺害蟲的東西：釣餌|毒餌|誘餌|魚餌 ◇引申指引誘：餌以重利

二 èr

甲 二金 二篆 隸(華山神廟碑)
二 楷(高貞碑)

【析形】甲骨文、金文數目字一、二、三、四都是橫畫，像古代算籌形。一畫代表一，二畫代表二，依此類推。象形字。小篆、隸、楷書均沿襲甲、金文。

【釋義】◎本義指數目字，一加一所得：一二三|二胡|二重唱|二重奏|二氧化碳|獨一無二 ◇引申①第二，次的：二伏|二副|二妹|二門|二拇指 ②兩樣：二話|二元論|三心二意|誓死不二|說一不二

貳 (贰) èr

貳金 貳篆 貳楷(虞世南)

【析形】貳字金文左下是鼎，代表器物，上部與右下合為"弍"，意符兼聲符，以二鼎取意比並，"弍"也表示讀音。會意兼聲字。古文鼎、貝二字形近，小篆把"鼎"訛作"貝"。楷書沿襲小篆。

【簡化】簡化字"贰"意符的簡化見"貝"字。

【釋義】◎本義指比並：世莫與貳 ◇引申①副，居次要地位的：誰為之貳？ ②背叛，離心：貳臣|貳心 ③作"二"字的大寫。

E

F

發 (发) fā

金 篆 隸(校官碑) 楷(褚遂良)

【析形】發字金文左旁是弓，右上部是二"止"（甲骨文像足印形。"趾"字初文），表明字義與行為動作有關；右下部像一隻手，均為意符，表示拉弓射箭。會意字。小篆右下部作"殳"（甲骨文像手有所持之形），取意執持。隸書把右上部二"止"隸作"癶"。楷書沿襲隸書。

【簡化】簡化字是用同音合併的方法，以音近、筆畫較簡的"发"（"髮"字的簡化字）代替筆畫繁複的"發"，合併了發、髮二字的意義。

> "發"字為偏旁的字類推簡化。例如：撥、廢、潑等。

【釋義】◎本義指發射：發炮｜點發｜百發百中　◇引申①送出，交付，與"收"相對：發包｜發報｜發出｜發送｜印發 ②起程：出發｜整裝待發 ③放散，散開：發散｜揮發｜蒸發 ④開始，引起行動：發動｜發奮｜發明｜發難 nàn｜發起｜發作 ⑤打開，揭露：發掘｜發蒙 méng｜告發｜揭發｜誘發 ⑥產生，發生：發病｜發電｜發聲｜發祥｜發芽｜發炎｜發作｜爆發｜併發｜復發｜萌發 ⑦流露（感情）：發愁｜發狠｜發愣｜發怒｜發威 ⑧顯現：發白｜發潮｜發胖 ⑨擴大，開展：發揚｜發育｜發展｜生發 ⑩興旺：發財｜發跡｜發家 ⑪表達：發表｜發佈｜發話｜發言｜闡發｜抒發 ⑫食物因發酵或水浸而膨脹：發粉｜發糕｜發麵

乏 fá

金 甲 篆 乏楷(顏真卿)

【析形】乏字金文是把"正"字的第一筆寫歪了，小篆則把"正"字寫反了，均取不正之意。楷書形體略變。

【釋義】◎本義指不正。◇引申①缺少：乏味｜不乏｜匱乏｜空乏｜貧乏｜缺乏 ②疲倦（缺乏體力）：解乏｜倦乏｜困乏｜累乏｜疲乏

伐 fá

甲 金 篆 伐隸(張表碑) 伐楷(蘇孝慈墓誌)

【析形】伐字甲骨文左旁是人，右旁是戈，像兵戈架在人的脖子上，均為意符，取意砍殺。會意字。金文、小篆沿襲甲骨文。隸變後，人字在字左側為偏旁時寫作"亻"。楷書沿襲隸書。

【釋義】◎本義指砍殺。◇引申①攻打，征討：北伐｜討伐｜征伐 ②砍：伐木｜伐區｜採伐｜砍伐

罰 (罚)〔罸〕fá

金 篆 隸(居延簡) 隸(隸辨) 草(王羲之)

【析形】金文罰字左旁上部是"網"字初文，取意法網；左下部是言，取意判罪；右旁是刀，取意施刑，均為意符，表示對有罪之人施以刑罰。會意字。小篆沿襲金文。隸書形一沿襲小篆；形二把"刀"訛作"寸"，成為異體字。隸變後，網字在字上部為偏旁時寫作"罒"；刀字在字右側為偏旁時寫作"刂"。

【簡化】簡化字"罚"的意符"讠"根據草書楷化而成。

【釋義】指處分，懲辦犯錯誤的人或罪人：罰金｜罰款｜罰球｜懲罰｜處 chǔ 罰｜受罰｜體罰｜刑罰｜責罰

閥 (阀) fá

篆 閥楷(顏真卿)

【析形】閥字小篆外廓是門，意符，表明字的初義與門戶有關；內中是伐，聲符，表示讀音。形聲字。

【簡化】楷書簡體"阀"意符的簡化見"門"字。簡化字沿用楷書簡體。

【釋義】◎本義指仕宦人家門前旌表功績的柱子，稱"閥閱"，代表有功勳的世家門第。◇引申①在某方面有特大權勢的人物、家族或集團：財閥│黨閥│軍閥│門閥│學閥 ②管道或機器中的一種裝置，起調節流體流量、壓力和流動方向的作用：閥門│氣閥│水閥│油閥

筏 fá

筏 楷(顏真卿)

【析形】筏字《說文》所無。楷書上部是"⺮"(竹)，意符，表明材質；下部是伐，聲符，表示讀音。形聲字。

【釋義】指用竹或木製成的渡水工具。現也指用橡膠、皮革等製成的水上交通工具：筏子│木筏│排筏│皮筏│竹筏

法〔灋〕fǎ

灋 金 灋 篆 㳒 篆 法 隸(泰山金剛經)

法 楷(魏靈藏造像)

【析形】法字金文左旁上部是"去"，取意除惡；下部是"水"，以水平取意準則、法度；右旁是廌，"解廌"的簡稱，傳說中一種形似牛的神獸，頭上有一隻角，決案時，令其角觸嫌疑人，以助識別罪犯，判斷疑難案件。均為意符，取意執法除惡。會意字。小篆形一"去"在下，"水"在上；形二省減"廌"，並寫作左右結構。隸書沿襲小篆形二。楷書沿襲隸書。

【釋義】◎本義指刑法，法則，法律，法令等：法辦│法典│法官│法規│法權│法人│法院│法治│法制│立法│司法│憲法│刑法│執法 ◇引申①標準，可供仿效的：法度│法式│法帖 tiè ②佛教的道理：法力│法門│法師│佛法 ③方式，方法：法術│辦法│筆法│技法│教法│曆法│語法│章法

髮(发) fà

髟 金 髟 篆 髮 楷(顏真卿)

【析形】髮字金文右旁是首，意符，表明字義與頭有關；左旁是犮，聲符，表示讀音。形聲字。小篆左旁與右上部合為髟，義為長毛、長髮，意符，表明字義與毛髮有關；右下是聲符犮。隸書沿襲小篆。楷書寫作上下結構。

【簡化】簡化字"发"是用保留特徵、局部刪除的方法，保留原字下部輪廓特徵"发"，刪除了其餘部件。

【釋義】指頭髮：髮型│鬢髮│理髮│蓄髮│削髮│千鈞一髮

帆 fān

颿 篆 帆 楷(顏真卿)

【析形】帆字小篆用"颿"字表示。左旁是馬，意符，表明字的初義與馬有關；右旁是風，意符兼聲符，取義疾行如風，亦表示讀音。會意兼聲字。楷書左旁是巾，意符，表明材質；右旁是凡，聲符，表示讀音。形聲字。

【釋義】◎本義指馬疾行。以馬疾行取意使船快速前行。◇引申掛在桅杆上利用風力使船前進的布篷：帆船│船帆│風帆│揚帆│一帆風順

番 fān

釆 金 番 金 番 篆 畨 隸(白石君碑)

番 楷(顏真卿)

【析形】金文形一像獸蹄掌印形，隸作"釆"，為"番"字初文；形二下部增"田"表意，表示田野上的野獸足跡，釆也表示讀音(番、釆二字古音聲母相同，韻母同部)。形聲字。小篆、隸、楷書沿襲金文形二。

【釋義】◎本義指獸足，此義後作"蹯"。△音借表示①外國或外族：番邦│番菜│番茄 ②倍：翻兩番 ◇引申作量詞，表示"次"，"回"：三番五次│一番好意

翻 fān

翻 篆 畨羽 隸(隸辨) 翻 楷(顏真卿)

字義與羽翼有關；左旁是番，聲符，表示
讀音。形聲字。隸、楷書沿襲小篆。
【釋義】◎本義指飛。◇引申①越過，爬
過：翻山｜翻越 ②上下或內外移位，歪
倒，反轉：翻車｜翻動｜翻滾｜翻身 ③否定
原有的：翻案｜翻工｜翻悔｜推翻 ④翻動查
看文件或書籍：翻檢｜翻閱 ⑤翻譯

凡 fán

凡（甲）廿（金）凧（篆）凡 隸（史晨碑）
凡 楷（顏真卿）

【析形】凡字甲骨文像深腹高足的盤子之
形。象形字。為"盤"字初文。金文沿襲
甲骨文。小篆形體訛變。隸書根據小篆轉
寫而成。楷書沿襲隸書。
【釋義】◎本義指高足盤子。△音借表示①
宗教指人世間：凡塵｜凡心｜思凡｜下凡 ②
概略：凡例｜大凡｜發凡 ③凡是：凡事｜
但凡｜舉凡 ④平凡：凡人｜凡庸｜不凡｜非
凡 ⑤工尺譜記音符號，相當於簡譜的"4"。

煩（烦）fán

煩（篆）煩 隸（馬王堆帛書）煩 楷（王羲之）
煩 草（米芾）

【析形】煩字小篆左旁是火，取熱之意；
右旁是頁，本義指頭（見"頁"字），均為
意符，表示熱頭痛。會意字。隸、楷書沿
襲小篆。
【簡化】簡化字"烦"的意符"页"根據草書
楷化而成。
【釋義】◎本義指熱頭痛。◇引申①煩
惱，煩悶：煩躁｜煩擾｜心煩｜憂煩 ②厭
煩：煩擾｜耐煩｜膩煩 ③又多又亂（令人
煩）：煩難｜煩冗｜煩瑣｜煩雜｜麻煩 ④敬
辭，表示請，託（麻煩別人）：煩勞｜勞煩

繁〔緐〕fán

繁（金）緐（篆）繁（漢印）繁 隸（李隆基）
繁 楷（顏真卿）

【析形】繁字金文左旁像婦女頭戴飾物之
形，隸作"每"；右旁是糸，均為意符，

取意紛繁。會意字。小篆沿襲金文。漢印
右上部增意符"攴"（像手持棒形），取意
使雜亂。隸書"攴"旁寫作"攵"。楷書沿
襲隸書。
【釋義】◎本義當為婦女頭上飾物繁
多。◇引申①垂在馬髦的絲條裝飾。也指
馬腹帶：繁纓 ②多，盛，與"少"相對：
繁麗｜繁茂｜繁密｜繁榮｜繁盛｜繁體｜繁星｜
浩繁｜頻繁｜繁榮昌盛 ③複雜：繁複｜繁
蕪｜繁雜｜紛繁｜刪繁就簡

礬（矾）fán

礬 楷（顏真卿）

【析形】礬字《說文》所無。繁體作"礬"。
楷書下部是石，意符，表明字義與石有
關；上部是樊，聲符，表示讀音。形聲字。
【簡化】簡化字"矾"是用更換聲符的方
法，以筆畫較簡的"凡"為聲符，替換了
筆畫繁複的"樊"，並寫作左右結構。
【釋義】化學名詞，俗稱礬石，有白、
青、黃、黑、絳五種，為某些金屬硫酸鹽
的含水結晶：礬石｜礬土｜白礬｜明礬

樊 fán

樊（篆）樊（篆）樊 楷（顏真卿）

【析形】樊字小篆形一兩旁是木，中間像
籬笆交錯之形。會意字。形二下部像有兩
隻手，表示用手編築籬笆。隸變把兩手形
隸作"大"。
【釋義】◎本義指籬笆：樊籬 ◇引申指關
鳥獸的籠子：樊籠

反 fǎn

反（甲）反（金）反（篆）反 隸（史晨碑）
反 楷（顏真卿）

【析形】反字甲骨文右下像一隻手，左上
是"厂"，像山崖形，以手推轉山石取意
翻轉。會意字。金文、小篆沿襲甲骨文。
隸書根據篆書轉寫而成。楷書沿襲隸書。
【釋義】◎本義指翻轉。◇引申①顛倒，
轉換，反過來：反常｜反超｜反訴｜反季節｜
出爾反爾｜物極必反｜易如反掌｜輾轉反
側 ②回，還：反駁｜反芻｜反戈｜反攻｜反

顧|反悔|反彈 tán|反省 xǐng ③背叛:反
叛|策反|謀反|造反 ④反對,反抗:反
感|反目 ⑤方向相背的,與"正"相對:
反襯|反串|反光|反面|反射|反證

返 fǎn

遖金 尘金 頶篆 返楷(顏真卿)

【析形】返字金文形一左旁像道路形,隸
作"彳",意符,表明字義與行止有關;
右旁是反,意符兼聲符,本指翻轉,取意
返回,兼表讀音。會意兼聲字。金文形二
左下增"止"(甲骨文像足印形。"趾"字初
文)為意符,表明字義與行走有關。小篆
把"彳"、"止"兩個部件合篆作"辵"。隸
變後,辵字為偏旁時寫作"辶"。
【釋義】還,回歸:返潮|返航|返回|返聘|
返照|遣返|積重難返|流連忘返

犯 fàn

犯篆 犯隸(馬王堆帛書) 犯楷(顏真卿)

【析形】犯字小篆左旁是犬,意符,表明
字義與犬有關;右旁是"巳",聲符,表
示讀音。形聲字。隸變後,犬字在字左側
為偏旁時寫作"犭"。
【釋義】◎本義指狗咬人,侵害人。◇引
申①泛指侵犯,衝擊:觸犯|竄犯|進犯|
入犯 ②抵觸,違犯:犯法|犯規|犯罪|觸
犯|冒犯 ③犯罪的人:犯人|囚犯|罪犯|
主犯 ④發作,發生(多指錯誤的或不好
的行為,事情):犯案|犯病|犯愁|犯困|
犯難|重 chóng 犯|犯錯誤|犯脾氣

飯 (饭) fàn

䭈金 飯篆 飯隸(馬王堆帛書) 饭草(智永)
飯楷(智永)

【析形】飯字金文左旁是食,意符,表明字
義與食物有關;右旁是反,聲符,表示讀
音。形聲字。小篆、隸、楷書沿襲金文。
【簡化】簡化字"饭"的意符"饣"根據草書
楷化而成。
【釋義】◎本義指吃飯。◇引申①泛指熟
的穀類食品。②人們每天定時吃的食物:
飯菜|飯館|飯量|飯錢|開飯|早飯

泛 〔汎、氾〕fàn

泛篆 泛楷(顏真卿)

【析形】泛字小篆左旁是水,意符,表明
字義與水有關;右旁是乏,聲符,表示讀
音。形聲字。隸變後,水字在字左側為偏
旁時寫作"氵"。異體字以"凡"或"巳"作
聲符。
【釋義】◎本義指漂浮:泛舟|浮泛 ◇引
申①露出,透出:泛紅 ②浮淺:泛泛|空
泛 ③廣泛,一般地:泛稱|泛指 ④水向
四處漫溢。此義又作"氾":氾濫|黃氾區
(黃河氾濫過的地方。)

范 fàn

范篆

【析形】范字小篆上部是"艸",意符,表
明字義與植物有關;下部是氾,聲符,表
示讀音。形聲字。隸變後,水字在字左側
為偏旁時寫作"氵"。
【釋義】本義為草名。後作姓氏用字。

笵 (范) fàn

笵篆

【析形】笵字小篆上部是竹,意符,表明
材質;下部是氾,聲符,表示讀音。形聲
字。隸變後,水字在字左側為偏旁時寫作
"氵"。
【釋義】本義指竹製的模子,模型。簡化
字寫作"范"。此義後用"範"字表示。見
"範"字。

範 (范) fàn

範篆 範楷(虞世南)

【析形】範字小篆左下是車,意符,取意
出行;其餘部件是"笵"字的省減,聲
符,表示讀音。形聲字。楷書沿襲隸書。
【簡化】簡化字是用同音合併的方法,以
音同、筆畫較簡的"范"代替筆畫繁複的
"範",合併了范、範二字的意義。
【釋義】◎本義指古時出行前祭路神的儀
節。因聲用為模型、模範的"笵":錢範|
鐵範 ◇引申①好的榜樣:範本|範例|典

範|規範|模範|師範|示範 ②範圍：範疇|
就範 ③限制：範性|防範

販 (贩) fàn

販篆 販隸(隸辨) 贩行(趙孟頫)

【析形】販字小篆左旁是貝，意符，表明
字義與財物有關（見"貝"字）；右旁是
反，聲符，表示讀音。形聲字。隸書沿襲
小篆。

【簡化】簡化字"贩"的意符"贝"根據草書
楷化而成。

【釋義】◎本義指賤買而貴賣，也泛指商
人買賣貨物：販賣|販運 ◇引申指買賣貨
物的商人：行háng販|商販|攤販|小販

方 fāng

屮甲 才金 方篆 方 隸(華山神廟碑)
方楷(張猛龍碑)

【析形】方字甲骨文像耒一類的農具形。
象形字。金文、小篆沿襲甲骨文。隸書筆
畫化，略失初形。楷書沿襲隸書。

【釋義】◎本義當指一種農具。△音借表
示①方形，即四個角都是90度的四邊形
或六個面都是方形的六面體：方格|方塊|
方正|四方 ②數學上自乘的積：乘方|立
方|平方 ③正直：方端|方剛 ④方向：
方位|方針|東方|四方 ⑤平方或立方的
簡稱：方程|方丈|石方|土方 ⑥一個地方
的：方言|方音|方誌 ⑦方面：貸方|對
方|官方|後方|甲方|男方|資方 ⑧藥方：
成方|處chǔ方|複方|開方|秘方|配方|偏
方|驗方 ⑨法子，方法：方案|方略|方
式|方術 ⑩剛：方才|如夢方醒

坊 fāng

坊篆 坊楷(顏真卿)

【析形】坊字小篆左旁是土，意符，表明
字義與地域有關；右旁是方，聲符，表示
讀音。形聲字。楷書沿襲小篆。

【釋義】◎本義指城市中街市里巷的通稱
或指店舖：坊間|茶坊|街坊|書坊 ◇引申
指舊時為表彰功德等而立的建築物：牌坊

芳 fāng

芳篆 芳隸(郭有道碑) 芳楷(王獻之)

【析形】芳字小篆上部是"艸"，意符，表
明字義與植物有關；下部是方，聲符，表
示讀音。形聲字。隸、楷書沿襲小篆。

【釋義】◎本義指花草的香氣：芳菲|芳
香 ◇引申①泛指芳香的事物：芳草|
芳菲|芬芳 ②美好：芳名|芳齡|流芳百
世 ③花卉：群芳|眾芳

防 fáng

防篆 防楷(顏真卿)

【析形】防字小篆左旁是阜，義為土山，
意符，取高之意；右旁是方，聲符，表示
讀音。形聲字。隸變後，阜字在字左側為
偏旁時寫作"阝"。

【釋義】◎本義指高於水位的堤壩：堤
防 ◇引申①泛指防守的設施或工作：防
區|防衛|防務|防線|防禦|邊防|國防|海
防|換防 ②防備：防潮|防彈|防盜|防範|
防洪|防止|防治|消防|預防|嚴防

坊 fáng

【析形】見"坊fāng"。

【釋義】◎本義指城市中街市里巷的通稱。
音fāng。◇引申指小手工業者的工作場
所。音fáng：坊主|磨mò坊|碾坊|染坊|
作zuō坊

妨 fáng

妨篆 妨楷(顏真卿)

【析形】妨字小篆左旁是女，意符，在古
人眼中，禍害之事都與女性有關；右旁是
方，聲符，表示讀音。形聲字。楷書沿襲
小篆。

【釋義】傷害，損害，阻礙：妨礙|妨害|
不妨|何妨|無妨

房 fáng

房篆 房隸(馬王堆帛書) 房楷(智永)

【析形】房字小篆上部是戶，本指門，意
符，代表房屋；下部是方，聲符，表示讀

音。形聲字。隸、楷書沿襲小篆。

【釋義】◎本義指古代正室兩旁的房間。古代堂的內中為正室，左右為房。◇引申①泛指住室，房屋：房間｜房租｜倉房｜廠房｜閨房｜客房｜牢房｜藥房｜營房 ②家族的一支：偏房｜三房｜堂房｜遠房

肪 fáng

肪篆 **肪**楷(顏真卿)

【析形】肪字小篆左旁是肉，意符，表明字義與肉體有關；右旁是方，聲符，表示讀音。形聲字。古文肉、月二字形近，隸變後，兩個字作偏旁時多同化寫作"月"。

【釋義】指脂肪。也特指動物腰部肥厚的油：脂肪酸

仿 fǎng

仿篆 **仿**隸(肥致碑) **仿**楷(顏真卿)

【析形】仿字小篆左旁是人，意符，表明字義與人的活動有關；右旁是方，聲符，表示讀音。形聲字。隸變後，人字在字左側為偏旁時寫作"亻"。

【釋義】◎本義指相似，像：仿佛｜相仿 ◇引申指模擬，照着樣做：仿古｜仿效｜仿造｜仿照｜仿製｜模仿｜摹仿｜仿生學

訪 (访) fǎng

訪篆 **訪**楷(虞世南) **访**楷(顏真卿)

【析形】訪字小篆左旁是言，意符，表明字義與言語有關；右旁是方，聲符，表示讀音。形聲字。楷書沿襲小篆。

【簡化】楷書簡體"访"的意符"讠"根據草書楷化而成。

【釋義】◎本義指詢問。◇引申①尋求，調查：訪查｜察訪｜上訪｜私訪｜探訪｜尋訪 ②探問，看望：訪問｜訪友｜出訪｜家訪｜走訪

紡 (纺) fǎng

紡篆 **紡**楷(智永) **纺**行(王羲之)
纺楷(顏真卿)

【析形】紡字小篆左旁是糸，意符，表明

字義與絲麻等有關；右旁是方，聲符，表示讀音。形聲字。楷書沿襲小篆。

【簡化】楷書簡體"纺"的意符"纟"根據草書楷化而成。

【釋義】◎本義指把絲、棉、麻、毛等製成紗或線條：紡車｜紡紗｜紡絲｜紡織 ◇引申指紡織品：紡綢｜混紡｜棉紡

放 fàng

放金 放篆 **放**隸(居延簡)
放楷(敬使君碑)

【析形】放字金文右旁像手持棍棒形，意符，取意驅逐；左旁是方，聲符，表示讀音。形聲字。小篆、隸書沿襲金文。楷書意符作"攵"。

【釋義】◎本義指驅逐，流放：放逐 ◇引申①使處於一定的位置：放養｜安放｜陳放｜堆放｜寄放 ②發出：放射｜放送｜施放｜釋放 ③把牛羊等趕到草地等處，讓牠吃草和活動：放牧｜放牛｜放青 ④解除約束使獲得自由：放生｜放行｜解放｜釋放 ⑤不拘束，任意：放步｜放達｜放蕩｜放懷｜放任｜放肆｜放鬆｜放縱 ⑥在一定時間內停止(學習或工作)：放工｜放假｜放學 ⑦拋棄：放棄 ⑧(花)開：開放｜怒放｜百花齊放 ⑨擱置：放置｜存放｜停放 ⑩把錢借給人，收取利息：放款｜放債 ⑪擴展：放大｜放開｜放寬｜放散｜放眼｜放樣

飛 (飞) fēi

飛篆 **飛**楷(王獻之)

【析形】飛字小篆像鳥兒展翅高飛之形。象形字。楷書筆畫化，已失初形。

【簡化】簡化字"飞"是用保留特徵、局部代全體的方法，保留原字的局部"飞"代替全字，刪除了其餘的部件。

【釋義】◎本義指鳥在空中翱翔。◇引申①泛指鳥、蟲等張開或鼓動翅膀在空中活動：飛蟲｜飛蝗｜飛禽 ②在空中飄浮遊動：飛碟｜飛花｜飛舞｜飛雪｜飛揚｜飛雲 ③利用動力機械在空中或水上行動：飛艇｜飛機｜飛船｜飛行 ④憑空而來的，意外的：飛彈｜飛語｜飛來橫禍 ⑤揮發：香味飛了 ⑥形容極快：飛奔｜飛馳｜飛騰｜飛

躍｜飛越｜飛漲 zhǎng｜飛舟

非 fēi

𤕣 甲 非 金 非 篆 非 隸（袁博碑）
非 楷（顏真卿）

【析形】非字甲骨文像鳥兒張開的雙翅，藉雙翅背向分張之形取相背之意。象形兼會意字。金文沿襲甲骨文。小篆形體訛變。隸、楷書沿襲金文。

【釋義】◎本義指違背，不合於：非法｜非分 fèn｜非禮｜非命｜非刑 ◇引申①過失，錯誤，與"是"相對：是非｜為非作歹｜胡作非為｜痛改前非｜文過飾非｜無事生非 ②不，不是：非但｜非凡｜非人｜除非｜莫非｜豈非｜非同小可｜面目全非｜啼笑皆非 ③責備，責難：非難 nàn｜非議｜無可厚非 △音借作音譯詞，指非洲：南非｜西非

菲 fēi

【析形】見"菲 fěi"。

【釋義】形容花草美、香：菲菲｜芳菲

啡 fēi

啡 楷（顏真卿）

【析形】啡字《說文》所無。楷書左旁是口，意符，取意飲食；右旁是非，聲符，表示讀音。形聲字。

【釋義】〔咖啡〕常綠灌木或小喬木，產在熱帶和亞熱帶地區。種子可製飲料，有興奮和健胃作用：咖啡鹼｜咖啡因

肥 féi

𦘣 篆 肥 隸（馬王堆帛書） 肥 楷（顏真卿）

【析形】肥字小篆左旁是肉，意符，表明字義與肉體有關；右旁像跪坐之人形，隸作"卩"，亦為意符，表明字義與人有關。會意字。古文肉、月二字形近，隸變後，兩個字作偏旁時多同化寫作"月"。楷書把"卩"訛作"巴"。

【釋義】◎本義指人胖，脂肪多，與"瘦"相對。◇引申①泛指脂肪多，油脂：肥膩｜肥胖｜肥碩｜肥皂｜肥壯 ②肥沃：肥美｜肥田｜肥土 ③肥料：化肥｜漚肥 ④使田地

增加養分：肥田 ⑤由不正當的收入而富裕：肥缺｜分肥 ⑥寬大，粗大壯實，體積增加：衣袖肥大｜扁桃體肥大

匪 fěi

匪 篆 匪 隸（桐柏廟碑） 匪 楷（歐陽詢）

【析形】匪字小篆外廓是"匚"，像一方形盛物器，意符，表明字義與盛器有關；內中是非，聲符，表示讀音。形聲字。隸、楷書沿襲小篆。

【釋義】◎本義指古代筐類竹器名。△音借表示①強盜：匪巢｜匪盜｜匪徒｜匪穴｜叛匪｜土匪 ②同"非"：獲益匪淺

誹（诽）fěi

誹 篆 誹 楷（顏真卿）

【析形】誹字小篆左旁是言，意符，表明字義與言辭有關；右旁是非，聲符，表示讀音。形聲字。楷書沿襲小篆。

【簡化】楷書簡體"诽"的意符"讠"根據草書楷化而成。

【釋義】◎本義為指責過失。◇引申指說別人的壞話：誹謗

菲 fěi

菲 篆 菲 楷（顏真卿）

【析形】菲字小篆上部是"艸"，意符，表明字義與植物有關；下部是非，聲符，表示讀音。形聲字。楷書沿襲小篆。

【釋義】◎本義指菜名，又名蕚菜、芴、諸葛菜等（古書也指蘿蔔一類的菜）。◇引申指微薄：菲薄｜菲禮｜菲儀｜菲酌

肺 fèi

𦙄 篆 肺 隸（武威簡） 肺 楷（顏真卿）

【析形】肺字小篆左旁是肉，意符，表明字義與身體器官有關；右旁是市，聲符，表示讀音。形聲字。古文肉、月二字形近，隸變後，兩個字作偏旁時多同化寫作"月"。

【釋義】指人和某些高等動物的呼吸器官之一：肺病｜肺部｜肺腑

廢 (废) fèi

廢篆 廢楷(顏真卿)

【析形】廢字小篆外廓是"广"，像高屋形，意符，表明字的初義與房屋有關；內中是發，聲符，表示讀音（廢、發二字古音聲母相同，韻母同部）。形聲字。楷書沿襲隸書。

【簡化】簡化字"废"聲符的簡化見"髮 fà"字。

【釋義】◎本義指房屋坍塌廢置。◇引申①不再使用，不再繼續：廢除｜廢黜｜廢棄｜廢止｜報廢｜荒廢｜作廢 ②沒有用或失去原來作用的：廢料｜廢品｜廢氣｜廢水｜廢物 ③殘廢：廢疾

沸 fèi

沸篆 沸隸(馬王堆帛書) 沸楷(顏真卿)

【析形】沸字小篆左旁是水，意符，表明字義與水有關；右旁是弗，聲符，表示讀音（沸、弗二字古音同韻部）。隸變後，水字在字左側為偏旁時寫作"氵"。

【釋義】◎本義為泉水噴湧之貌。◇引申指液體因加熱而上下翻滾的狀態：沸點｜沸熱｜沸騰｜鼎沸｜沸沸揚揚｜揚湯止沸

費 (费) fèi

費篆 費隸(曹全碑) 費楷(顏真卿)

費草(陸游)

【析形】費字小篆下部是貝，意符，表明字義與財物有關（見"貝"字）；上部是弗，聲符，表示讀音（費、弗二字古音同韻部）。形聲字。

【簡化】簡化字"费"的意符"贝"根據草書楷化而成。

【釋義】◎本義指用去錢財。◇引申①花費，耗損：費力｜費錢｜費心｜耗費｜浪費｜破費｜枉費｜消費 ②費用：車費｜公費｜旅費｜藥費｜郵費｜運費｜學費｜診費

吠 fèi

吠篆 吠隸(王羲之) 吠楷(顏真卿)

【析形】吠字小篆左旁是口，右旁是犬，均為意符，表示狗叫。會意字。隸、楷書沿襲小篆。

【釋義】◎本義指狗叫：狂吠｜雞鳴狗吠 ◇引申指像狗那樣叫：亂吠｜吠形吠聲

分 fēn

分甲 分金 分篆 分隸(馬王堆帛書) 分楷(顏真卿)

【析形】分字甲骨文上部是八，像兩物相背之形；下部是刀，均為意符，表示用刀分割東西。會意字。金文、小篆、隸書、楷書各體均沿襲甲骨文。

【釋義】◎本義指分割，分開，與"合"相對：分別｜分解｜分界｜分離｜分裂｜分流｜分析 ◇引申①分支：分冊｜分廠｜分場｜分行｜分號｜分局 ②分配：分紅｜分權｜分攤｜瓜分｜平分 ③辨別：分辨｜分明｜分清 ④分數：分母｜分式｜分子 ⑤單位名。用於長度、地積、重量、幣制、時間、成績等方面：分寸｜分秒｜分文｜比分｜公分｜學分｜積分

芬 fēn

芬篆 芬隸(桐柏廟碑) 芬楷(顏真卿)

【析形】芬字小篆上部是"艸"，意符，表明字義與植物有關；下部是分，聲符，表示讀音。形聲字。隸、楷書沿襲小篆。

【釋義】指香，花草的香氣：芬芳｜清芬

吩 fēn

吩楷(顏真卿)

【析形】吩字《說文》所無。楷書左旁是口，意符，表明字義與口的行為有關；右旁是分，聲符，表示讀音。形聲字。

【釋義】〔吩咐〕表示叮囑，囑告，指派。

紛 (纷) fēn

紛篆 紛楷(智永) 紛草(智永) 紛楷(顏真卿)

【析形】紛字小篆左旁是糸，意符，表明材質；右旁是分，聲符，表示讀音。形聲字。楷書沿襲小篆。

【簡化】楷書簡體"纷"的意符"纟"根據草

書楷化而成。

【釋義】◎本義指綴在旗上的飄帶。◇引申指眾多，雜亂：紛紛｜紛繁｜繽紛｜糾紛

氛 fēn

氛篆 氛楷(顏真卿)

【析形】氛字小篆上部是气，意符，表明字義與雲氣有關；下部是分，聲符，表示讀音。形聲字。楷書沿襲小篆。

【釋義】◎本義指古代預示吉凶徵兆的雲氣。也單指凶氣。古稱"祥"為吉氣，"氛"為凶氣。◇引申泛指氣，情景，情況：氛圍｜氣氛

墳 (坟) fén

墳篆 墳楷(智永)

【析形】墳字小篆左旁是土，意符，表明字義與土築有關；右旁是賁，聲符，表示讀音。形聲字。楷書沿襲小篆。

【簡化】簡化字"坟"是用更換聲符的方法，以筆畫較簡的"文"為聲符，替換了筆畫繁複的"賁"。

【釋義】指埋葬死人築起的土堆。古時封土隆起的叫墳，平的叫墓：墳地｜墳墓｜墳頭｜墳塋｜上墳｜祖墳

焚 fén

焚甲 焚甲 焚金 焚篆 焚隸(辟雍碑)
焚楷(虞世南)

【析形】焚字甲骨文形一上部是林，下部像一隻手舉着火把，均為意符，表示火燒林木。會意字；形二下部只有"火"，沒有"手"。金文沿襲甲骨文形二。小篆把上部的"林"訛為"棥"，兼表示讀音，成為會意兼聲字。隸、楷書沿襲金文。

【釋義】◎本義指古代一種田獵方法，即用火燒山林宿草，引獸出林圍而捕之。◇引申泛指燒：焚化｜焚毀｜焚燒｜焚香｜心急如焚

粉 fēn

粉篆 粉楷(隸辨) 粉楷(顏真卿)

【析形】粉字小篆左旁是米，意符，表明字義與米有關；右旁是分，聲符，表示讀音。形聲字。隸、楷書沿襲小篆。

【釋義】◎本義指古代化妝用的粉末，古人用米粉搽面敷面，又染紅作化妝用：粉黛｜粉撲兒｜敷粉　◇引申①用澱粉製成的食品：粉皮｜粉絲｜粉條｜腸粉　②帶粉狀白色的：粉蝶｜粉線　③細末：粉塵｜粉末｜粉狀｜麵粉　④使粉碎：粉身碎骨　⑤淺色的：粉紅｜粉色　⑥用塗料刷牆：粉牆｜粉飾　△音借作音譯詞的構詞語素〔粉絲〕（表示崇拜者）

分 fèn

【析形】見"分fēn"。

【釋義】◎本義指分割。音fēn。◇引申①成分，整體中的一部分：分子｜水分｜養分　②名位、權力、權利和職責的限度：分內｜安分｜本分｜非分｜過分｜名分｜應yīng分　③同"份"(以上各引申義音fèn)

奮 (奋) fèn

奮金 奮篆 奮隸(隸辨) 奋楷(顏真卿)

【析形】奮字金文外廓是衣，中間上部是佳（短尾鳥之總名），像鳥被衣物裹住，下部是田，表示曠野，均為意符，鳥兒掙脫束褰奮飛而上，取意振翅高飛。會意字。小篆把"衣"訛作"大"。隸書又訛作"六"。

【簡化】楷書簡體"奋"是用保留特徵、局部代全體的方法，保留原字的輪廓特徵"奋"代替全字，刪除了中間的"佳"。簡化字沿用楷書簡體。

【釋義】◎本義指鳥類振翅高飛。◇引申①舉起，搖動：奮臂｜奮起｜奮筆疾書　②振作，鼓起精神：奮鬥｜奮發｜奮進｜奮力｜奮勇｜奮戰｜發奮｜勤奮｜興奮｜振奮

糞 (粪) fèn

糞甲 糞篆 糞楷(顏真卿)

【析形】糞字甲骨文左旁像一手持帚之形，右旁像一手持箕之形，箕上的小點表示糞土。均為意符，表示掃除髒物。會意

字。小篆把箕上的小點訛作"釆"。楷書把畚箕形寫作"田"，把下部手持箕帚形寫作"共"，失去初形。

【簡化】簡化字"糞"是用保留特徵、局部刪除的方法，保留原字的輪廓"糞"，刪除了中間的"田"。

【釋義】◎本義指掃除髒物：糞除　◇引申①糞便：糞肥｜糞土｜大糞　②施肥：糞地｜糞田

憤 (愤) fèn

篆憤　隸(孔彪碑)　憤 楷(鍾繇)
憤 楷(顏真卿)

【析形】憤字小篆左旁是心，意符，表明字義與心理活動有關；右旁是賁，聲符，表示讀音。形聲字。隸變後，心字在字左側為偏旁時寫作"忄"。楷書形一沿襲隸書。

【簡化】楷書簡體"愤"聲符下部的簡化見"貝"字。

【釋義】◎本義指鬱結於心。◇引申指怨恨，因不滿而發怒：憤恨｜憤慨｜憤懣｜憤怒｜激憤｜憂憤｜洩憤｜義憤

忿 fèn

篆忿 楷(顏真卿)

【析形】忿字小篆下部是心，意符，表明字義與心理活動有關；上部是分，聲符，表示讀音。形聲字。楷書沿襲小篆。

【釋義】惱怒，怨恨：忿恨｜忿怒

豐 (丰) fēng

甲 金豐 篆丰 楷(顏真卿)

【析形】豐字甲骨文下部是豆，古代一種食器，上有兩串玉，以器物裝滿珠寶取意豐盛。會意字。金文、小篆沿襲甲骨文。

【簡化】楷書簡體"丰"是用保留特徵、局部代全體的方法，保留原字上部的局部"丰"代替全字，刪除了其餘部件。

【釋義】◎本義指豐盛。◇引申①泛指多，茂盛：豐產｜豐富｜豐厚｜豐年｜豐收｜豐碩｜豐裕｜豐足　②容貌和姿態好看：豐滿｜豐潤｜豐腴　③大：豐碑｜豐功偉績

風 (风) fēng

甲 甲 金 篆風 隸(葉慧明碑)
風 楷(敬使君碑) 風 草(王獻之)
风 楷(顏真卿)

【析形】風字甲骨文形一借音近的"凡"字表示；形二左旁是"鳳"，右上部是"凡"，均表示讀音。小篆上部是聲符"凡"，下部訛作"虫"。隸書、楷書形一沿襲小篆。

【簡化】楷書簡體"风"根據草書楷化而成。

> "風"字為偏旁的字類推簡化。例如：疯、枫、讽、飒等。

【釋義】◎本義指空氣流動的現象：風暴｜風浪｜風向｜風雨｜風雲｜春風｜季風｜強風｜颱風　◇引申①像風那樣快的普遍流傳：風靡｜風行｜風馳電掣　②風氣，風俗：風化｜風尚｜風土｜古風｜世風｜遺風　③景象：風光｜風景｜風水｜風物　④態度、姿態：風采｜風度｜風範｜風格｜風骨｜風貌｜風雅｜風韻｜風姿｜文風｜作風　⑤借風力吹乾(使東西乾燥或純淨)風乾｜風選　⑥風乾的：風肉　⑦傳說的，無確定根據的：風傳｜風聞｜風言風語　⑧消息：風聲｜吹風｜耳風｜口風｜走風　⑨中醫指某些疾病：風寒｜風濕｜風癱｜抽風｜傷風｜痛風｜中 zhòng 風

封 fēng

甲 金 金 篆封 隸(王基碑)
封 楷(元珍墓誌)

【析形】封字甲骨文像植樹於土堆之形，以植樹為界表示封地疆界。會意字。金文形一沿襲甲骨文；形二右旁增"又"為意符，像手形，表明字義與手的動作有關。小篆把樹形訛作"之"；手形改作"寸"(古文像手形的"又"與表示手腕寸口處的"寸"作偏旁時常混用)。隸書又把左上部訛為"土"。楷書沿襲隸書。

【釋義】◎本義指植樹為界。◇引申①古時帝王以土地、爵位或稱號賜給臣子：封地｜封建｜加封｜自封　②限制：封殺｜封鎖　③密閉，關住：封存｜封閉｜封河｜封口｜封山｜拆封｜密封｜啟封　④封起來的或

用來封東西的紙包、紙袋等：封面|封皮|封套|護封|信封

瘋 (疯) fēng

瘋 楷 (顏真卿)

【析形】瘋字《説文》所無。楷書外廓是"疒"，意符，表明字義與病痛有關（見"病"字）；內中是"風"字簡體，聲符，表示讀音。形聲字。

【簡化】楷書簡體"疯"聲符的簡化見"风"字。

【釋義】◎本義指瘋病，偏頭痛。◇引申①神經錯亂，失常：瘋病|瘋癲|瘋狂|瘋魔|瘋癱|瘋子|發瘋 ②農作物生長茂盛但卻不結果：瘋杈|瘋長 zhǎng|瘋枝

峯 〔峰〕 fēng

峯 篆　峯 楷 (顏真卿)

【析形】峯字小篆上部是山，意符，表明字義與山有關；下部是夆，聲符，表示讀音。形聲字。楷書沿襲小篆。異體字寫作左右結構。

【釋義】◎本義指高而尖的山頭：峯巔|峯巒|頂峯|高峯|群峯|山峯|險峯|主峯|登峯造極　◇引申①形狀像山峯的事物：冰峯|波峯|洪峯|駝峯 ②比喻國家或地區政府最高層：峯會|高峯論壇

鋒 (锋) fēng

鋒 篆　鋒 漢印　鋒 隸 (隸辨)　鋒 楷 (顏真卿)　鋒 草 (古法帖)

【析形】鋒字小篆左旁是金，意符，表明材質；右旁是夆，聲符，表示讀音。形聲字。漢印聲符為"夆"。隸、楷書沿襲漢印。

【簡化】簡化字"锋"的意符"钅"根據草書楷化而成。

【釋義】◎本義指刀、劍等兵器的尖端。◇引申①器物的尖鋭部分：鋒利|鋒芒|刀鋒 ②在前面帶頭的：衝鋒|前鋒|先鋒|中鋒 ③比喻説話或文章言詞的犀利，形容語勢、筆勢：鋒利|筆鋒|詞鋒|話鋒|交鋒|談鋒

蜂 fēng

蜂 説文古文　蜂 篆　蜂 隸 (隸辨)　蜂 楷 (顏真卿)

【析形】蜂字説文古文下部是虫，意符，表明字義與昆蟲有關；上部是夆，聲符，表示讀音。形聲字。小篆聲符為"夆"。隸書聲符沿襲説文古文作"夆"。楷書意符省為一"虫"，並寫作左右結構。

【釋義】◎本義指一種會飛、有毒刺、能蜇人的昆蟲：蜂群|蜂窩|黃蜂|馬蜂|土蜂|熊蜂　又特指蜜蜂：蜂巢|蜂房|蜂蜜　◇引申①比喻成群地：蜂聚|蜂起|蜂擁|一窩蜂 ②似蜂巢的東西：蜂糕|蜂窩煤

楓 (枫) fēng

楓 篆　楓 楷 (顏真卿)　楓 草 (孫過庭)

【析形】楓字小篆左旁是木，意符，表明字義與樹木有關；右旁是風，聲符，表示讀音。形聲字。楷書沿襲小篆。

【簡化】簡化字"枫"的聲符"风"根據草書楷化而成。

【釋義】樹名。落葉喬木，春天開花，黃褐色，葉子掌狀三裂，秋季變成紅色：楓樹|楓葉|丹楓

逢 féng

逢 甲　逢 篆　逢 隸 (華山碑)　逢 楷 (顏真卿)

【析形】逢字甲骨文左旁像道路形，隸作"彳"，意符，表明字義與行止有關；右旁是夆，聲符，表示讀音。形聲字。小篆意符為"辵"，取意與"彳"同。隸變後，辵字為偏旁時寫作"辶"。

【釋義】◎本義指遇到，碰上：逢場|逢集|相逢|枯木逢春|左右逢源|久別重逢|狹路相逢　◇引申指迎合：逢迎

縫 (缝) féng

縫 篆　縫 楷 (顏真卿)　縫 草 (米芾)

【析形】縫字小篆左旁是糸，意符，表明字義與絲線等有關；右旁是夆，聲符，表示讀音。形聲字。楷書沿襲隸書。

F

【簡化】簡化字"縫"的意符"糹"根據草書楷化而成。

【釋義】◎本義指用針線連綴，把原來不在一起或開了口兒的東西連上：縫補｜縫合｜縫線

馮 (冯) féng

【析形】見"馮píng"。

【釋義】◎本義指馬行疾。音píng。後作姓氏用字。音féng。

諷 (讽) fěng

篆　隸(樓蘭簡)　楷(顏真卿)　草(草書韻會)

【析形】諷字小篆左旁是言，意符，表明字義與語言有關；右旁是風，聲符，表示讀音。形聲字。隸、楷書沿襲小篆。

【簡化】簡化字"讽"根據草書楷化而成。

【釋義】◎本義指背誦，朗讀：諷誦｜諷籀 ◇引申指用含蓄的話勸告或譏刺：諷刺｜諷喻｜嘲諷｜譏諷

鳳 (凤) fèng

甲　甲　篆　隸(曹全碑)　楷(歐陽詢)

【析形】鳳字甲骨文形一像鳳鳥之形，高冠、花翎、長尾。象形字。形二右旁增"凡"為聲符，表示讀音。形聲字。小篆意符類化為"鳥"，寫作上下結構。隸、楷書沿襲小篆。

【簡化】簡化字"凤"是用符號代替的方法，內中以筆畫較簡的"又"作為象徵性符號，替換了筆畫繁複的部件。

【釋義】◎本義指古代傳說中的神鳥。雄的叫鳳，雌的叫凰，通稱鳳或鳳凰。◇引申象徵祥瑞：龍鳳呈祥｜鸞鳳和鳴｜龍飛鳳舞｜攀龍附鳳

奉 fèng

金　篆　隸(華山神廟碑)　楷(顏真卿)

【析形】奉字金文下部像兩隻手有所承奉之形，意符，表明字義與手有關；上部是

丰，聲符，表示讀音。形聲字。小篆下部再增"手"會意。隸變後，兩手有所承之形與聲符"丰"合隸作"夫"，下部的"手"訛作"卄"。楷書沿襲隸書。

【釋義】◎本義指進獻或接受，遵從：奉命｜奉行｜朝奉｜進奉｜奉公守法｜陽奉陰違 ◇引申①伺候：奉養｜供奉｜敬奉｜侍奉 ②敬辭，用於自己的舉動涉及對方時：奉告｜奉還｜奉陪｜奉勸｜奉送｜奉獻 ③尊重，信仰：崇奉｜信奉

縫 (缝) fèng

【析形】見"縫féng"。

【釋義】◎本義指用針線連綴。音féng。◇引申①接合後的痕跡：焊縫｜騎縫 ②縫隙：縫子｜夾縫｜門縫 (以上各引申義音fèng)

佛 fó

【析形】見"佛fú"。

【釋義】◎本義表示好像，相似。音fú。△音借指梵語佛陀的佛，佛教的創始人。音fó。◇引申①指佛教：佛法｜佛家｜佛經｜佛老｜佛事｜唸佛 ②指佛像：佛殿｜佛龕｜佛堂

否 fǒu

金　篆　隸(張表碑)　楷(虞世南)

【形金】否字金文上部是"不"，下部是口，均為意符，取意不承認。"不"字也兼表示讀音(否、不二字古音同韻部)。會意兼聲字。小篆、隸、楷書均沿襲金文。

【釋義】①不承認，不同意，相當於口語"不"：否決｜否認｜不置可否 ②用在句末表示詢問：知其事否？

夫 fū

甲　金　篆　隸(史晨碑)　楷(顏真卿)

【析形】夫字甲骨文像人正立之形，上部的"一"像古代男子頭上插的簪子(古時男子二十行加冠禮，把頭髮束起來插上簪子表示已成人)。象形字。金文沿襲甲骨文。

小篆形體略變。隸書線條化，更失初形。楷書沿襲隸書。

【釋義】◎本義為成年男子的稱呼：夫子|老夫|懦夫|武夫|征夫 ◇引申①丈夫：夫婦|夫妻|姐夫 ②稱從事某種體力勞動的人：車夫|船夫|伙夫|轎夫|馬夫|農夫|樵夫|屠夫|漁夫

膚（肤）fū

金 篆 隸（隸辨） 肤楷（顏真卿）

【析形】膚字金文下部是肉，意符，表明字義與皮肉有關；上部是"盧"字的省減，聲符，表示讀音。形聲字。小篆、隸書沿襲金文。

【簡化】楷書簡體"肤"是用更換聲符的方法，以筆畫較簡的"夫"為聲符，替換了筆畫繁複的"盧"，並寫作左右結構。簡化字沿用楷書簡體。

【釋義】◎本義指肉體表面的皮：肌膚|皮膚|切膚之痛|體無完膚 ◇引申指淺薄：膚泛|膚廓|膚淺

麩（麸）〔粰〕fū

篆 麸楷（顏真卿）

【析形】麩字小篆左旁是麥，意符，表明字義與小麥有關；右旁是夫，聲符，表示讀音。形聲字。楷書沿襲小篆。異體字以"米"為意符，以"孚"為聲符。

【簡化】簡化字"麸"意符的簡化見"麥"字。

【釋義】麩子，小麥磨成麵，篩過後剩下的麥皮和碎屑，也叫麩皮。

孵 fū

孵楷（顏真卿）

【析形】孵字《説文》所無。楷書左旁是卵，意符，表明字義與卵子有關；右旁是孚，聲符，表示讀音。形聲字。

【釋義】指鳥類伏在卵上，用體溫使卵內的胚胎發育成雛鳥。後也指用人工的方法調節溫度和濕度，使禽鳥類卵內的胚胎發育成雛鳥：孵化|孵卵

敷 fū

隸（辟雍碑） 敷楷（王羲之）

【析形】敷字《説文》所無。隸書右旁是"攵"，古文像手有所持之形，意符，表明字義與手的動作有關；左旁是尃，聲符，表示讀音。形聲字。楷書沿襲隸書。

【釋義】◎本義指傳佈，鋪開：敷陳|敷設|敷衍 ◇引申①塗上，搽上：敷藥|熱敷 ②足，足夠：入不敷出

伏 fú

金 篆 伏隸（馬王堆帛書）

伏楷（智永）

【析形】伏字金文左旁是人，意符，表明字義與人的活動有關；右旁是犬，亦為意符，以狗陪伴主人取嚴守候。會意字。小篆沿襲金文。隸變後，人字在字左側為偏旁時寫作"亻"。

【釋義】◎本義指守候，伺候。◇引申①身體前傾、臉朝下趴着：伏案|伏帖 tiē|俯伏|匍伏 ②低下去：倒 dǎo 伏|起伏|此起彼伏 ③隱藏：伏筆|伏兵|伏擊|埋伏|潛伏|隱伏 ④屈服，低頭服輸：伏辯|伏罪 ⑤伏天，伏日（概三伏天，雞犬匍伏）：伏旱|伏暑|初伏|末伏|三伏|數 shǔ 伏 ⑥使屈服：降 xiáng 伏|制伏|降龍伏虎 △音借作音譯詞伏特的簡稱：伏安

扶 fú

金 篆 扶隸（曹全碑） 扶楷（虞世南）

【析形】扶字金文右旁像一隻手，意符，表明字義與手的動作有關；左旁是夫，聲符，表示讀音。形聲字。小篆意符在左，聲符在右。隸變後，手字在字左側為偏旁時寫作"扌"。

【釋義】◎本義指以手佐助，支持，使不倒：扶持|扶掖|攙扶|扶老攜幼 ◇引申①把着，按：扶乩|扶鸞|扶手|扶梯 ②支援，幫助：扶持|扶養|扶植|扶助|扶弱抑強|扶危濟困|救死扶傷

F

佛 fú

佛篆　佛隸（泰山金剛經）　佛楷（顏真卿）

【析形】佛字小篆左旁是人，意符，表明字義與人的活動有關；右旁是弗，聲符，表示讀音。形聲字。隸變後，人字在字左側為偏旁時寫作"亻"。

【釋義】〔仿佛〕類似，像。

服 fú

甲金金服篆　服隸（桐柏廟碑）　服楷（顏真卿）

【析形】服字甲骨文左旁是凡（古代一種高足盤），中間像一跪踞之人形，右上像一隻手，均為意符，以手按人於盤前，取意使順從做事。會意字。金文形一沿襲甲骨文；形二把"凡"訛作"舟"。小篆沿襲金文形二。隸書又把"舟"訛作"月"，以手按人之形已失。楷書沿襲隸書。

【釋義】◎本義指從事，做事。◇引申①擔任，承當：服務｜服刑｜服役 ②服從，信服：服氣｜服輸｜服帖｜敬服｜佩服｜屈服｜馴服 又引申指吃（藥等）：服毒｜服藥｜服用｜口服｜吞服 ③使信服，使服從：克服｜懾服｜收服｜説服｜壓服｜折服｜征服｜制服 ④適應，習慣：舒服｜水土不服 △音借表示①衣服：服飾｜服裝｜便服｜軍服｜禮服｜西服 ②喪服：服滿｜除服｜孝服｜凶服｜有服在身 ③穿（衣裳）：服喪

俘 fú

甲金俘篆　俘楷（顏真卿）

【析形】俘字甲骨文左上部像一隻手，隸作"又"，下部是子，均為意符，取意俘獲，為"俘"字初文（古代戰爭有捕獲敵族孩子以為勝的習俗）。會意字。金文上部像手爪形，隸作"爫"，下部仍是"子"。小篆左旁增"人"為意符。隸變後，人字在字左側為偏旁時寫作"亻"。

【釋義】◎本義①打仗時俘獲（敵人）：被俘｜生俘 ②也指打仗時捉住的敵人：俘虜｜謑俘｜傷俘｜戰俘

浮 fú

金浮篆　浮隸（孔彪碑）　浮楷（張猛龍碑）

【析形】浮字金文左旁是水，意符，表明字義與水有關；右旁是孚，聲符，表示讀音。形聲字。小篆沿襲金文。隸變後，水字在字左側為偏旁時寫作"氵"。

【釋義】◎本義指漂在水上：浮水｜浮游｜飄浮 ◇引申①泛指停留在液體表面或空中，與"沉"相對：浮沉｜浮標｜浮力｜浮橋｜浮雲｜懸浮 ②在表面上的：浮雕｜浮面｜浮籤｜浮淺｜浮土 ③不沉着，不踏實：浮躁｜輕浮｜心浮｜虛浮 ④不切實，空虛：浮泛｜浮華｜浮誇｜浮名 ⑤可移動的：浮財｜浮吊｜浮動 ⑥超過，多餘的：浮額｜人浮於事

符 fú

符篆　苻隸（居延簡）　符楷（虞世南）

【析形】符字小篆上部是竹，意符，表明材質；下部是付，聲符，表示讀音。形聲字。隸、楷書沿襲小篆。

【釋義】◎本義指用竹製的符節，長六寸，分而相合，為古代出入門關的憑證。◇引申①古代用木、銅或玉製的，朝廷用來傳達命令、調兵遣將的憑證，朝廷和外任官員將帥各拿一半，合起來以驗真假：符節｜兵符 ②代表事物的標記、記號：符號｜聲符｜意符｜音符 ③道士畫的一種圖形或線條：符咒｜畫符｜護身符 ④相合：符合｜相符

幅 fú

幅篆　幅楷（顏真卿）

【析形】幅字小篆左旁是巾，意符，表明字的初義與布巾等有關；右旁是畐，聲符，表明讀音。形聲字。楷書沿襲小篆。

【釋義】◎本義指布帛的寬度：單幅｜寬幅｜窄幅 ◇引申①泛指寬度：幅度｜幅員｜波幅｜畫幅｜巨幅｜調幅｜振幅 ②條狀的字畫、標語等：橫幅｜條幅 ③量詞，用於布、畫等：幾幅畫｜一幅布

福 fú

㡣 甲 㡣 甲 䘱 金 福 篆 福 隸(樊敏碑)
福 楷(歐陽詢)

【析形】福字甲骨文形一左旁是示，表明字義與祭祀祈福等事有關(見"示"字)；右旁像雙手舉起一隻酒罈子，均為意符，表示以酒求神祈福。會意字。甲骨文形二省減了酒罈下部兩隻手。金文、小篆、隸、楷書各體均沿襲甲骨文形二。

【釋義】◎本義指求福。◇引申指幸福，與"禍"相對：福分 fèn｜福利｜洪福｜享福｜祝福

鳬 (凫) fú

鳬 金 鳬 篆 鳬 楷(顏真卿)

【析形】鳬字金文上部像短尾鳥形，下部是几(古文第二筆不帶鉤，隸變後與桌几的"几"字混同)，本義為鳥飛的樣子，均為意符，表明字義與鳥類有關，"几"也表示讀音。會意兼聲字。小篆改意符為"鳥"。

【簡化】楷書簡體"凫"是用保留特徵、局部刪除的方法，上部保留"鳥"字的輪廓特徵，刪除了下部一些部件。簡化字沿用楷書簡體。

【釋義】指體形較小的野鴨。

芙 fú

芙 篆 芙 隸(馬王堆帛書) 芙 楷(顏真卿)

【析形】芙字小篆上部是"艸"，意符，表明字義與植物有關；下部是夫，聲符，表示讀音。形聲字。隸、楷書沿襲小篆。

【釋義】〔芙蓉〕〔芙蕖〕荷花。

拂 fú

拂 篆 拂 隸(張表碑) 拂 楷(顏真卿)

【析形】拂字小篆左旁是手，意符，表明字義與手的動作有關；右旁是弗，聲符，表示讀音。形聲字。隸變後，手字在字左側為偏旁時寫作"扌"。

【釋義】◎本義指掠過。◇引申①撣去，除去塵垢：拂塵｜拂拭 ②輕輕擦過：拂煦｜吹拂｜飄拂 ③甩動：拂袖 ④違背(別人的意圖)：拂耳｜拂逆｜拂意

袱 〔帗、襆〕 fú

袱 楷(顏真卿)

【析形】袱字《説文》所無。楷書左旁是"衤"(衣)，意符，表明字義與衣物有關；右旁是伏，聲符，表示讀音。形聲字。異體字或以"巾"為意符，取意與"衤"同；或以"美"為聲符。

【釋義】◎本義指婦女的包頭巾。◇引申①包裹着衣物的布塊：包袱 ②比喻思想上的負擔：思想包袱

輻 (辐) fú

輻 篆 輻 隸(隸辨) 輻 楷(敬使君碑)
輻 草(草書韻會)

【析形】輻字小篆左旁是車，意符，表明字義與車有關；右旁是畐，聲符，表示讀音。形聲字。隸、楷書沿襲小篆。

【簡化】簡化字"辐"的意符"车"根據草書楷化而成。

【釋義】◎本義指車輪中連接車轂和輪圈的一條條直棍或鋼條：輻輳｜輻條 ◇引申指像輻狀的：輻散｜輻射｜輻照

蝠 fú

蝠 篆 蝠 楷(顏真卿)

【析刑】蝠字小篆左旁是虫，意符，表明字義與昆蟲動物類有關；右旁是畐，聲符，表示讀音。形聲字。楷書沿襲小篆。

【釋義】見〔蝙蝠〕

撫 (抚) fǔ

撫 篆 撫 隸(曹全碑) 抚 楷(顏真卿)

【析形】撫字小篆左旁是手，意符，表明字義與手的動作有關；右旁是"無"，聲符，表示讀音。形聲字。隸變後，手字在字左側為偏旁時寫作"扌"。

【簡化】楷書簡體"抚"聲符的簡化見"無"字。簡化字沿用楷書簡體。

【釋義】◎本義指摸，摩挲，輕輕地按

着：撫愛｜撫摸｜撫摩｜撫養　◇引申①
安慰，體恤：撫慰｜撫問｜愛撫｜安撫｜優
撫 ②保護：撫養｜撫育

斧 fǔ

斧（白石君碑）
斧 楷（顏真卿）

【析形】斧字甲骨文右旁是斤（像斧頭形），
意符，表明字義與砍伐工具有關；左旁是
父，聲符，表示讀音。形聲字。金文意符
"斤"在左旁。小篆沿襲金文。隸書寫作上
下結構。楷書沿襲隸書。
【釋義】本義①砍物用的工具：斧柯｜斧
頭｜板斧｜刀斧引申作敬辭（用於請人改文
章）：斧正｜斧政 ②古代一種兵器：斧鉞

府 fǔ

府 隸（禮器碑）
府 楷（蘇孝慈墓誌）

【析形】府字金文上部像屋頂形，代表房
屋；下部是貝，表明字義與財物有關（見
"貝"字），均為意符，屋中有財物，取意
府庫；中間是付，聲符，表示讀音。形聲
字。小篆屋頂形作"广"，省減了下部的
"貝"。隸、楷書沿襲小篆。
【釋義】◎本義指官府收藏文書、財物的地
方：府庫 ◇引申①古代管理財貨或文書
的官。②官僚貴族住宅，官署：府邸｜府
第｜官府｜幕府｜樂 yuè 府｜政府 ③唐代至清
代的行政區劃，比縣高一級：府城｜府志｜
知府｜開封府 ④現也指某些國家元首辦公
或居住的地方：王府｜元首府｜總統府

俯〔頫、俛〕fǔ

俯 隸（王基碑）　俯 楷（智永）

【析形】金文俯字下部像側身之人形，意
符，表明字義與人的活動有關；上部是
府，聲符，表示讀音。形聲字。小篆形一
寫作"頫"，右旁是頁，本義指頭（見"頁"
字），意符，表明字義與頭有關；左旁是
"逃"字的省減，低頭遁遁，取意低頭。
小篆形二左旁是人，右旁是免，均為意
符，去冠免職，低頭做人，取意俯首。會

意字。隸書沿襲金文而寫作左右結構。隸
變後，人字在字左側為偏旁時寫作"亻"。
楷書沿襲隸書。
【釋義】◎本義指低頭，屈身，與"仰"相
對：俯衝｜俯伏｜俯角｜俯瞰｜俯視｜俯首｜俯
拾皆是 ◇引申作敬辭，舊時公文書信中用
來稱對方對自己的動作：俯就｜俯念｜俯允

輔（辅）fǔ

輔 隸（曹全碑）
輔 楷（元真墓誌）　辅 草（皇象）

【析形】輔字金文左旁是車，意符，表明
字的初義與車有關；右旁是甫，聲符，表
示讀音。形聲字。小篆、隸、楷書沿襲金
文。
【簡化】簡化字"辅"的意符"车"根據草書
楷化而成。
【釋義】◎本義指古代附在車輪外側用來
加固和增強輪輻載重力的兩條直木。◇引
申指幫助，協助，非主要的：輔幣｜輔導｜
輔助｜輔佐

腐 fǔ

腐 隸（馬王堆帛書）　腐 楷（顏真卿）

【析形】腐字小篆下部是肉，意符，表明
字的初義與肉有關；上部是府，聲符，表
示讀音。形聲字。隸書沿襲小篆。楷書下
部寫作"肉"。
【釋義】◎本義指肉朽爛。◇引申①泛指
朽爛，變壞：腐敗｜腐化｜腐爛｜腐朽｜陳
腐｜防腐 ②經磨爛加工的豆製品：腐
乳｜腐竹｜豆腐

甫 fǔ

甫 隸（曹全碑）
甫 楷（顏真卿）

【析形】甫字甲骨文像田中有苗草。會意
字。當是"圃"字初文。金文把苗草訛
為"父"，作聲符，表示讀音；下部訛作
"用"。小篆沿襲金文。隸書聲符"父"訛
變。楷書沿襲隸書。
【釋義】◎本義當指圃圃，此義後作"圃"。
△音借表示①古代男子的美稱 ②剛剛：

年甫三十｜驚魂甫定

脯 fǔ

膊篆　膊隷(馬王堆帛書)　脯楷(顏真卿)

【析形】脯字小篆左旁是肉，意符，表明字義與肉有關；右旁是甫，聲符，表示讀音。形聲字。隷書沿襲小篆。古文肉、月二字形近，隷變後，兩個字作偏旁時多同化寫作"月"。

【釋義】指乾肉，熟肉。也稱蜜餞乾果等：果脯｜桃脯｜杏脯

父 fù

甲　金　篆　父隷(張遷碑)　父楷(顏真卿)

【析形】父字甲骨文左旁像古代石斧石杵一類工具形，右旁像一隻手，均為意符，為"斧"字初文。會意字。金文、小篆沿襲甲骨文。隷書形體訛變。楷書沿襲隷書。

【釋義】◎本義當指古代石斧。◇引申指①持工具勞作的人，即指男子。②父親：父母｜父系｜父子｜寄父｜岳父 ③家族或親戚中的長輩男子：父老｜伯父｜姑父｜舅父｜姨父｜祖父

付 fù

金　門篆　付隷(隷辨)　付楷(顏真卿)

【析形】付字金文右旁是寸，本義為手之寸口處，意符，表明字義與手的動作有關；左旁是人，亦為意符，表明字義與人的活動有關。會意字。小篆沿襲金文。隷變後，人字在字左側為偏旁時寫作"亻"。

【釋義】◎本義指給予，交給：付出｜付方｜付款｜付託｜付印｜付郵｜付賬｜墊付｜寄付｜交付｜支付 ◇引申①應 yìng 付：對付｜應付自如 ②量詞，同"副"。

負 (负) fù

篆　負隷(曹全碑)　負楷(敬使君碑)
　　草(黃庭堅)

【析形】負字小篆上部是人，下部是貝，均為意符，人有錢財則有所恃，取意依仗(見"貝"字)。會意字。隷書上部人形訛

變。楷書沿襲隷書。

【簡化】簡化字"负"的意符"贝"根據草書楷化而成。

【釋義】◎本義指恃，依仗：負隅｜負險固守 ◇引申①以背載物，背 bēi：負載｜負重｜負荊請罪｜如釋重負 ②擔當，承受：負擔｜負費｜負荷 hè｜擔負｜重負｜忍辱負重 ③具有，享有：久負盛名 ④遭受：負屈｜負傷 ⑤虧欠，負債 ⑥背棄，違背：負心｜負約 ⑦與"正"相對，得到電子的：負電｜負極 ⑧數字小於零的：負號｜負數｜正負 ⑨失敗，與"勝"相對：勝負

婦 (妇) fù

甲　甲　金　金　婦篆　婦隷(曹全碑)
婦楷(智永)　妇楷(顏真卿)

【析形】婦字甲骨文形一左旁像一把掃帚形，右旁是女，均為意符，婦女常持帚打掃，故以"帚"和"女"為意符表示婦女。會意字。甲骨文形二省"女"旁。金文分別沿襲甲骨文形一、形二。小篆、隷書沿襲甲、金文形一。

【簡化】楷書簡體"妇"是用保留特徵、局部代全體的方法，保留聲符上部的"彐"代替全字，刪除了其餘部件。簡化字沿用楷書簡體。

【釋義】◎本義指已婚的女子：婦人｜寡婦｜少婦｜孕婦｜主婦 ◇引申①妻子，與"夫"相對：弟婦｜夫婦｜媳婦 ②泛指成年的女子：婦道｜婦孺｜婦幼｜農婦

附 〔坿〕 fù

篆　附隷(郭有道碑)　附楷(蘇孝慈墓誌)

【析形】附字小篆左旁是阜，義為土山，意符，表明字的初義與山有關；右旁是付，聲符，表示讀音。形聲字。隷變後，阜字在字左側為偏旁時寫作"阝"。異體字以"土"為意符，取意與"阜"同。

【釋義】◎本義指小土山。◇小山大山相依附，引申①靠近：附耳｜附近 ②外加，隨帶：附筆｜附帶｜附寄｜附加｜附件｜附錄｜附設 ③從屬，依從，依賴：附和｜附屬｜附庸｜歸附｜攀附｜依附

F

吩 fù

吩 楷(顏真卿)

【析形】吩字《說文》所無。楷書左旁是口，意符，表明字義與口的行為有關；右旁是付，聲符，表示讀音。形聲字。

【釋義】見〔吩吩〕
〔囑吩〕託付，吩吩。

服 fù

【析形】見"服fú"。

【釋義】◎本義指從事，做事。音fú。△音借作量詞，用於中藥。音fù：一服藥

赴 fù

赴 篆 赴 隸(曹全碑) 赴 楷(顏真卿)

【析形】赴字小篆左旁是走，意符，表明字義與行走有關；右旁是"仆"字的省減，聲符，表示讀音。形聲字。隸、楷書沿襲小篆。

【釋義】趨走，前去，到：赴敵|赴會|赴難nàn|赴任|赴宴|奔赴

復(复) fù

復 甲 復 金 復 金 復 篆 復 篆 復 隸(泰山金剛經) 復 楷(虞世南)

【析形】復字甲骨文下部是"止"(甲骨文像足印形。"趾"字初文)字的倒寫，意符，表明字義與行止有關；上部像有兩個出入口的地穴之形，意符，取意出入往返。會意字。金文形一沿襲甲骨文；形二左旁增"彳"為意符表示道路。小篆分別沿襲金文形一、形二。隸、楷書沿襲小篆形二。

【簡化】簡化字是用沿用古體的方法，刪去了"彳"旁作"复"。

【釋義】◎本義指往返，返回：反復|往復 ◇引申①再，又：復查|復發|復核|復賽|復審|復蘇|復議 ②還原，使如舊：復辟|復工|復古|復活|復興|康復|平復|收復|修復 ③回答：復信|回復|批復

複(复) fù

複 篆 複 楷(顏真卿)

【析形】複字小篆左旁是衣，意符，表明字義與衣服有關；右旁是复，聲符，表示讀音。形聲字。隸變後，衣字在字左側為偏旁時寫作"衤"。

【簡化】簡化字是用同音合併的方法，以音近、筆畫較簡的"复"字簡化字"複"代替筆畫繁複的"複"，合併了複、復二字的意義。

【釋義】◎本義指有裏的衣服，即夾衣。◇引申①非單一的，繁多：複方|複合|複數|複雜|繁複 ②重複：複寫|複製

副 fù

副 篆 副 隸(曹全碑) 副 楷(顏真卿)

【析形】副字小篆右旁是刀，意符，表明字的初義與刀有關；左旁是畐，聲符，表示讀音。形聲字。隸變後，刀字在字右側為偏旁時寫作"刂"。

【釋義】◎本義為剖開，破開。◇引申①二，居第二的，次要的，附帶、輔助的：副本|副官|副刊|副手|副屬|副業|副職 ②相配，相稱，符合：名副其實|名不副實 ③量詞，用於成套的東西或面部表情：買副手套|一副笑臉

傅 fù

傅 金 傅 篆 傅 隸(禮器碑) 傅 楷(顏真卿)

【析形】傅字金文左旁是人，意符，表明字義與人的活動有關；右旁是專，聲符，表示讀音。形聲字。小篆沿襲金文。隸變後，人字在字左側為偏旁時寫作"亻"。

【釋義】◎本義指輔佐。◇引申指輔助、教導和傳授技藝的人：師傅

富 fù

富 金 富 篆 富 隸(三老忌日碑) 富 楷(歐陽詢)

【析形】富字金文外廓像房屋形，隸作"宀"；內中像一隻酒罐子，隸作"畐"，均為意符，家室藏酒，取意富有，"畐"也表示讀音。會意兼聲字。小篆、隸、楷書沿襲金文。

【釋義】◎本義指財產豐厚，與"貧"相對：富貴|富國|富豪|富強|富翁|富裕|首

富｜致富 ◇引申①充裕，多，足：富礦｜
富麗｜富饒｜富餘｜富足｜豐富 ②資源，財
產：富源｜財富

腹 fù

夏金 侯馬盟書 膻篆 腹隸（隸辨）
腹楷（顏真卿）

【析形】腹字金文右上是人，意符，表明
字義與人有關；下部是复，聲符，表示讀
音。形聲字。侯馬盟書改意符為"肉"，
寫在下部，表明字義與身體某部分有關。
小篆沿襲侯馬盟書而寫作左右結構。隸、
楷沿襲小篆。古文肉、月二字形近，隸
變後，兩個字作偏旁時多同化寫作"月"。
【釋義】◎本義指肚子：腹部｜腹膜｜腹痛｜
心腹 ◇引申比喻中心或接近中心的部
分：腹地｜韻腹

覆 fù

覆篆 覆楷（顏真卿）

【析形】覆字小篆上部像物件一正一反、
上下翻轉之形，意符，取意翻轉；下部是
复，聲符，表示讀音。形聲字。楷書把上
部的"襾"訛作"覀"。
【釋義】◎本義指翻轉，傾倒，即底朝上
翻過來：覆滅｜覆沒｜覆亡｜顛覆｜翻覆｜傾
覆｜重蹈覆轍｜翻天覆地 ◇引申①蓋住，
蒙：覆蓋｜被覆 ②又因聲用同"復"，表
示回答，回覆。

賦（赋）fù

貝金 賕篆 賦隸（校官碑）賦楷（敬使君碑）
賦草（陸游）

【析形】賦字金文下部是貝，意符，表明
字義與財物有關（見"貝"字）；上部是
武，聲符，表示讀音。形聲字。小篆寫作
左右結構。隸、楷書沿襲小篆。
【簡化】簡化字"赋"的意符"贝"根據草書
楷化而成。
【釋義】◎本義指徵收田地稅，也指田地
稅：賦稅｜賦役｜田賦 ◇引申①給予（多
指上對下）：賦予｜天賦 ②表示作（詩、
詞等）：賦詩 ③古代文體名稱，句式有整
有散，是韻文的一種，盛行於漢魏六朝：
辭賦｜漢賦

縛（缚）fù

縛篆 縛隸（曹全碑）縛草（王繼）
縛楷（顏真卿）

【析形】縛字小篆左旁是糸，意符，表明
字義與繩索等有關；右旁是專，聲符，表
示讀音。形聲字。楷書沿襲小篆。
【簡化】楷書簡體"缚"的意符"纟"根據草
書楷化而成。
【釋義】指用繩索捆綁：束縛｜作繭自縛

F

G

夾 (夹) gā

【析形】見"夾jiá"。

【釋義】◎本義指左右相持。音jiá。△音借合成〔夾gā肢窩〕,腋的通稱,也作胳肢窩。

咖 gā

咖楷(顏真卿)

【析形】咖字《說文》所無。楷書左旁是口,意符,以口能發出聲音取意;右旁是加,聲符,表示讀音。形聲字。

【釋義】◎本義指象笑聲詞。形容笑聲:笑咖咖 △音借作音譯詞的構詞語素〔咖哩〕用胡椒、薑黃、番椒、茴香、陳皮等碾成粉末製成的調味品,色黃,味香而辣。

該 (该) gāi

該篆 **該**隸(張表碑) **該**楷(顏真卿)

【析形】該字小篆左旁是言,意符,表示字義與言語有關;右旁是亥,聲符,表示讀音(該、亥二字古音同韻部)。形聲字。

【簡化】楷書簡體"该"的意符"讠"根據草書楷化而成。

【釋義】◎本義指軍中戒約。◇引申①應當,理應如此:該當|該死|該着zháo|活該|應該 ②欠:該賬 △音借作指示代詞,多指上文說過的人或事物:該處|該地|該生

改 gǎi

改篆 **改**隸(居延簡) **改**楷(智永)

【析形】改字小篆右旁像手持棍棒形,隸作"攴",意符,擊打使變,取意改其舊制;左旁是己,聲符,表示讀音(改、己二字音聲母相同,韻母同部)。形聲字。

隸書意符作"攵"。楷書沿襲隸書。

【釋義】◎本義指變更,更易:改編|改變|改革|改判|改天|改造 ◇引申①更正,糾正:改過|改口|改正|悔改|校jiào改|勞改|整改 ②修改,變動:改建|改寫|竄改|篡改|批改|刪改|塗改

蓋 (盖) gài

蓋金 **蓋**金 **蓋**篆 **蓋**隸(鮮于璜碑) **盖**楷(鍾繇)

【析形】蓋字金文形一下部是皿,中有物,上有蓋,取意覆蓋。會意字。隸作"盍"。金文形二上部是"艸",意符,表明字的初義與草有關;下部是盍,意符兼聲符,取意覆蓋,也表示讀音(蓋、盍二字古同韻部)。會意兼聲字。小篆沿襲金文形二。隸書上部訛變。楷書沿襲隸書。

【簡化】簡化字是用沿用古體的方法,沿用漢碑作"盖"。

【釋義】◎本義指覆蓋,寫作"盍"。上加"艸"表示用白茅編成的覆蓋物。◇引申①泛指覆蓋在器物上部的東西:蓋子|鍋蓋|瓶蓋|天靈蓋 ②蒙上,遮掩:覆蓋|鋪蓋|掩蓋|遮蓋|欲蓋彌彰|鋪天蓋地 ③傘:華蓋|雨蓋 ④動物背上的甲殼:螃蟹蓋兒|烏龜蓋兒 ⑤壓倒,超越:蓋世無雙 ⑥扣,印上:蓋印|蓋章 ⑦建造:翻蓋|修蓋|蓋房子

溉 gài

溉金 **溉**篆 **溉**隸(隸辨)

【析形】溉字金文左旁是水,意符,表明字義與水有關;右旁是既,聲符,表示讀音(溉、既二字古音聲母相同,韻母同部)。形聲字。小篆沿襲金文。隸變後,

水字在字左側為偏旁時寫作"氵"。

【釋義】灌注,澆灌:溉田|灌溉

概〔槩〕gài

槩篆 **既未**隸(武威簡) **概**楷(顏真卿)

【析形】概字小篆下部是木,意符,表明材質;上部是既,聲符,表示讀音(概、既二字古音聲母相同,韻母同部)。形聲字。隸書沿襲小篆。楷書寫作左右結構。楷書沿襲隸書。

【釋義】◎本義指量粟麥時刮平斗斛的器具,後世俗稱斗趮子。◇引申①一律:一概|概莫能外 ②總括,大略:概況|概括|概論|概率|概貌|概念|概述|概算|概要|梗概 △音借表示神氣:氣概

丐〔匄、匃〕gài

屮甲 **凸**金 **凸**篆 **丐**楷(顏真卿)

【析形】丐字甲骨文右旁是人,左旁是亡,人逃亡他鄉,取意行乞。會意字。金文把"人"訛作"刀",小篆又訛作"勹"。楷書寫作"丐"。

【釋義】①乞求 ②乞丐:丐幫

芥 gài

【析形】見"芥jiè"。

【釋義】本義為草名,蔬菜名。音jiè。又指芥藍菜。音gài。一種不結球甘藍,嫩葉和菜苔是普通蔬菜。

鈣（钙）gài

钙楷(顏真卿)

【析形】鈣字《說文》所無。楷書左旁是"金"字簡體,意符,表明字義與金屬有關;右旁是丐,聲符,表示讀音。形聲字。

【簡化】楷書簡體"钙"的意符"钅"根據草書楷化而成。

【釋義】金屬元素,符號Ca。銀白色輕金屬,質軟,化學性質活潑,容易氧化,能與水反應放出氫氣,可用作還原劑和脫硫劑。它的化合物在工業、建築工程和醫藥上用途很大:鈣化|鈣質

干 gān

半甲 **半**金 **半**篆 隸(曹全碑) **干**楷(虞世南)

【析形】干字甲骨文、金文像上有椏杈下有柄的器具,是古人狩獵作戰的工具。象形字。小篆根據甲、金文轉寫而成。隸書筆畫化,初形已失。楷書沿襲隸書。

【釋義】◎本義指古代兵器。◇引申①冒犯:干犯|干擾|干涉|干預 ②牽連,涉及:干礙|干連|干係|無干|相干|一干 △音借表示①干支中"天干"的簡稱 ②個:若干

乾（干）gān

𠄌篆 **乾**隸(馬王堆帛書) **乾**楷(張猛龍碑)

【析形】乾字小篆右下部是乙,像草木屈曲而出之形,意符;左旁與右上部合為"倝",聲符,表示讀音。形聲字。隸書沿襲小篆。

【簡化】簡化字是用同音合併的方法,以音同、筆畫較簡的"干"代替筆畫繁複的"乾",合併了"乾"字的部分意義(表示"乾坤"義仍作"乾")。

【釋義】◎本義指冒出。△音借表示乾燥,沒有水分或水分很少,與"濕"相對:乾巴|乾旱|乾涸|乾裂|風乾|晾乾 ◇引申①枯竭,空虛,空無所有:乾杯|乾瘪|乾枯|外強中乾 ②加工製成的乾的食品:乾貝|乾菜|乾果|乾貨|餅乾 ③不用水的:乾餾|乾洗 ④徒然,白白地:乾等|乾急|乾瞪眼 ⑤只具形式的:乾號háo|乾笑 ⑥結拜的親屬關係:乾媽|乾親

甘 gān

甘甲 **甘**篆 **甘**隸(景君碑) **甘**楷(顏真卿)

【析形】甘字甲骨文外廓像口,中間一橫是指事符號,以口中含有食物表示味道。指事字。小篆沿襲甲骨文。隸書口形略變。楷書沿襲隸書。

【釋義】◎本義指美味。◇引申①表示甜,與"苦"相對:甘草|甘苦|甘泉|甘甜|同甘共苦|苦盡甘來 ②美好:甘霖|甘露|

甘雨 ③樂意，情願：甘當｜甘心｜甘願｜不甘寂寞

杆 gān

杆楷（顏真卿）

【析形】杆字《説文》所無。楷書左旁是木，意符，表示字義與樹木有關；右旁是干，聲符，表示讀音。形聲字。

【釋義】指細長的木頭或形狀類似細長木頭的東西：標杆｜吊杆｜欄杆｜旗杆｜桅杆

肝 gān

肝篆　肝隸（居延簡）　肝楷（顏真卿）

【析形】肝字小篆左旁是肉，意符，表明字義與身體器官有關；右旁是干，聲符，表示讀音。形聲字。隸、楷書沿襲小篆。古文肉、月二字形近，隸變後，兩個字作偏旁時多同化寫作"月"。

【釋義】人和一些動物的消化器官之一，是體內最大的腺體。有儲存、合成、分泌、解毒和防禦等功能：肝臟｜肝功能

竿 gān

竿篆　竿楷（顏真卿）

【析形】竿字小篆上部是竹，意符，表明字義與竹子有關；下部是干，聲符，表示讀音。形聲字。楷書沿襲小篆。

【釋義】◎本義指竹子的主幹：竹竿｜揭竿而起｜立竿見影 ◇引申指釣竿：垂竿｜魚竿

柑 gān

柑楷（顏真卿）

【析形】柑字《説文》所無。左旁是木，意符，表明字義與樹木有關；右旁是甘，聲符，表示讀音。形聲字。

【釋義】果樹名。橘屬。常綠灌木或小喬木，果實圓形，橙黃色，果肉可以吃，味甜，果皮可入藥：柑橘｜廣柑｜蜜柑｜油柑

桿 〔杆〕gǎn

【析形】桿字《説文》所無。左旁是木，意符，表示字義與樹木有關；右旁是旱，聲符，表示讀音。形聲字。異體字以"干"為聲符。內地採用"杆"字。

【釋義】◎本義指器物上細長的像棍子的部分。◇引申①泛指棍、棍狀的東西：桿菌｜筆桿｜秤桿 ②量詞，用於有桿的器物：一桿秤｜一桿槍（以上各引申義音gǎn）

稈 〔秆〕gǎn

稈篆　秆篆　秆楷（顏真卿）

【析形】稈字小篆形一左旁是禾，意符，表明字義與穀類植物有關；右旁是旱，聲符，表示讀音。形聲字。形二聲符為"干"。楷書沿襲小篆形二。

【釋義】禾本植物的莖：麻稈｜麥稈｜煙稈

趕 （赶）gǎn

趕楷（顏真卿）　赶楷（顏真卿）

【析形】趕字《説文》所無。楷書形一左旁是走，意符，表明字義與行走有關；右旁是旱，聲符，表示讀音。形聲字。

【簡化】楷書簡體"赶"是用更換聲符的方法，以筆畫較簡的"干"為聲符，替換了筆畫較繁複的"旱"。

【釋義】◎本義指追趕：趕超｜趕上 ◇引申①加快行動：趕緊｜趕路｜趕早兒 ②趁熱鬧，參加：趕場｜趕會｜趕集 ③驅逐：趕跑｜趕走｜趕盡殺絕 ④駕御：趕車｜趕驢

敢 gǎn

敢金　敢説文古文　敢篆　敢隸（孔彪碑）　敢楷（顏真卿）

【析形】敢字金文右下部像一隻手，上部像手有所持，左下部是甘，表意均未明。説文古文把"甘"訛作"古"。小篆把手持之物訛作"爪"。隸書右旁隸作"攵"，左旁盡失初形。楷書沿襲隸書。

【釋義】◎本義未明。今義指有勇氣，有膽量：膽敢｜果敢｜勇敢 ◇引申表示冒昧地請求：敢煩｜敢請

感 gǎn

感金　感篆　感隸（曹全碑）　感楷（王獻之）

【析形】感字金文下部是心，意符，表明字義與心理活動有關；上部是咸，聲符，表示讀音(感、咸二字古音同韻部)。形聲字。小篆、隸、楷書沿襲金文。

【釋義】◎本義指感動：感奮│感化│感人│感召　◇引申①感應，覺得：感官│感性│感受│感知│快感│敏感│預感　②感想，情感：感觸│感慨│感懷│感染│感傷│感悟│美感│同感　③感激，感謝：感恩│感念│感恩戴德│感激涕零│感同身受　④受風寒(中醫)：感冒│流感│外感

橄 gǎn

橄 楷(顏真卿)

【析形】橄字《說文》所無。楷書左旁是木，意符，表明字義與樹木有關；右旁是敢，聲符，表示讀音。形聲字。

【釋義】〔橄欖〕常綠喬木，果實長圓形，也叫青果。可食，也可入藥。

幹 (干)〔榦〕gàn

歸 篆 幹 隸(郭有道碑) 幹 楷(顏真卿)

【析形】幹字小篆右下是木，意符，表明材質；左旁和右上合作倝，聲符，表示讀音。形聲字。隸書把"木"寫作"干"。楷書沿襲隸書。

【簡化】簡化字是用同音合併的方法，以音近、筆畫較簡的"干"代替筆畫繁複的"幹"(榦)，合併了幹〔榦〕、干二字的意義。

【釋義】◎本義指築牆板。◇引申①事物的主體或重要部分：幹流│幹線│詞幹│骨幹│軀幹│樹幹│主幹　②幹部：幹群關係(以上各義又作"榦") ③能幹，有能力的：幹才│幹將│幹練│精幹　④做：幹活│幹勁│公幹│巧幹│實幹

岡 (冈)gāng

岡 金 岡 篆 岡 隸(隸辨) 冈 隸(曹全碑) 冈 楷(虞世南)

【析形】岡字金文下部是山，意符，表明字義與山有關；上部是"綱"字初文，聲符，表示讀音。形聲字。小篆沿襲金文。隸書形一聲符形體已訛變。

【簡化】隸書簡體"冈"是用符號代替的方法，以筆畫省簡的"メ"作為象徵性符號，替換了原字中間筆畫較繁複的部件。楷書、簡化字沿用漢碑隸書簡體。

【釋義】指山脊，山樑。又指較低平的山脊：岡陵│岡巒│山岡

扛 gāng

扛 篆 扛 楷(顏真卿)

【析形】扛字小篆左旁是手，意符，表明字義與手的動作有關；右旁是工，聲符，表示讀音(扛、工二字古音聲母相同，韻母同部)。形聲字。隸變後，手字在字左側為偏旁時寫作"扌"。

【釋義】用兩手舉重物：力能扛鼎

剛 (刚)gāng

剛 甲 剛 金 剛 篆 剛 隸(熹平石經) 剛 楷(顏真卿)

【析形】剛字甲骨文右旁是刀，意符，以刀之堅取意堅硬；左旁是"綱"字初文，聲符，表示讀音。形聲字。金文聲符為"岡"(剛、綱、岡三字古音同韻部)。小篆沿襲金文。隸變後，刀字在字右側為偏旁時寫作"刂"。

【簡化】簡化字"刚"聲符的簡化見"岡"字。

【釋義】◎本義指堅硬，與"柔"相對：剛勁│剛烈│剛硬│剛玉　◇引申表示堅強：剛強│剛毅│剛正│剛直　△音借表示①恰好：剛好│剛巧　②方才：剛剛│剛才

綱 (纲)gāng

綱 篆 綱 隸(曹全碑) 綱 楷(歐陽詢) 纳 行(王羲之)

【析形】綱字小篆左旁是糸，意符，表明字義與絲繩有關；右旁是岡，聲符，表示讀音。形聲字。隸書沿襲小篆。

【簡化】楷書簡體"纲"聲符的簡化見"岡"字。簡化字的意符"纟"根據草書楷化而成。

【釋義】◎本義指提網的總繩：綱目│綱綱　◇引申指事物的主要部分或起決定作

用的部分：綱常｜綱紀｜綱領｜綱要｜提綱｜
政綱

鋼 (钢) gāng

鋼楷(顏真卿)　鋼草(孫過庭)

【析形】鋼字《說文》所無。楷書左旁是
金，意符，表明字義與金屬有關；右旁是
岡，聲符，表示讀音。形聲字。
【簡化】簡化字"钢"的意符"钅"根據草書
楷化而成；聲符的簡化見"岡"字。
【釋義】◎本義指經過精煉的鐵碳合金，
比生鐵堅韌，比熟鐵質硬並富於彈性，是
工業上極貴重的材料：鋼板｜鋼錠｜鋼纜｜
鋼鐵｜鋼絲 ◇引申比喻意志堅強：鋼鐵意
志｜百煉成鋼

缸 gāng

缸篆　缸楷(顏真卿)

【析形】缸字小篆左旁是缶，意符，表明
字義與瓦器有關；右旁是工，聲符，表示
讀音(缸、工二字古音聲母相同，韻母同
部)。形聲字。楷書沿襲小篆。
【釋義】◎本義指缸瓦，用砂子、陶土等
混合而成的質料製成：缸管｜缸盆｜缸磚◇
引申①泛指盛東西的容器：缸子｜水缸｜染
缸｜魚缸｜玻璃缸 ②像缸的器物：汽缸

肛 gāng

肛楷(顏真卿)

【析形】肛字《說文》所無。楷書左旁的
"月"是古文"肉"字的隸變分化體，古文
肉、月二字形近，隸變後，兩個字作偏旁
時多同化寫作"月"。意符，表明字義與
身體的某部分有關；右旁是工，聲符，表
示讀音(肛、工二字古音聲母相同，韻母
同部)。形聲字。
【釋義】指人和動物排泄糞便的器官：肛
門

崗 (岗) gǎng

崗楷(顏真卿)

【析形】崗字《說文》所無。楷書上部是

山，意符，表明字義與山崗有關；下部是
"岡"字簡體，聲符，表示讀音。形聲字。
【簡化】楷書簡體"岗"聲符的簡化見"岡"
字。
【釋義】◎本義指山脊。也指高起的土坡：
崗子｜土崗 ◇引申①守衛的位置：崗樓｜
崗哨｜崗亭｜崗位 ②職位：崗位｜下崗

港 gǎng

港篆　港楷(顏真卿)

【析形】港字小篆左旁是水，意符，表明
字義與水有關；右旁是巷，聲符，表示讀
音。形聲字。隸變後，水字在字左側為偏
旁時寫作"氵"。
【釋義】①指江河的支流：港汊｜汊港 ②
又指可以停泊大船的江海口岸：港口｜港
灣｜港務｜海港｜軍港｜商港｜油港｜漁港 ③
也特指香港：港澳｜港幣｜港片｜港人

杠 〔槓〕 gàng

杠金　杠篆　槓楷(顏真卿)

【析形】杠字金文右旁是木，意符，表明
字義與木有關；左旁是工，聲符，表示讀
音。形聲字。小篆意符在左，聲符在右。
楷書以"貢"為聲符，為"杠"字異體。
【釋義】◎本義指牀前的橫木。◇引申①
泛指較粗的棍子：杠夫｜杠子｜滾杠｜撬
杠 ②運動器械：杠鈴｜單杠｜雙杠｜高低
杠 ③批改文字或閱讀時作為標記所畫的
直線：杠子｜紅杠 ④機牀上的棍狀零件：
絲杠

鋼 (钢) gàng

【析形】見"鋼gāng"。
【釋義】◎本義指經過精煉的鐵碳合金。
音 gāng。 ◇引申①表示把刀放在布、
皮、石頭等上面磨，使之鋒利：鋼刀布｜
把刀鋼一鋼 ②在刀口上加鋼重新打造：
這口鋼刀該鋼了(以上各引申義音 gàng)

高 gāo

高甲　高金　高篆　高隸(白石君碑)　高楷(歐陽通)

【析形】高字甲骨文像台觀樓閣的形狀，有屋頂，有樓體，上屋和下屋均有窗。象形字。以高台之形表示高。金文沿襲甲骨文。小篆線條化，形體略變。隸書筆畫化，屋頂寫作"亠"，楷書沿襲隸書。

【釋義】◎本義指從下向上距離大，離地面遠，與"低"相對：高層｜高地｜高峰｜高空｜高樓｜高牆｜高聲｜高原　◇引申①高度：身高｜體高｜跳高｜增高　②在一般標準或程度以上的：高才｜高潮｜高大｜高調｜高貴｜高價｜高速｜高溫｜高壓｜高音｜高利貸　③聲音響亮、尖銳或激昂：高唱｜高歌｜高呼｜高亢｜高腔｜高聲　④熱烈，盛大：高昂｜高興｜高漲｜興高采烈　⑤等級在上的：高檔｜高等｜高級｜高考｜高升｜高中｜高祖　⑥高尚，清高：高傲｜高潔｜高亢｜崇高　⑦高超，高明：高見｜高論｜高手兒｜高招　⑧年紀大：高邁｜高壽｜老邁年高

膏 gāo

【析形】膏字甲骨文中間是肉，意符，表明字義與肉體有關；上部與下面的"口"合為"高"，聲符，表示讀音。形聲字。小篆上部是高，下部是肉。隸、楷書沿襲小篆。古文肉、月二字形近，隸變後，兩個字作偏旁時多同化寫作"月"。

【釋義】◎本義指脂肪，油脂。古人把心尖脂肪叫膏，心臟和隔膜之間叫肓，認為是藥力達不到的地方：病入膏肓　◇引申①肥沃的：膏壤｜膏腴　②很稠的糊狀物：牙膏｜唇膏｜軟膏｜藥膏　③藥劑型之一：膏劑｜膏藥｜浸膏｜橡皮膏

糕〔餻〕gāo

【析形】糕字小篆左旁是食，意符，表明字義與食物有關；右旁是羔，聲符，表示讀音。形聲字。楷書以"米"為意符。

【釋義】◎本義指用米粉、麵粉或豆粉等做成的食品：糕點｜蛋糕｜發糕｜年糕　◇引申指某些糕狀的食品：雪糕

羔 gāo

【析形】羔字甲骨文上部是羊，下部是火，均為意符，表示羊炙。會意字。金文、小篆沿襲甲骨文。隸變後，火字在字下部為偏旁時分化出"灬"旁。

【釋義】◎本義當為烤羊。◇小羊味美，炙尤宜，故引申指小羊，也泛指幼小的動物：羔皮｜羔羊｜接羔｜鹿羔

篙 gāo

【析形】篙字小篆上部是竹，表明字義與竹子有關；下部是高，聲符，表示讀音。形聲字。楷書沿襲小篆。

【釋義】撐船的竹竿：篙子｜竹篙

搞 gāo

【析形】搞字《說文》所無。楷書左旁是"扌"（手），意符，表明字義與手的動作有關；右旁是高，聲符，表示讀音。形聲字。

【釋義】做，弄，幹，辦，從事，設法獲得等：搞鬼｜搞好｜搞活｜搞垮｜搞通｜搞妥｜搞對象｜搞關係｜搞建設

稿 gǎo

【析形】稿字小篆下部是禾，意符，表明字義與禾苗有關；上部是高，聲符，表示讀音。形聲字。隸書沿襲小篆。楷書寫作左右結構。

【釋義】◎本義指禾稈。◇引申指文章、圖畫等的草底，也指發表前寫成的作品：稿本｜稿酬｜稿件｜草稿｜擬稿｜審稿｜手稿｜投稿｜原稿｜組稿｜撰稿

鎬 gǎo

【析形】鎬字小篆左旁是金，意符，表示

字義與金屬有關；右旁是高，聲符，表示讀音。形聲字。

【簡化】楷書簡體"镐"的意符"钅"根據草書楷化而成。

【釋義】本義指溫熱食物的金屬器，與表示刨土、採礦的工具的"鎬"字異字同形：鎬頭｜電鎬｜風鎬｜十字鎬

告 gào

甲告 金告 篆告 隸（曹全碑）

告楷（元珍墓誌）

【析形】告字甲骨文上部是牛，下部是口，均為意符，其造字法應與吠、鳴等字相同，"吠"為狗叫，"鳴"為鳥叫，"告"當為牛叫。會意字。金文牛字中間一豎下部不出頭。小篆沿襲甲骨文。隸、楷書沿襲金文。

【釋義】◎本義當指牛叫。◇引申①禱告，祝告 ②用言語或文字向人陳述或解說：告誡｜告訴｜廣告 ③請求：告急｜告假｜告警｜告老｜告退 ④宣佈或表示某種情況的實現：告成｜告吹｜告捷｜告罄｜告一段落 ⑤提出訴訟，控訴：告發｜告狀｜控告 ⑥表明：告白｜告別｜告辭｜告慰

膏 gào

【析形】見"膏gāo"。

【釋義】◎本義指脂肪、油。音gāo。◇引申①把油抹在車軸或機械上：膏車｜膏油 ②把筆蘸墨後在硯台上搽這一動作：膏筆｜膏墨（以上各引申義音gào）

格 gē

【析形】見"格gé"。

【釋義】◎本義指樹木的長枝條。音gé。△音借作象聲詞，形容笑聲、機槍射擊聲等。音gē：格格地笑｜格格格響

哥 gē

哥篆 哥楷（顏真卿）

【析形】哥字小篆由上下兩個"可"字構成，當是借"可"字之音表示聲聲相續，為"歌"字本字。用作稱呼後，表示歌唱

之義增"欠"（甲骨文像人張嘴哈氣之形）為意符。見"歌"字。

【釋義】◎本義指歌唱，此義後作"歌"。△音借指對同父母或同族、同輩而年齡比自己大的男子之稱呼：哥哥｜表哥｜大哥｜堂哥

胳 gē

胳篆 胳楷（顏真卿）

【析形】胳字小篆左旁是肉，意符，表明字義與身體的某部分有關；右旁是各，聲符，表示讀音。形聲字。古文肉、月二字形近，隸變後，兩個字作偏旁時多同化寫作"月"。

【釋義】本義指腋下。音gā。〔胳臂〕〔胳膊〕肩膀以下手腕以上部分。

鴿 (鸽) gē

鴿篆 鴿楷（顏真卿）

【析形】鴿字小篆右旁是鳥，意符，表明字義與鳥類有關；左旁是合，聲符，表示讀音。形聲字。楷書沿襲小篆。

【簡化】楷書簡體"鸽"意符的簡化見"鳥"字。

【釋義】鳥名。鴿屬鳥的通稱。有家鴿、野鴿之分。有的家鴿經訓練可用來傳遞書信：鴿子｜信鴿｜和平鴿

擱 (搁) gē

擱楷（顏真卿）

【析形】擱字《說文》所無。楷書左旁是"扌"（手），意符，表明字義與手的動作有關；右旁是"閣"字簡體，聲符，表示讀音。形聲字。

【簡化】楷書簡體"搁"聲符的簡化見"閣"字。

【釋義】◎本義指放置。放：擱筆｜擱起 ◇引申指停頓下來：擱淺｜擱置｜耽擱｜延擱

割 gē

割金 割篆 隸（馬王堆帛書） 割楷（顏真卿）

【析形】割字金文右旁是刀，意符，表明字義與刀有關；左旁是害，聲符，表示讀音（割、害二字古音同韻部）。形聲字。小篆沿襲金文。隸變後，刀字在字右側為偏旁時寫作"刂"。楷書沿襲隸書。

【釋義】◎本義指用刀截斷：割除｜割斷｜切割｜收割 ◇引申①分開，劃分：割地｜割據｜割讓｜分割 ②捨棄：割愛｜割捨

歌〔謌〕gē

訶金　謌篆　歌篆　歌隸（史晨碑）

歌楷（顏真卿）

【析形】歌字金文左旁是言，意符，表明字義與言詞有關；右旁是可，聲符，表示讀音。形聲字。小篆形一聲符為"哥"；形二意符為"欠"（甲骨文像人張嘴哈氣之形），取意詠唱，置於右旁。隸、楷書沿襲小篆形二。

【釋義】◎本義①指按一定的樂曲或節拍詠唱：歌唱｜歌聲｜歌手｜歌舞｜歌吟｜謳歌｜笙歌｜歌舞昇平 ②也指能詠唱的文詞、歌曲：歌詞｜歌譜｜歌謠｜悲歌｜國歌｜軍歌｜凱歌｜頌歌｜校歌｜讚歌 ◇引申指頌揚：歌唱｜歌頌｜歌功頌德｜可歌可泣

戈 gē

（甲金　戈篆　戈隸（隸辨）　戈楷（顏真卿）

【析形】戈字甲骨文像古代一種兵器的形狀，長柄橫刃。象形字。金文、小篆沿襲甲骨文。隸書略失原形。楷書沿襲隸書。

【釋義】◎本義指古代一種橫刃、有長柄的兵器，盛行於殷周時代：兵戈｜倒 dǎo 戈｜反戈｜干戈｜揮戈｜枕戈待旦｜同室操戈 ◇引申代指戰爭：干戈四起 △音借指盡是沙子和石塊的沙漠地區：戈壁｜戈壁灘

疙 gē

疙楷（顏真卿）

【析形】疙字《說文》所無。楷書外廓是"疒"，意符，表明字義與病痛有關（見"病"字）；內中是乞，聲符，表示讀音。形聲字。

【釋義】〔疙瘩〕◎本義指皮膚或肌肉上生長的塊狀物。◇引申①球形或塊狀的東西：麵疙瘩 ②比喻想不通、解決不了的問題：思想疙瘩

革 gé

萆金　單金　革篆　革隸（馬王堆帛書）

革楷（顏真卿）

【析形】革字金文形一像剝剝下來的一張獸皮，在軀體展列開來。象形字。金文形二把展列的身體部分訛作兩隻手，像以手剝獸皮，成為會意字。小篆略失原形。隸、楷書沿襲小篆。

【釋義】◎本義指經過加工去毛的獸皮：皮革｜製革｜馬革裹屍 ◇引申①去掉，開除，撤除：革除｜革職｜斥革 ②改變：革命｜革新｜變革｜鼎革｜改革

閣〔閣〕gé

閣篆　閣隸（西狹頌）　閣楷（高貞碑）

阁草（王寵）

【析形】閣字小篆外廓是門，意符，表明字的初義與門有關；內中是各，聲符，表示讀音（閣、各二字古音聲母相同，韻母同部）。形聲字。隸、楷書沿襲小篆。

【簡化】簡化字"阁"的意符"门"根據草書楷化而成。

【釋義】◎本義指古代安裝在門的兩旁用來固定門扇，防止其自合的長木椿。也放東西的架子：高閣｜束之高閣 ◇引申指①在較高的房屋裝架起的一層矮小的樓：閣樓 ②舊時樓房建築的一種：亭台樓閣｜仙山瓊閣 ③舊時也指女子的住房：出閣｜閨閣 ④政府官署內閣的簡稱：閣員｜組閣

擱〔搁〕gé

【析形】見"擱 gē"。

【釋義】◎本義指放置。音 gē。◇引申指承受，禁受。音 gé：擱不住

格 gé

柊金　楁篆　格隸（桐柏廟碑）

格楷（顏真卿）

G

【析形】格字甲骨文、金文借音近的"各"字表示(見"各"字)。金文也見左旁增"木"為意符,表明字義與樹木有關,成為形聲字。小篆、隸、楷書沿襲金文。
【釋義】◎本義指樹木的長枝條。後也指用木條做的架子或柵欄。◇引申①格子:表格|方格|窗格子 ②限制,阻礙:格格不入|格於成例 ③格式,標準:格局|格物|格律|格外|格言|規格|合格 ④品質,風度:格調|風格|品格|人格|性格 ⑤抗拒,打擊:格鬥|格殺

葛 gé

鬃篆 葛楷(顏真卿)

【析形】葛字小篆上部是"艸",意符,表明字義與植物有關;下部是曷,聲符,表示讀音。形聲字。楷書沿襲小篆。
【釋義】植物名。一種多年生的蔓草,花紫紅色,塊根可入藥,也可製成葛粉供食用,莖可編籃做繩,莖的纖維可製葛布。

隔 gé

䦺篆 隔楷(顏真卿)

【析形】隔字小篆左旁是阜,義為土山,意符,取意阻塞、阻隔;右旁是鬲,聲符,表示讀音(隔、鬲二字古音同韻部)。形聲字。隸變後,阜字在字左側為偏旁時寫作"阝"。
【釋義】◎本義指高出平路的障礙。◇引申①泛指遮斷,阻塞:隔壁|隔斷|隔絕|隔離|隔熱|分隔 ②距離,間隔:隔世|隔夜|相隔 ③表示情意不通:隔閡|隔膜

蛤 gé

蛤楷(顏真卿)

【析形】蛤字《説文》所無。楷書左旁是虫,意符,表明字義與動物有關;右旁是合,聲符,表示讀音。形聲字。
【釋義】〔蛤蜊〕〔文蛤〕瓣鰓類軟體動物,生活在淺海泥沙中,體外有雙殼,肉可吃。
〔蛤蚧〕爬行動物,像壁虎。中醫用做強壯劑。

合 gě

【析形】見"合hé"。
【釋義】◎本義指合攏。音hé。△音借作市制容量單位,一升的十分之一。音gě:市合

葛 gě

【析形】見"葛gé"。
【釋義】本義為植物名。音gé。後作姓氏用字。音gě。

蓋 gě

【析形】見"蓋gài"。
【釋義】本義指覆蓋。音gài。後作姓氏用字。音gě。

箇 (个) gè

苗馬王堆帛書 箇篆 介武威簡

【析形】"箇"字竹簡像一截竹枝的形狀,有枝幹、枝葉。象形字。表示一枚竹枝。馬王堆帛書作"箇"。上部是竹,意符,表明字義與竹子有關;下部是固,聲符,表示讀音。形聲字。小篆沿襲帛書。
【簡化】簡化字"个"是用了沿用古體的方法,沿用竹簡寫作"个"。
【釋義】◎本義指一根竹子。◇引申用於計算長條形的東西,相當於"枚"。△音借作指示代詞,表示"這","此":箇中滋味

個 (个) gè

個楷(顏真卿)

【析形】"個"字《説文》所無。楷書左旁是"亻"(人),意符,表明字義與人有關;右旁是固,聲符,表示讀音。形聲字。
【簡化】簡化字是用同音合併的方法,以音同的"箇"字簡體"个"代替筆畫較繁複的"個",合併了個、箇(个)二字的意義。
【釋義】◎本義指單獨的人或物:個案|個別|個人|個體|個位|個性|單個兒|各個 ◇引申①指代人或物:某個|哪個|這個 ②人或物的體積:個子|大個兒|高個兒 ③量詞:幾個|一個

各 gè

各甲 各金 㕣篆 㕣隸(乙瑛碑)

各楷(顏真卿)

【析形】"各"字甲骨文上部是倒"止"，像人足印形（"趾"字初文），下部像古人穴居的地穴口，均為意符，以足抵一地取意至、來。會意字。金文、小篆沿襲甲骨文。隸變後，倒"止"在為偏旁時隸作"夂"。楷書沿襲隸書。

【釋義】◎本義為至，來到。銘文："王在東門，夕，王各。"△音借表示每個，彼此不同的：各半｜各處｜各國｜各級｜各界｜各色｜各樣｜各自　◇引申表示不止一人一物同做某事或具有某種屬性：各持己見｜各得其所｜各行其是｜各有千秋

給 (给) gěi

【析形】見"給 jǐ"。

【釋義】◎本義指豐足。◇引申①供給。音 jǐ。②交付，送與：給予｜交給｜留給　③為：老師給我們講課　④使，讓：法規要給公眾知道　⑤表示被動：信息給刪掉了（以上引申義②③④⑤音 gěi。）

根 gēn

根篆 根隸(曹全碑) 根楷(王羲之)

【析形】根字小篆左旁是木，意符，表明字義與植物有關；右旁是艮，聲符，表示讀音。形聲字。隸、楷書沿襲小篆。

【釋義】◎本義指植物長在土中或水中的部分，其主要功能為吸收養分和固定植物的上部，有的根還能貯藏養料：根莖｜芽｜樹根　◇引申①事物的本源：根本｜底｜根源｜病根｜禍根　②物體的基部：根基｜牆根｜山根　③依據：根據｜存根｜票根　④徹底地：根除｜根究｜根絕｜根治　⑤量詞，用於表示細長的東西：編根繩子｜一根火柴

跟 gēn

跟篆 跟楷(顏真卿)

【析形】跟字左旁是足，意符，表明字義與腿腳有關；右旁是艮，聲符，表示讀

音。形聲字。楷書沿襲小篆。

【釋義】◎本義指腳的後部，腳後跟：腳跟　◇引申①鞋襪的後部：後跟｜襪跟｜鞋跟　②追隨在後，緊接在後：跟班｜跟包｜跟進｜跟隨｜跟蹤　③連詞，表示"和"，"與"，"同"：哥哥跟我都是醫生　④介詞，表示"向"，"對"：老師跟他講道理

更 gēng

更甲 更金 更篆 更隸(禮器碑) 更楷(顏真卿)

【析形】更字甲骨文下部像手持杖形，上部是丙，像烙餅的鐺，均為意符，杖擊物使變，取意改變，丙也表示讀音（更、丙二字古音同韻部）。會意兼聲字。金文上部為二"丙"。小篆沿襲甲骨文。隸書已失原形。楷書沿襲隸書。

【釋義】◎本義指改變，改換，交替：更迭｜更改｜更換｜更生｜更替｜更新｜更衣｜更張｜更正｜變更　◇引申①時間的更替，舊時一夜分為五更：更夫｜更鼓｜更樓｜打更｜起更｜三更　②經歷：少 shào 不更事

耕 gēng

耕篆 耕楷(顏真卿)

【析形】耕字小篆左旁是耒，像古代手推的翻土農具之形；右旁是井，意符，古代實行井田制，此取農事之意，兼作聲符，表示讀音（耕、井二字古音同韻部）。會意兼聲字。楷書耒旁省減了筆畫。

【釋義】用犁翻地鬆土：耕地｜耕具｜耕牛｜耕耘｜耕種｜耕作｜春耕｜躬耕

羹 gēng

羹篆 羹篆 羹隸(居延簡) 羹楷(顏真卿)

【析形】羹字小篆形一上部是羔，本義為小羊；下部是鬲，古代炊器，兩旁像烹煮食物氣體蒸騰之狀，均為意符，表示用炊具烹煮食物。會意字。小篆形二上部仍是羔，下部是美，表示美味。隸、楷書沿襲小篆形二。

【釋義】本義指用肉調和五味做的有濃汁的食物，後泛指濃汁狀或半凝固狀的食品：羹匙｜羊羹｜豆腐羹｜雞蛋羹

G

頸 (颈) gěng

【析形】見"頸 jǐng"。

【釋義】〔脖頸〕脖子後部。

埂 gěng

埂篆 埂楷(顏真卿)

【析形】埂字小篆左旁是土，意符，表明字義與土地有關；右旁是更，聲符，表示讀音。形聲字。楷書沿襲小篆。

【釋義】◎本義指田間地勢稍稍高起的長條地方：山埂｜田埂｜土埂｜圩埂 ◇引申指小土堤：埂堰｜堤埂

耿 gěng

耿金 耿篆 耿隸(史晨碑)

耿楷(張猛龍碑)

【析形】耿字金文右旁是火，意符，取意光明；左旁的"耳"是"聖"字的省減，聲符，表示讀音(耿、聖二字古音同韻部)。形聲字。小篆、隸、楷書沿襲金文。

【釋義】◎本義指光明。△引申表示正直：耿介｜耿直

〔耿耿〕①明亮：耿耿星河 ②形容忠誠：忠心耿耿 ③形容心中不安，有心事：耿耿於懷

梗 gěng

梗篆 梗隸(馬王堆帛書)

梗楷(華山神廟碑)

【析形】梗字小篆左旁是木，意符，表明字義與樹木有關；右旁是更，聲符，表示讀音。形聲字。隸、楷書沿襲小篆。

【釋義】◎本義為樹名。刺榆。落葉小喬木或灌木狀，小枝尖端成刺。也指草木刺人。◇引申①妨礙，阻礙：梗塞 sè｜梗阻｜作梗 ②植物的枝、根或莖：菜梗｜花梗 ③挺直：梗着 ④直爽：梗直 ⑤頑固：頑梗

更 gèng

【析形】見"更 gēng"。

【釋義】◎本義指改變。音 gēng。◇引申①表示再，又：更進一步｜更上一層樓 ②愈加，越發：更好｜更加｜更快(以上各引申義音 gèng)

工 gōng

工甲 工金 工篆 工隸(樓蘭簡)

工楷(歐陽詢)

【析形】工字甲骨文像一把曲尺之形，即工匠用來測方圓之矩。象形字。金文、小篆、隸、楷書均沿襲甲骨文。

【釋義】◎本義指曲尺。◇由使用工具引申表示①做工的人，工人：工農｜電工｜僱工｜礦工｜勞工 ②工作，生產勞動；工廠｜工場｜工齡｜工效｜罷工｜怠工｜手工 ③工夫，技巧：工藝｜武工 ④工程：工兵｜工期｜動工｜竣工｜施工 ⑤工業：工科｜化工 ⑥精巧，細緻：工筆｜工巧｜工整｜工致 ⑦長於，善於：工書善畫

弓 gōng

弓甲 弓金 弓篆 弓隸(居延簡) 弓楷(顏真卿)

【析形】弓字甲骨文像一把弓之形，有弓背、弓弦。象形字。金文省去弓弦。小篆沿襲金文。隸書筆畫化，弓形略失。楷書沿襲隸書。

【釋義】◎本義指用於射箭或發彈丸的器械：弓箭｜弓形｜弓弦｜彈弓｜弩弓｜彎弓 ◇引申①像弓的工具或部件：琴弓 ②使彎曲：弓背｜弓腰

功 gōng

功篆 功隸(曹全碑) 功楷(虞世南)

【析形】功字金文借音近的"工"字表示(見"工"字)。小篆增"力"為意符，表明字義與力氣、力量有關；工成為聲符，表示讀音。形聲字。隸、楷書沿襲小篆。

【釋義】◎本義指勞績，功業，與"過"相對：功臣｜功德｜功績｜功勞｜立功｜戰功 ◇引申①成效，成就，效能：功力｜功能｜功效｜功用｜成功 ②技術，本領，造詣：功力｜苦功｜氣功｜武功｜用功｜基本功 ③指物理學上外力作用在物體上，使物體沿着力的方向移動，即做功：功率

攻 gōng

攻金 攻篆 **攻**隸(曹全碑) **攻**楷(顏真卿)

【析形】攻字金文右旁像手持棒形，隸作"攴"，意符，表明字義與擊打有關；左旁是工，聲符，表示讀音。形聲字。小篆沿襲金文。隸變後，"攴"旁多寫作"攵"。楷書沿襲隸書。

【釋義】◎本義指進擊，打擊。◇引申①攻擊，與"守"相對：攻城|攻堅|攻克|攻取|攻勢|攻佔|反攻|夾攻 ②指責：攻擊|攻訐 ③研究，學習：攻讀|攻關|專攻

供 gōng

供篆 **供**隸(曹全碑) **供**楷(顏真卿)

【析形】供字小篆左旁是人，意符，表明字義與人的活動有關；右旁是共，聲符，表示讀音。形聲字。隸變後，人字在字左側為偏旁時寫作"亻"。

【釋義】◎本義指陳設。◇引申指供給 jǐ：供求|供銷|供養|供應|提供|供不應求

宮 gōng

宮甲 宮金 宮篆 宮隸(華山神廟碑) 宮楷(顏真卿)

【析形】宮字甲骨文形一外廓像房屋形，內中像宮室相鄰接之形。象形字。金文沿襲甲骨文。小篆下部訛為"呂"。隸書房屋形隸作"宀"，下部省減中間連線。楷書沿襲隸書。內地採用"宫"字。

【釋義】◎本義為房屋的通稱。◇引申①專指帝王的住所：宮殿|宮女|宮室|故宮|皇宮|寢宮|王宮|行 xíng 宮 ②廟宇或神話中神仙的住所：梵宮|龍宮|天宮|月宮 ③文化娛樂場所：民族宮|青年宮|少年宮|文化宮 ④子宮：宮頸 ⑤古代閹割生殖器或破壞生殖功能的酷刑：宮刑 △音借指古代五音之一，相當於簡譜的"1"。

恭 gōng

恭篆 **恭**隸(肥致碑) **恭**楷(虞世南)

【析形】恭字甲骨文、金文借"龔"字表示。小篆下部是心，意符，表明字義與心

意有關；上部是共，聲符，表示讀音。形聲字。隸書沿襲小篆。楷書沿襲隸書，意符"心"寫作"小"。

【釋義】◎肅敬，有禮：恭賀|恭候|恭順|恭敬|恭喜|謙恭|畢恭畢敬|洗耳恭聽

躬 〔躳〕gōng

躬篆 躬篆 **躬**隸(桐柏廟碑) **躬**楷(崔敬邕墓誌)

【析形】躬字小篆形一右旁是呂，像動物的脊椎骨，左旁是身，均為意符，表明字義與身子骨有關。會意字。小篆形二右旁是弓，意符兼聲符，表示身體彎曲如弓，也表示讀音。會意兼聲字。隸、楷書沿襲小篆形二。

【釋義】◎本義指身體，也指彎身：躬身|鞠躬|卑躬屈節 ◇引申指自身，親自：躬耕|躬親|躬行|反躬自問

蚣 gōng

蚣篆 **蚣**楷(顏真卿)

【析形】蚣字小篆左旁是虫，意符，表明字義與昆蟲有關；右旁是公，聲符，表示讀音。形聲字。楷書沿襲隸書。

【釋義】〔蜈蚣〕見"蜈"字。

鞏（巩）gǒng

鞏篆 **鞏**隸(隸辨)

【析形】鞏字小篆左下是"革"，意符，表明字的初義與皮革有關；左上的"工"與右旁合為"巩"，聲符，表示讀音。形聲字。隸書寫作上下結構。

【簡化】簡化字是用同音合併的方法，以音同、筆畫較簡的"巩"代替筆畫繁複的"鞏"，合併了鞏、巩二字的意義。

【釋義】◎本義指用皮革束物。◇引申指牢固，結實：鞏固

汞 〔銾〕gǒng

汞篆 **汞**楷(顏真卿)

【析形】汞字本作"澒"(音 hòng)。小篆左旁是水，意符，表明字義與液體有關；

右旁是項，聲符，表示讀音。形聲字。楷書作"汞"。下部是水，意符；上部是工，聲符，表示讀音。形聲字。異體字增"金"為意符，表明字義與金屬有關。

【釋義】金屬元素，符號Hg。通稱水銀。常溫下呈銀白色液態，能溶解金、銀、錫、鉀、鈉等。可用來製鏡子、溫度計、氣壓計、水銀燈等，還是製殺蟲藥的原料：甘汞｜紅汞｜雷汞｜升汞

拱 gǒng

拱篆 拱楷(顏真卿)

【析形】拱字小篆左旁是手，意符，表明字義與手的動作有關；右旁是共，聲符，表示讀音。形聲字。隸變後，手字在字左側為偏旁時寫作"扌"。

【釋義】◎本義指抱拳，兩手相合上舉，以示敬意：拱手 ◇引申①兩手合圍，環繞：拱抱｜拱衛｜眾星拱月 ②使肢體彎成弧形：拱背｜拱腰 ③建築物呈弧形的結構：拱門｜拱橋｜斗拱｜橋拱｜連拱壩

共 gòng

共甲 共金 共篆 共隸(華山神廟碑)

共楷(鍾繇)

【析形】共字甲骨文像兩手捧一物之形。會意字。金文沿襲甲骨文。小篆所捧之物形體略變。隸變後，手形已失初形。楷書沿襲隸書。

【釋義】◎本義當為供奉，是"供"字的本字。◇引申①共同：共處｜共存｜共聚｜共勉｜共鳴｜共事｜共振｜公共 ②相同的，一樣的：共通｜共同｜共性 ③總起來記：共計｜統共｜一總共 ④共產黨的簡稱：俄共｜中共

貢 (贡) gòng

貢篆 貢隸(曹全碑) 貢楷(顏真卿)

貢草(孫過庭)

【析形】貢字小篆下部是貝，意符，表明字義與財物有關（見"貝"字）；上部是工，聲符，表示讀音。形聲字。隸書沿襲小篆。

【簡化】楷書簡體"贡"的意符"贝"根據草書楷化而成。

【釋義】◎本義指古代臣民向朝廷進獻物品：貢品｜貢稅｜朝貢｜進貢｜納貢 ◇引申①古代地方向朝廷舉薦人才：貢生｜貢院 ②把力量、經驗等獻給國家和人民，或對人民、國家和人類社會所做的有益的事情：貢獻

供 gòng

【析形】見"供 gōng"。

【釋義】◎本義指陳設。音 gōng。◇引申①祭祀時奉獻的物品：供品｜上供 ②奉獻：供奉 ③受審者陳述案情，也指陳述的話或文字：供詞｜供認｜供狀｜逼供｜翻供｜口供｜錄供｜誘供｜招供（以上各引申義音 gòng）

勾 gōu

勾甲 勾金 勾篆 勾隸(馬王堆帛書)

勾楷(顏真卿)

【析形】勾字甲骨文外廓像蔓生植物相糾結之形，隸作"丩"，意符，取意彎曲；中間是口，聲符，表示讀音（句、口二字古音同韻部）。形聲字。金文把聲符"口"移置下部。小篆意符形體略變。隸書把"丩"訛作"勹"成為"句"。"句"字音借表示語句義後，勾曲之義俗作"勾"。

【釋義】◎本義指曲，彎曲。◇引申①用筆畫出形象的邊緣：勾畫｜勾勒｜勾臉 ②截取，刪除：勾除｜勾去｜勾銷 ③糾合：勾結｜勾通 ④招引：勾串｜勾搭｜勾引

溝 (沟) gōu

溝篆 溝隸(史晨碑) 溝楷(顏真卿)

【析形】溝字小篆左旁是水，意符，表明字義與水有關；右旁是冓，聲符，表示讀音。形聲字。隸、楷書沿襲小篆。

【簡化】簡化字"沟"是用更換聲符的方法，以筆畫較簡的"勾"為聲符，替換了筆畫繁複的"冓"。

【釋義】◎本義指田間水道：溝渠｜地溝｜墾溝 ◇引申①像溝的：壕溝｜山溝｜交通

溝 ②比喻差異，明顯的界線：代溝｜鴻溝 ③使兩方能通連：溝通

鈎 (钩)〔鈎〕gōu

鈎篆 鈎隸(隸辨) 鈎草(孫過庭) 鈎楷(顏真卿)

【析形】鈎字小篆左旁是金，意符，表明字義與金屬有關；右旁是句，意符兼聲符，本義指彎曲，也表示讀音(鈎、句二字古音聲母相同，韻母同部)。會意兼聲字。

【簡化】楷書簡體"钩"的意符作"钅"；"勾"根據草書楷化而成。

【釋義】◎本義指形狀彎曲，供懸掛、連接、探取東西用的器具：車鈎｜釣鈎 ◇引申①漢字的筆畫一種，即"乚"、"⺄"、"亅"等：雙鈎 ②用鈎子取物：掛鈎｜鈎上來

狗 gǒu

狗篆 狗隸(馬王堆帛書) 狗楷(顏真卿)

【析形】狗字小篆左旁是犬，狗之學名，意符；右旁是句，聲符，表示讀音(狗、句二字古音聲母相同，韻母同部)。形聲字。隸變後，犬字在字左側為偏旁時寫作"犭"。

【釋義】◎本義指犬科哺乳動物，學名"犬"，是人類最早馴化的家畜之一，聽覺、嗅覺特別靈敏，性機警，可用來看守門戶、打獵、放牧、警衛等，有的可訓練成警犬：狼狗｜獵狗｜野狗 ◇引申比喻供人役使、助人作惡的人：走狗｜狗腿子｜狐朋狗黨

苟 gǒu

苟甲 苟金 苟篆 苟隸(熹平石經) 苟楷(顏真卿)

【析形】苟字本作"茍"(上部非"艸"頭)。甲骨文上部像羊角形，代表羊，取美、善之意(古文"羊"字有美善意)；下部像跪踞之人形，取意恭敬。金文沿襲甲骨文。小篆下部跪坐之人形已訛變。隸書上部訛作"艹"，與形近，本義為草名的"苟"字混同。楷書沿襲隸書。

【釋義】◎本義當指恭敬。△音借表示①

隨便：苟同｜不苟言笑｜一絲不苟 ◇引申 ①暫且：苟且｜苟全｜苟延殘喘 ②不正當：苟合 ③連詞，表示假若，如果：苟能如此

勾 gòu

勾 gòu

【析形】見"勾 gōu"。

【釋義】◎本義指彎曲。音 gōu。◇引申指壞事情。音 gòu：勾當

構 (构)〔搆〕gòu

構篆 構楷(顏真卿) 构楷(顏真卿)

【析形】構字小篆左旁是木，意符，表明字義與木材有關；右旁是冓，聲符，表示讀音。形聲字。楷書沿襲小篆。異體字以"扌"(手)為意符，表明字義與手的動作有關。

【簡化】楷書簡體"构"是用更換聲符的方法，以筆畫較簡的"勾"為聲符，替換了筆畫繁複的"冓"。

【釋義】◎本義指架屋。◇引申①建造，建築：構屋｜構築 ②構造，組合：構詞｜構思｜構圖｜結構 ③圖謀：構兵｜構亂｜構陷

購 (购) gòu

購篆 購隸(馬王堆帛書) 購楷(顏真卿) 購草(草書韻會)

【析形】購字小篆左旁是貝，意符，表明字義與財物有關(見"貝"字)；右旁是冓，聲符，表示讀音。形聲字。隸、楷書沿襲小篆。

【簡化】簡化字"购"是用更換聲符的方法，以筆畫較簡的"勾"為聲符，替換了筆畫繁複的"冓"；意符"贝"根據草書楷化而成。

【釋義】◎本義指重賞徵求，重金收買。◇引申指買：購買｜購銷｜購置｜採購｜代購｜訂購｜選購｜郵購｜徵購

夠 〔够〕gòu

够楷(顏真卿)

【析形】夠字《說文》所無。楷書右旁是

多，意符，取意足夠；左旁是句，聲符，表示讀音（夠、句二字古音聲母相同，韻母同部）。形聲字。異體字意符在左側。內地採用"够"字。

【釋義】◎本義指在數量上可以滿足需要：夠本│夠數│夠用 ◇引申①達到一定程度：夠格│夠受│夠味兒 ②伸向較遠的地方取東西：夠不着│夠得着

垢 gòu

垢篆 楷(智永)

【析形】垢字小篆左旁是土，意符，以塵土取意污穢；右旁是后，聲符，表示讀音。形聲字。楷書沿襲小篆。

【釋義】◎本義指污穢、骯髒的東西：塵垢│積垢│泥垢│牙垢│藏垢納污│蓬頭垢面 ◇引申指恥辱：忍辱含垢

估 gū

估楷(顏真卿)

【析形】估字《説文》所無。楷書左旁是"亻"（人），意符，表明字義與人的活動有關；右旁是古，聲符，表示讀音。形聲字。

【釋義】◎本義指估量物品的價值或數目：估價 ◇引申指揣測，推斷：估計│估價│估量│估摸│低估│評估

孤 gū

孤篆 隸(孔彪碑) 孤楷(顏真卿)

【析形】孤字小篆左旁是子，意符，表明字義與孩子有關；右旁是瓜，聲符，表示讀音（孤、瓜二字古音聲母相同，韻母同部）。形聲字。隸、楷書沿襲小篆。

【釋義】◎本義指幼年喪父或父母雙亡：孤兒│遺孤 ◇引申①單獨：孤本│孤單│孤軍│孤立│孤僻 ②古代帝王的自稱：孤王│稱孤道寡

姑 gū

姑金 姑篆 隸(居延簡) 姑楷(智永)

【析形】姑字金文左旁是女，意符，表明字

義與女性有關；右旁是古，聲符，表示讀音。形聲字。小篆、隸、楷書沿襲金文。

【釋義】◎本義指①丈夫的母親：姑嫜│舅姑│翁姑 ②父親的姊妹：姑姑│姑表│姑父│姑媽 ③丈夫的姊妹：姑嫂│小姑子 ◇引申作女性的通稱①少女：姑娘│村姑 ②出家的女子：道姑│尼姑 △音借表示暫且：姑且│姑妄言之

骨 gū

【析形】見"骨gǔ"。

【釋義】◎本義指骨頭。音gǔ。◇音借作合成詞的構詞語素。〔骨朵〕指沒有開放的花朵〔骨碌〕滾動(以上各音借義音gū)

辜 gū

辜金 辜說文古文 辜篆 辜楷(顏真卿)

【析形】辜字金文右旁是"死"字，意符，取意死罪；左旁是古，聲符，表示讀音。形聲字。説文古文意符在左，聲符在右。小篆寫作上下結構，下部是辛，古代一種刑具，意符，取意有罪；上部"古"為聲符。楷書沿襲小篆。

【釋義】◎本義指罪，罪過：無辜│死有餘辜 ◇引申指負，對不住：辜負

咕 gū

咕楷(顏真卿)

【析形】咕字《説文》所無。楷書左旁是口，意符，表明字義與口有關；右旁是古，聲符，表示讀音。形聲字。

【釋義】〔咕噥〕含混地自言自語。〔嘀咕〕指低聲說話。又作象聲詞：肚子餓得咕咕叫

沽 gū

沽金 沽篆 沽隸(居延簡) 沽楷(顏真卿)

【析形】沽字金文左旁是水，意符，表明字的本義與水有關；右旁是古，聲符，表示讀音。形聲字。小篆沿襲金文。隸變後，水字在字左側為偏旁時寫作"氵"。

【釋義】◎本義為水名。今河北省白河，古稱沽河。△因聲通"酤"、"賈gǔ"二字，表示"買"和"賣"：沽酒│沽名釣譽│

待價而沽

菇 gū

菇 楷（顏真卿）

【析形】菇字《説文》所無。楷書上部是"艹"（艸），意符，表明字義與植物有關；下部是姑，聲符，表示讀音。形聲字。

【釋義】◎菌類植物。生長在樹林裏、草地上，或寄生在一些樹幹上的蕈類：草菇｜冬菇｜蘑菇 gu｜香菇

箍 gū

箍 楷（顏真卿）

【析形】箍字《説文》所無。楷書上部是"竹"（竹），意符，表明字義與竹子有關；下部左旁是"扌"（手），右旁是匝，義為環繞，均為意符，表示用手把東西捆束起來。會意字。

【釋義】◎本義指用竹篾等把東西捆緊。◇引申①泛指用金屬條或其他東西束緊器物：箍桶 ②緊緊束在東西外面的圈：金箍｜鐵箍｜竹箍｜緊箍咒

古 gǔ

古 甲 古 甲 古 金 古 篆 古 隸（史晨碑）
古 楷（歐陽詢）

【析形】古字甲骨文形一上部是"冊"字初文，像貫穿之形（後寫作"貫"）；下部是口，均為意符，表示講述過往的事情。會意字。形二上部略省。金文把甲骨文上部的空廓填實。小篆根據金文把上部訛作"十"。隸、楷書沿襲小篆。

【釋義】◎本義指講述舊昔之事。◇引申①久遠的時代，與"今"相對：古代｜古典｜古樸｜古詩｜仿古｜復古 ②久遠，永遠：千古｜終古｜萬古長存 ③經歷多年的：古董｜古剎 chà｜古城｜古都｜古籍｜古蹟｜古墓 ④與時俗不同的：古奧｜古板｜古怪｜古拙 ⑤古體詩：古風｜古詩｜七古｜五古

谷 gǔ

谷 甲 谷 金 谷 篆 谷 隸（樓蘭簡）

谷 楷（顏真卿）

【析形】谷字甲骨文上部像兩山之間峽谷之形，下部的"口"表示谷口，均為意符，表示兩山之間的夾道。會意字。金文、小篆沿襲甲骨文。隸書根據小篆轉寫而成。楷書沿襲隸書。

【釋義】◎本義指兩山之間的水道或夾道：谷地｜河谷｜山谷｜峽谷 ◇引申比喻困境，沒有出路：進退維谷

穀 (谷) gǔ

穀 篆 穀 隸（曹全碑）穀 楷（顏真卿）

【析形】穀字小篆左下是禾，意符，表明字義與禾穀有關；左上與右旁合為"殼"字（省減了左下的"几"），聲符，表示讀音。形聲字。隸、楷書沿襲小篆。

【簡化】簡化字是用同音合併的方法，以音同、筆畫較簡的"谷"代替筆畫繁複的"穀"，合併了穀、谷二字的意義。

【釋義】①穀類作物的總稱：穀物｜百穀｜包穀 ②也專指稻和稻穀：穀倉｜穀子｜秕穀

股 gǔ

股 金 股 篆 股 隸（樊敏碑）
股 楷（敬使君碑）

【析形】股字金文是側立之人形，在其大腿處加指事符號，表示大腿位置。指事字。小篆左旁增"肉"為意符，表明字義與身體的某部分有關；右旁訛作"殳"，聲符，表示讀音（股、殳二字古音韻部相近）。形聲字。古文肉、月二字形近，隸變後，兩個字作偏旁時多同化寫作"月"。

【釋義】◎本義指大腿，由胯到膝蓋部分：股肱｜股骨｜屁股 ◇引申①量詞：八股｜兩股勁 ②集合資金的一份：股本｜股份｜股票｜股息 ③機關、團體、企業中的一個部門：股長｜財務股 ④古代稱不等腰直角三角形中較長的直角邊：勾股

骨 gǔ

骨 甲 骨 江陵楚簡 骨 篆 骨 隸（隸辨）
骨 楷（鍾繇）

【析形】骨字甲骨文像剔去肉的骨架子，隸作"冎"。楚簡上部像兩節脊背形，下部是肉，意符，表明字義與肉體有關。會意字。小篆根據楚簡轉寫而成。古文肉、月二字形近，隸變後，兩個字作偏旁時多同化寫作"月"。

【釋義】◎本義指人和脊椎動物體內支持身體、保護內臟的堅硬組織。骨的內部容納的骨髓，是主要的造血器官。◇引申①像骨骼一類的支架：骨幹｜骨架｜鋼骨｜主心骨 ②品質，氣概：骨力｜骨氣｜傲骨｜風骨｜媚骨

鼓 gǔ

甲 金 金 篆 隸(馬王堆帛書) 鼓 楷(顏真卿)

【析形】鼓字甲骨文左旁像古代鼓形，中間是鼓面，上有飾物，下有支架；右旁像手持棒槌之形，隸作"支"，均為意符，表示擊鼓。會意字。金文形一沿襲甲骨文；形二右旁為"支"(攵)。小篆、隸書沿襲金文形二。楷書沿襲金文形一。

【釋義】◎本義為古代樂器名，打擊樂器之一，中間空，一面或兩面蒙着皮革：鼓樓｜鼓手｜鼓噪｜搖鼓｜鑼鼓 ◇引申①形狀或作用像鼓的：鼓膜｜耳鼓｜石鼓 ②凸起，漲大：鼓脹 ③敲，拍，彈：鼓琴｜鼓舌｜鼓掌 ④激起，發動：鼓動｜鼓勵｜鼓舞 ⑤用風箱等搧：鼓風｜鼓鑄 ⑥宣傳，吹噓：鼓吹

賈 (贾) gǔ

篆 隸(馬王堆帛書) 賈 楷(柳公權) 賈 楷(顏真卿)

【析形】賈字小篆下部是貝，意符，表明字義與錢財有關(見"貝"字)；上部是"西"，聲符，表示讀音(賈、西二字古音同韻部)。形聲字。隸書聲符訛作"西"。楷書沿襲隸書。

【簡化】楷書簡體"贾"意符的簡化見"貝"字。

【釋義】◎本義指做買賣，也指商人，古時特指囤積營利的貨商：賈人｜商賈｜行商坐賈 ◇引申指招引：直言賈禍

估 gù

【析形】見"估 gū"。

【釋義】◎本義指估價。音 gū。△音借作合成詞的構詞語素。音 gù。〔估衣〕出售的舊衣服。

固 gù

篆 固 隸(郭有道碑) 固 楷(王羲之)

【析形】固字小篆外廓是"囗"，意符，像四塞環圍；內中是古，聲符，表示讀音。形聲字。隸、楷書沿襲小篆。

【釋義】◎本義指國邑的四塞，即邊境固圍。◇引申①牢固，結實：鞏固｜加固｜堅固｜強固｜穩固｜固若金湯｜根深蒂固 ②使堅固：固本｜固防 ③堅決地，堅決地：固辭｜固請｜固守 ④堅硬，不變動：固定｜固態｜固體｜固執｜凝固｜頑固 ⑤本來：固有

故 gù

金 篆 古文 隸(曹全碑) 故 楷(顏真卿)

【析形】故字金文有借音近的"古"字表示(見"古"字)。也見右旁增"支"為意符，像手持棒形，取意使人做事；左旁"古"為聲符，表示讀音。形聲字。小篆沿襲金文形二。隸書手持棒形隸作"攵"。楷書沿襲隸書。

【釋義】◎本義指使人做事。◇引申①緣故，原因：藉故｜託故｜原故｜無故 ②有意，故意：故殺｜故弄玄虛｜明知故犯｜欲擒故縱 ③所以，因此：故此｜故而 ④原來的，舊的，過去的：故地｜故都｜故宮｜故國｜故交｜故里｜故人｜故鄉 又引申指情，朋友：故舊｜舊故｜親故 ⑤死亡：故去｜故世｜病故｜亡故 ⑥意外的事情：故障｜變故｜事故

顧 (顾) gù

篆 隸(馬王堆帛書) 顧 楷(顏真卿) 顾 草(顏真卿)

【析形】顧字小篆右旁是頁，本義指頭(見"頁"字)，意符，表明字義與頭部動作有

關；左旁是雇，聲符，表示讀音。形聲
字。隸、楷書沿襲小篆。
【簡化】簡化字"顾"根據草書楷化而成。
【釋義】◎本義指回頭看：顧盼|反顧|回
顧|顧名思義|顧影自憐|瞻前顧後|義無反
顧 ◇引申①泛指看：左顧右盼|環顧 ②照
管，關心，注意：顧及|顧念|顧全|顧惜
|看顧|照顧|顧此失彼|後顧之憂|自顧不暇
|奮不顧身|統籌兼顧 ③拜訪：三顧茅廬
④商店、飯館所稱前來購買東西或要求服
務的人：顧客|顧主|光顧|惠顧|主顧

雇 〔僱〕gù

鳥甲 雇篆 雇楷 (顏真卿)

【析形】雇字甲骨文下部像一隻鳥，隸作
"隹"，意符，表明字義與鳥類有關；上部
像一扇門，隸作"戶"，聲符，表示讀音。
形聲字。小篆、楷書沿襲甲骨文。異體字
增"亻"為意符，表明引申義與人的活動
有關。
【釋義】◎本義為鳥名。一種候鳥，鳩的一
種。音 hù。△音借表示①出錢叫人替自己
做事：雇工|雇請|雇員 ②出錢租用交通
工具：雇車|雇船(以上各音借義音 gù)

瓜 guā

瓜金 瓜篆 瓜楷 (顏真卿)

【析形】瓜字金文外廓像瓜藤，中間像一
顆瓜懸在藤上。象形字。小篆沿襲金文。
楷書筆畫化，瓜形已失，中間寫作"厶"。
【釋義】◎本義指葫蘆科蔓生植物，種類
多，果實可吃：瓜分|瓜葛|瓜蔓|瓜棚|瓜
藤|瓜秧|瓜子|冬瓜|瓜熟蒂落 ◇引申指
像瓜的：瓜片|糖瓜|瓜皮帽

刮 guā

刮篆 刮楷 (顏真卿)

【析形】刮字小篆右旁是刀，意符，表明
字義與刀有關；左旁是昏(音 guā)，聲
符，表示讀音。形聲字。隸變後，刀字
在字右側為偏旁時寫作"刂"，聲符訛作
"舌"。
【釋義】◎本義指削，即用刀等在物體表

面移動，去掉某些東西：刮刀|刮臉|刮
削 ◇引申①摩，擦：刮目相看 ②搶取：
搜刮

颳 (刮) guā

【析形】颳字《說文》所無。左旁是"風"，
意符，表明字義與風有關；右旁是昏字俗
體，聲符，表示讀音。形聲字。
【簡化】簡化字是用同音合併的方法，以
音同、筆畫較簡的"刮"代替筆畫繁複的
"颳"，合併了颳、刮二字的意義。
【釋義】◎本義指惡風。◇引申表示吹：
颳風

寡 guǎ

寡金 寡篆 寡隸 (曹全碑) 寡楷 (顏真卿)

【析形】寡字金文上部像房屋形，隸作
"宀"；下部是"頁"，本義指頭(見"頁"
字)，代表人，均為意符，一人獨處屋
內，取意孤獨。會意字。小篆下部訛
為"頒"("頒"字篆書寫作上下結構。《說
文》："寡，少也。從宀、從頒。頒，分賦
也，故為少。")。隸書下部訛變。楷書沿
襲小篆。
【釋義】◎本義指孤獨。◇引申①古代女
人喪夫、男子無妻或喪偶。②死了丈夫
的婦女：寡婦|寡居|守寡|鰥寡孤獨 ③古
代君主自稱：寡人|孤家寡人|稱孤道寡
④少，缺少，與"眾"相對：多寡|寡不敵
眾|寡廉鮮恥|沉默寡言|孤陋寡聞|優柔寡
斷|曲高和 hè 寡 ⑤淡而無味：寡味|清湯
寡水

掛 〔挂〕guà

挂篆 挂楷 (顏真卿)

【析形】挂字小篆左旁是手，意符，表明
字義與手的動作有關；右旁是圭，聲符，
表示讀音(掛、圭二字古音聲母相同，
韻母同部)。形聲字。隸變後，手字在字
左側為偏旁時寫作"扌"。異體字聲符為
"卦"。內地簡化字採用"挂"字。
【釋義】◎本義指區別，區分。△音借表
示懸掛。此義多作"掛"：掛裱|掛車|掛
屏|掛圖|掛鐘|樹掛|張掛 ◇引申①沾

上，附着：掛了一層灰 ②牽連，惦記：掛念|掛懷|掛心|記掛|牽掛 ③登記：掛號|掛漏|掛失|掛賬|掛一漏萬 ④不再參加正規的訓練、比賽，結束運動員生涯：掛拍|掛靴

卦 guà

卦篆　圭卜隸（禮器碑）　卦楷（顏真卿）

【析形】卦字小篆右旁是卜，意符，表明字義與占卜事宜有關；左旁是圭，聲符，表示讀音（卦、圭二字古音聲母相同，韻母同部）。形聲字。隸、楷書沿襲小篆。

【釋義】古代占卜吉凶的符號。陽爻、陰爻相配，每卦由三爻組成。單卦共八個：乾、坤、震、巽、坎、離、艮、兌，分別代表天、地、雷、風、水、火、山、澤。八卦互相搭配，又演為六十四卦。古人用以占吉凶：卦辭|八卦|算卦|占卦

裃 guà

裃楷（顏真卿）

【析形】裃字《說文》所無。楷書左旁是"衤"（衣），意符，表明字義與衣服有關；右旁是卦，聲符，表示讀音。形聲字。

【釋義】◎本義指清代禮服的外掛。禮服加在袍外面的稱外裃，短的稱馬裃。◇引申泛指中式單衣：裃子|單裃|汗裃|馬裃|小裃兒

乖 guāi

乖篆　乖楷（顏真卿）

【析形】乖字小篆中間像羊角形，兩邊像把羊角向兩旁分張，取意相背。會意字。楷書形體已訛變。

【釋義】◎本義指違背，不協調。◇引申指不合情理，不正常：乖戾|乖僻|乖張 △音借表示①伶俐，機警：乖覺|乖巧|賣乖 ②指順從，聽話：乖孩子

拐〔枴〕 guǎi

拐楷（顏真卿）

【析形】拐字《說文》所無。左旁是"扌"（手），意符，表明字義與手有關；右旁是另，亦為意符，表示手腳之另物。會意字。異體字以"木"為意符，表明材質。今"拐"字右下訛作"刀"，內地仍採用"拐"。

【釋義】◎本義指手杖，即輔助行走的棍子：拐棍|拐杖 此義異體寫作"枴"。◇引申①瘸，跛行：拐子 ②彎曲處：拐角|拐肘 ③轉變方向，沿着彎曲的路走：拐彎|拐彎抹角 ④用欺騙手段弄走（人或財物）：拐帶|拐騙|拐逃|誘拐（以上各引申義均不寫作"枴"）。

怪 guài

怪篆　怪楷（顏真卿）

【析形】怪字小篆左旁是心，意符，表明字義與心理感覺有關；右旁是圣（音 kū，與"聖"字的簡化字"圣"異字同形），聲符，表示讀音。形聲字。隸變後，心字在字左側為偏旁時寫作"忄"。

【釋義】◎本義指奇異的，不尋常的：怪誕|怪論|怪癖|怪獸|怪異|古怪|詭怪|奇怪 ◇引申①神話裏的妖魔：怪物|鬼怪|魔怪|妖怪 ②覺得奇怪：怪訝|驚怪|難怪|大驚小怪 ③責備，埋怨：怪罪|錯怪|見怪|難怪|責怪 △音借表示很，非常：怪好的|怪漂亮的

關 (关)〔関〕 guān

關金　關篆　關隸（王基碑）　関楷（鍾繇）
関楷（水島修三）

【析形】關字金文是在門上關上指示門閂之所在。指事字。小篆外廓以"門"作意符，內中是𢇅，聲符，表示讀音。形聲字。隸、楷書沿襲小篆。楷書異體作"関"。

【簡化】簡化字"关"根據楷書異體，用保留特徵、局部代全體的方法，保留內中的"关"代替全字，刪除了外廓的"門"。

【釋義】◎本義指門栓。◇引申①閉合，與"開"相對：關閉|關門|開關|閉關自守 ②古代在險要的地方設置的守衛處所：關隘|關口|關內|關外|邊關|城關|雄關 ③起轉折或關聯作用的部分：關鍵|關

節｜機關｜牙關　④重要的轉捩點或不易度過的時機：關口｜把關｜攻關｜過關｜難關｜年關　⑤牽連，涉及：關懷｜關聯｜關切｜關涉｜關心｜關照｜關注｜雙關　⑥貨物進出口收稅的地方：關卡 qiǎ｜關稅｜報關｜海關

觀 (观) guān

甲　金　金　篆　觀　隸(辟雍碑)
觀楷(王羲之)　草(王羲之)

【析形】觀字甲骨文借音近的"萑"字表示。金文形一沿襲甲骨文；形二右旁增"見"為意符，表明字義與視覺有關，左旁"萑"為聲符，表示讀音。形聲字。小篆、隸、楷書沿襲金文形二。

【簡化】簡化字"观"是用了符號代替的方法，以筆畫較簡的"又"作為象徵性符號，替換了筆畫繁複的"萑"。意符"见"根據草書楷化而成。

【釋義】◎本義指看，細看：觀察｜觀測｜觀感｜觀光｜觀看｜觀禮｜觀摩｜觀賞｜觀瞻｜觀眾｜參觀｜直觀｜縱觀｜察言觀色｜隔岸觀火　◇引申①供觀看的景色、樣子：改觀｜宏觀｜景觀｜美觀｜奇觀｜外觀｜雅觀｜壯觀｜洋洋大觀　②對事物的看法、認識：觀點｜觀念｜悲觀｜達觀｜客觀｜樂觀｜主觀｜人生觀｜世界觀｜宇宙觀

官 guān

甲　金　篆　官　隸(史晨碑)
官楷(歐陽詢)

【析形】官字甲骨文上部像屋宇形，隸作"宀"；下部是自，取眾之意(自字甲、金文多指古代軍隊，見"師"字)，均為意符，以屋內聚眾表示官舍之意。會意字。金文、小篆、隸、楷書均沿襲甲骨文。

【釋義】◎本義指官舍，官吏治事的地方，即官府。◇引申①泛指在國家機構中擔任一定公職的人員：官差｜官場｜官邸｜官階｜官僚｜官腔｜官銜｜法官｜宦官｜教官｜考官｜判官｜清官｜史官｜文官　②屬於政府的：官辦｜官方｜官費　③器官：官能｜感官｜五官

冠 guān

篆　冠　隸(朝侯殘碑)　冠楷(智永)

【析形】冠字小篆內中左旁是元，本義指人頭(見"元"字)，頭上覆蓋物表示帽子，隸作"冖"；右旁是寸，本指手腕寸口處，取意與"手"同，均為意符，表示用手把帽子戴在頭上。會意字。隸、楷書沿襲小篆。

【釋義】◎本義為帽子的總稱：冠冕｜桂冠｜皇冠｜免冠｜衣冠｜怒髮衝冠　◇引申指像帽子的：花冠｜雞冠｜樹冠｜羽冠

棺 guān

金　槕篆　棺　隸(隸辨)　棺楷(顏真卿)

【析形】棺字金文右旁是木，意符，表明材質；左旁是官字的省減，聲符，表示讀音。形聲字。小篆意符在左，聲符在右。隸、楷書均沿襲金文。

【釋義】指裝殮死人的器具：棺材｜棺槨｜棺木

館 (馆)〔舘〕guǎn

篆　館　隸(桐柏廟碑)　館楷(衛夫人)
草(武則天)　館楷(顏真卿)

【析形】館字小篆左旁是食，意符，表明字義與飲食有關；右旁是官，聲符，表示讀音。形聲字。隸書沿襲小篆。楷書異體以"舍"為意符。

【簡化】楷書簡體"馆"的意符"饣"根據草書楷化而成。

【釋義】◎本義指客舍，供賓客或旅客食宿的房舍。◇引申①泛指房舍。②舊時的私塾：蒙館｜武館｜學館｜坐館　③外交使節辦公的處所：使館｜領事館　④某些服務性商店的稱呼：館子｜茶館｜飯館｜酒館｜理髮館｜照相館　⑤某些文化活動的場所：報館｜博物館｜紀念館｜圖書館｜文化館｜展覽館

管 guǎn

篆　管　隸(馬王堆帛書)　管楷(王羲之)

【析形】管字小篆上部是竹，意符，表明材質；下部是官，聲符，表示讀音。形聲

字。隸、楷書沿襲小篆。

【釋義】◎本義指一種竹製的六孔吹奏樂器。◇引申①泛指其他管樂器：管弦樂｜雙簧管｜黑管②圓筒形的東西：管窺｜管子｜筆管｜導管｜雷管｜脈管｜氣管｜電子管｜顯像管③約束：管教｜管束｜管約｜管制｜監管｜看kān管④負責，經營，料理：管家｜管理｜管轄｜保管｜接管｜託管｜主管⑤負責供給，保證：管事｜管保｜管用｜包管⑥過問，干預：別管｜管不着⑦量詞，用於細長圓筒形東西：兩管牙膏

觀(观) guàn

【析形】見"觀 guān"。

【釋義】◎本義指看，細看。音 guān。△音借表示道教的廟宇。音 guàn：道觀｜白雲觀｜三清觀

貫(贯) guàn

貫篆　貫隸(曹全碑)　貫楷(虞世南)
貫楷(顏真卿)

【析形】貫字小篆下部是貝，意符，表明字義與財物有關(見"貝"字)；上部像把東西貫穿起來之形，隸作"毌"，意符兼聲符，表示貫穿，也表示讀音。會意兼聲字。

【簡化】楷書簡體"贯"意符的簡化見"貝"字。

【釋義】◎本義指古代穿錢貝的繩索。古錢幣中間有孔，可用繩貫穿成串，一千錢稱為一貫。◇引申①連接，連續：貫通｜連貫｜魚貫｜始終一貫②穿通：貫徹｜貫穿｜貫串｜貫通｜橫貫｜全神貫注③世代居住的地方：籍貫

冠 guàn

【析形】見"冠 guān"。

【釋義】◎本義指帽子。音 guān。◇引申①把帽子戴在頭上：弱冠｜未冠②帽子在人頭上，居高處。表示居第一：冠軍｜奪冠｜勇冠三軍③在前面加上某種名號或文字：冠名(以上各引申義音 guàn)

慣(惯) guàn

慣楷(顏真卿)

【析形】慣字《說文》所無。左旁是"忄"(心)，意符，表明字義與心理定勢有關；右旁是貫，意符兼聲符，表示連貫性，也表示讀音。會意兼聲字。

【簡化】楷書簡體"惯"意符"贯"下部的簡化見"貝"字。

【釋義】◎本義指習以為常：慣技｜慣例｜慣偷｜慣用｜習慣｜司空見慣◇引申指放任，縱容：嬌慣｜嬌生慣養

灌 guàn

灌篆　灌隸(馬王堆帛書)　灌楷(顏真卿)

【析形】灌字小篆左旁是水，意符，表明字義與水有關；右旁是雚，聲符，表示讀音。形聲字。隸變後，水字在字左側為偏旁時寫作"氵"。楷書沿襲隸書。

【釋義】◎本義為水名：灌水　△音借指澆水：灌溉｜滴灌｜澆灌｜排灌◇引申①注入：灌腸｜灌漿｜灌輸｜灌注②錄音：灌錄｜灌音｜灌唱片

罐〔鑵、鏆〕guàn

罐篆　罐楷(顏真卿)

【析形】罐字小篆左旁是缶，意符，表明字的初義與瓦器有關；右旁是雚，聲符，表示讀音。形聲字。楷書沿襲小篆。異體字以"金"為意符，表明材質；以"貫"為聲符。

【釋義】◎本義指用陶或金屬製的圓筒形盛器：罐頭｜罐子｜悶罐｜水罐｜瓦罐｜湯罐｜罐裝飲料◇引申指像罐的斗車(煤礦裝煤用)：罐車｜罐籠

光 guāng

光甲　光金　光篆　光隸(史晨碑)
光楷(元真墓誌)

【析形】光字甲骨文下部像一跪着的人形，頭上頂着一把火，取意光耀。會意字。金文沿襲甲骨文。小篆線條化，略失初形。隸書把下部的人形隸作"儿"。楷

書沿襲隸書。

【釋義】◎本義指光照，明亮：光輝｜光亮｜光明｜光耀｜亮光　◇引申①能引起視覺反應的電磁波，在光學上也指不能引起視覺反應的紅外線和紫外線：光波｜光環｜光芒｜光能｜光年｜光碟｜光譜｜光圈｜光速｜光線｜光學｜光焰｜光子｜燈光｜反光｜感光｜激光｜極光｜磷光｜逆光｜日光｜星光｜陽光｜月光 ②光彩，榮譽：光榮｜光耀｜容光｜增光｜爭光 ③使顯赫盛大：光宗耀祖 ④表示敬辭：光顧｜光臨｜賞光 ⑤滑溜：光溜｜光面｜光潤｜磨光｜拋光 ⑥目光，視力：散光｜眼光｜驗光　△音借表示①景物：光景｜春光｜風光｜觀光 ②時間：光陰｜流光｜年光｜韶光｜時光 ③單，只：光是｜不光 ④盡，一點不剩：光頭｜精光｜輸光｜光禿禿

廣 (广) guǎng

廣金 廣篆 廣隸(曹全碑) 廣楷(元倪基誌) 广楷(顏真卿)

【析形】廣字金文外廓像高屋形，意符，表明字義與房屋有關；內中是黃，聲符，表示讀音。形聲字。小篆、隸書沿襲金文。

【簡化】楷書簡體"广"是用保留特徵、局部代全體的方法，保留原字的輪廓特徵"广"代替全字，刪除了筆畫繁複的聲符"黃"。

【釋義】◎本義指殿堂中的大屋。◇引申①表示寬闊，廣大，與"狹"相對：廣博｜廣場｜廣泛｜廣闊｜廣袤｜廣漠｜廣廈｜寬廣 ②擴大：廣播｜廣告｜推廣 ③多：開才路｜大庭廣眾 ④用作地名用字，指廣東、廣州、廣西（"兩廣"限於指廣東、廣西）：廣柑｜廣貨｜廣交會｜廣深線

逛 guàng

逛楷(顏真卿)

【析形】逛字《說文》所無。楷書左旁是"辶"，意符，表明字義與行走有關；右旁是狂，聲符，表示讀音。形聲字。

【釋義】外出閒遊：逛蕩｜遊逛｜閒逛

歸 (归) guī

歸甲 歸金 歸篆 歸隸(景君碑) 歸楷(褚遂良) 归草(孫過庭) 归楷(顏真卿)

【析形】歸字甲骨文右旁是"帚"，為"婦"（妇）字初文，意符，表明字義與婦女有關；左旁是自，聲符，表示讀音。形聲字。金文沿襲甲骨文。小篆左下增"止"（甲骨文像足印形。"趾"字初文）為意符，表明字義與行為動作有關。隸、楷書形一沿襲小篆。

【簡化】楷書簡體"归"是用保留特徵、局部代全體的方法，保留右旁上部的"彐"代替全字，刪除了其餘部件。

【釋義】◎本義指女子出嫁：來歸｜于歸　◇引申①返回：歸程｜歸隊｜歸國｜歸航｜歸期｜歸僑｜歸途 ②還給，交還：歸公｜歸還 ③聚攏，併入：歸併｜歸檔｜歸結｜歸類｜歸納｜歸總 ④趨向：歸附｜歸化｜歸順｜歸降 xiáng｜歸於｜來歸 ⑤結局：歸宿｜歸天｜歸西｜終歸｜總歸｜歸根結底｜同歸於盡 ⑥屬於，由（誰負責）：歸功｜歸咎｜歸屬｜歸罪｜劃歸｜客房歸你管 ⑦珠算中一位數的除法：歸除｜九歸

龜 (龟) guī

龜甲 龜甲 龜金 龜篆 龜隸(郭有道碑) 龜楷(虞世南)

【析形】龜字甲骨文形一像龜的側視形，有頭、身、足；形二則像龜的俯視形。象形字。金文沿襲甲骨文形二。小篆沿襲甲骨文而線條化，略失原形。隸、楷書沿襲小篆。

【簡化】簡化字"龟"是用保留特徵、局部刪除的方法，保留原字輪廓特徵部分，刪除了一些筆畫。

【釋義】◎本義指爬行動物的一種，腹背有硬殼，頭、尾和四肢能縮入甲殼內。腹甲叫龜板，可供藥用，古代還用來占卜吉凶：龜卜｜龜甲｜海龜｜烏龜　◇引申指像龜的：龜縮｜龜頭｜龜足

規 (规) guī

規篆 規隸(曹全碑) 規楷(虞世南)

規 草（歐陽詢）

【析形】規字小篆左旁是夫，代表成人；右旁是見，取意見解，均為意符，以成人之見表示法度（古人認為"女智莫如婦，男智莫如夫；夫也者，以智帥人者也"）。會意字。隸、楷書沿襲小篆。

【簡化】簡化字"规"的意符"见"根據草書楷化而成。

【釋義】◎本義指法度，法則，條例，章程：規定｜規範｜規格｜規矩｜規律｜規則｜規章｜成規｜法規｜犯規　◇引申①勸告：規諫｜規勉｜規勸　②畫圓形的工具：圓規　③謀劃，打主意：規定｜規劃｜規避

閨 (闺) guī

閨篆　閨隸（馬王堆帛書）　閨草（彙輯）

【析形】閨字小篆外廓是門，意符，表明字的初義與門有關；內中是圭，聲符，表示讀音。形聲字。隸書沿襲小篆。

【簡化】簡化字"闺"的意符"门"根據草書楷化而成。

【釋義】◎本義指上圓下方的小門。◇引申指內室。後特指女子居住的內室：閨房｜閨閣｜閨秀｜閨女｜深閨

硅 guī

【析形】硅字《說文》所無。左旁是石，意符，表明字義與礦物質有關；右旁是圭，聲符，表示讀音。形聲字。

【釋義】一種非金屬元素，符號Si，舊名"矽"。在地殼中分佈極廣。黑灰色無定形的固體或晶體，有光澤，是一種重要的半導體材料，能製成效率高的電晶體，也是冶金、玻璃、水泥等工業上的重要原料：硅鋼｜硅石｜硅酸｜硅磚｜硅錳鋼

瑰 guī

瑰篆

【析形】瑰字小篆左旁是玉，意符，表明字的初義與玉石有關；右旁是鬼，聲符，表示讀音。形聲字。

【釋義】◎本義指美玉，美石。◇引申指珍奇：瑰寶｜瑰麗｜瑰異〔玫瑰〕見"玫"。

軌 (轨) guī

軌金軌篆軌隸（郭有道碑）　軌楷（虞世南）軌草（草書韻會）

【析形】軌字金文左旁是車，意符，表明字義與車有關；右旁是九，聲符，表示讀音（軌、九二字古音聲母相同，韻母同部）。形聲字。小篆、隸、楷書沿襲金文。

【簡化】簡化字"轨"的意符"车"根據草書楷化而成。

【釋義】◎本義指車輪輾過的痕跡。古代也指車子兩輪之間的距離：軌道｜軌跡｜軌轍　◇引申①規矩，秩序等：軌度｜軌範｜不軌｜常軌｜正軌　②今也特指路軌：輔軌｜鋼軌｜雙軌｜鐵軌｜脫軌

鬼 guǐ

鬼甲　鬼甲　鬼金　鬼金　鬼篆　鬼隸（曹全碑）鬼楷（鍾繇）

【析形】鬼字甲骨文形一下部像側立之人形，頭上戴面具，取意鬼怪。古人認為人死後會變鬼，所以取"人"造字，再誇大其不同於常人之面部以區別於"人"字。象形字。形二左旁增"示"為意符，表示祭拜鬼神（見"示"字）。金文形一沿襲甲骨文形一；形二沿襲甲骨文形二而右下增"口"，表示祭拜時禱告。小篆省減"示"，右下部的"厶"當是"口"所訛變。隸、楷書沿襲小篆。

【釋義】◎本義指人死後的靈魂：鬼怪｜鬼魂｜鬼祟｜鬼域　◇引申①不光明，不可告人的勾當：鬼混｜鬼胎｜揭鬼｜搞鬼｜裝神弄鬼｜鬼鬼祟祟　②對人的蔑稱：鬼子｜酒鬼｜煙鬼｜膽小鬼｜冒失鬼　③惡劣，糟糕：鬼地方｜鬼天氣　④機靈：鬼靈精｜這孩子真鬼　△音借作星宿名，二十八宿之一。

詭 (诡) guǐ

詭篆　詭隸（隸辨）詭楷（龍藏寺碑）詭草（懷素）

【析形】詭字小篆左旁是言，意符，表明字義與言語有關；右旁是危，聲符，表示讀音。形聲字。隸、楷書沿襲小篆。

【簡化】簡化字"詭"的意符"讠"根據草書楷化而成。

【釋義】◎本義指責成，要求。◇引申①欺詐，虛假：詭辯｜詭計｜詭詐 ②怪異：詭異｜詭怪

櫃 (柜) guì

【析形】櫃字《説文》所無。左旁是木，意符，表明材質；右旁是匱，聲符，表示讀音。形聲字。

【簡化】簡化字是用同音合併的方法，以音近、筆畫較簡的"柜"代替筆畫繁複的"櫃"，合併了櫃、柜二字的意義。

【釋義】◎本義指木製的小匣子。◇引申①泛指收藏衣物等的傢具：櫃櫥｜立櫃｜書櫃｜碗櫃 ②商店中營業或管賬的台子：櫃房｜櫃枱｜掌櫃

貴 (贵) guì

篆 貴　隸(孔廟碑)　貴楷(高貞碑)

【析形】貴字小篆下部是貝，意符，表明字義與財物有關（見"貝"字）；上部是臾，"蕢"字古文，聲符，表示讀音。形聲字。隸書聲符形體訛變。楷書沿襲隸書。

【簡化】簡化字"贵"意符的簡化見"貝"字。

【釋義】◎本義指價值大，價格高，與"賤"相對：貴重｜昂貴｜寶貴 ◇引申①舊指位尊，地位高，權勢大，與"賤"相對：貴妃｜貴人｜貴族｜富貴｜華貴｜親貴｜權貴｜顯貴 ②評價高，值得尊重或珍視：貴重｜寶貴｜嬌貴｜名貴｜珍貴｜尊貴｜難能可貴 ③以某種情況為可貴：兵貴神速 ④敬辭：貴賓｜貴府｜貴庚｜貴國｜貴姓

桂 guì

篆 桂　隸(居延簡)　桂楷(張猛龍碑)

【析形】桂字小篆左旁是木，意符，表明字義與樹木有關；右旁是圭，聲符，表示讀音。形聲字。隸、楷書沿襲小篆。

【釋義】樹名。①木犀：桂花｜丹桂｜銀桂 ②肉桂：桂皮｜桂油 ③月桂樹：桂冠

跪 guì

篆 跪楷(顏真卿)

【析形】跪字小篆左旁是足，意符，表明字義與腿腳有關；右旁是危，聲符，表示讀音。形聲字。楷書沿襲小篆。

【釋義】指兩膝彎曲，雙膝或單膝着地：跪拜｜跪倒｜下跪

劊 (刽) guì

篆

【析形】劊字小篆右旁是刀，意符，表明字義與刀有關；左旁是會，聲符，表示讀音。形聲字。隸變後，刀字在字右側為偏旁時寫作"刂"。

【簡化】簡化字"刽"聲符的簡化見"會"字。

【釋義】斷，砍斷：劊子手

滾 〔滚〕 gǔn

滾楷(顏真卿)

【析形】滾字《説文》所無。楷書左旁是"氵"，意符，表明字的初義與水有關；右旁是袞，聲符，表示讀音。形聲字。異體字聲符中間的"口"訛作"公"。內地採用"滚"字。

【釋義】◎本義指大水奔流。◇引申①液體翻騰或沸騰：滾滾｜翻滾｜湯滾了 ②旋轉着移動，翻轉：滾刀｜滾動｜滾輪｜滾筒｜滾珠｜打滾 ③非常，極：滾熱｜滾燙｜滾圓 ④斥責使離開：滾蛋｜滾出去

棍 gùn

棍楷(顏真卿)

【析形】棍字《説文》所無。楷書左旁是木，意符，表明材質；右旁是昆，聲符，表示讀音。形聲字。

【釋義】◎本義指棒：棍棒｜杌棍｜夾棍｜悶棍 ◇引申代指無賴，惡徒：黨棍｜賭棍｜惡棍｜學棍

過 (过) guō

【析形】見"過 guò"。

【釋義】本義指經過。音 guò。作姓氏用字，音 guō。

鍋 (锅) guō

鍋楷(顏真卿)

【析形】鍋字《說文》所無。楷書左旁是金，意符，表明材質；右旁是咼，聲符，表示讀音。形聲字。

【簡化】簡化字"锅"根據草書略加改造楷化而成。

【釋義】◎本義①車釭，即車軸外的鐵圈。②炊事用具，圓形中凹：鍋巴｜鍋蓋｜鍋台｜炒鍋｜飯鍋｜蒸鍋 ◇引申指某些裝液體加熱用的器具：鍋爐｜鍋巴｜火鍋兒

郭 guō

郭甲 **郭**金 **郭**篆 **郭**隸(曹全碑) **郭**楷(顏真卿)

【析形】郭字甲骨文像古代城樓之形，中間是內城，上下像城垣亭樓相對。象形字。金文沿襲甲骨文。小篆右旁增"邑"為意符，表明字義與城邑有關。隸書亭樓已失去初形。隸變後，邑字在字右側為偏旁時寫作"阝"。楷書沿襲隸書。

【釋義】◎本義指古代外城，即在城的周邊加築的城牆：城郭 ◇引申①春秋國名，在今山東省北部。②物體外框或外殼：耳郭

渦 guō

【析形】渦(guō)字與表示漩渦的"渦(wō)"字異字同形。見"渦 wō"。

【釋義】渦河，發源於河南，流入安徽。

國 (国) guó

國甲 **國**金 **國**金 **國**篆 **國**隸(史晨碑) **國**楷(顏真卿)

【析形】國字甲骨文左旁的"口"表示一個城邑或代表一方領土，右旁是戈，均為意符，以武力護衛一方領土表示都城。會意字。金文形一在城邑的上下各增"一"表示疆界；形二又在外廓增"口"表示疆圍。小篆、隸、楷書沿襲金文形二。

【簡化】簡化字"国"是用更換意符的方法，"口"中以筆畫較簡的"玉"(代表財富)為意符，替換了原來筆畫較繁複的"或"。

【釋義】◎本義指都城，城邑。◇引申①國家：國都｜國度｜愛國｜帝國｜治國 ②國家的，代表國家的：國寶｜國賓｜國策｜國歌｜國會｜國界｜國力｜國旗｜國情｜國慶 ③我國的：國產｜國粹｜國號｜國畫｜國貨｜國學｜國語

果〔菓〕guǒ

果甲 **果**金 **果**篆 **果**隸(趙寬碑) **果**楷(敬使君碑) **菓**楷(智永)

【析形】果字甲骨文像樹上結果實之形。象形字。金文、小篆亦像樹上結果形。隸書筆畫化，樹上結果形已失。楷書異體或增"艹"(艸)為意符，表明字義與植物有關。

【釋義】◎本義指植物的果實：果脯｜果樹｜果汁｜鮮果 ◇引申①事情的結局，與"因"相對：果報｜成果｜惡果｜後果｜結果｜效果 ②確實：果真｜果不其然 ③有決斷：果斷｜果敢｜果決(以上引申義不作"菓"。)

裹 guǒ

裹篆 **裹**楷(顏真卿)

【析形】裹字小篆外廓是衣，意符，衣服裹體，取意包紮；內中是果，聲符，表示讀音。形聲字。楷書沿襲小篆。

【釋義】◎本義指包紮，纏繞：裹腳｜裹腿｜包裹｜裝裹｜紅裝素裹 ◇引申指捲進去：裹脅｜裹挾

過 (过) guò

過金 **過**篆 **過**隸(華山碑) **过**草(王羲之)

【析形】過字金文左旁是"彳"，像道路形，下部是"止"(甲骨文像足印形。"趾"字初文)，意符，表明字義與行止有關；右上是"骨"字初文，隸作"咼"，聲符，表示讀音。形聲字。小篆把聲符"彳"、"止"兩個部件合篆作"辵"，聲符是"咼"。隸變後，辵字為偏旁時寫作"辶"。

【簡化】簡化字"过"根據草書略加改造楷

化而成。

【釋義】◎本義指經過。◇引申①泛指從某個時間或空間轉到另一時間或空間：過程｜過渡｜過節｜跨過｜通過｜越過　②使經過（某種處理）：過磅｜過秤｜過濾　③從甲方轉移到乙方：過房｜過戶｜過繼｜過境｜過客｜過門　④超越一定的範圍或限度：過半｜過度｜過多｜過分｜過激｜過獎｜過剩｜過望　⑤錯誤，與"功"相對：過錯｜過失｜補過｜大過｜改過｜記過｜罪過

H

哈 hā

哈 楷（顏真卿）

【析形】哈字《説文》所無。楷書左旁是口，意符，表明字義與口有關；右旁是合，聲符，表示讀音。形聲字。

【釋義】◎本義①表示張口呼氣：哈氣｜哈欠　②象聲詞，笑聲：笑哈哈｜嘻嘻哈哈　③歎詞，表示滿意，高興：哈！回來了　◇引申表示喜歡，追捧：哈日族　△音借表示稍微彎着腰：點頭哈腰

蛤 há

篆 **蛤** 楷（顏真卿）

【析形】蛤字小篆寫作"蝦"，左旁是虫，意符，表明字義與昆蟲動物等有關；右旁是段，聲符，表示讀音。形聲字。楷書聲符為"合"。

【釋義】〔蛤蟆〕青蛙和蟾蜍的統稱，也作"蝦蟆"。

哈 hǎ

【析形】見"哈hā"。

【釋義】斥責（方言）：哈他一頓

哈 hà

【析形】見"哈hā"。

【釋義】〔哈什螞〕蛙的一種。雌的腹內脂肪狀物，叫哈什螞油，中醫用做強壯劑。

咳 hāi

㕷篆 **咳** 楷（顏真卿）

【析形】咳字小篆左旁是口，意符，表明字義與口的行為有關；右旁是亥，聲符，表示讀音。形聲字。楷書沿襲小篆。

【釋義】①嬰兒笑。音hái（古文"咳"與"孩"是異體字，後來"咳"字表示咳嗽義，音ké，與"欬"同）。②又作歎詞，音hāi。表示招呼、提醒、惋惜或後悔等。可以讀成不同的聲調以表示不同的感情或含義。也表示歎息：咳聲歎氣

還（还）hái

【析形】見"還huán"。

【釋義】◎本義指返回。音huán。◇引申①仍舊，依然：她還這麼漂亮　②更：弟弟比哥哥還高　③尚且：大人還受不住，何況小孩（以上各引申義音hái）

孩 hái

㧱篆 **孩** 楷（顏真卿）

【析形】孩字小篆左旁是子，意符，表明字義與小孩兒有關；右旁是亥，聲符，表示讀音。形聲字。楷書沿襲小篆。

【釋義】◎本義指嬰兒笑（見"咳"字）。◇引申指幼兒，子女：孩提｜孩童｜嬰孩｜女孩

海 hǎi

㴇金 㴇篆 **海** 隸（郭有道碑） **海** 楷（顏真卿）

【析形】海字金文左旁是水，意符，表明字義與水有關；右旁是每，聲符，表示讀音（海、每二字古音同韻部）。形聲字。小篆沿襲金文。隸變後，水字在字左側為偏旁時寫作"氵"。

【釋義】◎本義指百川會聚之處。◇引申①大洋的邊緣靠近陸地的部分：海岸｜海拔｜海濱｜海潮｜東海｜公海｜地中海 也指某些湖泊的名稱：北海｜洱海｜黑海｜青海 ②海裏生長的：海狗｜海螺｜海馬｜海參｜海獅｜海藻｜海蜇 ③以海為國境線的（古人認為我國疆土四面環海）：海內｜海外 ④古代又引申稱外來的，今又稱從國外歸來的留學人員和創業者：海榴｜海棠｜海棗｜海歸派 ⑤大：海涵｜海量｜海碗｜雲海｜誇海口 又引申指毫無節制：海吃海喝 ⑥有上海特色的：海派｜海川菜

害 hài

串(金) 闇(篆) 害(隸)(史晨碑) 害(楷)(顏真卿)

【析形】害字金文下部是口，意符，表明字義與言語有關；上部是余，聲符，表示讀音。形聲字。小篆形體已訛變，聲符上部訛作"宀"。隸書形體略變。楷書沿襲小篆。

【釋義】◎本義指（以言語）傷害。◇引申①泛指損害，殺害：害人｜殘害｜謀害｜毒害｜迫害｜坑害｜陷害｜危害 ②禍害，害處，與"利"、"益"相對：蟲害｜公害｜霜害｜災害 ③有害的，與"益"相對：害蟲｜害鳥｜害群之馬 ④得病：害病｜害眼｜病害 ⑤心理上產生不安的情緒：害怕｜害臊｜害羞

亥 hài

犭(甲) 丂(金) 丏(金) 丙(篆) 亥(隸)(曹全碑)
亥(楷)(顏真卿)

【析形】亥字甲骨文與"豕"（豬）字當為一字。象形字。金文形一沿襲甲骨文；形二上部增一短畫，以區別於"豕"字。小篆沿襲金文形二。隸書根據小篆轉寫而成。楷書沿襲隸書。

【釋義】◎本義同"豕"（豬）。△音借表示十二地支的末位。亥時，相當於晚9點到11點。

駭 (骇) hài

駴(篆) 駭(隸)(袁博碑) 駭(楷)(顏真卿)

【析形】駭字小篆左旁是馬，意符，表明字義與馬有關；右旁是亥，聲符，表示讀音。形聲字。隸、楷書沿襲小篆。

【簡化】簡化字"骇"意符的簡化見"馬"字。

【釋義】◎本義指馬受驚。◇引申泛指驚嚇，震驚：駭然｜駭異｜驚駭｜駭人聽聞｜驚濤駭浪

酣 hān

酣(篆) 酣(隸)(隸辨) 酣(楷)(顏真卿)

【析形】酣字小篆左旁像一隻酒罎子，意符，表明字義與酒有關；右旁是甘，意符兼聲符，本義指美味，取意酒樂，也表示讀音。會意兼聲字。

【釋義】◎本義指酒樂，飲酒盡興：酣飲｜酣醉｜酒酣 ◇引申指盡情，暢快，痛快，劇烈，持久：酣暢｜酣歌｜酣夢｜酣睡｜酣戰

憨 hān

憨(楷)(顏真卿)

【析形】憨字《說文》所無。楷書下部是心，意符，表明字義與心智有關；上部是敢，聲符，表示讀音。形聲字。

【釋義】◎本義指傻，癡呆：憨笑｜憨子 ◇引申指樸實，天真：憨厚｜憨態｜憨笑｜憨直｜嬌憨

汗 hán

【析形】見"汗hàn"。

【釋義】見〔可汗 kè hán〕。

含 hán

含(金) 含(篆) 含(隸)(張表碑) 含(楷)(顏真卿)

【析形】含字金文下部是口，意符，表明字義與口有關；上部是今，聲符，表示讀音（含、今二字古音同韻部）。形聲字。小篆、隸、楷書沿襲金文。

【釋義】◎本義指口中銜物，不吐也不嚥下：含沙射影｜含血噴人｜含英咀華 ◇引

申①帶有某種思想、情感、意思不完全表露出來：含怒｜含笑｜含羞｜含蓄｜含情脈脈　②藏在裏面，包括在内：含義｜含冤｜暗含｜包含｜含金量｜含苞欲放｜含辛茹苦

寒 hán

金篆 隸(馬王堆帛書) 楷(顏真卿)
【析形】寒字金文外廓像房屋形，屋内中間是一個人，人的周圍是草，下部是"止"(甲骨文像足印形。"趾"字初文)，代表腳，腳下是冰凌，均為意符，屋内長草結冰，取意寒冷。會意字。小篆沿襲金文。隸書屋内人形、草形已失初形，冰凌狀作"冫"。楷書沿襲隸書。
【釋義】◎本義指冷，凍，與"暑"相對：寒潮｜寒冬｜寒冷｜寒流｜高寒｜耐寒｜禦寒　◇引申①中醫學名詞：寒瘧｜寒熱｜風寒｜傷寒　②窮困：寒苦｜寒門｜寒酸｜寒微｜貧寒｜清寒　③害怕，灰心，失望而痛心：寒心｜膽寒｜心寒

函〔函〕hán

甲 金篆 草(懷素) 楷(顏真卿)
【析形】函字甲骨文外廓像一隻袋囊，内中像一支弓箭，均為意符，表示盛矢之器。會意字。金文沿襲甲骨文。小篆中間"矢"形已失。楷書沿襲小篆而形體略變。
【簡化】楷書簡體"函"根據草書楷化而成。
【釋義】◎本義指盛矢之器。◇引申①包含，容納：函容｜函之如海　②匣，封套：鏡函｜石函　③信件：函電｜函件｜函授｜公函｜暗函｜致函

涵 hán

甲 金篆 楷(顏真卿)
【析形】涵字甲骨文左旁是水，意符，表明字的初義與水有關；右旁是函，意符兼聲符，取其包含、容納之義，也表示讀音。會意兼聲字。小篆沿襲甲骨文。隸變後，水字在字左側為偏旁時寫作"氵"。
【釋義】◎本義指水澤多。又指涵洞：涵管　◇引申指包含，包容：涵容｜涵蓄｜涵義｜包涵｜海涵｜内涵｜蘊涵

韓(韩) hán

篆 隸(馬王堆帛書) 楷(顏真卿)
草(孫過庭)
【析形】韓字金文有借音近的"倝"字表示。小篆右下部增"韋"為意符("韋"字古文通"圍")，表明字義與圍欄有關；"倝"為聲符，表示讀音(韓、倝二字古音同韻部)。形聲字。隸、楷書沿襲小篆。
【簡化】簡化字"韩"根據草書楷化而成。
【釋義】◎本義指水井周圍的欄圈。△音借作古國名。周代諸侯國，在今陝西韓城一帶。後作姓氏用字。

喊 hǎn

楷(顏真卿)
【析形】喊字《說文》所無。楷書左旁是口，意符，表明字義與口的行為有關；右旁是咸，聲符，表示讀音(喊、咸二字古音同韻部)。形聲字。
【釋義】大聲叫：呼喊｜叫喊｜吶喊　也指叫(人)，招呼：喊人來

罕 hǎn

篆 楷(顏真卿)
【析形】罕字小篆上部是"網"字古文，意符，表明字的初義與網有關；下部是干，聲符，表示讀音。形聲字。楷書網形訛變。
【釋義】◎本義指捕鳥用的一種長柄網。△音借表示稀少：罕見｜罕聞｜罕有｜稀罕｜人跡罕至

漢(汉) hàn

金 篆 隸(華山神廟碑)
楷(王獻之) 楷(顏真卿)
【析形】"漢"字金文形一下部是水，意符，表明字義與水有關；上部是難，聲符，表示讀音。形聲字。形二寫作左右結構，聲符省略了"隹"。小篆聲符為"堇"。隸、楷書形一沿襲金文形二。

【簡化】楷書簡體"汉"是用符號代替的方法，以筆畫較簡的"又"作為象徵性符號，替換了原來筆畫繁複的聲符。簡化字沿用楷書簡體。

【釋義】◎本義指漢水，即漢江。長江最長的支流，源出陝西西南部寧強縣，流經陝西、湖北，在武漢市入長江。◇引申①漢族：漢人｜漢語｜漢字 ②表示男子：漢子｜好漢｜老漢｜硬漢｜莊稼漢 ③朝代名：漢賦｜東漢｜後漢 ④銀河：河漢｜銀漢｜雲漢

汗 hàn

汗篆 汗楷（顏真卿）

【析形】汗字小篆左旁是水，意符，表明字義與水有關；右旁是干，聲符，表示讀音。形聲字。隸變後，水字在字左側為偏旁時寫作"氵"。

【釋義】人和高等動物從皮膚排泄出來的液體：汗孔｜汗腺｜汗液｜冒汗｜淌汗｜汗流浹背

旱 hàn

旱篆 旱隸（華山神廟碑） 旱楷（顏真卿）

【析形】旱字小篆上部是日，意符，表明字義與太陽有關；下部是干，聲符，表示讀音。形聲字。隸、楷書沿襲小篆。

【釋義】◎本義指久不降雨或降雨少，與"澇"相對：旱季｜旱情｜旱災｜乾旱｜抗旱 ◇引申①與水無關的：旱冰｜旱船｜旱井｜旱傘｜旱獺｜旱煙 ②陸地或陸地交通：旱道｜旱路｜旱橋 ③非水田的：旱稻｜旱地｜旱田

捍〔扞〕hàn

捍隸（隸辨）

【析形】捍字《說文》所無。隸書左旁是"扌"（手），意符，表明字義與手有關；右旁是旱，聲符，表示讀音。形聲字。異體字聲符為"干"。

【釋義】保衛，防禦：捍衛｜捍禦

悍 hàn

悍篆 悍楷（顏真卿）

【析形】悍字小篆左旁是心，意符，表明字義與心性有關；右旁是旱，聲符，表示讀音。形聲字。隸變後，心字在字左側為偏旁時寫作"忄"。

【釋義】◎本義指勇敢，勇猛：剽悍｜精悍｜強悍｜驍悍 ◇引申指兇暴：悍然｜刁悍｜兇悍

焊〔銲、釬〕hàn

焊楷（顏真卿）

【析形】焊字《說文》所無。楷書左旁是火，意符，表明字義與火有關；右旁是旱，聲符，表示讀音。形聲字。異體字以"金"為意符；或以"干"為聲符。

【釋義】以金屬加熱後的熔液黏合、修補金屬或非金屬器物：焊縫｜焊工｜焊管｜焊接｜焊槍｜點焊｜燒焊

撼 hàn

撼楷（顏真卿）

【析形】撼字《說文》所無。楷書左旁是"扌"（手），意符，表明字義與手的動作有關；右旁是感，聲符，表示讀音。形聲字。

【釋義】搖動，打動：撼動｜搖撼｜震撼人心

翰 hàn

翰篆 翰楷（顏真卿）

【析形】翰字小篆右下是羽，意符，表明字義與羽翼有關；左旁與右上合作"倝"，聲符，表示讀音。形聲字。楷書沿襲小篆。

【釋義】◎本義指赤羽的山雞。◇引申①鳥長而硬的羽毛。②古時用羽毛作毛筆，故又指毛筆：翰墨｜揮翰 ③文辭、書信等：翰林｜翰墨｜書翰

憾 hàn

憾楷（顏真卿）

【析形】憾字《說文》所無。楷書左旁是"忄"（心），意符，表明字義與心理活動有

關；右旁是感，意符兼聲符，表示心理感受，也表示讀音。會意兼形聲字。

【釋義】怨恨，失望，不滿意：憾事｜抱憾｜缺憾｜遺憾

夯 hāng

夯 楷 (顏真卿)

【析形】夯字《説文》所無。楷書上部是大，下部是力，均為意符，取意力氣大。會意字。

【釋義】①用力扛東西。 ②砸實地基或砸實地基的工具：夯地｜夯歌｜夯實｜夯土｜打夯｜木夯｜石夯

行 háng

行 甲 行 金 行 篆 行 隸 (禮器碑)

行 楷 (顏真卿)

【析形】行字甲骨文像四通八達的道路之形。象形字。金文沿襲甲骨文。小篆形體訛變。隸、楷書仍見古文形體。

【釋義】◎本義指道路。◇引申①行列：行距｜行款｜提行｜跳行｜雁行 ②輩分：行輩｜排行 ③量詞，用於成行的東西：三行字｜一行樹 ④工商業中的類別，職業：行幫｜行當｜行道｜行東｜行販｜行規｜行話｜行會｜行家｜行業｜本行｜懂行｜改行｜內行｜同行｜在行 ⑤某些營業機構：行長｜分行｜糧行｜商行｜銀行｜總行

航 háng

航 楷 (顏真卿)

【析形】航字《説文》所無。楷書左旁是舟，意符，表示船；右旁是亢，聲符，表示讀音。形聲字。

【釋義】◎本義指船。◇引申指船或飛機等航行：航班｜航程｜航海｜航空｜航模｜航拍｜航向｜航運｜導航｜通航

吭 háng

吭 楷 (顏真卿)

【析形】吭字《説文》所無。楷書左旁是口，意符，表明字義與口有關；右旁是

亢，聲符，表示讀音。形聲字。

【釋義】鳥的喉嚨。也泛指動物的喉嚨：引吭高歌

杭 háng

杭 篆 杭 楷 (顏真卿)

【析形】杭字小篆左旁是木，意符，表明材質；右旁是亢，聲符，表示讀音。形聲字。楷書沿襲小篆。

【釋義】本義指渡船。後作地名用字：杭紡｜杭劇｜杭州

巷 hàng

【析形】見"巷 xiàng"。

【釋義】◎本義指較窄小的街道，音 xiàng。◇引申合成〔巷道〕指探礦或採礦時挖的坑道。音 hàng。

蒿 hāo

蒿 甲 蒿 金 蒿 篆 蒿 隸 (馬王堆帛書)

蒿 楷 (顏真卿)

【析形】蒿字甲骨文上部是林，意符，表明字義與植物有關；下部是高，聲符，表示讀音。形聲字。金文上部是"艸"，取意與甲骨文同。小篆、隸、楷書沿襲金文。

【釋義】野草名。菊科蒿屬植物：蒿草｜青蒿｜香蒿

号 háo

号 篆 号 隸 (管氏碑) 号 楷 (顏真卿)

【析形】号字小篆上部是口，表明字義與口的動作有關；下部是丂，像氣舒出之形，均為意符，表示大聲哭。會意字。隸、楷書沿襲小篆。

【釋義】大聲哭：号喪 sāng ｜哀号｜乾号（古籍用"號"表示）

號 (号) háo

號 篆 號 隸 (樊敏碑)

【析形】號字小篆左旁是号，右旁是虎，均為意符，以虎嘯取呼號之意。會意字。

隸書沿襲小篆。

【簡化】簡化字是用同音合併的方法，以音同、筆畫較簡的"号"代替筆畫較繁複的"號"，合併了號、号二字的意義。

【釋義】呼喊：號叫｜呼號｜怒號

毫 háo

毫 楷(顏真卿)

【析形】毫字《說文》所無。楷書下部是毛，意符，表明字義與毛有關；上部是"高"字的省減，聲符，表示讀音。形聲字。

【釋義】◎本義為細毛，細長而尖的毛：毫髮｜毫毛｜毫末｜纖毫｜明察秋毫 ◇引申①代指毛筆：揮毫｜狼毫｜羊毫｜紫毫 ②數量極少：毫釐｜絲毫｜一絲一毫 △音借表示①公制長度、面積和重量單位：毫克｜毫米｜毫升 ②貨幣單位：毫洋｜毫子

壕 háo

壕 楷(顏真卿)

【析形】壕字《說文》所無。楷書左旁是土，意符，表明字義與土築有關；右旁是豪，聲符，表示讀音。形聲字。

【釋義】◎本義同"濠"，指護城河：城壕 ◇引申泛指溝：壕溝｜壕塹｜戰壕

嚎 háo

嚎 楷(顏真卿)

【析形】嚎字《說文》所無。楷書左旁是口，意符，表明字義與口的行為有關；右旁是豪，聲符，表示讀音。形聲字。

【釋義】①大聲叫：長嚎｜狼嚎 ②大聲哭，同"號háo"：嚎啕大哭

好 hǎo

好 楷(張猛龍碑)

【析形】好字甲骨文、金文均以"女"和"子"為意符，兩個意符位置不定，但無論"女"在左或在右，均須面向"子"，以此取意美好。會意字(一說女人有子即為

"好")。小篆定形為左"女"右"子"。隸、楷書沿襲小篆。

【釋義】◎本義指美好。◇引申①優點多的，使人滿意的，與"壞"相對：好人｜良好｜美好｜上好 ②身體健康或疾病痊癒：安好｜見好｜問好 ③友好，和睦：好友｜交好｜相好 ④用在動詞前，表示在哪方面使人滿意：好吃｜好感｜好評｜好聽 ⑤用在動詞後，表示完成或完善：穿好｜訂好｜站好 ⑥用在形容詞、動詞前，表示程度深：好熱｜害得我好找 ⑦用在一些表示數量、時間的詞的前面，表示多或久：好多｜好久｜好幾個

號 (号) hào

【析形】見"號háo"。

【釋義】◎本義指呼喊。音háo。◇引申①命令，召喚：號令｜號召｜發號施令 ②名稱或人名以外另起的字：別號｜稱號｜綽號｜國號｜外號｜雅號 ③標誌，信號：調號｜標號｜符號 ④稱傷病員：病號｜傷號 ⑤日期的一稱：五月一號 ⑥排定的次第：掛號｜賬號｜號碼 ⑦表示人數的量詞：一百多號人(以上各引申義音hào)

好 hào

【析形】見"好hǎo"。

【釋義】◎本義指美好。音hǎo。◇引申指喜愛，與"惡wù"相對。音hào：好鬥｜好古｜好奇｜好強｜好勝

耗 hào

耗 楷(顏真卿)

【析形】耗字《說文》所無。楷書左旁是耒，是古代一種翻土農具，意符，表明字義與農作物有關；右旁是毛，聲符，表示讀音。形聲字。

【釋義】◎本義指稻類植物的一種。△音借表示①虧損，消費：耗費｜耗竭｜耗盡｜耗散｜耗損｜虧耗｜磨耗｜內耗｜傷耗｜損耗｜消耗 ②拖延：耗着 ③壞的音信：噩耗｜死耗 ④〔耗子〕俗稱老鼠

浩 hào

篆 浩　隸(郭有道碑)　楷(顏真卿)

【析形】浩字小篆左旁是水，意符，表明字義與水有關；右旁是告，聲符，表示讀音。形聲字。隸變後，水字在字左側為偏旁時寫作"氵"。

【釋義】◎本義指水勢盛大。◇引申①表示廣大：浩大｜浩蕩｜浩繁｜浩瀚｜浩劫｜浩渺｜浩氣 ②繁多：浩博｜浩瀚｜浩如煙海

鎬 (镐) hào

金 篆 楷(顏真卿)

【析形】鎬字金文左旁是金，意符，表明字義與金屬有關；右旁是高，聲符，表示讀音。形聲字。小篆、楷書沿襲金文。

【簡化】楷書簡體"镐"的意符"钅"根據草書楷化而成。

【釋義】本義指古代一種溫器。周朝初年的國都，在今陝西西安西南。

喝 hē

【析形】見"喝hè"。

【釋義】◎本義指大聲呵呼。音hè。△音借表示①飲，即吸食液體飲料或流體食物。音hē：喝茶｜喝水｜喝牛奶 ②特指喝酒：喝醉｜喝兩口

呵 hē

隸(馬王堆帛書)　呵 楷(顏真卿)

【析形】呵字《說文》所無。隸書左旁是口，意符，表明字義與口的行為有關；右旁是可，聲符，表示讀音。形聲字。楷書沿襲隸書。

【釋義】①表示大聲斥責：呵斥｜呵喝｜呵責 ②表示吁氣，哈氣：呵欠｜一氣呵成 ③形容笑聲的象聲詞：笑呵呵

禾 hé

甲 金 篆 隸(樓蘭簡)　禾 楷(顏真卿)

【析形】禾字甲骨文、金文均像稻穗形，上有穀穗、禾葉，下有根莖。象形字。小篆沿襲甲、金文。隸書根據小篆轉寫而成。楷書沿襲隸書。

【釋義】本義指粟，即今之小米。今作穀類植物的統稱，又特指水稻：禾場｜禾苗｜禾田

何 hé

甲 金 金 篆　何 隸(郭有道碑)　何 楷(王羲之)

【析形】何字甲骨文像肩上挑擔的人之側視形，為負荷之"荷"字初文。象形字。金文形一沿襲甲骨文；形二右旁負荷形略變，右旁增"可"為聲符，表示讀音，成為形聲字；形三左旁省為"人"。小篆、隸、楷書沿襲金文形三。

【釋義】◎本義指擔，挑。音hè。此義後作"荷"。△音借①疑問代詞，表示甚麼、怎麼、怎麼樣、為甚麼、哪裏等：何處｜何等｜何故｜何時｜何以｜何止｜何種｜如何｜何去何從 ②表示反問：何必｜何嘗｜何妨｜何況｜何足掛齒(以上各音借義音hé) ③姓氏用字。

和 〔龢〕hé

【析形】見"和hè"。

【釋義】◎"和"字本義指聲音相應；"龢"字指音樂和調。內地把二字的意義合為"和"字一個形體。◇引申①諧調，和睦：和好｜和樂lè｜和聲｜和弦｜和諧｜人和｜失和｜協和 ②平和，安寧：和藹｜和暢｜和風｜和緩｜和平｜和善｜緩和｜柔和｜隨和｜調和｜溫和 ③平息爭端：和會｜和解｜和議｜和約｜謀和｜求和｜調和｜言和｜議和 ④對弈或比賽不分勝負：和局｜和棋 ⑤連帶：盤托出｜和衣而臥 ⑥連詞，表示"與"，"跟"：工人和農民 ⑦介詞，表示"對"，"向"：你和他說一下 ⑧兩個數加起來的總數：和數｜總和

河 hé

甲 金 篆　河 隸(泰山金剛經)　河 楷(李璧碑)

【析形】河字甲骨文左旁是水，意符，表明字義與水有關；右旁是可，聲符，表示讀音。形聲字。金文意符"水"在下部，聲符為"何"。小篆沿襲甲骨文。隸、楷書聲符仍為"可"。隸變後，水字在字左側為偏旁時寫作"氵"。

【釋義】◎本義指黃河：河防｜河套｜河西 ◇引申①水道的總稱：河岸｜河壩｜河槽｜河塘｜冰河 ②銀河系：河漢｜天河｜星河

荷 hé

荷篆 荷隸(張表碑) 荷楷(智永)

【析形】荷字小篆上部是"艸"，意符，表明字義與植物有關；下部是何，聲符，表示讀音。形聲字。隸、楷書沿襲小篆。

【釋義】植物名，也叫蓮。多年生水生宿根草本植物：荷花｜荷塘｜荷葉

核 hé

核篆 核隸(隸辨) 核楷(顏真卿)

【析形】核字小篆左旁是木，意符，表明字義與植物有關；右旁是亥，聲符，表示讀音。形聲字。隸書沿襲小篆。

【釋義】◎本義為樹名。音 gāi。又指桃、李等果實中堅硬並包含果仁的部分，音 hé：核仁｜核桃 ◇引申①像核的：核心｜結核｜細胞核 ②原子核等：核能｜核子｜核導彈｜核電站｜核擴散 ③深入仔細地對照，考察：核定｜核對｜核實｜核算｜考核｜審核

盒 hé

盒楷(顏真卿)

【析形】盒字《說文》所無。楷書下部是皿，意符，表明字義與盛器有關；上部是合，意符兼聲符，表示蓋合，也兼表示讀音。會意兼聲字。

【釋義】盒子，一種由面蓋與底部相合而成的盛東西的器具：盒飯｜飯盒｜墨盒｜印盒

嚇 (吓) hè

嚇楷(顏真卿)

【析形】嚇字《說文》所無。楷書左旁是口，意符，表明字義與口的行為有關；右旁是赫，聲符，表示讀音。形聲字。

【簡化】簡化字"吓"是用了更換聲符的方法，以筆畫較簡的"下"為聲符，替換了筆畫繁複的"赫"。

【釋義】◎本義指怒斥聲。◇引申表示恐嚇：恫嚇｜威嚇

和 〔龢〕hè

和金 和篆 和隸(曹全碑) 和楷(顏真卿)
龢甲 龢金 龢篆 龢隸(乙瑛碑)

【析形】和、龢本是兩個字。

和字金文左旁是口，意符，口能發出聲音，取意聲音相應和；右旁是禾，聲符，表示讀音。形聲字。小篆沿襲金文。隸、楷書口旁在右側。

龢字甲骨文左旁像排簫之類的古樂器，上部似笙孔，下部像笙管，隸作"侖"，意符，表明字義與音樂有關；右旁是禾，聲符，表示讀音。形聲字。金文、小篆、隸書均沿襲甲骨文。後用同音合併的方法，以音義相近、筆畫較簡的"和"代替筆畫繁複的"龢"，合併了和、龢二字的意義。

【釋義】和，本義指聲音相應，和諧地跟着唱或伴奏。
龢，本義指音樂和諧。此義後通用"和"。
◇引申①言語、行動追隨別人：附和｜應和 ②和諧地跟着唱：唱和｜曲高和寡｜一唱一和 ③依照別人詩詞的題材、格律來寫作詩詞：和詩｜唱和｜酬和

賀 (贺) hè

賀金 賀篆 賀隸(張遷碑) 賀楷(顏真卿)

【析形】賀字金文左旁是貝，意符，表明字義與財物有關（見"貝"字）；右旁是加，聲符，表示讀音（賀、加二字古音同韻部）。形聲字。小篆寫作上下結構。隸、楷書沿襲小篆。

【簡化】簡化字"贺"意符的簡化見"貝"字。

【釋義】以禮或物相慶祝：賀電｜賀詞｜賀函｜賀歲｜賀喜｜拜賀｜道賀｜恭賀｜慶賀｜祝賀

荷 喝 赫 褐 鶴 黑 嘿 痕

荷 hè

【析形】負荷之"荷"字本作"何"（見"何"字）。"何"字借為疑問代詞後，負荷義借"荷"字表示（見"荷 hé"字）。

【釋義】◎本義指蓮。音 hé。△音借表示①扛，背：荷鋤｜荷槍實彈 ◇引申指負擔：荷載 zài｜荷重｜電荷｜負荷｜重荷 ②表示感謝別人的關心和幫助：感荷｜為荷（以上音借義及其引申義音 hè）

喝 hè

【析形】喝字小篆左旁是口，意符，表明字義與口的行為有關；右旁是曷，聲符，表示讀音。形聲字。楷書沿襲小篆。

【釋義】指大聲喊叫：喝彩｜喝令｜吆喝

赫 hè

【析形】赫字小篆由二"赤"字構成。"赤"義為紅色，二"赤"取意赤之盛。會意字。楷書形體訛變，下部二"火"已失初形。

【釋義】◎本義指火勢旺而紅亮的樣子。◇引申指顯著，盛大：赫赫｜赫然｜顯赫 △音借作音譯詞的構詞語素〔赫茲〕表示振動頻率單位。

褐 hè

【析形】褐字小篆左旁是衣，意符，表明字的初義與衣物有關；右旁是曷，聲符，表示讀音。形聲字。隸變後，衣字在字左側為偏旁時寫作"衤"。

【釋義】◎本義指粗麻編織的襪子。◇引申指像生栗子皮那樣的顏色：褐色｜黃褐色

鶴（鹤） hè

【析形】鶴字小篆右旁是鳥，意符，表明字義與鳥類有關；左旁是隺，聲符，表示讀音。形聲字。隸、楷書沿襲小篆。

【簡化】楷書簡體"鹤"意符的簡化見"鳥"字。一種水鳥。鶴科各種禽類的泛稱。有丹頂鶴、灰鶴等。丹頂鶴是中國特產，嚴禁獵捕。

黑 hēi

【析形】黑字甲骨文像一個正面人形，面部加點，像"面部被墨刑的人"。金文形一沿襲甲骨文；形二下部"人"周圍像星火點點。小篆根據金文形二把下部訛作"炎"，上部訛為"囱"（古文），以煙火燻囱取"黑"之意。隸變把炎字上部的"火"隸作"土"；下部的"火"隸作"灬"。楷書沿襲隸書。

【釋義】◎本義指黑色，即像煤或墨之色：黑髮｜黑人｜抹黑｜墨黑｜漆黑｜烏黑 ◇引申指①黑暗：黑天｜黑夜｜昏黑｜摸黑兒 ②秘密的，非法的，有違社會道德的：黑戶｜黑話｜黑貨｜黑幕｜黑錢｜黑哨｜黑市｜黑線 ③壞，狠毒：黑幫｜黑道｜黑店｜黑心｜黑手 △音借作音譯詞的構詞語素〔黑客〕指通過互聯網非法侵入他人的計算機系統查看、更改、竊取保密數據或干擾計算機程序的人。

嘿〔嗨〕hēi

【析形】嘿字《説文》所無。楷書左旁是口，意符，表明字義與口的行為有關；右旁是黑，聲符，表示讀音。形聲字。異體字以"海"為聲符。

【釋義】①歎詞，表示招呼或提起注意：嘿，快走｜嘿，來了 ②表示得意，讚歎：嘿，真棒 ③表示驚異：嘿，下冰雹了 ④象聲詞，形容笑聲：嘿嘿地笑

痕 hén

【析形】痕字小篆左旁與右上一橫畫合為"疒"，意符，表明字義與病痛有關（見"病"字）；右下是艮，聲符，表示讀音。

形聲字。楷書沿襲小篆。
【釋義】◎本義指瘡傷癒後留下的疤：疤痕｜傷痕 ◇引申指事物留下的跡印：痕跡｜斑痕｜淚痕｜污痕

很 hěn

很篆 很楷（顏真卿）

【析形】很字小篆左旁是"彳"（甲骨文像道路形），意符，表明字的初義與道路有關；右旁是艮，聲符，表示讀音。形聲字。楷書沿襲小篆。
【釋義】◎本義指行走艱難。◇引申指違逆。《國語‧吳語》："今王將很天而伐齊。"△音借作副詞，表示非常，程度相當高：很高｜很好｜很快｜糟得很

狠 hěn

狠篆 狠楷（顏真卿）

【析形】狠字小篆左旁是犬，意符，表明字的初義與狗有關；右旁是艮，聲符，表示讀音。形聲字。隸變後，犬字在字左側為偏旁時寫作"犭"。
【釋義】◎本義指狗爭鬥時發出的聲音。◇引申①泛指爭鬥，爭訟。②兇惡，殘忍：狠毒｜狠心｜兇狠｜惡狠狠 ③堅決地，嚴厲地：狠命｜狠心｜發狠

恨 hèn

恨篆 恨隸（隸辨） 恨楷（顏真卿）

【析形】恨字小篆左旁是心，意符，表明字義與心理活動有關；右旁是艮，聲符，表示讀音。形聲字。隸變後，心字在字左側為偏旁時寫作"忄"。
【釋義】◎本義指遺憾，悔恨：恨事｜懊恨｜抱恨｜悵恨｜飲恨 ◇引申指怨恨，仇視：仇恨｜憤恨｜懷恨｜嫉恨｜痛恨｜雪恨

哼 hēng

哼楷（顏真卿）

【析形】哼字《說文》所無。楷書左旁是口，意符，表明字義與口的行為有關；右旁是亨，聲符，表示讀音。形聲字。

【釋義】①表示低聲詠唱或吟哦：哼歌｜哼小曲 ②又作像聲詞，形容鼻子發出聲音：哼哼｜哼哧

恆〔恒〕héng

恆甲 恆金 恆金 恆篆 恆隸（馬王堆帛書） 恒楷（智永）

【析形】恆字甲骨文中間像半月形，上下兩橫畫表示天與地，蒼天大地，月出月沒，取意恆常。會意字。金文形一沿襲甲骨文；形二左旁增"心"為意符，取意人心恆定。小篆把"月"訛為"舟"（古文月、舟二字形近，二字為偏旁時常相混）；隸書筆畫化，已失初形。楷書以"日"為意符，取意與"月"同。隸變後，心字在字左側為偏旁時寫作"忄"。
【釋義】◎本義指持久，永久不變的：恆定｜恆久｜恆心｜恆星｜永恆 ◇引申指平常的，經常的：恆量｜恆態｜恆溫

橫 héng

橫篆 橫隸（曹全碑） 橫楷（智永）

【析形】橫字小篆左旁是木，意符，表明字義與木有關；右旁是黃，聲符，表示讀音。形聲字。隸、楷書沿襲小篆。
【釋義】◎本義指門前木柵欄，也泛指橫欄之木。◇引申①同地面平行的，與"直"、"豎"相對：橫檔兒｜橫笛｜橫額｜橫幅｜橫樑｜橫批 ②同物體長的一邊垂直的，與"直"、"豎"、"縱"相對：橫切｜橫斷面｜人行橫道 ③地理上指東西向，與"縱"相對：橫貫｜連橫｜縱橫 ④使物體橫向：把竿子橫過來 ⑤從左到右或從右到左的，與"直"、"豎"、"縱"相對：橫渡｜橫隊｜橫列｜橫排｜橫線｜橫向｜橫寫｜橫軸｜橫坐標 ⑥縱橫交錯：橫生｜橫溢｜橫衝直撞｜滄海橫流｜老氣橫秋｜妙趣橫生｜血肉橫飛 ⑦蠻橫，兇惡：橫行霸道｜橫徵暴斂 ⑧漢字筆畫的一種，即"一"，寫時平着由左向右。

衡 héng

衡金 衡篆 衡隸（袁博碑） 衡楷（王獻之）

H

【析形】衡字金文中間上部是角，下部是大，均為意符，表示用大木綁在牛角上以防其觸人；外廓是行，聲符，表示讀音。形聲字。小篆、隸、楷書沿襲金文。
【釋義】◎本義指古代放在牛角上防止牛角觸人的橫木。◇引申指車轅前端的橫木。△音借①秤桿，稱重量的器具：常衡｜藥衡｜度量衡　②平，比較：衡量｜均衡｜抗衡｜平衡｜權衡

橫 hèng

【析形】見"橫 héng"。
【釋義】◎本義見"橫 héng"。◇引申①蠻橫。②粗暴，兇暴：橫暴｜橫逆｜驕橫｜兇橫｜專橫　③意外的，不尋常的：橫財｜橫禍｜橫事｜橫死(以上各引申義音 hèng)

轟(轰)〔揈〕hōng

轟篆　轰楷(顏真卿)

【析形】轟字小篆由上下三"車"構成，取意群車轟鳴。會意字。
【簡化】楷書簡體"轰"是用符號代替的方法，以筆畫較簡的"双"作為象徵性符號，替換了下部兩個"車"；意符的簡化見"車"字。簡化字沿用楷書簡體。
【釋義】◎本義為群車轟鳴的象聲詞。◇引申①巨大聲響的象聲詞：轟隆｜轟然　②表示雷鳴，炮擊或炸彈爆炸：轟擊｜轟鳴｜轟炸｜炮轟　△音借表示驅逐，趕走(此義也寫作"揈")：轟散｜轟出去

哄 hōng

哄楷(顏真卿)

【析形】哄字《說文》所無。楷書左旁是口，意符，表明字義與口的行為有關；右旁是共，聲符，表示讀音。形聲字。
【釋義】①許多人同時發出的聲音：哄動｜哄鬧｜哄搶｜哄抬｜哄堂大笑　②又作象聲詞，形容許多人大笑聲或喧嘩聲：亂哄哄｜鬧哄哄

烘 hōng

烘篆　烘楷(顏真卿)

【析形】烘字小篆左旁是火，意符，表明字義與火有關；右旁是共，聲符，表示讀音。形聲字。
【釋義】◎本義指烤。◇引申①用火燒或烤火取暖：烘烤｜烘籃｜烘籠｜烘爐｜烘箱　②襯托，渲染：烘襯｜烘托

紅(红) hóng

紅篆　紅楷(顏真卿)　红草(米芾)

【析形】紅字小篆左旁是糸，意符，表明字的初義與絲帛有關；右旁是工，聲符，表示讀音。形聲字。
【簡化】簡化字"红"的意符"纟"根據草書楷化而成。
【釋義】◎本義指淺赤色的帛，後泛指粉紅色。◇引申①大紅或像鮮血那樣的顏色：紅布｜紅燈｜紅豆｜紅花　②共產黨隊伍旗幟為紅色，故引申象徵革命和政治覺悟：紅軍｜紅心｜又紅又專　③象徵順利，成功，喜慶：紅運｜開門紅　再引申表示繁華，華美，艷麗：紅塵｜紅樓｜紅袖｜紅男綠女　④受人賞識，重視：紅角 jué 兒｜紅人｜走紅　⑤紅茶：川紅｜滇紅｜荔枝紅

宏 hóng

宏金　宏金　宏篆　宏篆　宏楷(顏真卿)

【析形】宏字金文形一外廓是宀字的省減，意符，表示宀容；內中是弓，聲符，表示讀音。形聲字。形二上部是"宀"，意符，表明字義與房屋有關；下部是弘，聲符，表示讀音。小篆形一沿襲金文形二；形二聲符為"厷"。楷書沿襲小篆形二。
【釋義】◎本義指房屋深廣，說話有回聲。◇引申泛指廣大：宏大｜宏觀｜宏圖｜宏偉｜宏願｜宏旨｜宏壯｜寬宏

虹 hóng

虹甲　紅篆　虹楷(顏真卿)

【析形】虹字甲骨文像一彎彩虹的形狀。象形字。甲骨文又形似一條蟲，故小篆左旁以"虫"為意符，右旁是工，聲符，表示讀音，成為形聲字。隸、楷書沿襲小篆。
【釋義】指空中的小水珠經太陽光照射發

生折射和反射作用而形成的弧形彩帶，呈
現為紅、橙、黃、綠、藍、靛、紫七種顏
色：虹霞｜彩虹｜氣貫長虹

洪 hóng

篆洪　隸(孔彪碑)　楷(智永)

【析形】洪字小篆左旁是水，意符，表明
字義與水有關；右旁是共，聲符，表示讀
音。形聲字。隸變後，水字在字左側為偏
旁時寫作"氵"。
【釋義】◎本義指大水，即洪水：洪峰｜
洪災｜暴洪｜防洪｜分洪｜山洪｜洩洪｜蓄
洪　◇引申指大：洪大｜洪恩｜洪福｜洪亮｜
洪量｜洪流｜洪爐｜洪鐘

鴻 (鸿) hóng

篆鴻　楷(龍藏寺碑)

【析形】鴻字小篆右旁是鳥，意符，表明
字義與鳥類有關；左旁是江，聲符，表示
讀音(鴻、江二字古音同韻部)。形聲字。
隸、楷書沿襲小篆。
【簡化】簡化字"鸿"意符的簡化見"鳥"
字。
【釋義】◎本義①鴻鵠，即天鵝。②大雁，
一種大水鳥：鴻雁｜鴻毛｜雪泥鴻爪　◇引
申指大：鴻福｜鴻儒｜鴻圖｜鴻文

哄 hǒng

【析形】見"哄hōng"。
【釋義】◎本義指許多人同時發出的聲
音。△音借指瞞騙：哄弄｜蒙哄｜欺哄
◇引申指用言語或行動引逗小孩：哄小孩
(以上音借義及其引申義音hǒng)

鬨 〔哄、鬨〕hòng

鬨篆

【析形】鬨字小篆外廓是鬥(甲骨文像兩人
相格鬥之形)，意符，取意爭鬥；內中是
共，聲符，表示讀音。形聲字。異體字意
符訛作"門"。今內地以音義相近、筆畫
較簡的"哄"代替了筆畫繁複的"鬨"，合
併了哄、鬨二字的意義。
【釋義】◎本義指爭鬥。◇引申指吵鬧，

擾亂：鬨鬧｜一鬨而散

喉 hóu

嚨篆　嗛隸(隸辨)　喉楷(顏真卿)

【析形】喉字小篆左旁是口，意符，表明
字義與口腔有關；右旁是侯，聲符，表示
讀音。形聲字。隸、楷書沿襲小篆。
【釋義】指呼吸器官的一部分，在咽和氣
管之間，由甲狀軟骨、環狀軟骨和會厭軟
骨等構成。喉內有聲帶，又是發音器官：
喉疾｜喉結｜喉嚨｜喉頭

猴 hóu

猴篆　猴楷(顏真卿)

【析形】猴字小篆左旁是犬，意符，代表
動物；右旁是侯，聲符，表示讀音。形聲
字。隸變後，犬字在字左側為偏旁時寫作
"犭"。
【釋義】◎本義指靈長類哺乳動物，形狀
略像人，種類很多：猴子｜獼猴｜猿猴｜金
絲猴　◇引申指機靈而頑皮、精明的人：
猴精

侯 hóu

甲金篆隸(王基碑)　侯楷(顏真卿)

【析形】侯字甲骨文像帳下一人交脛而坐
之形，以君王坐陣帳中發號施令表示有爵
位之人。會意字。金文形一沿襲甲骨文；
形二把帳下之人訛作"矢"。小篆沿襲金
文形二而上部增"人"為意符。隸書筆畫
化，已失初形。楷書寫作左右結構。隸變
後，人字在字左側為偏旁時寫作"亻"。
【釋義】◎本義指君主時代五等爵位的第
二等：侯爵｜公侯｜王侯　◇引申泛指達官
貴人：侯門｜萬戶侯

吼 hǒu

吼楷(顏真卿)

【析形】吼字《說文》所無。楷書左旁是
口，意符，表明字義與口的行為有關；右
旁是孔，聲符，表示讀音。形聲字。

【釋義】◎本義指猛獸大聲叫：獅吼 ◇引申指人因極怒而大聲喊叫或指其他巨大的聲響：吼叫｜狂吼｜怒吼｜風在吼

后 hòu

后金 后篆 隸(曹全碑) 后楷(高貞碑)

【析形】后字金文上部代表一隻手，下部是口，均為意符，取意君王發號施令，與“司”字當為一字。會意字。小篆線條化，手形略失。隸、楷書沿襲小篆。

【釋義】◎本義指君主，帝王：后羿｜天后｜廟｜皇天后土 ◇引申指君王的妻子：后妃｜皇后｜王后

後 (后) hòu

後甲 後金 後篆 後隸(華山神廟碑) 後楷(褚遂良)

【析形】後字甲骨文下部像腳趾朝下之足印形，是“止”（“趾”字初文）的倒寫，代表人足；上部像繩索形，均為意符，足被繩索束縛不得前行，取意“後”。會意字。金文左旁增“彳”（像道路形）為意符，表明字義與行止有關。小篆、隸、楷書沿襲金文。

【簡化】簡化字是用同音合併的方法，以音同、筆畫較簡的“后”代替筆畫較繁複的“後”，合併了後、后二字的意義。

【釋義】◎本義指時間較晚，與“先”、“前”相對：後輩｜後代｜後果｜後患｜後悔｜後起｜後任｜後事｜後世 ◇引申①子孫：後代｜後人｜後生｜後裔 ②位置在後，與“前”相對：後塵｜後備｜後方｜後路｜後門｜後勤｜幕後 ③（次序）不在前或靠近尾的：後繼｜後進｜後娘｜後續

厚 hòu

厚甲 厚金 厚篆 厚楷(顏真卿)

【析形】厚字甲骨文外廓是“厂”，像山崖石岸形，意符，表明字義與山崖有關；內中是“𣇄”，古文“厚”字，意符兼聲符，表示厚大，也表示讀音。會意兼聲字。金文沿襲甲骨文。小篆“𣇄”字形體訛變。楷書下部訛作“子”。

【釋義】◎本義指山陵厚大。◇引申①扁平的物體上下兩面之間的距離大，與“薄”相對：厚薄 bó｜厚實｜天高地厚 ②深，重：厚望｜厚意｜深厚 ③待人誠懇，能寬容，不刻薄：厚道｜淳厚｜篤厚｜憨厚｜寬厚｜忠厚 ④厚度：兩尺厚的積雪 ⑤濃（多指酒、食物等的味道）：厚味｜醇厚｜濃厚 ⑥重視，推崇，優待：優厚｜厚此薄彼｜厚古薄今｜得天獨厚

候 hòu

候篆 候隸(居延簡) 候楷(顏真卿)

【析形】候字小篆左旁是人，意符，表明字義與人的活動有關；右旁是侯，聲符，表示讀音。形聲字。隸書沿襲小篆。隸變後，人字在字左側為偏旁時寫作“亻”。楷書在意符和聲符中間加一豎以區別於“侯”字。

【釋義】◎本義指觀察，守望。◇引申①探望，問好：問候｜致候 ②等待：候補｜候車｜候審｜候診｜等候｜恭候｜守候｜迎候｜候選人 ③中國古代把五天叫作一候，現在氣象學上仍沿用：候溫｜測候｜天候 ④時節：候鳥｜季候｜氣候｜時候 ⑤事物變化的情狀：火候｜徵候

侯 hòu

【析形】見“侯 hóu”。

【釋義】本義指君主時代五等爵位的第二等。音 hóu。地名用字。音 hòu。閩侯，在福建。

戲 (戏) hū

【析形】見“戲 xì”。

【釋義】〔於戲 wū hū〕同“嗚呼”。

乎 hū

乎甲 乎金 乎篆 乎隸(孔彪碑) 乎楷(顏真卿)

【析形】乎字甲骨文像一把狩獵或勞作的工具之形。隸作“乎”。象形字。古人高舉勞動工具呼喚同伴勞作、征伐或狩獵，取意呼喚。金文沿襲甲骨文。小篆形體略變。隸書根據小篆轉寫而成。楷書沿襲隸書。

H

【釋義】◎本義當為呼喚，即大聲喊叫。△音借①文言助詞，表示疑問或揣度：可乎？成敗興亡之機，其在斯乎？ ②歎詞，與「啊」相同：不亦樂乎 ③形容詞或副詞後綴：斷乎｜確乎｜似乎｜險乎｜玄乎｜微乎其微 ④動詞的後綴，作用同「於」：合乎｜出乎意外｜忘乎所以｜滿不在乎

呼〔嘑、謼、虖〕hū

篆呼　隸（校官碑）　呼楷（崔敬邕墓誌）

【析形】呼字本作「乎」（見「乎」字）。「乎」字借為語氣詞後，表示呼叫之「呼」字小篆增「口」為意符，表示呼喚。隸、楷書沿襲小篆。異體字以「言」為意符，以「虖」為聲符；或借「虖」表示。

【釋義】◎本義指召喚，大聲叫喊：呼喊｜呼喚｜呼救｜呼籲 ◇引申①生物體把體內的氣體排出體外，與「吸」相對：呼吸 ②象聲詞：呼呼｜呼嚕

忽 hū

金　篆忽　隸（景君碑）　忽楷（王羲之）

【析形】忽字金文下部是心，意符，表明字義與心理活動有關；上部是勿，聲符，表示讀音。形聲字。小篆、隸、楷書沿襲金文。

【釋義】◎本義指忘記。◇引申①不重視，不注意：忽略｜忽視｜疏忽｜怠忽職守 ②很快地，迅速：忽而｜忽然｜倏忽

糊 hū

【析形】見「糊hú」。

【釋義】◎本義指黏，黏貼。音hú。◇引申指不清楚，顏色發黑或光線昏暗模糊不清。音hū：黑糊糊

狐 hú

甲　篆狐　楷（顏真卿）

【析形】狐字甲骨文右旁是犬，意符，代表動物；左旁是亡，聲符，表示讀音。形聲字。小篆意符在左旁，聲符改「亡」為「瓜」（狐、亡、瓜三字古音同韻部）。隸變後，犬字在字左側為偏旁時寫作「犭」。

楷書沿襲隸書。

【釋義】◎本義指狐狸。一種形狀略像狼的哺乳動物，面部較長，耳朵三角形，尾巴長，性狡猾多疑，毛皮可做衣服：狐裘｜赤狐｜紅狐｜銀狐 ◇引申指狡猾，諂媚：狐媚｜狐疑｜狐朋狗友

壺（壶）hú

甲　金　篆壺　隸（馬王堆帛書）　草（懷素）

【析形】壺字甲骨文、金文均像一把壺的形狀，上有壺蓋，兩旁有耳（提樑），中部是壺腹，底部有圈足。象形字。小篆沿襲甲、金文。隸書線條化，已失初形。

【簡化】簡化字「壶」根據草書楷化而成。

【釋義】用來盛液體，有嘴、有把的容器：茶壺｜酒壺｜漏壺｜暖壺｜銅壺

核 hú

【析形】見「核hé」。

【釋義】本義同「核hé」。用於口語：梨核兒｜煤核兒｜棗核兒

湖 hú

金　篆湖楷（爨寶子碑）

【析形】湖字金文左旁是水，意符，表明字義與水有關；右旁是古，聲符，表示讀音。形聲字。小篆改聲符為「胡」。楷書沿襲小篆。隸變後，水字在字左側為偏旁時寫作「氵」。

【釋義】①周圍被陸地圍着的大片積水：湖濱｜湖畔｜湖水｜西湖｜鹽湖｜淡水湖｜人工湖 ②又指湖南、湖北：湖廣｜兩湖

蝴 hú

蝴楷（顏真卿）

【析形】蝴字《說文》所無。楷書左旁是虫，意符，表明字義與昆蟲有關；右旁是胡，聲符，表示讀音。形聲字。

【釋義】◎本義指蝴蝶。昆蟲的一種。翅膀闊大，顏色美麗，腹部瘦長，吸花蜜。種類很多，有的對農作物有害，有的有益。◇引申指像蝴蝶的：蝴蝶花｜蝴蝶結

糊 〔餬〕hú

黏篆 **糊**楷 (顏真卿)

【析形】糊字小篆左旁是黍，意符，表明用料 (民間以黍、米等熬製漿糊用以黏貼)；右旁是古，聲符，表示讀音。形聲字。楷書意符為"米"，聲符為"胡"。異體字以"食"為意符。

【釋義】◎本義指黏，黏貼：裱糊 | 糊窗戶 | 糊牆紙 ◇引申指像漿糊那樣混沌，形容不清楚，不明事理：糊塗 | 含糊 | 迷糊 | 模糊

弧 hú

弧篆 **弧**楷 (顏真卿)

【析形】弧字小篆左旁是弓，意符，表明字的初義與弓有關；右旁是瓜，聲符，表示讀音 (弧、瓜二字古音同韻部)。形聲字。楷書沿襲小篆。

【釋義】◎本義指木弓 (古書釋：弦木為弧)。◇引申指像弓一樣有彎度的事物：弧度 | 弧光 | 弧線 | 弧形 | 電弧 | 括弧

葫 hú

葫楷 (顏真卿)

【析形】葫字《說文》所無。楷書上部是"艹"(艸)，意符，表明字義與植物有關；下部是胡，聲符，表示讀音。形聲字。

【釋義】〔葫蘆〕◎一年生草本植物，莖蔓生，花白色。果實中間細，像兩個球連在一起，可作器皿，也供玩賞。◇引申指像葫蘆瓜的：瓢葫蘆 | 水葫蘆 | 糖葫蘆 | 依樣畫葫蘆

虎 hǔ

虎甲 **虎**金 **虎**篆 **虎**隸 (王基碑) **虎**楷 (顏真卿)

【析形】虎字甲骨文像老虎之形，張嘴露齒，長尾文身。象形字。金文沿襲甲骨文。小篆則像老虎蹲踞之形。隸書沿襲小篆。

【釋義】◎本義為猛獸名。貓科，哺乳動物，毛多為黃色，有黑色斑紋，性兇猛，夜裏出來捕食動物，有時傷害人：虎穴 | 老虎 | 猛虎 | 虎視眈眈 | 藏龍臥虎 | 降龍伏虎 ◇引申①比喻勇猛威武，有氣勢、聲勢：虎

將 | 虎勢 | 虎威 | 虎頭蛇尾 | 生龍活虎 ②比喻危險：虎穴 | 虎口拔牙 | 虎口餘生

唬 hǔ

唬金 **唬**篆 **唬**楷 (顏真卿)

【析形】唬字金文左旁是口，意符，表明字義與口的行為有關；右旁是虎，意符兼聲符，表明字的初義與虎有關，也表示讀音。會意兼聲字。小篆、楷書均沿襲金文。

【釋義】◎本義指虎怒吼聲。◇引申指威嚇：唬人 | 嚇唬 | 詐唬

互 hù

互篆 **互**楷 (顏真卿)

【析形】互字小篆像一個絞繩的器具之形。象形字。楷書根據小篆轉寫而成。

【釋義】◎本義指絞繩器具。◇引申①交錯。《漢書·谷永傳》："百官盤互，親疏相錯。" ②彼此：互動 | 互惠 | 互利 | 互勉 | 互通 | 互助 | 交互 | 相互

戶 hù

戶甲 **戶**篆 **戶**隸 (王基碑) **戶**楷 (智永)

【析形】戶字甲骨文像一扇門之形。象形字。小篆沿襲甲骨文。隸書略失原形。楷書沿襲隸書。

【釋義】◎本義指單扇門。◇引申①泛指房屋的出入口：戶限 | 門戶 | 戶樞不蠹 | 蓬門蓽戶 | 夜不閉戶 ②住戶，人家：戶籍 | 戶口 | 戶主 | 船戶 | 農戶 | 莊戶 | 租戶 ③門第：門戶 | 門當戶對 ④與銀行等有賬務關係的個人或團體：戶頭 | 存戶 | 訂戶 | 過戶 | 開戶 | 賬戶

護 (护) hù

護篆 **護**隸 (隸辨) **护**楷 (顏真卿)

【析形】護字小篆左旁是言，意符，表明字的初義與言語有關；右旁是蒦，聲符，表示讀音。形聲字。隸書沿襲小篆。

【簡化】楷書簡體是用另造新字的方法，新造了以"扌"(手) 為意符，以"戶"為聲符的形聲字"护"，表示引申義"護衛"。

H

簡化字沿用楷書簡體。
【釋義】◎本義指監視，監督。◇引申①救助，護衛：護法│護封│護符│護航│護欄│護理│愛護│辯護│救護│維護 ②袒護，包庇：護短│庇護│偏護

滬(沪) hù

滬楷(顏真卿)
【析形】滬字《說文》所無。繁體作"滬"。左旁是"氵"(水)，意符，表明字的初義與水有關；右旁是扈，聲符，表示讀音。形聲字。
【簡化】楷書簡體"沪"是用更換聲符的方法，以筆畫較簡的"戶"為聲符，替換了筆畫繁複的"扈"。
【釋義】①水名。即玄滬水，在今陝西省洛南境。 ②捕魚所用的竹柵。又作上海的別稱：滬劇│滬杭鐵路

糊 hù

糊楷(顏真卿)
【析形】見"糊hú"。
【釋義】◎本義指黏，黏貼。音hú。◇引申①稠粥。②像粥一樣的食物，音hù：麵糊│辣椒糊│芝麻糊

花 huā

花楷(顏真卿)
【析形】見"華"字。漢魏後始見"花"字，為後起形聲字。楷書上部是"艹"(艸)，意符，表明字義與植物有關；下部是化，聲符，表示讀音。
【釋義】◎本義指①指可供觀賞的植物：花卉│花匠│花圃│花園│賞花 ②種子植物的繁殖器官：花苞│花蒂│花粉│花蕊 ◇引申①像花的：花饍│火花│浪花│繡花│雪花 又引申指作戰時受的外傷：掛花 ②用花或花紋裝飾的：花邊│花車│花環│窗花│雕花│印花 ③供觀賞的煙火：花炮│禮花│火樹銀花 ④顏色或種類錯雜的：花白│花甲│花腔│花色│花絮│花名冊│五花八門 ⑤模糊迷亂：花眼│昏花│眼花繚亂 ⑥迷惑人，狡猾的：花槍│花腔│花招│花點子│花腸子│花言巧語 △音借表示耗費，用(此義又作"化")：花費│花錢│花消│零花

嘩(哗) huā

嘩楷(顏真卿)
【析形】見"嘩huá"。
【釋義】象聲詞：水嘩嘩地流

划 huá

划楷(顏真卿)
【析形】"划"字《說文》所無。楷書左旁是戈，右旁是"刂"，均為意符，取割之意。會意字。
【釋義】◎本義指撥水前進：划船│划槳│划水 ◇引申指盤算，合算：划算│划不來

劃(划) huá

劃篆 劃楷(顏真卿)
【析形】劃字小篆左旁是畫，右旁是刀，均為意符，表示用刀割裂，畫也兼表示讀音。會意兼聲字。隸變後，刀字在字右側為偏旁時寫作"刂"。
【簡化】簡化字是用同音合併的方法，以音同義近、筆畫較簡的"划"代替筆畫繁複的"劃"，合併了劃、划二字的意義。
【釋義】用尖利器物把東西分割開或從上面擦裂：劃玻璃│劃火柴

華(华) huá

華金 華篆 華隸(白石君碑) 华楷(顏真卿)
【析形】華字金文像草木枝繁葉茂之形，為"花"字本字。象形字。小篆增"艸"為意符，表明字義與植物有關。隸書根據小篆轉寫而成。
【簡化】楷書簡體是用另造新字的方法，新造了"华"字，下部的"十"代表花枝，上部"化"為聲符。
【釋義】◎本義指花：華而不實│春華秋實 ◇引申①繁盛：繁華│紛華│榮華 又引申指奢侈：浮華│豪華│奢華 ②精華：才華│風華│菁華│昇華 ③光彩，光輝：華燈│華貴│華麗│光華 ④時光：年華│韶華 ⑤頭髮花白：華髮 ⑥又作中國或中華民族的簡稱：華北│華僑│華文│華夏│華裔│華語

嘩 (哗)〔譁〕huá

嘩楷(顏真卿)

【析形】嘩字《説文》所無。楷書左旁是口，意符，表明字義與口的動作有關；右旁是華，聲符，表示讀音。異體字以"言"為意符。

【簡化】簡化字"哗"聲符的簡化見"华"字。

【釋義】嘈雜，喧鬧：喧嘩｜嘩眾取寵

猾 huá

猾隸(校官碑)　猾楷(顏真卿)

【析形】猾字《説文》所無。隸書左旁是"犭"(犬)，意符，代表動物；右旁是骨，聲符，表示讀音(猾、骨二字古音同韻部)。形聲字。楷書沿襲隸書。

【釋義】◎本義指擾亂。◇引申指奸詐：奸猾｜狡猾｜老奸巨猾

滑 huá

滑篆　滑隸(隸辨)

【析形】滑字小篆左旁是水，意符，以水之滑取意順溜；右旁是骨，聲符，表示讀音(滑、骨二字古音同韻部)。形聲字。隸變後，水字在字左側為偏旁時寫作"氵"。

【釋義】◎本義指順溜，不凝滯：滑板｜滑溜｜滑潤｜光滑｜平滑｜潤滑　◇引申①溜動：滑冰｜滑車｜滑輪｜滑坡｜滑翔｜滑行｜滑雪｜滑　②油滑，奸詐：滑頭｜刁滑｜狡滑｜圓滑｜油腔滑調｜油頭滑腦｜油嘴滑舌

化 huà

化甲　化金　化篆　化隸(衡方碑)

化楷(顏真卿)

【析形】化字甲骨文像側立的人一正一倒之形，以兩人倒轉取意變化、改變。會意字。金文、小篆沿襲甲骨文。隸變後，人字在字左側為偏旁時寫作"亻"。楷書沿襲隸書。

【釋義】◎本義指變化，改變，使變化：化名｜化身｜化石｜化裝｜化妝｜分化｜孵化｜

腐化｜僵化｜進化｜同化｜退化｜蛻化｜馴化｜演化｜造化｜轉化｜化險為夷　◇引申①消化，消除：化食｜化痰｜食古不化　②感化：歸化｜教化｜勸化　又引申指僧道向人求佈施：化緣｜化齋｜募化　③融化，熔化：化凍｜化鐵爐　④死：物化｜坐化　⑤指化學：化肥｜化工｜化合｜化驗｜理化｜二氧化碳　⑥燒化：焚化｜火化　⑦加在名詞、形容詞後，使這個詞具有動詞的特徵：醜化｜磁化｜淡化｜毒化｜惡化｜風化｜鈣化｜激化｜簡化｜焦化｜淨化｜老化｜綠化｜美化｜汽化｜強化｜軟化｜氧化｜液化｜異化｜規範化｜現代化

劃 (划) huà

【析形】見"劃 huá"。

【釋義】◎本義指用尖利物把東西割開，音 huá。◇引申①分開：劃定｜劃分｜劃歸｜劃時代　②劃撥：劃付｜劃歸｜劃賬　③計劃：策劃｜籌劃｜規劃｜謀劃(以上各引申義音 huà)

華 (华) huà

【析形】見"華 huá"。

【釋義】本義指花，音 huā。用作地名用字。華山，華陰，在陝西。姓氏用字(以上地名、人名用字音 huà。)

畫 (画) huà

畫甲　畫金　畫篆　畫隸(馬王堆帛書)

畫楷(顏真卿)

【析形】畫字甲骨文上部像一隻手握着筆，下部像用筆畫出的線條，表示用筆畫界。會意字。金文把下部的劃線訛為"田"，小篆又在"田"四周加線條表示田界。隸書把手執筆形隸作"聿"。楷書沿襲隸書。

【簡化】簡化字"画"是用保留特徵、局部代全體的方法，保留"田"和"田界綫"代替全字，刪除了其餘部件。

【釋義】◎本義指畫田界。◇引申①用筆或類似筆的東西做出圖形：畫畫兒｜畫像｜勾畫｜繪畫｜臨畫｜描畫　②畫成的藝術品：畫冊｜壁畫｜國畫｜古畫｜油畫　③陳列畫或

H

用畫裝飾的：畫舫│畫廊│畫屏 ④簽署：畫押│畫字 ⑤比劃，指點：指指畫畫│指手畫腳

話 (话) huà

話篆 話隸(葉慧明碑) 話楷(米芾)

【析形】話字小篆左旁是言，意符，表明字義與言語有關；右旁是昏，聲符，表示讀音（話、昏二字古音同韻部）。形聲字。隸變後，昏字隸作"舌"。

【簡化】簡化字"话"的意符"讠"根據行草楷化而成。

【釋義】◎本義指說，談論：話別│話柄│話舊│講話 ◇引申①話語：謊話│佳話│假話│空話│談話 ②歷史或小說的故事：話本│神話│史話│童話 ③電話：話費│話機│固話

樺 (桦) huà

桦楷(顏真卿)

【析形】樺字《說文》所無。左旁是木，意符，表明字義與樹木有關；右旁是華，聲符，表示讀音。形聲字。

【簡化】楷書簡體"桦"聲符的簡化見"華huá"字。

【釋義】樹名，也稱白樺。一種雙子葉植物，落葉喬木或灌木，木材可製器具：樺木│白樺│黑樺

懷 (怀) huái

懷金 懷篆 懷篆 懷隸(袁博碑) 懷楷(張猛龍碑)

【析形】懷字金文外廓是衣，意符，表明字的初義與衣服有關；內中是罙，聲符，表示讀音。形聲字。小篆形一沿襲金文；形二左旁增"心"為意符，表明字義與心胸有關。隸變後，心字在字左側為偏旁時寫作"忄"。

【簡化】簡化字"怀"是用符號代替的方法，以筆畫較簡的"不"作為象徵性符號，替換筆畫繁複的"裏"，失去了聲符的表音作用。

【釋義】◎本義指把東西藏在衣懷裏。◇引申①胸前：懷抱│懷錶│滿懷 ②腹中有

（胎）：懷胎│懷孕 ③心裏存有：懷恨│懷疑│心懷叵測 ④心胸，心意：縈懷│虛懷若谷│正中下懷 ⑤思念：懷古│懷舊│懷念│懷鄉│懷想│感懷│緬懷│追懷

槐 huái

槐篆 槐隸(景君碑) 槐楷(顏真卿)

【析形】槐字小篆左旁是木，意符，表明字義與樹木有關；右旁是鬼，聲符，表示讀音（槐、鬼二字古音同韻部）。形聲字。隸、楷書沿襲小篆。

【釋義】樹名。槐樹，落葉喬木，羽狀複葉，結莢果，花和果實可以製黃色染料，木材可作建築材料或製傢具：槐豆│槐黃│槐樹莢

徊 huái

徊楷(顏真卿)

【析形】徊字《說文》所無。楷書左旁是"彳"，古文像道路之形，意符，表明字義與行走有關；右旁是回，聲符，表示讀音。形聲字。

【釋義】見"徘"。

淮 huái

淮甲 淮金 淮篆 淮隸(桐柏廟碑) 淮楷(敬使君碑)

【析形】淮字甲骨文左旁是水，意符，表明字義與水有關；右旁是佳，聲符，表示讀音（淮、佳二字古音同韻部）。形聲字。金文、小篆沿襲甲骨文。隸變後，水字在字左側為偏旁時寫作"氵"。

【釋義】水名，即淮河。發源於河南，經安徽入江蘇：淮北│淮海│淮劇│淮南

壞 (坏) huài

壞金 壞篆 壞楷(龍藏寺碑) 坏楷(顏真卿)

【析形】壞字金文左旁是土，意符，表明字義與土築有關；右旁是褱，聲符，表示讀音。形聲字。小篆、楷書形一沿襲金文。

【簡化】楷書簡體"坏"是用符號代替的方法，以筆畫較簡的"不"作為象徵性符

H

號，替換筆畫繁複的聲符"衰"，失去了聲符的表音作用。簡化字沿用楷書簡體。
【釋義】◎本義指（房屋等）毀敗，破敗。《商君書·修權》："蠹眾而木析，隙大而牆壞"。◇引申①表示不健全，無用，有害：壞死|敗壞|毀壞|破壞|損壞②品質惡劣的，起破壞作用的：壞蛋|壞話|壞人|壞事③缺點多的，與"好"相對：壞處|好壞|壞天氣④程度深：樂壞了|氣壞了

歡 (欢)〔懽、驩〕huān

歡篆　歡隸(曹全碑)　欢楷(顏真卿)

【析形】歡字小篆右旁是欠（甲骨文像人張口舒氣之形），意符，人喜樂時會張口嘻笑，取意快樂；左旁是雚，聲符，表示讀音。形聲字。隸書沿襲小篆。異體字以"忄"為意符，表示心歡喜，或音借"驩"為"歡"。
【簡化】楷書簡體"欢"是用符號代替的方法，以筆畫較簡的"又"作為象徵性符號，替換筆畫繁複的聲符"雚"，失去了聲符的表音作用。簡化字沿用楷書簡體。
【釋義】◎本義指快樂，高興：歡暢|歡呼|歡聚|歡快|歡樂|歡慶|歡喜|歡欣|歡迎|狂歡|聯歡◇引申表示起勁，活躍：小鳥越叫越歡|在雨中跑得更歡

還 (还) huán

狻甲　愚金　還篆　还楷(崔敬邕墓誌)

【析形】還字甲骨文左旁像道路形，隸作"彳"，意符，表明字的初義與道路有關；右旁是睘，聲符，表示讀音。形聲字。金文下部增意符"止"（甲骨文像足印形，"趾"字初文）表明字義與行走有關；小篆把"彳"、"止"兩個部件合篆作"辵"。隸變後，辵字為偏旁時寫作"辶"。
【簡化】簡化字"还"是用符號代替的方法，以筆畫較簡的"不"作為象徵性符號，替換筆畫繁複的聲符"睘"，失去了聲符的表音作用。
【釋義】◎本義指返回原地或恢復原狀：還家|還俗|還陽|還原|生還◇引申①歸還，清償：還本|償還|奉還|清還②回報：還擊|還價|還禮|還手

環 (环) huán

愚金　環金　環篆　環隸(隸辨)　環楷(顏真卿)

【析形】環字金文形一借音近的"睘"字表示；形二左旁增"玉"為意符，表明字義與玉器有關；右旁"睘"為聲符，成為形聲字。小篆、隸、楷書沿襲金文形二。
【簡化】簡化字"环"是用符號代替的方法，以筆畫較簡的"不"作為象徵性符號，替換筆畫繁複的聲符"睘"，失去了聲符的表音作用。
【釋義】◎本義指玉環，即扁平圓形中有孔的玉器。◇引申①物成圓形者：環形|耳環|花環②圍繞：環抱|環城|環顧|環境|環球|環繞|環行|循環③環節：重要的一環

緩 (缓) huǎn

緩篆　緩隸(華山神廟碑)　緩楷(歐陽詢)　缓草(米芾)

【析形】緩字小篆左旁是糸，意符，表明字義與衣物有關；右旁是爰，聲符，表示讀音。形聲字。
【簡化】簡化字"缓"的意符"纟"根據草書楷化而成。
【釋義】◎本義指衣帶寬鬆。《古詩十九首》："相去日已遠，衣帶日已緩"。◇引申①不緊張，平和：緩衝|緩急|緩坡|和緩|平緩|舒緩②表示恢復正常的生理狀態：緩氣|緩過來了③遲，延遲：緩慢|緩期|緩刑|遲緩|減緩|死緩|延緩|暫緩|刻不容緩

幻 huàn

幻金　幻篆　幻楷(顏真卿)

【析形】幻字金文是"予"字的倒寫，以"錯置的"取意惑亂。小篆沿襲金文。楷書分作左右兩個部件。
【釋義】◎本義指惑亂。◇引申①不真實的，沒有現實根據的：幻景|幻境|幻覺|幻夢|幻滅|幻想|幻象|幻影|空幻|夢幻|虛幻②奇異地變化：幻化|幻術|變幻

換 (换) huàn

篆換 隸(隸辨)換草(米芾)

【析形】換字小篆左旁是手，意符，表明字義與手的動作有關；右旁是奐，聲符，表示讀音。形聲字。隸變後，手字在字左側為偏旁時寫作"扌"。

【簡化】簡化字"换"的聲符根據草書楷化而成。

【釋義】◎本義指互易，交易：換工｜換錢｜換取｜倒換｜調換｜互換｜輪換｜退換｜置換　◇引申表示改變，更替：換班｜換防｜換崗｜改換｜更換｜偷換｜轉換｜改朝換代｜改頭換面｜脫胎換骨

喚 (唤) huàn

篆喚草(草書韻會)喚楷(顏真卿)

【析形】喚字小篆左旁是口，意符，表明字義與口的行為有關；右旁是奐，意符，表示讀音。形聲字。

【簡化】楷書簡體"唤"的聲符根據草書楷化而成。

【釋義】呼叫：喚起｜喚醒｜召喚｜傳喚｜呼風喚雨

患 huàn

篆患 隸(樊敏碑)患楷(王獻之)

【析形】患字小篆下部是心，意符，表明字義與心理活動有關；上部貫穿二"口"，二"口"為"吅"字，聲符，表示讀音。形聲字。隸、楷書沿襲小篆。

【釋義】◎本義指憂慮：憂患｜患得患失　◇引申①生病：患病｜患處｜患者｜疾患　②災禍：患難｜禍患｜後患｜外患｜隱患｜災患｜內憂外患｜有備無患｜防患於未然

宦 huàn

金篆宦 隸(馬王堆帛書)宦楷(顏真卿)

【析形】宦字金文外廓像屋宇形，內中是臣，均為意符，表示官吏，君主制國家的官員。會意字。小篆、隸、楷書均沿襲金文。

【釋義】①封建君主時代官吏的總稱：宦海｜宦遊｜仕宦　②封建社會宮廷內侍奉帝

王及其家屬的人員，由閹割後的男子充任，又叫太監：宦官｜閹宦

渙 (涣) huàn

篆渙楷(蘇孝慈墓誌)渙草(孫過庭)

【析形】渙字小篆左旁是水，意符，表明字的初義與水有關；右旁是奐，聲符，表示讀音。形聲字。隸變後，水字在字左側為偏旁時寫作"氵"。

【簡化】簡化字"涣"的聲符根據草書楷化而成。

【釋義】◎本義指分散的水流。◇引申為消散：渙然｜渙散｜渙然冰釋

煥 (焕) huàn

篆焕 隸(史晨碑)煥草(出師頌)煥楷(顏真卿)

【析形】煥字小篆左旁是火，意符，表明字義與火有關；右旁是奐，聲符，表示讀音。形聲字。隸、楷書沿襲小篆。

【簡化】楷書簡體"焕"的聲符根據草書楷化而成。

【釋義】◎本義指火光。◇引申泛指光亮：煥發｜彪煥｜煥然一新｜容光煥發

瘓 (痪) huàn

瘓楷(顏真卿)

【析形】瘓字《說文》所無。楷書外廓是"疒"，意符，表明字義與病痛有關(見"病"字)；內中是奐，聲符，表示讀音。形聲字。

【簡化】楷書簡體"痪"的聲符根據草書楷化而成。

【釋義】〔癱瘓〕神經機能發生障礙，肢體不能活動。

荒 huāng

金篆荒 隸(華山神廟碑)荒楷(敬使君碑)

【析形】金文荒字上部是"艸"，意符，表明字義與草木有關；下部是㐬，聲符，表示讀音。形聲字。小篆、隸、楷書沿襲金文。

【釋義】◎本義指田地長草，無人修治，無人耕種：荒地│荒蕪　◇引申①荒歉，收成不好：荒年│荒災│鬧荒　②嚴重的缺乏：糧荒│煤荒│水荒　③冷落，偏僻：荒村│荒島│荒郊│荒涼　④棄置，忽視：荒疏│荒廢學業　⑤不合情理，離奇：荒誕│荒謬│荒唐

慌 huāng

慌楷(顏真卿)

【析形】慌字《說文》所無。楷書左旁是"忄"(心)，意符，表明字義與心理活動有關；右旁是荒，聲符，表示讀音。形聲字。

【釋義】◎本義指恐懼，不安：驚慌│恐慌　◇引申指急迫，忙亂：慌亂│慌忙│慌張│心慌意亂

皇 huáng

皇金 皇篆 皇隸(馬王堆帛書) 皇楷(顏真卿)

【析形】皇字金文下部像燈座，中間像燈缸(古時照明器)，上部像燈火之形。象形字。小篆上部訛為"自"，下部訛作"王"。(一說像用羽毛做的頭飾或有羽飾的冠冕，下半部的"王"字則可能是一個聲符。)隸書上部寫作"白"。楷書沿襲隸書。

【釋義】◎本義當為"煌"字本字，指明亮，輝煌。◇引申①光大，盛大：冠冕堂皇　②君主：皇帝

黃 huáng

黃甲 黃金 黃篆 黃隸(樓蘭簡) 黃楷(顏真卿)

【析形】黃字甲骨文像正面人形(大)，突顯腰間所佩之物。指事字。金文形體略變。小篆沿襲金文。隸書筆畫化，已失初形。楷書沿襲隸書。

【釋義】◎本義指腰間佩玉(一說為"璜"字本字)。△音借表示黃色，即像向日葵花的顏色：黃花│黃昏│黃金│黃酒│黃頁│枯黃　◇引申①事情失敗或計劃未實現：買賣黃了│這件事黃了　②色情：黃片│黃色│掃黃│黃賭毒　③特指黃河：治黃│黃泛區│引黃工程

煌 huáng

煌篆 煌隸(曹全碑) 煌楷(元倪墓誌)

【析形】見"皇"字。"皇"字借為君王義後，為本義另造了"煌"字。小篆左旁是火，意符，表明字義與火光有關；右旁是皇，意符兼聲符，表示讀音。會意兼聲字。

【釋義】指火光，明亮：輝煌│金煌煌│金碧輝煌

凰 huáng

凰隸(隸辨) 凰楷(顏真卿)

【析形】凰字《說文》所無。隸書取"鳳"字的外廓為意符，表明字義與鳳鳥有關；內中是皇，聲符，表示讀音。楷書沿襲隸書。

【釋義】〔鳳凰〕鳥名，古代傳說中的百鳥之王

惶 huáng

惶篆 惶隸(乙瑛碑) 惶楷(顏真卿)

【析形】惶字小篆左旁是心，意符，表明字義與心理活動有關；右旁是皇，聲符，表示讀音。形聲字。隸變後，心字在字左側為偏旁時寫作"忄"。楷書沿襲隸書。

【釋義】恐懼，驚慌：惶惶│惶惑│惶恐│驚惶

蝗 huáng

蝗篆 蝗隸(隸辨) 蝗楷(顏真卿)

【析形】蝗字小篆左旁是虫，意符，表明字義與昆蟲有關；右旁是皇，聲符，表示讀音。形聲字。

【釋義】蝗蟲，也稱飛蝗，是危害農作物的主要害蟲：蝗災│飛蝗│滅蝗│土蝗

磺 huáng

磺篆 磺楷(顏真卿)

【析形】磺字小篆左旁是石，意符，表明字義與礦石有關；右旁是黃，聲符，表示讀音。形聲字。

【釋義】本義同"礦"。後表示硫磺：磺胺│

H

硝磺｜硫磺泉

晃 huǎng

晄篆 晃 隸（隸辨）晃楷（顏真卿）

【析形】晃字小篆左旁是日，意符，表明字義與太陽有關；右旁是光，意符兼聲符，取明亮之意，也表示讀音。會意兼聲字。隸書寫作上下結構。楷書沿襲隸書。

【釋義】◎本義指明亮，閃耀：晃眼｜明晃晃 ◇引申指形影很快地閃過：一晃十年過去了

謊 (谎) huǎng

譿篆 謊楷（顏真卿）

【析形】謊字小篆左旁是言，意符，表明字義與言語有關；右旁是㤎，聲符，表示讀音。形聲字。楷書聲符為"荒"。

【簡化】楷書簡體"谎"的聲符"讠"根據草書楷化而成。

【釋義】◎本義指夢話。◇引申①假話：謊言｜撒謊 ②假的，不真實的：謊報｜謊稱｜謊價

恍 〔怳〕huǎng

㤉篆 恍楷（顏真卿）

【析形】恍字小篆左旁是心，意符，表明字義與心理活動有關；右旁是兄，聲符，表示讀音。形聲字。楷書以"光"為聲符（兄、光二字古音同韻部）。

【釋義】①形容忽然領悟：恍然大悟 ②形容精神不集中或神志不清：恍惚

幌 huǎng

幌楷（顏真卿）

【析形】幌字《說文》所無。楷書左旁是巾，意符，表明材質；右旁是晃，聲符，表示讀音。形聲字。

【釋義】◎本義指窗簾、帷幔等。◇引申指商店門外的招牌或標誌物：幌子

晃 huàng

【析形】見"晃huǎng"。

【釋義】◎本義為明亮，閃耀。音huǎng。◇引申指搖動，擺動。音 huàng：晃盪｜晃動｜晃悠｜搖晃

慌 huang

【析形】見"慌huāng"。

【釋義】◎本義指忙亂。◇引申①不安。音huāng。②補語，表示難以忍受，讀輕聲：累得慌｜悶得慌

灰 huī

灵篆 灰隸（隸辨）灰楷（顏真卿）

【析形】灰字小篆上部像右手形，隸作"又"，下部是火，均為意符，火既滅則手可執持，取意灰燼。會意字。隸書手形略變。楷書沿襲隸書。

【釋義】◎本義指物質燃燒後剩下的東西：灰燼｜炮灰｜煙灰｜死灰復燃 ◇引申①像灰燼的塵土：灰塵｜灰土｜吹灰之力 ②像灰燼的顏色：灰暗｜灰白｜灰色｜灰質｜灰蒙蒙 ③引申比喻消沉，失望：灰心｜灰溜溜｜心灰意懶 ④比喻不明朗的，不正規的，介於好與壞之間的：灰色市場｜灰色收入｜灰色消費｜灰色狀態

揮 (挥) huī

揮篆 揮隸（隸辨）挥草（孫過庭）挥楷（顏真卿）

【析形】揮字小篆左旁是手，意符，表明字義與手的動作有關；右旁是軍，聲符，表示讀音。形聲字。隸變後，手字在字左側為偏旁時寫作"扌"。

【簡化】楷書簡體"挥"的聲符根據草書楷化而成。

【釋義】◎本義指舞動，搖動：揮刀｜揮動｜揮戈｜揮毫｜揮拳｜揮手｜揮舞 ◇引申①拋出，散出：揮發｜揮霍｜揮金如土 ②拂去：揮淚｜揮灑｜揮汗成雨 ③指揮：指揮員｜揮師北上

恢 huī

恢篆 恢楷（顏真卿）

【析形】恢字小篆左旁是心，意符，取意

心志大；右旁是灰，聲符，表示讀音。形聲字。隸變後，心字在字左側為偏旁時寫作"忄"。

【釋義】◎本義指廣大，寬廣：恢弘｜恢宏｜恢廓｜天網恢恢　◇引申指擴大，發揚：恢復

輝 (辉)〔煇〕huī

煇 隸(禮器碑)　輝 楷(顏真卿)

【析形】輝字隸書左旁是火，意符，表示火光；右旁是軍，聲符，表示讀音(輝、軍二字古音同韻部)。形聲字。楷書以"光"為意符，取意與"火"同。

【簡化】簡化字"辉"聲符的簡化見"軍"字。

【釋義】◎本義指火光。◇引申①照耀：輝映｜日月交輝 ②閃耀的光彩：輝煌｜光輝｜餘輝｜增輝

徽 huī

徽 篆　徽 楷(高貞碑)

【析形】徽字小篆中間下部是糸，意符，表明字的初義與繩索有關；外廓是"微"字的省減，聲符，表示讀音。形聲字。楷書沿襲小篆。

【釋義】◎本義指繩索。◇古人常以繩索糾結作記號記事，引申指標記，符號：徽章｜隊徽｜圖徽｜校徽　地名用字，指安徽：徽劇　又指徽州：徽墨

回〔囘〕huí

㕟 甲　㘞 金　回 篆　回 隸(居延簡)
回 楷(石經論語)

【析形】回字甲骨文、金文像淵水迴旋之形。象形字。小篆規整化。隸、楷書沿襲小篆。

【釋義】◎本義指旋轉，回繞。此義也寫作"迴"：回環｜回廊｜回翔｜回旋｜旋回｜回迴｜縈回｜迂回　◇引申①掉轉：回顧｜回首｜回溯｜回味｜回想｜回憶｜回轉｜回心轉意 ②還，歸，返：回潮｜回程｜回歸｜回來｜回籠｜回爐｜回路｜回去｜回音｜來回｜收回｜退回 ③回報，答覆：

回拜｜回稟｜回駁｜回電｜回訪｜回覆｜回敬｜回購｜回禮｜回帖｜回信｜回執｜回文 ④退掉，辭去：回絕 ⑤量詞，指事情、動作的次數：上回｜去一回　△音借表示回族：回民｜回教｜回曆

茴 huí

茴 楷(顏真卿)

【析形】茴字《説文》所無。楷書上部是"艹"(艸)，意符，表明字義與植物有關；下部是回，聲符，表示讀音。形聲字。

【釋義】〔茴香〕多年生草本植物。嫩莖，葉作蔬菜，果實作香料，又可供藥用：茴香腦

蛔〔蚘〕huí

蛔 楷(顏真卿)

【析形】蛔字《説文》所無。楷書左旁是虫，意符，表明字義與蟲類有關；右旁是回，聲符，表示讀音。形聲字。異體字聲符為"有"。

【釋義】指蛔蟲，在人或其他動物腸子裏的一種線形寄生蟲，能損壞人畜的健康，並能引起各種疾病。

悔 huǐ

悔 篆　悔 隸(熹平石經)　悔 楷(顏真卿)

【析形】悔字小篆左旁是心，意符，表明字義與心理活動有關；右旁是每，聲符，表示讀音。形聲字。隸變後，心字在字左側為偏旁時寫作"忄"。

【釋義】本義指自恨，自覺過去有錯：悔改｜悔過｜悔恨｜悔悟｜懊悔｜懺悔｜後悔｜追悔

毀〔燬、譭〕huǐ

毀 金　毀 篆　毀 隸(隸辨)　毀 楷(石經論語)

【析形】毀字金文左下是壬，像人立於土地上，意符，取意踩壞；左上與右旁合為"毇"(省減)，聲符，表示讀音。形聲字。小篆把"壬"訛作"土"。隸書沿襲小篆。異體字增"火"為意符，表示燒毀；或增

"言"為意符，取意誹謗。

【釋義】◎本義指破壞，損害：毀壞｜毀滅｜毀損｜毀約｜摧毀｜搗毀｜擊毀｜撕毀｜炸毀｜墜毀　◇引申①燒掉（此義又作"燬"）：焚毀｜燒毀　②誹謗，説別人壞話（此義又作"譭"）：毀謗｜毀譽｜詆毀

匯 (汇)〔滙〕huì

滙篆

【析形】匯字小篆外廓是匚，像一個方形盛物器，意符，表明字的初義與盛器有關；內中是淮，聲符，表示讀音（匯、淮二字古音同韻部）。形聲字。異體字把聲符"淮"分開兩部分作"滙"。

【簡化】簡化字"汇"是用保留特徵、局部刪除的方法，保留了原字輪廓特徵"汇"，刪除了其中的"隹"。

【釋義】◎本義為盛器名。◇盛器把東西彙集在一起，故引申指河流會合：匯合｜匯流　△音借表示寄錢：匯兌｜匯款｜匯率｜電匯｜外匯｜郵匯

彙 (汇) huì

彙篆　彙楷(顏真卿)

【析形】彙字小篆外廓是希，義為刺猬，意符，表明字義與長毛動物有關；中間是"胃"字的省減，聲符，表示讀音。形聲字。楷書下部訛作"果"。

【簡化】簡化字是用同音合併的方法，以音近、筆畫較簡的"匯"字簡化字"汇"代替筆畫繁複的"彙"，合併了匯和彙字的音借義"聚合"。

【釋義】◎本義指刺猬，此義又作"蝟"。△音借表示聚集，聚合：彙報｜彙集　◇引申指聚集而成的東西：彙編｜辭彙｜字彙

會 (会) huì

會甲　會金　會篆　會隸(華山神廟碑)　會楷(王羲之)　会草(懷素)　会楷(顏真卿)

【析形】會字甲骨文上部像一隻蓋子，下部像一個盛器，中間像所盛之物（一說像倉廩形，上部像倉頂，下部是倉體，中間像有所存儲）。會意字。金文把下部訛作

"曰"。小篆下部沿襲金文。隸、楷書形一沿襲小篆。

【簡化】楷書簡體"会"根據草書楷化而成。簡化字沿用楷書簡體。

【析形】◎本義指蓋子。《儀禮·士虞禮》："命佐食啟會。"◇引申①聚合，合在一起：會操｜會車｜會合｜會話｜會集｜會聚｜會審｜會師｜會試｜會談｜會演｜會戰｜會診｜附會｜聚會｜融會貫通　②集會：會場｜會議｜赴會｜例會｜盛會｜晚會｜舞會｜宴會　③某些團體或機關：會館｜會刊｜會員｜會章｜工會｜國會｜總會｜委員會　④民間一種小規模的經濟互助組織：互助會　⑤見面：會見｜會面｜會晤｜拜會｜相會｜約會｜再會　⑥時機：機會｜時會　⑦廟會：趕會｜賽會｜香會　⑧主要的城市：都會｜省會　△音借①表示擅長，能夠：會唱｜能説會道　②理解，懂得：會意｜理會｜領會｜意會｜心領神會

繪 (绘) huì

繪篆　繪草(孫過庭)　绘楷(顏真卿)

【析形】繪字小篆左旁是糸，意符，表明字義與絲麻有關；右旁是會，聲符，表示讀音。形聲字。

【簡化】楷書簡體"绘"根據草書楷化而成。

【釋義】◎本義指用彩色的絲線繡成的五彩刺繡：彩繪｜錦繪　◇引申①描畫：繪畫｜繪圖｜繪製｜描繪　②描摹，形容：描繪｜繪聲繪色｜繪影繪聲

賄 (贿) huì

賄篆　賄隸(隸辨)　贿草(草書韻會)　賄楷(顏真卿)

【析形】賄字小篆左旁是貝，意符，表明字義與財物有關（見"貝"字）；右旁是有，聲符，表示讀音（賄、有二字古音同韻部）。形聲字。隸、楷書沿襲小篆。

【簡化】楷書簡體"贿"的意符"贝"根據草書楷化而成。

【釋義】◎本義指財物。◇引申指有所圖謀而用財物買通別人：賄賂｜納賄｜受賄｜貪賄｜行賄

惠 huì

惠金 惠篆 惠隸(王基碑) 惠楷(顏真卿)

【析形】惠字金文下部是心，意符，表明字義與心性有關；上部是叀，聲符，表示讀音。形聲字。小篆、隸、楷書沿襲金文。

【釋義】◎本義指仁愛，寬厚。◇引申①柔順：惠風丨賢惠 ②敬辭，用於對方對待自己的行動：惠存丨惠顧丨惠贈 ③給予或受到好處：恩惠丨互惠丨實惠丨優惠

慧 huì

慧篆 慧楷(高貞碑)

【析形】慧字小篆下部是心，意符，表明字義與心智有關；上部是彗，聲符，表示讀音。形聲字。楷書沿襲小篆。

【釋義】聰明，有才智：慧眼丨聰慧丨智慧

諱 (讳) huì

諱金 諱篆 諱隸(曹全碑) 諱楷(爨寶子碑) 讳草(王羲之)

【析形】諱字金文左旁是言，意符，表明字義與言語有關；右旁是韋，聲符，表示讀音。形聲字。小篆、隸、楷書沿襲金文。

【簡化】簡化字"讳"根據草書楷化而成。

【釋義】◎本義指因有顧忌而不敢說或不願說：諱言丨避諱丨忌諱丨諱莫如深丨直言不諱 ◇引申①顧忌的事情：犯諱丨忌諱丨諱疾忌醫 ②舊時指已故之帝王或尊長的名字（"生曰名，死曰諱"）。 ③舊時不敢直稱帝王或尊長的名字：名諱

誨 (诲) huì

誨金 誨篆 誨隸(袁博碑) 诲草(王羲之) 誨楷(顏真卿)

【析形】誨字甲骨文、金文有借音近的"每"字表示。金文也見左旁增"言"為意符，表明字義與言語有關，右旁"每"作聲符。形聲字。小篆、隸、楷書沿襲金文形二。

【簡化】楷書簡體"诲"的意符"讠"根據草書楷化而成。

【釋義】教導，誘導：教誨丨訓誨丨誨人不倦

晦 huì

晦篆 晦隸(馬王堆帛書) 晦楷(顏真卿)

【析形】晦字小篆左旁是日，意符，表明字義與時日有關；右旁是每，聲符，表示讀音（晦、每二字古音同韻部）。形聲字。隸、楷書沿襲小篆。

【釋義】◎本義指月盡，即農曆每月的最末一天：晦朔 ◇引申①昏暗，不明顯：晦暗丨晦冥丨晦澀丨隱晦 ②夜晚：風雨如晦 ③隱藏：韜光養晦

穢 (秽)〔薉〕huì

薉篆 穢隸(桐柏廟碑) 秽楷(顏真卿)

【析形】穢字本作"薉"。小篆上部是"艸"，意符，表明字義與植物有關；下部是歲，聲符，表示讀音。形聲字。隸書意符為"禾"，取意與"艸"同，並寫作左右結構。楷書沿襲隸書。

【簡化】楷書簡體"秽"聲符的簡化見"歲"字。簡化字沿用楷書簡體。

【釋義】◎本義指田中雜草：蕪穢 ◇引申①骯髒：穢土丨污穢丨自慚形穢 ②醜惡：穢跡丨穢聞丨穢行丨淫穢

潰 (溃)〔殨〕huì

【析形】見"潰kuì"。

【釋義】◎本義指水沖破堤壩。音kuì。◇引申指（瘡）潰爛。音huì：潰膿

昏 hūn

昏甲 昏篆 昏隸(居延簡) 昏楷(顏真卿)

【析形】昏字甲骨文上部是氏，義為低下；下部是日，均為意符，取意日落、日暮。會意字。小篆、隸、楷書沿襲甲骨文。

【釋義】◎本義指日暮，即天剛黑的時候：晨昏丨黃昏 ◇引申①黑暗，模糊：昏暗丨昏沉丨昏黑丨昏花丨天昏地暗 ②糊塗，神志不清：昏沉丨昏君丨昏聵丨昏亂丨昏睡丨昏庸丨頭昏丨利令智昏 ③失去知覺：昏厥丨昏迷

婚 hūn

甲金 甲金 簡篆　**婚**楷(顏真卿)

【析形】婚字金文借音近的"聞"字表示(見"聞"字)，但形體已變。形一上部像人頭戴帽飾，耳朵從人的頭部分離，置於右旁；形二把形一下部的"止"(甲骨文像足印形。"趾"字初文)訛為"女"，表明字義與女子有關。小篆左旁是女，意符，右旁是昏，聲符，表示讀音，成為形聲字。楷書沿襲小篆。

【釋義】本義指妻之家。後指男女經合法手續結為夫妻：婚嫁|婚配|婚姻|婚約|結婚|離婚|新婚|證婚|主婚

葷 (荤) hūn

篆 葷 楷(顏真卿)

【析形】葷字小篆上部是"艸"，意符，表明字的初義與植物有關；下部是軍，聲符，表示讀音(葷、軍二字古音同韻部)。形聲字。楷書沿襲小篆。

【簡化】簡化字"荤"聲符的簡化見"軍"字。

【釋義】本義為佛教徒所稱蔥蒜等有特殊氣味的菜。後指肉食，即雞、鴨、魚等肉類食物，與"素"相對：葷菜|葷腥|開葷

渾 (浑) hún

篆 渾 隸(樊敏碑) 浑草(武則天)

浑楷(顏真卿)

【析形】渾字小篆左旁是水，意符，表明字義與水有關；右旁是軍，聲符，表示讀音(渾、軍二字古音同韻部)。形聲字。隸變後，水字在字左側為偏旁時寫作"氵"。

【簡化】楷書簡體"浑"的聲符"军"根據草書楷化而成。

【釋義】◎本義指水濁不清：渾濁|攪渾|渾水摸魚 ◇引申指糊塗，不明事理：渾蛋|渾話|渾人|渾渾噩噩 △音借表示①天然的：渾厚|渾樸|雄渾|圓渾 ②全，滿：渾然|渾身|渾似

混 hún

【析形】見"混 hùn"。

【釋義】◎本義指水勢盛大。音 hùn。△音借通"渾"，表示水不清。音 hún：混蛋|混水摸魚

魂 hún

魂篆 魂隸(孔彪碑) 魂楷(顏真卿)

【析形】魂字小篆右旁是鬼，意符，古人認為人死後的靈魂即鬼；左旁是云，聲符，表示讀音(魂、云二字古同韻部)。形聲字。隸、楷書沿襲小篆。

【釋義】◎本義指靈魂。古人以為魂即離開身體而存在的精神，也即陽氣，它附身則人活，離身而去則人亡：魂靈|魂魄|鬼魂|亡魂|陰魂|英魂|幽魂|冤魂|魂不附體|魂不守舍 ◇引申①精神或情緒：銷魂|神魂顛倒|失魂落魄 ②國家民族的崇高精神：國魂|民族魂

混 hùn

混篆 混楷(老君石像碑)

【析形】混字小篆左旁是水，意符，表明字的初義與水有關；右旁是昆，聲符，表示讀音。形聲字。隸變後，水字在字左側為偏旁時寫作"氵"。

【釋義】◎本義指水勢盛大。◇引申①攙和，夾雜：混合|混同|混淆|混雜|混濁|攪混|混凝土 ②冒充：混充|混進|混入|蒙混|魚目混珠 ③胡亂：混鬧|混說|混戰 ④苟且度過：混飯|混事|鬼混|廝混

豁 huō

【析形】見"豁 huò"。

【釋義】◎本義指寬闊的山谷。音 huò。◇引申①裂開：豁口|豁子 ②捨棄：豁命|豁出去(以上各引申義音 huō)

和 huó

【析形】見"和 hè"。

【釋義】◎本義指聲音相應。音 hè。◇引申指混合起來，攙和。音 huó：和麵|和泥

活 huó

篆活　隸（隸辨）活　楷（顏真卿）

【析形】活字小篆左旁是水，意符，表明字的初義與水有關；右旁是昏，聲符，表示讀音(活、昏二字古音同韻部)。形聲字。隸書聲符訛作"舌"，失去表音作用。楷書沿襲隸書。隸變後，水字在字左側為偏旁時寫作"氵"。

【釋義】◎本義指水流聲。音 guō。◇引申①表示在活的狀態下。②生存，與"死"相對：活力｜活命｜活質｜成活｜復活｜苟活｜活③生動：活氣｜活躍｜生龍活虎④靈活，活動：活靶｜活泛｜活結｜活絡｜活塞 sāi｜活性｜活血｜活頁⑤逼真：活脫兒｜活現｜活像⑥生計：活計｜粗活｜扛活｜累活｜忙活兒｜農活(以上各引申義音 huó)

火 huǒ

甲 篆 隸（居延簡）火　楷（智永）

【析形】火字甲骨文像火苗上躥的一團火之狀。象形字。小篆線條化，失去火團形。隸、楷書沿襲小篆。

【釋義】◎本義指物體燃燒時所產生的光和焰：火光｜火炬｜火苗｜烤火｜烈火◇引申①像火一樣的顏色：火紅｜火狐｜火燒雲 又引申指走紅或受追捧：他最近很火｜這部電影在香港很火 ②中醫指熱症：火氣｜火眼｜敗火｜去火｜上火｜虛火 ③槍炮彈藥：火力｜火炮｜火藥｜交火｜軍火｜開火｜停火｜戰火 ④比喻暴躁，發怒：火暴｜火氣｜發火｜冒火｜惱火｜怒火 ⑤比喻緊急：火急｜火速｜火燒眉毛｜心急如火

夥 (伙) huǒ

伙　楷（顏真卿）

【析形】夥字《說文》所無。右旁是多，意符，取意非單一；左旁是果，聲符，表示讀音。形聲字。楷書左旁是"亻"(人)，意符，表明字義與人有關；右旁是火，聲符，表示讀音。形聲字。內地採用"伙"字。

【釋義】◎本義指伙伴。◇引申①由同伴組合的集體：拆夥｜大夥兒｜合夥｜入夥｜散夥｜同夥 ②舊指被僱傭的人：夥計｜店夥 ③共同，聯合：夥辦｜夥同 ④學校等集體中所辦的膳食，此義不作"夥"：伙房｜伙夫｜伙食

或 huò

甲 金 或篆或 隸（隸辨）

或　楷（歐陽通）

【析形】甲骨文、金文"國"、"或"、"域"三字同字(見"國"字)。

【釋義】◎本義指邦國，封國。此義後作"國"。△音借作①代詞，泛指人或事物，相當於"有的人"、"某人"。②副詞，表示也許，稍微：或然｜或許｜或者｜不可或緩｜不可或缺 ③連詞，表示選擇：或是｜或者｜或則｜抑或

和 huò

【析形】見"和 hè"。

【釋義】◎本義指聲音相應。音 hè。◇引申指將粉狀或細碎的東西攪在一起，或加水攪拌。音 huò：和弄｜攪和｜摻和｜攪和｜勻和｜和稀泥｜雜和麵兒

貨 (货) huò

篆貨　隸（隸辨）貨　楷（顏真卿）

货　草（宋高宗）

【析形】貨字小篆右下部是貝，意符，表明字義與財物有關(見"貝"字)；左旁與右上部合為"化"，聲符，表示讀音(貨、化二字古音同韻部)。形聲字。隸書沿襲小篆。楷書寫作上下結構。

【簡化】簡化字"货"的意符"贝"根據草書楷化而成。

【釋義】◎本義指財物，即金錢、珠玉、布帛的總稱：貨艙｜貨櫃｜貨款｜貨品｜貨色｜貨運｜國貨｜通貨 ◇引申指人(含貶義)：貨色｜蠢貨

獲 (获) huò

甲 犬金 穫篆 隸（王基碑）

獲　楷（顏真卿）

【析形】獲字甲骨文上部像一隻短尾鳥，

隸作"隹";下部像一隻手,隸作"又",均為意符,以捕鳥在手表示獵獲之意。會意字。金文沿襲甲骨文。小篆左旁增犬為意符,代表所獵之物;右旁是蒦(音 huò,意為捉住,擒住),意符兼聲符。會意兼聲字。隸書沿襲小篆。

【簡化】簡化字"获"是用保留特徵、局部刪除的方法,保留與原字輪廓近似的部分,刪除了其餘部件。

【釋義】◎本義指獵得,擒住:捕獲|查獲|俘獲|繳獲|截獲|破獲　◇引申指得到:獲得|獲取|獲勝|獲釋|獲悉|獲准|獲罪|榮獲

穫(获) huò

穫篆

【析形】穫字小篆左旁是禾,意符,表明字義與莊稼有關;右旁是蒦,聲符,表示讀音。形聲字。

【簡化】簡化字是用同音合併的方法,以音同義近的"獲"字的簡化字"获"代替了筆畫繁複的"穫",合併了"穫"、"獲"二字的意義。

【釋義】◎本義指收割莊稼。◇引申比喻心得、戰果等:學習收穫|戰爭收穫

禍(祸) huò

禍甲　禍金　禍篆　禍隸(馬王堆帛書)

禍草(王羲之)　禍楷(顏真卿)

【析形】禍字甲骨文外廓像動物肩胛骨骨臼的形狀,中間是占卜之"卜"字,隸作"咼"。古人用龜甲獸骨占卜吉凶,故借"咼"字表示災禍之"禍"。金文左旁增"示"為意符,表明字義與祭拜鬼神等活動有關(見"示"字),又在"咼"下增"口"為意符,表示占禍福。會意字。小篆、隸書沿襲金文。

【簡化】楷書簡體"祸"根據草書楷化而成。簡化字沿用楷書簡體。

【釋義】◎本義指災害,災難,與"福"相對:禍端|禍根|禍患　◇引申指損害,危害:禍及|禍國殃民

惑 huò

惑金　惑篆　惑隸(馬王堆帛書)　惑楷(顏真卿)

【析形】惑字金文下部是心,意符,表明字義與心理活動有關;上部是或,聲符,表示讀音。形聲字。小篆、隸、楷書沿襲金文。

【釋義】◎本義指疑惑,迷亂:惶惑|困惑　◇引申指使迷亂:惑眾|蠱惑|誘惑

霍 huò

霍甲　霍甲　霍篆　霍隸(趙寬碑)　霍楷(王羲之)

【析形】霍字甲骨文形一上部是雨,下部是隹(本義指短尾鳥),均為意符,雨中鳥飛,"霍霍"有聲。會意字。形二下部為三"隹"。小篆下部為二"隹"。隸、楷書沿襲甲骨文形一作一"隹"。

【釋義】◎本義形容鳥在雨中疾飛發出的聲音。◇引申①象聲詞:磨刀霍霍 ②形容輕捷、灑脫:運筆霍霍 ③快,突然:霍地|霍然|霍閃 △音借合成〔揮霍〕指任意花錢。

豁 huò

豁篆　豁楷(顏真卿)

【析形】豁字小篆左旁是谷,義為山谷,意符,表明字的初義與山谷有關;右旁是害,聲符,表示讀音(豁、害二字古音同韻部)。形聲字。楷書意符在右旁。

【釋義】◎本義指開闊、通敞的山谷。◇引申①開闊,通達:豁達|豁朗|豁亮|豁然|顯豁 ②免除:豁免

和 huo

【析形】見"和hè"。

【釋義】◎本義指聲音相應。音 hè。◇引申表示適度,讀輕聲:暖和|熱和|軟和

J

几 jī

几篆　几隸（史晨碑）　几楷（歐陽通）

【析形】"几"字小篆像几桌之形。象形字。隸、楷書沿襲小篆。

【釋義】小桌子：茶几｜條几｜窗明几淨

幾 (几) jī

幾篆　幾隸（馬王堆帛書）　幾楷（崔敬邕墓誌）

【析形】"幾"字小篆上部是絲，以細如絲取意危機；下部是戍，義為防守，均為意符，取意危殆。會意字。隸、楷書沿襲小篆。

【簡化】簡化字是用同音合併的方法，以筆畫較簡的"几"代替筆畫繁複的"幾"，合併了幾、几二字的意義。

> "幾"字為偏旁的字類推簡化。例如：机、饥、叽、讥等。

【釋義】◎本義指危殆。◇引申作副詞，表示非常接近，差不多：幾乎

擊 (击) jī

擊篆　擊隸（邊達碑）　擊楷（顏真卿）

【析形】擊字小篆下部是手，意符，表明字義與手的動作有關；上部是毄，意符兼聲符，本義同"擊"，也表示讀音。會意兼聲字。隸、楷書沿襲小篆。

【簡化】簡化字"击"是用保留特徵、局部刪除的方法，只保留聲符"毄"左旁上部的輪廓，刪除了其餘部件。

【釋義】◎本義指打，敲打：擊鼓｜擊節｜擊球｜擊水｜旁敲側擊 ◇引申①刺：擊劍 ②攻打：擊敗｜擊斃｜擊毀｜擊中zhòng｜打擊｜衝擊｜伏擊｜攻擊｜轟擊｜拳擊｜突擊｜襲擊｜追擊｜阻擊

飢 (饥) jī

飢篆　飢隸（馬王堆帛書）　飢楷（智永）　饥草（孫過庭）

【析形】飢字小篆左旁是食，意符，表明字義與食物有關；右旁是几，聲符，表示讀音。形聲字。隸、楷書沿襲小篆。

【簡化】簡化字"饥"的意符"饣"根據草書楷化而成。

【釋義】◎本義指餓（古人飢、餓二字有輕重程度之別，"飢"為一般的"餓"；"餓"為"飢甚"，即嚴重的餓）：飢餓｜飢渴｜充飢｜飢不擇食｜飢寒交迫

饑 (饥) jī

饑篆　饑隸（孔彪碑）

【析形】饑字小篆左旁是食，意符，表明字義與食物有關；右旁是幾，聲符，表示讀音。形聲字。隸書沿襲小篆。

【簡化】簡化字是用同音合併的方法，以筆畫較簡的"飢"字的簡化字"饥"代替筆畫繁複的"饑"，合併了飢、饑二字的意義。

【釋義】指莊稼收成不好或沒有收成：饑荒｜饑饉

圾 jī

圾楷（顏真卿）

【析形】圾字《說文》所無。楷書左旁是土，意符，取其塵土義；右旁是及，意符，表示讀音。形聲字。

【釋義】見〔垃圾〕。

機 (机) jī

機篆　機隸（曹全碑）　機楷（虞世南）　机楷（顏真卿）

【析形】機字小篆左旁是木，意符，表明字義與木有關；右旁是幾，聲符，表示讀音。形聲字。隸、楷書沿襲小篆。

【簡化】楷書簡體是用同音合併的方法，以音同、筆畫較簡的"机"(本義為樹名)代替筆畫繁複的"機"，合併了機、机二字的意義。簡化字沿用楷書簡體。

【釋義】◎本義指古代弩箭上發動的裝置。◇引申①機器：機車｜機電｜機構｜機械｜收音機｜拖拉機 ②事情變化的關鍵，有關事情成敗的重要環節：機密｜機要｜動機｜軍機｜契機｜生機｜危機｜轉機 ③心思，念頭：機心｜動機｜殺機｜心機 ④生活機能：機體｜生機 ⑤飛機：機場｜班機｜客機 ⑥恰好的時間、條件：機會｜機遇｜機緣｜趁機｜待機｜良機｜時機｜投機｜戰機 ⑦靈巧：機動｜機警｜機靈｜機敏｜機巧｜機智 ⑧跟生物體有關的或從生物體來的(化合物)：無機｜有機

肌 jī

肌篆　肌隸(馬王堆帛書)　肌楷(顏真卿)

【析形】肌字小篆左旁是肉，意符，表明字義與肉體有關；右旁是几，聲符，表示讀音。形聲字。古文肉、月二字形近，隸變後，兩個字作偏旁時多同化寫作"月"。楷書沿襲隸書。

【釋義】肌肉，人和動物體內附在骨頭上的或內臟的柔軟物質：肌膚｜肌腱｜肌理｜肌體

雞 (鸡)〔鷄〕jī

雞甲　雞甲　雞籀　雞篆　雞隸(馬王堆帛書)　雞楷(顏真卿)

【析形】雞字甲骨文形一像雞之形，頭部有嘴有冠，身有羽毛。象形字。形二左旁增"奚"為聲符，表示讀音。形聲字。籀文以"鳥"為意符，表明字義與禽鳥類有關；小篆則以"隹"(本義為短尾鳥之總名)為意符。隸、楷書沿襲小篆。異體字沿襲籀文以"鳥"為意符。

【簡化】簡化字"鸡"是用符號代替的方法，以筆畫較簡的"又"作為象徵性符號，替換筆畫繁複的"奚"，失去了聲符的表音作用；意符"鸟"的簡化見"鳥"字。

【釋義】◎本義指家禽。公雞報曉，母雞能下蛋。◇引申指像雞的：雞胸｜雞眼｜火雞｜松雞｜雞皮疙瘩

奇 jī

【析形】見"奇 qí"。

【釋義】◎本義指怪異，不尋常。音 qí。△音借指單的，不成對的。與"偶"相對，音 jī：奇偶｜奇數

積 (积) jī

積金　積篆　積隸(夏承碑)　積楷(敬使君碑)

【析形】積字金文左旁是禾，意符，表明字的初義與穀類植物有關；右旁是責，聲符，表示讀音(積、責二字古音同韻部)。形聲字。小篆、隸書沿襲金文。

【簡化】簡化字"积"是用更換聲符的方法，以筆畫較簡的"只"為聲符，替換了筆畫較繁複的"責"。

【釋義】◎本義指禾粟積累。◇引申①長時間積下來的：積案｜積弊｜積德｜積澱｜積分｜積垢｜積極｜積勞｜積累 lěi｜積習｜積怨 ②停滯：積食｜積水｜痞積｜食積 ③算術乘法的得數：積數｜乘積｜地積｜面積｜容積｜體積

基 jī

基甲　基金　基篆　基隸(華山神廟碑)　基楷(歐陽詢)

【析形】基字甲骨文上部是土，意符，表明字義與土築有關；下部是其，聲符，表示讀音。形聲字。金文聲符在上，意符在下。小篆、隸、楷書沿襲金文。

【釋義】◎本義指房屋牆壁的底腳：基礎｜基地｜基石｜地基｜奠基｜房基｜路基｜牆基 ◇引申指根本的，起始的：基本｜基礎｜基點｜基調｜基肥｜基金｜基數｜基線｜基業｜基音｜基準 △音借作音譯詞的構詞語素〔基因〕

激 jī

激篆　激楷(王羲之)

【析形】激字小篆左旁是水，意符，表明字的初義與水有關；右旁是敫，聲符，表示讀音（激、敫二字古音同韻部）。形聲字。隸變後，水字在字左側為偏旁時寫作"氵"。

【釋義】◎本義指水受阻而濺起：激盪｜激浪｜激濁揚清 ◇引申①急劇的，強烈的：激變｜激光｜激化｜激進｜激烈｜激流｜激賞｜激增｜激戰｜偏激 ②使感情衝動，感發：激昂｜激動｜激發｜激奮｜激憤｜激勵｜激情｜激揚｜刺激｜感激 ③刺激使其活躍或發揮作用：激活｜激將 jiàng 法

譏 (讥) jī

譏篆　誐楷(智永)

【析形】譏字小篆左旁是言，意符，表明字義與言語有關；右旁是幾，聲符，表示讀音。形聲字。楷書沿襲小篆。

【簡化】簡化字"讥"是用更換聲符的方法，以筆畫較簡的"几"為聲符，替換了筆畫繁複的"幾"；意符"讠"根據草書楷化而成。

【釋義】◎本義指譴責，非議。◇引申①勸告，規勸：譏彈 ②諷刺，挖苦：譏嘲｜譏諷｜譏誚｜譏笑

嘰 (叽) jī

嘰篆　叽楷(顏真卿)

【析形】嘰字小篆左旁是口，意符，表明字義與口的行為有關；右旁是幾，聲符，表示讀音。形聲字。

【簡化】楷書簡體"叽"是用更換聲符的方法，以筆畫較簡的"几"為聲符，替換了筆畫繁複的"幾"。簡化字沿用楷書簡體。

【釋義】◎本義指稍微吃一點。△音借作象聲詞：嘰咕｜嘰嘰叫｜嘰嘰嘎嘎

唧 jī

唧楷(顏真卿)

【析形】唧字《說文》所無。楷書左旁是口，意符，表明字義與口的行為有關；右旁是即，聲符，表示讀音。形聲字。

【釋義】象聲詞：唧唧｜唧咕｜唧喳｜哼唧

畸 jī

畸篆　畸楷(顏真卿)

【析形】畸字小篆左旁是田，意符，表明字的初義與田地有關；右旁是奇，聲符，表示讀音。形聲字。楷書沿襲小篆。

【釋義】◎本義指不方正不規則的田。◇引申①不正常的：畸變｜畸形 ②偏：畸輕｜畸重 ③數的零頭：畸零

箕 jī

甲　金　箕金　箕篆　箕隸(馬王堆帛書)

箕楷(顏真卿)

【析形】箕字甲骨文像一隻簸箕的形狀。象形字。金文形一沿襲甲骨文。形二下部增一基座，像箕置於基座上，隸作"其"。"其"字借為語氣詞後，小篆在上部增"竹"為意符，表示編箕的材料，為本義另造了"箕"字。隸、楷書沿襲小篆。

【釋義】◎本義指簸箕：畚箕｜筲箕｜斗箕 △音借為星名，二十八宿之一：箕宿

稽 jī

稽篆　稽隸(史晨碑)　稽楷(顏真卿)

【析形】稽字小篆左旁像樹木枝頭扭曲不能生長之形（非禾苗的"禾"字），右上是尤，義為特異，均為意符，樹木異出不長，取意留止；右下是旨，聲符，表示讀音。形聲字。隸書左旁訛作"禾"。楷書沿襲隸書。

【釋義】◎本義指停留：稽留 △音借①考核，審慎求詳：稽查｜稽核｜稽考｜無稽｜無稽之談 ②計較：反唇相稽

及 jí

及甲　及金　及篆　及隸(曹全碑)

及楷(顏真卿)

【析形】及字甲骨文左旁像一個側立人形，右旁像一隻手從人後追及，均為意符，取意追上。會意字。金文、小篆沿襲甲骨文。隸書人形已失，手形隸作"又"。楷書沿襲隸書。

【釋義】◎本義指追上。◇引申①到，達到：及第｜及至｜遍及｜波及｜顧及｜涉及｜危及　②夠得上，趕得上：來得及｜鞭長莫及｜迫不及待｜望塵莫及　③趁着：及時｜及早　④連詞，表示"和"，"同"：以及｜又及

吉 jí

甲 金 篆　隸（華山神廟碑）
楷（顏真卿）

【析形】吉字甲骨文上部像矢一類兵器形，下部像盛放兵器的器具，兵器擱置於器具，取意無戰禍，吉祥。會意字。金文兵器形略變。小篆、隸、楷書沿襲金文。
【釋義】◎本義指吉祥，吉利，與"凶"相對：吉期｜吉慶｜吉日｜吉凶｜大吉　△音借作音譯詞的構詞語素〔吉他〕〔吉普〕

級（级）jí

篆　楷（虞世南）

【析形】級字小篆左旁是糸，意符，表明字的初義與絲有關；右旁是及，聲符，表示讀音。形聲字。楷書沿襲小篆。
【簡化】簡化字"级"的意符"纟"根據草書楷化而成。
【釋義】◎本義指絲的優劣次第。◇引申①事物的等次，級別：超級｜低級｜分級｜高級｜降級｜升級　②層次，台階：石級｜梯級　②年級：班級｜學級

極（极）jí

篆　隸（曹全碑）　楷（虞世南）

【析形】極字小篆左旁是木，意符，表明字義與木有關；右旁是亟，聲符，表示讀音。形聲字。隸書沿襲小篆。
【簡化】簡化字是用同音合併的方法，以音同、筆畫較簡的"极"（本義指木架）代替筆畫繁複的"極"，合併了極、极二字的意義。
【釋義】◎本義指房屋的中棟，正樑。◇引申①頂點，盡頭：極點｜極度｜極端｜極刑　②達到最大的限度：極量｜極限　③竭盡：極力｜極目　④地球的南北兩端：極地｜北極｜南極　⑤磁體的兩端，電源或電

器上電流進入或輸出的一端：極圈｜磁極｜陽極｜正極　△音借作音譯詞的構詞語素〔蹦極〕一種體育運動，用一端固定的有彈性的繩索綁縛在腳踝部從高處跳下，身體在空中上下彈 tán 動。也叫蹦極跳。

即 jí

甲 金 篆　隸（白石君碑）
楷（顏真卿）

【析形】即字甲骨文左旁像一隻盛食物之食器，右旁像一跪跽之人形，均為意符，表示就食。會意字。金文沿襲甲骨文。小篆食器形及人形均已訛變。隸變後，右旁跪跽之人形寫作"卩"。楷書沿襲隸書。
【釋義】◎本義指就食。◇引申①靠近：若即若離｜可望而不可即　②到：即位　③當時，當地，目前：即景｜即日｜即時｜即食｜即席｜即興｜當即｜立即　④就，便：即將｜隨即｜稍縱即逝｜一觸即發　△音借表示假定：即便｜即或｜即使

急 jí

篆　隸（曹全碑）　楷（顏真卿）

【析形】急字小篆下部是心，意符，表明字義與心理活動有關；上部是及，聲符，表示讀音。形聲字。隸書聲符形體略變。楷書沿襲隸書。
【釋義】◎本義指迫切：急病｜急變｜急迫｜急切｜急需｜告急｜緊急｜應急　◇引申①匆促，又快又猛，與"緩"相對：急促｜急劇｜急流｜急速｜急驟｜迅急　②焦躁：急躁｜焦急｜心急｜性急｜着急

疾 jí

甲 金 篆　隸（孔宙碑）
楷（崔敬邕墓誌）

【析形】疾字甲骨文左旁像正面人形，右下像矢形，均為意符，以人中（zhòng）矢表示疾病。會意字。金文沿襲甲骨文。小篆左旁與右上一橫畫合framework作"疒"，意符，表明字義與疾病有關（見"病"字）；內中保留了矢，意符兼聲符，表示讀音（疾、矢二字古音韻部相近）。會意兼聲

J

字。隸、楷書沿襲小篆。

【釋義】◎本義指輕病。古人稱病重者為"病"，病輕者為"疾"。◇引申①泛指病：疾病|疾患|殘疾|惡疾|頑疾|眼疾 ②痛苦：疾苦|痛心疾首 ③痛恨：疾惡如仇 △音借表示迅速：疾步|疾風|疾馳|疾書|迅疾

集 jí

甲 金 篆 篆 集 隸(辟雍碑)

集 楷(朱君山墓誌)

【析形】集字甲骨文上部像一隻鳥形，隸作"隹"；下部是木，均為意符，表示鳥棲於樹上。會意字。金文沿襲甲骨文。小篆形一作"雧"，像群鳥聚於樹上；形二和隸、楷書均沿襲沿襲甲、金文。

【釋義】◎本義指群鳥棲止在樹上。◇引申①聚，會合：集成|集合|集會|集錦|集權|集團|集中|集資|採集|籌集|彙集|聚集|齊集|雲集|召集|集散地|集裝箱 ②由許多著作或作品彙編成的書：集刊|集錄|畫集|全集|上集|文集|選集|影集|專集|總集 ③定期交易的市場：集日|集市|趕集|市集

籍 jí

籍 篆 籍 隸(馬王堆帛書) 籍 楷(歐陽通)

【析形】籍字小篆上部是竹，意符，表明材質(古代文字書在竹簡上，裝訂集成簿籍)；下部是耤，聲符，表示讀音。形聲字。隸、楷書沿襲小篆。

【釋義】◎本義指簿書，書籍。古代也指貢賦、人事及戶口等的檔案：典籍|古籍|戶籍|名籍|史籍 ◇引申①籍貫：客籍|外籍|原籍|祖籍 ②個人對國家、組織的隸屬關係：黨籍|國籍|軍籍|入籍|學籍

棘 jí

金 篆 隸(銀雀山簡)

棘 楷(顏真卿)

【析形】棘字金文由兩個"朿"字構成，朿即木芒，即有刺的樹木，二朿取意多刺。會意字。小篆、隸、楷書沿襲金文。

【釋義】◎本義指多刺的：棘瓜|棘針|棘皮動物|荊棘叢生|披荊斬棘 ◇引申①

刺：棘手 ②叢生的小棗樹，即酸棗樹。

輯 (辑) jí

輯 篆 輯 隸(白石君碑) 輯 楷(顏真卿)

【析形】輯字小篆左旁是車，意符，表明字的初義與車有關；右旁是咠，聲符，表示讀音。形聲字。隸書聲符形體略變。

【簡化】楷書簡體"辑"意符的簡化見"車"字。

【釋義】◎本義指車箱，也泛指車子。△音借指聚集：輯錄|編輯|剪輯|特輯|專輯

嫉 jí

篆 嫉 楷(顏真卿)

【析形】嫉字小篆左旁是女，意符，古人認為女人善妒，故以"女"為意符；右旁是疾，聲符，表示讀音。形聲字。楷書沿襲小篆。

【釋義】◎本義同"妒"。◇引申泛指妒忌，憎恨：嫉妒|嫉恨|憤世嫉俗

幾 (几) jǐ

【析形】見"幾(几)jī"。

【釋義】◎本義指危殆。音jī。△音借表示數量不多，一般指大於一而小於十：寥寥無幾 ◇引申①不定的少數：加幾個菜 ②詢問數目：幾度|幾時|幾歲(以上音借義及其引申義音jǐ)

己 jǐ

己 甲 己 金 己 篆 己 隸(曹全碑)

己 楷(智永)

【析形】己字甲骨文像絲繳索形。象形字。金文、小篆、隸、楷書各體均沿襲甲骨文。

【釋義】◎本義當指繳索。△音借表示①天干的第六位，引申指次第的第六。②自己：己方|克己|異己|知己|捨己為公|固執己見

紀 (纪) jǐ

【析形】見"紀jì"。

【釋義】本義指編結、約束絲縷的繩，

J

音jì。姓氏用字。音jì。

擠(挤) jǐ

篆挤楷(顏真卿)

【析形】擠字小篆左旁是手,意符,表明字義與手的動作有關;右旁是齊,聲符,表示讀音。形聲字。隸變後,手字在字左側為偏旁時寫作"扌"。

【簡化】楷書簡體"挤"聲符的簡化見"齊"字。簡化字沿用楷書簡體。

【釋義】◎本義指排斥:排擠 ◇引申①用壓力使排出:擠壓|擠牙膏②相互推擠,挨得緊:擠兌|擠迫|擁擠

濟(济) jǐ

金篆隸(曹全碑)楷(敬使君碑)

【析形】濟字金文左旁是水,意符,表明字義與水有關;右旁是齊,聲符,表示讀音。形聲字。小篆沿襲金文。隸變後,水字在字左側為偏旁時寫作"氵"。

【簡化】簡化字"济"聲符的簡化見"齊"字。

【釋義】◎本義為古代水名。漢代稱濟水,隋改稱白溝,唐宋時復名濟水。地名用字。濟南,市名,在山東。△音借形容很多:濟濟一堂|人才濟濟

給(给) jǐ

篆隸(曹全碑)楷(顏真卿) 草(王羲之)

【析形】給字小篆左旁是糸,意符,代表衣物,取意豐足;右旁是合,聲符,表示讀音(給、合二字古音同韻部)。形聲字。隸、楷書沿襲小篆。

【簡化】簡化字"给"的意符"纟"根據草書楷化而成。

【釋義】◎本義指富裕,豐足:家給人足 ◇引申指供應:給養|給予|給與|補給|供給|配給|自給自足

脊 jǐ

篆脊楷(顏真卿)

【析形】脊字小篆上部像脊骨形,中間為脊樑,兩旁像肋骨;下部是肉,意符,表明字義與身體部位有關。會意字。古文肉、月二字形近,隸變後,兩個字作偏旁時多同化寫作"月"。

【釋義】◎本義指人或動物背部中間的骨頭:脊背|脊樑|脊椎|背脊 ◇引申指物體上形狀像脊骨的部分:脊瓦|山脊|書脊|屋脊

計(计) jì

篆隸(曹全碑)楷(蘇孝慈墓誌) 草(王羲之)楷(顏真卿)

【析形】計字小篆左旁是言,意符,表明字義與言語有關;右旁是十,亦為意符,代表數目,取意合計數目。會意字。隸、楷書沿襲小篆。

【簡化】楷書簡體"计"的意符"讠"根據草書楷化而成。

【釋義】◎本義指合計,總計,核算數目:計酬|計量|估計|審計|統計 ◇引申①計算或測量的儀器:體溫計|血壓計②打算,謀劃:計劃|大計|權宜之計③主意,策略:計策|計謀|毒計|詭計④商量:計議|商計⑤算計,比較:計較|斤斤計較

記(记) jì

篆隸(曹全碑)記草(王羲之) 記楷(歐陽詢)

【析形】記字小篆左旁是言,意符,取意記錄言語;右旁是己,聲符,表示讀音。形聲字。隸、楷書沿襲金文。

【簡化】簡化字"记"的意符"讠"根據草書楷化而成。

【釋義】◎本義指記載,記錄:記功|記事|場記|登記 ◇引申指①把印象保留在腦子裏:記誦|記性|記憶|牢記|銘記②標誌,符號:記號|標記|圖記|印記

紀(纪) jì

金篆隸(郭有道碑)紀草(智永) 紀楷(顏真卿)

【析形】紀字金文借音同的"己"字表示。小篆左旁是糸，意符，表明字義與絲麻等有關；右旁是己，聲符，表示讀音。形聲字。隸、楷書沿襲小篆。

【簡化】楷書簡體"纪"的意符"纟"根據草書楷化而成。

【釋義】◎本義指編結、約束絲縷的繩。◇引申①法度：紀綱|紀律|法紀|軍紀 ②紀年單位，古代以十二年為一紀，西曆以一百年為一世紀：紀元|世紀 因聲通"記"，表示記載，保留：紀錄|紀年|紀念|紀要|本紀

技 ｊì

技篆 技楷（顏真卿）

【析形】技字小篆左旁是手，意符，表明字義與手的動作有關；右旁是支，聲符，表示讀音。形聲字。隸變後，手字在字左側為偏旁時寫作"扌"。

【釋義】技能，才藝，本領：技法|技工|技巧|技師|技術|技藝|故技|絕技|科技|球技|特技|雜技|一技之長

繫（系）ｊì

繫篆

【析形】繫字小篆下部是糸，意符，表明字義與絲絮有關；上部是毄，聲符，表示讀音。形聲字。

【簡化】簡化字是用同音合併的方法，以音近、意義有關連、筆畫較簡的"系"代替了筆畫繁複的"繫"，合併了繫、系二字的意義。

【釋義】◎本義指粗劣的絮。△音借表示拴，繫結。◇引申指打結，扣：繫扣子|繫領帶|繫圍裙

忌 ｊì

忌金 忌篆 忌隸（肥致碑）忌楷（顏真卿）

【析形】忌字金文下部是心，意符，表明字義與心理活動有關；上部是己，聲符，表示讀音。形聲字。小篆、隸、楷書沿襲金文。

【釋義】◎本義指憎惡，怨恨。◇引申①

嫉妒：忌妒|猜忌|疑忌 ②顧忌，畏懼：肆無忌憚|諱疾忌醫 ③忌諱：忌日|避忌|禁忌 ④戒除：忌酒|忌煙

際（际）ｊì

際篆 際隸（曹全碑）际楷（顏真卿）

【析形】際字小篆左旁是阜，義為土山，意符，表明字義與土築有關；右旁是祭，聲符，表示讀音。形聲字。隸變後，阜字在字左側為偏旁時寫作"阝"。

【簡化】楷書簡體"际"是用保留特徵、局部代全體的方法，保留聲符下部的"示"代替"祭"，刪除了其餘部件。

【釋義】◎本義指兩牆相接處的縫。◇引申①泛指交界或靠邊的地方：邊際|天際|無際|涯際 ②彼此之間：國際|交際|星際 ③中間：腦際|胸際 ④遭遇：際遇|遭際

季 ｊì

季甲 季金 季篆 季隸（郭有道碑）季楷（石婉墓誌）

【析形】季字甲骨文上部是禾，下部是子，均為意符，取意幼禾。會意字。金文、小篆、隸、楷均沿襲甲骨文。

【釋義】◎本義指幼禾。◇引申①兄弟排行中第四或最小的：季弟|季父|昆季 ②一個時期的末了：清（清朝）季 ③一季的末一個月：季春 ④季節，三個月為一季：季度|季風|季候|春季|換季 ⑤一段時間：淡季|旱季|旺季|雨季

劑（剂）ｊì

劑篆 劑楷（顏真卿）

【析形】劑字小篆左旁是齊，右旁是刀，均為意符，表示用刀切齊，齊也表示讀音。會意兼聲字。隸變後，刀字在字右側為偏旁時寫作"刂"。

【簡化】簡化字"剂"意符"齐"的簡化見"齊"字。

【釋義】◎本義指切割，剪齊。◇引申①配合而成的藥：劑量|沖劑|毒劑|藥劑|針劑 ②某些化學品：焊劑|溶劑|試劑|催化劑|增白劑|增效劑 ③量詞，用於藥劑的

計量單位：一劑藥

跡〔迹、蹟〕jì

㨖金 **跡**篆 **蹟**篆 **迹**隸(校官碑)
跡楷(智永) **迹**楷(顏真卿)

【析形】跡字金文左旁上部像道路形，隸作"彳"；下部是"止"(甲骨文像足印形，"趾"字初文)，均為意符，表明字義與行走有關；右上是束，聲符，表示讀音。形聲字。小篆形一把"彳"、"止"兩個部件合篆作"辵"，聲符訛作"亦"；形二以"足"為意符，以"責"為聲符(跡、責二字古音同韻部)。隸變後，辵字作偏旁時寫作"辶"。楷書形一沿襲小篆形二以"足"為意符，而以"亦"為聲符；形二沿襲隸書。內地沿用漢隸作"迹"。

【釋義】◎本義指腳印，行蹤，印痕：筆跡|軌跡|腳跡|舊跡|人跡|真跡|蹤跡|足跡　◇引申①事物留下的印象：跡象|劣跡|奇跡　②前人留下的事物：陳跡|古跡|史跡

濟(济)jì

【析形】見"濟jǐ"。

【釋義】◎本義為古代水名，音jǐ。△音借指過河，渡：同舟共濟　◇引申①救助：濟貧|濟世|接濟|救濟　②補益：無濟於事(以上音借義及其引申義音jì)

既 jì

㫳甲 **𣄼**金 **㫚**篆 **既**隸(華山神廟碑)
既楷(顏真卿)

【析形】既字甲骨文左旁像一隻食器，右旁像一個人跪坐於食器旁，頭扭向後，像張嘴打飽嗝之形，取意食畢。會意字。金文沿襲甲骨文。小篆食器形、人形均訛變。隸書筆畫化更失初形。楷書沿襲隸書。

【釋義】◎本義指食盡。◇引申①盡，完畢：食既　②已經：既定|既往不咎　③既然：既是　△音借作連詞，與"且"、"又"、"也"等連詞連用，表示並列：既高又大|既快且好

繼(继)jì

𢇍金 **繼**篆 **繼**隸(馬王堆帛書) **継**草(孫過庭)
继楷(顏真卿)

【析形】繼字金文像絲線一束一束接續狀，取意連續。會意字。小篆左旁是糸，意符，以絲絲相連取意連續；右旁是古文"絕"字的反寫(見"絕"字)，以"絕"之反取繼續之意。會意字。隸書沿襲小篆。

【簡化】楷書簡體"继"根據草書楷化而成。

【釋義】◎連續，接續：繼承|繼父|繼母|繼任|繼往開來

寄 jì

寄篆 **寄**隸(馬王堆帛書) **寄**楷(顏真卿)

【析形】寄字小篆上部是"宀"，意符，有所居，取意有所寄託；下部是奇，聲符，表示讀音。形聲字。隸、楷書沿襲小篆。

【釋義】◎本義指依託，依附：寄籍|寄居|寄生|寄宿|寄養|寄寓|寄人籬下　◇引申①付託：寄存|寄賣|寄售|寄託|寄押|寄予　②認的(親屬)：寄兒|寄父|寄母|寄女　③傳送(情感)：遙寄　④郵遞：寄費|寄付|寄信|附寄|遙寄|郵寄

績(绩)jì

績篆 **績**隸(華山神廟碑) **績**楷(智永)
孩草(懷素)

【析形】績字金文借音近的"責"字表示(見"責"字)。小篆左旁增"糸"為意符，表明字義與絲麻等有關；右旁"責"為聲符，表示讀音(績、責二字古音同韻部)。形聲字。隸、楷書沿襲小篆。

【簡化】簡化字"绩"根據草書楷化而成。

【釋義】◎本義指把麻或其他纖維搓成繩或線：績麻　◇引申指功業，成績：偉績|業績|戰績|政績|績優股

妓 jì

妓篆 **妓**楷(顏真卿)

【析形】妓字小篆左旁是女，意符，表明

字義與女子有關；右旁是支，聲符，表示
讀音。形聲字。楷書沿襲小篆。
【釋義】◎本義指弱小、嬌小的婦人。又
指歌舞女藝人。◇引申專指娼妓：妓女｜
妓院

薺 (荠) jì

薺篆 荠楷(顏真卿)

【析形】薺字小篆上部是"艸"，意符，表
明字義與植物有關；下部是齊，聲符，表
示讀音。形聲字。楷書沿襲小篆。
【簡化】楷書簡體"荠"聲符的簡化見"齊"
字。
【釋義】①蒺藜。一年生草本植物，莖平鋪
在地上，開黃色小花，果皮有尖刺，種子
入藥，有滋補作用。②薺菜。一年或二年
生草本植物，可作蔬菜和藥用。

祭 jì

祭甲 祭甲 祭金 祭篆 祭隸(華山神廟碑)
祭楷(顏真卿)

【析形】祭字甲骨文形一右上部像有塊
肉，肉旁小點表示祭祀澆灑的酒滴；左
旁像一隻手，灑酒供肉，取意供奉，祭
祀。會意字。甲骨文形二左下增"示"為
意符，表明字義與祭祀有關(見"示"字)。
金文、小篆均沿襲甲骨文形二。隸書手形
略變。楷書沿襲隸書。
【釋義】◎本義指祭祀，供奉鬼神：祭品｜
祭器｜祭壇｜祭天　◇引申指悼念死者的儀
式：祭奠｜祭禮｜祭掃｜祭文｜公祭｜國祭｜路
祭｜喪祭

寂 jì

寂篆 寂楷(顏真卿)

【析形】寂字小篆上部是"宀"，意符，以
屋宇表示空寂；下部是尗，聲符，表示讀
音。形聲字。楷書聲符作"叔"(寂、尗、
叔三字古音同韻部)。
【釋義】◎本義指無人聲，也泛指靜，沒
有聲音：寂靜｜寂寥｜沉寂｜冷寂｜死寂｜萬
籟俱寂　◇引申指寂寞：孤寂｜枯寂｜幽寂

鰂 (鲗) jì

鰂篆 鲗楷(顏真卿)

【析形】鰂字小篆左旁是魚，意符，表明
字義與魚類有關；右旁是即，聲符，表示
讀音。形聲字。楷書沿襲小篆。
【簡化】簡書簡體"鲗"意符的簡化見"魚"
字。
【釋義】本義同"鯽"，烏賊。後作魚名，
鰂魚，魚綱鯉科。體側扁，背脊隆起。生
活在淡水中，是常見的食用魚。

冀 jì

冀篆 冀楷(顏真卿)

【析形】冀字小篆上部是北，意符，表明
字義與北部有關；下部是異，聲符，表示
讀音。形聲字。楷書沿襲小篆。
【釋義】◎本義指古代地名，冀州。古九
州之一，包括今山西全省、河北西北部、
河南北部、遼寧西部。今作河北省的別
稱。△音借表示希望：冀望｜希冀

箕 jī

【析形】見"箕jī"。
【釋義】〔簸箕jī〕

加 jiā

加金 加篆 加隸(禮器碑)
加楷(顏真卿)

【析形】加字金文上部是力，下部是口，
均為意符，取意誣枉、誇大。會意字。小
篆寫作左右結構。隸、楷書沿襲小篆。
【析形】◎本義指"語相加"，即誣枉，誇
大。◇引申①泛指增加：加倍｜加大｜加
幅｜加高｜加工｜加害｜加強｜加速 ②把本來
沒有的添上去：加害｜加盟｜加密｜加冕｜加
入｜參加｜附加｜強加 ③合起來，與"減"
相對：加法｜加號｜遞加｜交加｜累加

夾 (夹) jiā

夾甲 夾金 夾篆 夾隸(曹全碑)
夾草(皇象) 夾楷(顏真卿)

【析形】夾字甲骨文中間像正面人形，隸作"大"；左右各有一個側立人形，像左右兩人挾持中間一人。會意字。金文沿襲甲骨文。小篆左右人形已失。隸書筆畫化，盡失初形。楷書沿襲隸書。

【簡化】楷書簡體"夾"根據草書楷化而成。

> "夾"字為偏旁的字類推簡化。例如：挾、頰、莢、鋏、陝、峽、狹、俠等。

【釋義】◎本義指從左右相持：夾攻｜夾擊 ◇引申①兩旁有東西限制住：夾層｜夾道｜夾縫｜夾角｜夾心 ②攙雜：夾帶｜夾生｜夾雜 ③夾東西的器具：夾棍｜夾剪｜夾具｜夾子｜紙夾

茄 jiā

茄篆 茄楷（顏真卿）

【析形】茄字小篆上部是"艸"，意符，表明字義與植物有關；下部是加，聲符，表示讀音。形聲字。楷書沿襲小篆。

【釋義】◎本義指荷莖，即藕莖。△音借作音譯詞的構詞語素〔雪茄〕

佳 jiā

佳篆 佳楷（顏真卿）

【析形】佳字小篆左旁是人，意符，表明字義與人的活動有關；右旁是圭，聲符，表示讀音（佳、圭二字古音同韻部）。形聲字。楷書沿襲小篆。

【釋義】善，美，好：佳話｜佳節｜佳境｜佳麗｜佳偶｜佳期｜佳人｜佳音｜佳作｜絕佳｜甚佳｜最佳

家 jiā

家甲 家金 家篆 家隸（曹全碑）家楷（蘇孝慈墓誌）

【析形】家字甲骨文上部像屋宇形，下部像豬形，屋內養豬，表示家居、人家。會意字。金文沿襲甲骨文。小篆線條化，豬形已失。隸變屋宇形寫作"宀"，豬形隸作"豕"。楷書沿襲小篆。

【釋義】◎本義指家居，家庭，家族：家產｜家道｜家教｜家境｜家務｜家園｜家政｜本家｜出家｜當家｜發家｜居家｜身家｜世家 ◇引申①經營某種行業之人家或具有某種身份的人：船家｜店家｜行家｜酒家｜舖家｜漁家 ②掌握某種專門學識或從事某種專門活動的人：兵家｜大家｜畫家｜名家｜作家｜軍事家｜科學家｜藝術家｜政治家 ③謙稱自己年長的親屬：家慈｜家父｜家母｜家翁｜家兄｜家嚴 ④人工飼養的：家畜｜家鴿｜家禽 ⑤作某些名詞的後綴，讀輕聲，表示屬於那一類人：姑娘家｜孩子家｜老人家｜女人家｜學生家 ⑥量詞：兩家商店｜一家工廠 ⑦學術流派：道家｜法家｜佛家｜儒家｜雜家

嘉 jiā

嘉金 嘉篆 嘉隸（史晨碑）嘉楷（王獻之）

【析形】嘉字金文上部像一隻鼓，隸作"壴"（"鼓"字初文），意符，以鼓樂昇平代表美好的事物；下部是加，聲符，表示讀音。形聲字。小篆、隸、楷書沿襲金文。

【釋義】◎本義指美好，善：嘉賓｜嘉禮 ◇引申指讚美，稱讚：嘉獎｜嘉勉｜嘉許 △音借作音譯詞的構詞語素〔嘉年華〕

枷 jiā

枷篆 枷楷（顏真卿）

【析形】枷字小篆左旁是木，意符，表明材質；右旁是加，聲符，表示讀音。形聲字。楷書沿襲小篆。

【釋義】①脫粒用的農具，即連枷。②古刑具名。一種套在脖子上的刑具：枷鎖

夾（夾）〔裌、祫〕jiá

【析形】見"夾jiā"。

【釋義】◎本義指從左右相持。音jiā。◇引申表示雙層的衣物。此義異體字增"衤"（衣）為意符，或以"合"為聲符。音jiá：夾襖｜夾被｜夾鞋

莢 (荚) jiá

莢篆 荚隸（景君碑）莢楷（顏真卿）

【析形】莢字小篆上部是"艸"，意符，表

明字義與植物有關；下部是夾，聲符，表示讀音。形聲字。隸書聲符形體略變。楷書沿襲小篆。

【簡化】簡化字"荚"聲符的簡化見"夾"字。

【釋義】豆類植物的果實：荚果│豆荚│榆荚│皂荚│槐樹荚

頰(颊) jiá

顙篆 夾頁草(皇象) 頰楷(顏真卿)

【析形】頰字小篆右旁是頁，意符，表明字義與頭部有關（見"頁"字）；左旁是夾，聲符，表示讀音。形聲字。

【簡化】楷書簡體"颊"根據草書楷化而成。

【釋義】臉的兩側：頰骨│兩頰│面頰│腮頰

甲 jiǎ

十甲田甲田金甲甲篆 甲隸(張景碑) 甲楷(顏真卿)

【析形】甲字甲骨文形一作"十"，像鎧甲之形；形二外廓加"囗"，更像鎧甲形。象形字。金文形一沿襲甲骨文形二；形二形體略變。小篆沿襲金文形二。隸書根據小篆轉寫而成。楷書沿襲隸書。

【釋義】◎本義指鎧甲，古時戰士的護身衣，用皮革或金屬製成。◇引申①起保護作用的裝備：甲板│甲冑│盔甲│披甲│鐵甲│裝甲 ②一些動物身上的硬殼：甲蟲│甲殼 qiào│甲魚│甲骨文│龜甲│鱗甲 △音借①表示天干第一位：甲子│花甲│六甲；②指居第一的：甲苯│甲醇│甲等│甲種

假 jiǎ

假篆 假隸(熹平石經) 假楷(顏真卿)

【析形】假字小篆左旁是人，意符，表明字義與人的活動有關；右旁是叚，聲符，表示讀音。形聲字。隸變後，人字在字左側為偏旁時寫作"亻"。

【釋義】◎本義指不真實的，與"真"相反：假話│假冒│假象│假意│假造│假裝│虛假│作假 ◇引申①借用，利用：假借│假手│假座│通假│假公濟私│不假思索│狐假

虎威│久假不歸 ②假定：假設│假釋│假說 ③假設連詞：假如│假若│假使

賈(贾) jiǎ

【析形】見"賈 gǔ"。

【釋義】本義指做買賣。音 gǔ。姓氏用字。音 jiǎ。

鉀(钾) jiǎ

鉀楷(顏真卿)

【析形】鉀字《説文》所無。楷書左旁是"金"，意符，表明材質；右旁是甲，聲符，表示讀音。形聲字。

【簡化】簡化字"钾"的意符"钅"根據草書楷化而成。

【釋義】◎本義指鎧甲，同"甲"。△音借表示金屬元素，符號K。銀白色，質軟，化學性質極活潑，遇水能產生氫氣，並能引起爆炸。對植物的生長發育有很大的作用：鉀肥│高錳酸鉀

價(价) jià

價篆 價楷(顏真卿)

【析形】價字小篆左旁是人，意符，表明字義與人的活動有關；右旁是賈，亦為意符，義為賣，也指商人，表明字義與買賣有關，也表示讀音（價、賈二字古音聲母相同，韻母同部）。會意兼聲字。隸變後，人字在字左側為偏旁時寫作"亻"。楷書沿襲隸書。

【簡化】簡化字"价"是用更換聲符的方法，以筆畫較簡的"介"為聲符，替換了筆畫繁複的"賈"。

【釋義】指物品的價值：價碼│價目│價錢│比價│標價│差價│代價│單價│等價│定價│估價│廉價│論價│時價│市價│討價│壓價│漲價│折價

駕(驾) jià

駕篆 駕隸(曹全碑) 駕楷(鍾繇)

【析形】駕字小篆下部是馬，意符，表明字義與馬有關；上部是加，意符兼聲符，表示加上，也表示讀音。會意兼聲字。

隸、楷書沿襲小篆。

【簡化】簡化字"驾"意符的簡化見"馬"字。

【釋義】◎本義指把車加在馬上。◇引申①泛指把車或農具套在牲口上拉：駕轅|駕輕就熟 ②操縱使開動：駕駛|駕御|駕馭|駕照 ③帝王車乘的總稱。④表示對人的敬辭：駕崩|駕臨|保駕|擋駕|勞駕|屈駕|勸駕|尊駕

架 jià

架 楷(顏真卿)

【析形】架字《說文》所無。楷書下部是木，意符，表明材質；上部是加，聲符，表示讀音。形聲字。

【釋義】◎本義指支承或置物的用具：筆架|牀架|貨架|書架|支架 ◇引申①支撐，搭：架空|架橋|架設 ②抵擋：招架 ③毆打，爭吵：吵架|打架|拉架 ④劫走：綁架 ⑤量詞：架次|兩架鋼琴|一架葡萄

假 jià

【析形】見"假jiǎ"。

【釋義】◎本義指不真實。音jiǎ。△音借指假期。即按規定或經過准許而暫停工作、學習的一段時間。音jià：假單|假日|病假|度假|放假|請假|暑假|休假|續假

嫁 jià

嫁 篆 嫁 楷(顏真卿)

【析形】嫁字小篆左旁是女，意符，表明字義與女性有關；右旁是家，意符兼聲符，表示成家，也表示讀音。會意兼聲字。楷書沿襲小篆。

【釋義】◎本義指女子結婚，與"娶"相對：嫁娶|嫁人|嫁妝|出嫁|婚嫁|陪嫁 ◇引申指轉移，推給別人：嫁接|轉嫁|嫁禍於人

稼 jià

稼 篆 稼 楷(智永)

【析形】稼字小篆左旁是禾，意符，表明字義與穀類植物有關；右旁是家，聲符，

表示讀音。形聲字。隸、楷書沿襲小篆。

【釋義】◎本義指穀物：莊稼 也指栽種穀類植物：稼穡|耕稼|莊稼漢

尖 jiān

尖 楷(顏真卿)

【析形】尖字《說文》所無，為新造會意字。楷書上部是小，下部是大，均為意符，以上小下大表示物體下部大頂端細小。

【釋義】◎本義指物體細小鋒利的頂端或突出的部分：尖刀|尖端|尖銳|刀尖|塔尖|針尖 ◇引申①鋒利，敏銳：尖刻|尖銳|尖酸|眼尖|嘴尖 ②特出的，起先鋒作用的：尖兵|尖端|尖子 ③聲音高而細：嗓子尖

奸 jiān

奸 篆

【析形】奸字小篆左旁是女，意符，表明字義與女性有關；右旁是干，本指古代兵器，意符兼聲符，表示冒犯，也表示讀音（奸、干二字古音聲母相同，韻母同部）。會意兼聲字。

【釋義】◎本義指冒犯。音gān。△音借表示①陰險，狡詐：奸猾|奸商|奸險|奸雄|奸詐 ②通敵，叛國的人：奸臣|奸細|奸賊|漢奸（以上音借義音jiān）

姦 (奸) jiān

姦 金 姦 篆 姦 隸(校官碑) 姦 楷(顏真卿)

【析形】姦字金文由三個"女"字構成，表明字義與女性有關。會意字。小篆、隸、楷書沿襲金文。

【簡化】用同音合併方法，以音同義近、筆畫較簡的"奸"代替筆畫較繁複的"姦"，合併了姦、奸二字的意義。

【釋義】淫亂，私通：姦污|姦淫|強姦|通姦

殲 (歼) jiān

殲 篆 殲 隸(隸辨) 殲 楷(歐陽詢) 歼 楷(顏真卿)

【析形】殲字小篆左旁是歹(甲骨文像屍骸殘骨形)，意符，表明字義與殘害、殘殺等有關；右旁是韱，聲符，表示讀音。形聲字。隸書聲符形體略變。楷書沿襲隸書。

【簡化】楷書簡體"殲"是用更換聲符的方法，以筆畫較簡的"千"為聲符，替換了筆畫繁複的"韱"。

【釋義】消滅，盡滅：殲擊|殲滅|攻殲|聚殲|圍殲

堅 (坚) jiān

堅篆　堅隸(樓蘭簡)　堅楷(智永)
堅草(王羲之)

【析形】堅字小篆下部是土，意符，取意堅硬；上部是臤，意符兼聲符，義為堅固，也表示讀音。會意兼聲字。隸書沿襲小篆。

【簡化】簡化字"坚"根據草書楷化而成。

【釋義】◎本義指堅硬：堅冰|堅固|堅韌|堅實　◇引申①堅固的東西(陣地、甲冑等)：攻堅|披堅執銳|無堅不摧　②堅定，不動搖：堅持|堅決|堅強|堅守|堅毅|堅貞

間 (间) jiān

【析形】見"間jiàn"。

【釋義】◎本義指縫隙，空隙。音jiàn。◇引申①中間：居間|其間|之間　②一定的時間或空間：坊間|民間|年間|期間|人間|世間|田間|午間　③房間：車間|單間|裏間|套間(以上各引申義音jiān)

肩 jiān

肩篆　肩篆　肩隸(居延簡)　肩楷(顏真卿)

【析形】肩字小篆形一上部像一側肩膀，上方闊而下連臂；下部是肉，意符，表明字義與肉體有關。會意字。小篆形二上部訛作"戶"。隸、楷書沿襲小篆形二。古文肉、月二字形近，隸變後，兩個字作偏旁時多同化寫作"月"。

【釋義】◎本義指肩膀，即人的頸下與兩臂相連的部分：肩胛|肩頭|肩章|並肩|聳肩　◇引申指擔負：肩負|歇肩|卸肩

艱 (艰) jiān

艱甲　艱金　艱篆　艱楷(歐陽詢)

【析形】艱字甲骨文左旁像鼓形，右旁像一個跪跽的女子，均為意符，古人一旦有災難便擊鼓告急，女子擊鼓告急，可見情勢維艱(甲骨卜辭多見"有來艱"之記載)。會意字。金文女人跪跽形已訛變。小篆更訛作以"堇"(本義指以人為牲火祭求雨)為意符，以"艮"為聲符的形聲字。楷書意符作"艮"。

【簡化】簡化字"艰"是用符號代替的方法，左旁以筆畫較簡的"又"作為象徵性符號，替換了筆畫繁複的"堇"。

【釋義】◎本義指災難。◇引申指困難：艱巨|艱苦|艱難|艱澀|艱深|艱險|艱辛

監 (监) jiān

監甲　監金　監篆　監隸(華山神廟碑)
監楷(歐陽詢)　監草(王羲之)　監楷(顏真卿)

【析形】監字甲骨文左旁像一隻器皿，右旁像一個人睜大眼睛注視着器皿，表示照鏡子。金文器皿中像有水，人立於其側睜眼注視水中的倒影。會意字。小篆把"目"訛作"臣"，並把"人"和"臣"分開。隸書人形已失。楷書沿襲隸書。

【簡化】楷書簡體"监"根據草書楷化而成。

【釋義】◎本義指照影子看自己。◇引申①督察：監察|監督|監工|監護|監考|監控|監理|監視|監事|監製　②監管犯人的地方，牢獄：監犯|監禁|監牢|監獄

兼 jiān

兼金　兼篆　兼隸(張表碑)　兼楷(顏真卿)

【析形】兼字金文像一隻手握持兩株禾苗之形，均為意符，取意並行二事或兼有二物。會意字。小篆沿襲金文。隸書筆畫化，略失初形。楷書筆畫有所省減。

【釋義】◎本義指同時涉及或具有幾種行為和事物：兼愛|兼辦|兼備|兼差chāi|兼顧|兼管|兼課|兼職　◇引申①合併：兼併　②加倍：兼程

漸 (渐) jiān

【析形】見"漸jiàn"。

【釋義】◎本義為古代水名。△音借表示逐步，慢慢地。音jiàn。◇引申①浸：漸染 ②流入：東漸於海 (以上各引申義音jiān)

煎 jiān

炎篆 煎楷 (顏真卿)

【析形】煎字小篆下部是火，意符，表明字義與火有關；上部是前，聲符，表示讀音。形聲字。隸變後，火字在字下部為偏旁時分化出"灬"旁。

【釋義】一種烹調方法，把食物放進有少量油的鍋裏加熱使熟：煎餅|煎魚 也指熬煮：煎茶|煎藥

揀 (拣) jiǎn

【析形】揀字本作"柬" (見"柬"字)。後加"扌"作"揀"。左旁是"扌" (手)，意符，表明字義與手的動作有關；右旁是柬，聲符，表示讀音。形聲字。

【簡化】簡化字"拣"聲符的簡化見"練"字。

【釋義】挑選，選擇：揀選|挑揀|挑肥揀瘦

繭 (茧) jiǎn

繭篆 繭楷 (顏真卿)

【析形】繭字小篆外廓像蠶繭裹束之形，隸作"艹"，內中左旁是糸，表示蠶絲，右為虫，表示蠶蟲，均為意符，表示蠶繭；"艹"也表示讀音。會意兼聲字。楷書沿襲小篆。

【簡化】簡化字"茧"是用保留特徵、局部刪除的方法，保留了代表字義與輪廓特徵的"茧"，刪除了其餘部件。

【釋義】◎本義指蠶衣，是繅絲的原料。◇引申①泛指某些昆蟲的幼蟲在變成蛹之前吐絲做成的殼：繭綢|繭子|蠶繭|作繭自縛 ②因聲通"趼"，指手腳因摩擦而生的硬皮。

儉 (俭) jiǎn

儉篆 佺草 (鮮于樞) 佥楷 (顏真卿)

【析形】儉字小篆左旁是人，意符，表明字義與人的活動有關；右旁是僉，聲符，表示讀音。形聲字。隸變後，人字在字左側為偏旁時寫作"亻"。

【簡化】楷書簡體"俭"根據草書楷化而成。

【釋義】節約，不奢侈浪費：儉樸|儉省|儉約|節儉|勤儉|省儉|勤工儉學|克勤克儉

撿 (捡) jiǎn

撿篆 撿楷 (歐陽詢) 拾草 (米芾)

【析形】撿字小篆左旁是手，意符，表明字義與手的動作有關；右旁是僉，聲符，表示讀音。形聲字。隸變後，手字在字左側為偏旁時寫作"扌"。

【簡化】簡化字"捡"根據草書楷化而成。

【釋義】◎本義指拱手，斂手。△音借指拾取：撿柴|撿拾|撿麥穗|撿破爛

檢 (检) jiǎn

檢篆 撿隸 (老子乙) 檢楷 (顏真卿)

檢草 (孫過庭)

【析形】檢字小篆左旁是木，意符，表明材質 (古人在竹木片上書寫，書成後以皮條或絲繩等穿起來，或裝在木函裏封好，在結繩處封泥，在封泥上鈐印，稱之為"檢")；右旁是僉，聲符，表示讀音。形聲字。隸、楷書沿襲小篆。

【簡化】簡化字"检"根據草書楷化而成。

> "僉"字為偏旁的字類推簡化。例如：检、剑、捡、俭、脸、险等。

【釋義】◎本義指古代封書題簽。◇引申①約束，限制：檢點|檢束|失檢 ②查：檢查|檢察|檢舉|檢驗|檢閱

剪 jiǎn

剪篆 剪楷 (顏真卿)

【析形】剪字小篆右下是刀，意符，表

明字義與刀有關；上部與左下合為古文
"前"字，聲符，表示讀音。形聲字。楷
書寫作上下結構。
【釋義】◎本義指用剪刀鉸：剪裁｜剪輯｜
剪帖｜剪影｜剪紙　◇引申①剪刀：剪子　②
像剪刀的器具：剪牀｜火剪｜夾剪　③鋤
掉：剪除

減〔减〕jiǎn

減金　減篆　減隸（隸辨）　減楷（顏真卿）

【析形】減字金文左旁是水，意符，以水
之流逝取減損意；右旁是咸，聲符，表示
讀音。形聲字。小篆沿襲金文。隸變後，
水字在字左側為偏旁時寫作"氵"。楷書
意符為"氵"。內地採用"减"字。
【釋義】◎本義指從一定的量中去掉一部
分，與"加"相對：減法｜減負｜減幅｜減價｜
減輕｜減少｜減省｜減損｜減縮｜減刑｜減壓｜減
員｜裁減｜遞減｜銳減｜削減｜增減　◇引申指
降低，衰退：減低｜減緩｜減慢｜減弱｜減退

簡〔简〕jiǎn

簡篆　簡隸（桐柏廟碑）　簡楷（褚遂良）
簡草（王羲之）

【析形】簡字小篆上部是竹，意符，表明
材質；下部是間，聲符，表示讀音。形聲
字。隸、楷書沿襲小篆。
【簡化】簡化字"简"根據草書楷化而成。
【釋義】◎本義指古代用以書寫的狹長竹
片。◇引申①書信，書籍：書簡｜小簡　②
簡單，與"繁"相對：簡本｜簡編｜簡便｜簡
稱｜簡化｜簡歷｜簡練｜簡陋｜簡略　③忽視，
怠慢：簡慢

柬 jiǎn

柬金　柬篆　柬楷（顏真卿）

【析形】柬字金文外廓是束，中間是八，
本義指分別，均為意符，表示從捆束的竹
簡中分揀選擇。會意字。小篆、楷書沿襲
金文。
【釋義】◎本義指選擇，挑選。後作
"揀"，簡化字寫作"揀"。△音借表示信
件、名片、帖子的統稱：柬帖｜請柬

鹼〔碱、堿、鹻〕jiǎn

鹼篆　碱楷（顏真卿）

【析形】鹼字小篆左旁是鹵，意符，表明
字義與鹽鹵等鹼性物質有關；右旁是僉，
聲符，表示讀音。形聲字。楷書以"石"
為意符，"咸"為聲符。異體字以"土"為
意符，或以"兼"為聲符。
【釋義】◎本義①鹵。後指化學上所稱能
在水溶液中電離出氫氧根離子的化合物，
能跟酸中和而生成鹽和水：鹼性｜強鹼｜燒
鹼　②碳酸鈉，無色晶體，性滑、味澀，
可做洗滌劑：鹼地｜鹼性｜茶鹼｜純鹼｜鹽
鹼　◇引申指被鹼質侵蝕：鹼化｜鹼荒

見〔见〕jiàn

見甲　見金　見篆　見隸（禮器碑）　見楷（顏真卿）
見草（王羲之）

【析形】見字甲骨文下部像一個跪着的
人，頭部特大其眼，像人張目注視形。會
意字。金文沿襲甲骨文。小篆人形略變。
隸書下部人形寫作"儿"。楷書沿襲隸書。
【簡化】簡化字"见"根據草書楷化而成。
【釋義】◎本義指看見，看到：見聞｜見
證｜窺見｜夢見｜遇見｜預見　◇引申①會
晤：見面｜拜見｜參見｜接見｜引見｜召見　②
看法，見解：見識｜創見｜高見｜管見｜偏
見｜政見｜主見｜卓見　③顯現：見好｜見效｜
見長　△音借①用在動詞前表示被動：見
笑於人　②用在動詞前表示動詞施事的對
象是說話人：見怪｜見教｜見諒

件 jiàn

件篆　件楷（顏真卿）

【析形】件字小篆左旁是人，表明字義與
人的活動有關；右旁是牛，亦為意符，表
示把牛分割成件，取意分割。會意字。隸
變後，人字在字左側為偏旁時寫作"亻"。
【釋義】◎本義指分割，分別。◇引申
①可以一一計算的事物：備件｜部件｜附
件｜構件｜機件｜零件｜配件｜事件｜元件｜郵
件　②文件：稿件｜函件｜急件｜信件｜要件｜
證件　③量詞：兩件事｜三件襯衫

間 (间) jiàn

晶金 閒篆 間 隸(禮器碑) 間楷(顏真卿) 间草(王羲之)

【析形】間字金文下部是門，上部是月，均為意符，從門隙可望見天上的月亮，表示門有縫隙。會意字。小篆把"月"置於"門"中。隸書沿襲小篆。楷書意符"月"訛作"日"。

【簡化】簡化字"间"意符"门"根據草書楷化而成。

【釋義】◎本義指縫隙，空隙：間距|間隙 ◇引申①隔開，不連接：間斷|間隔|間接|間歇|間續|相間 ②挑撥，使不和：反間|離間

建 jiàn

建金 𢀮篆 建隸(曹全碑) 建楷(顏真卿)

【析形】建字金文左旁像道路形，隸作"彳"；下部是"止"(甲骨文像足印形。"趾"字初文)，代表人足，表明字義與行為有關；右上部像手執筆形，隸作"聿"，均為意符，取意執筆立法。會意字。小篆意符為"廴"。隸書作"辶"。楷書沿襲小篆。

【釋義】◎本義指(國家)立法。◇引申①創立，設立，成立：建都|建構|建國|建交|建設|建樹|建制|創建 ②建築：建材|建造|基建|擴建|興建|修建 ③提出：建言|建議

荐 jiàn

𦺶篆

【析形】荐字小篆上部是"艸"，意符，表明字的初義與草有關；下部是存，聲符，表示讀音(荐、存二字古音同韻部)。形聲字。

【釋義】◎本義指草蓆。△音借作副詞，表示頻度，相當於一再，屢次：荐仍|荐饑(連年荒歉)

薦 (荐) jiàn

𦯧金 𦷧篆 薦楷(顏真卿)

【析形】薦字金文四周有草，中間是廌，獸名，代表動物，均為意符，表示獸畜吃的草。會意字。小篆定形為上下結構，意符"艸"在上部。楷書沿襲小篆。

【簡化】簡化字是用同音合併的方法，以音同、筆畫較簡的"荐"代替筆畫繁複的"薦"，合併了薦、荐二字的意義。

【釋義】◎本義指一種獸畜吃的草。△音借指推舉，介紹：舉薦|推薦|引薦|自薦

賤 (贱) jiàn

賤篆 胜隸(馬王堆帛書) 賤楷(龍藏寺碑) 𫟖草(禮實)

【析形】賤字小篆左旁是貝，意符，表明字義與財物有關(見"貝"字)；右旁是戔，聲符，表示讀音。形聲字。隸、楷書沿襲小篆。

【簡化】簡化字"贱"根據草書楷化而成。

【釋義】◎本義指價值低廉，與"貴"相對：賤價|賤賣 ◇引申①地位低下，與"貴"相對：卑賤|貧賤|微賤|下賤 ②卑鄙：賤人|卑賤|下賤 ③謙稱：賤內|賤姓

劍 (剑) 〔劒〕jiàn

鐱金 𩑥篆 �劍 隸(隸辨) 劍楷(顏真卿) 剑草(趙孟頫)

【析形】劍字金文左旁是金，意符，表明字義與金屬有關；右旁是僉，聲符，表示讀音。形聲字。小篆意符改為刃，表明字義與刀等有關。隸、楷書沿襲小篆。

【簡化】簡化字"剑"根據草書楷化而成。

【釋義】◎本義指古代兵器。用金屬鑄製，前端尖銳，兩面有刃，中間有脊，安有短柄：劍客|劍術|劍俠|寶劍|擊劍|利劍|舞劍 ◇引申指像劍的：劍蘭|劍眉|唇槍舌劍|口蜜腹劍

監 (监) jiàn

【析形】見"監jiān"。

【釋義】◎本義指照影子看自己。音jiān。◇引申①督察，②古代官府名：監生|國子監|欽天監 ③宦官：太監(以上引申義音jiàn)

健 jiàn

^篆 健 楷(顏真卿)

【析形】健字小篆左旁是人,意符,表明字義與人有關;右旁是建,聲符,表示讀音。形聲字。隸變後,人字在字左側為偏旁時寫作"亻"。

【釋義】◎本義指強壯,有力,使強壯:健兒|健康|健美|健全|健在|健壯|保健|剛健|矯健|強健|穩健|雄健 ◇引申指善於,某方面顯示的程度超過一般:健步|健談|健忘

艦 (舰) jiàn

艦 楷(顏真卿)

【析形】艦字《說文》所無。楷書左旁是舟,意符;右旁是監,聲符,表示讀音。形聲字。

【簡化】簡化字"舰"是用更換聲符的方法,以筆畫較簡的"見"字的簡化字"见"為聲符,替換了筆畫繁複的"監"。

【釋義】戰船,軍船:艦隊|艦艇|兵艦|軍艦|炮艦|旗艦|戰艦|驅逐艦|巡洋艦|航空母艦

漸 (渐) jiàn

^篆 漸 隸(馬王堆帛書) 漸 楷(爨寶子碑)

^草(王羲之)

【析形】漸字小篆左旁是水,意符,表明字的初義與水有關;右旁是斬,聲符,表示讀音。形聲字。隸書沿襲小篆。隸變後,水字在字左側為偏旁時寫作"氵"。

【簡化】簡化字"渐"根據草書楷化而成。

【釋義】◎本義為古代水名。①即今浙江,也特指浙江中、上游的新安江。②一名漸水,在今湖南常德北,東南流至漢壽縣,西北入沅水。△音借①逐步,慢慢地:漸變|漸次|漸進|漸悟|漸隱|逐漸|循序漸進 ②端倪,兆頭:防微杜漸

踐 (践) jiàn

^篆 踐 隸(孔彪碑) 踐 楷(智永)

【析形】踐字小篆左旁是足,意符,表明

字義與腿腳有關;右旁是戔,聲符,表示讀音。形聲字。隸、楷書沿襲小篆。

【簡化】簡化字"践"的聲符"戋"根據草書楷化而成。

> "戔"字為偏旁的字類推簡化。例如:踐、賤、濺、淺、錢、線、盞、棧、殘等。

【釋義】◎本義指踩,踏:踐踏|糟踐|作踐 ◇引申指履行,實行:踐諾|踐行|踐約|實踐

鑒 (鉴)〔鑑〕 jiàn

^金 ^金 ^篆 鑒 隸(郭有道碑)

鑒 楷(顏真卿) ^草(薛紹彭)

【析形】鑒字金文形一上部左旁是目,右旁是人,突出人的眼睛,下部是皿,均為意符,以皿可鑒人表示鏡子。當與"監"同字(見"監"字)。會意字。形二左上部增"金"為意符,表示借金屬器皿的反光照視自己,表意更明確。小篆沿襲金文形二,並寫作左右結構。隸書把意符"金"置於下部。楷書沿襲隸書。

【簡化】簡化字"鉴"根據草書楷化而成。

【釋義】◎本義指鏡子:銅鑒|波平如鑒 ◇引申①照:水清可鑒 ②仔細看,審查:鑒別|鑒定|鑒賞 ③可以引為警戒、教訓的事,或以某種情況為依據加以考慮:鑒戒|鑒於|借鑒|殷鑒|前車之鑒 ④舊式書信用語,表示請對方看:台鑒

鍵 (键) jiàn

^篆 鍵 楷(顏真卿)

【析形】鍵字小篆左旁是金,意符,表明材質;右旁是建,聲符,表示讀音。形聲字。楷書沿襲小篆。

【簡化】簡化字"键"的意符"钅"根據草書楷化而成。

【釋義】◎本義指古代鼎上貫通兩耳的橫槓。又指安在車軸兩端,管住車輪不脫軸的鐵棍:鍵槽|花鍵 △音借指在琴或打字機、電腦等物體上,使用時按動的部分:鍵盤|鍵入|黑鍵|琴鍵

箭 jiàn

箭（金）箭（篆）箭（楷）（歐陽詢）

【析形】箭字金文上部是竹，意符，表明材質；下部是前，聲符，表示讀音。形聲字。小篆、楷書沿襲金文。

【釋義】◎本義指弓發射的一種兵器：箭靶｜箭頭｜暗箭｜弓箭｜射箭　◇引申泛指像箭的：箭步｜箭竹

澗（涧）jiàn

澗（篆）澗（隸）（葉慧明碑）澗（楷）（顏真卿）

【析形】澗字小篆左旁是水，意符，表明字義與水有關；右旁是間，意符兼聲符，表示間隙，也表示讀音。會意兼聲字。隸變後，水字在字左側為偏旁時寫作“氵”。

【簡化】簡化字“涧”聲符外廓“门”的簡化見“門”字。

【釋義】夾在兩山間的水流：山澗｜溪澗

濺（溅）jiàn

濺（楷）（顏真卿）

【析形】濺字《說文》所無。繁體作“濺”。楷書簡體左旁是“氵”（水），意符，表明字義與水有關；右旁是“賤”字簡體，聲符，表示讀音。形聲字。

【簡化】楷書簡體“溅”聲符的簡化見“賤”字。

【釋義】液體受沖激向四處射出：飛濺｜噴濺

江 jiāng

江（金）江（篆）三工（隸）（馬王堆帛書）江（楷）（蘇孝慈墓誌）

【析形】江字金文右旁是水，意符，表明字義與水有關；左旁是工，聲符，表示讀音（江、工二字古音聲母相同，韻母同部）。形聲字。小篆意符“水”在左，聲符“工”在右。隸變後，水字在字左側為偏旁時寫作“氵”。

【釋義】◎本義指長江：江淮｜江南｜下江　◇引申泛指大河：江岸｜江畔｜江山

將（将）jiāng

【析形】見“將 jiàng”。

【釋義】◎本義指將帥，將領。音 jiàng。◇引申指下象棋時攻擊對方的將或帥：將軍　△音借表示①未來：將來　引申指快要：將近｜將要｜即將｜行將　②把，拿：將功贖罪｜恩將仇報；引申指順著：將錯就錯｜將計就計（以上引申義及音借義音 jiāng）

姜 jiāng

姜（甲）姜（金）姜（篆）姜（隸）（張君碑）姜（楷）（孫秋生造像）

【析形】姜字甲骨文下部是女，意符，遠古為母系氏族社會，姓氏字多以“女”為意符；上部是羊，聲符，表示讀音。形聲字。金文、小篆、隸、楷書均沿襲甲骨文。

【釋義】姓氏用字。

薑（姜）jiāng

薑（篆）薑（隸）（馬王堆帛書）薑（楷）（智永）

【析形】薑字小篆上部是艸，意符，表明字義與植物有關；下部是畺，聲符，表示讀音。形聲字。隸書省作“薑”。楷書沿襲隸書。

【簡化】簡化字是用同音合併的方法，以音同、筆畫較簡的“姜”代替筆畫較繁的“薑”，合併了薑、姜二字的意義。

【釋義】一種多年生草本植物，地下莖黃色，味辣，可作調味品：薑湯｜薑汁｜生薑

漿（浆）jiāng

漿（篆）漿（隸）（馬王堆帛書）漿（楷）（顏真卿）漿（草）（草書韻會）

【析形】漿字小篆右下是水，意符，表明字義與水有關；左旁與右上部合為“將”（省減），聲符，表示讀音。形聲字。隸書沿襲小篆。楷書聲符無省減。

【簡化】簡化字“浆”聲符是用保留特徵、局部刪除的方法，右旁保留了原字的輪廓，刪除了其餘部件；左旁根據草書楷化而成。

【釋義】◎本義指一種釀製的微帶酸味的

飲料。◇引申①泛指較濃的液體：漿果｜漿液｜豆漿｜灌漿｜酒漿｜泥漿｜糖漿｜血 xuè 漿｜岩漿｜紙漿　②用米湯或粉漿浸紗、布、衣物等：漿洗｜漿衣｜上漿

僵〔殭〕jiāng

僵篆 僵楷(顏真卿)

【析形】僵字小篆左旁是人，意符，表明字義與人有關；右旁是畺，聲符，表示讀音。形聲字。隸變後，人字在字左側為偏旁時寫作"亻"。異體字以"歹"(甲骨文像屍骸殘骨形) 為意符。

【釋義】◎本義指仆倒。◇引申①僵硬，不靈活：僵化｜僵屍｜僵死｜僵臥｜僵直｜凍僵　②雙方相持不決(此義不作"殭")：僵持｜僵局

疆 jiāng

疆甲 畕金 繮金 繮金 畕篆 繮篆

疆隸(華山碑) 疆楷(顏真卿)

【析形】疆字甲骨文左旁是弓，右旁上下二"田"，均為意符，古人以弓丈量田地，取意田界。會意字。金文形一在二"田"之間加短線，疆界之意更顯；形二沿襲甲骨文。"疆"字用作強弱之"強"義後，金文形三在"弓"下增"土"為意符，表示疆土。小篆形一沿襲金文形一，形二及隸、楷書均沿襲金文形三。

【釋義】◎本義指邊界：疆界｜疆土｜疆域｜邊疆　◇引申指止境：萬壽無疆

繮(繮)〔韁〕jiāng

繮甲 繮篆 繮楷(顏真卿)

【析形】繮字甲骨文左旁像一隻手，右旁像繩索，均為意符，以手牽繩表示拴馬繩。會意字。小篆左旁是糸，意符，表明字義與繩索有關；右旁是畺，聲符，表示讀音。形聲字。異體字以"革"為意符，表明材質。

【簡化】楷書簡體"繮"的意符"纟"根據草書楷化而成。

【釋義】◎本義指拴馬的繩子。◇引申泛指拴牲口的繩子：信馬由繮

講(讲) jiǎng

講篆 講隸(辟雍碑) 講楷(張猛龍碑)

【析形】講字小篆左旁是言，意符，表明字義與言語有關；右旁是冓，意符兼聲符，本指兩相交接，取意講和，也表示讀音。會意兼聲字。隸書沿襲小篆。

【簡化】簡化字"讲"的意符"讠"根據草書楷化而成；右旁是用保留特徵、局部刪除的方法，保留了與原字輪廓近似的"井"，刪除了其餘筆畫。

【釋義】◎本義指和解。◇引申①說，談：講話｜講史｜講故事　②解釋：講法｜講稿｜講話｜講解｜講理｜講評｜講授｜講述｜講壇｜講題｜講學｜講演｜講義｜講座｜宣講｜演講｜主講　③商議：講和｜講價｜講情　④講求，注重：講究｜講團結｜講衛生

奬(奖) jiǎng

奬篆 奬楷(顏真卿) 奬草(孫過庭)

【析形】奬字小篆右下部是犬，意符，表明字義與狗有關；左旁與右上部合為"將"(省減)，聲符，表示讀音。形聲字。楷書意符"犬"訛作"大"；聲符無省減。

【簡化】簡化字"奖"聲符的簡化是用保留特徵、局部刪除的方法，保留右旁輪廓"夕"，刪除了其餘部件；左旁根據草書楷化而成。

【釋義】◎本義指撮口發聲促狗猛進。《說文》："奬，嗾犬厲之也。"◇引申①鼓勵，勉勵：奬懲｜奬勵｜奬賞｜奬掖｜褒奬｜嘉奬｜誇奬｜評奬　②鼓勵、勉勵所給予的榮譽或物品：奬盃｜奬金｜奬品｜奬狀｜頒奬｜發奬｜領奬

槳(桨) jiǎng

槳楷(蘇軾) 槳草(草書韻會) 槳楷(顏真卿)

【析形】槳字《說文》所無。楷書繁體作"槳"。下部是木，意符，表明材質；上部是"將"字繁體，聲符，表示讀音。形聲字。

【簡化】楷書簡體"桨"聲符的簡化見"奖"字。

【釋義】本義指划船的工具：船槳｜搖槳

J

蔣 (蒋) jiǎng

蔣篆 蔣楷 (顏真卿)

【析形】蔣字小篆上部是"艸",意符,表明字義與植物有關;下部是將,聲符,表示讀音。形聲字。楷書沿襲小篆。

【簡化】簡化字"蒋"聲符的簡化見"獎"字。

【釋義】①植物名,即菰。②姓氏用字。

匠 jiàng

匠篆 匠楷 (顏真卿)

【析形】匠字小篆外廓是匚,像一方形盛物器;內中是斤,本義指斧頭,代表工具,均為意符,表示用工具製作器物。會意字。楷書沿襲小篆。

【釋義】◎本義指木工。◇引申①有專門技術的工人:匠人│工匠│花匠│木匠│皮匠│鞋匠 ②在某方面有突出成就的人:巨匠│宗匠 ③工巧:獨具匠心

降 jiàng

甲 金 篆 隸 (桐柏廟碑)
楷 (虞世南)

【析形】降字甲骨文左旁像山崖高地之形,隸作"阜",右旁像兩個趾頭朝下的腳印之形,隸作"夅",均為意符,取意從高處而下。會意字。金文沿襲甲骨文。小篆腳印形已訛變。隸變後,阜字在字左側為偏旁時寫作"阝"。

【釋義】◎本義指從高處而下。◇引申①到:降臨│降生 ②落下,與"陞"相對:降低│降落│降旗│降溫│降壓│沉降│空降│霜降 ③使落下:降耗│降級│降價│降職

虹 jiàng

【析形】見"虹hóng"。

【釋義】同"虹hóng",限於單用。

將 (将) jiàng

戰國文字 篆 隸 (郭泰碑)
楷 (顏真卿) 草 (虞世南) 楷 (陸柬之)

【析形】將帥之"將"字金文借音同的"醬"字表示(見"醬"字)。戰國文字右下是寸,本指手腕寸口處,引申指長度單位,意符,取意法度,引申表示掌握法度的人;左旁與右上部合為"醬"(省減了"酉"),聲符,表示讀音。形聲字。小篆、隸、楷書沿襲小篆。

【簡化】楷書簡體"将"根據草書楷化而成。

【釋義】◎本義指將帥,將領:將才│大將│幹將│良將│名將│宿將│武將│主將 ◇引申①統帥,指揮:將兵 ②手的中指、腳的大趾:將指

強 jiàng

【析形】見"強qiáng"。

【釋義】◎本義指弓硬。◇引申指強硬不屈,固執。音jiàng:強嘴│倔juéé 強│脾氣強

醬 (酱) jiàng

金 說文古文 篆 隸 (馬王堆帛書)
醬楷 (顏真卿) 草 (趙孟頫)

【析形】醬字金文右旁像一隻酒罐子,意符,表明字的初義與酒有關(製作肉醬時需以酒和之);左旁是爿,聲符,表示讀音。形聲字。說文古文沿襲金文。小篆右上部增"肉"為意符,表示字義與肉有關。隸書沿襲小篆。楷書聲符為"將"。

【簡化】簡化字"酱"聲符的簡化見"獎"字。

【釋義】◎本義指肉醬。◇引申指①用發酵後的豆、麥等做成的調味品:醬缸│醬油│豆瓣醬 ②泛指像醬的糊狀食品:果醬│麻醬│花生醬 ③用醬或醬油醃製:醬菜│醬瓜│醬肉

交 jiāo

甲 金 篆 隸 (王基碑) 交楷 (顏真卿)

【析形】交字甲骨文像人兩脛相交之形。象形字。金文、小篆沿襲甲骨文。隸書形體訛變。楷書沿襲隸書。

【釋義】◎本義指兩腿相交。◇引申①交叉:交錯│交點│交角│交融│交織 ②結

交，交往：交際|交友|邦交|締交|建交|社交|世交|至交|打交道 ③相接：交割|交接|交界|交替 又引申指託給，付給：交班|交差|交付|遞交|提交|轉交 ④生物交配：交媾|性交|雜交 ⑤互相，雙方：交兵|交鋒|交換|交火|交流|交談|交易 ⑥一齊：交集|交加|交困|交迫|交口稱譽

郊 jiāo

隸(曹全碑) 郊楷(顏真卿)
【析形】郊字小篆右旁是邑，意符，表明字義與城邑有關；左旁是交，聲符，表示讀音。形聲字。隸變後，邑字在字右側為偏旁時寫作"阝"。楷書沿襲隸書。
【釋義】◎本義為古代所稱國都城外百里以內的地方。◇引申指城市周圍的地區：郊區|郊外|郊野|郊遊|城郊|荒郊|近郊|市郊|遠郊

澆 (浇) jiāo

隸(辟雍碑) 澆楷(顏真卿)
草(草書韻辨)
【析形】澆字小篆左旁是水，意符，表明字義與水有關；右旁是堯，聲符，表示讀音。形聲字。隸變後，水字在字左側為偏旁時寫作"氵"。
【簡化】簡化字"浇"根據草書楷化而成。
【釋義】◎本義指灌溉：澆地|澆灌|澆水 ◇引申指①淋灑：澆糞|澆花 ②將液體注入模子：澆版|澆築|澆鑄|澆鉛字

嬌 (娇) jiāo

篆 娇楷(顏真卿)
【析形】嬌字小篆左旁是女，意符，女子多嬌姿，取意；右旁是喬，聲符，表示讀音。形聲字。
【簡化】楷書簡體"娇"的聲符是用符號代替的方法，下部以筆畫省簡的"丿"作為象徵性符號，替換了聲符下部筆畫繁複的部件。
【釋義】◎本義指美好、可愛：嬌媚|嬌嫩|嬌柔|嬌羞|嬌艷|嬌小玲瓏 ◇引申指①寵愛：嬌慣|嬌貴|嬌養|嬌縱|撒sā 嬌|嬌生慣養 ②怕苦，感情脆弱：嬌氣

驕 (骄) jiāo

金 驕篆 驕楷(石經孝經)
【析形】驕字金文是借音近的"喬"字表示。小篆左旁增"馬"為意符，表明字的初義與馬有關；右旁喬為聲符，表示讀音。楷書沿襲小篆。
【簡化】簡化字"骄"意符的簡化見"馬"字；聲符的簡化見"嬌"字。
【釋義】◎本義指馬高六尺。◇引申①馬健壯。②高傲，自高自大：驕傲|驕橫hèng|驕矜|驕慢|驕縱 ③猛烈：驕陽

膠 (胶) jiāo

篆 隸(馬王堆帛書) 胶楷(顏真卿)
【析形】膠字小篆左旁是肉，意符，表明字義與皮肉有關；右旁是翏，聲符，表示讀音。形聲字。隸書沿襲小篆。
【簡化】楷書簡體"胶"是用更換聲符的方法，以筆畫較簡的"交"為聲符，替換了筆畫繁複的"翏"。
【釋義】◎本義◎用動物的皮、角熬而製成的能黏合器物的物質。②人工合成的粘性物質：膠囊|膠水|阿ē 膠|骨膠|乳膠。③由樹木分泌出來的黏性物質：④特指橡膠：膠布|膠帶|膠皮 ◇引申①像膠一樣的東西：膠泥|膠漆 ②黏着，黏合：膠合|膠結|脫膠 ③塑膠：膠袋|膠盒|膠花|膠捲|膠片|膠繩

教 jiāo

【析形】見"教jiào"。
【釋義】◎本義指施教，教化。音jiào。◇引申指把知識和技能傳授給別人。音jiāo：教書|教學|教課|教音樂

椒 jiāo

隸(葉慧明碑)
【析形】椒字隸書左旁是木，意符，表明字義與植物有關；右旁是叔，聲符，表示讀音(椒、叔二字古音同韻部)。形聲字。

【釋義】本義①樹名，即花椒。芸香科，落葉灌木或小喬木：椒鹽 ②蔬菜名。某些果實或種子有刺激性味道的植物：番椒│胡椒│花椒│辣椒

焦 jiāo

【析形】焦字金文下部是火，意符，表明字義與火有關；上部是隹，聲符，表示讀音。形聲字。小篆沿襲金文。隸變後，火字在字下部為偏旁時分化出"灬"旁。

【釋義】◎本義指被火燒傷。◇引申①泛指物體受熱後失去水分，呈現黃黑色並發硬、變脆：焦脆│焦黑│焦枯│焦土 ②焦炭：焦化│焦煤│焦油│結焦│煉焦 ③乾燥：焦渴│唇焦 ④煩躁，着急：焦急│焦慮│焦躁│焦灼 △音借表示集中點：焦點│焦距│聚焦

蕉 jiāo

【析形】蕉字小篆上部是"艸"，意符，表明字義與植物有關；下部是焦，聲符，表示讀音。形聲字。楷書沿襲小篆。

【釋義】植物名，即芭蕉科植物的泛稱。也指某些有像芭蕉那樣的大葉子的植物：蕉麻│蕉藕│香蕉│美人蕉

礁 jiāo

【析形】礁字《説文》所無。楷書左旁是石，意符，表明字義與石有關；右旁是焦，聲符，表示讀音。形聲字。

【釋義】江河、海洋中距水面很近的岩石或由珊瑚蟲的遺骸堆積成的岩石狀物：礁石│暗礁│觸礁│環礁

嚼 jiáo

【析形】見"嚼jué"。

【釋義】同"嚼jué"。用牙齒磨碎食物。
音jiáo：細嚼慢嚥│咬文嚼字

角 jiǎo

【析形】角字甲骨文、金文均象獸角之形。象形字。小篆線條化，略失初形。隸書根據小篆轉寫而成。楷書沿襲隸書。

【釋義】◎本義指牛、羊、鹿等有蹄類動物頭部長出的堅硬突出物：角質│犄角│牛角 ◇引申①形狀像角的：八角│觸角│豆角│菱角 ②古代軍中吹的樂器（有以獸角製）：鼓角│號角 ③物體邊沿相接的地方：角樓│角落│角門│拐角│眼角│轉角 ④幾何學上稱自一點引兩條直線所形成的形狀：角度│對角│夾角│內角│銳角│三角│視角│斜角│直角 ⑤星名，二十八宿之一。

狡 jiǎo

【析形】狡字小篆左旁是犬，意符，表明字的初義與狗有關；右旁是交，聲符，表示讀音。形聲字。隸變後，犬字在字左側為偏旁時寫作"犭"。

【釋義】◎本義指少壯的狗。△音借表示奸猾，狡詐：狡辯│狡猾│狡賴│狡兔三窟

餃 (饺) jiǎo

【析形】餃字《説文》所無。楷書左旁是食，意符，表明字義與食物有關；右旁是交，聲符，表示讀音。形聲字。

【簡化】簡化字"饺"的意符"饣"根據草書楷化而成。

【釋義】餃子，一種包餡的麵食品：水餃│蒸餃│煮餃

絞 (绞) jiǎo

【析形】絞字小篆左旁是糸，意符，表明字義與繩索等有關；右旁是交，意符兼聲符，表示繩索相交，也表示讀音。會意兼聲字。隸、楷書沿襲小篆。

【簡化】簡化字"绞"的意符"纟"根據草書

楷化而成。

【釋義】◎本義指用繩索吊死：絞架｜絞殺｜絞索｜絞刑　◇引申①扭結，擰：絞車｜絞刀｜絞盤｜絞痛　②費思考：絞盡腦汁

腳〔脚〕jiǎo

腳篆 脚楷(顏真卿)

【析形】腳字小篆左旁是肉，意符，表明字義與身體的某部分有關；右旁是卻，聲符，表示讀音。形聲字。古文肉、月二字形近，隸變後，兩個字作偏旁時多同化寫作"月"。楷書聲符為"却"。內地採用"脚"字。

【釋義】◎本義指人和動物的行走器官：腳步｜腳部｜腳印｜腳趾　◇引申①物體的最下部：腳燈｜註腳｜地腳｜山腳　②作為依據的：腳本　③剩餘的東西：泔腳｜下腳　④舊也指跟體力搬運有關的：腳夫｜腳錢｜趕腳｜拉腳｜水腳

攪(攪) jiǎo

攪篆 攪楷(顏真卿)

【析形】攪字小篆左旁是手，意符，表明字義與手的動作有關；右旁是覺，聲符，表示讀音。形聲字。隸、楷書沿襲小篆。隸變後，手字在字左側為偏旁時寫作"扌"。

【簡化】楷書簡體"攪"聲符的簡化見"覺jué"字。

【釋義】擾亂，打攪：攪渾｜攪亂｜攪擾｜打攪｜胡攪蠻纏　◇引申指攪拌：攪動｜攪翻｜攪混

繳(繳) jiǎo

繳篆 繳楷(顏真卿) 繳行(陸柬之)

【析形】繳字小篆下部是糸，意符，表明字義與絲繩有關；上部是敫，聲符，表示讀音(繳、敫二字古音同韻部)。形聲字。楷書寫作左右結構。

【簡化】楷書簡體"繳"的意符"纟"根據草書楷化而成。

【釋義】◎本義指繫在箭上的絲繩。△音借表示交納：繳付｜繳款｜繳納｜上繳　◇引

申指迫使交出：繳獲｜繳械｜收繳

僥(僥) jiǎo

【析形】見"僥yáo"。

【釋義】◎本義見"僥yáo"。△音借合成〔僥jiǎo 倖〕指偶然得到成功或免去不幸。

矯(矯) jiǎo

矯篆 矯隸(郭有道碑) 矯楷(顏真卿)

【析形】矯字小篆左旁是矢，意符，表明字的初義與箭有關；右旁是喬，聲符，表示讀音。形聲字。隸、楷書沿襲小篆。

【簡化】簡化字"矯"聲符的簡化見"嬌"字。

【釋義】◎本義指古代一種把彎曲的箭桿弄直的箝子。◇引申①糾正，把彎曲的弄直：矯形｜矯正｜矯枉過正　②假託，言行是故意的：矯情｜矯飾｜矯揉造作　③強，強壯：矯健｜矯捷

剿〔勦〕jiǎo

剿篆 剿楷(顏真卿)

【析形】剿字《說文》所無。表示討伐義的"剿"字古籍是借音近義通的"勦"字表示。勦字小篆右旁是力，意符，表明字義與力量有關；左旁是巢，聲符，表示讀音。形聲字。楷書意符為"刂"(刀)。內地採用"剿"字。

【釋義】◎本義指討伐，殺：剿除｜剿匪｜剿滅｜圍剿

叫 jiào

叫篆 叫隸(隸辨) 叫楷(顏真卿)

【析形】叫字小篆左旁是口，意符，表明字義與口的行為有關；右旁是"丩"，聲符，表示讀音(叫、丩二字古音韻部相近)。形聲字。隸、楷書沿襲小篆。

【釋義】◎本義指呼喊：叫喊｜叫賣｜叫屈｜叫囂　◇引申①稱為，(名稱)是：叫做　②呼喚：叫門｜叫他來　③動物發出的聲音：狗叫｜吼叫｜嘶叫　④使，令：叫人高興　⑤表示被：叫蛇咬傷了｜叫他罵了一頓

J

覺 (觉) jiào

【析形】見"覺 jué"。

【釋義】◎本義指醒悟。音 jué。◇引申指睡醒。古漢語"睡"與"覺"是反義詞，成為合成詞"睡覺"，音 jiào。在現代漢語中是偏義詞，只表示睡眠義，"醒"義已廢：睏覺|睡覺|午覺

教 jiào

教楷 (顏真卿)

【析形】教字甲骨文左下是子，右旁像手持棒形，隸作"攵"，意符，以執鞭教子表示施教之意；左上部是爻，聲符，表示讀音。形聲字。金文、小篆沿襲甲骨文。隸書聲符訛變。楷書沿襲隸書。

【釋義】◎本義指施教，教化：教官|教誨|教師|教授|教學|教育|管教|説教|宣教　◇引申指宗教：教規|教堂|教徒|傳教|佛教|信教|主教

校 jiào

校楷 (元倪墓誌)

【析形】校字小篆左旁是木，意符，表明材質；右旁是交，聲符，表示讀音。形聲字。隸、楷書沿襲小篆。

【釋義】◎本義指古代拘囚犯用的枷械。△音借表示比較，較量：校場　◇引申指訂正：校訂|校對|校改|校勘|校正

轎 (轿) jiào

轎楷 (顏真卿)

【析形】轎字《説文》所無。楷書左旁是"車"，意符，表明字義與車有關；右旁是"喬"，聲符，表示讀音。形聲字。

【簡化】簡化字"轿"意符的簡化見"車"字；聲符的簡化見"嬌"字。

【釋義】◎本義指古代行山用的一種輕便小車。後指轎子，由人抬着走的交通工具：轎夫|彩轎|花轎|山轎|馱轎　◇引申泛指供人乘坐的汽車：轎車

較 (较) jiào

較楷 (顏真卿)

較草 (趙孟頫)

【析形】較字金文左旁是車，意符，表明字的初義與車有關；右上部是爻，聲符，表示讀音。形聲字。小篆寫作左右結構。隸書聲符為"交"。楷書沿襲隸書。

【簡化】簡化字"较"的意符"车"根據草書楷化而成。

【釋義】◎本義指古代車箱兩旁板上的橫木。古代士大夫以上的車乘，車較上飾有銅曲鈎，用作憑倚，又可作裝飾，觀車較可知尊卑。◇引申表示計較，比較：較場|較勁|較量|斤斤計較

嚼 jiào

【析形】見"嚼 jué"。

【釋義】◎本義指用牙齒磨碎食物。音 jué。◇引申作反芻的通稱。音 jiào：倒 dǎo 嚼 (又作"倒噍")

窖 jiào

窖楷 (顏真卿)

【析形】窖字小篆上部是穴，意符，表明字義與洞穴有關；下部是告，聲符，表示讀音 (窖、告二字古音聲母相同，韻母同部)。形聲字。楷書沿襲小篆。

【釋義】◎本義指藏物的地穴：菜窖|冰窖|地窖　◇引申指把東西藏在窖裏：窖冰

酵 jiào

酵篆 (顏真卿)

【析形】酵字《説文》所無。楷書左旁是酉，古文像一隻酒罎子，意符，表明字義與酒有關；右旁是孝，聲符，表示讀音。形聲字。

【釋義】◎本義指酒母。◇引申指發酵：酵母|酵素|引酵

節 (节) jiē

【析形】見"節 jié"。

【釋義】◎本義指竹節。音 jié。◇引申①

木材上的節疤：節子 ②比喻能起決定作用的環節或時機：節骨眼兒（以上各引申義音 jiē）

階 (阶)〔堦〕jiē

醩篆 階隸(曹全碑) 階楷(智永) 阶楷(顏真卿)

【析形】階字小篆左旁是阜，義為土山，意符，表明字義與高的事物有關；右旁是皆，聲符，表示讀音。形聲字。隸變後，阜字在字左側為偏旁時寫作"阝"。楷書形一沿襲隸書。異體字以"土"為意符，表示土築。

【簡化】楷書簡體"阶"是用更換聲符的方法，以筆畫較簡的"介"為聲符，替換了筆畫較繁複的"皆"。

【釋義】◎本義指由下而上逐次高起的台級：階除|階段|階梯|階下囚 ◇引申指等級，階級：階層|官階|軍階

皆 jiē

皆金 皆篆 皆隸(史晨碑) 皆楷(顏真卿)

【析形】皆字金文上部是从，像兩人相隨之形，取意"都"、"俱"；下部是甘，表意未明。小篆上部訛作"比"，下部訛作"白"。隸書把"甘"訛作"曰"。楷書沿襲小篆。

【釋義】都，都是：皆大歡喜|比比皆是|盡人皆知|全民皆兵|啼笑皆非|有口皆碑

結 (结) jiē

【析形】見"結 jié"。

【釋義】◎本義指用繩打結。音 jié。◇引申指植物長果實。音 jiē：開花結果

接 jiē

接篆 接隸(馬王堆帛書) 接楷(歐陽詢)

【析形】接字小篆左旁是手，意符，表明字義與手的動作有關；右旁是妾，聲符，表示讀音。形聲字。隸變後，手字在字左側為偏旁時寫作"扌"。

【釋義】◎本義為交接，接替：接班|接力|接任|接手 ◇引申①收，受：接待|接見|接納|接生|接受|接種|承接 ②接觸：接點|接火|接近|接洽|短兵相接 ③連接，靠近：接合|接軌|接界|接境|接壤|接頭|銜接|衔接|直接 ④繼續，連續：接踵|接二連三|再接再厲 ⑤迎：接風|迎接

揭 jiē

揭篆 揭楷(顏真卿)

【析形】揭字小篆左旁是手，意符，表明字義與手的動作有關；右旁是曷，聲符，表示讀音。形聲字。隸變後，手字在字左側為偏旁時寫作"扌"。

【釋義】◎本義指高舉：揭竿而起 ◇引申①把覆蓋的東西或黏着的東西掀起：揭幕|揭貼 tiē ②使隱藏的東西顯露：揭穿|揭底|揭短|揭發|揭開|揭露|揭破|揭示|揭曉|昭然若揭

街 jiē

街篆 街楷(虞世南)

【析形】街字小篆外廓是"行"（甲骨文像四通八達的道路形），意符，表明字義與道路有關；中間是圭，聲符，表示讀音（街、圭二字古音聲母相同，韻母同部）。形聲字。楷書沿襲小篆。

【釋義】街道，街市：街燈|街口|街門|街舞|大街小巷

秸〔稭〕jiē

秸篆 秸楷(顏真卿)

【析形】秸字小篆左旁是禾，意符，表明字義與穀類植物有關；右旁是皆，聲符，表示讀音。形聲字。楷書"秸"是用更換聲符的方法，以筆畫較簡的"吉"為聲符，替換了筆畫較繁複的"皆"。

【釋義】指農作物脫粒後剩下的莖：豆秸|麻秸|麥秸|秫秸

節 (节) jié

節金 節篆 節隸(華山神廟碑) 節楷(顏真卿) 節楷(褚遂良)

【析形】節字金文上部是竹，意符，表明字

義與竹子有關；下部是即，聲符，表示讀音（節、即二字古音聲母相同，韻母同部）。形聲字。小篆沿襲金文。隸書把"竹"寫作"艸"（隸書"竹"與"艸"作偏旁時常混用）。楷書形一意符仍為"竹"，形二沿襲隸書。

【簡化】簡化字"节"是用保留特徵、局部刪除的方法，在楷書形二的形體上，保留了聲符中的"卩"，刪除了其餘部件。

【釋義】◎本義指竹節，即竹子分枝長葉的地方。◇引申①泛指草、禾莖上長葉的部分或樹木枝幹交接處，又引申指動物骨骼連接處：骨節│關節 ②音調強弱緩急的限度：節律│節拍│節奏│音節 ③節制，儉省：節哀│節儉│節省│節約 ④操守：節操│變節│大節│品節│氣節 ⑤刪節：節本│節錄│節選 ⑥段落：章節│細節 ⑦禮度：禮節│繁文縟節 ⑧事項：節目│末節│情節│細節│小節 △音借表示節日，時令：節令│春節│燈節│季節│佳節

劫〔刧、刼〕jié

鿆篆 去刂（隸）（隸辨） 劫楷（顏真卿）

【析形】劫字小篆左旁是去，義為離去；右旁是力，均為意符，力阻逃離之人，取意威逼、強迫。會意字。隸書意符為"刂"（刀），成為"刧"字異體。楷書沿襲小篆。

【釋義】◎本義指威脅，威逼，強迫：劫持 ◇引申指①強取：劫奪│劫掠│劫打│盜劫│搶劫│洗劫 ②災難：劫數│浩劫│遭劫│在劫難逃

傑〔杰〕jié

傑篆 傑隸（隸辨）

【析形】傑字小篆左旁是人，意符，表明字義與人有關；右旁是桀，聲符，表示讀音。形聲字。隸變後，人字在字左側為偏旁時寫作"亻"。

【簡化】用同音合併的方法，以音同、筆畫較簡的"杰"（人名用字）代替了筆畫繁複的"傑"，合併了傑、杰二字的意義。

【釋義】◎本義指才智超群的人：豪傑│俊傑│人傑│英傑 ◇引申指特異的，出色的：傑出│傑作

潔〔洁〕jié

潔篆 潔楷（歐陽詢） 洁楷（顏真卿）

【析形】潔字小篆左旁是水，意符，以水洗使淨取意乾淨；右旁是絜，聲符，表示讀音。形聲字。隸變後，水字在字左側為偏旁時寫作"氵"。楷書形一沿襲小篆。

【簡化】楷書簡體"洁"是用更換聲符的方法，以筆畫較簡的"吉"為聲符，替換了筆畫繁複的"絜"。

【釋義】乾淨：潔白│潔淨│潔癖│純潔│高潔│光潔│皎潔│清潔│聖潔│整潔

結〔结〕jié

結篆 结隸（馬王堆帛書） 結楷（顏真卿）

【析形】結字小篆左旁是糸，意符，表明字義與絲麻有關；右旁是吉，聲符，表示讀音。形聲字。隸書沿襲小篆。

【簡化】楷書簡體"结"的意符"纟"根據草書楷化而成。

【釋義】◎本義指用繩打個鈕：結繩 ◇引申①繩子打成的鈕：打結│活結│死結 ②結交，締結，組結：結拜│結伴│結社│交結 ③結束，了結：結案│結存│結果│結局│結論│結算│結賬│終結 ④凝固，聚合：結冰│結晶│膠結│凝結

捷 jié

戜金 捷篆 捷楷（顏真卿）

【析形】捷字金文右旁是戈，意符，表明字義與兵器有關；左旁上部是"屮"，下部是邑，取意未明。小篆左旁是手，意符，表明字義與手的動作有關；右旁是疌，聲符，表示讀音。形聲字。隸變後，手字在字左側為偏旁時寫作"扌"。

【釋義】◎本義指獵獲物或戰利品。◇引申①軍隊打勝仗：報捷│大捷│告捷│祝捷│奏捷 ②表示快：捷徑│簡捷│敏捷│輕捷│迅捷│捷足先登

截 jié

截篆 截楷（顏真卿）

【析形】截字小篆右旁是戈，古代一種

兵器，意符，代表器具；左旁是雀，聲符，表示讀音。形聲字。楷書聲符訛作"隹"，意符訛作"戈"。

【釋義】◎本義指斷，割斷：截斷｜截面｜截取｜截然｜截肢｜斬釘截鐵　◇引申①到一定期限停止：截稿｜截止｜截至 ②阻攔：截獲｜截擊｜截留｜攔截 ③量詞：截癱｜半截樹樁｜一截木頭

竭 jié

稱篆 竭楷(顏真卿)

【析形】竭字小篆左旁是立，意符，以立起取意承載；右旁是曷，聲符，表示讀音(竭、曷二字古音同韻部)。形聲字。楷書沿襲小篆。

【釋義】◎本義指承載，負擔。◇引申①盡：竭誠｜竭盡｜竭力｜耗竭｜疲竭｜衰竭 ②乾涸：枯竭｜山崩川竭

姐 jiě

稱篆 姐楷(顏真卿)

【析形】姐字小篆左旁是女，意符，表明字義與女子有關；右旁是且，聲符，表示讀音。形聲字。楷書沿襲小篆。

【釋義】◎本義①古代蜀地稱母親為姐。②又指同父母生而年紀比自己大的女子：姐姐｜姐夫｜姐妹 ③同輩而年紀比自己大的女子：姐姐｜表姐｜大姐｜姨姐　◇引申泛稱女子：空姐｜姐妹

解 jiě

甲金解篆 角牛隸(禮器碑)

解楷(顏真卿)

【析形】解字甲骨文下部是牛，上部中間是角，表示牛角，兩旁像兩隻手起取牛角，均為意符，取意分割。會意字。金文沿襲甲骨文。小篆左旁是角，右上是刀，右下是牛，取意與甲、金文同。隸、楷書沿襲小篆。

【釋義】◎本義指分割，剖開：解剖｜分解｜肢解　◇引申①分開：解凍｜解散｜融解｜溶解｜水解 ②把束縛着的東西打開：解放｜解救｜解脫｜解圍 ③分裂，渙散：

解體｜瓦解 ④消除，去掉：解除｜解僱｜解恨｜解渴｜解困｜解悶｜解約 又引申指排泄(大小便)：解手｜小解 ⑤分析，說明：解答｜解讀｜解碼｜解密｜解釋｜解說｜辯解｜講解｜曲解｜圖解｜註解 ⑥明瞭：理解｜費解｜諒解 ⑦代數方程式中未知數的值。

介 jiè

介甲介金介篆 介楷(顏真卿)

【析形】介字甲骨文中間像側立之人形，兩旁像人身着鎧甲。象形字。金文、小篆沿襲甲骨文。楷書側立人形寫作"人"，在上部。

【釋義】◎本義指古代軍人身着的護身鎧甲：介胄　◇引申①甲殼：介蟲｜介殼 ②在兩者中間：介詞｜介入｜介紹｜介音｜介質｜婚介｜媒介　△音借表示①耿直：耿介｜狷介 ②量詞(義同"個")：一介書生 ③放在心上：介意

戒 jiè

戒甲戒金戒篆 萧隸(馬王堆帛書)

戒楷(顏真卿)

【析形】戒字甲骨文上部是戈，古代兵器，下部像兩隻手，均為意符，以手持兵器取意警戒、防備。會意字。金文、小篆沿襲甲骨文。隸書雙手之形隸作"廾"。楷書沿襲隸書。

【釋義】◎本義指防備，警戒：戒備｜戒心｜戒嚴｜力戒　◇引申①警告，勸告：戒尺｜懲戒｜勸戒 ②革除嗜好：戒除｜戒酒｜戒煙 ③禁止某些行為的規定，宗教中約束教徒的教規：戒規｜戒律｜戒指｜犯戒｜開戒｜禁戒｜受戒

屆 〔届〕jiè

屆篆 屆楷(顏真卿)

【析形】屆字小篆上部是尸(甲骨文、金文像人彎身屈膝之形)，意符，取意活動不便；下部是由，聲符，表示讀音。形聲字。楷書聲符訛作"由"，失去表音作用。內地採用"届"字。

【釋義】◎本義指行走不便。△音借表示

J

①至，到：屆滿｜屆期｜屆時　②量詞，表示次，期：歷屆｜上屆｜首屆｜應 yīng 屆

界 jiè

界 篆　界（居延簡）　界 楷（顏真卿）

【析形】界字小篆左旁是田，意符，表明字義與田地有關；右旁是介，聲符，表示讀音。形聲字。隸書寫作上下結構。楷書沿襲隸書。

【釋義】◎本義指地界，界限：界碑｜界河｜界面｜界石｜界線｜邊界｜出界｜分界｜國界｜劃界｜疆界｜交界｜境界｜臨界　◇引申指一定的範圍：界別｜界說｜各界｜商界｜上界｜世界｜外界｜學界｜眼界｜政界

借 jiè

借 篆　借 楷（顏真卿）

【析形】借字小篆左旁是人，意符，表明字義與人的活動有關；右旁是昔，聲符，表示讀音（借、昔二字古音同韻部）。形聲字。隸變後，人字在字左側為偏旁時寫作"亻"。

【釋義】◎本義指暫時使用他人的財物或暫時把自己的財物等給別人使用：借代｜借貸｜借火｜借款｜借宿｜借用｜借債｜借支｜典借｜租借　◇引申①依靠，憑藉，利用：借鑒｜借助｜借刀殺人｜借風使舵　②假託：借故｜借口｜借喻｜借古諷今｜借題發揮　③作敬辭，客套話：借光｜借問

解 jiè

【析形】見"解 jiě"。

【釋義】◎本義指分割，剖開。◇引申指押送（財物或犯人）。音 jiè：解送｜遞解｜起解｜押解

芥 jiè

芥 篆　芥 楷（顏真卿）

【析形】芥字小篆上部是"艸"，意符，表明字義與植物有關；下部是介，聲符，表示讀音。形聲字。楷書沿襲小篆。

【釋義】◎本義①蔬菜名。芥菜。一年或二年生草本植物，開黃花，莖葉及根塊可吃，種子如粟粒，味辛辣，研成粉末可調味或入藥。②小草。種子極小。◇引申指輕微纖細的事物：芥蒂｜草芥｜塵芥｜纖 xiān 芥

誡（诫）jiè

誡 篆　誡 楷（顏真卿）

【析形】誡字小篆左旁是言，意符，表明字義與言語有關；右旁是戒，聲符，表示讀音。形聲字。隸書沿襲小篆。

【簡化】簡化字"诫"的意符"讠"根據草書楷化而成。

【釋義】告誡，規勸：告誡｜勸誡｜訓誡

巾 jīn

巾 甲　巾 金　巾 篆　巾 隸（馬王堆帛書）
巾 楷（敬使君碑）

【析形】巾字甲骨文像一塊布巾的形狀。象形字。金文、小篆、隸書、楷書均沿襲甲骨文。

【釋義】用來擦拭、覆蓋或包裹東西的紡織品：餐巾｜毛巾｜手巾｜圍巾｜浴巾｜枕巾

斤 jīn

斤 甲　斤 金　斤 篆（居延簡）　斤 楷（顏真卿）

【析形】斤字甲骨文像古代砍物工具的形狀。象形字。金文、小篆形體已訛變。隸、楷書筆畫化，更失初形。

【釋義】◎本義指古代砍伐樹木的工具：斧斤　△音借表示市制重量單位：斤兩｜公斤｜市斤

今 jīn

今 甲　今 金　今 篆　今 隸（華山神廟碑）
今 楷（敬使君碑）

【析形】今字甲骨文上部像朝下張開的口，下部的"一"像口有所含。指事字。金文沿襲甲骨文。小篆形體略變。隸、楷書沿襲小篆。

【釋義】◎本義當指口有所含。△音借指現在，當前的：今後｜今年｜今日｜今生｜今天｜今晚｜今夕｜今朝｜古今｜迄今｜至今　◇引

申①指示代詞，表示此，這：今次 | 今番 ②現代，與"古"、"昔"相對：今昔 | 古今 | 古往今來 | 古為今用 | 博古通今 | 厚古薄今

金 jīn

金(金文) 金(篆) 金(隸)（泰山金剛經）

金(楷)（張猛龍碑）

【析形】金字金文上部像古代熔金的鑄器形，兩旁的小點像流注的溶液。象形字。小篆、隸、楷書沿襲金文。

【釋義】◎本義指銅。◇引申①泛指金屬的總名，通常指金、銀、銅、鐵、錫等：金石 | 金文 | 白金 | 描金 | 冶金 ②古代以銅製幣，故引申指錢：金幣 | 金庫 | 金錢 | 金融 | 獎金 | 美金 | 租金 ③通指黃金或金子，金屬元素，符號 Au。赤黃色，是一種貴重金屬，常以粒狀存於砂礫和岩石中，質柔軟，延展性強，化學性質穩定，不溶於酸和鹼。多用來製造貨幣、裝飾器物等，在工業上也有一定的用途：金礦 | 金條 | 金牌 | 金質 | 金磚 | 純金 | 鍍金 | 足金 ④比喻尊貴，貴重：金榜 | 金卡 | 金科玉律 | 金玉良言 ⑤深受歡迎的：金曲 | 金唱片 ⑥像金子的顏色：金髮 | 金紅 | 金橘 | 金星 | 金碧輝煌

津 jīn

津(金文) 津(篆) 津(楷)（褚遂良）

【析形】津字金文上部是淮，古代水名（今淮河），下部是舟，均為意符，表示渡口。會意字。小篆左旁是水，意符，表明字義與水有關；右旁是"聿"，聲符，表示讀音。形聲字。楷書聲符訛作"聿"。隸變後，水字在字左側為偏旁時寫作"氵"。

【釋義】◎本義指渡口：津渡 | 迷津 | 問津 | 要津 △音借表示①唾液，汗：津液 | 生津 ②天津市的簡稱。

筋 jīn

筋(篆) 筋(隸)（簡牘） 筋(楷)（顏真卿）

【析形】筋字小篆上部是竹，竹條筋韌，取意韌性；左下是"肉"，作"月"筋附於肉，表明字義與筋肉有關；下部右旁是

力，均為意符，表示張力。會意字。隸、楷書沿襲小篆。古文肉、月二字形近，隸變後，兩個字作偏旁時多同化寫作"月"。

【釋義】◎本義①附在肌腱或骨頭上的韌帶：筋骨 | 筋腱 | 筋肉 | 蹄筋 ②又俗稱皮下可以看到的靜脈管：筋絡 | 筋脈 | 青筋 ◇引申指像筋的東西：鋼筋 | 橡皮筋

禁 jīn

【析形】見"禁jìn"。

【釋義】◎本義指占卜吉凶的忌諱，音jìn。△音借表示經受，耐：禁受 | 禁不住 | 禁得起 ◇引申指忍受：忍俊不禁（音借義及其引申義音jīn）

襟 jīn

襟(金文) 襟(篆) 襟(楷)（顏真卿）

【析形】襟字金文外廓是衣，意符，表明字義與衣服有關；內中是金，聲符，表示讀音。形聲字。小篆寫作左右結構。楷書聲符為"禁"。

【釋義】◎本義指古代衣服的交領。◇引申①衣的前幅，即衣服胸前的部分：大襟 | 對襟 | 前襟 | 衣襟 ②心胸：襟懷 | 胸襟 ③連襟，即兩婿相稱：襟弟 | 襟兄

僅（仅） jǐn

僅(篆) 僅(楷)（顏真卿）

【析形】僅字小篆左旁是人，意符，表明字義與人有關；右旁是堇，聲符，表示讀音。形聲字。隸變後，人字在字左側為偏旁時寫作"亻"。

【簡化】簡化字"仅"是用符號代替的方法，以筆畫較簡的"又"作為象徵性符號，替換了筆畫繁複的"堇"。

【釋義】◎本義指才能。△音借表示只：僅僅 | 僅見 | 絕無僅有

儘（尽） jǐn

儘(楷)（顏真卿）

【析形】儘字本作"盡"。見"盡"（jìn）字。宋代漸通行作"儘"。左旁是"亻"（人），意符，表明字義與人的活動有關；右旁是盡，意符兼聲符，取其完、極之義，也表

示讀音。會意兼聲字。

【簡化】簡化字是用同音合併的方法，以音近、筆畫較簡的"盡"字的簡化字"尽"代替筆畫繁複的"儘"，合併了儘、盡二字的意義。

【釋義】◎本義見"盡jìn"。◇引申①極，最：儘底下｜儘前頭｜儘上邊 ②力求達到最大限度：儘快｜儘量｜儘早 ③放在最先：儘讓｜儘先 ④總是：全身儘是泥（以上各引申義音jǐn。）

緊 (紧) jǐn

緊篆 𦇚隸(馬王堆帛書) 紧草(王羲之) 緊楷(顏真卿)

【析形】緊字小篆上部是臤，義為堅固，下部是"絲"字的省減，均為意符，取意拉緊絲弦。會意字。隸書沿襲小篆。

【簡化】楷書簡體"紧"根據草書楷化而成。

【釋義】◎本義指絲弦受拉力而呈現緊張狀態。◇引申①泛指緊張，急迫：緊逼｜緊促｜緊急｜緊迫｜要緊 ②物體受壓力或拉力後的狀態，與"鬆"相對：緊繃｜緊緊｜抓緊 ③使緊：緊縮｜加緊｜勒緊｜收緊 ④很接近，空隙小：緊湊｜緊密｜緊身兒 ⑤不寬裕：緊張｜吃緊｜手緊｜緊巴巴

錦 (锦) jǐn

錦篆 錦隸(馬王堆帛書) 錦楷(張猛龍碑)

【析形】錦字小篆右旁是帛，意符，表明字義與絲帛有關；左旁是金，聲符，表示讀音。形聲字。隸、楷書沿襲小篆。

【簡化】簡化字"锦"的聲符"钅"根據草書楷化而成。

【釋義】◎本義指有彩色花紋圖案的絲織品：錦緞｜錦旗｜錦繡｜織錦 ◇引申指色彩華麗鮮明：錦標｜錦雞｜錦繡河山｜如花似錦

謹 (谨) jǐn

謹篆 謹隸(樓蘭簡) 謹草(王獻之) 謹楷(顏真卿)

【析形】謹字小篆左旁是言，意符，以言

語謹慎取意慎重；右旁是堇，聲符，表示讀音。形聲字。隸書沿襲小篆。

【簡化】楷書簡體"谨"的意符"讠"根據草書楷化而成。

【釋義】◎本義指小心慎重：謹防｜謹慎｜謹嚴｜拘謹｜謹小慎微 ◇引申指恭敬，鄭重：恭謹｜謹表謝意

盡 (尽) jìn

盡甲 盡金 盡篆 盡隸(朝侯殘碑) 盡楷(顏真卿) 尽草(米芾) 尽楷(顏真卿)

【析形】盡字甲骨文下部是一隻器皿，上部像一隻手用洗滌刷清洗器皿，均為意符，以食盡表示器皿中空。會意字。金文沿襲甲骨文。小篆把洗滌刷的下部訛作"火"。隸變後，"火"字為偏旁時分化出"灬"旁。楷書沿襲隸書。

【簡化】楷書簡體"尽"根據草書楷化而成。簡化字沿用楷書簡體。

【釋義】◎本義指器物中空。◇引申①完：殆盡｜耗盡｜用盡 ②死：自盡｜同歸於盡 ③全部用出，用力完成：盡力｜盡心｜盡職｜盡忠｜竭盡 ④都，所有的：詳盡｜盡人皆知｜盡如人意｜前功盡棄 ⑤達到極端：盡情｜盡興｜窮盡｜盡善盡美｜淋漓盡致｜山窮水盡

進 (进) jìn

進甲 進金 進篆 進隸(桐柏廟碑) 進楷(褚遂良) 进楷(顏真卿)

【析形】進字甲骨文上部是隹，本義指一種短尾鳥，意符，以鳥奮飛取意前進，也兼表示讀音；下部是"止"(甲骨文像足印形"趾"字初文)，亦為意符，表明字義與行進有關。會意兼聲字。金文左旁增"彳"(像道路形)為意符，表明字義與道路有關。小篆把"彳"、"止"兩個偏旁合篆作"辵"。隸變後，"辵"字為偏旁時寫作"辶"。

【簡化】楷書簡體"进"是用更換聲符的方法，以筆畫較簡的"井"為聲符，替換了筆畫較繁複的"隹"，失去了表意作用，成為形聲字。

【釋義】◎本義指向前，向上移動，與"退"相對：進逼｜進兵｜進步｜進程｜進發｜進取｜進行｜進修｜進展｜奮進｜改進｜推進｜躍進　◇引申①往裏面去，與"出"相對：進來｜進去｜引進｜鑽進　②呈上：進奉｜進貢｜進言　③收入，買入：進貨｜進口｜進款｜進項｜買進

近 jìn

訴篆　近隸(曹全碑)　近楷(王羲之)

【析形】近字小篆左旁是辵，意符，表明字義與行止有關；右旁是斤，聲符，表示讀音。形聲字。隸變後，辵字為偏旁時寫作"辶"。

【釋義】◎本義指附近，不遠，即空間或時間距離短，與"遠"相對：近程｜近代｜近海｜近郊｜近況｜近鄰｜近照｜臨近｜迫近｜最近　◇引申①接近：近乎｜近似｜近情近理｜年近七十｜平易近人　②親密：近親｜親近｜套近乎　③淺顯：淺近｜言近旨遠

勁 (劲) jìn

【析形】見"勁jìng"。

【釋義】◎本義指強健，有力。音jìng。◇引申①力氣，力量：勁頭｜帶勁｜後勁｜使勁兒｜用勁　②精神，情緒：勁頭兒｜衝(chòng)勁兒｜闖勁｜幹勁｜起勁｜心勁　③趣味：老一套，真沒勁(以上引申義音jìn)

晉 (晋) jìn

晉甲　晉金　晉篆　晉隸(袁博碑)
晉楷(顏真卿)　晉草(李世民)

【析形】晉字甲骨文上部像兩支箭，下部是箭器，以箭入箭器取意插進。會意字。金文沿襲甲骨文。小篆把上部二"矢"訛作二"至"。隸書二"矢"盡失初形。楷書沿襲隸書。

【簡化】簡化字"晋"根據草書楷化而成。

【釋義】◎本義指插箭入箭器。◇引申表示進：晉級｜晉見｜晉升｜晉謁　△①周朝國名。今作山西省的別稱：晉劇　②朝代名：東晉｜後晉

禁 jìn

禁篆　禁隸(禮器碑)　禁楷(高貞碑)

【析形】禁字小篆下部是示，意符，表明字義與求神拜祭一類事有關(見"示"字)；上部是林，聲符，表示讀音(禁、林二字古音同韻部)。形聲字。隸、楷書沿襲小篆。

【釋義】◎本義指占卜吉凶的忌諱：禁忌　◇引申①舊時稱皇帝居住的地方：禁軍｜禁苑｜紫禁城　②制止，也指法律或習俗不允許的事項：禁地｜禁毒｜禁令｜禁品｜禁區｜禁書｜禁煙｜犯禁｜解禁　③拘押：禁閉｜禁錮｜監禁｜拘禁｜囚禁

浸 jìn

浸篆　浸隸(隸辨)　浸楷(虞世南)

【析形】浸字小篆左旁是水，意符，表明字義與水有關；右旁是"寢"字古文，聲符，表示讀音。形聲字。隸書聲符為"侵"字的省減。隸變後，水字在字左側為偏旁時寫作"氵"。

【釋義】◎本義①古水名。②泡，沾濕，使滲入：浸劑｜浸泡｜浸染｜浸潤｜浸透｜浸漬｜沉浸　◇引申表示逐漸：浸漸

斤 jìn

【析形】見"斤jīn"。

【釋義】見"斤jīn"。千斤("千斤jīn頂"的簡稱)。音jin。

莖 (茎) jīng

莖篆　莖草(王獻之)　莖楷(顏真卿)

【析形】莖字小篆上部是"艸"，意符，表明字義與植物有關；下部是巠，聲符，表示讀音。形聲字。

【簡化】楷書簡體"茎"根據草書楷化而成。

> "巠"字為偏旁的字類推簡化。例如：经、径、颈、痉、氢、轻等。

【釋義】植物的主幹。莖上部一般有葉、花和果實，下部與根相連接，有輸送與儲

存養料的作用。分為地上莖與地下莖兩
種：根莖｜花莖｜塊莖｜鱗莖｜球莖

京 jīng

京 甲　京 金　京 篆　京 隸(張遷碑)

京 楷(顏真卿)

【析形】京字甲骨文像高台上築亭樓之形。
象形字。金文沿襲甲骨文。小篆把下部訛
作"巾"。隸書又訛作"小"。楷書沿襲隸
書。
【釋義】◎本義指人工築成的高台亭
樓。◇引申①表示高。②古代君主居住的
宮殿，引申指國都：京城｜京都｜京官｜京
華｜京師 ③現特指中國首都北京：京劇｜
京腔｜京味｜京廣線

經 (经) jīng

經 金　經 篆　經 隸(華山神廟碑)

经 草(王羲之)　经 楷(顏真卿)

【析形】經字金文左旁是糸，意符，表明
字的初義與絲有關；右旁是巠，聲符，表
示讀音。形聲字。小篆、隸書沿襲金文。
【簡化】楷書簡體"经"根據草書楷化而成。
【釋義】◎本義指織絲。織布機上的縱線
稱經，橫線稱緯；經綸｜經紗 ◇引申①中
醫把人體氣血運行通路的主幹叫經：經
絡｜經脈 ②道路南北為經。借指地理學上
假定通過南北極與赤道成直角的線：經
度｜東經｜西經｜經緯度 ③通過，經歷：經
過｜經手｜經驗｜曾經 ④歷久不變的，正常
的：經常｜經費 又引申指月經：經期｜經
痛｜經血 ⑤經典，即作為思想、行動標準
的書：經籍｜經書｜經文 ⑥治理，管理：
經紀｜經理｜經營

驚 (惊) jīng

驚 篆　驚 隸(葉慧明碑)　驚 楷(石婉墓誌)

【析形】驚字小篆下部是馬，意符，表明
字義與馬有關；上部是敬，聲符，表示讀
音。形聲字。隸、楷書沿襲小篆。
【簡化】簡化字是用另造新字的方法，新
造了"惊"字。左旁是"忄"(心)，意符，
表明字義與心理活動有關；右旁是京，聲

符，表示讀音。形聲字。
【釋義】◎本義指馬受驚而不受控制、行
動失常。◇引申泛指由於突然來的刺激而
精神緊張：驚詫｜驚愕｜驚駭｜驚慌｜驚魂｜
驚恐｜驚奇｜驚險｜驚心

晶 jīng

晶 甲　晶 篆　晶 楷(顏真卿)

【析形】晶字甲骨文由三"日"組成，均為
意符，當是"星"字初文，取意光亮。會
意字。小篆、楷書沿襲甲骨文。
【釋義】◎本義指光亮：晶亮｜晶瑩｜亮晶
晶 ◇引申①晶體：冰晶｜黑晶｜結晶｜電晶
體｜單晶硅 ②水晶：茶晶｜墨晶

睛 jīng

睛 楷(顏真卿)

【析形】睛字《說文》所無。楷書左旁是
目，意符，表明字義與眼睛有關；右旁是
青，聲符，表示讀音。形聲字。
【釋義】眼珠，眼球：眼睛｜畫龍點睛｜目
不轉睛

精 jīng

精 篆　精 隸(孔彪碑)　精 楷(元珍墓誌)

【析形】精字小篆左旁是米，意符，表明
字的初義與米有關；右旁是青，聲符，表
示讀音。形聲字。隸、楷書沿襲小篆。
【釋義】◎本義指經選擇過的優質純淨
米。◇引申①經過提煉挑選的：精粹｜精
簡｜精煉｜麥精｜糖精｜香精 ②細，與"粗"
相對：精度｜精讀｜精密｜精確｜精細｜精雕
細刻 ③心細，機靈：精幹｜精悍｜精靈｜精
明 ④完好，最好：精彩｜精華｜精良｜精
美｜精品｜精巧｜精英｜精緻｜精裝 ⑤熟練，
專一：精深｜精通｜精微｜精湛 ⑥精液：精
子｜受精 ⑦精力，精神：精疲力竭｜精神
抖擻｜精神煥發｜聚精會神｜養精蓄銳 △音
借表示很，極：精光｜精瘦

荊 jīng

荊 金　荊 篆　荊 楷(顏真卿)

【析形】荊字金文借音近的"刑"字表示。小篆在字上部增"艸"為意符，表明字義與植物有關；下部"刑"為聲符，表示讀音。形聲字。隸變後，刀字在字右側為偏旁時寫作"刂"。

【釋義】①灌木名。又名楚。有刺，枝條柔韌，可用來編筐、籃等：荊棘｜荊條｜負荊請罪 ②植物名：紫荊

兢 jīng

兢篆 兢隸(隸辨)

【析形】兢字小篆下部是二"兄"，取意競逐；上部是丰，聲符，表示讀音。形聲字。隸書聲符訛變。

【釋義】◎本義指競賽，音jìng。◇引申①小心謹慎，認真負責：兢兢業業 ②形容因害怕而發抖：戰戰兢兢(以上引申義音jīng)

鯨(鯨) jīng

鯨篆 鯨隸(隸辨) 鯨楷(顏真卿)

【析形】鯨字小篆形一左旁是魚，意符，古人誤以為鯨是魚類，故以"魚"為意符；右旁是京，聲符，表示讀音。形聲字。隸、楷書沿襲小篆。

【簡化】簡化字"鯨"意符的簡化見"魚"字。

【釋義】生活在海洋中的哺乳動物，身體很大，形狀像魚，胎生，用肺呼吸。肉可吃，脂肪可以製油。俗稱鯨魚：鯨鰭｜鯨吞

井 jīng

井甲 井金 井金 井篆 井隸(王基碑) 井楷(歐陽詢)

【析形】井字甲骨文像一口井的形象，中間為井口，周邊有圍欄。象形字。金文形一沿襲甲骨文，形二中間加一點指示井口。小篆沿襲金文形二。隸、楷書沿襲甲骨文。

【釋義】◎本義指水井：活井｜枯井 ◇引申①形狀像水井的：井架｜井探｜井鹽｜礦井｜煤井｜天井｜油井 ②古制八家為一井，故引申指鄉里：鄉井｜背井離鄉 ③形容像井

架橫豎有序，整齊：井井有條｜井然有序

頸(頸) jīng

頸篆 頸隸(馬王堆帛書) 颈楷(顏真卿)

【析形】頸字小篆右旁是頁(甲骨文像人特大其頭之形)，意符，表明字義與頭部有關；左旁是巠，聲符，表示讀音。形聲字。隸書沿襲小篆。

【簡化】楷書簡體"颈"根據草書楷化而成。

【釋義】◎本義指脖子前面(古文"頸"與"項"有別，脖子前面稱"頸"，後面稱"項"，如"刎頸"不能說"刎項")。◇引申①人或動物頭和軀幹相連接的部分：頸項｜頸椎｜引頸 ②器物像頸的部分：瓶頸

景 jīng

景篆 景隸(王基碑) 景楷(顏真卿)

【析形】景字小篆上部是日，意符，表明字義與日光有關；下部是京，聲符，表示讀音。形聲字。隸、楷書沿襲小篆。

【釋義】◎本義指日光，光亮。◇引申①環境風光：景觀｜景色｜景致｜風景｜幻景｜奇景｜勝景｜寫景｜遠景 ②情形，情況：景況｜景象｜背景｜年景｜前景｜情景 ③戲劇、電影、電視的佈景或攝影棚外的景物：景深｜場景｜近景｜內景｜取景 △音借表示尊崇：景慕｜景仰

警 jīng

警篆 警楷(虞世南)

【析形】警字小篆下部是言，意符，表明字義與言語有關；上部是敬，意符兼聲符，取意嚴肅，也表示讀音。會意兼聲字。楷書沿襲小篆。

【釋義】◎本義指告誡。◇引申①使人注意(情況嚴重)：警報｜警告｜警鈴 ②危急的情況或事情：報警｜告警｜火警 ③戒備：警備｜警戒｜警衛 ④感覺敏銳：警覺｜警惕｜機警 ⑤警察的簡稱：警隊｜警官｜警花｜警務｜警銜｜警訊｜警員｜法警｜民警

J

阱〔穽〕jǐng

阱篆　阱楷(顏真卿)

【析形】阱字小篆左旁是阜，義為高地，意符，表明字義與地勢有關；右旁是井，意符兼聲符，取意陷阱，也表示讀音。會意兼聲字。隸變後，阜字在字左側為偏旁時寫作"阝"。異體字以"穴"為意符，表示地坑。

【釋義】防禦或捕野獸用的陷坑：陷阱

勁(劲) jìng

勁篆　勁楷(顏真卿)　劲草(米芾)

【析形】勁字小篆右旁是力，意符，表明字義與力氣、力量有關；左旁是巠，聲符，表示讀音。形聲字。楷書沿襲小篆。

【簡化】簡化字"劲"的聲符根據草書楷化而成。

【釋義】強健，有力：勁敵|勁旅|蒼勁|剛勁|強勁|雄勁

徑(径) jìng

徑篆　徑隸(隸辨)　径楷(顏真卿)

【析形】徑字小篆左旁是"彳"(甲骨文像道路形)，意符，表明字義與道路有關；右旁是巠，聲符，表示讀音。形聲字。隸書沿襲小篆。

【簡化】楷書簡體"径"聲符的簡化見"莖"字。

【釋義】◎本義指小路：曲徑|山徑|蹊徑　◇引申①達到目的的路子，方法：捷徑|門徑|途徑　②直截了當：徑直|徑自　③直徑的簡稱：半徑|孔徑|圓徑

淨(净) jìng

淨篆　淨隸(隸辨)　净行(王羲之)

【析形】淨字小篆左旁是水，意符，以水洗可使淨取意清潔；右旁是靜，聲符，表示讀音。形聲字。隸書聲符省為"爭"。隸變後，水字在字左側為偏旁時寫作"氵"或"冫"。

【簡化】簡化字"净"聲符"争"根據草書楷化而成。

【釋義】◎本義指清潔，無污穢：淨水|淨土|純淨|潔淨|明淨　◇引申①使乾淨：淨化|淨手　②純，全：淨利|淨是|淨餘|淨重　③表示沒有餘剩：淨盡

經(经) jìng

【析形】見"經jīng"。

【釋義】◎本義指織絲，音jīng。◇引申指織布時梳整經線，音jìng：經紗

競(竞) jìng

競甲　競金　競篆　竞楷(顏真卿)

【析形】競字甲骨文像二人接踵而行之形，取意競逐。會意字。金文把上部訛為二"言"。小篆沿襲金文。

【簡化】楷書簡體"竞"是用了保留特徵、局部代全體的方法，保留了其中一個"竞"代替全字，刪除了重複的部分。

【釋義】角逐，比賽，互相爭勝：競渡|競賽|競選|競爭|競走

竟 jìng

竟甲　竟篆　竟隸(曹全碑)　竟楷(顏真卿)

【析形】竟字甲骨文下部像側立人形，上部像口吹樂器之狀，為"音"字初文，均為意符，表示演奏音樂。會意字。小篆沿襲甲骨文。隸書把下部的"人"隸作"儿"。楷書沿襲隸書。

【釋義】◎本義指樂曲終止。◇引申①終了，完畢：未竟　②終於，到底：畢竟|究竟|有志者事竟成　③全，從頭到尾：竟日　△音借作副詞，表示出乎意外：竟敢|竟然

敬 jìng

敬金　敬金　敬篆　敬隸(桐柏廟碑)　敬楷(高貞碑)

【析形】敬字金文形一是借"苟"字表示(像狗蹲踞豎耳警惕之形)，是"敬"字初文；形二右旁增"攴"為意符；左旁增"口"為聲符。小篆沿襲金文形二。隸書"攴"寫作"攵"。楷書沿襲隸書。

【釋義】◎本義指恭敬，端肅。◇引申①

尊敬：敬愛｜敬辭｜敬禮｜敬佩｜敬畏｜敬仰｜敬意｜敬重 ②表示敬意的禮物：奠敬｜喜敬 ③有禮貌地送上去：敬茶｜敬酒｜敬獻｜回敬

靜 (静) jìng

靜 金　靜 篆　靜 隸(孔彪碑)　靜 楷(爨寶子碑)　靜 草(王獻之)

【析形】靜字金文左旁是青，意符，取意未明；右旁是爭，聲符，表示讀音。形聲字。小篆、隸、楷書沿襲金文。

【簡化】簡化字"静"聲符根據草書楷化而成。

【釋義】◎本義指安靜，寧靜：靜默｜靜穆｜沉靜｜寂靜｜僻靜｜肅靜｜恬靜｜幽靜 ◇引申泛指安定不動，與"動"相對：靜電｜靜態｜靜物｜靜養｜靜止｜靜坐｜動靜｜平靜｜文靜｜嫻靜｜鎮靜

境 jìng

境 篆　境 楷(顏真卿)

【析形】境字小篆左旁是土，意符，表明字義與土地有關；右旁是竟，聲符，表示讀音。形聲字。楷書沿襲小篆。

【釋義】◎本義指疆界：境界｜境外｜邊境｜出境｜國境｜離境｜入境｜壓境｜越境 ◇引申①地方：畫境｜環境｜幻境｜險境 ②境地，境況：境界｜境遇｜家境｜佳境｜絕境｜困境｜逆境｜心境｜意境

鏡 (镜) jìng

鏡 篆　鏡 隸(禮器碑)　鏡 楷(元珍墓誌)　鏡 草(懷素)

【析形】鏡字小篆左旁是金，意符，表明材質；右旁是竟，聲符，表示讀音。形聲字。隸、楷書沿襲小篆。

【簡化】簡化字"镜"的意符"钅"根據草書楷化而成。

【釋義】◎本義指反映物體形象的器具（古代鏡子用銅磨製而成）：鏡面｜鏡台｜鏡匣｜明鏡 今指利用光學原理等製成的器具：鏡片｜鏡頭｜凹鏡｜茶鏡｜棱鏡｜透鏡｜胃鏡｜眼鏡｜望遠鏡｜顯微鏡

靖 jìng

靖 篆　靖 隸(隸辨)　靖 楷(顏真卿)

【析形】靖字小篆左旁是立，意符，表明字義與站立有關；右旁是青，聲符，表示讀音。形聲字。隸、楷書沿襲小篆。

【釋義】◎本義指立容安靜。◇引申①泛指安靜，平安：寧靖｜平靖 ②平定：綏靖

窘 jiǒng

窘 篆　窘 隸(隸辨)　窘 楷(顏真卿)

【析形】窘字小篆上部是穴，本指土室，意符，洞穴多陰暗狹小，取意困厄；下部是君，聲符，表示讀音。形聲字。隸、楷書沿襲小篆。

【釋義】◎本義指困迫。◇引申①窮困：窘境｜窘況｜窘迫 ②為難，使為難：窘事｜窘態｜窘相｜受窘

糾 (纠) jiū

糾 篆　糾 隸(張表碑)　糾 楷(顏真卿)

【析形】糾字小篆左旁是糸，意符，表明字義與絲繩等有關；右旁像繩索糾合之形，隸作"丩"，意符兼聲符，表示繩索絞合，也表示讀音。會意兼聲字。隸書沿襲小篆。

【簡化】楷書簡體"纠"的意符"纟"根據草書楷化而成。

【釋義】◎本義指絞合的繩索。◇引申①纏繞：糾纏｜糾紛｜糾葛 ②集合：糾合｜糾集｜糾結 ③矯正：糾偏｜糾正 ③監督：糾察

究 jiū

究 篆　究 楷(顏真卿)

【析形】究字小篆上部是穴，洞穴由外而內、由此及彼深入，取意窮盡；下部是九，聲符，表示讀音。形聲字。楷書沿襲小篆。

【釋義】◎本義指窮盡，極：究竟｜終究 ◇引申指仔細推求，追查：究辦｜究問｜窮究｜深究｜探究｜推究｜研究｜追究

揪〔揫〕jiū

揫篆 揫隸（華山神廟碑） 揪楷（顏真卿）

【析形】揪字小篆下部是手，意符，表明字義與手的動作有關；上部是秋，聲符，表示讀音。形聲字。隸書沿襲小篆。楷書寫作左右結構。

【釋義】◎本義指收束。◇引申指抓住，扭住：揪住|揪辮子

鳩（鳩）jiū

鳩篆 鳩隸（隸辨） 鳩楷（顏真卿）

【析形】鳩字小篆右旁是鳥，意符，表明字義與鳥類有關；左旁是九，聲符，表示讀音。形聲字。隸書沿襲小篆。

【簡化】楷書簡體"鳩"意符的簡化見"鳥"字。

【釋義】◎本義指鳥名：斑鳩|綠鳩|南鳩 ◇鳥喜聚集，引申指聚集：鳩合|鳩集

九 jiǔ

九甲 九金 九篆 九隸（史晨碑） 九楷（敬使君碑）

【析形】九字甲骨文上部像手指形，下部像肘之形，當是"肘"字初文（九、肘二字古音同韻部）。象形字。金文沿襲甲骨文。小篆形體略變。隸書根據小篆轉寫而成。楷書沿襲隸書。

【釋義】◎本義當指肘。△音借表示數目：九鼎|九次 ◇引申表示多次或多數：九泉|九天|九牛一毛|九死一生|九霄雲外|十拿九穩

久 jiǔ

久篆 久隸（辟雍碑） 久楷（顏真卿）

【析形】久字小篆像古代用於祭祀或刑法中炮烙人或牲畜的銅烙之形（一說上部像人躺臥之形，下部像用艾條灸灼），當是"灸"字初文。隸書形體略變。楷書沿襲隸書。

【釋義】◎本義指灸灼。△音借表示時間長，與"暫"相對：久仰|久遠|長久|持久|恆久|永久

酒 jiǔ

酒甲 酉金 酒篆 酒隸（葉慧明碑） 酒楷（顏真卿）

【析形】酒字甲骨文中間像一隻酒罈子，隸作"酉"，兩旁像有酒水溢出。會意字。金文只有酒罈形。小篆寫作左右結構，左旁是水，代表酒水，右旁是酉。隸變後，水字在字左側為偏旁時寫作"氵"。

【釋義】◎指用糧食或水果等發酵製成的含乙醇的飲料，有刺激性：酒糟|酒菜|米酒|啤酒

玖 jiǔ

玖篆 玖楷（顏真卿）

【析形】玖字小篆左旁是玉，意符，表明字義與玉石有關；右旁是久，聲符，表示讀音。形聲字。楷書沿襲小篆。

【釋義】◎本義指僅次於玉的黑色美石。△音借作數目字"九"的大寫。

灸 jiǔ

灸篆 灸楷（顏真卿）

【析形】灸字小篆下部是火，意符，表明字義與火有關；上部是久，意符兼聲符，本為"灸"字初文（見"久"字），也表示讀音。形聲字。楷書沿襲小篆。

【釋義】◎本義指中醫治療方法之一，用燃燒的艾絨燻烤穴位或患部：艾灸 ◇引申指用針、電子儀器等刺激穴位或患部：針灸

韭〔韮〕jiǔ

韭篆 韭楷（顏真卿）

【析形】韭字小篆下部"一"表示土地，上部像在土地上生長着的植物。象形字。楷書根據小篆轉寫而成。異體字增"艸"為意符，表明字義與植物有關。

【釋義】◎韭菜。百合科。多年生草本植物，叢生，葉細而扁，夏秋間開小白花。可供蔬食，是普通蔬菜：韭黃

舊 (旧) jiù

甲 金 篆 篆 隸(曹全碑) 舊楷(顏真卿)

舊楷(智永)

【析形】舊字甲骨文上部像鳥形，意符，表明字的初義與鳥類有關；下部是臼，聲符，表示讀音。形聲字。金文、小篆、隸書、楷書形一各體均沿襲甲骨文。楷書形二聲符訛變。

【簡化】簡化字"旧"是用保留特徵、局部代全體的方法，保留楷書形二下部的"旧"代替全字，刪除了其餘部件。

【釋義】◎本義為鳥名，貓頭鷹一類的鳥。△音借表示過時的，過去的，陳舊的，與"新"相對：舊地│舊曆│舊日│舊時│舊事│復舊│懷舊│依舊 ◇引申指老交情，老朋友：舊故│舊交│舊情│懷舊│念舊│敍舊

救 jiù

金 篆 隸(馬王堆帛書) 救楷(顏真卿)

【析形】救字金文右旁像手持棒形，隸作"攵"，意符，以擊打取義阻止；左旁是求，聲符，表示讀音。形聲字。小篆、隸、楷書沿襲金文。

【釋義】◎本義指阻止。◇引申指援助使脫離災難或危險：救護│救濟│救市│救亡│救險│救治│急救│解救│搶救│遇救│援救

就 jiù

篆 就 隸(華山神廟碑) 就楷(顏真卿)

【析形】就字小篆左旁是京，甲骨文像高臺亭樓之形，意符，取義高；右旁是尤，聲符，表示讀音（就、尤二字古音韻部相近）。形聲字。隸、楷書沿襲小篆。

【釋義】◎本義指趨向高處。◇引申①靠近，湊近，遷就：就範│俯就│遷就│避重就輕│刪繁就簡│因陋就簡 ②到，開始從事：就任│就位│就學│就業│就醫│就職│就座 ③確定，完成：就擒│就緒│就義│成就│造就 ④已經，早已：本來就如此 ⑤趁着，依照：就伴│就便│就地│就近│就勢│就手 ⑥隨同着吃下去：就飯│就酒 ⑦即刻：這就去

舅 jiù

篆 舅楷(顏真卿)

【析形】舅字小篆右旁是男，意符，表明字義與男子有關；左旁是臼，聲符，表示讀音。形聲字。楷書寫作上下結構。

【釋義】①母親的兄弟：舅舅│舅媽│舅母│舅爺│大舅│娘舅 ②妻子的兄弟：舅嫂│舅爺│舅子│郎舅│妻舅 ③妻子的父親，丈夫的父親：外舅│舅姑

臼 jiù

篆 隸(馬王堆帛書) 臼楷(顏真卿)

【析形】臼字小篆像一舂米器具，內中像有米粒。象形字。隸書沿襲小篆。楷書筆畫化形體略變。

【釋義】◎本義指中部下凹的舂米器具：石臼 ◇引申指形狀像臼的：臼齒│脫臼

疚 jiù

隸(隸辨) 疚楷(崔敬邕墓誌)

【析形】疚字《說文》所無。隸書外廓是"疒"，意符，表明字義與疾病有關（見"病"字）；內中是久，意符兼聲符，表示久病，也表示讀音。會意兼聲字。

【釋義】◎本義指久病。◇引申指對自己的錯誤感到慚愧和痛苦：負疚│愧疚│內疚│歉疚

車 (车) jū

【析形】見"車chē"。

【釋義】車子，陸上交通運輸工具，音chē。又指象棋棋子的一種，音jū。

拘 jū

篆 拘 隸(隸辨) 拘楷(歐陽詢)

【析形】拘字小篆左旁是手，意符，表明字的初義與手的動作有關；右旁是句，聲符，表示讀音（拘、句古音二字古音聲母相同，韻母同部）。形聲字。隸變後，手字在字左側作偏旁時寫作"扌"。

【釋義】◎本義指阻止。◇引申指①限制：拘管│拘束│不拘小節 ②扣押，逮捕：拘

捕│拘禁│拘留│拘拿│拘押│拘役　③不變
通：拘板│拘謹│拘禮│拘泥

居 jū

春金 居篆 **居**隸(居延簡) **居**楷(褚遂良)

【析形】居字金文上部像人屈膝之形，隸
作"尸"，意符，表示蹲；下部是古，聲
符，表示讀音（居、古二字古音聲母相
同，韻母同部）。形聲字。小篆、隸、楷
書沿襲金文。
【釋義】◎本義指蹲。此義又作"踞"。◇引
申①居住：居家│居留│居民│定居│分居│
寄居│客居│旅居│起居│僑居　②住處：故
居│舊居│鄰居│遷居│新居│移居　③在某種
位置：居於│居中│居安思危│居高臨下│後
來居上　④停留：歲月不居　⑤存，積蓄：
居積│居心叵測│囤積居奇

据 jū

据篆

【析形】据字小篆左旁是手，意符，取意
手頭不寬裕；右旁是居，聲符，表示讀
音。形聲字。
【釋義】拮据，指經濟不寬裕，缺少錢。

鞠 jū

鞠篆 鞠隸(隸辨) **鞠**楷(顏真卿)

【析形】鞠字小篆左旁是革，意符，表明
材質；右旁是匊，聲符，表示讀音。形聲
字。隸、楷書沿襲小篆。
【釋義】◎本義指古代一種用革製的皮球：
踏鞠│蹴鞠　◇引申①彎曲：鞠躬　②撫
養，養育：鞠養│鞠育

駒 (驹) jū

騵金 駒篆 駒隸(隸辨) **驹**楷(褚遂良)

【析形】駒字金文右旁是馬，意符，表明
字義與馬有關；左旁是句，聲符，表示
讀音（駒、句二字古音聲母相同，韻母同
部）。形聲字。小篆意符"馬"在左旁，聲
符"句"在右旁。隸書沿襲小篆。
【簡化】簡化字"驹"意符的簡化見"馬"字。

【釋義】◎本義指兩歲以下的幼馬：小馬
駒　◇引申指少壯的馬：千里駒│白駒過隙

局 〔跼、侷〕jú

同篆 **局**隸(馬王堆帛書) **局**楷(顏真卿)

【析形】局字小篆上部是尺，取意規約、
法度；下部是口，言語受規約，取意拘
限。會意字。隸、楷書沿襲小篆。
【釋義】◎本義指拘束（此義又作"跼"或
"侷"）：局促│局限　◇引申指①部分：局
部│局域網　②棋盤：佈局│殘局│對局│和
局│騙局│棋局　③形勢，情形：局面│局
勢│大局│定局│危局│政局　④某些機構，
某些組織系統、某些專營商店的名稱：分
局│書局│郵局│總局│立法局│文化局　⑤聚
會：飯局│賭局

菊 jú

菊篆 **菊**楷(顏真卿)

【析形】菊字小篆上部是"艸"，意符，表
明字義與植物有關；下部是匊，聲符，表
示讀音。形聲字。楷書沿襲小篆。
【釋義】植物名。菊花。多年生草本植
物，秋天開花，種類繁多，栽培供觀賞，
有的花可入藥：黃菊│墨菊│賞菊

橘 jú

橘篆 橘隸(隸辨) **橘**楷(顏真卿)

【析形】橘字小篆左旁是木，意符，表明
字義與樹木有關；右旁是矞，聲符，表示
讀音。形聲字。隸、楷書沿襲小篆。
【釋義】果樹名。橘樹。長綠灌木或小喬
木，初夏開白色花，果實為橘子，可吃：
橘紅│甘橘│金橘│蜜橘

柜 jǔ

柜篆

【析形】柜字小篆左旁是木，意符，表明
字義與樹木有關；右旁是巨，聲符，表示
讀音。形聲字。
【釋義】①同"櫸"。落葉喬木，高可達
七、八丈。木材可作鐵道枕木。也叫水青

岡。②〔柜柳〕落葉喬木，即楓楊。

矩〔榘〕jǔ

𢀜金 **𢀜**金 **𩓥**篆 **矩**隸(桐柏廟碑)
矩楷(顏真卿)

【析形】矩字金文形一作"巨"(見"巨"字)；形二右旁增"大"(人)為意符，表示人操矩畫樣。會意字。小篆把"大"訛作"矢"，在左旁，右下部又增"木"為意符，表明材質。隸書省了"木"。楷書沿襲隸書。

【釋義】◎本義指畫直角或方形用的曲尺：矩尺｜矩形　◇引申指規則，法則：循規蹈矩

舉(举) jǔ

𦥔篆 **舉**隸(華山神廟碑) **舉**楷(智永)
舉草(趙孟頫)

【析形】舉字小篆下部是手，意符，表明字義與手有關；上部是與，聲符，表示讀音。形聲字。隸書下部是古文"手"字的隸變分化體。楷書沿襲隸書。

【簡化】簡化字"举"根據草書略加改造楷化而成。

【釋義】◎本義指雙手向上托物：舉杯　◇引申①往上抬：舉步｜舉目｜舉手｜舉重｜高舉｜挺舉｜抓舉　②發起，興辦：舉辦｜舉兵｜舉事｜舉行｜舉義｜大舉　③提出：舉發｜舉例｜檢舉｜列舉｜枚舉　④推選：舉薦｜保舉｜公舉｜推舉｜選舉　⑤表示行為，動作：舉動｜舉止｜暴舉｜創舉｜豪舉｜善舉｜義舉｜壯舉

沮 jǔ

𣲙甲 **A**金 **𣲖**篆 **沮**隸(孔羡碑)
沮楷(顏真卿)

【析形】沮字甲骨文右旁是水，意符，本義為水名；左旁是且，聲符，表示讀音(沮、且二字古音同韻部)。形聲字。金文是借"且"字表示。小篆意符在左旁。隸、楷書沿襲小篆。隸變後，水字在字左側為偏旁時寫作"氵"。

【釋義】◎本義為水名。①濟水的支流。②漢水的別源。△音借表示①阻止：沮遏　②敗壞：沮喪 sàng

巨 jù

𢀜金 **𢀜**金 **巨**篆 **巨**隸(華山神廟碑)
巨楷(顏真卿)

【析形】古文工、巨本是一字。金文形一是在"工"字上加圓圈以區別於"工"字，又以"工"為聲符，是一種附畫因聲指事字。形二增"大"(人)為意符，表示人使用工具。會意字。小篆、隸書沿襲金文形一。

【釋義】◎本義指木工的方尺，後作"矩"。△音借表示大，很大：巨變｜巨大｜巨額｜巨幅｜巨浪｜巨型｜巨製｜巨著

句 jù

𠯑隸(馬王堆帛書) **句**楷(顏真卿)

【析形】"句"和"勾"本為一字(見"勾"字)。"句"字借為語句之"句"後，勾曲義俗作"勾"。隸書外廓的"勹"是意符"丩"字的訛變，以相糾結取意彎曲；內中"口"為聲符，表示讀音，形聲字。楷書沿襲隸書。

【釋義】◎本義為"勾"，即曲，彎曲。△音借表示句子，即由詞或短語構成的，能表達相對完整意思的語言單位：單句｜詩句｜陳述句｜感歎句｜祈使句｜疑問句　◇引申作量詞：兩句詩｜一句話

拒 jù

拒楷(顏真卿)

【析形】拒字《說文》所無。楷書左旁是"扌"(手)，意符，表明字義與手的動作有關；右旁是巨，聲符，表示讀音。形聲字。

【釋義】◎本義指抵擋，抵抗：拒捕｜抗拒　◇引申指拒絕：拒諫｜拒收｜拒載 zài｜來者不拒

具 jù

𦥑甲 **𦥯**金 **𪔇**篆 **具**隸(馬王堆帛書)
具楷(顏真卿)

【析形】具字甲骨文上部像一隻鼎（食器），下部像兩隻手，以手舉食器表示置辦酒食。會意字。金文沿襲甲骨文。小篆把上部的"鼎"訛作"目"，隸書把下部的兩隻手作"六"。楷書沿襲隸書。

【釋義】◎本義指置備（酒食）。◇引申①備，辦：具保｜具呈｜具結　②具有：具備｜別具一格｜初具規模｜獨具匠心　③陳述，寫出：具名｜條具時弊　④用具，器物：茶具｜炊具｜道具｜面具｜農具｜工具｜燈具　⑤因聲通"俱"，表示"都"，"完全"：百廢具興

俱 *jù*

【析形】俱字金文借音同的"具"字表示。小篆左旁增"人"為意符，表明字義與人的活動有關；右旁"具"為聲符，表示讀音（俱、具二字古音聲母相同，韻母同部）。形聲字。隸變後，人字在字左側為偏旁時寫作"亻"。

【釋義】◎本義指共同，一起：百廢俱興｜兩敗俱傷｜面面俱到｜聲色俱厲｜萬籟俱寂｜與日俱增　△音借作音譯詞的構詞語素〔俱樂部〕

劇 (剧) *jù*

【析形】劇字小篆右旁是刀，意符，刀可斷物，取意厲害；左旁是豦，聲符，表示讀音。形聲字。隸、楷書沿襲小篆。隸變後，刀字在字右側為偏旁時寫作"刂"。

【簡化】簡化字"剧"是用更換聲符的方法，以筆畫較簡的"居"為聲符，替換了筆畫繁複的"豦"。

【釋義】◎本義指厲害，猛烈，程度深：劇變｜劇烈｜急劇｜加劇　△音借表示戲劇：劇本｜劇場｜劇碼｜劇照｜劇種｜悲劇｜喜劇

據 (据) *jù*

【析形】據字小篆左旁是手，意符，表明字義與手的動作有關；右旁是豦，聲符，

表示讀音。形聲字。隸變後，手字在字左側為偏旁時字寫作"扌"。

【簡化】簡化字是用同音合併的方法，以音近、筆畫較簡的"据"代替筆畫較繁複的"據"，合并了據、据二字的意義。

【釋義】◎本義指倚仗，仗恃。◇引申①憑藉：據點｜根據地　②可用作證明的事物：單據｜根據｜借據｜論據｜票據｜契據｜收據｜數據｜依據｜證據｜字據　③佔有：據守｜霸據｜割據｜盤據｜竊據｜佔據

距 *jù*

【析形】距字金文左旁是足，意符，表明字的初義與腿腳有關；右旁是巨，聲符，表示讀音。形聲字。小篆、楷書沿襲金文。

【釋義】◎本義指雞、雉等腿的後面突出像腳趾的部分。△音借指距離，即兩者之間的間隔：距離｜測距｜差距｜焦距

懼 (惧) *jù*

【析形】懼字金文下部是心，意符，表明字義與心理活動有關；上部是瞿，聲符，表示讀音。形聲字。小篆寫作左右結構。隸書沿襲小篆。隸變後，心字在字左側為偏旁時寫作"忄"。

【簡化】楷書簡體"惧"是用更換聲符的方法，以筆畫較簡的"具"替換了筆畫繁複的"瞿"。

【釋義】◎本義指害怕：懼怕｜驚懼｜恐懼｜畏懼｜疑懼

鋸 (锯) *jù*

【析形】鋸字金文右旁是金，意符，表明材質；左旁是居，聲符，表示讀音。形聲字。小篆意符在左，聲符在右。楷書沿襲小篆。

【簡化】簡化字"锯"的意符"钅"根據草書楷化而成。

【釋義】◎本義指析解木石等的工具，鋸子。由尖齒的薄鋼片製成：鋸齒｜鋸牀｜鋸

片│刀鋸│電鋸│拉鋸　◇引申指用鋸割開：鋸樹│鋸木頭

聚 jù

鼂篆　聚　隸(隸辨)　聚楷(顏真卿)

【析形】聚字小篆下部是三"人"，為"眾"字初文，意符，表明字義與眾人有關；上部是取，聲符，表示讀音。形聲字。隸書下部隸作"禾"。楷書沿襲隸書。
【釋義】◎本義指人聚集的地方。◇引申指會合，集合：聚餐│聚會│聚焦│聚居│聚首│聚眾│團聚│會聚│凝聚

炬 jù

炬楷(王羲之)

【析形】炬字《說文》所無。楷書左旁是火，意符，表明字義與火有關；右旁是巨，聲符，表示讀音。形聲字。
【釋義】火把：火炬│付之一炬

沮 jù

【析形】見"沮jǔ"。
【釋義】〔沮jù 洳〕低窪潮濕的地帶。

矩 ju

【析形】見"矩jǔ"。
【釋義】◎本義指畫直角或方形用的曲尺。音jǔ。◇引申指規矩，讀輕聲，音ju。

捐 juān

捐篆　捐楷(顏真卿)

【析形】捐字小篆左旁是手，意符，表明字義與手的動作有關；右旁是肙，聲符，表示讀音。形聲字。隸變後，手字在字左側為偏旁時寫作"扌"。
【釋義】◎本義指捨棄，拋棄：捐棄│捐軀　◇引申①捐助：捐款│捐獻│捐贈│募捐　②賦稅的一種：捐稅│苛捐雜稅

圈 juān

【析形】見"圈juàn"。
【釋義】◎本義指養家畜的棚或欄。

音juàn。◇引申①把禽獸關在柵欄裏：圈小雞　②拘禁：圈犯人(以上各引申義音juān)

鵑 juān

鵑楷(顏真卿)

【析形】鵑字《說文》所無。楷書右旁是鳥，意符，表明字義與鳥類有關；左旁是肙，聲符，表示讀音。形聲字。
【簡化】簡化字"鵑"意符的簡化見"鳥"字。
【釋義】〔杜鵑〕①鳥名，也稱布穀或子規。初夏時常晝夜不停地叫，吃毛蟲，是益鳥。②又為花名，亦稱映山紅。常綠或落葉灌木，花多為紅色，供觀賞。

捲 (卷)〔餯〕juǎn

瞏篆　卷隸(馬王堆帛書)　卷楷(王羲之)
捲楷(顏真卿)

【析形】卷字小篆下部像一個弓背跪着的人，意符，取意捲曲；上部隸作"关"，意符兼聲符，表示屈曲，也表示讀音。會意兼聲字。隸變後，聲符初形已失，意符寫作"巳"。楷書形一沿襲隸書；形二增"扌"(手)為意符，表明字義與手的動作有關。
【簡化】簡化字是用了沿用古體的方法，沿用小篆形體作"卷"。
【釋義】◎本義指膝曲。◇引申①泛指彎曲，或把東西彎轉裹成筒形。②裹成圓筒形的東西：捲尺│捲繞│捲煙　③借某種力量把東西撮起裹住：捲入│漫捲│席捲│龍捲風　④一種做成捲形的麵製品：春捲│花捲兒　此義又作"餯"　⑤量詞：一捲紙

卷 juàn

【析形】見"捲juǎn"。
【釋義】◎本義指膝曲。音juǎn。◇引申①書的卷軸，或指可以捲起和展開的字畫：卷帙│卷軸│寶卷│畫卷│經卷│壓卷│掩卷　②書籍的冊、本或篇章：卷上│卷下│卷一│藏書萬卷　③考試用的紙：卷子│交卷│考卷│試卷　④機關裏分類保存的文件：卷宗│案卷│文卷(以上各引申義

J

音juàn）

倦 juàn

篆倦 楷（顔真卿）

【析形】倦字小篆左旁是人，意符，表明字義與人的活動有關；右旁是卷，聲符，表示讀音。形聲字。隸變後，"人"字在字左側為偏旁時寫作"亻"。

【釋義】疲乏，厭倦：倦怠｜倦乏｜倦容｜倦態｜倦意｜睏倦｜疲倦

絹 (绢) juàn

篆絹 楷（顔真卿） 縜草（趙孟頫）

【析形】絹字小篆左旁是糸，意符，表明字義與絲織物有關；右旁是肙，聲符，表示讀音。形聲字。楷書沿襲小篆。

【簡化】簡化字"绢"的意符"纟"根據草書楷化而成。

【釋義】◎本義指麥青色的絲織物。後泛指質地薄而堅韌的絲織品：絹花 ◇引申指在絹上題的詩或作的畫：絹本｜絹畫

圈 juàn

篆圈 楷（顔真卿）

【析形】圈字小篆外廓是"囗"，意符，表示圍欄；中間是卷，聲符，表示讀音。形聲字。楷書沿襲小篆。

【釋義】養家畜的棚或欄：馬圈｜棚圈｜起圈｜羊圈｜豬圈

眷 juàn

篆眷 楷（顔真卿）

【析形】眷字小篆下部是目，意符，表明字義與眼睛有關；上部是"关"，聲符，表示讀音。形聲字。楷書沿襲小篆。

【釋義】◎本義指回視。◇引申①關心，懷念：眷顧｜眷戀｜眷念 ②親屬：眷屬｜家眷｜僑眷｜親眷

決 〔決〕 jué

篆決 隸（張遷碑） 決楷（顔真卿）

【析形】決字小篆左旁是水，意符，表明字的初義與水有關；右旁是夬，意符兼聲符，義為破損，也表示讀音。會意兼聲字。隸變後，水字在字左側為偏旁時寫作"氵"。楷書意符為"氵"。內地採用"决"字。

【釋義】◎本義指打開缺口，疏通水道，導引水流。◇引申①沖破，破裂：決絕｜決口｜沖決｜潰決 ②作主張，拿定主意：決策｜決定｜決斷｜決計｜決絕｜決算｜決心｜決議｜決意｜表決｜裁決｜否決｜判決｜取決 ③決定最後勝敗：決計｜決賽｜決勝｜決戰｜決一雌雄 ④執行死刑：槍決｜處chǔ決

角 jué

【析形】見"角jiǎo"。

【釋義】◎本義指獸角。音jiǎo。◇引申①競賽，鬥爭：角鬥｜角力｜角逐｜口角 ②古代盛酒的器具（角狀）。△音借表示：①古代五音之一，相當於簡譜的"3"。②角色，演員：丑角兒｜名角兒｜配角兒｜主角兒（以上各引申義及音借義音jué）

覺 (觉) jué

篆覺 楷（顔真卿） 草（王羲之）

【析形】覺字小篆下部是見，意符，取意醒悟；上部是"學"字省減了下部的"子"，聲符，表示讀音。形聲字。楷書沿襲小篆。

【簡化】簡化字"觉"根據草書楷化而成。

【釋義】◎本義指醒悟，明白：覺悟｜覺醒｜先覺｜自覺 ◇引申指感覺器官對刺激的感受和辨別：覺察｜覺得｜觸覺｜錯覺｜感覺｜幻覺｜視覺｜色覺｜聽覺｜嗅覺｜知覺｜直覺

絕 (绝) jué

甲 金 篆絕 隸（郭有道碑） 絕楷（顔真卿） 绝草（王獻之）

【析形】絕字甲骨文像懸着的兩束絲，絲束上部像被截之形。金文則像有把刀在兩束絲中間橫截之形。會意字。小篆左旁是糸，右上是刀，取意與甲、金文同；右下是"卩"，聲符，表示讀音。形聲字。隸、楷書沿襲小篆。

J

【簡化】簡化字"绝"的意符"纟"根據草書楷化而成。

【釋義】◎本義指斷絲。◇引申①斷，斷絕：絕筆｜絕唱｜絕跡｜絕望｜絕響 ②盡，窮盡：絕地｜絕境｜絕路 ③極，非常：絕好｜絕密｜絕色 ④高超獨一無二的：絕筆｜絕唱｜絕技｜絕倫｜絕世

嚼 jué

𤟥篆 嚼隸（隸辨） 嚼楷（顏真卿）

【析形】嚼字小篆左旁是口，意符，表明字義與口的行為有關；右旁是爵，聲符，表示讀音。形聲字。隸、楷書沿襲小篆。

【釋義】用牙齒磨碎食物，同"嚼 jiáo"：咀嚼

腳 jué

【析形】見"腳 jiǎo"。

【釋義】◎本義指人或動物的行走器官，音 jiǎo。◇因聲通"角 jué"，表示角色，演員：腳色｜名腳

掘 jué

㨉篆 掘隸（隸辨） 掘篆（顏真卿）

【析形】掘字小篆左旁是手，意符，表明字義與手的動作有關；右旁是屈，聲符，表示讀音。形聲字。隸變後，手字在字左側為偏旁時寫作"扌"。

【釋義】挖，刨：掘進｜掘井｜發掘｜開掘｜挖掘

訣 (诀) jué

𧮂篆 訣楷（顏真卿）

【析形】訣字小篆左旁是言，意符，表明字義與言語有關；右旁是夬，聲符，表示讀音。形聲字。隸、楷書沿襲小篆。

【簡化】楷書簡體"诀"的意符"讠"根據草書楷化而成。

【釋義】◎本義指即將遠離而相告別：訣別｜永訣 △音借表示高明、關鍵性的方法：訣竅｜訣要｜秘訣｜妙訣 ◇引申指account事物主要內容編成順口押韻而便於記憶的詞句：歌訣｜口訣

倔 jué

倔楷（顏真卿）

【析形】倔字《説文》所無。楷書左旁是"亻"（人），意符，表明字義與人有關；右旁是屈，聲符，表示讀音。形聲字。

【釋義】頑強，固執：倔強 jiàng

爵 jué

𤔲甲 𤔲金 𤔲篆 爵隸（曹全碑） 爵楷（顏真卿）

【析形】爵字甲骨文像古代酒器形，中間是腹，右側有流，左側有耳，下有足。象形字。金文酒器形略變，右下增"又"（右手）為意符，表示手持酒器。小篆沿襲金文。隸書手形訛作"寸"。楷書沿襲隸書。

【釋義】◎本義指古代酒器，青銅製，有流、鋬、兩柱、三足，用來盛酒和溫酒，盛行於商代和周初。△音借表示爵位，即君主國家貴族封號的等級：爵祿｜爵士｜公爵｜官爵｜男爵｜勳爵

倔 juè

【析形】見"倔 jué"。

【釋義】義同"倔 jué"。性子直，態度生硬。音 juè：倔巴｜倔頭倔腦

軍 (军) jūn

𠣻金 𠣻篆 軍隸（白石君碑） 軍楷（龍藏寺碑） 軍草（王羲之） 軍楷（顏真卿）

【析形】軍字金文中間是車，代表戰車，意符，以戰車表示軍隊；外廓是"勻"字的省減，聲符，表示讀音。形聲字。小篆外廓訛作"勹"。隸書又訛作"冖"。楷書形一沿襲隸書。

【簡化】楷書簡體"军"根據草書楷化而成。

> "軍"字為偏旁的字類推簡化。例如：輝、暉、揮、葷、渾等。

【釋義】◎本義指古代軍隊編制單位。古代兵制是"五旅為師，五師為軍"（《周禮》）。今義仍為軍隊的編制單位：軍部｜軍團｜軍長 ◇引申①武裝部隊：軍隊｜軍

法|軍官|軍令|軍旗|軍人|軍營|軍裝|裁軍|敵軍|空軍|擴軍|盟軍|解放軍|野戰軍 ②泛指軍事的：軍備|軍閥|軍火|軍機|軍艦|軍力|軍情|軍事|軍訓|軍醫

均 jūn

篆均 隸土勻(隸辨) 均楷(顏真卿)

【析形】均字金文內中是土，意符，以土地均平取意；外廓是勻，意符兼聲符，取意均勻，也表示讀音。會意兼聲字。小篆寫作左右結構。隸、楷書沿襲小篆。

【釋義】◎本義指平，公平，均勻：均等|均衡|平均 ◇引申指遍，普遍，都：均好|均已完成

龜 (龟) jūn

【析形】見"龜 guī"。

【釋義】◎本義指一種腹背均有堅硬的殼，頭、尾和四肢能縮入甲殼內的爬行動物。音 guī。◇因其外殼呈裂紋狀，引申①形容天旱土地開裂 ②皮膚破裂，義同"皸"：龜裂(以上引申義音 jūn)

君 jūn

甲 金 篆君 隸(華山神廟碑) 君楷(顏真卿)

【析形】君字甲骨文上部像一手持杖之形，象徵統治人臣的君王；下部是口，均為意符，表示發號施令，指揮做事。會意字。金文、小篆沿襲甲骨文。隸書筆畫化，手持杖形已失。楷書沿襲隸書。

【釋義】◎本義為古代大夫以上據有土地的各級統治者的通稱：君臣|君權|君主|國君|昏君 ◇引申①古代封號，如戰國有孟嘗君、春申君、信陵君等。②對人的尊稱：君子|郎君|諸君

菌 jūn

【析形】見"菌 jùn"。

【釋義】低等植物的一大類，不開花，沒有莖和葉子，不含葉綠素，不能自製養料，種類很多：病菌|霉菌|球菌|細菌|真菌|抗菌素

鈞 (钧) jūn

篆金 篆金 篆鉤 草(歐陽詢) 鈞楷(顏真卿)

【析形】鈞字金文形一是借音近的"勻"字表示；形二中間增"金"為意符，代表重物，"勻"為聲符，表示讀音，成為形聲字。小篆寫作左右結構。楷書沿襲小篆。

【簡化】簡化字"钧"的意符"钅"根據草書楷化而成。

【釋義】◎本義指古代的重量單位，合三十斤為一鈞：千鈞一髮|雷霆萬鈞 ◇引申作表示尊重的敬辭：鈞鑒|鈞啟|鈞座

俊 jùn

篆 隸(樊敏碑) 俊楷(顏真卿)

【析形】俊字小篆左旁是人，意符，表明字義與人有關；右旁是夋，聲符，表示讀音。形聲字。隸書聲符形體略變。隸變後，人字在字左側為偏旁時寫作"亻"。

【釋義】◎本義指才智出眾的人：俊傑|才俊|英俊 ◇引申指容貌清秀：俊美|俊俏|俊秀

菌 jùn

篆 菌楷(顏真卿)

【析形】菌字小篆上部是"艸"，意符，表明字義與植物有關；下部是囷，聲符，表示讀音。形聲字。楷書沿襲小篆。

【釋義】蕈，傘菌一類植物。生長在樹林裏或草地上的某些高等菌類植物，種類很多，無毒的可供食用，如香菇：菌類|菌子

峻 jùn

篆峻 隸(華山神廟碑) 峻楷(顏真卿)

【析形】峻字小篆左旁是山，意符，表明字義與山有關；右旁是陵字的省減，聲符，表示讀音。形聲字。隸、楷書沿襲小篆。

【釋義】◎本義指山高而陡：峻峭|陡峻|高峻|險峻|崇山峻嶺 ◇引申指嚴厲峻急|嚴峻

J

駿 (骏) jùn

騣篆 駿隸(葉慧明碑) **駿**楷(顏真卿)

【析形】駿字小篆左旁是馬，意符，表明字義與馬有關；右旁是夋，聲符，表示讀音。形聲字。隸、楷書沿襲小篆。

【簡化】簡化字"骏"意符的簡化見"馬"字。

【釋義】良馬，好馬：駿馬

竣 jùn

竣篆 **竣**楷(顏真卿)

【析形】竣字小篆左旁是立，意符，以立起取意完成；右旁是夋，聲符，表示讀音。形聲字。楷書沿襲小篆。

【釋義】事情完畢而停止：竣工｜竣事｜告竣｜完竣

K

咖 kā

【析形】見"咖 gā"。

【釋義】◎本義為象聲詞。形容笑聲。音gā。△音借作音譯詞的構詞語素。音kā。〔咖啡〕常綠小喬木或灌木，產在熱帶和亞熱帶地區。葉呈長卵形，花白色，有香味，結深紅色漿果，內有兩顆種子。炒熟種子製成粉能作飲料，有興奮和健胃作用。

卡 kǎ

【析形】見"卡 qiǎ"。

【釋義】◎本義指夾在中間，不能活動。音qiǎ。△音借作音譯詞的構詞語素。音kǎ。〔卡車〕〔卡片〕〔卡通〕〔磁卡〕〔千卡〕〔卡賓槍〕〔卡介苗〕〔卡路里〕

開 (开) kāi

開說文古文 開篆 **開**隸(辟雍碑) **開**楷(顏真卿)

【析形】開字《說文》古文外廓是門，意符，表明字義與門有關；內中像兩隻手在開啟門閂。會意字。小篆門中手啟門之形已失。隸、楷書沿襲小篆。

【簡化】簡化字"开"是用保留特徵、局部代全體的方法，保留內中代表字義特徵的"开"代替全字，刪除了外廓的"門"。

【釋義】◎本義指開啟門戶。◇引申①泛指把關閉着的東西打開，與"關"、"閉"相對：開關｜開口｜開幕 ②開始：開辦｜開場｜開春｜開飯｜開盤｜開篇｜開學｜開張 ③開發，啟發，打通：開化｜開荒｜開解｜開掘｜開墾｜開礦｜開闢｜開拓｜開鑿 ④張開，舒展：開放｜開花｜開懷｜開啟｜開心｜開顏｜開張｜盛開 ⑤發動，操縱：開車｜開動｜開航｜開炮｜開戰 ⑥用在動詞後表示效果等：避開｜拆開｜打開｜翻開｜放開｜分開｜解開｜揭開｜剖開｜撕開｜推開｜展開 ⑦開始舉行：開會｜開庭｜召開 ⑧解凍：開凍｜開河｜開化 ⑨釋放，解除，支出：開恩｜開放｜開禁｜開釋｜開脫｜開胃｜開薪｜開齋｜開支

揩 kāi

揩楷(顏真卿)

【析形】揩字《說文》所無。楷書左旁是"扌"(手)，意符，表明字義與手的動作有關；右旁是皆，聲符，表示讀音(揩、皆二字古音同韻部)。形聲字。

【釋義】擦拭，抹：揩汗｜揩拭｜揩油

凱 (凯) kǎi

豈篆 **凱**楷(敬使君碑) **凱**楷(顏真卿)

【析形】凱字小篆作"豈"。下部像鼓和鼓架之形，上部像鼓上的飾物，表示擊鼓奏樂。象形字。楷書形一左上部訛作"山"，後人誤以為"山"與右旁的"几"

合為"微"字（省減），聲符，表示讀音（凱、微二字古音同韻部）。成為形聲字。

【簡化】楷書簡體"凯"左旁下部根據草書楷化而成。

【釋義】軍隊得勝所奏的樂曲：凱歌｜凱旋｜奏凱

慨〔嘅〕kǎi

𢢇篆 慨楷（褚遂良）

【析形】慨字小篆左旁是心，意符，表明字義與心理感受有關；右旁是既，聲符，表示讀音（慨、既二字古音同韻部）。形聲字。隸變後，心字在字左側為偏旁時寫作"忄"。異體字以"口"為意符，表明字的引申義與口的行為有關。

【釋義】◎本義指激昂，憤激：憤慨｜慷慨激昂　◇引申①有所感觸而歎息：慨然｜慨歎（此義異體又作"嘅"）｜感慨　②大方，不吝嗇：慨然｜慨允｜慷慨解囊

楷 kǎi

榩篆 楷隸（隸辨）楷楷（褚遂良）

【析形】楷字小篆左旁是木，意符，表明字義與樹木有關；右旁是皆，聲符，表示讀音（楷、皆二字古音聲母相同，韻母同部）。形聲字。隸、楷書沿襲小篆。

【釋義】◎本義指樹名，即黃連木。△音借表示法式，模範：楷模　◇引申指漢字書體的一種，楷書：楷體｜楷字｜工楷｜小楷｜正楷

刊 kān

㓝篆 干刂隸（張遷碑）刊楷（顏真卿）

【析形】刊字小篆右旁是刀，意符，表示工具；左旁是干，聲符，表示讀音。形聲字。隸變後，刀字在字右側為偏旁時寫作"刂"。

【釋義】◎本義指削，削除。◇引申①刪除，修改：刊謬｜刊誤　②刻，雕刻：刊版｜刊刻｜刊石　③排印出版：刊佈｜刊登｜刊行｜刊印｜刊載　④報紙、雜誌一類的出版物：刊物｜報刊｜創刊｜叢刊｜期刊｜書刊

看 kān

【析形】見"看kàn"。

【釋義】◎本義指遠望。音kàn。◇引申①守護照料：看管｜看護｜看家｜看門｜看守　②監視，注視：看守｜看押（以上各引申義音kān）

堪 kān

堪篆 堪楷（顏真卿）

【析形】堪字小篆左旁是土，意符，表明字的初義與土地有關；右旁是甚，聲符，表示讀音（堪、甚二字古音同韻部）。形聲字。楷書沿襲小篆。

【釋義】◎本義指地面突起。△音借表示能忍受，能承當：難堪｜狼狽不堪　◇引申表示能，可以：堪稱｜不堪設想｜不堪一擊｜不堪造就

勘 kān

勘篆 勘楷（顏真卿）

【析形】勘字小篆右旁是力，意符，表明字義與氣力有關；左旁是甚，聲符，表示讀音（勘、甚二字古音同韻部）。形聲字。楷書沿襲小篆。

【釋義】◎本義指校jiào訂，核對：勘誤｜勘正｜校jiào勘　◇引申指探測，實地查看：勘測｜勘察｜勘探｜查勘

砍 kǎn

砍楷（顏真卿）

【析形】砍字《說文》所無。楷書左旁是石，意符，表示工具；右旁是欠，表示讀音。形聲字。

【釋義】用刀、斧等劈：砍柴｜砍刀｜砍伐

坎〔埳〕kǎn

凵篆 埳篆 坎楷（顏真卿）

【析形】坎字小篆形一像地陷之形，為"坎"字初文（凵、坎二字古音聲母相同，韻母韻部相近）。象形字。形二左旁是土，意符，表明字義與土地有關；右旁是欠，聲符，表示讀音（古音坎、欠二字聲

母相同，韻母同部）。形聲字。楷書沿襲小篆形二。異體字聲符為"臽"。

【釋義】◎本義指低陷不平的地方，坑：坎坷。又指田野中自然形成或人工修築的條狀隆起物：坎子｜石坎｜田坎｜土坎　△因聲通"檻 kǎn"：門坎兒

看 kàn

篆看 楷(顏真卿)

【析形】看字小篆上部是手，下部是目，均為意符，"手"在"目"上，取意望遠。會意字。楷書手形略變。

【釋義】◎本義指用眼睛接觸客觀事物：看見｜察看｜觀看｜收看　◇引申①探望，訪問：看望　②觀察並加以判斷，認為：看穿｜看淡｜看法｜看好｜看破｜看相　③對待：看待｜小看｜刮目相看　④照料：看顧｜照看　⑤診治：看病｜看脈　⑥表示試一試（以看是否合適）：穿穿看｜找找看

康 kāng

甲 金 篆 隸(華山神廟碑)

康 楷(顏真卿)

【析形】康字甲骨文像篩子篩糠之形，當為"糠"字本字。象形字。金文、小篆把篩形訛作庚，誤為聲符，成為形聲字。隸書筆畫化，更失初形。楷書沿襲隸書。

【釋義】◎本義指糠。△音借表示安樂，安定：康樂｜小康　◇引申①富裕，豐盛：康年｜國富民康　②健康：康復｜康健｜安康　③廣大：康衢｜康莊大道

糠 〔穅〕 kāng

篆穅 楷(褚遂良) 糠 楷(顏真卿)

【析形】"糠"字本作"康"（見"康"字）。小篆左旁是禾，意符，表明字義與禾穀有關；右旁是康，意符兼聲符，本義即"糠"，也表示讀音。會意兼聲字。楷書形一沿襲小篆；形二以"米"為意符，取意與"禾"同。

【釋義】◎本義指稻、麥、穀子等農作物子實的皮或殼：糠秕｜糠油｜稻糠｜糟糠　◇引申指空虛，質地不實：糠心兒｜糠蘿蔔

慷 kāng

篆忼 楷(顏真卿)

【析形】慷字小篆左旁是心，意符，表明字義與心緒有關；右旁是亢，聲符，表示讀音。形聲字。楷書改聲符為"康"。隸變後，心字在字左側為偏旁時寫作"忄"。

【釋義】〔慷慨〕◎本義指情緒激昂：慷慨陳詞｜慷慨激昂｜慷慨就義　◇引申指大方，不計較吝惜：慷慨解囊

扛 káng

【析形】見"扛 gāng"。

【釋義】◎本義指用兩手舉（重物）。音 gāng。◇引申①指用肩承擔（物體）：扛活｜扛槍｜扛長工　②忍耐，承受：扛住（以上各引申義音 káng）

抗 kàng

篆抗 楷(顏真卿)

【析形】抗字小篆左旁是手，意符，表明字義與手的動作有關；右旁是亢，聲符，表示讀音。形聲字。隸變後，手字在字左側為偏旁時寫作"扌"。

【釋義】◎本義指抵禦：抗暴｜抗旱｜抗拒｜抗禦｜抗災｜抗戰｜抗爭｜反抗｜頑抗　◇引申①對等：抗衡｜對抗｜分庭抗禮　②拒絕：抗辯｜抗命｜抗稅｜抗議

炕 kàng

篆炕 楷(顏真卿)

【析形】炕字小篆左旁是火，意符，表明字義與火有關；右旁是亢，聲符，表示讀音。形聲字。楷書沿襲小篆。

【釋義】◎本義指用火烤乾。又指北方用土坯或磚砌成，下有孔道，可生火取暖的牀：炕頭｜燒炕

考 kǎo

甲 金 金 篆 隸(曹全碑)

考 楷(顏真卿)

【析形】考字甲骨文像老人持杖之形。象

K

形字。金文形一沿襲甲骨文。形二把手杖形訛作"丂"，成為以"老"(省減)為意符，"丂"為聲符的形聲字。小篆沿襲金文形二。隸書筆畫化，老人形盡失。楷書沿襲隸書。

【釋義】◎本義指老，高壽：壽考 ◇引申①(死去的)父親：先考│顯考 △音借①檢查：考察│考查│考勤│考驗│稽考 ②考試：考場│考官│考級│考生│報考│監考 ③研究，探求：考古│考究│參考│思考

烤 kǎo

烤楷(顏真卿)

【析形】烤字《說文》所無。楷書左旁是火，意符，表明字義與火有關；右旁是考，聲符，表示讀音。形聲字。

【釋義】◎本義指把東西放在火旁使之熟或乾燥：烤爐│烤肉│烘烤 ◇引申指向着火取暖：烤火│烤手

拷 kǎo

拷楷(顏真卿)

【析形】拷字《說文》所無。楷書左旁是"扌"(手)，意符，表明字義與手有關；右旁是考，聲符，表示讀音。形聲字。

【釋義】◎本義指打：拷打│拷問 △音借①拷綢(黑膠綢)的簡稱：拷紗│香雲拷 ②音譯詞的構詞語素〔拷貝〕

靠 kào

靠篆靠楷(顏真卿)

【析形】靠字小篆下部是非，甲骨文、金文像鳥奮飛張開的雙翅，意符，雙翅分張，取意相背；上部是告，聲符，表示讀音。形聲字。楷書沿襲小篆。

【釋義】◎本義指相背。◇引申①倚着：靠背│靠墊│靠椅│靠枕│倚靠 ②依靠：靠山│投靠│倚靠 ③信賴：可靠│牢靠 ④接近：靠岸│靠邊│靠近│停靠

銬 (銬) kào

銬楷(顏真卿)

【析形】銬字《說文》所無。楷書左旁是金，意符，表明字義與金屬有關；右旁是考，聲符，表示讀音。形聲字。

【簡化】簡化字"銬"的意符"钅"根據草書楷化而成。

【釋義】◎本義指一種鎖手腕的刑具：鐐銬│手銬 ◇引申指戴手銬：銬上

科 kē

科篆科楷(顏真卿)

【析形】科字小篆左旁是禾，意符，表明字的初義與禾穀有關；右旁是斗，本指量具，意符，以量度禾穀取意衡量。會意字。楷書沿襲小篆。

【釋義】◎本義指本義指衡量。◇引申①物的品類、等級。②法律條文：科條│金科玉律│作奸犯科 ③封建時代的分科考選：科場│科第│科舉│登科 ④過去培養戲曲演員的教學組織：科班│出科│坐科 ⑤古典戲曲劇本中稱演員舞台動作或表情：科白│打科│笑科│插科打諢 ⑥生物學上分類系統用的一個術語：科目│豆科 ⑦科學，關於自然社會和思維的知識體系：科技│科普│科研│科學家 ⑧學術或業務的類別：本科│工科│理科│文科│醫科│專科│教科書│百科全書 ⑨行政部門按工作性質分設的單位：科室│科長│行政科

棵 kē

棵楷(顏真卿)

【析形】棵字《說文》所無。楷書左旁是木，意符，表明字義與樹木有關；右旁是果，聲符，表示讀音(棵、果二字古音同韻部)。形聲字。

【釋義】◎本義指斷木。◇引申作量詞，多用於植物：一棵樹│三棵菜

顆 (顆) kē

顆篆顆楷(顏真卿)

【析形】顆字小篆右旁是頁，本義指頭(見"頁"字)，意符，表明字的初義與頭有關；左旁是果，聲符，表示讀音(顆、果二字古音同韻部)。形聲字。楷書沿襲小篆。

【簡化】簡化字"颗"意符的簡化見"頁"字。

【釋義】◎本義指小頭。◇引申作量詞，多用於圓形或顆粒狀的東西：幾顆豆子│一顆珍珠

珂 kē

【析形】見"珂 kě"。

【釋義】〔珂拉 kē lā〕土塊。

苛 kē

苛金 苛篆 苛隸(馬王堆帛書) 苛楷(顏真卿)

【析形】苛字金文上部是"艸"，意符，表明字義與植物有關；下部是可，聲符，表示讀音。形聲字。小篆、隸、楷書沿襲金文。

【釋義】◎本義指小草。◇引申①瑣碎，繁細：苛細│苛雜│苛捐雜稅 ②過分嚴厲：苛待│苛刻│苛求│苛責

呵 kē

【析形】見"呵 hē"。

【釋義】◎本義指呼氣，哈氣。音 hē。△音借作音譯詞的構詞語素〔呵叻 kēlè〕地名，在泰國。

磕 kē

唈篆 磕楷(顏真卿)

【析形】磕字小篆左旁是石，意符，表明字的初義與石頭有關；右旁是盍，聲符，表示讀音。楷書沿襲小篆。形聲字。

【釋義】◎本義指石頭相碰發出的聲響。◇引申①碰在硬東西上：磕碰│磕頭碰腦 ②敲打：磕掉黏在勺子上的糖 ③磕頭

蝌 kē

蝌楷(顏真卿)

【析形】蝌字《説文》所無。楷書左旁是虫（蝌蚪狀似蟲），意符；右旁是科，聲符，表示讀音。形聲字。

【釋義】〔蝌蚪〕蛙或蟾蜍等兩棲動物的幼體，黑色，圓頭尖尾，有鰓，生活在水中，逐漸發育生出前肢和後肢，尾巴消失，最後變為成體。

殼 (壳) ké

【析形】見"殼 qiào"。

【釋義】◎本義指從上擊下。音 qiào。△音借表示硬的外皮。音 ké：殼子│貝殼│蛋殼│彈殼│卡 qiǎ 殼│硬殼

咳 ké

【析形】見"咳 hāi"。

【釋義】咳嗽：乾咳│止咳

可 kě

可甲 可金 可篆 可隸(孔彪碑) 可楷(顏真卿)

【析形】可字甲骨文右旁像斧柯之形，內中是口，聲符，表示讀音（可、口二字聲母相同，韻母同部）。形聲字。金文沿襲甲骨文。小篆斧頭形略變。隸、楷書沿襲小篆。

【釋義】◎本義當指斧柯。△音借表示①能夠，可以：可見│可能│可行│可知 ②同意：可否│不可│認可│許可 ③值得：可愛│可悲│可恥│可觀│可貴│可敬│可憐│可怕│可喜 ④適合，合宜：可口│可體│可意 ⑤連詞，表示轉折關係：可就│可是

渴 kě

恳金 渴篆 渴隸(馬王堆帛書) 渴楷(顏真卿)

【析形】渴字金文左旁是水，意符，表明字義與水有關；右旁是曷，聲符，表示讀音。形聲字。小篆沿襲金文。隸變後，水字在字左側為偏旁時寫作"氵"。

【釋義】◎本義指水盡，水乾涸。◇引申①口乾，想喝水：乾渴│飢渴│解渴│止渴 ②比喻急切：渴慕│渴念│渴求│渴望

可 kè

【析形】見"可 kě"。

【釋義】◎本義當指斧柯。音 kě。△音借作音譯詞的構詞語素〔可汗 kèhán〕古代鮮卑、突厥、蒙古等族君主的稱號。

K

克 (尅)〔尅〕kè

克 楷（顏真卿）尅 楷（安樂王墓誌）

【析形】克字甲骨文形一像一個戴盔執戈的武士之形；形二省去"戈"，取意戰勝、攻克。象形字。金文沿襲甲骨文形二。小篆形體訛變。隸書更失初形。楷書形一沿襲隸書；形二增"刂"為意符，取意與"戈"同。

【釋義】◎本義指制勝，戰勝：克服｜克敵制勝｜攻無不克 ◇引申①制服，抑制：克服｜克己｜克制｜以柔克剛 ②嚴格限定（日期）：克期動工｜克日完成（以上本義及引申義又作"尅"。異體字增"寸"為意符）③表示能：克勤克儉｜不克分身 △音借表示①公制重量單位：毫克｜千克 ②藏語容量單位，1克青稞約 25 市斤。又表示地積單位，播種 1 克種子的土地稱為 1 克地，約合 1 市畝。③音借作音譯詞的構詞語素〔克拉〕〔克隆〕〔撲克〕〔坦克〕〔休克〕〔巧克力〕

坷 kě

坷 篆 坷 楷（顏真卿）

【析形】坷字小篆左旁是土，意符，表明字義與土地有關；右旁是可，聲符，表示讀音。形聲字。隸、楷書沿襲小篆。

【釋義】◎坑坑窪窪高低不平的地：坎坷 ◇引申比喻不得志：一生坎坷

刻 kè

刻 篆 刻 隸（華山神廟碑）刻 楷（顏真卿）

【析形】刻字小篆右旁是刀，意符，表示工具；左旁是亥，聲符，表示讀音（刻、亥二字古音韻部相近）。形聲字。隸變後，刀字在字右側為偏旁時多寫作"刂"。

【釋義】◎本義指雕刻：刻板｜刻畫｜鏤刻｜木刻｜石刻｜篆刻 ◇引申①計時單位（古代以銅漏壺計時，一晝夜分為百刻，按節令，晝夜刻數不同：冬至，晝 45 刻，夜 55 刻；夏至，晝 55 刻，夜 45 刻。至清代始用時鐘，以 15 分為一刻，4 刻為

一小時），表示時間：此刻｜即刻｜立刻｜片刻｜頃刻 ②不靈活，不厚道，冷酷無情：刻板｜刻薄｜刻毒｜尖刻 ③形容程度極深：刻骨｜刻苦｜刻意｜深刻

客 kè

客 金 客 篆 客 隸（居延簡）客 楷（顏真卿）

【析形】客字金文上部像屋宇形，隸作"宀"，意符，表明字義與房屋有關；下部是各，本義指來，意符兼聲符，表示客至，也表示讀音。會意兼聲字。小篆、隸、楷書沿襲金文。

【釋義】◎本義指寄住，寄居。◇引申①寄居或遷居外地的人：客籍｜客居｜客姓 ②客人，外來的，與"主"相對：客串｜客套｜賓客｜待客｜過客｜好 hào 客｜會客｜請客 ③量詞，用於論份出售的食品、飲料：一客奶茶｜兩客豬扒飯 ④交通、商業、旅遊等行業對主顧的稱呼：客艙｜客車｜客房｜客機｜客流｜客輪｜客運｜客棧｜乘客｜顧客｜旅客｜遊客 ⑤不以人的主觀意識為轉移的獨立存在：客觀｜客體 ⑥為一定目的而從事某種活動的人：刺客｜劍客｜掮客｜食客｜説客｜俠客｜政客

課 (课) kè

課 篆 課 隸（居延簡）課 楷（顏真卿）

【析形】課字小篆左旁是言，意符，表明字義與言語有關；右旁是果，聲符，表示讀音（課、果二字古音同韻部）。形聲字。隸、楷書沿襲小篆。

【簡化】簡化字"课"的意符"讠"根據草書楷化而成。

【釋義】◎本義指考查，考核。◇引申①教學考核的科目：課程｜主課 ②有計劃地分段教學：課本｜課表｜課室｜上課 ③教學的時間：課時｜一節課 ④教材的段落：第一課

肯 〔肎〕kěn

肯 金 肯 篆 肎 隸（馬王堆帛書）肯 楷（顏真卿）

【析形】肯字金文外廓像房屋形，取意未

明；下部是肉，表明字義與筋肉有關。小篆作"冐"。隸書沿襲小篆。楷書上部訛作"止"。

【釋義】◎本義指緊附在骨上的筋肉。◇引申比喻要害的地方：肯綮｜中zhòng肯 △音借①同意，許可：肯定｜首肯 ②願意，不拒絕：不肯｜寧nìng肯

墾 (垦) kěn

墾篆 墾楷(顏真卿)

【析形】墾字小篆下部是土，意符，表明字義與土地有關；上部是狠，聲符，表示讀音。形聲字。楷書沿襲小篆。

【簡化】簡化字"垦"是用更換聲符的方法，以筆畫較簡的"艮"為聲符，替換了筆畫繁複的"狠"。

【釋義】翻耕，開發土地：墾地｜墾荒｜墾殖｜開墾｜林墾｜農墾

懇 (恳) kěn

懇篆 懇楷(褚遂良) 恳楷(顏真卿)

【析形】懇字小篆下部是心，意符，表明字義與心性有關；上部是狠，聲符，表示讀音。形聲字。楷書形一沿襲小篆。

【簡化】楷書簡體"恳"是用更換聲符的方法，以筆畫較簡的"艮"為聲符，替換了筆畫繁複的"狠"。

【釋義】真誠：懇切｜懇請｜懇求｜懇談｜誠懇｜勤懇

啃 〔齦〕kěn

齦篆 啃楷(顏真卿)

【析形】啃字小篆左旁是齒，意符，表明字義與牙齒有關；右旁是艮，聲符，表示讀音。形聲字。楷書為後起形聲字。左旁是口，意符，表明字義與口的動作有關；右旁是肯，聲符，表示讀音。

【釋義】◎本義指一點一點地往下咬：啃青｜啃骨頭 ◇引申比喻一點一點讀懂、領會書本的知識：啃書本

吭 kēng

【析形】見"吭háng"。

【釋義】出聲，說話：吭氣｜吭聲｜一聲不吭

坑 kēng

坑楷(顏真卿)

【析形】坑字《說文》所無。楷書左旁是土，意符，表明字義與土地有關；右旁是亢，聲符，表示讀音。形聲字。

【釋義】◎本義①地上深陷的地方，即窪地，溝壑：彈坑｜泥坑｜沙坑｜陷坑 ②指地洞，地道：坑道｜坑井｜坑口｜礦坑 ◇引申①挖坑活埋人：坑殺｜焚書坑儒 ②用手段欺騙或陷害：坑害｜坑蒙mēng｜坑人

空 kōng

空金 空篆 空隸(史晨碑) 空楷(龍藏寺碑)

【析形】空字金文上部是穴，本義為土室、岩洞，意符，取意中空；下部是工，聲符，表示讀音。形聲字。小篆、隸、楷書沿襲金文。

【釋義】◎本義指空虛，裏面沒有東西：空腹｜空曠｜空闊｜空廊｜空身｜空手｜空心｜架空｜憑空｜真空 ◇引申①沒有內容，不切實際：空洞｜空泛｜空幻｜空論｜空談｜空文｜空想｜空虛 ②沒有結果的，白白地：空喊｜空耗｜空忙｜空跑｜空轉｜落空 ③天空：空防｜空間｜空軍｜空戰｜空中｜碧空｜當空｜航空｜領空｜太空｜星空

孔 kǒng

孔金 孔篆 孔隸(曹全碑) 孔楷(李璧碑)

【析形】孔字金文左下是子，頭部加指事符號表示小兒腦囟未合。指事字。小篆把右上的指事性符號與"子"分離。隸、楷書沿襲小篆。

【釋義】◎本義指小兒腦囟未合。◇引申①通達：孔道 ②小洞，窟窿：孔洞｜孔隙｜孔型｜孔穴｜毛孔｜氣孔｜瞳孔｜針孔｜鑽孔

恐 kǒng

恐金 恐篆 恐隸(乙瑛碑) 恐楷(顏真卿)

【析形】恐字金文下部是心，意符，表明

字義與心理感受有關；上部是工，聲符，表示讀音。形聲字。小篆左下是心，左上的"工"與右旁合為"巩"，聲符，表示讀音。隸、楷書沿襲小篆。

【釋義】◎本義指畏懼，害怕：恐怖｜恐慌｜恐懼　◇引申①使害怕：恐嚇　②擔心，估計：恐怕｜深恐｜唯恐

空 kòng

【析形】見"空kōng"。

【釋義】◎本義指空虛。音kōng。◇引申①閒着、未被利用的時間、地方或職位：空白｜空地｜空額｜空缺｜空隙｜空暇｜空閒｜抽空｜留空｜填空｜偷空　②使空：空出兩間房　③欠，缺：虧空(以上各引申義音kòng)

控 kòng

㧭篆 控楷(顏真卿)

【析形】控字小篆左旁是手，意符，表明字義與手的動作有關；右旁是空，聲符，表示讀音。形聲字。隸變後，手字在字左側為偏旁時寫作"扌"。

【釋義】◎本義指引弓(拉開弓弦)。◇引申①操縱，駕馭，掌握：控股｜控制｜搖控　②揭發，告發：控方｜控告｜控拆｜控罪｜申控｜指控

摳 (抠) kōu

摳篆 扌區隸(隸辨) 摳楷(褚遂良)

【析形】摳字小篆左旁是手，意符，表明字義與手的動作有關；右旁是區，聲符，表示讀音(摳、區古音二字聲母相同，韻母同部)。形聲字。隸變後，手字在字左側為偏旁時寫作"扌"。

【簡化】簡化字"抠"聲符的簡化見"區"字。

【釋義】◎本義指提起：摳衣　◇引申①用手指或細小的東西挖：摳耳朵　②不必要的深究：摳字眼

口 kǒu

口甲 口金 口篆 口楷(顏真卿)

【析形】口字甲骨文、金文均像張口之形。

象形字。小篆、楷書沿襲甲、金文。

【釋義】◎本義指人和動物用來發聲和進食的器官的一部分：口腔　◇引申①言語，說話：口碑｜口才｜口氣｜口算｜口吻｜口誤｜口信｜口譯｜口頭禪　②出入通過的地方：口岸｜隘口｜岔口｜出口｜道口｜港口｜關口｜進口｜入口｜閘口　③長城的關口：口北｜口馬｜口蘑｜口外　④破裂的地方：口子｜創chuāng口｜決口｜缺口　⑤泛指人，地區、家庭的人的總數：口糧｜戶口｜家口｜人口　⑥容器通外面的地方：口徑｜封口｜瓶口　⑦對味道的感覺、喜好：口感｜口輕｜口味｜口重｜可口｜膾炙人口　⑧量詞：兩口井｜三口人

扣 kòu

扣篆 扣楷(顏真卿)

【析形】扣字小篆左旁是手，意符，表明字義與手的動作有關；右旁是口，聲符，表示讀音。形聲字。隸變後，手字在字左側為偏旁時寫作"扌"。

【釋義】◎本義指牽馬，勒住馬。◇引申①套住、攏住或抓住：扣人心弦｜把門扣上｜文章要緊扣主題　②器物口朝下(放置或覆蓋東西)：扣住｜把盆扣上　③強制截留下來：扣留｜扣押　④從中減除：扣除｜克扣｜打折扣｜不折不扣　⑤敲，擊：扣球｜扣殺

鈤 (扣) kòu

鈤篆

【析形】鈤字小篆左旁是金，意符，表明材質；右旁是口，聲符，表示讀音。形聲字。

【簡化】用同音合併的方法，以音近、筆畫較簡的"扣"代替了筆畫較繁的"鈤"，合併了鈤、扣二字的意義。

【釋義】◎本義指用金玉等緣飾器物口。又指鈕釦：釦子｜衣釦　◇引申指打結子：活釦兒

寇 kòu

寇甲 寇金 寇篆 寇隸(居延簡) 寇楷(顏真卿)

【析形】寇字金文外廓像屋宇形，隸作"宀"，內中左旁像一個人，右旁像有隻手

持棍棒從人後襲擊，均為意符，手持棍棒入室毆人，取意劫掠。會意字。小篆以"元"(本義指頭)代表人。隸書手持棒形作"攴"。楷書沿襲小篆。

【釋義】◎本義指劫掠：寇邊｜入寇　◇引申指強盜或外來的侵略者：草寇｜敵寇｜流寇｜外寇｜倭寇

枯 kū

柘篆　杖隸(隸辨)　枯楷(蘇孝慈墓誌)

【析形】枯字小篆左旁是木，意符，表明字義與樹木有關；右旁是古，聲符，表示讀音。形聲字。隸、楷書沿襲小篆。

【釋義】◎本義指草木枯萎，失去水分或失去生機：枯草｜枯黃｜枯樹｜枯萎｜枯朽｜乾枯　◇引申①乾(井、河流等)，沒有水：枯乾｜枯竭｜枯井｜枯瘦　②芝麻、大豆、油茶等榨油後的渣滓，多製成餅狀，用作肥料或飼料：枯餅｜茶枯｜油枯　③單調，沒有趣味：枯寂｜枯澀｜枯燥

哭 kū

哭篆　哭楷(顏真卿)

【析形】哭字當是"喪"字的省變。小篆上部是兩個口，意符，表明字義與口的行為有關；下部是"犬"，取意未明。楷書沿襲小篆。

【釋義】因悲傷或過分激動而流淚、發聲：哭喊｜哭泣｜哭訴｜嚎哭｜啼哭｜痛哭

窟 kū

窟楷(顏真卿)

【析形】窟字《說文》所無。楷書上部是穴，意符，表示洞穴；下部是屈，聲符，表示讀音(窟、屈二字古音聲母相同，韻母同部)。形聲字。

【釋義】◎本義指洞穴：窟窿｜窟室｜山窟｜石窟　◇洞穴多陰暗不見光，故引申指壞人聚集做壞事的場所：賭窟｜匪窟｜魔窟

苦 kǔ

苦篆　苦隸(馬王堆帛書)　苦楷(顏真卿)

【析形】苦字小篆上部是"艸"，意符，表明字義與植物有關；下部是古，聲符，表示讀音。形聲字。隸、楷書沿襲小篆。

【釋義】◎本義指苦菜，即荼。◇引申①像膽汁、黃連的味道，與"甘"、"甜"相對：苦膽｜苦瓜｜苦澀｜苦味　②病苦，痛苦，難受：苦楚｜苦功｜苦難｜苦役｜悲苦｜辛苦　③忍受，盡力地：苦幹｜苦練｜苦思｜苦學　④為某種事物所苦，苦於：苦旱｜苦雨

庫 (库) kù

庫金　庫篆　庫隸(居延簡)　庫楷(褚遂良)　庫草(趙孟頫)

【析形】庫字金文外廓像屋宇形，隸作"广"，意符，表明字義與房屋有關；內中是車，亦為意符，表明字義與車有關。會意字。小篆、隸、楷書沿襲金文。

【簡化】簡化字"库"的意符"车"根據草書楷化而成。

【釋義】◎本義指藏兵器和戰車的處所。◇引申泛指貯存大量東西的建築物：庫藏 cáng｜庫存｜倉庫｜府庫｜國庫｜金庫｜冷庫｜入庫｜書庫

褲 (裤) kù

褲楷(顏真卿)

【析形】褲字《說文》所無。楷書左旁是"衤"(衣)，意符，表明字義與衣服有關；右旁是"庫"字簡體，聲符，表示讀音。形聲字。

【簡化】楷書簡體"裤"聲符的簡化見"庫"字。

【釋義】褲子，穿在腰部以下的衣服：褲襠｜褲腰｜棉褲｜西褲

酷 kù

酷篆　酷隸(隸辨)　酷楷(顏真卿)

【析形】酷字小篆左旁像一隻酒罈，意符，表明字的初義與酒有關；右旁是告，聲符，表示讀音(酷、告二字古音同韻部)。形聲字。隸、楷書沿襲小篆。

【釋義】◎本義指酒味濃厚：酷烈　◇引申①程度深：酷愛｜酷熱｜酷暑　②殘暴，嚴

K

苛：酷吏│酷刑│殘酷│冷酷│嚴酷

夸 kuā

玖 甲　ㄆ 金　亏 篆　夸 隸（隸辨）

【析形】夸字甲骨文右旁像正面人形，隸作"大"，表示大小義，取意奢侈；左旁是于，聲符，表示讀音（夸、于二字古音同韻部）。形聲字。金文"大"在上，"于"在下。小篆形一沿襲甲、金文而聲符"于"形體略變。

【釋義】◎本義指奢侈。◇引申指誇張，華言無實：夸誕

誇 (夸) kuā

誇 篆　誇 楷（顏真卿）

【析形】誇字小篆左旁是言，意符，取意言語不實；右旁是夸，聲符，表示誇大，也表示讀音。會意兼聲字。楷書沿襲小篆。

【簡化】簡化字是用同音合併的方法，以音同義近、筆畫較簡的"夸"代替筆畫較繁複的"誇"，合併了誇、夸二字的意義。

【釋義】◎本義指誇大：誇口│誇飾│誇耀│誇張│浮誇│虛誇 ◇引申指誇獎：誇讚│盛誇

垮 kuǎ

垮 楷（顏真卿）

【析形】垮字《說文》所無。楷書左旁是土，意符，表明字義與土築有關；右旁是夸，聲符，表示讀音。形聲字。

【釋義】◎本義指倒塌，崩潰：垮台│衝垮│搞垮 ◇引申①受到某種影響而到了無法支撐的程度：搞垮│累垮│拖垮 ②潰敗：打垮

挎 kuà

挎 楷（顏真卿）

【析形】挎字《說文》所無。楷書左旁是扌（手），意符，表明字義與手的動作有關；右旁是夸，聲符，表示讀音。形聲字。

【釋義】◎本義指胳膊彎起來掛住或鈎住

東西：挎着胳膊│挎着籃子 ◇引申①把東西掛在肩頭或腰裏 ②掛在肩頭或腰裏的：挎包│挎刀

跨 kuà

跨 篆　跨 隸（隸辨）　跨 楷（顏真卿）

【析形】跨字小篆左旁是足，意符，表明字義與腿腳有關；右旁是夸，聲符，表示讀音。形聲字。隸、楷書沿襲小篆。

【釋義】◎本義指抬腳邁出，越過：跨度│跨過│跨欄│跨越 ◇引申①越過界限：跨國│跨年度 ②騎：飛跨│橫跨

胯 kuà

胯 篆　胯 楷（顏真卿）

【析形】胯字小篆左旁是肉，意符，表明字義與身體的某部分有關；右旁是夸，聲符，表示讀音。形聲字。古文肉、月二字形近，隸變後，兩個字作偏旁時多同化寫作"月"。

【釋義】腰的兩側和大腿之間的部分：胯骨│胯下

會 (会) kuài

【析形】見"會 huì"。

【釋義】◎本義指蓋子。◇引申①會合在一起。音 huì。②總計。音 kuài：會計│財會

塊 (块) kuài

凷 篆　塊 篆　塊 隸（隸辨）　塊 楷（顏真卿）

【析形】塊字小篆形一外廓像土坷垃之形，中間是"土"，均為意符，表示土塊。會意字。形二左旁是土，意符，表示土塊；右旁是鬼，聲符，表示讀音（塊、鬼二字古音同韻部）。形聲字。隸、楷書沿襲小篆形二。

【簡化】簡化字"块"是用更換聲符的方法，以筆畫較簡的"夬"為聲符，替換了筆畫較繁複的"鬼"。

【釋義】◎本義指土塊。◇引申①泛指塊狀的東西：塊根│塊莖│塊壘│冰塊│方塊│煤塊│石塊│碎塊 ②表示塊狀物或某些片

K

狀物的量詞：一塊地｜兩塊石頭

快 kuài

帨篆 快隸(樓蘭簡) **快**楷(顏真卿)

【析形】快字小篆左旁是心，意符，表明字義與心理活動有關；右旁是夬，聲符，表示讀音。形聲字。隸書沿襲小篆。隸變後，心字在字左側為偏旁時寫作"忄"。

【釋義】◎本義指高興。也指身體舒服、使舒暢：快活｜快樂｜快慰｜快意｜歡快｜涼快｜爽快｜愉快 ◇引申①表示乾脆爽直：明快｜爽快｜痛快｜快人快語 ②靈敏：快手兒｜輕快｜眼明手快 ③速度高，與"慢"相對：快步｜快車｜快遞｜快攻｜快速｜快艇｜快信｜飛快 ④趕緊，從速：趕快｜加快｜儘快 ⑤鋒利，與"鈍"相對：快刀

筷 kuài

筷楷(顏真卿)

【析形】筷字《說文》所無。楷書上部是"⺮"(竹)，意符，表明材質；下部是快，聲符，表示讀音。形聲字。

【釋義】夾飯菜或其他東西的細長棍子：筷籠｜筷子｜碗筷｜竹筷

寬(寬) kuān

寬篆 寬隸(樓蘭簡) 寬楷(顏真卿)
寬草(陸游)

【析形】寬字小篆上部是"宀"，意符，表明字義與房屋有關；下部是莧，聲符，表示讀音。形聲字。隸書沿襲小篆。楷書下部訛作"莧"(右下少了"、")。

【簡化】簡化字"寬"的聲符根據草書楷化而成。

【釋義】◎本義指屋宇寬敞。◇引申①泛指範圍廣，橫的距離大，與"窄"相對：寬幅｜寬廣｜寬曠｜寬闊｜寬頻｜寬窄｜寬頻網 ②使寬，放寬：寬解｜寬舒｜寬慰｜寬限｜寬心 ③不苛求，不嚴厲，與"嚴"相對：寬大｜寬待｜寬厚｜寬讓｜寬容｜寬恕｜寬縱 ④富裕：寬綽｜寬餘

款〔款〕kuǎn

款甲 款篆 款楷(顏真卿)

【析形】款字甲骨文下部是示，意符，表明字義與祭祀有關(見"示"字)；上部左旁是木，右旁像一隻手，均為意符，古人祭祀，祭物繁多，需分類排列方得秩序井然，故於不同的祭品前豎一木樁作為標記，標明祭品的款類。會意字。小篆把手形訛作"欠"。楷書把"木"訛作"士"。

【釋義】◎本義當指(祭品)種類、樣式標記：款類｜款式｜行háng款 ◇引申①分條列舉的項目(法令、規章、條約等)：條款 ②器物上的字，書畫或信函的具名：款識zhì｜落款｜上款｜下款 ③由祭品引申指錢財：款額｜撥款｜貸款｜罰款｜匯款｜價款｜欠款｜現款｜債款｜專款 ④祭拜需心誠，引申指誠懇、忠誠：款留｜款洽｜款款深情 ⑤緩，慢：款步｜款款而行 ⑥招待：款待｜款客

筐 kuāng

匡金 匡篆 筐篆 筐隸(馬王堆帛書)
筐楷(顏真卿)

【析形】筐字金文外廓是匚，像方形盛物器，意符，表明字義與盛物器有關；內中是王，聲符，表示讀音。形聲字。小篆形一沿襲金文。形二上部增"⺮"(竹)為意符，表明材質。隸、楷書沿襲小篆形二。

【釋義】用竹篾、柳條、荊條等編的盛東西的器具：筐子｜菜筐｜籮筐｜竹筐

狂 kuáng

狂甲 狂篆 **狂**隸(馬王堆帛書)
狂楷(顏真卿)

【析形】狂字甲骨文右旁是犬，意符，表明字的初義與狗有關；左旁是往，聲符，表示讀音。形聲字。小篆意符在左，聲符在右。隸書改聲符為"王"，楷書沿襲隸書。隸變後，犬字在字左側為偏旁時寫作"犭"。

【釋義】◎本義指狂犬。◇引申①泛指神經錯亂，精神失常，言談舉止失常、不莊

K

重：狂人｜癲狂｜瘋狂 ②任情，無拘束：狂奔｜狂草｜狂放｜狂吼｜狂呼｜狂歡｜狂熱｜狂喜｜狂笑 ③極端的自高自大：狂暴｜狂人｜狂言｜狂妄｜猖狂｜兇狂｜張狂 ④猛烈，聲勢大：狂暴｜狂飆｜狂風｜狂瀾

曠 (旷) kuàng

曠篆 曠楷(褚遂良)

【析形】曠字小篆左旁是日，意符，表明字義與日光有關；右旁是廣，意符兼聲符，表示空廣，也表示讀音。會意兼聲字。隸書沿襲小篆。

【簡化】簡化字"旷"聲符的簡化見"廣"字。

【釋義】◎本義指空廣明亮。◇引申①空而寬闊：曠野｜曠遠｜空曠｜寬曠 ②心境開闊：曠達｜心曠神怡 ③經歷很長久的時間，盡，絕：曠古｜曠代｜曠世 ④荒廢，耽誤：曠廢｜曠工｜曠課｜曠職｜曠日持久

況 〔况〕 kuàng

況篆 況隸(泰山金剛經) 況楷(李璧碑)

【析形】況字小篆左旁是水，意符，表明字的初義與水有關；右旁是兄，聲符，表示讀音(況、兄二字古音同韻部)。形聲字。隸變後，水旁寫作"氵"(隸書"氵"旁與"冫"旁常混用)。楷書沿襲隸書。

【釋義】◎本義指寒水。△音借表示比方：比況｜自況｜以古況今 ◇引申表示情狀，情形：概況｜家況｜近況｜境況｜情況｜盛況｜現況｜狀況

礦 (矿)〔鑛〕 kuàng

礦篆 矿楷(顏真卿)

【析形】礦字小篆左旁是石，意符，表明字義與石有關；右旁是黃，聲符，表示讀音。形聲字。異體字以"金"為意符，以"廣"為聲符。

【簡化】楷書簡體"矿"聲符的簡化見"廣"字。

【釋義】◎本義指鋼、鐵一類的礦石：礦砂｜鋼礦｜選礦｜黃鐵礦｜鋁土礦｜磁鐵礦 ◇引申①泛指埋藏在地下有開採價值的自然資源：礦藏 cáng｜礦產｜礦泉｜礦質｜金

礦｜開礦｜路礦｜煤礦｜鐵礦｜油礦 ②開採礦物的場所：礦工｜礦井｜礦業｜煤礦

框 kuàng

框楷(顏真卿)

【析形】框字《說文》所無。楷書左旁是木，意符，表明材質；右旁是匡，聲符，表示讀音。形聲字。

【釋義】◎本義指門檔，即嵌在牆上為裝置門窗用的架子：窗框｜門框 ◇引申①鑲在器物周圍起支撐、保護作用的東西：框子｜邊框｜方框｜鏡框兒 ②比喻事物的組織、結構，事先劃定的範圍，固有的格式：框框｜框架

眶 kuàng

眶楷(顏真卿)

【析形】眶字《說文》所無。楷書左旁是目，意符，表明字義與眼睛有關；右旁是匡，聲符，表示讀音。形聲字。

【釋義】眼眶，即眼的四周：熱淚盈眶

虧 (亏) kuī

虧篆 虧隸(景君碑) 亏楷(顏真卿)

【析形】虧、亏本是兩個字。

古文"亏"與"于"字同形，像氣舒之形(見"于"字)。

虧字小篆右旁是亏，意符，取意氣虧；左旁是雐，聲符，表示讀音。形聲字。隸書沿襲小篆。

【簡化】楷書簡體"亏"是用保留特徵、局部代全體的方法，保留意符"亏"代替全字，刪除了聲符"雐"。

【釋義】◎本義指氣損。◇引申 ①欠缺，缺少：虧短｜虧空｜虧欠｜理虧｜血虧｜功虧一簣 ②受損失，與"盈"相反：虧本｜虧耗｜虧蝕｜虧損｜吃虧｜盈虧 ③虧負，對不起：虧待｜虧心 △音借表示①幸而：虧得｜多虧｜幸虧 ②表示譏諷：虧你説得出口

盔 kuī

盔楷(顏真卿)

【析形】盔字《說文》所無。楷書下部是皿，意符，表明字的初義與器皿有關；上部是灰，聲符，表示讀音。形聲字。
【釋義】◎本義指盂、缽一類的容器。◇因其形狀與頭盔相似，故引申①兵士、消防人員等用來護頭的帽子：盔甲｜鋼盔 ②形狀像盔的帽子或其他東西：白盔｜鍋盔｜帽盔｜藤盔

窺 (窥)〔闚〕kuī

篆窺 楷(顏真卿) 草(孫過庭)
【析形】窺字小篆上部是穴，本義指地下土室，意符，取其隱蔽之意；下部是規，聲符，表示讀音。形聲字。楷書沿襲小篆。異體字以"門"為意符，取意從門隙中窺望。
【簡化】簡化字"窥"的聲符"规"根據草書楷化而成。
【釋義】從孔隙或隱蔽處偷看：窺測｜窺見｜窺視｜窺探｜管窺

葵 kuí

篆葵 隸(肥致碑) 楷(顏真卿)
【析形】葵字小篆上部是"艸"，意符，表明字義與植物有關；下部是癸，聲符，表示讀音。形聲字。隸書聲符形體略變。楷書沿襲隸書。
【釋義】①菜名。可食用，又名冬葵子，二年生草本植物，可入藥。②菊科草本植物：葵花｜龍葵｜向日葵 ③蒲葵。

魁 kuí

篆魁 隸(石門頌) 楷(顏真卿)
【析形】魁字小篆右旁是斗，本指古代一種有柄的酒器，意符，表示形狀像斗的勺子；左旁是鬼，聲符，表示讀音。形聲字。隸、楷書沿襲小篆。
【釋義】◎本義指形狀像斗的、大頭長柄的湯勺。◇引申①大，高大的事物：魁岸｜魁偉｜魁梧 ②為首的領頭兒：魁首｜黨魁｜奪魁｜花魁｜罪魁禍首 ③北斗七星中形成斗形的第一至第四星的總稱：魁星

傀 kuǐ

篆傀 楷(顏真卿)
【析形】傀字小篆左旁是"人"，意符，表明字義與人的活動有關；右旁是鬼，聲符，表示讀音。形聲字。隸變後，人字在字左側為偏旁時寫作"亻"。
【釋義】〔傀儡〕◎本義指木偶戲裏的木頭人。◇引申比喻受人操縱的人或組織：傀儡戲｜傀儡政權

愧 〔媿〕kuì

篆愧 篆愧 楷(顏真卿)
【析形】愧字小篆形一左旁是女，意符，取意羞慚；右旁是鬼，聲符，表示讀音。形聲字。形二意符為心，表明字義與心理活動有關。楷書沿襲小篆形二。隸變後，心字在字左側為偏旁時寫作"忄"。
【釋義】羞慚：愧恨｜愧悔｜愧疚｜愧痛｜抱愧｜慚愧｜羞愧

潰 (溃) kuì

篆潰 隸(馬王堆帛書) 楷(褚遂良)
【析形】潰字小篆左旁是水，意符，表明字義與水有關；右旁是貴，聲符，表示讀音。形聲字。隸變後，水字在字左側為偏旁時寫作"氵"。
【簡化】簡化字"溃"聲符的簡化見"贵"字。
【釋義】◎本義指水沖破堤壩：潰堤｜潰決 ◇引申①垮台，散亂：潰敗｜潰亂｜潰滅｜潰散｜潰逃｜潰退｜崩潰｜擊潰 ②肌肉組織腐爛：潰爛｜潰瘍

昆 〔崑、崐〕kūn

金篆篆昆 隸(孔彪碑) 楷(褚遂良)
【析形】昆字金文上部是日，以普天同日取其"同"之意；下部是比，亦取意"同"（古人釋："比者，並也，合也"）。會意字。小篆、隸、楷書沿襲金文。
【釋義】◎本義指同。《說文·日部》："昆，同也。"△音借表示①哥哥：昆弟｜昆仲 ②江蘇昆山的簡稱（此義又作"崑"

或"崑"）：昆劇｜昆腔｜昆曲　③眾多：昆
蟲　④子孫，後代：後昆　⑤昆明的簡稱：
成昆線

坤 kūn

坤篆 坤楷（顏真卿）

【析形】坤字小篆左旁是土，意符，表明字
義與土地有關；右旁是申，亦為意符，坤
為八卦之一，代表地，而土位在申，故字
以"申"為意符。會意字。楷書沿襲小篆。
【釋義】本義為易卦名，八卦之一，代表
地：乾 qián 坤｜扭轉乾坤　舊時也引申指
女姓：坤表｜坤角兒｜坤伶

捆〔綑〕kǔn

捆楷（顏真卿）

【析形】捆字《説文》所無。楷書左旁是
"扌"（手）；意符，表明字義與手的動作有
關；右旁是困，聲符，表示讀音。形聲
字。異體字以"糸"為意符，表示用繩索
捆綁。
【釋義】◎本義指編織時敲打使牢固。◇引
申①用繩子把散的東西綁在一起：捆綁｜
捆紮　②量詞：一捆柴

困 kùn

困甲 困篆 困隸（孔宙碑） 困楷（顏真卿）

【析形】困字甲骨文外廓是囗，像環圍
形，表示門的四邊；內中是木，意符，表
明材質。會意字。小篆、隸、楷書沿襲甲
骨文。
【釋義】◎本義指門橜（門四周的木樁）。
為"梱"字本字。◇引申①包圍：圍困｜坐
困　②陷在艱難痛苦之中：為病所困｜為情
所困　③艱難，窘迫：困厄｜困境｜困苦｜困
難｜貧困｜窮困

睏〔困〕kùn

【析形】睏字《説文》所無。左旁是目，意
符，表明字義與眼睛有關；右旁是困，聲
符，表示讀音。形聲字。
【簡化】簡化字是用同音合併的方法，以
音同、筆畫較簡的"困"代替筆畫較繁複

的"睏"，合併了睏、困二字的意義。
【釋義】◎本義指疲乏：睏憊｜睏乏｜睏倦｜
發睏　◇引申指睡：睏覺 jiào（方言指睡
覺）

擴（扩）kuò

扩楷（顏真卿）

【析形】擴字《説文》所無。楷書簡體左旁
是"扌"（手），意符，表明字義與手的動
作有關；右旁是"廣"字簡體，聲符，表
示讀音（擴、廣二古音韻部相近）。形聲
字。
【簡化】楷書簡體"扩"聲符的簡化見"廣"
字。
【釋義】放大，伸張，推廣：擴充｜擴大｜
擴建｜擴軍｜擴散｜擴展｜擴張

括 kuò

括篆 括隸（隸辨） 括楷（顏真卿）

【析形】括字小篆左旁是手，意符，表明
字義與手的動作有關；右旁是昏，聲符，
表示讀音（古音括、昏二字聲母相同，韻
母同部）。形聲字。隸書聲符訛作"舌"。
隸變後，手字在字左側為偏旁時寫作
"扌"。
【釋義】◎本義指結紮，捆束：括約肌　◇引
申指約束，包容，包含：括弧｜包括｜概括｜
簡括｜囊括｜搜括｜統括｜綜括

闊（阔）〔濶〕kuò

闊篆 闊楷（顏真卿） 阔草（米芾）

【析形】闊字小篆外廓是門，意符，取
寬疏之意；內中是活，聲符，表示讀音
（闊、活二字古音同韻部）。形聲字。楷書
沿襲小篆。
【簡化】簡化字"阔"的意符"門"根據草書
楷化而成。
【釋義】◎本義指疏遠。◇引申①疏略，
不切實際：闊略｜疏闊｜迂闊　②時間長：
闊別｜敍闊　③面積寬廣，與"狹"相對：
闊步｜廣闊｜開闊｜空闊｜遼闊｜壯闊　④富
有，奢侈：闊綽｜闊佬｜闊氣｜闊少｜擺闊

廓 kuò

廓隸(曹全碑)　廓楷(顏真卿)

【析形】廓字《説文》所無。隸書外廓是"广"，像高屋形，意符，表明字義與房屋有

關；內中是郭，聲符，表示讀音。形聲字。

【釋義】◎本義指屋舍寬闊：廓落｜恢廓｜空廓｜寥廓　◇引申①擴大：廓張　②外城：城廓　③指外部的周圍：耳廓｜恢廓｜輪廓

Ｌ

拉 lā

拉篆　拉楷(顏真卿)

【析形】拉字小篆左旁是手，意符，表明字義與手的動作有關；右旁是立，聲符，表示讀音(拉、立二字古音聲母相同，韻母同部)。形聲字。隸變後，手字在字左側為偏旁時寫作"扌"。

【釋義】◎本義指摧毀：摧枯拉朽　◇引申①牽引，牽制，扶助：拉車｜拉動｜拉鋸｜拉開｜拉力｜拉鏈｜拉手｜拉後腿｜拉下水｜危難時拉他一把　②牽引樂器的某一部分使它發出聲音：拉二胡｜拉提琴｜拉手風琴　③拖長，使延長：拉麵｜拉絲｜拉製　④聯絡，招攬：拉攏｜拉關係｜拉廣告｜拉交情｜拉買賣｜拉山頭　⑤閒聊扯：拉扯｜拉話｜拉家常　⑥用車載運：拉貨｜拉人　⑦排泄糞便：拉尿｜拉稀｜拉肚子　△音借作音譯詞的構詞語素〔拉丁文〕〔拉力賽〕

垃 lā

垃楷(顏真卿)

【析形】垃字《説文》所無。楷書左旁是土，意符，表明字義與塵土有關；右旁是立，聲符，表示讀音。形聲字。

【釋義】〔垃圾〕髒土或扔掉的東西。

啦 lā

【析形】見"啦 la"。

【釋義】〔啪啦〕象聲詞，形容拍掌或撞擊

的聲音。〔哇啦〕象聲詞，形容大哭聲、嘔吐聲等。

拉 (刺) lá

【析形】見"拉 lā"。

【釋義】◎本義指摧毀。音 lā。◇引申指劃開。音 lá：拉開｜拉破。此義也作"刺"。

喇 lǎ

喇楷(顏真卿)

【析形】喇字《説文》所無。楷書左旁是口，意符，以口能發出響聲取意；右旁是剌，聲符，表示讀音。形聲字。

【釋義】〔喇叭〕一種吹奏的管樂器，俗稱嗩吶。今又指有擴音作用的喇叭筒狀的東西。△音借組合〔喇嘛〕中國藏族、蒙族稱喇嘛教僧侶，意為"上人"、"師傅"。

落 là

【析形】見"落 luò"。

【釋義】◎本義指(樹葉)飄零。音 luò。◇引申指遺漏，丟下。音 là：落下｜丟三落四

腊 là

腊籀　腊隸(馬王堆帛書)　腊楷(歐陽詢)

【析形】腊字籀文下部是肉，意符，表明字義與肉有關；上部是昔，聲符，表示讀音。形聲字。隸書寫作左右結構。古文肉、月二字形近，隸變後，兩個字作偏旁

Ｌ

時多同化寫作"月"。
【釋義】乾肉。

臘 (腊)〔臈〕là

臘篆 臘楷(顏真卿)

【析形】臘字小篆左旁是肉,意符,表明字義與肉有關;右旁是巤,聲符,表示讀音。形聲字。異體字以"葛"為聲符。古文肉、月二字形近,隸變後,兩個字作偏旁時多同化寫作"月"。
【簡化】簡化字是用同音合併的方法,以音近、筆畫較簡的"腊"代替筆畫繁複的"臘",合併了臘、腊二字的意義。
【釋義】◎本義指祭名。古代在農曆十二月以酒肉等為祭品合祭眾神,稱"臘",故農曆十二月叫"臘月":臘八|臘梅 ◇引申指冬天(多在臘月)醃製後風乾或燻乾的肉類等:臘腸|臘肉|臘味|燻臘

蜡 là

蜡篆 蜡楷(顏真卿)

【析形】蜡字小篆左旁是虫,意符,表明字的初義與昆蟲有關;右旁是昔,聲符,表示讀音。形聲字。
【釋義】蠅蛆。今作"蠟"字的簡化字。

蠟 (蜡) là

【析形】蠟字《說文》所無。左旁是虫,表明字的初義與昆蟲有關;右旁是巤,聲符,表示讀音。形聲字。
【簡化】簡化字是用同音合併的方法,以音近、筆畫較簡的"蜡"代替筆畫繁複的"蠟",合併了蠟、蜡二字的意義。
【釋義】◎本義指蜜蜂分泌的脂質:蜂蠟 ◇引申①泛指動物、礦物或植物所產生的油質,具有可塑性,易熔化,不溶於水,溶於二硫化碳和苯:蠟版|蠟筆|蠟療|蠟染|蠟紙|白蠟|石蠟 ②專指蠟燭:蠟花|蠟台|蠟桿兒

辣 là

辣楷(顏真卿)

【析形】辣字《說文》所無。楷書左旁是

辛,意符,表明字義與辛辣味有關;右旁是"刺"字的省減,聲符,表示讀音。形聲字。
【釋義】◎本義指像薑、蒜、辣椒等有刺激性的味道:辣醬|辣味|酸辣|辛辣 ◇引申①酷熱,被火燒、鞭打後的疼痛感:火辣辣 ②狠毒:毒辣|心狠手辣

啦 la

啦楷(顏真卿)

【析形】啦字《說文》所無。楷書左旁是口,意符,以口能發出響聲取意;右旁是拉,聲符,表示讀音。形聲字。
【釋義】語氣助詞。是"了 le"和"啊 a"的合音詞,兼有"了"和"啊"的作用。

來 (来) lái

來甲 來金 來篆 来隸(乙瑛碑) 来草(王羲之)
来楷(高貞碑)

【析形】來字甲骨文像小麥之形,有麥穗、莖葉和根鬚。象形字。金文、小篆均沿襲甲骨文。隸書筆畫化失去初形。
【簡化】楷書簡體"来"根據草書楷化而成。
【釋義】◎本義指小麥。△音借表示由彼至此,與"去"、"往"相對:來賓|來訪|來回|來客|往來 ◇引申①從過去到現在:從來|古來|後來|向來|由來|原來 ②未來的:來日|來世|將來 ③用在動詞後,表示動作由彼至此:出來|飛來|歸來|過來|進來

萊 (莱) lái

萊篆 萊隸(王基碑) 萊楷(顏真卿)

【析形】萊字小篆上部是"艸",意符,表明字義與植物有關;下部是來,聲符,表示讀音。形聲字。隸、楷書沿襲小篆。
【簡化】簡化字"莱"聲符的簡化見"來"字。
【釋義】①草名。即藜草。藜科。一年生草本。②生滿雜草的荒地。

賴 (赖) lài

賴篆 賴隸(馬王堆帛書) 赖楷(顏真卿)

【析形】賴字小篆右下部是貝，意符，表明字義與財物有關（見"貝"字）；右上的"刀"與左旁合為"剌"字，聲符，表示讀音。形聲字。隸書聲符右上部的"刀"與下部的"貝"合成"負"。楷書沿襲隸書。

【簡化】楷書簡體"赖"意符的簡化見"貝"字。

【釋義】◎本義指贏利。◇引申①有所憑藉、依靠：信賴｜仰賴｜依賴｜倚賴 ②留在某處不肯走開：賴着不走 ③有事實而否認，故意拖延：賴債｜賴賬｜抵賴｜訛賴｜狡賴 ④責怪：不要賴別人

癩 (癞) lài

懶篆 癩楷（顏真卿）

【析形】癩字小篆寫作"癘"，左旁與右上的一橫合隸作"疒"，意符，表明字義與疾病有關（見"病"字）；右下是厲字的省減，聲符，表示讀音。形聲字。

【簡化】楷書簡體"癞"聲符的簡化見"賴"字。

【釋義】①麻風病：癩病 ②方言又稱黃癬為癩：癩瘡｜癩癬

蘭 (兰) lán

蘭篆 蘭隸（泰山金剛經）蘭楷（智永）

【析形】蘭字小篆上部是"艸"，意符，表明字義與植物有關；下部是闌，聲符，表示讀音。形聲字。隸、楷書沿襲小篆。

【簡化】簡化字"兰"是用符號代替的方法，下部用兩橫畫作為象徵性符號，替換了原字筆畫繁複的聲符"闌"。

【釋義】①蘭草，即澤蘭。一種香草。②木蘭。③蘭花，泛指蘭科植物。④蘭州的簡稱。

攔 (拦) lán

【析形】攔字《說文》所無。左旁是"扌"（手），意符，表明字義與手的動作有關；右旁是闌，聲符，表示讀音。形聲字。

【簡化】簡化字"拦"是用更換聲符的方法，以筆畫較簡的"兰"為聲符，替換了筆畫繁複的"闌"。

【釋義】阻擋：攔截｜攔腰｜攔住｜攔阻｜遮攔｜阻攔

欄 (栏) lán

欄隸（隸辨）栏楷（顏真卿）

【析形】欄字《說文》所無。隸書左旁是木，意符，表明材質；右旁是闌，聲符，表示讀音。形聲字。

【簡化】楷書簡體"栏"是用更換聲符的方法，以筆畫較簡的"兰"為聲符，替換了筆畫繁複的"闌"。

【釋義】◎本義指欄杆：跨欄｜憑欄｜柵欄 ◇引申①養家畜的圈：牛欄｜存欄 ②表格中區分項目的大格兒：備註欄 ③報刊書籍在版頁上用線條或空白隔開的部分：專欄｜廣告欄 ④報刊雜誌根據內容分設的部分：欄目｜專欄

藍 (蓝) lán

藍篆 藍楷（顏真卿）

【析形】藍字小篆上部是"艸"，意符，表明字義與植物有關；下部是監，聲符，表示讀音（藍、監二字古音同韻部）。形聲字。楷書沿襲小篆。

【簡化】簡化字"蓝"聲符的簡化見"監"字。

【釋義】◎本義為植物名。蓼藍。一年生草本植物，葉子可製藍色染料，稱靛青：靛藍｜馬藍｜青出於藍 ◇引申指深青色，像晴空的顏色：藍布｜藍天｜藍本｜藍圖

籃 (篮) lán

籃篆 篮楷（顏真卿）

【析形】籃字小篆上部是竹，意符，表明材質；下部是監，聲符，表示讀音（籃、監二字古音同韻部）。形聲字。

【簡化】簡化字"篮"聲符的簡化見"監"字。

【釋義】◎本義指竹製的籠子。◇引申①泛指有提樑的盛物器：籃子｜提籃｜搖籃｜竹籃 ②裝置在籃球架子上為投球用的鐵圈和網子：球籃｜投籃 ③籃球：籃球隊｜男籃｜女籃

瀾 (澜) lán

瀾篆 澜楷（顏真卿）澜草（蔡襄）

L

【析形】瀾字小篆左旁是水，意符，表明字義與水有關；右旁是闌，聲符，表示讀音。形聲字。隸變後，水字在字左側為偏旁時寫作"氵"。

【簡化】簡化字"澜"的聲符根據草書楷化而成。

【釋義】大的波浪：波瀾｜狂瀾｜推波助瀾

覽(览) lǎn

覽篆（張表碑）覽楷（虞世南）覽草（王羲之）览楷（顏真卿）

【析形】覽字小篆上部是監，義為視；下部是見，均為意符，取意觀看，監也表示讀音（覽、監二字古音同韻部）。會意兼聲字。隸、楷書沿襲小篆。

【簡化】楷書簡體"览"根據草書楷化而成。

【釋義】觀看，看：覽勝｜博覽｜瀏覽｜披覽｜遊覽｜閱覽｜展覽｜縱覽

懶(懒) lǎn

懶篆懶楷（顏真卿）懶草（蘇軾）

【析形】懶字《說文》小篆寫作"孏"。左旁是女，意符（在古人眼裏，許多不好的言行舉止都與女性有關）；右旁是賴，聲符，表示讀音。形聲字。楷書寫作"懶"。左旁是心，意符，表明字義與心性有關；右旁聲符仍是賴。

【簡化】簡化字"懒"聲符右旁根據草書楷化而成。

【釋義】◎本義指懈惰，不勤快，與"勤"相對：懶怠｜懶惰｜懶漢｜疏懶｜偷懶 ◇引申指疲倦無力：酸懶｜伸懶腰

攬(揽)〔擥〕lǎn

攬篆攬隸（隸辨）攬楷（顏真卿）

【析形】攬字小篆作"擥"。下部是手，意符，表明字義與手的動作有關；上部是監，聲符，表示讀音（攬、監二字古音同韻部）。形聲字。隸書聲符為"覽"，寫作左右結構。楷書沿襲隸書。隸變後，手字在字左側為偏旁時寫作"扌"。

【簡化】簡化字"揽"聲符的簡化見"覽"

字。

【釋義】◎本義指持，把持，掌管：攬權｜獨攬｜收攬｜總攬 ◇引申①把鬆散的東西聚攏到一起，使不散開：攬草｜攬趣 ②摟：把小孩攬在懷裏 ③拉到自己這方面或自己身上：攬活｜包攬｜承攬｜兜攬｜收攬｜招攬

纜(缆) lǎn

纜楷（顏真卿）

【析形】纜字《說文》所無。左旁是"糸"，意符，表明字義與繩有關；右旁是覽，聲符，表示讀音。形聲字。

【簡化】楷書簡體"缆"的意符"纟"根據草書楷化而成；聲符的簡化見"覽"字。

【釋義】◎本義指拴船用的繩索。◇引申①泛指拴車船的粗繩、鐵索或像纜的東西：纜車｜纜繩｜纜索｜電纜｜鋼纜｜解纜 ②用繩索拴（船）：纜舸｜纜舟

欖(榄) lǎn

欖楷（顏真卿）

【析形】欖字《說文》所無。楷書左旁是木，意符，表明字義與樹木有關；右旁是覽，聲符，表示讀音。形聲字。

【簡化】簡化字"榄"聲符的簡化見"覽"字。

【釋義】樹名，即"橄欖"。見"橄"。

爛(烂) làn

爛篆爛隸（馬王堆帛書）烂楷（顏真卿）

【析形】爛字小篆左旁是火，意符，表明字的初義與火有關；右旁是蘭，聲符，表示讀音。形聲字。隸書聲符為闌。

【簡化】楷書簡體"烂"是用更換聲符的方法，以筆畫較簡的"兰"為聲符，替換筆畫繁複的"蘭"或"闌"。

【釋義】◎本義指煮熟。◇引申①泛指因水分過多或過熟而鬆軟：爛飯｜爛糊｜稀爛 ②腐爛：潰爛｜霉爛｜糜爛｜朽爛 ③非常：爛熟｜爛醉 ④破碎：爛紙｜破爛｜海枯石爛 ⑤頭緒亂：爛賬｜爛攤子 ⑥許多東西熟透後燦然有光彩，故又引申指有光

彩：爛漫｜燦爛｜絢爛

濫(濫) làn

濫篆 濫隸(袁博碑) 濫楷(顏真卿)

【析形】濫字小篆左旁是水，意符，表明字義與水有關；右旁是監，聲符，表示讀音(濫、監二字古音同韻部)。形聲字。隸變後，水字在字左側為偏旁時寫作"氵"。

【簡化】簡化字"濫"聲符的簡化見"監"字。

【釋義】◎本義指水滿溢：濫觴｜泛濫 ◇引申①過度，無限制：濫伐｜濫殺｜濫用｜濫竽充數｜粗製濫造 ②虛浮，不實：陳詞濫調

郎 láng

郎篆 郎隸(禮器碑) 郎楷(崔敬邕墓誌)

【析形】郎字小篆右旁是邑，意符，表明字的初義與城邑有關；左旁是良，聲符，表示讀音。形聲字。隸變後，邑在字右側為偏旁時寫作"阝"。

【釋義】◎本義為春秋時代魯國城邑名。△音借表示①古代官名：郎中｜侍郎｜員外郎 ②中醫生：郎中 ③舊時女子稱丈夫或情人：郎君｜情郎 ④對某種人的稱呼：郎舅｜伴郎｜令郎｜女郎｜新郎

狼 láng

狼甲 狼篆 狼隸(周公祠碑)

【析形】狼字甲骨文右旁是犬，意符，表明字義的類屬與動物有關；左旁是良，聲符，表示讀音。形聲字。小篆意符在左，聲符在右。楷書沿襲小篆。隸變後，犬字在字左側為偏旁時寫作"犭"。

【釋義】◎一種形似狗的哺乳動物，毛黃灰色，尾下垂，性殘忍，能傷害人畜：狼狗｜狼嗥｜狼窩｜狼煙｜豺狼

廊 láng

廊篆 廊隸(華山神廟碑) 廊楷(顏真卿)

【析形】廊字小篆外廓是"广"，像高屋形，意符，表明字義與房屋有關；內中是郎，聲符，表示讀音。形聲字。隸、楷書沿襲小篆。

【釋義】◎本義指中堂兩旁的牆。◇引申①指堂下四周的廊屋。②室外有頂的過道，或指走廊：廊簷｜長廊｜穿廊｜畫廊｜迴廊｜遊廊｜走廊

琅 láng

琅篆 琅隸(居延簡) 琅楷(顏真卿)

【析形】琅字小篆左旁是玉，意符，表明字的初義與玉器有關；右旁是良，聲符，表示讀音。形聲字。隸、楷書沿襲小篆。

【釋義】◎本義指玉珠。又作像聲詞，形容玉石撞擊聲：琅琅 ◇引申比喻讀書聲。〔琳琅〕見"琳"。

榔 láng

榔篆 榔楷(顏真卿)

【析形】榔字小篆左旁是木，意符，表明字義與樹木有關，或表明材質；右旁是良，聲符，表示讀音。形聲字。楷書聲符為郎。

【釋義】〔檳榔〕果樹名。棕櫚科，常綠喬木，羽狀複葉。果實長橢圓形，橙紅色，可入藥。〔榔榆〕落葉喬木，木材可製車輪、農具等。

〔榔頭〕錘子

朗 lǎng

朗篆 朗隸(白石君碑) 朗楷(褚遂良)

【析形】朗字小篆左旁是月，意符，取意明亮；右旁是良，聲符，表示讀音。形聲字。隸書聲符在左，意符在右。楷書沿襲隸書。

【釋義】◎本義指明亮：豁朗｜開朗｜明朗｜清朗｜晴朗｜爽朗 ◇引申指聲音響亮：朗朗｜朗讀｜朗誦

郎 làng

【析形】見"郎 láng"。

【釋義】◎本義見"郎 láng"。△音借作蟲名：屎殼郎 làng

L

浪 làng

篆 浪 楷(昭仁寺碑)

【析形】浪字小篆左旁是水，意符，表明字義與水有關；右旁是良，聲符，表示讀音。形聲字。隸變後，水字在字左側為偏旁時寫作"氵"。

【釋義】◎本義為古水名。即漢水。音 láng。◇引申①大波，波浪。②像波浪起伏樣：浪船|浪橋|麥浪|熱浪|聲浪 ③沒有約束，放縱：浪費|浪跡|浪人|浪遊|放浪(以上各引申義音 làng)

撈 (捞) lāo

撈 楷(顏真卿)

【析形】撈字《說文》所無。楷書左旁是"扌"(手)，意符，表明字義與手的動作有關；右旁是勞，聲符，表示讀音。形聲字。

【簡化】簡化字"捞"聲符的簡化見"勞"字。

【釋義】◎本義指從水或其他液體裏取出：撈飯|捕撈|打撈|海底撈針 ◇引申指用不正當的手段取得：撈錢|撈取|撈外快|撈一把

勞 (劳) láo

金 金 古文 篆 勞 隸(樊敏碑)

勞 楷(元珍墓誌) 草(王獻之)

【析形】勞字金文形一上部是"熒"字的省減("熒"字金文像手舉火把形)；下部是心，均為意符，取意辛勞。會意字。形二下部的"衣"當是形一"心"旁的訛變；說文古文下部乃訛作"悉"。小篆下部是力，表明字義與力氣有關。隸、楷書沿襲小篆。

【簡化】簡化字"劳"根據草書略加改造而成。

"劳"字為偏旁類推簡化。例如：捞、唠、涝、痨等。

【釋義】◎本義指勞苦，辛勤：勞頓|勞乏|勞碌|勞神|積勞|耐勞|辛勞 ◇引申①勞

動：勞工|勞累|勞力|勞務|勞役|勞資|勞作|勤勞|效勞 ②煩勞：勞步|勞駕|有勞 ③功勞：勞績|勳勞 ④慰勞：勞軍|勞師|犒勞

嘮 (唠) láo

篆 嘮 楷(顏真卿)

【析形】嘮字小篆左旁是口，意符，表明字義與口的行為有關；右旁是勞，聲符，表示讀音。形聲字。

【簡化】楷書簡體"唠"聲符的簡化見"勞"字。

【釋義】〔嘮叨〕言語囉嗦，使人厭煩。

牢 láo

甲 甲 金 金 篆 牢 楷(顏真卿)

【析形】牢字甲骨文形一像牛在圈(juàn)內之形；形二圈內是羊，均為意符，表示養牲之圈。會意字。金文形一、形二分別沿襲甲骨文形一、形二。小篆沿襲甲、金文形一，內中定形為"牛"。楷書外廓訛作"宀"。

【釋義】◎本義指關牲畜的欄圈：牢籠|亡羊補牢。也指古代祭祀或宴享用的牲畜。甲骨卜辭用為犧牲的單位詞。古人在大的祭祀中用牲十分講究，每先選定然後別繫而養，牢即為繫牲以供祭祀的欄圈，有大、中、小等不同的規格，每種規格都有固定的牲數：太牢|三牢|少牢 ◇引申①監獄：牢房|牢獄|監牢|囚牢|水牢|坐牢 ②堅固，經久：牢固|牢記|牢靠|牢不可破

老 lǎo

甲 金 篆 老 隸(校官碑)

老 楷(顏真卿)

【析形】老字甲骨文像傴背扶杖之老者形象。象形字。金文把手杖形訛作"匕"。小篆沿襲金文。隸書老人形象已失。楷書沿襲隸書。

【釋義】◎本義指年歲大的人，與"少"、"幼"相對：老伯|老父|老邁|老年|老者|蒼老|垂老|敬老|衰老|養老 ◇引申①經

歷長，富有經驗的：老成｜老到｜老辣｜老練｜老農｜老手｜老把式｜老謀深算｜老於世故 ②原來的，陳舊的，與"新"相對：老本｜老調｜老家｜老路｜老派｜老友｜古老｜老地方｜老相識 ③長久：老等｜老沒見了 ④很，極：老高｜老遠｜老早 △音借作前綴，用於稱人、排行、次序及某些動植物名：老闆｜老表｜老大｜老虎｜老師｜老鼠｜老鄉｜老鷹｜老總

姥 lǎo

姥隸(隸辨)　**姥**楷(顏真卿)

【析形】姥字《說文》所無。隸書左旁是女，右旁是老，均為意符，表明字義與婦人、老人有關；"老"也兼表示讀音。會意兼聲字。楷書沿襲隸書。
【釋義】本義指老婦。今北方方言稱外祖母或尊稱年老的人：姥姥｜姥爺

絡 (络) lào

【析形】見"絡luò"。
【釋義】〔絡子〕用線繩結成的網狀袋子。也指繞線繞紗的器具。

澇 (涝) lào

澇篆　**澇**楷(顏真卿)　**澇**楷(顏真卿)

【析形】澇字小篆左旁是水，意符，表明字義與水有關；右旁是勞，聲符，表示讀音。形聲字。隸變後，水字在字左側為偏旁時寫作"氵"。
【簡化】楷書簡體"澇"聲符的簡化見"勞"字。
【釋義】本義為古代水名。又稱潦水，關中八川之一。音láo。又指莊稼因雨水過多而被淹，或指田間的積水，與"旱"相對。音lào：澇害｜澇災｜防澇｜內澇｜排澇

烙 lào

【析形】見"烙luò"。
【析形】◎本義指灼燒。◇引申①用燒熱的鐵器燙平衣服或在器物上燙出標記：烙花｜烙印｜烙衣服｜電烙鐵 ②把麵食放在燒熱的鐺(chēng)或鍋上烤熟：烙餅

落 lào

【析形】見"落luò"。
【釋義】方言，義同"落luò"。用於：
〔落枕〕睡覺時脖子受寒，或因頭枕枕頭的姿勢不合適，以致脖子疼痛，轉動不便。
〔落炕〕病得不能起牀。
〔落架〕房屋的木架倒塌，比喻家業敗落。
〔落色 shǎi〕褪色。
〔落子〕①蓮花落等曲藝。②評劇的舊稱。

樂 (乐) lè

【析形】見"樂yuè"。
【釋義】◎本義指音樂。音yuè。◇引申①快樂，歡喜，與"悲"相對：樂觀｜樂趣｜樂園｜歡樂｜娛樂 ②樂意，喜愛：樂於 ③笑：逗樂(以上各引申義音lè)

勒 lè

勒金　**勒**篆　**勒**隸(曹全碑)　**勒**楷(顏真卿)

【析形】勒字金文左旁是革，意符，表明材質；右旁是力，聲符，表示讀音。形聲字。小篆、隸、楷書沿襲金文。
【釋義】◎本義指帶有嚼口的馬籠頭：馬勒 ◇引申①收住韁繩不使牲畜前進：懸崖勒馬 ②強制：勒逼｜勒令｜勒索

了 le

【析形】見"了liǎo"。
【釋義】本義未明。①用於動詞或形容詞後，表示動作或變化已經完成。音le：白了｜吃了｜去了 ②用在句末或句中表示情況變化或肯定語氣：不幹了｜天亮了｜下雨了(以上各義音le)

勒 lēi

【析形】見"勒lè"。
【釋義】◎本義指帶有嚼口的馬籠頭。音lè。◇引申用繩等捆住或套住，再用力拉緊。音lēi：勒緊

纍 (累) léi

纍篆　**纍**居延簡

【析形】累字小篆下部是糸，意符，以絲
絲相連取連綴之意；上部是畾，聲符，表
示讀音。形聲字。
【簡化】簡化字是用同音合併的方法，以
音同、筆劃較簡的"累"代替了筆劃繁複
的"纍"，合併了纍、累二字的意義。
【釋義】◎本義指相連綴而得其條理。◇引
申①接連成串：果實纍纍 ②多餘，麻
煩：纍贅

雷 léi

甲金金篆雷楷(顏真卿)

【析形】雷字甲骨文像電閃雷滾之形。象
形字。金文形一沿襲甲骨文。形二上部增
"雨"為意符，表明字義與天雨有關。小
篆沿襲金文形二而略簡。楷書下部省為
"田"，失去原形。
【釋義】◎本義指帶異性電的兩塊雲相接
近時，因放電而發出的強大聲音：雷暴|
雷電|雷擊|雷鳴|雷雨 ◇引申①軍事上
用的爆炸武器：雷管|地雷|掃雷|探雷|炸
雷 ②形容令人驚訝、意外或感震撼的：
雷詞|雷劇|雷人

擂 léi

擂楷(顏真卿)

【析形】擂字《說文》所無。楷書左旁是
"扌"(手)，意符，表明字義與手的動作有
關；右旁是雷，聲符，表示讀音。形聲
字。
【釋義】◎本義指研磨：擂缽 ◇引申指
打，擊：擂鼓|自吹自擂

壘 (垒) lěi

畾篆壘隸(銀雀山簡)壘楷(顏真卿)

【析形】壘字小篆下部是土，意符，表明
字義與土有關；上部是畾，聲符，表示讀
音。形聲字。隸、楷書沿襲小篆。
【簡化】簡化字"垒"是用符號代替的方
法，以筆畫較簡的"厽"替換了筆畫繁複
的"畾"。
【釋義】◎本義指軍營用作禦敵的牆壁或
工事：堡壘|壁壘|對壘|營壘 ◇引申指用

磚、石等堆砌：壘牆|乾打壘

纍 lěi

【析形】見"纍léi"。
【釋義】◎本義指相連綴。音léi。◇引申
①連續，屢次：纍犯|纍加|纍進|纍年|連
篇纍牘 ②同"累lěi"，表示重疊，堆積：
纍積|纍計|積纍|長年纍月|危如纍卵

累 lěi

絫篆累隸(史晨碑)累楷(褚遂良)

【析形】累字小篆作"絫"。下部是糸，意
符，以絲束重疊取意堆集；上部是厽，像
土塊纍積之形，意符兼聲符，表示堆積，
也表示讀音。會意兼聲字。隸書上部訛作
"田"。楷書沿襲隸書。
【釋義】◎本義指堆集，積聚。◇引申①連
續：累積 ②牽連：累及|連累|牽累|受
累|拖累

蕾 lěi

蕾楷(顏真卿)

【析形】蕾字《說文》所無。楷書上部是
"艹"(艸)，意符，表明字義與植物有關；
下部是雷，聲符，表示讀音。形聲字。
【釋義】◎含苞未放的花朵：蓓蕾|花蕾

儡 lěi

甲篆儡楷(顏真卿)

【析形】儡字小篆左旁是人，意符，表明
字義與人的活動有關；右旁是畾，聲符，
表示讀音。形聲字。隸變後，人字在字左
側為偏旁時寫作"亻"。
【釋義】◎本義指頹敗，損壞。△音借組
合〔傀儡〕木偶戲裏的木頭人。

淚 〔泪〕lèi

淚楷(顏真卿)泪楷(唐寅)

【析形】淚字《說文》所無。楷書形一左旁
是"氵"，意符，表示液體；右旁是戾，
聲符，表示讀音。形聲字。形二右旁是
目，亦為意符，表明字義與眼睛有關，成

為會意字。內地用"泪"。

【釋義】眼淚：淚水｜淚腺｜淚珠｜含淚｜揮淚｜灑淚

類 (类) lèi

類篆 隸(泰山金剛經) 类楷(顏真卿)

【析形】類字小篆左下是犬，意符，以犬類相似概括種類；左上與右旁合作"頪"，聲符，表示讀音。形聲字。隸書把"犬"訛為"大"。

【簡化】楷書簡體"类"是用保留特徵、局部代全體的方法，保留左旁"类"代替全字，刪去了右旁的"頁"。

【釋義】◎本義指種類，即很多相同或相似的事物的綜合：類別｜類型｜分類｜歸類｜門類｜人類｜獸類｜同類　◇引申指相似：類乎｜畫虎類狗

累 lèi

【析形】見"累lěi"。

【釋義】◎本義指堆積。音lěi。由拖累義引申①疲勞：累乏｜累垮｜勞累　②使疲勞：累人　③操勞：累了一整天(以上引申義音lèi)

肋 lèi

肋篆 肋楷(顏真卿)

【析形】肋字小篆左旁是肉，意符，表明字義與骨肉有關；右旁是力，聲符，表示讀音(肋、力二字古音聲母相同，韻母同部)。形聲字。古文肉、月二字形近，隸變後，兩個字作偏旁時多同化寫作"月"。

【釋義】人或脊椎動物胸部兩側成對的、扁而彎的長形骨：肋骨｜肋膜｜兩肋｜左肋

擂 lèi

【析形】見"擂léi"。

【釋義】◎本義為研磨，音léi。◇引申指古時比武的台子。音lèi：擂台｜擂擂

棱 léng

棱篆 棱楷(顏真卿)

【析形】棱字小篆左旁是木，意符，表明字義與木頭有關；右旁是夌，聲符，表示讀音。形聲字。楷書沿襲小篆。

【釋義】◎本義指方而有四角的木頭。◇引申①器物的棱角，即物體上不同方向兩個平面交接的部分：棱鏡｜棱台｜棱錐｜棱柱體　②物體表面上一條一條凸起來的部分：棱線｜翹棱｜瓦棱

楞 léng

【析形】楞字左旁是木，右上是四，右下是方，均為意符，義同"棱"，指四方木。會意字。

【釋義】同"棱"。①四方木。②棱角，物體表面上一條一條凸起的部分。

冷 lěng

冷篆 冷楷(顏真卿)

【析形】冷字小篆左旁是"冰"字古文，像水凝成冰棱狀，意符，表明字義與寒冷有關；右旁是令，聲符，表示讀音。形聲字。隸變後，古文"冰"字作"冫"。

【釋義】◎本義指寒，冷，與"熱"相對：冷藏｜冷凍｜冷氣｜冷卻｜冷飲｜寒冷｜陰冷　◇引申①使冷(多指食物)：飯太熱了，冷一下再吃。②不熱情，不溫和：冷淡｜冷酷｜冷落｜冷漠｜冷眼｜冷遇　③不受歡迎的，沒人過問的：冷貨｜冷門　④不使用武器，故意漠視冷落：冷戰｜冷暴力　⑤突然而來的：冷槍｜冷不丁｜冷不防　⑥寂靜，不熱鬧：冷場｜冷寂｜冷靜｜冷僻｜冷清

哩 lī

哩楷(顏真卿)

【析形】哩字《說文》所無。楷書左旁是口，意符，表明字義與口的行為有關；右旁是里，聲符，表示讀音。形聲字。

【釋義】〔哩哩羅羅〕形容說話囉嗦，不清楚。

釐 〔厘〕lí

釐金 釐篆 釐楷(褚遂良) 厘楷(顏真卿)

【析形】釐字金文下部是里，本指人聚居

的地方，意符，取意治理村落；上部是
荅，聲符，表示讀音。形聲字。小篆、
楷書形一沿襲金文。

【簡化】楷書簡體"厘"是用保留特徵、局
部刪除的方法，聲符只保留了"厂"，刪
除了其餘部件。內地採用"厘"字。

【釋義】◎本義指治理（城鄉村落）：釐定|
釐清|釐正　△音借表示①市釐的通稱：釐
米|公釐|毫釐|市釐　②利率單位名

狸 lí

狸 楷（顏真卿）

【析形】狸字《説文》所無。楷書左旁是
"犭"（犬），意符，代表動物，表明字義的
類屬；右旁是里，聲符，表示讀音。形聲
字。

【釋義】〔狐狸〕見"狐"。
〔狸子〕即豹貓。

離（离）lí

離 甲　**離** 篆　**離** 隸（馬王堆帛書）

離 楷（褚遂良）

【析形】離字甲骨文上部像一隻鳥，下部
像網狀捕鳥的工具，均為意符，取意捕
獵、捕獲。會意字。小篆鳥形已失，右旁
再增"隹"（本義指短尾鳥）為意符。隸、
楷書沿襲小篆。

【簡化】簡化字是用同音合併的方法，以
音同、筆畫較簡的"离"（本義指一種猛
獸）代替筆畫繁複的"離"，合併了離、离
二字的意義。

【釋義】◎本義指捕獲，捕獵。△音借表
示分別，分開：離別|離境|離棄|離任|離
散|離心|背離|撤離|隔離|流離|偏離|脱
離|游離　◇引申①距離，在時間或空間相
隔：離家很遠|離秦兩千多年　②缺少：
魚兒離不開水|植物離不開陽光　③八卦之
一，代表火。

梨〔棃〕lí

棃 篆　**棃** 隸（隸辨）　**梨** 楷（顏真卿）

【析形】梨字小篆下部是木，意符，表明
字義與樹木有關；上部是利，聲符，表示

讀音。形聲字。隸、楷書沿襲小篆。

【釋義】果樹名。落葉喬木或灌木，果實
可吃，品種很多。也指這種植物的果實：
梨樹|梨園|梨子〔梨園〕唐代皇宮裏訓練
樂工的地方（據説唐玄宗曾教樂工、宮女
在梨園演習音樂舞蹈）。後專作戲院或戲
曲界的別稱。

犁〔犂〕lí

犂 篆　**犂** 隸（張表碑）　**犁** 楷（顏真卿）

【析形】犁字小篆右下是牛，意符，取意
牛耕；左旁與右上合為黎，聲符，表示讀
音。形聲字。隸書聲符省作"利"。楷書
聲符為"利"。

【釋義】翻耕土地：犁地|犁田|開犁。也
指用牛與機器牽引的耕田的農具：犁鏵|
犁杖|耙犁|扶犁|木犁

璃 lí

璃 楷（顏真卿）

【析形】璃字《説文》所無。楷書左旁是
玉，意符，表明字的初義與玉有關；右旁
是离，聲符，表示讀音。形聲字。

【釋義】①〔琉璃〕見"琉"。②〔玻璃〕見
"玻"。

黎 lí

黎 甲　**黎** 篆　**黎** 楷（顏真卿）

【析形】黎字甲骨文左旁是黍，意符，
表明字的初義與黍米有關；右旁是古文
"利"字的省減，聲符，表示讀音。形聲
字。小篆、楷書沿襲甲骨文。

【釋義】◎本義指做鞋用的黍米糊。《説
文》："黎，履黏也。"古時把黍米做成膠
質，用來黏鞋。△音借表示①眾：黎民|
黎庶　②黑：黎黑|黎明

灘（漓）lí

灘 隸（辟雍碑）　**灘** 楷（顏真卿）

【析形】灘字《説文》所無。隸書左旁是
"氵"（水），意符，表明字義與水有關；右
旁是離，聲符，表示讀音。形聲字。楷書

沿隸書。

【簡化】簡化字是用同音合併的方法，以音同、筆畫較簡的"漓"（表示淋漓）代替筆畫繁複的"灕"，合併了灕、漓二字的意義。

【釋義】水名。灕江，在廣西。

籬(篱) lí

篱 楷（顏真卿）

【析形】籬字《說文》所無。上部是"竹"（竹），意符，表明材質；下部是離，聲符，表示讀音。形聲字。

【簡化】楷書簡體"篱"是用更換聲符的方法，以音同、筆畫較簡的"离"（本義指一種猛獸）替換了筆畫繁複的"離"。

【釋義】竹籬笆：籬落｜籬畔｜藩籬｜樊籬｜寄人籬下

禮(礼) lǐ

甲　金　說文古文　禮篆　禮隸（禮器碑）

礼隸（衡方碑）　禮楷（褚遂良）

礼楷（顏真卿）

【析形】禮字甲骨文下部像一隻高腳器皿，上部像器皿裏盛着兩串玉，隸作"豊"。金文沿襲甲骨文。說文古文左旁是示，意符，表明字義與祭祀之事有關（見"示"字）；右旁以古文"乙"為聲符（禮、乙二字古音韻部相近），表示讀音。形聲字。小篆左旁"示"為意符，右旁是豊，意符兼聲符，表示以豐盛的物品來祭祀，兼表示讀音。會意兼聲字。隸書、楷書形一沿襲小篆。

【簡化】簡化字是用沿用古體的方法，沿用說文古文而把"乙"寫作"乚"。

【釋義】◎本義指敬神，祭神以致福。◇引申①表示尊敬的言行：禮拜｜禮教｜禮節｜禮貌 ②禮物：禮金｜禮品｜聘禮｜獻禮 ③為一定社會成員共同遵守的儀式：禮堂｜禮儀｜典禮｜觀禮｜洗禮

李 lǐ

李篆　李隸（曹全碑）　李楷（崔敬雍墓誌）

【析形】李字小篆上部是木，意符，表明字義與樹木有關；下部是子，意符兼聲符，表示果實，也表示讀音（李、子二字古音同韻部）。會意兼聲字。隸、楷書沿襲小篆。

【釋義】果樹名。落葉喬木，果實稱李子，可吃：李花｜桃李

里 lǐ

里金　里篆　里隸（曹全碑）　里楷（褚遂良）

【析形】里字金文上部是田，下部是土，均為意符，表示田野村落。會意字。小篆隸、楷書沿襲小篆。

【釋義】◎本義指鄉村的廬舍。古代五家為鄰，五鄰為里，以鄉統里：鄰里｜里弄 lòng ◇引申表示家鄉：返里｜故里｜鄰里｜梓里 △音借表示長度單位：里程｜公里｜華里｜市里｜英里

裹(里)〔裡〕lǐ

裏金　裏篆　裏隸（馬王堆帛書）　裏楷（顏真卿）

【析形】裏字金文有借音同的"里"字表示（見"里"字）；又見外廓是衣，意符，表明字的初義與衣服有關；內中是里，聲符，表示讀音。形聲字。小篆、隸、楷書沿襲金文。異體字寫作左右結構。

【簡化】簡化字是用同音合併的方法，以音同、筆畫較簡的"里"代替了筆畫繁複的"裏"，合併了裏、里二字的意義。

【釋義】◎本義指衣服的內層。◇引申①泛指物品的內層，與"表面"相對：裏子｜被裏｜襯裏｜鞋裏 ②方位，表示裏邊，內部，與"外"相對：裏面｜裏圈｜裏屋｜城裏｜就裏｜內裏｜表裏如一 ③附在這、那等字後邊，表示地點：這裏｜那裏｜哪裏

理 lǐ

理篆　理隸（馬王堆帛書）　理楷（歐陽詢）

【析形】理字小篆左旁是玉，意符，表明字的初義與玉石有關；右旁是里，聲符，表示讀音。形聲字。隸、楷書沿襲小篆。

【釋義】◎本義指治玉，即對璞玉進行加工。◇引申①治理，管理：理財｜辦理｜代理｜經理 ②物質組織的條紋：理路｜肌理｜

L

條理│紋理 ③道理,事理:理論│理由│病理│原理 ④自然科學,有時特指物理學:理工│理科│理療│數理化 ⑤明事理,了解:理會│理解│理性│不可理喻 ⑥對別人的言行表示態度和意見:理睬│答理

鯉(鲤) lǐ

鯉篆　魚里隸(隸辨)　鯉楷(顏真卿)

【析形】鯉字小篆左旁是魚,意符,表明字義與魚類有關;右旁是里,聲符,表示讀音。形聲字。隸書沿襲小篆。

【簡化】楷書簡體"鲤"意符的簡化見"魚"字。

【釋義】◎魚名。體扁而肥,鱗大,背部蒼黑色,腹部黃白色,尾稍紅,有長短觸鬚各一對,是中國重要淡水魚類之一。

力 lì

力甲　力金　扐篆　一力隸(史晨碑)　力楷(顏真卿)

【析形】力字甲骨文像耒一類鋤田農具之形。象形字。金文沿襲甲骨文。小篆形體略變。隸書已失原形。楷書沿襲隸書。

【釋義】◎本義指古代農具。◇引申①力氣,力量,能力:力度│兵力│國力│活力│勞力│潛力│權力│體力│威力│智力│致力│主力│力所能及 ②盡力:力避│力促│力克│力勸│力求│力圖│力爭│力主 ③物理學名詞。改變物體運動狀態或使物體發生形變的作用稱為力:力學│磁力│電力│動力│火力│拉力│熱力│彈tán力│壓力│引力│重力

歷(历) lì

歷甲　厤金　歷金　歷篆　歷隸(張君碑)　歷楷(柳公權)

【析形】歷字甲骨文上部是林(或秝),代表行止之處;下部是"止"(甲骨文像足印形。"趾"字初文),表明字義與行走有關,均為意符,取意有所經歷。會意字。金文形一借音近的"厤"字表示。形二下部仍以"止"為意符,成為形聲字。小篆沿襲金文形二。隸書上部訛作"广"。楷書沿襲小篆。

【簡化】楷書簡體"历"是用保留特徵、另造新字的方法,保留了原字外廓的"厂",內中以筆畫省簡的"力"為聲符,替換了原字繁複的部件。

"歷"字為偏旁的字類推簡化。例如:瀝、靂、櫪、壢、嚦等。

【釋義】◎本義指經過。◇引申①經歷:歷程│歷時│歷史│簡歷│學歷│閱歷│資歷│歷盡艱辛 ②統指過去的各個或各次:歷朝│歷次│歷代│歷屆│歷年│歷任 ③遍:歷訪│歷覽│歷數

曆(历) lì

曆篆　曆楷(顏真卿)　历楷(顏真卿)

【析形】曆字小篆下部是日,意符,表明字義與日象有關;上部是厤,聲符,表示讀音。形聲字。隸書沿襲隸書。

【簡化】楷書簡體"历"是用保留特徵、另造新字的方法,保留了原字外廓的"厂",內中以筆畫省簡的"力"為聲符,替換了原字繁複的部件。

【釋義】◎本義指推算年、月、日和節氣的方法,曆法:公曆│舊曆│農曆│陽曆│陰曆 ◇引申指記錄年、月、日和節氣的書:曆法│曆書│掛曆│年曆│日曆│台曆│天文曆

厲(厉) lì

厲金　厲篆　厲楷(顏真卿)

【析形】厲字金文外廓的"厂"當是"石"字的省減,意符,表明字義與石頭有關;內中是蠆字的省減,聲符,表示讀音(厲、蠆二字古音同韻部)。形聲字。小篆聲符訛作"萬"。楷書沿襲小篆。

【簡化】簡化字"厉"聲符的簡化見"萬"字。

【釋義】◎本義指磨刀石,為"礪"字本字。◇引申①磨礪:秣馬厲兵 ②嚴格、嚴厲:厲禁│厲行 ③猛烈,嚴肅:厲害│厲聲│凌厲│淒厲│嚴厲│雷厲風行│色厲內荏│正言厲色│變本加厲│聲色俱厲

立 lì

立甲 大金 立篆 立隸(華山神廟碑)
立楷(顏真卿)

【析形】立字甲骨文上部像正面人形，下部的"一"是指事性符號，代表大地，表示人立於大地。指事字。金文、小篆沿襲甲骨文。隸書人形已訛變。楷書沿襲隸書。

【釋義】◎本義指站立：立足｜獨立｜起立｜肅立｜直立｜佇立｜立候多時 ◇引申①使豎立，直立的：立櫃｜立井｜矗立｜倒立｜陡立｜豎立｜屹立 ②古代君主即位：立位 ③建立，制定：立案｜立法｜立功｜立國｜立論｜立項｜成立｜創立｜確立｜設立｜樹立 ④生存，存在：並立｜獨立｜對立｜鼎立｜中立｜自立 ⑤立刻，馬上：立即｜立時｜立竿見影｜立候回音｜當機立斷

麗 (丽) lì

丽丽甲骨文 丷甲 替金 麗篆 麗楷(褚遂良)
丽楷(顏真卿)

【析形】麗字甲骨文形一像兩個人並肩而行之形。會意字。形二下部是鹿，上部突顯鹿之雙角，取意成對。金文、小篆均沿襲甲骨文。楷書筆畫化，鹿形已失。

【簡化】楷書簡體"丽"是用保留特徵、局部代全體的方法，保留上部的"丽"代替全字，刪除了下部的"鹿"。

【釋義】◎本義指成對的，此義後作"儷"。◇引申指附着：附麗 △音借表示美麗，美觀、美好：麗人｜麗日｜麗質｜富麗｜瑰麗｜華麗｜秀麗｜絢麗｜艷麗｜壯麗

勵 (励) lì

励楷(顏真卿)

【析形】勵字《說文》所無。右旁是力，意符，表明字義與力氣、力量有關；左旁是厲，聲符，表明讀音。

【簡化】楷書簡體"励"聲符的簡化見"厲"字。

【釋義】勸勉，鼓勵：激勵｜獎勵｜勉勵

利 lì

利甲 利金 利篆 禾刂 利隸(張遷碑)
利楷(褚遂良)

【析形】利字甲骨文左旁是禾，右旁是刀，均為意符，以揮刀割禾取意鋒利。會意字。金文刀上小點像快刀割禾時禾穗飛濺，表意更顯。小篆沿襲甲、金文。隸變後，刀字在字右側為偏旁時寫作"刂"。

【釋義】◎本義指鋒利：利劍｜利器｜利刃｜尖利｜犀利 ◇引申①順利，便利：利市｜吉利｜勝利｜失利 ②使得到好處：利導｜利用｜福利｜有利｜戰利品 ③利益，與"害"、"弊"相對：利弊｜利誘｜福利｜功利｜名利｜權利｜漁利 ④利息，利潤：利率｜暴利｜盈利｜贏利｜專利

例 lì

例篆 例楷(顏真卿)

【析形】例字小篆左旁是人，意符，表明字義與人的活動有關；右旁是列，意符兼聲符，以列舉取意類比，也表示讀音。會意兼聲字。隸變後，人字在字左側為偏旁時寫作"亻"。

【釋義】◎本義指類比，即用來幫助說明或證明某種情況、說法的事物：例句｜例如｜例題｜例證｜舉例｜實例｜事例｜圖例｜戰例 ◇引申①仿照的準則、規程、體例：定例｜範例｜慣例｜舊例｜破例｜條例｜違例｜先例｜循例｜照例 ②按條例規定的，或照陳規進行的：例會｜例假｜例行公事 ③調查或統計時指合於某種條件的事例：案例｜病例

隸 (隶)〔隷〕lì

隸篆 祿隸(夏承碑) 隸楷(智永)
隸楷(趙佶)

【析形】隸字小篆右旁是隶，意符，義為抓捕(見"逮"字)；左旁是柰，聲符，表示讀音。形聲字。隸書聲符上部訛作"士"，意符下部訛作"米"，楷書形一沿襲隸書，成為異體字；形二意符仍為"隶"。

L

【簡化】簡化字是用同音合併的方法，以音近、筆畫較簡的"隶"代替筆畫繁複的"隸"，合併了隸、隶二字的意義。

【釋義】◎本義指古代奴隸。◇引申①舊社會地位低下被奴役的人：僕隸｜奴隸　②衙役：隸卒｜皂隸　③附屬：隸屬　△音借表示漢字形體的一種：隸書｜隸體｜漢隸

栗 lì

甲　金　石鼓　篆　栗　隸(居延簡)
栗 楷(顏真卿)

【析形】栗字甲骨文、金文均像樹上長有帶芒刺的栗子之形。象形字。石鼓文把栗實訛作"卤"，小篆上部省為一"卤"。隸書又把"卤"訛作"覀"。楷書沿襲隸書。

【釋義】◎本義指栗子樹。落葉喬木，果實可吃，樹幹可做建築材料，也指這種植物的果實：栗色｜栗子｜板栗　△因聲通"慄"，表示哆嗦，發抖：顫栗｜戰栗

粒 lì

篆　粒 楷(顏真卿)

【析形】粒字小篆左旁是米，意符，表明字的初義與穀米有關；右旁是立，聲符，表示讀音。形聲字。楷書沿襲小篆。

【釋義】◎本義指穀米的顆粒。◇引申①泛指小圓珠形或小顆狀的東西：粒狀｜粒子｜豆粒｜顆粒｜麥粒｜脫粒｜微粒　②量詞，用於粒狀的東西：一粒米

吏 lì

篆　吏 隸(曹全碑)　吏 楷(顏真卿)

【析形】古"事"、"史"、"使"、"吏"四字同源(見"事"字)。後分化出四字。小篆沿襲甲、金文而上部略有別。隸、楷書沿襲小篆。

【釋義】古代官員的通稱：吏治｜暴吏｜官吏｜獄吏｜貪官污吏

瀝 (沥) lì

篆　瀝 楷(顏真卿)

【析形】瀝字小篆左旁是水，意符，表明字義與水有關；右旁是歷，聲符，表示讀音。形聲字。隸變後，水字在字左側為偏旁時寫作"氵"。

【簡化】簡化字"沥"聲符的簡化見"歷"字。

【釋義】◎本義指水下滴。◇引申泛指液體一滴一滴下落：瀝灑｜嘔心瀝血｜披肝瀝膽

荔 lì

篆　荔 楷(顏真卿)

【析形】荔字小篆上部是"艸"，意符，表明字義與植物有關；下部是劦，聲符，表示讀音。形聲字。楷書沿襲小篆。

【釋義】①草名，即馬藺，也叫馬蘭或馬荔。②荔枝。常綠喬木，果實球形，外皮有瘤狀突出，果肉白色，多汁，味甜，是中國南方特產。

俐 lì

俐 楷(顏真卿)

【析形】俐字《說文》所無。楷書左旁是"亻"(人)，意符，表明字義與人的活動有關；右旁是利，聲符，表示讀音。形聲字。

【釋義】〔伶俐〕見"伶"。

莉 lì

隸(馬王堆帛書)　莉 楷(顏真卿)

【析形】莉字《說文》所無。隸書上部是"艸"，意符，表明字義與植物有關；下部是利，聲符，表示讀音。形聲字。楷書沿襲隸書。

【釋義】〔茉莉〕見"茉"。

礫 (砾) lì

篆　礫 楷(顏真卿)　砾 草(草書韻會)

【析形】礫字小篆左旁是石，意符，表明字義與石頭有關；右旁是樂，聲符，表示讀音(礫、樂二字古音同韻部)。形聲字。楷書沿襲小篆。

【簡化】簡化字"砾"的聲符"乐"根據草書

楷化而成。

【釋義】小石，碎石：礫石｜礫岩｜沙礫｜瓦礫

癧 (疠) lì

癧楷(顏真卿)

【析形】癧字《說文》所無。楷書上部是雨，意符，表明字義與雷雨有關；下部是歷，聲符，表示讀音。形聲字。

【簡化】簡化字"疠"聲符的簡化見"歷"字。

【釋義】雷擊聲。〔霹靂〕見"霹"字。

痢 lì

痢楷(顏真卿)

【析形】痢字《說文》所無。楷書外廓是"疒"，意符，表明字義與疾病有關（見"病"字）；內中是利，聲符，表示讀音。形聲字。

【釋義】腸道傳染病：痢疾｜白痢｜赤痢｜拉痢

倆 (俩) liǎ

倆楷(顏真卿)

【析形】倆字《說文》所無。左旁是"亻"（人），右旁是兩，均為意符，以兩人表示兩個，"兩"也兼表示讀音。會意兼聲字。

【簡化】楷書簡體"俩"意符兼聲符"两"的簡化見"兩"字。

【釋義】◎本義指兩個：他倆｜咱倆　◇引申指不多的，幾個：就是有倆錢兒，也不能亂花呀。

連 (连) lián

金 連篆 連隸(華山神廟碑) 連楷(顏真卿)
連草(智永)

【析形】連字金文左上是車，意符，表明字的初義與車有關；右上像道路形，隸作"亻"；下部是"止"（甲骨文像足印形，"趾"字初文），均為意符，表明字義與行走有關。會意字。小篆意符"車"在右旁；"亻"與"止"合篆作"辵"。隸變後，

辵字在字左側為偏旁時寫作"辶"。

【簡化】簡化字"连"根據草書楷化而成。

【釋義】◎本義指古時用人拉的車，即古時的負車，由人在前引行的輦車。◇引申①聯合，連接：連詞｜連環｜連節｜連綿｜牽連　②連續，接續：連串｜連翩｜連任｜連夜｜連載　③包括在內：連同｜連根拔　④軍隊的編制單位：由若干排組成：連隊｜連長

憐 (怜) lián

憐篆 憐楷(顏真卿) 怜楷(董美人墓誌)

【析形】憐字小篆左旁是心，意符，表明字義與心理活動有關；右旁是粦，聲符，表示讀音。形聲字。隸變後，心字在字左側為偏旁時寫作'忄'。

【簡化】楷書簡體"怜"是用更換聲符的方法，以筆畫較簡的"令"為聲符，替換了筆畫繁複的"粦"。

【釋義】◎本義指哀憫：憐憫｜憐惜｜憐恤｜哀憐｜可憐　◇引申指愛：憐愛｜愛憐

簾 (帘) lián

簾篆 簾楷(顏真卿) 帘楷(顏真卿)

【析形】簾字小篆上部是竹，意符，表明材質；下部是廉，聲符，表示讀音。形聲字。楷書形一沿襲小篆。

【簡化】楷書簡體"帘"是用另造新字的方法，上部是穴，本義指土室洞穴，代表屋室；下部是巾，表明材質，均為意符。會意字。簡化字沿用楷書簡體。

【釋義】◎本義指古時酒店或茶館等做標誌用的旗幟。◇引申泛指用竹葦子編的或用布做的遮蔽門窗的東西：簾布｜簾幕｜窗簾｜門簾｜珠簾

蓮 (莲) lián

蓮篆 蓮楷(顏真卿) 蓮草(懷素)

【析形】蓮字小篆上部是"艸"，意符，表明字義與植物有關；下部是連，聲符，表示讀音。形聲字。楷書沿襲小篆。

【簡化】簡化字"莲"根據草書楷化而成。

【釋義】荷，也指荷的種子。又名芙蓉。多年生草本植物，生在淺水中，葉子呈圓

L

形，花粉紅或白色，地下莖叫藕，種子叫蓮子，均可食：蓮花｜蓮藕｜蓮蓬｜蓮子

聯 (联) lián

聯篆 聯楷(顏真卿) 胼草(蘇東坡)

【析形】聯字小篆左旁是耳，表意未明；右旁是絲，意符，絲絲相連，取意連接。楷書沿襲小篆。

【簡化】簡化字"联"根據草書略加改造而成。

【釋義】◎本義指連接、結合：聯邦｜聯貫｜聯合｜聯歡｜聯檢｜聯軍｜聯絡｜聯盟｜聯名｜聯手｜聯網｜聯席｜聯繫｜聯想｜聯誼｜聯姻｜並聯｜蟬聯｜串聯｜關聯 ◇引申指對聯：春聯｜門聯｜喜聯｜楹聯

廉 lián

廉篆 廉隸(乙瑛碑) 廉楷(褚遂良)

【析形】廉字小篆外廓是"广"，像高屋形，意符，表明字的初義與屋宇有關；內中是兼，聲符，表示讀音。形聲字。隸書聲符略變。楷書沿襲隸書。

【釋義】◎本義指堂屋的側邊。◇引申①狹窄。②約束，不貪污：廉恥｜廉潔｜廉正｜廉政｜清廉｜寡廉鮮恥 ③儉約，便宜：廉價｜低廉｜廉租房｜物美價廉

鎌 (镰)〔鐮〕lián

鎌篆

【析形】鎌字小篆左旁是金，意符，表明字義與金屬有關；右旁是兼，聲符，表示讀音。形聲字。今字聲符為"廉"，表音更準確。

【簡化】簡化字"镰"意符"钅"根據草書楷化而成。

【釋義】收割莊稼和割草的農具：鎌刀｜掛鎌｜開鎌

臉 (脸) liǎn

臉楷(顏真卿) 脸草(鮮于樞)

【析形】臉字《說文》所無。楷書左旁的"月"是古文"肉"字的隸變體（古文"肉"、"月"二字形近，隸變後，兩個字作偏旁時多同化寫作"月"），意符，表明字義與身體某部分有關；右旁是僉，聲符，表示讀音。形聲字。

【簡化】簡化字"脸"根據草書楷化而成。

【釋義】◎本義指面部兩頰上部顴骨部分。◇引申①整個面部：臉蛋｜臉面｜臉型｜笑臉 ②面子，情面：臉皮｜丟臉｜露臉｜賞臉 ③臉上的表情：臉色｜繃 běng 臉｜變臉 ④某些物體的前部：門臉｜皮臉｜鞋臉

練 (练) liàn

練篆 練楷(顏真卿) 练草(趙構)

【析形】練字小篆左旁是糹，意符，表明字義與絲麻有關；右旁是柬，聲符，表示讀音。形聲字。楷書沿襲小篆。

【簡化】簡化字"练"根據草書楷化而成。

【釋義】◎本義指把絲麻和絲織品煮得柔軟而潔白，也指已練製的白色熟絹。◇引申①反覆地練習，多次地操作：練兵｜練操｜練功｜練習 ②精熟，經驗多：練達｜幹練｜精練｜老練｜熟練

煉 (炼)〔鍊〕liàn

煉篆 炼草(王羲之) 煉楷(顏真卿)

【析形】煉字小篆左旁是火，意符，表明字義與火有關；右旁是柬，聲符，表示讀音。形聲字。異體字以"金"為意符，表示金屬冶煉。

【簡化】楷書簡體"炼"的聲符根據草書楷化而成。

【釋義】◎本義指熔煉金石。◇引申①泛指用加熱等方法使物質純淨或堅韌：煉丹｜煉鋼｜煉乳｜煉製｜熔煉｜修煉｜冶煉 ②磨練：鍛煉｜錘煉｜修煉｜千錘百煉 ③用心琢磨，使文句簡潔：煉句｜煉字｜錘煉｜精煉｜提煉

戀 (恋) liàn

戀篆(隸辨) 戀楷(顏真卿) 恋草(王羲之) 恋楷(顏真卿)

【析形】戀字《說文》所無。隸書下部是

心，意符，表明字義與心理活動有關；上部是"聯"，聲符，表示讀音。形聲字。楷書沿襲隸書。

【簡化】楷書簡體"恋"根據草書略加改造而成。

【釋義】◎本義指愛慕，留念：戀家｜眷戀｜留戀｜迷戀｜貪戀｜依戀　◇引申指男女相愛：戀愛｜戀情｜初戀｜熱戀｜失戀

鏈 (链) liàn

【析形】鏈字小篆左旁是金，意符，表明字義與金屬有關；右旁是連，聲符，表示讀音。形聲字。楷書沿襲小篆。

【簡化】簡化字"链"聲符的簡化見"連"字；意符"钅"根據草書楷化而成。

【釋義】◎本義指銅的一種。後指用金屬環連接的長條：鏈球｜鏈條｜拉鏈｜鎖鏈｜鐵鏈｜項鏈　◇引申泛指連接：鏈結｜超鏈結　△音借作計量海洋上距離的長度單位。一鏈等於十分之一海里，合185.2米。

良 liáng

【析形】良字甲骨文像長廊之形，中間像屋室，上下則像屋與屋之間的迴廊，當是"廊"字初文。象形字。金文沿襲甲骨文。小篆下部訛作"亡"。隸書根據小篆轉寫而成。楷書沿襲隸書。

【釋義】◎本義指走廊。△音借表示①善良。引申指好：良策｜良好｜良機｜良將jiàng｜良田｜良藥｜良友｜良醫｜良宵｜精良｜賢良｜馴良｜優良　②很：良多｜良久｜用心良苦

涼 (凉) liáng

【析形】涼字小篆左旁是水，意符，表明字的初義與水有關；右旁是京，聲符，表示讀音（涼、京二字古音同韻部）。形聲字。隸變後，水字在字左側為偏旁時寫作"氵"。內地採用"涼"字。

【釋義】◎本義指淡酒。古代六種飲料之一。古人以水和huó酒稱"涼"，又稱薄酒。◇由"薄"義引申①寒，即指溫度較低，比"冷"的程度淺：涼拌｜涼菜｜涼氣｜涼爽｜涼蓆｜涼意｜冰涼｜沖涼｜清涼｜陰涼　②使身體清涼的（陽台、亭子）：涼台｜涼亭　③比喻失望，灰心：心涼了半截

梁 (梁) liáng

【析形】梁字金文左旁是水，意符，表明字義與水有關；右旁是刅，聲符，表示讀音。形聲字。小篆右下增"木"為意符，表明材質。隸書寫作上下結構。楷書沿襲隸書，隸變後，水字在字左側為偏旁時寫作"氵"。表示棟樑義左旁再增"木"為意符，寫作"樑"。

【釋義】◎本義指橋。◇引申①指房樑、物體中間隆起成長條的部分。此義又作"樑"（見"樑"字）。②朝代名：梁朝｜後梁（音借義不作"樑"）

樑 (梁) liáng

【析形】樑字《說文》所無。左旁是"木"，意符，表明材質；右旁是梁，表示讀音。形聲字。內地採用"梁"字。

【釋義】◎同"梁"。本義指橋：橋樑｜石樑　◇引申①支撐屋頂的橫木：棟樑｜橫樑｜屋樑｜懸樑｜正樑｜主樑　②物體中間隆起成長條的部分：鼻樑｜脊樑（朝代名、姓氏用字不作"樑"）

量 liáng

【析形】量字甲骨文下部像袋囊之形，上部的"口"表示量具。會意字。金文上部訛作"日"，下部是重，意符，表示稱量輕重，亦表示稱量的用具。會意字。小篆、隸書沿襲金文。楷書下部是"重"字的省減。

【釋義】◎本義指量器。◇引申①用量器計算容積，稱輕重，度長短，確定大小，多少等：量杯｜量地｜量度｜量具｜測量｜丈

量 ②估計，考慮，斟酌：打量|掂量|衡量|估量|思量

糧（粮）liáng

糧篆 糧隸（華山神廟碑）粮隸（白石君碑）

【析形】糧字小篆左旁是米，意符，表明字義與穀米有關；右旁是量，聲符，表示讀音。形聲字。隸書字形一沿襲小篆。

【簡化】隸書簡體"粮"是用更換聲符的方法，以筆畫較簡的"良"替換了筆畫較繁複的"量"。簡化字沿襲隸書簡體。

【釋義】◎本義指穀食。◇引申①泛指糧食：糧倉|糧草|糧店|糧荒|糧餉|糙糧|粗糧|乾糧|夏糧|餘糧|雜糧|主糧 ②用作農業稅的糧食：糧稅|公糧|徵糧

粱 liáng

粱金 粱篆 粱隸（馬王堆帛書）

【析形】粱字金文下部是米，意符，表明字義與穀類植物有關；上部是"梁"字的省減，聲符，表示讀音。形聲字。小篆寫作左右結構。楷書沿襲金文。

【釋義】◎本義指粟：黃粱一夢也指高粱，一年生草本植物，莖高，子實可供食用，又可以釀酒：高粱酒|高粱米 ◇引申指精美的膳食：粱肉|膏粱

兩（两）liǎng

兩金 兩篆 兩隸（辟雍碑）兩楷（褚遂良）
兩草（唐寅）

【析形】兩字金文像古代車上雙軛的形狀，即讓牲口拉東西時駕在牲口頸上的器具。象形字。取意成雙配對。小篆沿襲金文。隸書中間訛作雙"人"，楷書沿襲隸書。

【簡化】簡化字"两"根據草書楷化而成。

"兩"字為偏旁的字類推簡化。例如：倆、輛等。

【釋義】◎本義指一對，專用於馬匹等成雙配對的事物。◇引申①表示數目，一般用在量詞和"百"、"千"、"萬"、"億"的前面：兩岸|兩地|兩側|兩漢|兩面|兩樓|兩萬 ②雙方，不同，不一樣：兩立|兩

難|兩全|兩性|兩者 ③表示不多的，不定數目，與"幾"差不多：三長兩短|三言兩語 ④一定的數量（本領或技能）：兩手|有兩下子 ⑤市兩的通稱：斤兩|市兩|銀兩|半斤八兩

亮 liàng

亮隸（禮器碑）亮楷（顏真卿）

【析形】亮字《說文》所無。隸書上部是"高"字的省減，下部是儿，代表人，均為意符，人居高可遠望，取意明亮、看得清。會意字。楷書下部訛作"儿"。

【釋義】◎本義指明亮，看得清：亮度|光亮|豁亮|天亮|透亮|鮮亮|雪亮 ◇引申①顯露，顯示：亮底|亮分|亮牌|亮相 ②（心胸、思想等）開朗，清楚：敞亮|透亮|心明眼亮 ③發光：燈光亮了一晚 ④（聲音）響亮：洪亮|嘹亮 ⑤使聲音響亮：亮起嗓子

涼〔凉〕liàng

【析形】見"涼liáng"。

【釋義】◎本義指淡酒。音liáng。◇引申指把熱的東西放一會兒，使溫度降低。音liàng：把湯涼一涼再喝

諒（谅）liàng

諒篆 諒隸（景君碑）諒楷（顏真卿）

【析形】諒字小篆左旁是言，意符，以言語真實取意誠信；右旁是京，聲符，表示讀音（諒、京二字古音同韻部）。形聲字。隸、楷書沿襲小篆。

【簡化】簡化字"谅"的意符"讠"根據草書楷化而成。

【釋義】◎本義指誠信。◇引申①信任。②體諒，原諒：諒察|諒解|見諒 ③料想，推想：諒必|諒他不能

喨 liàng

喨楷（顏真卿）

【析形】喨字《說文》所無。楷書左旁是日，表明字義與陽光有關；右旁是京，聲符，表示讀音（喨、京二字古音同韻部）。

形聲字。

【釋義】◎把東西放在有陽光處或通風的地方使乾燥：晾乾｜晾曬｜晾衣服　◇引申指撇在一邊不理睬；把他晾在一邊

輛 (辆) liàng

輛 楷(顏真卿)

【析形】輛字《説文》所無。楷書左旁是車，意符，表明字義與車有關；右旁是兩，聲符，表示讀音。形聲字。

【簡化】簡化字"辆"意符的簡化見"車"字；聲符的簡化見"兩"字。

【釋義】用於車的量詞：一輛卡車〔車輛〕各種車的總稱。

量 liàng

【析形】見"量 liáng"。

【釋義】◎本義指量器。音 liáng。　◇引申①估計，衡量：量力｜量刑｜較量｜量才錄用｜量力而行｜自不量力 ②古代指測量東西多少的器具，如斗、升等：度量衡 ③數量，數目：量變｜量詞｜產量｜大量｜分 fèn 量｜含量｜計量｜流量｜能量｜熱量｜質量｜重量 ④能容納或禁受的限度：膽量｜度量｜海量｜儘量｜酒量｜力量｜氣量｜容量（以上各引申義音 liàng）

量 liang

【析形】見"量 liáng"。

【釋義】◎本義指量器。音 liáng。　◇引申指估計。音 liang：衡量｜酌量

撩 liāo

【析形】見"撩 liáo"。

【釋義】◎本義指料理，整理。音 liáo。　◇引申指把東西垂下的部分掀起來。音 liāo：撩開｜撩起

遼 (辽) liáo

遼 篆　遼 楷(顏真卿)

【析形】遼字小篆左旁是辵，意符，表明字義與行走有關；右旁是尞，聲符，表示讀音。形聲字。隸變後，辵字為偏旁時寫作"辶"。

【簡化】簡化字"辽"是用更換聲符的方法，以筆畫較簡的"了"為聲符，替換了筆畫繁複的"尞"。

【釋義】◎本義指遙遠：遼遠　◇引申①開闊：遼闊 △音借①水名，古名遼水：遼河 ②遼寧省的簡稱：遼東｜遼西

療 (疗) liáo

療 篆　疗 楷(顏真卿)

【析形】療字小篆左旁與右上一橫合為"疒"，意符，表明字義與疾病有關（見"病"字）；右下是尞，聲符，表示讀音。形聲字。

【簡化】楷書簡體"疗"是用更換聲符的方法，以筆畫較簡的"了"為聲符，替換了筆畫繁複的"尞"。

【釋義】◎本義指醫治：療程｜療效｜療養｜理療｜醫療｜診療　◇引申比喻解除痛苦或困難等：療飢｜療貧

僚 liáo

僚 隸(曹全碑)　僚 楷(歐陽詢)

【析形】僚字小篆左旁是人，意符，表明字義與人有關；右旁是尞，聲符，表示讀音。形聲字。隸變後，人字在字左側為偏旁時寫作"亻"。

【釋義】◎本義指人好看的樣子。《詩經》有"佼人僚兮"句。△音借表示官吏：臣僚｜官僚｜幕僚　◇引申指同一官署的官吏：僚屬｜僚佐｜同僚

聊 liáo

聊 篆　聊 隸(樓蘭簡)　聊 楷(顏真卿)

【析形】聊字小篆左旁是耳，意符，表明字的初義與耳有關；右旁是卯，聲符，表示讀音（聊、卯二字古音同韻部）。形聲字。隸、楷書沿襲小篆。

【釋義】◎本義指耳鳴。△音借表示①憑藉，寄託：無聊｜百無聊賴｜民不聊生 ②姑且：聊且｜聊以自慰 ③閒談：聊天｜閒聊

寥 liáo

膠篆 寥隸(華山神廟碑) 寥楷(顏真卿)

【析形】寥字小篆外廓是"广"，像高屋形，意符，取意空虛；內中是膠，聲符，表示讀音。形聲字。隸書改意符"广"為"宀"，取意與"广"同，聲符是"膠"字的省減。楷書沿襲隸書。

【釋義】◎本義指空虛，寂靜：寥廓│寂寥 ◇引申指稀疏：寥落│寥寥無幾│寥若晨星

撩 liáo

撩篆 撩楷(顏真卿)

【析形】撩字小篆左旁手，意符，表明字義與手有關；右旁是尞，聲符，表示讀音。形聲字。隸變後，手字在字左側為偏旁時寫作"扌"。

【釋義】◎本義指料理，整理。◇引申指撥弄，挑弄：撩動│撩撥│撩逗│春色撩人

嘹 liáo

嘹楷(顏真卿)

【析形】嘹字《說文》所無。楷書左旁是口，意符，以口能發出聲音取意；右旁是尞，聲符，表示讀音。形聲字。

【釋義】聲音清脆響亮：嘹亮

繚 (缭) liáo

繚篆 繚楷(顏真卿)

【析形】繚字小篆左旁是糸，意符，表明字義與絲縷有關；右旁是尞，聲符，表示讀音。形聲字。楷書沿襲小篆。

【簡化】楷書簡體"缭"的意符"纟"根據草書楷化而成。

【釋義】◎本義指絲縷纏繞：繚亂│繚繞 ◇引申指圍繞，環繞：浮雲繚繞

燎 liáo

燎甲 燎金 燎篆 燎篆 燎隸(隸辨) 燎楷(顏真卿)

【析形】燎字甲骨文上部是木，下部是火，像木在火上燃燒，木旁小點像火焰騰升之狀。象形字。金文沿襲甲骨文。小篆形一上部形體已訛變；形二左旁增"火"為意符。隸、楷書沿襲小篆形二。

【釋義】◎本義為古代祭名。表示焚柴祭天。音 liào。古代也指放火燒田除草。音 liáo。◇引申泛指延燒，燒：燎泡│燎原

了 liǎo

了篆 了楷(顏真卿)

【析形】了字小篆像"子"無臂之形。象形字。楷書沿襲小篆。

【釋義】◎本義未明。△音借表示結束，完畢：了結│了卻│了債│私了│終了 ◇引申用在動詞後，與"不"、"得"連用，表示可能或不可能：幹得了│去不了│受不了

瞭 (了) liǎo

【析形】見"瞭 liào"。

【簡化】簡化字是用同音合併的方法，以音近、筆畫較簡的"了"代替了筆畫繁複的"瞭"，把"瞭"字的部分語義與"了"字合併（"瞭望"義仍作"瞭"）。

【釋義】◎本義指眼睛明亮。音 liào。◇引申表示明白，懂得。音 liǎo：瞭解│瞭然│明瞭│瞭如指掌│一目瞭然

潦 liǎo

潦甲 潦篆 潦楷(李璧碑)

【析形】潦字甲骨文左旁是水，意符，表明字義與水有關；右旁是尞，聲符，表示讀音。形聲字。小篆聲符形體訛變（見"燎"字）。隸變後，水字在字左側為偏旁時寫作"氵"。

【釋義】◎本義指雨水大之狀（《說文》："潦，雨水大貌"）。也指雨後的大水。△音借表示①不工整，不認真：潦草 ②頹喪，失意：潦倒

燎 liǎo

【析形】見"燎 liáo"。

【釋義】◎本義為古代祭名。音 liáo。◇引申指挨近火而燒焦（多用於毛髮）：把眉

毛燎了

料 liào

䊸金 米料篆 料楷（顏真卿）

【析形】料字金文左旁是米，右旁是斗，均為意符，用斗量米，取意稱量。會意字。小篆"斗"形略變。楷書沿襲小篆。

【釋義】◎本義指量，稱量。◇引申①表示估量，預測：料定｜料想｜意料｜預料 ②處理：料理｜照料 ③由稱量穀米引申指穀物：拌料｜草料｜馬料｜飼料 ④原料，材料：料酒｜料子｜備料｜布料｜木料｜配料｜史料｜資料

瞭 liào

瞭草（王獻之）

【析形】瞭字《說文》所無。草書左旁是目，意符，表明字義與眼睛有關；右旁是寮，聲符，表示讀音。形聲字。

【釋義】◎本義指眼睛明亮。◇引申指遠看，遠望：瞭望｜巡營瞭哨

鐐 （镣） liào

鐐篆 鐐楷（顏真卿）

【析形】鐐字小篆左旁是金，意符，表明材質；右旁是寮，聲符，表示讀音。形聲字。楷書沿襲小篆。

【簡化】楷書簡體"镣"的意符"钅"根據草書楷化而成。

【釋義】本義指純美的銀子，上等金。表示鐐銬義的"鐐"是後造的同形字，指套在腳腕上的刑具：鐐銬｜腳鐐

咧 liē

咧楷（顏真卿）

【析形】咧字《說文》所無。楷書左旁是口，意符，表明字義與口的行為有關；右旁是列，聲符，表示讀音。形聲字。

【釋義】〔咧咧〕①亂講，亂說：瞎咧咧 ②隨隨便便，滿不在意：大大咧咧 ③在說話中夾雜着罵人的話：罵罵咧咧 ④小孩哭：哭哭咧咧

咧 liě

【析形】見"咧liē"。

【釋義】嘴角向兩旁伸展：咧嘴｜齜牙咧嘴

列 liè

列篆 列隸（景君碑）列楷（顏真卿）

【析形】列字小篆右旁是刀，意符，表明字義與刀有關；左旁是歺，聲符，表示讀音。形聲字。隸書聲符形體已訛變。隸變後，刀字在字右側為偏旁時寫作"刂"。楷書沿襲隸書。

【釋義】◎本義指分開，分割。此義後作"裂"。◇引申①排列：列出｜列島｜列隊｜列舉｜列入｜陳列｜羅列｜系列 ②行列：列車｜隊列｜橫列｜前列 ③類：不在此列 ④各，眾：列國｜列強｜列位 ⑤量詞，用於成行列的事物：一列火車

劣 liè

劣篆 劣楷（褚遂良）

【析形】劣字小篆上部是少，下部是力，均為意符，以力少取意弱。會意字。楷書沿襲小篆。

【釋義】◎本義指弱。◇引申①少，小於一定標準的：劣弧 ②壞，不好，與"優"相對：劣等｜劣跡｜劣勢｜劣性｜劣質｜卑劣｜粗劣｜惡劣｜拙劣

烈 liè

烈金 烈篆 烈隸（曹全碑）烈楷（褚遂良）

【析形】烈字金文借音近的剌字表示（烈、剌二字古音聲母相同，韻母同部）。小篆下部是火，意符，表明字義與火有關；上部是列，聲符，表示讀音。形聲字。隸變後，火字在字下部為偏旁時分化出"灬"旁。楷書沿襲隸書。

【釋義】◎本義指火勢猛。◇引申①猛烈，強烈：烈度｜烈風｜烈火｜烈酒｜烈日｜烈性｜烈焰｜熾烈｜激烈｜劇烈｜熱烈｜壯烈 ②為正義事業犧牲的：烈士｜烈屬｜先烈｜英烈 ③剛直，嚴正：烈女｜烈性｜剛烈｜貞烈｜忠烈

L

獵(猎) liè

獵金 獵篆 獵(顏真卿)

【析形】獵、猎本是兩個字。

獵字金文左旁是犬，意符，表示狩獵的輔助工具；右旁是巤，聲符，表示讀音。形聲字。小篆沿襲金文。隸變後，犬字在字左側為偏旁時寫作"犭"。

猎字《說文》所無。左旁是"犭"(犬)，意符，代表動物，表明字義與動物有關；右旁是昔，聲符，表示讀音(古音獵、昔二字古音同韻部)。

【簡化】簡化字是用同音合併的方法，以音近、筆畫較簡的"猎"代替筆畫繁複的"獵"，合併了猎、獵二字的意義。

【釋義】◎猎是古代傳說中一種像熊的獸。後作"獵"的簡化字。

獵◎本義指打獵，捕獸：獵虎｜獵奇｜獵取｜射獵｜狩獵｜田獵｜圍獵｜漁獵　◇引申①打獵的：獵刀｜獵狗｜獵戶｜獵槍｜獵人｜獵手｜獵鷹 ②搜尋，奪取：獵奇｜獵取｜獵頭公司

裂 liè

裂篆 裂(隸辨) 裂楷(張猛龍碑)

【析形】裂字小篆下部是衣，意符，表明字的初義與衣物有關；上部是列，聲符，表示讀音。形聲字。隸、楷書沿襲小篆。

【釋義】◎本義指殘餘的繒帛。◇引申指破，分開：裂變｜裂縫｜裂口｜裂紋｜爆裂｜崩裂｜車裂｜分裂｜割裂｜決裂｜龜裂｜破裂｜綻裂

鄰(邻) lín

鄰篆 鄰(禮器碑) 邻楷(顏真卿)

【析形】鄰字小篆右旁是邑，意符，表明字義與人的居住有關；左旁是粦，聲符，表示讀音。形聲字。隸變後，邑字在字右側為偏旁時寫作"阝"。

【簡化】楷書簡體"邻"是用更換聲符的方法，以筆畫較簡的"令"為聲符，替換了筆畫繁複的"粦"。

【釋義】◎本義指古代周朝時的基層組織單位之一，五家為鄰，五鄰為里。◇引申①住處接近的人家：鄰居｜鄰里｜鄰人｜鄰舍｜比鄰｜近鄰｜睦鄰｜遠鄰 ②位置接近，附近，接連：鄰邦｜鄰村｜鄰國｜鄰接｜鄰近｜毗鄰

林 lín

林甲 林金 林篆 林(馬王堆帛書) 林楷(魏靈藏造像)

【析形】林字甲骨文由雙"木"構成，均為意符，以眾木成林取意成片的林木。會意字。金文、小篆、隸、楷書各體均沿襲甲骨文。

【釋義】◎本義指成片的樹林或竹子：林場｜林海｜林莽｜林網｜森林｜園林　◇引申①林業：林產｜林墾｜林農｜林政｜農林業 ②聚集在一起的同類的人或事物：碑林｜儒林｜藝林｜槍林彈雨｜民族之林 ③形容很多：林立｜林林總總

臨(临) lín

臨金 臨篆 臨(曹全碑) 臨楷(顏真卿) 臨草(王羲之)

【析形】臨字金文左上部像豎目形，左下部為眾物之象，右旁是側立人形，均為意符，以人俯視眾物取意居上視下。會意字。小篆把左下部眾物之象訛為"品"。隸書沿襲小篆，豎目形隸作"臣"，"人"形訛變。楷書沿襲隸書。

【簡化】簡化字"临"根據草書楷化而成。

【釋義】◎本義指居上視下。◇引申①對着，靠近：臨到｜臨池｜臨風｜臨近｜瀕臨｜面臨｜臨危不懼｜如臨大敵｜居高臨下 ②到達，來到：臨門｜臨機｜臨了 liǎo｜臨時｜光臨｜降臨｜來臨｜蒞臨｜親臨 ③對着字畫摹仿：臨畫｜臨摹｜臨帖 ④將要，快要：臨別｜臨產｜臨危｜臨行｜臨終｜迫臨 ⑤暫時，短期：臨時

淋 lín

淋篆 淋楷(顏真卿)

【析形】淋字小篆左旁是水，意符，表明字義與水有關；右旁是林，聲符，表示讀音。形聲字。楷書沿襲小篆。隸變後，水字在字左側為偏旁時寫作"氵"。

【釋義】◎本義指澆：淋水│淋雨│淋浴│日曬雨淋　◇引申①往下滴：汗淋淋│濕淋淋│大汗淋漓│墨跡淋漓　②暢快，透徹：淋漓盡致│痛快淋漓

琳 lín

瑜篆 琳楷(李璧碑)

【析形】琳字小篆左旁是玉，意符，表明字的初義與玉有關；右旁是林，聲符，表示讀音。形聲字。楷書沿襲小篆。

【釋義】美玉。〔琳琅〕玉石名。比喻觸目都是美好的東西：琳琅滿目

磷〔燐〕lín

磷楷(顏真卿)

【析形】磷字《說文》所無。楷書左旁是石，意符，表明字義與石相類；右旁是粦，聲符，表示讀音。形聲字。異體字以"火"為意符，表示磷火、磷光。

【釋義】一種非金屬元素，符號P。常見有白磷、紅磷。白磷為淡黃色結晶，毒性強烈，燃燒時產生濃煙，可作軍事上用的煙幕彈或燃燒彈。紅磷為暗紅色粉末，可製安全火柴。磷酸鹽是主要肥料之一，也是植物營養的重要成分之一。人與動物的神經、腦和骨組織中都含有磷的成分：磷肥│磷光│磷酸│磷脂│赤磷│黃磷│脫磷

鱗(鳞) lín

鱗篆 鱗楷(顏真卿)

【析形】鱗字小篆左旁是魚，意符，表明字義與魚類有關；右旁是粦，聲符，表示讀音。形聲字。楷書把聲符上部的"炎"訛作"米"。

【簡化】簡化字"鳞"意符的簡化見"魚"字。

【釋義】◎本義指魚類表面的鱗甲。◇引申①泛指魚類、爬行動物和少數哺乳動物身體表面具有保護作用的薄片狀組織，由角質、骨質等構成：鱗甲│鱗片│鱗爪 zhǎo │魚鱗　②指像魚鱗的：鱗波│鱗傷│鱗次櫛比

凜(凛) lǐn

凜篆 凜楷(顏真卿)

【析形】凜字小篆左旁是"冫"(冰)，意符，表明字義與寒冷有關；右旁是稟，聲符，表示讀音。形聲字。隸變後，古文冰字隸作"冫"。

【簡化】楷書簡體"凛"是用更換聲符的方法，以古音、義相同、筆畫較簡的"稟"為聲符，替換筆畫較繁複的"廩"。

【釋義】◎本義指寒冷：凜冽　◇引申①指嚴厲，嚴肅，可敬畏的樣子：凜凜│凜然　②畏懼，害怕：凜於夜行

檁〔檩〕lǐn

檁隸(隸辨) 檁楷(顏真卿)

【析形】檁字《說文》所無。隸書左旁是木，意符，表明字義與木頭有關；右旁是稟，聲符，表示讀音。形聲字。楷書沿襲隸書。

【釋義】屋架上面托住椽子的橫木：檁條│檁子│脊檁

淋 lìn

【析形】見"淋lín"。

【釋義】◎本義指澆。音lín。◇引申指過濾：淋鹽│過淋　△音借表示病名，性病的一種，病原體是淋病雙球菌。(以上引申義及音借義音lìn)

吝 lìn

吝甲 吝篆 吝楷(顏真卿)

【析形】吝字甲骨文下部是口，意符，取意稱悔；上部是文，聲符，表示讀音(吝、文二字古音同韻部)。形聲字。小篆、楷書沿襲甲骨文。

【釋義】◎本義指悔恨，遺憾。◇引申指過分顧惜自己的財物，捨不得：吝色│吝嗇│吝惜│不吝指教

賃(赁) lìn

賃篆 賃楷(顏真卿)

【析形】賃字小篆右下部是貝，意符，表

明字義與財物有關（見"貝"字）；上部是任，聲符，表示讀音（賃、任二字古音同韻部）。形聲字。

【簡化】楷書簡體"赁"意符的簡化見"貝"字。

【釋義】◎本義指僱傭。◇引申指租借：賃屋｜出賃｜租賃

躪（躏）lìn

躪楷（顏真卿）

【析形】躪字《說文》所無。楷書左旁是足，意符，表明字義與腿腳有關；右旁是"藺"字簡體，聲符，表示讀音。形聲字。

【簡化】楷書簡體"躏"聲符的簡化見"門"字。

【釋義】〔蹂躪〕踐踏，摧殘。

令 líng

【析形】見"令 lìng"。

【釋義】本義指發出命令。音 lìng。用作古地名用字，在今山西臨猗縣一帶。也作姓氏用字：令狐（以上地名、人名用字音 líng。）

伶 líng

伶篆 伶隸（隸辨）伶楷（顏真卿）

【析形】伶字小篆左旁是人，意符，表明字義與人有關；右旁是令，聲符，表示讀音。形聲字。隸變後，人字在字左側為偏旁時寫作"亻"。

【釋義】◎本義指古代的樂官、樂師。◇引申指表演歌舞戲曲的人：伶人｜名伶｜優伶

靈（灵）líng

靈金 靈篆 靈篆 靈篆 靈隸（史晨碑）

靈楷（褚遂良）

【析形】靈字金文下部是示，意符，表明字義與祭祀求神之事有關（見"示"字）；上部是霝，聲符，表示讀音。形聲字。小篆形一下部是玉，表示供奉神靈的祭品；形二下部是巫，表明字義與巫師有關。隸、楷書沿襲小篆形二。

【簡化】簡化字是用同音合併的方法，以音同、筆畫較簡的"灵"（義為微溫）代替筆畫繁複的"靈"，合併了靈、灵二字的意義。

【釋義】◎本義指古時跳舞降神的巫。◇引申①神仙或關於神仙的：靈光｜靈巫｜精靈｜乞靈｜神靈｜顯靈 ②靈驗：靈光｜靈丹妙藥 ③靈魂，精神：魂靈｜心靈｜性靈｜英靈｜幽靈 ④關於死人的：靈車｜靈寢｜靈堂｜靈位｜守靈 ⑤靈活，靈巧：靈機｜靈敏｜靈犀｜靈性｜機靈｜空靈｜失靈

鈴（铃）líng

鈴金 鈴篆 鈴篆 鈴隸（隸辨）鈴楷（顏真卿）

【析形】鈴字金文左旁是金，意符，表明材質；右旁是令，聲符，表示讀音。形聲字。小篆、隸、楷書沿襲金文。

【簡化】簡化字"铃"的意符"钅"根據草書楷化而成。

【釋義】◎本義指用金屬製成的響器，一般為球形或鐘形：鈴鐺｜鈴聲｜電鈴 ◇引申指鈴狀物：鈴蘭｜棉鈴｜啞鈴

陵 líng

陵甲 陵金 陵篆 陵隸（華山神廟碑）

陵楷（顏真卿）

【析形】陵字甲骨文左旁像山崖形，隸作"阜"；右旁上部像正面人形，隸作"大"，下部是"止"（甲骨文像是印形。"趾"字初文），均為意符，像人一足在地面，一足向山崖攀登之狀，取意攀登。會意字。金文右旁的"大"、"止"形體已訛變。小篆右旁是夌，聲符，表示讀音，成為形聲字。隸變後，阜字在字左側為偏旁時寫作"阝"。楷書沿襲隸書。

【釋義】◎本義指攀登：陵城（攀登城牆）◇引申①大山：陵谷｜岡陵｜丘陵｜山陵 ②大的墳墓：陵廟｜陵墓｜陵寢｜陵園｜東陵

零 líng

零篆 零隸（蒼山畫像石題記）零楷（顏真卿）

【析形】零字小篆上部是雨，意符，表明

字的初義與雨水有關；下部是令，聲符，表示讀音。形聲字。隸、楷書沿襲小篆。

【釋義】◎本義指徐徐而下的雨，即零雨。《詩經》有"零雨其濛"句。◇引申①草木花葉枯萎脫落下：零落|凋零|飄零 ②孤獨，孤單：零丁|孤零零 ③細碎的，小數目的，數的零頭，與"整"相對：零工|零活|零件|零亂|零賣|零錢|零食|零售|零碎|零星 ④沒有數量，數的空位（在數碼中多作"0"）：零距離|零增長|七零一號

齡 (龄) líng

龄篆　齒令隸（隸辨）齡楷（顏真卿）

【析形】齡字小篆左旁是齒，意符，表示年輪；右旁是令，聲符，表示讀音。形聲字。隸、楷書沿襲小篆。

【簡化】簡化字"龄"意符的簡化見"齒"字。

【釋義】◎本義指年齡，歲數：高齡|芳齡|適齡|學齡|育齡 ◇引申①某些生物體發育過程中不同階段所經歷的時間，如昆蟲的幼蟲第一次蛻皮前稱一齡蟲；水稻生長到七個葉稱七葉齡：齡期 ②年限：車齡|工齡|教齡|軍齡|藝齡

玲 líng

玲篆　玲楷（顏真卿）

【析形】玲字小篆左旁是玉，意符，表明字義與玉器有關；右旁是令，聲符，表示讀音。形聲字。楷書沿襲小篆。

【釋義】本義指玉器相互撞擊發出的聲音。〔玲瓏〕①精巧，細緻：玲瓏剔透|小巧玲瓏 ②靈活，敏捷：八面玲瓏|嬌小玲瓏

淩 líng

淩篆　淩楷（顏真卿）

【析形】淩字小篆形一左旁像冰淩狀，隸作"冫"，意符，表明字義與冰有關；右旁是麦，聲符，表示讀音。形聲字。隸變後，"冫"字在字左側為偏旁時寫作"冫"。

【釋義】指冰淩：淩訊|防淩|冰激淩

淩 (淩) líng

淩篆　淩隸（隸辨）淩楷（顏真卿）

【析形】淩字小篆左旁是水，意符，表明字義與水有關；右旁是麦，聲符，表示讀音。形聲字。隸變後，水字在字左側為偏旁時寫作"冫"。因與"淩"字音同形近，今內地把二字合併作"淩"。

【釋義】◎本義為古水名。源自江蘇省泗陽縣西北，南入淮水。△音借表示①升高：淩駕|淩空|淩雲 ②氣勢猛烈：淩厲 ③侵犯，欺侮：淩虐|淩辱|欺淩|盛氣淩人 ④逼近：淩逼|淩晨 ⑤不整齊，無秩序：淩亂

菱 líng

菱楷（顏真卿）

【析形】菱字《說文》所無。楷書上部是"艹"（艸），意符，表明字義與植物有關；下部是麦，聲符，表示讀音。形聲字。

【釋義】◎本義為植物名。菱科。一年生水生草本植物，葉柄有浮囊，花白色或淡紅色，夏末秋初開花，花受精後沒入水中，成長為果實，四角或兩角，通稱菱角，供食用及製澱粉。◇引申指鄰邊相等的平行四邊形：菱形

蛉 líng

蛉篆　蛉楷（顏真卿）

【析形】蛉字小篆左旁是虫，意符，表明字義與昆蟲有關；右旁是令，聲符，表示讀音。形聲字。楷書沿襲小篆。

【釋義】〔白蛉〕昆蟲。體小，黃白色或淺灰色，雌的吸食人畜血液，傳染疾病。〔螟蛉〕螟蛉蛾的幼蟲。一種綠色小蟲。寄生蜂蜾蠃常捕捉牠作為幼蟲的食物，古人誤認為蜾蠃養牠作子，因此以螟蛉比喻義子。

翎 líng

翎篆　翎楷（顏真卿）

【析形】翎字小篆右旁是羽，意符，表明字義與羽毛有關；左旁是令，聲符，表示

讀音。形聲字。楷書沿襲小篆。

【釋義】鳥的翅膀或尾巴上長而硬的羽毛：翎毛｜雁翎

棱 líng

【析形】見"棱 léng"。

【釋義】本義指方而有四角的木頭。作地名用字，音 líng。穆棱，縣名，在黑龍江。

令 líng

【析形】見"令 lìng"。

【釋義】◎本義指發出命令。音 lìng。△音借作音譯詞，原張的紙五百張為一令。音 líng。

嶺 (岭) lǐng

篆 嶺楷(褚遂良)

【析形】嶺字小篆上部是山，意符，表明字義與山有關；下部是領，聲符，表示讀音。形聲字。楷書沿襲小篆。

【簡化】簡化字"岭"是用更換聲符的方法，以筆畫較簡的"令"為聲符，替換了筆畫較繁複的"領"，並寫作左右結構。

【釋義】◎本義指山道，或指頂峰上有路可通行的山：山嶺｜分水嶺｜翻山越嶺 ◇引申①高大的山脈：南嶺｜秦嶺｜大興安嶺 ②專指大庾嶺等五嶺：嶺南｜五嶺

領 (领) lǐng

鑌篆 領隸(乙瑛碑) 領楷(褚遂良)

【析形】領字小篆右旁是頁，意符，表明字義與人的頭部有關(見"頁"字)；左旁是令，聲符，表示讀音。形聲字。隸、楷書沿襲小篆。

【簡化】簡化字"领"意符的簡化見"頁"字。

【釋義】◎本義指頭與身體相連接的部分，即頸：領巾｜引領 ◇引申①衣服的領子：領帶｜領結｜領口｜領章｜衣領 ②引，帶：領班｜領唱｜領導｜領隊｜領路｜領先｜率領 ③領導人：領袖｜將領｜首領 ④綱要：綱領｜要領｜提綱挈領 ⑤擁有或佔有

的：領地｜領空｜領屬｜領土｜領域｜領主｜佔領 ⑥拿，取：領獎｜領取｜領養｜認領｜招領 ⑦接受：領教｜領情｜領受 ⑧了解(意思)：領會｜領略｜領悟 ⑨量詞，長袍或上衣一件叫一領，蓆一張叫一領。

另 lìng

另楷(顏真卿)

【析形】另字《說文》所無。楷書上部是口，代表門戶；下部是力，均為意符，表示用力分割。會意字。

【釋義】◎本義指割開，分居。《五音集韻‧徑韻》："另，分居也。"又："另，割開也。"◇引申指另外，別的：另案｜另冊｜另類｜另日｜另行｜另選｜另議｜另眼相看

令 lìng

甲 金 令篆 令隸(禮器碑)

令楷(顏真卿)

【析形】令字甲骨文上部是"口"的倒寫，下部像一跪踞之人形，均為意符，取意坐鎮指揮，發號施令。會意字。金文、小篆沿襲甲骨文。隸變後，上部的"口"訛變，下部跪踞之人形隸作"卩"。楷書"卩"旁再訛變。

【釋義】◎本義指發出命令：將令｜軍令｜口令｜密令｜指令 ◇引申①古代官名：縣令｜太史令 ②使：即令｜縱令｜令人激動｜利令智昏 △音借表示①時節：當令｜節令｜時令｜夏令 ②酒令：猜拳行令 ③敬辭，用於對方的親屬或有關係的人：令愛｜令郎｜令堂｜令媛｜令尊

溜 liū

篆 溜隸(馬王堆帛書) 溜楷(顏真卿)

【析形】溜字小篆左旁是水，意符，表明字的初義與水有關；右旁是留，聲符，表示讀音。形聲字。隸變後，水字在字左側為偏旁時寫作"氵"。楷書沿襲隸書。

【釋義】◎本義為古水名，即今縱貫廣西壯族自治區中北部的融江、柳江及黔江，又東南流至桂平縣注入鬱江。◇引申①像水般(往下)滑，滑行：溜冰｜溜槽｜出

溜 ②偷偷地走開：溜號｜溜走 ③光滑，平滑：溜光｜溜平｜溜圓｜滑溜｜順溜

劉 (刘) liú

鐂篆 劉刂隸(禮器碑) 劉楷(顏真卿)

【析形】漢朝為劉姓天下，故《說文》避諱不收"劉"字而代之以"鐂"。鐂字小篆左旁是金，表明材質；右旁是留，聲符，表示讀音。形聲字。劉字隸書左下是金，右旁是刀，表明字的初義與金屬利器有關；左上是"卯"字的訛變，聲符，表示讀音（劉、卯二字古音同韻部）。隸變後，刀字在字右側為偏旁時寫作"刂"。楷書聲符"卯"的右旁訛作"刀"。

【簡化】簡化字"刘"是用符號代替的方法，以筆畫較簡的"文"作為象徵性符號，替換了左旁的"卯"和"金"。

【釋義】本義指(用斧鉞一類的兵器)殺，殺戮。後作姓氏用字。

留 〔畱〕liú

畱金 畱篆 畱隸(乙瑛碑) 留楷(張猛龍碑)
畱草(米芾)

【析形】金文留字下部是田，意符，以田疇不得暢行取意留止；上部是卯，聲符，表示讀音（留、卯二字古音同韻部）。形聲字。小篆沿襲金文。隸書聲符訛作"𭃅"。楷書沿襲隸書。今"留"字根據草書楷化而成。

【釋義】◎本義指停止，停留：留步｜留連｜留守｜留學｜滯留 ◇引申①遺留：留傳｜留名｜留念｜留言｜留影｜殘留 ②保留：留存｜留量｜留情 ③不使離去：留客｜難nàn｜留任｜留用｜留住｜拘留｜挽留 ④收下：容留｜收留 ⑤注意力放在某方面：留神｜留心｜留意

流 liú

流金 流篆 流隸(華山神廟碑) 流楷(顏真卿)

【析形】流字金文左旁是水，意符，表明字義與水有關；右旁是㐬(甲骨文像產子之形，嬰兒頭部向下，產液往下流)，均

為意符，取意水流動。會意字。小篆沿襲金文。隸變後，水字在字左側為偏旁時寫作"氵"。楷書沿襲隸書。

【釋義】◎本義①水流動：流程｜流量｜流速｜流質｜潮流 ②江、河、湖海等的流水：流速｜暗流｜奔流｜河流｜洪流｜激流｜急流｜逆流｜湍流｜源流｜支流 ◇引申①像水流樣：流汗｜流量｜流食｜流逝｜電流｜寒流｜氣流｜熱流｜人流 ②移動不定：流竄｜流動｜流浪｜流落｜流沙｜流失｜流通｜流亡｜流徙｜流星 ③傳播：流播｜流佈｜流毒｜流散｜流行｜流言 ④派別，品類，等級：流派｜名流｜末流｜女流｜上流｜下九流 ⑤因某些原因不能實現的、失敗的，向壞的方面轉變：流標｜流產｜流拍

榴 liú

榴楷(顏真卿)

【析形】榴字《說文》所無。楷書左旁是木，意符，表明字義與樹木有關；右旁是留，聲符，表示讀音。形聲字。

【釋義】果樹名。石榴，落葉灌木或小喬木，開紅花，果實可吃。

琉 〔瑠〕liú

瑠篆 琉楷(顏真卿)

【析形】琉字小篆左旁是玉，意符，表明字義的類別與玉石相類；右旁是㐬，聲符，表示讀音。形聲字。楷書聲符是"流"字的省減。內地採用"琉"字。

【釋義】琉璃。本指天然的各種有光寶石，本名璧琉璃。今稱琉璃指的是一種用鋁和鈉的硅酸鹽化合物燒成的釉料。常見的有綠色和金黃色兩種，多用作建築材料：琉璃瓦。

硫 liú

硫楷(顏真卿)

【析形】硫字《說文》所無。楷書左旁是石，意符，表明字義的類別與石相類；右旁是"流"字的省減，聲符，表示讀音。形聲字。

【釋義】硫磺。非金屬元素，符號S。為淺

黃色結晶體，是製造火藥、火柴、硫酸、硫化橡膠、殺蟲劑等的原料：硫化|脫硫|硫磺泉|硫酸銨

餾 (馏) liú

【析形】見"餾liù"。

【釋義】◎本義指蒸飯。音liù。◇引申指加熱使液體化成蒸氣後再凝成純淨的液體。音：liú：蒸餾水

瘤〔瘤〕liú

瘤篆 **瘤**楷(顏真卿)

【析形】瘤字小篆左旁與右上一橫合為"疒"，意符，表明字義與疾病有關(見"病"字)；右下是留，聲符，表示讀音。形聲字。楷書"瘤"聲符的簡化見"留"字。

【釋義】體內腫塊，瘤子：毒瘤|粉瘤|根瘤|肉瘤|腺瘤|脂瘤|腫瘤

柳 liǔ

柳甲 **桃**金 **柳**篆 **柳**楷(顏真卿)

【析形】柳字甲骨文上部是木，意符，表明字義與樹木有關；下部是卯，聲符，表示讀音。形聲字。金文寫作左右結構。小篆、楷書沿襲金文。

【釋義】◎本義為樹名。柳樹，落葉喬木或灌木，葉子狹長，春天開花：柳木|柳條|柳絮|垂柳　◇引申指細長秀美，纖細柔美：柳眉|柳腰　△音借作星名，二十八宿之一。

六 liù

六甲 **介**金 **六**篆 **六**隸(華山神廟碑)
六楷(褚遂良)

【析形】六字甲骨文像房屋廬舍的形狀，當為"廬"字初文。象形字。金文沿襲甲骨文。小篆形體訛變。隸書筆畫化更失初形。楷書沿襲隸書。

【釋義】◎本當為"廬"字本字。△音借表示①數目字，五加一所得：六畜|六書|六藝|六親不認 ②古時又指工尺譜記音符號，相當於簡譜的"5"。

陸 (陆) liù

【析形】見"陸lù"。

【釋義】◎本義指高平地。音lù。△音借作數目字"六"的大寫。音liù。

碌〔碌〕liù

【析形】見"碌lù"。

【釋義】〔碌碡 liùzhou〕農具名，用石頭做成，圓柱形，用來平場院、軋脫穀粒。

溜 liù

【析形】見"溜liū"。

【釋義】◎本義為古水名。◇引申①順房簷滴下來的水：承溜 ②排，條；一溜兒|一溜煙|一溜歪斜|一溜三間房

餾 (馏) liù

餾篆 **餾**楷(顏真卿)

【析形】餾字小篆左旁是食，意符，表明字義與食物有關；右旁是留，聲符，表示讀音。形聲字。

【簡化】楷書簡體"馏"的意符"饣"根據草書楷化而成。

【釋義】本義指蒸飯。也泛指把熟食蒸熱：餾饅頭

隆 lōng

【析形】見"隆lóng"。

【釋義】◎本義指盛大。音lóng。△音借表示黑。音lōng：黑咕隆咚

龍 (龙) lóng

龍甲 **龍**金 **龍**篆 **龍**隸(白石君碑)
龍楷(顏真卿)

【析形】龍字甲骨文像一條龍之形，龍頭上有角，張着嘴，龍身捲曲，龍尾翹起。象形字。金文形象更逼真，張開之嘴露出牙齒。小篆則把龍頭龍角篆作"辛"，把嘴和牙齒訛作"月"(肉)，右旁像龍騰飛之形。隸、楷書沿襲小篆。

【簡化】簡化字"龙"是用保留特徵、局部刪除的方法，保留了原字右旁的輪廓特

徵，刪除其餘部件。

> "龍"字為偏旁的字類推簡化。例如：
> 笼、拢、垄、胧、咙、聋、庞、袭等。

【釋義】◎本義指中國古代傳說中的一種能興雲降雨的神異動物：龍宮│龍王│龍舟│蒼龍│龍飛鳳舞│畫龍點睛 ◇引申①作封建帝王的象徵：龍袍│龍體 ②形狀像龍的或裝飾有龍的圖案的：龍船│龍燈│龍舟│水龍頭 ③古生物學上指生存在中生時代的一些巨大的爬行動物：恐龍│魚龍│翼手龍 ④帶頭的、起主導作用的，幫會頭領：龍頭老大│龍頭企業

聾 (聋) lóng

龍金 聾篆 聋楷(顏真卿)

【析形】聾字金文右旁是耳，意符，表明字義與耳朵有關；左旁是龍，聲符，表示讀音。形聲字。小篆寫作上下結構。

【簡化】楷書簡體"聋"聲符的簡化見"龍"字。

【釋義】耳朵聽不見聲音，聽覺不靈：聾啞│聾子│耳聾│發聾振聵│震耳欲聾

隆 lóng

隆篆 隆隸(張表碑) 隆楷(顏真卿)

【析形】隆字小篆右下是生，意符，以生長取意豐滿、盛大；左旁的"阜"與右上部合為"降"，聲符，表示讀音(隆、降二字古音同韻部)。形聲字。隸書聲符作了減省。隸變後，阜字在字左側為偏旁時寫作"阝"。楷書意符與聲符部分筆畫重疊。

【釋義】◎本義指豐大，盛大：隆重 ◇引申①興盛，興旺：隆盛│興隆 ②高起：隆起│穹隆 ③表示深厚，程度深：隆冬│隆情厚誼 △音借作象聲詞：隆隆│咕隆│轟隆

籠 (笼) lóng

籠篆 能隸(馬王堆帛書) 笼楷(顏真卿)

【析形】籠字小篆上部是竹，意符，表明材質；下部是龍，聲符，表示讀音。形聲字。隸書聲符形體略變。

【簡化】楷書簡體"笼"聲符的簡化見"龍"

【釋義】◎本義指用竹片、竹篾編製的盛器。◇引申①泛指籠子：燈籠│樊籠│罐籠│火籠│囚籠│竹籠 ②籠屜：出籠│回籠│蒸籠 ③把手放在袖筒裏：籠着手

嚨 (咙) lóng

嚨篆 咙楷(顏真卿)

【析形】嚨字小篆左旁是口，意符，表明字義與口的器官有關；右旁是龍，聲符，表示讀音。形聲字。

【簡化】楷書簡體"咙"聲符的簡化見"龍"字。

【釋義】〔喉嚨〕見"喉"。

朧 (胧) lóng

朧篆

【析形】朧字小篆左旁是月，意符，表明字義與月亮有關；右旁是龍，聲符，表示讀音。形聲字。

【簡化】簡化字"胧"聲符的簡化見"龍"字。

【釋義】〔朦朧〕見"朦"字。

窿 lóng

窿楷(顏真卿)

【析形】窿字《説文》所無。楷書上部是穴，本義指土室，又指洞穴，意符，表明字義與洞穴有關；下部是隆，聲符，表示讀音。形聲字。

【釋義】①〔窟窿〕洞，孔。引申比喻虧空。②〔窿穹〕中央高，四周下垂的形狀。③方言指煤礦坑道：窿工│廢窿

攏 (拢) lǒng

攏楷(顏真卿)

【析形】攏字《説文》所無。楷書左旁是"扌"(手)，意符，表明字義與手的動作有關；右旁是龍，聲符，表示讀音。形聲字。

【簡化】簡化字"拢"聲符的簡化見"龍"字。

L

【釋義】◎本義指湊起，聚集：攏緊│攏住│合攏│聚攏│圍攏　◇引申①合上：合攏②靠近，到達：攏岸│湊攏│靠攏│拉攏③總合：攏共│攏總　④梳理：攏髮│攏頭

壟 (垄) lǒng

壟篆 壟楷(顏真卿)

【析形】壟字小篆左旁是土，意符，表明字義與土地有關；右旁是龍，聲符，表示讀音。形聲字。楷書寫作上下結構。

【簡化】簡化字"垄"聲符的簡化見"龍"字。

【釋義】◎本義指墳墓。又指田地分界高起的土堆或小路：田壟　◇引申指耕地上培起的一行行的土埂，在上面種植農作物：壟溝│壟作│斷壟│麥壟

〔壟斷〕原指站在市集的高地上操縱貿易，後泛指把持和獨佔。

籠 (笼) lǒng

【析形】見"籠 lóng"。

【釋義】◎本義指籠子。音 lóng。◇引申①籠罩：煙籠霧罩　②箱籠。(以上各引申義音 lǒng)

弄 lòng

【析形】見"弄 nòng"。

【釋義】◎本義指玩弄。音 nòng"　△音借指小巷，或胡同(方言)。音 lòng：弄堂│里弄

摟 (㧬) lōu

摟篆 摟楷(顏真卿)　摟草(字彙)

【析形】小篆摟字左旁是手，意符，表明字義與手的動作有關；右旁是婁，聲符，表示讀音。形聲字。隸變後，手字在字左側為偏旁時寫作"扌"。

【簡化】簡化字"㧬"的聲符"娄"根據草書楷化而成。

【釋義】◎本義指用手或工具把東西聚集到自己面前：摟柴火│扒摟　◇引申①用手攏着提起來(指衣服)：摟起袖子　②搜刮(財物)：摟錢　③向自己的方向撥，扳：

摟槍機

樓 (楼) lóu

樓篆 摟隸(隸辨) 楼行(皇象)

楼楷(顏真卿)

【析形】樓字小篆左旁是木，意符，表明建築材料；右旁是婁，聲符，表示讀音。形聲字。隸書沿襲小篆。

【簡化】楷書簡體"楼"的聲符"娄"根據草書楷化而成。

【釋義】◎本義指兩層以上的房屋：樓房│樓梯│鐘樓　◇引申①建築物上加蓋的房子或建築：城樓│閣樓│箭樓│角樓│門樓│牌樓│騎樓　②用於某些店舖：茶樓│酒樓│銀樓

婁 (娄) lóu

婁甲 婁戰國文字 婁篆 婁楷(顏真卿)

婁草(匯輯)

【析形】婁字甲骨文像女人頭上頂物、兩手相持之形。表意未明。戰國文字沿襲甲骨文。小篆形體訛變。楷書沿襲小篆。

【簡化】簡化字"娄"根據草書楷化而成。

> "婁"字為偏旁的字類推簡化。例如：楼、篓、缕、数等。

【釋義】◎本義未明。《說文》釋："婁，空也。"指物體中空。◇引申①方言指身體虛弱。②方言指瓜類等過熟變質。③亂子，糾紛，禍事：婁子│出婁子│捅婁子　△音借表示星名，二十八宿之一。

摟 (㧬) lóu

【析形】見"摟 lōu"。

【釋義】◎本義指把東西聚集在自己面前。音 lōu。◇引申指攬，抱。音 lǒu：摟抱│把孩子摟在懷裏

簍 (篓) lǒu

簍篆 篓行(皇象) 篓楷(顏真卿)

【析形】簍字小篆上部是竹，意符，表明材質；下部是婁，聲符，表示讀音。形聲字。

【簡化】楷書簡體"篓"的聲符"娄"根據草書楷化而成。

【釋義】用竹篾或柳條等編成的盛物器具，一般為圓桶形：背簍｜炭簍｜竹簍｜字紙簍

露 lòu

【析形】見"露lù"。

【釋義】◎本義指凝結在地面或靠近地面物體表面上的水珠。音lù。◇引申指室外的，沒有遮蓋的，顯現出來。音lòu：露醜｜露底｜露風｜露光｜露臉｜露面｜露怯｜洩露

漏 lòu

漏篆　漏楷(顏真卿)

【析形】小篆漏字左旁是水，意符，表明字義與水有關；右旁是屚，聲符，表示讀音。形聲字。楷書沿襲小篆。隸變後，水字在字左側為偏旁時寫作"氵"。

【釋義】◎本義指漏壺。古代一種計時器，多為銅製的壺，分為播水壺、受水壺兩部分。播水壺一般有三個，置於臺階或架上，均有小孔滴水，最下層流入受水壺。受水壺裏有立箭，箭上劃分一百刻。箭隨蓄水逐漸上升，露出刻度，以表示時間：漏刻｜漏夜｜漏盡更 gēng 深　◇引申①泛指物體有孔或縫，東西能滴下、透出或掉出：漏底｜漏洞｜漏斗｜漏勺｜漏子②物體從孔或縫中流出、透出或掉下：漏電｜漏風｜漏光｜漏氣｜漏水｜滲漏｜脫漏③遺漏，疏忽，逃避：漏稅｜漏網｜掛漏｜紕漏｜缺漏｜疏漏｜偷漏

陋 lòu

陋篆　陋楷(顏真卿)

【析形】陋字小篆左旁是阜，意為土山，意符，表明字義與地形地勢有關；右旁是丙，聲符，表示讀音。形聲字。隸變後，阜字在字左側為偏旁時寫作"阝"。

【釋義】◎本義指狹隘，低小：陋室｜陋巷｜僻陋｜樸陋　◇引申①(見聞)少：鄙陋｜淺陋｜愚陋｜孤陋寡聞②粗劣，不合理：陋規｜陋俗｜陋習｜粗陋｜因陋就簡③醜，猥瑣：醜陋｜猥陋

蘆 (芦) lú

蘆篆　蕸隸(隸辨)　芦楷(顏真卿)

【析形】蘆字小篆上部是"艸"，意符，表明字義與植物有關；下部是盧，聲符，表示讀音。形聲字。隸書沿襲小篆。

【簡化】楷書簡體聲符的簡化見"盧"字。簡化字"芦"是用更換聲符的方法，以筆畫較簡的"戶"為聲符，替換了筆畫繁複的"盧"。

> "盧"字為偏旁的字類推簡化。例如：
> 炉、芦、庐、驴等（"顱"字除外）

【釋義】植物名。①蘆葦：蘆根｜蘆花｜蘆蓆｜蘆葦蕩②葫蘆：瓢葫蘆｜西葫蘆｜依樣葫蘆

爐 (炉) 〔鑪〕 lú

爐楷(濟瀆廟器具)　鑪楷(顏真卿)

【析形】爐字《說文》所無。楷書形一左旁是火，意符，表明字義與火有關；右旁是盧，聲符，表示讀音。形聲字。形二以"金"為意符，表明材質，為"爐"字異體。

【簡化】簡化字"炉"是用更換聲符的方法，以筆畫較簡的"戶"為聲符，替換了筆畫繁複的"盧"。

【釋義】供做飯、燒水、取暖、冶煉用的盛火器具或裝置：爐火｜火爐｜烤爐｜煤爐｜暖爐｜熔爐

盧 (卢) lú

盧甲　盧甲　盧金　盧篆　盧隸(桐柏廟碑)　盧楷(顏真卿)

【析形】盧字甲骨文形一下部像爐形，有爐體、足，上部是"虍"，聲符，表示讀音。形聲字。形二爐形已失，左旁增"皿"為意符，表明字義與器皿有關。金文以"皿"為意符，"膚"為聲符，並寫作上下結構。小篆聲符"膚"省減了"月"(肉)。隸、楷書沿襲小篆。

【簡化】簡化字"卢"是用保留特徵、局部刪除的方法，保留了原字的輪廓特徵

L

"卢"，刪除其餘部件。

【釋義】◎本義為燃炭之器。又指盛飯器。△音借指黑色：盧弓

廬 (庐) lú

属金 廬篆 廬隸(禮器碑) 廬楷(褚遂良)

【析形】廬字金文外廓像高屋形，隸作"广"，意符，表明字的初義與房屋有關；內中是盧，聲符，表示讀音。形聲字。小篆、隸、楷書沿襲金文。

【簡化】簡化字"庐"是用更換聲符的方法，以筆畫較簡的"戶"為聲符，替換了筆畫繁複的"盧"。

【釋義】◎本義指農時寄居田野的棚舍。◇引申指簡陋的房屋：廬舍｜三顧茅廬

顱 (颅) lú

顱篆 颅楷(顏真卿)

【析形】顱字小篆右旁是頁，意符，表明字義與頭部有關(見"頁"字)；左旁是盧，聲符，表示讀音。形聲字。

【簡化】楷書簡體"颅"意符的簡化見"頁"字；聲符隨"盧"字的簡化簡作"卢"。

【釋義】頭的上部，頭蓋，也指頭：顱骨｜顱腦｜顱腔｜腦顱｜頭顱

蘆 (芦) lǔ

【析形】見"蘆lú"。

【釋義】◎本義見"蘆lú"。△音借作昆蟲名，形似蟋蟀而體大。音lǔ：油葫蘆

虜 (虏) lǔ

虜篆 虜隸(居延簡) 虏楷(顏真卿)

【析形】虜字小篆中間是毌，本指把東西貫穿起來，取意緊縛；下部是力，代表武力，均為意符，以武力緊縛敵人，取意虜獲；上部是虍，聲符，表示讀音。形聲字。隸書把"毌"訛作"田"。

【簡化】楷書簡體是用保留特徵、局部刪除的方法，保留了原字輪廓"虏"，刪除了其中的"毌"。

【釋義】◎本義指俘獲，打仗時捉住敵人：虜獲｜俘虜　◇引申①俘獲的人：俘

虜　②古代也指對北方外族的貶稱。

魯 lǔ

魯甲 魯金 魯篆 魯隸(張遷碑) 魯楷(顏真卿)

【析形】魯字甲骨文上部是魚，下部是口(一說像一個器皿)，均為意符，以魚肉味道好取意嘉美。會意字。金文沿襲甲骨文。小篆下部訛為"白"。隸書又訛作"日"。楷書沿襲隸書。

【簡化】簡化字"鲁"意符"魚"的簡化見"魚"字。

【釋義】◎本義指嘉美。△音借表示①莽撞，粗野：魯莽｜粗魯　②笨，遲鈍：魯鈍｜愚魯　③周朝國名，在今山東曲阜一帶。又作山東省的別名。

鹵 (卤) lǔ

鹵金 鹵篆 鹵隸(漢印徵) 卤楷(翁闓運)

【析形】鹵字金文外廓像盛器，中間小點表示鹽粒。象形字。小篆沿襲金文。

【簡化】楷書簡體"卤"是用保留特徵、局部刪除的方法，保留原字輪廓特徵"鹵"，刪除了字中的小點。

【釋義】本義指鹽鹼：鹵水｜點鹵。又指鹵素，氟、氯、溴、碘、砹五種元素的統稱。

滷 (卤) lǔ

滷楷(顏真卿)

【析形】滷字《說文》所無。楷書左旁是"氵"(水)，意符；右旁是鹵，意符兼聲符，表示滷水，也表示讀音。會意兼聲字。

【簡化】簡化字右旁的簡化見"卤"字。

【釋義】◎本義指滷水。◇引申①用鹽水加五香調料或用醬油煮製：滷肉｜滷味｜滷煮　②用肉類、雞蛋等做湯加澱粉而成的濃汁，用來澆在麵條等食物上：魯滷｜打滷麵

六 lù

【析形】見"六"。

【釋義】本義當為"盧"字本字。音liù。用

作地名,指①山名,六安。又作縣名,在安徽。②縣名,六合,在江蘇。(以上地名音lù)

陸 (陆) lù

陸甲 陸金 陸篆 陸隸(禮器碑)

陸楷(顏真卿) 陸草(孫過庭)

【析形】陸字甲骨文左旁像山崖形,隸作"阜",意符,表明字義與高地有關;右旁是坴,義為有土無石之地,意符兼聲符,表示陸地,也表示讀音。會意兼聲字。金文沿襲甲骨文。小篆聲符作了省減,右下增"土"為意符。隸變後,阜字在字左側為偏旁時寫作"阝"。

【簡化】簡化字"陆"根據草書略加改造楷化而成。

【釋義】◎本義指高平地。◇引申泛指高於海平面的陸地:陸軍|陸路|陸運|大陸|登陸|內陸|水陸

錄 (录) lù

錄篆 錄楷(顏真卿)

【析形】錄字小篆左旁是金,意符,取意金色;右旁是彔,聲符,表示讀音。形聲字。楷書聲符上略變。

【簡化】簡化字是用同音合併的方法,以音同、筆畫較簡的"录"(本義為汲水之器)代替了筆畫繁複的"錄",合併了錄、录二字的意義。

【釋義】◎本義指金色。△音借指記載,抄寫:錄像|錄音|錄影|筆錄|抄錄|登錄|輯錄|記錄|紀錄|節錄|摘錄|著錄 ◇引申①記載物的名稱:附錄|記錄|目錄|書錄|著錄|備忘錄|回憶錄 ②為備用而登記,故又引申指採取或任用:錄聘|錄取|收錄

鹿 lù

鹿甲 鹿金 鹿篆 鹿隸(馬王堆帛書)

鹿楷(顏真卿)

【析形】鹿字甲骨文、金文均像鹿形,有頭、角、身、足。象形字。小篆線條化,鹿形漸失。隸書沿襲小篆而略簡。楷書沿襲隸書。

【釋義】哺乳動物反芻類的一科,短尾,腿細長,毛多為黃褐色,有的有花斑或條紋,情性溫順,一般雄鹿有角:鹿角|鹿茸|逐鹿|梅花鹿

綠 (绿) lù

【析形】見"綠lǜ"。

【釋義】本義見"綠lǜ"。地名用字。音lù。綠林山,今湖北大洪山一帶。

碌 (碌) lù

碌篆 碌楷(顏真卿)

【析形】碌字小篆左旁是石,意符,表明字的初義與石頭有關;右旁是彔,聲符,表示讀音。形聲字。楷書沿襲小篆。

【釋義】◎本義指石之狀貌,或指小石:丘碌碌 △音借表示①事務繁雜:勞碌|忙碌 ②平凡(指人):庸碌|碌碌無為

路 lù

路金 路篆 路隸(孔彪碑)

路楷(褚遂良)

【析形】路字金文左旁是足,意符,表明字義與行走有關;右旁是各,聲符,表示讀音(路、各二字古音同韻部)。形聲字。小篆、隸、楷書沿襲金文。

【釋義】◎本義指道路:路標|路徑|路牌|路途|公路|陸路|順路|修路|築路 ◇引申①路程:路費|路途|半路|趕路|過路 ②途徑,門路:路徑|路數|路子|出路|活路|絕路|來路|老路|生路|死路|銷路|邪路|心路|正路 ③種類,等次:大路貨|一路人 ④方面,地區:南路貨|外路人 ⑤路線:總路線|181路車 ⑥線路:電路|短路|斷路 ⑦條理:筆路|頭路|思路

露 lù

露篆 露楷(褚遂良)

【析形】露字小篆上部是雨,意符,表明字義與雨水有關;下部是路,聲符,表示讀音。形聲字。楷書沿襲小篆。

【釋義】◎本義指凝結在地面或靠近地面物體表面上的水珠:露水|露珠|雨露|

朝 zhāo 露　◇引申①室外的，沒有遮蓋的：露宿｜露臺｜露天｜露營　②顯露，表現：露骨｜露頭｜暴露｜表露｜流露｜裸露｜披露｜袒露｜透露

賂 (赂) lù

開篆 賂楷 (顏真卿)

【析形】賂字小篆左旁是貝，意符，表明字義與財物有關 (見 "貝" 字)；右旁是各，聲符，表示讀音 (賂、各二字古音同韻部)。形聲字。楷書沿襲小篆。

【簡化】簡化字 "赂" 意符的簡化見 "貝" 字。

【釋義】◎本義指贈送財物。◇引申指用財物買通他人或用作行賄的財物：賄賂

驢 (驴) lǘ

驢篆 驢楷 (顏真卿)

【析形】驢字小篆左旁是馬，意符，代表動物；右旁是盧，聲符，表示讀音。形聲字。楷書沿襲小篆。

【簡化】簡化字 "驴" 是用更換聲符的方法，以筆畫較簡的 "戶" 為聲符，替換了筆畫繁複的 "盧"；意符的簡化見 "馬" 字。

【釋義】家畜名。哺乳動物，比馬小，耳朵長，胸部稍窄，毛多為灰褐色，可騎乘或役使：驢皮｜驢子｜草驢｜毛驢｜野驢

旅 lǚ

旅甲 旅金 旅篆 方衣隸 (曹全碑)

旅楷 (顏真卿)

【析形】旅字甲骨文上部像旗幟飄揚之形，下部像眾人跟隨旗幟行進之狀，均為意符，以聚眾於旗下表示軍旅。會意字。金文沿襲甲骨文。小篆把旗幟形篆作兩個部件，隸作 "方"。隸書眾人行進之形訛變。楷書沿襲隸書，把眾人之形寫作 "氏"。

【釋義】◎本義指軍隊編制單位，軍旅。上古五百人為旅。◇引申①管轄幾個團或幾個營的軍隊編制單位。②泛指軍隊：勁旅｜軍旅生涯　③在外作客，觀光旅行，在外地或外國居住：旅伴｜旅程｜旅店｜旅館｜旅居｜旅客｜旅途｜旅遊｜商旅

屢 (屡) lǚ

屢篆 屢隸 (馬王堆帛書) 屢草 (李邕)

屢楷 (顏真卿)

【析形】屢字小篆上部是尸 (甲骨文像人彎身屈膝之形)，意符，表明字義與人的活動有關；下部是婁，聲符，表示讀音。形聲字。隸書沿襲小篆。

【簡化】楷書簡體 "屡" 的聲符 "娄" 根據草書楷化而成。

【釋義】累次，數次：屢次｜屢見不鮮｜屢教不改｜屢試不爽｜屢戰屢勝

呂 (吕) lǚ

呂甲 呂金 呂篆 呂隸 (景君碑)

呂隸 (居延簡) 呂楷 (顏真卿)

【析形】呂字甲骨文、金文均像兩塊脊椎骨的形狀。象形字。小篆在兩塊脊骨中間加一條連線。隸書形一沿襲小篆；形二及楷書沿襲甲、金文。

【釋義】◎本義指脊椎骨。△音借表示我國古代樂律中陰律的總稱。姓氏用字。

侶 lǚ

侶篆 侶楷 (褚遂良)

【析形】侶字小篆左旁是人，意符，表明字義與人有關；右旁是呂，聲符，表示讀音。形聲字。隸變後，人字在字左側為偏旁時寫作 "亻"。

【釋義】同伴，夥伴：侶伴｜伴侶｜舊侶｜情侶

鋁 (铝) lǚ

鋁篆 鋁楷 (顏真卿)

【析形】鋁字金文左旁是金，意符，表明字義與金屬有關；右旁是呂，聲符，表示讀音。形聲字。楷書沿襲小篆。

【簡化】簡化字 "铝" 的意符 "钅" 根據草書楷化而成。

【釋義】本義指磋磨金屬使其平。今 "鋁" 字為後起同形字，指金屬元素，符號 Al，俗稱鋼精。銀白色，質輕而堅韌，

易於加工。傳熱和導電性能良好。鋁的合金是飛機、船舶的重要原料，也可用來製造炊事用具：鋁鈑｜鋁箔｜鋁合金｜鋁土礦

縷(缕) lǚ

纃篆　縷楷(顏真卿)　縷草(虞世南)

【析形】縷字小篆左旁是糸，意符，表明字義與絲線有關；右旁是婁，聲符，表示讀音(縷、婁古音二字聲母相同，韻母同部)。形聲字。

【簡化】簡化字"缕"根據草書楷化而成。

【釋義】◎本義指絲線，麻線：縷縷｜不絕如縷｜千絲萬縷　◇引申①一條一條，詳細地：縷陳｜縷述｜縷析　②量詞，用於細小線狀的東西：一縷麻｜一縷炊煙｜一縷頭髮

履 lǚ

篆金　説文古文　履篆　履隸(夏承碑)

履楷(顏真卿)

【析形】履字金文左旁上部是頁，本義指頭(見"頁"字)，代表人，"人"下是"止"(甲骨文像足印形。"趾"字初文)，代表人足；右旁像一隻鞋子，為"履"字古文，均為意符，表示鞋子。會意字。説文古文把古文"履"訛作"舟"，置於左上部，又把"止"改為"足"，把"頁"置於右旁。小篆上部是尸(甲骨文、金文像人彎身屈膝之形)，意符，代表人；下部左旁是"彳"(甲骨文像道路形)，表明字義與道路有關；右上部是"舟"，右下是"止"，取意腳着履(鞋)在路上行走。會意字。隸書"舟"形訛變。楷書沿襲隸書。

【釋義】◎本義指鞋。古時稱單底鞋為"履"：草履｜革履｜屐履　◇引申①踩，走：步履｜履險如夷｜如履薄冰　②經歷，實踐：履歷｜履行｜履約

律 lǜ

甲　篆　律隸(馬王堆帛書)　律楷(褚遂良)

【析形】律字甲文左旁像道路形，隸作"彳"，右旁像手執筆形，隸作"聿"，均為意符，以執筆而行取意行為規範，聿也表示讀音。會意兼聲字。小篆沿襲甲

文。隸書筆畫化，已失手執筆之初形。楷書沿襲隸書。

【釋義】◎本義指規則，法度：律師｜定律｜格律｜規律｜紀律｜戒律｜禁律｜詩律｜心律｜刑律｜韻律　◇引申①約束：嚴以律己　②中國古代審定樂音高低的標準，把樂音分為六律和六呂，合稱十二律：律呂｜音律｜樂律　③律詩的簡稱：排律｜七律｜五律

慮(虑) lǜ

呂金　慮篆　慮隸(焦君碑)　慮楷(顏真卿)

慮楷(顏真卿)

【析形】慮字金文下部是心，意符，表明字義與心理活動有關；上部是呂，聲符，表示讀音。形聲字。小篆下部是思，意符，取意思慮；上部是"虍"，聲符，表示讀音。形聲字。隸書把小篆"思"字上部的"囟"訛為"田"。楷書沿襲隸書。

【簡化】楷書簡體"虑"是用保留特徵、局部刪除的方法，保留原字輪廓特徵"虑"，刪除了中間的"田"。

【釋義】◎本義指思考，謀劃：考慮｜思慮｜遠慮｜處心積慮　◇引申指憂愁，擔心：顧慮｜過慮｜焦慮｜疑慮｜憂慮

率 lǜ

【析形】見"率shuài"。

【釋義】◎本義指捕鳥網。音shuài。△音借表示兩個相關的數在一定條件下的比值。音lǜ：比率｜概率｜功率｜匯率｜利率｜稅率｜效率｜周率｜出生率｜生產率

綠(绿) lǜ

甲　綠篆　綠楷(顏真卿)　綠行(王羲之)

【析形】綠字甲骨文左旁是糸，意符，表明字義與絲帛等有關；右旁是录，聲符，表示讀音。形聲字。小篆、楷書沿襲甲骨文。

【簡化】簡化字"绿"的意符"纟"根據草書楷化而成。

【釋義】◎本義指絲帛的青黃色。◇引申①泛指像草和樹葉茂盛時的顏色：綠燈｜

L

綠化 | 綠色 | 綠葉 | 綠洲 | 碧綠 ②表示崇尚自然、重視環保、祈求健康：綠色包裝 | 綠色標誌 | 綠色食品

濾 (滤) lǜ

濾楷(顏真卿)

【析形】濾字《說文》所無。楷書左旁是"氵"，意符，表明字的初義與水有關；右旁是"慮"字簡體，聲符，表示讀音。形聲字。

【簡化】楷書簡體"滤"聲符的簡化見"慮"字。

【釋義】◎本義指除去水所含的雜質。◇引申泛指使液體通過紗布、木炭或沙子等除去雜質，變為純淨：濾斗 | 濾管 | 濾清 | 濾紙 | 過濾

氯 (氯) lǜ

氯楷(顏真卿)

【析形】氯字《說文》所無。楷書上部是"氣"字簡體"气"，意符，表明字義與氣體有關；下部是录，聲符，表示讀音。形聲字。

【釋義】氣體元素，符號 Cl。淺黃綠色氣體，比空氣重，味臭有毒，對呼吸器官有強烈刺激性。可用來漂白、消毒或製造漂白粉和合成鹽酸：氯綸 | 氯氣 | 氯化鈉 | 氯黴素

巒 (峦) luán

巒篆　巒隸(華山神廟碑)　巒楷(顏真卿)

峦楷(顏真卿)

【析形】巒字小篆下部是山，意符，表明字義與山有關；上部是"䜌"，聲符，表示讀音。形聲字。隸、楷書沿襲小篆。

【簡化】楷書簡體"峦"的聲符根據草書略加改造而成（見"戀"字）。簡化字沿用楷書簡體。

【釋義】◎本義指小而銳峭的山。◇引申泛指連綿的山：峰巒 | 岡巒 | 山巒 | 層巒疊嶂

卵 luǎn

卵戰國文字　卵篆　卵隸(泰山金剛經)

卵楷(顏真卿)

【析形】卵字戰國文字像一對卵泡之形。象形字。小篆線化，略失初形。隸、楷書沿襲小篆。

【釋義】◎本義即蛋。◇引申①泛指動植物雌性生殖細胞：卵巢 | 卵生 | 卵子 | 產卵 | 蟲卵 | 孵卵 | 卵細胞 ②像卵的：卵石 | 卵形

亂 (乱) luàn

亂金　亂篆　亂篆　亂隸(曹全碑)

亂楷(顏真卿)　乱楷(歐陽詢)

【析形】亂字金文上下像兩隻手，中間像架子上纏着絲，以雙手理絲取意理亂。會意字。小篆形一沿襲金文；形二右旁增"乙"為意符，表示治理（《說文》："亂，治也。從乙。乙，治之也。"）。隸、楷書沿襲小篆形二。

【簡化】楷書簡體"乱"是用符號代替的方法，以筆畫較簡、代表原字輪廓的"舌"作為象徵性符號，代替了原字筆畫繁複的部件。簡化字沿用楷書簡體。

【釋義】◎本義當為理絲。◇引申①治理。②混亂，無秩序，無條理：亂麻 | 亂套 | 錯亂 | 動亂 | 紛亂 | 繚亂 | 零亂 | 淩亂 | 騷亂 | 紊亂 | 雜亂 ③戰亂，亂世：亂兵 | 暴亂 | 禍亂 | 內亂 | 叛亂 | 平亂 ④使混亂，使紊亂：亂碼 | 亂真 | 搗亂 | 惑亂 | 攪亂 | 擾亂 | 違法亂紀 ⑤（心緒）不寧：昏亂 | 心亂 | 心煩意亂 ⑥任意，隨便：胡亂 | 亂說亂動 | 胡言亂語

掠 lüè

掠篆　掠隸(邊達碑)　掠楷(顏真卿)

【析形】掠字小篆左旁是手，意符，表明字義與手有關；右旁是京，聲符，表示讀音（掠、京二字古音韻部相近）。形聲字。隸變後，手字在字左側為偏旁時寫作"扌"。

【釋義】◎本義指奪取，搶奪（多指財物）：掠奪 | 掠取 | 劫掠 | 擄掠 | 搶掠 | 掠人之

美　◇引申指拂過或輕輕擦過：掠過│一掠
而過│浮光掠影

略〔畧〕lüè

略篆　田略隸(桐柏廟碑)　略楷(顏真卿)

【析形】略字小篆左旁是田，意符，表明
字的初義與田地有關；右旁是各，聲符，
表示讀音。形聲字。隸、楷書沿襲小篆。
異體字寫作上下結構。

【釋義】◎本義指經營土地，劃定疆界：
略基址　◇引申①計劃，計謀：才略│策
略│膽略│經略│謀略│戰略　②奪取（多
指土地）：侵略　△音借表示①簡單，與
"詳"相對：略談│略語│粗略│簡
略　②簡單扼要敘述：大略│概略│節略│史
略│事略　③簡化，省去：略稱│略去│從
略│忽略│刪略│省略

掄(抡) lūn

【析形】見"掄lún"。

【釋義】◎本義指選擇。音lún。◇引申指
用力揮動。音lūn：掄錘│掄刀│掄拳

侖(仑) lún

侖篆　侖隸(隸辨)　侖楷(顏真卿)

【析形】侖字小篆上部是亼，像三方匯集
之狀；下部是冊（簡冊），均為意符，以
彙編簡冊表示次序、條理。會意字。隸、
楷書沿襲小篆。

【簡化】簡化字"仑"是用符號代替的方
法，以筆畫較簡的"匕"作為象徵性符
號，替換了原字下部筆畫繁複的部件。

"侖"字為偏旁類推簡化。例如：抡、
轮、伦、纶、沦、论等。

【釋義】◎本義指次序，條理。△音借作
音譯詞的構詞語素：〔加侖〕英美制容量
單位。〔庫侖〕電量的實用單位。

倫(伦) lún

倫篆　倫隸(辟雍碑)　倫楷(顏真卿)

【析形】倫字小篆左旁是人，意符，表明
字義與人有關；右旁是侖，聲符，表示讀

音。形聲字。隸變後，人字在字左側為偏
旁時寫作"亻"。

【簡化】簡化字"伦"聲符的簡化見"侖"
字。

【釋義】◎本義指同輩，同類：絕倫│不倫
不類│無與倫比　◇引申①禮教所規定的人
與人之間的關係：倫常│倫理│亂倫│人倫│
天倫│五倫　②條理，次序：倫次│語無倫
次

淪(沦) lún

淪金　淪篆　淪隸(張表碑)　沦楷(顏真卿)

【析形】淪字金文左旁是水，意符，表明
字的初義與水有關；右旁是侖，聲符，表
示讀音。形聲字。小篆沿襲金文。隸變
後，水字在字左側為偏旁時寫作"氵"。

【簡化】楷書簡體"沦"聲符的簡化見"侖"
字。

【釋義】◎本義指水面上的小水波。◇引
申①沉沒：淪陷　②沒落，陷入（不利境
地）：淪落│淪喪│淪亡│沉淪

掄(抡) lún

掄篆　抡楷(顏真卿)

【析形】掄字小篆左旁是手，意符，表明
字義與手的動作有關；右旁是侖，聲符，
表示讀音。形聲字。隸變後，手字在字左
側為偏旁時寫作"扌"。

【簡化】簡化字"抡"聲符的簡化見"侖"
字。

【釋義】選擇：掄選│掄材

論(论) lún

【析形】見"論lùn"。

【釋義】《論語》的簡稱。音lún。

輪(轮) lún

輪篆　輪隸(隸辨)　輪楷(褚遂良)

輪草(王羲之)

【析形】輪字小篆左旁是車，意符，表明
字義與車有關；右旁是侖，聲符，表示讀
音。形聲字。隸、楷書沿襲小篆。

【簡化】簡化字"轮"的意符"车"根據草書

楷化而成；聲符的簡化見"侖"字。

【釋義】◎本義指車輪。◇引申①泛指輪子：輪齒|輪機|輪胎|輪椅|齒輪|飛輪|滑輪 ②形狀像輪子的東西：耳輪|滾輪|年輪 ③量詞：一輪明月 ④依次序一個接替一個(做事)：輪班|輪番|輪換|輪廻|輪流|輪休 ⑤輪船：輪渡|輪機|拖輪|油輪|漁輪

論 (论) lùn

論篆　論隸(馬王堆帛書)　论楷(顏真卿)

【析形】論字小篆左旁是言，意符，表明字義與言論有關；右旁是侖，意符兼聲符，表示論説的條理、次序，也表示讀音。會意兼聲字。隸、楷書沿襲小篆。

【簡化】楷書簡體"论"的意符"讠"根據草書楷化而成；聲符的簡化見"侖"字。

【釋義】◎本義指分析、説明事理：論點|論調|論斷|論據|論述|論壇|論題|論文|論證|論著|辯論|公論|理論|立論|評論|試論|談論|討論|推論|議論|爭論 ◇引申①分析與説明事物的話和文章：導論|定論|概論|宏論|結論|理論|謬論|評論|社論|緒論|序論|言論|議論|輿論|總論 ②評定，衡量：論處 chǔ|論價|論罪|結論|論功行賞 ③學説：數論|方法論|進化論|人性論|宿命論|唯物論|系統論|相對論 ④説，看待：相提並論|一概而論 ⑤按某種單位或類別説：論件|論斤|論理|論説|論天

囉 (啰) luō

囉楷(顏真卿)

【析形】囉字《説文》所無。楷書左旁是口，意符，表明字義與口的行為有關；右旁是羅，聲符，表示讀音。形聲字。

【簡化】簡化字"啰"聲符的簡化見"羅"字。

【釋義】説話絮叨：囉唆|囉嗦

羅 (罗) luó

甲　羅篆　羅隸(泰山金剛經)　羅楷(顏真卿)

【析形】羅字甲骨文上部像網形，下部像鳥形，隸作"隹"(短尾鳥之總名)，均為意符，表示張網捕鳥。會意字。小篆左下加"糸"為意符，表示用繩索縛鳥。隸、楷書沿襲小篆。隸變後，"網"字在字上部為偏旁時寫作"罒"。

【簡化】簡化字"罗"是用符號代替的方法，以筆畫較簡的"夕"作為象徵性符號，替換了筆畫繁複的"維"。

> "羅"字為偏旁的字類推簡化。例如：囉、鑼、蘿、籮、邏等。

【釋義】◎本義指捕鳥的網，也指張網捕(鳥)：羅網|門可羅雀|天羅地網|自投羅網 ◇引申①一種細密的篩子：羅圈|絹羅|銅絲羅 ②招請，搜集：羅織|包羅|收羅|搜羅|網羅 ③質地稀疏而輕軟的絲織品：羅衫|羅扇|綾羅綢緞

蘿 (萝) luó

蘿篆　蘿隸(隸辨)　蘿楷(顏真卿)

【析形】蘿字小篆上部是"艸"，意符，表明字義與植物有關；下部是羅，聲符，表示讀音。形聲字。隸、楷書沿襲小篆。

【簡化】簡化字"萝"聲符的簡化見"羅"字。

【釋義】植物名。①指某些蔓生植物：蔦蘿|女蘿|藤蘿 ②蘿蔔：白蘿蔔|紅蘿蔔|胡蘿蔔素

鑼 (锣) luó

鑼楷(顏真卿)

【析形】鑼字《説文》所無。楷書左旁是金，意符，表明材質；右旁是羅，聲符，表示讀音。形聲字。

【簡化】簡化字"锣"的意符"钅"根據草書楷化而成；聲符的簡化見"羅"字。

【釋義】打擊樂器，用銅製成，形狀像盤子，用槌子敲打：鑼鼓|大鑼|開鑼|堂鑼|鳴鑼開道

籮 (箩) luó

箩楷(顏真卿)

【析形】籮字《説文》所無。上部是"竹"

（竹），意符，表明材質；下部是"羅"，聲符，表示讀音。形聲字。

【簡化】楷書簡體"箩"聲符的簡化見"羅"字。

【釋義】用竹子編的器具，大多方底圓口，用作盛物或淘米等：籮筐｜稻籮

騾（骡）luó

驘篆　騾楷（智永）　骡楷（顏真卿）

【析形】騾字小篆作"驘"。下部中間是馬，意符，表明字義與馬有關；外廓是贏，聲符，表示讀音。形聲字。楷書聲符為"累"，寫作左右結構。

【簡化】楷書簡體"骡"意符的簡化見"馬"字。

【釋義】家畜名。公驢和母馬交配所生的雜種，俗稱"馬騾"，比驢大，抗病力及適應性強，拉力大而能持久。中國北方多用做力畜：騾馬｜騾子

邏（逻）luó

邏篆　逻楷（顏真卿）

【析形】邏字小篆左旁是辵，意符，表明字義與行走有關；右旁是羅，聲符，表示讀音。形聲字。隸變後，辵字為偏旁時寫作"辶"。

【簡化】楷書簡體"逻"聲符的簡化見"羅"字。

【釋義】◎本義指巡行，巡查：邏騎｜邏卒｜巡邏　△音借作音譯詞的構詞語素〔邏輯〕

螺 luó

螺楷（顏真卿）

【析形】螺字《說文》所無。楷書左旁是虫，意符，表明字義的類別與動物有關；右旁是累，聲符，表示讀音。形聲字。

【釋義】◎本義指一種有迴旋形貝殼的軟體動物，種類很多：螺螄｜釘螺｜海螺｜田螺　◇引申指螺旋形的事物：螺刀｜螺釘｜螺距｜螺絲釘｜螺旋槳｜螺旋體

裸〔躶、臝〕luǒ

臝篆　裸篆　裸楷（顏真卿）

【析形】裸字小篆形一下部中間是衣，意符，表明字義與衣服有關；外廓是臝，聲符，表示讀音。形聲字。形二左旁是意符"衣"，右旁是聲符"果"。楷書沿襲小篆形二。隸變後，衣字在字左側為偏旁時作"衤"。異體字或以"身"為意符，表明字義與身體有關；或借音同的"臝"表示。

【釋義】◎本義指赤身露體：裸露｜裸體｜赤裸　◇引申指露出，沒有遮蓋：裸露｜裸線｜赤裸裸｜裸子植物

駱（骆）luò

駱金　駱篆　骆楷（顏真卿）

【析形】駱字金文左旁是馬，意符，表明字的初義與馬有關；右旁是各，聲符，表示讀音（駱、各二字古音同韻部）。形聲字。小篆、楷書沿襲金文。

【簡化】楷書簡體"骆"意符的簡化見"馬"字。

【釋義】◎本義指鬣尾黑色的白馬。△音借合成〔駱駝〕。又作姓氏用字。

絡（络）luò

絡篆　絡楷（顏真卿）　络草（蘇軾）

【析形】絡字小篆左旁是糸，意符，表明字義與絲絮有關；右旁是各，聲符，表示讀音（絡、各二字古音同韻部）。形聲字。

【簡化】簡化字"络"的意符"纟"根據草書楷化而成。

【釋義】◎本義指絮，粗絲綿。◇引申①纏繞：絡紗｜絡絲｜絡線　②網狀的東西：脈絡｜絲瓜絡　③中醫指人體內氣血運行通路的旁支或小支：活絡｜筋絡｜經絡｜脈絡

落 luò

落篆　落楷（智永）

【析形】落字小篆上部是"艸"，意符，表明字義與草木有關；下部是洛，聲符，表示讀音。形聲字。楷書沿襲小篆。

【釋義】◎本義指草木凋零，脫落：敗落｜

凋落|零落|衰落　◇引申①下降：落差|落價|落日|跌落|回落|起落|日落|下落|漲落　②使下降：擊落|降落　③下筆寫：落筆|落款|落墨　④物體因失去支援而下來：落地|落花|落淚|落體|落網|落葉|剝落|跌落|墮落|飄落|散落|失落|脫落|陷落|隕落|墜落　⑤指留下來，停留：落戶|落腳|落座|坐落　⑥居住的地方：部落|村落|群落|院落　⑦遺留在後面：落後|落伍|落選　⑧得到某種結果：落成|落得|落空|落難|落實　⑨稀少，空曠：落寞|冷落|寥落|零落|疏落

烙 luò

焆篆 烙楷（顏真卿）

【析形】小篆烙字左旁是火，意符，表明字義與火有關；右旁是各，聲符，表示讀音（烙、各二字古音同韻部）。形聲字。楷書沿襲小篆。

【釋義】◎本義指灼，燒。又指古代的一種酷刑：炮 páo 烙|烙印

洛 luò

惄甲 涺金 涺篆 洛隸（馬王堆帛書）
洛楷（李璧碑）

【析形】洛字甲骨文左旁及下部小點合為“水”字，意符，表明字義與水有關；右上是各，聲符，表示讀音（洛、各二字古音同韻部）。形聲字。金文寫作左右結構。小篆沿襲金文。隸變後，水字在字左側為偏旁時寫作“氵”。

【釋義】水名，即洛河，一在陝西，一發源於陝西，流入河南。又作洛陽的簡稱，市名，在河南：洛陽紙貴

M

媽（妈）mā

妈楷（顏真卿）

【析形】媽字《說文》所無。楷書左旁是女，意符，表明字義與女性有關；右旁是“馬”字簡體，聲符，表示讀音。形聲字。

【簡化】楷書簡體“妈”聲符的簡化見“馬”字。

【釋義】◎本義指母親：媽媽|乾媽|後媽　◇引申①舊時稱中年或老年的女僕：奶媽|老媽子　②對女性長輩的尊稱：大媽|姑媽|舅媽|姨媽|張媽媽

抹 mā

【析形】見“抹 mǒ”。

【釋義】◎本義指塗滅，音 mǒ　◇引申①揩，擦：抹布|抹桌子　②用手按着向下移動：把帽子抹下來（以上各引申義音 mā）

摩 mā

【析形】見“摩 mó”。

【釋義】◎本義指兩手磨擦，音 mó。◇引申合成〔摩 mā 挲〕用手按着並一下一下地移動：把衣服摩挲平了。

麻〔蔴〕má

麻金 麻篆 麻隸（隸辨）麻楷（顏真卿）

【析形】麻字金文外廓像山崖形，隸作“厂”，內中像一縶縶麻束之形，隸作“林”（音 pà），指劈出的麻莖皮纖維，均為意符，表示在崖下劈麻晾麻。會意字。小篆外廓是“广”，像高屋形，表示在屋下治麻。隸書沿襲小篆。楷書把“林”訛作“林”。異體字增“艸”為意符，表明字義與植物有關。

【釋義】◎本義專指大麻，俗稱“火麻”。桑科，一年生草本，雌雄異株，莖部韌

皮纖維長而堅韌，可供紡織。中國古來即有種植。◇引申①麻類植物的統稱：麻杆｜麻秸｜黃麻｜劍麻｜亞麻 ②指麻類植物的纖維：麻包｜麻布｜麻袋｜麻紡｜麻繩 ③芝麻：麻醬｜麻油（以上各義又寫作"蔴"）。△音借表示①感覺不靈或全部喪失知覺：麻痹｜麻木｜麻藥｜麻醉｜肉麻 ②帶細碎斑點的：麻雀｜麻石｜麻疹 ③瑣細，討厭：麻煩（以上各音借義不作"蔴"）

蟆 má

篆蟆 楷（顏真卿）

【析形】蟆字小篆左旁是虫，意符，表明字義的類別與動物有關；右旁是莫，聲符，表示讀音。形聲字。楷書沿襲小篆。

【釋義】〔蛤蟆〕青蛙和蟾蜍的統稱。

馬 (马) mǎ

甲 金 篆 馬 隸（史晨碑）
馬 楷（高貞碑）

【析形】馬字甲骨文像馬之形，有頭、眼、身、足、尾等，背上還有鬃毛。象形字。金文沿襲甲骨文。小篆線條化，仍見馬形初象，隸變把馬足寫作"灬"。楷書沿襲隸書。

【簡化】簡化字"马"是用保留特徵、局部刪除的方法，保留了"馬"字的輪廓，刪除了其中一些筆畫。

> "馬"字為偏旁的字類推簡化。例如：媽、罵、嗎、螞、瑪、碼、馮、駭、駕、駱、騙等。

【釋義】◎家畜之一。哺乳動物。是重要的力畜之一，可供耕地、拉車、乘騎等用：馬鞍｜馬鞭｜馬隊｜馬圈 juàn｜馬蹄 ◇引申①與馬有關的：馬褂｜馬褲｜馬路｜馬戲 ②像馬的：馬熊｜河馬｜木馬｜跳馬 ③與賽馬有關的：馬場｜馬會｜馬季｜馬經 △音借表示①隨便，勉強，湊合：馬馬乎乎｜馬虎虎虎 hū ②草率，敷衍，疏忽大意：馬虎 hu｜馬糊 ③大：馬蜂｜馬勺 ④音譯詞的構詞語素〔馬達〕〔馬克〕〔馬海毛〕〔馬拉松〕〔馬賽克〕

嗎 (吗) mǎ

【析形】見"嗎 ma"。

【釋義】◎本義為語氣詞，音 ma。△音借作音譯詞的構詞語素〔嗎 mǎ 啡〕藥名。有機化合物，用鴉片製成，白色粉末，味苦，有毒，醫藥上用作鎮痛劑。

碼 (码) mǎ

碼 楷（顏真卿）

【析形】碼字《說文》所無。楷書左旁是石，意符，表明字的初義與石有關；右旁是馬，聲符，表示讀音。形聲字。

【簡化】簡化字"码"聲符的簡化見"馬"字。

【釋義】◎本義同"瑪"，指瑪瑙石（見"瑪"字）。△音借表示①英美的長度單位，一碼等於 3 英尺，合 0.9144 米 ②代表數目的符號：碼子｜編碼｜草碼｜尺碼｜號碼｜加碼｜價碼｜明碼｜起碼｜數碼｜頁碼 ③表示計算數目的用具：籌碼｜砝碼 ④量詞，用於事情：兩碼事 ⑤〔碼頭〕專供停船、上下旅客、裝卸貨物的建築。⑥堆疊：碼放｜碼齊了

螞 (蚂) mǎ

蚂 楷（顏真卿）

【析形】螞字《說文》所無。左旁是虫，意符，表明字義與昆蟲有關；右旁是馬，聲符，表示讀音。形聲字。

【簡化】楷書簡體"蚂"聲符的簡化見"馬"字。

【釋義】〔螞蟻〕昆蟲名。體小，褐色或黑色，在地下築巢群居。
〔螞蟥〕一種居於沼澤或水田中，吸人畜血液的昆蟲。
〔螞蜂〕胡蜂的通稱，也作馬蜂。

瑪 (玛) mǎ

瑪 楷（顏真卿）

【析形】瑪字《說文》所無。楷書左旁是玉，意符，表明字義與玉石有關；右旁是馬，聲符，表示讀音。形聲字。

M

【簡化】簡化字"玛"聲符的簡化見"馬"字。

【釋義】〔瑪瑙〕礦物名。玉體礦物的一種，主要成分是二氧化硅，顏色光美，質硬耐磨，可做儀表軸承、研缽、裝飾品等。

罵 (骂) mà

圂篆 圂篆 罵楷(顏真卿)

【析形】罵字小篆形一寫作"詈"。上部是網，意符，取意責罵(古文從"網"之字多與治罪有關)；下部是言，意符，表明字義與言語有關。會意字。形二上部仍是"網"，下部是馬，聲符，表示讀音，成為形聲字。楷書上部訛作"叩"，義為"喧"，意符，取意與"言"同。

【簡化】簡化字"骂"聲符的簡化見"馬"字。

【釋義】①用惡意或粗野的話侮辱人：罵架｜罵街｜罵人 ②斥責：叱罵｜唾罵｜責罵

嗎 (吗) ma

嗎楷(顏真卿)

【析形】嗎字《說文》所無。楷書左旁是口，意符，以口能發出聲音取意；右旁是馬，聲符，表示讀音。形聲字。

【簡化】簡化字"吗"聲符的簡化見"馬"字。

【釋義】①語氣助詞，用在句末，表示疑問：明天好天嗎？ ②用在句中停頓處，點出話題："恐龍嗎，是繁盛於中生代的爬行動物，已絕種。"

埋 mái

篆甲 甲 甲 貍篆 圡里隸(隸辨)

埋楷(顏真卿)

【析形】埋字甲骨文諸形均像將牲畜埋於坑中之形：形一坑內是牛，形二是羊，形三是犬，為古代祭祀時的一種用法(古籍記載祭祀用牲有"埋三羊、二牛"等)。會意字。小篆寫作"貍"。上部是"艸"，意符，表示埋於草下；下部是貍，聲符，表示埋於草下。上部是

表示讀音。形聲字。隸書改意符"艸"為"土"，表示埋於土，並寫作左右結構；右旁的"里"是聲符"貍"字的省減。形聲字。楷書沿襲隸書。

【釋義】◎本義指古代用牲法。◇引申①把東西放在坑裏用土蓋上：埋藏 cáng｜埋沒｜埋葬｜掩埋 ②隱藏：埋伏｜隱姓埋名 ③比喻專心，下功夫：埋頭

買 (买) mǎi

甲 金 篆 買 隸(史晨碑) 買楷(褚遂良) 草(空海)

【析形】買字甲骨文上部像網形，下部像貝殼形，代表財物(見"貝"字)，均為意符，以網住財物取意購入。會意字。金文、小篆均沿襲甲骨文。隸變後，網字在字上部為偏旁時寫作"罒"。

【簡化】簡化字"买"根據草書略加改造而成。

【釋義】◎本義指購進，以錢換物，與"賣"相對：買進｜買賣｜買主｜購買｜贖買 ◇引申指用財物等拉攏：買好｜買通｜收買｜賄買

邁 (迈) mài

金 篆 篆 邁楷(顏真卿)

【析形】邁字金文左旁像道路形，隸作"彳"，下部是"止"(甲骨文像足印形。"趾"字初文)，均為意符，表明字義與行走有關；右旁的"萬"是"蠆"字的省減，聲符，表示讀音(邁、蠆二字古音同韻部)。形聲字。小篆把"彳"、"止"兩個部件合篆作"辵"；形一聲符為蠆，形二沿襲金文聲符為"萬"。隸變後，辵字為偏旁時寫作"辶"。

【簡化】簡化字"迈"聲符的簡化見"萬"字。

【釋義】◎本義指遠行，出行。◇引申指跨步前進：邁步｜邁進｜豪邁 △音借表示①年事高，老：高邁｜老邁｜年邁｜朽邁 ②音譯詞。英里(用於機動車行車速度)：一小時 15 邁

麥 (麦) mài

甲 金 篆 麦隸(隸辨) 麦草(李世民)

麦楷(虞世南)

【析形】麥字甲骨文像來麥形，上部像麥穗，下部像麥根，與"來"字當為一字（"來"字本義為小麥，音借表示往來之"來"，故為本義造了"麥"字）。象形字。金文沿襲甲骨文。小篆下部訛作"夊"。隸書筆畫化，失麥穗形。楷書沿襲隸書。

【簡化】楷書簡體"麦"根據草書楷化而成。

【釋義】①一年生或二年生草本植物，子實用來磨麵粉，是中國北方重要的糧食作物，通稱麥子：麥苗｜麥秋｜麥收｜麥穗｜麥芽｜大麥｜冬麥｜蕎麥｜雀麥｜燕麥 ②通常專指小麥。

賣 (卖) mài

篆 賣隸(隸辨) 賣楷(顏真卿)

卖草(趙孟頫)

【析形】賣字小篆上部是出，下部是買，均為意符，取意出售貨物，"買"也表示讀音。會意兼聲字。隸書上部"出"字訛作"十"。楷書又訛作"士"。

【簡化】簡化字"卖"根據草書楷化而成。

【釋義】◎本義指出貨，售物，以物換錢，與"買"相對：出賣｜販賣｜寄賣｜叫賣｜買賣｜售賣｜義賣｜專賣｜轉賣 ◇引申①有意顯示，炫耀：賣功｜賣乖｜賣好｜賣老｜賣弄｜賣俏｜賣嘴 ②叛賣：賣國｜賣友｜出賣 ③儘量使出來：賣勁兒｜賣力｜賣命

脈 〔脉、衇〕mài

篆 篆 脉隸(隸辨) 脉楷(顏真卿)

【析形】脈字小篆形一左旁是"永"字的反寫，義為水理分行；右旁是血，均為意符，取意血脈如水理分行。會意字。形二左旁是肉，意符，表明字義與身體的組成部分有關。隸書右旁為"永"。古文肉、月二字形近，隸變後，兩個字作偏旁時多同化寫作"月"。

【釋義】◎本義指血管。中醫指脈搏：脈管｜脈胳｜動脈｜沉脈｜把脈｜號脈｜經脈｜靜脈｜命脈｜血脈 ◇引申①像血管那樣連貫而有系統的：脈絡｜礦脈｜山脈｜葉脈｜支脈 ②像脈搏的：脈衝｜脈動

埋 mán

【析形】見"埋mái"。

【釋義】◎本義指把東西放在坑裏用土蓋上，音mái。△音借組合〔埋mán怨〕表示抱怨，責備。

蠻 (蛮) mán

金 篆 蠻隸(隸辨) 蠻楷(顏真卿)

蛮草(趙孟頫)

【析形】蠻字金文借音近的"䜌"字表示。小篆下部是虫，意符（蠻字本指古代南方少數民族。古代中原人認為他們屬蛇種，故以"虫"為意符）；上部"䜌"為聲符，表示讀音（蠻、䜌二字古音同韻部）。形聲字。隸、楷書沿襲小篆。

【簡化】簡化字"蛮"的聲符根據草書略加改造楷化而成。

【釋義】◎古時對南方少數民族的統稱。◇古人對少數民族有偏見，認為他們不文明，粗野，引申指不通情理：蠻纏｜蠻幹｜蠻橫hèng｜野蠻｜胡攪蠻纏 △音借表示很（方言）：蠻好｜蠻快

饅 (馒) mán

饅楷(顏真卿)

【析形】饅字《說文》所無。楷書左旁是食，意符，表明字義與食物有關；右旁是曼，聲符，表示讀音。形聲字。

【簡化】簡化字"馒"的意符"饣"根據草書楷化而成。

【釋義】〔饅頭〕一種用發麵蒸成的麵製食品。

瞞 (瞒) mán

篆 瞞楷(顏真卿)

【析形】瞞字小篆左旁是目，意符，表明字義與眼睛有關；右旁是㒼，聲符，表示讀音。形聲字。楷書沿襲小篆。

【簡化】簡化字"瞒"聲符的簡化見"滿"字。

【釋義】◎本義指閉目的樣子。◇引申指隱瞞實情：瞞哄｜欺瞞｜隱瞞｜瞞天過海｜欺上瞞下

滿 (满) măn

滿篆　滿隸(泰山金剛經)　满楷(顏真卿)　满草(唐寅)

【析形】滿字小篆左旁是水，意符，表明字義與水有關；右旁是㒼，聲符，表示讀音。形聲字。隸、楷書沿襲小篆。隸變後，水字在字左側為偏旁時寫作"氵"。

【簡化】簡化字"满"的聲符根據草書楷化而成。

【釋義】◎本義指水盈溢。◇引申①全：滿門｜滿不在乎｜滿打滿算 ②全部充實，達到極點：滿額｜滿分｜滿腹｜滿懷｜滿眼｜滿員｜充滿｜豐滿｜客滿 ③達到期限：滿期｜滿師｜滿月 ④符合心意：滿意｜美滿｜完滿｜圓滿 ⑤驕傲自足：自滿｜反驕破滿

漫 màn

漫楷(顏真卿)

【析形】漫字《說文》所無。楷書左旁是"氵"，意符，表明字的初義與水有關；右旁是曼，聲符，表示讀音。

【釋義】◎本義指水漲溢，向外流：漫灌｜漫溢 ◇引申①無邊無際，到處都是：漫漫｜漫長｜漫天｜瀰漫｜迷漫｜漫山遍野｜漫無邊際 ②不受拘束，隨便：漫筆｜漫步｜漫罵｜漫談｜漫遊｜散漫｜漫不經心 ③表示莫，不要：漫道｜漫說

慢 màn

慢篆　慢楷(顏真卿)

【析形】慢字小篆左旁是心，意符，表明字義與心性有關；右旁是曼，聲符，表示讀音。形聲字。隸變後，心字在字左側為偏旁時寫作"忄"。

【釋義】◎本義指懈怠，態度冷淡，輕忽：傲慢｜怠慢｜高慢｜輕慢｜侮慢 ◇引申①速度低，與"快"相對：慢車｜慢件｜慢性｜緩慢｜減慢｜慢條斯理 ②從緩：慢點兒｜且慢｜慢吞吞｜慢性子

曼 màn

曼金　曼篆　曼楷(顏真卿)

【析形】曼字金文下部像一隻手，意符，表示以手牽引使長，取意長、遠；上部是冒，聲符，表示讀音。形聲字。小篆沿襲金文。隸變手形隸作"又"。

【釋義】◎本義指長、遠。◇引申指延長：曼聲｜曼延 △音借表示柔和，柔美：曼妙｜輕歌曼舞

蔓 màn

蔓篆　蔓隸(校官碑)　蔓楷(顏真卿)

【析形】蔓字小篆上部是"艸"，意符，表示字義與植物有關；下部是曼，聲符，表示讀音。形聲字。隸書聲符下部訛變。楷書沿襲小篆。

【釋義】蔓生植物的枝莖，木本植物稱之為"藤"，草本植物稱之為"蔓"：蔓草｜蔓延｜枝蔓

幔 màn

幔篆

【析形】幔字小篆左旁是巾，意符，表明材質；右旁是曼，聲符，表示讀音。形聲字。

【釋義】◎掛在屋裏的帳幕，帷幕：幔帳｜帷幔｜孝幔 ◇引申指為遮擋而掛起來的布、綢子等：布幔｜窗幔

芒 máng

芒篆　芒隸(馬王堆帛書)　芒楷(顏真卿)

【析形】芒字小篆上部是"艸"，意符，表明字義與植物有關；下部是亡，聲符，表示讀音(芒、亡二字古音聲母相同，韻母同部)。形聲字。隸、楷書沿襲小篆。

【釋義】◎本義為草名。芭茅，多年生大草本植物。也指穀類種子殼上或草木上的針狀物。◇引申①泛指草的末端或細毛的末尖。②像芒的東西：鋒芒｜光芒

忙 máng

忙 楷(顏真卿)

【析形】忙字《說文》所無。楷書左旁是"忄"(心)，意符，表明字義與心態有關；右旁是亡，聲符，表示讀音。

【釋義】◎本義①内心着忙，急迫：忙活｜匆忙｜趕忙｜慌忙｜急忙｜連忙 ②事情多，不得空，與"閒"相對：忙碌｜忙亂｜白忙｜大忙｜繁忙｜農忙｜窮忙

盲 máng

盲 篆　盲 隸(曹全碑)　盲 楷(顏真卿)

【析形】盲字小篆下部是目，意符，表明字義與眼睛有關；上部是亡，聲符，表示讀音(盲、亡二字古音聲母相同，韻母同部)。形聲字。隸、楷書沿襲小篆。

【釋義】◎本義指眼睛失明：盲人｜盲文｜雪盲｜夜盲 ◇引申①對某種事物沒有識別能力：盲從｜盲動｜盲目｜色盲｜文盲 ②盲目流入某地的人：盲流 ③認識不到或被忽略的：盲點｜盲區

茫 máng

茫 楷(顏真卿)

【析形】茫字《說文》所無。楷書左下是"氵"(水)，意符，大海曠遠、浩渺，取意遼遠；右旁是芒，聲符，表示讀音。

【釋義】◎本義指遼遠，模糊看不清楚：蒼茫｜迷茫｜渺茫 ◇引申指無所知：茫昧｜茫然｜茫無頭緒

氓 máng

氓 篆　亡民 隸(隸辨)　氓 楷(顏真卿)

【析形】氓字小篆右旁是民，意符，表明字義與人有關；左旁是亡，聲符，表示讀音。形聲字。隸、楷書沿襲小篆。

【釋義】◎本義指百姓。古代稱百姓為氓，音 méng。

〔流氓〕本義指無業遊民。引申指不務正業、品質惡劣、為非作歹的人。

莽 mǎng

莽 篆　莽 楷(智永)

【析形】莽字小篆外廓是"茻"，義為草叢，中間是犬，均為意符，犬在草中，取意雜草叢生。會意字。楷書將下部訛為"廾"。

【釋義】◎本義指草叢：莽莽｜莽蒼｜莽原｜叢莽 又指無邊無際：莽莽 △音借指粗魯，冒失：莽漢｜莽撞｜魯莽

貓 (猫) māo

貓 篆　猫 楷(顏真卿)

【析形】小篆貓字左旁是豸(甲骨文、金文像狗、貓一類動物的形象)，意符，代表動物；右旁是苗，聲符，表示讀音。形聲字。

【簡化】楷書簡體"猫"是用更換意符的方法，以類近而筆畫較簡的"犭"(犬)為意符，替換了筆畫較繁複的"豸"。

【釋義】◎哺乳類貓科動物：白貓｜家貓｜野貓 ◇引申指像貓的：貓兒眼｜貓熊｜豹貓｜狸貓｜靈貓｜山貓｜熊貓｜貓頭鷹

毛 máo

毛 金　毛 隸(曹真碑)　毛 楷(智永)

【析形】毛字金文像一撮毛髮之狀。象形字。小篆沿襲金文。隸書筆畫化，形體略變。楷書沿襲隸書。

【釋義】◎本義指動植物的皮上所生的絲狀物，鳥類的羽毛：毛筆｜毛髮｜毛孔｜毛囊｜鵝毛｜汗毛｜毫毛｜眉毛｜皮毛｜胎毛｜羽毛｜毛茸茸 ◇引申①小、細碎的：毛蝦｜毛竹｜毛毛雨｜毛細管 又引申指年幼無知：毛賊｜毛孩子｜毛丫頭 ②毛織、棉織的：毛紡｜毛褲｜毛料｜毛毯｜毛線｜毛衣｜純毛｜毛巾被｜毛織品｜棉毛衫 ③東西因發霉長出來的細絲：發毛｜長 zhǎng 毛 ④地面上生長的草木、莊稼等：不毛之地 ⑤粗糙的，沒有加工的：毛糙｜毛坯｜毛樣 ⑥粗心，不細緻：毛躁｜毛手毛腳 ⑦粗略的：毛估｜毛利｜毛重 zhòng △音借表示一元的十分之一：毛票｜三毛一斤

M

矛 máo

甲金 矛篆 平 隸（隸辨）矛 楷（顏真卿）

【析形】矛字金文像古代兵器的形狀，上有矛鋒，一側有耳，下有長柄。象形字。小篆線條化，形體略變。隸、楷書沿襲小篆。

【釋義】古代兵器，在長杆的一端裝有青銅或鐵製的槍頭：矛盾｜矛頭｜長矛

茅 máo

甲金 茅篆 茅 隸（曹全碑）茅 楷（顏真卿）

【析形】茅字金文上部是"艸"，意符，表明字義與植物有關；下部是矛，聲符，表示讀音。形聲字。小篆沿襲金文，隸、楷書沿襲小篆。

【釋義】茅草。多年生草本植物：茅房｜茅根｜茅廬｜茅舍｜茅屋｜白茅

錨 (锚) máo

錨 楷（顏真卿）

【析形】錨字《説文》所無。楷書左旁是金，意符，表明材質；右旁是苗，聲符，表示讀音。形聲字。

【簡化】簡化字"锚"的意符"钅"根據草書楷化而成。

【釋義】鐵製或銅製的停船用具。一頭有鈎爪，另一頭有鐵鏈連在船上，拋到水底或岸邊，使船停穩：錨鏈｜拔錨｜起錨｜拋錨

鉚 (铆) mǎo

鉚 楷（顏真卿）

【析形】鉚字《説文》所無。楷書左旁是"钅"（金），意符，表明字義與金屬有關；右旁是卯，聲符，表示讀音。形聲字。

【簡化】簡化字"铆"的意符"钅"根據草書楷化而成。

【釋義】◎本義指精美的金。今指連接金屬板或其他器件的一種方法，為後造同形字：鉚釘｜鉚工｜鉚焊｜鉚接｜鉚眼 ◇引申①鉚接時錘打鉚釘的動作：鉚釘兒 ②集中力量，一下子使出來：鉚足勁｜一鉚勁兒

茂 mào

茂篆 茂 隸（桐柏廟碑）茂 楷（褚遂良）

【析形】茂字小篆上部是"艸"，意符，表明字義與草木有關；下部是戊，聲符，表示讀音（茂、戊二字古音聲母相同，韻母同部）。形聲字。隸、楷書沿襲小篆。

【釋義】◎本義指草木長得好，長得密：茂密｜茂盛｜繁茂｜豐茂 ◇引申指豐富美好：圖文並茂

冒 mào

冒金 冒篆 冒 楷（顏真卿）

【析形】冒字金文上部像一頂帽子，下部是目，代表臉面，均為意符，為"帽"字初文。會意字。小篆沿襲金文。隸變後，上部"帽"形略變。

【釋義】◎本義為帽子。◇引申①覆蓋。②以假充真：冒領｜冒名｜冒牌｜冒認｜假冒｜冒名頂替 ③頂着，不顧（危劣環境等）：冒險｜冒雨 ④侵犯，魯莽衝撞：冒犯｜冒進｜冒昧｜冒失 ⑤向外透，往上升：冒頂｜冒火｜冒尖兒｜冒頭｜冒煙

貿 (贸) mào

貿金 貿篆 貿 隸（馬王堆帛書）貿 楷（顏真卿）

【析形】貿字金文下部是貝，意符，表明字義與財物有關（見"貝"字）；上部是卯，聲符，表示讀音。形聲字。小篆、隸沿襲金文。楷書聲符形體略變。

【簡化】楷書簡體"贸"意符的簡化見"貝"字。

【釋義】◎本義指交易，買賣：貿易｜財貿｜外貿 △音借表示冒失或輕率的樣子：貿然

帽 mào

帽 楷（顏真卿）

【析形】帽字本作"冒"（見"冒"字）。冒字借為覆蓋義後，又為本字造了"帽"字。楷書左旁是巾，意符，表明材質；右旁是冒，意符兼聲符，本即帽子，也表示讀音。會意兼聲字。

【釋義】◎本義指蓋在頭上的帽子：帽徽｜帽沿兒｜帽纓｜便帽｜草帽｜風帽｜軍帽｜禮帽｜紗帽｜雨帽｜禮帽　◇引申指作用或形狀像帽子的東西：筆帽｜釘帽｜螺帽｜螺絲帽

貌 mào

兒篆 貌篆 貌篆 貌楷（顏真卿）

【析形】貌字小篆形一下部是兒，代表人；上部突顯人的面部，表示人的面容。象形字。形二右旁是頁，本指人頭（見"頁"字），意符，表明字義與人的頭部有關；左旁是"豹"字的省減，聲符，表示讀音。形聲字。形三意符改"頁"為"兒"。楷書沿襲小篆形三。
【釋義】◎本義指面容：貌相｜美貌｜面貌｜品貌｜容貌｜體貌｜相貌　◇引申指外表，儀容，景象，狀態：概貌｜禮貌｜全貌｜外貌｜笑貌｜形貌｜狀貌｜貌合神離｜道貌岸然

麼 (么) me

麼篆 麼楷（顏真卿）

【析形】麼字小篆下部是幺，為"絲"字初文，意符，以絲之細取意細小；上部是麻，聲符，表示讀音。形聲字。楷書下部為"么"（"幺"字的俗寫）。
【簡化】簡化字"么"是用保留特徵、局部代全體的方法，保留下部的"么"代替全字，刪除了聲符"麻"。
【釋義】◎本義指細小。△音借表示①語氣助詞，同"嗎"、"嘛"。②詞尾：多麼｜甚麼｜要麼｜怎麼｜這麼

沒 méi

【析形】見"沒mò"。
【釋義】◎本義指沉沒。音mò。△音借表示無，沒有，音méi：沒臉｜沒門兒｜沒命｜沒譜兒｜沒趣｜沒着zhāo｜沒轍｜沒治

眉 méi

眉甲 眉金 眉篆 眉隸（孔彪碑）
眉楷（顏真卿）

【析形】眉字甲骨文像人眼上有眉毛之形。象形字。金文沿襲甲骨文。小篆眼睛寫作

豎目形，眉毛之形訛變。楷書沿襲小篆而略變。
【釋義】◎本義指眉毛：眉目｜眉稍｜眉頭｜眉宇　◇引申①書頁上端的空白：眉批｜書眉　②（文章、文字的）綱要、條理：眉目

梅 〔楳、槑〕méi

梅金 楳篆 槑篆 梅說文古文 梅楷（顏真卿）

【析形】梅字金文上部是木，下部像樹上有果之形，均為意符，表示果樹。會意字。小篆形一左旁是木，表明字義與樹木有關；右旁是每，聲符，表示讀音。形二左旁是意符木，右旁是某，聲符，表示讀音（梅、某二字古音聲母相同，韻母同部）。形聲字。形三像二木掛果之形。隸作"槑"。均為"梅"字異體字。楷書沿襲小篆形一。
【釋義】①樹木名。落葉喬木或灌木。性耐寒，冬季或早春開花，色有紅、白、黃等，供觀賞：梅花｜梅子｜臘梅｜酸梅｜烏梅　②某些果樹，果實球形，味酸甜：楊梅

煤 méi

煤楷（顏真卿）

【析形】煤字《說文》所無。楷書左旁是火，意符，表明字義與火有關；右旁是某，聲符，表示讀音（煤、某二字古音聲母相同，韻母同部）。形聲字。
【釋義】煙氣凝結而成的黑灰。後指一種黑色固體礦物。由於地層變化，古代的植物體被埋在地下，經過漫長年代逐漸變化而成。是重要燃料和化工原料：煤井｜煤礦｜煤氣｜煤田｜煤渣｜煤磚｜焦煤｜煙煤｜原煤

霉 méi

霉楷（顏真卿）

【析形】霉字《說文》所無。楷書上部是雨，意符，雨季東西易變質，取意發霉；下部是每，聲符，表示讀音。
【釋義】東西因黴菌的作用而變質：霉爛｜霉天｜霉雨｜發霉

玫 méi

玞篆 玫楷(顏真卿)

【析形】玫字小篆左旁是玉，意符，表明字的初義與玉石有關；右旁是文，聲符，表示讀音。形聲字。楷書沿襲小篆。

【釋義】〔玫瑰〕本義指美玉。一説為石珠。今稱〔玫瑰〕為花名。落葉灌木，枝上有刺，花為紫紅色或白色等，香味很濃，可以做香料。是栽培較廣的觀賞植物。

枚 méi

甲 枚金 枝篆 枚隸(居延簡)

枚楷(褚遂良)

【析形】枚字甲骨文右旁是木，表示樹幹；左旁像手持棒形，隸作"攴"，均為意符，取意可用於擊打之枝幹，別於樹上之枝條。會意字。金文木旁在左側。小篆沿襲金文。隸書把"攴"旁寫作"攵"(隸書"攴"與"攵"為偏旁時通用)。楷書沿襲隸書。

【釋義】◎本義指樹幹。◇引申作量詞，相當於"個"、"支"、"件"等，多用於形體小的事物：猜枚│三枚勳章│不勝枚舉

媒 méi

娟篆 媒楷(顏真卿)

【析形】媒字小篆左旁是女，意符，表明字義與女性有關；右旁是某，聲符，表示讀音。形聲字。楷書沿襲小篆。

【釋義】◎本義指為男女撮合婚事：媒婆│媒人│媒妁│説媒│做媒│明媒正娶 ◇引申指導致兩者結合或發生關係的人或事物：媒介│媒體│媒質│觸媒│溶媒│媒染劑│風媒花

楣 méi

楣篆 楣隸(馬王堆帛書) 楣楷(顏真卿)

【析形】楣字小篆左旁是木，意符，表明材質；右旁是眉，聲符，表示讀音。形聲字。隸、楷書沿襲小篆。

【釋義】◎本義指房屋的橫樑。◇引申專指門框上邊的橫木：門楣

每 měi

毎甲 毎金 毎篆 每隸(孔彪碑)

每楷(王羲之)

【析形】每字甲骨文、金文是在象形字"母"字之上加表示頭簪髮飾之類的指事性符號，當是母字的繁構。音借表示草盛之義。小篆把頭飾訛作"屮"(草)，以區別於"母"字。隸書又把"屮"訛作"⺊"。楷書沿襲隸書。

【釋義】◎本義同"母"。△音借表示①草盛的樣子：原田每每 ②逐個，各個：每次│每個│每人│每日│每事 ◇引申指每一次：每逢│每當

美 měi

甲 美金 美篆 美隸(曹全碑)

美楷(顏真卿)

【析形】美字甲骨文下部像一正面人形，頭上戴羊角或羽毛之類的頭飾，取意貌之意。象形字。金文沿襲甲骨文。小篆把頭飾訛作"羊"。隸書下部正面人形訛變。楷書下部作"大"。

【釋義】◎本義指形貌好看。《詩·邶風·靜女》："匪女之為美，美人之貽。" ◇引申①好看或使好看，與"醜"相對：美感│美觀│美化│美景│美麗│美容│健美│選美│優美│壯美 ②好，善，令人滿意的：美德│美好│美酒│美滿│美妙│美味│美言│甘美│精美│甜美│鮮美│完美│物美價廉 ③稱讚：美稱│美談│溢美│讚美 ④文學，藝術：美工│美術│美育│審美 △音借表示①美國的省稱：美金│美式│美元│赴美│中美 ②美洲的省稱：北美│拉美

妹 mèi

妹甲 妹金 妹篆 妹隸(馬王堆帛書)

妹楷(顏真卿)

【析形】妹字甲骨文右旁是女，意符，表明字義與女性有關；左旁是未，聲符，表示讀音。形聲字。金文沿襲甲骨文。小篆始定型為意符在左，聲符在右。隸、楷書沿襲小篆。

【釋義】◎本義指同父母所生的比自己年紀小的女子：妹妹｜胞妹｜兄妹　◇引申①同輩的比自己小的女子：阿妹｜表妹｜堂妹 ②年輕的女孩子：妹子｜農家妹｜外來妹

昧 mèi

昒金晰篆昧楷(褚遂良)

【析形】昧字金文下部是日，意符，表明字義與日光有關；上部是未，聲符，表示讀音。形聲字。小篆寫作左右結構。楷書沿襲小篆。

【釋義】◎本義指昏暗。古書註："昧，冥也。日入於谷而天下冥……"。◇引申①隱藏，欺瞞：昧心｜曖昧｜拾金不昧 ②糊塗，不明白，不了解：冒昧｜蒙昧｜愚昧｜素昧平生

媚 mèi

𡜌甲𡢃金𤡋篆媚楷(顏真卿)

【析形】媚字甲骨文下部是女，意符，以女子貌美取意可愛；上部是眉，聲符，表示讀音。形聲字。金文沿襲甲骨文。小篆定型為意符在左，聲符在右。楷書沿襲小篆。

【釋義】◎本義指喜愛，可愛：明媚｜嫵媚　◇引申指討好取悅，巴結：媚骨｜媚俗｜媚外｜獻媚

悶 (闷) mēn

【析形】見"悶mèn"。

【釋義】◎本義指心煩悶，音mèn。◇引申指因空氣不流通或氣壓低而引起的一種不舒服的感覺，音mēn：悶熱｜悶氣

門 (门) mén

𨳜甲門金門篆門隸(馬王堆帛書)門楷(虞世南)门草(王獻之)

【析形】門字甲骨文像門之形，有門框、門扇。象形字。金文、小篆、隸、楷書均沿襲甲骨文。

【簡化】簡化字"门"根據草書楷化而成。

"門"字為偏旁的字類推簡化。例如：搁、间、阔、闷、打、们、闽、恼、润、闻、问等。

【釋義】◎本義指建築物的出入口：門戶｜門口｜門簾｜門聯｜門扇｜東門｜國門｜城門　◇引申①形狀或作用像門的東西：電門｜閥門｜櫃門｜快門｜球門｜油門 ②途徑，訣竅：門道｜門徑｜門路｜法門｜沒門兒｜竅門兒｜入門 ③家族，家庭：門第｜門戶｜串門兒｜過門｜豪門｜回門｜臨門｜滿門｜名門 ④事物的分類：門類｜部門｜冷門｜熱門｜專門｜門外漢 ⑤派別：門戶｜佛門｜教門｜空門｜沙門 ⑥師承：門生｜門徒｜門下｜同門 ⑦量詞：兩門功課｜三門炮

悶 (闷) mèn

閟篆悶楷(顏真卿)

【析形】悶字小篆內中是心，意符，表明字義與心理活動有關；外廓是門，聲符，表示讀音。形聲字。

【簡化】簡化字"闷"聲符的簡化見"門"字。

【釋義】◎本義指心煩：悶倦｜悶氣｜沉悶｜愁悶｜煩悶｜苦悶｜納悶兒｜鬱悶　◇引申指密不透氣：悶罐｜悶葫蘆

們 (们) men

們楷(顏真卿)

【析形】們字《說文》所無。楷書左旁是"亻"(人)，意符，表示字義與人有關；右旁是門，聲符，表示讀音。形聲字。

【簡化】簡化字"们"聲符的簡化見"門"字。

【釋義】用在表示人的名詞或代詞後面，表示複數：哥兒們｜你們｜人們｜他們｜牠們｜它們｜我們｜爺兒們｜咱們｜同學們

矇 (蒙) mēng

矇篆

【析形】矇字小篆左旁是目，意符，表明字義與眼睛有關；右旁是蒙，聲符，表示讀音。形聲字。

【簡化】簡化字是用同音合併的方法，以音近、筆畫較簡的"蒙"代替筆畫繁複的"矇"，合併了矇、蒙二字的意義。

【釋義】◎本義指眼睛睛失明。◇引申①欺騙：矇騙｜欺上矇下 ②胡亂猜測：不會就別瞎矇

萌 méng

萌篆　萌隸(張表碑)　萌楷(顏真卿)

【析形】萌字小篆上部是"艸"，意符，表明字義與植物有關；下部是明，聲符，表示讀音。形聲字。隸、楷書沿襲小篆。

【釋義】◎本義指植物的芽，或指植物發芽：萌動｜萌發｜萌芽 ◇引申指發生：萌生｜故態復萌

蒙 méng

蒙金　蒙篆　蒙隸(曹全碑)　蒙楷(辟雍碑)

【析形】蒙字金文上部是"艸"，意符，表明字義與植物有關；下部是冡，聲符，表示讀音。形聲字。小篆、隸、楷書沿襲金文。

【釋義】◎本義為草名，即菟絲。△音借指覆蓋：蒙住 ◇引申①欺瞞：蒙蔽｜蒙哄｜蒙混 ②愚昧：蒙昧｜開蒙｜啟蒙｜愚蒙 ③受，遭受：蒙難 nàn｜蒙受｜蒙冤｜承蒙

濛 (蒙) méng

濛篆

【析形】濛字小篆左旁是水，意符，表明字義與水有關；右旁是蒙，聲符，表示讀音。形聲字。隸變後，水字在字左側為偏旁時寫作"氵"。

【簡化】簡化字是用同音合併的方法，以音同、筆畫較簡的"蒙"代替筆畫較繁複的"濛"，合併了濛、蒙二字的意義。

【釋義】雨點細小：濛濛細雨｜煙雨濛濛

盟 méng

盟甲　盟甲　盟金　盟金　盟篆

盟隸(隸辨)　盟楷(顏真卿)

【析形】甲骨文形一像在皿中滴血之形(舊時結盟時往往以血誓約)，為"血"字初文；形二在器皿中表示"血"的圈內附畫以區別於"血"字。金文形一沿襲甲骨文形二；形二上部增"明"為聲符；形三下部訛"血"為"皿"。小篆沿襲金文形二。隸、楷書沿襲金文形三。

【釋義】◎本義指古代諸侯在神前誓約、結盟。◇引申①結拜的(弟兄)：盟兄｜拜盟 ②團體和團體或國家和國家的聯合：盟國｜盟軍｜盟友｜盟約｜加盟｜歐盟｜同盟

檬 méng

檬楷(翁闓運)

【析形】檬字《說文》所無。楷書左旁是木，意符，表明字義與樹木有關；右旁是蒙，聲符，表示讀音。形聲字。

【釋義】樹名。似槐，葉黃。

〔檸檬〕常綠小喬木，果實橢圓形或卵形，多呈淡黃色，皮厚而香，果汁極酸，可製作飲料或香料。

朦 méng

朦篆　朦楷(顏真卿)

【析形】朦字小篆左旁是月，意符，表明字義與月亮有關；右旁是蒙，聲符，表示讀音。形聲字。楷書沿襲小篆。

【釋義】◎本義指月光不明。◇引申指模糊，不清楚：朦朦朧朧

猛 měng

猛篆　猛隸(居延簡)　猛楷(歐陽詢)

【析形】猛字小篆左旁是犬，意符，表明字的初義與狗有關；右旁是孟，聲符，表示讀音。形聲字。隸變後，犬字在字左側為偏旁時寫作"犭"。楷書沿襲隸書。

【釋義】◎本義指健壯之犬。◇引申①泛指威猛、兇暴的動物：猛虎｜猛禽｜猛獸 ②勇健：猛將｜勇猛 ③氣勢壯，力量大：猛衝｜猛打｜猛攻｜猛烈｜猛追｜迅猛 ④急速，突然：猛跌｜猛落｜猛然｜猛增

蒙 měng

【析形】見"蒙méng"。

【釋義】◎本義為草名，音 méng。△音借作蒙古族的簡稱，音 měng：蒙族｜內蒙｜蒙古包

錳 (锰) měng

錳 楷(顏真卿)

【析形】錳字《說文》所無。左旁是金，意符，表明字義與金屬有關；右旁是孟，聲符，表示讀音。形聲字。

【簡化】楷書簡體“锰”的意符“钅”根據草書楷化而成。

【釋義】金屬元素，符號 Mn，灰白色，質硬而脆。在溫空氣中易氧化，易溶於酸。多用來製造錳鋼、錳銅等合金：硅錳鋼｜軟錳礦

孟 mèng

孟 金　**孟** 篆　**孟** 隸(禮器碑)　**孟** 楷(歐陽詢)

【析形】孟字金文上部是子，意符，代表人；下部是皿，聲符，表示讀音。形聲字。小篆、隸、楷書均沿襲金文。

【釋義】◎本義指兄弟姊妹中排行最大的，也稱伯：孟兄 ◇引申指農曆一季的第一個月：孟春｜孟秋

夢 (梦) mèng

夢 甲　**夢** 甲　**夢** 篆　**夢** 隸(大乘妙偈碑)

夢 草(皇象)　**梦** 楷(顏真卿)

【析形】夢字甲骨文形一左旁像一張牀，右旁像人躺臥於牀卻睜眼似有所見；形二則像人睡着仍手舞足蹈，均為意符，取意睡夢。會意字。小篆下部中間是夕，意符，表明字義與夜間有關；外廓是“瞢”字的省減，聲符，表示讀音。形聲字。隸書沿襲小篆。

【簡化】楷書簡體“梦”根據草書略加改造楷化而成。

【釋義】◎本義指睡眠時局部大腦皮質還沒有完全停止活動而引起的腦中的表像活動：夢話｜夢幻｜夢境｜夢鄉｜圓夢 ◇引申指幻想，空想：夢幻｜夢想

眯 mī

眯 楷

【析形】見“眯 mí”。

【釋義】◎本義指塵土等進入眼中，使視線模糊，音 mí。◇引申指眼皮微微合上，音 mī：眯着眼

咪 mī

咪 楷(顏真卿)

【析形】咪字《說文》所無。楷書左旁是口，意符，以口能發出聲音取意；右旁是米，聲符，表示讀音。形聲字。

【釋義】①象聲詞。形容貓叫的聲音。②微笑的樣子：笑咪咪

迷 mí

迷 篆　**迷** 隸(隸辨)　**迷** 楷(顏真卿)

【析形】迷字小篆左旁是辵，意符，表明字義與行走有關；右旁是米，聲符，表示讀音。形聲字。隸變後，辵字為偏旁時寫作“辶”。楷書沿襲隸書。

【釋義】◎本義指迷路，不辨方向。◇引申①分辨不清，失去判斷能力：迷糊｜迷惑｜迷茫｜迷失｜迷途 ②使看不清，使陶醉：迷彩｜迷魂｜迷津｜迷人｜鬼迷心竅｜紙醉金迷 ③對於某種事物產生特殊愛好而沉醉：迷戀｜迷信｜沉迷｜癡迷｜入迷｜着 zháo 迷 ④對某種事物愛好入了迷的人：財迷｜歌迷｜球迷｜書迷｜戲迷｜影迷

眯 mí

眯 金　**眯** 篆　**眯** 楷(顏真卿)

【析形】眯字金文右旁是見，意符，表明字義與眼睛有關；左旁是米，聲符，表示讀音。形聲字。小篆左旁是目，意符，取意與“見”同。楷書沿襲小篆。

【釋義】塵土等進入眼中，使視線模糊，或使眼睛一時不能睜開：眯了眼

謎 (谜) mí

謎 篆　**谜** 楷(顏真卿)

【析形】謎字小篆左旁是言，意符，表明字義與言語有關；右旁是迷，意符兼聲

M

符，表示不明瞭，也表示讀音。會意兼聲字。楷書沿襲小篆。

【簡化】楷書簡體"謎"的意符"訁"根據草書楷化而成。

【釋義】◎本義指隱語，即影射事物或文字等供人猜測的話語：謎底｜謎語｜猜謎｜燈謎｜啞謎｜字謎　◇引申比喻未弄明白或難以理解的事物：此案仍是個謎

彌 (弥) mí

繥(金)彌(篆) 彌(楷)(王獻之)　弥(行)(王羲之)

【析形】彌字金文左旁是弓，意符，表明字的初義與弓有關；右旁是爾，聲符，表示讀音（彌、爾二字古音同韻部）。形聲字。小篆聲符下旁增"玉"為意符，取意未明。楷書沿襲金文。

【簡化】簡化字"弥"根據草書楷化而成。

【釋義】◎本義指放鬆弓弦。△音借表示①滿，遍及：彌漫｜彌月｜彌天大謊｜彌天大罪　②填補（使滿）：彌補｜彌縫｜彌合　③更加：彌堅｜欲蓋彌彰　④久遠：彌留　⑤音譯詞的構詞語素〔彌撒〕〔彌勒佛〕

靡 mí

【析形】見"靡 mǐ"。

【釋義】◎本義指倒下，音 mǐ。△音借表示①浪費，音 mí：靡費｜奢靡　②〔靡靡〕指柔弱，萎靡不振，多用以形容樂聲：靡靡之音

麋 mí

麋(篆)麋(楷)(顏真卿)

【析形】麋字小篆下部是米，意符，表明字義與穀米有關；上部是麻，聲符，表示讀音（麋、麻二字古音同韻部）。形聲字。楷書沿襲小篆。

【釋義】◎本義指粥：肉麋　◇引申指爛：麋爛　△音借指浪費：麋費｜侈麋

米 mǐ

米(甲)米(篆)米(隸)(馬王堆帛書)米(楷)(歐陽詢)

【析形】米字甲骨文像米粒散佈之狀。象形字。小篆米粒形略變。隸、楷書沿襲小篆。

【釋義】◎本義指穀類或其他植物去掉殼或皮的子實：米飯｜米粉｜米價｜米糠｜米粒｜米麵｜黏米｜粟米｜糯米｜玉米｜高粱米｜花生米　◇引申泛指顆粒狀像米的東西：海米｜蝦米｜菱角米　△音借表示公制長度的主單位，一米合市制三尺。舊稱公尺或米突：米制｜分米｜毫米｜厘米｜千米｜絲米｜微米｜忽米

靡 mǐ

靡(篆)靡(隸)(華山神廟碑)靡(楷)(王獻之)

【析形】靡字小篆下部是非，意符，本義指相違背，以背向取意倒伏；上部是麻，聲符，表示讀音（靡、麻二字古音同韻部）。形聲字。隸、楷書沿襲小篆。

【釋義】倒下：風靡｜所向披靡

秘 mì

秘(篆)秘(楷)(王羲之)

【析形】秘字小篆左旁是示，意符，表明字義與祭祀求神等事有關（見"示"字）；右旁是必，聲符，表示讀音。形聲字。楷書意符"禾"當是"示"字的訛誤。

【釋義】◎本義指神。◇引申①神秘不可測，故引申指不公開的，使人摸不透的：秘方｜秘笈｜秘訣｜秘密｜秘史｜奧秘｜詭秘｜隱秘　②保守秘密：秘不示人｜秘而不宣　③指掌管文書並協助負責人處理日常工作的人員：秘書

密 mì

密(金)密(篆)密(隸)(樊敏碑)密(楷)(敬使君碑)

【析形】密字金文下部是山，意符，表明字的本義與山有關；上部是宓，聲符，表示讀音。形聲字。小篆、隸、楷書沿襲金文。

【釋義】◎本義指山如堂屋之狀，即三面高，一面低，中間平坦。△音借表示距離近，空隙小：密佈｜密度｜密封｜密集｜密林｜密植｜稠密｜緊密｜茂密｜濃密｜嚴密　◇引申①關係近，感情好：密切｜密友｜親密無間 jiàn　②周到，細緻：綿密｜細密｜縝密｜緻密｜周密　③不公開，有所隱蔽：密件｜

M

密令|密碼|秘密|密謀|密室|密談|密探|保密|告密|機密|絕密|失密|洩密

蜜 mì

圖篆 蜜 隸(泰山金剛經) 蜜 楷(顏真卿)

【析形】蜜字小篆下部是虫，意符，表明字義與昆蟲有關；上部是宓，聲符，表示讀音。形聲字。隸、楷書沿襲小篆。

【釋義】◎本義指蜜蜂採取花中甜汁釀成的稠液：蜜蜂|蜜源|冬蜜|蜂蜜|花蜜 ◇引申①像蜂蜜一樣甜的東西：蜜柑|蜜餞|蜜橘|蜜棗 ②甜美：蜜月|甜蜜|口蜜腹劍|甜言蜜語

覓 (覔) mì

覓金 覓 楷(顏真卿)

【析形】覓字金文左上部像一隻手，右旁像一個人瞪大眼睛，隸作"見"，均為意符，表示尋找。會意字。楷書沿襲隸書。

【簡化】簡化字"覔"意符的簡化見"見"字。

【釋義】尋找，求索：覓路|覓食|尋覓|覓知音

泌 mì

泌篆 泌 楷(顏真卿)

【析形】泌字小篆左旁是水，意符，表明字的初義與水有關；右旁是必，聲符，表示讀音。形聲字。隸變後，水字在字左側為偏旁時寫作"氵"。

【釋義】◎本義指山溪水流之貌，音 bì。△音借指從生物體裏排出某種物質，音 mì：泌尿|泌乳|分泌|內分泌

眠 mián

眠篆 眠 楷(顏真卿)

【析形】眠字小篆左旁是目，意符，表明義與眼睛有關；右旁是冥，意符兼聲符，取意閉目，也兼表示讀音。會意兼聲字。楷書聲符改"冥"為"民"。

【釋義】◎本義指閉目，或指睡覺：安眠|成眠|催眠|失眠|睡眠 ◇引申指某些動物在一定時期像睡眠那樣不吃不動：蟄眠|冬眠|休眠

綿 (绵)〔緜〕 mián

綿篆 綿 楷(顏真卿) 绵 行(王羲之)

【析形】綿字小篆左旁是帛，右旁是系，均為意符，取意絲帛連綿。會意字。楷書意符為"糸"，與"帛"左右易位作"綿"。

【簡化】簡化字"绵"的意符"纟"根據草書楷化而成。

【釋義】◎本義指細絲連續不斷：綿綢|綿子 ◇引申①像絲綿的：綿羊|海綿 ②連續不斷：綿長|綿綿|綿延|纏綿|連綿|聯綿 ③薄弱，微薄，柔軟，軟弱：綿薄|綿力|綿軟|軟綿綿 ④柔和：綿和|綿糖|綿裏藏針

棉 mián

棉隸(馬王堆帛書) 棉 楷(顏真卿)

【析形】棉字《說文》所無。隸書左旁是木，意符，表明字義與植物有關；右旁是帛，亦為意符，表明字義與絲帛相類。會意字。楷書沿襲隸書。

【釋義】①植物名，草棉和木棉的統稱，通常指草棉：棉農|棉桃|棉田|棉籽 ②棉花，草棉的棉絮：棉襖|棉布|棉紡|棉紗|棉線|棉絮

免 miǎn

免金 免隸(馬王堆帛書) 免 楷(褚遂良)

【析形】免字金文像人頭戴冕之形。會意字。《說文》無免字。隸書已失初形，"人"訛作"儿"。楷書沿襲隸書。

【釋義】◎本義當為"冕"字初文。△音借表示去掉：免除|免費|免檢|免試|免稅|免俗|免刑|免役|免職|罷免|減免|任免|赦免 ◇引申①避免：免疫|難免|倖免|以免 ②不可：閒人免進

勉 miǎn

勉篆 勉 隸(樓蘭簡) 勉 楷(顏真卿)

【析形】勉字小篆右旁是力，意符，表明字

義與力氣、力量有關；左旁是免，聲符，表示讀音。形聲字。隸、楷書沿襲小篆。

【釋義】◎本義指努力，盡力：奮勉｜勤勉 ◇引申①力量不夠而盡力做：勉強 qiǎng｜勉為其難 ②使盡力，鼓勵：勉勵｜共勉｜規勉｜嘉勉｜勸勉｜自勉

娩 miǎn

冕甲 娩楷（顏真卿）

【析形】娩字甲骨文上部取象產子之母體，下部像有兩隻手從兩旁助產之狀，甲骨卜辭多用為分娩義，為"娩"字初文。隸作"冥"。《說文》無"娩"字。楷書為後起形聲字。左旁是女，意符，表明字義與女性有關；右旁是免，聲符，表示讀音。

【釋義】婦女生小孩：分娩

冕 miǎn

冕篆 冕隸（樊敏碑） 冕楷（顏真卿）

【析形】見"免"字。"免"字借為"除去"義後，小篆上部增"冃"（"帽"字古文）為意符，表示帽子；下部"免"為聲符，表示讀音。形聲字。隸書沿襲小篆。楷書上部訛作"日"。

【釋義】◎本指古代帝王、諸侯、卿、大夫所戴的禮帽：冠冕｜加冕｜冠冕堂皇 ◇引申指像冕的：日冕

緬 (缅) miǎn

緬篆 緬楷（顏真卿） 緬行（王羲之）

【析形】緬字小篆左旁是糸，意符，表明字的初義與絲有關；右旁是面，聲符，表示讀音。形聲字。楷書沿襲小篆。

【簡化】簡化字"缅"的意符"纟"根據草書楷化而成。

【釋義】◎本義指細絲。△音借表示①邈遠：緬懷｜緬想 ②緬甸的簡稱：緬茄

面 miàn

面甲 面篆 面隸（曹全碑） 面楷（智永）

【析形】面字甲骨文外廓表示臉的輪廓，中間突出一隻眼睛（眼睛為面部五官中最引人注意之部位），代表臉面。指事字。小篆中間是"首"，代表面部。隸書筆畫化，形體訛變。楷書沿襲隸書。

【釋義】◎本義指臉：面部｜面頰｜面孔｜面貌｜面容｜面善 ◇引申①當面：面呈｜面授｜面談｜面謝｜面議 ②物體的外表或上部的一層：面額｜表面｜場面｜創面｜地面｜畫面｜局面｜門面｜平面｜世面｜市面 ③方面：背面｜側面｜斷面｜對面｜後面｜裏面｜全面｜四面｜陽面｜正面｜左面 ④（面）向、對：面壁｜背山面水 ⑤量詞：三面錦旗｜一面鏡子｜見過幾面

麵 (面)〔麪〕miàn

麪篆

【析形】麵字小篆作"麪"。左旁是麥，意符，表明字義與麥子有關；右旁是丏，聲符，表示讀音。異體字以"面"為聲符。今以"麵"為正體。

【簡化】簡化字是用同音合併的方法，以音近、筆畫較簡的"面"代替筆畫繁複的"麵"（麪），合併了麵（麪）、面二字的意義。

【釋義】◎本義指麥子子實磨成的粉。◇引申①泛指糧食磨成的粉：麵包｜麵粉｜麵食｜白麵｜發麵｜玉米麵 ②麵條：麵湯｜掛麵｜拉麵

苗 miáo

苗篆 苗隸（楊統碑） 苗楷（敬使君碑）

【析形】苗字小篆上部是"艸"，下部是田，均為意符，表明字義與植物、田地有關。會意字。隸、楷書沿襲小篆。

【釋義】◎本義指穀類作物幼小（尚未開花）的植株，也指某些蔬菜的嫩莖和嫩葉：苗茁｜苗木｜苗圃｜麥苗｜樹苗｜秧苗｜育苗｜植苗 ◇引申①像苗的：燈苗｜火苗｜油苗 ②疫苗：痘苗｜卡介苗 ③某些初生的飼養動物：魚苗｜豬苗 ④事情剛發生的形跡：苗頭｜苗子

描 miáo

描楷（顏真卿）

【析形】描字《説文》所無。楷書左旁是“扌”(手)，意符，表明字義與手的動作有關；右旁是苗，聲符，表示讀音。形聲字。

【釋義】◎本義指照原樣摹畫：描紅｜描畫｜描繪｜描金｜白描｜掃描｜素描 ◇引申指用語言、文字把事物的形象表現出來：描摹｜描述｜描寫

瞄 miáo

瞄 楷(顏真卿)

【析形】瞄字《説文》所無。楷書左旁是目，意符，表明字義與眼睛有關；右旁是苗，聲符，表示讀音。形聲字。

【釋義】把視力集中在目標上：瞄準

秒 miǎo

秒 篆　秒 楷(顏真卿)

【析形】秒字小篆左旁是禾，意符，表明字的初義與禾穀有關；右旁是少，聲符，表示讀音。形聲字。楷書沿襲小篆。

【釋義】◎本義指禾芒，即穀物種殼上的芒。△音借作計算時間、弧和角以及緯度的最小單位，都是一分的六十分之一：秒錶｜秒針｜分秒

渺 miǎo

渺 篆　渺 楷(顏真卿)

【析形】渺字小篆由三個“水”構成，均為意符，取意大水。會意字。楷書左旁是“氵”(水)，意符，表明字義與水有關；右旁是眇，聲符，表示讀音。形聲字。

【釋義】◎本義指水大。又形容水面遼闊：煙波浩渺 ◇引申①距離遠，看不清：渺茫｜飄渺｜杳渺 ②微小：渺小

藐 miǎo

藐 楷(顏真卿)

【析形】藐字《説文》所無。楷書上部是“艹”(艸)，意符，以草之賤微取意小、輕；下部是貌，聲符，表示讀音。形聲字。

【釋義】◎本義指小，幼小：藐小 ◇引申指輕視：藐視

妙〔玅〕miào

妙 隸(郭有道碑)　妙 楷(虞世南)

【析形】妙字《説文》所無。隸書左旁是女，意符，以女子姣好取意美好；右旁是少，聲符，表示讀音(妙、少二字古音同韻部)。形聲字。異體字以“玄”為意符，取意奧妙。

【釋義】◎本義指美好：妙齡｜妙品｜妙趣｜絕妙｜美妙｜妙不可言｜惟妙惟肖 ◇引申指奇巧，奧秘：妙筆｜妙策｜妙計｜妙算｜妙藥｜妙用｜高妙｜精妙｜絕妙｜巧妙｜神妙｜玄妙｜莫名其妙 △音借指精微，深微：微妙

廟(庙) miào

廟 金　廟 金　廟 説文古文　廟 篆
廟 隸(馬王堆帛書)　廟 楷(虞世南)
庙 楷(顏真卿)

【析形】廟字金文形一外廓像屋宇形，意符，表明字義與房屋有關；內中是朝，聲符，表示讀音(廟、朝二字古音同韻部)。形聲字。形二聲符為“苗”。説文古文沿襲金文形二。小篆、隸書沿襲金文形一。楷書形一沿襲隸書；形二下部的“由”當是聲符“苗”之訛變。

【釋義】◎本義指供祭祀先祖的建築。◇引申①供奉神佛及歷史名人的地方：廟號｜廟宇｜廟祝｜孔廟｜聖廟｜寺廟｜宗廟 ②王宮的前殿，朝廷：廟堂｜廊廟

滅(灭) miè

滅 篆　滅 篆　滅 隸(泰山金剛經)　滅 楷(智永)
灭 楷(顏真卿)

【析形】滅字本作“威”。小篆形一下部是火，意符，表明字義與火有關；火上“一”表示把火壓住；上部外廓當是“戉”字之訛，聲符，表示讀音(威、戉二字古音同韻部)。形聲字。形二左旁增“水”為意符，以水可熄火取意熄滅。隸、楷書沿襲小篆形二。

M

【簡化】楷書簡體"灭"是用保留特徵、局部代全體的方法，保留代表原字意義特徵的"灭"代替全字，刪除了"水"和"戌"。

【釋義】◎本義指熄滅，使熄滅：滅火｜撲滅　◇引申①消滅，使消滅：滅口｜滅跡｜滅絕｜滅亡｜幻滅｜毀滅｜殲滅｜泯滅｜磨滅｜破滅　②淹沒：滅頂

蔑〔衊〕miè

甲　金　篆　隸(張遷碑)　蔑楷(顏真卿)

【析形】蔑字甲骨文下部是戈，右旁是人，突出人的眉目，像人受殺伐而驚恐之狀，均為意符，取意持戈伐人。會意字。金文"戈"在右旁。小篆人與眼目分開，致使"戈"訛作"戍"。隸書又把上部訛作"艹"。楷書沿襲隸書。異體字增"血"為意符，表示遭伐濺血。

【釋義】◎本義指殺伐，滅殺。◇引申①無視，輕侮：蔑視｜輕蔑｜侮蔑　②無，沒有：蔑以復加　③以血塗染，引申為誣謗。此義又作"衊"：誣衊

民 mín

甲　金民　篆民　隸(史晨碑)　民楷(顏真卿)

【析形】民字金文上部像眼目之形，下部像一把利器，古代奴隸主刺傷戰俘左眼以為奴(郭沫若《甲骨文字研究》："周人初以敵囚為民時，乃盲其左目以為奴徵。")，故字以利刃刺目表示奴隸。會意字。小篆已失初形。隸、楷書沿襲小篆。

【釋義】◎本義指奴隸。◇引申①泛指民眾，人民：民法｜民情｜民生｜民俗｜民心｜民意｜平民｜貧民｜全民｜僑民｜移民　②非政府方面的，與"官方"相對：民辦｜民防｜民營｜民間貿易　③非軍人、非軍事的：民兵｜民航｜民用　④某族的人：回民｜藏民　⑤百姓間的：民歌｜民謠｜民諺｜民樂｜民俗　⑥從事某種職業的人：牧民｜農民｜漁民　⑦某種人：網民｜煙民

敏 mǐn

甲　金　篆敏文　隸(曹全碑)　敏楷(顏真卿)

【析形】敏字金文右下像一隻手，隸作"又"，意符，以手的動作快取意反應靈敏；左旁是每，聲符，表示讀音(敏、每二字古音同韻部)。形聲字。小篆意符為"攴"(像手持棒形)，取意做事，隸變作"攵"。楷書沿襲隸書。

【釋義】◎本義指疾速，反應快：敏感｜敏捷｜敏銳｜靈敏｜機敏　◇引申指聰明，機智：敏慧｜聰敏｜機敏

皿 mǐn

甲　金皿　篆皿　楷(顏真卿)

【析形】皿字甲骨文、金文均像盛物器皿之形，上為容器，下有器足。象形字。小篆沿襲甲、金文。楷書筆畫化後形體已變。

【釋義】◎本義指飯食用器。◇引申泛指碗碟杯盤一類用具的通稱：器皿

閩 (闽) mǐn

閩篆　閩隸(馬王堆帛書)　閩楷(顏真卿)

【析形】閩字小篆內中是虫，意符，取意未詳；外廓是門，聲符，表示讀音(閩、門古音二字聲母相同，韻母同部)。形聲字。

【簡化】簡化字"闽"意符的簡化見"門"字。

【釋義】古民族名。聚居於今福建省境。又作福建省的別稱：閩劇　又指閩江，在福建。

憫 (悯) mǐn

閔篆　閔隸(華山神廟碑)　閔楷(褚遂良)　憫楷(顏真卿)

【析形】憫字小篆外廓是門，意符，表明字的初義與門有關；內中是文，聲符，表示讀音(閔、門二字古音同韻部)。形聲字。隸書沿襲小篆。楷書形一沿襲隸書；形二左旁增"忄"(心)為意符，表明字義與心情有關。

【簡化】楷書簡體"悯"意符的簡化見"門"字。

【釋義】◎本義指登門弔唁。《說文》："閔，弔者在門也。"◇引申指哀憐：憐憫｜悲天憫人

M

名 míng

叩甲 召金 召篆 名隸(馬王堆帛書)

名楷(高貞碑)

【析形】名字甲骨文左旁是口，右旁是夕，均為意符，人在黑夜相會，互相看不清對方，便自報或呼叫姓名。會意字。金文寫作上下結構。小篆、隸、楷書沿襲金文。

【釋義】◎本義指人的名字。◇引申①泛指人或事物的稱謂：名稱｜名詞｜名次｜名分 fèn｜名片｜品名｜簽名 ②說出：莫名其妙｜難以名狀 ③名義：名不副實｜名正言順 ④名聲，名譽：名節｜名利｜名望｜成名｜馳名｜盛名｜聞名｜著名 ⑤有名的：名產｜名城｜名貴｜名流｜名模｜名牌｜名言｜名著

明 míng

明甲 明甲 明金 明篆 明說文古文

明隸(乙瑛碑) 明楷(趙佶)

【析形】明字甲骨文形一左旁像月亮，右旁像窗戶，均為意符，月光從窗口照入，取意光明。形二右旁是日，以日月同輝取意光明。會意字。金文、小篆沿襲甲骨文形一。說文古文沿襲甲骨文形二。隸書沿襲小篆。楷書沿襲說文古文。

【釋義】◎本義指光明，明亮，與"昏暗"相對：明朗｜明麗｜明媚｜明晰｜明星｜黎明｜鮮明 ◇引申①清楚，明白：明斷｜明快｜明確｜明顯｜標明｜表明｜闡明｜分明｜簡明｜開明｜聲明｜說明｜註明 ②懂得：明理｜明瞭 ③看得清楚，眼光好：明人｜明智｜聰明｜高明｜精明｜賢明｜嚴明｜英明 ④視力：復明｜失明 ⑤公開，顯露在外的：明令｜明碼｜明媒｜明渠｜明說｜明文 △通借表示①朝代名：明朝｜明陵 ②次於今日、今年的：明春｜明年｜明天｜明早

鳴 (鸣) míng

鳴甲 鳴甲 鳴金 鳴篆 鳴隸(隸辨)

鳴楷(虞世南)

【析形】鳴字甲骨文左旁是口，口能發出聲音，表示叫聲；右旁形一像雞形；形二像鳥形，均為意符，表示雞啼鳥鳴。會意字。金文沿襲甲骨文形二。小篆意符固定為"口"和"鳥"。隸、楷書沿襲小篆。

【簡化】簡化字"鸣"意符的簡化見"鳥"字。

【釋義】◎本義指鳥叫聲。◇引申①泛指鳥獸或昆蟲叫：蟬鳴｜蟲鳴｜鳥鳴 ②發出聲音，使發出聲音；鳴炮｜耳鳴｜共鳴｜轟鳴｜雷鳴 ③表達，發表：鳴謝｜鳴冤｜爭鳴

銘 (铭) míng

銘金 銘篆 銘隸(孔彪碑) 銘楷(歐陽詢)

銘草(歐陽詢)

【析形】銘字金文左旁是金，意符，表明材質；右旁是名，聲符，表示讀音。形聲字。小篆、隸、楷書沿襲金文。

【簡化】簡化字"铭"的意符"钅"根據草書楷化而成。

【釋義】◎本義指在器物上刻字(古代帝王對有功者賞賜刻記其功勳的金屬器皿)：銘功｜銘記｜銘刻｜刻骨銘心 ◇引申指古代鑄、刻在器物上的文字：銘牌｜銘文｜鼎銘｜墓誌銘｜座右銘

螟 míng

螟篆 螟楷(顏真卿)

【析形】螟字小篆左旁是虫，意符，表明字義與昆蟲有關；右旁是冥，聲符，表示讀音。形聲字。楷書沿襲小篆。

【釋義】本義為螟蟲，螟蛾的幼蟲，主要生活在稻莖中，吃稻莖的髓部，是害蟲。也泛指各種鑽心的蛾類幼蟲：螟害｜螟蛉

命 mìng

命甲 命甲 命金 命篆 命隸(華山神廟碑)

命楷(王獻之)

【析形】甲骨文"命"與"令"同為一字(見"令"字)。金文左下增"口"為意符，取意發號施令。會意字。小篆、隸、楷書沿襲金文。

【釋義】◎本義指命令，指派：待命｜奉命｜任命｜使命｜受命｜授命｜遵命 ◇引申

M

①給予(名稱等)：命名|命題|自命 ②天命，命運：命定|命數|認命|算命|命途多舛 ③生命，性命：命案|命脈|活命|救命|賣命|壽命|亡命|效命

謬 (谬) miù

譳篆 言琴隸(曹全碑) 謬楷(顏真卿)

【析形】謬字小篆左旁是言，意符，表明字義與言語有關；右旁是翏，聲符，表示讀音(謬、翏二字古音同韻部)。形聲字。隸、楷書沿襲小篆。

【簡化】簡化字"谬"的意符"讠"根據草書楷化而成。

【釋義】◎本義指荒謬的言論。◇引申泛指錯誤，差錯：謬論|謬誤|謬種|乖謬|匡謬

摸 mō

摸楷(顏真卿)

【析形】摸字《說文》所無。楷書左旁是"扌"(手)，意符，表明字義與手的動作有關；右旁是莫，聲符，表示讀音。形聲字。

【釋義】◎本義指用手撫摩。又指用手探取，尋找：摸魚|順藤摸瓜 ◇引申①試着了解，試着做，探求：摸索|摸底|摸透|估摸|捉摸 ②在暗中行動：摸黑兒|摸營

模 mó

模篆 模隸(樊敏碑) 模楷(顏真卿)

【析形】模字小篆左旁是木，意符，表明材質；右旁是莫，聲符，表示讀音。形聲字。隸、楷書沿襲小篆。

【釋義】◎本義指模型。古人造模型為規範，"以木曰模，以金曰鎔，以土曰型，以竹曰笵，皆法也。"◇引申①法式，規範：模本|模範|模式|規模|楷模 ②仿效：模仿|模擬|模寫 ③模範，榜樣：楷模|勞模|英模

膜 mó

膜篆 膜楷(顏真卿)

【析形】膜字小篆左旁是肉，意符，表明字義與身體的某部分有關；右旁是莫，聲符，表示讀音。形聲字。古文肉、月二字形近，隸變後，兩個字作偏旁時多同化寫作"月"。

【釋義】◎本義指人或動植物體內像薄皮的組織，具有保護作用：耳膜|腹膜|視網膜 ◇引申指像膜一樣的東西：橡皮膜|塑膠薄膜

摩 mó

摩篆 摩隸(泰山金剛經) 摩楷(智永)

【析形】摩字小篆下部是手，意符，表明字義與手有關；上部是麻，聲符，表示讀音(摩、麻二字古音聲母相同，韻母同部)。形聲字。隸、楷書沿襲小篆。

【釋義】◎本義指兩手摩擦。◇引申①接觸：摩天嶺|摩天輪|摩肩接踵|摩拳擦掌 ②撫摩：摩弄|按摩 ③研究切磋：揣摩|觀摩 △音借作音譯詞的構詞語素〔摩登〕〔摩托〕

磨 mó

磨篆 磨隸(馬王堆帛書) 磨楷(顏真卿)

【析形】磨字小篆左旁是石，意符，表明字的初義與石頭有關；右旁是靡，聲符，表示讀音(磨、靡二字古音聲母相同，韻母同部)。形聲字。隸書聲符省為"麻"(磨、麻二字古音聲母亦相同，韻母也同部)。楷書沿襲隸書。

【釋義】◎本義指磨治石器。◇引申①表示物體相磨擦：磨光|磨合|磨礪|磨墨|磨牙|耐磨|水磨|研磨|琢磨|磨刀石 ②折磨：磨折|揉磨 ③糾纏：熬磨|纏磨|軟磨硬抗 ④困難，阻礙：磨練|磨難 nàn|好事多磨 ⑤拖延，消耗時間：磨蹭|消磨|磨洋工 ⑥消耗，消失：磨耗|磨滅|磨損

魔 mó

魔篆 魔楷(顏真卿)

【析形】魔字小篆下部是鬼，意符，魔即鬼怪；上部是麻，聲符，表示讀音(魔、麻二字古音同韻部)。形聲字。楷書沿襲小篆。

【釋義】◎本義指宗教或神話傳說裏的鬼怪。◇引申①比喻邪惡的壞人：魔法｜魔怪｜魔鬼｜魔王｜魔爪｜惡魔｜邪魔｜妖魔 ②神秘，奇異：魔術｜魔力｜魔杖 △音借作音譯詞的構詞語素〔魔羅〕義為擾亂，破壞，障礙等。佛教指能擾亂身心、破壞善事、障礙善法者。

饃 (馍)〔饝〕mó

饃楷(顏真卿)

【析形】饃字《説文》所無。楷書左旁是食，意符，表明字義與食物有關；右旁是莫，聲符，表示讀音。異體字聲符為"麼"。

【簡化】簡化字"馍"的意符"饣"根據草書楷化而成。

【釋義】方言指饅頭：饃饃｜蒸饃｜白麵饃

摹 mó

摹篆 摹楷(顏真卿)

【析形】摹字小篆下部是手，意符，古人常以手為尺度量度長短；上部是莫，聲符，表示讀音。形聲字。楷書沿襲小篆。

【釋義】◎本義指法度。◇引申指效法，照着樣子寫或畫：摹本｜摹仿｜摹繪｜摹刻｜摹寫｜摹印｜摹狀｜臨摹｜描摹

蘑 mó

蘑楷(顏真卿)

【析形】蘑字《説文》所無。楷書上部是"艹"艸，意符，表明字義與植物有關；下部是磨，聲符，表示讀音。形聲字。

【釋義】〔蘑菇〕菌類植物，是優良的食用菌，中國各地都有栽培。◇引申指像蘑菇的：蘑菇雲｜蘑菇陣 △音借表示故意糾纏，行動遲緩：泡蘑菇｜你別跟我蘑菇

抹 mǒ

抹隸(馬王堆帛書) 抹楷(顏真卿)

【析形】抹字《説文》所無。隸書左旁是"扌"(手)，意符，表明字義與手的動作有關；右旁是末，聲符，表示讀音。形聲字。楷書沿襲隸書。

【釋義】◎本義指磨滅：抹零｜抹殺 ◇引申①塗，擦：抹粉｜抹黑｜抹淚｜塗抹 ②量詞：一抹彩霞

万 mò

万隸(張猛龍碑)

【析形】見"萬wàn"。

【釋義】◎本義為蟲名，音wàn。又用作複姓〔万俟mò qí〕。

末 mò

末金 末篆 末隸(白石君碑) 末楷(虞世南)

【析形】末字金文是在木字上端加一畫表示樹梢之所在。指事字。小篆、隸、楷書沿襲金文。

【釋義】◎本義指樹梢。◇引申①泛指事物的端，梢：末端｜末節｜末梢｜毫末 ②不是根本的，不是主要的，與"本"相對：本末｜微末｜本末倒置 ③終了，盡頭，最後：末代｜末路｜末期｜末日｜末世｜歲末｜始末｜週末 ④細碎的東西：末子｜粉末｜肉末｜碎末｜藥末 ⑤輕微，卑下：末技｜末將jiàng｜末流｜末座

沒 mò

沒金 沒篆 沒隸(郭有道碑) 沒楷(顏真卿)

【析形】沒字金文左旁是水，意符，表明字義與水有關；右旁是"㲃"字的省減，意符兼聲符，義為入水，也表示讀音。會意兼聲字。小篆沿襲金文。隸書聲符訛作"殳"。隸變後，水字在字左側為偏旁時寫作"氵"。楷書沿襲隸書。

【釋義】◎本義指沉入水：沉沒｜淹沒 ◇引申①漫過或高過：沒頂｜陷沒 ②隱藏：出沒｜埋沒｜湮沒｜隱沒 ③終，盡：沒落｜沒世｜沒齒不忘 ④收取財物充公：沒收｜抄沒

抹 mò

【析形】見"抹mǒ"。

【釋義】◎本義指磨滅。◇引申①塗上再弄平：抹面｜抹牆｜抹石灰 ②緊挨着繞過：拐彎抹角(以上引申義音mò)

M

沫 mò

篆（隸 馬王堆帛書）沫楷（顏真卿）

【析形】沫字小篆左旁是水，意符，表明字義與水有關；右旁是末，聲符，表示讀音。形聲字。隸變後，水字在字左側為偏旁時寫作"氵"。

【釋義】◎本義為水名，即今四川省的大渡河。◇引申指液體形成的細泡：泡沫｜吐沫｜唾沫

脈 (脉)〔脉〕mò

篆

【析形】脈、脉本是兩個字。
"脈"字析形見"脈 mài"字。
脉字小篆左旁是目，意符，表明字義與眼睛有關；右旁是辰，聲符，表示讀音。形聲字。內地用同音合併的方法，以音同、筆畫略繁的"脈"字的異體"脉"代替"脈"和"脉"，合併了脈、脉二字的意義。

【釋義】◎本義指相視。
〔脈脈〕形容用眼神表達愛慕的情意：含情脈脈｜溫情脈脈

莫 mò

甲 金 篆 莫隸（華山神廟碑）
莫楷（歐陽詢）

【析形】莫字甲骨文四周像雜草叢生之狀，隸作"艸"，中間是日，均為意符，日落於艸，取意日暮。金文、小篆沿襲甲骨文。隸書把下部的"艸"訛為"大"。楷書沿襲隸書。

【釋義】◎本義指日落的時候。此義後作"暮"。△音借作副詞，表示①不：莫逆｜莫如｜愛莫能助｜望塵莫及 ②不要：閒人莫進 ③表示揣測或反問：莫非 ④也作代詞，表示"沒有誰"或"沒有哪種東西"：莫不｜莫測高深｜莫名其妙｜概莫能外

漠 mò

篆 漠楷（虞世南）

【析形】漠字小篆左旁是水，意符，沙漠如海、流沙如水，故以水為意符；右旁是莫，聲符，表示讀音。形聲字。隸變後，水字在字左側為偏旁時寫作"氵"。

【釋義】◎本義指沙漠：大漠｜荒漠 ◇引申表示冷淡，不經意地：漠漠｜漠然｜淡漠｜冷漠｜漠不關心

墨 mò

篆 墨隸（袁博碑）墨楷（龍藏寺碑）

【析形】墨字小篆上部是黑，表明字義與黑色之物有關；下部是土，表示墨石，均為意符，"黑"也兼表示讀音（墨、黑二字古音同韻部）。會意兼聲字。隸變後，聲符"黑"下部的"火"分化出"灬"旁。

【釋義】◎本義指寫字繪畫用的黑色顏料：墨點｜墨水｜墨汁｜落墨｜磨墨 ◇引申①代指寫的字、畫的畫，或作為文章、文人的代稱：墨寶｜墨跡｜墨客｜翰墨｜潑墨｜文墨｜遺墨 ②黑色的或近於黑色的：墨晶｜墨鏡｜墨菊｜墨面

默 mò

篆 黙隸（葉惠明碑）默楷（顏真卿）

【析形】默字小篆右旁是犬，意符，表明字的初義與犬有關；左旁是黑，聲符，表示讀音（默、黑二字古音同韻部）。形聲字。隸書意符"犬"訛作"大"。楷書沿襲小篆。

【釋義】◎本義指犬不吠而逐人。◇引申①無形，暗中：潛移默化 ②不説話，不出聲：默默｜默哀｜默契｜默然｜默認｜默許｜默坐｜沉默｜靜默｜默默無聞｜沉默寡言 ③憑記憶寫出來：默書｜默寫

磨 mò

【析形】見"磨 mó"。

【釋義】◎本義指治石，音 mó。◇引申①把糧食弄碎的工具，通常是兩個圓石盤做成的：磨坊｜磨盤｜電磨｜風磨｜石磨｜水磨｜推磨｜轉磨 ②用磨把糧食弄碎：磨粉｜磨麵｜磨麥子（以上各引申義音 mò）

茉 mò

茉楷（顏真卿）

【析形】茉字《說文》所無。楷書上部是
"艹"(艸)，意符，表明字義與植物有關；
下部是末，聲符，表示讀音。形聲字。
【釋義】〔茉莉〕常綠灌木，花白色，香味
濃厚，可用來燻製茶葉。

陌 mò

陌楷(顏真卿)

【析形】陌字《說文》所無。楷書左旁是
"阝"(阜)，本指土山，意符，表明字義與
土地等有關；右旁是百，聲符，表示讀音
(陌、百二字古音同韻部)。形聲字。
【釋義】◎本義①田間東西方向的小路：
陌頭|阡陌 ②泛指田間小路。△音借組合
〔陌生〕表示生疏，不熟悉。

寞 mò

寞篆 寞隸(隸辨) 寞楷(顏真卿)

【析形】寞字小篆左旁是宀，意符，取意
緘口；右旁是莫，聲符，表示讀音。形聲
字。隸書改意符為"宀"，表示室內靜寞
之意。楷書沿襲隸書。
【釋義】◎本義指寂靜，無聲響：寂寞 ◇引
申指冷落：寞然|落寞

謀(谋) móu

謀金 謀篆 謀隸(曹全碑) 謀楷(李璧碑)
谋草(趙孟頫)

【析形】謀字金文下部是心，意符，表明
字義與心計有關；上部是母，聲符，表示
讀音(謀、母二字古音同韻部)。形聲字。
小篆改意符為"言"，表明字義與言語有
關；聲符為"某"，表示讀音，寫作左右
結構。隸、楷書沿襲小篆。
【簡化】簡化字"谋"的意符"讠"根據草書
楷化而成。
【釋義】◎本義指主意，計策，籌劃：謀
劃|謀略|計謀|蓄謀|陰謀|智謀 ◇引申①
暗中計劃(多含貶義)：謀害|謀取|合謀|
密謀|同謀|圖謀|預謀 ②計議，商議：參
謀|籌謀|不謀而合 ③尋求：謀和|謀求|
謀生|謀事|謀職

某 mǒu

某金 某篆 某楷(顏真卿)

【析形】某字金文上部是甘，本義指味
道；下部是木，代表樹木，均為意符，表
示果樹。會意字。小篆、楷書沿襲金文。
【釋義】◎本義為酸果名，當是"梅"字初
文。△音借表示①不明確提出的人、地、
事物或時間等：某部|某地|某個|某人|某
日 ②加在姓氏後表示自稱或稱對方：張
某|李某

模 mú

【析形】見"模mó"。
【釋義】◎本義指法式，規範(模型)，
音mó。◇引申①模子：模本|模具|衝模|
拉模|木模|砂模|鑄模|字模 ②模樣：裝
模作樣|一模一樣(以上各引申義音mú)

母 mǔ

母甲 母金 母篆 母隸(曹全碑)
母楷(歐陽詢)

【析形】母字甲骨文是在"女"(像一個跪
着、兩手交於膝的婦人形象)字上加兩點
指事乳房以區別於"女"字，取意乳子，代
表母親。指事字。金文、小篆沿襲甲骨文。
隸書筆畫化，失去初形。楷書沿襲隸書。
【釋義】◎本義指母親：母愛|母系|母子|
慈母|父母|繼母 ◇引申①雌性的：母體|
母畜 ②對女性長輩的稱呼：伯母|乳母|
師母|岳母|丈母|祖母 ③有製造和生產其
他事物的作用和能力的：母機|母體|母
校|母語|酵母|酒母|聲母|字母

畝(亩)〔畮、畞〕 mǔ

畝金 畝篆 畝篆 畝楷(顏真卿)

【析形】畝字金文左旁是田，意符，表明
字義與田地有關；右旁是每，聲符，表示
讀音(畝、每二字古音同韻部)。形聲字。
小篆形一沿襲金文；形二左旁是田，中間
是十，均為意符，表示田地縱橫阡陌；右
旁是久，聲符，表示讀音(畝、久二字古
音韻母亦同部)。楷書訛"十"為"宀"。

M

【簡化】簡化字"畝"是用保留特徵、局部代全體的方法，保留左旁的"畝"代替全字，刪除了其餘部件。

【析形】◎本義①計算土地面積的單位，一市畝等於六十平方丈：畝產│公畝 ②田地：地畝│田畝

牡 mǔ

【析形】牡字甲骨文有多個形體：形一左旁是牛，形二是羊，形三是豕（豬）；右旁像雄性動物生殖器之形，隸作"土"，均為意符，表示雄性動物。會意字。金文沿襲甲骨文形一。小篆意符定型為"牛"，把"土"訛為"土"，並以之為聲符，成為形聲字。隸、楷書沿襲小篆。

【釋義】◎本義指雄性的獸類。◇引申指雄性的，與"牝"相對：牡牛│牝牡 △音借組合〔牡丹〕落葉灌木，花大，顏色多，是著名的觀賞植物。〔牡蠣〕也叫蠔或海蠣子。軟體動物，有兩個貝殼。肉供食用，又能提製蠔油。

拇 mǔ

【析形】拇字小篆左旁是手，意符，表明字義與手有關；右旁是母，聲符，表示讀音。形聲字。隸變後，手字在字左側為偏旁時寫作"扌"。

【釋義】手和腳的大指頭：拇指│大拇指

姆 mǔ

【析形】姆字《說文》所無。楷書左旁是女，右旁是母，均為意符，表明字義與女性有關，母也兼表示讀音。會意兼聲字。

【釋義】◎本義指古時以婦道教人的女教師。◇引申組合〔保姆〕指僱請來照管兒童或幫做家事的婦女。

木 mù

【析形】木字甲骨文像樹木形，上有枝丫，下有根莖。象形字。金文、小篆沿襲甲骨文。隸書筆畫化，枝丫形已失。楷書沿襲隸書。

【釋義】◎本義指樹木。木本植物的通稱：草木│伐木│灌木│果木│林木 ◇引申①木頭：木板│木材│木柴│木料│杉木 ②用木料製成的：木棒│木船│木牀│木器│木橋│枕木 ③質樸：木訥 ④麻木：木然│麻木不仁

目 mù

【析形】目字甲骨文像眼睛之形，有眼眶和瞳仁。象形字。金文沿襲甲骨文。小篆寫作豎目形。隸、楷書沿襲小篆。

【釋義】◎本義指人的眼睛。◇引申①泛指眼睛：目睹│目光│目擊│目送│眉目│怒目│悅目│矚目│注目 ②看：屬 zhǔ 目│一目了然│一目十行 ③眉目居面部上方，故引申指標題，名稱：標目│名目│品目│題目 ④目錄：目次│節目│書目│要目│總目 ⑤大項中再分的小項：綱目│科目│條目│細目│賬目│子目

牧 mù

【析形】牧字甲骨文左旁形一是牛，形二是羊；右旁像手持鞭形，隸作"攴"，均為意符，取意放養牲畜。會意字。金文左旁意符定型為牛。小篆沿襲金文。隸書"攴"旁隸作"攵"。楷書沿襲隸書。

【釋義】放養牲口：牧草│牧場│牧民│牧人│牧業│牧主│放牧│畜牧│遊牧

墓 mù

墓篆 墓 隸(郭有道碑) 墓 楷(顏真卿)

【析形】墓字小篆下部是土，意符，表明字義與土地有關；上部是莫，聲符，表示讀音。形聲字(墓、莫二字古音聲母相同，韻母同部)。隸、楷書沿襲小篆。

【釋義】埋葬死人的地方：墓碑|墓道|墓室|墓穴|墓葬|墳墓|公墓|古墓|陵墓|掃墓|墓誌銘|烈士墓

幕 mù

幕篆 幕 隸(馬王堆帛書) 幕 楷(顏真卿)

【析形】幕字小篆下部是巾，意符，表明字義與布巾等有關；上部是莫，聲符，表示讀音(幕、莫二字古音聲母相同，韻母同部)。形聲字。隸、楷書沿襲小篆。

【釋義】◎本義指覆蓋物體的大塊布、綢、氈子等，或指帳篷：揭幕|簾幕|帳幕 ◇引申①演戲或放電影掛着的大塊布：幕布|幕後|報幕|閉幕|開幕|天幕|謝幕|字幕 ②像幕的：熒幕|霧幕|夜幕|雨幕 ③隱秘的內部情況：黑幕|內幕 ④古代將帥在軍帳中指揮作戰，故又引申指古代官吏或將帥辦公的地方：幕府|幕僚|幕友

慕 mù

慕金 慕篆 慕 隸(曹全碑) 慕 楷(王羲之)

【析形】慕字金文下部是心，意符，表明字義與心理活動有關；上部是莫，聲符，表示讀音(慕、莫二字古音聲母相同，韻母同部)。形聲字。小篆、隸、楷書沿襲金文。

【釋義】◎本義指思念：愛慕|思慕 ◇引申指羨慕，仰慕：慕名|景慕|敬慕|渴慕|嚮慕

暮 mù

【析形】暮字本作"莫"(見"莫mò"字)。莫字借作否定代詞或否定副詞後，為本義另造了以"日"為意符，以"莫"為聲符的"暮"字。

【釋義】◎本義指太陽落下的時候：暮靄|暮氣|暮色 ◇引申指時間靠後的，將盡：暮春|暮年|遲暮|垂暮|歲暮

沐 mù

沐甲 沐篆 沐 楷(歐陽詢)

【析形】沐字甲骨文中間是木，木旁小點表示水，意符，表明字義與水有關；木為聲符，表示讀音。形聲字。小篆寫作左右結構。隸變後，水字在字左側為偏旁時寫作"氵"。

【釋義】◎本義指洗頭髮，後泛指洗滌：沐浴|櫛風沐雨 ◇引申指蒙受：沐恩

募 mù

募隸(睡虎地簡) 募 楷(顏真卿)

【析形】募字小篆下部是力，意符，表明字義與力氣、力量有關；上部是莫，聲符，表示讀音(募、莫二字古音聲母相同，韻母相近)。形聲字。隸、楷書沿襲小篆。

【釋義】廣泛徵集：募集|募捐|募款|招募|徵募

睦 mù

睦篆 睦 楷(智永)

【析形】睦字小篆左旁是目，意符，表明字的初義與眼睛有關；右旁是坴，聲符，表示讀音。形聲字。隸、楷書沿襲小篆。

【釋義】◎本義指順眼。 ◇引申指和好，親近：睦鄰|和睦

穆 mù

穆甲 穆金 穆篆 穆 隸(肥致碑)

穆 楷(顏真卿)

【析形】穆字甲骨文像禾穗子實飽滿之狀。象形字。金文左旁加"彡"，像稻穗成熟搖曳之狀。小篆把初文割裂為左右結構。隸、楷書沿襲小篆。

【釋義】◎本義指禾。 △音借表示①溫和，美好：穆如清風 ②恭敬：靜穆|肅穆 ③音譯詞的構詞語素〔穆斯林〕伊斯蘭教信徒

M

N

那 nā

𦱊篆 𨙭隸(泰山金剛經) 那楷(顏真卿)

【析形】那字小篆右旁是邑，意符，表明字義與國邑有關；左旁是冄（"冉"字古文），聲符，表示讀音。形聲字。隸變後，邑字在字右側為偏旁時寫作"阝"。楷書寫作"那"。

【釋義】◎本義指西夷國。又作姓氏及人名用字。

拿〔拏〕ná

拏篆 拿楷(顏真卿)

【析形】拿字小篆下部是手，意符，表明字義與手的動作有關；上部是奴，聲符，表示讀音（拏、奴二字古音同韻部）。形聲字。楷書以"手"、"合"為意符，取義掌握。會意字。

【釋義】◎本義指牽引。◇引申①握，掌握：拿權│拿事│拿手│十拿九穩 ②用手或用其他方式抓住，取（東西）：拿着│拿住 ③用，把：拿水沖│拿他不當回事 ④領取，得到：拿大獎│拿佣 yòng 金 ⑤用強力取，捉：拿辦│拿獲│拿住│捕拿│緝拿│擒拿│捉拿

哪 nǎ

哪楷(顏真卿)

【析形】哪字《說文》所無。楷書左旁是口，意符，表明字義與言詞有關；右旁是那，聲符，表示讀音。

【釋義】①疑問代詞，表示選擇：哪個│哪裏│哪些 ②疑問副詞，表示反問：哪會│哪知

那 nà

【析形】見"那 nā"。

【釋義】◎本義指西夷國，音 nā。△音借作指示代詞（遠指代詞），與"這"（近指代詞）相對，音 nà：那邊│那個│那裏│那麼

納 (纳) nà

入金 納篆 納隸(馬王堆帛書)
納楷(歐陽詢) 納行(王獻之)
納楷(顏真卿)

【析形】納字金文借音近的"內"字表示。小篆左旁是糸，意符，表明字的初義與絲有關；右旁是內，聲符，表示讀音（納、內二字古音聲母相同，韻母同部）。形聲字。隸、楷書沿襲小篆。

【簡化】簡化字"纳"的意符"纟"根據草書楷化而成。

【釋義】◎本義指絲濡濕之狀：絲濕納納。△音借表示收入，放進去：納入│出納│歸納│集納│收納 ◇引申①交付（捐稅和公糧等）：納彩│納貢│納稅│交納│繳納 ②接受：納賄│納降│納新│採納│接納│容納│笑納 ③享受：納福│納涼 ④作音譯詞的構詞語素〔納米〕

吶 nà

【析形】吶字《說文》所無。左旁是口意符，表明字義與口的行為有關；右旁是內，聲符，表示讀音。形聲字。

【釋義】大聲喊叫助威：吶喊

鈉 (钠) nà

鈉楷(顏真卿)

【析形】鈉字《說文》所無。楷書左旁是金，意符，表明字義與金屬有關；右旁是內，聲符，表示讀音。形聲字。表示金屬元素的"鈉"是後造同形字。

N

【簡化】簡化字"鈉"的意符"钅"根據草書楷化而成。

【釋義】◎本義指打鐵，冶鐵。與表示金屬元素的"鈉"異字同形。鈉，一種金屬元素，符號 Na。銀白色，質柔軟，有延展性，在空氣中容易氧化。鈉的化合物如食鹽、鹼、硝硝等在工業上用途很大，也是人體肌肉和神經組織中的主要成分之一：鈉玻璃｜鈉長石｜氯化鈉｜碳酸鈉｜硝酸鈉

娜 nà

【析形】見"娜 nuó"。

【釋義】見〔婀娜〕。也作女子人名用字，音 nà。

捺 nà

捺（隸 隸辨）捺（楷 顏真卿）

【析形】捺字《說文》所無。隸書左旁是"扌"（手），意符，表明字義與手的動作有關；右旁是奈，聲符，表示讀音。楷書沿襲隸書。

【釋義】◎本義指用手向下按。◇引申①抑制：按捺 ②漢字筆畫的一種，即"㇏"。

哪 na

【析形】見"哪 nǎ"。

【釋義】◎本義為疑問代詞，音 nǎ。又作語氣詞。"啊"的音變體。放在句末表示驚歎、警戒或停頓：天哪！

乃 nǎi

（甲 金 篆 隸 曹全碑）
（楷 顏真卿）

【析形】乃字甲骨文像未施角筋的弓桿之形。象形字。金文、小篆沿襲甲骨文。隸書筆畫化。楷書沿襲隸書。

【釋義】◎本義當為弓桿。△音借表示①是，就（是）：失敗乃成功之母 ②才：求之久矣，今乃得之 ③竟：乃至 ④你，你的：乃父｜乃翁

奶 nǎi

（金 奶（楷 顏真卿）

【析形】奶字金文作"嬭"。左旁是女，意符，表明字義與女性有關；右旁是爾，聲符，表示讀音。形聲字。《說文》無"奶"字。楷書聲符為"乃"。

【釋義】◎楚地人稱母親為奶。◇引申①祖母，與祖母輩份相同或年紀相仿的女性：奶奶 ②尊稱某些已婚女子：少奶奶 ③指乳汁：奶粉｜奶品 ④乳房或餵奶：奶孩子

耐 nài

（篆 隸 隸（老子甲後）耐（楷 顏真卿）

【析形】耐字小篆左旁是而，本指頰毛，意符，表明字義與毛髮有關；右旁是寸，亦為意符，表明字義與法度有關（見"寸"字）。會意字。隸、楷書沿襲小篆。

【釋義】◎本義指古代一種剃除頰鬚的輕度刑罰。△音借指經受得住，禁得起：耐穿｜耐煩｜耐苦｜耐勞｜耐磨｜耐熱｜耐心｜耐性

奈 nài

（篆 奈（隸 鮮于璜碑）奈（楷 顏真卿）

【析形】奈字小篆上部是木，意符，表明字義與樹木有關；下部是示，表意未明。隸書上部是"大"。楷書沿襲隸書。

【釋義】◎本義為樹名。△音借表示對付，處置：無奈｜怎奈｜爭奈

男 nán

（甲 金 篆 隸（居延簡）男（楷 智永）

【析形】男字甲骨文上部是田，下部像未之類的農具，均為意符，以操持農具從事田間勞作表示男人。會意字。金文沿襲甲骨文。小篆耒形已失，隸作"力"。楷書沿襲隸書。

【釋義】◎本義指男人，男性的，與"女"相對：男兒｜男方｜男排｜男聲 ◇引申指兒子：次男｜長 zhǎng 男

南 nán

甲 金 篆 南 隸（泰山金剛經）

南 楷（王獻之）

【析形】南字甲骨文像古代一隻懸掛的編鐘之類樂器形，古籍有"胥鼓南"（敲擊樂器）的記載。表示方向的字無形可象，故音借表示方向。金文、小篆形體略變。隸、楷書沿襲小篆。

【釋義】◎本義指古代樂器。△音借表示方向，與"北"相對：南部｜南方｜南風｜南國｜南海｜南貨｜南極｜南歐｜南曲｜南洋｜華南｜江南｜嶺南

難 (难) nán

金 難 篆 篆 難 隸（王基碑）

難 楷（褚遂良）难 楷（顏真卿）

【析形】難字金文右旁是佳（本指短尾鳥），意符，表明字義與鳥類有關；左旁是堇，聲符，表示讀音（難、堇二字古音韻部相近）。形聲字。小篆形一沿襲金文；形二以"鳥"為意符。隸書及楷書形一沿襲金文。

【簡化】楷書簡體"难"是用符號代替的方法，以筆畫較簡的"又"作為象徵性符號，替換了筆畫繁複的"堇"。

【釋義】◎本義為鳥名。△音借表示困難，與"易"相對：難辦｜難點｜難關｜難題｜繁難｜艱難　◇引申①使人感到困難：難人｜難事　②不容易：難保｜難處 chǔ｜難免｜難說｜難忘　③不好：難纏｜難吃｜難看｜難受｜難聞

難 (难) nàn

【析形】見"難 nán"。

【釋義】◎本義為鳥名。△音借表示困難，音 nán。◇引申①不幸的遭遇：難民｜難友｜避難｜患難｜苦難｜落難｜蒙難｜磨難｜受難｜危難｜遇難｜災難　②質問（使難）：發難｜非難｜責難（以上各引申義音 nàn）

囊 nāng

【析形】見"囊 náng"。

【釋義】◎本義指袋子，音 náng。◇引申合成〔囊膪 nāng chuài〕豬狗腹部肥而鬆的肉。

囊 náng

篆 囊 楷（王羲之）

【析形】囊字小篆外廓像一隻兩端束紮、裝滿東西的袋囊之形，意符，表示袋子；中間是"襄"字的省減，聲符，表示讀音。形聲字。楷書袋囊形已失。

【釋義】◎本義指袋子，口袋：背囊｜私囊｜藥囊｜慷慨解囊　◇引申指像袋子的東西：囊括｜囊腫｜膠囊｜皮囊｜氣囊｜智囊｜酒囊飯袋

撓 (挠) náo

篆 撓 隸（樊敏碑）挠 楷（顏真卿）

【析形】撓字小篆左旁是手，意符，表明字義與手的動作有關；右旁是堯，聲符，表示讀音。形聲字。隸變後，手字在字左側為偏旁時寫作"扌"。

【簡化】楷書簡體"挠"的聲符"尧"根據草書楷化而成。

【釋義】◎本義指攪，擾亂：阻撓　◇引申①搔，抓：撓鈎｜撓頭｜撓癢　②彎曲，比喻屈服：屈撓｜百折不撓

惱 (恼) nǎo

篆 惱 楷（顏真卿）

【析形】惱字小篆左旁是女，意符，以女子多怨取意怨怒；右旁是"𡿺"，聲符，表示讀音。形聲字。楷書意符為"忄"（心），表明字義與心緒有關。

【簡化】簡化字"恼"是用保留特徵、局部刪除的方法，聲符保留了原字輪廓特徵的部分，刪除了上部一些筆畫。

【釋義】◎本義指怨怒，生氣：惱恨｜惱火｜惱怒｜氣惱｜惱羞成怒　◇引申指煩悶，不順心：惱人｜煩惱｜苦惱

腦 (脑) nǎo

篆 腦 楷（顏真卿）

N

【析形】腦字當從甲骨文"𦣻"字省減下部之"身"，留下毛髮和囟門而得（"𦣻"字像小兒頭顱特大，毛髮飄然，為"子"字初文），代表腦袋。小篆左旁是匕，當是"𦣻"下部之"身"的訛誤。楷書左旁的"月"是古文"肉"字的隸變偏旁（古文肉、月二字形近，隸變後，兩個字作偏旁時多同化寫作"月"），表明字義與身體的一部分有關。

【簡化】楷書簡體"脑"右旁的簡化見"惱"字。

【釋義】◎本義指腦髓。高等動物主管感覺和全身運動的器官，是中樞神經系統的主要部分。也指頭：腦袋|腦顱 ◇引申①像頭腦或腦子的：電腦|豆腐腦兒 ②思考、記憶等的能力：腦海|腦力|頭腦 ③從物體中提煉出來的精華部分：樟腦|薄荷腦|茴香腦

鬧 (闹) nào

𨷖篆 闹楷（顏真卿）

【析形】鬧字小篆外廓是"鬥"，取意紛爭；中間是市，義為集市，均為意符，以集市紛爭喧嘩取意嘈雜。會意字。

【簡化】楷書簡體"闹"把"鬥"訛作"门"。

【釋義】◎本義指嘈雜，喧嘩，不靜：鬧哄|鬧事|吵鬧|熱鬧|喧鬧 ◇引申①吵，擾亂：鬧翻|鬧房|鬧騰|哭鬧 ②弄，幹，搞：鬧鬼|鬧清楚|鬧罷工 ③發生（疾病、災害或不好的事情）：鬧病|鬧荒|鬧災|鬧彆扭|鬧肚子|鬧笑話 ④發洩（感情）：鬧脾氣|鬧情緒

哪 né

【析形】見"哪 nǎ"。

【釋義】◎本義為疑問代詞，音 nǎ。〔哪吒 né zha〕神話人物的名字。

呢 ne

呢楷（顏真卿）

【析形】呢字《說文》所無。楷書左旁是口，意符，表明字義與語詞有關；右旁是尼，聲符，表示讀音。形聲字。

【釋義】語氣詞。①表示疑問：行李放在哪兒呢？ ②表示確認：這藥靈得很呢。③表示正在進行：他在上網呢。④在句中表示停頓：路呢，在不斷地修。

餒 (馁)〔餒〕něi

餒篆 馁楷（顏真卿）

【析形】餒字小篆左旁是食，意符，表明字義與食物等有關；右旁是委，聲符，表示讀音（餒、委二字古音同韻部）。形聲字。楷書聲符為"妥"（餒、妥二字古音韻部相近）。形聲字。

【簡化】楷書簡體"馁"的意符"飠"根據草書楷化而成。

【釋義】◎本義指飢餓：凍餒 ◇引申指喪失勇氣：氣餒|自餒

內 nèi

�甲 內金 內篆 內隸（張遷碑）

內楷（歐陽詢）

【析形】內字甲骨文外廓像門洞，內中是"入"字，均為意符，表示自外而入內。會意字。金文沿襲甲骨文。小篆形體略變。隸、楷書沿襲小篆。

【釋義】◎本義指進入。◇引申①裏面，與"外"相對：內部|內地|內河|內景|內科|內聯|內斂|內幕|內情|內傷|內項|內向|內省 xǐng|內銷|內秀|內需|內應|內在|內債|內臟|內戰|關內|海內|境內 ②妻或妻的親屬：內弟|內人|內宅|內助|內子

嫩〔嬾、嫩〕nèn

嬾篆 嫩楷（顏真卿）

【析形】嫩字小篆作"嬾"。左旁是女，意符，以女子多嬌嫩取意柔弱；右旁是奭，聲符，表示讀音。楷書聲符訛作"敕"。

【釋義】◎本義指初生而柔弱，嬌嫩，與"老"相對：嫩苗|嫩芽|嫩葉|嬌嫩|柔嫩|細嫩 ◇引申①（顏色）淺：嫩黃|嫩綠 ②某些食物烹調時間短，容易咀嚼：這些牛肉炒得很嫩。③不老練：跟我比？你還嫩點兒。

能 néng

𦰩金 𦰩篆 𦒷篆 能隸（華山神廟碑）

能楷（顏真卿）

N

【析形】能字金文像熊之形，身形粗笨，下有足。象形字。小篆熊身、熊足分離。隸書更失初形。楷書沿襲隸書。

【釋義】◎本義指一種像熊的野獸。《說文》："能，熊屬，足似鹿。"△音借表示才能，才幹，功能：能幹｜能耐｜功能｜技能｜全能｜萬能｜智能　◇引申①有能力、有才幹的：能人｜能手｜能工巧匠　②能夠：可能｜總能｜能見度｜能屈能伸　③物質做功的能力（度量物質運動的一種物理量）：能量｜能源｜磁能｜電能｜功能｜光能｜核能｜熱能｜太陽能｜原子能

尼 ní

尺篆 尼隸（馬王堆帛書） 尼楷（顏真卿）

【析形】尼字小篆像兩人倚背親昵之形，當為"昵"字本字。會意字。隸書沿襲小篆。楷書把上部的人形寫作"尸"，下部作"匕"。

【釋義】◎本義表示親昵，親近。後作"昵"。△音借作音譯詞的構詞語素①〔比丘尼〕梵文指出家修行的女佛教徒：尼庵｜尼姑｜老尼｜僧尼　②〔尼龍〕〔尼古丁〕〔盤尼西林〕

呢 ní

【析形】見"呢ne"。

【釋義】◎本義為語氣詞，音 ne。〔呢喃 ni nán〕輕聲細語。△音借指毛織品的一種。音 ní：呢絨｜花呢｜華達呢

泥 ní

泚篆 泥隸（馬王堆帛書） 泥楷（顏真卿）

【析形】泥字小篆左旁是水，意符，表明字的初義與水有關；右旁是尼，聲符，表示讀音。形聲字。隸變後，水字在字左側為偏旁時寫作"氵"。

【釋義】◎本義為古水名。後用作"坭"。表示含水的半固體狀的土：泥巴｜泥漿｜泥坑｜泥濘｜泥人｜泥胎｜泥塘｜泥沼｜河泥｜爛泥｜污泥　◇引申指像泥的東西：泥金｜煤｜水泥｜蒜泥｜印泥

你〔妳〕nǐ

你楷（顏真卿）

【析形】你字《說文》所無。第二人稱代詞古代借"爾"字表示。楷書左旁增"亻"（人）為意符。異體字作"妳"，表示稱呼女性。

【釋義】第二人稱代詞（古漢語用汝、爾等表示）。稱對方：你們｜你等｜你方

擬〔拟〕nǐ

擬篆 擬隸（曹全碑） 擬楷（顏真卿）

【析形】擬字小篆左旁是手，意符，古人常以手為尺度量度長短，取意揣度；右旁是疑，聲符，表示讀音。形聲字。隸變後，手字在字左側為偏旁時寫作"扌"。楷書沿襲隸書。

【簡化】簡化字"拟"是用更換聲符的方法，以筆畫較簡的"以"為聲符，替換了筆畫繁複的"疑"。

【釋義】◎本義指揣度，推測：擬定｜擬議　◇引申①設計，起草：擬定｜擬稿｜擬議｜草擬　②表示模仿，仿照：擬古｜擬人｜擬態｜比擬｜模擬

泥 nì

【析形】見"泥ní"。

【釋義】◎本義見"泥ní"。　◇引申①用土、灰等塗抹：泥牆｜泥爐膛　②固執：泥古｜拘泥｜滯泥（以上各引申義音 nì）

逆 nì

逆甲 逆金 逆篆 逆隸（曹全碑） 逆楷（顏真卿）

【析形】逆字甲骨文左旁上部是倒寫的"大"（"大"像正面人形）字，左下像足印形，隸作"止"（"趾"字初文），表明字義與行止有關；右旁像道路形，隸作"彳"，均為意符，人逆向而行，取意反向。會意字。金文沿襲甲骨文。小篆把"彳"、"止"兩個偏旁合篆作"辵"，右旁倒寫的"大"字形體訛變。隸變後，辵旁寫作"辶"。楷書沿襲隸書。

【釋義】◎本義指方向相反，與"順"相對：逆風|逆光|逆境|逆流|逆水|逆行|逆轉|悖逆　◇引申①不順從，抵觸：逆耳|逆子|忤逆|大逆不道　②背叛者：附逆|叛逆　③背叛者的：逆產　④迎，迎着，迎接：逆旅|逆戰

昵〔暱〕nì

篆 昵(顏真卿)

【析形】昵字本作"尼"(見"尼"字)。表示親近義之"暱"字小篆左旁是日，意符，表明字義與時日有關；右旁是匿，聲符，表示讀音。形聲字。楷書聲符為"尼"。

【簡化】楷書簡體"昵"是用更換聲符的方法，以筆畫較簡的"尼"為聲符，替換了筆畫繁複的"匿"。

【釋義】親近，親熱：昵稱|愛昵|親昵|狎昵

匿 nì

金 篆 匿 隸(居延簡) 匿 楷(顏真卿)

【析形】匿字金文外廓是匚，像方形盛器形，意符，器可藏物，取意隱藏；內中是若，聲符，表示讀音(匿、若二字古音韻部相近)。形聲字。小篆、隸、楷書沿襲金文。

【釋義】隱藏，不讓人知道：匿伏|匿跡|匿名|藏匿|逃匿|隱匿

膩(膩)nì

膩 篆 膩 楷(顏真卿)

【析形】膩字小篆左旁是肉，意符，表明字義與身體的某些性狀有關；右旁是貳，聲符，表示讀音(膩、貳二字古音同韻部)。形聲字。古文肉、月二字形近，隸變後，兩個字作偏旁時多同化寫作"月"。楷書沿襲小篆。

【簡化】簡化字"膩"聲符左下部的簡化見"貝"字。

【釋義】◎本義指脂肪，肥肉。◇引申①食品中油脂過多，使人不想吃：肥膩|油膩　②厭煩：膩煩|膩味　③污垢：塵膩|垢膩　④像脂膏般滑，細緻：滑膩|細膩

溺 nì

溺 篆 溺 隸(袁博碑) 溺 楷(虞世南)

【析形】溺字小篆左旁是水，意符，表明字的初義與水有關；右旁是弱，聲符，表示讀音(溺、弱二字古音同韻部)。形聲字。隸變後，水字在字左側為偏旁時寫作"氵"。

【釋義】◎本義為水名。◇引申①淹沒在水中：溺水|溺斃　②沉迷不悟，過分：溺愛|溺信|沉溺

蔫 niān

蔫 篆 蔫 楷(顏真卿)

【析形】蔫字小篆上部是"艸"，意符，表明字義與植物有關；下部是焉，聲符，表示讀音。形聲字。楷書沿襲小篆。

【釋義】◎本義指植物因失去水分而枯萎：萎蔫|花蔫了　◇引申指精神不振，洩氣：發蔫|蔫呼呼

年 nián

甲 金 金 篆 丰 隸(華山神廟碑) 年(王羲之)

【析形】年字甲骨文上部是禾，下部像側立之人形，均為意符，人背負穀物，取意收成(黃河流域禾穀一年一熟，"年"字本義表示一年的收成)。會意字。金文形一沿襲甲骨文。形二下部的"千"是人字的變體，小篆沿襲金文形二。隸書筆畫化，已失初形。楷書沿襲隸書。

【釋義】◎本義指禾穀成熟，也泛指一年莊稼的收成：年成|年景|年收|大年|旱年|荒年|凶年　◇引申①表示時間單位，地球繞太陽一周的時間。現行曆法規定平年三百六十五日，每四年有一個閏年，增加一日：年初|年份|年終|大年|明年|周年　②時期，時代：年表|年代|年限|歷年|流年|末年　③歲數：年齒|年紀|年齡|年輪|年邁|年長 zhǎng　④時光：年光|年華|年歲|年深日久　⑤人的一生中按年齡劃分的階段：成年|老年|青年|少年|童年|中年　⑥每年的：年報|年會|年刊|年息|年

薪　⑦年節：年飯｜年關｜年畫｜年貨｜年夜｜拜年｜過年｜賀年｜新年

黏 nián

黏篆

【析形】黏字小篆左旁是黍，意符，取意黏糊；右旁是占，聲符，表示讀音（黏、占二字古音同韻部）。形聲字。

【釋義】◎本義指黍米煮熟後所具之黏糊特性。◇引申指像糊或膠水等所具有的、能使一個物體附着在另一物體上的性質。又作"粘"：黏度｜黏附｜黏結｜黏米｜黏土｜黏性｜黏液

捻〔撚〕niǎn

捻篆 捻楷(顏真卿)

【析形】捻字小篆左旁是手，意符，表明字義與手的動作有關；右旁是念，聲符，表示讀音。形聲字。隸變後，手字在字左側為偏旁時寫作"扌"。

【釋義】◎本義指用手指搓：捻線｜捻麻繩　◇引申指用紙、布條等搓成的線條狀的東西：捻子｜打捻兒｜火捻｜紙捻｜藥捻子

攆(攆) niǎn

攆楷(顏真卿)

【析形】攆字《説文》所無。左旁是"扌"（手），意符，表明字義與行為動作有關；右旁是輦，聲符，表示讀音。形聲字。

【簡化】楷書簡體"攆"聲符下部的簡化見"車"字。

【釋義】◎本義指驅逐，趕走：攆出去　◇引申指追趕：快攆上他。

碾〔輾〕niǎn

碾楷(顏真卿)

【析形】碾字《説文》所無。楷書左旁是石，意符，取意用石磨輾壓；右旁是展，聲符，表示讀音（碾、展二字古音同韻部）。形聲字。異體字以"車"為意符，取意車子碾壓。

【釋義】◎本義指研磨穀物等的工具，也

稱碾子：碾盤｜碾棚｜碾砣｜汽碾｜石碾｜水碾｜碾滾　◇引申指滾動碾滾子等使穀物去皮、破碎，或使其他東西破碎、變平：碾米｜碾平｜碾碎｜碾場 cháng

念〔唸〕niàn

念金 念篆 念隸(郭有道碑) 念楷(顏真卿)

【析形】念字金文上部是口字的倒寫，下部是心，均為意符，心所思，口所念，取意思念。會意字。小篆上部訛作"今"，成為聲符，表示讀音（念、今二字古音同韻部）。形聲字。隸、楷書沿襲小篆。

【釋義】◎本義指思念，懷念：悼念｜惦念｜紀念｜眷念｜渴念　◇引申①念頭，想法：私念｜邪念｜信念｜意念　②讀(此義又作"唸")：唸白｜唸叨｜唸經｜唸書

娘〔孃〕niáng

孃楷(顏真卿)

【析形】娘字《説文》所無。楷書左旁是女，意符，表明字義與女性有關；右旁是襄，聲符，表示讀音。形聲字。今字以"良"為聲符。

【釋義】◎本義為婦女的通稱，多指年輕婦女：娘子｜伴娘｜姑娘｜婆娘｜新娘　◇引申①稱長一輩或年長的已婚婦女：娘姨｜大娘｜師娘｜姨娘　②稱母親：娘家｜娘親｜娘胎｜乾娘(此義又作"孃")

釀(釀) niàng

釀篆 釀楷(顏真卿)

【析形】釀字小篆左旁像一隻酒罈子，意符，表明字義與酒有關；右旁是襄，聲符，表示讀音。形聲字。簡化字沿襲小篆。

【簡化】簡化字"酿"是用更換聲符的方法，以筆畫較簡的"良"為聲符，替換了筆畫繁複的"襄"。

【釋義】◎本義指利用發酵作用製造酒。又指酒：佳釀　◇引申①泛指釀造：釀酒｜釀蜜｜醖釀　②逐漸形成：釀成｜醖釀　③烹調方法之一：釀豆腐｜釀苦瓜

鳥 (鸟) niǎo

甲金篆隸(馬王堆帛書)

鳥楷(歐陽詢)　鳥楷(顏真卿)

【析形】鳥字甲骨文、金文均像鳥形，有頭、喙、羽毛、爪子、翅膀。象形字。小篆沿襲甲、金文。隸書線條化，鳥形略失，鳥爪訛作"灬"。楷書沿襲隸書。

【簡化】楷書簡體"鸟"是用保留特徵、局部刪除的方法，保留原字輪廓特徵"鸟"，刪除了其餘筆畫。

> "鳥"字為偏旁的字類推簡化。例如：鴿、鶴、鴻、鵑、鵬、鵲、鴨、鷹等。

【釋義】◎本義指尾羽長的飛禽。古人稱短尾鳥為"隹"，長尾鳥為"鳥"。◇引申作飛禽的總稱。脊椎動物的一綱，體溫恒定，卵生，嘴內無齒，全身有羽毛，胸部有龍骨突起，前肢變成翼，後肢能行走。一般都會飛，也有兩翼退化，不能飛行的：鳥巢|鳥類|候鳥|益鳥

尿 niào

甲篆　尿楷(顏真卿)

【析形】尿字甲骨文像側位之人排尿之形。會意字。小篆上部是尾，表示尾部；下部是水，均為意符，表示排出體外之液體。會意字。楷書簡體"尿"是用保留特徵、局部刪除的方法，保留了原字輪廓和意義特徵的"尿"，刪除了"尾"字下部的"毛"。

【釋義】◎本義①人或動物體內由腎臟產生的從尿道排泄出來的液體，可以做肥料：尿道|糞尿|排尿|遺尿　②人排泄小便：尿牀|尿尿

捏 niē

捏楷(顏真卿)

【析形】捏字《説文》所無。楷書左旁是"扌"(手)，意符，表明字義與手的動作有關；右旁是呈，聲符，表示讀音。形聲字。

【釋義】◎本義指用手按。又指把軟的東西弄成一定的形狀：捏餃子|捏泥人兒　◇引申①假造，虛構：捏報|捏造

②用拇指和別的手指夾：捏緊筆桿|把葉子上的菜蟲捏出來

聶 (聂) niè

篆隸(馬王堆帛書)　聶楷(顏真卿)

【析形】聶字小篆由三個耳組成，均為意符，表明字義與耳朵有關。會意字。隸書雙"耳"在上。

【簡化】楷書簡體"聂"是用符號代替的方法，以筆畫較簡的"双"作為象徵性符號，替換了下部的兩個"耳"。

【釋義】◎本義指附耳小聲説話。又作姓氏用字。

鑷 (镊) niè

镊楷(顏真卿)

【析形】鑷字《説文》所無。楷書左旁是"钅"(金)，意符，表明材質；右旁是聶，聲符，表示讀音。形聲字。

【簡化】楷書簡體"镊"意符"钅"根據草書楷化而成；聲符的簡化見"聶"字。

【釋義】〔鑷子〕夾取細小東西的用具。

孽 niè

篆隸(馬王堆帛書)　孽楷(顏真卿)

【析形】孽字小篆下部是子，意符，表明字義與子女有關；上部是薛，聲符，表示讀音。形聲字。隸、楷書沿襲小篆。

【釋義】◎本義指庶子，即妾媵所生之子。◇引申①忤逆。②罪惡：孽障|造孽|作孽|罪孽　③邪惡：妖孽|餘孽|冤孽

您 nín

您楷(顏真卿)

【析形】您字《説文》所無。楷書上部是"你"，意符兼聲符，表示第二人稱，也兼表示讀音；下部是心，表示敬意由衷。會意兼聲字。

【釋義】"你"的敬稱。

寧 (宁) 〔甯、寧〕 níng

甲金篆隸(郭有道碑)

寧楷(歐陽詢)

【析形】寧字甲骨文外廓像房屋形，隸作"宀"，內中上部像盛食器具，隸作"皿"，代表食物，均為意符，有所居、有所食，取意生活安寧；下部是丁，聲符，表示讀音。形聲字。金文省減聲符"丁"，內中增"心"為意符，取意心有所安。小篆保留了意符"宀"、"心"和"皿"，聲符訛作"丂"。隸書聲符仍為"丁"。楷書沿襲隸書。

【簡化】簡化字"宁"是用保留特徵、局部刪除的方法，保留代表原字輪廓特徵的"宁"，刪除了中間部件，與本義表示貯藏義的"宁"字同形異義(該字已簡化作"宀")。

> "寧"字為偏旁的字類推簡化。例如：拧、柠、泞、狞等。

【釋義】◎本義指安寧，安定：寧靜｜寧日｜康寧｜坐臥不寧　◇引申①使安寧：息事寧人　②省視，探望(父母)：寧親｜歸寧　③南京的別稱。

凝 níng

[金文][篆][篆]隸(隸辨)

凝楷(顏真卿)

【析形】凝字金文左旁是水，右旁像冰粒形，表示水凝結成冰。會意字。小篆形一左旁是"仌"("冰"字古文)，像水凝狀，右旁是水，均為意符，表示液體凝結成冰；形二右旁是疑，聲符，表示讀音。形聲字。隸、楷書沿襲小篆形二。隸變後，"仌"字在字左旁為偏旁時寫作"冫"。

【釋義】◎本義指液體凝結為固體。◇引申①氣體變成液體：凝冰｜凝固｜凝結｜凝聚｜凝脂｜凝滯｜冷凝　②積聚，聚集：凝合｜凝集｜凝滯｜凝聚力　③注意力集中：凝眸｜凝神｜凝思｜凝望

獰(狞) níng

獰楷(顏真卿)

【析形】獰字《說文》所無。楷書左旁是"犭"(犬)，意符，以動物之兇猛取意兇惡；右旁是寧，聲符，表示讀音。形聲字。

【簡化】簡化字"狞"聲符的簡化見"寧"字。

【釋義】兇惡：獰惡ê｜獰笑｜猙獰

檸(柠) níng

檸楷(顏真卿)　柠楷(顏真卿)

【析形】檸字《說文》所無。楷書形一左旁是木，意符，表明字義與樹木有關；右旁是寧，聲符，表示讀音。形聲字。

【簡化】楷書簡體"柠"聲符的簡化見"寧"字。

【釋義】檸檬樹，常綠小喬木，果實橢圓形或卵形，多呈淡黃色，皮厚而香，果汁極酸，可製作飲料或香料：檸檬桉｜檸檬茶｜檸檬酸

擰(拧) nǐng

拧楷(顏真卿)

【析形】擰字《說文》所無。楷書左旁是"扌"(手)，意符，表明字義與手的動作有關；右旁是"寧"字簡體，聲符，表示讀音。

【簡化】楷書簡體"拧"聲符的簡化見"寧"字。

【釋義】◎本義指用力扭轉：擰乾｜擰螺絲　◇引申指顛到，相反，錯誤：弄擰了｜說擰了

寧(宁)〔甯、寍〕nìng

【析形】見"寧níng"。

【釋義】◎本義指安寧，安定，音níng。△音借表示"寧可"(表示選擇後的決定)，音nìng：寧肯｜寧願｜寧死不屈｜寧為玉碎，不為瓦全

濘(泞) nìng

[篆]濘楷(顏真卿)

【析形】濘字小篆左旁是水，意符，表明字義與水有關；右旁是寧，聲符，表示讀音。形聲字。隸變後，水字在字左側為偏旁時寫作"氵"。楷書沿襲小篆。

【簡化】簡化字"泞"聲符的簡化見"寧"字。

N

【釋義】◎本義指小水。後指淤積的爛泥：泥濘

牛 niú

≠甲 ≠金 半篆 牛隸(居延簡) 牛楷(顏真卿)

【析形】牛字甲骨文像牛頭形，突出頭角。象形字。金文沿襲甲骨文。小篆線條化，形體略變。隸書筆畫化，已失初形。楷書沿襲隸書。

【釋義】◎家畜名，反芻類哺乳動物，頭有兩角，趾端有蹄，尾巴末端有長毛。中國產的以黃牛、水牛為主。牛的力氣大，供役使，肉、乳可食，角、皮、骨可作器物：牛車｜牛馬｜牛皮｜牛肉｜乳牛｜野牛｜種 zhǒng 牛 ◇引申①比喻固執或驕傲：牛氣｜牛性｜牛脾氣 ②比喻走紅，火暴流行：他是國內很牛的作曲家。△音借作星名，二十八宿之一。

扭 niǔ

扭楷(顏真卿)

【析形】扭字《說文》所無。楷書左旁是"扌"(手)，意符，表明字義與手的動作有關；右旁是丑，聲符，表示讀音(扭、丑二字古音同韻部)。

【釋義】◎本義指用手擰，轉動：扭結｜扭力｜扭傷｜扭轉 zhuǎn ◇引申①身體左右搖動：扭捏｜扭秧歌 ②揪住：扭打｜扭送

紐 (纽) niǔ

紐篆 紐楷(顏真卿)

【析形】紐字小篆左旁是糸，意符，表明字義與絲繩等有關；右旁是丑，聲符，表示讀音(紐、丑二字古音同韻部)。形聲字。

【簡化】楷書簡體"纽"意符"纟"根據草書楷化而成。

【釋義】◎本義指活結，也指繫結用的帶子。◇引申①衣褲的扣子：紐扣｜紐子｜衣紐 ②事物的關鍵或相互聯繫的中心環節：紐帶｜樞紐

鈕 (钮) niǔ

鈕 說文古文 鈕篆 鈕楷(顏真卿)

【析形】鈕字說文古文左旁是玉，意符，表明材質；右旁是丑，聲符，表示讀音(鈕、丑二字古音同韻部)。形聲字。小篆意符為"金"，亦表明材質。楷書沿襲小篆。

【簡化】簡化字"钮"的意符"钅"根據草書楷化而成。

【釋義】◎本義指印鼻，即印把子(古代造印多以玉石為材料)。又指器物上用於操作、轉動的部分：電鈕｜旋鈕 又同"紐"，表示扣結。

拗 niù

【析形】見"拗 ǎo"。

【釋義】◎本義指折斷，音 ǎo。◇引申①不順從，音 ào。②固執，音 niù：執拗｜拗不過

農 (农)〔辳〕nóng

苔甲 農金 農篆 農隸(李孟初碑)

農(龍藏寺碑) 兄草(懷素)

【析形】農字甲骨文上部是林，以林木代表農作物，下部像蜃殼形，隸作"辰"("蜃"字初文)，均為意符，先民利用蜃殼作除田草的農具，取意耕作。會意字。金文上部"林"間增"田"為意符，表明字義與田作有關。小篆把"田"訛作"囟"，把林訛作兩隻手。隸書又把上部訛為"曲"。楷書沿襲隸書。

【簡化】簡化字"农"根據草書略加改造楷化而成。

【釋義】◎本義指耕，耕種。◇引申①農事，農業：農場｜農戶｜農活｜農林｜農藝｜農莊｜務農 ②從事農業的人，農民：農村｜農戶｜工農｜花農｜老農｜農民工

濃 (浓) nóng

濃篆 浓楷(顏真卿)

【析形】濃字小篆左旁是水，意符，表明字的初義與水有關；右旁是農，聲符，表

N

示讀音。形聲字。隸變後，水字在字左側為偏旁時寫作"氵"。

【簡化】楷書簡體"浓"聲符的簡化見"農"字。

【釋義】◎本義指露水多。◇引申①厚，稠密，即液體或氣體中所含的某種成分多，與"淡"相對：濃茶|濃厚|濃密|濃墨|濃縮|濃郁|濃重 ②程度深厚：濃淡|濃厚|濃情|濃艷

膿(脓) nóng

膿篆 膿隸(曹全碑) 膿楷(顏真卿)

【析形】膿字小篆左旁是肉，意符，表明字義與身體的某種性狀有關；右旁是農，聲符，表示讀音。形聲字。古文肉、月二字形近，隸變後，兩個字作偏旁時多同化寫作"月"。楷書沿襲隸書。

【簡化】簡化字"脓"聲符的簡化見"農"字。

【釋義】化膿性炎症病變所形成的黃綠色汁液，含大量白血球、細菌、蛋白質、脂肪以及組織分解的產物：膿包|膿腫|化膿

弄 nòng

弄甲 弄金 弄篆 弄楷(顏真卿)

【析形】弄字甲骨文中間是玉，兩旁像兩隻手，均為意符，以雙手玩賞玉器取意玩弄。會意字。金文寫作上下結構。小篆沿襲金文。隸變後，兩手形隸作"廾"。

【釋義】◎本義指玩弄，擺弄：弄瓦|弄璋|撫弄|舞弄 ◇引申①戲耍：弄權|耍弄|戲弄|愚弄|捉弄|作弄|弄手段|弄假成真|弄巧成拙 ②挑撥，挑唆：搬弄|撥弄|調弄 ③搞，辦，做：弄飯|和 huò 弄|弄吃的|弄清楚 ④設法取得：弄條魚杆釣魚 ⑤有意顯示，炫耀：賣弄|班門弄斧 ⑥搏擊：弄潮兒

奴 nú

奴金 奴篆 奴隸(馬王堆帛書) 奴楷(顏真卿)

【析形】奴字金文左旁是女，右旁像一隻手，均為意符，表示執獲女子為奴。會意字。小篆、隸書沿襲金文。楷書手形寫作"又"。

【釋義】◎本義指奴隸。古代指罪人、罪人子女或被掠賣、被剝奪人身自由的人。◇引申①泛指被剝削、役使而沒有自由的人，與"主"相對：奴婢|奴才|奴僕|家奴|農奴|洋奴|亡國奴 ②像對待奴隸一樣地蹂躪、役使：奴化|奴使|奴役 ③自己的謙稱。在敦煌變文中，男女尊卑，都自稱為奴。自宋以後，多為女子的自稱：奴婢

努〔呶〕nǔ

努楷(顏真卿)

【析形】努字《説文》所無。楷書下部是力，意符，表明字義與力氣、力量有關；上部是奴，聲符，表示讀音。異體字以"口"為意符，表示凸出(嘴)，並寫作左右結構。

【釋義】◎本義指用力。使出(力氣)：努力|努勁兒 ◇引申指凸出，此義又作"呶"：努嘴|金剛努目

怒 nù

怒篆 怒隸(隸辨) 怒楷(顏真卿)

【析形】怒字金文下部是心，意符，表明字義與心緒有關；上部是奴，聲符，表示讀音。形聲字。隸、楷書沿襲小篆。

【釋義】◎本義指氣憤，生氣：怒叱|怒斥|怒容|怒色|怒視|憤怒|激怒|慍怒|震怒 ◇引申形容氣勢很盛：怒潮|怒號 háo|怒吼|心花怒放

女 nǔ

女甲 女金 女篆 女隸(曹全碑) 女楷(褚遂良)

【析形】女字甲骨文像一個側面端坐、雙手交腕於胸前之女子形象。象形字。金文、小篆沿襲甲骨文。隸書筆畫化，已失初形。楷書沿襲隸書。

【釋義】◎本義①女性，與"男"相對：女方|女人|女士|婦女 ②女兒：女婿|養女|子女 △音借表示古漢語第二人稱代詞(音 rǔ)，同"汝"。

暖〔煖、煗〕nuǎn

燲篆 暖楷(顏真卿)

【析形】暖字小篆左旁是火，意符，火可取暖，取意溫暖；右旁是爰，聲符，表示讀音。形聲字。楷書以"日"為意符，陽光送暖，亦取意溫暖。異體字以"㬉"為聲符。

【釋義】◎本義指溫暖，不冷：暖流｜暖爐｜暖氣｜暖色｜供暖｜回暖｜取暖　◇引申指使變暖：暖被｜暖酒｜席不暇暖

瘧(疟) nüè

瘧篆 瘧隸(樊敏碑) 瘧楷(顏真卿)

【析形】瘧字小篆左旁與右上一橫合隸作"疒"，意符，表明字義與疾病有關（見"病"字）；右下為虐，意符兼聲符，取意疾病肆虐，也表示讀音。會意兼聲字。隸、楷書沿襲小篆。

【簡化】簡化字"疟"是用了保留特徵、局部代全體的方法，聲符保留"㐌"代替全字，刪除了其餘部件。

【釋義】瘧疾。又稱瘧子。一種按時發冷發熱的急性傳染病：瘧蚊｜寒瘧｜溫瘧

虐 nüè

虐篆 虐楷(顏真卿)

【析形】虐字小篆外廓是虎，左下像爪子形，均為意符，以虎爪襲人取意殘暴。會意字。楷書"虎"字下部省減了"几"，虎爪形訛作"㐌"。

【釋義】殘暴狠毒：虐待｜虐政｜暴虐｜酷虐｜肆虐｜兇虐｜助紂為虐

挪〔捼〕nuó

挪楷(顏真卿)

【析形】挪字《說文》所無。楷書左旁是"扌"（手），意符，表明字義與手的動作有關；右旁是那，聲符，表示讀音（挪、那二字古音聲母相同，韻母同部）。

【釋義】◎本義指搓揉。同"捼"。◇引申指移動，轉移：挪動｜挪借｜挪窩｜挪移｜挪用

娜 nuó

娜楷(顏真卿)

【析形】娜字《說文》所無。楷書左旁是女，意符，表明字義與女子有關；右旁是那，聲符，表示讀音。形聲字。

【釋義】〔婀娜〕形容女子柔美形貌：婀娜多姿〔嫋娜〕細長柔美

諾(诺) nuò

諾金 諾金 諾篆 諾隸(孔彪碑)

諾楷(歐陽詢)

【析形】諾字金文形一借音近的"若"（本義為"順"）字表示。形二左下部增"口"為意符，表明字義與口的行為有關。成為形聲字。小篆左旁再增"言"為意符，表明字義與言詞有關。隸書、楷書沿襲小篆。

【簡化】簡化字"诺"的意符"讠"根據草書楷化而成。

【釋義】①答應的聲音：諾諾連聲　②應承，應允：諾言｜承諾｜踐諾

懦 nuò

懦篆 懦楷(顏真卿)

【析形】懦字小篆左旁是心，意符，表明字義與心性有關；右旁是需，聲符，表示讀音（懦、需二字古音同韻部）。形聲字。隸變後，心字在字左側為偏旁時寫作"忄"。

【釋義】軟弱無能：懦夫｜懦弱｜怯懦｜愚懦

糯〔稬、穤〕nuò

糯篆 糯楷(顏真卿)

【析形】糯字小篆左旁是禾，意符，表明字義與穀類植物有關；右旁是耎，聲符，表示讀音。形聲字。楷書以"米"為意符，以"需"為聲符（古音糯、懦同音，見"懦"字）。

【釋義】黏性稻：糯稻｜糯穀｜糯米｜糯高粱

區 (区) ōu

甲 金 篆 區隸(張遷碑)

區楷(魏靈藏造像) 区楷(顏真卿)

【析形】區字甲骨文外廓像盛物器,中間是品,代表眾物,均為意符,以眾物在器表示容器。金文形體略變。隸、楷書沿襲小篆。

【簡化】楷書簡體"区"是用符號代替的方法,以筆畫簡省的"乂"作為象徵性符號,替換了"匸"中筆畫繁複的"品"。

【釋義】◎本義指容器。後作姓氏用字。

歐 (欧) ōu

歐篆 歐隸(隸辨) 歐楷(歐陽詢)

【析形】歐字小篆右旁是欠,甲骨文像人張口吐氣形,意符,取意嘔吐;左旁是區,聲符,表示讀音(歐、區二字古音同韻部)。形聲字。隸、楷書沿襲小篆。

【簡化】簡化字"欧"聲符的簡化見"區 ōu"字。

【釋義】◎本義指嘔吐。△音借作音譯詞的構詞語素。歐洲:歐化|歐亞|北歐|西歐 姓氏用字。

毆 (殴) ōu

毆金 毆篆 毆隸(馬王堆帛書)

毆楷(顏真卿)

【析形】毆字金文右旁像手持棒形,隸作"殳",意符,表明字義與擊打有關;左旁是區,聲符,表示讀音(毆、區二字古音同韻部)。形聲字。小篆、隸書沿襲金文。

【簡化】楷書簡體"殴"聲符的簡化見"區 ōu"字。

【釋義】◎本義指用捶杖等擊打。◇引申指打(人):毆打|毆傷|鬥毆

鷗 (鸥) ōu

鷗楷(顏真卿)

【析形】鷗字《說文》所無。楷書右旁是鳥,意符,表明字義與鳥類有關;左旁是區,聲符,表示讀音(鷗、區二字古音同韻部)。形聲字。

【簡化】簡化字"鸥"意符的簡化見"鳥"字;聲符的簡化見"區 ōu"字。

【釋義】◎水鳥名。羽毛多為白色,翼長而尖,生活在湖海上,捕食魚類。今為鷗科各種鳥的通稱:海鷗|燕鷗|銀鷗

偶 ǒu

偶篆 偶隸(馬王堆帛書) 偶楷(顏真卿)

【析形】偶字小篆左旁是人,意符,表明字義與人有關;右旁是禺,聲符,表示讀音(偶、禺二字古音同韻部)。形聲字。隸變後,人字在字左側為偏旁時寫作"亻"。

【釋義】◎本義指用泥土、木頭等製成的人像:偶人|木偶|土偶|玩偶 △音借表示①配偶:佳偶|求偶|喪偶 ②成對的,雙數,與"奇 jī"相對:偶數|對偶|排偶 ③偶然,偶而:偶發|偶合

嘔 (呕) ǒu

嘔草(王羲之)

【析形】"嘔"字本作"歐"(見"歐"字)。"歐"字借為地名、姓氏用字,並為借義所專後,為本義造了"嘔"字,表示嘔吐義。草書左旁是口,意符,表明字義與口的行為有關;右旁是區,聲符,表示讀音(嘔、區二字古音同韻部)。形聲字。

【簡化】簡化字“呕”聲符的簡化見“區 ōu”字。

【釋義】◎吐：嘔吐|作嘔|嘔心瀝血

藕 ǒu

藕篆 藕楷（顏真卿）

【析形】藕字小篆上部是“艸”，左下部是水，均為意符，表明字義與植物和水有關；右下部是禺，聲符，表示讀音（藕、禺二字古音同韻部）。形聲字。楷書以“耦”為聲符。

【釋義】蓮之地下莖，長形，肥大有節，白色，中間有許多管狀小孔，折斷後有絲，可食用及製澱粉：藕節|藕色|藕絲|藕斷絲連

P

趴 pā

趴楷（顏真卿）

【析形】趴字《說文》所無。楷書左旁是足，意符，表明字義與行為動作有關；右旁是八，聲符，表示讀音。形聲字。

【釋義】①伏：趴在桌上寫字 ②腹部朝下臥倒：趴下

扒 pá

【析形】見“扒 bā”。

【釋義】◎本義指刨，挖，音 bā。◇引申①用手或耙子等工具使東西聚攏或散開：扒草|扒摟|扒土 ②抓，搔：扒癢 ③偷，竊取：扒手 △音借指一種煨爛的烹調法：扒白菜|扒羊肉（以上各引申義及音借義音 pá）

爬 pá

爬楷（顏真卿）

【析形】爬字《說文》所無。楷書左旁是爪，意符，表明字義與手的動作有關；右旁是巴，聲符，表示讀音。形聲字。

【釋義】◎本義指搔。又指昆蟲、爬行動物行動，或指人用手腳一起着地向前移動：爬蟲|爬行 ◇引申①抓着東西往上攀：爬竿|爬山|爬樹 ②由倒臥而坐起或站起：跌倒了就爬起來|累得爬不起來

耙 pá

【析形】見“耙 bà”。

【釋義】◎本義指碎土和平地的農具。音 bà。◇引申①扒翻穀物及聚散柴草等的用具，用木、鐵、竹等製成，又稱耙子：耙犁|釘耙|糞耙 ②用耙子平整土地或聚攏、散開柴草、穀物等。（以上引申義音 pá）

怕 pà

怕篆 怕楷（顏真卿）

【析形】怕字小篆左旁是心，意符，表明字義與心理活動有關；右旁是白，聲符，表示讀音。形聲字。隸變後，心字在字左側為偏旁時寫作“忄”。

【釋義】◎本義指畏懼，心中不安或發慌：怕生|怕死|害怕|懼怕|可怕 ◇引申表示疑慮，猜測：恐怕|生怕|只怕

帕 pà

帕楷（顏真卿）

【析形】帕字《說文》所無。楷書左旁是巾，意符，表明字義與布巾等有關；右旁是白，聲符，表示讀音。形聲字。

【釋義】用來包頭或擦手擦臉的紡織品：手帕|頭帕

拍 pāi

拍金 㸋篆 拍楷(顏真卿)

【析形】拍字金文左旁是手，意符，表明字義與手的動作有關；右旁是白，聲符，表示讀音。形聲字。小篆聲符為“百”。楷書沿襲金文。隸變後，手字在字左側為偏旁時寫作“扌”。

【釋義】◎本義指用手輕擊：拍打｜拍球｜拍手｜拍案叫絕｜拍手稱快 ◇引申①拍打的用具：拍子｜球拍 ②出賣寄售的貨物時，為表示成交而拍打木板：拍賣｜拍板定案 ③樂曲的節奏：拍子｜合拍｜節拍｜一拍即合 ④發電報等：拍發 ⑤攝影：拍攝｜拍照｜拍電影

排 pái

排篆 排楷(顏真卿)

【析形】排字小篆左旁是手，意符，表明字義與手的動作有關；右旁是非，聲符，表示讀音（排、非二字古音同韻部）。形聲字。隸變後，手字在字左側為偏旁時寫作“扌”。

【釋義】◎本義指排擠，推開，消除：排斥｜排除｜排毒｜排擊｜排澇｜排雷｜排外｜排泄｜排山倒海｜排憂解難 ◇引申①按一定的格式、樣式擺放，按着次序擺：排版｜排場｜排隊｜排列｜排名｜排印｜排字｜安排｜編排 ②排成的行列：排比｜排骨｜排偶｜並排｜前排 ③量詞，用於成行列的東西：兩排樹｜三排椅子 ④戲劇上演前演員逐段練習：排練｜排戲｜彩排

牌 pái

牌楷(顏真卿)

【析形】牌字《說文》所無。楷書左旁是片，義為剖開（木），意符，表明字義與木板有關；右旁是卑，聲符，表示讀音。形聲字。

【釋義】◎本義指用木板做的標誌。◇引申①泛指用其他材料做的標誌或憑信物：牌匾｜牌位｜車牌｜金牌｜門牌｜招牌 ②商標，執照：牌子｜車牌｜酒牌｜冒牌｜名牌 ③古代士兵用來遮護身體的武器：盾牌｜擋箭牌 ④一種娛樂用品（舊時多用為賭具）：打牌｜鬥牌｜橋牌｜王牌 ⑤詞曲樂譜的名稱：牌子｜詞牌｜曲牌

徘 pái

徘楷(顏真卿)

【析形】徘字《說文》所無。楷書左旁是“彳”，古文像道路形，意符，表明字義與行走有關；右旁是“非”，聲符，表示讀音（徘、非二字古音同韻部）。形聲字。

【釋義】〔徘徊〕來回地走，引申比喻猶豫不決。

迫 pǎi

【析形】見“迫pò”。

【釋義】◎本義指靠近，逼近。音pò。△音借組合〔迫擊炮〕一種從炮口裝彈，炮身短，射程近，彈道彎曲的火炮。音pǎi。

排 pǎi

【析形】見“排pái”。

【釋義】◎本義指排擠，音pái。△音借排子車。用人力拉的、搬運東西的一種車，也叫大板車，音pǎi。

派 pài

派篆 派楷(顏真卿)

【析形】派字小篆左旁是水，意符，表明字的初義與水有關；右旁是厎，像水流貌，意符兼聲符，表明字義與水流有關，也兼表示讀音。會意兼聲字。隸變後，水字在字左側為偏旁時寫作“氵”。

【釋義】◎本義指水的支流：九派 ◇引申①一個系統的分支：派生｜流派｜派出所 ②安排，分配，命人到某處工作：派遣｜調diào派｜分派｜攤派｜特派｜選派｜支派｜指派 ③派別：派系｜幫派｜黨派｜教派｜學派｜宗派｜左派 ④量詞：兩派學者｜一派新氣象 △音借表示作風，風度：派頭｜假派｜老派｜氣派｜正派

湃 pài

湃楷(顏真卿)

【析形】湃字《説文》所無。楷書左旁是"氵"（水），意符，表明字義與水有關；右旁是拜，聲符，表示讀音。形聲字。

【釋義】①〔澎湃〕象聲詞，波浪聲。②〔澎湃〕見"澎"字。

攀 pān

水篆　攀篆　攀隸（李隆基）　攀楷（顏真卿）

【析形】攀字小篆形一像左右兩隻手，意符，取意用兩手援攀。會意字。形二左旁再增手為意符，表明字義與手的動作有關；右旁上部又增"林"為聲符，表示讀音，成為形聲字。隸書左旁手移至下部，形體略變，中間左右手訛作"大"。楷書沿襲隸書。

【釋義】◎本義指攀援，抓住某物向上爬，用手拉：攀登｜攀附｜攀折　◇引申①與地位高的人結交或拉關係：攀附｜攀親｜高攀｜攀龍附鳳　②牽連在一起，拉扯，設法接觸：攀比｜攀扯｜攀談

潘 pān

潘篆　潘隸（馬王堆帛書）　潘楷（顏真卿）

【析形】潘字小篆左旁是水，意符，表明字的初義與水有關；右旁是番，聲符，表示讀音。形聲字。隸書沿襲小篆。隸變後，水字在字左側為偏旁時寫作"氵"。

【釋義】①淘米水。②古水名。又作姓氏用字。

胖 pán

胖篆　胖楷（顏真卿）

【析形】胖字小篆左旁是肉，意符；右旁是半，意符兼聲符，表示半邊肉，也表示讀音。會意兼聲字。古文肉、月二字形近，隸變後，兩個字作偏旁時多同化寫作"月"。

【釋義】◎本義指古代祭祀時用的半邊牲肉。△音借表示安泰舒適：心寬體胖

盤（盘）pán

盤金　盤篆　盤楷（顏真卿）

【析形】盤字本作"般"（見"般"字）。"般"字音借表示"一般"義後，金文下部增"皿"為意符表示本義。小篆則以"木"為意符，表明材質。楷書沿襲金文。

【簡化】簡化字是用保留特徵、局部刪除的方法，保留原字輪廓特徵"盘"，刪除了其餘部件。

【釋義】◎本義指古代一種圓形、敞口、扁淺的盛器，用木、銅等製作，用作盛水或盥洗。也泛指盤子：茶盤｜拼盤｜托盤　◇引申①形狀或功用像盤子的：車盤｜秤盤｜羅盤｜棋盤｜算盤｜胎盤　②迴旋地繞：盤纏｜盤道｜盤繞｜盤梯｜盤腿｜盤旋　③舊時指市場上成交的價格：放盤｜開盤｜收盤　④轉讓（工商企業）：盤店｜出盤｜頂盤｜招盤　⑤仔細查問或清點：盤查｜盤存｜盤點｜盤算｜盤問｜盤賬　⑥量詞：下盤棋｜一盤磁帶

判 pàn

判篆　判楷（歐陽詢）

【析形】判字小篆右旁是刀，意符，表明字義與刀有關；左旁是半，意符兼聲符，表示分開成半，也表示讀音。會意兼聲字。隸變後，刀字在字右側為偏旁時寫作"刂"。

【釋義】◎本義指分開，分離。◇引申①分辨：判別｜判定｜判斷｜判明　②明顯（有區別）：判然不同｜判若兩人　③裁決：判案｜判處chǔ｜判官｜判決｜判刑｜判罪｜審判｜宣判　④評定：判分｜裁判｜批判｜評判

盼 pàn

盼篆　盼楷（顏真卿）

【析形】盼字小篆左旁是目，意符，表明字義與眼睛有關；右旁是分，聲符，表示讀音。形聲字。楷書沿襲小篆。

【釋義】◎本義指眼睛黑白分明之貌。《詩經·衛風·碩人》："巧笑倩兮，美目盼兮。"△音借指觀看：左顧右盼　◇引申指企望，想望：盼頭｜盼望｜亟盼｜切盼

叛 pàn

叛篆　叛楷（李璧碑）

【析形】叛字小篆右旁是反，意符，取意反叛；左旁是半，聲符，表示讀音。形聲字。楷書沿襲小篆。

【釋義】◎反叛，背離：叛變｜叛國｜叛軍｜叛亂｜判逆｜叛徒｜離經叛道

畔 pàn

畔篆 田半 隸(禮器碑) 畔楷(顏真卿)

【析形】畔字小篆左旁是田，意符，表明字義與田地有關；右旁是半，聲符，表示讀音。形聲字。隸、楷書沿襲小篆。

【釋義】◎本義指田地的邊界。◇引申指旁邊：池畔｜河畔｜江畔

乓 pāng

【析形】乓字是取音近的"兵"字減去左下一撇而成，以區別於"乒"字。是一種變體表音字。

【釋義】①象聲詞。形容槍聲、關門聲、東西砸破聲等：乓乓乓 ②與"乒"組合〔乒乓球〕，見"乒"字。

膀 pāng

【析形】見"膀bǎng"。

【釋義】◎本義指脅，音bǎng。△音借表示浮腫，音pāng：膀腫

旁 páng

旁甲 金 篆 隸(禮器碑)
旁楷(褚遂良)

【析形】旁字甲骨文上部是凡，義為古代一種高足的盤子，意符；下部是方，意符兼聲符，表示盤子的四方，也表示讀音。會意兼聲字。金文沿襲甲骨文。小篆意符凡形體訛變。隸書根據小篆轉寫而成。楷書沿襲隸書。

【釋義】◎本義當指盤子的四邊。◇引申①旁邊：旁觀｜旁門｜旁聽｜旁敲側擊 ②其他，另外：旁白｜旁人｜旁證｜旁系亲属｜觸類旁通｜大權旁落｜無暇旁顧｜心無旁騖｜責無旁貸 ③廣泛：旁徵博引 ④漢字的偏旁：形旁｜聲旁

膀 páng

【析形】見"膀bǎng"。

【釋義】◎本義指脅，音bǎng。△音借組合〔膀páng胱〕指人或高等動物體內儲存尿的囊狀體，位於腹腔下部，也稱"尿脬suīpāo"。

龐 (庞) páng

甲 廄 篆 庞 楷(顏真卿)

【析形】龐字甲骨文上部像高屋形，意符，表明字的初義與房屋有關；下部是龍，聲符，表示讀音(龐、龍二字古音同韻部)。小篆沿襲甲骨文。

【簡化】楷書簡體"庞"聲符的簡化見"龍"字。

【釋義】◎本義指高屋。◇引申①大：龐大｜龐然大物 ②多：龐雜 △音借表示臉盤：臉龐｜面龐

磅 páng

【析形】見"磅bàng"。

【釋義】◎本義指石落的聲音。△音借組合〔磅páng礡〕指氣勢盛大，又形容廣大無邊。

螃 páng

螃 楷(顏真卿)

【析形】螃字《說文》所無。楷書左旁是虫，意符，表明字義與昆蟲動物等有關；右旁是旁，聲符，表示讀音。形聲字。

【釋義】〔螃蟹〕節肢動物，全身有甲殼，前面有一對鉗，兩旁共四對足，橫着爬行。可食，肉味鮮美。

胖 pàng

【析形】見"胖pán"。

【釋義】◎本義指古代祭祀時用的半邊牲肉，音pán。△音借表示(人體)脂肪多，肉多，與"瘦"相對，音pàng：胖墩｜胖子｜肥胖

抛 pāo

抛篆 抛楷(顏真卿)

【析形】抛字小篆中間是尤，取其
"更 gèng"之意；左旁是手，右旁是力，
均為意符，表示用手、用力扔棄。會意
字。隸變後，手字在字左側為偏旁時寫作
"扌"。楷書中間訛作"九"。

【釋義】◎本義指撒開，丟棄：拋荒｜拋
棄 ◇引申①投擲，扔：拋錨｜拋擲｜拋物
線｜拋磚引玉 ②壓價賣出大批商品：拋
售 ③暴露：拋頭露面

泡 pāo

泡篆 泡楷(歐陽詢)

【析形】泡字小篆左旁是水，意符，表明
字義與水有關；右旁是包，聲符，表示讀
音。形聲字。隸變後，水字在字左側為偏
旁時寫作"氵"。

【釋義】◎本義為水名。出山陽平樂，東
北入泗。也指小湖，多用於地名：蓮花泡
(在黑龍江)｜月亮泡(在吉林)。又指鼓起
而鬆軟的東西：泡貨｜豆泡兒｜眼泡 ◇引
申①鬆軟，不堅硬：泡線｜泡棗 ②量詞，
用於屎和尿：撒一泡尿

炮 páo

炮篆 炮楷(顏真卿)

【析形】炮字小篆左旁是火，意符，表明
字義與火有關；右旁是包，聲符，表示讀
音。形聲字。楷書沿襲小篆。

【釋義】◎本義指一種烹調方法，把帶毛的
肉用泥裏住放在火上燒烤：炮烙。也指用
烘炒等方法加工製造中藥：炮煉｜如法炮
製

袍 páo

袍篆 袍楷(顏真卿)

【析形】袍字小篆左旁是衣，意符，表明
字義與衣服有關；右旁是包，聲符，表示
讀音。形聲字。隸變後，衣字在字左側為
偏旁時寫作"衤"。

【釋義】◎本義指有夾層，中着棉絮的長

衣。◇引申泛指中式長服：袍子｜長袍｜道
袍｜龍袍｜棉袍｜旗袍

刨 páo

刨楷(顏真卿)

【析形】刨字《説文》所無。楷書右旁是
"刂"(刀)，意符，表明工具；左旁是包，
聲符，表示讀音。形聲字。

【釋義】◎本義指削。又指挖掘：刨根｜刨
坑｜刨土 ◇引申指從原有的事物中除去，
減去：刨除｜刨去成本

咆 páo

咆篆 咆楷(顏真卿)

【析形】咆字小篆左旁是口，意符，表明
字義與口的行為有關；右旁是包，聲符，
表示讀音。形聲字。楷書沿襲小篆。

【釋義】◎本義指猛獸吼叫：咆哮｜熊咆龍
吟 ◇引申形容人暴怒喊叫，又形容水流
奔騰轟鳴：咆哮如雷｜黃河咆哮

跑 pǎo

跑篆(顏真卿)

【析形】跑字《説文》所無。楷書左旁是
足，意符，表明字義與腿腳有關；右旁是
包，聲符，表示讀音。形聲字。

【釋義】◎本義指走獸用腳刨地，音 páo：
跑槽｜虎跑泉(在杭州)。又多指急走，迅速
前進，音 pǎo：跑步｜跑車｜跑道｜跑馬｜長
跑｜飛跑｜起跑 ◇引申①逃走：趕跑｜逃
跑 ②為某種事務而奔走：跑街｜跑堂｜跑
腿｜跑單幫｜跑江湖｜跑龍套｜跑買賣 ③漏
出：跑電｜跑氣 ④離開了應該在的位置：
跑調｜跑題｜書跑哪去了｜風把帽子颳跑了

泡 pào

【析形】見"泡 pāo"。

【釋義】◎本義為水名，音 pāo。又指水
泡，即氣體在液體內使液體鼓起來造成
的球狀體，音 pào：泡沫｜氣泡｜肥皂泡
兒 ◇引申①像泡一樣的東西：泡影｜燈
泡｜液泡｜泡泡糖 ②較長時間地放在液體
中：泡茶｜泡菜｜泡飯｜浸泡 ③故意消磨

（時間）：泡病假

炮〔砲、礮〕pào

【析形】見"炮páo"。

【釋義】◎本義指一種烹調方法，音páo。△音借指古時的火炮。異體作"砲"、"礮"。◇引申①泛指重型武器的一種：炮彈｜炮轟｜炮台｜炮艇｜發炮｜開炮｜鳴炮｜高射炮 ②爆破土石等的裝置：炮釬｜炮眼｜瞎炮｜啞炮 ③爆竹：炮仗｜鞭炮｜花炮（以上音借義及其引申義音pào）

胚 pēi

胚篆 胚楷（顏真卿）

【析形】胚字小篆左旁是肉，意符，表明字義與身體的某個部分有關；右旁是丕，聲符，表示讀音（胚、丕二字古音同韻部）。形聲字。古文肉、月二字形近，隸變後，兩個字作偏旁時多同化寫作"月"。楷書聲符為"丕"，表音更準確。

【釋義】◎本義指未離母體之幼體。◇引申泛指初期發育的生物體：胚盤｜胚胎｜胚芽｜胚珠

陪 péi

陪篆 陪隸（趙寬碑）陪楷（智永）

【析形】陪字小篆左旁是阜，本義為土山，意符，表明字義與高地有關；右旁是咅，聲符，表示讀音。形聲字。隸變後，阜字在字左側為偏旁時寫作"阝"。

【釋義】◎本義指重疊的土堆。△音借表示伴隨：陪伴｜陪客｜陪同｜陪葬｜奉陪｜作陪 ◇引申指從旁協助：陪襯｜陪審｜陪侍

培 péi

培篆 培楷（顏真卿）

【析形】培字小篆左旁是土，意符，取意培土；右旁是咅，聲符，表示讀音。形聲字。楷書沿襲小篆。

【釋義】◎本義指為保護植物或牆、堤等，在根基部分加土：培土｜培育｜培植｜栽培 ◇引申指按一定的目的長期地教育、訓練：培訓｜培養｜培育｜培植｜栽培

賠〔賠〕péi

賠楷（顏真卿）

【析形】賠字《說文》所無。左旁是貝，意符，表明字義與財物有關（見"貝"字）；右旁是咅，聲符，表示讀音。形聲字。

【簡化】楷書簡體"賠"意符的簡化見"貝"字。

【釋義】◎本義指補償損失，道歉或認錯：賠償｜賠還｜賠款｜賠禮｜賠賬｜賠罪｜退賠 ◇引申①以謹慎、遷就或好的態度對人，使人息怒或愉快：賠小心｜賠笑臉 ②虧本，與"賺"相對：賠本｜賠錢

佩〔珮〕pèi

佩金 佩篆 佩楷（虞世南）

【析形】佩字金文左旁是人，表明字義與人的活動有關；右上是凡，"盤"字初文，表示盤形玉飾，代表所佩之物；右下是巾，表示佩帶，均為意符，表示佩飾。會意字。小篆沿襲金文。隸變後，人字在字左側為偏旁時寫作"亻"。異體以"玉"為意符，表示所佩之物。

【釋義】◎本義指古代繫於衣帶上之飾物，如珠玉、寶刀等。又作"珮"。◇引申指繫於衣帶：佩帶｜佩刀 △音借表示敬仰：敬佩｜欽佩｜讚佩（以上引申義和音借義不作"珮"）

配 pèi

配甲 配金 配金 配篆 配楷（敬使君碑）

【析形】配字甲骨文左旁像一隻酒罈子，隸作"酉"；右旁像跪踞之人形，均為意符，取意配酒。會意字。金文形一沿襲甲骨文，形二"人"形訛作"乙"。小篆又訛作"己"。楷書沿襲小篆。

【釋義】◎本義指配酒色。◇引申①兩性結合：配對｜配偶｜婚配｜匹配｜原配 ②襯托，陪襯：配搭｜配角jué｜配戲｜配音｜配樂yuè ③按適當的比例或標準加以調和或合在一起：配餐｜配方｜配合｜配色｜配製｜調配 ④有計劃地分派：配備｜配置｜分配｜支配 ⑤把缺少的一定規格的物品補足：配零件｜配鑰匙｜配套工程 ⑥夠得

上，符合，相當：配得上｜不相配　⑦充軍：配軍｜發配　⑧根據某些需要而安排、製作：配圖｜配器｜配音｜配樂

沛 pèi

篆 **沛** 隸(張遷碑) **沛** 楷(虞世南)

【析形】沛字小篆左旁是水，意符，表明字義與水有關；右旁是市，聲符，表示讀音。形聲字。隸、楷書沿襲小篆。隸變後，水字在字左側為偏旁時寫作"氵"。
【釋義】◎本義為水名。又指水充盛。◇引申指旺盛，盛大：沛然｜充沛｜豐沛

噴(喷) pēn

篆 **噴** 楷(顏真卿) **喷** 草(鄭板橋)

【析形】噴字小篆左旁是口，意符，表明字義與口的行為有關；右旁是賁，聲符，表示讀音。形聲字。
【簡化】簡化字"喷"根據草書楷化而成。
【釋義】◎本義指呵叱。◇引申①吐氣。②液體、氣體、粉末等受壓力而射出：噴薄｜噴發｜噴泉｜噴灑｜噴射｜噴水｜噴霧｜噴湧

盆 pén

金 篆 **盆** 隸(隸辨) **盆** 楷(顏真卿)

【析形】盆字金文下部是皿，意符，表明字義與器皿有關；上部是分，聲符，表示讀音。形聲字。小篆、隸、楷書沿襲金文。
【釋義】◎容器。◇引申①盛東西、種花或洗滌的用具：盆景｜盆栽｜茶盆｜花盆｜火盆｜臉盆｜浴盆　②像盆的物體：盆地｜盆腔｜骨盆

噴(喷) pèn

【析形】見"噴pēn"。
【釋義】◎本義指呵叱，音pēn。◇引申①香氣撲鼻：噴兒香｜噴噴香　②蔬菜、瓜果、魚蝦大量推出上市的時期：西瓜噴兒　③量詞，指開花結果或成熟收割的次數：頭噴｜二噴(以上各引申義音pèn)

砰 pēng

砰 楷(顏真卿)

【析形】砰字《說文》所無。楷書左旁是石，意符，表明字的初義與石頭有關；右旁是平，聲符，表示讀音。形聲字。
【釋義】◎本義指石頭碰撞發出的聲音，或指石頭落下的聲音。◇引申作像聲詞，形容撞擊或重物落地的聲音：砰然巨響

烹 pēng

烹 楷(顏真卿)

【析形】烹字《說文》所無。楷書下部的"灬"是古文"火"字的隸變分化體，意符，表明字義與火有關；上部是亨，聲符，表示讀音。形聲字。
【釋義】①煮：烹茶｜烹飪｜烹調　②指一種烹飪方法，用熱油略炒後，加入液體調味迅速攪拌：烹對蝦

朋 péng

甲 金 篆 **朋** 隸(郭有道碑) **朋** 楷(顏真卿)

【析形】朋字甲骨文像把錢貝穿連成串之形(古代貝和玉都為貨幣，串玉謂"玨"，串貝則謂"朋")。象形字。金文沿襲甲骨文。小篆訛為鳳鳥形。隸書則把串貝形訛作"朋"。楷書沿襲隸書。
【釋義】◎本義指古代貨幣單位。五貝為一朋(一說五貝為一系，二系為一朋)。◇引申①結黨：朋黨｜朋比為奸｜呼朋引伴　②彼此友好的人：朋友｜良朋｜高朋滿座　③倫比：碩大無朋

棚 péng

篆 **棚** 楷(顏真卿)

【析形】棚字小篆左旁是木，意符，表明材質；右旁是朋，聲符，表示讀音。形聲字。楷書沿襲小篆。
【釋義】◎本義指用木搭成的樓閣。◇引申①泛指用竹、木、蘆蓆等材料搭成的篷架：頂棚｜瓜棚｜涼棚｜天棚　②簡陋的房屋：棚戶｜草棚｜工棚｜碾棚

P

蓬 péng

藭篆 蓬楷(顏真卿)

【析形】蓬字小篆上部是"艸",意符,表明字義與植物有關;下部是逢,聲符,表示讀音。形聲字。楷書沿襲小篆。

【釋義】◎本義為草名。蓬草。多年生草本植物,開白花,葉子像柳葉,子實有毛:蓬蒿|蓬門蓽戶 ◇引申①鬆散,雜亂:蓬亂|蓬鬆|蓬頭垢面 ②量詞,用於枝葉茂盛的花草:一蓬蒿草

膨 péng

膨楷(顏真卿)

【析形】膨字《説文》所無。楷書左旁的"月"是古文"肉"字的隸變體(古文肉、月二字形近,隸變後,兩個字作偏旁時多同化寫作"月"),意符,表明字的初義與肉體有關;右旁是彭,聲符,表示讀音。形聲字。

【釋義】◎本義指(肉)脹滿。◇引申泛指其他物體脹滿:膨大|膨脹|膨體紗|膨化食品

彭 péng

彭甲彭金彭篆彭隸(馬王堆帛書)

彭楷(顏真卿)

【析形】彭字甲骨文左旁像古代鼓形,為"鼓"字初文;右旁為擊鼓發出響聲震動空氣之象。會意字。金文、小篆、隸、楷書各體均沿襲甲骨文。

【釋義】◎本義指鼓聲。又作姓氏用字。

硼 péng

硼楷(顏真卿)

【析形】硼字《説文》所無。楷書左旁是石,意符,表明字義與石頭有關;右旁是朋,聲符,表示讀音。形聲字。

【釋義】本義為石名。今指一種非金屬元素,符號B。有結晶和非結晶兩種形態。結晶體有光澤,硬度與金剛石相近。非結晶體為粉末狀,綠棕色,不透明。能吸收中子,可做控制棒,也用來製造合金、火箭燃料和搪瓷釉料:硼鋼|硼砂|硼酸

鵬 (鹏) péng

鵬篆 鵬楷(顏真卿)

【析形】鵬字小篆右旁是鳥,意符,表明字義與鳥類有關;左旁是朋,聲符,表示讀音。形聲字。

【簡化】簡化字"鹏"意符的簡化見"鳥"字。

【釋義】傳說中最大的鳥,又稱大鵬:鯤鵬|鵬程萬里

澎 péng

澎楷(顏真卿)

【析形】澎字楷書左旁是"氵"(水),意符,表明字義與水有關;右旁是彭,聲符,表示讀音。形聲字。

【釋義】〔澎湃〕本義指波浪互相沖擊:海潮澎湃 ◇引申比喻聲勢浩大,氣勢雄偉:激情澎湃|人群聲浪洶湧澎湃

篷 péng

篷楷(顏真卿)

【析形】篷字《説文》所無。楷書上部是"竹",意符,表明材質;下部是逢,聲符,表示讀音。形聲字。

【釋義】◎竹篾等編製的船篷。◇引申①泛指其他防雨遮陽的器具:車篷|斗篷|帳篷 ②船帆:扯起篷來

捧 pěng

捧楷(顏真卿)

【析形】捧字《説文》所無。古文寫作"奉"(見"奉"字)。楷書左旁是"扌"(手),意符,表明字義與手的動作有關;右旁是奉,意符兼聲符。會意兼聲字。

【釋義】◎本義指用兩手托:捧杯|捧腹 ◇引申①讚賞表演者或某些活動的組織者,奉承人:捧場|捧角兒|吹捧 ②量詞,用於能捧的東西:一捧豆子

碰 〔掽、踫〕pèng

碰楷(顏真卿)

【析形】碰字《說文》所無。楷書左旁是石，意符，以石之撞擊取意碰撞；右旁是並，聲符，表示讀音。形聲字。異體字以“扌”或“足”為意符，表明字的引申義與行為動作有關。

【釋義】◎本義指相撞：碰杯|碰鎖|磕碰　◇引申①遇到阻礙或受到拒絕：碰壁|碰釘子|碰一鼻子灰　②相遇：碰見|碰頭　③試探：碰碰運氣　④正好：碰巧

批 pī

篆 批楷(顏真卿)

【析形】批字小篆左旁是手，意符，表明字義與手的動作有關；右旁是㮊，聲符，表示讀音。形聲字。隸變後，手字在字左側為偏旁時寫作“扌”。

【簡化】楷書是用保留特徵、局部代全體的方法，以聲符下部的“比”代替“㮊”，刪除了其餘部件。

【釋義】◎本義指用手背反擊：批而殺之。又指用手掌擊：批頰　◇引申①削，薄切：批果皮　②對錯誤的思想、言行作分析，對缺點和錯誤提意見：批駁|批判|批評|揭批　③表示用文字示意或評判：批復|批改|批示|批語|批閱|批註|批准|眉批　△音借指①大量的：批發|大批|分批|整批　②量詞：兩批人|進了批貨

披 pī

篆 披楷(褚遂良)

【析形】披字小篆左旁是手，意符，表明字的初義與手工有關；右旁是皮，聲符，表示讀音。形聲字。隸變後，手字在字左側為偏旁時寫作“扌”。

【釋義】◎本義指古代一種用帛做成的喪具，用在柩車兩旁牽輓，以防傾覆。柩車行進時，送葬者從旁持之，音bì。△音借表示①分開，打開，分散：披拂|披覽|披露|披散|披閱|披肝瀝膽|披荊斬棘|望風披靡　②（竹木等）裂開：竹枴杖的下端披了　③覆蓋在背上：披風|披掛|披甲|披肩|披紅戴花（以上音借義音pī）

劈 pī

篆 劈楷(顏真卿)

【析形】劈字小篆下部是刀，意符，表明工具；上部是辟，聲符，表示讀音。形聲字。楷書沿襲小篆。

【釋義】◎本義指用刀、斧等破開，割開：劈柴|劈開|劈山　◇引申①雷電毀壞或擊斃：天打雷劈　②正對着，衝着：劈頭蓋臉　③（木頭等）裂開：木板劈了|鋼筆尖寫劈了

坯 pī

篆 坯楷(顏真卿)

【析形】坯字小篆左旁是土，意符，表明字義與泥土有關；右旁是不，聲符，表示讀音（坯、不二字古音同韻部）。形聲字。楷書聲符為“丕”，表音更準確。

【釋義】◎本義指沒有燒過的磚瓦、陶器等，也特指按模型製成的土塊：坯子|打坯|土坯|磚坯　◇引申指半成品：坯布|坯革|坯料|鋼坯|毛坯

霹 pī

霹楷(顏真卿)

【析形】霹字《說文》所無。楷書上部是雨，意符，表明字義與雷雨有關；下部是辟，聲符，表示讀音。形聲字。

【釋義】◎表示雷電轟擊。杜甫《敬寄族弟唐十八使君》：“雷霆霹長松，骨大卻生筋。”

〔霹靂〕響聲很大的雷，是雲和地面之間強烈的雷電現象，會對人、畜、建築物等造成危害。◇引申比喻突然發生的事件：晴天霹靂

皮 pí

金 篆 皮隸(隸辨)　皮楷(顏真卿)

【析形】皮字金文右下是一隻手，像用手剝取獸皮之狀。會意字。小篆形體訛變。隸書把手形隸作“又”。楷書沿襲隸書。

【釋義】◎本義指獸皮。◇引申①泛指人或生物體表面的一層組織：皮層|皮膚|皮肉|

表皮｜果皮｜眼皮｜真皮｜植皮 ②皮革，獸
皮製品：皮包｜皮貨｜皮具｜皮鞋 ③薄皮狀
的東西：皮尺｜粉皮｜鐵皮｜蝦皮 ④包在外
面的一層：包皮｜封皮｜書皮｜白皮書 ⑤表
面：草皮｜地皮 ⑥表面的，膚淺的：皮毛｜
膚皮潦草 ⑦橡膠：皮筋｜皮球｜膠皮｜橡皮

疲 pí

癩篆 疲楷（智永）

【析形】疲字小篆左旁與右上一橫合隸作
"疒"，意符，表明字義與病痛有關（見
"病"字）；右下是皮，聲符，表示讀音。
形聲字。楷書沿襲小篆。
【釋義】◎本義指勞累，困乏：疲憊｜疲
頓｜疲竭｜疲倦｜疲軟 ◇引申指厭倦：樂此
不疲

脾 pí

䐌篆 脾隸（馬王堆帛書）脾楷（顏真卿）

【析形】脾字小篆左旁是肉，意符，表
明字義與人的身體某部分有關；右旁
是卑，聲符，表示讀音。形聲字。隸
書沿襲小篆。古文肉、月二字形近，
隸變後，兩個字作偏旁時多同化寫作
"月"。
【釋義】脾臟。人或高等動物的內臟之
一，為內分泌腺體。在胃的左下側，有製
造新血球，破壞老血球，調節脂肪、蛋白
質、碳水化合物的新陳代謝等作用：脾
胃｜脾臟

啤 pí

啤楷（顏真卿）

【析形】啤字《說文》所無。楷書左旁是
口，意符，取意飲食；右旁是卑，聲符，
表示讀音。形聲字。
【釋義】△音譯詞的構詞語素〔啤酒〕用大
麥作主要原料製成，含酒精量較低，也叫
麥酒。

匹 pǐ

𤴓金 𤴓篆 匹隸（史晨碑）匹楷（顏真卿）

【析形】匹字金文像摺疊的布匹之形。象
形字。小篆內作"八"，意符兼聲符（《説
文》釋："八揲一匹，八亦聲。"），成為會
意兼聲字。隸、楷書沿襲小篆。
【釋義】◎本義指布帛一匹，長四丈。◇
引申①整捲的布或綢緞等：一匹布｜兩
匹緞子 ②量詞，用於馬、騾等：三匹
馬 ③單獨：匹夫有責｜匹夫之勇｜單槍
匹馬 ④相配，相當，比得上：匹敵｜匹
配

否 pǐ

【析形】見"否fǒu"。
【釋義】◎本義為否定副詞，音fǒu。◇引
申①惡，壞，不順：否極泰來 ②非議，
貶斥：臧否人物（以上各引申義音pǐ）

劈 pǐ

【析形】見"劈pī"。
【釋義】◎本義指用刀、斧等破開，割
開，音pī。◇引申①分開，分：劈柴｜劈
開 ②腿或手指等過分叉開：劈叉（以上
各引申義音pǐ）

闢 (辟) pì

闢篆 闢隸（隸辨）闢楷（柳公權）

【析形】闢字小篆外廓是門，門可開合，
取開之意；內中是辟，聲符，表示讀音。
形聲字。隸、楷書沿襲小篆。
【簡化】簡化字是用同音合併的方法，以
音近、筆畫較簡的"辟"代替筆畫繁複的
"闢"，合併了闢、辟二字的意義。
【釋義】◎本義指開拓：獨闢蹊徑｜開天闢
地 ◇引申①排除：闢謠 ②透徹：精闢｜
透闢

僻 pì

僻篆 僻楷（顏真卿）

【析形】僻字小篆左旁是人，意符，表明
字義與人的活動有關；右旁是辟，聲符，
表示讀音。形聲字。隸變後，人字在字左
側為偏旁時寫作"亻"。
【釋義】◎本義指避開，躲避。◇引申①

距離中心地區遠的：僻靜|僻壤|冷僻|偏僻　②不合群，古怪：孤僻|乖僻|怪僻　③不常見的：冷僻|生僻

屁 pì

屁楷(顏真卿)

【析形】屁字《說文》所無。楷書外廓是尸，古文像人屈膝之形，意符，表明字義與人有關；內中是比，聲符，表示讀音。形聲字。

【釋義】由肛門排出的臭氣。

譬 pì

譬篆 譬楷(顏真卿)

【析形】譬字小篆下部是言，意符，表明字義與言語有關；上部是辟，聲符，表示讀音。形聲字。楷書沿襲小篆。

【釋義】用打比方的方法說明事理：譬如|譬喻

片 piān

【析形】見“片piàn”。

【釋義】◎本義指剖開，分開，音piàn。用於口語，音piān：片子|唱片|影片|照片|正片

扁 piān

【析形】見“扁biǎn”。

【釋義】見“扁biǎn”。〔扁piān舟〕小船：一葉扁舟

偏 piān

偏篆 偏隸(馬王堆帛書) 偏楷(顏真卿)

【析形】偏字小篆左旁是人，意符，表明字義與人的活動有關；右旁是扁，聲符，表示讀音。形聲字。隸、楷書沿襲小篆。隸變後，人字在字左側為偏旁時寫作“亻”。

【釋義】◎本義指頭側。◇引申①不正，傾斜，與“正”相對：偏差|偏方|偏鋒|偏離　②側面：偏安|偏房|偏鋒|偏旁　③不公正，注重一方面：偏愛|偏廢|偏護|偏激|偏見|偏頗|偏食|偏私|偏袒|偏向|偏心|偏重　④冷僻：偏僻|偏題|偏遠　⑤與願望、預料或一般情況相反：偏偏|偏巧

篇 piān

篇篆 篇楷(顏真卿)

【析形】篇字小篆上部是竹，意符，表明材質；下部是扁，聲符，表示讀音。形聲字。楷書沿襲小篆。

【釋義】◎本義指簡冊(古代書寫於竹簡上)。◇引申①寫着或印着文字的單張紙：這篇社論佔了整版篇幅|單篇　②首尾完整的文章：篇幅|篇目|篇章|長篇|短篇|連篇|詩篇　③量詞，用於紙張、書頁或文章等：三篇稿|發表了多篇文章

翩 piān

翩篆 扁羽隸(隸辨) 翩楷(顏真卿)

【析形】翩字小篆右旁是羽，意符，表明字義與羽翼有關；左旁是扁，聲符，表示讀音。形聲字。隸、楷書沿襲小篆。

【釋義】◎本義指快速地飛。◇引申①指搖曳飄忽：翩翩|翩躚|翩然|聯翩　②舉止灑脫：風度翩翩

便 pián

【析形】見“便biàn”。

【釋義】◎本義指鞭子，音biàn。△音借表示①價格低：便宜　②不應得的利益：佔便宜　③形容肥胖：大腹便便(以上音借義及其引申義音pián)

片 piàn

片篆 片楷(顏真卿)

【析形】片字小篆是木字的半邊，以木之半取意剖開。為減體指事字。楷書筆畫化，略失初形。

【釋義】◎本義指剖開，分開。◇引申①不全的，零星的，簡短的：片斷|片段|片面|片言　②較大地區內劃分的較小地區：分片|整片　③量詞，指面積、範圍、景象或成片的東西：片瓦無存|一片汪洋|隻言片語　④平而薄的東西：片岩|彈片|刀片|底片|膠片|鏡片|圖片|拓tà片

騙 (骗) piàn

騙 楷 (顏真卿)

【析形】騙字《説文》所無。楷書左旁是馬,意符,表明字的初義與馬有關;右旁是扁,聲符,表示讀音。形聲字。

【簡化】簡化字"骗"意符的簡化見"馬"字。

【釋義】◎本義指躍上馬:騙馬 ◇引申指跨過去,跳躍上去:騙腿兒 △音借表示①欺蒙,用謊言或詭計使人上當:騙局|騙人|騙術|誆騙|矇騙|欺騙|受騙|誘騙 ②指用欺騙的手段取得:騙財|騙錢|騙取|拐騙|行騙|詐騙|招搖撞騙

漂 piāo

漂 篆 **漂** 楷 (顏真卿)

【析形】漂字小篆左旁是水,意符,表明字義與水有關;右旁是票,聲符,表示讀音。形聲字。隸變後,水字在字左側為偏旁時寫作"氵"。

【釋義】◎本義指浮在水面上:漂泊|漂浮|漂流|漂移 ◇引申指流浪在外,東奔西走:漂泊一生

飄 (飘)〔飈〕piāo

飄 篆 **票風** 隸 (隸辨) **飄** 楷 (智永)

飈 草 (懷素)

【析形】飄字小篆右旁是風,意符,表明字義與風有關;左旁是票,聲符,表示讀音。形聲字。隸、楷書沿襲小篆。異體字意符在左旁。

【簡化】簡化字"飘"的意符"风"根據草書楷化而成。

【釋義】◎本義指旋風,暴風。◇引申指隨風而動或飛揚:飄泊|飄蕩|飄浮|飄忽|飄零|飄流|飈揚|輕飈

朴 piáo

【析形】見"朴pò"。

【釋義】◎本義指樹皮,又為樹名,音pò。又作姓氏用字,音piáo。

瓢 piáo

瓢 篆 **瓢** 楷 (顏真卿)

【析形】瓢字小篆右旁是"瓜"(俗稱葫蘆)字的省減,意符,表明字義與葫蘆有關;左旁是票,聲符,表示讀音。形聲字。楷書沿襲小篆。

【釋義】◎本義指用對半剖開的葫蘆、匏瓜或木製成的舀水、盛酒或撮取麵粉等的用具。◇引申泛指匙、勺之類:瓢潑|瓢勺|水瓢|瓢葫蘆

漂 piǎo

【析形】見"漂piāo"。

【釋義】◎本義指浮在水面,音piāo。又指用水沖洗或用水加藥品,使東西退去顏色或變白,音piǎo:漂白|漂染|漂洗

票 piào

票 篆 **票** 楷 (顏真卿)

【析形】票字小篆上部是"舁"(義為昇高)字的省減,下部是火,均為意符,表示火焰飄飛騰起。會意字。隸變後楷書作"票",下部訛作"示"。

【釋義】◎本義指火焰飄飛騰起,音biāo。△音借表示作為憑證的紙片:票據|彩票|車票|傳票|船票|發票|股票|匯票|售票|選票|郵票|支票 ◇引申①紙票,通貨:票額|票號|票面|鈔票|零票|錢票 ②被綁架抵押的人:綁票|贖票|撕票 ③舊稱非職業的參加演戲:票友|玩兒票(以上音借義及其各引申義音piào)

漂 piào

【析形】見"漂piāo"。

【釋義】◎本義指浮在水面,音piāo。△音借表示①漂亮,好看,美觀:長得漂亮 ②出色:踢了一個漂亮球(以上音借義音piào)

撇 piē

【析形】見"撇piě"。

【釋義】◎本義指擊,音piě。◇引申①丟開,拋棄:撇開|撇棄|撇下 ②從液體表

面輕輕舀取：撇油（以上各引申義音 piē）

撇 〔撆〕piě

篆**撇** 楷（顏真卿）

【析形】撇字小篆下部是手，意符，表明字義與手的動作有關；上部是敝，聲符，表示讀音。形聲字。楷書寫作左右結構。

【釋義】◎本義為擊：撇波而濟水　◇引申①拋棄，扔：撇磚頭｜撇手榴彈　②漢字筆畫的一種，即"丿"。③量詞：兩撇鬍子

拼 〔拚〕pīn

拼 楷（顏真卿）

【析形】拼字《説文》所無。楷書左旁是"扌"（手），意符，表明字義與手的動作有關；右旁是并，聲符，表示讀音。形聲字。

【釋義】◎本義①不顧一切地幹，此義也作"拚"：拼刺｜拼命｜拼死｜硬拼　②綴合：拼版｜拼湊｜拼盤｜拼圖｜拼寫｜拼音｜拼綴｜東拼西湊　◇引申指雙方或多方同用，一起分擔費用：拼車

貧 （贫）pín

篆**貧** 隸（馬王堆帛書）**貧** 楷（顏真卿）
草（皇象）

【析形】貧字小篆上部是分，下部是貝，均為意符，財物分則少，取意窮乏，"分"也兼表示讀音（古音貧、分二字聲母相同，韻母同部）。會意兼聲字。隸、楷書沿襲小篆。

【簡化】簡化字"贫"的意符"贝"根據草書楷化而成。

【釋義】◎本義指貧乏，缺少錢財，與"富"相對：貧寒｜貧瘠｜貧賤｜貧苦｜貧困｜貧民｜貧弱｜赤貧｜濟貧｜清貧　◇引申①缺少，不足：貧血｜貧油｜知識貧乏　②愛多説廢話或開玩笑的：貧嘴｜這人真貧

頻 （频）pín

【析形】頻字當是"瀕"字的省減（見"瀕"字）。

【簡化】簡化字"频"意符"页"根據草書楷化而成。

【釋義】◎本義指人臨近水邊欲涉而卻步，皺眉徘徊：頻蹙（此義又作"顰"）　◇由徘徊義引申指屢次，連次：頻頻｜頻傳｜頻發｜頻繁｜頻率｜頻數 shuò｜高頻｜音頻

品 pǐn

甲 甲 金 篆 隸（居延簡）
楷（顏真卿）

【析形】品字甲骨文由三個像器皿的"口"構成，三"口"排列或上一下二，或上二下一，均為意符，取眾之意。會意字。金文沿襲甲骨文。小篆定型為上一口下二口。隸、楷書沿襲小篆。

【釋義】◎本義指眾多。◇引申①以眾取類，指人或事物的類別：品第｜品級｜品類｜品位｜品種　②品質，操行：品德｜品格｜品節｜品貌｜品行　③辨別好壞，優劣（分類）：品嘗｜品評｜品玩｜品味｜品頭論足　④物品質量、風味：品位｜品味　⑤文學、藝術等方面的創作：小品｜作品｜藝術品　⑥（日常生活中應用的）物品：品牌｜產品｜貨品｜商品

聘 pìn

篆**聘** 隸（隸辨）**聘** 楷（顏真卿）

【析形】聘字小篆左旁是耳，意符，以耳聞取意探問；右旁是甹，聲符，表示讀音。形聲字。隸、楷書沿襲小篆。

【釋義】◎本義指訪問，探問。古代國與國之間派使臣訪問稱"聘"：聘問｜報聘　◇引申①舊時用禮物延請隱逸之賢者。②請人擔任職務：聘請｜聘任｜聘書｜解聘｜受聘｜招聘｜徵聘　③訂婚、迎娶之禮：聘金｜聘禮

乒 pīng

【析形】乒字取音近的"兵"字減去右下一點以示區別而成字《説文》所無。是一種變體表音字。

【釋義】①象聲詞：乒乓｜乒乒乓乓　②乒乓球：乒壇｜世乒賽

平 píng

夞金 㐀篆 平隸(曹全碑) 平楷(虞世南)

【析形】平字金文上部的"一"為平之意象，下部一説為"釆"(音 biàn)字的省減，聲符，表示讀音。形聲字。小篆形體略變。隸書根據金文轉寫而成。楷書沿襲隸書。

【釋義】◎本義指平坦，不傾斜：平板|平川|平原|平展|水平|天平 ◇引申①使平：平地|平整 ②平定，用武力鎮壓：平價|平亂|平息|掃平 ③安定，安穩：平安|平靜|平順|平穩|和平|清平|太平 ④一般的，普通的：平常|平民|平實|平易|平庸|平裝 ⑤均等，不相上下：平輩|平等|平分|平衡|平均|平行 xíng ⑥公允，公正：平允|不平|持平|公平

評 (评) píng

訐隸(馬王堆帛書) 評楷(顏真卿)

【析形】評字《説文》所無。隸書左旁是言，意符，表明字義與言語有關；右旁是平，聲符，表示讀音。形聲字。

【簡化】楷書簡體"评"的意符"讠"根據草書楷化而成。

【釋義】◎本義指議論，批評：評介|評論|評説|評議|評註|評傳|短評|講評|品評|社評|史評|述評 ◇引申指審判：評比|評定|評分|評功|評級|評價|評獎|評選|評語|評閲

蘋 (苹) píng

蘋楷(虞世南)

【析形】蘋字《説文》所無。楷書上部是"艹"(艸)，意符，表明字義與植物有關；下部是頻，聲符，表示讀音。形聲字。

【簡化】簡化字是用同音合併的方法，以音近、筆畫較簡的"苹"(義同"萍")代替筆畫繁複的"蘋"，合併了蘋、苹二字的意義。

【釋義】①草名。大萍，今稱"四葉菜"、"田字草"。蕨類。②蘋果，落葉喬木，葉子橢圓形，有鋸齒，開白花，果實味甜或略酸。

憑 (凭)〔凴〕píng

㕰篆 凭楷(顏真卿)

【析形】憑字小篆作"凭"。左旁與右上部合為"任"，古有憑借義；右下部是几，本義為几桌，均為意符，取意有所託，有所憑藉("几"為所倚之物)。會意字。隸變後，人字在字左側為偏旁時寫作"亻"。字又以"馮"為聲符，或借音同之"憑"字表示。

【釋義】◎本義指靠在几、欄等物體上：憑欄|憑几 jī ◇引申①泛指依靠，倚仗：憑藉|憑險|憑仗|依憑 ②證據：憑單|憑據|憑照|憑證|文憑 ③任意，隨便：聽憑|任憑

瓶 〔缾〕píng

缾篆 瓶篆 瓶楷(顏真卿)

【析形】瓶字小篆形一左旁是缶，本義指瓦器，意符，表明字的初義與瓦製容器有關；右旁是并，聲符，表示讀音。形聲字。小篆形二聲符在左旁，意符為"瓦"，取意與"缶"相同。楷書沿襲小篆形二。

【釋義】◎本義指比缶小的容器。◇引申泛指口小、頸細、肚大的容器：瓶膽|瓶塞|瓶子|瓷瓶|花瓶

萍 píng

蓱篆 萍篆 苹楷(顏真卿) 萍楷(顏真卿)

【析形】萍字本作"苹"。小篆形一上部是"艹"，意符，表明字義與植物有關；下部是平，聲符，表示讀音。形聲字。形二左下是水，意符，表明字義與水有關；右下與上部合為苹，本義指水草，意符兼聲符，表示草本植物，也表示讀音。會意兼聲字。隸變後，水字在字左側為偏旁時寫作"氵"。

【釋義】浮萍，在水面浮生的草本植物：萍蹤|紫萍|萍水相逢

馮 (冯) píng

馮篆 馮隸(華山神廟碑) 馮楷(顏真卿)

【析形】馮字小篆右旁是馬，意符，表明字的初義與馬有關；左旁是"仌"（"冰"字的古文），聲符，表示讀音（馮、冰二字古音同韻部）。隸變後，"仌"字在字左側為偏旁時寫作"冫"。

【簡化】簡化字"冯"意符的簡化見"馬"字。

【釋義】◎本義指馬行疾。△音借用為"憑"，音píng。又作姓氏用字，音féng。

坪 píng

歪金坪篆坪楷（顏真卿）

【析形】金文坪字下部是土，意符，表明字義與土地有關；上部是平，意符兼聲符，表示平地，也表示讀音。會意兼聲字。小篆寫作左右結構。楷書沿襲小篆。

【釋義】平坦的場地：草坪｜土坪

屏 píng

屏篆屏楷（顏真卿）

【析形】屏字小篆上部像屋壁之形，意符，表明字義與牆壁有關；下部是并，聲符，表示讀音。形聲字。隸、楷書沿襲小篆。

【釋義】◎本義指當門的小牆：屏門　◇引申①遮蔽：屏蔽｜屏障　②屏風：屏藩｜畫屏｜圍屏　③掛在牆上的長條字畫：屏條｜插屏｜掛屏

朴 pō

【析形】見"朴pò"。

【釋義】◎本義為樹名，音pò。△音借組合〔朴pō刀〕舊式武器，一種窄長有短把的刀。

坡 pō

坡篆坡楷（顏真卿）

【析形】坡字小篆左旁是土，意符，表明字義與地形地勢有關；右旁是皮，聲符，表示讀音（坡、皮二字古音同韻部）。形聲字。楷書沿襲小篆。

【釋義】◎本義指地形傾斜的地方：陡坡｜高坡｜滑坡｜緩坡｜山坡｜斜坡　◇引申泛指傾斜：坡度

泊 pō

【析形】見"泊bó"。

【釋義】◎本義指船靠岸，音bó。△音借表示湖澤，音pō：湖泊｜水泊｜梁山泊｜羅布泊

潑（泼）pō

潑楷（顏真卿）

【析形】潑字《説文》所無。楷書左旁是"氵"，意符，表明字義與水有關；右旁是發，聲符，表示讀音（潑、發二字古音同韻部）。形聲字。

【簡化】簡化字"泼"聲符的簡化見"發"字。

【釋義】◎本義指把液體用力向外倒或向外灑，使散開：潑墨｜潑灑｜潑水｜瓢潑　◇引申①蠻橫不講理：潑婦｜潑辣｜撒sā潑　②有魄力，勇猛：潑辣

頗（颇）pō

頗篆頗楷（智永）頗草（王羲之）

頗楷（顏真卿）

【析形】頗字小篆右旁是頁，意符，表明字的初義與頭有關（見"頁"字）；左旁是皮，聲符，表示讀音（頗、皮二字古音同韻部）。形聲字。楷書形一沿襲小篆。

【簡化】楷書簡體"颇"的意符"页"根據草書楷化而成。

【釋義】◎本義指偏偏。◇引申指偏，不正：偏頗　△音借作副詞，表示很，相當地：頗佳｜頗久｜頗具風采｜頗有成效

婆 pó

婆楷（敬使君碑）

【析形】婆字《説文》所無。楷書下部是女，意符，表明字義與女性有關；上部是波，聲符，表示讀音。形聲字。

【釋義】①母親的母親：外婆　②丈夫的母親：婆婆｜婆家｜婆媳｜公婆　③舊時指某些職業婦女：產婆｜媒婆｜神婆｜巫婆　④泛指年老的婦女：阿婆｜叔婆｜太婆｜外婆

繁 pó

【析形】見"繁 fán"。

【釋義】◎本義指婦女頭上飾物繁多，音 fán。又作姓氏用字，音 pó。

朴 pò

朴篆 才卜隸(隸辨) 朴楷(顏真卿)

【析形】朴字小篆左旁是木，意符，表明字義與樹木有關；右旁是卜，聲符，表示讀音。形聲字。隸、楷書沿襲小篆。

【釋義】①樹皮。《説文》："朴，木皮也。"②樹名。榆科朴屬植物的泛稱。落葉喬木，中國最常見的朴屬植物有朴樹、紫彈樹、小葉朴(黑彈木)。木材可製器具。莖皮纖維可作造紙、人造棉的原料，根皮可入藥。

迫 pò

迫篆 迫楷(顏真卿)

【析形】迫字小篆左旁是辵，意符，表明字義與行走有關；右旁是白，聲符，表示讀音(迫、白二字古音同韻部)。形聲字。隸變後，辵字為偏旁時寫作"辶"。楷書沿襲小篆。

【釋義】◎本義指靠近，逼近：迫近|迫臨|迫在眉睫 ◇引申①逼迫，強迫：迫害|迫降|迫使|被迫|脅迫|壓迫|迫不得已 ②急促：迫促|迫切|急迫|緊迫|窘迫|迫不及待|從容不迫

破 pò

破篆 破隸(馬王堆帛書) 破楷(顏真卿)

【析形】破字小篆左旁是石，意符，表明字的初義與石頭有關；右旁是皮，表示讀音(破、皮二字古音同韻部)。形聲字。隸、楷書沿襲小篆。

【釋義】◎本義指石碎。◇引申①泛指碎裂，不完整：破敗|破爛|破滅|破碎|破損|破曉|破綻|衝破|打破|撕破 ②使損壞，不完整：破壞|破相|破釜沉舟|牢不可破 ③譏笑人或東西等不好：這點破事說了又說 ④劈開，使分裂：破腹|破

土|破門而入|破天荒|乘風破浪|勢如破竹 ⑤使真相露出，揭穿：破案|破獲|破迷兒|破題|破譯|道破|點破|看破|識破|說破 ⑥突破，撤除：破除|破格|破戒|破例 ⑦打垮，打敗：攻破|擊破 ⑧喪失全部財產，也比喻事情失敗：破產 ⑨花費：破財|破費

魄 pò

魄篆 白鬼隸(隸辨) 魄楷(顏真卿)

【析形】魄字小篆右旁是鬼，意符，表明字義與鬼神有關(古人認為人死後之靈魂即鬼，魄即陰神)；左旁是白，聲符，表示讀音(魄、白二字古音同韻部)。形聲字。隸、楷書沿襲小篆。

【釋義】◎本義為古人所指離開身體而存在的精神，即所謂陰神：魂魄|驚心動魄|三魂六魄|失魂落魄 ◇引申指精神，精力，魄力：氣魄|體魄

剖 pōu

剖篆 剖隸(校官碑) 剖楷(高貞碑)

【析形】剖字小篆右旁是刀，意符，表明工具；左旁是音，聲符，表示讀音。形聲字。隸變後，刀字在字右側為偏旁時寫作"刂"。

【釋義】◎本義指破開，分開：剖開|剖面|解剖 ◇引申指明辨，分析：剖白|剖解|剖析

仆 pū

仆篆

【析形】仆字小篆左旁是人，意符，表明字義與人有關；右旁是卜，聲符，表示讀音。形聲字。隸變後，人字在字左側為偏旁時寫作"亻"。

【釋義】◎本義指以頭碰地。◇引申指向前跌倒：前仆後繼

撲 (扑) pū

撲甲 撲金 撲篆 撲楷(昭仁寺碑)

【析形】撲字甲骨文外廓像山洞形，內中

左旁像兩手舉"辛"(代表工具)之形，右旁上部是"玉"，下部是像一盛器，均為意符，表示在山洞鑿玉。會意字。為"璞"字初文，用作"撲"。金文省減外廓山洞形，右旁增"戈"為意符，表示工具。小篆則去掉"戈"，左旁增"手"為意符，表明字義與手的動作有關。隸變後，手字在字左側為偏旁時寫作"扌"。

【簡化】簡化字是用同音合併的方法，以音同、筆畫較簡的"扑"(義為輕輕地敲打)代替筆畫繁複的"撲"，合併了撲、扑二字的意義。

【釋義】◎本義指打，擊。◇引申①拍：撲打|撲粉|撲閃 ②猛擊，進攻：撲救|撲滅|反撲|猛撲 ③衝向前，使身體伏在物體上：撲食|撲上去 ④(氣體等)直衝：撲鼻|撲面 △音借作象聲詞：撲棱|撲騰|撲通

鋪 (铺) pū

鋪金 **鋪**篆 **鋪**隸(馬王堆帛書)
鋪草(孫過庭) **鋪**楷(顏真卿)

【析形】鋪字金文左旁是金，意符，表明材質；右旁是甫，聲符，表示讀音。形聲字。小篆、隸、楷書沿襲金文。

【簡化】楷書簡體"铺"的意符"钅"根據草書楷化而成。

【釋義】◎本義指銅首，即舊式門環的底座，做成獸面，銜環着(zhuó)於門上。◇引申①陳設。②把東西展開或攤平：鋪陳|鋪墊|鋪蓋|鋪砌|鋪設|鋪敍|鋪展

僕 (仆) pú

僕甲 **僕**金 **僕**篆 **僕**隸(馬王堆帛書)
僕楷(顏真卿)

【析形】僕字甲骨文像一個側面頭戴"辛"(古代刑具)、雙手捧畚箕的僕人形象，隸作"美"。會意字。金文左旁增"人"為意符，表明字義與人有關；右旁是美，意符兼聲符，本即僕人，也表示讀音，成為會意兼聲字。小篆、隸、楷書沿襲金文。隸變後，人字在字左側為偏旁時寫作"亻"。

【簡化】簡化字是用同音合併的方法，以音近、筆畫較簡的"仆"(本義指以頭碰地)代替了筆畫繁複的"僕"，合併了僕、仆二字的意義。

【釋義】僕人，侍從，供役使的人，與"主人"相對：僕役|公僕|奴僕|主僕|忠僕

葡 pú

葡楷(顏真卿)

【析形】葡字《説文》所無。楷書上部是"艹"(艸)，意符，表明字義與植物有關；下部是匍，聲符，表示讀音。形聲字。

【釋義】〔葡萄〕果名。落葉木質藤本植物，葉子掌狀分裂，開黃綠色小花，果實圓形和橢圓形居多，黑、紅、紫、黃或綠色，味甜，是常見水果，也是釀酒的原料。

菩 pú

菩篆 **菩**隸(泰山金剛經) **菩**楷(顏真卿)

【析形】菩字小篆上部是"艸"，意符，表明字的初義與植物有關；下部是音，聲符，表示讀音。形聲字。隸、楷書沿襲小篆。

【釋義】◎本義為草名，可做蓆，音bèi。△音借作譯詞的構詞語素〔菩薩〕佛教指地位僅次於佛的人。引申泛指佛和某些神。〔菩提〕佛教指覺悟的境界：菩提樹(以上各音借義及其引申義音pú)

脯 pú

【析形】見"脯fǔ"。

【釋義】◎本義指肉乾，音fǔ。△音借指胸部，音pú：脯子|雞脯

蒲 pú

蒲篆 **蒲**楷(顏真卿)

【析形】蒲字小篆上部是"艸"，意符，表明字義與植物有關；下部是浦，聲符，表示讀音。形聲字。隸、楷書沿襲小篆。

【釋義】①草名。香蒲，又稱蒲草。多年生水生草本植物，葉長而尖，可以編蒲蓆、蒲包和做扇子。成熟的果穗叫蒲棒，

可入藥。根和嫩芽可吃：蒲團|蒲絨|蒲包 ②蒲柳，即水楊。③菖蒲，多年生草本植物，生在水邊：蒲節|蒲劍 ④蒲葵，常綠喬木，葉子可做扇：蒲扇

樸 (朴) pǔ

牆篆 樸隸(辟雍碑) 樸楷(虞世南)

【析形】樸字小篆左旁是木，意符，表明字義與木有關；右旁是業，聲符，表示讀音。形聲字。隸、楷書沿襲小篆。

【簡化】簡化字是用同音合併的方法，以音近、筆畫較簡的"朴"(本義指樹皮)代替筆畫繁複的"樸"，合併了樸、朴二字的意義。

【釋義】◎本義指未經加工成器的木材。◇引申指不加修飾：樸厚|樸實|樸素|淳樸|純樸|古樸|簡樸|儉樸|質樸

普 pǔ

曾篆 普隸(居延簡) 普楷(顏真卿)

【析形】普字小篆下部是日，意符，表明字義與日光有關；上部是並，聲符，表示讀音(普、並二字古音韻部相近)。形聲字。隸、楷書沿襲小篆。

【釋義】◎本義指日無色。《説文》："普，日無色也。" △音借指廣大，遍：普遍|普及|普通|普選|普照|科普

譜 (谱) pǔ

譜篆 譜隸(隸辨) 譜楷(顏真卿)

譜草(弘曆)

【析形】譜字小篆左旁是言，意符，表明字義與言辭有關；右旁是普，聲符，表示讀音。形聲字。隸、楷書沿襲小篆。

【簡化】簡化字"谱"的意符"讠"根據草書楷化而成。

【釋義】◎本義指按事物的類別或系統編成書籍、表冊：詞譜|家譜|蘭譜|年譜|聲譜|族譜 ◇引申①樂曲以符號表示聲音節拍之高低長短：歌譜|簡譜|樂譜|五線譜 ②就歌詞配曲：譜曲|譜寫 ③作示範之樣本或圖形：打譜|畫譜|臉譜|棋譜 ④大致的準則，把握：大譜兒|靠譜兒|離譜

兒|沒譜兒|準譜兒

圃 pǔ

圃甲 圃金 圃篆 圃隸(孔宙碑)

圃楷(顏真卿)

【析形】圃字甲骨文像田中有苗之形，與"苗"字初形同。隸作"甫"。金文外廓增"囗"表示圃圃圍欄。會意字。小篆、隸、楷書沿襲金文。

【釋義】種植蔬菜、花草的園子或園地：菜圃|花圃|苗圃|園圃

浦 pǔ

浦篆 浦隸(隸辨) 浦楷(顏真卿)

【析形】浦字小篆左旁是水，意符，表明字義與水有關；右旁是甫，聲符，表示讀音。形聲字。隸變後，水字在字左側為偏旁時寫作"氵"。

【釋義】本義指水邊。◇引申指河流入海的地方，多用於地名：浦東(在上海)|浦口(在江蘇)

舖 〔鋪〕 pù

【析形】見"鋪pū"。

【釋義】◎本義指銅首，音pū。◇引申①商店：鋪面|當鋪|店鋪|藥鋪 舊時也指驛站，現多用於地名：五里鋪 ②牀：鋪板|鋪位|牀鋪|搭鋪(以上各引申義又作"舖"，音pù)

堡 pù

【析形】見"堡bǎo"。

【釋義】本義指土築的小城，音bǎo。◇引申作地名，音pù：十里堡

暴 pù

暴篆 暴隸(曹全碑) 暴楷(顏真卿)

【析形】暴字古文作"暴"。上部是日，下部像兩手持農作物在日下曝曬。會意字。當是"暴"之初文。小篆把農作物訛作"出"，下部又增"米"為意符，以曬米取意曝曬。隸書中間形體已訛變，兩手形已

失，下部的"米"也訛變。楷書沿襲隸書。
【釋義】曬。也寫作"曝"(見"曝"字)。

曝 pù

【析形】見"暴pù"。
【釋義】◎本義為曬，寫作"暴"。用為殘
暴義後，又增意符"日"作"曝"表示本
義：一曝十寒 ◇引申指露在外頭：曝光
(也作"暴光")|曝露

瀑 pù

瀑篆 瀑楷(顏真卿) 瀑草(趙孟頫)

【析形】瀑字小篆左旁是水，意符，表明
字義與水有關；右旁是暴，聲符，表示讀
音。形聲字。隸變後，水字在字左側為偏
旁時寫作"氵"。今"瀑"字根據草書把小
篆聲符下部的"米"訛為"水"。
【釋義】◎本義指暴雨，音bào。◇引申指
從山壁上或河身突然降落的地方流下的
水，音pù：瀑布|飛瀑

Q

七 qī

十甲 十金 𠀁篆 七隸(張遷碑)
七楷(敬使君碑)

【析形】甲骨文數目字均像算籌形，"一"
為一橫畫，"二"為二橫畫，依此類推至
"四"或"五"，之後數量漸多，不可盡
列，故"七"字作"十"("十"字甲骨文作
"丨")，像算籌形。象形字。金文沿襲甲骨
文。小篆形體略變。隸書已失初形。楷書
沿襲隸書。
【釋義】數目字，六加一所得：七彩|七
律|七色|七言詩

妻 qī

𡜟甲 𡜴金 𡜚篆 妻隸(馬王堆帛書)
妻楷(顏真卿)

【析形】妻字甲骨文左旁像一長髮、雙手
交腕於胸前之女子側面形象，右旁像一隻
手，以手執女，取意娶妻(古代有搶妻的
習俗，故以手得妻取意)。會意字。金文
手形插入"女"上部。小篆沿襲金文。隸
書根據小篆轉寫而成。楷書沿襲隸書。
【釋義】男子的配偶，與"夫"相對：妻
弟|妻室|妻子|夫妻

期 qī

𦓐金 𦓎金 𦓏篆 其月隸(史晨碑)
期楷(褚遂良)

【析形】期字金文形一上部是日，意符，
表示時日；下部是其，聲符，表示讀音。
形聲字。形二意符為"月"，取意與"日"
同，寫作左右結構。小篆、隸、楷書沿襲
金文形二。
【釋義】◎本義指約定日期(約會)：幽期|
不期而遇 ◇引申①一定的時日，規定
的時間：期貨|期刊|期考|期限|工期|星
期 ②一段時間：期末|長期|假期|任期|
時期|學期|青春期 ③企盼，希望：期待|
期求|期望|預期 ④量詞，用於分期的事
物：短期|四期

欺 qī

𣪚篆 欺楷(顏真卿)

【析形】欺字小篆右旁是欠(甲骨文像人張
口呵氣之形)，意符，取意言語欺瞞；左
旁是其，聲符，表示讀音。形聲字。楷書
沿襲小篆。
【釋義】◎本義指欺騙：欺哄|欺瞞|欺詐|
欺世盜名 ◇引申指欺負，凌辱：欺凌|欺

侮|欺壓|欺軟怕硬|仗勢欺人

漆 qī

𤽯篆𤾁篆漆楷(顏真卿)

【析形】小篆形一、形二本是兩個字。形一像漆液順樹幹而流之狀，象形字，為"漆"字初文。形二左旁是水，意符，表明字的初義與水有關；右旁是桼，聲符，表示讀音。形聲字。隸變後，水字在字左側為偏旁時寫作"氵"。楷書把桼、漆兩個字的意義合併為"漆"一個形體。

【釋義】◎樹名。一種落葉喬木，其汁可為塗料。原作"桼"，今作"漆"。漆，本義指水名。源自陝西舊同官縣。西南流至耀州，合沮水為石川河。東南流至武功縣西，注入渭水。因聲用為樹漆之"桼"。◇引申①泛指用漆樹皮裏的黏汁或其他樹脂製成的塗料：漆雕|漆畫|漆皮|漆器|漆樹|烘漆|噴漆|生漆|油漆 ②把漆塗在器物上：漆工|漆匠 ③漆樹汁可製成黑色塗料，引申表示很黑：漆黑

柒 qī

柒楷(顏真卿)

【析形】"柒"字本義表示樹漆。"樹漆"義小篆作"桼"(見"漆"字)。"柒"為後起形聲字。楷書左上是"氵"(水)，表示字義與液體有關；右下部是木，代表樹木，均為意符，表示樹漆；右上是"七"，聲符，表示讀音。

【釋義】本義同"漆"。△音借作"七"字的大寫。

棲〔栖〕qī

𣚁篆𣚁隸(馬王堆帛書)栖楷(褚遂良)

【析形】棲字小篆左旁是木，意符，表明字的初義與樹木有關；右旁是妻，聲符，表示讀音。形聲字。隸書沿襲小篆。

【簡化】楷書簡體"栖"是用更換聲符的方法，以筆畫較簡的"西"替換了筆畫較繁複的"妻"。內地採用"栖"字。

【釋義】本義指鳥在樹上停息，也泛指居住或停留：棲身|棲息|共棲|兩棲

淒〔淒、悽〕qī

𣽼篆淒楷(顏真卿)

【析形】淒字小篆左旁是水，意符，表明字義與水有關；右旁是妻，聲符，表示讀音。形聲字。楷書意符作"氵"。

【釋義】◎本義指雲霧起雨落的狀貌。◇引申①寒冷，蕭條：淒厲|淒涼|淒清|淒風苦雨 ②表示悲傷(此義又作"悽")：淒慘|淒楚|淒愴|淒切|淒然|淒婉

戚〔慼〕qī

𢨫金戚篆慼楷(智永)

【析形】戚字金文右旁是戈，意符，表明字義與兵器有關；左旁是尗，聲符，表示讀音(戚、尗二字古音同韻部)。形聲字。小篆改意符為"戉"(本義亦為兵器)。楷書沿襲小篆。異體字增"心"為意符，表示音借義"哀戚"。

【釋義】◎本義指古代一種形似斧的兵器。《韓非子·五蠹》："執干戚舞。"△音借表示①親戚：戚友|外戚 ②悲哀，憂愁(此義又寫作"慼")：哀戚|悲戚|憂戚

嘁 qī

嘁楷(顏真卿)

【析形】嘁字《説文》所無。楷書左旁是口，意符，以口能發出聲響取意；右旁是戚，聲符，表示讀音。形聲字。

【釋義】①象聲詞。形容細碎的説話聲：嘁嘁喳喳 ②形容説話做事乾脆利索：嘁里喀喳

齊〔齐〕qí

𣫤甲𠫒𠫒金𡄈金齊篆齊隸(華山神廟碑)齋楷(敬使君碑)

【析形】齊字甲骨文像禾麥吐穗之狀，取齊平之象。象形字。金文形一沿襲甲骨文；形二下部增"土"為意符，表示禾麥生長的土地。小篆下部"土"形已訛變。隸書麥穗已失初形。楷書沿襲隸書。

【簡化】簡化字"齐"是用保留特徵、局部刪除的方法，保留原字外廓特徵"齐"，

刪除了其餘部件。

> "齊"字為偏旁的字類推簡化。例如：臍、濟、劑、擠、薺等。

【釋義】◎本義指禾麥吐穗齊平之狀。◇引申①整齊：齊步｜齊整｜參差不齊 ②一起，同時：齊唱｜齊奏｜一齊｜百花齊放｜並駕齊驅 ③數量、長度、高度等相等：對齊｜取齊｜找齊 ④同樣，一致：齊名｜齊心｜等量齊觀 ⑤集合：齊集｜會齊｜聚齊 ⑥全：齊備｜齊全

其 qí

甲 金 金 籀文 篆
隸(曹全碑) 楷(歐陽詢)

【析形】其字甲骨文像一隻簸箕之形，為"箕"字初文。象形字。金文形一沿襲甲骨文；形二下部有基座。籀文、小篆、隸、楷書均沿襲金文形二。
【釋義】◎本義同"箕"。△音借作①第三人稱代詞，表示領有，相當於"他(她、它)的"，"他(她、它)們的"：其貌不揚｜投其所好｜名副其實｜自圓其說 ②指事代詞，表示"那個"，"那"，"那些"，"那樣"：其間｜其餘｜其中 ③第三人稱代詞，表示"他(她、它)"，"他(她、它)們"：出其不意｜各行其是 ④文言助詞，表示揣測、反問或勸勉：其奈我何？ ⑤詞尾，組成副詞、連詞：極其｜如其｜與其

奇 qí

篆 隸(某慧明碑) 楷(歐陽詢)

【析形】奇字小篆上部是立，意符，表明字義與站立有關；下部是"可"字的省減，聲符，表示讀音(奇、可二字古音同韻部)。形聲字。隸、楷書沿襲小篆。
【釋義】◎本義當為"踦"字古文，表示一足而立。◇引申①特殊，不尋常的：奇才｜奇怪｜奇觀｜奇功｜奇景｜奇妙｜奇特｜奇異｜神奇｜稀奇｜新奇｜珍奇 ②驚異：奇怪｜驚奇｜不足為奇 ③出人意料的：奇跡｜奇襲｜奇遇｜離奇

崎 qí

崎 楷(顏真卿)

【析形】崎字《說文》所無。楷書左旁是山，意符，表明字義與山有關；右旁是奇，聲符，表示讀音。形聲字。
【釋義】〔崎嶇〕山險，山路不平。

畦 qí

篆 楷(顏真卿)

【析形】畦字小篆左旁是田，意符，表明字義與田地有關；右旁是圭，聲符，表示讀音(畦、圭二字古音同韻部)。形聲字。楷書沿襲小篆。
【釋義】①古代土地面積單位，一般為五十畝。②田園裏由土埂圍起的一塊塊排列整齊的田地：畦灌｜畦田｜菜畦

歧 qí

歧 楷(顏真卿)

【析形】歧字《說文》所無。楷書左旁是"止"(甲骨文像足印形，"趾"字初文)，意符，表明字義與行走有關；右旁是支，意符兼聲符，表示分支、岔路，也兼表示讀音。會意兼聲字。
【釋義】◎本義指岔道：歧路｜歧途 ◇引申指不相同，不一致：歧視｜歧義｜歧異｜分歧

祈 qí

甲 金 篆 隸(白石君碑)
祈 楷(褚遂良)

【析形】祈字甲骨文、金文借音同的"旂"字表示(一說甲、金文以"斾"、"單"為意符，表示持武器準備出戰時在軍旗之下祈禱)。小篆左旁是示，意符，表明字義與祭拜等活動有關(見"示"字)；右旁是斤，聲符，表示讀音。形聲字。隸書沿襲小篆。隸變後，"示"字在字左側為偏旁時寫作"礻"。
【釋義】◎本義指向上天或神明求福。◇引申指請求，希望：祈求｜祈望

鰭 qí

鰭 楷 (顏真卿)

【析形】鰭字《說文》所無。左旁是魚，意符，表明字義與魚類有關；右旁是耆，聲符，表示讀音。形聲字。

【簡化】楷書簡體“鳍”的意符“鱼”根據草書楷化而成。

【釋義】①魚類的運動器官，由薄膜和硬刺構成：背鰭|臂鰭|腹鰭|脊鰭|尾鰭|胸鰭 ②同“鮨”。魚名。

臍 (脐) qí

臍 篆 **脐** 楷 (顏真卿)

【析形】臍字小篆下部是肉，意符，表明字義與身體某部分有關；上部是齊，聲符，表示讀音。形聲字。古文肉、月二字形近，隸變後，兩個字作偏旁時多同化寫作“月”。

【簡化】楷書簡體“脐”寫作左右結構，聲符的簡化見“齊”字。

【釋義】◎本義指肚臍，腹部正中臍帶脫落的地方。◇引申①物體像人臍的：臍橙|瓜臍 ②螃蟹肚子下面的甲殼：尖臍|團臍

騎 (骑) qí

騎 篆 **騎** 隸 (史晨碑) **騎** 楷 (顏真卿)

【析形】騎字小篆左旁是馬，意符，表明字義與馬有關；右旁是奇，聲符，表示讀音。形聲字。隸、楷書沿襲小篆。

【簡化】楷書簡體“骑”意符的簡化見“馬”字。

【釋義】本義指跨馬：騎馬|騎士 ◇引申①騎兵，也泛指騎馬的人：車騎|輕騎|鐵騎|千里走單騎 ②騎的馬，也泛指人乘坐的動物：坐騎 ③跨坐在牲畜或其他東西上：騎牆|騎虎難下 ④兼跨兩邊：騎縫|騎樓

棋 〔棊、碁〕qí

棋 篆 **棋** 隸 (隸辨) **棋** 楷 (顏真卿)

【析形】棋字小篆下部是木，意符，表明

材質；上部是其，聲符，表示讀音。形聲字。隸書寫作左右結構。楷書沿襲隸書。異體字以“石”為意符，亦表明材質。

【釋義】弈具，一種文娛用品：棋局|棋迷|棋盤|棋譜|和棋|圍棋|象棋

旗 〔旂〕qí

旗 甲 **旗** 金 **旗** 金 **旗** 篆 **旗** 隸 (王基碑) **旗** 楷 (李璧碑)

【析形】旗字甲骨文像一桿隨風飄動的旗幟之形。象形字。隸作“㫃”。金文形一沿襲甲骨文；形二右下增“斤”為聲符，表示讀音，成為形聲字。小篆改聲符為“其”。隸、楷書沿襲小篆。

【釋義】◎本義為旗幟之總稱：旗杆|旗號|旗艦|旗手|旗語|國旗|升旗 ◇引申①屬於八旗的，又特指屬於滿清的 (清代滿族的軍隊組織和戶口編制以旗為號)：旗袍|旗人 ②比喻某一行業或某一方面的主導力量：旗艦店

乞 qǐ

【析形】古文字“乞”、“氣”同字。見“氣”字。

【釋義】◎本義指雲氣。△音借指請求：乞靈|乞巧|乞求|乞降 xiáng|乞援 ◇引申指向人討取：乞討|乞丐|乞憐|乞食|行乞

豈 (岂) qǐ

豈 篆 **豈** 楷 (敬使君碑) **岂** 草 (王獻之)

【析形】豈字小篆像古代鼓形，上部插有飾物，中間是鼓面，下部是鼓架。象形字。隸書上部訛作“山”。

【簡化】簡化字“岂”根據草書楷化而成。

【釋義】◎本義指軍隊得勝歸來所奏的樂曲。此義後作“凱”。△音借作副詞，表示反問：豈但|豈非|豈敢|豈能|豈有此理

企 qǐ

企 甲 **企** 篆 **企** 隸 (葉慧明碑) **企** 楷 (昭仁寺碑)

【析形】企字甲骨文上部是側立之人形，下部像足印形，隸作"止"（"趾"字初文），均為意符，取意站立。會意字。小篆沿襲甲骨文。隸書側立人形作"人"。楷書沿襲隸書。

【釋義】◎本義指踮着腳跟站着：翹企｜企足而待 ◇引申指盼望：企及｜企慕｜企盼｜企求｜企望 △音借組合①〔企業〕指從事生產、運輸、貿易等經濟活動的部門：國企｜私企 ②〔企劃〕策劃，謀劃。

啟 (启)〔啟〕qǐ

【析形】啟字甲骨文形一左旁像一扇門，右旁像隻手，均為意符，以手開啟門戶取意開啟。會意字。形二下部是"口"，取意叫開；形三既有"手"，也有"口"。金文沿襲甲骨文形三。小篆形一只保留"啟"，刪除了"手"；形二右旁是攴，本義指擊打，以打門取意開啟。隸書沿襲小篆形二。

【簡化】楷書簡體"启"是用沿用古體的方法，沿襲甲骨文形二。簡化字沿用楷書簡體。

【釋義】◎本義指打開：啟齒｜啟封｜開啟 ◇引申①開導，引起：啟迪｜啟發｜啟蒙｜啟示｜承前啟後｜承上啟下 ②開始：啟程｜啟動｜啟用｜啟運 ③陳述：啟事｜啟奏 ④較短的書信：書啟｜小啟

起 qǐ

【析形】起字小篆左旁是走，意符，表明字義與行動有關；右旁是已，聲符，表示讀音。形聲字。隸書沿襲小篆。楷書把"已"訛作"己"。

【釋義】◎本義指由坐臥而站立或由躺而坐。◇引申①由下向上升，由小往大漲：起吊｜起伏｜起落｜起重 ②離開原來的位置：起飛｜起航｜起解 jiè｜起開｜起子 zi｜起死回生 ③取出，弄出：起場｜起貨｜起雷｜起贓｜起釘子 ④建造，建立：起家｜起屋｜起爐灶 ⑤草擬：起草 ⑥開始：起步｜

起程｜起初｜起點｜起動｜起價｜起跑｜起跳｜起先｜起源 ⑦發生，發動：起哄 hòng｜起火｜起急｜起來｜起訴｜起疑｜起義｜起因｜發起｜興起｜驟起 △音借作量詞，相當於"件"、"次"或"群"、"批"：兩起遊客｜一起事故

稽 qǐ

【析形】見"稽 jī"。

【釋義】◎本義指停留，音 jī。△音借表示叩頭，音 qǐ：稽首

氣 (气) qì

【析形】氣、气古文本是兩個字。

气字甲骨文像雲氣之形（與甲骨文數目字"三"形似，區別在於："三"字三畫兩端齊平；"气"字中間一畫略短）。象形字。金文更像雲氣飄散形。小篆沿襲金文。

氣字小篆下部是米，意符，表明字義與糧食等有關；上部是气，聲符，表示讀音。形聲字。隸、楷書沿襲小篆。

【簡化】楷書簡體是用沿用古體的方法，沿用了金文形體作"气"。

【釋義】◎氣，本義指贈送人的糧食或飼料。此義後作"餼"。因聲用為雲气之"气"。◇引申①泛指氣體，又特指空氣：氣流｜氣溫｜氣壓｜打氣｜冷氣｜霧氣｜氧氣｜蒸氣 ②自然界冷熱陰晴等現象：氣候｜氣象｜節氣｜天氣 ③呼吸，氣息：氣功｜氣管｜氣門｜憋氣｜屏氣｜喘氣｜斷氣｜歇氣 中醫指某種症象：氣虛｜氣滯｜疝氣｜濕氣｜胎氣 ④中醫又指人生理、身體機能的原動力：氣力｜氣血｜傷氣｜養氣｜元氣 ⑤人的精神狀態：氣度｜氣概｜氣節｜氣量｜氣色｜氣宇｜氣質｜骨氣｜生氣｜士氣｜勇氣｜志氣 ⑥人的作風習氣：風氣｜官氣｜和氣｜嬌氣｜俗氣｜淘氣｜土氣｜秀氣｜雅氣｜正氣 ⑦氣味兒：臊氣｜香氣｜煙氣｜油氣 ⑧氣勢：氣派｜氣魄｜膽氣｜浩氣｜銳氣｜意氣 ⑨相學指人的命運：氣數｜福氣｜晦氣｜手氣｜運氣 ⑩生氣，惱怒：氣憤｜氣惱｜動氣｜賭氣｜火氣｜解氣｜消氣 ⑪使人生氣：氣人 ⑫氣氛：活氣｜喜氣

Q

棄(弃) qì

甲 金 篆 説文古文 隸(隸辨)
楷(歐陽詢)

【析形】棄字甲骨文上部是子,中間像一隻簸箕,下部像兩隻手,均為意符,雙手把箕中嬰兒拋掉,取意拋棄。會意字。金文中間"箕"形略變。小篆仍見子、箕和兩隻手。説文古文省減了"箕",保留"子"和兩隻手。隸書筆畫化,"子"、"箕"已失初形,下部雙手形又訛作"木"。楷書把"子"訛作"云"。

【簡化】簡化字是用沿用古體的方法,沿用説文古文寫作"弃"。

【釋義】扔掉,捨去,不要:棄權|棄嬰|棄置|背棄|丟棄|放棄|廢棄|拋棄|捨棄|嫌棄|揚棄|遺棄

汽 qì

篆 汽 楷(顏真卿)

【析形】汽字小篆左旁是水,右旁是气,均為意符,表示水氣,"气"也兼表示讀音。會意兼聲字。隸變後,水字在字左側為偏旁時寫作"氵"。

【釋義】◎本義指水乾涸。◇引申①水氣。液體或固體受熱而變成的氣體:汽車|汽燈|汽笛|汽缸|汽化|汽酒|汽水|汽油 ②特指水蒸氣:汽船|汽錘|蒸汽

砌 qì

篆 砌 楷(顏真卿)

【析形】砌字小篆左旁是石,意符,表明材質;右旁是切,聲符,表示讀音。形聲字。楷書沿襲小篆。

【釋義】◎本義指台階:雕欄玉砌 ◇引申①一層一層壘積磚石並用灰、泥黏合:砌牆|砌灶 ②泛指用磚、石等覆蓋地面或建築物的表面:堆砌|鋪砌

器 qì

金 篆 隸(郭有道碑)
器 楷(顏真卿)

【析形】器字金文四周之"口"代表食器;中間是犬,均為意符,古時地廣人稀,農民在田地耕種並在田野用餐,常用狗警戒並守衛食品器物。器物之形難以一物盡象,故以狗守護食器表意。會意字。小篆、隸、楷書沿襲金文。

【釋義】◎本義指器具,器物:器材|器皿|兵器|食器 ◇引申①器官:臟器|生殖器 ②度量,才能:器量|成器|大器晚成 ③重視:器重

迄 qì

篆 迄 隸(趙寬碑) 迄 楷(顏真卿)

【析形】迄字小篆左旁是辵,意符,表明字義與行走有關;右旁是气,聲符,表示讀音。形聲字。隸變後,辵字為偏旁時寫作"辶"。楷書聲符為"乞"(古文"乞"、"气"同字)。

【釋義】◎本義為至,到:迄今 ◇引申指始終,終了:迄未見效|迄無音信

泣 qì

篆 三立 隸(馬王堆帛書) 泣 (張猛龍碑)

【析形】泣字小篆左旁是水,意符,表示淚水;右旁是立,聲符,表示讀音。形聲字。隸書沿襲小篆。隸變後,水字在字左側為偏旁時寫作"氵"。

【釋義】◎本義指無聲而哭,也指低聲哭:泣訴|悲泣|抽泣|哭泣|涕泣 ◇引申指眼淚:飲泣|泣下如雨

契 qì

篆 契 楷(王羲之)

【析形】契字小篆下部是大(甲骨文像正面人形),意符,表明字義與人的活動有關;上部是㓞,義為刻(左旁像刻畫的刀痕),意符兼聲符,取意憑據(古代把文字刻在竹木片上),也表示讀音。會意兼聲字。

【釋義】◎本義指券證,憑證:契據|契約|地契|房契|文契 ◇引申指相合:契合|默契|投契|相契

栔〔契〕qì

栔篆

【析形】栔字小篆上部是韧，義為"刻"，下部是木，表示材料，均為意符，表示在木上雕刻。會意字。

【釋義】用刀雕刻。又作"契"。

薺〔荠〕qi

【析形】見"薺jì"。

【釋義】〔荸薺〕多年生草本植物，地下球莖可供食用。俗稱"馬蹄"。

掐 qiā

掐篆 **掐**楷(顏真卿)

【析形】掐字小篆左旁是手，意符，表明字義與手的動作有關；右旁是臽，聲符，表示讀音。形聲字。隸變後，手字在字左側為偏旁時寫作"扌"。

【釋義】◎本義指用指甲刺入或用力截斷：掐斷|掐算|掐尖兒|掐頭去尾 ◇引申①用手的虎口緊緊按住：掐死 ②量詞，拇指和另一手指尖相對握着的數量：掐子|一掐小葱

卡 qiǎ

卡楷(顏真卿)

【析形】卡字《說文》所無。楷書由"上"與"下"疊合而成，兩字中間共一橫畫，取意不上不下，卡在中間。會意字。

【釋義】◎本義指夾在中間，不能活動：卡殼|卡脖子 ◇引申①為警備而設置的檢查站或崗哨：邊卡|關卡|哨卡|稅卡 ②夾東西的器具：卡盤|卡子|卡鑽|髮卡

洽 qià

洽篆 **洽**隸(范式碑) **洽**楷(虞世南)

【析形】洽字小篆左旁是水，意符，表明字的初義與水有關；右旁是合，聲符，表示讀音(洽、合二字古音同韻部)。形聲字。隸變後，水字在字左側為偏旁時寫作"氵"。

【釋義】◎本義指霑潤，浸潤。◇引申①和睦，協調：合洽|融洽 ②聯繫，商談：洽商|洽談|接洽|面洽

恰 qià

恰篆 **恰**楷(顏真卿)

【析形】恰字小篆左旁是心，意符，表明字的初義與心思有關；右旁是合，聲符，表示讀音(恰、合二字古音同韻部)。形聲字。隸變後，心字在字左側為偏旁時寫作"忄"。

【釋義】◎本義指用心。《說文新附》："恰，用心也。"◇凡事用心則當(dàng)，故引申指適當，剛好：恰好|恰巧|恰似|恰到好處|恰如其分

鉛〔铅〕qiān

鉛篆 **铅**楷(顏真卿) **鉛**草(孫過庭)

【析形】鉛字小篆左旁是金，意符，表明字義與金屬有關；右旁是㕣，聲符，表示讀音。形聲字。

【簡化】楷書簡體"铅"的意符"钅"根據草書楷化而成；聲符形體訛變。

【釋義】①金屬元素，符號Pb。青灰色，用於製造合金、蓄電池、電纜的外皮和防放射線的材料：鉛版|鉛錘|鉛球|鉛絲|鉛印|鉛字 ②鉛筆的筆心：鉛芯|鉛條

謙〔谦〕qiān

謙篆 **言燕**隸(史晨碑) **謙**草(王羲之) **謙**楷(顏真卿)

【析形】謙字小篆左旁是言，意符，表明字義與言語有關；右旁是兼，聲符，表示讀音。形聲字。隸書沿襲小篆。

【簡化】楷書簡體"谦"的意符"讠"根據草書楷化而成。

【釋義】虛心，恭謹：謙恭|謙和|謙讓|謙虛|謙遜

簽〔签〕qiān

签楷(顏真卿)

【析形】簽字《說文》所無。上部是"竹"，意符，表明載體；下部是僉，聲符，表示

讀音。形聲字。
【簡化】楷書簡體“签”的聲符根據草書楷化而成(見“劍”字)。
【釋義】題寫姓名、簽署意見或畫記號：簽到|簽發|簽名|簽收|簽署|簽證|簽字|題簽

籤(签) qiān

篆
【釋義】籤字小篆上部是竹，意符，表明字義與竹子有關；下部是韱，聲符，表示讀音。形聲字。
【簡化】簡化字是用同音合併的方法，以音同、筆畫較簡的“簽”字簡化字“签”代替筆畫繁複的“籤”，合併了籤、簽二字的意義。
【釋義】◎本義指用竹子或木削成的作標識用的片條：標籤|書籤兒 ◇引申①有文字、符號，用於占卜、賭博或比賽等的竹片：籤筒|抽籤|求籤 ②用竹子或木削成的帶尖小細棍：牙籤|竹籤

千 qiān

甲金篆隸(禮器碑)
楷(歐陽詢)
【析形】“千”字甲骨文是在像側立之人形下部增一橫畫而成字，一橫表示一千，兩橫表示兩千；“人”也表示讀音(千、人二字古音同韻部)。金文、小篆沿襲甲骨文。隸書筆畫化，失去初形。楷書沿襲隸書。
【釋義】◎數詞，十百為千：千卡 kǎ|千克|千米|千瓦 ◇引申形容很多：千夫|千斤|千秋|千歲|千錘百煉|千方百計|千載難逢|一落千丈|一日千里|氣象萬千

遷(迁) qiān

説文古文篆隸(曹全碑)
楷(顏真卿)
【析形】遷字説文古文左旁是手，右旁是西(古人以“西”為“棲”字初文)，均為意符，以搬動棲息之地取意遷移。會意字。小篆左旁是辵，意符，表明字義與行為動作有關；右旁是“䙴”，聲符，表示讀音(一説“䙴”即“遷”字古文)。形聲字。隸變後，辵字為偏旁時寫作“辶”。
【簡化】簡化字“迁”是用更換聲符的方法，以筆畫較簡的“千”為聲符，替換了筆畫繁複的“䙴”。
【釋義】◎本義指向上移：陞遷 ◇引申①泛指移換所在地，移動：遷都|遷居|遷怒|搬遷|拆遷|喬遷 ②改變：變遷|時過境遷|見異思遷

牽(牵) qiān

篆楷(顏真卿)草(米芾)
【析形】牽字小篆下部是牛，上部像繩索，隸作“玄”，像用繩索牽牛前行，玄也兼表示讀音。會意兼聲字。隸、楷書沿襲小篆。
【簡化】簡化字“牵”根據草書楷化而成。
【釋義】◎本義指拉，挽，引向前：牽動|牽強 qiǎng|牽線|牽引 ◇引申指連帶，關聯：牽扯|牽掛|牽累|牽連|牽念|牽涉|牽制

前 qián

甲金篆篆隸(武威簡)
楷(歐陽詢)
【析形】前字甲骨文外廓像四通八達之道路形，隸作“行”，意符，表明字義與道路有關；中間上部是“止”(“趾”字初文)，下部像舟形，均為意符，表示乘舟前行(一説“止”下是履，“鞋”字古文，表示着履前行)。會意字。金文省減外廓的“行”。小篆形一沿襲金文；形二右下增“刀”為意符，為“剪”字初文，借用作前行之“前”義。隸書沿襲小篆形二，又把小篆上部的“止”訛作“䒑”，把“舟”訛作“月”。隸變後，刀字在字右側為偏旁時寫作“刂”。
【釋義】◎本義指前進，往前走：前往|勇往直前 ◇引申①次序，靠近前頭的：前輩|前導|前排|前驅|前者|前奏|名列前茅 ②在前面的：前額|前方|前哨|前衛|前線 ③時間上較早的，過去的：前年|前期|前身|當前|提前|先前 ④未來的：前程|前景|前途

錢 (钱) qián

錢篆　錢隸(張遷碑)　钱楷(顏真卿)

【析形】錢字小篆左旁是金，意符，表明材質；右旁是戔，聲符，表示讀音。形聲字。隸、楷書沿襲小篆。

【簡化】楷書簡體"钱"根據草書略加改造楷化而成。

【釋義】◎本義為古代農具名，即鐵鏟，音 jiǎn。表示金屬貨幣，特指銅錢之"錢"字與之異字同形，音 qián：錢幣|古錢|製錢 ◇引申①泛指貨幣：錢鈔|價錢|金錢|零錢|現錢|賺錢 ②費用，款：本錢|工錢|捐錢|利錢 ③重量單位，十分為一錢，十錢為一兩：市錢

鉗 (钳)〔拑〕qián

鉗篆　钳楷(顏真卿)

【析形】鉗字小篆左旁是金，意符，表明字義與金屬有關；右旁是甘，聲符，表示讀音(鉗、甘二字古音同韻部)。形聲字。楷書沿襲小篆。異體字以"扌"(手)為意符，表明字義與手的動作有關。

【簡化】楷書簡體"钳"的意符"钅"根據草書楷化而成。

【釋義】◎本義指古刑具，是一種束頸的鐵圈。也指夾東西的用具：鉗工|鉗子|虎鉗|火鉗 ◇引申①夾東西 (此義又作"拑")：鉗住 ②約束：鉗制|鉗口結舌。

潛 〔潜〕qián

潛篆　潛隸(桐柏廟碑)　潜楷(歐陽詢)

【析形】潛字小篆左旁是水，意符，表明字義與水有關；右旁是朁，聲符，表示讀音。形聲字。隸變後，水字在字左側為偏旁時寫作"氵"。

【釋義】◎本義指涉水或沒 (mò) 水游渡：潛水|潛泳|潛水艇 ◇引申①隱藏，不外露的：潛藏|潛伏|潛力|潛流|潛熱|潛望鏡|潛移默化 ②秘密地，偷偷地：潛逃|潛行

乾 qián

乾篆　乾隸(隸辨)　乾楷(顏真卿)

【析形】乾字小篆右下是乙(甲骨文像草木向上冒出之形)，意符，取意冒出；左旁與右上合作倝，聲符，表示讀音。形聲字。隸、楷書沿襲小篆。

【釋義】◎本義指上出。△音借表示①八卦之一，代表天：乾坤 ②男性的：乾造|乾宅

黔 qián

黔篆　黔隸(曹全碑)　黔楷(顏真卿)

【析形】黔字小篆左旁是黑，意符，表示黑色；右旁是今，聲符，表示讀音(黔、今二字古音同韻部)。形聲字。隸、楷書沿襲小篆。

【釋義】◎本義指黑色：黔首 △音借指貴州的別稱：黔劇|黔驢技窮

遣 qiǎn

遣甲　遣金　遣金　遣篆　遣隸(居延簡)　遣楷(顏真卿)

【析形】遣字甲骨文上部像兩隻手，中間像一把弓，下部表示箭器，均為意符，把弓箭放入箭器，取意放置。會意字。金文形一沿襲甲骨文；形二左旁增"彳"(甲骨文像道路形)、"止"(甲骨文像足印形。"趾"字初文) 兩個意符，表明字義與行為動作有關。小篆把"彳"、"止"兩個部件合篆作"辵"，又把意符"弓"訛作"𠂤"。隸書再把"𠂤"訛作"㠯"，上部雙手形已失。隸變後，辵字為偏旁時寫作"辶"。

【釋義】◎本義指放置，釋放。◇引申①派遣，打發：遣返|遣散|遣送|調遣|先遣|調兵遣將 ②排解，發洩：排遣|驅遣|消遣|自遣

譴 (谴) qiǎn

譴篆　譴隸(隸辨)　谴楷(顏真卿)

【析形】譴字小篆左旁是言，意符，表明字義與言語有關；右旁是遣，聲符，表示讀音。形聲字。隸書沿襲小篆。

【簡化】楷書簡體"谴"的意符"讠"根據草書楷化而成。

【釋義】責備：譴責|譴謫

欠 qiàn

【析形】欠字甲骨文下部像跪踞之人形，上部像張口吐氣形。象形字。小篆形體略變。楷書筆畫化，更失初形。

【釋義】◎本義指人疲倦時張口打哈欠：呵欠　◇引申①由氣不足引申泛指不足，缺乏：欠缺｜欠資｜短欠｜缺欠　②應當給卻沒給，借人財物沒還：欠款｜欠條｜欠債｜欠賬｜欠資｜虧欠｜拖欠　△音借表示身體一部分稍微前伸或向上移動：欠身

縴 (纤) qiàn

【析形】縴字《説文》所無。左旁是“糹”，意符，表明字義與繩索有關；右旁是牽，聲符，表示讀音。形聲字。

【簡化】簡化字“纤”是用更換聲符的方法，以筆畫較簡的“千”為聲符，替換筆畫繁複的“牽”，與“纖維”之“纖”字的簡化字“纤”異字同形。意符“糹”根據草書楷化而成。

【釋義】拉船前行的繩子：縴夫｜縴繩｜拉縴

歉 qiàn

【析形】歉字小篆右旁是欠（甲骨文像人張口呵氣形。見“欠”字），意符，取意不足；左旁是兼，聲符，表示讀音。形聲字。楷書沿襲隸書。

【釋義】◎本義指餓，吃不飽。《説文·欠部》：“歉，歉食不滿。”　◇引申①貧，收成不好，與“豐”相對：歉年｜歉收｜荒歉　②缺少，不足：腹歉衣裳單　③心覺不安，覺得對不起人：歉疚｜歉意｜抱歉｜道歉

嵌 qiàn

【析形】嵌字小篆上部是山，意符，表明字的初義與山有關；下部是歁字的省減，聲符，表示讀音。形聲字。楷書沿襲小篆。

【釋義】◎本義指深山。　◇引申①深陷。②把東西鑲入物品的空凹處：嵌金｜

嵌石｜嵌珠｜鑲嵌

槍 (枪) 〔鎗〕 qiāng

【析形】槍字小篆左旁是木，意符，表明材質；右旁是倉，聲符，表示讀音。形聲字。隸書沿襲小篆。異體字以“金”為意符，亦表明材質。

【簡化】簡化字“枪”聲符的簡化見“倉”字。

【釋義】◎本義為古代武器名。一種木製長柄、有尖鋭的金屬頭的刺擊兵器：標槍｜刀槍｜鐵槍｜投槍　◇引申①一種小口徑發射彈藥的武器：槍殺｜槍械｜槍戰｜步槍｜手槍　②形狀或性能像槍的器具：焊槍｜水槍｜煙槍

腔 qiāng

【析形】腔字小篆左旁是肉，意符，表明字義與身體的某部分有關；右旁是空，意符兼聲符，表示中空，也表示讀音（腔、空二字古音同韻部）。會意兼聲字。古文肉、月二字形近，隸變後，兩個字作偏旁時多同化寫作“月”。楷書沿襲小篆。

【釋義】◎本義指人和動物身體中空的部分：鼻腔｜腹腔｜胸腔　◇引申指器物中空的部分：爐腔　△音借①曲調：腔調｜唱腔｜花腔　②話，説話的調子：答腔｜官腔｜京腔｜開腔｜學生腔

嗆 (呛) qiāng

【析形】嗆字《説文》所無。楷書左旁是口，意符，表明字義與口的動作有關；右旁是倉，聲符，表示讀音。形聲字。

【簡化】楷書簡體“呛”聲符的簡化見“倉”字。

【釋義】①鳥啄食。②水或食物進入氣管引起咳嗽等：嗆水｜嗆着了｜吃嗆了

強 〔強、彊〕 qiáng

强楷（敬使君碑）**舀**甲**彊**金**彊**篆

【析形】強、彊本是兩個字。

強字籀文下部是二虫，意符，表明字義與昆蟲類有關；上部是彊，聲符，表示讀音。形聲字。小篆右下只保留了一虫，聲符省減，寫作左右結構。隸、楷書沿襲小篆。

彊字甲骨文左旁是弓，意符，表明字的初義與弓有關；右旁是"畺"字初文，聲符，表示讀音。形聲字。金文、小篆均沿襲甲骨文。後用同音合併的方法，以音近、筆畫較簡的"強"代替了筆畫繁複的"彊"，合併了強、彊二字的意義。

【釋義】◎彊，本義指硬弓，弓有力。後作"強"。強，本義為蟲名，一種米蟲。音借表示"彊"義。◇引申①健壯，有力量，與"弱"相對：強大｜強國｜強健｜強勁｜強烈｜強盛｜強壯　②使用強力，強迫：強渡｜強攻｜強加｜強權｜強行｜強佔｜強制　③兇狠，不講理：強暴｜強悍｜強橫 hèng　④堅強：剛強｜好 hào 強｜頑強｜要強｜增強｜自強　⑤優越，比較好：強似｜更強　⑥用在分數或小數後，表示略多於此數：增長 2%強

牆 (墙) qiáng

牆金**牆**篆**墙**楷（顏真卿）**墙**草（懷素）

【析形】牆字金文右上是二"禾"，右下像倉廩之形，均為意符，以禾穀入倉取意有所蔽藏；左旁是"爿"，聲符，表示讀音。形聲字。小篆右上二"禾"改作"來"（本義指來麥，取意與"禾"同）。楷書省減聲符"爿"，增"土"為意符，表明字義與泥土有關。會意字。

【簡化】簡化字"墙"根據草書楷化而成。

【釋義】用土築或用磚石等砌成的周邊或屏障：牆壁｜牆基｜城牆｜圍牆

搶 (抢) qiǎng

搶楷（顏真卿）

【析形】搶字《說文》所無。楷書左旁是"扌"（手），意符，表明字義與手的動作有關；右旁是倉，聲符，表示讀音。形聲字。

【簡化】簡化字"抢"聲符的簡化見"倉"字。

【釋義】◎本義指爭奪，強取：搶劫｜搶奪｜搶掠｜搶佔　◇引申指爭先，趕緊：搶答｜搶渡｜搶購｜搶救｜搶險｜搶修｜搶灘　△音借表示刮掉或擦掉物體表面的一層：磨剪子搶菜刀｜手上搶去了一層皮

強〔强、彊〕qiǎng

【析形】見"強 qiáng"。

【釋義】◎本義指硬弓，弓有力，音 qiáng。◇引申指逼迫，勉強，音 qiǎng：強逼｜強迫｜強求｜強使｜強顏｜牽強

嗆 (呛) qiàng

【析形】見"嗆 qiāng"。

【釋義】◎本義見"嗆 qiāng"。有刺激性的氣體進入呼吸器官而感覺難受。音 qiāng：嗆喉｜嗆嗓子

悄 qiāo

【析形】見"悄 qiǎo"。

【釋義】◎本義指憂愁之貌，音 qiǎo。◇引申指沒有聲音或聲音很低，音 qiāo：悄悄｜靜悄悄

雀 qiāo

【析形】見"雀 què'"。

【釋義】◎本義為鳥名，音 què。◇引申指雀 què 斑，音 qiāo：雀子

鍬 (锹) qiāo

锹楷（顏真卿）

【析形】鍬字《說文》所無。楷書左旁是金，意符，表明材質；右旁是秋，聲符，表示讀音。形聲字。

【簡化】簡化字"锹"的意符"钅"根據草書楷化而成。

【釋義】鏟土或其他東西的工具：鐵鍬

敲 qiāo

敲篆**敲**楷（顏真卿）

【析形】敲字小篆右旁是攴（甲骨文像手持棒之形），意符，表明字義與擊打有關；左旁是高，聲符，表示讀音。形聲字。楷

書沿襲小篆。

【釋義】本義指擊，叩：敲打│敲擊│敲門│敲鐘│敲鑼打鼓　◇引申指用威脅、欺騙、狡詐的手段索取財物或抬高價格：敲詐│敲竹槓│敲骨吸髓│敲詐勒索

蹺 (跷)〔蹻〕qiāo

跷 楷(顏真卿)

【析形】蹺字《説文》所無。左旁是足，意符，表明字義與腿腳有關；右旁是堯，聲符，表示讀音。形聲字。異體字以"喬"為聲符。

【簡化】楷書簡體"跷"的聲符"尧"根據草書楷化而成。

【釋義】◎本義指抬起(腿、腳)：蹺腳│蹺腿　◇引申①豎起(指頭)：蹺着大拇指　②一種民間表演形式，表演者踩着有踏腳裝置的木棍，邊走邊表演：踩高蹺

喬 (乔) qiáo

乔 金 金 篆 隸(祀三公山碑)
乔 楷(顏真卿)

【析形】喬字金文形一下部是高，上部加一曲畫，作為指事標誌，以區別於"高"字，表示高而曲。指事字。形二在"高"字上部增"止"(甲骨文像足印形。"趾"字初文)為意符，表明字義與行為動作有關。小篆把"止"訛作"夭"。隸書沿襲小篆。

【簡化】楷書簡體"乔"是用符號代替的方法，下部以"川"作為象徵性符號，替換了原字下部筆畫繁複的部件。簡化字沿用楷書簡體。

> "喬"字為偏旁的字類推簡化。例如：侨、桥、荞、骄、娇、矫、轿等。

【釋義】◎本義指高而上曲。　◇引申①高：喬木│喬遷　②因聲通"驕"：母(毋)富而喬(驕)。　△音借表示假作，裝扮：喬裝打扮

僑 (侨) qiáo

僑 篆 **侨** 楷(顏真卿)

【析形】僑字小篆左旁是人，意符，表明字義與人有關；右旁是喬，聲符，表示讀音。形聲字。隸變後，人字在字左側為偏旁時寫作"亻"。

【簡化】簡化字"侨"聲符的簡化見"喬"字。

【釋義】◎本義指高。◇引申指裝了高蹺(一種表演用的木棍)的人：僑人　△音借表示①客居國外：僑胞│僑居│僑民　②寄居在國外的人：僑眷│僑務│華僑│難nàn僑

蕎 (荞) qiáo

荞 楷(顏真卿)

【析形】蕎字《説文》所無。上部是"艹"(艸)，意符，表明字義與植物有關；下部是"喬"，聲符，表示讀音。形聲字。

【簡化】楷書簡體"荞"聲符的簡化見"喬"字。

【釋義】◎蕎麥。蓼科。糧食作物之一。果實菱形，種子磨粉供食用：蕎麵│蕎麥皮

橋 (桥) qiáo

桥 篆 **桥** 楷(顏真卿)

【析形】橋字小篆左旁是木，意符，表明建造材料；右旁是喬，聲符，表示讀音。形聲字。

【簡化】楷書簡體"桥"聲符的簡化見"喬"字。

【釋義】本義指架設在江河上便於通行的建築物：橋拱│橋樑│吊橋│架橋│引橋　◇引申指形狀或功用像橋的：鞍橋│腦橋│鵲橋│天橋│立交橋

瞧 qiáo

瞧 楷(顏真卿)

【析形】瞧字《説文》所無。楷書左上部是目，意符，表明字義與眼睛有關；右旁與下部合為"焦"，聲符，表示讀音。形聲字。

【釋義】◎本義指偷看。　◇引申泛指看，診治，探訪：瞧病│瞧親戚│瞧見│瞧熱鬧

翹 (翘) qiáo

翹篆 翹楷(顏真卿) 翹草(皇象)

【析形】翹字小篆右旁是羽，意符，表明字義與羽毛有關；左旁是堯，聲符，表示讀音。形聲字。楷書沿襲小篆。

【簡化】簡化字"翘"的聲符根據草書略加改造楷化而成。

【釋義】◎本義指鳥尾上的羽毛。◇鳥尾向上翹起，引申①舉起，抬起：翹首｜翹望　②平直的東西變為彎曲不平：翹棱

憔 〔顦〕 qiáo

憔篆 憔楷(顏真卿)

【析形】憔字小篆作"顦"。右旁是頁，意符，表明字義與頭部有關(見"頁"字)；左旁是焦，聲符，表示讀音。形聲字。楷書以"忄"(心)為意符，表明字義與心緒有關。

【釋義】〔憔悴〕形容人黃瘦，臉色不好看。又寫作"顦顇"。

巧 qiǎo

巧篆 巧楷(褚遂良)

【析形】巧字小篆左旁是工，意符，表明字義與技能有關；右旁是丂，聲符，表示讀音。形聲字。楷書沿襲小篆。

【釋義】◎本義指技巧，技能。◇引申①技藝高明，靈敏：巧妙｜巧計｜工巧｜機巧｜精巧｜靈巧｜輕巧｜纖巧　②恰好：巧合｜巧遇｜湊巧｜碰巧｜恰巧｜正巧　③虛浮不實，偽詐：巧辯｜巧言｜取巧｜偷巧｜巧立名目｜巧取豪奪｜花言巧語

悄 qiǎo

悄篆 悄楷(顏真卿)

【析形】悄字小篆左旁是心，意符，表明字的初義與心緒有關；右旁是肖，聲符，表示讀音。形聲字。隸變後，心字在字左側為偏旁時寫作"忄"。

【釋義】◎本義指憂愁的樣子：悄然　◇引申指沒有聲音或聲音很低：悄然｜悄聲

殼 (壳) qiào

殼甲 殼篆 壳楷(顏真卿)

【析形】殼字甲骨文左旁像一懸掛之器物，右旁像手持棒之形，隸作"殳"，取意擊打。會意字。小篆沿襲甲骨文。

【簡化】楷書簡體是用保留特徵、局部代全體的方法，保留左旁"壳"代替全字，刪除了右旁"殳"。簡化字沿用楷書簡體。

【釋義】◎本義指從上擊下。△音借指堅硬的外皮：殼質｜地殼｜甲殼｜介殼｜軀殼｜金蟬脫殼

撬 qiào

撬楷(顏真卿)

【析形】撬字《説文》所無。楷書左旁是"扌"(手)，意符，表明字義與手的動作有關；右旁是毳，聲符，表示讀音。形聲字。

【釋義】◎本義指舉起。◇引申指撥開，挑開，即用棍、棒、刀、錐等插入縫隙中，用力扳動：撬動｜撬槓｜撬開｜撬門

俏 qiào

俏楷(顏真卿)

【析形】俏字《説文》所無。楷書左旁是"亻"(人)，意符，表明字義與人有關；右旁是肖，聲符，表示讀音。形聲字。

【釋義】◎本義指人漂亮，美好，動作靈活：俏麗｜俏皮｜俊俏　◇引申指銷路好的貨物：俏貨｜俏市｜俏銷｜緊俏商品

峭 〔陗〕 qiào

峭篆 峭隸(隸辨) 峭楷(顏真卿)

【析形】峭字小篆作"陗"。左旁是阜，本義為土山，意符，表明字義與山勢有關；右旁是肖，聲符，表示讀音。形聲字。隸書意符為"山"。楷書沿襲隸書。

【釋義】◎本義指山勢陡峭險峻：峭拔｜峭壁｜峻峭　◇引申比喻尖利：寒峭｜冷峭｜料峭

Q

竅 (窍) qiào

闅篆 窲隸(馬王堆帛書) 窍楷(顏真卿)

【析形】竅字小篆上部是穴，意符，表明字義與洞窟有關；下部是敫，聲符，表示讀音。形聲字。

【簡化】楷書簡體"窍"是用更換聲符的方法，以筆畫較簡的"巧"為聲符，替換了筆畫繁複的"敫"。簡化字沿用楷書簡體。

【釋義】◎本義指孔洞：開竅｜七竅｜心竅 ◇引申比喻事情的關鍵：竅門｜訣竅｜通竅｜一竅不通

翹 (翘) qiào

【析形】見"翹 qiáo"。

【釋義】◎本義指鳥尾上的羽毛，音 qiáo。◇鳥尾向上翹起，引申指一頭向上仰起，音 qiào：翹尾巴｜翹鼻子

切 qiē

切篆 ⼑隸(武威簡) 切楷(顏真卿)

【析形】切字小篆右旁是刀，意符，表明工具；左旁是七，聲符，表示讀音。形聲字。隸書沿襲小篆。楷書聲符訛作"土"。

【釋義】◎本義指分割，截：切變｜切除｜切斷｜切割｜切片｜切削 ◇引申①磨：切磋 ②直線、圓或面等與圓、弧或球只有一個交點時稱作"切"：切點｜切面｜切線｜正切

茄 qié

【析形】見"茄 jiā"。

【釋義】本義指荷莖，音 jiā。又為蔬菜名。〔茄 qié 子〕又名"落蘇"，茄科，一年生草本植物，花紫色，果實球形或長圓形，紫色，也有白色或淺綠色，是可食之蔬菜。
〔番茄〕一年生草本植物。果實也叫西紅柿。

且 qiě

且甲 且金 且篆 且隸(曹全碑)
且楷(顏真卿)

【析形】且字甲骨文像雄器形。象形字。金文沿襲甲骨文。小篆形體略變。隸、楷書沿襲小篆。

【釋義】◎本義為雄性生殖器。△音借作 ①副詞，表示將近：年且八十 ②表示暫時：且慢｜姑且｜暫且 ③連詞，表示並列關係：並且｜且歌且舞 ④表示進一層：而且｜況且｜既高且大

切 qiè

【析形】見"切 qiē"。

【釋義】◎本義指分割，音 qiē。◇引申①貼近，密合：切近｜切身｜關切｜密切｜親切｜深切｜切膚之痛 ②急迫：急切｜懇切｜迫切｜熱切 ③着實：切記｜切忌｜切實｜悲切｜痛切｜真切 ④符合：切合｜切題｜切中 zhòng｜確切 ⑤古時一種標音方法：切音｜反切 ⑥中醫診脈：切脈｜切診｜望聞問切(以上各引申義音 qiè)

竊 (窃) qiè

竊篆 窃楷(顏真卿)

【析形】竊字小篆上部是穴，左下是米，均為意符，從穴中盜米，取意偷盜；中間的"廿"與右下"离"均為聲符，表示讀音。形聲字。

【簡化】楷書簡體"窃"省減了意符"米"，又用更換聲符的方法，以筆畫較簡的"切"為聲符，替換了原來筆畫繁複的聲符。

【釋義】◎本義指偷盜：竊據｜竊取｜竊賊｜剽竊｜失竊｜行竊 ◇引申①暗中偷偷地：竊聽｜竊笑 ②謙指自己：竊謂｜竊以為

怯 qiè

㥄篆 惝篆 怯楷(顏真卿)

【析形】怯字小篆形一左旁是犬，古人以為犬性膽小，故以"犬"為意符表示膽小義；右旁是去，聲符，表示讀音。形聲字。形二意符為"心"，表明字義與心性有關。楷書沿襲小篆形二。隸變後，心字在字左側為偏旁時寫作"忄"。

【釋義】膽小，畏縮：怯場｜怯懦｜怯生｜怯陣｜膽怯｜畏怯｜羞怯

侵 qīn

甲金篆隸（馬王堆帛書）

侵楷（顏真卿）

【析形】侵字甲骨文左旁是牛，右旁像手持帚形，均為意符，舉帚驅趕牲畜，取意侵擾。會意字。金文省減意符"牛"，保留了手持帚形，右上部像面右之"人"形，取意持帚擾人。小篆"人"旁在左。隸書沿襲小篆。楷書手形隸作"又"。隸變後，人字在字左側為偏旁時寫作"亻"。

【釋義】◎本義指犯擾：侵犯｜侵害｜侵權｜侵擾｜侵蝕｜侵吞｜侵襲｜侵佔｜入侵 ◇引申指接近：侵晨｜侵曉｜侵早

親（亲）qīn

金親篆隸（禮器碑）親楷（顏真卿）

【析形】親字金文右旁是見，意符，取意親臨探視；左旁是辛，聲符，表示讀音。形聲字。小篆改聲符為"亲"。隸書沿襲小篆。

【簡化】簡化字是用保留特徵、局部代全體的方法，保留左旁"亲"代替全字，刪除了右旁的"見"。

【釋義】◎本義指親臨，至。◇引申①親自：親筆｜親歷｜親身｜親政 ②用嘴唇接觸，表示喜愛：親親｜親吻 ③關係密切，感情深厚，與"疏"相對：親近｜親密｜親民｜親切｜親信 ④父母：親生｜雙親｜探親｜省 xǐng 親 ⑤婚姻：親事｜成親｜定親｜結 jié 親｜求親｜提親｜相親 ⑥新娘或新郎：搶親｜娶親｜迎親｜招親 ⑦有血統或婚姻關係的：親戚｜親屬｜嫡親｜血親｜姻親｜至親 ⑧血統最接近的：親姐｜親叔

欽（钦）qīn

金篆隸（華山神廟碑）欽楷（王羲之）草（草書韻會）

【析形】欽字金文右旁像人張口吐氣形，隸作"欠"，意符，表示張口打哈欠；左旁是金，聲符，表示讀音。形聲字。小篆、隸、楷書沿襲金文。

【簡化】簡化字"钦"的聲符"钅"根據草書

楷化而成。

【釋義】◎本義為人疲倦時張口打哈欠之狀。△音借指封建時代皇帝親自（做）：欽差｜欽定 ◇引申指恭敬：欽敬｜欽佩｜欽羨｜欽仰

芹 qín

篆芹楷（顏真卿）

【析形】芹字小篆上部是"艸"，意符，表明字義與植物有關；下部是斤，聲符，表示讀音。形聲字。楷書沿襲小篆。

【釋義】菜名。傘形科，多年生草本植物，夏天開白花，是常見蔬菜：芹菜｜西芹｜香芹

琴〔琹〕qín

篆琴隸（孔彪碑）琴楷（顏真卿）

【析形】琴字小篆像琴形，上部中間有琴柱，兩旁像弦軸、琴弦，下部像共鳴器。象形字。隸書保留了原字上部形體，下部訛作"今"，為聲符，表示讀音，成為形聲字。楷書沿襲隸書。異體字下部以"木"為意符，表明材質。

【釋義】◎古代一種弦樂器。也稱七弦琴。傳說弦樂器始為五弦，周初增為七弦。◇引申作某些樂器的通稱：琴弓｜琴鍵｜琴師｜鋼琴｜彈琴

禽 qín

甲金篆隸（淮源廟碑）禽楷（歐陽詢）

【析形】禽字甲骨文像一把帶網、用於捕獵之器具形，當是"擒"字古文。象形字。金文上部增"今"為聲符，表示讀音。形聲字。小篆下部捕獵工具形已失。隸書沿襲小篆。楷書聲符略變。

【釋義】◎本義當指古代捕獵器具。◇引申①捕獲，捉拿。此義後作"擒"。②所獲之物，泛指鳥獸的總稱：五禽戲 ③鳥之總稱：禽獸｜飛禽｜家禽｜猛禽｜野禽｜珍禽

勤 qín

金金篆隸（趙寬碑）勤楷（虞世南）

【析形】勤字金文形一借音近的"堇"字表示。形二右旁增"力"為意符，表明字義與力氣有關；左旁"堇"為聲符，表示讀音。形聲字。小篆沿襲金文形二。隸、楷書聲符筆畫略簡。

【釋義】◎本義指辛勞，勞作，盡力：勤奮|勤儉|勤懇|勤勞　◇引申①次數多，經常：勤練|勤洗　②勤務：地勤|後勤|內勤|戰勤　③在規定時間內的工作或勞動：出勤|考勤|缺勤|執勤

擒 qín

擒 楷(顏真卿)

【析形】擒字本作"禽"(見"禽"字)。"禽"字用為禽獸義後，楷書左旁增"扌"(手)為意符表示本義，成為形聲字。

【釋義】捉拿：擒拿|就擒|生擒

秦 qín

秦 甲　秦 金　秦 篆　秦 隸(曹全碑)
秦 楷(褚遂良)

【析形】秦字甲骨文上部像兩手持杵形，下部像兩束禾，均為意符，取意舂米。會意字。金文沿襲甲骨文。小篆下部省為一"禾"。隸變後，上部手持杵形隸作"夫"，與"舂"、"泰"、"奉"、"奏"等字的隸變體混同。楷書沿襲隸書。

【釋義】◎本義當指舂米。又用作古國名，秦國。也指朝代名，秦始皇建立(公元前221—公元前206年)，由周朝的秦國發展而來：秦朝|秦鏡|秦篆|先秦|朝秦暮楚　又指陝西和甘肅，特指陝西：秦腔

寢 qǐn

寢 甲　寢 金　寢 篆　寢 楷(顏真卿)　寢 草(陸游)

【析形】寢字甲骨文外廓像屋宇形，隸作"宀"，意符，表明字義與房屋有關；內中是"侵"字初文的省減，聲符，表示讀音。形聲字。金文沿襲甲骨文。小篆聲符為"侵"。楷書把"人"易作"爿"("牀"字古文)，表示寢之所。

【簡化】楷書簡體"寢"下部左旁的"爿"根據草書楷化而成。

【釋義】◎本義指臥，躺臥：寢車|寢宮|寢食|寢室|安寢|廢寢忘食　◇引申①臥室：就寢|入寢　②帝王的墳墓：靈寢|陵寢　③止息：事寢

青 qīng

青 金　青 篆　青 隸(孔彪碑)　青 楷(張猛龍碑)

【析形】金文青字下部是丹，本指硃砂，引申指赤色，意符，表明字義與顏色有關；上部是生，聲符，表示讀音(青、生二字古音同韻部)。形聲字。小篆沿襲金文，隸變後，意符"丹"訛作"月"，聲符"生"訛作"龶"。

【釋義】◎本義指①藍色，從一種草本植物中提製之染料：青天|青雲|青出於藍　②深綠色。◇引申①泛指綠色的東西：青菜|青草|青山|青松|丹青　②青草及未成熟的莊稼：青苗|催青|放青|看kān青|啃青|壓青　③指年輕人：青春|青工|青年　④黑色(深綠近黑)：青絲|青衣|垂青|瀝青|玄青|藏zàng青

清 qīng

清 金　清 篆　清 隸(辟雍碑)　清 楷(歐陽詢)

【析形】清字金文右旁是水，意符，表明字義與水有關；左旁是靜，聲符，表示讀音。形聲字。小篆意符在左，聲符改"靜"為"青"。隸、楷書沿襲小篆。隸變後，水字在字左側為偏旁時寫作"氵"。

【釋義】◎本義指水澄澈，與"濁"相對。◇引申①泛指純淨，不混濁：清白|清澈|清淨|清朗|清泉|清爽|清新|清雅|清樣　②清楚，明白：清脆|清晰|清醒|清越　③徹底：清倉|清查|清理|清盤|清算　④單純：清茶|清唱|清醇|清淡|清一色　⑤清除：清黨|清道|清熱|清洗|肅清　⑥不留餘：清還|清賬|付清|還清|結清　⑦公正廉潔：清官|清廉|清正　⑧安靜：清福|清淨|清閒|清夜|清幽|冷清　⑨婉辭：清減|清瘦　用作朝代名(公元1644—1911年)：清朝|大清

蜻 qīng

蜻 篆　蜻 楷(顏真卿)

【析形】蜻字小篆左旁是虫，意符，表明字義與昆蟲類有關；右旁是青，聲符，表示讀音。形聲字。楷書沿襲小篆。

【釋義】〔蜻蜓〕昆蟲，有兩對透明的翅，腹部細長，常在水邊捕食蚊蟲等，是益蟲：蜻蜓點水

氫(氢) qīng

氫楷(顏真卿)

【析形】氫字《說文》所無。上部是气，意符，表明字義與氣體有關；下部是"巠"，聲符，表示讀音。形聲字。

【簡化】楷書簡體"氢"聲符的簡化見"莖"字。

【釋義】氣體元素，符號H。是已知的元素中最輕的。無色，無臭。化學性質活潑，是強烈的還原劑。自然界的氫主要存於化合物中，如水、碳氫化合物等。在化學工業上用途很廣，是製氯化氫、氨和硬化油的原料。液態氫可用作高能燃料：氫彈｜氫氣｜重氫

卿 qīng

卿甲　卿金　卿篆　卿隸(辟雍碑)　卿楷(顏真卿)

【析形】卿字甲骨文中間像一隻古代食器，兩邊各有一人跪坐於食器旁，均為意符，像兩人相對就食之形，取意饗食。會意字。金文沿襲甲骨文。小篆"食器"略失初形。隸書根據小篆轉寫而成。楷書沿襲隸書。

【釋義】◎本義指饗食。△音借①古代天子及諸侯所屬的高級官員之稱呼(卿、饗二字古音同韻部)。漢以前有六卿，漢設九卿，北魏在正卿下還有少卿。以後歷代相沿，清末始廢：卿相｜公卿｜上卿｜三公九卿②古代也用於君稱臣：愛卿③用於翻譯外國官名：國務卿

輕(轻) qīng

輕篆　輕隸(校官碑)　輕楷(顏真卿)　輕草(王羲之)

【析形】輕字小篆左旁是車，意符，表明字義與車有關；右旁是巠，聲符，表示讀音。形聲字。隸、楷書沿襲小篆。

【簡化】楷書簡體"轻"根據草書楷化而成。

【釋義】◎本義為車名，即輕車，古代兵車。也指輕捷的車。◇引申①分量小，與"重"相對：輕便｜輕騎｜輕巧｜輕鐵｜輕型｜輕盈｜輕裝②數量少，程度淺：輕傷｜輕微｜年輕③用力小：輕放｜輕取｜手輕④放鬆，不緊張：輕便｜輕省｜輕鬆｜輕閒｜輕音樂⑤隨便，不莊重：輕薄bó｜輕浮｜輕狂｜輕率｜輕佻｜輕信｜輕易｜輕舉妄動⑥不重視，不認真對待：輕敵｜輕慢｜輕蔑｜輕生｜輕視｜輕侮｜相輕

傾(倾) qīng

傾篆　傾隸(隸辨)　傾楷(智永)　傾草(顏真卿)

【析形】傾字小篆左旁是人，意符，表明字義與人的活動有關；右旁是頃，意符兼聲符，本義指頭不正，取斜側之意，也兼表示讀音。會意兼聲字。隸變後，人字在字左側為偏旁時寫作"亻"。

【簡化】簡化字"倾"的意符"页"根據草書楷化而成。

【釋義】◎本義指偏側，斜：傾側｜傾斜｜傾仄◇引申①偏於贊成某一方，趨勢：傾心｜傾向②表示欽佩，愛慕：傾倒｜傾慕｜傾心｜傾城傾國③倒塌：傾倒｜傾覆④全部倒出：傾盆｜傾銷｜傾瀉｜傾巢出動⑤竭盡：傾情｜傾訴｜傾聽⑥壓倒：權傾朝野⑦排擠：傾軋

情 qíng

情篆　情隸(史晨碑)　情楷(李璧碑)

【析形】情字小篆左旁是心，意符，表明字義與心理活動有關；右旁是青，聲符，表示讀音。形聲字。隸書沿襲小篆。隸變後，心字在字左側為偏旁時寫作"忄"。

【釋義】◎本義指喜、怒、哀、樂、好(hào)、惡(wù)等感情：情操｜情感｜情懷｜情態｜情緒｜表情｜才情｜激情｜神情｜性情◇引申①愛情，性慾：情愛｜情侶｜情人｜情書｜戀情｜色情｜殉情②情誼：情義｜情意

交情 | 私情 | 友情 | 真情 ③情理：常情 | 人情
通情達理 ④情況，情態：情節 | 情景 | 情形
案情 | 病情 | 劇情 | 民情 | 世情 | 疫情

晴 qíng

篆 晴 楷（顏真卿）

【析形】晴字小篆左旁是夕，義為傍晚，意符，表明字的初義與夜晚有關；右旁是生，聲符，表示讀音。形聲字。楷書改意符"夕"為"日"，又改聲符"生"為"青"（晴、生、青三字古音同韻部）。

【釋義】◎本義指夜晴，雨止雲散。◇引申泛指雨停，天空無雲或少雲，與"陰"相對：晴和 | 晴空 | 晴朗 | 晴天 | 放晴

擎 qíng

擎 楷（顏真卿）

【析形】擎字《說文》所無。楷書下部是手，意符，表明字義與手的動作有關；上部是敬，聲符，表示讀音。形聲字。

【釋義】舉，向上托：高擎 | 引擎 | 擎天柱 | 眾擎易舉

請（请）qǐng

金 請 篆 請 隸（白石君碑） 請 草（李邕）
請 楷（顏真卿）

【析形】請字金文左旁是言，意符，表明字義與言語有關；右旁是青，聲符，表示讀音。形聲字。小篆、隸書沿襲金文。

【簡化】楷書簡體"请"的意符"讠"根據草書楷化而成。

【釋義】◎本義指進見，拜見。◇引申①請求，要求：請假 | 請命 | 請示 | 申請 ②邀請，聘請：請柬 | 請客 | 宴請 | 約請 ③敬辭，希望對方做某事：請安 | 請便 | 請教

頃（顷）qǐng

篆 頃 隸（肥致碑） 頃 楷（顏真卿）

【析形】頃字小篆左旁是反寫的"人"字，取不正之意；右旁是頁，本義指頭（見"頁"字），均為意符，表示頭不正。會意字。隸書把反寫的人字隸作"匕"。

【簡化】楷書簡體"顷"意符"页"的簡化見"頁"字。

【釋義】◎本義指頭不正。◇引申指傾斜，偏側。此義後作"傾"。△音借表示①短時間：頃刻 | 俄頃 | 少 shǎo 頃 | 有頃 ②剛才，不久以前：頃接 | 頃聞 ③市頃的通稱，一頃等於一百畝：公頃 | 萬頃良田 | 碧波萬頃

慶（庆）qìng

甲 金 慶 篆 慶 隸（隸辨） 慶 楷（顏真卿）

【析形】慶字甲骨文外廓像鹿一類的動物，古代多以鹿皮作為慶賀之禮物（一說像鹿類動物，古人以之為祥獸，作為喜慶的象徵），中間是心，均為意符，取意誠心慶賀。會意字。金文沿襲甲骨文。小篆線條化，鹿形已失。隸、楷書根據小篆轉寫而成。

【簡化】簡化字"庆"是用符號代替的方法，保留了原字輪廓"广"，內中以筆畫較簡的"大"作為象徵性符號，替換了筆畫繁複的部件。

【釋義】◎本義指祝賀：慶典 | 慶賀 | 慶祝 | 歡慶 | 喜慶 ◇引申指共同慶祝的日子：國慶 | 校慶

親（亲）qìng

【析形】見"親 qīn"。

【釋義】◎本義指親臨、至，音 qīn。◇引申表示夫妻雙方父母彼此的關係或稱呼，音 qìng：親家 | 親家母

窮（穷）qióng

篆 窮 隸*（郭有道碑） 窮 楷（張猛龍碑）

【析形】窮字小篆上部是穴，意符，洞穴皆由外而內深入，取意極；下部是躬（同"躬"），聲符，表示讀音。形聲字。隸書以"躬"為聲符。楷書沿襲隸書。

【簡化】簡化字"穷"是用符號代替的方法，以筆畫較簡的"力"作為象徵性符號，替換了筆畫繁複的聲符"躬"。

【釋義】◎本義指極：窮冬 | 窮奢極侈 | 窮兇極惡 ◇引申①盡，完結：窮竭 | 窮盡 | 窮期 | 窮途 | 無窮 | 山窮水盡 | 日暮途窮

②貧困，與“富”相對：窮乏│窮苦│窮困│窮鄉僻壤　③尋根究源：窮究│窮追│窮源溯流│追本窮源

瓊（琼）qióng

瓊篆 瓊楷（歐陽詢）

【析形】瓊字小篆左旁是玉，意符，表明字義與玉石有關；右旁是敻，聲符，表示讀音。形聲字。楷書沿襲小篆。

【簡化】簡化字“琼”是用更換聲符的方法，以筆畫較簡的“京”為聲符（瓊、京二字古音同韻部），替換了筆畫繁複的“敻”。

【釋義】◎本義指赤色玉（一說指美玉）。◇引申比喻美好的事物，精美的東西：瓊瑤│瓊樓玉宇│玉液瓊漿　又作地名用字，指海南島：瓊劇

丘〔坵〕qiū

丘甲 丘金 丘篆 丘楷（虞世南）

【析形】丘字甲骨文像峰巒起伏的山丘之形。象形字。金文上部訛作二人相背之形。小篆沿襲金文。楷書更失初形。異體字左旁增“土”為意符。

【釋義】◎本義指小土山，土堆：丘壑│丘陵│荒丘│沙丘│蟻丘　◇引申指墳墓：丘墓

蚯 qiū

蚯楷（顏真卿）

【析形】蚯《說文》所無。楷書左旁是虫，意符，表明字義與昆蟲有關；右旁是丘，聲符，表示讀音。形聲字。

【釋義】〔蚯蚓〕俗稱曲蟮。環節動物，身體柔軟，顏色紫黑，種類繁多。生活在土壤中，可使土壤疏鬆，肥沃，是益蟲。

龜（龟）qiū

【析形】見“龜guī”。

【釋義】◎本義見“龜guī”。〔龜茲 Qiū cí〕古代西域國名，在今新疆庫車縣境內。

秋〔烌、穐〕qiū

秋甲 秋籀文 秋篆 秋隸（乙瑛碑）

秋楷（張猛龍碑）

【析形】秋字甲骨文上部像蟋蟀形，秋至蟋蟀鳴，表示收穫季節；下部是火，金秋之色，均為意符，取意穀物成熟。會意字。籀文左上部是禾，意符，表明字義與禾穀有關；左下是火，右旁蟋蟀形訛作“龜”，與“火”合作“龜”，為聲符，表示讀音（秋、龜二字古音同韻部），成為形聲字。小篆聲符保留了“火”，省減了“龜”。隸書“火”、“禾”左右易位。楷書沿襲隸書。

【釋義】◎本義指穀物成熟。◇引申①指莊稼成熟的時節：大秋│麥秋　②季節名，一年中的第三季，萬物成熟收穫的季節：秋風│秋季│秋涼│秋色│秋收│秋雨│寒秋│深秋│中秋　③表示年：千秋萬代│千秋萬歲　④某個時期：多事之秋

仇 qiú

【析形】見“仇 chóu”字。

【釋義】◎本義指配偶，伴侶。又作姓氏用字。

求 qiú

求甲 求金 求金 求說文古文 求隸（隸辨）

求楷（褚遂良）

【析形】求字甲骨文像衣毛外翻的裘皮衣之形。象形字。金文形一外廓沿襲甲骨文，內中增“又”為聲符；形二只突出衣毛，“衣”形已失。說文古文沿襲金文形二。隸書根據說文古文轉寫而成。楷書沿襲隸書。

【釋義】◎本義指皮衣，此義後作“裘”。△音借表示尋找，探索：求實│求學│求知│求職│力求│謀求│探求│推求│尋求│徵求│追求　◇引申①要求，希望：求全│求生│求證│講求│苛求│渴求│祈求│強 qiǎng求　②請求：求和│求婚│求見│求教│求救│求情│求援│求診│求助│懇求│央求　③需要：供求│需求

球 qiú

球篆 球隸（隸辨）球楷（顏真卿）

【析形】球字小篆左旁是玉，意符，表明

字的初義與玉石有關；右旁是求，聲符，表示讀音。形聲字。隸、楷書沿襲小篆。
【釋義】◎本義指美玉。也指玉磬，一種敲擊的樂器。◇引申①圓形的體育用品：籃球｜手球｜網球｜足球 ②球形的物體：球菌｜棉球｜氣球｜血球 ③地球。④泛指星體：環球｜星球｜月球

囚 qiú

〔甲〕〔篆〕〔隸〕(馬王堆帛書)〔楷〕(敬使君碑)

【析形】囚字甲骨文外廓像環圍之形，內中是人，均為意符，取意圍而拘禁。會意字。小篆、隸、楷書均沿襲甲骨文。
【釋義】◎本義指拘禁：囚車｜囚禁｜囚牢｜囚籠 ◇引申指被關押的犯人：囚犯｜囚徒｜死囚｜階下囚

區 (区) qū

【析形】見"區 ōu"字。
【釋義】◎本義指古代容器，音 ōu。◇引申①隱藏。②地域：區域｜城區｜地區｜防區｜郊區｜禁區｜礦區｜時區｜災區｜戰區 ③劃分，區別：區分｜區劃 ④行政區劃單位：省區｜特區｜轄區｜專區｜自治區(以上引申義音 qū)

曲 qū

〔金〕〔篆〕〔隸〕(校官碑)〔楷〕(王羲之)

【析形】曲字金文像曲尺形盛物器之側視形。象形字。小篆則像籮筐形。隸書筆畫化，已失初形。楷書沿襲隸書。
【釋義】◎本義指曲形盛物器具。◇引申①彎曲，與"直"相對：曲筆｜曲尺｜曲面｜曲線｜曲折｜曲直｜捲曲｜盤曲｜委曲 ②彎曲的地方：河曲 ③不合理，不正確，偏邪：曲解｜歪曲 ④偏僻或隱蔽的地方：鄉曲

麯 (曲)〔麴〕qū

【析形】麯字《說文》所無。左旁是麥，意符，表明字義與麥子有關；右旁是曲，聲符，表示讀音。形聲字。異體字以"菊"為聲符。

【簡化】簡化字是用同音合併的方法，以音同、筆畫較簡的"曲"代替筆畫繁複的"麯"，合併了麯、曲二字的意義。
【釋義】把米和麥子蒸過，讓它發酵而成的塊狀物，也稱"酒母"，在釀酒或製醬時，用以引起發酵的：麯霉｜大麯｜紅麯｜酒麯

驅 (驱) qū

〔篆〕〔隸〕(樊敏碑)〔楷〕(智永)

【析形】驅字小篆左旁是馬，意符，表明字義與馬有關；右旁是區，聲符，表示讀音。形聲字。隸、楷書沿襲小篆。
【簡化】簡化字"驱"意符的簡化見"馬"字；聲符的簡化見"區 ōu"字。
【釋義】◎本義指鞭馬前進。◇引申①趕：驅策｜驅車｜驅遣｜驅使｜驅逐 ②表示趕走，消除，排除：驅除｜驅散｜驅邪 ③快跑：驅馳｜前驅｜先驅｜並駕齊驅｜長驅直入

屈 qū

〔金〕〔篆〕〔隸〕(馬王堆帛書)〔楷〕(王羲之)

【析形】屈字金文上部是尾，意符，表明字義與尾巴有關；下部是出，聲符，表示讀音(屈、出二字古音同韻部)。形聲字。小篆沿襲金文。隸書刪除了"尾"字的部分部件，只留下上部的"尸"。楷書沿襲隸書。
【釋義】◎本義指無尾(一說指短尾。)。◇引申①短，彎曲，與"伸"相對：屈伸｜屈膝｜屈指可數｜能屈能伸 ②妥協讓步：屈從｜屈服｜不屈不撓｜卑躬屈膝｜寧死不屈 ③理虧：屈心｜理屈詞窮 ④委屈，冤枉：屈駕｜屈就｜屈居｜屈辱｜屈尊｜受屈｜冤屈

嶇 (岖) qū

〔篆〕〔隸〕(隸辨)〔楷〕(顏真卿)

【析形】嶇字小篆左旁是阜，義為土山，意符，表明字義與山有關；右旁是區，聲符，表示讀音。形聲字。隸書改意符"阜"為"山"。
【簡化】楷書簡體"岖"聲符的簡化見"區 ōu"字。
【釋義】〔崎嶇〕見"崎"。

蛆 qū

蛆篆 蛆楷（顏真卿）

【析形】蛆字小篆左旁是肉，意符，表明字義與肉體有關；右旁是且，聲符，表示讀音。形聲字。楷書改意符"肉"為"虫"，表明字義與昆蟲有關。

【釋義】蒼蠅的幼蟲，常在腐肉中滋生：蛆蟲

軀（躯）qū

軀篆 軀隸（隸辨）軀楷（王獻之）

【析形】軀字小篆左旁是身，意符，表明字義與身體有關；右旁是區，聲符，表示讀音。形聲字。隸、楷書沿襲小篆。

【簡化】簡化字"躯"聲符的簡化見"區ōu"字。

【釋義】身體：軀幹｜軀體｜身軀｜捐軀

渠 qú

渠篆 渠隸（隸辨）渠楷（高貞碑）

【析形】渠字小篆左旁是水，意符，表明字義與水有關；右旁是"榘"字的省減，聲符，表示讀音。形聲字。隸書水旁在左上部。隸變後，水字在字左側為偏旁時寫作"氵"。

【釋義】人工開鑿的濠溝、水道：渠道｜幹渠｜溝渠｜河渠｜水到渠成

曲 qǔ

【析形】見"曲 qū"字。

【釋義】◎本義指曲形盛物器具，音 qū。◇引申①樂音有高低升降的歌曲，曲譜：曲調｜曲牌｜名曲｜舞曲｜戲曲｜序曲｜樂曲｜粵曲｜作曲｜協奏曲 ②宋元以來受民間歌曲影響而形成的一種韻文形式：詞曲｜元曲（以上各引申義音 qǔ）

取 qǔ

取甲 取金 取篆 取隸（桐柏廟碑）取楷（歐陽詢）

【析形】取字甲骨文左旁像耳朵形，右旁

像一隻右手，均為意符，古代作戰，捕獲戰俘，割取其左耳以記功論賞，取意捕獲。會意字。金文、小篆沿襲甲骨文。隸變後，右手形隸作"又"。楷書沿襲隸書。

【釋義】◎本義指取，捕取。◇引申①得到，招致：取代｜取暖｜取信｜取悦｜博取｜奪取｜換取｜索取｜爭取｜自取滅亡 ②拿：領取｜掠取｜支取 ③尋求，採用，挑選：取材｜取道｜取經｜取景｜取名｜取巧｜取捨｜取樣｜取證｜採取｜考取｜錄取｜吸取｜選取 ④依照一定的條件或根據做：取決｜取齊

娶 qǔ

娶甲 娶篆 娶楷（顏真卿）

【析形】娶字甲骨文左旁是女，右旁是取，均為意符，意為娶妻，取也表示讀音。會意兼聲字。小篆寫作上下結構。楷書沿襲小篆。

【釋義】男子迎接女子成親：娶妻｜娶親｜嫁娶｜迎娶

去 qù

去甲 去金 去篆 去隸（景君碑）去楷（李璧碑）

【析形】去字甲骨文上部像正面人形，隸作"大"，代表人，下部"口"代表人出離之處，均為意符，取意離去。會意字。金文沿襲甲骨文。小篆下部為"凵"，亦表示出離之處。隸書根據小篆轉寫而成。楷書沿襲隸書。

【釋義】◎本義指離開：去留｜去世｜去職 ◇引申①距離：去今｜相去甚遠｜相去無幾 ②往，與"來"相對：去處｜去向｜何去何從 ③失掉：失去｜大勢已去 ④除掉：去火｜去污｜除去｜辭去｜減去｜略去｜省去 ⑤過去的：去冬｜去年｜去日｜去歲 ⑥用在動詞後，表示趨向或持續：出去｜回去｜上去｜説下去｜走進去

趣 qù

趣金 趣篆 趣隸（隸辨）趣楷（顏真卿）

【析形】趣字金文左旁是走，意符，表明字的初義與行走有關；右旁是取，聲符，

表示讀音。形聲字。小篆、隸、楷書沿襲金文。

【釋義】◎本義指疾走。◇引申①表示趣向，意向：旨趣｜志趣　②意味，意味：趣味｜風趣｜情趣｜雅趣｜意趣　③有興味的：趣事｜趣聞

圈 quān

【析形】見"圈 juàn"。

【釋義】◎本義指養家畜的棚或欄，音 juàn。◇引申①一定的範圍：圈子｜包圍圈｜朋友圈｜娛樂圈　②用東西圍，劃界：圈地｜圈佔　③畫圖作記號：圈點｜圈定｜圈閱　④環形或環形的東西：圈套｜圈椅｜光圈｜花圈｜圓圈（以上各引申義音 quān）

權(权) quán

權篆 權隸(馬王堆帛書) 權楷(歐陽詢)

【析形】權字小篆左旁是木，意符，表明字的初義與樹木有關；右旁是雚，聲符，表示讀音（權、雚二字古音同韻部）。形聲字。隸、楷書沿襲小篆。

【簡化】簡化字"权"是用符號代替的方法，以筆畫較簡的"又"作為象徵性符號，替換了筆畫繁複的"雚"。

【釋義】◎本義為樹名，即黃華樹。△音借表示秤錘。◇引申①衡量：權衡　②起決定的作用，具有支配的力量：權柄｜權臣｜權貴｜權力｜權勢｜權威｜當權｜主權　③變通：權變｜權謀｜權略｜權術｜權宜　④表示暫且，姑且：權充｜權當　⑤權力和利益：權利｜權益｜棄權｜人權

全 quán

全篆 全隸(曹全碑) 全楷(顏真卿)

【析形】全字小篆上部是入，取意進納；下部是玉，均為意符，以納玉表示好玉。會意字。隸書把"入"訛作"人"。楷書沿襲隸書。

【釋義】◎本義指純玉。《說文·入部》："純玉曰全。"◇引申①完備：全才｜全集｜全能｜健全｜齊全｜求全｜完全｜十全十美　②使完整無缺，使不受損失：安全｜保全｜成全｜顧全｜健全｜周全　③整個：全部｜全稱｜全程｜全國｜全景｜全局｜全貌｜全球｜全權｜全數｜全體｜全息｜全職　④都：全是｜面目全非

泉 quán

泉甲 泉篆 泉隸(葉慧明碑)

泉楷(張猛龍碑)

【析形】泉字甲骨文像水從山崖石罅涓涓流出之狀。象形字。小篆水流形訛變。隸書上部訛作"白"。楷書沿襲隸書。

【釋義】◎本義指水之源頭，或指從地下湧出之水：泉水｜泉眼｜泉源｜泉湧｜飛泉｜礦泉｜噴泉｜溫泉　◇取泉水流通義，引申表示古代的錢幣：泉幣｜泉布

拳 quán

拳篆 拳楷(歐陽詢)

【析形】拳字小篆下部是手，意符，表明字義與手有關；上部隸作"关"，聲符，表示讀音。形聲字。楷書沿襲小篆。

【釋義】◎本義指拳頭：拳擊｜抱拳｜揮拳　◇引申①徒手的武術：拳師｜拳術｜醉拳｜太極拳　②量詞：打了兩拳

痊 quán

痊楷(顏真卿)

【析形】痊字《說文》所無。楷書外廓是"疒"，意符，表明字義與疾病有關（見"病"字）；內中是全，意符兼聲符，取意病癒，也表示讀音。會意兼聲字。

【釋義】病好了：痊癒

犬 quǎn

 犬甲 犬金 犬篆 犬隸(孔彪碑)

犬楷(虞世南)

【析形】犬字甲骨文、金文像犬形，有頭、身、尾、足。象形字。小篆形體訛變。隸書筆畫化，更失初形。楷書沿襲隸書。

【釋義】狗，人類最早馴化的家畜之一。哺乳綱，犬科。聽覺、嗅覺靈敏，犬齒銳利，有鈎爪，性機警，易受訓練，品種很

多：警犬｜獵犬｜牧犬

勸 (劝) quàn

篆 隸(馬王堆帛書) 楷(敬使君碑)

【析形】勸字小篆右旁是力，意符，取意勉勵；左旁是雚，聲符，表示讀音。形聲字。隸、楷書沿襲小篆。

【簡化】簡化字"劝"是用符號代替的方法，以筆畫較簡的"又"作為象徵性符號，替代了筆畫繁複的"雚"。

【釋義】◎本義指勉勵，獎勵：勸勉 ◇引申指講道理説服人：勸導｜勸告｜勸解｜勸戒｜勸説｜勸慰｜勸阻｜奉勸

券 quàn

篆 隸(居延簡) 楷(顏真卿)

【析形】券字小篆下部是刀，意符，表示工具，古代把書刻有債務之簡牘分剖為二，雙方各執一份以為憑；上部是"关"，聲符，表示讀音。形聲字。楷書沿襲小篆。

【釋義】◎古代用於買賣或債務的契據，書於簡牘，分為兩半，雙方各執其一以為憑證。◇引申泛指票據，憑證：獎券｜債券｜證券｜國庫券｜入場券

缺 quē

篆 隸缺 楷(虞世南)

【析形】缺字小篆左旁是缶，義為瓦器，意符，表明字義與瓦器有關；右旁是"決"字的省減，聲符，表示讀音。形聲字。隸、楷書沿襲小篆。

【釋義】◎本義指器皿破損。◇引申①泛指破損，不完整：缺口｜缺漏｜缺損｜缺陷｜殘缺 ②不足，短少：缺德｜缺點｜缺憾｜短缺｜欠缺 ③空着的職位：缺額｜空 kòng 缺｜遺缺 ④該到而未到：缺課｜缺勤｜缺席

瘸 qué

楷(顏真卿)

【析形】瘸字《説文》所無。楷書外廓是"疒"，意符，表明字義與疾病有關（見

"病"字）；下部是肉，亦為意符，表明字義與身體性狀有關；中間是加，聲符，表示讀音（瘸、加二字古音同韻部）。形聲字。

【釋義】手、腳偏廢病：瘸子｜瘸腿

卻 què

篆 隸(居延簡) 却 楷(顏真卿)

【析形】卻字小篆右旁是"卪"（甲骨文像人跪踞之形），意符，取意節制；左旁是谷，聲符，表示讀音（卻、谷二字古音韻部相近）。形聲字。隸書聲符為"去"。楷書沿襲隸書。

【釋義】◎本義指節制。◇引申①後退，使退：卻步｜退卻 ②推辭，拒絕：推卻｜卻之不恭 ③去，掉：卻病｜冷卻｜了卻｜拋卻｜省卻｜忘卻 ④表示轉折，相當於"倒 dào"、"可"：卻是｜卻説

雀 què

甲 金 篆 楷(顏真卿)

【析形】雀字甲骨文下部是隹，短尾鳥之總名；上部是小，均為意符，表示小鳥。會意字。金文、小篆、楷書均沿襲甲骨文。

【釋義】鳥名。俗稱麻雀。鳥綱，身體小，翼長，嘴呈圓錐形，種類很多。吃植物的果實和昆蟲：雀躍｜燕雀｜雲雀｜門可羅雀

確 〔确、塙、碻〕què

篆 石崔 隸 楷(顏真卿)

【析形】確字小篆左旁是石，意符，表明字義與石頭有關；右旁是角，聲符，表示讀音（確、角二字古音同韻部）。形聲字。隸書聲符為"隹"。楷書沿襲隸書。異體字或以"土"為意符，或以"高"為聲符。內地沿襲小篆作"确"。

【釋義】◎本義指土地多石而貧瘠。又指石堅。◇引申①堅固，堅定：確定｜確立｜確認｜確信｜明確 ②真實，實在：確保｜確切｜確實｜確鑿｜確診｜的確｜精確｜正確｜準確

鵲(鵲)què

離篆鵲楷(顏真卿)

【析形】鵲字小篆右旁是隹，短尾鳥之總名，意符，表明字義與鳥類有關；左旁是昔，聲符，表示讀音(鵲、昔二字古音同韻部)。形聲字。楷書以"鳥"為意符。

【簡化】楷書簡體"鵲"意符的簡化見"鳥"字。

【釋義】◎鳥名。喜鵲。尾長，背部黑色，羽毛有紫綠色光澤，腹下羽毛白色。嘴和腳黑色。常成群在喬木或家屋近旁的樹上造巢，鳴聲喳喳。傳說喜鵲鳴叫會有吉祥喜慶之事，故稱喜鵲：鵲橋|鵲噪

裙〔帬〕qún

帬篆帬篆裙楷(顏真卿)

【析形】裙字小篆形一下部是巾，意符，表明字義與布巾類有關；上部是君，聲符，表示讀音。形聲字。形二以"衣"為意符。楷書沿襲小篆形二，並寫作左右結構。

【釋義】◎本義指人下身的服裝，今專指裙子：裙帶|長裙|西裙|衣裙 ◇引申指像裙子的：鱉裙|牆裙|圍裙

羣〔群〕qún

羣金羣篆羣隸(白石君碑)群楷(顏真卿)

【析形】羣字金文下部是羊，意符，羊性好羣聚，取意結羣；上部是君，聲符，表示讀音。形聲字。小篆、隸書沿襲金文。楷書寫作左右結構。

【釋義】◎本義指三隻以上獸畜相聚而成的集體。◇引申①泛指聚集在一起的：羣島|羣集|羣居|羣落|羣體|羣雄|超羣|成羣 ②眾人：羣起|羣情|羣眾 ③量詞：兩羣羊|一羣孩子

R

然 rán

然金燃篆然隸(肥致碑)狀楷(顏真卿)

【析形】然字金文左旁上部是肉，下部是火，右旁是犬，均為意符，以火烤肉取意燃燒。會意字。為"燃"字本字。"然"字借為指示代詞後，在字左旁增"火"為意符，表示本義。小篆沿襲金文。隸變後，火字在字下部為偏旁時分化出"灬"旁。楷書沿襲隸書。

【釋義】◎本義指燃燒，此義後作"燃"。△音借表示①指示代詞，表示"那樣"，"這樣"，"如此"：然後|然則|必然|不然|誠然|固然|既然|仍然|依然|已然|自然|縱然 ②虛化為副詞或形容詞後綴：安然|黯然|昂然|傲然|超然|悵然|陡然|斷然|愕然|憤然|公然|悍然|赫然|忽然|恍然|截然|井然|居然|決然|猛然|漠然|偶

然 ③連詞，表示轉折：然而|然不可全信

燃 rán

燃楷(顏真卿)

【析形】"燃"字本作"然"(見"然"字)。"燃"為後起會意兼聲字。楷書左旁是火，意符，表明字義與火有關；右旁是然，意符兼聲符，本義即"燃"，也表示讀音。

【釋義】◎燃燒：燃點|燃料|點燃|助燃|自燃 ◇引申指引火點着：燃放|點燃

染 rǎn

滌篆涤隸(馬王堆帛書)染楷(智永)

【析形】染字小篆左旁是水，表示用水染布；右上是九，表示入染次數(古漢語以"九"表示多數)；右下是木，代表作為染

料的植物，均為意符，表示染布。會意字。隸變後，水字在字左側為偏旁時寫作"氵"。

【釋義】◎本義指使布帛等物着色。◇引申①泛指用顏料着色：染坊 fáng｜染缸｜染料｜浸染｜漂染｜蠟染｜渲染｜印染 ②產生影響或受到影響，沾上：染病｜染指｜傳染｜感染｜污染｜薰染｜沾染｜耳濡目染｜一塵不染

嚷 rāng

【析形】見"嚷 rǎng"。

【釋義】①吵鬧，喧嘩：亂嚷嚷 ②聲張：別嚷嚷出去

瓤 ráng

瓤 楷(顏真卿)

【析形】瓤字《說文》所無。楷書右旁是瓜，意符，表明字義與瓜有關；左旁是襄，聲符，表示讀音。形聲字。

【釋義】◎本義指瓜果內包着種子，狀如絮而多汁的部分：瓜瓤｜沙瓤｜西瓜瓤 ◇引申泛指某些皮或殼裏包着的東西：信瓤兒｜秫秸瓤

壤 rǎng

壤 篆　襄 隸(縱橫家書)　壤 楷(顏真卿)

【析形】壤字小篆左旁是土，意符，表明字義與泥土有關；右旁是襄，聲符，表示讀音。形聲字。隸、楷書沿襲小篆。

【釋義】◎本義指鬆軟的泥土。◇引申①泛指泥土：紅壤｜土壤｜沃壤 ②地：天壤之別 ③地區：接壤｜僻壤

嚷 rǎng

嚷 楷(顏真卿)

【析形】嚷字《說文》所無。楷書左旁是口，意符，表明字義與口有關；右旁是襄，聲符，表示讀音。形聲字。

【釋義】①喊叫：吵嚷｜叫嚷｜喧嚷 ②吵鬧：嚷也沒用

攘 rǎng

攘 篆　攘 隸(隸辨)　攘 楷(顏真卿)

【析形】攘字小篆左旁是手，意符，表明字義與手的動作有關；右旁是襄，聲符，表示讀音。形聲字。隸變後，手字在字左側為偏旁時寫作"扌"。

【釋義】◎本義指推。◇引申①排斥：攘除｜攘敵｜攘外 ②擾亂，紛亂：攘攘｜熙熙攘攘 ③偷，搶：攘奪 ④捋起：攘臂｜攘袂

讓 (让) ràng

讓 篆　讓 隸(史晨碑)　讓 楷(龍藏寺碑)

讓 行(王獻之)

【析形】讓字小篆左旁是言，意符，表明字義與言語有關；右旁是襄，聲符，表示讀音。形聲字。隸書沿襲小篆。

【簡化】簡化字"让"是用更換聲符的方法，以筆畫較簡的"上"為聲符，替換了筆畫繁複的"襄"；意符"讠"根據草書楷化而成。

【釋義】◎本義指責備。△音借表示把方便或好處給別人：讓步｜讓路｜讓座｜辭讓｜謙讓｜忍讓｜退讓 ◇引申①取得一定代價後把財物的所有權轉給別人：出讓｜割讓｜轉讓 ②表示指使，容許或聽任：誰讓你進山採伐｜讓鳥巢留在屋簷下 ③表示避開，躲閃：快讓開｜還不讓路 ④請人接受招待：讓茶 ⑤表示被動：杯子讓他打破了。

饒 (饶) ráo

饒 篆　饒 楷(張猛龍碑)　饶 草(歐陽詢)

【析形】饒字小篆左旁是食，意符，表明字的初義與食物有關；右旁是堯，聲符，表示讀音。形聲字。楷書沿襲小篆。

【簡化】簡化字"饶"根據草書略加改造楷化而成。

【釋義】◎本義指飽。◇引申①富足，多：饒舌｜豐饒｜富饒｜饒有情趣 ②另增添：饒頭 ③寬恕：饒命｜饒恕｜告饒｜求饒｜討饒

擾(扰) rǎo

櫌篆　擾隸(曹全碑)　擾楷(顏真卿)

【析形】擾字小篆左旁是手，意符，取意煩勞；右旁是夒，聲符，表示讀音。形聲字。隸書聲符訛作"憂"。隸變後，手字在字左側為偏旁時寫作"扌"。楷書沿襲隸書。

【簡化】簡化字"扰"是用更換聲符的方法，以筆畫較簡的"尤"為聲符，替換了筆畫繁複的"憂"。

【釋義】◎本義指煩勞。◇引申指擾亂，打攪：擾攘｜打擾｜煩擾｜紛擾｜干擾｜驚擾｜侵擾｜騷擾｜襲擾｜喧擾｜庸人自擾

繞(绕) rào

繞篆　繞楷(顏真卿)　繞草(饒介)

【析形】繞字小篆左旁是糸，意符，表明字義與繩索有關；右旁是堯，聲符，表示讀音。形聲字。楷書沿襲小篆。

【簡化】簡化字"绕"根據草書楷化而成。

【釋義】◎本義指纏繞，繞束：繚繞｜盤繞｜圍繞　◇引申①圍着轉動：繞場｜繞彎②從側面或後面迂迴過去，(走路或說話)不直接：繞道｜繞行｜繞脖子｜繞圈子｜繞彎子

惹 rě

惹篆　惹楷(顏真卿)

【析形】惹字小篆下部是心，意符，表明字義與心理活動有關；上部是若，聲音，表示讀音。形聲字。楷書沿襲小篆。

【釋義】◎本義指招引(多指不好的事情)：惹禍｜惹氣｜惹事｜招惹｜惹是生非　◇引申指因人或事物的特點所引起的愛憎反應：惹眼｜惹人討厭｜惹人喜愛｜惹人注目

熱(热) rè

熱篆　熱隸(馬王堆帛書)　熱楷(顏真卿)
熱草(王羲之)

【析形】熱字小篆下部是火，意符，取意高溫；上部是埶，聲符，表示讀音(熱、埶二字古音同韻部)。形聲字。隸變後，

火字在字下部為偏旁時分化出"灬"旁。

【簡化】簡化字"热"根據草書略加改造楷化而成。

【釋義】◎本義指溫度高，與"冷"相對：熱帶｜熱流｜熱氣｜熾熱｜耐熱｜炎熱｜燥熱｜灼熱　◇引申①物質燃燒或運動產生的能量：熱化｜熱力｜熱能｜熱學｜導熱｜電熱｜散熱②生病引起的高體溫：熱症｜發熱｜高熱｜寒熱｜退熱③使熱，加熱：熱一熱飯④熱情，熱烈：熱愛｜熱潮｜熱忱｜熱誠｜熱戀｜熱鬧｜熱望｜熱心｜狂熱｜親熱⑤非常羨慕或急切想得到，十分愛好：熱衷｜眼熱⑥引人注目的，受人歡迎的：熱點｜熱門⑦加在名詞、動詞或短語後，表示形成的某種熱潮：旅遊熱｜足球熱

人 rén

人甲　亻金　尺篆　人隸(華山神廟碑)
人楷(王羲之)

【析形】人字甲骨文像側立之人形，有頭、背、臂、脛。象形字。金文、小篆沿襲甲骨文。隸書筆畫化失去初形。楷書沿襲隸書。

【釋義】◎本義指能製造並使用勞動生產工具的高等動物：人工｜人間｜人口｜人類｜人民｜人權｜人生｜人事｜人文｜文人｜先人｜友人｜哲人｜主人　◇引申①從事某種工作的人：工人｜軍人｜牧人｜僕人｜僧人｜商人｜詩人｜藝人｜證人②法律上根據法定程式設立，有一定的組織機構和獨立的財產，參加民事活動的社會組織：法人③每人：人人｜人手一份｜人所共知④別人：人家｜換人｜嫁人｜驚人｜旁人｜求人⑤人的品質、地位或名譽：人微言輕｜丟人現眼｜以貌取人⑥人手，人才：人浮於事⑦人家，住戶：人煙

仁 rén

仁篆　仁隸(曹全碑)　仁楷(敬使君碑)

【析形】仁字小篆左旁是人，右旁是二，均為意符，取意兼愛他人(古人釋："仁者兼愛")。會意字。隸、楷書沿襲小篆。隸變後，人字在字左側為偏旁時寫作"亻"。

【釋義】◎本義指古代一種含義較廣的

道德觀念，核心是人與人親善，友愛，同情，互助：仁愛｜仁慈｜仁德｜仁義｜仁政　◇引申作敬稱：仁弟｜仁兄　△音借指果核或某些甲殼內可吃的東西：果仁｜核仁｜桃仁｜蝦仁｜杏仁｜花生仁

任 rén

【析形】見"任 rèn"。

【釋義】◎本義指擔保，保舉。音 rèn。用作地名用字：任丘｜任縣（縣名，都在河北）姓氏用字（以上地名、姓氏用字音 rén）

忍 rěn

忍金　忍篆　忍隸（曹全碑）　忍楷（褚遂良）

【析形】忍字金文下部是心，意符，表明字義與心性有關；上部是刃，聲符，表示讀音。形聲字。小篆、隸、楷書沿襲金文。

【釋義】◎本義指忍耐，容忍：忍讓｜忍受｜忍痛｜堅忍｜忍氣吞聲｜忍辱負重　◇引申指忍心：不忍｜殘忍｜慘不忍睹｜於心不忍

刃 rèn

刃甲　刃篆　刃楷（褚遂良）

【析形】刃字甲骨文像刀形，並在刀刃處加"、"標示刀口所在。指事字。小篆、楷書沿襲甲骨文。

【釋義】◎本義指刀口、刀劍等的鋒利部分：刀刃｜開刃｜迎刃而解　◇引申指刀：刃具｜白刃｜利刃｜遊刃有餘｜兵不血刃

認 (认) rèn

认楷（顏真卿）

【析形】認字《說文》所無。左旁是言，意符，表明字義與言語有關；右旁是忍，聲符，表示讀音。形聲字。

【簡化】楷書簡體"认"是用更換聲符的方法，以筆畫較簡的"人"為聲符，替換了筆畫較繁複的"忍"；意符"讠"根據草書楷化而成。

【釋義】◎本義指識別，辨別：認定｜認領｜認識｜認為｜認證｜辨認　◇由認定義引申①承認，表示同意：認錯｜認購｜認可｜認命｜認輸｜認真｜認罪｜否認｜公認｜供認｜默認｜確認　②與本來無關係的人建立某種關係：認領｜認親｜認師｜認乾娘

任 rèn

仁甲　仜金　任篆　任隸（縱橫家書）

任楷（顏真卿）

【析形】任字甲骨文左旁像側立之人形，意符，表明字義與人的活動有關；右旁是壬，聲符，表示讀音。形聲字。金文、小篆沿襲甲骨文。隸變後，人字在字左側為偏旁時寫作"亻"。

【釋義】◎本義指擔保，保舉。◇引申①擔當，承受：任教｜任期｜任職｜出任｜擔任｜調任｜兼任｜歷任｜聘任｜現任　②擔當的職務：到任｜赴任｜繼任｜接任｜就任｜留任｜上任｜勝任｜卸任｜主任　③量詞，用於擔任官職的次數：他當過兩任總統　④責任：任務｜重任　⑤任用，委派：任免｜任命｜委任｜選任｜任人唯親　⑥相信，依賴：信任　⑦聽憑：任便｜任憑｜任性｜任意｜聽任　⑧無論，不論：任何｜任憑｜任人皆知

紉 (纫) rèn

紉篆　紉楷（顏真卿）　紉行（高正臣）

【析形】紉字小篆左旁是糸，意符，表示字義與絲麻有關；右旁是刃，聲符，表示讀音。形聲字。楷書沿襲小篆。

【簡化】簡化字"纫"的意符"纟"根據草書楷化而成。

【釋義】◎本義指搓繩，捻線。◇引申①用線連綴。②縫補：縫紉

靭 (韧) 〔靱〕 rèn

靭篆　靭楷（顏真卿）

【析形】靭字小篆左旁是韋，本義為柔軟的皮革，意符，以皮之柔取意柔軟；右旁是刃，聲符，表示讀音。形聲字。異體字以"革"為意符，亦以皮之柔取意。

【簡化】楷書簡體"韧"的意符"韦"根據草書楷化而成。（見"偉"字。）

【釋義】柔軟，結實而不易折斷，與"脆"

相對：韌帶｜韌度｜韌性｜堅韌｜柔韌

扔 rēng

(甲) (篆) 扔 楷(顏真卿)

【析形】扔字甲骨文右旁像一隻手，意符，表明字義與手的動作有關；左旁是乃，聲符，表示讀音。形聲字。小篆左旁是意符"手"。隸變後，手字在字左側為偏旁時寫作"扌"。

【釋義】◎本義指牽引，拉。又指拋棄：扔東西 ◇引申指揮動手臂，使拿着的東西離開手：扔球｜扔手榴彈

仍 réng

(篆) 仍 隸(曹全碑) 仍 楷(歐陽詢)

【析形】仍字小篆左旁是人，意符，表明字義與人的活動有關；右旁是乃，聲符，表示讀音。形聲字。隸、楷書沿襲小篆。隸變後，人字在字左側為偏旁時寫作"亻"。

【釋義】◎本義為因襲，依舊：仍舊｜一仍舊貫 ◇引申①仍然：仍須努力 ②頻繁：頻仍

日 rì

(甲) (金) (篆) (隸)(史晨碑) 日 楷(褚遂良)

【析形】日字甲骨文、金文均像太陽之形。象形字。小篆、隸、楷書各體均沿襲甲金文。

【釋義】◎本義指太陽：日出｜日光｜日食｜日照 ◇引申①白天，與"夜"相對：日班｜日間｜日夜 ②一晝夜，天：日常｜日程｜日曆｜日期｜日月｜次日｜當日｜節日｜生日 ③每天，一天天地：日報｜日記｜日見｜日漸｜日趨｜日益 ④泛指一段時間：日後｜日內｜日前｜即日｜近日｜時日｜往日｜昔日 ⑤日本：日語｜日元

榮 (荣) róng

(金) (篆) 榮 隸(孔宙碑) 榮 楷(顏真卿)
荣 草(王羲之) 荣 楷(顏真卿)

【析形】榮字金文像兩支火把相輝映之形，以火光明照取意光耀，隸作"炏"。小篆下部增"木"為意符，表示引申義"草木茂盛"，上部"炏"表示讀音。形聲字。隸、楷書沿襲小篆。

【簡化】楷書簡體"荣"根據草書楷化而成。

【釋義】炏當指火光照耀。◇下部增"木"表示草木茂盛，與"枯"、"衰"相對：欣欣向榮 ◇引申①興盛：榮華｜繁榮｜顯榮 ②光彩體面，受人尊敬，與"辱"相對：榮獲｜榮耀｜榮譽｜光榮

容 róng

(甲) (金) (說文古文) (篆)
容 隸(辟雍碑) 容 楷(智永)

【析形】容字甲骨文外廓像土室洞穴之形，內中是口，洞室可容人納物，取意容納。會意字。金文下部是公，聲符，表示讀音，成為形聲字。說文古文上部是"宀"，意符，取意與甲、金文同；小篆內中訛作"谷"，意符，以山谷涵容取意容納。會意字。隸、楷書沿襲小篆。

【釋義】◎本義指容納，包含：容積｜容量｜容留｜容器｜包容｜內容｜收容 ◇引申①寬容，原諒：容情｜容忍｜包容 ②允許：容許｜不容｜縱容 ③也許，或許：容或 △音借表示相貌，神志，面貌：容光｜容貌｜容顏｜面容｜市容｜笑容｜儀容｜音容｜陣容

絨 (绒) róng

絨 楷(顏真卿) 绒 行(唐寅)

【析形】絨字《說文》所無。楷書左旁是"糹"，意符，表明字義與絲布等有關；右旁是戎，聲符，表示讀音。形聲字。

【簡化】簡化字"绒"的意符"纟"根據草書楷化而成。

【釋義】◎本義指細布。◇引申①刺繡用的細絲：絨線｜絨繡 ②柔軟而細的毛：絨毛｜絨球｜鵝絨｜羽絨 ③表面有層絨毛的絲織品：絨布｜絨帽｜絨衣｜棉絨｜絲絨｜駝絨｜燈心絨

熔 〔鎔〕róng

(篆) 熔 楷(顏真卿)

【析形】熔小篆左旁是金，意符，表明材
質；右旁是容，聲符，表示讀音。形聲字。
楷書以“火”為意符，表明字義與火有關。
【釋義】◎本義指冶煉鑄器的模型。◇引
申指銷熔，即以高溫使固體物質變為液
態：熔點｜熔化｜熔劑｜熔解｜熔煉｜熔鐵

融 róng

甲金篆隸(白石君碑)
楷(李璧碑)

【析形】融字甲骨文下部是土，上部是
蟲，均為意符，群蟲從土裏竄出，取意
地氣蒸騰。會意字。金文左旁是“鬲”字
的訛變，與“鬲”字義同，為古代鼎一類
煮食器具，意符，炊器煮食加熱，蒸汽
升騰，取意氣體融散；右旁二“虫”為聲
符，表示讀音。形聲字。小篆左旁是鬲，
右旁省為一“虫”。隸、楷書沿襲小篆。
【釋義】◎本義指氣體向上融散。也特指炊
氣上出。◇引申①融化：融解｜消融 ②調
和：融合｜融會｜融洽｜交融 ③流通：金融

茸 róng

篆茸楷(顏真卿)

【析形】茸字小篆上部是“艸”，意符，表
明字義與植物有關；下部的“耳”是“聰”
字的省減，聲符，表示讀音。形聲字。楷
書沿襲小篆。
【釋義】◎本義指初生纖細柔軟之貌。
◇引申①柔細的毛：茸茸｜茸毛｜毛茸茸
②鹿茸的簡稱：參茸

蓉 róng

篆蓉楷(顏真卿)

【析形】蓉字小篆上部是“艸”，意符，表
明字義與植物有關；下部是容，聲符，表
示讀音。形聲字。楷書沿襲小篆。
【釋義】〔芙蓉〕①荷花的別名。②樹名：
地芙蓉｜木芙蓉

溶 róng

篆溶楷(顏真卿)

【析形】溶字小篆左旁是水，意符，表明
字義與水有關；右旁是容，聲符，表示讀
音。形聲字。隸變後，水字在字左側為偏
旁時寫作“氵”。
【釋義】◎本義形容水盛之狀貌。◇引申
指物質在水中或其他液體中化開：溶度｜
溶合｜溶化｜溶劑｜溶解｜溶液｜岩溶

榕 róng

楷(顏真卿)

【析形】榕字《説文》所無。楷書左旁是
木，意符，表明字義與樹木有關；右旁是
容，聲符，表示讀音。形聲字。
【釋義】樹名。榕樹，常綠喬木，樹形高
大、幹、枝都有氣根，遮蔭很廣。生長在
熱帶和亞熱帶，木材可製器具。

冗 rǒng

甲篆冗楷(顏真卿)

【析形】冗字甲骨文外廓像房屋形，隸作
“宀”，下部像側立之人形，均為意符，人
在屋內無勞作，取意閒散。會意字。小篆
沿襲甲骨文。楷書上部訛作“冖”，下部
“人”訛作“几”。
【釋義】◎本義指閒散。◇引申①多餘
的：冗筆｜冗長｜冗員 ②繁瑣：冗務｜冗
雜｜煩冗｜繁冗 ③繁忙的事：撥冗

柔 róu

篆柔楷(歐陽詢)

【析形】柔字小篆下部是木，意符，表明
字義與木質有關；上部是矛，聲符，表示
讀音(柔、矛二字古音同韻部)。形聲字。
楷書沿襲小篆。
【釋義】◎本義指木質柔軟，可以曲直。
◇引申①溫和，軟弱，與“剛”相對：柔
和｜柔情｜柔弱｜柔順｜嬌柔｜輕柔｜溫柔 ②
軟：柔毛｜柔嫩｜柔韌｜柔軟

揉 róu

楷(顏真卿)

【析形】揉字《説文》所無。楷書左旁是

"扌"(手),意符,表明字義與手的動作有
關;右旁是柔,聲符,表示讀音。形聲
字。

【釋義】◎本義指使木條彎曲或伸直。
◇引申①用手來回擦或搓:揉搓 ②把東
西搓成一團:揉麵|揉紙團

蹂 róu

蹂篆 蹂楷(顏真卿)

【析形】蹂字小篆左旁是足,意符,表明
字義與腿腳有關;右旁是柔,聲符,表示
讀音。形聲字。楷書沿襲小篆。

【釋義】◎本義指獸足踐踏地面。◇引
申①踩,踐踏:蹂躪|蹂踏 ②摧殘:遭受
蹂躪

肉 ròu

肉甲 肉篆 肉隸(馬王堆帛書) 肉楷(顏真卿)

【析形】肉字甲骨文像切下的一塊肉之形。
象形字。小篆、隸書形體略變。楷書更失
初形。

【釋義】◎本義指供食用的禽獸肉。◇引
申①泛指人或動物體內皮和骨中間的柔
軟物質:肉類|肉食|肉體|骨肉|肌肉|
皮肉|獸肉|血肉 ②與人體有關的:肉
搏|肉眼 ③較鬆軟肥厚像肉一樣的:肉
冠 guān|肉鰭 ④某些瓜果裏可以吃的部
分:果肉|桂圓肉

如 rú

如甲 如金 如篆 如隸(馬王堆帛書)
如楷(高貞碑)

【析形】如字甲骨文右旁是女,左旁是
口,均為意符,女子唯唯諾諾,取意順
從。會意字。金文"女"在左旁。小篆、
隸、楷書沿襲金文。

【釋義】◎本義指順從,依照:如期|
如實|如意|如願以償 ◇引申①相似,
像:如常|如此|如故|如同|猶如|正如
②舉例:比如|例如|諸如 ③及,比得
上:不如|莫如 ④去,往:如廁

儒 rú

儒篆 儒隸(曹全碑) 儒楷(歐陽詢)

【析形】儒字小篆左旁是人,意符,表
明字義與人有關;右旁是需,聲符,表
示讀音(儒、需二字古音同韻部)。形聲
字。隸變後,人字在字左側為偏旁時寫作
"亻"。

【釋義】◎本義指古代的術士,即從巫、
史、祝、卜中分化出來的一類人。◇引申
①泛指學者,讀書人:儒林|儒生|儒醫|
儒者|腐儒|鴻儒|名儒|焚書坑儒 ②春秋
時以孔子為代表的學派:儒家|儒教|儒
生|儒術 ③有讀書人風度的,博學的:儒
將|儒雅

蠕〔蝡〕rú

蠕篆 蠕楷(顏真卿)

【析形】蠕字小篆左旁是虫,意符,表明
字義與昆蟲有關;右旁是耎,聲符,表示
讀音。楷書聲符為"需"(蠕、耎、需三字
古音同韻部)。形聲字。

【釋義】◎本義指蟲爬行的樣子。◇引申
指像蟲爬行那樣行動:蠕動|蠕形動物

乳 rǔ

乳甲 乳篆 乳隸(馬王堆帛書) 乳楷(顏真卿)

【析形】乳字甲骨文左下是子,右旁像一
張開開雙臂摟子於懷之女子形象,取意哺
乳。會意字。小篆把人形訛作"乚",抱
兒之手訛為"爪"。隸、楷書沿襲小篆。

【釋義】◎本義指哺乳。◇引申①生殖:
胚乳|孳乳 ②乳房:乳頭|乳腺 ③奶汁:
乳牛|乳糖|乳汁 ④像乳汁的東西:乳膠|
乳酸|豆乳|蜂乳 ⑤初生的(動物),幼小
的:乳齒|乳名|乳燕

辱 rǔ

辱篆 辱隸(葉慧明碑) 辱楷(龍藏寺碑)

【析形】辱字小篆上部是辰,為"蜃"字古
文,即大蛤蜊(見"辰"字),古代先民以
蜃殼作農具,用以除草;下部是寸(手
之寸口處),代表手,均為意符,以手持

"蜃"做農事取意勞作。會意字。隸、楷書沿襲小篆。

【釋義】◎本義指手持農具做農事，為"耨"字(除草農具名)本字。△音借表示恥辱，與"榮"相對：榮辱｜羞辱　◇引申①侮辱：辱罵｜凌辱｜屈辱｜污辱　②玷辱：辱命｜辱沒 mò

入 rù

甲 人　金 ∩　篆 人　隸(居延簡)

人 楷(智永)

【析形】入字甲骨文像從兩個方向匯入一處，取意入內。會意字。金文沿襲甲骨文。小篆形體略變。隸、楷書沿襲甲、金文。

【釋義】◎本義指進入，與"出"相對：入境｜入列｜入內｜入世｜入圍｜入院｜入夜｜入座｜輸入｜陷入｜注入　◇引申①參加到某個組織或集體中，成為它的成員：入夥｜入社｜入伍｜入學｜入贅｜加入　②合乎：入耳｜入時｜入眼｜入情入理　③收入：入款｜月入｜入不敷出　④到某種程度，極點：入骨｜入流｜入迷｜入魔｜入神｜入味

褥 rù

褥 楷(顏真卿)

【析形】褥字《說文》所無。楷書左旁是"衤"(衣)，意符，表明字義與衣物等有關；右旁是辱，聲符，表示讀音。形聲字。

【釋義】◎本義指坐臥的墊具。今多指牀上鋪墊物：褥墊｜褥套｜褥子｜被褥

軟 (软)〔輭〕ruǎn

軟 楷(顏真卿)　耎 草(文徵明)

【析形】軟字《說文》所無。楷書左旁是車，右旁是欠，均為意符。古人用蒲草裹着車輪行進，使車行不致顛簸，以欠硬取意柔軟。會意字。異體字右旁是"耎"，古文像老者鬚髯飄垂之形，亦取柔軟之意。

【簡化】簡化字"软"的意符"车"根據草書楷化而成。

【釋義】◎本義指柔，與"硬"相對：軟骨｜軟和 huo｜軟件｜軟座｜柔軟｜鬆軟　◇引申①柔和，溫和：軟風｜軟磨｜綿軟　②不堅強：軟化｜軟弱｜手軟｜軟骨頭　③沒力氣：軟弱｜發軟｜疲軟｜酥軟｜癱軟　④易被感動或動搖：心軟｜嘴軟｜耳朵軟

蕊 ruǐ

蕊 楷(顏真卿)

【析形】蕊字《說文》所無。楷書上部是"艹"(艸)，意符，表明字義與植物有關；下部是三個"心"，取花心之象，均為意符。會意字。

【釋義】花心，種子植物的繁殖器官，有雌雄之別：雌蕊｜花蕊｜雄蕊

銳 (锐) ruì

銳 篆 鈗 隸(馬王堆帛書)　銳 楷(顏真卿)

銳 草(米芾)

【析形】銳字小篆左旁是金，意符，以金屬銳器取意鋒利；右旁是兌，聲符，表示讀音(兌字古音一讀 ruì)。形聲字。隸、楷書沿襲小篆。

【簡化】簡化字"锐"的意符"钅"根據草書楷化而成。

【釋義】◎本義指鋒利，與"鈍"相對：銳利｜尖銳　◇引申①靈敏：敏銳　②急劇：銳減｜銳進　③勇往直前的氣概：銳氣｜銳意｜精銳｜銳不可當｜養精蓄銳

瑞 ruì

瑞 篆 瑞 楷(昭仁寺碑)

【析形】瑞字小篆左旁是玉，意符，表明字義與玉器有關；右旁是耑，聲符，表示讀音。形聲字。楷書沿襲小篆。

【釋義】◎本義指古代玉製之信物，相當於後來的印信：瑞玉　◇引申指吉祥：瑞籤｜瑞雪｜祥瑞

閏 (闰) rùn

閏 篆 閏 隸(張遷碑)　閏 楷(顏真卿)

閏 草(王羲之)

【析形】閏字小篆外廓是門，內中是王，

均為意符，《周禮》釋：“閏月王居門中，終月也”。會意字。隸、楷書沿襲小篆。

【簡化】簡化字“闰”的意符“门”根據草書楷化而成。

【釋義】曆法術語。地球公轉一周的時間為 365 天 5 時 48 分 46 秒，農曆把一年定為 354 天或 355 天，所餘的時間約三年積成一個月，加在一年裏，叫閏月。陽曆把一年定為 365 天，所餘的時間（5 時 48 分 46 秒）約每四年積成一天，加在二月裏，叫閏日。有閏日或閏月的這一年叫閏年。這樣的辦法，在曆法上叫做閏（殷代卜辭和西周金文紀閏月寫作“十三月”，沒有出現“閏”字）。

潤 (润) rùn

篆　隸(張遷碑)　楷(顏真卿)

【析形】潤字小篆左旁是水，意符，表明字義與水有關；右旁是閏，聲符，表示讀音。形聲字。隸書沿襲小篆。隸變後，水字在字左側為偏旁時寫作“氵”。

【簡化】楷書簡體“润”聲符的簡化見“門”字。

【釋義】◎本義指滋潤，濕潤：潤澤｜豐潤｜滑潤｜圓潤　◇引申①表示使不乾枯或使有光彩(指修改文章)：潤腸｜潤滑｜潤色｜潤飾｜浸潤　②給作詩文書畫的人的報酬：潤筆｜潤格｜潤資　③好處，利益：利潤

若 ruò

甲　金　金　篆　若　隸(曹全碑)

若 楷(顏真卿)

【析形】若字甲骨文像一披頭散髮、跪跽着舉雙手受降之俘虜形象。象形字。金文形一沿襲甲骨文；形二左下部增“口”，表示應諾，取意順從。會意字。小篆把高舉的兩手和頭髮訛為“艸”(草)，下部“人”形訛作“手”，與“口”合為“右”字。隸、楷書沿襲小篆。

【釋義】◎本義指順，順從。△音借表示①像，如同：若即若離｜若無其是｜口若懸河　②你，你的：若輩　③假如：若非｜假若　④指示代詞，表示“如此”，“這樣”。

弱 ruò

篆　隸(馬王堆帛書)　楷(敬使君碑)

【析形】弱字小篆取兩弓之形，弓上像有毛(古人釋：“直者多強，曲者多弱。”“曲似弓，故以弓象之；弱似毛弱，故以彡象之”)，均為意符，弓取彎曲意；“彡”取羽毛柔弱意。會意字。隸、楷書沿襲小篆。

【釋義】◎本義指微薄，微弱，與“強”相對：弱點｜弱國｜弱項｜弱小｜脆弱｜薄弱｜懦弱｜軟弱｜文弱｜虛弱｜削弱　◇引申①差，不及：能力弱　②年幼：弱冠｜弱年　③用在數字後，表示略少於此數：五分之一弱

S

撒 sā

【析形】見"撒sǎ"。

【釋義】◎本義指散佈，音sǎ。◇引申①放開，張開，發出：撒開｜撒尿｜撒手｜撒腿｜撒網　②施展，表現：撒刁｜撒謊｜撒嬌｜撒賴｜撒潑｜撒野（以上引申義音sā）

撒 sǎ

撒 楷(顏真卿)

【析形】撒字《説文》所無。楷書左旁是"扌"(手)，意符，表明字義與手的動作有關；右旁是散，意符兼聲符，取意散佈，也表示讀音。會意兼聲字。

【釋義】◎本義指散播，撒佈：撒播｜撒粉｜撒種zhǒng　◇引申指灑落：桌布上撒了湯

灑 (洒) sǎ

灑篆 灑楷(褚遂良)

【析形】灑字小篆左旁是水，意符，表明字義與水有關；右旁是麗，聲符，表示讀音(灑、麗二字古音同韻部)。形聲字。楷書沿襲小篆。隸變後，水字在字左側為偏旁時寫作"氵"。

【簡化】簡化字"洒"是用更換聲符的方法，以筆畫較簡的"西"為聲符，替換了筆畫繁複的"麗"。

【釋義】◎本義指使水噴散，散落地上：灑淚｜揮灑｜噴灑　◇引申①泛指其他東西散落：灑落｜飄灑　②不拘束：灑落｜灑脱｜瀟灑

颯 (飒) sà

颯篆 颯楷(顏真卿) 颯草(王羲之)

【析形】颯字小篆右旁是風，意符，表明字義與風有關；左旁是立，聲符，表示讀音(颯、立二字古音同韻部)。形聲字。楷書沿襲小篆。

【簡化】簡化字"飒"的意符"风"根據草書楷化而成。

【釋義】颯風聲：颯然｜颯颯｜蕭颯〔颯爽〕矯健英氣：英姿颯爽

薩 (萨) sà

薩楷(顏真卿)

【析形】薩字《説文》所無。楷書上部是"艹"(艸)，下部是薩，取意未明。

【簡化】簡化字"萨"下部的簡化見"產"字。

【釋義】◎本義當與植物有關。△音借作音譯詞的構詞語素〔菩薩〕佛教指地位僅次於佛的人。〔拉薩〕西藏自治區首府。

塞 sāi

塞篆 塞隸(王基碑) 塞楷(白道生碑)

【析形】塞字小篆上部是"㥁"，義為堵塞，下部是土，均為意符，用土填塞，取意堵塞。會意字。隸、楷書沿襲小篆。

【釋義】◎本義指堵塞，填塞進去：塞車｜塞住｜加塞兒　◇引申指塞子：耳塞｜活塞｜瓶塞｜旋塞

腮 〔顋〕sāi

腮楷(顏真卿)

【析形】腮字《説文》所無。楷書左旁的"月"是古文"肉"字的隸變體(古文肉、月二字形近，隸變後，兩個字作偏旁時多同化寫作"月")，意符，表明字義與身體的某部分有關；右旁是思，聲符，表示讀音(腮、思二字古音同韻部)。形聲字。

異體字意符為"頁"，本義指頭（見"頁"字），表明字義與頭部有關。

【釋義】兩頰的下半部：腮頰｜腮腺｜腮幫子｜抓耳撓腮

塞 sài

【析形】見"塞sāi"。

【釋義】◎本義指堵塞，音sāi。◇引申指國境線上屏隔內外的建築或指邊境險要的地方，音sài：塞外｜關塞｜要塞

賽（賽）sài

篆賽 楷（顏真卿）

【析形】賽字小篆下部是貝，意符，表明字的初義與財物有關（見"貝"字）；上部是"塞"字的省減，聲符，表示讀音。形聲字。

【簡化】楷書簡體"賽"意符的簡化見"貝"字。

【釋義】◎本義指酬報，祭祀行禮酬報神恩的活動：賽會｜賽神｜祭賽　△音借指比較好壞、優劣、強弱：賽場｜賽車｜賽馬｜賽跑｜賽事｜比賽｜初賽｜球賽｜預賽｜淘汰賽｜田徑賽　◇引申指勝於，比得上：手藝賽師傅｜A組賽過B組

三 sān

三甲三金二篆三隸（華山神廟碑）
三楷（敬使君碑）

【析形】甲骨文以整齊並列的三橫畫表示數目字"三"，像算籌形。象形字。金文、小篆、隸、楷書各體均沿襲甲骨文。

【釋義】◎數目字：三代｜三點｜三更｜三秋｜三峽　◇引申表示多數或多次：三番五次｜三思而行｜三頭六臂｜三心二意｜舉一反三

叁 sān

叁楷（顏真卿）

【析形】叁字《說文》所無。楷書下部是三，意符，表示數目；上部是"參"字的省減，聲符，表示讀音。形聲字。

【釋義】漢語數目字"三"的大寫。

傘（傘）sǎn

繖篆 傘楷（顏真卿）

【析形】傘字《說文》作"繖"。左旁是"糸"，意符，表明材質；右旁是散，聲符，表示讀音。形聲字。楷書"傘"像傘形，有頂、柄和傘骨，為後起象形字。

【簡化】簡化字"伞"是用保留特徵、局部刪除的方法，保留了原字輪廓特徵"傘"，刪除了其餘筆畫。

【釋義】◎本義指擋雨遮陽的用具：雨傘｜陽傘　◇引申指像傘的東西：傘兵｜傘形｜跳傘｜降落傘

散 sǎn

【析形】見"散sàn"。

【釋義】◎本義指分離，分散，音sàn。◇引申①鬆開，鬆散或沒有約束：散光｜散架｜散漫｜懶散｜閒散　②零碎，不集中：散工｜散記｜散居｜散射｜散裝　③文體名：散曲｜散體｜散文　④藥末：散劑｜健胃散（以上各引申義音sǎn）

散 sàn

林金斮金散金散篆散隸（辟雍碑）
散楷（顏真卿）

【析形】散字金文形一左旁是林（非"林"），本義指麻，右旁像手持棒形，隸作"攴"，打麻使散，取意分散。會意字。形二在下增"肉"為意符，代表物體，亦以物被打散取意。小篆沿襲金文形二。隸書林形體已訛變。古文肉、月二字形近，隸變後，兩個字作偏旁時多同化寫作"月"。楷書"攴"旁寫作"攵"。

【釋義】◎本義指分離，分散，與"聚"相對：散播｜散場｜散開｜散落｜散失｜拆散｜發散｜渙散｜集散｜解散｜遣散｜疏散　◇引申①分佈，分給：散發｜發散　②消除，排遣：散步｜散心｜舒散｜消散

散 san

【析形】見"散sàn"。

【釋義】同"散sǎn"：鬆散｜零散

喪（丧）sāng

【析形】見"喪sàng"。

【釋義】◎本義指喪亡，喪失，音sàng。◇引申指哀葬死者的禮儀或有關死者的事，音sāng：喪禮｜喪事｜喪葬｜奔喪｜哭喪｜治喪

桑 sāng

米甲 羕篆 桑楷（褚遂良）

【析形】桑字甲骨文像桑樹形，上部像桑葉，下部像樹幹。象形字。小篆上部桑形已訛變。楷書根據小篆轉寫而成。

【釋義】落葉喬木，花小，黃綠色，葉子可以餵蠶。果實叫桑葚，成熟時呈紫黑色或白色，味甜可吃。木材可製器具，皮可造紙：桑蠶｜桑樹｜桑田｜桑葉｜桑梓｜滄桑

嗓 sǎng

嗓楷（顏真卿）

【析形】嗓字《說文》所無。楷書左旁是口，意符，表明字義與口腔有關；右旁是桑，聲符，表示讀音。形聲字。

【釋義】①喉嚨：嗓門兒 ②喉嚨發出的聲音：嗓音｜嗓子｜啞嗓

喪（丧）sàng

甲 金 曶篆 喪隸（朝侯殘碑）

喪楷（歐陽詢） 袁草（王羲之）

【析形】喪字甲骨文上部及左右皆是"口"，意符，取意眾口哀嚎；中間是桑，聲符，表示讀音。形聲字。金文聲符形體已訛變。小篆上部訛作"哭"，意符，取意哭嚎；下部是亡，意符兼聲符，表明字義與死亡有關，也表示讀音。會意兼聲字。隸、楷書根據小篆轉寫而成。

【簡化】簡化字"丧"根據草書楷化而成。

【釋義】◎本義指喪亡，喪失：喪膽｜喪命｜喪身｜喪偶｜喪盡天良｜喪權辱國 ◇引申指由於不如意而洩氣，情緒低落：喪氣｜懊喪｜沮喪｜頹喪

搔 sāo

閝篆 搔楷（顏真卿）

【析形】搔字小篆左旁是手，意符，表明字義與手的動作有關；右旁是蚤，聲符，表示讀音。形聲字。隸變後，手字在字左側為偏旁時寫作"扌"。

【釋義】抓，撓，用手指甲輕抓：搔頭｜搔癢

騷（骚）sāo

騽篆 馬蚤隸（曹全碑） 騷楷（顏真卿）

【析形】騷字小篆左旁是馬，意符，表明字的初義與馬有關；右旁是蚤，聲符，表示讀音。形聲字。隸、楷書沿襲小篆。

【簡化】簡化字"骚"意符的簡化見"馬"字。

【釋義】◎本義指刷馬。◇引申①騷擾。②擾亂，不安定：騷動｜騷亂｜騷擾｜《離騷》③文體名，詩賦的一種：騷體｜風騷 ④泛指詩人：騷客｜騷人 △音借指雄性的（某些家畜）：騷驢｜騷馬 引申指婦女言行輕浮，放蕩：騷貨｜風騷

臊 sāo

牖篆 臊隸（隸辨） 臊楷（顏真卿）

【析形】臊字小篆左旁是肉，意符，表明字義與肉類的性狀有關；右旁是喿，聲符，表示讀音。形聲字。古文肉、月二字形近，隸變後，兩個字作偏旁時多同化寫作"月"。

【釋義】◎本義指豬狗的臭味。◇引申①泛指肉類及油脂的腥臭氣。②難聞的氣味：臊氣｜狐臊｜腥臊

掃（扫）sǎo

埽篆 掃隸（華山神廟碑） 扫楷（顏真卿）

【析形】掃字小篆左旁是土，意符，表示塵土；右旁是帚（甲骨文像掃帚形），意符兼聲符，表示以帚掃除塵穢，也表示讀音（掃、帚二字古音同韻部）。會意兼聲字。隸書改意符"土"為"扌"（手），表明字義與手的動作有關。

S

【簡化】楷書簡體"扫"是用保留特徵、局部代全體的方法,右旁保留上部的"彐"代替全字,刪除了其餘部件。

【釋義】◎本義指掃除塵土、垃圾等:掃除|掃墓|打掃|祭掃|清掃|灑掃 ◇引申①除去,消除:掃蕩|掃盲|掃滅|掃興 ②很快地左右移動:掃描|掃射|掃視

嫂 sǎo

橺篆 嫂楷(顏真卿)

【析形】嫂字小篆左旁是女,意符,表明字義與女性有關;右旁是叟,聲符,表示讀音。形聲字。楷書沿襲小篆。

【釋義】①哥哥的妻子:嫂嫂|嫂子|姑嫂|兄嫂 ②對已婚婦女的通稱:嫂子|大嫂

掃 (扫) sào

【析形】見"掃sǎo"。

【釋義】義同"掃sǎo"。〔掃帚〕一種用竹杖等做的掃地用具。

臊 sào

【析形】見"臊sāo"。

【釋義】◎本義指豬狗的臭味,音sāo。△音借表示害羞,難為情,音sào:害臊|沒臊

色 sè

邑篆 色隸(校官碑) 色楷(歐陽詢)

【析形】色字小篆上部是人,意符,表明字義與人有關;下部是卩(甲骨文像人跪踞之形),取意未明。隸書人形訛變。楷書沿襲隸書。

【釋義】◎本義指人臉上之氣色,神情:愧色|臉色|神色|失色|喜色|血色|眼色|正色|色厲內荏|眉飛色舞|不露聲色|和顏悅色|喜形於色 ◇引申①顏色:色彩|色調|色盲|色素|色澤|彩色|染色 ②婦女的美貌:絕色|姿色。③情慾:色情|好色|貪色 ④景象,情景:春色|景色|山色|夜色|月色 ⑤品種,品類:花色|各色|貨色|角色 ⑥品種的品質:成色|出色|音色|增色|足色

塞 sè

【析形】見"塞sāi"。

【釋義】◎本義指堵塞,音sāi。用於某些合成詞或短語,義同塞(sāi),音sè:閉塞|充塞|堵塞|梗塞|搪塞|阻塞|閉目塞聽|茅塞頓開

澀 (涩) sè

嚻篆 澀楷(顏真卿)

【析形】澀字小篆由四個"止"(甲骨文像足印形,"趾"字初文)組成,上部二"止"倒寫,均為意符,取意阻滯不順。會意字。楷書增"氵"(水)為意符,取意水流受阻;右旁上部二"止"訛作二"刃"。

【簡化】簡化字"涩"是用保留特徵、局部刪除的方法,保留原字輪廓特徵"涩",刪除了其餘部件。

【釋義】◎本義指阻滯不順。◇引申①不光滑:澀滯|滯澀 ②味不甘滑:澀味|苦澀|脫澀 ③文字生硬,不通暢,難讀難懂:晦澀|艱澀|枯澀|生澀|拙澀

瑟 sè

瑟篆 瑟隸(禮器碑) 瑟楷(顏真卿)

【析形】瑟字小篆上部像琴之形,上部中間像琴柱,兩旁像弦軸,軸上有琴弦;下部是必,聲符,表示讀音(瑟、必二字古音同韻部)。形聲字。隸書上部有所省減。楷書沿襲隸書。

【釋義】◎本義指古代撥弦樂器:鼓瑟 △音借作象聲詞〔瑟瑟〕①形容輕微的聲音:秋風瑟瑟 ②形容顫抖:瑟縮|瑟瑟發抖

森 sēn

森甲 森篆 森楷(顏真卿)

【析形】森字甲骨文由上下三木構成,均為意符,取意樹木多。會意字。小篆、楷書沿襲甲骨文。

【釋義】◎本義指樹木多而密:森林 ◇引申①繁密,眾多:森森|森然|森嚴|森羅萬象 ②陰暗可怕:森然|陰森

僧 sēng

僭篆 僧楷(顏真卿)

【析形】僧字小篆左旁是人，意符，表明字義與人有關；右旁是曾，聲符，表示讀音。形聲字。隸變後，人字在字左側為偏旁時寫作"亻"。

【釋義】出家修行的男性佛教徒，俗稱和尚：僧侶｜僧尼｜僧人｜僧俗｜僧徒｜齋僧

紗 (纱) shā

紗楷(顏真卿)

【析形】紗字《說文》所無。左旁是"糹"，意符，表明字義與絲麻等有關；右旁是少，亦為意符，取輕細之意。會意字。

【簡化】楷書簡體"纱"的意符"纟"根據草書楷化而成。

【釋義】◎本義指輕細的絲麻織物。古代多以蠶絲為之。◇引申①用棉、麻等紡成的細縷，可以撚線織布：紗廠｜紗錠｜抽紗｜麻紗｜棉紗 ②某些紡織品的類名：拷紗｜羽紗｜綢紗 ③經緯線稀疏的織物：紗布｜紗窗｜紗帽｜窗紗｜面紗｜輕紗

沙 shā

沙金 沙篆 沙隸(居延簡) 沙楷(李璧碑)

【析形】沙字金文左旁是水，右旁像沙粒，隸作"少"，均為意符，表示水中細小沙石。會意字。小篆沿襲金文。隸變後，水字在字左側為偏旁時寫作"氵"。

【釋義】◎本義指水中細碎的石粒。◇引申①細小的沙粒：沙塵｜沙漠｜沙丘｜沙灘｜風沙｜泥沙 ②像沙的東西：蠶沙｜豆沙 ③嗓音不清脆，不響亮：沙啞 ④某些食物的肉質呈細粒狀：沙肝兒｜沙瓤 △音借作音譯詞的構詞語素〔沙發〕〔沙拉〕〔沙龍〕〔沙彌〕

殺 (杀) shā

殺甲 殺金 殺篆 殺隸(樊敏碑) 殺楷(顏真卿)

【析形】殺字甲骨文像一隻長尾獸之形。音借表示殺戮之"殺"。金文沿襲甲骨文。小篆右旁增"殳"為意符，表示以殳擊

殺；左旁"殺"為聲符，表示讀音。形聲字。隸、楷書沿襲小篆。

【簡化】簡化字"杀"是用沿用古體的方法，沿用甲骨文省作"杀"。

【釋義】◎本義當為獸名。△音借表示致死：殺害｜殺生｜暗殺｜殘殺｜屠殺 ◇引申①削減，消除：殺毒｜殺價｜抹殺｜殺風景 ②激戰：衝殺｜廝殺｜殺出重圍 ③程度深，相當於"煞"：氣殺｜笑殺 ④方言指藥物等刺激身體感覺疼痛：藥水殺得很｜肥皂水殺眼

杉 shā

【析形】見"杉shān"。

【釋義】義同"杉shān"。用於〔杉木〕〔杉篙〕，音shā。

刹 shā

刹篆 刹楷(顏真卿)

【析形】刹字右旁是"刂"(刀)，取意未詳；左旁是"殺"字的省減，聲符，表示讀音。形聲字。與表示佛教寺廟，音chà的"刹"異字同形。

【釋義】止住：刹車｜刹住

砂 shā

砂楷(褚遂良)

【析形】砂字《說文》所無。楷書左旁是石，意符，表明字義與石頭有關；右旁是"沙"字的省減，聲符，表示讀音。形聲字。

【釋義】◎本義同"沙"。指細碎的石粒：砂漿｜砂岩｜翻砂 ◇引申指像砂一樣的物品：砂糖｜砂輪｜砂紙｜丹砂｜礦砂｜硼砂｜鐵砂｜硃砂

煞 shā

煞楷(顏真卿)

【析形】煞字《說文》所無。楷書左上部是"急"字的省減；右上部是"攵"，古文像手持棒形；下部"灬"是古文"火"字的隸變分化體，均為意符，表示急迫弄死之意。會意字。

【釋義】◎本義同"殺"。致死，殺死。◇引申①結束，收束，止住：煞筆｜煞尾｜煞賬 ②扣緊，勒緊：煞一煞腰帶｜煞住行李架上的東西 ③消滅，消除，程度深：煞風景｜氣煞｜嚇煞

啥 shá

啥 楷(顏真卿)

【析形】啥字《說文》所無。楷書左旁是口，意符，表明字義與言語有關；右旁是舍，聲符，表示讀音。形聲字。

【釋義】方言代詞，表示疑問，相當於"甚麼"：幹啥？

傻〔傻〕shǎ

傻 楷(顏真卿)

【析形】傻字《說文》所無。左旁是"亻"，意符，表明字義與人有關；右旁當是聲符，表示讀音。形聲字。楷書聲符為夐。

【釋義】◎本義①愚蠢，不明事理：傻瓜｜傻子｜癡傻｜呆傻｜裝傻 ②失神，呆：傻笑｜傻眼｜嚇傻了 ◇引申指死心眼兒，不靈通：傻等｜傻幹｜傻勁兒

廈〔廈〕shà

廈 篆 楷(顏真卿)

【析形】廈字小篆外廓是"广"，像高屋形，意符，表明字義與房屋有關；內中是夏，聲符，表示讀音。形聲字。楷書意符為"厂"，取意與"广"同，表示人可居住之地。內地採用"廈"字。

【釋義】◎本義指房屋。也指房子後面突出的部分：抱廈｜後廈｜前廊後廈 ◇引申指高大的房子：大廈｜廣廈｜高樓大廈

煞 shà

【析形】見"煞shā"。

【釋義】◎本義同"殺"。致死，殺死，音shā。◇引申①民間所稱兇神：煞氣｜兇煞｜兇神惡煞 ②極，很：煞白｜煞費苦心｜煞有介事(以上各引申義音shà)

霎 shà

霎 篆 霎 楷(顏真卿)

【析形】霎字小篆上部是雨，意符，表明字義與雨水有關；下部是妾，聲符，表示讀音。形聲字。楷書沿襲小篆。

【釋義】◎本義指小雨。◇引申指短時間：霎時｜一霎｜霎時間

篩 (筛) shāi

篩 楷(顏真卿)

【析形】篩字甲骨文、金文均像篩子形。隸作"西"(見"西"字)。音借表示方向義後，為本字造了"篩"字。上部是"竹"(竹)，意符，表明材質；下部是師，聲符，表示讀音。形聲字(粵方言仍保留西、篩同音)。

【簡化】楷書簡體"筛"聲符的簡化見"師"字。

【釋義】◎一種竹編器具，底面多小孔，可用來分離粗細顆粒。◇引申①用篩子分選東西：篩米｜篩面｜篩選 ②斟，斟酒：篩酒 ③熱酒：把酒篩一篩

色 shǎi

【析形】見"色sè"。

【釋義】同"色sè"。用於口語，音shǎi：掉色｜落lào色｜上色｜退色｜走色

曬 (晒) shài

曬 篆 晒 楷(顏真卿)

【析形】曬字小篆左旁是日，意符，表明字義與太陽有關；右旁是麗，聲符，表示讀音(曬、麗二字古音同韻部)。形聲字。

【簡化】楷書簡體"晒"是用更換聲符的方法，以筆畫較簡的"西"為聲符，替換了筆畫繁複的聲符"麗"。

【釋義】◎本義①在陽光下吸收光和熱，或晾物使乾：曬圖｜沖曬｜晾曬｜曬太陽｜曬衣服 ②太陽照射物體：曬台｜西曬｜日曬雨淋

山 shān

甲　金山篆山隸（華山神廟碑）山
楷（敬使君碑）

【析形】山字甲骨文像峰巒起伏的山脈形。象形字。金文略簡。小篆線條化仍見初形。隸、楷書根據小篆轉寫而成。

【釋義】◎本義指地面上由土石構成的隆起部分：山坳｜山川｜山巔｜山峰｜山岡｜山巒｜山脈｜山坡｜火山｜礦山｜雪山　◇引申①像山的：冰山｜刀山｜假山｜靠山｜人山人海 ②山野出產的：山草｜山茶｜山貨｜山羊｜山珍

删 shān

删篆删刂隸（史晨碑）删楷（顏真卿）

【析形】删字小篆左旁是冊，代表書籍；右旁是刀，表明工具，均為意符，表示删減書中的內容（古代書冊由竹簡裝訂而成，要作删除需用刀節取）。會意字。隸變後，刀字在字右側為偏旁時寫作"刂"。

【釋義】除去文字中不妥當或繁瑣的部分：删除｜删改｜删節｜删削｜增删｜删繁就簡

衫 shān

衫篆衫楷（顏真卿）

【析形】衫字小篆左旁是衣，意符，表明字義與衣服有關；右旁是彡，聲符，表示讀音。形聲字。楷書沿襲小篆。隸變後，衣字在字左側為偏旁時寫作"衤"。

【釋義】◎本義指短袖的單衣。◇引申指單上衣：長衫｜襯衫｜汗衫｜羅衫｜棉毛衫

扇 shān

【析形】見"扇 shàn"。

【釋義】◎本義指門扇，音 shàn。門可開合，引申指搖動扇子生風，音 shān：扇動｜扇扇 shàn 子

杉 shān

杉篆杉楷（顏真卿）

【析形】杉字小篆左旁是木，意符，表明

字義與樹木有關；右旁是粘，聲符，表示讀音。形聲字。

【簡化】楷書簡體"杉"是用更換聲符的方法，以筆畫省減的"彡"為聲符，替換了筆畫繁複的"粘"。

【釋義】樹名。俗稱沙木。常綠喬木，葉細幹直，果實球形，木材供建築和器具用：杉樹｜紅杉｜冷杉｜水杉

苫 shān

【析形】見"苫 shàn"。

【釋義】◎本義指用草簾、蓆子遮蓋，音 shàn。◇引申指草簾子，草墊子，音 shān。

珊 shān

珊篆珊楷（顏真卿）

【析形】珊字小篆左旁是玉，意符，取意如玉一般可做飾物或供觀賞；右旁是"删"字的省減，聲符，表示讀音。形聲字。

【釋義】〔珊瑚〕由一種叫珊瑚蟲的腔腸動物分泌之石灰質骨骼聚集而成的物質，形狀像樹枝，多為紅色，也有白色或黑色的。可供玩賞，也可作裝飾品。

栅 shān

【析形】見"栅 zhà"。

【釋義】◎本義指栅欄，音 zhà。△音借表示①〔栅極〕指電子管最靠陰極的一個電極，細絲網狀或螺旋線狀，具有控制電流的強度，改變電子管的性能等作用。②〔光栅〕指一種精密的光學元件。又指電視熒幕發出的光亮。（以上各音借義音 shān）

閃 (闪) shǎn

閃篆闪楷（顏真卿）

【析形】閃字小篆外廓是門，內中是人，均為意符，表示人自門內窺視。會意字。

【簡化】楷書簡體"闪"意符的簡化見"門"字。

【釋義】◎本義指人從門中窺視。◇引

①表示忽現忽隱或突然出現：閃念|閃失|
閃現|忽閃 ②閃耀：閃光|閃射|閃爍|撲
閃 ③天空的電光：閃電|霍閃 ④側身躲
避：閃避|閃開|閃身|躲閃 ⑤因動作過猛
使部分筋肉扭傷：閃了腰

陝 (陝) shǎn

陝篆陝　陝隸(張遷碑)　陝楷(顏真卿)

陝草(彙編)

【析形】陝字小篆左旁是阜，本義指土
山，意符，表明字義與土地有關；右旁是
夾，聲符，表示讀音。形聲字。隸變後，
阜字在字左側為偏旁時寫作"阝"。
【簡化】簡化字"陝"根據草書楷化而成。
【釋義】古地名，在今河南省陝縣。今為
陝西省的簡稱：陝甘寧邊區

摻 (摻) shǎn

【析形】見"摻chān"。
【釋義】◎本義指塗抹。音chān。◇引申
表示持，握。音shǎn：摻手

單 (单) shàn

【析形】見"單dān"。
【釋義】◎本義指狩獵的工具，音dān。用
作地名用字。單縣，在山東省。也作姓氏
用字。(以上地名、人名用字音shàn)

扇 shàn

扇篆扇　扇隸(睡虎地簡)　扇楷(智永)

【析形】扇字小篆上部是戶(甲骨文像半扇門
之形)，意符，表明字義與門有關；下部是
羽，門之開合如羽翼之收展，均為意符，
表示門扇。會意字。隸、楷書沿襲小篆。
【釋義】◎本義指竹類編製的門扇。◇引
申①指門窗上可以開合之板片狀東西：
合扇|門扇|走扇 ②作表示門、窗等的量
詞：一扇門|一扇磨mò ③搖動生風的用
具：扇子|電扇|風扇|蒲扇|團扇|羽扇

善 shàn

羋金譱金譱篆善　善隸(袁博碑)

善楷(敬使君碑)

【析形】善字金文形一以"羊"字表示。古
人以羊為吉祥物，故以羊字表示吉祥、
美好、美味等意；形二下部增"誩"為意
符，以眾言稱美取意善美好。小篆沿襲金
文。隸書下部作了省減。楷書沿襲隸書。
【釋義】◎本義指吉祥，美好，良好：善
策|改善|完善|從善如流|獨善其身|盡善
盡美 ◇引申①善良，善行，與"惡"相
對：善舉|善人|善事|善心|善意 ②友
好，和好：和善|親善|友善 ③好好地：
善罷甘休|善自保重 ④辦好，弄好：善
後|善始善終 ⑤擅長：善於|多謀善斷|循
循善誘 ⑥多，易於：善變|善感|善忘

膳 〔饍〕shàn

鱻金膳篆膳楷(智永)

【析形】膳字金文有借音同的"善"字表示
(見"善"字)；也則下部增"肉"為意符，
表明字義與肉食有關；善為聲符，表示讀
音。形聲字。小篆寫作左右結構。楷書沿
襲小篆。古文肉、月二字形近，隸變後，
兩個字作偏旁時多同化寫作"月"。異體
字以"食"為意符，表明字義與食物有關。
【釋義】◎本義指備置食物。◇引申指飯
食：膳費|膳食|膳宿|午膳|用膳

苫 shàn

苫篆苫楷(顏真卿)

【析形】苫字小篆上部是"艸"，意符，表
明字義與植物有關；下部是占，聲符，表
示讀音。形聲字。楷書沿襲小篆。
【釋義】用草簾、蓆子遮蓋：苫布|苫背

擅 shàn

擅篆擅隸(馬王堆帛書)　擅楷(顏真卿)

【析形】擅字小篆左旁是手，意符，表明
字義與行為動作有關；右旁是亶，聲符，
表示讀音。形聲字。隸變後，手字在字左
側為偏旁時寫作"扌"。
【釋義】◎本義指獨攬。◇引申①專斷，
自作主張：擅權|擅自|擅離職守 ②專
於，專長：擅長|不擅辭令

瞻 (赡) shàn

膽篆 瞻隸(隸辨) 昭草(孫過庭)

瞻楷(顏真卿)

【析形】瞻字小篆左旁是貝，意符，表明字義與財物有關（見"貝"字）；右旁是詹，聲符，表示讀音。形聲字。隸書聲符形體略變。

【簡化】楷書簡體"赡"的意符"贝"根據草書楷化而成。

【釋義】◎本義指供給，供養：瞻養 ◇引申指充足，豐富：豐瞻

傷 (伤) shāng

傷篆 傷隸(馬王堆帛書) 傷楷(智永)

㑥草(智永)

【析形】傷字小篆左旁是人，意符，表明字義與人的活動有關；右旁是"煬"字的省減，義為受箭傷，意符兼聲符，取義受傷，也表示讀音。會意兼聲字。隸書聲符形體已訛變。隸變後，人字在字左側為偏旁時寫作"亻"。

【簡化】簡化字"伤"根據草書略加改造而成。

【釋義】◎本義指創傷，皮肉破損處：傷疤|傷痕|傷口|傷勢|傷亡|刀傷|凍傷|工傷|內傷 ◇引申①身體組織、精神或其他物體受到損壞，損害：傷害|傷耗|傷神|傷身|挫傷|損傷|傷感情|傷腦筋|傷天害理|出口傷人 ②因某種致病因素而得病：傷風|傷寒|傷熱|傷食 ③內心受到傷害而悲哀：傷悼|傷感|傷逝|傷心|哀傷|悲傷|憂傷 ④詆毀，得罪：傷眾|惡語中 zhòng 傷 ⑤妨礙：無傷大雅

商 shāng

不甲 㐬金 㐬篆 商隸(曹全碑)

商楷(虞世南)

【析形】商字甲骨文像古代一種大腹、三足酒器之形。象形字。金文、小篆沿襲甲骨文。隸、楷書筆畫化，失去初形。

【釋義】◎本義當為古代酒器。△音借表示朝代名：商代|殷商 ◇商朝既滅，殷商人主要經商，故引申 ①從事買賣的人：商販|商賈 gǔ|商旅|商人|奸商|客商|鹽商 ②買賣貨物，商業：商標|商場|商船|商店|商家|商行|商號|商會|商品|商務|經商|通商 ③交換意見：商定|商計|商量|商洽|商榷|商談|商討|商議|磋商|協商 △音借表示①古代五音之一，相當於簡譜的"2"。 ②星名，二十八宿之一：參商 ③除法運算的得數：商數 ④表示某方面能力的相對數據：情商|智商|創造商

上 shǎng

【析形】見"上 shàng"。

【釋義】◎本義指高處，音 shàng。◇引申指漢語聲調的一種，普通話上聲，即第三聲，是降升調，符號為"ˇ"，音 shǎng。

晌 shǎng

晌楷(顏真卿)

【析形】晌字《說文》所無。楷書左旁是日，意符，表明字義與時日有關；右旁是向，聲符，表示讀音。形聲字。

【釋義】◎本義①午時，即正午或午時（十一點到十三點）前後：晌飯|晌覺 jiào|晌午|歇晌 ②一天以內的一段時間：半晌|後晌|前晌|晚半晌

賞 (赏) shǎng

賞金 賞金 賞篆 賞隸(馬王堆帛書)

賞楷(敬使君碑) 賞草(米芾)

【析形】賞字金文形一下部是貝，意符，表明字義與財物有關（見"貝"字）；上部是"尚"字的省減，聲符，表示讀音。形聲字。形二聲符"尚"無省減。小篆、隸書沿襲金文形二。

【簡化】簡化字"赏"意符"贝"根據草書楷化而成。

【釋義】◎本義指以財物賜於有功者（限於上對下）。◇引申①泛指獎勵：賞賜|賞罰|賞封|獎賞|受賞|懸賞|重賞 ②喜歡，享受美好事物領略其中趣味：賞鑒|賞識|賞閱|稱賞|觀賞|欣賞|讚賞|賞心悅目 ③客套話，用於請對方接受自己的要求等：賞光|賞臉

上 shàng

甲二 金上 金足篆

隸(史晨碑) 上楷(敬使君碑)

【析形】上字甲骨文寫作兩橫畫，下面一畫表示基準線，上面一畫較短，為指事符號，表明在上方。指事字。金文形一沿襲甲骨文；形二上加一豎，以區別數目字"二"。小篆形體略變。隸、楷書沿襲金文形二。

【釋義】◎本義指位置在高處的：上層｜上空｜上面｜上衣｜上肢 ◇引申①由低處向高處：上車｜上火｜上來｜上去 ②達到（一定程度和數量）：上百人｜上年紀｜上歲數｜成千上萬 再引申指往，到：上當｜上鈎｜上路｜上門｜上任｜上台｜上心 ③遞上：上菜｜上茶 ④向上，向前進：上進｜上前｜上升｜上行｜直上 ⑤時間或次序在前的：上次｜上代｜上古｜上集｜上屆｜上卷｜上年｜上限｜上旬 ⑥等級高或品質好的：上賓｜上乘｜上等｜上好｜上級｜上流｜上品｜上司｜上座｜至上 ⑦（向上級）進獻，呈遞：上報｜上訪｜上告｜上繳｜上書｜上述｜上訴 ⑧登載：上報｜上賬 ⑨舊時指皇帝：上諭｜犯上｜皇上｜聖上 ⑩用在名詞後表示一定的時間、處所、範圍、方面：道上｜府上｜海上｜路上｜世上｜書上｜天上｜早上 ⑪按規定時間進行某活動：上班｜上工｜上課｜上學｜上映 ⑫用在動詞後，表示動作的趨向或結果：安上｜戴上｜趕上｜關上｜考上 ⑬安裝：上膛｜上螺絲 ⑭塗，搽：上漿｜上色｜上藥

尚 shàng

尚金 尚篆 尚隸(禮器碑) 尚楷(龍藏寺碑)

【析形】尚字金文上部是八，取意未明；下部是向，聲符，表示讀音（尚、向二字古音同韻部）。小篆、隸、楷書沿襲金文。

【釋義】◎本義未明。◇引申①副詞，表示"還"(hái)：尚存｜尚且｜尚無 ②尊崇，提倡：尚武｜崇尚｜風尚｜高尚｜時尚

裳 shang

裳篆 裳篆 裳楷(顏真卿)

【析形】裳字小篆形一下部是衣，意符，表明字義與衣服有關；上部是尚，聲符，表示讀音。形聲字。形二下部是"巾"，表明字義與布巾等有關。形二"常"借表示"經常"義後，本義專用形一表示。楷書沿襲小篆形一。

【釋義】◎本義指下身的衣裙，男女都可穿。◇引申泛指衣服：衣裳

捎 shāo

捎篆 捎楷(顏真卿)

【析形】捎字小篆左旁是手，意符，表明字義與手的動作有關；右旁是肖，聲符，表示讀音。形聲字。隸變後，手字在字左側為偏旁時寫作"扌"。

【釋義】◎本義①擇取，選擇：撟捎 ②順便帶：捎帶｜捎信兒

燒 (烧) shāo

燒篆 燒隸(曹全碑) 燒草(草書韻會) 烧楷(顏真卿)

【析形】燒字小篆左旁是火，意符，表明字義與火有關；右旁是堯，聲符，表示讀音。形聲字。隸、楷書沿襲小篆。

【簡化】楷書簡體"烧"根據草書楷化而成。

【釋義】◎本義指焚燒，使物體着火：燒荒｜燒火｜燒毀｜燒傷｜燒灼｜燃燒 ◇引申①使物體受熱起變化：燒杯｜燒焊｜燒瓶｜燒炭｜燒磚 ②烹飪方法：燒餅｜燒雞｜叉燒｜紅燒｜燒羊肉 ③體溫增高：發燒｜高燒｜退燒 ④因財富多或得勢而忘乎所以：燒包｜錢多燒的

梢 shāo

梢篆 梢楷(顏真卿)

【析形】梢字小篆左旁是木，意符，表明字義與樹木有關；右旁是肖，聲符，表示讀音。形聲字。楷書沿襲小篆。

【釋義】◎本義指樹尖或樹枝之末端：梢頭｜末梢｜樹梢 ◇引申泛指物的末尾或事情的結局：鞭梢｜春梢｜眉梢｜眼梢｜頭髮梢

稍 shāo

㮰篆 㮰隸(馬王堆帛書) 稍楷(顏真卿)

【析形】稍字小篆左旁是禾，意符，表明字的初義與禾苗有關；右旁是肖，聲符，表示讀音。形聲字。隸、楷書沿襲小篆。

【釋義】◎本義當指禾穗之末梢。◇引申①事物的末端。此義後作"梢"："月上柳稍頭，人約黃昏後"。②漸進，逐漸。③略微：稍稍｜稍微｜稍許｜稍遜一籌｜稍縱即逝

勺〔杓〕sháo

勺篆 勺隸(隸辨) 勺楷(張猛龍碑)

【析形】勺字小篆外廓像一隻有柄盛器之形，中間一畫像器中有所盛。象形字。隸、楷書沿襲小篆。異體字增"木"為意符，表明材質。

【釋義】◎一種有柄可以舀東西的器具：勺子｜湯勺｜掌勺 ◇引申指像勺的物體：後腦勺

芍 sháo

芍楷(顏真卿)

【析形】芍字《説文》所無。楷書上部是"艹"(艸)，意符，表明字義與植物有關，下部是勺，聲符，表示讀音。

【釋義】〔芍藥〕多年生草本植物。初夏開花，白色或粉紅色，似牡丹。供觀賞。塊根可入藥：白芍｜赤芍

少 shǎo

少甲 少金 少篆 少隸(曹全碑) 少楷(智永)

【析形】少字甲骨文是在"小"字下部增一"丶"，作為指事標誌，表示不多，以區別於"小"字，又以"小"為聲符，為附畫(筆畫)因聲指事字。金文把下部的"丶"訛作"丿"。小篆、隸、楷書沿襲金文。

【釋義】◎本義指數量小，與"多"相對：少見｜少量｜少數｜少許｜少有｜很少｜減少｜稀少｜至少 ◇引申①缺少，丟失：短少｜一個不少 ②短時間，稍微：少待｜少候｜少頃

少 shào

【析形】見"少 shǎo"。

【釋義】◎本義指數量小，與"多"相對，音 shǎo。◇引申①年紀輕，與"老"相對：少婦｜少年｜少女｜老少 ②軍銜的一種：少將｜少尉｜少校(以上各引申義音 shào)

紹〔绍〕shào

紹甲 紹金 紹篆 紹隸(郭有道碑) 紹楷(顏真卿) 紹草(米芾)

【析形】紹字甲骨文右旁是糸，意符，絲絲相連不斷，取意接續；左旁是刀，聲符，表示讀音。形聲字。金文上部為聲符"邵"，寫作上下結構。小篆聲符為"召"，又寫作左右結構，意符在左，聲符在右。隸、楷書沿襲小篆。

【簡化】簡化字"绍"的意符"纟"根據草書楷化而成。

【釋義】◎本義指承繼，接續 ◇引申指使雙方相識或發生聯繫，使了解，引進，帶入：紹介｜介紹 浙江紹興的簡稱：紹酒｜紹劇

捎 shào

【析形】見"捎 shāo"。

【釋義】◎本義指擇取，選擇，音 shāo。△音借表示稍微向後倒退(多指騾馬等)，音 shào。

哨 shào

哨篆 哨楷(顏真卿)

【析形】哨字小篆左旁是口，意符，表明字義與口有關；右旁是肖，聲符，表示讀音。形聲字。

【釋義】◎本義指口不正。◇引申①蹙口發出尖聲：哨子｜口哨 ②鳥叫：這鳥會哨嗎？ △音借表示警戒防守的崗位，巡邏：哨卡｜哨所｜步哨｜放哨｜巡哨

稍 shào

【析形】見"稍 shāo"。

【釋義】本義指禾苗末梢，音 shāo。〔稍息〕軍事或體操的口令。

奢 shē

金 篆 隸（白石君碑）奢 楷（昭仁寺碑）

【析形】奢字金文上部是大，意符，取意誇大；下部是者，聲符，表示讀音。形聲字。小篆、隸、楷書沿襲金文。

【釋義】◎本義指張大，誇大。◇引申①過分的：奢念｜奢求｜奢望 ②沒有節制，消費過分：奢侈｜奢華｜奢靡｜驕奢淫逸｜窮奢極侈

賒 (賒) shē

篆 賒 楷（顏真卿）賖 草（朱耷）

【析形】賒字小篆左旁是貝，意符，表明字義與財物有關（見“貝”字）；右旁是余，聲符，表示讀音（賒、余二字古音同韻部）。形聲字。楷書聲符為“余”。

【簡化】簡化字“赊”的意符“贝”根據草書楷化而成。

【釋義】買賣貨物時延期交款或收款：賒購｜賒欠｜賒銷｜賒賬

舌 shé

甲 金 舌 篆 隸（武威簡）

舌 楷（顏真卿）

【析形】舌字甲骨文下部是口，上部像舌頭從口中伸出之狀。象形字。金文“舌”兩旁加“、”表示唾液。小篆沿襲甲骨文。隸書根據小篆轉寫而成。楷書沿襲隸書。

【釋義】◎本義指人或動物嘴巴內辨別滋味、幫助咀嚼食物和發音的器官：舌苔｜舌頭 ◇引申①像舌頭的東西；火舌｜帽舌 ②語言辯論的代稱，說話：舌戰｜鼓舌｜饒舌

折 shé

【析形】見“折 zhé”。

【釋義】◎本義指斷，音 zhé。◇引申指虧損，音 shé：折本｜折秤｜折耗｜虧折

蛇 shé

甲 金 篆 蛇 隸（張表碑）

蛇 楷（顏真卿）

【析形】蛇字甲骨文像蛇之形，有頭、身、尾。象形字。金文沿襲甲骨文。隸作“它”。小篆形一沿襲金文，形二左旁增“虫”為意符，表明字義的類屬與動物有關。隸書“它”訛作“也”。楷書沿襲小篆形二。

【釋義】爬行動物。身體細長，有鱗，沒有四肢，種類很多，俗稱長蟲：蛇毒｜蛇蛻｜蛇行｜毒蛇｜蝮蛇｜水蛇

捨 (舍) shě

篆 捨 楷（歐陽詢）

【析形】捨字小篆左旁是手，意符，表明字義與手的動作有關；右旁是舍，聲符，表示讀音。形聲字。楷書沿襲小篆。

【簡化】簡化字是用同音合併的方法，以音近、筆畫較簡的“舍”代替了筆畫較繁複的“捨”，合併了捨、舍二字的意義。

【釋義】◎本義指放棄：捨得｜捨命｜捨棄｜捨身｜割捨｜取捨｜捨本逐末｜捨己為公｜捨生忘死｜鍥而不捨 ◇引申由於宗教信仰等原因，把財物送給人：施捨

設 (设) shè

篆 設 隸（華山神廟碑）設 楷（顏真卿）

【析形】設字小篆左旁是言，右旁是殳（甲骨文像手持棒之形），取義使人做某事，均為意符，表示安置。會意字。隸、楷書沿襲小篆。

【簡化】簡化字“设”的意符“讠”根據草書楷化而成。

【釋義】◎本義指安置，陳列：設備｜設防｜設立｜設置｜擺設｜陳設｜架設｜建設｜開設｜鋪設 ◇引申①籌劃：設法｜設計 ②假設：設想｜設身處地

社 shè

甲 社 金 篆 社 隸（張壽碑）

社 楷（顏真卿）

【析形】社字甲骨文借"土"字表示，代表土地神。金文左旁增"示"為意符，表明字義與祭祀之事有關（見"示"字）。會意字。小篆、隸、楷書沿襲金文。

【釋義】◎本義指傳說中的土地之神，也指祭祀土地神的地方。△音借指某些集體組織、團體、機構、服務性單位：社會｜社交｜社團｜公社｜結社｜旅社｜學社｜旅行社

舍 shè

舍 隸(曹全碑)　舍 楷(顏真卿)

【析形】舍字金文像房舍之形，上部像屋頂，中間像樑柱，下部像築基。象形字。小篆、隸、楷書沿襲金文。

【釋義】◎本義指客館。◇引申①泛指房屋：茅舍｜鄰舍｜廬舍｜旅舍｜宿舍｜田舍｜校舍 ②謙稱自己的家：敝舍｜寒舍 ③謙辭，指比自己年紀小、輩份低的親屬：舍弟｜舍親｜舍姪 ④古代又指行軍三十里為一舍：退避三舍

射 shè

射 隸(袁博碑) 射 楷(顏真卿)

【析形】射字甲骨文像張弓注箭之形。金文形一沿襲甲骨文；形二右旁像手形，意符，表示引弓發箭。會意字。小篆形一把"弓"訛為"身"（甲、金文弓、身二字形近），右旁為矢；形二左旁把金文"手"訛作"寸"（本義指手腕寸口處），取意與"手"同。隸、楷書沿襲小篆形二。

【釋義】◎本義指拉弓放箭：射箭　◇引申①用推力或彈力送出：射程｜射擊｜射門｜發射｜掃射｜投射 ②液體受壓力從小孔迅速噴出：噴射｜注射 ③發出光、熱、電波等：射線｜射影｜反射｜放射｜輻射｜透射｜映射｜照射｜折射 ④有所指：暗射｜隱射｜影射

涉 shè

涉 隸(熹平石經) 涉 楷(顏真卿)

【析形】涉字甲骨文中間像流水形，水兩旁像有兩隻足印，隸作"止"（"趾"字初文），均為意符，表示徒步過河。會意字。金文沿襲甲骨文。小篆寫作左右結構，左旁是水，右旁二"止"隸作"步"。隸變後，水字在字左側為偏旁時寫作"氵"。楷書沿襲隸書。

【釋義】◎本義指徒步過河：涉水｜跋涉　◇引申①經歷：涉世｜涉險｜涉足 ②閱讀：涉獵 ③牽連，觸動：涉案｜涉及｜涉訟｜涉嫌｜交涉｜牽涉

攝 (摄) shè

攝 楷(顏真卿)

【析形】攝字小篆左旁是手，意符，表明字義與手的動作有關；右旁是聶，聲符，表示讀音。形聲字。隸變後，手字在字左側為偏旁時寫作"扌"。

【簡化】楷書簡體"摄"聲符的簡化見"聂"字。

【釋義】◎本義指提起，牽引（古時穿長袍，升堂時提起衣襬，以防跌倒，表示恭謹有禮）：攝齊升堂　◇引申①吸取，吸引：攝取｜攝鐵石 ②攝影：攝像｜攝製｜拍攝｜攝譜儀 ③掌管，輔助，代理：攝理｜攝行 xíng｜攝政｜統攝

赦 shè

赦 隸(熹平石經) 赦 楷(顏真卿)

【析形】赦字金文右旁像手持棒形，隸作"攵"，表明字義與行為動作有關；左旁是赤，聲符，表示讀音（赦、赤二字古音同韻部）。形聲字。小篆、隸、楷書沿襲金文。

【釋義】◎本義指捨棄，放置。◇引申指寬免人的罪過，免除刑罰：赦免｜大赦｜寬赦｜特赦

誰 (谁) shéi

誰 隸(曹真碑) 誰 楷(顏真卿)

【析形】誰字金文用"隹"字表示（本義為短尾鳥之總名），表明字的初義與鳥類有關。小篆左旁增"言"為意符，取意發聲，"隹"兼表示讀音。會意兼聲字。小篆、隸、楷書沿襲金文。

【簡化】楷書簡體"谁"意符"讠"根據草書楷化而成。

【釋義】◎本義指鳥叫。△音借作疑問人稱代詞：誰人│誰知 ◇引申虛指任何人：誰都不去。

申 shēn

𢑚篆 申隸（郭有道碑） 申楷（褚遂良）

【析形】申字甲骨文、金文像打雷閃電時電光閃爍之狀，為"電"字初文（見"電"字）。象形字。小篆線條化，失去初形。隸書根據小篆轉寫而成。楷書沿襲隸書。

【釋義】◎本義指閃電。△音借表示①地支的第九位 ②下午三點到五點 ③上海的別稱：申花隊 ④陳述，表明：申辯│申明│申請│申訴│申討│申冤│重申│三令五申

伸 shēn

𤵽篆 伸楷（顏真卿）

【析形】伸字小篆左旁是人，意符，表明字義與人的活動有關；右旁是申，聲符，表示讀音。形聲字。隸變後，人字在字左側為偏旁時寫作"亻"。

【釋義】◎本義指伸直，舒展開：伸長│伸屈│伸縮│伸展│伸張│伸直│延伸│能屈能伸 ◇引申同"申"，表白：伸雪│伸冤

身 shēn

𦨶甲 𦣻金 𦣻篆 身隸（桐柏廟碑） 身楷（歐陽詢）

【析形】身字甲骨文像人腹中有子之形。表示有身孕。會意字。金文腹中之"子"省減為一"丶"。小篆沿襲金文。隸書筆畫化，略失初形。楷書沿襲隸書。

【釋義】◎本義指身孕。《正字通·身部》"身，女懷妊曰身"：有身 ◇引申①泛指人或動物的軀體：身材│身高│身軀│身心 ②生命：身後│喪身│捨身│投身│獻身│終身│奮不顧身 ③人的地位、品格、修養：身份│身價│身世│出身│翻身│修身│身家清白 ④自己，親自：本身│獨身│親身│自身│身家性命│身體力行│身先士卒│設身處地│以身作則│言傳身教 ⑤物體的主要部分：車身│橋身│樹身 ⑥表示與身

體有關的量詞：一身衣服│一身正氣

參（参） shēn

𣆼甲 𣆼金 𣆼金 𣆼金 𣆼篆 𣆼篆 𣆼隸（曹全碑） 參楷（褚遂良）

叅草（王羲之）

【析形】參字甲骨文下部像側立人形，頭頂參宿三星，表示星象。會意字。金文形一側立"人"形為跪跽狀；形二左下"彡"為聲符，表示讀音；形三三星中間增小"丶"。小篆合"人"、"彡"為"參"。隸書"參"訛變。楷書沿襲小篆。

【簡化】簡化字"参"的上部根據草書略加改造而成。

【釋義】◎本義為星名。二十八宿之一，西方白虎七宿的末宿：參商 △音借指人參、黨參等的統稱，一般指人參：參茸│丹參│玄參

深 shēn

𣿙金 𣿙篆 𣿙隸（郭泰碑） 深楷（張猛龍碑）

【析形】深字金文下部是水，意符，表明字義與水有關；上部是㴱，聲符，表示讀音。形聲字。小篆寫作左右結構。隸書聲符作"㴱"。楷書聲符上部省了一"丶"。隸變後，水字在字左側為偏旁時寫作"氵"。

【釋義】◎本義為古代水名，即今湘水支流之一的瀟水。又指從水面到水底的距離大，與"淺"相對：深水│深淵 ◇引申①從面到底、從外到裏的距離大：深層│深處│深度 ②距離開始的時間很久，時間長：深秋│深夜│更gēng深 ③程度深：深沉│深加工│感情深│顏色深 ④深刻，深入：深化│深究│深思│深透│深意│深遠 ⑤高深：深邃│深造│艱深│精深 ⑥厚，密切：深厚│深交│深切│深情 ⑦很，極：深恐│深知│深惡痛絕│罪孽深重

呻 shēn

呻篆 呻楷（顏真卿）

【析形】呻字小篆左旁是口，意符，表明字義與口的行為有關；右旁是申，聲符，

表示讀音。形聲字。楷書沿襲小篆。

【釋義】◎本義指吟誦。◇引申指因病痛或痛苦而發出的聲音：呻呼｜呻吟

紳 (绅) shēn

紳篆 糸申隸(曹全碑) 紳楷(褚遂良)

紳草(顏真卿)

【析形】紳字小篆左旁是糸，意符，表明材質；右旁是申，表示讀音。形聲字。隸、楷書沿襲小篆。

【簡化】簡化字"绅"的意符"纟"根據草書楷化而成。

【釋義】◎本義指古代官員束腰的大帶子，一端下垂。◇引申指地方上有勢力、有地位的人：紳士｜豪紳｜劣紳｜鄉紳

神 shén

祇金 褆篆 神隸(曹全碑) 神楷(王獻之)

【析形】神字金文左旁是示，意符，表明字義與祈福祭祀之事有關(見"示"字)；右旁是申，聲符，表示讀音。形聲字。小篆、隸、楷書沿襲金文。

【釋義】◎本義指神靈，傳說中的天神，即天地萬物的創造者和主宰者：神明｜神權｜神主 ◇引申①高深莫測的，高超的，出奇的：神秘｜神奇｜神聖｜神速｜神醫｜神勇｜神出鬼沒 ②聰明，機靈：神童 ③精神：神馳｜神魂｜神交｜神經｜神傷｜神遊｜神智｜勞神｜心神｜眼神 ④氣色，神態：神采｜神氣｜神情｜神色｜神韻

什 shén

【析形】見"什shí"。

【析形】◎本義通"十"，音shí。△音借作疑問代詞，音shén：什麼

瀋 (沈) shěn

瀋篆

【析形】瀋字小篆左旁是水，意符，表明字義與液體有關；右旁是審，聲符，表示讀音。形聲字。

【簡化】簡化字是用同音合併的方法，以音近、筆畫較簡的"沈"代替筆畫繁複的

"瀋"，合併了瀋、沈二字的意義。

【釋義】◎本義指汁液。地名用字，瀋陽，市名，在遼寧。

審 (审) shěn

審會金 宷篆 審篆 審楷(智永)

【析形】審字金文上部是"宀"，中間是釆(非"采"字)，義為分辨獸足印，取意辨析；下部是口，均為意符，表示細察詳問。會意字。小篆形一省意符"口"，形二訛"口"為"田"。楷書沿襲小篆形二。

【簡化】簡化字是用另造新字的方法，保留了上部的"宀"，新造了以"申"為聲符，表示讀音的形聲字，替換了"釆"和"田"。

【釋義】◎本義指仔細觀察，研究：審查｜審察｜審定｜審讀｜審度 duó｜審計｜審視｜審議｜審閱｜編審｜初審｜精審 ◇引申①詳細，周密：審慎 ②訊問(案件)：審理｜審判｜審問｜覆審｜公審｜候審｜會審｜陪審｜提審｜原審 ③領會，知道：審美｜審悉

嬸 (婶) shěn

嬸楷(顏真卿)

【析形】嬸字《說文》所無。左旁是女，意符，表明字義與女性有關；右旁是審，聲符，表示讀音。形聲字。

【簡化】簡化字"婶"聲符的簡化見"审"字。

【釋義】①叔叔的妻子：嬸母｜嬸娘 ②稱呼跟母親輩分相同的婦女：大嬸

腎 (肾) shèn

腎篆 腎楷(顏真卿) 肾草(王羲之)

【析形】腎字小篆下部是肉，意符，表明字義與身體的某部分有關；上部是臤，聲符，表示讀音(腎、臤二字古音同韻部)。形聲字。古文肉、月二字形近，隸變後，兩個字作偏旁時多同化寫作"月"。

【簡化】簡化字"肾"的聲符根據草書楷化而成。

【釋義】人和高等動物的泌尿器官：腎病｜腎炎｜腎臟

S

甚 shèn

㞷金 㞷篆 甚隸(曹全碑) 甚楷(智永)

【析形】甚字金文上部是甘，本義指美味，引申指美好，意符，取意美好安樂；下部形構未明。小篆下部是匹，取意未明。隸、楷書沿襲小篆。

【釋義】◎本義指異常安樂。《說文·甘部》：“甚，尤安樂也。”◇引申①表示程度深，相當於“很”，“極”：甚好|甚佳|幸甚|甚囂塵上|不求甚解|欺人太甚 ②超過，勝過：過甚|尤甚|不為已甚 △音借表示①疑問代詞“甚麼”的簡稱：姓甚名誰？②連詞，提出突出事例：甚而|甚或|甚至

滲 (渗) shèn

滲篆 滲楷(顏真卿)

【析形】滲字小篆左旁是水，意符，表明字義與水有關；右旁是參，聲符，表示讀音（滲、參二字古音同韻部）。形聲字。隸變後，水字在字左側為偏旁時寫作“氵”。

【簡化】簡化字“滲”聲符的簡化見“參 shēn”字。

【釋義】液體慢慢地透過或漏出：滲出|滲井|滲漏|滲入|滲水|滲透

慎 shèn

慎篆 慎隸(馬王堆帛書) 慎楷(智永)

【析形】慎字小篆左旁是心，意符，表明字義與心性有關；右旁是真，聲符，表示讀音。形聲字。隸變後，心字在字左側為偏旁時寫作“忄”。

【釋義】謹慎，小心：慎重|審慎|謹小慎微|謹言慎行|謙虛謹慎

升 shēng

升甲 升金 升篆 升隸(曹全碑) 升楷(褚遂良)

【析形】升字甲骨文像量斗中有物之形。金文沿襲甲骨文。象形字。小篆形體訛變。隸書根據小篆轉寫而成。楷書沿襲隸書。

【釋義】◎本義指稱量糧食的器具，容量為十分之一斗。◇引申指公制容量的主單位：公升|毫升|市升

昇 (升)〔陞〕 shēng

昇篆 昇楷(虞世南)

【析形】昇字小篆上部是日，意符，表明字義與太陽有關；下部是升，聲符，表示讀音。形聲字。楷書沿襲小篆。

【簡化】簡化字是用同音合併的方法，以讀音相同、筆畫較簡的“升”代替筆畫較繁複的“昇”，合併了昇、升二字的意義。

【釋義】◎本義指太陽昇起。◇引申為由低往高移動，與“降”相對：昇降|昇旗|昇騰|昇天|昇溫|上昇 另作字頭“陞”。

陞 (升) shēng

陞隸(趙孟頫)

【析形】陞字《說文》所無。隸書左旁是“阝”，本義為土山，取意“高”；下部是“土”，代表地，均為意符，取意陞高；右上部是升，聲符，表示讀音。形聲字。

【簡化】簡化字是用同音合併的方法，以讀音相同、筆畫較簡的“升”代替了筆畫較繁複“陞”，合併了陞、升二字的意義。

【釋義】登進，等級提高：陞班|陞幅|陞格|陞官|陞級|陞遷|陞任|陞學|陞值|晉陞|提陞|擢陞

生 shēng

生甲 生金 生篆 生隸(郭有道碑) 生楷(虞世南)

【析形】生字甲骨文下部一橫畫代表土地，上部像草木之形，取意草木生出地面。指事字。金文沿襲甲骨文。小篆線條化，失去初形。隸書根據小篆轉寫而成。楷書沿襲隸書。

【釋義】◎本義指(草木)長出，生長：生根|生芽|叢生|寄生 ◇引申①產生，發生：生病|生產|生色|生息|生效|萌生|派生|新生|再生 ②出生，生育：生辰|生日|生肖|誕生|降生|孿生 ③生存：生還|生活|生前|求生|人生|逃生|養生|

永生 ④生命：生理｜生靈｜放生｜救生｜殺生 ⑤生平：畢生｜今生｜平生｜終生 ⑥舊指讀書人，今指學習的人：貢生｜考生｜女生｜儒生｜師生｜書生｜學生｜招生｜高才生 ⑦某些人士、戲曲角色或從事某種職業的人：先生｜小生｜武生｜醫生 ⑧具有生命力的，活的：生動｜生機｜生氣｜生趣｜生物｜生意｜生龍活虎｜別開生面 ⑨生計：生路｜生涯｜安生｜民生｜謀生｜營生｜討生活 ⑩使燃燒：生火｜生爐子 ⑪未長熟，未開墾種植或未經加工煉製的：生吃｜生地｜生冷｜生肉｜生水｜生絲｜生銅｜生藥 ⑫生疏的，不熟練的：生詞｜生分fen｜生人｜生手｜面生｜陌生｜怕生｜認生｜手生 ⑬勉強，生硬：生搬硬套｜生拉硬拽

聲 (声) shēng

𦦨甲 𥼖篆 聲隸(辟雍碑) 聲楷(褚遂良)

【析形】聲字甲骨文右旁像手持棒，敲擊左上部一隻石磬，取意發出聲音；中間像有隻耳朵，取意聽音；下部是口，以口能發出聲音取意，均為意符，表示聲音。會意字。小篆省減下部的“口”。隸、楷書沿襲小篆。

【簡化】簡化字“声”是用保留特徵、局部代全體的方法，保留左旁“声”代替全字，刪除了其餘部件。

【釋義】◎本義指聲音：聲波｜聲帶｜聲控｜聲浪｜聲息｜發聲｜歌聲｜回聲｜輕聲｜心聲　◇引申①聲調：聲律｜平聲｜去聲｜四聲 ②宣稱，表示：聲辯｜聲稱｜聲明｜聲討｜聲言｜聲援｜聲張｜聲東擊西 ③名譽：聲名｜聲勢｜聲望｜聲威｜聲譽 ④聲母：雙聲｜零聲母 ⑤量詞：喊兩聲

牲 shēng

牲甲 牲金 牲篆 生隸(桐柏廟碑)

牲楷(顏真卿)

【析形】牲字甲骨文左旁是羊，意符，代表用作祭祀的牲口；右旁是生，聲符，表示讀音。形聲字。金文意符為牛。小篆、隸、楷書沿襲金文。

【釋義】◎本義指古代供祭祀用的牛、羊、豬等家畜：三牲｜犧牲｜用牲｜宰牲

◇引申泛指家畜：牲畜｜牲口

甥 shēng

甥篆 甥楷(顏真卿)

【析形】甥字小篆右旁是男，意符，代表兒女；左旁是生，聲符，表示讀音。形聲字。隸、楷書沿襲小篆。

【釋義】外甥，姐或妹的兒女：甥女

笙 shēng

笙篆 笙楷(顏真卿)

【析形】笙字小篆上部是竹，意符，表明材質；下部是生，聲符，表示讀音。形聲字。楷書沿襲小篆。

【釋義】一種傳統的民族簧管樂器，用十三至十九根長短不同，裝有簧的竹管和一根吹氣管裝在一個鍋形的座子上製成：笙歌｜笙簧｜蘆笙

繩 (绳) shéng

繩篆 繩隸(馬王堆帛書) 繩草(李邕)

繩楷(顏真卿)

【析形】繩字小篆左旁是糸，意符，表明字義與繩索有關；右旁是“蠅”字的省減，聲符，表示讀音。形聲字。隸書沿襲小篆。

【簡化】楷書簡體“绳”的聲符是用保留特徵、局部刪除的方法，保留原字輪廓特徵部分，刪除了一些筆畫；意符“纟”根據草書楷化而成。

【釋義】◎本義指繩子。即用兩股以上的棉、麻、棕等纖維線搓擰成的條狀物。古代繩與索有區別，繩是小繩子，索為大繩子：草繩｜麻繩　◇引申①木工用的墨線。②標準，法則：繩墨｜準繩 ③按一定標準制裁，約束：繩之以法

省 shěng

【析形】見“省 xǐng”。

【釋義】◎本義指察看，察視，音 xǐng。△音借表示①古官署名：尚書省｜中書省 ②行政區域單位，直屬中央：省城｜省份｜省會｜省級｜省區 ③減去，免

S

掉：省便｜省略｜省卻｜省事｜省心｜減省
④節約，不浪費，與“費”相對：省儉｜省力｜省錢｜節省｜省吃儉用（以上各音借義音 shěng）

乘 shèng

【析形】見“乘 chéng”。
【釋義】◎本義指登，乘架，音 chéng。◇引申指古代戰車，一車四馬為一乘：驂乘　△音借指春秋時晉國史書，後又作一般史書的通稱：史乘｜野乘（以上引申義及音借義音 shèng）

盛 shèng

【析形】見“盛 chéng”。
【釋義】◎本義指祭祀時放在容器中的穀物，音 chéng。◇引申①興旺，繁茂：盛產｜盛開｜盛年｜盛世｜盛衰｜昌盛｜鼎盛｜繁盛｜茂盛｜強盛｜全盛 ②興起，流行：盛傳｜盛極一時 ③強烈，強：盛名｜盛怒｜盛暑｜盛夏｜盛譽｜熾盛｜氣盛｜旺盛｜盛氣凌人｜年輕氣盛 ④規模大，隆重：盛大｜盛典｜盛會｜盛舉｜盛況｜盛事｜盛宴 ⑤極：盛誇｜盛讚 ⑥華麗：盛服｜盛裝 ⑦深，厚：盛情｜盛意（以上各引申義音 shèng）

剩〔賸〕shèng

【析形】剩字金文作“賸”。右下是貝，意符，代表財物（見“貝”字），左旁與右上合隸作“朕”，聲符，表示讀音。形聲字。小篆沿襲金文。楷書寫作“剩”。右旁是“刂”（刀），當為意符，取意未明；左旁是乘，聲符，表示讀音。隸變後，刀字在字右側作偏旁時寫作“刂”。
【釋義】◎本義指物相增加。◇引申指多餘，餘下：剩飯｜剩下｜剩餘｜過剩

勝（胜）shèng

【析形】勝字小篆右下是力，意符，表明字義與力氣、力量有關；左旁與右上部合作“朕”，聲符，表示讀音。形聲字。

【簡化】簡化字是用同音合併的方法，以音近、筆畫較簡的“胜”（本義指腥味）代替筆畫繁複的“勝”，合併了勝、胜二字的意義。
【釋義】◎本義指力能勝任（舊讀 shēng）：勝任｜不勝　◇引申①盡：不可勝數｜美不勝收 ②勝利，戰勝，與“負”或“敗”相對：勝敗｜勝仗｜獲勝｜決勝｜取勝｜速勝 ③超過：勝似｜好 hào 勝｜優勝 ④優美的，盛大的：勝地｜勝蹟｜勝景｜名勝｜引人入勝

聖（圣）shèng

【析形】聖字甲骨文右旁像面右側立之人形，上部突顯人的耳朵，左旁是口，以口能發出聲音取意，均為意符，表示聽覺敏銳。會意字。金文“口”在右旁，下部的“人”訛為“壬”。小篆、隸、楷書沿襲金文。
【簡化】簡化字“圣”是用符號代替的方法，以筆畫較簡的“又”作為象徵性符號，替換了原字上部的部件，下部的“壬”訛作“土”。與音 kū，義同“掘”的“圣”字異字同形。
【釋義】◎本義指聽覺敏銳，與“聽”、“聲”為同源字。◇引申①指無事不通曉。②聖賢，聖人：聖廟｜先聖｜至聖 ③宗教徒對所崇拜的事物的尊稱：聖誕｜聖經｜聖靈｜聖母｜顯聖 ④封建社會專指帝王及與之有關的事物：聖明｜聖上｜聖旨 ⑤崇高的：聖地｜聖潔｜神聖 ⑥指學識或技能有極高成就的：聖手｜詩聖

尸〔屍〕shī

【析形】尸字甲骨文像人彎身屈膝之形。象形字。金文、小篆沿襲甲骨文。隸書筆畫化，楷書沿襲隸書。
【釋義】◎本義指古代祭祀時代表死者接受拜祭的人（一般以臣下或死者家的晚輩充

任)。◇引申指不做事情,空佔職位:尸位素餐

屍〔尸〕shī

㞏篆

【析形】屍字小篆外廓是尸,像人彎身屈膝之形;內中是"死",均為意符,表示屍體。會意字。

【簡化】簡化字是用保留特徵、局部代替全體的方法,保留外廓"尸"代替全字,刪除了其餘部件。

【釋義】死人的身體:屍骨|屍骸|僵屍|驗屍

失 shī

青金兆篆 失隸(武威簡) 失楷(虞世南)

【析形】失字金文下部像側立之人形,上部像手形,手無所執持,取意有物從手中失落。會意字。小篆沿襲金文。隸書已失初形。楷書沿襲隸書。

【釋義】◎本義指遺失,失去:失傳|失聰|失節|失明|失竊|失調 tiáo|失效|失業|失真|失重 zhòng|失主|流失|散失|喪失|消失 ◇引申①錯過:失利|失時|失守|失算|失宜|失迎 ②錯誤:失策|失誤|過失|千慮一失 ③表示意外:失敗|失火|失靈|失密|失事|失手|失足|閃失 ④(情不自禁地)改變常態:失常|失措|失色|失神|失態|失言|失聲大笑 ⑤找不到:失迷|失散|失蹤|迷失 ⑥背棄,違背,沒有達到目的:失望|失信|失意|失約|失職

師(师) shī

犲甲𠂤金𠂤金師篆師隸(白石君碑) 師楷(龍藏寺碑) 帅草(顏真卿) 師楷(顏真卿)

【析形】師字甲骨文、金文形一均用"𠂤"字表示。古人釋:"𠂤,俗作堆,積聚也,聚則眾意也。"金文形二增"帀"為意符,像"之"字的倒寫,表示止息,取意軍隊駐紮。會意字。小篆、隸、楷書沿襲金文形二。

【簡化】楷書簡體"师"根據草書楷化而成。

【釋義】◎古代軍隊編制的一級,以二千五百人為師。◇引申①泛指軍隊:出師|會師|勞師|誓師|水師|王師|興師|雄師 ②軍隊的編制單位,團的上一級,軍的下一級。③長官。④稱某些傳授知識技術的人:師生|師友|師資|拜師|大師|導師|教師|名師|祖師 ⑤擅長某種技能的人:師傅|廚師|技師|軍師|律師|琴師|醫師 ⑥由師徒關係產生的:師承|師傅|師弟|師母|師徒|滿師 ⑦學習的榜樣:師表|師範|宗師 ⑧效法:師法

詩(诗) shī

𧧸篆 詩隸(郭有道碑) 詩草(陸柬之) 詩楷(顏真卿)

【析形】詩字小篆左旁是言,意符,表明字義與言語有關;右旁是寺,聲符,表示讀音。形聲字。隸書沿襲小篆。

【簡化】楷書簡體"诗"的意符"讠"根據草書楷化而成。

【釋義】①文學的一種體裁,有節奏,可以歌詠或朗誦:詩詞|詩歌|詩集|詩篇|詩人|詩意|律詩|史詩|吟詩|作詩 ②《詩經》的簡稱。

獅(狮) shī

獅楷(顏真卿)

【析形】獅字《說文》所無。左旁是"犭"(犬),意符,代表動物,表明字義的類別與動物有關;右旁是師,聲符,表示讀音。形聲字。

【簡化】簡化字"狮"聲符的簡化見"師"字。

【釋義】猛獸名,獅子,哺乳動物,古稱獸中之王:獅吼|獅身人面像

施 shī

㫊篆 施隸(華山神廟碑) 施楷(智永)

【析形】施字小篆左旁的"方"與右上部合作"㫃",甲、金文像旗幟形(見"旗"

字），意符，表明字的初義與旗幟有關；右下是也，聲符，表示讀音（施、也二字古音同韻部）。形聲字。隸、楷書沿襲小篆。

【釋義】◎本義指旗幟飄動之貌：旖施　◇引申①施展，實行：施工｜施威｜施政｜措施｜實施　②用上，加上：施放｜施粉｜施用　③給予：施禮｜施事｜施加壓力　④施捨：施與｜施齋｜施主｜佈施

濕（湿）shī

【析形】濕字甲骨文左旁像流水形，右旁像架子上晾着兩束絲，均為意符，以晾曬濕絲取意水分多。會意字。金文沿襲甲骨文。小篆右旁訛為"顯"。隸變後，水字在字左側為偏旁時寫作"氵"。

【簡化】楷書簡體"湿"根據草書楷化而成。

【釋義】含水分多或沾了水，與"乾"相對：濕度｜濕氣｜濕潤｜潮濕｜濡濕

蝨〔虱〕shī

【析形】蝨字小篆兩旁是虫，意符，表明字義與昆蟲有關；中間是卂，聲符，表示讀音（蝨、卂二字古音韻部相近）。形聲字。

【簡化】楷書簡體"虱"是用保留特徵、局部刪除的方法，保留原字輪廓"虱"，刪除了一個"虫"和一些筆畫。今內地採用楷書簡體。

【釋義】蝨子。寄生在人、畜身上的一種昆蟲，淺黃或灰白、灰黑色，頭小、腹大，沒有翅膀，吸食血液，能傳染疾病：體蝨｜頭蝨｜陰蝨

十 shí

【析形】十字甲骨文寫作一豎畫，是記數的指事性符號。金文中部像繩上打結形，也是先民計數的方法。小篆演變成中間一

橫畫。隸、楷書沿襲小篆。

【釋義】◎數詞，九加一的和：十倍｜十位｜十進位　◇引申指達到頂點，完美：十成｜十分｜十足｜十全十美

什 shí

【析形】什字小篆左旁是人，意符，表明字義與人的活動有關；右旁是十，亦為意符，表示十人。會意字。隸變後，人字在字左側為偏旁時寫作"亻"。

【釋義】◎本義①古時戶籍以十家為一"什"。②古代軍隊以五為"伍"，兩伍稱"什"，故"什"也通十（多用於分數或倍數）：什佰（十倍或百倍）｜什一（十分之一）　△音借表示多種的，雜的：什錦｜什物｜家什

拾 shí

【析形】拾字小篆左旁是手，意符，表明字義與手的動作有關；右旁是合，聲符，表示讀音（拾、合二字古音同韻部）。形聲字。隸變後，手字在字左側為偏旁時寫作"扌"。

【釋義】◎本義指撿取，從地上撿起來：拾荒｜拾取｜拾遺｜拾金不昧｜俯拾皆是｜路不拾遺　◇引申指收拾，歸攏：拾掇｜拾零｜拾趣　△音借作數目字"十"的大寫：拾元

食 shí

【析形】食字甲骨文下部像古代食器，上部像張口向食器之形，均為意符，張口欲食皿中物，取意飯食。會意字。金文沿襲甲骨文。小篆食器形已訛變。隸書根據小篆轉寫而成。楷書沿襲隸書。

"食"字為偏旁時，根據草書楷化簡作"飠"。以"食"字為偏旁的字類推簡化。例如：飾、蝕、飼、餡、飲、餅、饞等。

【釋義】◎本義指飯食。◇引申①吃：食客｜食慾｜捕食｜絕食｜偏食｜素食｜吸食 ②日月虧缺或完全不見的現象：食既｜環食｜偏食｜全食｜日食｜月食（此義也作"蝕"）③人吃的東西：食糧｜食量｜食品｜食物｜副食｜糧食｜零食｜麵食｜肉食｜主食 ④一般動物吃的東西：捕食｜獵食｜覓食｜啄食 ⑤供食用或調味用的：食糖｜食鹽｜食油

蝕 (蚀) shí

篆 蝕 楷 (顏真卿)

【析形】蝕字小篆左旁是食，右上是人，右下是虫，均為意符，蟲類噬人蛀物，取意蟲蛀，食也表示讀音。會意兼聲字。

【簡化】楷書簡體"蚀"的意符"虫"根據草書楷化而成；右旁是用了保留特徵、局部刪除的方法，保留了"虫"，刪除了"人"。

【釋義】◎本義指蟲蛀東西：蛀蝕 ◇引申指損傷，虧缺：蝕本｜蝕刻｜剝蝕｜風蝕｜腐蝕｜海蝕｜侵蝕｜日蝕｜銷蝕｜月蝕

石 shí

甲 石 金 篆 石 隸 (乙瑛碑)
石 楷 (高貞碑)

【析形】石字甲骨文右旁像崖岸之形，左旁像崖下的石塊。象形字。金文、小篆、隸、楷各體均沿襲甲骨文。

【釋義】◎本義指岩石，石頭。構成地殼的堅硬物質，是由礦物集合而成的：石壁｜石佛｜石膏｜石料｜石器｜寶石｜化石｜火石｜隕石｜金剛石 ◇引申指石刻：石鼓文｜金石

時 (时) shí

甲 金 篆 時 隸 (華山神廟碑)
時 楷 (張猛龍碑)

【析形】時字甲骨文下部是日，意符，表明字義與時日有關；上部是之，聲符，表示讀音。形聲字。金文沿襲甲骨文。小篆以"寺"為聲符。隸、楷書沿襲小篆，失去表音作用。

【簡化】簡化字"时"是用保留特徵、局

部代全體的方法，聲符保留"寸"代替"寺"，刪除了其餘部件。

【釋義】◎本義指四時季節：時節｜時令｜農時｜應 yìng 時 ◇引申①計時單位，鐘點：時辰｜時刻｜時速｜時針｜時鐘｜小時 ②時間：時代｜時光｜時期｜時區｜時日｜時限｜及時｜即時｜屆時｜舊時｜歷時｜同時｜往時｜戰時 ③現在的，當前的：時弊｜時價｜時局｜時髦｜時尚｜時事｜時下｜時賢｜時樣｜時裝｜入時｜不合時宜｜不識時務 ④時機：背時｜得時｜失時｜適時 ⑤常常，經常：時刻｜時時｜不時 ⑥有時候：時陰時晴 ⑦規定時候：按時｜當時｜定時｜課時｜學時｜依時｜準時

識 (识) shí

【析形】見"識 zhì"。

【釋義】◎本義指標誌，記號，音 zhì。◇引申①認得，認識：識別｜識字｜賞識｜相識｜意識 ②知識，見識：博識｜才識｜常識｜膽識｜學識｜卓識（以上各引申義音 shí）

實 (实) shí

金 金 篆 實 隸 (泰山金剛經)
實 楷 (高貞碑) 实 草 (王羲之)

【析形】實字金文形一上部像屋宇形，隸作"宀"，中間是田，下部是貝（古代貨幣形式。見"貝"字），均為意符，有房子、田產、財物，取意富裕。會意字。形二把"田"訛作"毌"，與下部"貝"合為"貫"，也表示錢財（古代穿錢貝的繩索稱作"貫"）。小篆、隸、楷書沿襲金文形二。

【簡化】簡化字"实"根據草書楷化而成。

【釋義】◎本義指富裕：富實｜殷實 ◇引申①滿，不空，與"虛"相對：實心｜實足｜充實｜厚實｜結實｜密實｜虛實｜嚴實｜勻實｜扎實｜壯實 ②果實，種子：橡實｜子實｜春華秋實｜華而不實 ③真實，事實，實際：實地｜實惠｜實踐｜實據｜實況｜實力｜實權｜實現｜實效｜實行｜實驗｜實用｜實在｜實職｜實質｜平實｜樸實｜切實｜確實｜忠實

史 shǐ

豎篆 史隸（曹全碑） 史楷（張猛龍碑）

【析形】"史"、"事"、"使"、"吏"四字同源（見"事"字）。小篆各字上部略有別。隸書手形已失。楷書沿襲隸書。

【釋義】◎本義指古代文職官員，最初指王者身邊擔任星曆、占卜、記事之官員：內史｜女史｜太史｜小史 ◇引申①指記載歷史的書：史冊｜史籍｜史書｜史學｜別史｜青史｜野史｜正史 ②指歷史，即自然或社會等以往發展的進程：史官｜史話｜史蹟｜史料｜史前｜史詩｜史實｜家史｜秘史｜文史館

使 shǐ

米甲 事金 僕篆 使隸（曹全碑）

使楷（敬使君碑）

【析形】見"事"字。小篆左旁增"人"為意符，表明字義與人的活動有關。隸變後，人字在字左側為偏旁時寫作"亻"。

【釋義】◎本義指命令，派遣：使喚｜使役｜驅使｜唆使｜役使｜指使｜主使 ◇引申①派至他國的外交人員：使館｜使節｜使命｜使者｜出使｜大使｜公使｜密使｜信使｜專使｜大使館 ②使用：使喚｜使勁兒｜行使 ③讓，叫：促使｜迫使｜務使｜致使 △音借作連詞，表示假若：即使｜假使｜倘使｜縱使

始 shǐ

䍃金 佁楷 䚘篆 始隸（馬王堆帛書）

始楷（張猛龍碑）

【析形】始字金文形右旁是女，意符，人皆母所生，故以"女"為意符，表示初始之意；左旁是台，聲符，表示讀音（始、台二字古音同韻部）。形聲字。小篆女旁在左。隸、楷書沿襲小篆。

【釋義】初，開始，開端，與"終"相對：始創｜始末｜始終｜創始｜開始｜起始｜原始｜自始至終｜周而復始

駛 （驶）shǐ

駛篆 駛楷（顏真卿）

【析形】駛字小篆左旁是馬，意符，表明字的初義與馬有關；右旁是吏，聲符，表示讀音。形聲字。楷書聲符為"史"。

【簡化】楷書簡體"驶"意符的簡化見"馬"字。

【釋義】◎本義指馬疾行。◇引申①泛指車、馬迅速快跑：奔駛｜疾駛 ②操縱，開動：駕駛｜行駛

矢 shǐ

矢甲 夫金 弁篆 矢楷（昭仁寺碑）

【析形】矢字甲骨文、金文均像箭之形。象形字。小篆仍見初形。楷書筆畫化，箭形已失。

【釋義】◎本義指箭：矢石｜流矢｜眾矢之的｜無的放矢 ◇發箭直取目的，引申指發誓：矢志不移｜矢口否認

屎 shǐ

㞎甲 屟篆 屎楷（顏真卿）

【析形】屎字甲骨文像人排便之形。會意字。小篆上部是"屮"，代表植物，下部是"胃"字的省減，均為意符，表示吃草動物吃進的草經胃消化所排泄之物。楷書把甲骨文上部的"人"形訛作"尸"，下部是米，表示人吃進米飯經消化所排泄之物。

【釋義】◎大便，糞：狗屎｜拉屎 ◇引申指眼、耳等所分泌之物：耳屎｜眼屎

士 shì

止甲 士金 士篆 士隸（郭有道碑）

士楷（褚遂良）

【析形】士字甲骨文像雄性生殖器之形（郭沫若先生以甲骨卜辭"牡"等表示雄性動物的字均以"⊥"為意符證之。古籍亦把從事耕種等勞動的男子稱"士"）。金文上部增一畫以區別於古文"上"。小篆、隸、楷書沿襲金文。

【釋義】◎古指未婚之青年男子。《字彙‧士部》："士，未娶亦曰士。"或指從事耕作的男子。◇引申①泛指男子。②古代介於大夫和庶民之間的階層：士紳｜處 chǔ

士｜爵士｜謀士｜紳士 ③讀書人：士人｜寒士｜進士 ④宗教方面的人士：道士｜居士｜信士｜修士 ⑤對人的美稱：博士｜烈士｜名士｜女士｜人士｜學士｜隱士｜勇士｜志士｜壯士 ⑥軍人：士兵｜士氣｜士卒｜將士｜軍士｜武士｜戰士 ⑦軍銜名，在尉級之下：上士｜中士｜下士 ⑧從事某些工作的人：護士｜教士｜醫士

氏 shì

什甲 丁金 氐篆 氏隸(張遷碑)
氏楷(歐陽詢)

【析形】氏字甲骨文取象未明。一説像鑰匙形，有匙、柄。象形字。金文沿襲甲骨文。小篆形體已訛變。隸、楷書沿襲小篆。

【釋義】◎本義未明。△音借表示宗族。古代姓是總的，氏是分支，後來姓和氏不再分：氏族｜王氏｜姓氏 ◇引申①舊時對已婚女子的稱呼：陳王氏 ②對名人的稱呼：陳氏(陳景潤)定理｜攝氏溫度

示 shì

市甲 示甲 示篆 示隸(張遷碑)
示楷(王羲之)

【析形】示字甲骨文像雄性生殖器之形，與"土"字初形同類(見"土"字)。象形字。殷人有生殖崇拜之俗，故與求神祈福、祭祀等有關的字多以"示"為意符，"示"亦用為祭名。小篆筆畫化略失初形。隸、楷書沿襲小篆。

【釋義】◎本義為祭名，表示天顯現出某種徵象，向人垂示禍福。◇引申泛指把事物擺出或指出來使人知道：示範｜示威｜示意｜示眾｜暗示｜表示｜告示｜揭示｜批示｜啟示｜請示｜提示｜顯示｜宣示｜演示｜展示

世 shì

世金 世篆 世隸(郭有道碑)
世楷(高貞碑)

【析形】世字金文是在"止"字上增加"、"賦予它新的意義，以區別於"止"字，而仍

取"止"為聲，是一種附畫(筆畫)因聲指事字。小篆沿襲金文。隸書形體已訛變。楷書沿襲隸書。

【釋義】◎本義指三十年為一世。◇引申①父子相繼為一世：世系｜世族｜家世｜身世｜先世 ②一代又一代：世仇｜世傳｜世代｜世家｜世交｜世襲｜永世 ③有世交關係的：世伯｜世叔｜世兄 ④人的一輩子：今世｜來世｜前世｜去世｜逝世｜轉世 ⑤時代：世紀｜蓋世｜近世｜絕世｜曠世 ⑥世界，社會：世道｜世風｜世故｜世間｜世面｜世情｜世事｜處 chǔ 世｜舉世｜入世｜盛世｜問世｜厭世｜閱世｜治世

市 shì

市金 市篆 市隸(史晨碑) 市楷(智永)

【析形】市字金文中間是八，下部是丂，取意均未明。一説：八，分也；丂，引也，買賣者分而引之。上部是之，聲符，表示讀音(市、之二字古音同韻部)。小篆、隸書形體已訛變。楷沿襲隸書。

【釋義】◎集中進行交易的場所：市場｜市價｜市井｜菜市｜集市｜街市｜門市｜鬧市｜上市｜夜市 ◇引申①買賣，交易：市儈｜發市 ②城市，行政區劃單位：市郊｜市民｜市區｜市容｜市長｜市政｜都市 ③市制度量衡：市秤｜市尺｜市斤｜市里｜市畝

式 shì

弍篆 式隸(辟雍碑) 式楷(歐陽詢)

【析形】式字小篆左下是工，意符，本義為測方的曲尺，取意規範；右旁是弋，聲符，表示讀音(式、弋二字古音同韻部)。形聲字。隸、楷書沿襲小篆。

【釋義】◎本義指規格，榜樣：板式｜程式｜法式｜格式｜公式｜模式｜正式 ◇引申①樣子：式樣｜舊式｜款式｜體式｜西式｜新式｜形式｜樣式 ②自然科學中表明某些規律的符號：等式｜分式｜根式｜公式｜算式｜通式｜因式｜方程式｜分子式 ③儀式：畢業式｜開幕式｜閱兵式

似 shì

【析形】見"似 sì"。

【釋義】◎本義指相像,音 sì。與"的"構成"…似的",表示跟某種事物或情況相類似,音 shì:黏膠似的|雪花似的

勢(势) shì

篆 楷(房山佛經) 草(武則天)
楷(顏真卿)

【析形】勢字小篆下部是力,意符,表明字義與力量有關;上部是執,聲符,表示讀音。形聲字。隸書沿襲小篆。

【簡化】楷書簡體"势"根據草書楷化而成。

【釋義】◎本義指權力,力量:勢力|勢利|勢焰|財勢|得勢|權勢|威勢|仗勢 ◇引申①政治、軍事、社會活動等方面的狀況或發展動向:勢頭|大勢|局勢|氣勢|情勢|時勢|形勢|陣勢|政勢 ②衝擊的力和趨向:勢必|勢能|趨勢|就勢|來勢|趨勢|勢不可當|勢如破竹 ③人或自然界的情況和形勢:病勢|地勢|風勢|水勢|長勢 ④姿態:架勢|手勢|姿勢|作勢

事 shì

甲金篆 隸(郭有道碑) 楷(歐陽詢)

【析形】事字甲骨文下部像一隻手,上部像有權的捕獵器具。古代以捕獵為事。會意字。金文沿襲甲骨文。小篆線條化。隸、楷書沿襲小篆。

【釋義】◎本義指做事,從事:共事|就事|大事渲染 ◇引申①官職,職務,執事者。②職業,從事某種職業的人:董事|幹事|理事|領事|謀事|知事|主事 ③事情:事故|事件|事實|事物|事項|事業|事由|公事|國事|外事|往事|戰事|正事 ④工夫:費事|事半功倍 ⑤變故:出事|禍事|舉事|惹事|生事|失事|肇事|滋事 ⑥侍奉:事父母

飾(饰) shì

篆 楷(顏真卿) 草(蘇軾)

【析形】飾字小篆右旁上部是人,下部是巾,均為意符,表示人持巾擦拭;左旁是食,聲符,表示讀音。形聲字。楷書沿襲小篆。

【簡化】簡化字"饰"的聲符"饣"根據草書楷化而成。

【析形】◎本義指擦拭。◇引申①修飾,裝飾:粉飾|誇飾|潤飾|文飾|藻飾|妝飾 ②裝飾品:服飾|花飾|首飾|衣飾|裝飾 ③遮掩,假託:矯飾|掩飾|隱飾|粉飾太平|文過飾非 ④扮演:飾演

試(试) shì

篆 隸(居延簡) 楷(顏真卿)

【析形】試字小篆左旁是言,意符,表明字義與言語有關;右旁是式,聲符,表示讀音。形聲字。隸書沿襲小篆。

【簡化】楷書簡體"试"的意符"讠"根據草書楷化而成。

【釋義】◎本義指嘗試,試用:試車|試點|試飛|試航|試演|試驗 ◇引申指考查,考試:試卷|試題|口試|應試

視(视) shì

金 説文古文 篆 隸(馬王堆帛書)
草(皇象) 楷(顏真卿)

【析形】視字金文右旁是見,意符,表明字義與視覺有關;左旁是氏,聲符,表示讀音。形聲字。説文古文以"目"為意符。小篆意符沿襲金文為"見";聲符為"示"。隸、楷書沿襲小篆。

【簡化】楷書簡體"视"意符的簡化見"见"字。

【釋義】◎本義指看:視角|視覺|視力|視頻|視線|視野|監視|近視|窺視|凝視|透視|注視 ◇引申①考察,審察:視察|檢視|審視|省 xǐng 視|巡視 ②看待,注意:傲視|鄙視|仇視|敵視|忽視|漠視|歧視|輕視|無視|珍視|正視|重視

柿 shì

篆 楷(顏真卿)

【析形】柿字小篆左旁是木,意符,表明字義與樹木有關;右旁是"巿",聲符,表示讀音。形聲字。楷書聲符為"市"。

【釋義】落葉喬木,開黃白花,果實稱為

柿子，可吃。木材可製器具：柿餅|柿霜|柿子

是 shì

是金 是篆 是隸（孔宙碑） 是楷（張猛龍碑）

【析形】"是"字金文上部像古代鑰匙之形，匙柄一橫處表示手執之處；下部是止，聲符，表示讀音（是、止二字古音同韻部）。形聲字。小篆把上部訛作"日"，下部訛作"正"。隸書下部形體略變。楷書沿襲隸書。

【釋義】◎本義當為鑰匙。△音借表示① 指事代詞。表示"此"，"這"：如是|是日開業|是可忍孰不可忍 ②表示判斷，存在：定是|就是|確是|真是|正是|這是木棉 ③表示正確，對，與"非"相對：是非|是否|一無是處|實事求是 ④贊同，認為對：口是心非|各行其是 ⑤表示加重語氣：有的是時間

釋（释） shì

釋篆 釋楷（顏真卿） 释草（王羲之）
释楷（顏真卿）

【析形】釋字小篆左旁是采（非"采"字），古文像獸足形，義為分辨獸足印，意符，取意解說；右旁是睪，聲符，表示讀音。形聲字。楷書沿襲小篆。

【簡化】楷書簡體"释"的聲符根據草書楷化而成。

【釋義】◎本義指解說，說明：釋典|釋讀|釋詁|釋文|釋義|闡釋|解釋|考釋|詮釋|註釋 ◇引申①消散，消融：釋然|釋疑|冰釋|消釋 ②放掉，放下：如釋重負|愛不釋手|手不釋卷 ③釋放：保釋|獲釋|假釋|開釋

誓 shì

誓金 誓篆 誓隸（基誌） 誓楷（顏真卿）

【析形】誓字金文左下是言，意符，表明字義與言辭有關；左上部與右旁合為"折"，聲符，表示讀音（誓、折二字古音同韻部）。形聲字。小篆寫作聲符在上，意符在下。隸、楷書沿襲小篆。

【釋義】◎本義指古代軍中告誡、約束將士的言辭。◇引申①誓言，表示決心的話：誓詞|發誓|起誓|宣誓 ②表示決心，依照所說的話實行：誓師|誓死|誓願|誓不甘休

侍 shì

侍篆 侍隸（孔彪碑） 侍楷（顏真卿）

【析形】侍字小篆左旁是人，意符，表明字義與人的活動有關；右旁是寺，聲符，表示讀音。形聲字。隸、楷書沿襲小篆。

【釋義】在尊長旁邊陪着，伺候：侍從|侍奉|侍候|侍女|侍衛|侍養|侍者|服侍

室 shì

室甲 室金 室篆 室隸（王基碑）
室楷（王羲之）

【析形】室字甲骨文上部像屋宇形，隸作"宀"，意符，表明字義與房屋有關；下部是至，意符兼聲符，取意到達居屋，也表示讀音。會意兼聲字。金文、小篆、隸、楷書各體均沿襲甲骨文。

【釋義】◎房間，屋子：斗 dǒu 室|宮室|教室|課室|陋室|密室|温室|臥室|浴室 ◇引申①家，家族：皇室|家室|十室九空 ②妻子：妻室|側室|繼室|家室|正室 ③機關、團體內的工作部門：科室|診室|辦公室|編輯室 △音借作星名，二十八宿之一。

逝 shì

逝篆 逝隸（桐柏廟碑） 逝楷（王羲之）

【析形】逝字小篆左旁是辵，意符，表明字義與行走有關；右旁是折，聲符，表示讀音（逝、折二字古音同韻部）。形聲字。隸變後，辵字為偏旁時寫作"辶"。

【釋義】◎本義指往，過去（時間、水流等）：流逝|消逝|稍縱即逝|一瞬即逝 ◇引申指死亡：病逝|溘逝|傷逝|逝世|仙逝

適（适） shì

適金 適篆 適隸（隸辨） 適楷（智永）

【析形】適字金文借音近的"啻"字表示。小篆左旁是辵，意符，表明字的初義與行走有關；右旁是啻，聲符，表示讀音。形聲字。隸書聲符訛作"商"。隸變後，辵字為偏旁時寫作"辶"。

【簡化】簡化字"适"是用更換聲符的方法，以筆畫較簡的"舌"為聲符，替換了筆畫較繁複的"商"。

【釋義】◎本義指往，到：無所適從　◇引申①舊指女子嫁人：適人　②相合：適當｜適合｜適宜｜適應｜適用　③舒服：適意｜安適｜舒適｜閒適　④恰好，正巧：適中｜適值｜適得其反｜適逢其會

拭 shì

拭 隸(隸辨) 拭 楷(顏真卿)

【析形】拭字《說文》所無。隸書左旁是"扌"(手)，意符，表明字義與手的動作有關；右旁是式，聲符，表示讀音。形聲字。楷書沿襲隸書。

【釋義】擦：擦拭｜拂拭｜揩拭｜拭目以待

恃 shì

恃 金 恃 篆 恃 隸(馬王堆帛書) 恃 楷(智永)

【析形】恃字金文借音近的"寺"字表示。小篆左旁增"心"為意符，表明字義與心性有關；右旁"寺"為聲符，表示讀音。形聲字。隸書沿襲小篆。隸變後，心字在字左側為偏旁時寫作"忄"。

【釋義】依賴，依仗：仗恃｜自恃｜恃才傲物｜有恃無恐

嗜 shì

嗜 篆 嗜 楷(顏真卿)

【析形】嗜字小篆左旁是口，意符，取意口味；右旁是耆，聲符，表示讀音。形聲字。楷書沿襲小篆。

【釋義】◎本義指對食物的喜好。◇引申泛指喜愛，愛好：嗜好hào｜嗜酒｜嗜慾

匙 shi

【析形】見"匙chí"。

【釋義】◎本義指舀取東西的小勺。△音

借合成〔鑰匙〕開鎖的東西。

殖 shi

【析形】見"殖zhí"。

【釋義】◎本義指脂膏久放而腐壞，音zhí。◇引申指屍骨，音shi：骨殖

收 shōu

收 篆 收 隸(曹全碑) 收 楷(顏真卿)

【析形】收字小篆右旁像手持棒形，隸作"攴"，意符，表明字義與行為動作有關；左旁是丩，聲符，表示讀音(古音收、丩二字同韻部)。形聲字。隸變後，"攴"字為偏旁時又作"攵"。

【釋義】◎本義指捕，拘押：收捕｜收監｜收押　◇引申①收集，聚集，即把分散或攤開的東西聚攏，把在外的東西拿到裏面：收藏｜收攏｜收拾｜收縮　②獲得(經濟利益)：收入｜收益｜收支　③收割，收穫：收成｜豐收｜搶收｜秋收　④收回，撤回：收兵｜收復｜收稅｜回收　⑤約束，合攏：收緊｜收斂｜收束　⑥結束，停止：收場｜收工｜收盤｜收市｜收尾　⑦接到，接受，接納：收編｜收發｜收繳｜收據｜收留｜收納｜收容｜吸收｜驗收｜收視率　⑧買：收購｜收攬｜收買

熟 shóu

【析形】見"熟shú"。

【釋義】◎義同"熟shú"。多用於口語：爛熟

手 shǒu

手 金 手 篆 手 隸(史晨碑) 手 楷(虞世南)

【析形】手字金文像手掌形，有指、掌、腕。象形字。小篆沿襲金文。隸書筆畫化，已失初形。楷書沿襲隸書。

【釋義】◎本義指腕以下的部分。也指人體的上肢：手腕｜手心｜手印｜手語｜雙手｜右手　◇引申①親手：手筆｜手抄｜手稿｜手記｜手跡｜手書｜手寫　②方法：手段｜手法｜手腕｜心狠手黑　③技能，本領：手藝｜拿手｜妙手回春｜身手不凡　④擅長某種技能的人或做某種事的人：舵手｜副手｜高手｜歌手｜

鼓手|獵手|炮手|棋手|旗手|槍手|水手|選手 ⑤拿着：人手一冊 ⑥小巧而又便於拿的：手本|手冊|手槍

守 shǒu

金 篆 **守** 隸(曹全碑) **守** 楷(褚遂良)

【析形】守字金文形一上部像屋宇形，隸作"宀"，代表官府；下部是寸，本義指人手腕寸口處，做偏旁時與"手"取意相同，意符兼聲符，取意掌管、執事，也表示讀音。會意兼聲字。小篆、隸、楷書沿襲金文。

【釋義】◎本義指掌管。◇引申①官吏的職守。②等候，看護：守候|守護|守靈|守喪 sāng|守歲|守望|守業|保守|操守|監守|留守 ③防守，衞護，與"攻"相對：守備|守衞|把守|攻守|堅守|看守|失守|駐守 ④遵守，依照：守法|守舊|信守|守約|恪守|信守|嚴守

首 shǒu

甲 金 篆 **首** 隸(史晨碑) **首** 楷(張猛龍碑)

【析形】首字甲骨文像顆頭顱之形，上有毛髮，面部有眼。象形字。金文沿襲甲骨文。小篆形體略變。隸書根據小篆轉寫而成。楷書沿襲隸書。

【釋義】◎本義指頭，腦袋：首級|首肯|首飾|俯首|回首|斬首 ◇引申①帶頭人，領導人：首領|首腦|首相|首長|元首|罪魁禍首 ②第一，最高的：首都|首府|首富|首屆|首任|首位|首席|首要 ③最先，最早：首倡|首創|首先 ④量詞：兩首歌|一首詩

壽 (寿)〔夀〕 shòu

金 篆 **壽** 隸(史晨碑) **壽** 楷(顏真卿)
草(王羲之)

【析形】壽字金文上部是"老"字的省減，意符，表示年歲；下部是疇，聲符，表示讀音。形聲字。小篆沿襲金文。隸書形體訛變。楷書沿襲隸書。

【簡化】簡化字"寿"根據草書略加改造而成。

【釋義】◎本義指活得久，長命：壽星|長壽|高壽|壽比南山 ◇引申①年歲，生命：壽命|壽數|壽險|壽終 ②壽辰，壽誕|壽禮|壽聯|壽桃|祝壽 ③婉辭，為死後準備的：壽材|壽木|壽衣

受 shòu

甲 金 篆 **受** 隸(郭有道碑)
受 楷(顏真卿)

【析形】受字甲骨文中間是舟，代表物體，兩旁各有一隻手，表示受、授之意（古文受、授同字），舟兼表示讀音。會意兼聲字。金文沿襲甲骨文。小篆上部之手寫作"爪"，下部之手寫作"又"，中間"舟"訛作"冖"。隸、楷書沿襲小篆。

【釋義】◎本義指授予，此義後作"授"。◇有授即有受，引申①表示接受，接納：受惠|受賄|受理|受禮|受命|受聘|受權|受託|受降 xiáng|受益|受用|承受|感受|領受|蒙受|享受 ②遭到：受病|受潮|受挫|受罰|受害|受驚|受苦|受累|受涼|受難 nàn|受騙|受屈|受辱|受審|受刑|受災|受罪|遭受 ③忍耐：禁 jīn 受|經受|難受|忍受

授 shòu

篆 **授** 隸(武威簡) **授** 楷(顏真卿)

【析形】授字本作"受"(見"受"字)。小篆左旁是手，意符，表明字義與手的動作有關；右旁是受，意符兼聲符，表示授予或接受，也表示讀音。會意兼聲字。隸變後，手字在字左側為偏旁時寫作"扌"。

【釋義】◎本義指給予，付與，任命等：授獎|授命|授權|授銜|授勳|授予|追授 ◇引申指教，傳授：授課|授意|函授|講授|教授|面授

售 shòu

篆 **售** 楷(顏真卿)

【析形】售字小篆下部是口，意符，取意叫賣；上部是"雔"字的省減，聲符，表示讀音。形聲字。楷書沿襲小篆。

【釋義】◎本義指賣出：售貨｜售價｜售票｜出售｜代售 ◇引申指施展（含貶義）：以售其奸

獸（兽）shòu

獸甲 鈙金 獸篆 獸隸（感孝頌）
獸楷（智永）

【析形】獸字甲骨文左旁像一把狩獵器具；右旁像一條犬，表示攜武器牽狗去狩獵。會意字。金文沿襲甲骨文。小篆器具形已訛變。隸、楷書沿襲小篆。

【簡化】簡化字"兽"是用保留特徵、局部刪除的方法，保留了原字左旁的"兽"，刪除了"犬"。

【釋義】◎本義指打獵，此義後作"狩"。◇引申①獵捕的對象，四足哺乳動物的通稱：獸類｜獸肉｜獸王｜怪獸｜猛獸｜禽獸｜野獸 ②比喻野蠻，殘忍，下流：獸行｜獸性｜獸慾｜衣冠禽獸

瘦 shòu

瘦楷（顏真卿）

【析形】瘦字《説文》所無。楷書外廓是"疒"，意符，瘦弱者多病（見"病"字）；內中是叟，聲符，表示讀音。形聲字。

【釋義】◎本義指脂少，肌肉不豐滿，與"肥"相對：瘦肉｜瘦弱｜瘦削 xuē｜精瘦｜枯瘦｜清瘦｜消瘦 ◇引申①（地力）薄，不肥沃：瘦瘠｜瘦田 ②（衣服鞋襪等）窄小：流行瘦褲腿

書（书）shū

書金 書篆 書隸（郭有道碑）書楷（元珍墓誌）
书草（皇象）

【析形】書字金文上部像手執筆形，意符，表示書寫；下部是者，聲符，表示讀音（書、者二字古音同韻部）。形聲字。小篆沿襲金文。隸書手執筆之形隸作"聿"，下部訛作"日"，失去表音作用。楷書沿襲隸書。

【簡化】簡化字"书"根據草書楷化而成。

【釋義】◎本義指寫，記載：書寫｜板書｜手書 ◇引申①書籍：書報｜書本｜書櫃｜書刊｜書庫｜書展｜書桌｜編書｜藏書｜辭書｜醫書｜印書 ②字體：書法｜書體｜楷書｜隸書｜篆書 ③信：家書｜情書｜修書｜遺書 ④文件：國書｜秘書｜文書｜判決書｜起訴書｜説明書

叔 shū

叔甲 尗金 椒篆 尗又隸（曹全碑）

【析形】叔字甲骨文借音近的"弔"字表示（古音弔字一讀 dì，與"叔"字同韻部）。金文右旁像手形，隸作"又"，意符，表明字義與手的動作有關；左旁是尗，聲符，表示讀音。形聲字。小篆、隸書沿襲金文。

【釋義】◎本義指拾取。△音借①丈夫的弟弟：叔嫂｜小叔子 ②父親的弟弟：叔伯｜叔父｜叔姪 ③指與父親同輩而年齡較小的男子：叔叔｜大叔｜世叔 ④舊指兄弟排行第三的：伯仲叔季

殊 shū

殊篆 歹朱隸（曹全碑）殊楷（智永）

【析形】殊字小篆左旁是歹（甲骨文像剔除肉之殘骨形），意符，表明字義與斬殺義有關；右旁是朱，聲符，表示讀音。形聲字。隸、楷書沿襲小篆。

【釋義】◎本義指斬，殺死。《説文》："殊，死也。"◇引申①斷，絕：殊死搏鬥 ②特別，特異：殊功｜殊績｜殊效｜特殊 ③不同：懸殊｜殊途同歸 ④很，非常：殊覺 ⑤竟：殊不知

梳 shū

梳篆 梳楷（顏真卿）

【析形】梳字小篆左旁是木，意符，表明材質；右旁是"疏"字的省減，聲符，表示讀音。形聲字。楷書沿襲小篆。

【釋義】◎本義①整理頭髮的用具：梳子｜木梳 ②梳理頭髮：梳頭｜梳洗｜梳妝

舒 shū

舒篆 舒楷（顏真卿）

【析形】舒字小篆左旁是舍，古同"捨"，取釋放意；右旁是予，義為推予，均為意

符，表示伸展，舒緩，"予"也兼表示讀音。會意兼聲字。楷書沿襲小篆。

【釋義】◎本義指伸展：舒暢|舒服|舒適|舒坦|舒張|寬舒　◇引申指緩慢，從容：舒緩|舒徐

疏 shū

疏篆 疏隸(桐柏廟碑) 疏楷(顏真卿)

【析形】疏字小篆右旁是㐬(甲骨文像產子形，上部是"子"字倒寫，頭向下，下部像分娩所流血)，意符，取通之意(前人釋："孕則塞，生則通")；左旁是疋，義為足，表明字義與行為動作有關。會意字。隸書以"足"為意符。楷書沿襲小篆。

【釋義】◎本義指開通：疏導|疏解|疏浚|疏通　◇引申①古書中對前人所作的註釋加以引申和說明，舊讀 shù：疏釋|註疏 ②分散：疏散 sàn|仗義疏財 ③不實，不精，懶散：疏懶|空疏|才疏學淺 ④稀，不密，與"密"相對：疏朗|疏林|疏落|疏鬆|疏影|扶疏|蕭疏 ⑤不受約束：疏放|疏狂 ⑥不親近，不熟悉，與"親"相對：疏遠|荒疏|生疏 ⑦忽略：疏忽|疏漏|疏略|疏失|粗疏

輸 (输) shū

輸金 輸篆 輸隸(居延簡) 輸楷(顏真卿) 輸草(宋克)

【析形】輸字金文左旁是車，意符，表明字義與車有關；右旁是俞，聲符，表示讀音(輸、俞二字同韻部)。形聲字。小篆、隸、楷書沿襲金文。

【簡化】簡化字"输"的意符"车"根據草書楷化而成。

【釋義】◎本義指(以車)運送。◇引申①泛指運送，注入：輸出|輸送|輸血|輸氧|灌輸|運輸 ②捐獻，交出：輸將 jiāng|捐輸|輸財助戰 ③負，敗(繳械)，與"贏"相對：輸理|輸贏|服輸|認輸 ④不及，差：略輸文采

抒 shū

抒篆 抒隸(禮器碑) 抒楷(顏真卿)

【析形】抒字小篆左旁是手，意符，表明字義與手的動作有關；右旁是予，聲符，表示讀音。形聲字。隸、楷書沿襲小篆。

【釋義】◎本義指舀出，汲出。◇引申指表達，發洩：抒發|抒情|抒寫|各抒己見|直抒胸臆

樞 (枢) shū

樞篆 樞隸(隸辨) 枢楷(顏真卿)

【析形】樞字小篆左旁是木，意符，表明材質；右旁是區，聲符，表示讀音(樞、區二字古音同韻部)。形聲字。

【簡化】楷書簡體"枢"聲符的簡化見"區"字。

【釋義】◎本義指門上的轉軸：樞軸|戶樞不蠹　◇引申指事物的重要部分或中心部分：樞機|樞紐|電樞|中樞

淑 shū

淑篆 淑楷(顏真卿)

【析形】淑字小篆左旁是水，意符，表明本字的初義與水有關；右旁是叔，聲符，表示讀音。形聲字。楷書沿襲小篆。

【釋義】◎本義指水清澈。　◇引申指善良，美好：淑靜|淑女|賢淑

熟 shú

熟楷(顏真卿)

【析形】熟字《説文》所無。楷書下部的"灬"是古文"火"字的隸變分化體，意符，表明字義與火有關；上部是孰，聲符，表示讀音。形聲字。

【釋義】◎本義指食物燒煮到可以吃的程度：熟菜|熟食　◇引申①煉製或加工過的：熟化|熟鐵|熟土|熟石灰 ②經反覆實踐而精通：熟練|純熟|嫻熟|圓熟 ③程度深：熟睡|熟思|熟稔|深思熟慮 ④知道得清楚：熟客|熟路|熟識|熟悉|熟語|耳熟能詳 ⑤植物果實等完全長成，與"生"相對：成熟|瓜熟蒂落

秫 shú

秫（甲）栿（篆）　**秫** 楷（顏真卿）

【析形】秫字甲骨文像一株植物之形，隸作"朮"。象形字。小篆右旁增"禾"為意符，表明字義與穀秫類植物有關。楷書沿襲小篆。

【釋義】高粱，多指黏高粱，可以做燒酒：秫秸 | 秫米

贖（赎）shú

贖（篆）**贖** 隸（隸辨）**贖** 楷（顏真卿）

赎 草（顏真卿）

【析形】贖字小篆左旁是貝，意符，表明字義與財物有關（見"貝"字）；右旁是賣，聲符，表示讀音。形聲字。古文賣、賣二字形近，隸書聲符訛作"賣"。楷書沿襲隸書。

【簡化】簡化字"赎"根據草書楷化而成。

【釋義】本義指交易，貿易。又專指用財物換回抵押品：贖當 dàng | 贖金 | 贖買 | 贖身 ◇引申指抵償：立功贖罪

薯〔藷〕shǔ

薯 楷（顏真卿）

【析形】薯字《説文》所無。楷書上部是"艹"（艸），意符，表明字義與植物有關；下部是署，聲符，表示讀音。形聲字。異體字以"藷"為聲符。

【釋義】甘薯、馬鈴薯等農作物的統稱：薯類 | 番薯 | 紅薯 | 木薯

蜀 shǔ

蜀（甲）蜀（金）蜀（篆）**蜀** 隸（武威簡）**蜀** 楷（歐陽詢）

【析形】蜀字甲骨文像蟲形，上部的"目"代表頭，下部迴旋彎曲像蟲身。象形字。金文下部增"虫"為意符。小篆沿襲金文。隸書根據小篆轉寫而成。楷書沿襲隸書。

【釋義】本義指蛾蝶類幼蟲。周朝國名：蜀國　蜀漢，三國之一（公元 221 — 263 年），劉備所建：樂不思蜀　今四川的別稱：蜀葵 | 蜀錦 | 蜀黍 | 蜀繡 | 巴山蜀水

暑 shǔ

暑（篆）**暑** 隸（三公山神碑）**暑** 楷（歐陽詢）

【析形】暑字小篆上部是日，意符，表明字義與太陽有關；下部是者，聲符，表示讀音（暑、者二字古音同韻部）。隸、楷書沿襲小篆。

【釋義】炎熱，炎熱的季節，與"寒"相對：暑氣 | 暑天 | 避暑 | 防暑 | 伏暑 | 酷暑 | 盛暑 | 中 zhòng 暑

黍 shǔ

黍（甲）黍（甲）林（金）黍（篆）**黍** 隸（白石君碑）**黍** 楷（顏真卿）

【析形】黍字甲骨文形一像黍株散穗狀。象形字；形二左下部增"水"為意符，取意可釀酒之穀物。會意字。金文以"水"、"禾"為意符。小篆意符"水"在下部。隸書水旁訛變。楷書沿襲小篆。

【釋義】穀物名。一年生草本植物，子實去皮後叫黃米，有黏性。是重要糧食作物，可釀酒：黍稷 | 黍子

曙 shǔ

曙（篆）**曙** 楷（顏真卿）

【析形】曙字小篆左旁是日，意符，表明字義與太陽有關；右旁是署，聲符，表示讀音。形聲字。楷書沿襲小篆。

【釋義】天剛亮，破曉：曙光 | 曙色

鼠 shǔ

鼠（篆）鼠（隸）（馬王堆帛書）**鼠** 楷（顏真卿）

【析形】鼠字小篆像鼠之形，上有頭，下有足、尾。象形字。隸、楷書根據小篆轉寫而成。

【釋義】◎動物名。哺乳動物的一科，種類很多，一般指黑鼠，有的地方稱耗子：鼠竄 | 鼠疫 | 灰鼠 | 黃鼠 | 家鼠 | 老鼠 | 田鼠 ◇引申指形貌像鼠的某些哺乳動物：袋鼠 | 松鼠 | 黃鼠狼

數 (数) shǔ

數篆　數隸(泰山金剛經)　數楷(顏真卿)
数草(王羲之)

【析形】數字小篆右旁像手持捧形，意符，表明字義與行為動作有關；左旁是婁，聲符，表示讀音（數、婁二字古音同韻部）。形聲字。隸變後，右旁寫作"攵"。楷書沿襲隸書。

【簡化】簡化字"数"根據草書楷化而成。

【釋義】◎本義指計算，點數：數數shǔ｜數九｜數一數二｜如數家珍｜屈指可數 ◇引申指列舉過錯，責備：數叨｜數落｜數說

屬 (属) shǔ

【析形】見"屬zhǔ"。

【釋義】◎本義指連接，連續，音zhǔ。◇引申①歸類，類別：屬相｜稻屬｜金屬 ②同一家族的：家屬｜眷屬｜軍屬｜親屬 ③為某人或某方所有：屬性｜屬於｜歸屬 ④係，是：情況屬實 ⑤有管轄關係的：屬地｜屬國｜部屬｜從屬｜附屬｜隸屬｜領屬｜所屬｜下屬｜直屬（以上各引申義音shǔ）

署 shǔ

署篆　署隸(朝侯殘碑)　署楷(顏真卿)

【析形】署字小篆上部是"網"字初文，意符，以佈網取意佈置；下部是者，聲符，表示讀音（署、者二字古音同韻部）。形聲字。隸變後，"網"字在字上部為偏旁時寫作"罒"。楷書沿襲隸書。

【釋義】◎本義指部署，佈置。◇引申①部署、辦公的處所：公署｜官署｜行署｜專署｜總署 ②題字，簽名：署名｜簽署

術 (术) shù

術篆　術隸(馬王堆帛書)　術楷(貫名海屋)
术楷(顏真卿)

【析形】術字小篆外廓是"行"（甲骨文像四通八達的道路之形），意符，表明字的初義與道路有關；中間是术，聲符，表示讀音。形聲字。隸、楷書沿襲小篆。

【簡化】楷書簡體是用同音合併的方法，以音同、筆畫較簡的"术"代替筆畫繁複的"術"，合併了術、术二字的意義。

【釋義】◎本義指城邑中的道路。◇引申①技藝、技能、學術（達到某方面高度的能力）：術語｜法術｜技術｜劍術｜美術｜手術｜學術｜武術｜醫術｜藝術 ②手段，方法：騙術｜權術｜巫術｜心術｜戰術

束 shù

束甲　束金　束篆　束隸(孔彪碑)
束楷(爨寶子碑)

【析形】束字甲骨文像"木"被繩索捆縛之形。金文、小篆沿襲甲骨文。隸、楷書筆畫化。

【釋義】◎本義指捆縛：束縛｜束身｜束手｜束裝 ◇引申①聚集成條狀的東西：波束｜光束｜花束 ②控制，加以控制：管束｜檢束｜拘束｜約束 ③量詞，用於捆在一起或成條狀的東西，一束光｜一束花

述 shù

述金　述篆　述隸(曹全碑)　述楷(虞世南)

【析形】金文述字左旁像道路形，隸作"彳"，下部是"止"（甲骨文像足印形。"趾"字初文），均為意符，表明字義與行走有關；右旁是术，聲符，表示讀音。小篆把"彳"、"止"兩個偏旁合篆作"辵"。隸變後，辵字為偏旁時寫作"辶"。楷書沿襲隸書。

【釋義】◎本義指遵循，順着，依照。◇引申指依照事情的經過陳說敍述：述評｜述說｜陳述｜複述｜概述｜記述｜口述｜論述｜描述｜申述｜引述｜追述｜自述｜綜述

樹 (树) shù

樹金　樹篆　樹隸(泰山金剛經)
樹楷(高貞碑)

【析形】樹字金文借音同的"尌"字表示。小篆左旁增"木"為意符，表明字義與樹木有關；右旁"尌"為聲符，表示讀音。形聲字。隸、楷書沿襲小篆。

【簡化】簡化字"树"是用符號代替的方法，以筆畫較簡的"又"作為象徵性符號，替換了聲符"尌"左側筆畫繁複的部件。

【釋義】◎本義指木本植物的總稱：樹叢｜樹根｜樹林｜樹苗｜樹梢｜楓樹｜果樹 ◇引申①種植，栽培：十年樹木，百年樹人 ②豎立，建立：樹敵｜樹立｜建樹｜獨樹一幟

豎 (竖) shù

豎篆　豎隸(居延簡)　竪楷(褚遂良)

竪草(褚遂良)

【析形】豎字小篆上部是臤，義為堅固，意符，取意立起；下部是豆，聲符，表示讀音（豎、豆二字古音同韻部）。形聲字。隸書沿襲金文。楷書下部訛作"立"，取意樹立，成為會意字。

【簡化】簡化字"竖"上部根據草書楷化而成。

【釋義】◎本義指立，直立，與"橫"相對的：豎井｜豎立｜豎起｜橫豎 ◇引申①使直立：豎電線杆子 ②上下或前後的方向：豎行 háng｜豎線 ③漢字筆畫的一種，即"｜"。

數 (数) shù

【析形】見"數 shǔ"。

【釋義】◎本義指計算，點數，音 shǔ。◇引申①數目，基本數量概念：數詞｜數額｜數據｜數量｜數值｜數字｜倍數｜參數｜成數｜號數｜小數｜虛數｜整數｜指數 ②幾，不止一個：數百所｜數十人 ③相學上稱命數：劫數｜氣數 ④因聲借同"術"，技藝：權數｜術數｜解 xiè 數｜招數（以上各引申義音 shù）

恕 shù

叀金　恕篆　恕楷(顏真卿)

【析形】恕字金文下部是心，意符，表明字義與心性有關；上部是女，聲符，表示讀音。形聲字。小篆聲符為"如"（恕、女、如三字古音同韻部）。楷書沿襲小篆。

【釋義】◎本義指仁愛，寬容，原諒：寬恕｜饒恕 ◇引申①客套話，請求對方寬容：恕罪｜恕不隱瞞｜恕難從命 ②用自己的心去推測、猜想別人的心：恕道｜忠恕 ③不計較別人的過錯：寬恕｜饒恕

庶 shù

臽甲　㘱金　庶篆　庶隸(馬王堆帛書)

庶楷(顏真卿)

【析形】庶字甲骨文像在崖下支灶煮食之形。會意字。金文沿襲甲骨文。小篆則像在屋內煮食。隸書筆畫化。隸變後，火字在字下部為偏旁時分化出"灬"旁。楷書沿襲隸書。

【釋義】◎本為"煮"字本字。△音借指卑賤平民：庶民 ◇平民者眾，故引申①眾多：庶務｜富庶 ②旁出，宗法制度中家族的旁支，與"嫡"相對：庶出｜庶母｜庶子 ③渺小，差無幾：庶乎｜庶幾 jī

墅 shù

墅楷(顏真卿)

【析形】墅字《說文》所無。上部是野，下部是土，均為意符，表示野外鄉舍。會意字。

【釋義】◎本義指鄉間簡陋的房子。◇引申指在郊區或風景區所建，供閒居休養或遊玩的園林住宅：別墅

漱 shù

漱篆　漱楷(褚遂良)

【析形】漱字小篆左旁是水，意符，表明字義與水有關；右旁是欶，聲符，表示讀音（"欶"字一讀 sòu，與"漱"字古音同）。形聲字。隸變後，水字在字左側為偏旁時寫作"氵"。

【釋義】◎含水蕩洗口腔：漱口｜盥漱

刷 shuā

刷篆　刷楷(昭仁寺碑)

【析形】刷字小篆右旁是刀，意符，表明工具；左旁是"㕞"字的省減，聲符，表示讀音。形聲字。隸變後，刀字在字右側為偏旁時寫作"刂"。

【釋義】◎本義指刮,刮除。◇引申①泛指刷子及用刷子除垢、清掃:刷洗｜刷新｜刷牙｜板刷｜牙刷｜油刷 ②用刷塗抹:刷牆｜粉刷｜印刷 ③淘汰:比賽中,A 組把 B 組刷下去了。

耍 shuǎ

耍楷(顏真卿)

【析形】耍字《說文》所無。上部是而,本義為鬍鬚;下部是女,均為意符,概以女扮男裝取意玩耍。會意字。

【釋義】◎本義指①遊戲,玩耍:耍弄｜耍戲｜玩耍｜戲耍｜雜耍｜耍把戲｜耍花槍 ②賣弄,施展,表現出來(多含貶義):耍滑｜耍奸｜耍賴｜耍聰明｜耍花腔｜耍花招｜耍心眼｜耍筆桿子 ◇引申指舞動,揮動:耍大刀

衰 shuāi

衰篆　衰隸(史晨碑)　衰楷(顏真卿)

【析形】衰字小篆像蓑衣形,外廓是衣,中間像編蓑衣的草。象形字。隸書筆畫化,中間形體已變。楷書沿襲隸書。

【釋義】◎本義指擋雨的草雨衣,音 suō。此義後來寫作“蓑”。△音借表示盛衰義,指事物發展轉向沒落:衰敗｜衰變｜衰竭｜衰老｜衰落｜衰弱｜衰頹｜衰退｜衰亡｜衰微｜盛衰｜興衰｜早衰｜未老先衰

摔 shuāi

摔楷(顏真卿)

【析形】摔字《說文》所無。楷書左旁是“扌”(手),意符,表明字義與手的動作有關;右旁是率,聲符,表示讀音。形聲字。

【釋義】◎本義指用力扔,抛:摔打 ◇引申①很快地掉下:花瓶從高處摔下 ②跌跤:摔倒｜摔交(跤)｜摔跟頭

甩 shuǎi

甩楷(顏真卿)

【析形】甩字《說文》所無。楷書是借“用”字之形體,把中間的一豎延續作彎鈎,取意無用甩掉。附畫(筆畫)指事字。

【釋義】①丟開,抛開:甩車｜甩賣｜甩手｜甩脫 ②擺動:甩手｜繩甩兒 ③扔:甩手榴彈

帥 (帅) shuài

帥甲　帥金　帥金　帥篆　帥隸(孔彪碑)　帥草(王羲之)　帅楷(顏真卿)

【析形】帥字甲骨文左旁像一張蓆,為“蓆”字古文;右旁有兩隻手,像兩手執蓆,取意未明。金文形一仍見兩手執蓆之形,但“蓆”形省作“丨”;右旁增“巾”為意符,表示佩巾。形二把蓆子分作上下兩截。小篆據金文形二把左旁訛為“𠂤”。隸、楷書沿襲小篆。

【簡化】楷書簡體“帅”根據草書略加改造楷化而成。

【釋義】◎本義指佩巾,拭巾。同“帨”。△音借表示①率領,帶領,也指統率者,即軍隊中最高的指揮員:帥旗｜帥印｜掛帥｜元帥｜主帥 ②英俊,瀟灑,漂亮:小伙子真帥

率 shuài

率甲　率金　率篆　率隸(辟雍碑)　率楷(敬使君碑)

【析形】率字甲骨文像有柄桿的捕鳥網具之形。象形字。金文沿襲甲骨文。小篆上下柄桿之形更顯。隸書筆畫化,柄桿之形訛變。楷書沿襲隸書。

【釋義】◎本義指古代捕鳥用的一種長柄網。△音借表示①統領,帶頭:率部｜率領｜率先｜統率 ②榜樣:表率 ③直爽:率性｜率真｜率直｜坦率｜直率 ④不慎重:草率｜粗率｜輕率

蟀 shuài

蟀篆　蟀隸(隸辨)　蟀楷(顏真卿)

【析形】蟀字小篆下部是虫,意符,表明字義與昆蟲有關;上部是帥,聲符,表示讀音。形聲字。隸書改聲符為“率”,寫作左右結構。楷書沿襲隸書。

【釋義】〔蟋蟀〕見“蟋”。

拴 shuān

拴 楷(顏真卿)

【析形】拴字《説文》所無。楷書左旁是
"扌"(手),意符,表明字義與手的動作有
關;右旁是全,聲符,表示讀音。形聲
字。

【釋義】結,綁,上閂:拴船|拴馬|拴門

栓 shuān

栓 漢印

【析形】栓字《説文》所無。漢印左旁是
木,意符,表明字義與木有關;右旁是
全,聲符,表示讀音。形聲字。

【釋義】◎本義指木釘,或指木釘狀的器
物:門栓 ◇引申①器物上用作開關的機
件:螺栓|槍栓|消火栓 ②塞子或像塞子
的東西:栓塞 sè |栓子|木栓|血栓

涮 shuàn

涮 楷(顏真卿)

【析形】涮字《説文》所無。楷書左旁是
"氵",右旁是刷,均為意符,表示用水洗
刷。會意字。

【釋義】◎本義指用水搖動着沖刷:涮洗|
涮瓶子|洗洗涮涮 ◇引申指把肉片等在開
水裏燙一下就取出來蘸着佐料吃:涮羊肉

雙 (双) shuāng

雙 篆　雙 隸(校官碑)　雙 楷(顏真卿)

【析形】雙字小篆上部是二"隹","隹"為
短尾鳥之總稱,意符,表明字義與鳥有
關;下部像一隻手,隸作"又",均為意
符,表示擒獲鳥一雙。會意字。隸、楷書
沿襲小篆。

【簡化】簡化字是用另造新字的方法,以
雙"又"取義"雙",新造了"双"字。

【釋義】◎本義指捕獲鳥二隻。◇引申
①泛指兩個,與"單"相對:雙邊|雙打|
雙方|雙份|雙關|雙軌|雙全|雙親|雙手|
雙向|雙語 ②偶數,與"單"相對:雙號|
雙日|雙數 ③加倍的:雙重 chóng|雙份|
雙料|雙薪 ④表示雙數的量詞:一雙鞋

霜 shuāng

霜 篆　霜 隸(張表碑)　霜 楷(歐陽詢)

【析形】霜字小篆上部是雨,意符,表明
字義與雨水有關;下部是相,聲符,表示
讀音。形聲字。隸、楷書沿襲小篆。

【釋義】◎本義指靠近地面的水汽在低
於 0 ℃的溫度下冷凝成白色鬆軟的結晶
體:霜凍|霜害|霜降|霜期|霜天|霜葉|風
霜 ◇引申指像霜的東西:砒霜|糖霜|鹽
霜|護膚霜

爽 shuǎng

爽 金　爽 篆　爽 隸(孔彪碑)　爽 楷(顏真卿)

【析形】爽字金文中間像正面人形,兩旁
像光影閃熠,取意明朗。小篆沿襲金文。
隸書人形訛變。楷書沿襲小篆。

【釋義】◎本義指明朗,清亮:爽朗|清
爽|秋高氣爽 ◇引申①豪邁,痛快:爽
快|爽利|豪爽|直爽 ②舒服,暢快:爽
口|爽身|爽心|涼爽 △音借表示差錯,違
背:爽約|毫釐不爽|屢試不爽

水 shuǐ

水 甲　水 金　水 篆　水 隸(曹全碑)
水 楷(虞世南)

【析形】水字甲骨文像江河水流之形。象
形字。金文、小篆沿襲甲骨文。隸書筆畫
化形體已訛變。楷書沿襲隸書。

【釋義】◎本義為河流(江、河、湖、
海、洋)的通稱:水濱|水產|水陸|水
路|水師|水勢|水位|水系|水鄉|水運|
水域|水源|漢水|治水|水平面|水平線
◇引申①泛指無色無味的透明液體,化
學成分是一氧二氫,分子式 H_2O :水管|
水庫|水準|水渠|水文|水箱|水災|茶水|
汗水|降水|淚水|泉水|雨水 ②像水的汁
液:水筆|鋼水|墨水|香水|血水|藥水

説 (说) shuì

【析形】見"説 shuō"。

【釋義】◎本義指講述,用言語表達意思,
音 shuō。◇引申指用言語勸説別人,使聽

自己的話，音 shuì：説服｜説客｜遊説

税 shuì

稅篆 税楷(顏真卿)

【析形】税字小篆左旁是禾，意符，表明字的初義與禾田之事有關；右旁是兑，聲符，表示讀音。形聲字。楷書沿襲小篆。

【釋義】◎本義指田賦。◇引申泛指國家向徵税對象按税率徵收的貨幣或實物：税金｜税率｜税收｜税務｜抽税｜賦税｜關税｜漏税｜免税｜納税｜偷税｜徵税｜苛捐雜税

吮 shǔn

吮篆 吮楷(顏真卿)

【析形】吮字小篆左旁是口，意符，表明字義與口的動作有關；右旁是允，聲符，表示讀音。形聲字。

【釋義】用口吸：吮奶｜吸吮

順 (顺) shùn

順金 順篆 川頁隸(桐柏廟碑)
順草(王獻之) 順楷(顏真卿)

【析形】順字金文右旁是頁，意符，表明字義與頭部有關(見"頁"字)；左旁是川，聲符，表示讀音(順、川二字古音同韻部)。形聲字。小篆、隸、楷書沿襲金文。

【簡化】簡化字"顺"的意符"页"根據草書楷化而成。

【釋義】◎本義指面部氣色和順。◇引申指順從，順應：順變｜和順｜恭順｜歸順｜平順｜柔順｜溫順｜孝順｜依順｜忠順　又引申①向着同一方向，與"逆"相對：順差｜順風｜順勢｜順水 ②隨，趁便：順便｜順帶｜順路｜順手｜順口説出 ③循，沿：順導｜順道 ④依次：順次｜順序｜順延｜筆順 ⑤通順：名正言順｜文從字順 ⑥合乎心意，沒有阻礙：順暢｜順當｜順耳｜順境｜順口｜順利｜順溜｜順心｜順眼

瞬 shùn

瞬楷(顏真卿)

【析形】瞬字《説文》所無。楷書左旁是目，意符，表明字義與眼睛有關；右旁是舜，聲符，表示讀音。形聲字。

【釋義】眼睛轉動，眨眼：瞬間｜瞬息｜一瞬｜轉瞬｜瞬息萬變｜一瞬即逝

説 (说) shuō

説篆 説隸 説楷(歐陽詢)
说草(王羲之)

【析形】説字小篆左旁是言，意符，表明字義與言語有關；右旁是兑，聲符，表示讀音。形聲字。隸、楷書沿襲小篆。

【簡化】簡化字"说"的意符"讠"根據草書楷化而成。

【釋義】◎本義指講述，用言語表達意思：説道｜説服｜説教｜説書｜評説｜述説｜敍説｜演説 ◇引申①解釋：説理｜説明｜陳説｜論説 ②言論，主張：傳説｜概説｜學説｜著書立説 ③説合，介紹：説媒｜説情 ④責備，批評：推説了｜長輩説了他幾句

爍 (烁) shuò

爍篆 爍楷(顏真卿) 炼草(王羲之)

【析形】爍字小篆左旁是火，意符，取意光亮；右旁是樂，聲符，表示讀音(爍、樂二字古音同韻部)。形聲字。楷書沿襲小篆。

【簡化】簡化字"烁"的聲符"乐"根據草書楷化而成。

【釋義】光亮，光彩：爍爍｜閃爍｜震古爍今

碩 (硕) shuò

碩金 碩篆 石頁隸(桐柏廟碑)
碩楷(顏真卿)

【析形】碩字金文右旁是頁，意符，表明字的初義與頭有關(見"頁"字)；左旁是石，聲符，表示讀音(碩、石二字古音同韻部)。形聲字。小篆、隸、楷書沿襲金文。

【簡化】簡化字"硕"意符的簡化見"頁"字。

【釋義】◎本義指頭大。◇引申①泛指大：碩果｜肥碩｜豐碩｜碩大無朋｜碩果纍

蠶 ②學識淵博的人。③學位的一種：碩士

數 (数) shuò

【析形】見"數shǔ"。

【釋義】◎本義指計算，點數，音shǔ。◇引申指屢次，音shuò：頻數｜數見不鮮

司 sī

甲 司　金 司　篆 司　隸 司(馬王堆帛書)　司楷(李璧碑)

【析形】司字甲骨文左旁是口，右旁代表一隻手，均為意符，取意發號施令。金文沿襲甲骨文。小篆手形略失。隸、楷書沿襲小篆。

【釋義】◎本義指掌管，主持，操作：司法｜司機｜司令｜司務｜司藥｜司儀　◇引申指管理部門：司長｜禮賓司

絲 (丝) sī

甲 絲　金 絲　篆 絲　楷(虞世南)　草(柳公權)

【析形】絲字甲骨文像兩束絲之形。象形字。金文、小篆沿襲甲骨文。楷書筆畫化，下部絲緒訛作"灬"。

【簡化】簡化字"丝"根據草書楷化而成。

【釋義】◎本義指蠶絲，製作絲綢絹帛等織物的原料：絲綢｜蠶絲　◇引申①像絲的東西：粉絲｜銅絲｜青絲｜煙絲　②比喻事物之細微，極少：絲毫｜一絲不苟　③弦樂器(古代琴弦以蠶絲為製造材料)　④古代八音之一(古代八音為金、石、絲、竹、匏、土、革、木)：絲弦｜絲竹

私 sī

篆 私　篆 私　隸(校官碑)　私楷(顏真卿)

【析形】表示私己之義的"私"字小篆作"厶"。古人釋：「蒼頡作字，自營為厶」，以向內自環取自營之意，為"私"字古文。小篆形二左旁增"禾"為意符，表示禾名；右旁"厶"為聲符，表示讀音。形聲字。音借表示"私己"義。隸、楷書兩個形體合併為一體，表示禾名義漸廢。

【釋義】◎本義表示屬於個人一己的，與"公"相對：私產｜私仇｜私德｜私房｜私見｜私交｜私立｜私利｜私情｜私塾｜私蓄｜私營｜私慾　◇引申①自私，為自己：私黨｜私念｜私心｜營私｜自私｜鐵面無私　②不公開的，秘密的：私藏｜私訪｜私話｜私了liǎo｜私通｜私下｜陰私｜隱私　③不合法的：私貨｜私吞｜私刑｜緝私｜循私｜走私

思 sī

金 思　篆 思　隸(禮器碑)　思楷(智永)

【析形】思字小篆上部像腦囟形，下部是心，均為意符，表明字義與頭腦、心思有關。會意字。隸書上部訛作"田"。楷書沿襲隸書。

【釋義】◎本義指思考，想：思量｜思慮｜思謀｜思索｜思想｜思緒｜幽思　◇引申①思路，想法：思潮｜才思｜構思｜文思｜心思｜意思　②想念，記掛：思念｜思鄉｜哀思｜情思｜相思

斯 sī

金 斯　篆 斯　隸(孔彪碑)　斯楷(孝文帝造像)

【析形】斯字金文右旁是斤(甲骨文像古代形似斧的砍樹工具)，意符，表明字的初義與砍伐義有關；左旁是其，聲符，表示讀音。形聲字。小篆、隸、楷書沿襲金文。

【釋義】◎本義指劈開。△音借表示①指示代詞，表示"這"，"這個"，"這裏"：斯人｜斯時｜如斯　②〔斯文〕舊指文化或文人：斯文掃地。也指文雅：斯斯文文

撕 sī

撕楷(顏真卿)

【析形】撕字《說文》所無。楷書左旁是"扌"(手)，意符，表明字義與手的動作有關；右旁是斯，聲符，表示讀音。形聲字。

【釋義】用手使東西裂開或離開附着處：撕毀｜撕開｜撕破｜撕碎

嘶 sī

嘶 楷(顏真卿)

【析形】嘶字《說文》所無。楷書左旁是口，意符，表明字義與口腔或與口的行為有關；右旁是斯，聲符，表示讀音。形聲字。

【釋義】①馬鳴：人喊馬嘶 ②聲音沙啞：嘶啞｜聲嘶力竭

死 sǐ

死 楷(張猛龍碑)

【析形】死字甲骨文左旁像一具骸骨形，代表死人；右旁像一側立之人形，像對死者哭拜。會意字。金文、小篆沿襲甲骨文。隸變後，側立人形隸作"匕"。楷書沿襲隸書。

【釋義】◎本義指生命終結，與"生"相對：死難｜死傷｜死生｜死亡｜死者｜死罪 ◇引申①拚命：死幹｜死守｜死戰｜拚死｜決死｜誓死 ②表示到達極點：死心｜死寂｜死症｜死頑固 ③誓不兩立的，不可調和的：死敵｜死對頭 ④沒有生氣的，不靈活的，不通的：死板｜死灰｜死記｜死結｜死路｜死棋｜死水｜死心眼｜死氣沉沉

伺 sì

伺 篆 伺 楷(顏真卿)

【析形】伺字小篆左旁是人，意符，表明字義與人的活動有關；右旁是司，聲符，表示讀音。形聲字。楷書沿襲小篆。

【釋義】暗中觀察，等候：伺機｜伺隙｜窺伺

四 sì

四 楷(高貞碑)

【析形】數目字"四"甲骨文以四橫畫表示，像算籌形。象形字。金文沿襲甲骨文。小篆像四分之形。隸書、楷書沿襲小篆。

【釋義】◎本義指數目字，三加一所得：

四邊｜四季｜四聲｜四書｜四肢 ◇引申表示多數：四處｜四方｜四海｜四郊｜四鄰｜四野

寺 sì

寺 楷(褚遂良)

【析形】寺字金文形一下部像手形，意符，表明字義與手的動作有關；上部是之，聲符，表示讀音。形聲字。形二下部是寸，本義指手腕寸口處，意符，代表手。小篆沿襲金文形二。隸書聲符訛作"土"。楷書沿襲隸書。

【釋義】◎本當為"持"字初文。△音借表示①古代官署名：大理寺｜太常寺 ②佛教的廟宇：寺廟｜寺院｜少林寺｜護國寺 ③伊斯蘭教徒做禮拜、講經的地方：清真寺

飼 (伺) sì

飼 楷(顏真卿) 飼 草(書書韻會)

【析形】飼字《說文》所無。楷書左旁是食，意符，表明字義與食物有關；右旁是司，聲符，表示讀音。形聲字。

【簡化】簡化字"饲"的意符"饣"根據草書楷化而成。

【釋義】①餵養：飼養｜飼育 ②飼料：打草儲飼

肆 sì

肆 篆 肆 隸(曹全碑) 肆 楷(智永)

【析形】肆字小篆左旁是镸，義同"長"，取意未明；右旁是隶，聲符，表示讀音。形聲字。隸書聲符訛作"聿"。楷書沿襲隸書。

【釋義】◎本義指古時處死刑後陳屍示眾。◇引申指放縱，任意：肆虐｜肆擾｜肆意｜大肆｜放肆｜恣肆｜肆無忌憚 △音借表示①店舖：酒肆｜食肆｜市肆 ②漢語數目字"四"的大寫。

似 sì

似 隸(馬王堆帛書) 似 楷(智永)

【析形】似字小篆左旁是人，意符，表明

字義與人的活動有關；右旁是以，聲符，表示讀音。形聲字。隸書聲符形體已訛變。隸變後，人字在字左側為偏旁時寫作"亻"。

【釋義】◎本義指相像，類似：好似│近似│酷似│貌似│恰似│神似│相似│形似　◇引申指不確定：似乎│疑似

松 sōng

枌金松篆松公隸(張表碑)

松楷(顏真卿)

【析形】松字金文左旁是木，意符，表明字義與樹木有關；右旁是公，聲符，表示讀音。形聲字。小篆、隸、楷書沿襲金文。

【釋義】樹名。一種落葉喬木。又為松科植物的泛稱。種類很多，葉子針形，木材用途很廣：松果│松樹│松香

鬆 (松) sōng

鬆楷(顏真卿)

【析形】鬆字《說文》所無。楷書上部是髟，古文像長髮下垂之貌，意符，取意毛髮散亂；下部是松，聲符，表示讀音。形聲字。

【簡化】簡化字是用同音合併的方法，以音同、筆畫較簡的"松"代替筆畫繁複的"鬆"，合併了鬆、松二字的意義。

【釋義】◎本義指毛髮散亂。◇引申①鬆散，不堅實：鬆脆│鬆動│鬆軟│鬆懈│鬆垮垮　②弄散，放開：鬆綁│鬆手③不緊張：鬆弛│鬆氣│寬鬆　④經濟寬裕：寬鬆│手鬆　⑤(用瘦肉、魚等做成的)碎末形食品：肉鬆

聳 (聳) sǒng

聳篆聳楷(顏真卿)

【析形】聳字小篆右下是耳，意符，表明字的初義與耳朵有關；左旁與右上合為"從"(省減)，聲符，表示讀音。形聲字。楷書寫作上下結構。

【簡化】簡化字"聳"聲符的簡化見"從"字。

【釋義】◎本義指耳聾，生而聾者稱"聳"。△音借表示①高高地直立：聳立│高聳　引申指向上抬：聳動│聳肩　②驚動：聳人聽聞│危言聳聽

頌 (頌) sòng

頌金頌篆公頁隸(孔彪碑)頌楷(敬使君碑)

頌草(蘇軾)

【析形】頌字金文右旁是頁，意符，表明字的初義與頭部面容有關(見"頁"字)；左旁是公，聲符，表示讀音。形聲字。小篆、隸、楷書沿襲金文。

【簡化】簡化字"頌"的意符"頁"根據草書楷化而成。

【釋義】◎本義指儀容，容貌。△音借表示頌揚，讚美：頌詞│頌歌│頌詩│歌頌│頌揚│傳頌│歌頌│讚頌　◇引申指以頌揚為目的的詩文、歌辭：長城頌│黃河頌│祖國頌

宋 sòng

宋甲宋金𡩋篆宋隸(馬王堆帛書)

宋楷(顏真卿)

【析形】宋字甲骨文上部像屋宇形，隸作"宀"；下部是木，表明材質，均為意符，表示居室。會意字。金文、小篆、隸、楷書各體均沿襲甲骨文。

【釋義】◎本義指居室，居住。周代古國名。朝代名：北宋│仿宋│宋體字　姓氏用字。

送 sòng

送金𧗞篆送隸(王基碑)送楷(顏真卿)

【析形】送字金文左旁像道路形，隸作"彳"，右下是止(甲骨文像足印形。"趾"字初文)，均為意符，表明字義與行走有關；右上是"伕"字的省減，聲符，表示讀音。形聲字。小篆把"彳"、"止"兩個偏旁合篆作"辵"。隸變後，辵字為偏旁時寫作"辶"；聲符省作"关"，失去表音作用。楷書沿襲隸書。

【釋義】◎本義指遣去。◇引申①送行，隨着一起走：送別│送親│送喪 sāng│解 jiè 送│押送　②傳遞，運送：送信│遞送

|發送|輸送 ③贈給：送禮|饋送|贈送 ④斷送：送命|送死|葬送 ⑤保薦：保送|選送

誦 (诵) sòng

誦篆 诵草(史遊) 诵楷(顏真卿)

【析形】誦字小篆左旁是言，意符，表明字義與言語有關；右旁是甬，聲符，表示讀音。形聲字。隸、楷書沿襲小篆。
【簡化】楷書簡體"诵"的意符"讠"根據草書楷化而成。
【釋義】◎本義指朗讀：誦讀|誦經|朗誦 ◇引申①背讀：背誦|記誦|過目成誦 ②述說：傳誦

訟 (讼) sòng

訟金 訟篆 訟隸(隸辨) 訟楷(顏真卿)
訟草(懷素)

【析形】訟字金文左旁是言，意符，表明字義與言語有關；右旁是公，聲符，表示讀音(訟、公二字古音同韻部)。形聲字。小篆、隸、楷書沿襲金文。
【簡化】簡化字"讼"的意符"讠"根據草書楷化而成。
【釋義】◎本義指爭辯，爭論：爭訟|聚訟 ◇引申指打官司，也指訴訟案件：涉訟|訴訟|聽訟

搜 sōu

搜甲 搜篆 搜楷(顏真卿)

【析形】搜字甲骨文外廓像屋宇形，內中像有隻手舉着火把，取意搜尋。會意字。隸變作"叟"。小篆左旁增"手"為意符，表明字義與手的動作有關。隸變後，手字在字左側為偏旁時寫作"扌"。
【釋義】◎本義指尋求，尋找：搜集|搜括|搜羅|搜求|搜索|搜尋 ◇引申指搜查：搜捕|搜刮|搜身

艘 sōu

艘楷(顏真卿)

【析形】艘字《說文》所無。楷書左旁是舟，意符，表明字義與船舶有關；右旁是叟，聲符，表示讀音。形聲字。
【釋義】◎本義泛指船。◇引申作計算船隻的量詞：一艘船|三艘軍艦

嗽 sòu

嗽楷(顏真卿)

【析形】嗽字《說文》所無。楷書左旁是口，意符，表明字義與口有關；右旁是軟，意符兼聲符，義同"嗽"，也表示讀音。會意兼聲字。
【釋義】咳嗽。

酥 sū

酥楷(顏真卿)

【析形】酥字《說文》所無。楷書左旁是酉，古文像酒罈之形，意符，表明字義與酒有關；右旁是禾，亦為意符，表明字義與糧食有關。會意字。
【釋義】◎①酥油，牛羊乳製成的食物，用牛羊乳表面凝結的薄皮製成：酥酪 ②鬆而易碎的食品：酥脆|酥糖|桃酥 ③酒。古天竺國稱酥為酒。◇引申指軟弱無力：酥麻|酥軟

蘇 (苏)〔甦〕sū

蘇金 蘇金 蘇篆 蘇隸(樓蘭簡)
苏楷(顏真卿)

【析形】蘇字金文形一右上是木，意符，表明字義與樹木有關；左旁是魚，聲符，表示讀音(蘇、魚二字古音同韻部)。形聲字。金文形二上部增意符"艸"，表明字義與植物有關。小篆改意符"木"為"禾"。隸書沿襲小篆。
【簡化】楷書簡體是用保留特徵、局部刪除的方法，保留原字輪廓特徵"苏"，刪除了筆畫繁複的部件。
【釋義】◎本義為植物名：蘇木|蘇子|白蘇|紫蘇 △音借表示蘇醒：復蘇 此義也寫作"甦"。地名用字，今指江蘇，也指蘇州。

S

俗 sú

俗(金) 佝(篆) 俗(隸)(銀雀山簡)
俗(楷)(敬使君碑)

【析形】俗字金文左旁是人，意符，表明字義與人的活動有關；右旁是谷，聲符，表示讀音。形聲字。小篆沿襲金文。隸變後，人在字左側為偏旁時寫作"亻"。

【釋義】◎本義指習俗，風氣：俗尚|俗套|禮俗|陋俗|民俗|世俗|脫俗|習俗 ◇引申①大眾的，民間的：俗話|俗名|俗曲|俗語|通俗|雅俗共賞|約定俗成 ②凡庸，庸俗：俗態|鄙俗|粗俗|俚俗|俗不可耐 ③舊指沒出家之人，以區別於出家之佛教徒：俗家|塵俗|還俗|僧俗

訴 (诉)〔愬〕sù

訴(篆) 诉(草)(王羲之) 訴(楷)(顏真卿)

【析形】訴字小篆左旁是言，意符，表明字義與言語有關；右旁是席，聲符，表示讀音。形聲字。隸變後，聲符訛作"斥"。異體字以"心"為意符，取意言為心聲；以"朔"為聲符，表示讀音。

【簡化】楷書簡體"诉"的意符"讠"根據草書楷化而成。

【釋義】◎本義指告訴，訴說：訴苦|傾訴 ◇引申指控告：訴訟|訴狀|控訴|起訴|上訴|申訴|勝訴|原訴

肅 (肃) sù

肅(金) 肅(篆) 肅(隸)(史晨碑) 甫(草)(孫過庭)
肅(楷)(顏真卿)

【析形】肅字金文上部是"聿"（"筆"字初文）字的省減，下部是"淵"字的省減，均為意符，臨淵執筆，提心吊膽，戰戰兢兢，表示鄭重其事，取意恭敬。會意字。小篆、隸書沿襲金文。

【簡化】楷書簡體"肃"根據草書楷化而成。

【釋義】◎本義指恭敬：肅立|肅然起敬 ◇引申指嚴正，莊重：肅靜|肅穆|嚴肅 △音借指徹底清除：肅反|肅清

素 sù

素(金) 素(篆) 素(隸)(史晨碑) 素(楷)(張猛龍碑)

【析形】素字金文下部中間是糸，意符，表明字義與絲帛有關；兩旁像兩隻手，像以手理絲；上部是垂，像草木花葉下垂貌，古人釋："毛潤則易下垂"，取意絲綢光潤柔軟垂墜。會意字。小篆省減兩"手"。隸變上部作"丰"。楷書沿襲隸書。

【釋義】◎本義指本色（沒有染色）絲綢。◇引申①本色，白色：素緞|素服|素絲|紅裝素裹 ②顏色單純，不鮮艷：素潔|素淨|素描|素雅|樸素 ③本來的，原有的：素材|素性|素質 ④一向，向來：素常|素來|素日|素養|素願|素不相識|素昧平生 ⑤用蔬菜、瓜果做的菜（不攙有肉類的）：素菜|素食|素席|吃素 ⑥帶有根本性質的物質：詞素|毒素|激素|酵素|色素|因素|元素

速 sù

速(甲) 速(金) 速(篆) 速(隸)(王基碑)
速(楷)(顏真卿)

【析形】速字甲骨文左旁像道路形，隸作"彳"，表明字義與行走有關；右旁是束，聲符，表示讀音。形聲字。金文下部增"止"（甲骨文像足印形，"趾"字初文）為意符，右上的"東"當是"束"字的訛誤（古文東、束形近）。小篆把"彳"、"止"兩個部件合篆作"辵"。隸變後，辵字為偏旁時寫作"辶"。楷書沿襲隸書。

【釋義】◎本義指迅速，快：速成|速凍|速效|速寫|從速|飛速 ◇引申表示速度：超速|聲速|時速|轉速 △音借表示邀請：不速之客

宿 sù

宿(甲) 宿(金) 宿(篆) 宿(隸)(華山神廟碑)
宿(楷)(顏真卿)

【析形】宿字甲骨文外廓像屋宇形，隸作"宀"；內中左旁像一張草蓆，右旁像側立人形，均為意符，以人就蓆取居宿之意。會意字。金文沿襲甲骨文。小篆"人"旁在

左，草蓆形已訛變，隸、楷書沿襲小篆。

【釋義】◎本義指過夜，夜晚睡覺：宿舍|宿營|寄宿|留宿|露宿|投宿|住宿　△音借表示年老的，有經驗的：宿將|耆宿　◇引申指舊有的，一向有的：宿弊|宿疾|宿怨|宿願

塑 sù

塑 楷(顏真卿)

【析形】塑字《說文》所無。楷書下部是土，意符，表明字義與泥土有關；上部是朔，聲符，表示讀音。形聲字。

【釋義】◎本義指用泥土等做成人或物的形象：塑像|塑性|塑造|雕塑|泥塑　◇引申①用文字或其他藝術手段表現人物形象：塑造　②一種廣泛應用於工業、日用品製造的化學材料：塑膠

縮 sù

【析形】見“縮 suō”。

【釋義】◎本義指用繩子捆起來。音 suō。△音借組合〔縮 sù 砂密〕多年生草本植物。地下根狀莖粗壯，葉互生，花白色，芳香，種子多角形，種仁俗稱砂仁，有特殊香氣，可供藥用。

粟 sù

甲 鼎篆 粟 楷(顏真卿)

【析形】粟字甲骨文中間是禾，四周像子實形。小篆上部是卤，義為果實下垂；下部是米，均為意符，表示稻穀。會意字。古文“卤”與“西”字形近，隸變後，兩個字作偏旁時同化寫作“覀”。

【釋義】◎古代為黍、稷、粱、秫的總稱，即穀子，一年生草本植物：粟米|粟子　◇引申作糧食的通稱：滄海一粟

溯 sù

溯 楷(顏真卿)

【析形】溯字《說文》所無。楷書左旁是“氵”(水)，意符，表明字義與水有關；右旁是朔，聲符，表示讀音。形聲字。

【釋義】◎本義指逆流而上：溯源|上溯

◇引申指往上推求或回想過去：溯源|回溯|追溯|窮源溯流|推本溯源

酸 〔痠〕suān

醉篆 酸 楷(顏真卿)

【析形】酸字小篆左旁是酉(甲骨文像一隻酒罐子)，意符，表明字的初義與酒有關；右旁是夋，聲符，表示讀音。形聲字。楷書沿襲小篆。

【釋義】◎本義指酨醬，古代酒的一種，略帶酸味。◇引申①泛指酸味，即像醋的氣味或味道：酸辣|酸梅　②能在水溶液中產生氫離子的化合物的統稱：酸性|草酸|硫酸|鹽酸　③酸味有刺激性，引申指悲痛：酸楚|悲酸|心酸|辛酸　④因聲通“痠”，表示微痛無力：酸軟|酸痛|腰酸　△音借指舊時文人迂腐、貧寒：寒酸|窮酸|尖酸刻薄

蒜 suàn

祘篆 蒜 楷(顏真卿)

【析形】蒜字小篆上部是“艸”，意符，表明字義與植物有關；下部是祘，聲符，表示讀音。形聲字。楷書沿襲小篆。

【釋義】菜名。百合科，多年生宿根草本。地下鱗莖有白皮包裹，內有小鱗莖，叫蒜瓣：蒜苗|蒜頭|大蒜|青蒜

算 suàn

篔篆 算 楷(顏真卿)

【析形】算字小篆上部是竹，表示算器的製作材料；下部是具，均為意符，表示算器。會意字。隸變把下部的兩隻手寫作“廾”。

【釋義】◎本義指數，計數：算式|算術|算賬|計算|結算|決算　◇引申①推測：算定|算命|料算|推算|預算　②謀劃，計劃：算計|暗算|成算|划算|妙算|盤算|失算

雖 (虽) suī

挭金 雖篆 雖隸(張表碑) 雖楷(歐陽詢)

【析形】雖字金文左下是虫，意符，表明字義與昆蟲類有關；左上部的"口"與右旁的"隹"合成"唯"字，聲符，表示讀音。形聲字。小篆、隸、楷書均沿襲金文。

【簡化】簡化字是用保留特徵、局部代全體的方法，保留"虽"代替全體，刪除了"隹"。

【釋義】◎本義指似蜥蜴而比之大的一種蟲。△音借作連詞：雖然｜雖說｜雖則

隨 (随) suí

隨 隸(景君碑)　隨 楷(王羲之)

【析形】隨字小篆左旁是辵，意符，表明字義與行為動作有關；右旁是隋，聲符，表示讀音。形聲字。隸書把意符辵置於聲符中間。隸變後，辵字為偏旁時寫作"辶"。楷書沿襲隸書。

【簡化】楷書簡體"随"是用保留特徵、局部刪除的方法，保留字的輪廓特徵，刪除了右上部一些筆畫。

【釋義】◎本義指跟從：隨從｜隨後｜隨即｜隨身｜隨同｜隨員｜伴隨｜追隨 ◇引申①順從：隨和｜隨群｜隨波逐流｜隨遇而安 ②任憑：隨便｜隨口｜隨時｜隨心｜隨意 ③順便：隨筆｜隨手

遂 suí

【析形】見"遂 suì"。

【釋義】◎本義指逃亡，音 suì。◇引申指行動，音 suí：半身不遂

髓 suí

髓 楷(顏真卿)

【析形】髓字《說文》所無。楷書左旁是骨，意符，表明字義與骨骼有關；右旁是"隨"字的省減，聲符，表示讀音。形聲字。

【釋義】◎骨髓，骨中的凝脂，充滿骨內腔隙中的膠狀物質。◇引申①泛指像骨髓的東西：齒髓｜脊髓｜腦髓 ②比喻精華：精髓

歲 (岁) 〔歲、歳〕 suì

歲 甲 歲 金 歲 篆 歲 隸(華山神廟碑)
歳 隸(曹全碑)　歲 楷(顏真卿)

【析形】歲字甲骨文左旁像古代斧鉞之形，隸作"戌"；右旁上下是二"止"（"趾"字初文），代表人足，均為意符，表示以刑具斷足，為古代刑罰之一。會意字。金文二"止"在左旁。小篆沿襲金文。隸書二"止"形略變。楷書根據隸書把上部的"止"訛作"山"。

【簡化】簡化字"岁"是用符號代替的方法，根據隸書字形體，保留了上部的"山"，下部以筆畫省減的"夕"作為象徵形符號，替換了原字下部筆畫繁複的部件。

【釋義】◎本義指古代一種斷足刑罰，也是祭祀時一種用牲法。甲骨文多見"歲（殺）一牛"的記載。△音借表示星名，即木星。◇歲星一年運行一次，引申①年，周代以前稱"年"為"歲"：歲末｜歲暮｜歲首｜歲月｜辭歲｜去歲｜壓歲｜終歲 ②一年的農業收成：豐歲｜歉歲 ③計算年齡的單位：歲數｜年歲｜虛歲｜周歲

碎 suì

碎 篆 碎 楷(顏真卿)

【析形】碎字小篆左旁是石，意符，石可碎物，取意破碎；右旁是卒，聲符，表示讀音。形聲字。楷書沿襲小篆。

【釋義】◎本義指破碎，破裂成細塊：碎塊｜碎末｜碎片｜粉碎｜破碎｜撕碎｜砸碎｜粉身碎骨 ◇引申指不完整，零星：碎屑｜零碎｜瑣碎｜細碎｜七零八碎｜支離破碎

穗 suì

穗 甲 穗 篆 穗 篆 穗 楷(顏真卿)

【析形】穗字甲骨文中間是禾，兩旁像有兩隻手，下部是土，均為意符，以收穫禾穀表示稻穀成熟。會意字。小篆形一保留了"禾"和一隻手；形二左旁以"禾"為意符，右旁是惠，聲符，表示讀音，成為形聲字。楷書沿襲小篆形二。

【釋義】◎本義指稻、麥等穀類植物聚生在莖頂的花或果實：抽穗｜稻穗｜穀穗｜果穗｜接穗｜吐穗｜秀穗｜孕穗 引申①指像穗狀的，如用絲絨、布條或紙條等結紮成的裝飾品：穗子 ②作廣州市的別稱：穗城｜穗港澳

崇 suì

崇篆 崇楷（顏真卿）

【析形】崇字小篆上部是出，意符，取意出現；下部是示，亦為意符，表明字義與祭拜鬼神等有關（見"示"字）。會意字。楷書沿襲小篆。

【釋義】◎本義指鬼神為禍。◇引申指暗中搗鬼或搞不正當的行為：鬼崇｜作崇

遂 suì

遂金 遂篆 遂隸（郭有道碑）遂楷（歐陽詢）

【析形】遂字金文借音近的"述"字表示。小篆左旁是辵，意符，表明字義與行走有關；右旁是㒸，聲符，表示讀音。形聲字。隸變後，辵字為偏旁時寫作"辶"。楷書沿襲隸書。

【釋義】◎本義指逃亡。◇引申①往，前行。②成功：不遂｜未遂 ③順意，如意：遂心｜遂意｜遂願

隧 suì

隧楷（顏真卿）

【析形】隧字《說文》所無。楷書左旁是"阝"（阜），本義指土山，意符，表明字義與土地等有關；右旁是遂，聲符，表示讀音。形聲字。

【釋義】◎本義指墓道。◇引申泛指地道，鑿山穿過或在地下挖掘的通路：隧道｜隧洞

孫（孙）sūn

孫甲 孫金 孫篆 孫隸（馬王堆帛書）孫楷（王獻之）

【析形】孫字甲骨文左旁是子，右旁是糸，均為意符，絲絲連綿不斷，取意子孫相繼。會意字。金文、小篆、隸、楷書各體均沿襲甲骨文。

【簡化】簡化字是用另造新字的方法，以"小"、"子"為意符，新造了會意字"孙"。

【釋義】◎本義指兒子的子女：孫子｜兒孫｜祖孫 ◇引申①孫子以後的各代：重chóng孫｜曾孫 ②與孫子同輩的親屬：外孫｜姪孫 ③植物再生或孳生的：孫竹｜稻孫

損（损）sǔn

損篆 損隸（華山神廟碑）損楷（顏真卿）

【析形】損字小篆左旁是手，意符，表明字義與手的動作有關；右旁是員，聲符，表示讀音（損、員二字古音同韻部）。形聲字。隸變後，手字在字左側為偏旁時寫作"扌"。

【簡化】楷書簡體"损"聲符的簡化見"員"字。

【釋義】◎本義指減少，失去：損耗｜損失｜損益｜減損｜虧損｜缺損｜增損 ◇引申①傷害，破壞：損害｜損壞｜損傷｜貶損｜磨損｜破損｜損人利己 ②用尖刻的話挖苦人，刻薄，惡毒：損人｜這話夠損的｜這人辦事真損

筍〔笋〕sǔn

筍篆 筍楷（褚遂良）

【析形】筍字小篆上部是竹，意符，表明字義與竹子有關；下部是旬，聲符，表示讀音。形聲字。楷書沿襲隸書。異體字以"尹"為聲符。內地採用"笋"字。

【釋義】◎竹子一類植物的嫩芽，可作蔬菜食用：春筍｜冬筍｜毛筍｜竹筍 ◇引申指嫩的：筍雞｜筍鴨

縮（缩）suō

縮篆 縮楷（顏真卿）缩草（李邕）

【析形】縮字小篆左旁是糸，意符，表明字義與繩索等有關；右旁是宿，聲符，表示讀音。形聲字。楷書沿襲小篆。

【簡化】簡化字"缩"的意符"纟"根據草書楷化而成。

【釋義】◎本義指用繩子捆起來。◇引申①收縮，範圍縮小：縮編｜縮短｜縮簡｜縮

寫｜縮印｜濃縮 ②收斂：抽縮｜龜縮｜收縮｜萎縮 ③後退：縮腳｜縮手｜退縮｜畏縮不前

唆 suō

唆楷(顏真卿)

【析形】唆字《説文》所無。楷書左旁是口，意符，表明字義與口的行為有關；右旁是夋，聲符，表示讀音(唆、夋二字古音韻部相近)。形聲字。

【釋義】慫恿挑動別人去做壞事：唆使｜教唆｜挑唆

梭 suō

梭篆 梭楷(顏真卿)

【析形】梭字小篆左旁是木，意符，表明字義與木有關；右旁是夋，聲符，表示讀音。形聲字。楷書沿襲小篆。

【釋義】①梭木。②梭子，織機上牽引緯線與經線的織具：穿梭｜日月如梭

嗦 suō

嗦楷(顏真卿)

【析形】嗦字《説文》所無。楷書左旁是口，意符，表明字義與口的行為有關；右旁是索，聲符，表示讀音。形聲字。

【釋義】①説話絮叨：囉嗦 ②因受到刺激而身體顫動：哆嗦

所 suǒ

所金 所篆 所隸(孔彪碑) 所楷(顏真卿)

【析形】所字金文右旁是斤(甲骨文像古代形似斧的砍伐工具)，隸作"斤"，意符，表明字義與砍伐有關；左旁是戶，聲符，表示讀音(所、戶二字古音同韻部)。形聲字。小篆、隸、楷書沿襲金文。

【釋義】◎本義指伐木聲。△音借指處所，地方：場所｜哨所｜寓所｜診所｜住所 ◇引申①用作機關或辦事機構的名稱：交易所｜看守所｜派出所｜托兒所｜研究所 ②特殊的代詞，用在動詞前，表示承受動作：所得｜所能｜所屬｜所聞｜所問｜所有｜所知｜所致 ③與"被"、"為"等合用，表示被動：

被人所害｜為人所知 ④與"在"合用，表示強調：在所不辭｜在所不惜｜在所難免

索 suǒ

索甲 索金 索篆 索隸(馬王堆帛書) 索楷(顏真卿)

【析形】索字甲骨文像兩手持繩索之形。金文外廓增"宀"為意符，表示屋下織繩。小篆形體訛變，中間仍為繩索形，兩旁手形、房屋形訛變。隸書根據小篆轉寫而成。楷書沿襲隸書。

【釋義】◎本義指粗大的繩子：繩索｜線索 ◇引申①像繩子一樣大的鏈子：索道｜船索｜絞索｜纜索｜套索｜鐵索｜走索 ②(依循一定線索)尋找，探求：索引｜求索｜思索｜搜索｜探索 ③討取，要：索還｜索取｜勒lè索 △音借表示孤獨，離散：索然｜蕭索｜離群索居

鎖 (锁) suǒ

鎖篆 鎖草(孫過庭) 鎖楷(顏真卿)

【析形】鎖字小篆左旁是金，意符，表明材質；右旁是貟，聲符，表示讀音。形聲字。

【簡化】楷書簡體"锁"根據草書楷化而成。

【釋義】◎本義指鐵製門鍵。◇引申泛指置於可啟閉的器物(門、箱等)上，需以鑰匙或暗碼打開的器具：鎖頭｜暗鎖｜車鎖｜掛鎖｜門鎖｜碰鎖

瑣 (琐) suǒ

瑣篆 瑣隸(馬王堆帛書) 瑣楷(歐陽詢) 琐草(孫過庭)

【析形】瑣字小篆左旁是玉，意符，表明字義與玉器有關；右旁是貟，聲符，表示讀音。形聲字。

【簡化】簡化字"琐"的聲符根據草書楷化而成。

【釋義】◎本義指玉器相擊發出的細碎聲音：瑣瑣 ◇引申①細小，零碎：瑣事｜瑣碎｜瑣聞｜瑣細｜繁瑣｜委瑣 ②卑微：委瑣｜猥瑣

T

他 tā

他 隸(居延簡)　**他** 楷(顏真卿)

【析形】他字《說文》所無。隸書左旁是
"亻"(人)，意符，表明字義與人有關；右
旁是"也"，聲符，表示讀音(他、也二字
古音同韻部)。形聲字。楷書沿襲隸書。
【釋義】◎本義指他的，另外的：他人|他
日|他方|他鄉|他用|其他　◇引申作第三
人稱代詞。現代漢語又專指男性第三人
稱：他倆|他們

它〔牠〕tā

它 甲　**牝** 金　**它** 篆　**它** 楷(顏真卿)

【析形】它字甲骨文像一條蛇之形，有頭、
身和尾。象形字。金文亦像蛇形。小篆根
據金文轉寫而成。楷書筆畫化，失去蛇
形。異體字以"牜"(牛)為意符，代表動
物，以"也"為聲符，表示讀音。形聲字。
【釋義】◎本義指蛇。△音借作代詞，專
指事物：它的|它們

她 tā

她 楷(顏真卿)

【析形】她字《說文》所無。楷書左旁是
女，意符，表明字義與女性有關；右旁是
也，聲符，表示讀音(見"他"字)。形聲
字。
【釋義】◎表示女性的第三人稱代詞：她
的|她們　◇引申表示對祖國等敬愛、喜愛
之事物的稱呼。

塌 tā

塌 楷(顏真卿)

【析形】塌字《說文》所無。楷書左旁是

土，意符，表明字義與土地或土築有關；
右旁是�，聲符，表示讀音。形聲字。
【釋義】◎本義指倒塌，地下陷：塌方|
塌台|塌陷|崩塌|沖塌|坍塌　◇引申①下
垂：塌秧　②安定，鎮定：塌心|死心塌
地|睡不塌實　③凹下：塌鼻樑

塔 tā

塔 篆　**塔** 楷(龍藏寺碑)

【析形】塔字小篆左旁是土，意符，表明
字義與土築有關；右旁是荅，聲符，表示
讀音。形聲字。楷書沿襲小篆。
【釋義】◎本義指佛教特有的，尖頂多層
的建築物，用於葬佛骨(舍利子)的地
方。　◇引申①泛指尖頂高聳的塔形建築
物：塔樓|塔台|燈塔|水塔|發射塔|紀念
塔　②像塔形的：塔吊|塔輪|象牙塔

踏 tà

踏 楷(顏真卿)

【析形】踏字《說文》所無。楷書左旁是
足，意符，表明字義與腳有關；右旁是
沓，聲符，表示讀音。形聲字。
【釋義】◎本義指足著地。　◇引申指踩，
踐踏：踏板|踏步|踏青

拓 tà

【析形】見"拓tuò"。
【釋義】◎本義指拾取，音tuò。　◇引申指
開關，擴充。又引申指把碑刻、古器物上
面的文字、圖像摹印在紙張上，音tà：拓
本|拓片|拓印

蹋 tà

蹋 篆　**蹋** 楷(顏真卿)

【析形】蹋字小篆左旁是足，意符，表明字義與腿腳有關；右旁是昜，聲符，表示讀音。形聲字。楷書沿襲小篆。

【釋義】◎本義同"踏"，表示踩，踐踏。現多與"糟"合成〔糟蹋〕①浪費或隨意損壞：糟蹋糧食　②侮辱，踩躪：糟蹋婦女

苔 tāi

【析形】見"苔tái"。

【釋義】◎本義指苔蘚植物的一類，音tái。◇引申指舌頭上面滑膩的物質，苔狀，音tāi：舌苔

胎 tāi

胎篆　胎隸(泰山金剛經)　胎楷(顏真卿)

【析形】胎字小篆左旁是肉，意符，表明字義與肉體有關；右旁是台，聲符，表示讀音。形聲字。古文肉、月二字形近，隸變後，兩個字作偏旁時多同化寫作"月"。

【釋義】◎本義指人或哺乳動物母體內的幼體：胎動|胎兒|胎盤　◇引申①器物的粗坯或襯在裏面的東西：棉胎|泥胎　②輪胎：車胎|內胎

台 tái

台金　台篆　台隸(馬王堆帛書)　台楷(褚遂良)

【析形】台字金文下部是口，意符，以開口笑取意喜悅；上部是"目"，聲符，表示讀音(台、目二字古音同韻部)。形聲字。小篆沿襲金文。隸書上部略作省減。楷書沿襲隸書。

【釋義】◎本義指喜悅，音yí。此義後作"怡"。◇引申作敬辭，舊時用來稱呼對方或與對方有關的行為，音tái：台甫|台鑒|台啟|兄台〔三台〕星名。古代比喻三公(古代中央三種最高官銜的合稱。周朝以太師、太傅、太保為三公)。

臺 (台) tái

臺篆　臺楷(歐陽詢)

【析形】臺字小篆中間是"高"字的省減，意符，表明字義與高的建築物有關；下部是至，意符，表示人有所至；上部是之，聲符，表示讀音(臺、之二字古音同韻部)。形聲字。隸書聲符"之"形體已訛變。

【簡化】簡化字是用同音合併的方法，以讀音相同、筆畫較簡的"台"代替筆畫繁複的"臺"，合併了臺、台二字的意義。

【釋義】◎用土築成四方形，高而平，便於眺望的建築物：涼臺|樓臺|平臺|曬臺|陽臺|觀象臺|瞭望臺|氣象臺　◇引申①像臺一樣的東西：臺地|臺階|窗臺|爐臺　②比地面稍高，便於講話、表演、操縱機器等的設施：臺柱|拆臺|出臺|船臺|講臺|看臺|擂lèi臺|炮臺|舞臺|月臺|主席臺　③器物的底座：臺燈|球臺　④量詞：一臺機器　⑤桌子或類似桌子的東西：臺布|工作臺|寫字臺　⑥臺灣省：臺胞|臺獨|臺商

檯 (台) tái

【析形】檯字《説文》所無。左旁是木，意符，表明字義與樹木有關；右旁是臺，聲符，表示讀音。形聲字。

【簡化】簡化字是用同音合併的方法，以讀音相同、筆畫較簡的"台"代替筆畫繁複的"檯"，合併了檯、台二字的意義。

【釋義】①樹名。②桌子或類似桌子的東西：檯曆|檯球|櫃檯|梳妝檯

颱 (台) tái

【析形】颱字《説文》所無。左旁是風，意符，表明字義與風暴有關；右旁是台，聲符，表示讀音。形聲字。

【簡化】簡化字是用同音合併的方法，以讀音相同、筆畫較簡的"台"代替筆畫繁複的"颱"，合併了颱、台二字的意義。

【釋義】颱風。氣象學指發生在太平洋西部海洋和南海海洋上的熱帶氣旋，是一種極猛烈的風暴。

抬 tái

抬楷(顏真卿)

【析形】抬字《説文》所無。左旁是"扌"(手)，意符，表明字義與手的動作有關；右旁是台，聲符，表示讀音。形聲字。

【釋義】◎本義指合力扛舉，也指兩人以

上共同搬物：抬秤｜抬筐｜抬擔架　◇引申
指托、舉起：抬價｜抬舉｜抬頭｜哄抬

苔 tái

苔隸(武威簡)**苔**楷(顏真卿)

【析形】苔字《說文》所無。隸書上部是
"艸"(艸)，意符，表明字義與植物有關；
下部是台，聲符，表示讀音。形聲字。楷
書沿襲隸書。

【釋義】苔蘚植物的一類，也叫水衣、地
衣。根、莖、葉的區別不明顯，多生活在
潮濕的地方：苔蘚｜苔衣｜苔原｜青苔

太 tài

太隸(郭有道碑)**太**楷(高貞碑)

【析形】"太"與"大"二字本同義(見"太"
字)。隸書是在"大"字下增一"、"以區
別於"大"字。楷書沿襲隸書。

【釋義】◎本義指大(《廣雅·釋詁一》：
"太，大也。")：太湖｜太空｜太學　◇引申
①身份最高或輩分更高的：太公｜太后｜太
師｜太婆｜太醫｜太子｜太上皇｜皇太后｜老太
太｜老太爺　②過於：太長｜太多｜太冷　③副
詞，表示"很"，"極"：太好｜太精彩了！

態 (态) tài

態篆**态**楷(顏真卿)

【析形】態字小篆下部是心，意符，表明
字義與心態有關；上部是能，聲符，表示
讀音(態、能二字古音韻部相近)。形聲
字。隸書沿襲小篆。

【簡化】簡化字"态"是用更換聲符的方
法，以筆畫較簡、表音更準確的"太"字
為聲符，替換了筆畫繁複的聲符"能"。

【釋義】◎本義指人的儀態、狀態、姿
態：態度｜媚態｜情態｜神態｜失態｜體態｜儀
態｜姿態　◇引申指事物的情況、樣子：態
勢｜變態｜動態｜固態｜靜態｜氣態｜世態｜事
態｜液態

泰 tài

泰篆**泰**隸(王基碑)**泰**楷(歐陽詢)

【析形】泰字小篆中間像兩隻手，下部是
水，均為意符，水在兩手中溜下，取意
滑；上部是大，聲符，表示讀音。形聲
字。隸變後，上部的"大"與中間的兩隻
手隸作"氺"，失去表音、表意作用。楷
書沿襲隸書。

【釋義】◎本義指滑。◇引申①通達。②
平安，安定：泰然｜國泰民安｜處 chǔ 之泰
然　△音借作卦名。

汰 tài

汰篆**汰**楷(顏真卿)

【析形】汰字小篆左旁是水，意符，表明
字義與水有關；右旁是大，聲符，表示
讀音(汰、大二字古音同韻部)。形聲字。
楷書聲符改"大"為"太"，表音更準確。

【釋義】◎本義指淘，沖洗。◇引申泛指
除去差的、不適合的部分：裁汰｜刪汰｜淘
汰｜優勝劣汰

貪 (贪) tān

貪篆**貪**隸(馬王堆帛書)**貪**楷(顏真卿)

【析形】貪字小篆下部是貝，意符，表明
字義與財物有關；上部是今，聲符，表示
讀音(貪、今二字古音同韻部)。形聲字。
隸書沿襲小篆。

【簡化】楷書簡體"贪"意符的簡化見"貝"
字。

【釋義】◎本義指愛財貪物。◇引申①貪
污：貪贓｜貪賄｜貪官污吏　②極力希望得
到，片面追求，過分喜愛：貪杯｜貪婪｜貪
戀｜貪色｜貪圖｜貪心｜貪得無厭｜貪小失大

攤 (摊) tān

攤篆**攤**楷(顏真卿)

【析形】攤字小篆左旁是手，意符，表明
字義與手的動作有關；右旁是難，聲符，
表示讀音。形聲字。隸變後，手字在字左
側為偏旁時寫作"扌"。

【簡化】簡化字"摊"聲符的簡化見"難"
字。

【釋義】◎本義指鋪開，展開：攤開｜攤牌｜
攤手　◇引申①分擔，分派：攤派｜分攤｜

均攤　②設在路旁、廣場上的售貨處：攤販 | 報攤 | 地攤 | 書攤　③烹飪方法之一，把糊狀食物倒在鍋中成為薄片：攤雞蛋 | 攤煎餅

灘（滩）tān

灘篆　滩楷（顏真卿）

【析形】灘字小篆左旁是水，意符，表明字義與水有關；右旁是難，聲符，表示讀音。形聲字。隸變後，水字在字左側為偏旁時寫作"氵"。

【簡化】楷書簡體"滩"聲符的簡化見"難"字。

【釋義】①江、河、湖、海邊泥沙淤積的平地，也指河中的沙洲：灘地 | 灘塗 | 海灘 | 淺灘 | 沙灘　②水中多石而流急的地方：暗灘 | 險灘

癱（瘫）tān

癱楷（顏真卿）

【析形】癱字《說文》所無。外廓是"疒"，意符，表明字義與疾病有關（見"病"字）；內中是難，聲符，表示讀音。形聲字。

【簡化】楷書簡體"瘫"聲符的簡化見"難"字。

【釋義】病名。癱瘓，神經機能性障礙，機體的一部分喪失感覺或運動功能：癱軟 | 風癱 | 截癱 | 偏癱

壇（坛）tán

壇篆　壇隸（桐柏廟碑）　壇楷（褚遂良）

【析形】壇字小篆左旁是土，意符，表明字的初義與土築有關；右旁是亶，聲符，表示讀音。形聲字。隸、楷書沿襲小篆。

【簡化】簡化字"坛"是用符號代替的方法，以筆畫較簡的"云"作為象徵性的符號，替換了筆畫繁複的"亶"。

【釋義】◎本義指古代土築作祭祀、誓師等大典用的高台：地壇 | 祭壇 | 日壇 | 天壇 | 月壇　◇引申①泛指用土堆成的台子，多在上面種花：花壇　②發表言論的場所：講壇 | 教壇 | 論壇　③文藝界、體育界等：乒壇 | 球壇 | 藝壇 | 文壇 | 詩壇 | 影壇

罎（坛）〔罈、墰〕tán

罎楷（顏真卿）

【析形】罎字《說文》所無。楷書左旁是缶，意符，表明字義與瓦器有關；右旁是曇，聲符，表示讀音。形聲字。異體字或以"土"為意符；或以"覃"為聲符。

【簡化】簡化字是用同音合併的方法，以音同、筆畫較簡的"坛"字簡化字"坛"代替筆畫繁複的"罎"，合併了罎、壇二字的意義。

【釋義】口小肚大的陶器：罎子 | 菜罎 | 醋罎 | 酒罎

談（谈）tán

談篆　談隸（史晨碑）　談楷（虞世南）

【析形】談字小篆左旁是言，意符，表明字義與言語有關；右旁是炎，聲符，表示讀音（談、炎二字古音同韻部）。形聲字。隸、楷書沿襲小篆。

【簡化】簡化字"谈"的意符"讠"根據草書楷化而成。

【釋義】◎本義指對話，討論：談論 | 談判 | 談吐 | 交談　◇引申指所說的話：美談 | 奇談 | 雜談

彈（弹）tán

彈甲　彈篆　彈隸（曹全碑）　彈楷（顏真卿）

【析形】彈字甲骨文像一把弓，弓弦上有一顆彈丸，表示發射彈丸。會意字。小篆左旁是弓，意符，表明字義與弓有關；右旁是單，聲符，表示讀音。形聲字。隸、楷書沿襲小篆。

【簡化】簡化字"弹"聲符的簡化見"單"字。

【釋本】◎本義指用弓發射彈丸。◇引申①泛指由於一物的彈性作用使另一物射出去：彈簧 | 彈力 | 彈射 | 彈跳 | 彈棉花　②用手指、器具撥弄或敲擊：彈琴 | 彈奏 | 評彈　③一手指被另一手指壓住，然後用力爭開的動作：彈指 | 彈冠相慶　④抨擊：彈劾 | 譏彈 | 抨彈

痰 tán

痰 楷（顏真卿）

【析形】痰字《説文》所無。楷書外廓是
"疒"，意符，表明字義與疾病有關（見
"病"字）；內中是炎，聲符，表示讀音
（痰、炎二字古音同韻部）。形聲字。

【釋義】氣管或支氣管急性或慢性發炎時
的分泌物：痰喘｜化痰｜吐 tǔ 痰

曇（昙）tán

曇 篆　曇 隸（隸辨）　曇 楷（顏真卿）

昙 楷（顏真卿）

【析形】曇字小篆上部是日，下部是雲，
均為意符，表示雲霧遮日。會意字。隸、
楷書沿襲小篆。

【簡化】楷書簡體"昙"下部的簡化見"雲"
字。

【釋義】◎本義指密佈的雲氣，多雲：曇
天｜彩曇

〔曇花〕常綠灌木，花大，白色，開花時
間極短，多在夜間。供觀賞：曇花一現

譚（谭）tán

譚 楷（顏真卿）

【析形】譚字《説文》所無。左旁是言，意
符，表明字的初義與言談有關；右旁是
覃，聲符，表示讀音。形聲字。

【簡化】楷書簡體"谭"的意符"讠"根據草
書楷化而成。

【釋義】通"談"，表示説，談論。又作姓
氏用字。

潭 tán

潭 金　潭 篆　潭 楷（顏真卿）

【析形】潭字金文左旁是水，意符，表明
字義與水有關；右旁是覃，聲符，表示讀
音。形聲字。小篆沿襲金文。隸變後，水
字在字左側為偏旁時寫作"氵"。

【釋義】◎本義①水名。在廣西壯族自治區
境內，即今柳江。②深淵：沉潭｜古潭｜泥
潭｜深潭｜龍潭虎穴　◇引申表示深：潭淵

檀 tán

檀 篆　檀 隸　檀 楷（顏真卿）

【析形】檀字小篆左旁是木，意符，表明
字義與樹木有關；右旁是亶，聲符，表示
讀音。形聲字。隸、楷書沿襲小篆。

【釋義】樹名。有黃檀、紫檀、青檀等多
種。木質堅硬，用來製造傢具、農具、器
物等：檀板｜檀木｜檀香｜白檀

坦 tǎn

坦 篆　坦 楷（顏真卿）

【析形】坦字小篆左旁是土，意符，表明
字義與土地有關；右旁是旦，聲符，表示
讀音。形聲字。楷書沿襲小篆。

【釋義】◎本義指地面寬而平直：坦蕩｜
坦途｜平坦　◇引申①直率：坦白｜坦誠｜
坦率　②心地開朗、平靜：坦然｜坦蕩｜舒
坦　△音借作音譯詞的構詞語素〔坦克〕

袒 tǎn

袒 篆　袒 隸（隸辨）　袒 楷（顏真卿）

【析形】袒字小篆左旁是衣，意符，表明
字義與衣服有關；右旁是旦，聲符，表示
讀音。形聲字。隸變後，衣字在字左側為
偏旁時寫作"衤"。

【釋義】◎本義指解開衣服露出身體的一
部分：袒露｜左袒｜袒胸露臂　◇引申指
偏，偏護：袒護｜偏袒

毯 tǎn

毯 楷（顏真卿）

【析形】毯字《説文》所無。楷書左旁是
毛，意符，表明字義與毛織品有關；右旁
是炎，聲符，表示讀音（毯、炎二字古音
同韻部）。形聲字。

【釋義】鋪墊、覆蓋或裝飾用的棉毛織物：
毯子｜地毯｜掛毯｜毛毯｜壁毯｜氈毯｜棕毯

歎（叹）〔嘆〕tàn

歎 篆　歎 隸（王基碑）　嘆 隸（西狹頌）

歎 楷（歐陽詢）　嘆 篆　嘆 楷（顏真卿）

T

【析形】歎、嘆是異體字（古文"口"和"欠"為偏旁時可通用）。

歎字小篆右旁是欠（甲骨文像人張口哈氣之形），意符，取意吟詠；左旁是鸛字的省減，聲符，表示讀音。形聲字。隸、楷書沿襲小篆。

嘆字小篆左旁是口，意符，取意歎息；右旁是"歎"字的省減，聲符，表示讀音。形聲字。隸書沿襲小篆。

【簡化】簡化字以"口"為意符，右旁是用符號代替的方法，以筆畫較簡的"又"作為象徵性符號，替換筆畫繁複的部件，合併了歎、嘆二字的意義。

【釋義】◎歎字本義指吟詠：詠歎｜詠歎調｜一唱三歎　◇引申①讚美：因高興而發出讚美的聲音：歎服｜歎絕｜歎賞｜驚歎｜讚歎｜歎為觀止　②感歎，心裏不痛快而呼氣（此義又作"嘆"）：歎氣｜歎息｜哀歎｜悲歎｜嗟歎｜慨歎

炭 tàn

炭篆　炭隸（高高靈廟碑）　炭楷（顏真卿）

【析形】炭字小篆下部是火，意符，表明字義與火有關；上部是屵，聲符，表示讀音。形聲字。隸、楷書沿襲小篆。

【釋義】◎本義指木炭。把木材和空氣隔絕，加高熱燒成的一種黑色燃料：炭畫｜炭火｜炭盆｜塗炭　◇引申①像炭的東西：炭筆｜炭精｜骨炭　②煤炭：炭化｜草炭｜焦炭｜泥炭｜石炭

探 tàn

探篆　探隸（隸辨）　探楷（虞世南）

【析形】探字小篆左旁是手，意符，表明字義與手的動作有關；右旁是"罙"，聲符，表示讀音。隸變後，手字在字左側為偏旁時寫作"扌"。

【釋義】◎本義指手往深處摸取：探囊取物　◇引申①向前伸出（頭或上體）：探頭探腦｜探出窗外　②尋求，試圖發現：探測｜探究｜探路｜探求｜探索｜探討｜探險｜勘探｜試探｜鑽探｜探口氣｜探聽虛實　③偵察，也指搞偵察的人：探子｜暗探｜刺探｜敵探｜密探｜偵探　④訪問，看望：探病｜探訪｜探監｜探親｜探視｜探望｜探問｜探詢

碳 tàn

碳楷（顏真卿）

【析形】碳字《說文》所無。楷書左旁是石，意符，表明字義與石有關；右旁是炭，聲符，表示讀音。形聲字。

【釋義】◎非金屬元素，符號C。有三種同素異形體，即金剛石、石墨和非結晶體。碳是構成有機物的主要成分，在工業上和醫藥上用途很廣：碳黑｜碳氣｜碳酸｜低碳鋼｜一氧化碳

湯（汤）tāng

湯金　湯篆　湯隸（孔宙碑）　汤草（智永）　汤楷（顏真卿）

【析形】湯字金文左旁是水，意符，表明字義與水有關；右旁是易，聲符，表示讀音。形聲字。小篆沿襲金文。隸變後，水字在字左側為偏旁時寫作"氵"。

【簡化】楷書簡體"汤"的聲符根據草書楷化而成。

【釋義】◎本義指熱水，開水：湯鍋｜湯泉｜赴湯蹈火　◇引申①中藥加水煎出的液汁：湯劑｜湯藥　②食物加水煮後的液汁：湯水｜菜湯｜雞湯　③烹調時加水特別多或烹調後液汁特別多的食物：湯包｜湯麵｜湯圓

趟〔蹚〕tāng

【析形】見"趟 tàng"。

【釋義】◎本義指行走往來的次數，音 tàng。　◇引申①從淺水裏走過去：趟水　②用犁翻土除草：趟地（以上各引申義音 tāng）

唐 táng

唐甲　唐金　唐篆　唐隸（乙瑛碑）　唐楷（虞世南）

【析形】唐字甲骨文下部是口，意符，以口能發出聲音取意；上部是庚，聲符，表示讀音（唐、庚二字古音同韻部）。形聲字。金文、小篆沿襲甲骨文。隸書聲符"庚"形體已變。楷書沿襲隸書。

【釋義】◎本義指大話。《説文》："唐，大言也。從口，庚聲。"朝代名：唐朝|唐詩|唐宋|後唐　姓氏用字。

堂 táng

金 篆 隸（華山神廟碑）
楷（王羲之）

【析形】堂字金文下部是土，意符，表明字義與土築有關；上部是"尚"字的省減，聲符，表示讀音。形聲字。小篆、隸、楷書的聲符無省減。

【釋義】◎本義指正房：堂屋|草堂|高堂|廳堂|登堂入室　◇引申①舊時特指内室，用以尊稱母親：堂客|高堂|令堂 ②同祖的親屬：堂房|堂妹|堂史 ③舊時又特指審案的地方：公堂|過堂|退堂 ④專為某種活動用的房子：祠堂|佛堂|課堂|禮堂|靈堂|廟堂|學堂|澡堂|紀念堂 ⑤量詞：一堂課 ⑥用於商店牌號：同仁堂 ⑦氣勢宏大，氣魄：堂堂|堂皇

塘 táng

篆 楷（顏真卿）

【析形】塘字小篆左旁是土，意符，表明字義與土築有關；右旁是唐，聲符，表示讀音。形聲字。楷書沿襲小篆。

【釋義】本義①堤岸，堤防：海塘|河塘 ②水池。古時圓的叫池，方的叫塘：塘壩|塘泥|池塘|荷塘|葦塘|魚塘

膛 táng

楷（顏真卿）

【析形】膛字《説文》所無。楷書左旁的"月"是古文"肉"字的隸變體（古文肉、月二字形近，隸變後，兩個字作偏旁時多同化寫作"月"），意符，表明字義與身體的某部分有關；右旁是堂，聲符，表示讀音。形聲字。

【釋義】◎胸腔：開膛　◇引申指器物的中空部分：彈膛|爐膛|上膛

糖 táng

篆 楷（顏真卿）

【析形】糖字小篆左旁是米，意符，表明材料（古時以麥製飴糖，即今麥芽糖）；右旁是唐，聲符，表示讀音。形聲字。楷書沿襲小篆。

【釋義】◎本義指飴糖。◇引申①泛指用甘蔗、甜菜、米麥等製成的食糖：糖膏|白糖|冰糖|軟糖|砂糖|蔗糖 ②有機化合物的一類，又寫作"醣"：糖原|單糖|多糖|果糖|核糖|乳糖|血糖|葡萄糖

棠 táng

篆 隸 楷（顏真卿）

【析形】棠字小篆下部是木，意符，表明字義與樹木有關；上部是尚，聲符，表示讀音。形聲字。隸、楷書沿襲小篆。

【釋義】樹名。即棠梨，也叫杜梨。落葉喬木，有紅白兩種，紅者木質堅韌；白者果實可吃。可用作嫁接各種梨樹的砧木。

倘 tǎng

楷（顏真卿）

【析形】倘字《説文》所無。楷書左旁是"亻"，意符，表明字義與人的活動有關；右旁是尚，聲符，表示讀音。形聲字。

【釋義】◎本義指人驚疑欲止的樣子。△音借作連詞，表示假設：倘或|倘若|倘使|倘然

淌 tǎng

楷（顏真卿）

【析形】淌字《説文》所無。楷書左旁是"氵"（水），意符，表明字義與水有關；右旁是尚，聲符，表示讀音。形聲字。

【釋義】◎本義指大浪，音 chàng。◇引申指液體流出，順下，音 tǎng：淌汗|淌淚|淌血|流淌

躺 tǎng

楷（顏真卿）

【析形】躺字《説文》所無。楷書左旁是身，意符，表明字義與身體有關；右旁是尚，聲符，表示讀音。形聲字。

【釋義】◎本義指身體平臥：躺臥｜躺椅　◇引申指物體橫倒：自行車躺在地上

趟〔蹚〕tàng

趟 楷(顏真卿)

【析形】趟字《說文》所無。楷書左旁是走，意符，表明字義與行走有關；右旁是尚，聲符，表示讀音。形聲字。異體字以"足"為意符，以"堂"為聲符。

【釋義】①動量詞，往來的次數：三趟　②行 háng，列：跟不上趟

燙〔烫〕tàng

烫 楷(顏真卿)

【析形】燙字《說文》所無。下部是火，意符，表明字義與火有關；上部是湯，聲符，表示讀音。形聲字。

【簡化】簡化字"烫"聲符的簡化見"湯"字。

【釋義】◎本義指被火灼傷。◇引申①泛指皮膚接觸溫度高的物體感覺疼痛：燙傷｜燙手｜滾燙　②用溫度高的物體使另一物體溫度升高或起變化：燙飯｜燙金｜燙酒｜燙衣服　③燙髮：電燙｜冷燙｜熱燙　④物體溫度高：湯太燙了

叨 tāo

叨 篆 **叨** 楷(張猛龍碑)

【析形】叨字小篆左旁是口，意符，取意貪慾；右旁是刀，聲符，表示讀音。形聲字。楷書沿襲小篆。

【釋義】◎本義同"饕"，貪。△音借表示承受，受到：叨光｜叨教｜叨擾

濤〔涛〕tāo

濤 甲 **濤** 篆 **涛** 楷(顏真卿)

【析形】濤字甲骨文左旁是水，意符，表明字義與水有關；右旁是壽，意符，表示讀音。形聲字。小篆沿襲甲骨文。隸變後，水字在左側為偏旁時寫作"氵"。

【簡化】楷書簡體"涛"聲符的簡化見"壽"字。

【釋義】◎本義指大波浪：波濤｜海濤｜怒濤｜驚濤駭浪　◇引申指像波濤的聲音：風濤｜松濤

掏〔搯〕tāo

掏 楷(顏真卿)

【析形】掏字《說文》所無。楷書左旁是"扌"(手)，意符，表明字義與手的動作有關；右旁是匋，聲符，表示讀音。形聲字。異體字以"舀"為聲符。

【釋義】◎本義指挖：掏槽｜掏洞　◇引申指用手或工具伸進物體口內把東西取出來：掏錢｜掏耳朵｜掏口袋

滔 tāo

滔 金 **滔** 篆 **滔** 隸(隸辨) **滔** 楷(顏真卿)

【析形】滔字金文左下是水，意符，表明字義與水有關；右旁是㕰，聲符，表示讀音。形聲字。小篆聲符為"舀"。隸書沿襲小篆。隸變後，水字在字左側為偏旁時寫作"氵"。

【釋義】水勢盛大，瀰漫無際的樣子：滔天｜滔滔不絕｜滔天罪行

逃 táo

逃 金 **逃** 篆 **逃** 隸(侯肇墓誌) **逃** 楷(顏真卿)

【析形】逃字金文左旁像道路形，隸作"彳"，意符，表明字義與道路有關；右旁是兆，聲符，表示讀音。形聲字。小篆意符為"辵"，表明字義與行為動作有關。隸變後，辵字為偏旁時寫作"辶"。

【釋義】◎本義指逃亡，逃走：逃犯｜逃命｜逃生｜逃脫｜出逃｜潰逃｜潛逃　◇引申指避開，離去：逃避｜逃荒｜逃難 nàn｜逃票｜逃稅｜逃課

桃 táo

桃 篆 **桃** 隸(曹全碑) **桃** 楷(王羲之)

【析形】桃字小篆左旁是木，意符，表明字義與樹木有關；右旁是兆，聲符，表示讀音。形聲字。隸、楷書沿襲小篆。

【釋義】◎本義指果樹名。落葉小喬木，春

天開花,有白、紅兩色,果實叫桃子,可吃:桃紅|桃花|桃李|桃源|蟠桃|水蜜桃 ◇引申指形狀像桃子的:核桃|胡桃|棉桃

陶 táo

篆金　篆　陶隸(孔彪碑)　陶楷(龍藏寺碑)

【析形】陶字金文左旁像山崖形,隸作"阜",本義為土山,意符,表明字義與山有關;右旁是匋,取意未明。小篆右旁是匋,聲符,表示讀音。形聲字。隸變後,阜字在字左側為偏旁時寫作"阝"。

【釋義】◎本義①兩重的山丘,又為地名,在今山東省定陶縣:陶丘 ②用陶土燒製而成的瓦器:陶瓷|陶器|陶文|白陶|彩陶 ◇引申①製造陶器:陶匠|陶土|陶鑄 ②造就,培育:陶鈞|陶冶|陶鑄|薰陶 △音借表示快樂:陶陶|陶然|陶醉

萄 táo

篆萄　萄楷(顏真卿)

【析形】萄字小篆上部是"艸",意符,表明字義與植物有關;下部是匋,聲符,表示讀音。形聲字。楷書沿襲小篆。

【釋義】◎本義為草名。又作葡萄的簡稱:萄酒|萄糖

淘 táo

淘楷(顏真卿)

【析形】淘字《說文》所無。楷書左旁是"氵"(水),意符,表明字義與水有關;右旁是匋,聲符,表示讀音。形聲字。

【釋義】◎本義①大水之狀貌:淘淘(同滔滔) ②用水沖洗,或放在水裏簸動,除去雜質:淘金|淘籮|淘米|淘汰 ◇引申①清除泥沙、污水、糞便等(此義也寫作"掏"):淘糞|淘河|淘井 ②到舊貨市場尋覓、購買,在網上尋貨、購買:淘換|淘舊書|這花瓶是淘來的 △音借表示頑皮:淘氣

討 (讨) tǎo

篆　言寸　隸(曹全碑)　討楷(顏真卿)

【析形】討字小篆左旁是言,意符,表明字義與言語有關;右旁是寸,本指人手臂寸口處,引申作量度單位,亦為意符,取意整治。會意字。隸、楷書沿襲小篆。

【簡化】簡化字"讨"的意符"讠"根據草書楷化而成。

【釋義】◎本義指治理,整治。◇引申①研究,探索:討論|檢討|商討|探討 ②發動進攻:討伐|聲討|征討 ③招惹,引起:討嫌|討厭|討人喜歡|自討苦吃 ④索取,請求:討飯|討好|討價|討教|討情|討債|討賬|乞討

套 tào

套楷(顏真卿)

【析形】套字《說文》所無。楷書上部是大,下部是長,均為意符,表示長(cháng)大。會意字。

【釋義】◎本義指長,長大,音tǎo。《集韻·皓韻》:"套,長大也。"△音借指套在外面的東西:套管|套衫|被套|筆套|封套|手套|書套|外套|枕套 ◇引申①裝在衣物裏的棉絮:套子|棉套|褥套 ②互相銜接或重疊:套版|套耕|套間兒|套圈|套色shǎi|套印|套種zhòng ③由銜接義又引申指應酬的話或陳舊的辦法:套話|客套|落套|俗套|老一套 ④模仿,照做:套用|生搬硬套 ⑤事物配合成的整體:套曲|套數|套裝|成套|配套|全套|整套 ⑥量詞,用於成組的事物:送套書|一套房子 ⑦用繩索套繫或拴繫物體的用具:套車|套索|拉套 ⑧拉攏,用計騙取、引出:套購|套問|圈套|套交情|套近乎 ⑨河流或山勢彎曲的地方:河套(以上音借義及其引申義音tào)

特 tè

篆　牛寺　隸(曹全碑)　特楷(智永)

【析形】特字小篆左旁是牛,意符,表明字的初義與牛有關;右旁是寺,聲符,表示讀音(特、寺二字古音韻部相近)。形聲字。隸、楷書沿襲小篆。

【釋義】◎本義指公牛。△音借表示特殊,超出一般:特別|特產|特等|特點|特

工 | 特技 | 特價 | 特權 | 特區 | 特色 | 特使 | 特質　◇引申①專門，單一：特地 | 特定 | 特輯 | 特刊 | 特派 | 特設 | 特赦 | 特邀 | 特意 | 特約 | 特製　②特務：敵特 | 反特

疼 téng

疼 楷(顏真卿)

【析形】疼字《說文》所無。楷書外廓是"疒"，意符，表明字義與疾病有關（見"病"字）；內中是冬，聲符，表示讀音（疼、冬二字古音同韻部）。形聲字。

【釋義】◎本義指一種痹症。◇引申①痛，疾病創傷等引起的痛感：疼痛 | 生疼 | 酸疼 | 頭疼　②憐愛，愛惜：疼愛 | 心疼

騰 (腾) téng

騰篆 騰楷(顏真卿)

【析形】騰字小篆右下是馬，意符，表明字的初義與馬有關；左旁的"舟"與右上部合為"朕"，聲符，表示讀音。形聲字。古文"舟"、"月"二字形近，隸變後，兩個字為偏旁時多同化寫作"月"。

【簡化】楷書簡體"腾"意符的簡化見"馬"字。簡化字沿用楷書簡體。

【釋義】◎本義指以馬傳遞郵驛。◇引申①馬奔馳，奔躍。②泛指奔跑跳躍：奔騰 | 歡騰　③上昇：騰達 | 騰空 | 騰躍 | 飛騰 | 沸騰 | 喧騰 | 蒸騰　④空出：騰房 | 騰空 | 騰挪　⑤用在某些動詞後面，表示反覆，讀輕聲：搗騰 | 倒 dǎo 騰 | 翻騰 | 鬧騰 | 撲騰 | 折 zhē 騰

謄 (誊) téng

謄篆 誊楷(顏真卿)

【析形】謄字小篆右下部是言，意符，表明字義與言詞有關；左旁的"舟"與右上部合為"朕"，聲符，表示讀音。形聲字。古文舟、月二字形近，隸變後，兩個字為偏旁時多同化寫作"月"。

【簡化】簡化字"誊"是用保留特徵、局部刪除的方法，保留了"誊"，刪去了"月"。

【釋義】照底稿抄寫，轉錄：謄錄 | 謄寫 | 謄印

藤 téng

藤 楷(顏真卿)

【析形】藤字《說文》所無。楷書上部是"艹"(艸)，意符，表明字義與植物有關；下部是滕，聲符，表示讀音。形聲字。

【釋義】◎本義為植物名。蔓生植物：紫藤 | 白藤　◇引申泛指某些蔓生植物的匍匐莖、攀緣莖等：藤編 | 藤椅 | 藤蔓 | 葛藤 | 瓜藤 | 葡萄藤

踢 tī

踢 楷(顏真卿)

【析形】踢字《說文》所無。楷書左旁是足，意符，表明字義與腿腳有關；右旁是易，聲符，表示讀音。形聲字。

【釋義】用腳擊物，即抬腿用腳撞擊：踢球 | 踢騰 | 踢毽子

梯 tī

梯篆 梯隸(隸辨) 梯楷(褚遂良)

【析形】梯字小篆左旁是木，意符，表明材質；右旁是弟，聲符，表示讀音。形聲字。隸、楷書沿襲小篆。

【釋義】◎本義指木製的登高工具，木階。◇引申①泛指便利人上下的設備或器具：電梯 | 扶梯 | 階梯 | 樓梯 | 舷梯 | 旋梯 | 雲梯　②形狀像梯子或樓梯的：梯田 | 梯形 | 滑梯

剔 tī

剔篆 剔楷(顏真卿)

【析形】剔字小篆右旁是刀，意符，表明字義與刀有關；左旁是易，聲符，表示讀音。形聲字。隸變後，刀字在字右側為偏旁時寫作"刂"。

【釋義】◎本義指分解骨肉，把肉從骨頭上刮下來。◇引申①把不好的東西挑出去：剔出 | 剔除 | 挑剔　②從孔隙裏往外挑東西：剔牙 | 剔指甲

提 tí

提篆 提隸(馬王堆帛書) 提楷(顏真卿)

【析形】提字小篆左旁是手，意符，表明字義與手的動作有關；右旁是"是"，聲符，表示讀音（提、是二字古音同韻部）。形聲字。隸變後，手字在字左側為偏旁時寫作"扌"。

【釋義】◎本義指拎，垂手拿着：提包｜提盒｜提籃｜提挈｜提攜 ◇引申①提取，取出：提成｜提單｜提供｜提貨｜提煉｜提款｜提選 ②提出，舉出，說起：提案｜提倡｜提綱｜提交｜提名｜提親｜提請｜提示｜提問｜提醒｜提議 ③使事物由下往上移：提拔｜提高｜提神｜提升 ④把預定的時間往前移：提前｜提早

題(题) tí

篆 題楷(顏真卿)

【析形】題字小篆右旁是頁，意符，表明字的初義與頭部有關（見"頁"字）；左旁的"是"為聲符，表示讀音（題、是二字古音同韻部）。形聲字。楷書沿襲小篆。

【簡化】簡化字"題"意符的簡化見"頁"字。

【釋義】◎本義指額頭。◇引申①文章的題目，中心，主要內容：題材｜標題｜副題｜課題｜話題｜論題｜命題｜難題｜問題｜專題 ②寫上，簽上：題跋｜題詞｜題名｜題簽｜題詩｜題字

蹄〔蹏〕tí

篆 蹄隸(廣武將軍碑)　蹄楷(顏真卿)

【析形】蹄字小篆左旁是足，意符，表明字義與腳有關；右旁是虒，聲符，表示讀音。形聲字。隸書聲符為"帝"。楷書沿襲隸書。

【釋義】馬、牛、羊等動物長在趾端的角質物，也指具有這種角質物的腳：蹄筋｜蹄子｜牛蹄｜豬蹄

啼〔嗁〕tí

篆 啼楷(顏真卿)

【析形】啼字本作"嗁"。小篆左旁是口，意符，表明字義與口的行為有關；右旁是虒，聲符，表示讀音。形聲字。楷書以

"帝"為聲符。

【釋義】◎本義①出聲地哭：啼哭｜哀啼｜啼笑皆非 ②某些鳥獸的鳴叫：雞啼｜虎嘯猿啼

體(体) tǐ

金 篆體隸(白石君碑)　體楷(褚遂良)

【析形】體字金文左旁是身，意符，表明字義與身體有關；右旁是豊，聲符，表示讀音（體、豊二字古音同韻部）。形聲字。小篆意符為"骨"，表明字義與骨肉有關。隸、楷書沿襲小篆。

【簡化】簡化字是用另造新字的方法，以"人"、"本"為意符，新造了會意字"体"。

【釋義】◎本義指身體，人、動物全身的總稱。有時指身體的一部分：體操｜體高｜體格｜體力｜體型｜體質｜肌體｜人體｜肉體｜形體｜遺體｜肢體 ◇引申①事物的本身或全部：體積｜本體｜磁體｜導體｜個體｜集體｜客體｜球體｜群體｜實體｜團體｜物體｜星體｜異體｜整體｜載體｜總體 ②親身的，設身處地的：體察｜體會｜體諒｜體貼｜體味｜體恤｜體驗 ③物體存在的狀態：固體｜膠體｜晶體｜流體｜氣體｜液體 ④組織，系統：體例｜體統｜體系｜體制｜解體｜政體 ⑤文字書寫的形式，作品的表現形式：體裁｜體式｜草體｜繁體｜黑體｜簡體｜騷體｜書體｜文體｜顏體｜字體

剃 tì

剃楷(顏真卿)

【析形】剃字《說文》所無。楷書右旁是"刂"(刀)，意符，表明字義與刀有關；左旁是弟，聲符，表示讀音。形聲字。

【釋義】用刀刮去毛髮：剃刀｜剃度｜剃頭

惕 tì

金 篆惕隸(隸辨)　惕楷(歐陽詢)

【析形】惕字金文左旁是心，意符，取意心存敬畏；右旁是易，聲符，表示讀音。形聲字。小篆沿襲金文。隸變後，心字在字左側為偏旁時寫作"忄"。

【釋義】◎本義指敬畏，恭敬。◇引申

①謹慎小心：惕勵｜警惕 ②怕，怯：怵惕

替 tì

召金 **昝**篆 **昝**篆 **替**隸（楊伯起碑）

替楷（褚遂良）

【析形】替字金文下部是甘，取意未明；上部形構未明。小篆形一上部是竝，下部訛作"白"；形二下部是曰。表意均未明。隸書上部訛作二"夫"。楷書沿襲隸書。

【釋義】◎本義指廢棄，廢除。◇引申①代，代理：替代｜替換｜替身｜代替｜更替｜交替｜頂替｜接替 ②為，給：替國爭光 ③衰落：衰替｜興替

屜（屜）tì

屜楷（顏真卿）

【析形】屜字形構未明。

【釋義】①鞍屜。馬鞍墊子。②鞋子的襯底。③安裝在桌、櫃等傢具中可以拉出或推進用來盛物的器具：屜子｜抽屜 ④一種蒸食物的器具：籠屜｜棕屜

涕 tì

金 **㵟**篆 **涕**隸（焦君碑） **涕**楷（顏真卿）

【析形】涕字金文上部是雨，意符，取意涕淚淋漓；下部左旁的"米"當是"水"字的訛變，亦為意符，表明字義與水有關；下部右旁是弟，聲符，表示讀音。形聲字。小篆刪去上部的雨。隸書沿襲小篆。隸變後，水字在字左側為偏旁時寫作"氵"。

【釋義】◎本義指眼淚：涕淚｜涕泣｜破涕為笑｜感激涕零｜痛哭流涕 ◇詞義轉移引申指鼻涕：涕淚交流｜涕淚俱下｜感冒流涕

天 tiān

禾甲 **朿**金 **页**篆 **天**隸（華山神廟碑）

天楷（張猛龍碑）

【析形】天字甲骨文像正面人形，突出頭部，指示人之頭頂。指事字。金文把"頭"填實，或作一橫畫。小篆沿襲金文。隸、楷書筆畫化，失去初形。

【釋義】◎本義指人之頭頂。◇引申①頂部或高處：天車｜天窗｜天棚｜天橋｜天梯｜天庭 ②天空：天地｜天河｜天際｜天亮｜天體｜天文｜天象｜天涯 ③天生的，自然：天才｜天道｜天敵｜天賦｜天火｜天理｜天倫｜天年｜天塹｜天然｜天災｜天真｜天資 ④有某種信仰的人指自然界的主宰者或稱神、佛、仙以及他們所住的地方：天皇｜天宮｜天國｜天機｜天命｜天書｜天使｜天數｜天壇｜天堂｜天意 ⑤天氣，氣候：天候｜天時｜變天｜晴天｜陰天 ⑥季節，時令：春天｜暑天 ⑦一晝夜二十四小時的時間，或專指白天：天天｜白天｜當天｜今天｜連天｜每天｜整天 ⑧時間，時間的一段：天長地久｜天荒地老｜日久天長

添 tiān

沾篆 **添**楷（褚遂良）

【析形】添字小篆作"沾"。左旁是水，意符，以水之增溢表示增加；右旁是占，聲符，表示讀音。形聲字。楷書以"忝"為聲符，表音更準確。

【釋義】增加：添補｜添設｜添置｜加添｜增添

田 tián

田甲 **田**金 **田**篆 **田**隸（馬王堆帛書）

田楷（歐陽詢）

【析形】田字甲骨文像田地阡陌之形。象形字。金文略作簡化，小篆、隸、楷書沿襲金文。

【釋義】耕種的土地：田疇｜田地｜田壟｜田園｜稻田｜良田｜農田｜秧田｜種田

甜 tián

晘篆 **甜**楷（顏真卿）

【析形】甜字小篆左旁是甘，本指美味，引申指味道；右旁是舌（辨別滋味等的器官），均為意符，表明字義與味道有關。會意字。楷書意符左右易位作"甜"。

【釋義】◎本義指像糖或蜜的味道：甜酒｜甜品｜甜食｜甜味｜甘甜｜香甜 ◇引申①比喻美好，舒服：甜美｜甜蜜｜甜言蜜語 ②形容睡得舒服：甜睡

填 tián

填篆 填楷(顏真卿)

【析形】填字小篆左旁是土，意符，取意用土填塞；右旁是真，聲符，表示讀音（填、真二字古音同韻部）。形聲字。楷書沿襲小篆。

【釋義】◎本義指充塞，即把凹陷或空缺的地方墊平和塞滿：填補|填倉|填充|填房|填空|填料 ◇引申指按項目、格式寫或作：填報|填表|填詞|填寫

恬 tián

恬篆 恬隸(張表碑) 恬楷(顏真卿)

【析形】恬字小篆左旁是心，意符，表明字義與心理狀態有關；右旁是“甛”字的省減，聲符，表示讀音。形聲字。隸書沿襲小篆。隸變後，心字在字左側為偏旁時寫作“忄”。

【釋義】◎本義指安靜：恬靜|恬適 ◇引申指安然，淡然，滿不在乎：恬淡|恬然|恬不知恥

舔 tiǎn

舔楷(顏真卿)

【析形】舔字《説文》所無。楷書左旁是舌，意符，表明字義與舌頭有關；右旁是忝，聲符，表示讀音。形聲字。

【釋義】用舌頭接觸東西或取食：舔食

挑 tiāo

【析形】見“挑tiǎo”。

【釋義】◎本義指撥動，撥弄，音tiǎo。◇引申①選擇：挑揀|挑選 ②挑剔：挑刺兒|挑眼 △音借①用肩膀擔着：挑擔|挑夫|挑水 ②擔子：撂挑子（以上引申義及音借義音tiāo）

條 (条) tiáo

條篆 條楷(褚遂良)

【析形】條字小篆右下部是木，意符，表明字義與樹木有關；左旁與右上合為“攸”，聲符，表示讀音（條、攸二字古音同韻部）。形聲字。楷書沿襲小篆。

【簡化】簡化字“条”是用保留特徵、局部代全體的方法，以右旁“条”代替全字，刪除了其餘部件。

【釋義】◎本義指樹木細長的枝條：荊條|柳條|藤條 ◇引申①狹長的東西：條幅|條鋼|焊條|鏈條 ②量詞，表示細長物：一條龍|一條路|一條線 ③項目，分項目的：條件|條款|條例|條文|條約|教條|信條 ④層次，次序：條理|條分縷析|有條不紊|井井有條 ⑤憑證：報條|回條|借條|欠條|收條

調 (调) tiáo

調篆 調隸(張景碑) 調楷(智永) 調草(王羲之)

【析形】調字小篆左旁是言，意符，表明字義與言語有關；右旁是周，聲符，表示讀音（調、周二字古音同韻部）。形聲字。隸、楷書沿襲小篆。

【簡化】簡化字“调”的意符“讠”根據草書楷化而成。

【釋義】◎本義指（語言、聲音等）配合得和諧，適合：調和|調勻|失調|協調|風調雨順|眾口難調 ◇引申①使配合適當、均勻：調護|調劑|調教|調節|調理|調料|調配|調色|調味|調養|調音|調整|調製|烹調 ②勸説雙方：調和|調解|調停 ③戲弄：調侃|調弄|調情|調戲|調笑 ④挑撥：調唆|調三窩四|調嘴學舌

挑 tiǎo

挑篆 挑隸(馬王堆帛書) 挑楷(顏真卿)

【析形】挑字小篆左旁是手，意符，表明字義與手的動作有關；右旁是兆，聲符，表示讀音。形聲字。隸變後，手字在字左側為偏旁時寫作“扌”。

【釋義】◎本義指撥動，撥弄：挑撥|挑動|挑逗|挑唆|挑釁|挑戰 ◇引申指由裏向外拔：挑刺兒|挑開|挑起

笤 tiáo

笤楷(顏真卿)

【析形】笤字《說文》所無。楷書上部是"ﾑﾑ"(竹)，意符，表明材質；下部是召，聲符，表示讀音。形聲字。

【釋義】〔笤帚〕用細竹枝或高粱穗、黍子穗等紮成的掃除用具。

跳 tiào

跳篆 跳隸(隸辨) 跳楷(顏真卿)

【析形】跳字小篆左旁是足，意符，表明字義與腿腳有關；右旁是兆，聲符，表示讀音。形聲字。隸、楷書沿襲小篆。

【釋義】◎本義指躍，即雙腿或單腿用力使身體離開原地向上躍起：跳板│跳高│跳舞│跳躍　◇引申①越過應該經過的一處而到另一處，離開原處到另一處：跳槽│跳班│跳級│跳行│跳傘　②物體由於彈性作用突然向上移動：彈 tán 跳　③一起一伏地動：跳動│心跳│眼跳

帖 tiē

【析形】見"帖 tiě"。

【釋義】◎本義指寫在布帛上的書籤。音 tiè。△音借表示①服從，順從：服帖│伏帖│俯首帖耳　②妥當，穩當：寧帖│妥帖(以上音借義音 tiē)

貼 (贴) tiē

貼篆 贴草(草書韻會) 貼楷(顏真卿)

【析形】貼字小篆左旁是貝，意符，表明字義與財物有關(見"貝"字)；右旁是占，聲符，表示讀音(貼、占二字古音韻部相近)。形聲字。

【簡化】楷書簡體"贴"的意符"贝"根據草書楷化而成。

【釋義】◎本義指典賣抵押。◇引申①補助，補償：貼息│補貼│倒 dào 貼│房貼│津貼　②黏附：貼邊│貼金│剪貼│粘 zhān 貼│張貼│招貼　③緊靠，緊挨：貼近│貼身│貼心│伏貼│體貼　④適合，妥當：貼切│貼題│熨 yù 貼　⑤量詞：一貼膏藥

帖 tiě

【析形】見"帖 tiě"。

【釋義】◎本義指寫在布帛上的書籤，音 tiè。◇引申①舊時寫着生辰八字等的紙片：庚帖│換帖　②邀請客人的通知：柬帖│請帖│謝帖　③量詞：一帖藥(以上引申義音 tiè)

鐵 (铁)〔鐡〕tiě

鋶說文古文 鐵篆 鐵楷(顏真卿)
鉄草(王羲之)

【析形】鐵字說文古文左旁是金，意符，表明字義與金屬有關；右旁是夷，聲符，表示讀音。形聲字。小篆以"戠"為聲符。隸變寫作"鐵"。

【簡化】簡化字"铁"是用更換聲符的方法，以筆畫較簡的"失"為聲符(鐵、戠、失三字古音同韻部，夷聲韻部亦相近)，替換了筆畫繁複的"戠"；意符"钅"根據草書楷化而成。

【釋義】◎本義指金屬元素，符號 Fe。灰色或銀白色，質堅硬，有光澤，富延展性，在潮濕空氣中易生銹，工業上叫黑色金屬，是煉鋼的主要原料，可以製造各種器械和用具：鐵礦│鐵索│鐵塔│磁鐵│生鐵　◇引申①兵器的代稱：動鐵為凶│手無寸鐵　②黑色：鐵青　③形容堅固，堅硬或堅強：鐵漢│鐵腕│鐵血│銅牆鐵壁　④比喻確定不移：鐵定│鐵心│鐵證│鐵案如山│鐵面無私　⑤形容強橫、兇暴，精銳：鐵騎│鐵蹄

帖 tiě

戠篆 帖楷(顏真卿)

【析形】帖字小篆左旁是巾，意符，表明材質；右旁是占，聲符，表示讀音(帖、占二字古音韻部相近)。形聲字。楷書沿襲小篆。

【釋義】◎古代寫在布帛上的書籤。古代以竹木或布帛為書寫材料，寫在布帛上稱"帖"。◇引申指學習寫字、畫圖時供臨摹的樣本：碑帖│法帖│臨帖│字帖

廳 (厅)〔廰〕tīng

帖楷(張旭) 廳楷(顏真卿)

【析形】廳字《說文》所無。楷書形一外廓是"广"，古文像高屋形，意符，表明字義與房屋有關；內中是聽，意符兼聲符，取意聽事，也表示讀音。會意兼聲字。楷書形二以"厂"為意符，取意與"广"同。異體字以"听"為聲符。

【簡化】楷書簡體"厅"是用更換聲符的方法，以音近、筆畫較簡的"丁"為聲符，替換了筆畫繁複的"聽"。

【釋義】◎本義指古代官府辦公的地方。◇引申①政府機關的辦事單位：廳長｜辦公廳｜教育廳　②現多指聚會或招待客人用的大房間：廳堂｜餐廳｜大廳｜花廳｜客廳｜舞廳｜正廳

聽 (听)〔聽〕tīng

甲金篆篆隸(曹全碑)楷(智永)
听楷(顏真卿)

【析形】聽字甲骨文左旁是耳，右旁上下兩個"口"，以口能發出聲音取意，均為意符，取意耳有所聞。會意字。金文省去上邊一"口"。小篆右旁增"直"、"心"為意符，取意耳有所聞，心有所悟；左旁"耳"下增"壬"為聲符，表示讀音，成為形聲字。隸書把"壬"訛作"土"。楷書又訛作"王"。

【簡化】楷書簡體是用另造新字的方法，新造了以"口"為意符，以"斤"為聲符的形聲字"听"。

【釋義】◎本義指用耳朵接受聲音：聽覺｜聽力｜聽聞｜聽眾｜動聽｜聆聽｜視聽｜收聽◇引申①順從，接受意見：聽從｜聽候｜聽話｜聽信｜傾聽　②隨：聽便｜聽差｜聽憑｜聽任｜聽其自然｜聽天由命　③判斷：聽事｜聽訟｜聽政　△音借作音譯詞，表示聽裝物的量詞〔聽裝〕〔三聽奶粉〕

蜓 tíng

篆蜓楷(顏真卿)

【析形】蜓字小篆左旁是虫，意符，表明字義與昆蟲類有關；右旁是廷，聲符，表示讀音。形聲字。楷書沿襲小篆。

【釋義】〔蜻蜓〕昆蟲名。

亭 tíng

篆隸(華山神廟碑)楷(歐陽詢)

【析形】亭字小篆外廓是"高"字省減了下部的"口"，意符，表明字義與亭樓有關；下部是丁，聲符，表示讀音。形聲字。隸、楷書沿襲小篆。

【釋義】◎本義指古代設在道旁供行人停留食宿之建築物。秦漢制度為十里一亭，十亭為鄉。◇引申①形狀像亭子的小房子：亭台｜茶亭｜崗亭｜書亭｜郵亭　②形容聳立貌：亭亭玉立

庭 tíng

篆隸(曹全碑)楷(智永)

【析形】庭字金文借音同的"廷"字表示(見"廷"字)。小篆外廓增"广"為意符(像高屋形)，表明字義與房屋有關；內中"廷"為聲符，表示讀音。形聲字。隸、楷書沿襲小篆。

【釋義】◎本義①宮室的正室，廳堂：大庭廣眾｜分庭抗禮　②正房前的空地：庭園｜庭院｜徑庭｜前庭｜閒庭｜門庭若市　③法院審判案件的地方：庭審｜庭長｜出庭｜法庭｜開庭｜刑庭

停 tíng

篆隸(隸辨)楷(歐陽詢)

【析形】停字小篆左旁是人，意符，表明字義與人的活動有關；右旁是亭，聲符，表示讀音。形聲字。隸變後，人字在字左側為偏旁時寫作"亻"。

【釋義】◎本義指止息，中斷：停產｜停頓｜停課｜停息｜停業｜停戰｜停職｜停止｜消停｜暫停◇引申指滯留：停泊｜停車｜停放｜停靠｜停滯

廷 tíng

金金篆隸(曹全碑)
楷(顏真卿)

【析形】廷字金文形一左旁像宮殿門前石階之形，代表朝廷；右旁像側立之人形，代表進朝的人。會意字。形二右旁的

"人"改為"壬"，聲符，表示讀音，成為形聲字。小篆沿襲金文形二。隸書聲符略變。楷書沿襲小篆。

【釋義】朝廷，朝中帝王佈施政令，接受朝見的地方：廷試｜廷杖｜宮廷｜內廷

挺 tǐng

篆 隸(張表碑) 楷(顏真卿)

【析形】挺字小篆左旁是手，意符，表明字的初義與手的動作有關；右旁是廷，聲符，表示讀音。形聲字。隸變後，手字在字左側為偏旁時寫作"扌"。

【釋義】◎本義指拔，拔出：挺劍而起 ◇引申①伸直，凸出向前：挺進｜挺舉｜挺胸｜挺身而出 ②硬而直：挺立｜筆挺 ③特出，傑出：挺拔｜挺秀｜英挺 再引申表示很：這人挺好 ④支撐着：挺下去｜硬挺

艇 tǐng

篆 楷(顏真卿)

【析形】艇字小篆左旁是舟，意符，表明字義與舟船有關；右旁是廷，聲符，表示讀音。形聲字。楷書沿襲小篆。

【釋義】◎本義指輕便的小船。◇引申泛指船：飛艇｜艦艇｜快艇｜炮艇｜汽艇｜潛艇｜遊艇｜魚雷艇

通 tōng

甲 金 篆 隸(郭有道碑) 楷(褚遂良)

【析形】通字甲骨文形一左旁像道路形，隸作"彳"，表明字義與道路有關；右下部像足印形，隸作"止"（"趾"字初文），均為意符，取意行走；右上部是甬，聲符，表示讀音。形聲字。金文沿襲甲骨文。小篆把意符"彳"、"止"合篆作"辵"，聲符為甬。隸變後，辵字為偏旁時寫作"辶"。

【釋義】◎本義指到達，通到。◇引申①暢通，使不阻塞：通暢｜通車｜通道｜通風｜通航｜通途｜通行 xíng｜開通｜流通｜疏通｜亨通 ②連接，相來往：通敵｜通風｜通婚｜通商｜通信 ③整個，全部：通才｜通讀｜通

告｜通力｜通論｜通明｜通史｜通體｜通宵 ④普遍，一般：通病｜通常｜通稱｜通俗｜通用｜通則｜普通 ⑤傳達，使知道：通報｜通緝｜通令｜通知 ⑥了解，懂得：通達｜通竅｜通曉｜貫通｜精通

同 tóng

甲 金 篆 隸(曹全碑) 楷(李璧碑)

【析形】同字甲骨文上部是凡（"盤"字初文，為古代盛器），下部是口，均為意符，以"口"就"盤"，取意會合（一說取"凡"之"總括"義）。會意字。金文沿襲甲骨文。小篆上部訛作"冂"。隸、楷書沿襲小篆。

【釋義】◎本義指會合，聚集。◇引申①共同，一起：同伴｜同窗｜同夥｜同盟｜同事｜同行｜同學｜合同｜會同｜連同｜陪同｜隨同｜協同｜偕同 ②相同，一樣：同胞｜同黨｜同道｜同等｜同感｜同年｜同意｜同宗｜混同｜雷同｜異同｜贊同 ③跟……相同：同上｜下同｜感同身受 ④連詞，表示"和"：我同你一塊走 ⑤介詞：同去年相比｜多同他商量

桐 tóng

金 篆 隸(桐柏廟碑) 楷(智永)

【析形】桐字金文上部是木，意符，表明字義與樹木有關；下部是同，聲符，表示讀音。形聲字。小篆寫作左右結構。隸、楷書沿襲小篆。

【釋義】樹名，有梧桐、油桐、泡桐等種類，科屬不同。古書多指梧桐：桐油｜桐子｜山桐子

銅 (铜) tóng

金 篆 隸(隸辨) 楷(歐陽詢) 草(草書韻會)

【析形】銅字金文左旁是金，意符，表明字義與金屬有關；右旁是同，聲符，表示讀音。形聲字。小篆、隸、楷書沿襲金文。

【簡化】簡化字"铜"的意符"钅"根據草書楷化而成。

【釋義】金屬元素，符號 Cu。淡紫紅色，延展性、導電性和導熱性都很強。銅合金是電氣工業、機械工業、國防工業等的重要原料：銅板｜銅礦｜銅錢｜青銅｜生銅

童 tóng

金 金 篆 童 隸(曹全碑)

童 楷(敬使君碑)

【析形】童字金文形一上部是辛，古代一種刑具，中間是目，均為意符，刺目迫使屈從，取意受刑為奴；下部是東，聲符，表示讀音。形聲字。形二下部增"土"，取意未明。小篆沿襲金文形二而省減中間的"目"，聲符"東"上部亦略省。隸書"東"下部訛變。楷書沿襲隸書。

【釋義】◎本義指男子有罪受刑為奴。◇引申①未成年的僕人：童僕｜家童｜琴童｜書童 ②小孩子：童工｜童話｜童年｜童聲｜童心｜童星｜童謠｜童裝｜兒童｜孩童｜神童｜頑童 ③未結婚的：童男｜童女｜童貞 ④牛、羊未出角：童牛 ⑤孩童毛髮未長，引申指山無草木：童山禿嶺 ⑥人無頭髮：頭童齒豁

瞳 tóng

瞳 楷(顏真卿)

【析形】瞳字《說文》所無。楷書左旁是目，意符，表明字義與眼睛有關；右旁是童，聲符，表示讀音。形聲字。

【釋義】瞳孔。俗稱瞳人，也作瞳仁。眼球虹膜中心的圓孔，光線通過瞳孔進入眼內。瞳孔可以隨着光線的強弱而擴大或縮小。

肜 tóng

肜 金 肜 篆 肜 楷(顏真卿)

【析形】肜字金文左旁是"丹"，即硃砂；右旁是"彡"，像畫文之形，均為意符，表示用硃砂塗飾。會意字。小篆、楷書襲金文。

【釋義】本義指用紅色塗飾器物。硃砂為赤色，所以引申指赤色，即朱紅色：肜肜｜肜雲｜紅肜肜

統 (统) tǒng

統 篆 统 草(李邕) 统 楷(顏真卿)

【析形】統字小篆左旁是糸，意符，表明字義與絲綢有關；右旁是充，聲符，表示讀音。形聲字。

【簡化】楷書簡體"统"的意符"纟"根據草書楷化而成。

【釋義】◎本義指絲的頭緒。◇引申①主管，率領，綜理：統兵｜統管｜統領｜統帥｜統率｜統轄｜統一｜統治 ②總括，綜合，全面：統統｜統稱｜統籌｜統購｜統計｜統考｜統括｜統銷 ③事物彼此之間連續的關係：傳統｜道統｜法統｜體統｜系統｜血統｜正統

桶 tǒng

桶 篆 桶 楷(顏真卿)

【析形】桶字小篆左旁是木，意符，表明材質；右旁是甬，聲符，表示讀音。形聲字。楷書沿襲小篆。

【釋義】◎本義①古量器名。木製方形斛。②盛水或其他東西的器具，多為圓柱形：吊桶｜水桶｜鐵桶｜油桶 ◇引申作量詞：一桶水

筒 tǒng

筒 篆 筒 楷(顏真卿)

【析形】筒字小篆上部是竹，意符，表明字義與竹器有關；下部是同，聲符，表示讀音。形聲字。楷書沿襲小篆。

【釋義】◎古代指洞簫，音 dòng。也泛指竹筒、竹管，音 tǒng。◇引申①較粗的管狀器物：筆筒｜電筒｜號筒｜信筒｜煙筒｜郵筒｜萬花筒 ②衣服靴襪上的筒狀部分：褲筒兒｜襪筒兒｜袖筒｜長筒靴

捅 tǒng

捅 楷(顏真卿)

【析形】捅字《說文》所無。楷書左旁是"扌"(手)，意符，表明字義與手的動作有關；右旁是甬，聲符，表示讀音。形聲字。

【釋義】◎本義指引，進前。◇引申①

戳,刺:捅婁子|捅馬蜂窩 ②碰,觸動:用手指頭捅了一下蠶繭 ③戳穿,揭露:把實情全捅出來了。

同 〔衖〕tòng

衖篆

【析形】表示巷道、胡同(tòng)義本作"衖"。小篆外廓是行(甲骨文像四通八達的道路之形。見"行háng"字),意符,表明字義與道路有關;中間是同,聲符,表示讀音。形聲字。異體字"同"省減了外廓的"行"。

【釋義】巷,小街道:胡同兒(用作巷名時,"同"字輕聲,不兒化)

通 tòng

【析形】見"通tōng"。

【釋義】◎本義指到達,通到,音tōng。△音借作量詞,音tòng:打了三通鼓|訓斥了一通

痛 tòng

痌篆 痛隸(夏承碑) 痛楷(元珍墓誌)

【析形】痛字小篆广旁與右上一橫畫合隸作"疒",意符,表明字義與病痛有關(見"病"字);右下是甬,聲符,表示讀音。形聲字。隸、楷書沿襲小篆。

【釋義】◎本義指因病、傷引起的疼痛感覺:痛風|痛覺|病痛|傷痛|胃痛|腫痛 ◇引申①悲傷,苦惱:痛楚|痛苦|痛惜|痛心|悲痛|慘痛|沉痛 ②極,盡情地,深切地,徹底地:痛斥|痛打|痛悼|痛恨|痛擊|痛哭|痛快|痛心|痛飲|痛改前非

偷 tōu

偷漢印 偷楷(顏真卿)

【析形】偷字漢印左旁是人,意符,表明字義與人的活動有關;右旁是俞,聲符,表示讀音(偷、俞二字古音同韻部)。形聲字。楷書沿襲漢印。

【釋義】◎本義指苟且,怠情:偷安|偷懶|偷生|偷工減料 ◇引申①瞞着人做:偷摸|偷税|偷襲|偷運|偷天換日 ②暗中拿

走別人的東西據為己有:偷盜|偷竊 ③偷盜的人:慣偷|小偷

頭 (头) tóu

頭金 頭篆 頭隸(樓蘭簡) 頭楷(顏真卿) 头草(柳公權)

【析形】頭字金文右旁是頁,意符,本義指頭(見"頁"字);左旁是豆,聲符,表示讀音。形聲字。小篆、隸、楷書沿襲金文。

【簡化】簡化字"头"根據草書略加改造楷化而成。

【釋義】◎人體或動物最上部或最前部,長着眼、鼻、口、耳等器官的部分:頭部|頭頂|頭髮|頭骨|頭顱|頭腦 ◇引申①物體的頂端、前端、末端,或事情的起點、終點:頭緒|報頭|筆頭|車頭|刊頭|冒頭|山頭|到頭 ②事物的殘餘部分:布頭|零頭|煙頭|磚頭 ③第一,開始的:頭等|頭號|排頭|起頭|頭版|頭條 ④頭領,為首的:頭目|頭人|頭銜|頭子|工頭|巨頭|領頭 ⑤量詞:一頭牛|一頭蒜 ⑥名詞後綴(讀輕聲):骨頭|罐頭|後頭|舌頭|甜頭|磚頭

投 tóu

投篆 投楷(顏真卿)

【析形】投字小篆右旁是殳,像手有所執持之形;左旁是手,均為意符,表示投擲。會意字。隸變後,手字在字左側為偏旁時寫作"扌"。

【釋義】◎本義指擲,扔:投彈|投籃|投槍|投擲|空投 ◇引申①放進去,送進去:投保|投產|投放|投稿|投票|投入|投資|投桃報李 ②光線等放射:投射|投影|投映 ③跳進去:投河|投進 ④找上去,加入進去:投案|投奔|投標|投誠|投敵|投巧|投身|投訴|投宿|投降 ⑤合,迎合:投合|投機|投契|投緣|投其所好|臭味相投|意氣相投

透 tòu

透篆 透楷(顏真卿)

【析形】透字小篆左旁是辵,意符,表明

字義與行走有關；右旁是秀，聲符，表示
讀音。形聲字。隸變後，辵字為偏旁時寫
作"辶"。
【釋義】◎本義指跳，跳躍。◇引申①通
過，穿過：透風｜透光｜透亮｜透明｜透氣｜
透視｜滲透｜通透 ②徹底，深入：透徹｜透
解｜吃透｜看透｜深透 ③極度，達到飽滿
的、充分的程度：透頂｜透雨｜透支｜恨透｜
浸透 ④顯露，洩露：透底｜透漏｜透露｜透
信

禿 tū

篆禿 楷(顏真卿)

【析形】禿字小篆下部是儿，意符，代表
人；上部是禾，頭髮稀疏如禾苗，取意頭
頂無髮。楷書把"儿"訛作"几"。
【釋義】◎本義指頭頂無髮：禿頂｜禿頭｜
斑禿 ◇引申①鳥獸頭尾無毛，山無樹，
樹木無葉：禿鷲｜禿山｜禿樹｜光禿禿｜禿尾
巴 ②物體失去尖端：禿筆

突 tū

甲 篆肉 隸(馬王堆帛書) 突 楷(顏真卿)

【析形】突字甲骨文上部是穴，下部是
犬，均為意符，表示犬從洞穴衝出。會意
字。小篆、隸、楷書均沿襲甲骨文。
【釋義】◎本義指犬從洞穴衝出。◇引申
①猛衝，超越：突出｜突進｜突破｜突圍｜奔
突｜衝突｜唐突 ②忽然：突變｜突然｜突兀｜
突襲｜突如其來 ③凸出：突出｜突起｜突兀

凸 tū

凸 楷(顏真卿)

【析形】凸字楷書像中間突起，兩旁低下
之形。象形字。
【釋義】周圍低，中間高，與"凹"相對：
凸版｜凸出｜凸鏡｜凸面｜凸起

圖 (图) tú

圓金 圖篆 鼂 隸(西狹頌) 圖 楷(歐陽詢)

圖 草(王獻之)

【析形】圖字金文外廓像環圍之形，隸作

"囗"，表示一方國土；內中是"啚"字初
文，指邊鄙，均為意符，取意地圖。會意
字。小篆、隸、楷書沿襲金文。
【簡化】簡化字"图"根據草書楷化而成。
【釋義】◎本義指地圖。◇引申①描繪出
或印出的形象：圖案｜圖版｜圖表｜圖畫｜圖
解｜圖景｜圖像｜圖樣｜圖章｜草圖｜插圖｜構
圖｜掛圖｜繪圖｜藍圖｜製圖 ②描畫：繪影
圖形 ③謀劃，計畫：圖謀｜宏圖｜鴻圖｜
雄圖｜奮發圖強 ④打算：力圖｜企圖｜希
圖｜意圖 ⑤極力希望得到：圖好｜圖省｜貪
圖｜唯利是圖 △音借作音譯詞的構詞語素
〔圖騰〕

徒 tú

甲赴 篆徙 隸(馬王堆帛書) 徒 楷(顏真卿)

【析形】徒字甲骨文下部像足印形，隸作
"止"("趾"字初文)，意符，取意行走；
上部是土，聲符，表示讀音。形聲字。小
篆左旁是辵，意符，表明字義與行走有
關；右旁為聲符"土"。隸書把"辵"下部
的"止"移至右旁"土"下。楷書沿襲隸
書。
【釋義】◎本義指步行：徒步 △音借表示
同一類、同一派別的人：黨徒｜賭徒｜酒
徒｜不法之徒｜好事之徒 ◇引申①跟師傅
學藝的人：徒弟｜徒工｜門徒｜學徒 ②剝奪
犯人自由的刑罰：徒刑 ③壞人：暴徒｜歹
徒｜匪徒｜囚徒 ④沒有憑藉的，空的：徒
手 ⑤白白的：徒勞｜徒然｜徒長 zhǎng ⑥
表示僅僅，只：家徒四壁

途 tú

甲 逶 隸(葉慧明碑) 途 楷(智永)

【析形】途字甲骨文下部像足印形，隸作
"止"，意符，表明字義與行走有關；上部
是余，聲符，表示讀音(途、余二字古音
同韻部)。形聲字。金文、《説文》均無途
字。隸書意符為"辶"，取意與"止"同。
楷書沿襲隸書。
【釋義】◎本義指道路：歸途｜路途｜旅途｜
歧途｜前途｜迷途知返 ◇引申指路徑：途
徑｜宦途｜前途｜仕途

T

涂 tú

甲金篆 涂隸（馬王堆帛書）

涂楷（顏真卿）

【析形】涂字甲骨文左旁是水，意符，表明字義與水有關；右旁是余，聲符，表示讀音（涂、余二字古音同韻部）。形聲字。金文聲符為"俆"，寫作上下結構。小篆沿襲甲骨文。隸變後，水字在字左側為偏旁時寫作"氵"。

【釋義】◎本義為水名，涂水，即涂河。◇因聲通"途"，指道路。

塗 （涂）tú

塗篆 塗楷（褚遂良）

【析形】塗字小篆下部是土，意符，表明字義與泥土有關；上部是涂，聲符，表示讀音。形聲字。楷書沿襲小篆。

【簡化】簡化字是用同音合併的方法，以筆畫較簡的"涂"代替筆畫較繁複的"塗"，合併了塗、涂二字的意義。

【釋義】◎本義指泥：塗炭｜塗田｜圍塗造田｜生靈塗炭 ◇引申①抹刷顏料、油漆、脂粉、藥物等：塗料｜塗飾｜塗藥｜塗脂抹粉｜肝腦塗地 ②為修改而抹掉：塗改｜塗抹

屠 tú

篆 屠隸（白石君碑）屠楷（歐陽詢）

【析形】屠字小篆上部是尸（甲骨文、金文像人彎身屈膝之形，古籍借用為"屍"字），意符，表示宰殺的對象；下部是者，聲符，表示讀音（屠、者二字古音同韻部）。形聲字。隸、楷書沿襲小篆。

【釋義】◎本義指屠殺牲畜：屠場｜屠刀｜屠夫｜屠戶｜屠宰 ◇引申指殺戮，殘殺：屠城｜屠戮｜屠殺

土 tǔ

甲金土篆 土隸（曹全碑）

土楷（歐陽詢）

【析形】土字甲骨文上部像土塊或土堆之形，下部一橫畫代表大地。指事字。金文沿襲甲骨文。小篆線條化。隸、楷書沿襲小篆。

【釋義】◎本義指土壤，泥土：土堆｜糞土｜紅土｜黏土｜陶土 ◇引申①土地，地域：土脈｜本土｜國土｜領土 ②鄉土：故土 ③本地的，地方性的：土產｜土風｜土話｜土貨｜土語｜土著 ④中國民間沿用的生產技術和有關的設備、產品、人員等，與"洋"相對：土布｜土法｜土專家｜民間土方 ⑤不時髦：土氣｜老土

吐 tǔ

吐篆 吐隸（楊伯起碑）吐楷（顏真卿）

【析形】吐字小篆左旁是口，意符，表明字義與口的行為有關；右旁是土，聲符，表示讀音。形聲字。隸、楷書沿襲小篆。

【釋義】◎本義指使東西從嘴裏出來：吐核｜吐氣｜吐痰 ◇引申①說出來：吐露｜吐字｜傾吐｜談吐 ②露出，放出，呈現：吐絲｜吐穗｜吐絮｜楊柳吐綠

吐 tù

【析形】見"吐 tǔ"。

【釋義】◎本義指使東西從嘴裏出來，音 tǔ。◇引申①嘔，內臟裏的東西不自主地從嘴裏湧出，音 tù：吐血 xiě｜吐瀉｜嘔吐 ②被迫退出：把貪污得來的錢吐出來

兔 tù

甲篆 兔楷（顏真卿）

【析形】兔字甲骨文像兔子的形象，頭部有嘴有耳，身上有腿有尾。象形字。小篆線條化，已失初形。楷書根據小篆轉寫而成。

【釋義】哺乳動物，耳大，尾短而向上翹，上唇中間裂開，後肢比前肢長，善於跳躍，跑得快。有家兔和野兔之分，肉可食，毛供紡織，毛皮可作衣物：兔子｜玉兔｜兔毫筆

團 （团）tuán

金篆 團楷（顏真卿）草（文徵明）

【析形】團字金文外廓像圓轉之形，意符，表示"圓"；中間是專，聲符，表示讀音。形聲字。小篆、楷書沿襲金文。

【簡化】簡化字"团"根據草書楷化而成。

【釋義】◎本義指圓，圓形的：團臍｜團扇｜團魚｜蒲團 ◇引申①球形的東西：飯團｜麵團｜線團 ②把東西揉弄成球形：團弄｜團紙球兒 ③會合在一起：團拜｜團結｜團聚｜團圓｜氣團｜星團｜疑團 ④有組織的集體：團體｜財團｜集團｜劇團｜商團｜社團｜樂團 ⑤中國共產主義青年團的簡稱：團徽｜團籍｜團旗｜團委｜團員｜團章 ⑥軍隊的編制單位：團長｜兵團｜軍團 ⑦量詞，用於成團的東西：一團雲

推 tuī

推篆 推隸(居延簡) 推楷(褚遂良)

【析形】推字小篆左旁是手，意符，表明字義與手的動作有關；右旁是佳，聲符，表示讀音。形聲字。隸變後，手字在字左側為偏旁時寫作"扌"。

【釋義】◎本義指用手向外用力使物移動：推倒｜推開｜推土｜推移 ◇引申①使事情開展：推動｜推廣｜推進｜推銷｜推陳出新 ②舉薦：推薦｜推舉｜推選 ③辭讓，拒絕：推辭｜推卻｜推讓｜推脫｜推卸 ④推崇：推戴｜推服｜推許｜推重 zhòng ⑤根據已知的事實預測或斷定其他：推測｜推定｜推斷｜推理｜推求｜推算｜推演｜類推

頹 (頹) tuí

頹楷(歐陽詢) 頹草(孫過庭)

【析形】頹字《說文》所無。楷書右旁是頁，本義指頭，表明字義與頭部有關(見"頁"字)；左旁是禿，義為頭頂無髮，均為意符，表示頭禿。會意字。

【簡化】簡化字"颓"的意符"页"根據草書楷化而成。

【釋義】◎本義指頭禿。◇引申①表示衰敗：頹敗｜頹風｜衰頹 ②消沉，委靡：頹放｜頹廢｜頹然｜頹喪｜頹唐 ③坍塌：頹垣斷壁

腿 tuǐ

腿楷(顏真卿)

【析形】腿字《說文》所無。楷書左旁的"月"是古文"肉"字的隸變體(古文肉、月二字形近，隸變後，兩個字作偏旁時多同化寫作"月")，意符，表示字義與身體的某部分有關；右旁是退，聲符，表示讀音。形聲字。

【釋義】◎本義為脛股的總名，即人和動物用來支撐身體及行走的部分：大腿｜前腿｜拔腿 ◇引申①器物下面像腿一樣起支撐作用的部分：牀腿｜桌子腿 ②火腿：宣腿｜雲腿

退 tuì

退隸(曹全碑) 退楷(張猛龍碑)

【析形】退字《說文》所無。隸書左旁是"辶"，意符，表明字義與行走有關；右旁是艮，聲符，表示讀音。形聲字。楷書沿襲隸書。

【釋義】◎本義指後退，與"進"相對：退步｜退潮｜退卻｜敗退｜撤退｜倒 dào 退 ◇引申①使向後移動：退兵｜退敵｜促退 ②離開，辭去：退場｜退讓｜退任｜退隱｜退職｜引退 ③下降，減弱，逐漸消失：退熱｜退色｜退燒｜衰退｜消退 ④把已定的事取消：退婚｜退親 ⑤送還，不接受：退還｜退換｜退回｜退賠｜退贓

蛻 tuì

蛻篆 蛻楷(顏真卿)

【析形】蛻字小篆左旁是虫，意符，表明字義與蟲蟲動物有關；右旁是兌，聲符，表示讀音。形聲字。楷書沿襲小篆。

【釋義】◎本義①蛇、蟬等動物或昆蟲脫皮：蛻皮 ②蛇或昆蟲等脫下來的皮：蟬蛻｜蛇蛻 ◇引申指人或事物發生質變：蛻變｜蛻化變質

褪 tuì

褪楷(顏真卿)

【析形】褪字《說文》所無。楷書左旁是

"衤"（衣），意符，表明字的初義與衣服有關；右旁是退，聲符，表示讀音。形聲字。

【釋義】◎本義指脱衣。◇引申泛指羽毛、顏色等脱落：褪毛｜褪色 shǎi 兒

吞 tūn

🔲篆 吞 楷（虞世南）

【析形】吞字小篆下部是口，意符，表明字義與口的動作有關；上部是天，聲符，表示讀音（吞、天二字古音韻部相近）。形聲字。楷書沿襲小篆。

【釋義】◎本義指嚥下：吞服｜狼吞虎嚥 ◇引申①兼併，侵佔：吞併｜吞沒｜獨吞｜侵吞 ②忍受，不敢發作：忍氣吞聲

屯 tún

甲🔲金🔲篆🔲隸（馬王堆帛書）
屯 楷（顏真卿）

【析形】屯字甲骨文像用於占卜的一對肩胛骨骨臼與骨扇倒置相疊之形。象形字。金文、小篆形體訛變。隸書根據小篆轉寫而成。楷書沿襲隸書。

【釋義】◎本義為計算用於占卜之牛胛骨的量詞，表示一對牛胛骨。△音借表示①聚集，蓄積：屯積｜屯糧 ②駐紮：屯兵｜屯田｜屯紮 ③村子，多用於村莊名：屯落｜屯子

囤 tún

囤 楷（顏真卿）

【析形】囤字《説文》所無。楷書外廓是"囗"，意符，取意環圍；內中是屯，意符兼聲符，取意聚積，也表示讀音。會意兼聲字。

【釋義】◎本義指用竹篾、荊條等物編成或圍成的盛糧食的器具，音 dùn。◇引申指儲存，貯積糧食或貨物，音 tún：囤貨｜囤積｜囤糧

臀 tún

甲骨文🔲篆🔲臀 楷（顏真卿）

【析形】臀字甲骨文在"人"的臀部加指事符號指示部位。指事字。小篆下部是骨，意符，表明字義與骨肉有關；上部是殿，聲符，表示讀音（臀、殿二字古音同韻部）。形聲字。楷書下部的"月"是古文"肉"字的隸變體（古文肉、月二字形近，隸變後，兩個字為偏旁時多同化寫作"月"），取意與"骨"同。

【釋義】人或某些動物背部腰下、兩股上端與腰相連的部位：臀部

褪 tùn

【析形】見"褪 tuì"。

【釋義】◎本義指脱衣，音 tuì。◇引申指脱出，音 tùn：把袖子褪下來。

託（托）tuō

託 楷（褚遂良）

【析形】託字《説文》所無。楷書左旁是言，意符，表明字義與言語有關；右旁是毛，聲符，表示讀音。形聲字。

【釋義】◎本義指寄託，請人代辦：託付｜託管｜託夢｜託運｜拜託｜受託｜委託｜信託｜重託｜囑託 ◇引申①藉故推委，假借：託病｜託詞｜假託｜推託｜偽託｜依託 ②依賴：託庇｜託福｜託名｜依託

托 tuō

托 楷（顏真卿）

【析形】托字《説文》所無。楷書左旁是"扌"（手），意符，表明字義與手的動作有關；右旁是毛，聲符，表示讀音。形聲字。

【釋義】◎本義指用手推物。◇引申①指用手掌或其他東西附着或承着：托起｜托着 ②承托東西的物品：托盤｜托葉｜茶托｜花托｜槍托 ③陪襯：襯托｜烘托 △音借作壓強單位，一托等於一毫米水銀檔所產生的壓強。一個大氣壓 = 760 托

拖 tuō

🔲篆🔲拕 隸（相馬經）拖 楷（顏真卿）

【析形】拖字小篆作"拕"。左旁是手，意符，表明字義與手的動作有關；右旁是

它，聲符，表示讀音(拖、它二字古音同韻部)。形聲字。隸書聲符訛變。楷書沿襲隸書。

【釋義】◎本義指曳引，牽引物體移動：拖車│拖船│拖輪│拖網│拖鞋│拖曳│拖運│拖拉機　◇引申①拉長時間：拖拉│拖欠│拖沓│拖堂│拖延　②在身體後面拽拉着：拖着辮子│拖着尾巴

脫 tuō

脫篆 脫隸(馬王堆帛書) 脫楷(顏真卿)

【析形】脫字小篆左旁是肉，意符，表明字的初義與肌肉有關；右旁是兌，聲符，表示讀音。形聲字。古文肉、月二字形近，隸變後，兩個字作偏旁時多同化寫作"月"。

【釋義】◎本義指消瘦，肌肉削減。◇引申①掉下，落掉：脫掉│脫髮│脫穀│脫粒│脫落│脫皮│脫色　②除去：脫帽│脫坯│脫水│脫氧│脫脂　③離開，中斷：脫產│脫檔│脫軌│脫節│脫臼│脫離│脫身│脫胎│脫位│脫險│脫銷│擺脫│超脫│解脫│開脫│推脫│掙 zhèng 脫

馱 (驮) tuó

馱篆 馱楷(顏真卿)

【析形】馱字小篆左旁是馬，意符，代表牲口；右旁是大，聲符，表示讀音(馱、大二字古音韻部相近)。形聲字。楷書沿襲小篆。

【簡化】簡化字"驮"意符的簡化見"馬"字。

【釋義】◎本義指馬(或其他牲口)負載。◇引申泛指用背負載：馱畜│馱轎│馱馬│馱運

鴕 (鸵) tuó

【析形】鴕字《說文》所無。左旁是鳥，意符，表明字義與鳥類有關；右旁是它，聲符，表示讀音(鴕、它二字古音同韻部)。形聲字。

【簡化】簡化字"鸵"意符的簡化見"鳥"字。

【釋義】〔鴕鳥〕現代鳥類中最大的鳥，高

可達三米，頭小，頸長，腿長，翼退化，不能飛，善奔走，產於非洲沙漠地帶。

駝 (驼) tuó

駝楷(顏真卿)

【析形】駝字《說文》所無。楷書左旁是馬，意符，表明字義的類屬與動物有關；右旁是它，聲符，表示讀音(駝、它二字古音同韻部)。形聲字。

【簡化】簡化字"驼"意符的簡化見"馬"字。

【釋義】◎本義指駱駝：駝峰│駝鈴│駝絨│駝色　◇引申形容像駱駝那樣脊背隆起：駝背│駝子

妥 tuǒ

妥甲 妥金 妥楷(顏真卿)

【析形】妥字甲骨文左上部像手形，右旁像一跪跽、雙手交於胸前之女子，以手安撫女子使安穩，取意安穩。會意字。金文沿襲甲骨文。《說文》無"妥"字。楷書手形作"爫"。

【釋義】◎本義指安坐，安穩。◇引申①適當，穩當：妥當│妥善│妥帖│妥協│欠妥│穩妥　②表示齊備，完畢：停妥│辦妥

橢 (椭) tuǒ

橢篆 橢楷(顏真卿)

【析形】橢字小篆左旁是木，意符，表明材質；右旁是隋，聲符，表示讀音。形聲字。楷書沿襲小篆。

【簡化】簡化字"椭"是用保留特徵、局部刪除的方法，聲符保留了輪廓特徵"陏"，刪除了其中一些筆畫。

【釋義】◎本義指某些長圓形的容器。◇引申指狹長，長圓形：橢圓體

拓 tuò

拓篆 拓楷(顏真卿)

【析形】拓字小篆左旁是手，意符，表明字義與手的動作有關；右旁是石，聲符，表示讀音(拓、石二字古音同韻部)。形

聲字。隸變後,手字在字左側為偏旁時寫作"扌"。

【釋義】◎本義指拾取。◇引申①舉。②開闢,擴充:拓荒|開拓

唾 tuò

篆唾楷(顏真卿)

【析形】唾字小篆左旁是口,意符,表明字義與口有關;右旁是垂,聲符,表示讀音(唾、垂二字古音同韻部)。形聲字。楷書沿襲小篆。

【釋義】◎本義指口液,口腔裏的消化液:唾沫|唾液 ◇引申指吐唾沫,多表示鄙視:唾罵|唾棄

W

蛙〔蠅〕wā

篆蠅隸(馬王堆帛書)蛙楷(顏真卿)

【析形】蛙字小篆下部是黽,義為蛙屬動物,意符,表明字義與動物有關;上部是圭,聲符,表示讀音(蛙、圭二字古音同韻部)。形聲字。隸書以"虫"為意符。楷書寫作左右結構。

【釋義】兩棲動物,能捕食害蟲:蛙聲|青蛙|井底之蛙

挖 wā

篆挖楷(顏真卿)

【析形】挖字小篆上部是穴,本指土室、巖洞等,意符,以洞穴中空取空、使空之意;下部是乙,聲符,表示讀音(穵、乙二字古音同韻部)。形聲字。楷書增意符"扌"(手),表明字義與手的動作有關。

【釋義】◎本義指空,使空,即掘,發掘,探求:挖洞|挖方|挖根兒|挖掘|挖土|挖牆腳

窪(漥) wā

篆漥篆窪楷(顏真卿)

【析形】窪字小篆形一左旁是水,意符,表明字義與水有關;右旁是圭,聲符,表示讀音(漥、圭二字古音同韻部)。形聲字。形二右旁上部增"穴"為意符,取意深陷。楷書沿襲小篆形二。隸變後,水

字在字左側為偏旁時寫作"氵"。簡化字"洼"沿襲小篆形一。

【釋義】◎本義指深池。◇引申指低凹,深陷:窪地|窪陷|低窪|水窪

娃 wá

篆娃楷(顏真卿)

【析形】娃字小篆左旁是女,意符,表明字的初義與女子有關;右旁是圭,聲符,表示讀音(娃、圭二字古音同韻部)。形聲字。楷書沿襲小篆。

【釋義】◎本義指美女:嬌娃 ◇引申①小孩:娃娃|娃子|女娃 ②有些方言指某些初生的動物:豬娃|狗娃

瓦 wǎ

篆瓦楷(顏真卿)

【析形】瓦字小篆像瓦片相疊之形。象形字。楷書根據小篆轉寫而成。

【釋義】◎本義指用陶土燒製成的器物:瓦煲|瓦罐|瓦盆 ◇引申①用以覆蓋屋頂的建築材料:瓦房|瓦工|瓦楞|磚瓦 ②有弧度像瓦形的:瓦圈|軸瓦 △音借作音譯詞的構詞語素〔瓦特〕

瓦 wà

【析形】見"瓦 wǎ"。

【釋義】本義見"瓦 wǎ"。〔瓦瓦 wàwǎ〕把瓦鋪蓋在屋頂上。

〔瓦 wà 刀〕瓦（wǎ）工用的一種工具。

襪 (袜)〔韈、韤〕wà

襪 楷（顏真卿）

【析形】襪字《説文》所無。楷書左旁是衣，意符，表明字義與衣物有關；右旁是蔑，聲符，表示讀音。形聲字。異體字以"韋"（本義為皮革）或"革"為意符，表示製作材料。

【簡化】簡化字"袜"是用更換聲符的方法，以筆畫較簡的"末"為聲符（蔑、末二字古音同韻部），替換了筆畫繁複的"蔑"。

【釋義】腳上穿的襪子：襪底｜襪筒｜短襪｜毛襪｜絲襪

歪 wāi

歪 楷（顏真卿）

【析形】歪字《説文》所無。楷書上部是"不"，下部是"正"，均為意符，以不正取意歪。會意字。

【釋義】◎本義指不正，斜側，與"正"相對：歪斜｜歪嘴｜歪歪扭扭 ◇引申①不正當，不正派：歪風｜歪理｜邪門歪道 ②曲解：歪曲

外 wài

外 楷（顏真卿）

【析形】金文形一左旁是月，形二是夕，意符，均表示夜晚；右旁是卜，亦為意符，古人占卜多在早晨進行，晚間占卜，取意事外。會意字。小篆、隸、楷書沿襲金文形二。

【釋義】◎本義指遠在事外。◇引申①外邊，與"內"相對：外部｜外觀｜外景｜外科｜外殼｜外面｜外形｜外延｜外衣｜外因｜關外｜國外｜海外｜塞外 ②本處以外的地方和不在份內的、範圍內的：外埠｜外差 chāi｜外傳｜外地｜外界｜外路｜外人｜外省｜外務｜外姓｜外族｜除外｜郊外｜例外｜另外 ③外國：外幣｜外賓｜外電｜外匯｜外交｜外貿｜外銷｜外語｜外資｜援外 ④母親、姐妹或女兒方面的親屬：外公｜外甥｜外孫｜外祖父 ⑤疏遠：外話｜外客｜見外 ⑥非正式的：外號｜外史｜外傳 zhuàn

彎 (弯) wān

彎 篆　**彎** 楷（顏真卿）　**穹** 草（草書韻會）

【析形】彎字小篆下部是弓，意符，表明字的初義與弓有關；上部是"䜌"，聲符，表示讀音。形聲字。楷書沿襲篆書。

【簡化】簡化字"弯"的聲符根據草書楷化而成。

【釋義】◎本義指拉弓，開弓：彎弓 ◇引申①曲，使曲：彎度｜彎曲｜彎腰 ②曲折的部分：拐彎｜急彎｜繞彎兒｜轉 zhuǎn 彎

灣 (湾) wān

灣 楷（顏真卿）

【析形】灣字《説文》所無。楷書左旁是"氵"（水），意符，表明字義與水有關；右旁是"彎"，聲符，表示讀音。形聲字。

【簡化】簡化字"湾"聲符的簡化見"弯"字。

【釋義】◎本義指①水流拐彎的地方：河灣 ②海岸向陸地凹入的地方：灣仔（香港地名）｜港灣｜海灣 ◇引申指使船停住："灣"泊｜小船"灣"在河邊

豌 wān

豌 楷（顏真卿）

【析形】豌字《説文》所無。楷書左旁是豆，意符，表明字義與豆類植物有關；右旁是宛，聲符，表示讀音。形聲字。

【釋義】〔豌豆〕一年生或二年生草本植物，原產歐、亞洲。嫩莢、種子和嫩苗可以吃，莖、葉可做飼料，也稱麥豆、淮豆、小寒豆。

丸 wán

丸 篆　**丸** 楷（王獻之）

【析形】丸字小篆是"仄"字的反寫，取意反覆轉動。楷書已失初形。

【釋義】◎本義指搏揉，即反覆轉動。

◇引申①泛指小而圓的東西：丸子|彈丸|泥丸|魚丸 ②藥丸：丸劑|丸藥|保濟丸

完 wán

完篆 完隸(史晨碑) 完楷(顏真卿)

【析形】完字小篆上部是“宀”，意符，以屋宇之完整取意完全；下部是“元”，聲符，表示讀音（完、元二字古音同韻部）。形聲字。隸、楷書沿襲小篆。
【釋義】◎本義指完整，完全：完備|完聚|完滿|完美|完人|完善 ◇引申①結束，做成：完成|完稿|完工 ②完成交納：完稅|完賬 ③了結，終了：完畢|完結|完了liǎo|完事

玩 〔翫〕wán

玩篆 玩隸(馬王堆帛書) 玩楷(歐陽詢)
翫楷(智永)

【析形】玩字小篆左旁是玉，意符，以玩賞珠寶取意玩弄；右旁是元，聲符，表示讀音（玩、元二字古音同韻部）。形聲字。隸、楷書形一沿襲小篆。楷書形二以“習”為意符，取意習玩。
【釋義】◎本義指玩賞，玩弄（珠寶等器物）。◇引申①遊戲，做某件文體活動：玩具|玩偶|玩耍|玩意兒|遊玩|玩電腦|玩足球 ②耍弄，使用（不正當的手段、方法）：玩弄|玩花招|玩手段 ③觀賞，供觀賞的東西：玩味|玩物|古玩|遊山玩水 ④用不嚴肅的態度對待，輕視：玩忽|玩視|玩世不恭（引申義 ③④也作“翫”）

頑 (頑) wán

頑篆 頑隸(張表碑) 頑楷(顏真卿)

【析形】頑字小篆右旁是頁，意符，表明字的初義與頭有關（見“頁”字）；左旁是元，聲符，表示讀音（頑、元二字古音同韻部）。形聲字。隸、楷書沿襲小篆。
【簡化】楷書簡體“頑”意符的簡化見“頁”字。
【釋義】◎本義指頭腦愚鈍：頑鈍|冥頑|愚頑 ◇引申①不易開導或制伏，固執：頑敵|頑梗|頑固|頑抗|頑石|頑症|刁頑 ②小孩淘氣：頑皮|頑童

挽 〔輓〕wǎn

挽隸(隸辨) 挽楷(顏真卿)

【析形】挽字隸書左旁是“扌”（手），意符，表明字義與手的動作有關；右旁是“免”，聲符，表示讀音（挽、免二字古音同韻部）。形聲字。楷書沿襲隸書。
【釋義】◎本義同“輓”，表示牽引，拉。◇引申指扭轉：挽弓|挽回|挽救|挽留|挽手|力挽狂瀾 因聲用同“綰”，表示捲起，打結：挽袖子|挽個扣兒

輓 〔挽〕wǎn

輓篆

【析形】輓字小篆左旁是車，意符，表明字義與車有關；左旁是免，聲符，表示讀音（輓、免二字古音同韻部）。形聲字。異體字以“扌”（手）為意符，表明字義與手的動作有關。內地採用“挽”字。
【釋義】◎本義指拉車。古人送葬時用大繩拉車前行並唱哀歌。 ◇引申①悼念死者的哀歌。②追悼死去的人：輓詞|輓歌|輓聯|輓幛|敬輓

晚 wǎn

晚篆 晚楷(顏真卿)

【析形】晚字小篆左旁是日，意符，表明字義與時日有關；右旁是免，聲符，表示讀音（晚、免二字古音同韻部）。楷書沿襲小篆。
【釋義】◎本義指日暮，即日落的時候，夜間：晚班|晚餐|晚會|晚景|晚宴|傍晚 ◇引申①時間靠後的，後來的：晚稻|晚婚|晚節|晚年|晚期|晚秋|晚霜 ②遲到的：晚點|晚到

碗 〔盌、椀〕wǎn

盌篆 碗楷(顏真卿)

【析形】碗字小篆下部是皿，意符，表明字義與器皿有關；上部是夗，聲符，表示讀音。形聲字。楷書意符為“石”，表明材質，聲符為“宛”，並寫作左右結構。異體字以“木”為意符，亦表明製作材料。

【釋義】盛飲食的器皿：碗櫃│茶碗│飯碗│湯碗

宛 wǎn

篆（張景碑）楷（靈巖寺碑）

【析形】宛字小篆上部是"宀"，意符，表明字義與居室有關；下部是夗，意符兼聲符，取意彎曲，也表示讀音。會意兼聲字。隸、楷書沿襲小篆。

【釋義】◎本義指宮室迴環盤曲。◇引申①曲折：宛轉│委宛 ②彷彿，好像：宛然│宛如│宛若

惋 wǎn

楷（顏真卿）

【析形】惋字《說文》所無。楷書左旁是"忄"（心），意符，表明字義與心緒有關；右旁是宛，聲符，表示讀音。形聲字。

【釋義】歎惜：惋惜│歎惋

婉 wǎn

篆 楷（顏真卿）

【析形】婉字小篆左旁是女，意符，以女子溫婉取意柔順；右旁是宛，聲符，表示讀音。形聲字。楷書沿襲小篆

【釋義】◎本義為柔順，溫順：婉和│婉順 ◇引申①美好：婉麗 ②委婉：婉詞│婉辭│婉勸│婉謝│婉言│婉約│婉轉│哀婉│淒婉

萬（万）wàn

甲 甲 金 金 戰國文字 篆
隸（華山神廟碑）隸（日入大萬鐘）
楷（龍藏寺碑）

【析形】數目字"萬"古文有兩個形體：甲骨文形一像蠍子形，上部有蠍鉗，中間是蠍身，下部有毒鈎。象形字。形二一說為"亥"字的分化字。金文形一、形二及隸書形一、形二均分別沿襲甲骨文有兩個形體。小篆沿襲甲骨文形一而下部略變。楷書沿襲隸書形一。

【簡化】簡化字是用沿用古體的方法，沿用甲、金文形二作"万"。

【釋義】◎"萬"字本義為蟲名，蠍子。△音借作數詞，千的十倍：百萬│一萬│億萬 ◇引申①比喻很多：萬般│萬代│萬古│萬物│萬象│萬丈│萬眾│萬事俱備│萬水千山│萬紫千紅│千頭萬緒│日理萬機│瞬息萬變 ②很，絕對：萬惡│萬分│萬全│萬幸

腕 wàn

楷（顏真卿）

【析形】腕字《說文》所無。楷書左旁的"月"是古文"肉"字的隸變體（古文肉、月二字形近，隸變後，兩個字作偏旁時多同化寫作"月"），意符，表明字義與身體的某部分有關；右旁是宛，聲符，表示讀音。形聲字。

【釋義】◎本義指手臂與手掌相連的部分：腕力│腕子│胼腕│扼腕│手腕 ◇引申①有名氣、有實力的人（多指文藝界）：大腕 ②墨魚、章魚等低等動物口的周圍捕食或運動用的伸長物：腕足│口腕

蔓 wàn

【析形】見"蔓màn"。

【釋義】◎本義指草本植物的枝莖，音màn。也指細長不能直立的莖，音wàn：瓜蔓│翻蔓│爬蔓│壓蔓│順蔓摸瓜

汪 wāng

金 篆 楷（顏真卿）

【析形】汪字金文左旁是水，意符，表明字義與水有關；右旁是往，聲符，表示讀音。形聲字。小篆沿襲金文。隸變後，水字在字左側為偏旁時寫作"氵"。楷書改聲符為"王"。

【釋義】◎本義①水深廣：汪洋 ②液體聚在一個地方：汪着一灘水 ◇引申①量詞：一汪水│兩汪眼淚 ②形容充滿水或眼淚的樣子：水汪汪│眼淚汪汪 △音借作象聲詞：狗汪汪叫

亡 wáng

甲 金 篆 隸（景君碑）

W

亡 楷（顏真卿）

【析形】亡字甲骨文是在刀口上指事，指出刀鋒所在，當是鋒芒的"芒"的本字。指事字。金文沿襲甲骨文。小篆形體已訛變。隸、楷書筆畫化，更失初形。

【釋義】◎本義指鋒芒，即刀口的尖端。後作"芒"。△音借表示逃跑，逃亡：亡命｜敗亡｜出亡｜流亡　◇引申①失去：亡失｜名存實亡②死去，死去的：亡故｜亡魂｜悼亡｜傷亡｜死亡｜陣亡③滅掉：亡國｜覆亡｜救亡｜淪亡｜滅亡｜衰亡｜危亡｜消亡｜興亡

王 wáng

甲　金　篆　隸（居延簡）
楷（歐陽詢）

【析形】王字甲骨文像斧鉞之形，刃朝下，接柄處在上。象形字。金文沿襲甲骨文。小篆線條化，已失初形。隸、楷書襲小篆。

【釋義】◎本義指斧鉞。斧鉞作為古代權力之象徵引申指君王，古代最高統治者的稱號。漢代以後為封建社會的最高封爵：王朝｜王道｜王法｜王府｜王位｜帝王　◇引申指一族或一類中的首領或最特出的，最強的：王牌｜蜂王｜猴王｜球王

網 (网) wǎng

甲　金　篆　篆　篆　楷（顏真卿）

【析形】網字甲骨文像網繩縱橫交錯之形。象形字。金文有所省減。小篆形一仍見"网"字初形；形二下部增"亡"為聲符，表示讀音，成為形聲字。形三左增"糸"為意符，表示以繩結網。楷書把"糸"寫在左旁。

【簡化】簡化字"网"是用沿用古體的方法，沿用甲骨文形體復作"网"。

【釋義】◎本義指用繩、線等結成的捕魚獵鳥捉鳥的工具：網綱｜打網｜落網｜漏網｜魚網　◇引申①形狀像網的東西：網兜｜網籃｜網膜｜電網｜球網｜蛛網②用網捕捉：網了一尾大魚③搜求，招致：網羅④縱橫交錯的組織或系統：網路｜法網｜火網｜水網｜灌溉網｜交通網｜商業網｜鐵路網｜通訊網⑤電腦網絡：網吧｜網蟲｜網民｜網址｜上網｜互聯網｜局域網

往 wǎng

甲　金　篆　隸（馬王堆帛書）
楷（顏真卿）

【析形】往字甲骨文上部像足印形，隸作"止"（"趾"字初文），意符，表明字義與行走有關；下部是王，聲符，表示讀音。形聲字。金文左旁增"彳"（像道路形）為意符，表明字義與道路有關。小篆沿襲金文。隸書右旁訛作"主"。楷書沿襲隸書。

【釋義】◎本義指去，到：往返｜往來｜往前｜飛往｜過往｜交往｜前往｜神往｜嚮往　◇引申①過去的：往常｜往年｜往日｜往時｜往事｜往昔｜以往②介詞。"朝"、"向"的意思：往東｜往前｜往下｜往右③副詞，表示某種情況時常存在或經常發生：往往

枉 wǎng

篆　隸（馬王堆帛書）　楷（顏真卿）

【析形】枉字小篆左旁是木，意符，表明字義與樹木有關；右旁是"往"，聲符，表示讀音。形聲字。隸書改聲符為"王"。楷書沿襲隸書。

【釋義】◎本義指樹木彎曲。◇引申①曲，使彎曲：枉法｜矯枉過正②受屈，冤屈：屈枉｜誣枉｜冤枉③徒然：枉費｜枉然｜枉自④屈尊：枉駕

妄 wàng

金　篆　楷（安定王墓誌）

【析形】妄字金文下部是女，意符，代表人；上部是亡，意符兼聲符，取意無所依據，也表示讀音。會意兼聲字。小篆、楷書沿襲金文。

【釋義】◎本義指無事實根據，荒誕：妄念｜妄評｜妄人｜妄圖｜妄想｜狂妄｜虛妄｜愚妄｜妄自尊大　◇引申指非分的，出了常規的，胡亂：妄動｜妄求｜妄為｜妄言｜妄自菲fěi薄｜癡心妄想｜膽大妄為｜輕舉妄動

忘 wàng

金 篆忘 隸（袁博碑） 楷（爨寶子碑）

【析形】忘字金文下部是"心"，意符，表明字義與思維有關；上部是"亡"，意符兼聲符，取意遺忘，也表示讀音。會意兼聲字。小篆、隸、楷書沿襲金文。

【釋義】不記得，遺漏：忘本｜忘懷｜忘記｜忘卻｜忘形｜忘我｜忘性｜淡忘｜健忘｜遺忘｜備忘錄

旺 wàng

篆旺 楷（顏真卿）

【析形】旺字小篆左旁是"日"，意符，表明字義與日光有關；右旁是"往"，聲符，表示讀音。形聲字。楷書改聲符為"王"。

【釋義】◎本義指日暈。◇引申①光明。②熾烈：火很旺 ③興盛：旺季｜旺盛｜旺銷｜旺月｜興旺

望 wàng

甲 金 金 金 篆望 隸（曹全碑）
望 楷（顏真卿）

【析形】望字甲骨文像一個人站在土丘上注目遠望之形，頭部突出眼睛。會意字。金文形一沿襲甲骨文；形二右上部增"月"為意符，以望月取意遠望；形三"人"形訛作"壬"，左上部訛作"亡"，表示讀音，成為形聲字。小篆沿襲金文形三。隸書據小篆轉寫而成。楷書沿襲隸書。

【釋義】◎本義指向高處、遠處看：望風｜望樓｜望遠｜觀望｜瞭望｜凝望｜眺望｜仰望｜瞻望｜展望｜張望 ◇引申①農曆每月十五日（可望月圓）：望日｜望月｜朔望 ②希望：巴望｜厚望｜冀望｜絕望｜渴望｜盼望｜期望｜祈望｜奢望｜慾望｜願望｜指望｜眾望｜屬（zhǔ）望 ③為人所景仰的，有聲望的：望族｜德望｜名望｜人望｜威望｜信望 ④問候，拜訪：拜望｜看望｜探望 ⑤向，朝：望北｜望他笑笑

危 wēi

篆 隸（馬王堆帛書） 楷（顏真卿）

【析形】危字小篆上部像人在危崖上，意符，取意恐懼；下部是厄，聲符，表示讀音（危、厄二字古音同韻部）。形聲字。隸書把"人"隸作 ㄉ。楷書沿襲隸書。

【釋義】◎本義指恐懼。《説文·危部》："危，在高而懼也。"◇引申①不安全，與"安"相對：危機｜危急｜危難（nàn）｜危亡｜危險｜安危｜瀕危 ②損害，妨害：危害｜危及 ③將死：危重｜病危｜垂危｜臨危 ④高險，高：危峰｜危冠（guān）｜危檣｜危樓百尺 ⑤端正：正襟危坐

威 wēi

金 篆 隸（曹全碑）
楷（敬使君碑）

【析形】威字金文上部是"戌"，古代兵器，右下部是"女"，均為意符，以女子持械取威風之意。會意字。小篆兵器為"戌"。隸、楷書沿襲小篆。

【釋義】◎本義指威風。◇引申①聲勢：威力｜威名｜威望｜威武｜威信｜威嚴｜威儀｜權威｜神威｜施威｜示威｜助威 ②憑藉勢力：威逼｜威懾｜威嚇hè｜威脅

微 wēi

甲 金 篆 隸（郭有道碑）
微 楷（顏真卿）

【析形】微字甲骨文借音同的"散"字表示。金文左旁增"彳"（像道路形）為意符，表明字義與行為動作有關。小篆、隸、楷書沿襲金文。

【釋義】◎本義指隱行，隱蔽：微詞｜微服｜微妙｜微行（xíng）◇引申①精微，細小：微波｜微薄｜微風｜微觀｜微粒｜微利｜微量｜微弱｜微型｜細微｜輕微 ②稍稍：微明｜微熱｜微笑｜稍微 ③敗落，低下：卑微｜低微｜寒微 △音借與某一物理量單位連用，表示該量的百萬分之一：微安｜微米

偎 wēi

偎 楷（顏真卿）

【析形】偎字《説文》所無。楷書左旁是"亻"（人），意符，表明字義與人的活動有

關；右旁是畏，聲符，表示讀音。形聲字。

【釋義】靠着，挨傍着：偎傍｜偎抱｜偎依｜依偎

薇 wēi

薇篆 薇楷（顏真卿）

【析形】薇字小篆上部是"艸"，意符，表明字的初義與植物有關；下部是微，聲符，表示讀音。形聲字。楷書沿襲小篆。

【釋義】植物名①野豌豆，一年生或多年生草本植物，可作飼料、綠肥。也叫巢菜。②薔薇：落葉灌木，莖上多刺，夏初開花。③紫薇：落葉小喬木，供觀賞，果實可入藥。

巍 wēi

巍篆 巍楷（顏真卿）

【析形】巍字小篆右旁是鬼，意符，義為山高；左旁是委，聲符，表示讀音。形聲字。楷書"山"在上部，作上下結構。

【釋義】◎本義指山高。◇引申泛指高大的樣子：巍巍｜巍峨｜崔巍｜巍然屹立

為 (为) wéi

為甲 為金 為篆 為隸（張表碑）

為楷（歐陽詢） 為草（皇象）

【析形】為字甲骨文右旁像一隻大象之形（見"象"字），左上部有隻手，均為意符，以手牽象，役象助勞，取意作為。會意字。金文"象"形略變。小篆更失初形。隸書根據小篆轉寫而成。

【簡化】簡化字"为"根據草書楷化而成。

【釋義】◎本義指作為，做：人為｜所為｜有為｜行為｜為非作歹｜為所欲為｜狼狽為奸｜大有可為｜事在人為｜無所作為　◇引申①充當，當作：為首｜為主｜不足為憑｜不足為奇｜不足為訓｜引以為戒｜引以為榮②表示"被"：為人稱道｜古為今用｜洋為中用③變成，成為：變為｜淪為｜改為｜一分為二｜化險為夷｜化整為零｜轉危為安

違 (违) wéi

違金 違篆 違隸（王基碑） 違楷（歐陽詢）

違草（孫過庭）

【析形】違字金文左上部像道路形，隸作"彳"，表明字義與道路有關；下部像足印形，隸作"止"（甲骨文像足印形。"趾"字初文），均為意符，表明字義與行走有關；右上部是韋，聲符，表示讀音。形聲字。小篆把"彳"、"止"兩個偏旁合篆"辵"。隸變後，辵字為偏旁時寫作"辶"。

【簡化】簡化字"违"根據草書楷化而成。

【釋義】◎本義指離別：久違　◇引申指背，不遵守，不依從：違拗｜違法｜違反｜違犯｜違規｜違禁｜違憲｜事與願違｜陽奉陰違

圍 (围) wéi

圍甲 圍金 圍篆 圍楷（顏真卿） 草（米芾）

【析形】圍字甲骨文中間的"囗"表示一方領地，上下像兩隻足印形，均為意符，表示護衛疆土。會意字。金文外廓增"囗"為意符，取意圍城防守，也表示讀音。會意兼聲字。小篆、楷書沿襲金文。

【簡化】簡化字"围"根據草書楷化而成。

【釋義】◎本義指防守，古人以兵守城叫作圍。◇引申①包圍，環繞：圍城｜圍殲｜圍剿｜圍墾｜圍困｜圍獵｜圍繞｜重圍｜合圍｜解圍｜突圍②四周：範圍｜氛圍｜四圍｜周邊｜周圍③圈起來作攔阻或遮擋的東西：圍巾｜圍牆｜圍裙｜圍網④計量圓周的約略單位：腰圍｜樹大十圍

唯 wéi

唯甲 唯金 唯篆 唯隸（泰山金剛經）

唯楷（崔敬邕墓誌）

【析形】唯字甲骨文右旁是口，左旁是隹，短尾鳥之總名，均為意符，表示鳥鳴叫，隹也兼表示讀音。會意兼聲字。金文"口"在左旁。小篆、隸、楷書沿襲金文。

【釋義】◎本義指鳥叫。△音借表示①象聲詞，表示應答聲，用於對尊長表恭敬：唯唯諾諾②副詞，表示只有，只是：唯物｜唯心論｜任人唯賢

維(维) wéi

金 金 維篆 雖隸(馬王堆帛書)

維草(李邕) 維楷(顏真卿)

【析形】維字金文形一是借音近的"隹"字表示。形二左旁是糸，意符，表明字義與絲繩等有關；右旁是隹，聲符，表示讀音。形聲字。小篆、隸、楷書沿襲金文形二。

【簡化】楷書簡體"维"的意符"纟"根據草書楷化而成。

【釋義】◎本義指繫物的大繩子。◇引申①繫，連結：維繫|維舟 ②保持，保全：維持|維護|維修 ③因聲通"惟"，表示思想，考慮：思維 △音借作文言助詞，表示加強語氣：維妙維肖|步履維艱|進退維谷

桅 wéi

桅篆 桅楷(顏真卿)

【析形】桅字小篆左旁是木，意符，表明材質；右旁是危，聲符，表示讀音。形聲字。楷書沿襲小篆。

【釋義】桅杆。豎立在船上掛帆的杆子：桅燈|桅頂|船桅

偉(伟) wěi

偉篆 偉隸(隸辨) 偉楷(歐陽詢)

伟草(孫過庭)

【析形】偉字小篆左旁是人，意符，表明字義與人的活動有關(古人云："偉哉夫造物者")；右旁是韋，聲符，表示讀音。形聲字。隸變後，人字在字左側為偏旁時寫作"亻"。

【簡化】簡化字"伟"根據草書楷化而成。

【釋義】◎本義指奇，特異。◇引申指壯大，大：偉大|偉力|偉人|偉業|宏偉|魁偉|雄偉|豐功偉績

偽(伪) wěi

偽篆 偽隸(張表碑)　楷(顏真卿)

【析形】偽字小篆左旁是人，意符，表明字義與人的活動有關；右旁是為，聲符，表示讀音。形聲字。隸變後，人字在字左側為偏旁時寫作"亻"。

【簡化】簡化字"伪"聲符的簡化見"為"字。

【釋義】◎本義指欺詐，虛假：偽本|偽鈔|偽劣|偽善|偽書|偽造|偽證|偽裝|虛偽|造偽 ◇引申為對敵對政權的貶稱：偽軍|偽令|偽滿|偽職|偽政權|偽總統

委 wěi

委甲 委篆 委隸(郭有道碑) 委楷(歐陽詢)

【析形】委字甲骨文右旁像一跪踞着、雙手交於胸前之女子形象，左旁像一棵枯萎捲曲的禾苗，均為意符，取意不振作。會意字。小篆寫作上下結構。隸、楷書沿襲小篆。

【釋義】◎本義指不振作：委頓|委靡不振 ◇引申①曲折：委曲|委屈|委宛|委婉|委曲求全 ②隨，順從：委隨 ③託付，把事交別人去辦：委派|委任|委託 ④委員、委員會的簡稱：委員|編委|省委 ⑤推卸：委罪|推委 ⑥事物的末尾：原委|究原竟委

葦(苇) wěi

葦篆 葦隸(華山神廟碑) 苇楷(顏真卿)

【析形】葦字小篆上部是"艸"，意符，表明字義與植物有關；下部是韋，聲符，表示讀音。形聲字。

【簡化】楷書簡體"苇"根據草書楷化而成。

【釋義】蘆葦。多年生草本植物，多生在水邊：葦塘|葦蓆

緯(纬) wěi

緯篆 緯隸(張表碑) 纬草(懷素)

纬楷(顏真卿)

【析形】緯字小篆左旁是糸，意符，表明字的初義與絲線有關；右旁是韋，聲符，表示讀音。形聲字。隸書沿襲小篆。

【簡化】楷書簡體"纬"根據草書楷化而成。

【釋義】◎本義指織物的橫線(縱線稱"經")：緯紗|緯線 ◇引申指地理上東西

緯度：緯線｜北緯｜南緯

萎 wěi

^篆萎^楷(顏真卿)

【析形】萎字小篆上部是"艸"，意符，表明字義與植物有關；下部是委，聲符，表示讀音。形聲字。隸、楷書沿襲小篆。

【釋義】◎本義指草木枯死，衰落：萎靡｜萎縮｜萎謝｜枯萎 ◇引申指像草木一樣枯萎的事物：萎縮

尾 wěi

^甲^篆尾^楷(顏真卿)

【析形】尾字甲骨文像側立之人身後繫有尾飾之形(古代西南少數民族做衣服時有尾飾)，以尾飾表示尾巴。小篆把甲骨文人形篆作"尸"，下部是毛，均為意符，表示尾部、尾巴。會意字。楷書沿襲小篆。

【釋義】◎本義指尾巴，即脊椎動物軀幹後面一段突出部分：尾巴｜尾骨｜搖頭擺尾｜搖尾乞憐 ◇引申①表示事物的末後部分：尾燈｜尾聲｜詞尾｜結尾｜末尾｜排尾｜收尾｜押尾 ②指在後面跟：尾隨｜掃尾 ③主要部分以外的部分，沒了結的事情：尾數 ④量詞，用於魚：一尾魚

衛 (卫)〔衞〕wèi

^金^金^篆衛^隸(泰山金剛經)

衛^楷(蘇孝慈墓誌)

【析形】衛字金文形一中間的"囗"代表一方城邑，四周像有許多足印圍繞城邑，均為意符，取意護衛城邑。會意字。形二外廓增"行"表示道路，中間的"囗"訛作"方"。小篆、隸書沿襲金文形二，中間部件有所增減。

【簡化】簡化字"卫"是用保留特徵、局部刪除的方法，保留中間上部輪廓特徵"卫"，刪除了其餘部件。

【釋義】護衛，防護：衛兵｜衛國｜衛生｜保衛｜防衛｜捍衛｜警衛｜侍衛

為 (为) wèi

【析形】見"為 wéi"。

【釋義】◎本義表示做，音 wéi。◇引申①"替"，"給"，"為了"，音 wèi：為此｜為何｜為虎作倀｜為人作嫁｜捨己為公｜捨身為國 ②"對"，"向"：不足為人道 (以上引申義音 wèi)

未 wèi

^甲^金^篆未^隸(華山神廟碑)

未^楷(王獻之)

【析形】未字甲骨文像樹木形，與"木"字之別在於上部多出枝丫。象形字。金文、小篆沿襲甲骨文。隸、楷書筆畫化，失去初形。

【釋義】◎本義當為樹木。△音借表示①地支第八位。引申表示下午一點到三點：未時 ②表示否定，不：未必｜未可｜未免｜未能 ◇引申指沒有，不曾，與"已"相對：未曾｜未嘗｜未定｜未婚｜未竟｜未決｜未來｜未了 liǎo｜未遂｜未詳｜未知

位 wèi

^甲^金^篆位^隸(曹全碑)

位^楷(張猛龍碑)

【析形】位字甲骨文、全文借"立"字之形表示(見"立"字)。小篆左旁增"人"為意符，成為會意字。隸變後，人字在字左側為偏旁時寫作"亻"。

【釋義】◎本義指群臣列於廷中之位置。◇引申①泛指所在或所佔的地方：位次｜位移｜位置｜部位｜方位｜崗位｜牌位｜首位｜水位｜席位｜主位｜坐位｜座位 ②地位，職位，古時也特指皇帝的地位：位次｜篡位｜單位｜即位｜就位｜爵位｜名位｜讓位｜尸位｜退位｜王位｜在位 ③算數上的位數：百位｜個位｜借位｜進位｜十位 ④量詞，表示人數：各位｜列位｜眾位｜諸位｜三位一體

味 wèi

^篆味^隸(孔彪碑)味^楷(王羲之)

【析形】味字小篆左旁是口，意符，表明字義與口有關；右旁是未，聲符，表示讀音。形聲字。隸、楷書沿襲小篆。

【釋義】◎本義指舌頭嚐東西得到的感覺：

味道｜味覺｜美味｜氣味｜異味｜滋味　◇引申
①興趣，情趣，情調，蘊涵：乏味｜情味｜
趣味｜興 xìng 味｜意味｜韻味　②體會，研
究：回味｜體味

畏 wèi

【析形】畏字甲骨文左旁像頭帶面具之人
形，表示鬼神；右旁像一把刀，均為意
符，鬼執器械，取意恐懼。金文沿襲甲骨
文。小篆人形訛變。隸書根據小篆轉寫而
成。楷書沿襲隸書。
【釋義】◎本義指害怕，恐懼：畏避｜畏忌｜
畏懼｜畏怯｜畏縮｜畏罪｜無畏　◇引申指敬
服：敬畏｜後生可畏｜嚴師畏友

胃 wèi

【析形】胃字楚帛書上部像胃形，外廓是
胃壁，內中像有食物；下部是肉，均為意
符，表明字義與身體的某部分有關。會
意字。小篆沿襲楚帛書。隸書上部訛作
"田"。古文肉、月二字形近，隸變後，兩
個字作偏旁時多同化寫作"月"。
【釋義】◎人和高等動物的消化器官之
一：胃病｜胃液｜腸胃｜脾胃　△音借作星
名，二十八宿之一。

餵〔餧、喂〕wèi

【析形】餵字小篆左旁是食，意符，表明
字義與食物有關；右旁是委，聲符，表示
讀音。形聲字。異體字以"口"為意符，
以"畏"為聲符。內地採用"喂"字。
【釋義】◎把食物送進人的嘴裏：餵奶｜餵
飯　◇引申指給動物東西吃，飼養：餵牲
口｜去年餵了一頭牛

喂 wèi

【析形】喂字《說文》所無。左旁是口，意
符，表明字義與口的行為有關；右旁是

畏，聲符，表示讀音。形聲字。
【釋義】歎詞，表示招呼：喂，起來吧！

慰 wèi

【析形】慰字小篆下部是心，意符，表
明字義與心緒有關；上部是尉（尉），聲
符，表示讀音。形聲字。隸、楷書沿襲小
篆。
【釋義】◎本義指心安：慰籍 jiè　｜安慰｜快
慰｜寬慰｜欣慰　◇引申指使人心情安適：
慰勞｜慰問｜慰唁｜撫慰｜告慰｜勸慰

謂（谓）wèi

【析形】謂字小篆左旁是言，意符，表明
字義與言語有關；右旁是胃，聲符，表示
讀音。形聲字。隸、楷書沿襲小篆。
【簡化】簡化字"谓"的意符"讠"根據草書
楷化而成。
【釋義】◎本義指評論。◇引申①告訴：
所謂｜可謂　②叫作，稱呼：稱謂｜何謂
③意義：無謂

尉 wèi

【析形】尉字小篆下部是火，右旁像一隻
手，左上是"𡰥"，取"平"之意，均為
意符，表示把東西熨平整。會意字。隸
變把下部的"火"訛作"小"；手形寫作
"寸"。楷書沿襲隸書。
【釋義】◎本義當同"熨"。△音借為古官
名：太尉　◇引申作軍銜名：尉官｜大尉｜
上尉｜少尉｜中尉｜準尉

蝟〔猬〕wèi

【析形】蝟字本作"彙"（見"彙"字）。小篆
改意符為"虫"，代表動物；右旁是胃，
聲符，表示讀音。形聲字。隶书又改意
符為"犬"，亦代表动物。隸變後，犬字

在字左側為偏旁時寫作"犭"。內地採用"猬"字。

【釋義】〔刺蝟〕哺乳動物。頭小，嘴尖，全身長着硬刺，吃昆蟲和鼠、蛇等。

蔚 wèi

蔚篆　蔚楷(顏真卿)

【析形】蔚字小篆上部是"艸"，意符，表明字義與植物有關；下部是尉，聲符，表示讀音。形聲字。楷書沿襲小篆。

【釋義】◎本義為草名。牡蒿。菊科，多年生草本植物，全草入藥。◇引申①形容草木茂盛 ②盛大，聚集：蔚起｜蔚然成風｜蔚為大觀 ③雲氣興起、瀰漫之狀：雲蒸霞蔚 ④文采華美：蔚彼高藻，如玉之闌

魏 wèi

魏楷(顏真卿)

【析形】見"巍"字。楷書意符去掉上部的"山"，與"巍"字別為一字。

【釋義】◎本義當同"巍"，表示高。◇引申指宮闕門前的台觀　古國名：魏碑｜北魏｜東魏｜西魏

溫 wēn

溫篆　溫隸(馬王堆帛書)　溫楷(爨寶子碑)

【析形】溫字小篆左旁是水，意符，表明字的初義與水有關；右旁是昷，聲符，表示讀音。形聲字。隸變後，水字在字左側為偏旁時寫作"氵"。

【釋義】◎本義為水名。△音借表示暖：溫飽｜溫牀｜溫帶｜溫和｜溫暖｜溫泉｜溫室　◇引申①把東西稍微加熱：溫酒｜溫熱 ②溫度：溫差｜常溫｜高溫｜降溫｜氣溫｜水溫｜體溫 ③性情柔和：溫存｜溫和｜溫厚｜溫情｜溫柔｜溫文爾雅 ④復習：溫課｜溫習｜重溫｜溫故知新

瘟 wēn

瘟楷(顏真卿)

【析形】瘟字《說文》所無。外廓是"疒"，意符，表明字義與疾病有關(見"病"

字)；內中是"昷"，聲符，表示讀音。形聲字。

【釋義】◎本義指疫病。中醫對流行性急性傳染病的通稱。也指牲畜的急性傳染病：瘟病｜瘟疫｜瘟疹｜春瘟｜雞瘟｜牛瘟｜暑瘟

文 wén

文甲　文金　文篆　文隸(曹全碑)　文楷(張猛龍碑)

【析形】文字甲骨文像一正面之人形，身上有紋飾。象形字。金文沿襲甲骨文。小篆紋飾省減。隸書筆畫化，人形已失。楷書沿襲隸書。

【釋義】◎本義指(在肌膚上)刺畫花紋：文身　◇引申①紋理，花紋。 ②自然界的某些現象：水文｜天文 ③文字：文本｜文盲｜漢文｜盲文｜甲骨文｜鐘鼎文｜咬文嚼字 ④文章，寫文章：文筆｜文才｜文采｜文辭｜文法｜文風｜文稿｜文豪｜文檔｜文庫｜文墨｜文壇｜文學｜文藝｜文摘｜課文｜論文｜散文｜行文｜徵文｜作文 ⑤泛指科學文化，社會科學：文化｜文教｜文科｜文明｜文物｜文娛 ⑥文事，與"武"相對：文官｜文武｜文職 ⑦斯文，柔和：文靜｜文弱｜文雅｜文質彬彬｜溫文爾雅 ⑧舊指銅錢的單位：分文｜一文不名

紋 (纹) wén

紋楷(顏真卿)

【析形】紋字《說文》所無。左旁是糸，意符，表明字義與絲帛有關；右旁是文，"紋"字古文，意符兼聲符，表明字義與紋飾有關，也表示讀音。會意兼聲字。

【簡化】楷書簡體"纹"的意符"纟"根據草書楷化而成。

【釋義】◎本義指絲織物上的紋路或花紋。◇引申泛指各種紋路和花紋：紋理｜紋路｜紋飾｜波紋｜花紋｜羅紋｜笑紋｜斜紋｜指紋｜皺紋

聞 (闻) wén

聞甲　聞金　聞篆　聞隸(郭有道碑)　聞楷(元珍墓誌)　闻草(王獻之)

【析形】聞字甲骨文像一跪踞之人把手附在耳旁聆聽之形，頭部突出耳朵。會意字。金文形體已變，下部人形訛作"女"，"耳"脫離人頭。小篆只保留"耳"作意符，外廓以"門"為聲符，表示讀音，成為形聲字。隸、楷書沿襲小篆。

【簡化】簡化字"闻"的聲符"门"根據草書楷化而成。

【析形】◎本義指聽見：聞見│聞名│聞訊│耳聞目睹│聾人聰聽　◇引申①聽見的事情，消息：傳聞│趣聞│新聞│要聞│逸聞│珍聞　②見聞，知識：聞達│博聞強識(zhì)│孤陋寡聞　再引申指有名氣的人：聞人　③引申轉義指用鼻子嗅：好聞│難聞

蚊 wén

忟金 斻篆 **虫文**隸(隸辨) **蚊**楷(顏真卿)

【析形】蚊字金文左旁是虫，意符，表明字義與昆蟲類有關；右旁是文，聲符，表示讀音。形聲字。小篆、隸、楷書沿襲金文。

【釋義】蚊子。昆蟲名，種類很多，幼蟲和蛹都生活在水裏。雌蚊吸血，是傳播傳染病的害蟲，雄蚊只吸食花果液汁：蚊蟲│蚊香│蚊帳│家蚊│瘧蚊

穩 (稳) wěn

穩篆 **穩**楷(顏真卿) **穩**楷(顏真卿)

【析形】穩字小篆左旁是禾，代表穀物，意符，有糧則安，取意安定；右旁是"隱"字的省減，聲符，表示讀音(穩、隱二字古音同韻部)。形聲字。

【簡化】楷書簡體"稳"根據草書楷化而成。

【釋義】◎本義指安定：安穩　◇引申①不動搖：穩定│穩固│穩如泰山　②妥貼：穩便│穩當│穩妥│牢穩│四平八穩　③沉着，不輕浮：穩步│穩健│穩重│沉穩　④有把握，準：穩操勝券│穩紮穩打│十拿九穩

吻 〔脗〕 wěn

吻篆 **吻**楷(顏真卿)

【析形】吻字小篆左旁是口，意符，表明字義與口有關；右旁是勿，聲符，表示讀音。形聲字。楷書沿襲小篆。異體字增"月"(肉)為意符，表明字義與肉體有關。

【釋義】◎本義指嘴唇：唇吻　◇引申①用嘴唇接觸，表示喜愛：親吻│吻別　②連接，相合：吻合　③動物的嘴

紊 wěn

紊甲 **紊**篆 **紊**楷(顏真卿)

【析形】紊字甲骨文下部是糸，意符，表明字義與絲有關；上部是文，聲符，表示讀音。形聲字。小篆沿襲甲骨文。

【釋義】◎本義指亂絲。　◇引申泛指亂：紊亂│有條不紊

問 (问) wèn

問甲 **問**金 **問**篆 **問**隸(居延簡) **問**楷(褚遂良) **問**草(皇象)

【析形】問字甲骨文中間是口，意符，取意詢問；外廓是門，聲符，表示讀音。形聲字。金文、小篆、隸書沿襲甲骨文。

【簡化】簡化字"问"的聲符"门"根據草書楷化而成。

【釋義】◎本義指詢問，請人解答：問答│問津│問題│查問│發問│顧問│詰問　◇引申①審訊，查究：問罪│拷問│盤問│審問│質問│責問　②管，干預：過問│不聞不問　③為表示關切而詢問：問安│問好│問候│慰問

翁 wēng

翁篆 **翁**隸(馬王堆帛書) **翁**楷(褚遂良)

【析形】翁字小篆下部是羽，意符，表明字的初義與羽毛有關；上部是公，聲符，表示讀音(翁、公二字古音同韻部)。形聲字。隸、楷書沿襲小篆。

【釋義】◎本義指鳥頸部的羽毛。　△音借指父親：家翁　◇引申①泛指老年男子：老翁│漁翁　②丈夫或妻子的父親：翁婿│翁姑

嗡 wēng

嗡楷(顏真卿)

【析形】嗡字《説文》所無。楷書左旁是口，意符，以口能發出聲響取意；右旁是翁，聲符，表示讀音。形聲字。

【釋義】象聲詞：蜜蜂嗡嗡叫

甕〔瓮、罋〕wèng

篆 篆 瓮楷(顏真卿)

【析形】甕字小篆形一下部是缶，意符，表明字義與瓦器有關；上部是雝，聲符，表示讀音。形聲字。形二下部是瓦，意符；上部是公，聲符，表示讀音（甕、雝、公三字古音同韻部）。楷書沿襲小篆形二。異體字符聲符為"雍"。內地採用"瓮"字。

【釋義】盛東西用的陶器，一般口小腹大：菜甕|酒甕|水甕|甕中捉鱉

窩(窩) wō

窩草(草書韻會) 窩楷(顏真卿)

【析形】窩字《説文》所無。上部是穴，意符，表明字義與巢穴有關；下部是"咼"，聲符，表示讀音。形聲字。

【簡化】楷書簡體"窩"的聲符"咼"根據草書略加改造而成。

【釋義】◎本義指穴居。也指鳥獸昆蟲的巢穴：蜂窩|雞窩|狼窩|燕窩 ◇引申①凹陷的地方：肩窩|山窩|笑窩|眼窩|腋窩|胳 gā 肢窩 ②藏匿或安身之處：窩藏|窩點|窩贓|窩主|賭窩|匪窩|賊窩|安樂窩 ③鬱積而不得發作或發揮：窩憋|窩工|窩火|窩囊|窩心 ④彎，弄彎：窩腰|用竹篾窩個圈 ⑤蜷縮或呆在某處不活動：窩在家裏|窩在沙發裏 ⑥量詞：一窩蜂 ⑦簡陋小屋：窩棚

渦(渦) wō

楷(顏真卿)

【析形】渦字《説文》所無。左旁是"氵"（水），意符，表明字義與水有關；右旁是"咼"，聲符，表示讀音。形聲字。

【簡化】楷書簡體"渦"的聲符"咼"的簡化見"窩"字。

【釋義】◎迴旋的水流，或指水流旋轉形成中間低窪的地方：渦流|水渦|漩渦 ◇引申指像漩渦一樣形狀的：渦輪|酒渦|笑渦

蝸(蝸) wō

蝸草(草書韻會) 蝸楷(顏真卿)

【析形】蝸字《説文》所無。左旁是虫，意符，表明字義與動物類有關；右旁是"咼"，聲符，表示讀音。形聲字。

【簡化】楷書簡體"蝸"的聲符"咼"根據草書略加改造而成。

【釋義】〔蝸牛〕軟體動物。有略呈扁圓形的硬殼，有螺旋紋，頭部有觸角，腹部有扁平足。棲息在潮濕的地方，吃植物的葉子，對農作物有害，近似的某些種類可吃。

我 wǒ

甲 金 篆 我隸(校官碑) 我楷(張猛龍碑)

【析形】"我"字甲骨文像古代兵器形，有柄，斧口有鋸齒。象形字。金文形體略變。小篆沿襲金文。隸書根據小篆轉寫而成。楷書沿襲隸書。

【釋義】◎本義當指古代兵器。△音借作第一人稱代詞，表示自己：你我|忘我|自我 ◇引申指自己的一方：我等|我方|我國|我軍|我們|敵我

沃 wò

篆 沃隸(居延簡) 沃楷(顏真卿)

【析形】沃字小篆左旁下部是水，意符，表明字的初義與水有關；上部與右下合成"芺"，聲符，表示讀音（沃、芺二字古音韻部相近）。形聲字。隸書聲符省作"夭"。楷書沿襲隸書。隸變後，水字在字左側為偏旁時寫作"氵"。

【釋義】◎本義指灌溉，澆：沃田|如湯沃雪 ◇引申指土地肥美：沃土|肥沃|沃野千里

臥〔卧〕wò

篆 臥隸(馬王堆帛書) 臥楷(顏真卿)

【析形】臥字小篆左旁像豎目形，右旁是人，均為意符，取意閉目休息。會意字。隸書人形訛變；豎目形隸作“臣”。楷書沿襲隸書。內地採用“卧”字。

【釋義】◎本義指躺着休息：臥病｜臥倒｜臥遊｜臥姿｜仰臥｜臥薪嘗膽　◇引申指睡覺用的：臥艙｜臥車｜臥房｜臥具｜臥鋪｜臥室

握 wò

握篆　握隸(隸辨)　握楷(歐陽詢)

【析形】握字小篆左旁是手，意符，表明字義與手的動作有關；右旁是屋，聲符，表示讀音。形聲字。隸變後，手字在字左側為偏旁時寫作“扌”。

【釋義】◎本義指用手執持，拿住，抓住：握力｜握手｜握着｜把握　◇引申指控制住：把握｜在握｜掌握

烏 (乌) wū

烏金　烏篆　烏隸(武威簡)　烏楷(顏真卿)

【析形】烏字金文像鳥形，與“鳥”字的區別是鳥頭不點睛。古人釋：烏鴉全身通體皆黑，遠看不見其睛，故以烏頭少一“、”造字。小篆沿襲金文。隸變後，烏字下部的爪子訛作“灬”，與“火”字在字下部為偏旁時的隸變分化體“灬”混同。

【簡化】楷書簡體“乌”是用保留特徵、局部刪除的方法，保留字的輪廓特徵，刪除了一些筆畫。

【釋義】◎本義指烏鴉：烏合之眾｜月落烏啼｜愛屋及烏　◇引申①黑色：烏黑｜烏亮｜烏雲｜烏棗　②雜亂，混亂：烏七八糟｜烏煙瘴氣

污 〔汙、汚〕 wū

污篆　汙隸(禮器碑)　污楷(顏真卿)

【析形】污字小篆左旁是水，意符，表明字義與水有關；右旁是亏(于)，聲符，表示讀音(汙、于二字古音同韻部)。形聲字。隸書沿襲小篆。隸變後，水字在字左側為偏旁時寫作“氵”。

【釋義】◎本義指不流動之水，渾濁之水。◇引申①泛指髒東西：污點｜污垢｜污痕｜污穢｜污跡｜污濁｜污泥濁水｜藏垢納污　②弄髒，沾染：污染｜玷污　③不清廉：貪污｜貪官污吏｜同流合污　④用無理的言行使人受到恥辱：污衊｜污名｜污辱｜姦污

嗚 (呜) wū

嗚楷(顏真卿)

【析形】嗚字《說文》所無。左旁是口，意符，以口能發出聲響取意；右旁是烏，聲符，表示讀音。形聲字。

【簡化】楷書簡體“呜”聲符的簡化見“乌”字。

【釋義】象聲詞：小孩嗚嗚哭｜汽笛嗚嗚叫

屋 wū

屋篆　屋隸(馬王堆帛書)　屋楷(張猛龍碑)

【析形】屋字小篆上部像高屋形，意符，隸作“尸”；下部是至，亦為意符，以人至房屋表示房舍。會意字。隸、楷書沿襲小篆。

【釋義】居舍，房子：屋頂｜屋脊｜屋簷｜屋宇｜房屋｜茅屋｜書屋｜堂屋｜正屋

巫 wū

巫甲　巫金　巫篆　巫隸(馬王堆帛書)　巫楷(褚遂良)

【析形】巫字甲骨文像兩塊玉交疊之形。古代巫師以玉為靈物，並以之事神。象形字。金文沿襲甲骨文。小篆形體訛變。隸書據小篆形體訛作“工”和二“人”。楷書沿襲隸書。

【釋義】◎本義指替人祈禱，以求神祈福為業的人：巫婆｜巫神｜巫師｜巫術｜巫醫｜女巫　◇特指女巫。

誣 (诬) wū

誣篆　誣隸(鮮于璜碑)　誣楷(顏真卿)

【析形】誣字小篆左旁是言，意符，表明字義與言語有關；右旁是巫，聲符，表示讀音。形聲字。隸書沿襲小篆。

【簡化】楷書簡體“诬”的意符“讠”根據草

書楷化而成。

【釋義】說話虛妄不實，加罪於無辜：誣告｜誣賴｜誣衊｜誣陷

無 (无) wú

篆　
隸(朝侯殘碑)　无 隸(乙瑛碑)
無 楷(虞世南)

【析形】"無"字甲骨文、金文借"舞"字表示(見"舞"字)。小篆中間下部增"亡"為意符，取意"無"；外廓"舞"為聲符，表示讀音。形聲字。隸書形一及楷書沿襲小篆。

【簡化】簡化字是用沿用古體的方法，沿用漢隸簡體作"无"。

> "無"字為偏旁的字類推簡化。例如：撫、蕪、嫵等。

【釋義】◎本義指沒有，與"有"相對：無償｜無常｜無機｜無名｜無窮｜無題｜無形　◇引申①不：無論｜無為｜無視｜無須｜無意　②同"毋"：無庸諱言｜無庸置疑　③不論：事無大小

吳 (吴) wú

甲　
金　
篆　
隸(曹全碑)
吳 楷(顏真卿)

【析形】吳字甲骨文上部是口，意符，表明字的初義與口的行為有關；下部是矢，本像人頭側斜之形，亦為意符，取其不正之意。會意字。金文、小篆沿襲甲骨文。隸書人形已失。楷書下部訛作"天"。

【釋義】◎本義指說大話。用作周代國名，在今江蘇南部到浙江北部。也作姓氏用字。

梧 wú

篆　梧 隸(隸辨)　梧 楷(智永)

【析形】梧字小篆左旁是木，意符，表明字義與樹木有關；右旁是吾，聲符，表示讀音。形聲字。隸、楷書沿襲小篆。

【釋義】樹名。梧桐樹。落葉喬木，木材堅韌，可製樂器和其他器具。種子可食，葉子可供藥用。也叫青桐。

蕪 (芜) wú

篆　
隸(馬王堆帛書)　蕪 楷(顏真卿)

【析形】蕪字小篆上部是"艸"，意符，表明字義與植物有關；下部是無，聲符，表示讀音。形聲字。隸、楷書沿襲小篆。

【簡化】簡化字"芜"聲符的簡化見"無"字。

【釋義】◎本義①田地荒廢，長滿野草：荒蕪　②叢生的草：蕪穢　◇引申比喻雜亂或雜亂的東西：蕪詞｜蕪劣｜蕪雜｜繁蕪

蜈 wú

蜈 楷(顏真卿)

【析形】蜈字《說文》所無。左旁是虫，意符，表明字義與昆蟲有關；右旁是吳，聲符，表示讀音。

【釋義】〔蜈蚣〕節肢動物，生活在陰濕處。身體長而扁，軀幹由許多環節構成，每個環節有一對足，第一對足呈鈎狀，有毒腺，能分泌毒液，晝伏夜出，吃小蟲，全蟲可供藥用。

五 wǔ

甲　
金　
篆　隸(華山神廟碑)　五 楷
(安樂王墓誌)

【析形】甲骨文一至四依數量多少用橫畫表示，均像古代算籌形。"五"字上下兩橫，中間兩畫交錯。金文、小篆沿襲甲骨文。隸書形體略變，楷書根據隸書楷正而成。

【釋義】數目字，四加一所得，也表示多、各種：五彩｜五常｜五帝｜五官｜五律｜五色｜五味｜五行 xíng｜五音｜五言詩｜五花八門

午 wǔ

甲　
金　
金　
篆　
隸(居延簡)
午 楷(高貞碑)

【析形】午字甲骨文像舂米的杵棒之形，當是"杵"字初文(借用表示地支第七位和表示時間後，為本字造了"杵"字)。象形

字。金文形二形體略變。小篆沿襲金文形二。隸書已失初形。楷書沿襲隸書。

【釋義】◎本義當為"杵"。△音借表示①地支第七位 ②午時，指白天十一點到十三點：午飯|午間|午覺|上午|下午|正午

伍 wǔ

篆 伍 隸(流沙簡) 伍 楷(顏真卿)

【析形】伍字小篆左旁是人，意符，表明字義與人有關；右旁是五，意符兼聲符，表示數目，也表示讀音。會意兼聲字。隸、楷書沿襲小篆。

【釋義】◎本義指古代軍隊編制單位，五人為伍。◇引申①軍隊：隊伍|行 háng 伍|落伍|入伍|退伍 ②同夥的人：羞與為伍 ③數目字"五"的大寫。

武 wǔ

甲 戈 金 武 篆 武 隸(華山神廟碑)

武 楷(龍藏寺碑)

【析形】武字甲骨文上部是戈，代表兵器；下部像一足印形，隸作"止"（"趾"字初文），表明字義與行為動作有關，均為意符，表示征伐、用武。會意字。金文、小篆、隸書沿襲甲骨文。楷書把"戈"訛作"弋"。

【釋義】◎本義指征伐，關於軍事的或關於擊技等，與"文"相對：武打|武工|武官|武將|武力|武器|武術|武裝|比武 ◇引申①毆擊，搏鬥：動武 ②勇猛，猛烈：武火|神武|威武|英武|勇武 ③只憑主觀的：武斷

侮 wǔ

金 侮 篆 侮 隸(隸辨) 侮 楷(顏真卿)

【析形】侮字金文左旁是人，意符，表明字義與人的活動有關；右旁是母，聲符，表示讀音。形聲字。小篆聲符為"每"（侮、母、每三字古音同韻部）。隸、楷書沿襲小篆。

【釋義】◎本義指輕慢。◇引申指欺負：侮慢|侮蔑|侮辱|欺侮|輕侮|外侮|禦侮

舞 wǔ

甲 舞 金 舞 篆 舞 隸(華山神廟碑)

舞 楷(虞世南)

【析形】舞字甲骨文像人手執稻穗之類農作物起舞之形，表示豐收喜慶舞之蹈之。象形字。金文兩手執物之形略變。音借表示有無之"無"後，小篆下部增"舛"（像兩足之形）為意符，表明字義與腿腳有關，為本義造了"舞"字。隸、楷書沿襲小篆。

【釋義】◎本義指舞蹈：舞伴|舞會|舞劇|歌舞 ◇引申①揮動：舞動|舞劍|揮舞 ②耍，玩弄：舞弊|舞弄

捂 wǔ

捂 楷(顏真卿)

【析形】捂字《說文》所無。楷書左旁是"扌"（手），意符，表明字義與手的動作有關；右旁是吾，聲符，表示讀音。形聲字。

【釋義】◎本義指違逆，抵觸。◇引申指用手指遮蓋住或封閉起來：捂住|捂着嘴笑

鵡（鵡）wǔ

篆 鵡 楷(顏真卿)

【析形】鵡字小篆右旁是鳥，意符，表明字義與鳥類有關；左旁是母，聲符，表示讀音。形聲字。楷書聲符為"武"。

【簡化】楷書簡體"鵡"意符的簡化見"鳥"字。

【釋義】〔鸚鵡〕見"鸚"字。

勿 wù

甲 勿 金 勿 篆 勿 隸(馬王堆帛書)

勿 楷(智永)

【析形】勿字甲骨文像用鐮刀類農具割刈農作物之形，刀旁小點代表飛濺的農作物。金文、小篆均沿襲甲骨文。隸書根據小篆轉寫而成。楷書沿襲隸書。

【釋義】◎本義指以農具翻土或割刈農作物。△音借作否定副詞，表示禁止，勸阻，相當於"不要"：請勿內進|格殺勿論

烏 (乌) wù

【析形】見"烏wū"。

【釋義】◎本義指烏鴉。音wū。△音借合成〔烏拉 wùlɑ〕,即靰鞡,東北地區用皮革製成,裏面墊靰鞡草的暖鞋。

物 wù

特甲物篆牛物隸(華山神廟碑)

物楷(李璧碑)

【析形】物字甲骨文左旁是牛,意符,表明字的初義與牛有關;右旁是勿,聲符,表示讀音。形聲字。小篆、隸、楷書沿襲甲骨文。

【釋義】◎本義指雜色牛。◇引申①牲畜的種類。②泛指存在於天地間的萬物:物體|物象|物像|物質|動物|讀物|貨物|景物|生物|事物|文物|植物 ③內容,實質:空洞無物|言之有物 ④除自己以外的人:接人待物|恃才傲物

誤 (误) wù

誤篆誤隸(居延簡)誤楷(虞世南)

【析形】誤字小篆左旁是言,意符,表明字義與言語有關;右旁是吳,聲符,表示讀音。形聲字。隸、楷書沿襲小篆。

【簡化】簡化字"误"的意符"讠"根據草書楷化而成。

【釋義】◎本義指謬誤,差錯:誤差|誤傳|誤導|誤解|誤診|訛誤|勘誤 ◇引申①耽誤,妨礙:誤點|誤工|誤期|誤事|誤診|延誤|遲誤 ②非故意的:誤殺|誤傷|誤食 ③使受損害:誤人不淺|誤人子弟

惡 (恶) wù

【析形】見"惡è"。

【釋義】◎本義指罪過,音è。◇引申指憎恨,討厭,與"好hào"相對,音wù:可惡|痛惡|嫌惡|厭惡|憎惡|好逸惡勞

悟 wù

恬篆悟楷(歐陽詢)

【析形】悟字小篆左旁是心,意符,表明字義與心智有關;右旁是吾,聲符,表示讀音。形聲字。隸變後,心字在字左側為偏旁時寫作"忄"。

【釋義】覺醒,領會,理解:悟性|頓悟|感悟|悔悟|覺悟|領悟|省xǐng悟|醒悟

務 (务) wù

精金薷篆骄隸(馬王堆帛書)務楷(智永)

【析形】務字金文借音同的"敄"字表示。小篆右下增"力"為意符,表明字義與氣力有關;敄為聲符,表示讀音。形聲字。隸、楷書沿襲小篆。

【簡化】簡化字"务"是用保留特徵、局部代全體的方法,以右旁的"务"代替全字,刪除了左旁的"矛"。

【釋義】◎本義指致力,從事:務農|務實|務正業 ◇引申①事情:財務|防務|公務|國務|商務|債務|政務 ②致力達到,必須:務必|務求|務使|務須

霧 (雾) wù

覆隸(馬王堆帛書)霧楷(元珍墓誌)

【析形】霧字隸書上部是雨,意符,表明字義與雨水有關;下部是務,聲符,表示讀音。形聲字。楷書沿襲隸書。

【簡化】簡化字"雾"聲符的簡化見"務"字。

【釋義】◎氣溫下降時,空氣中所含的水蒸氣凝結而浮在接近地面的空氣中:霧靄|霧氣|煙霧|雲霧 ◇引申指像霧的小水點:噴霧器

塢 (坞) 〔隖〕wù

隖篆塢楷(顏真卿)

【析形】塢字小篆左旁是阜,意符,義為土山,表明字義與地勢有關;右旁是烏,聲符,表示讀音。形聲字。楷書改意符為"土"。

【簡化】簡化字"坞"聲符的簡化見"烏"字。

【釋義】周圍高而中央凹的地方:船塢|花塢|山塢

晤 wù

晤篆 晤楷(顏真卿)

【析形】晤字小篆左旁是日,意符,取意明;右旁是吾,聲符,表示讀音。形聲

字。楷書沿襲小篆。

【釋義】◎本義指明。◇引申指受啟發而明白,覺悟。△音借表示見面:晤面|晤談|會晤

夕 xī

夕甲 夕甲 夕金 夕篆 夕隸(居延簡)

夕楷(張猛龍碑)

【析形】早期甲骨文"夕"與"月"的區別是"夕"有"、","月"無之。而到了晚期正好相反,後世沿用晚期二字的區別:"夕"無"、","月"有之。象形字。金文沿襲甲骨文形二。小篆月、夕異形:"月"字中間兩畫;"夕"字中間一畫。隸、楷書沿襲小篆。

【釋義】◎本義指傍晚,太陽落的時候。與"朝"相對:夕陽|夕煙|夕照|朝夕　◇引申泛指夜晚:除夕|旦夕|今夕|前夕|七夕

西 xī

西甲 西甲 西金 西篆 西隸(曹全碑)

西楷(敬使君碑)

【析形】西字甲骨文像網篩一類器物之形。象形字。金文沿襲甲骨文。小篆訛作"鳥棲於巢上"。隸書筆畫化,已失初形。楷書沿襲隸書。

【釋義】◎本義當為篩子一類器物(今粵方言西、篩二字仍同音,可佐證)。△音借表示方向名,指太陽落下的地方,與"東"相對:西北|西邊|西部|西方|西風|西門|西歐|東西|正西|西半球　◇引申指樣式或方法屬於西方的:西餐|西服|西化|西式|西洋|西醫|西藥|西樂 yuè|西裝|中西

吸 xī

吸篆 吸楷(顏真卿)

【析形】吸字小篆左旁是口,意符,表明字義與口的行為有關;右旁是及,聲符,表示讀音。形聲字。楷書沿襲小篆。

【釋義】◎本義指吸氣入內,即把液體、氣體從口或鼻孔吸入體內:吸食|吸煙　◇引申①吸收:吸塵|吸毒|吸取|吸熱 ②吸引:吸力|吸盤|吸鐵石

希 xī

希隸(老子乙) 希楷(顏真卿)

【析形】希字隸書下部是巾,上部像布紋交錯編織之形,均為意符,表示布巾。會意字。

【釋義】◎本義指布巾。△音借表示①罕見,少。此義後作"稀":希罕|希奇|希有|珍希 ②盼望:希冀|希求|希圖|希望

析 xī

析甲 析金 析篆 析隸(西狹頌)

析楷(虞世南)

【析形】析字甲骨文左旁是木,右旁是斤,像古代斧一類砍物工具,均為意符,以斧斤劈木,取意劈開。會意字。金文斧形略變。小篆沿襲金文。隸書筆畫化,斧斤形盡失。楷書沿襲隸書。

【釋義】◎本義指劈,剖。◇引申①分開,散開:析出|離析|鹽析 ②解釋,找出事物的屬性、關係等:析疑|辨析|分析|解析

犧(牺) xī

犧篆 犧隸(白石君碑) 犧楷(褚遂良)

【析形】犧字小篆左旁是牛，意符，表明字的初義與牛有關；右旁是義，聲符，表示讀音。形聲字。隸、楷書沿襲小篆。

【簡化】簡化字"牺"是用更換聲符的方法，以筆畫較簡的"西"為聲符，替換了筆畫繁複的"義"。

【釋義】◎本義指古代宗廟供祭祀用之牛。色純為"犧"，體全為"牲"：犧牲 ◇引申①為正義事業而捨棄生命：壯烈犧牲 ②泛指捨棄，損害一方的利益：犧牲品｜犧牲個人利益

息 xī

息金 息篆 息隸(武威簡) 息楷(崔敬邕墓誌)

【析形】息字金文上部的"自"是"鼻"字初文，像鼻子形；下部是心，均為意符，表示氣息(古人釋："自者，鼻也。心氣必從鼻出，故從心、自。")。會意字。小篆、隸、楷書沿襲金文。

【釋義】◎本義指呼吸時進出之氣，氣息：鼻息｜屏 bǐng 息｜喘息｜瞬息｜息 ◇引申①休止：安息｜棲息｜歇息｜作息②指停止：息怒｜平息｜停息｜止息｜川流不息｜經久不息｜自強不息 ③滋生，繁殖：蕃 fán 息｜生息 又引申指子女：子息 ④利錢：本息｜定息｜股息｜利息｜年息｜帖息 ⑤音信：全息｜聲息｜消息｜信息

悉 xī

悉篆 悉楷(龍藏寺碑)

【析形】悉字小篆下部是心，意符，取意用心；上部是釆(音 biàn，非"采"字)，像獸足印之形，亦為意符，以分辨足印取意辨別。用心辨別，取意詳盡。會意字。楷書沿襲小篆。

【釋義】◎本義指詳盡。◇引申①全，盡：悉力｜悉數 shù｜悉心 ②知道，知道得很清楚：得悉｜洞悉｜獲悉｜驚悉｜審悉｜熟悉｜探悉｜欣悉｜知悉

惜 xī

惜篆 惜楷(褚遂良)

【析形】惜字小篆左旁是心，意符，表明字義與心緒有關；右旁是昔，聲符，表示讀音。形聲字。隸書沿襲小篆。隸變後，心字在字左側為偏旁時寫作"忄"。

【釋義】◎本義指哀痛，可惜：痛惜｜惋惜 ◇引申①愛惜：顧惜｜憐惜｜珍惜｜惜墨如金 ②捨不得：惜別｜惜力｜吝惜｜在所不惜

錫(锡) xī

錫金 錫篆 錫隸(孔彪碑) 錫楷(虞世南)

【析形】錫字甲骨文、金文有借音近的"易"字表示(見"易"字)。金文也見右旁增"金"，意符，表明字義與金屬有關；左旁"易"為聲符，表示讀音。形聲字。小篆定形為意符在左，聲符在右。隸、楷書沿襲小篆。

【簡化】簡化字"锡"的意符"钅"根據草書楷化而成。

【釋義】金屬元素，符號 Sn。純錫為銀白色，有光澤，質軟，有延展性，在空氣中不易起變化：錫箔｜錫焊｜錫礦｜錫石

溪〔谿〕 xī

溪篆 溪隸(馬王堆帛書) 溪楷(蘇孝慈墓誌)

【析形】溪字小篆右旁是谷，意符，表明字義與山谷有關；左旁是奚，聲符，表示讀音。形聲字。隸書改意符為"水"，表明字義與水有關，意符在左，聲符在右。隸變後，水字在字左側為偏旁時寫作"氵"。

【釋義】◎本義指山間的小河溝。◇引申泛指小河溝：溪谷｜溪澗｜溪流｜溪水

稀 xī

稀篆 稀楷(顏真卿)

【析形】稀字小篆左旁是禾，意符，表明字義與禾穀類植物有關；右旁是希，聲符，表示讀音。形聲字。楷書沿襲小篆。

【釋義】◎本義指禾苗稀疏。◇引申①泛指事物之間距離遠，空隙大，與"密"相對：稀疏｜稀稀拉拉｜地廣人稀｜月明星

稀　②少：稀罕｜稀奇｜稀客｜稀少｜稀世｜
稀有｜古稀　③濃度小，含水多，與"稠"
相對：稀薄 bó｜稀飯｜稀泥｜稀釋　④用在
"爛"、"鬆"等形容詞前面，表示程度
深：稀爛｜稀鬆｜稀溜溜

熄 xī

熄篆 熄楷（顏真卿）

【析形】熄字小篆左旁是火，意符，表明
字義與火有關；右旁是息，聲符，表示讀
音。形聲字。楷書沿襲小篆。

【釋義】◎本義指火種。又指火滅。◇引
申指停止，消亡：熄燈｜熄火｜熄滅

膝 xī

膝甲骨文 膝篆 膝隸（華山神廟碑）
膝楷（顏真卿）

【析形】膝字甲骨文在"人"的膝蓋部位加
指事標誌指示部位。指事字。小篆右旁
是"卩"（甲骨文、金文像跪踞之人形），
意符，表明字義與人跪踞之部位有關；左
旁是桼，聲符，表示讀音。形聲字。隸書
改意符為"肉"，表明字義與身體的某部
位有關。古文肉、月二字形近，隸變後，
兩個字作偏旁時多同化寫作"月"。

【釋義】大腿和小腿相連的關節前部，通
稱膝蓋：盤膝｜屈膝｜促膝談心｜奴顏婢膝

昔 xī

昔甲骨文 昔甲 昔金 昔篆 昔楷（虞世南）

【析形】昔字甲骨文形一下部是日，表示
時日，上部為洪水之象；形二"日"在
上，水在下。古人對洪水之災記憶尤深，
故以洪水之象表示往昔。會意字。金文沿
襲甲骨文。小篆洪水形已訛變。楷書根據
小篆楷正而成。

【釋義】往日，從前，與"今"相對：昔
年｜昔日｜古昔｜今昔｜往昔｜撫今追昔

晰 〔哲〕xī

晰楷（顏真卿）

【析形】晰字《說文》所無。楷書左旁是日，

意符，取意明白；右旁是析，聲符，表示
讀音。形聲字。異體字寫作上下結構。

【釋義】明白，清楚：明晰｜清晰

犀 xī

犀金 犀篆 犀楷（顏真卿）

【析形】犀字金文下部是牛，意符，犀
牛形似牛，故以"牛"為意符；上部是
"尾"，聲符，表示讀音（犀、尾二字古音
同韻部）。形聲字。小篆、楷書沿襲金文。

【釋義】◎犀牛。動物名。奇蹄類，形狀
略像牛，頭略呈三角形，頸短，四肢粗
大，鼻子上有一隻或兩隻角。皮粗而厚，
微黑色，無毛。產在亞洲和非洲的熱帶森
林。◇引申①犀牛角：心有靈犀（古人認
為犀牛角感應靈敏）②用犀牛角或皮製作
之器物：金犀　③堅固：犀利

熙 xī

熙金 熙篆 熙楷（顏真卿）

【析形】熙字金文借音近的"巸"字表示。小
篆下部是火，意符，取熱之意；上部"巸"
為聲符，表示讀音。形聲字。隸變後，火
字在字下部為偏旁時分化出"灬"旁。

【釋義】◎本義指曬乾，乾燥。◇引申指
光，明：熙天曜日　△音借表示和樂：眾
人熙熙

〔熙熙攘攘〕形容路上人來人往，喧鬧紛
雜。

嬉 xī

嬉楷（王羲之）

【析形】嬉字《說文》所無。楷書左旁是
女，意符，代表人；右旁是喜，意符兼聲
符，取意歡樂，也表示讀音。會意兼聲
字。

【釋義】◎歡樂，遊戲：嬉鬧｜嬉戲｜嬉笑｜嬉
皮笑臉　△音借作音譯詞的構詞語素〔嬉
皮士〕

蟋 xī

蟋篆 蟋楷（顏真卿）

【析形】蟋字小篆左旁是虫，意符，表明字義與昆蟲有關；右旁是悉，聲符，表示讀音。形聲字。楷書沿襲小篆。

【釋義】〔蟋蟀〕昆蟲名，也稱促織，蛐蛐兒。身體黑褐色，觸角很長。雄性蟋蟀兩翅摩擦能發聲，好鬥，長於跳躍，人們飼養牠，使其互鬥，供玩賞。

習 (习) xí

甲　篆　隸(馬王堆帛書)　楷(顏真卿)

【析形】習字甲骨文上部是羽，代表鳥類；下部是日，均為意符，鳥在日間習飛，取意鳥類試飛。會意字。小篆把"日"訛作"白"。隸書沿襲小篆。

【簡化】楷書簡體"习"是用保留特徵、局部代全體的方法，保留上部"习"代替全字，刪除了其餘部件。簡化字沿用楷書簡體。

【釋義】◎本義指鳥類頻頻試飛。◇引申①反覆練習：習題｜習字｜習作｜複習｜講習｜溫習｜學習｜演習｜預習｜自習　②習慣：習氣｜習俗｜習性｜惡習｜積習｜陋習　③經常地：習見｜習聞｜習以為常　④學習：習武｜習藝

席 〔蓆〕xí

金　說文古文　篆　隸(武威簡)　楷(顏真卿)

【析形】席字金文內中是巾，意符，表明材質(古代坐臥鋪墊之席以布為製作材料)；外廓是"石"字的省減，聲符，表示讀音。形聲字。說文古文內中像一張蓆子。小篆下部仍是巾，上部是"庶"字的省減，聲符，表示讀音。隸、楷書沿襲小篆。

【釋義】◎本義指用布巾、蘆葦、竹篾、草等材料製作編成的供坐臥鋪墊之用具(此義又作"蓆")：席地｜席捲｜席棚｜涼席｜蘆席　◇古人席地而坐，引申①坐次：席位｜出席｜即席｜列席｜缺席｜軟席｜首席｜退席｜座無虛席　②酒席：席面｜筵席｜宴席　③量詞：一席話｜一席酒

蓆 xí

篆

【析形】蓆字小篆上部是"艸"，意符，表明字義與草有關；下部是席，聲符，表示讀音。形聲字。內地採用"席"字。

【釋義】①草多。②與"席"字本義同。

襲 (袭) xí

金　篆　隸(受禪表)　楷(爨寶子碑)　袋　楷(顏真卿)

【析形】襲字金文下部是衣，意符，表明字義與衣服有關；上部是龖，聲符，表示讀音(襲、龖二字古音同韻部)。形聲字。小篆聲符省為一"龍"，失去表音作用。楷書沿襲小篆。

【簡化】楷書簡體"袭"聲符的簡化見"龍"字。簡化字沿用楷書簡體。

【釋義】◎本義指死者穿的衣服，為左襟袍衣。引申作量詞，用於成套衣服：一襲西裝　◇音借表示①因循，模仿：襲用｜抄襲｜剿 chāo 襲｜承襲｜蹈襲｜世襲｜沿襲｜因襲　②出其不意地打擊：襲擊｜襲擾｜奔襲｜空襲｜奇襲｜侵襲｜偷襲｜突襲｜夜襲

媳 xí

楷(顏真卿)

【析形】媳字《說文》所無。楷書左旁是女，意符，表明字義與女性有關；右旁是息，聲符，表示讀音。形聲字。

【釋義】◎本義指兒子之妻：媳婦｜婆媳｜子媳｜兒媳婦｜童養媳；後也指弟弟或晚輩之妻：弟媳｜孫媳婦｜姪媳婦

洗 xǐ

篆　隸(武威簡)　洗　楷(高貞碑)

【析形】洗字小篆左旁是水，意符，表明字義與水有關；右旁是先，聲符，表示讀音(洗、先二字古音同韻部)。形聲字。隸、楷書沿襲小篆。隸變後，水字在字左側為偏旁時寫作"氵"。

【釋義】◎本義指洗腳，音 xiǎn。◇引申①泛指用水、汽油、煤油、清潔劑等去掉物體上的污垢：洗滌｜洗手｜洗刷｜洗澡｜洗濯｜沖洗｜盥洗｜漿洗｜清洗　②清除乾淨：清洗｜洗心革面｜把錄音洗掉了　③像用水

洗淨般殺盡或搶光：洗城｜洗劫｜血洗　④考驗：洗禮　⑤宗教儀式：洗禮｜領洗｜受洗（以上各引申義音 xǐ）

喜 xǐ

甲金 喜篆 隸（馬王堆帛書）

喜楷（顏真卿）

【析形】喜字甲骨文上部為"鼓"字初文，下部是口，均為意符，以擊鼓歡歌取意快樂（古人釋"喜"："聞樂（yuè）而樂（lè），故從鼓，樂形於譚笑，故從口。"）。金文、小篆、隸書均沿襲甲骨文。楷書筆畫化，鼓形略失。

【釋義】◎本義指快樂，喜悅：喜歡｜喜慶｜喜色｜大喜｜歡喜｜驚喜｜狂喜｜欣喜　◇引申①可慶賀的：喜報｜喜事｜喜宴｜道喜｜恭喜｜賀喜　②喜愛，愛好：喜好｜喜人｜喜聞樂 lè 見｜好 hào 大喜功　③適宜：喜光植物｜貓頭鷹喜夜間覓食　④婦女懷孕：有喜

銑 (铣) xǐ

【析形】見"銑 xiǎn"。

【釋義】◎本義指最有光澤的金屬，音 xiǎn。又指在銑牀上，用一種圓的、能旋轉的多刃刀具切削金屬工件的方法，音 xǐ：銑牀｜銑刀｜銑工

徙 xǐ

甲金 篆 篆 隸（馬王堆帛書）

徙楷（顏真卿）

【析形】徙字甲骨文左旁像道路形，隸作"彳"；右旁像足印形，隸作"止"（"趾"字初文），均為意符，表明字義與行走有關。會意字。金文沿襲甲骨文。小篆形一沿襲甲、金文；形二意符為"辵"，取意與"彳"、"止"同。隸書右旁為二"止"。楷書把下部的"止"寫作"㐄"。

【釋義】遷移：徙居｜流徙｜遷徙

洗 xiǎn

【析形】見"洗 xǐ"。

【釋義】又作本義指洗腳。又作姓氏用字。

戲 (戏) 〔戲〕 xì

金篆 戲篆 隸（馬王堆帛書）

戲楷（顏真卿）

【析形】戲字金文右旁是戈，意符，表明字的初義與兵器有關；左旁是虘，聲符，表示讀音。形聲字。小篆、隸、楷書沿襲金文。異體字以"虛"為聲符。

【簡化】簡化字"戏"是用符號代替的方法，以筆畫較簡的"又"作為象徵性符號，替換了筆畫繁複的"虘"，失去了表音作用。

【釋義】◎本義為兵器名。《說文》："戲，兵器也。"△音借表示遊戲，玩耍：兒戲｜嬉戲　◇引申①嘲弄，開玩笑：戲弄｜戲謔｜戲耍｜戲言｜調戲｜諧戲　②戲劇，也指雜技：戲班｜戲法｜戲服｜戲迷｜戲曲｜戲台｜戲文｜戲院｜唱戲｜馬戲｜鬧戲｜排戲｜演戲｜做戲

系 xì

甲金 系篆 系楷（歐陽詢）

【析形】系字甲骨文上部像一隻手，下部像兩束絲，以手把兩束絲連接起來，取意連接。會意字。金文沿襲甲骨文。小篆把手形訛作"丿"，兩束絲省為一束。

【釋義】◎本義指連接，關聯。◇引申①有聯屬關係的，按關係組成的整體：系列｜系統｜嫡系｜父系｜派系｜世系｜體系｜星系｜語系｜直系　②高等學校中以學科分的教學行政單位：中文系｜數學系

係 (系) xì

甲篆 隸（居延簡）

【析形】係字甲骨文下部是側立之人形，上部像用繩索捆縛人之頸部。會意字。小篆左旁是"亻"（人），右旁是系，均為意符，取意關聯。會意字。隸書沿襲小篆。

【釋義】◎本義指栓結，捆綁（《史記·秦始皇本紀》："子嬰即係頸以組"）：係馬｜解鈴還須係鈴人　◇引申①表示關聯：干係｜關係｜維係｜成敗係於此舉　②表示"是"、"屬"：先生係廣東中山人

繫 (系) xì

繫篆

【析形】繫字小篆下部是糸，意符，表明字義與絲有關；上部是𣪠，聲符，表示讀音。形聲字。

【簡化】簡化字是用同音合併的方法，以音近、筆畫較簡的"系"代替筆畫繁複的"繫"，合併了繫、系二字的意義。

【釋義】◎本義指粗劣的絮，音 jì。◇引申作打結、扣上：繫鞋帶｜繫領帶｜△因聲通"係"，音 xì。表示①拘禁：繫獄｜拘繫｜械繫 ②牽掛：繫戀｜繫念 ③聯絡：聯繫

細 (细) xì

紬篆 細楷(歐陽詢)

【析形】細字小篆左旁是糸，意符，表明字的初義與絲有關；右旁是囟，聲符，表示讀音。形聲字。楷書聲符訛為"田"。

【簡化】簡化字"细"的意符"纟"根據草書楷化而成。

【釋義】◎本義指微小的絲。◇引申①泛指橫斷面窄小的條狀物，與"粗"相對：細布｜細紡｜細毛｜細紗｜纖細｜毛細管 ②微小：細別｜細節｜細柔｜細弱｜細小｜瑣細｜微細 ③顆粒小：細胞｜細菌｜細砂｜細碎 ④精細，精緻：細布｜細瓷｜細膩｜細巧｜細緻 ⑤周密：細究｜細密｜細心｜細則｜詳細｜仔細 ⑥音量小：細柔｜細弱｜嗓音細

隙 xì

隙篆 隙楷(顏真卿)

【析形】隙字小篆左旁是阜，義為土山，意符，表明字義與土築有關；右旁是𡭴，意符兼聲符，表示裂縫，也兼表示讀音。會意兼聲字。隸變後，阜字在字左側為偏旁時寫作"阝"。

【釋義】◎本義指牆壁的裂縫。◇引申①泛指裂縫：縫隙｜孔隙｜裂隙｜牆隙 ②漏洞，機會：乘隙｜伺隙｜有隙可乘 ③閒暇，閒置：隙地｜間隙｜空 kòng 隙 ④感情上的裂痕：仇隙｜嫌隙

蝦 (虾) xiā

蝦篆 蝦楷(顏真卿)

【析形】蝦字小篆左旁是虫，意符，表明字義與動物有關；右旁是叚，聲符，表示讀音。形聲字。

【簡化】簡化字"虾"是用更換聲符的方法，以筆畫較簡的"下"為聲符，替換了筆畫較繁複的"叚"。

【釋義】◎本義指蝦(há)蟆，即蛙和蟾蜍的統稱。又指節肢動物，身上有殼，腹部有很多環節，生活在水中，種類很多，可以吃：蝦醬｜蝦米｜對蝦｜龍蝦

瞎 xiā

瞎楷(顏真卿)

【析形】瞎字《說文》所無。楷書左旁是目，意符，表明字義與眼睛有關；右旁是害，聲符，表示讀音(瞎、害二字古音同韻部)。形聲字。

【釋義】◎本義指少上一隻眼睛。◇引申①失明，即喪失視覺，眼睛看不見：瞎眼｜瞎子 ②胡亂，沒來由地：瞎闖｜瞎話｜瞎鬧｜瞎說｜抓瞎｜瞎操心｜瞎花錢

峽 (峡) xiá

峽楷(顏真卿) 峽楷(顏真卿)

【析形】峽字《說文》所無。楷書形一左旁是山，意符，表明字義與山有關；右旁是夾，意符兼聲符，表示山夾水，也表示讀音。會意兼聲字。

【簡化】楷書簡體"峡"右旁的簡化見"夾"字。

【釋義】◎兩山夾水的地方，也指兩山之間：峽谷｜地峽｜海峽｜三峽｜山峽

狹 (狭) xiá

狹隸(隸辨) 狹楷(顏真卿)

【析形】狹字《說文》所無。當是"陜"字的分化字(見"陜"字)。隸書意符為"犬"(犬)，取意未明。楷書沿襲隸書。

【簡化】簡化字"狭"右旁的簡化見"夾"字。

【釋義】◎本義指山路狹窄。◇引申泛指窄，不寬闊，與"廣"相對：狹隘｜狹長｜狹小｜狹義｜狹窄｜褊狹

霞 xiá

霞篆 霞楷（歐陽詢）

【析形】霞字小篆上部是雨，意符，表明字義與雲氣有關；下部是叚，聲符，表示讀音。形聲字。楷書沿襲小篆。

【釋義】日出日落前後雲氣因受日光斜照，在天空呈現紅、橙、黃等彩色：霞光｜彩霞｜丹霞｜晚霞｜雲霞｜朝霞

匣 xiá

匣篆 匣楷（顏真卿）

【析形】匣字小篆外廓是匚，像一個方形盛物器，意符，表明字義與器物有關；內中是甲，聲符，表示讀音。形聲字。楷書沿襲小篆。

【釋義】裝東西的較小的方形或長方形器具：匣子｜鏡匣｜木匣｜話匣子

俠（侠）xiá

俠篆 俠隸（居延簡）俠楷（智永）

【析形】俠字小篆左旁是人，意符，表明字義與人的活動有關；右旁是夾，聲符，表示讀音。形聲字。隸變後，人字在字左側為偏旁時寫作"亻"。

【簡化】楷書簡體"俠"聲符的簡化見"夾"字。

【釋義】◎本義指見義勇為，俠義。舊時也指打抱不平、冒險助人的人或行為：俠客｜豪俠｜劍俠｜遊俠

暇 xiá

暇篆 暇隸（辟雍碑）暇楷（顏真卿）

【析形】暇字小篆左旁是日，意符，表明字義與時日有關；右旁是叚，聲符，表示讀音。形聲字。隸、楷書沿襲小篆。

【釋義】空閒，閒着的時日：不暇｜空 kòng 暇｜無暇｜閒暇｜餘暇｜目不暇接｜席不暇暖｜應接不暇｜自顧不暇

轄（辖）xiá

轄篆 轄楷（顏真卿）

【析形】轄字小篆左旁是車，意符，表明字的初義與車有關；右旁是害，聲符，表示讀音（轄、害二字古音同韻部）。形聲字。楷書沿襲小篆。

【簡化】楷書簡體"辖"意符的簡化見"車"字。

【釋義】◎本義為象聲詞，表示車聲。也指車鍵，即大車軸頭上穿着的小鐵棍，可以管住車輪使不脱落：車轄 ◇引申表示管束，管理：轄境｜轄區｜轄制｜管轄｜統轄｜直轄

下 xià

下甲 下金 下金 下篆 下隸（張表碑）下楷（歐陽詢）

【析形】下字甲骨文上面一長畫，下面一短畫指事在其下。指事字。金文形一沿襲甲骨文；形二下部增一豎畫。小篆、隸、楷書沿襲金文形二。

【釋義】◎本義指位置低，底部，與"上"相對：下邊｜下部｜下層｜底下 ◇引申①時間、次序在後和等級低或品質差：下策｜下等｜下級｜下集｜下卷｜下款｜下品｜下屬｜下文｜低下｜零下 ②由高處到低處：下沉｜下垂｜下降｜下去｜下陷 ③用在動詞後表示動作完成或趨向：放下｜攔下｜跪下｜留下｜拿下｜剩下 ④用在名詞後，表示時間、處所、範圍等：地下｜時下｜鄉下｜眼下 ⑤使用，開始使用：下筆｜下刀｜下藥｜下功夫｜下力氣 ⑥去，到：下船｜下地｜下海｜下鄉｜下館子 ⑦離開，卸除：下車｜下馬｜下台｜下裝 ⑧結束工作或學習：下班｜下操｜下工｜下課 ⑨作出，發出：下令｜下定義｜下結論｜下戰書 ⑩某些動物生產：下蛋｜下崽兒 ⑪投入，放入：下鍋｜下種 zhǒng｜下本錢 ⑫敬辭，表示所尊者在上，自己在下：陛下｜殿下｜閣下｜足下

嚇（吓）xià

【析形】見"嚇 hè"。

【釋義】◎本義指怒斥聲，音 hè。◇引申

指害怕，使害怕，音 xià：嚇倒｜嚇唬｜嚇壞

夏 xià

属(金)暈(篆)夏(隸)(居延簡)夏(楷)(歐陽詢)

【析形】夏字金文中間像人特大其頭，隸作"頁"，兩側像有兩隻手，下部是"止"（甲骨文像足印形。"趾"字初文）。小篆沿襲金文。隸書"頁"的下部及兩旁"手"形均省減。楷書沿襲隸書。

【釋義】◎本義為中原古部族名，《說文》釋："中國之人也"。相沿為中國人的稱呼，也泛指中國：華夏　朝代名，傳說是夏后氏部落領袖禹之子啟建立的（約公元前 21 世紀至公元前 17 世紀左右）：夏朝｜夏曆｜有夏　△音借表示夏季，四季之一：夏鋤｜夏糧｜夏令｜夏日｜夏收｜夏天｜夏裝｜盛夏｜消夏｜仲夏

廈〔厦〕xià

【析形】見"廈shà"。

【釋義】◎本義指房屋，音 shà。用作地名用字，音 xià。廈門，在福建。

仙〔僊〕xiān

僊(篆)僊(隸)(華山神廟碑)仙(楷)(褚遂良)

【析形】仙字小篆左旁是人，意符，表明字義與人有關；右旁是䙴（"遷"字初文），意符兼聲符，表示長生仙去，也表示讀音。會意兼聲字。楷書右旁以"山"為意符，表示在山上修道之人。會意字。

【釋義】神話傳說和宗教中指修煉得道、長生不死且有種種神通之人：仙丹｜仙姑｜仙境｜仙人｜神仙｜天仙｜修仙

先 xiān

（甲）（甲）（金）（篆）先(隸)(曹全碑)先(楷)(李璧碑)

【析形】先字甲骨文形一下部像側立之人形，上部像一足印，隸作"止"（"趾"字初文），均為意符，舉足人前，取意前進。會意字。形二上部足印下一畫表示大地，隸作"之"，亦表示前進。金文、小篆沿襲甲骨文形二。隸變後，下部之人形寫作"儿"，上部的"之"失去初形。楷書沿襲隸書。

【釋義】◎本義指前進。◇引申①時間或次序在前的，與"後"相對：先導｜先鋒｜先後｜先進｜先決｜先覺｜先驅｜先行｜先兆｜先知｜領先｜事先｜優先｜原先｜爭先　②祖先，上代：先輩｜先人｜先世｜先王　③尊稱死去的人：先妣｜先考｜先烈｜先賢｜先哲

纖〔纤〕xiān

纖(篆)纖(隸)(隸辨)纖(楷)(顏真卿)

【析形】纖字小篆左旁是糸，意符，以絲之細取細之意；右旁是韱，聲符，表示讀音。形聲字。隸、楷書沿襲小篆。

【簡化】簡化字"纤"是用更換聲符的方法，以筆畫較簡的"千"為聲符，替換了筆畫繁複的"韱"；意符"纟"根據草書楷化而成。

【釋義】細小：纖塵｜纖毫｜纖巧｜纖弱｜纖維｜纖細｜纖小

掀 xiān

掀(篆)掀(楷)(顏真卿)

【析形】掀字小篆左旁是手，意符，表明字義與手的動作有關；右旁是欣，聲符，表示讀音。形聲字。隸變後，手字在字左側為偏旁時寫作"扌"。

【釋義】◎本義指舉起，向上揭：掀起｜掀風鼓浪　◇引申表示翻動，翻騰：掀動｜掀起

鮮〔鲜〕xiān

羴(金)鮮(篆)鮮(隸)(馬王堆帛書)鮮(楷)(顏真卿)

【析形】鮮字金文下部是魚，意符，表明字的初義與魚有關；上部是"羴"字的省減，聲符，表示讀音（鮮、羴二字古音同韻部）。形聲字。小篆寫作左右結構。隸書沿襲小篆。

【簡化】楷書簡體"鲜"意符的簡化見"魚"字。

【釋義】◎本義指活魚。◇引申①新鮮：鮮果｜鮮花｜鮮美｜鮮嫩｜鮮魚　②明亮，有光彩：鮮紅｜鮮亮｜鮮明｜鮮艷　③鮮美的食

物,特指魚、蝦等水產食物:嚐鮮|海鮮|時鮮|魚鮮　④滋味美好:鮮美|鮮味

鍁 (锨)〔杴〕xiān

鍁 楷(顏真卿)

【析形】鍁字《説文》所無。楷書左旁是"金",意符,表明材質;右旁是欣,聲符,表示讀音。形聲字。異體字以"木"為意符,以"欠"為聲符。

【簡化】簡化字"锨"的意符"钅"根據草書楷化而成。

【釋義】一種掘土、鏟東西的工具:木鍁|鐵鍁

閑 (闲) xián

閑 金　閑 篆　閑 隸(白石君碑)　閑 楷(龍藏寺碑)

【析形】閑字金文上部是門,下部是木,均為意符,表示木欄、柵欄。會意字。小篆寫作內外結構。隸、楷書沿襲小篆。

【簡化】簡化字"闲"意符的簡化見"门"字。

【釋義】◎本義指木欄之類的遮攔物。因聲通閒暇之"閒"。

閒 (闲)〔閑〕xián

【釋義】◎本義指縫隙,空隙,音 jiàn。◇引申①表示空間、有空,與"忙"相對:閒蕩|閒逛|閒居|閒情|閒人|閒散|空 kòng 閒|農閒|清閒|偷閒|消閒|休閒 ②與正事無關:閒扯|閒話|閒聊|閒書|閒談 ③放着,不使用:閒房|閒錢|閒置|兩手閒着(以上引申義音 xián)

賢 (贤) xián

賢 金　賢 篆　賢 隸(曹全碑)　賢 楷(元珍墓誌)　賢 草(桂彥良)

【析形】賢字金文下部是貝,意符,表明字的初義與財物有關(見"貝"字),上部是臤,聲符,表示讀音。形聲字。小篆、隸、楷書沿襲金文。

【簡化】簡化字"贤"根據草書楷化而成。

【釋義】◎本義指多財。◇引申①多。②

德才兼備:賢才|賢臣|賢德|賢慧|賢良|賢明|賢能|賢人|賢淑 ③品格高尚、有才能的人:賢達|賢哲|前賢|聖賢|時賢|先賢|禮賢下士|任人唯賢 ④敬辭,多用於平輩或晚輩:賢弟|賢契|賢姪

弦 〔絃〕xián

弦 篆　弦 楷(董美人墓誌)　絃 楷(智永)

【析形】弦字小篆左旁是弓,右旁像繫絲繫於繫弦之處,均為意符,表示弓弦。會意字。楷書右旁作"玄"。楷書異體以"糸"為意符,表明材質。

【釋義】◎本義指弓弦,即弓上發箭之繩:箭在弦上 ◇引申①樂器上發聲的線:弦樂|單弦|三弦|絲弦|管弦樂|弦外之音|改弦易轍 ②月亮半圓:上弦|下弦 ③數學名詞,直線與圓周相交,夾在圓周之間的部分:弦切角;又指不等腰直角三角形中對着直角的邊:餘弦|正弦

咸 xián

咸 甲　咸 金　咸 篆　咸 隸(樊敏碑)　咸 楷(崔敬邕墓誌)

【析形】咸字甲骨文左旁是口,代表人,右旁像斧鉞形,一種長柄的大斧,隸作"戉",均為意符,表示砍殺。會意字。金文沿襲甲骨文。小篆線條化,斧鉞形已失。隸、楷書沿襲小篆。

【釋義】本義指殺。◇引申指全,皆:咸豐|老少咸宜

鹹 (咸) xián

鹹 篆　鹹 隸(隸辨)

【析形】鹹字小篆左旁是鹵,意符,表明字義與鹽鹵有關;右旁是咸,聲符,表示讀音。形聲字。

【簡化】簡化字用同音合併的方法,以音同、筆畫較簡的"咸"代替筆畫繁複的"鹹",合併了鹹、咸二字的意義。

【釋義】像鹽那樣的味道:鹹菜|鹹茶|鹹肉|鹹水

銜 (衔)〔啣〕xián

銜篆　衔行　隸(隸辨)　銜楷(魏靈藏造像)

【析形】銜字小篆外廓是行，意符，表明字義與行走有關；中間是金，表明材質。均為意符，指一種駕馭馬行走的金屬棒。會意字。隸、楷書沿襲小篆。異體字以"口"為意符，以"卸"為聲符。

【簡化】簡化字"衔"的意符"钅"根據草書楷化而成。

【釋義】◎本義指橫在馬嘴上駕馭其行走的金屬小棒，也稱馬嚼子。◇引申①口含，此義又作"啣"：銜枚 ②懷在心裏：銜恨|銜思|銜怨 ③連接：銜接 △義借表示頭銜等職務和級別的稱號：官銜|軍銜|領銜|授銜|學銜|職銜(此義不作"啣")

嫌 xián

嫌篆　嫌楷(顏真卿)

【析形】嫌字小篆左旁是女，意符，概古人認為女子性多疑，取意嫌疑；右旁是兼，聲符，表示讀音。形聲字。楷書沿襲小篆。

【釋義】◎本義指嫌疑：避嫌|猜嫌|涉嫌|嫌疑犯；也指怨恨：夙嫌|挾 xié 嫌|消釋前嫌 ◇引申指厭惡，不滿：嫌棄|嫌惡 wù|嫌憎|討嫌|憎嫌

涎 xián

涎篆　涎楷(顏真卿)

【析形】涎字小篆左旁是水，表示口液，右旁是欠，像人張口吐氣之形，均為意符，取意唾沫。會意字。楷書以"水"為意符，"延"為聲符。

【釋義】唾沫，口水：涎水|口涎|流涎|垂涎三尺|垂涎欲滴

舷 xián

舷楷(顏真卿)

【析形】舷字《說文》所無。楷書左旁是舟，意符，表明字義與船有關；右旁是玄，聲符，表示讀音。形聲字。

【釋義】◎本義指船的邊沿。◇引申指飛機兩側的邊沿：舷邊|舷窗|舷門|舷梯|船舷|左舷

顯 (显) xiǎn

顯金　顯篆　顯隸(白石君碑)　顯楷(王羲之)　顯草(王羲之)

【析形】顯字金文右旁像人特大其頭之形，隸作"頁"；左旁上部是日，下部像兩束絲，均為意符，人在日光下看絲，取意顯現，明顯。會意字。小篆、隸、楷書沿襲金文。

【簡化】簡化字"显"是用了保留特徵、局部刪除的方法，左旁上部保留了"日"，下部保留了根據草書楷化而成的"业"，刪除了其餘部件。

【釋義】◎本義指露在外面容易看見：顯豁|顯見|顯明|顯然|顯眼|顯著|明顯 ◇引申①表現，露出：顯露|顯示|顯現|顯形|顯揚|顯耀|顯影 ②有名聲有權勢地位的：顯達|顯貴|顯赫|顯榮|顯要 ③敬辭，稱先人：顯妣|顯考

險 (险) xiǎn

險篆　險隸(華山神廟碑)　險楷(歐陽詢)　险草(孫過庭)

【析形】險字小篆左旁是阜，意符，本義為土山，表明字義與山有關；右旁是僉，聲符，表示讀音。形聲字。隸、楷書沿襲小篆。隸變後，阜字在字左側為偏旁時寫作"阝"。

【簡化】簡化字"险"根據草書楷化而成。

【釋義】◎本義指山路難行，地勢險厄：險隘|險地|險惡|險峰|險峻|險要|天險 ◇引申①有遭到不幸或發生災難的可能，不安全：險地|險境|險情|險灘|險阻|保險|風險|艱險|冒險|探險|脫險|危險 ②狠毒：險詐|奸險|陰險 ③差點，差不多：險乎|險些|險勝|險遭不幸

鮮 (鲜) xiǎn

【析形】見"鮮 xiān"。

【釋義】◎本義指活魚，音 xiān。△音借表示少，音 xiǎn：鮮見|鮮有|鮮為人知|

寡廉鮮恥

銑 (铣) xiǎn

鐊篆 **銑**楷(顏真卿)

【析形】銑字小篆左旁是金，意符，表明字義與金屬有關；右旁是先，聲符，表示讀音。形聲字。楷書沿襲小篆。

【簡化】楷書簡體"铣"的意符"钅"根據草書楷化而成。

【釋義】最有光澤的金屬。

縣 (县) xiàn

塭金 縣篆 縣隸(校官碑) 縣楷(元珍墓誌)

【析形】縣是"懸"字本字。金文左旁是木，代表樹木或木杆子，"木"上有條繩索懸着一顆頭顱，均為意符，取意懸掛。會意字。小篆省減"木"，左旁是"首"字的倒寫，右旁是系，表示繩索，以懸首取意懸掛。隸書倒"首"形略變。楷書沿襲隸書。

【簡化】簡化字"县"是用了保留特徵、局部代全體的方法，保留了原字輪廓特徵"県"，刪除了其餘部件。

【釋義】◎本義指懸掛，為"懸"字初文。△音借表示行政區劃單位，由地區、自治州、直轄市領導：縣城|縣令|縣市|縣長|縣誌

現 (现) xiàn

現隸(寫經殘卷) 現楷(褚遂良)

【析形】現字《說文》所無。隸書左旁是玉，意符，表明字的初義與玉有關，右旁是見，意符兼聲符，表示顯露，也表示讀音。會意兼聲字。

【簡化】簡化字"现"意符的簡化見"見"字。

【釋義】◎本義指玉光。◇引申①顯露，出現：現象|現形|現眼|表現|呈現|閃現|體現|顯現|隱現|湧現|再現|展現 ②目前有的，實有的：現鈔|現成|現貨|現金|現款|現實|現有|兌現 ③現在，此刻：現存|現代|現況|現任|現時|現行|現役|現狀 ④當時，臨時：現場|現編現演

限 xiàn

限金 限篆 限隸(隸辨) 限楷(顏真卿)

【析形】限字金文左旁像山崖形，隸作阜，意符，表明字義與山有關；右旁是艮，聲符，表示讀音。形聲字。小篆沿襲金文。隸變後，阜字在字左側為偏旁時寫作"阝"。

【釋義】◎本義指山路難行，險阻，阻隔。◇引申①表示限制：限定|限額|限量|限期|局限 ②指定的範圍：限度|限制|極限|界限|年限|期限|時限|無限

綫 (线)〔線〕xiàn

綫篆 綫楷(顏真卿)

【析形】綫字小篆左旁是糸，意符，表明字義與絲麻有關；右旁是戔，聲符，表示讀音。形聲字。楷書沿襲小篆。港台繁體字以"泉"為聲符。內地採用"线"字。

【簡化】簡化字"线"根據草書楷化而成。

【釋義】◎本義指用絲、綿、麻製成的細長物：麻綫|棉綫|絲綫 ◇引申①泛指細長像線的東西：電綫|經緯綫|尼龍綫 ②幾何學上指一個點任意移動所構成的圖形：綫條|垂綫|斜綫|直綫|抛物綫 ③邊緣交界的地方，或比喻所接近的某種邊際：防綫|火綫|國境綫|海岸綫 ④交通路線：綫路|航綫|沿綫|專綫 ⑤量詞，數詞限用"一"，表示極少：一綫生機|一綫希望

憲 (宪) xiàn

憲金 憲金 憲篆 憲隸(孔彪碑) 憲楷(顏真卿)

【析形】憲字金文形一下部是目，意符，以目明取意靈敏；上部是"害"字的省減，聲符，表示讀音（憲、害二字古音聲母相同，韻部相近）。形聲字。形二下部增"心"為意符，以心目並用表示靈敏。小篆沿襲金文形二。隸書根據小篆轉寫而成，眼目形寫作"罒"。楷書沿襲隸書。

【簡化】簡化字"宪"是用另造新字方法，上部保留代表原字輪廓特徵的"宀"，下部以"先"為聲符，替換了原字筆畫繁複的部件。

【釋義】◎本義指靈敏。△音借指法令：憲法|憲章|憲政|立憲|違憲　◇引申指某些國家的軍事政治警察：憲兵|憲警

陷 xiàn

甲篆陷 隸（華山神廟碑）陷楷（顏真卿）

【析形】陷字甲骨文像人陷入坑內之形。會意字。小篆左旁增"阜"為意符，本義指土山，取義從高處陷落，右旁仍像人陷入坑內之狀。隸變後，阜字在字左側為偏旁時寫作"阝"，右旁人形訛作"⺈"，陷坑之形寫作"臼"。楷書沿襲隸書。

【釋義】◎本義指陷入，墜入：陷落|陷沒 mò|陷身|沉陷|塌陷|下陷　◇引申①凹進：凹陷|窪陷 ②陷阱：陷坑 ③謀害：陷害|誣陷 ④缺點：缺陷 ⑤攻破，被攻破：攻陷|淪陷|失陷

餡 (馅) xiàn

餡楷（顏真卿）

【析形】餡字《說文》所無。左旁是食，意符，表明字義與食物有關；右旁是臽，聲符，表字讀音。形聲字。

【簡化】楷書簡體"馅"的意符"饣"根據草書楷化而成。

【釋義】包在麵食、點心裏面的肉、菜、糖等東西：餡兒餅|夾 jiā 餡兒|肉餡兒

羨 xiàn

篆羨 隸（隸辨）羨楷（顏真卿）

【析形】羨字小篆上部是羊，代表美味食物；下部是次，為"涎"字異體，均為意符，以垂涎美味取意貪慾。會意字。隸書沿襲小篆。楷書把"次"訛作"次"。

【釋義】◎本義指貪慾。◇引申表示因喜愛而希望得到：羨慕|稱羨|歆羨|欣羨|艷羨

獻 (献) xiàn

甲獻 金獻 篆獻 隸（隸辨）獻楷（鍾繇）

【析形】獻字甲骨文右旁是犬，表明字義與狗有關；左旁是鬲，古代炊具，均為意符，表示烹製犬肉作祭品。會意字。金文

左旁為鬳，也是古代類似鬲的炊具。小篆、隸、楷書沿襲金文。

【簡化】簡化字"献"是用保留特徵、局部刪除的方法，左旁保留與原字輪廓特徵相近的"南"，刪除了其餘部件。

【釋義】◎本義指古代作為祭品奉祭神祖之犬牲。◇引申①進獻，進奉。②恭敬地送給：獻寶|獻策|獻詞|獻花|獻禮|獻身|奉獻|貢獻|敬獻|捐獻 ③表演，表現出來：獻醜|獻技|獻媚|獻藝

腺 xiàn

腺楷（顏真卿）

【析形】腺字《說文》所無。楷書左旁的"月"是古文"肉"字的隸變體（古文肉、月二字形近，隸變後，兩個字作偏旁時多同化寫作"月"），意符，表明字義與身體某部分有關；右旁是泉，聲符，表示讀音。形聲字。

【釋義】生物體內能分泌某些化學物質的組織，由腺細胞組成：腺瘤|淚腺|乳腺|性腺|甲狀腺|淋巴腺

鄉 (乡) xiāng

甲鄉 金鄉 隸（樓蘭簡）鄉楷（蘇孝慈墓誌）乡楷（顏真卿）

【析形】鄉字甲骨文像兩人就着一食器相對而食之形，當為"饗"之本字。會意字。金文沿襲甲骨文。隸書左旁人形訛作"乡"，右旁人形訛作"阝"（邑）。

【簡化】楷書簡體"乡"是用了保留特徵、局部代全體的方法，只留下左側的"乡"代替全字，刪除了其餘部件。簡化字沿用楷書簡體。

【釋義】◎本義當為"饗"，以酒食款待人。△音借指古代行政區域單位，一萬二千五百戶為一鄉。◇引申①鄉村，與"城"相對：鄉間|鄉下|鄉鎮|城鄉|山鄉|水鄉|窮鄉僻壤|魚米之鄉 ②家鄉，自己生長的地方或祖籍：鄉愁|鄉里|鄉親|鄉思|鄉土|鄉音|還鄉|同鄉|外鄉|異鄉|離鄉背井

相 xiāng

【析形】見"相xiàng"字。

【釋義】◎本義指省視，察看，音xiàng。◇引申①親自觀看：相親｜相中zhòng ②互相，交互：相愛｜相安｜相稱｜相逢｜相距｜相依｜相映 ③表示一方對一方的動作：相傳｜相告｜相繼｜相沿（以上各引申義音 xiāng）

香 xiāng

甭篆 香隸(史晨碑) 香楷(龍藏寺碑)

【析形】香字小篆上部是黍，下部是甘，均為意符，以黍稻甘香取意芳香。會意字。隸書上部省作"禾"。隸變後，"甘"字在字下部作偏旁時與日月之"日"字混同。楷書沿襲小篆。

【釋義】◎本義指氣味芳香，與"臭"相對：香菜｜香氣｜香水｜花香｜酒香｜清香｜幽香 ◇引申①香料或香料製品：香火｜香精｜香爐｜香燭｜沉香｜進香｜檀香 ②食物味道好：香腸｜香口｜香甜 ③胃口好，睡眠好：睡得香｜吃啥都不香 ④受歡迎，受重視：吃香

箱 xiāng

箱篆 箱楷(顏真卿)

【析形】箱字小篆上部是竹，意符，表明材質；下部是相，聲符，表示讀音。形聲字。楷書沿襲小篆。

【釋義】◎本義指木箱，古代或以竹製。◇引申①泛指可藏物，有底、有蓋的器物：貨箱｜皮箱｜錢箱｜信箱 ②像箱子的東西：暗箱｜冰箱｜風箱｜烘箱｜水箱｜集裝箱

廂〔厢〕xiāng

篆 廂楷(顏真卿)

【析形】廂字小篆外廓是"广"，像高屋形，意符，表明字義與房屋有關；內中是相，聲符，表示讀音。形聲字。楷書意符為"厂"，取意與"广"同，表示可居住的地方。內地採用"厢"字。

【釋義】◎本義指正房兩側之房屋。◇引申①旁，邊：壁廂｜兩廂｜那廂 ②類似房子間隔的地方：包廂｜車廂 ③靠近城的地方：城廂｜關廂

湘 xiāng

篆金 湘篆 湘楷(王獻之)

【析形】湘字金文下部是水，意符，表明字義與水有關；上部是相，聲符，表示讀音。形聲字。小篆寫作左右結構。楷書沿襲小篆。隸變後，水字在字左側為偏旁時寫作"氵"。

【釋義】①水名。發源於廣西流入湖南：湘江｜湘水 ②湖南省的別稱：湘劇｜湘繡｜湘語｜湘竹

鑲〔镶〕xiāng

鑲篆 鑲楷(顏真卿)

【析形】鑲字小篆左旁是金，意符，表明材質；右旁是襄，聲符，表示讀音。形聲字。楷書沿襲小篆。

【簡化】簡化字"镶"的意符"钅"根據草書楷化而成。

【釋義】◎本義指鑄銅鐵器模型的瓤子，即鑄器的內模。◇引申指把東西嵌進去或在外圍加邊：鑲邊｜鑲嵌｜鑲牙

詳〔详〕xiáng

詳篆 詳隸(辟雍碑) 詳楷(張猛龍碑)

【析形】詳字小篆左旁是言，意符，表明字義與言語有關；右旁是羊，聲符，表示讀音。形聲字。隸、楷書沿襲小篆。

【簡化】簡化字"详"的意符"讠"根據草書楷化而成。

【釋義】◎本義指審議。◇引申①詳細，與"略"相對：詳陳｜詳明｜詳情｜詳實 ②清楚：不詳｜未詳 ③周備：詳盡｜詳密｜周詳

降 xiáng

【析形】見"降jiàng"。

【釋義】◎本義指從高處落下，音jiàng。◇引申①歸順，投降：降順｜納

降｜求降｜勸降｜誘降｜詐降｜招降 ②制伏，使馴服：降伏｜降服｜降龍伏虎（以上引申義音 xiáng）

祥 xiáng

祥(金) 祥(篆) 祥(隸)(華山神廟碑)
祥(楷)(歐陽詢)

【析形】祥字金文左旁是示，意符，表明字義與求神祈福等活動有關（見"示"字）；右旁是羊，古代祭祀用珍品，意符兼聲符，取意吉祥，也表示讀音。會意兼聲字。小篆、隸、楷書沿襲金文。

【釋義】吉利的：祥和｜不祥｜發祥｜吉祥。古代也指吉凶之預兆：祥瑞

翔 xiáng

翔(篆) 翔(隸)(郭有道碑) 翔(楷)(智永)

【析形】翔字小篆右旁是羽，意符，表明字義與羽翼有關；左旁是羊，聲符，表示讀音。形聲字。隸、楷書沿襲小篆。

【釋義】◎本義指鳥類展翅盤旋而飛。◇引申泛指其他物體盤旋而飛：翱翔｜飛翔｜滑翔｜迴翔

享 xiǎng

享(甲) 享(金) 享(篆) 享(隸)(郭有道碑)
享(楷)(顏真卿)

【析形】享字甲骨文像一座宗廟之形，上有屋頂，下有台基。象形字。以宗廟之形取進獻之意。金文沿襲甲骨文。小篆形體已訛變。隸書根據小篆轉寫而成。楷書沿襲隸書。

【釋義】◎本義指進獻（鬼神）。◇引申①鬼神享用祭品。②得到滿足：享福｜享樂｜享受｜享用｜享有｜安享｜分享

響 (响) xiǎng

響(篆) 響(楷)(高貞碑)

【析形】響字小篆下部是音，意符，表明字義與聲音有關；上部是鄉，聲符，表示讀音。形聲字。楷書沿襲小篆。

【簡化】簡化字"响"是用了另造新字的方法，新造了以"口"為意符（口能發出聲音），以"向"為聲符的形聲字。

【釋義】◎本義指迴聲，回應 yìng：反響｜迴響 ◇引申①響亮，聲音高，聲音大：響音｜山響｜響徹雲霄 ②發出聲音：響鼻｜響鈴｜響器｜響聲｜聲響｜雙響｜音響｜交響樂

想 xiǎng

想(篆) 想(隸)(泰山金剛經) 想(楷)(智永)

【析形】想字小篆下部是心，意符，表明字義與心理活動有關；上部是相，聲符，表示讀音。形聲字。隸、楷書沿襲小篆。

【釋義】◎本義指想像。◇引申①思考，思索：想法｜想像｜暢想｜馳想｜感想｜幻想｜回想｜假想｜聯想｜冥想｜設想｜思想｜臆想｜冥思苦想 ②推測：想必｜想見｜猜想｜料想｜推想｜預想 ③希望，打算：想望｜空想｜理想｜夢想｜妄想

向 xiàng

向(甲) 向(金) 向(篆) 向(楷)(褚遂良)

【析形】向字甲骨文像一所房子的中間開了一扇窗子。象形字。金文、小篆、楷書形一各體均沿襲甲骨文。

【釋義】◎本義指朝北開的窗戶。古代建造房屋多坐南朝北，在北面開窗。◇引申①對着，朝着，與"背"相對：向背｜向上｜向學｜向着｜面向｜趨向｜投向｜通向｜指向 ②一向：向來｜向日｜向無來往｜向有研究（以上各義又作"嚮"）③方向，目標：定向｜導向｜動向｜風向｜航向｜趨向｜去向｜意向｜志向｜轉 zhuǎn 向｜走向 ④偏向，袒護：向着｜傾向

嚮 (向) xiàng

嚮(楷)(顏真卿)

【析形】嚮字《說文》所無。楷書下部是向，意符，表示朝着；上部是鄉，聲符，表示讀音。形聲字。

【簡化】簡化字是用同音合併的方法，以音同、筆畫省簡的"向"代替筆畫繁複的"嚮"，合併了嚮、向二字的意義。

【釋義】同"向 xiàng"。（表示"方向"、"偏

祖"義不作"襁"。)

項 (项) xiàng

項篆 項楷(顏真卿)

【析形】項字小篆右旁是頁，本義指頭，意符，表明字義與頭部有關 (見"頁"字)；左旁是工，聲符，表示讀音 (工、項二字古音同韻部)。形聲字。

【簡化】楷書簡體"项"意符的簡化見"頁"字。

【釋義】◎本義指脖子的後部：項背|項鏈兒|項圈|頸項|強項 △音借表示①事物的種類或條目：項目|各項|後項|前項|強項|事項|外項|義項|雜項 ②款項，經費：出項|存項|進項|用項

巷 xiàng

巷篆 蕢篆 巷隸(曹全碑) 巷楷(顏真卿)

【析形】巷字小篆形一兩旁是"邑"，隸作邑，意符，表明字義與城邑有關；中間是共，聲符，表示讀音 (巷、共二字古音同韻部)。形聲字。形二省一"邑"，並寫作上下結構。隸變後，"共"字形體省變，下部的"邑"省作"巳"。

【釋義】本義指里中的道路、胡同。古人稱直道為街，曲為巷；大者為街，小者為巷。後泛指胡同、里弄和較窄小的街道：巷口|巷戰|里巷|陋巷

相 xiàng

相甲 相金 相篆 相隸(史晨碑)

相楷(高貞碑)

【析形】相字甲骨文右旁像一隻眼睛，代表"視"之主體，隸作"目"；左旁是木，代表"視"之對象，均為意符，取義省視。會意字。金文、小篆、隸、楷書各體均沿襲甲骨文。

【釋義】◎本義指省視，察看：相馬|相面|相機行事 ◇引申指相貌，容貌，樣子：相片|扮相|本相|真相 △音借表示輔助，也指輔佐的人：丞相|儐相|首相|宰相

象 xiàng

象甲 象金 象篆 象隸(乙瑛碑) 象楷(智永)

【析形】象字甲骨文像一頭大象的形狀，上端頭部有長鼻尖牙，中間是象身，下端有尾巴。象形字。金文沿襲甲骨文。小篆線條化，象形略變。隸書根據小篆轉寫而成。楷書沿襲隸書。

【釋義】動物名。哺乳動物，鼻子圓筒形，可以伸捲，門牙特長，可製工藝品。產在中國雲南南部以及印度、非洲等熱帶地方：象牙|大象 △音借表示形狀、樣子：表象|跡象|景象|氣象|萬象|現象|險象|形象|印象|影象|徵象 ◇引申指模擬，仿效：象聲|象形

像 xiàng

像篆 像隸(白石君碑) 像楷(歐陽詢)

【析形】像字小篆左旁是人，意符，表明字義與人有關；右旁是象，意符兼聲符，表示相像，也兼表示讀音。會意兼聲字。隸變後，人字在左側為偏旁時寫作"亻"。

【釋義】◎本義指相似：很像|活像|相像 ◇引申指肖像，即比照人物製成的形象：像章|畫像|偶像|羣像|人像|神像|石像|塑像|銅像|遺像

橡 xiàng

橡楷(顏真卿)

【析形】橡字《說文》所無。楷書左旁是木，意符，表明字義與樹木有關；右旁是象，聲符，表示讀音。形聲字。

【釋義】植物名。①橡樹，即櫟樹。落葉喬木，果實含澱粉，樹皮和殼斗可替單寧酸，葉子可飼柞蠶：橡實|橡子 ②橡膠皮。樹脂含有膠質，可製橡膠：橡皮|橡皮筋

削 xiāo

削篆 削隸(孔彪碑) 削楷(虞世南)

【析形】削字小篆右旁是刀，意符，表明字義與刀有關；左旁是肖，聲符，表示讀音。形聲字。隸變後，刀字在字右側為偏

旁時寫作"刂"。

【釋義】用刀斜着切去物體的表層：削皮｜切削｜刀削麵

消 xiāo

消篆（辟雍碑）消楷（歐陽詢）

【析形】消字小篆左旁是水，意符，取意消融；右旁是肖，聲符，表示讀音。形聲字。隸書沿襲小篆。隸變後，水字在字左側作偏旁時寫作"氵"。

【釋義】◎本義指消盡，融化：消沉｜消解｜消融｜消散｜消逝｜消退｜消長(zhǎng)｜冰消瓦解｜雲消霧散　◇引申①除滅：消毒｜消防｜消減｜消滅｜消失｜消暑｜消亡｜消息｜消炎｜撤消｜抵消｜取消　②耗費，排遣：消費｜消耗｜消磨｜消遣｜消瘦｜消損｜消夏｜消閒｜宵夜｜花消

宵 xiāo

宵金　宵篆　宵隸（隸辨）宵楷（虞世南）

【析形】宵字金文上部是"宀"，意符，以室內晦暗表示夜晚；下部是肖，聲符，表示讀音。形聲字。小篆、隸、楷書沿襲金文。

【釋義】夜晚：宵禁｜良宵｜通宵｜夜宵｜元宵｜通宵達旦

銷 (销) xiāo

銷篆　銷隸（馬王堆帛書）銷楷（顏真卿）

【析形】銷字小篆左旁是金，意符，表明字義與金屬有關；右旁是肖，聲符，表示讀音。形聲字。隸、楷書沿襲小篆。

【簡化】簡化字"销"的意符"钅"根據草書楷化而成。

【釋義】◎本義指熔化金屬：銷鑠　◇引申①除去，解除：銷案｜銷毀｜銷魂｜銷假｜銷賬｜撤銷｜吊銷｜勾銷｜註銷　②消費：報銷｜花銷｜開銷　③出售，賣貨：銷貨｜銷路｜銷售｜產銷｜暢銷｜代銷｜購銷｜經銷｜傾銷｜推銷｜統銷｜展銷｜滯銷

蕭 (萧) xiāo

蕭篆　蕭隸（馬王堆帛書）蕭楷（顏真卿）

蕭草（孫過庭）

【析形】蕭字小篆上部是"艸"（草），意符，表明字義與植物有關；下部是肅，聲符，表示讀音（蕭、肅二字古音韻部相近）。形聲字。隸、楷書沿襲小篆。

【簡化】簡化字"萧"根據草書楷化而成。

【釋義】◎本義指香蒿。△音借表示淒清，冷落，沒有生氣：蕭然｜蕭瑟｜蕭疏｜蕭索｜蕭條

硝 xiāo

硝楷（顏真卿）

【析形】硝字《説文》所無。楷書左旁是石，意符，表明字義與石礦有關；右旁是肖，聲符，表示讀音。形聲字。

【釋義】礦物名。主要有硝石、鹽硝、砒硝等幾種，可入藥：硝磺｜硝煙｜硝鹽

哮 xiāo

哮篆　哮楷（顏真卿）

【析形】哮字小篆左旁是口，意符，表明字義與口的行為有關；右旁是孝，聲符，表示讀音。形聲字。楷書沿襲小篆。

【釋義】◎本義指豬受驚的叫聲。◇引申①泛指吼叫：咆哮　②急促喘氣的聲音：哮喘

簫 (箫) xiāo

簫篆　簫楷（顏真卿）

【析形】簫字小篆上部是竹，意符，表明材質；下部是肅，聲符，表示讀音（簫、肅二字古音韻部相近）。形聲字。楷書沿襲小篆。

【簡化】楷書簡體"箫"聲符的簡化見"肃"字。

【釋義】一種竹製管樂器。用一組長短不等的細竹管按音律編排而成。古稱排簫，也叫洞簫。

囂 (嚣) xiāo

囂金　囂篆　囂楷（顏真卿）

【析形】囂字金文中間是頁，本義指頭（見

"頁"字），代表人，圍繞四周的是口，均為意符，取意眾口喧囂。會意字。小篆沿襲金文。

【簡化】楷書簡體"囂"中間"頁"的簡化見"頁"字。

【釋義】◎喧嘩，吵鬧：塵囂│煩囂│叫囂│喧囂　◇引申指(惡勢力、邪氣)上漲、放肆：囂張

洨 xiáo

洨楷(顏真卿)

【析形】洨字《說文》所無。楷書左旁是"氵"(水)，意符，表明字的初義與水有關；右旁是肴，聲符，表示讀音。形聲字。

【釋義】◎本義指把水攪混。◇引申泛指攪亂，混雜：洨亂│洨雜│混洨

小 xiǎo

川甲 小金 川篆 小隸(樓蘭簡)

小楷(張猛龍碑)

【析形】小字甲骨文像沙粒等細碎物之形。象形字。取意微小。金文沿襲甲骨文。小篆線條化，沙粒形已失。隸、楷書沿襲小篆。

【釋義】◎本義指細，微，與"大"相對。◇引申①泛指在體積、面積、數量、強度、程度、力量等方面不及比較的對象：小報│小費│小號│小塊│小利│小粒│小路│小氣│小雨│小字│渺小│弱小│細小│狹小│纖小│縮小　②年紀小的：小輩│小兒│小叔│家小│老小│幼小│小朋友　③排行最末的：小兒子│小姑子　④謙辭，稱自己或與自己有關的人或事物：小弟│小女　⑤短時間的：小別│小憩│小住│小坐　⑥輕視：小看│小瞧

曉 (晓) xiǎo

曉篆 晓楷(顏真卿)

【析形】曉字小篆左旁是日，意符，表明字義與日光有關；右旁是堯，聲符，表示讀音。形聲字。

【簡化】楷書簡體"晓"的聲符"尧"根據草書楷化而成。

【釋義】◎本義指天明，天剛亮的時候：曉霧│報曉│拂曉│破曉│曉行夜宿　◇引申①明白，知道：曉暢│洞曉│分曉│通曉│知曉│家喻戶曉　②使人知道：曉示│曉諭│揭曉│曉以利害

校 xiào

【析形】見"校jiào"。

【釋義】◎本義指古代刑具，音jiào。◇由束縛、正囚義引申①學校：校風│校歌│校友│校園│校長　②軍銜名，"尉"的上一級：校官│大校│上校│將校(以上引申義音xiào)

笑 xiào

笑戰國楚帛書 笑篆 笑楷(顏真卿)

【析形】笑字戰國楚帛書上部是"艸"，下部是"犬"，取意未明。小篆上部是竹，下部是夭，取意亦未明。楷書沿襲小篆。

【釋義】◎本義未詳。戰國時代已見用為"笑"字，表示因喜悅露出高興的表情，發出歡喜的聲音：笑容│笑顏│歡笑│嬉笑　◇引申指譏笑，嘲弄，笑話：笑柄│笑料│嘲笑│恥笑│見笑│冷笑│取笑│開玩笑

效 〔傚、効〕 xiào

效甲 效金 效篆 效隸(郭有道碑)

效楷(歐陽詢) 効楷(敬使君碑)

【析形】效字甲骨文右旁像手持棒形，隸作"攵"，意符，表明字義與行為動作有關；左旁是交，聲符，表示讀音(效、交二字古音同韻部)。形聲字。金文、小篆、隸書均沿襲甲骨文。楷書形一沿襲隸書；形二意符為"力"，取意與"攵"同。異體字增"亻"(人)為意符，表明字義與人的活動有關。

【釋義】◎本義指摹仿，師法(此義又作"傚")：效法│效仿│效尤│仿效　◇引申①獻出(力量或生命。此義又作"効")：效勞│效力│效命│效忠│報效　②功效：效率│效能│效益│效應yìng│效用│成效│見效│療效│生效│失效│實效│時效│收效│速效│特

效 | 奏效

孝 xiào

金 孝篆 孝隸（白石君碑）孝楷（敬使君碑）

【析形】孝字金文右上像一老人之形，左下是子，"子"攙扶老者，取意敬老。會意字。小篆沿襲金文。隸書筆畫化，老人形已失。楷書沿襲隸書。

【釋義】◎本義指孝順父母：孝道 | 孝敬 | 孝子 | 至孝 | 忠孝。舊時也指居喪的事：孝服 | 孝幔 | 弔孝 | 守孝

嘯（啸）xiào

嘯篆 嘯隸（葉惠明碑）嘯楷（王獻之）
嘯草（智永）

【析形】嘯字小篆左旁是口，意符，以口能發出響聲取意；右旁是肅，聲符，表示讀音（嘯、肅二字古音韻部相近）。形聲字。隸書沿襲小篆。

【簡化】簡化字"啸"根據草書楷化而成。

【釋義】◎本義指嗼口出聲，吹口哨：嘯歌 | 嘯詠 | 長嘯 ◇引申①獸類長聲吼叫：虎嘯 ②呼喊：嘯聚 ③自在，無拘束：嘯傲 ④形容某種聲音：嘯鳴 | 呼嘯 | 海嘯

肖 xiào

肖金 肖篆 肖隸（隸辨）肖楷（顏真卿）

【析形】肖字金文下部是肉，以骨肉相似取意相像；上部是小，聲符，表示讀音。形聲字。小篆、隸、楷書沿襲金文。

【釋義】◎本義指骨肉相似。◇引申指相像：肖像 | 逼肖 | 酷肖 | 惟妙惟肖

些 xiē

些篆 些楷（顏真卿）

【析形】些字小篆上部是此，下部是二，形構表意未詳。

【釋義】①語氣詞 ②表示不定的數量：些微 | 些小 | 些許 | 某些 | 那些 | 哪些 | 一些 ③放在形容詞後，表示略為：比北京暖些 | 雨後的樹綠些了

歇 xiē

歇篆 歇楷（顏真卿）

【析形】歇字小篆右旁是欠（甲骨文像人張口呵氣之形），意符，表示歇息；左旁是曷，聲符，表示讀音。形聲字。隸、楷書沿襲小篆。

【釋義】休息，停息：歇班 | 歇工 | 歇腳 | 歇涼 | 歇氣 | 歇息 | 歇業 | 安歇 | 間 jiàn 歇 | 停歇

楔 xiē

楔篆 楔楷（顏真卿）

【析形】楔字小篆左旁是木，意符，表明字義與木頭有關；右旁是契，聲符，表示讀音。形聲字。楷書沿襲小篆。

【釋義】用來填充空隙的，一頭扁銳一頭厚平的木橛子、木片等：楔子

蠍〔蝎〕xiē

蝎楷（顏真卿）

【析形】蠍字《說文》所無。楷書左旁是虫，意符，表明字義與動物昆蟲類有關；右旁是曷，聲符，表示讀音。形聲字。異體字以"歇"為聲符。內地採用"蝎"字。

【釋義】蠍子，一種胎生節肢動物。後腹狹長，末端有毒鈎，用來禦敵或捕食：蛇蠍

叶 xié

叶篆 叶楷（褚遂良）

【析形】叶字小篆左旁是口，右旁是十，取眾之意，均為意符，以眾口歸一取意和洽、相合。會意字。楷書沿襲小篆。

【釋義】同"協"，表示和洽，相合：叶句 | 叶韻。今作"葉"字的簡化字。

協（协）xié

協甲 協金 協篆 協隸（樊敏碑）
協楷（顏真卿）

【析形】協字甲骨文上部是三"力"，下部"口"代表一方田地，均為意符，取意合力耕作。會意字。金文沿襲甲骨文。小篆

左旁增"十"為意符，取眾之意，省減了下部表示田地的"口"，並寫作左右結構。隸、楷書沿襲小篆。

【簡化】簡化字"协"是用符號代替的方法，右旁只保留一個"力"，並在其左右各加一"、"作為象徵性符號，替代了原字另外兩個"力"。

【釋義】◎本義指合力。◇引申①和諧，調和：協和｜協調｜協韻｜協奏曲　②幫助：協辦｜協理｜協助　③共同：協定｜協會｜協力｜協商｜協同｜協約｜協作

邪 xié

㸞篆 邪隸(曹全碑) 邪楷(顏真卿)

【析形】邪字小篆右旁是邑，意符，表明字的初義與城邑有關；左旁是牙，聲符，表示讀音(邪、牙二字古音同韻部)。形聲字。隸變後，邑字在字右側為偏旁時寫作"阝"。

【釋義】◎本義為古地名：琅琊郡。△音借表示①不正，不正當：邪道｜邪惡｜邪路｜邪門兒｜邪念｜邪氣｜邪說｜奸邪｜改邪歸正｜歪風邪氣　②妖異怪誕，災禍：邪教｜邪術｜驅邪｜異端邪說　③中醫指引起疾病的因素：邪氣｜風邪｜寒邪

脅 (胁)〔脇〕xié

𦞢篆 脅隸(馬王堆帛書) 脅楷(顏真卿)

【析形】脅字小篆下部是肉，意符，表明字義與身體的某部分有關；上部是劦，聲符，表示讀音。形聲字。古文肉、月二字形近，隸變後，兩個肉字作偏旁時多同化寫作"月"。異體字寫作左右結構。

【簡化】簡化字"胁"聲符的簡化見"協"字。

【釋義】◎本義指從腋下到腰上的部分：脅下｜兩脅　△音借表示逼迫，恐嚇：脅從｜脅迫｜裹脅｜威脅｜誘脅

斜 xié

斜篆 斜隸(萬經) 斜楷(顏真卿)

【析形】斜字小篆右旁是斗，意符，表明字義與盛器有關(見"斗"字)；左旁是余，聲符，表示讀音(斜、余二字古音同韻部)。形聲字。隸、楷書沿襲小篆。

【釋義】◎本義指從斗等盛器舀出、傾出。◇引申指不正，跟平面或直線既不平行也不垂直的：斜邊｜斜角｜斜坡｜斜射｜斜視｜傾斜

攜 〔携〕xié

携篆 携楷(王獻之)

【析形】攜字小篆左旁是手，意符，表明字義與手的動作有關；右旁是巂，聲符，表示讀音。形聲字。隸書聲符省減上部的"山"，下部訛作"乃"。隸變後，手字在字左側為偏旁時寫作"扌"。楷書沿襲隸書。內地採用"携"字。

【釋義】◎本義①提，帶：攜帶｜攜款｜攜槍｜提攜　②拉(手)：攜手｜扶老攜幼

鞋 〔鞵〕xié

鞵篆 鞋楷(顏真卿)

【析形】鞋字小篆左旁是革，意符，表明材質；右旁是奚，聲符，表示讀音(鞋、奚二字古音同韻部)。形聲字。楷書"鞋"是用了更換聲符的方法，以筆畫較簡的"圭"為聲符，替換了筆畫繁複的"奚"(鞋、圭二字古音亦同韻部)。

【釋義】◎本義指皮革製的鞋子。◇引申泛指普通的鞋子：鞋店｜鞋刷｜皮鞋｜新鞋

挾 (挟) xié

挾篆 挾隸(馬王堆帛書) 挟草(王獻之) 挾楷(顏真卿)

【析形】挾字小篆左旁是手，意符，表明字義與手的動作有關；右旁是夾，聲符，表示讀音。形聲字。隸變後，手字在字左側為偏旁時寫作"扌"。

【簡化】楷書簡體"挟"根據草書楷化而成。

【釋義】◎本義指夾持，夾在腋下或指間：挾持　◇引申指強使服從：挾持｜挾制｜裹挾｜要 yāo 挾

諧 (谐) xié

諧篆　諧隸(史晨碑)　諧楷(顏真卿)
谐草(李世民)

【析形】諧字小篆左旁是言，意符，表明字義與言語有關；右旁是皆，聲符，表示讀音。形聲字。隸、楷書沿襲小篆。

【簡化】簡化字"谐"的意符"讠"根據草書楷化而成。

【釋義】◎本義指聲音和諧：諧聲｜諧音｜諧和｜調 tiáo 諧　◇引申①泛指調配得當：諧美｜諧調 tiáo ②事情辦妥：事諧 ③風趣，滑稽：諧戲｜諧謔｜詼諧

寫 (写) xiě

寫篆　寫隸(武威簡)　寫楷(朱君山墓誌)
写草(王羲之)

【析形】寫字小篆上部是"宀"，意符，取意置物之所；下部是舃，聲符，表示讀音(寫、舃二字古音韻部相近)。形聲字。隸書沿襲小篆。楷書意符為"冖"。

【簡化】簡化字"写"根據草書楷化而成。

【釋義】◎本義置物，移置。◇引申①排除，宣洩，同"瀉"："駕言出遊，以寫我憂。"②傾吐，書寫：寫本｜寫詩｜默寫｜拼寫｜手寫｜縮寫｜謄寫｜填寫｜轉寫 ③繪畫：寫生｜寫意｜寫照｜寫真｜速寫 ④描寫，敍述：寫稿｜寫景｜寫實｜寫作｜編寫｜改寫｜模寫｜摹寫｜抒寫｜速寫｜縮寫｜特寫｜撰寫

血 xiě

【析形】見"血 xuè"。

【釋義】義同"血 xuè"，用於口語，音 xiě：血暈｜便血｜活血｜咯血｜吐血｜一針見血

泄 〔洩〕 xiè

泄篆　泄楷(顏真卿)

【析形】泄字小篆左旁是水，意符，表明字義與水有關；右旁是世，聲符，表示讀音(泄、世二字古音同韻部)。形聲字。隸變後，水字在字左側為偏旁時寫作

"氵"。異體字以"曳"為聲符。

【釋義】◎本義指液體、氣體排出，發散：泄洪｜泄水｜排泄｜宣泄｜水泄不通　◇引申①不該讓人知道的事讓人知道了：泄底｜泄漏｜泄露 lòu｜泄密 ②放鬆：泄勁｜泄力｜泄氣 ③儘量發出：泄憤｜泄恨｜發泄

瀉 (泻) xiè

瀉楷(顏真卿)

【析形】瀉字《説文》所無。楷書左旁是"氵"(水)，意符，表明字義與水有關；右旁是寫，聲符，表示讀音。形聲字。

【簡化】簡化字"泻"聲符的簡化見"寫"字。

【釋義】◎本義指水急速地流：瀉湖｜奔瀉｜流瀉｜傾瀉｜一瀉千里　◇引申指腹瀉：瀉肚｜瀉藥｜吐 tù 瀉｜止瀉

卸 xiè

卸篆　卸楷(顏真卿)

【析形】卸字小篆右旁像跪跽之人形，隸作"卩"；左旁下部是止，表示行止，均為意符，取意行止有節。右上是午，當為馭車馬之鞭。意符兼聲符，取意停車，也表示讀音(卸、午二字古音同韻部)。會意兼聲字。楷書沿襲小篆。

【釋義】◎本義指停車解馬套。◇引申①泛指把東西去掉或拿下來：卸車｜卸貨｜卸妝｜拆卸｜裝卸 ②解除，推卻：卸肩｜卸任｜卸責｜卸裝｜推卸

屑 xiè

屑篆　屑隸(隸辨)　屑楷(元珍墓誌)

【析形】屑字小篆上部是尸(甲骨文、金文像人彎曲膝之形)，意符，代表人；下部是肖，聲符，表示讀音(屑、肖二字古音同韻部)。形聲字。隸書聲符訛作"肖"。楷書沿襲隸書。

【釋義】◎本義指不安。△音借表示①零碎，瑣細：瑣屑 ②碎末：木屑｜碎屑｜鐵屑｜紙屑 ③認為值得(顧惜，重視)：不屑一顧

械 xiè

篆械楷(顏真卿)

【析形】械字小篆左旁是木，意符，表明材質；右旁是戒，聲符，表示讀音。形聲字。楷書沿襲小篆。

【釋義】◎本義指桎梏，即枷鎖、鐐銬一類的刑具：手械|足械　◇引申①武器：械鬥|繳械|軍械|槍械　②器物，工具：機械|農械|器械

謝 (谢) xiè

篆謝 隸(桐柏廟碑) 謝 草(王獻之)

謝 楷(顏真卿)

【析形】謝字小篆左旁是言，意符，表明字義與言詞有關；右旁是射，聲符，表示讀音。形聲字。隸書沿襲小篆。

【簡化】楷書簡體"谢"的意符"讠"根據草書楷化而成。

【釋義】◎本義指辭去（官職）。◇引申①拒絕：謝絕|謝客|辭謝　②凋落，衰亡：謝世|代謝|凋謝|萎謝　③道歉，認錯：謝過|謝罪　④感謝：謝恩|謝幕|酬謝|道謝|鳴謝

解 xiè

【析形】見"解jiě"。

【釋義】◎本義指分割，剖開。◇引申指分析，説明，音jiě。又引申指懂得，明白：解開了其中的奧秘　△音借表示舊時雜技表演的各種技藝，特指騎在馬上表演的技藝：解數|跑馬賣解　（以上引申義及音借義音xiè）

懈 xiè

金懈 篆懈 楷(顏真卿)

【析形】懈字是為"解"字的引申義而作。金文仍作"解"。小篆左旁增"心"為意符，表明字義與心態有關；成為形聲字。隸變後，心字在字左側為偏旁時寫作"忄"。

【釋義】鬆弛，不緊張：懈怠|懈氣|鬆懈　無懈可擊|常備不懈

蟹 xiè

篆蟹 楷(顏真卿)

【析形】蟹字小篆左旁是虫，意符，表明字義與動物有關；右旁是解，聲符，表示讀音。形聲字。楷書寫作上下結構。

【釋義】螃蟹，節肢動物，全身有甲殼，前面有一對螯，兩旁各四足，橫着爬行：蟹黃|海蟹|蝦兵蟹將

心 xīn

甲 金 篆心 隸(禮器碑)

心 楷(龍藏寺碑)

【析形】心字甲骨文像一顆心臟之形。象形字。金文、小篆沿襲甲骨文。隸書線條化，心形已變。楷書沿襲隸書。

【釋義】◎本義指心臟。內臟之一，人和動物體內主管血液循環的器官：心搏|心律|心室|心跳|心音　◇引申①思想的器官和思想、感情等：心計|心理|心靈|心情|心事|心疼|心性|心虛|心緒|心儀|心意|心願|擔心|放心|驚心|善心|童心|隨心|野心|疑心|知心|專心　②在中間的地方，中央：核心|江心|圓心|中心|重心|軸心

辛 xīn

甲 金辛 篆辛 隸(郭有道碑)

辛 楷(顏真卿)

【析形】辛字甲骨文像古代一種刑具，形狀像鋒刻鏤刀具。象形字。金文沿襲甲骨文。小篆筆畫化，已失初形。隸書根據小篆轉寫而成。楷書沿襲隸書。

【釋義】◎本義指刑具。◇引申表示罪或與罪有關的。《説文·辛部》："辛，皐（罪）也。"△音借表示①天干的第八位，也用作次序之第八。②辣：辛辣　③悲痛：辛酸|悲辛　④勞苦：辛苦|辛勞|勤|艱辛

欣 xīn

篆欣 楷(王羲之)

【析形】欣字小篆右旁是欠（甲骨文像人

張口呵氣之形），取意張口嘻笑；左旁是斤，聲符，表示讀音。形聲字。楷書沿襲小篆。

【釋義】喜悅，高興：欣然｜欣賞｜欣慰｜欣喜｜欣悅｜歡欣

新 xīn

新甲 新金 新篆 新隸(華山神廟碑)

新楷(張猛龍碑)

【析形】新字甲骨文左旁下部是木，右旁像古代石斧之形，隸作"斤"，均為意符，取意伐木；左上是辛，聲符，表示讀音。形聲字。金文斧頭形已變。小篆、隸、楷書沿襲金文。

【釋義】◎本義指砍伐樹木。引申指柴薪。此義後作"薪"。△音借表示新的人或事物，與"舊"或"老"相對：新潮｜新年｜新奇｜新式｜新書｜新聞｜新鮮｜新型｜新秀｜新意｜新穎｜清新｜時新｜迎新｜嶄新　◇引申①除去舊的，換上新的，進步的，與"舊"相對：重新｜創新｜翻新｜革新｜更新｜刷新｜維新　②沒有起用過的，與"舊"相對：新居｜新書｜新址｜新裝　③剛結婚或結婚不久的：新房｜新婚｜新娘｜新人　④剛，最近：新交｜新近｜新來｜新興

薪 xīn

薪篆 薪隸(馬王堆帛書) 薪楷(智永)

【析形】小篆上部是"艸"，意符，表明字義與植物有關；下部是新，聲符，表示讀音。形聲字。隸、楷書沿襲小篆。

【釋義】◎本義柴火：釜底抽薪｜杯水車薪　◇引申指薪水，工資：薪俸｜薪金｜工薪｜加薪｜年薪

芯 xīn

【析形】芯字《說文》所無。上部是"艹"（艸），意符，表明字義與植物有關；下部是心，聲符，表示讀音。形聲字。

【釋義】◎本義為草名。又指燈心草莖中的髓，俗稱燈芯。

鋅 (鋅) xīn

【析形】鋅字《說文》所無。左旁是金，意符，表明字義與金屬有關；右旁是辛，聲符，表示讀音。形聲字。

【簡化】簡化字"鋅"的意符"钅"根據草書楷化而成。

【釋義】金屬元素，符號Zn。藍白色結晶體，質地脆，在潮濕的空氣中容易氧化，表面形成保護層，溶於酸和強鹼中，大多用來製成合金或鍍鐵板：鋅板｜鋅版｜鍍鋅鐵

信 xìn

信甲 信金 信篆 信隸(馬王堆帛書)

信楷(智永)

【析形】信字金文右旁是口，意符，取意言當有信；左旁是人，聲符，表示讀音。形聲字。小篆意符為"言"，取意與"口"同。隸書意符"言"形體略變。隸變後，人字在字左側為偏旁時寫作"亻"。

【釋義】◎本義指誠實，信用：信守｜信條｜信義｜誠信｜威信｜忠信　◇引申①信任，相信：信奉｜信服｜信教｜信賴｜信託｜篤信　②憑據：信物｜印信　③消息：信號｜信使｜信息｜謊信｜口信　④書信：電信｜家信｜私信｜音信　⑤聽憑，隨意，放任：信步｜信口｜信手拈來

芯 xìn

【析形】見"芯xīn"。

【釋義】◎本義為草名。又指燈心草莖中的髓。音xīn。◇引申①裝在器物中撚子之類的東西：芯子　②蛇的舌頭。(以上引申義音xìn)

爨 (衅) xìn

爨篆 衅楷(顏真卿)

【析形】爨字小篆上部是"爨"字的省減，義為燒火做飯；中間是酉，像盛酒罐子，代表酒食；下部是分，均為意符，表示為祭祀進行起炊、置酒、分派等活動；分也表示讀音（爨、分二字古音同韻部）。會意兼聲字。

【簡化】楷書簡體"衅"是用了另造新字的

方法：左旁是血，意符，表明字的初義與血有關；右旁是半，亦為意符，表示音借義分裂。會意字。

【釋義】◎本義指血祭，即用牲血塗祭器。《說文·釁部》："釁，血祭也。"△音借表示裂痕，縫隙。◇引申指爭端：釁端｜挑釁｜尋釁

興 (兴) xīng

【析形】興字甲骨文中間是凡（"盤"字古文），四周是手，均為意符，以眾手舉盤取意起、來。會意字。金文形一沿襲甲骨文，形二中間增"口"為意符，表示眾人隨號子共舉。小篆把"凡"與"口"合在一起成為"同"。隸變把下部兩隻手隸做"六"。楷書沿襲隸書。

【簡化】簡化字"兴"根據草書楷化而成。

【釋義】◎本義指起，起來：晨興｜夙興夜寐　引申①開始，發動，創立：興辦｜興兵｜興建｜興起｜興師｜興修｜興學｜興風作浪　②流行，旺盛：興隆｜興起｜興盛｜興衰｜興亡｜興旺｜復興｜時興｜振興｜中興　③振奮，激動：興奮　④准許：不興｜作興　△音借表示或許：興許

星 xīng

【析形】星字甲骨文外廓像眾星之象；中間是生，聲符，表示讀音。形聲字。說文古文眾星在上，聲符在下。小篆形一眾星之象訛作三"日"；形二又省作一"日"。隸、楷書沿襲小篆形二。

【釋義】◎星星。宇宙間能發光或反射光的天體：星辰｜星斗｜星光｜星河｜星際｜星球｜星體｜星系｜星座｜恆星｜彗星｜流星｜水星｜行 xíng 星｜北斗星　◇引申①形狀像星的：星號｜海星｜五角星　②細碎或細小的事物：星火｜火星｜零星　③有名的演員、運動員等：歌星｜明星｜球星｜童星｜影星

腥 xīng

【析形】表示腥臭味之義小篆本作"胜"。小篆形一左旁是肉，意符，表明字義與肉有關；右旁是生，聲符，表示讀音。形聲字。形二聲符為"星"。古文肉、月二字形近，隸變後，兩個字作偏旁時多同化寫作"月"。

【釋義】◎"胜"字本義指犬膏之氣味；"腥"字本義指病豬中的息肉。後來"胜"字之義以"腥"字表示，胜字本義廢：腥氣｜腥臊｜腥膻｜腥味兒｜血 xuè 腥｜魚腥　◇引申指魚肉一類的食品：葷腥

猩 xīng

【析形】猩字小篆左旁是犬，意符，表明字的初義與狗有關；右旁是星，聲符，表示讀音。形聲字。隸變後，犬字為偏旁時寫作"犭"。

【釋義】◎本義指狗叫聲：猩猩　△音借為獸名，即大猩猩。猿類，形狀像人，毛赤褐色，面部青黑，前肢長，無尾：猩紅｜猩紅熱｜大猩猩｜黑猩猩

刑 xíng

【析形】刑字金文右旁是刀，意符，表明字義與刀有關；左旁是井，聲符，表示讀音（一說表示牢獄）。形聲字。小篆沿襲金文。隸書形一沿襲小篆；形二聲符訛作"开"，失去表音作用。隸變後，刀字在字右側為偏旁時寫作"刂"。

【釋義】◎本義指割，殺。◇引申①處罰的總稱，刑罰：刑法｜刑律｜刑期｜刑事｜處刑｜毒刑｜服刑｜緩刑｜極刑｜減刑｜絞刑｜量刑｜臨刑｜免刑｜判刑　②特指對犯人的體罰：刑訊｜動刑｜受刑｜私刑｜用刑　③有關刑法的：刑警｜刑偵

行 xíng

【析形】見"行háng"。

【釋義】◎本義指道路，音háng。◇引申①行走：行跡｜行進｜行人｜步行｜飛行｜爬行｜通行｜先行｜遊行｜遠行 ②與行走有關的：行程｜行李｜行旅｜行期｜行商｜行裝｜辭行｜出行｜旅行｜送行 ③舉止，行為：行動｜行徑｜操行｜德行｜言行｜罪行 ④表示進行某項活動：另行頒佈｜即行復查 ⑤做，辦，從事：行好｜行賄｜行禮｜行善｜行刑｜行兇｜行醫｜舉行｜例行｜力行｜履行｜施行｜實行｜試行｜執行 ⑥流通，傳佈：行銷｜暢行｜風行｜流行｜盛行｜推行｜印行｜暫行 ⑦可以：行｜不行 ⑧行書(漢字字體之一種)的簡稱：行草｜行楷隸篆(以上各引申義音xíng)

形 xíng

形篆 形楷(顏真卿)

【析形】形字小篆右旁是彡，像毛飾畫文，意符，代表形象；左旁是开，聲符，表示讀音(形、开二字古音同韻部)。形聲字。楷書聲符訛作"开"，失去表音作用。

【釋義】◎本義指形象，形狀：形骸｜形跡｜形貌｜形式｜地形｜人形｜顯形｜現形｜象形｜原形｜圓形｜整形 ◇引申①形體，實體：形容｜形態｜忘形｜無形｜原形｜字形｜如影隨形 ②表現，顯露：形成｜形容｜形諸筆墨｜喜形於色 ③對照：相形見絀｜相形之下

邢 xíng

邢篆 邢楷(顏真卿)

【析形】邢字金文借音近的"井"字表示(見"井"字)(形、井二字古音同韻部)。小篆右旁增"邑"為意符，表明字的初義與城邑有關；左旁訛"井"為"开"，聲符，表示讀音(邢、开二字古音同韻部)。形聲字。隸變後，邑字在字右側為偏旁時寫作"阝"。楷書聲符訛作"开"，失去表音作用。

【釋義】①古諸侯國名。②地名用字。邢台，在河北。③姓氏用字

型 xíng

型金 型篆 型楷(顏真卿)

【析形】型字金文左下是土，意符，表明材質；左上部與右旁合為"刑"，聲符，表示讀音。小篆聲符在上，意符在下。楷書沿襲小篆。

【釋義】◎本義指鑄造器物的模子。古代造模，木質稱"模"；竹質稱"范"，土質稱"型"：型砂｜型心｜造型｜紙型 ◇引申指式樣，類別：型號｜成型｜典型｜定型｜巨型｜孔型｜類型｜體型｜微型｜血xuè型

省 xǐng

省甲 省金 省篆　隸(居延簡) 省楷(智永)

【析形】省字甲骨文下部像一隻瞪大的眼睛，隸作"目"，意符，表明字義與眼睛有關；上部是"生"字的省減，聲符，表示讀音。形聲字。金文沿襲甲骨文。小篆聲符字體已訛變。隸書聲符訛作"少"。楷書沿襲隸書。

【釋義】◎本義指察看，察視：省視 ◇引申①看望父母、尊親：省墓｜省親｜省問｜歸省 ②檢查自己：省察｜反省｜內省｜自省 ③醒悟，覺醒：省悟｜發人深省 ④知覺：不省人事

醒 xǐng

醒篆 醒楷(顏真卿)

【析形】醒字小篆左旁像一隻酒罐子，意符，表明字的初義與酒有關；右旁是星，聲符，表示讀音。形聲字。楷書沿襲小篆。

【釋義】◎本義指酒醉後恢復常態：醒酒｜蘇醒 ◇引申①睡完或沒睡着：喚醒｜驚醒｜警醒｜睡醒｜蘇醒 ②覺悟，頭腦由迷糊到清楚：醒悟｜覺醒｜清醒｜提醒 ③明顯，清楚：醒豁｜醒目

興 (兴) xìng

【析形】見"興xīng"。

【釋義】◎本義指起，音xīng。◇引申指興致，對人或事物起興趣，音xìng：興味

|高興|即興|盡興|掃興|詩興|雅興|意興|遊興|助興

杏 xìng

⑨篆 杏楷(顏真卿)

【析形】杏字小篆上部是木，意符，表明字義與樹木有關；下部當是"向"字的省減，聲符，表示讀音(杏、向二字古音同韻部)。形聲字。楷書沿襲小篆。

【釋義】杏樹。落葉喬木，春天開花，白色或淡紅色。果實叫杏兒，酸甜可吃：杏脯fǔ|杏核兒|杏仁|杏子

幸 〔倖〕 xìng

牽篆 牽隸(曹全碑) 幸楷(高貞碑)

【析形】幸字小篆上部是夭，取意"死"；下部是"屰"，本指不順，均為意符，以"死"之反取意免除凶災之事。會意字。因與表示刑具的"夆"字形近，後世二字混同。隸書作"牽"。楷書作"幸"。

【釋義】◎本義指意外地得到好處或免去災害：幸存|幸免|幸運|不幸|僥幸|慶幸|萬幸 ◇引申①寵愛：幸臣|寵幸(此義又作"倖")。②封建帝王到達某地：巡幸 ③幸福：榮幸|三生有幸 ④高興：幸事|喜幸|幸災樂禍

性 xìng

㣺篆 忄生隸(曹全碑) 性楷(崔敬邕墓誌)

【析形】性字金文借音近的"生"字表示(見"生"字)。小篆左旁增"心"為意符，表明字義與心性有關；右旁"生"為聲符，表示讀音，成為形聲字。隸變後，心字在字左側為偏旁時寫作"忄"。楷書沿襲隸書。

【釋義】◎本義指人生而有的特質：性格|性命|本性|人性|同性|血xuè性 ◇引申①事物所具有的本質、特點：性能|性狀|性質|變性|感性|共性|慣性|屬性|陽性|異性|陰性 ②性情：性格|性急|性靈|個性|品性|任性|生性|獸性|心性|野性|直性 ③專指男女或雌雄的特質：性別|性病|雌性|母性|男性|女性|雄性|陽性|異

性|陰性 ④用在名詞後，表示性質，範圍等：理論性|原則性|綜合性

姓 xìng

甲 金 姓篆 姓隸(袁博碑) 姓楷(顏真卿)

【析形】姓字甲骨文左旁是女，右旁是生，均為意符，表示母所生，"生"也兼表示讀音。會意兼聲字。金文或省"女"旁；或改以"人"為意符。小篆沿襲甲骨文。隸、楷書沿襲小篆。

【釋義】標誌家族的字。母權社會，兒知其母，不知其父，故隨母姓：姓名|姓氏|複姓|貴姓

兄 xiōng

甲 金 兄篆 兄隸(衡方碑) 兄楷(鍾繇)

【析形】兄字甲骨文下部像側立之人形，上部是口，均為意符，取意祈禱祝告。會意字。金文、小篆沿襲甲骨文。隸變後，下部之"人"分化出"儿"旁。楷書沿襲隸書。

【釋義】◎本義祈禱祝告。祝告之事多由兄長承擔，◇引申①指哥哥：兄弟|兄長|胞兄|堂兄 ②對男性朋友的尊稱：兄台|仁兄|師兄

凶 xiōng

凶篆 凶隸(華山神廟碑) 凶楷(顏真卿)

【析形】凶字小篆像地勢險惡的溝塹之形。象形字。取意險惡、災禍。隸、楷書沿襲小篆。

【釋義】◎本義指災禍，不吉利，不幸的，與"吉"相對：凶事|凶宅|凶兆|吉凶|凶多吉少 ◇引申指莊稼收成不好，饑荒：凶年

兇 (凶) xiōng

兇篆

【析形】兇字小篆上部是凶，下部是人，均為意符，以人遭受災難取意驚恐，凶也表示讀音。會意兼聲字。

【簡化】簡化字是用同音合併的方法,以音同、筆畫較簡的"凶"代替筆畫繁複的"兇",合併了兇、凶二字的意義。

【釋義】◎本義指恐懼。◇引申①兇惡,兇暴|兇殘|兇悍|兇狠|兇狂|兇猛|兇險|兇神惡煞 shà|窮兇極惡 ②殺人或傷害人的行為,也指殺害人的人:兇犯|兇殺|兇手|幫兇|行兇|元兇 ③厲害,過甚:病得兇|鬧得兇

胸〔胷〕xiōng

胷篆 胸楷(顏真卿)

【析形】胸字本作"匈"(見"匈"字)。小篆又作"胷"。下部是肉,意符,表明字義與身體的某部位有關;上部是凶,聲符,表示讀音。形聲字。楷書以"匈"為聲符,寫作左右結構。古文肉、月二字形近,隸變後,兩個字作偏旁時多同化寫作"月"。

【釋義】◎本義指胸膛,即身體前面,頸下腹上的部分:胸部|胸骨|胸口|胸脯|胸腔|胸章 ◇引申指心裏,襟懷:胸懷|胸襟|胸臆|心胸|胸有成竹

匈 xiōng

匈篆 匈楷(敬使君碑)

【析形】匈字小篆外廓是"勹",意符,代表胸廓(胸為內臟之外廓);內中是凶,聲符,表示讀音。形聲字。楷書沿襲小篆。

【釋義】◎本義指胸膛(見"胸"字)。△音借①中國古代北方民族之一:匈奴 ②作音譯詞的構詞語素〔匈牙利〕

洶(洶)xiōng

洶篆 洶楷(歐陽詢)

【析形】洶字小篆左旁是水,意符,表明字義與水有關;右旁是匈,聲符,表示讀音。形聲字。楷書沿襲小篆。隸變後,水字在字左側為偏旁時寫作"氵"。

【簡化】簡體字"洶"是用更換聲符的方法,以筆畫較簡的"凶"為聲符,替換了筆畫較繁的"匈"。

【釋義】◎本義指水猛烈地向上湧:洶湧|洶湧澎拜|波濤洶湧 ◇引申形容波濤聲或爭吵聲:洶洶|來勢洶洶|氣勢洶洶

雄 xióng

雄篆 雄隸(張表碑) 雄楷(顏真卿)

【析形】雄字小篆右旁是佳,本義為短尾鳥之總名,意符,表明字義與鳥類有關;左旁是厷,聲符,表示讀音。形聲字。隸、楷書沿襲小篆。

【釋義】◎本義指雄性鳥。◇引申①公的,陽性的,與"雌"相對:雄蜂|雄雞|雄蕊|雄性 ②強有力的人或國家:稱雄|群雄|梟雄|英雄|爭雄 ③形容強有力的,有氣魄的,傑出的:雄辯|雄兵|雄風|雄關|雄厚|雄渾|雄健|雄勁|雄師|雄圖|雄壯|雄姿|雄才大略

熊 xióng

熊篆 熊隸(白石君碑) 熊楷(顏真卿)

【析形】熊字本作"能"(見"能"字)。小篆把熊足訛為"火",分化出"能"、"熊"二字,隸變後,"火"字在字下部為偏旁時分化出"灬"旁。楷書沿襲隸書。

【釋義】獸名。哺乳動物,頭大尾短,四肢短粗,腳掌大,能直立行走,也能爬樹。是肉食類猛獸。種類很多:熊掌|白熊|黑熊|棕熊|北極熊

休 xiū

休甲 休金 休篆 休隸(朝侯殘碑) 休楷(歐陽詢)

【析形】休字甲骨文像一個人倚樹歇息之形。會意字。金文、小篆均沿襲甲骨文。隸變後,人字在字左側為偏旁時寫作"亻"。

【釋義】◎本義指歇息:休假|休憩|休息|休養|休整|公休|輪休|退休|午休 ◇引申①吉慶:休戚相關|休戚與共 ②停止:休會|休學|休業|休戰|休止|甘休 ③副詞,表示不要,別:休怪|休想|閒話休提 ④過去指舊社會丈夫把妻子趕回家,斷絕夫妻關係:休妻|休書

修〔脩〕xiū

脩篆　修楷（顏真卿）　脩篆　脩隸（隸辨）
脩楷（虞世南）

【析形】修、脩本是兩個字。修字小篆右下是彡，像毛飾畫文，意符，取意修飾；左旁與右上部合為攸，聲符，表示讀音。形聲字。楷書沿襲小篆。

脩字小篆右下是肉，意符，表明字義與肉類有關；左旁與右上部合為攸，聲符，表示讀音。形聲字。古文肉、月二字形近，隸變後，兩個字作偏旁時多同化寫作"月"。

【釋義】◎修，本義指修飾，使完美：修辭｜修訂｜修改｜修飾｜修正｜裝修｜不修邊幅　◇引申①剪或削，使整齊：修髮｜修剪｜修指甲　②修理，整治：修補｜修復｜修葺｜修繕｜修治｜檢修｜維修｜整修　③學問、品行方面的學習和鍛煉：修身｜修養｜修業｜必修｜進修｜選修｜專修　④學佛、學道的修行：修道｜修煉｜修女｜修士　⑤施工，建築：修蓋｜修建｜修造｜修築｜翻修｜興修｜裝修　⑥寫，編纂：修史｜修書｜纂修　△音借表示長，高：修長｜修竹

脩，本義指乾肉。因聲通"修"。

羞 xiū

羞甲　羞金　羞篆　羞隸（隸辨）　羞楷（顏真卿）

【析形】羞字甲骨文上部是羊，下部像一隻手，均為意符，以手持羊取意進獻。會意字。金文沿襲甲骨文。小篆把下部"手"訛為"丑"，聲符，表示讀音，成為形聲字。隸、楷書沿襲小篆。

【釋義】◎本義指進獻（食品）。◇引申指美味的食物，同"饈"。△音借表示①恥辱，感到恥辱：羞慚｜羞恥｜羞愧｜羞辱　②難為情，使難為情：羞怯｜羞澀｜害羞｜怕羞

宿 xiǔ

【析形】見"宿sù"。

【釋義】◎本義指過夜，夜晚睡覺，音sù。◇引申作量詞，用於計算夜，

音xiǔ：住了一宿

朽 xiǔ

朽篆　朽隸（孔宙碑）　朽楷（褚遂良）

【析形】朽字小篆左旁是木，意符，表明字義與植物有關；右旁是丂，聲符，表示讀音（朽、丂二字古音同韻部）。形聲字。隸、楷書沿襲小篆。

【釋義】◎本義指（植物等）腐爛：朽木　◇引申①泛指其他事物的腐爛：朽敗｜朽爛｜腐朽｜枯朽　②衰老：朽邁｜老朽｜衰朽

秀 xiù

秀篆　秀楷（爨寶子碑）

【析形】秀字小篆上部是禾，意符，表明字義與穀類植物有關；下部像禾熟下垂貌。指事字。楷書把下部訛作"乃"。

【釋義】◎本義指穀類結實、抽穗開花：秀穗｜苗而不秀　◇引申①特別優異的：內秀｜新秀｜優秀｜後起之秀　②美麗而不俗氣，清雅，纖巧：秀麗｜秀美｜秀氣｜秀雅｜秀逸｜清秀｜挺秀｜秀外慧中　③聰明，靈巧：內秀｜心秀

臭 xiù

臭甲　臭篆　臭楷（顏真卿）

【析形】臭字甲骨文上部像一鼻子形，隸作"自"，為"鼻"字初文；下部是犬的形象，狗嗅覺靈敏，以"犬"為意符，取意用鼻子辨別氣味。會意字。小篆、楷書沿襲甲骨文。

【釋義】◎本義指用鼻子辨別氣味。此義後作"嗅"。◇引申指氣味的總稱：臭味相投｜乳臭未乾｜無色無臭

袖 xiù

袖篆　袖楷（王獻之）

【析形】袖字小篆左旁是衣，意符，表明字義與衣服有關；右旁是由，聲符，表示讀音（袖、由二字古音同韻部）。形聲字。隸變後，衣字在字左側為偏旁時寫作

"衤"。楷書沿襲小篆。

【釋義】◎衣袖：袖管｜袖口｜袖筒兒｜袖章｜套袖　◇引申指藏在袖子裏：袖珍｜袖着手｜袖手旁觀

繡 (绣) xiù

繡篆　繡隸(隸辨)　绣楷(顏真卿)

【析形】繡字小篆左旁是"糸"，意符，表明字義與絲線有關；右旁是肅，聲符，表示讀音(繡、肅二字古音韻部相近)。形聲字。隸書沿襲小篆。

【簡化】楷書簡體"绣"是用更換聲符的方法，以筆畫較簡的"秀"為聲符，替換了筆畫繁複的"肅"；意符"纟"根據草書楷化而成。

【釋義】◎本義指用彩色的絲、絨、棉線在綢、布等上面刺成花紋、圖像或文字：繡花｜繡鞋｜繡字｜刺繡｜繡金匾　◇引申指繡成的物品：繡像｜錦繡｜絨繡｜蘇繡｜湘繡

宿 xiù

【析形】見"宿sù"。

【釋義】◎本義指過夜，夜晚睡覺，音sù。△音借表示星座：中國古代天文學家把天上某些星的集合體叫做宿，音xiù：星宿｜二十八宿

鏽 (锈) xiù

锈楷(顏真卿)

【析形】鏽字《說文》所無。左旁是金，意符，表明字義與金屬有關；右旁是肅，聲符，表示讀音(鏽、肅二字古音同韻部)。形聲字。

【簡化】楷書簡體"锈"是用了更換聲符的方法，以筆畫較簡的"秀"為聲符，替換了筆畫繁複的"肅"；意符"钅"根據草書楷化而成。

【釋義】◎本義指銅、鐵等金屬表面所生的氧化物：鏽斑｜鏽蝕｜鐵鏽｜不鏽鋼　◇引申指鏽病，一種植物病害：黑鏽病｜黃鏽病

嗅 xiù

嗅篆　嗅楷(顏真卿)

【析形】嗅字小篆左旁是鼻，右旁是臭(本義指氣味)，均為意符，表示用鼻子辨別氣味，臭也兼表示讀音。會意兼聲字。楷書以筆畫省簡的"口"為意符，代表嗅覺器官，替代了筆畫繁複的"鼻"。

【釋義】用鼻子辨別氣味：嗅覺

須 (须) xū

須金　須篆　須隸(馬王堆帛書)

涬草(皇象)　須楷(歐陽詢)

【析形】須字金文像人臉面側視之形，臉上長鬚飄逸，為"鬚"字初文。象形字。小篆長鬚與人臉分離。隸書作"須"。楷書沿襲隸書。須字音借表示"務必"義後，又造了"鬚"字表示本義。

【簡化】簡化字"须"是用了沿用古體的方法，沿用小篆作"須"；意符"頁"根據草書楷化而成。

【釋義】◎本義指鬍子，鬍鬚。此義後作"鬚"。△音借表示①務必，一定要：須知｜必須｜無須｜務須　②等待，等到：須晴日　③片刻：須臾

鬚 (须) xū

【析形】鬚字本作"須"(見"須"字)。鬚字《說文》所無。上部是彡，長髮下垂貌；下部是須，意符兼聲符，本義即"鬚"，亦表示讀音。會意兼聲字。

【釋義】◎本義指下巴上的鬍子。◇引申①泛指鬍子：鬚髮｜鬚眉｜蓄鬚　②像鬍子的東西：鬚根｜鬚子｜觸鬚｜花鬚｜捲鬚｜龍鬚｜蝦鬚

虛 (虚) xū

虛篆　虗隸(華山神廟碑)　宖草(王羲之)

虛楷(顏真卿)

【析形】虛字小篆下部是丘，意符，表明字義與山丘有關；上部是"虍"，聲符，表示讀音(虛、虍二字古音同韻部)。形聲字。隸書沿襲小篆。楷書下部根據草書訛作"业"。

【釋義】◎本義指大丘，土山。◇引申①空曠，空虛，與"實"相對：虛詞｜虛浮｜

虛幻|虛空|虛胖|虛設|虛實|虛歲|虛土|虛無|虛線|虛象|務虛|虛懷若谷|虛位以待|虛張聲勢 ②不真實，假，與"真"相對：虛報|虛構|虛假|虛驚|虛名|虛擬|虛榮|虛數|虛偽 ③白白地：虛度|虛有其表|箭不虛發 ④氣血不足：虛汗|虛火|虛弱|虛脫|虛症|氣虛|陽虛|陰虛 ⑤膽怯：膽虛|心虛 ⑥不自滿：虛心|謙虛

需 xū

甲 金 篆 楷（顏真卿）

【析形】需字甲骨文中間像正面人形，隸作"大"，人旁小點像雨點，像人沐浴雨中，遇雨不得前行，取意等待。金文上部是雨，下部仍像人形。小篆把下部的"大"訛作"而"。楷書沿襲小篆。
【釋義】◎本義指等待。◇引申①表示需要：需求|需用|必需|急需|按需分配 ②需用的東西：軍需|不時之需

吁 xū

金 篆 隸（譙君碑） 楷（歐陽詢）

【析形】吁字金文左旁是口，意符，以口能發出聲音取意；右旁是于，聲符，表示讀音。形聲字。小篆、隸、楷書沿襲金文。
【釋義】①歎詞，表示歎氣：長吁短歎 ②象聲詞，出氣的聲音：氣喘吁吁

徐 xú

篆 隸（景君碑） 楷（顏真卿）

【析形】徐字小篆左旁是"彳"（甲骨文像道路形），意符，表明字義與行走有關；右旁是余，聲符，表示讀音。形聲字。隸、楷書沿襲小篆。
【釋義】◎本義指緩慢行走。◇引申指緩，慢慢地：徐徐|徐步|徐徐降落|清風徐來

許（许）xǔ

金 篆 隸（白石君碑）
楷（龍藏寺碑）

【析形】許字金文左旁是言，意符，表明字義與言語有關；右旁是午，聲符，表示讀音（許、午二字古音同韻部）。形聲字。小篆、隸、楷書沿襲金文。
【簡化】簡化字"许"的意符"讠"根據草書楷化而成。
【釋義】◎本義指應允，認可：許可|默許|容許|特許 ◇引申①贊同，稱許：嘉許|推許|讚許 ②事先答應給予：許諾|許願 ③許配，指女方同意婚事：許婚|許字 △音借表示①程度和大約數目：許多|許久|稍許|些許 ②處所，地方：何許

序 xù

篆 隸（辟雍碑） 楷（褚遂良）

【析形】序字小篆外廓是"广"，像高屋形，意符，表明字的初義與房屋有關；內中是予，聲符，表示讀音（序、予二字古音同韻部）。形聲字。隸、楷書沿襲小篆。
【釋義】◎本義指堂屋的東西牆。也指正屋兩側東西廂房。又指古代鄉里的學校：庠序 △音借表示次第：序列|程式|次序|工序|順序|循序|語序|秩序 ◇引申①排列次第：序次 ②開頭的，在正式內容之前的：序論|序幕|序曲|序文|序言|代序|自序

敍〔敘、叙〕xù

甲 篆 隸（史晨碑） 楷（顏真卿）

【析形】敍字甲骨文左旁像只手，意符，以手排列先後，取意次序；右旁是余，聲符，表示讀音（敍、余二字古音同韻部）。形聲字。小篆意符為"攴"（甲骨文像手執棒形，取意與"手"同。隸書"手"形隸作"又"在右旁，聲符在左。楷書沿襲隸書。
【釋義】◎本義指次第，次序。◇引申①排列次序，按次序。②按等級次第評功授官職：敍功|敍獎 ③按前後次序記述：敍事|敍述|敍說|插敍|倒 dào 敍|記敍|鋪敍 又引申指談話：敍別|敍舊|敍談|暢敍 ④同"序"：敍文|敍言

畜 xù

【析形】見"畜 chù"。
【釋義】◎本義指懸束在田中的農作物，

音 chù。引申指飼養鳥獸，音 xù：畜產｜畜牧｜畜養

緒 (绪) xù

緒篆 緒隸(校官碑) 緒楷(高貞碑)

【析形】緒字小篆左旁是"糸"，意符，表明字的初義與絲有關；右旁是者，聲符，表示讀音(緒、者二字古音同韻部)。形聲字。隸、楷書沿襲小篆。

【簡化】簡化字"绪"的意符"纟"根據草書楷化而成。

【釋義】◎本義指絲頭。◇引申①表示複雜紛亂事情中的條理，事物的開端：緒論｜緒言｜端緒｜就緒｜頭緒｜千頭萬緒 ②連綿不斷的情思，心情：愁緒｜情緒｜思緒｜心緒

續 (续) xù

續説文古文 續篆 續隸(曹全碑) 續楷(智永)
瑛草(孫過庭)

【析形】續字説文古文上部是庚，下部是貝，均為意符，"庚"字有接續之義，把貝殼串連在一起，取意相接續。會意字。小篆左旁是糸，意符，以絲絲相連取意連接；右旁是賣，聲符，表示讀音(續、賣二字古音同韻部)。形聲字。古文賣、賣二字形近，隸變後，聲符訛作"賣"，失去表音作用。

【簡化】簡化字"续"根據草書楷化而成。

【釋義】◎本義指連接，聯結：續編｜續訂｜續航｜續集｜續弦｜持續｜繼續｜接續｜連續｜陸續｜延續 ◇引申指添加：再續把柴火

絮 xù

絮篆 絮楷(顏真卿)

【析形】絮字小篆下部是糸，意符，表明字義與絲棉等有關；上部是如，聲符，表示讀音(絮、如二字古音同韻部)。形聲字。楷書沿襲小篆。

【釋義】◎本義指粗絲棉。◇引申①泛指棉花的纖維：絮棉｜敗絮 ②像棉絮的東西：絮狀｜柳絮｜蘆絮 △音借指説話囉嗦，來回地説：絮絮｜絮叨｜絮煩｜絮語

酗 xù

酗三體石經 酗楷(顏真卿)

【析形】酗字三體石經左旁像一隻酒罈子，隸作"酉"，意符，表明字義與酒有關；右旁是凶，亦為意符，代表災禍。會意字。楷書沿襲三體石經。

【釋義】〔酗酒〕無節制地喝酒，也指酒醉後鬧事。

蓄 xù

蓄篆 蓄隸(景君碑) 蓄楷(顏真卿)

【析形】蓄字小篆上部是"艸"，意符，以芳草聚生取意積聚；下部是畜，意符兼聲符，本指懸束農作物，取意積存，也表示讀音。會意兼聲字。隸、楷書沿襲小篆。

【釋義】◎本義指積聚。◇引申①儲藏：蓄積｜蓄水｜蓄養｜儲蓄｜私蓄｜貯蓄 ②保留，保存：蓄髮｜蓄鬚 ③心裏存着：蓄謀｜蓄意｜含蓄

婿 〔壻〕 xù

壻篆 婿篆 婿楷(顏真卿)

【析形】婿字又作"壻"。小篆形一左旁是士，意符，表明字義與男子有關；右旁是胥，聲符，表示讀音。形聲字。形二意符為"女"，表明字義與女子有關。楷書沿襲小篆形二。

【釋義】①女兒的丈夫：女婿｜翁婿｜乘龍快婿 ②丈夫：夫婿｜妹婿

旭 xù

旭篆 旭楷(朱君山墓誌)

【析形】旭字小篆右旁是日，意符，表明字義與太陽有關；左旁是九，聲符，表示讀音(旭、九二字古音同韻部)。形聲字。楷書沿襲小篆。

【釋義】初出的陽光：旭日｜朝 zhāo 旭

恤 〔賉〕 xù

恤篆 恤隸(袁博碑) 恤楷(顏真卿)

【析形】恤字小篆左旁是心，意符，表明

字義與心緒有關；右旁是血，聲符，表示讀音(恤、血二字古音同韻部)。形聲字。隸、楷書沿襲小篆。隸變後，心字在字左側為偏旁時寫作"忄"。異體字以"貝"為意符，表示引申義以財物救濟人。會意字。

【釋義】◎本義指憂慮：不恤 ◇引申①憐憫：憐恤｜體恤｜周恤 ②救濟：恤金｜撫恤 △音借作音譯詞的構詞語素〔恤衫〕

宣 xuān

甲 金 篆 隸(白石君碑)
楷(虞世南)

【析形】宣字甲骨文上部是"宀"，意符，表明字的初義與宮室有關；下部是亘，聲符，表示讀音。形聲字。金文、小篆沿襲甲骨文。隸、楷書沿襲小篆。

【釋義】◎本義為古宮室名：天子宣室 △音借表示①發表，公開說出：宣佈｜宣稱｜宣傳｜宣誓｜宣讀｜宣告｜宣判｜宣戰｜照本宣科｜秘而不宣｜心照不宣 ②疏導，疏通：宣洩 又作地名用字。雲南宣威，安徽宣城：宣腿｜宣紙

軒 (轩) xuān

金 篆 隸(葉慧明碑)
楷(張猛龍碑)

【析形】軒字金文左旁是車，意符，表明字的初義與車有關；右旁是干，聲符，表示讀音(軒、干二字古音同韻部)。形聲字。小篆、隸、楷書沿襲小篆。

【簡化】簡化字"轩"意符的簡化見"車"字。

【釋義】◎本義指古代大夫之上乘坐的車，有帷幕，前頂較高：軒輊 ◇引申①高：軒昂｜軒敞｜軒朗｜軒然大波｜氣宇軒昂 ②有窗的長廊或小室：東軒 ③窗戶，門：開軒

喧 xuān

楷(黃庭堅)

【析形】喧字《說文》所無。楷書左旁是口，意符，表明字義與口的行為有關；右旁是宣，聲符，表示讀音。形聲字。

【釋義】大聲說話，鬧：喧嘩｜喧鬧｜喧嚷｜喧擾｜喧囂

懸 (悬) xuán

楷(褚遂良)　楷(顏真卿)

【析形】懸字本作"縣"(見"縣"字)。縣字借為行政區劃單位後，為本義造了"懸"字。楷書下部是"心"，意符，表示引申義"記掛"。

【簡化】楷書簡體"悬"是用保留特徵、局部刪除的方法，保留原字輪廓特徵"悬"，刪除了其餘部件。簡化字沿用楷書簡體。

【釋義】◎本義指掛，吊在空中：懸垂｜懸浮｜懸掛｜懸空｜懸樑｜懸梯｜懸崖 ◇引申①掛念：懸念｜懸心｜懸望 ②無着落，沒結果：懸案｜懸空｜懸而未決 ③憑空設想：懸斷｜懸擬｜懸想｜虛懸 ④公開揭示：懸賞 ⑤距離遠，差別大：懸隔｜懸殊

旋 xuán

甲 甲 金 篆 楷(顏真卿)

【析形】旋字甲骨文形一上部像一桿飄揚的旗幟，下部像足印形，隸作"止"("趾"字初文)；形二下部是足，均為意符，表示跟隨旗幟旋進。會意字。金文沿襲甲骨文形一。小篆"旗幟"形已解體為兩部分，右下為疋(古文止、足、疋同義)。楷書沿襲小篆。隸變後，古文旗幟形隸作"方"。

【釋義】◎本義指周旋。◇引申①旋轉：旋回｜旋紐｜旋繞｜旋梯｜旋渦｜迴旋｜盤旋｜螺旋槳｜螺旋體 ②返回：旋里｜凱旋 ③不久：旋即 ④樂 yuè 音的和諧運動：旋律

玄 xuán

金 篆 隸(馬王堆帛書)　楷(虞世南)

【析形】玄字金文像絲束形。象形字。小篆上部增加筆畫以區別於"糸"字。隸、楷書沿襲小篆。

【釋義】◎本義指染黑(古人對顏色的認識，主要來自絲帛印染，故古文與顏色有關的字多以"糸"為意符)。◇引申①泛指黑色：玄狐｜玄青 ②深奧，神妙：玄奧｜

玄機│玄理│玄妙│玄遠　③不真實，不可靠，幽深：玄乎│玄想│玄虛　④遠：玄孫（曾孫的兒子）

漩 xuán

榱篆 漩楷（顏真卿）

【析形】漩字小篆左旁是水，意符，表明字義與水有關；右旁是"旋"字的省減，聲符，表示讀音。形聲字。隸變後，水字在字左側為偏旁時寫作"氵"。楷書聲符無省簡。

【釋義】迴旋的水流：漩渦

癬（癣） xuǎn

櫩篆 癬楷（顏真卿）

【析形】癬字小篆左旁與右上部一橫合作"疒"，意符，表明字義與疾病有關（見"病"字）；右下是鮮，聲符，表示讀音。形聲字。楷書沿襲小篆。

【簡化】簡化字"癣"聲符的簡化見"鮮"字。

【釋義】皮膚病名。是由黴菌引起的某些皮膚病的統稱：白癬│腳癬│癩癬│手癬│頑癬│牛皮癬

選（选） xuǎn

鑼篆 選楷（元真墓誌）

【析形】選字小篆左旁是辵，意符，表明字義與行為動作有關；右旁是巽，意符兼聲符，義為挑選，也兼表示讀音。會意兼聲字。隸變後，辵字為偏旁時寫作"辶"。

【簡化】簡化字"选"是用更換聲符的方法，以筆畫較簡的"先"為聲符，替換了筆畫較繁複的"巽"。

【釋義】◎本義指選擇，挑選：選拔│選場│選調│篩選│甄選　◇引申①推舉：選舉│選民│選票│候選│落選　②被選中了的人和物：當選│人選│入選　③挑選出來編在一起的作品：選集│節選│詩選│文選

炫 xuàn

烗篆 炫楷（顏真卿）

【析形】炫字小篆左旁是火，意符，取意光耀；右旁是玄，聲符，表示讀音。形聲字。楷書沿襲小篆。

【釋義】◎光亮耀眼：炫目│炫耀　◇引申表示誇耀：炫弄│炫示│炫耀

券 xuàn

【析形】見"券 quàn"。

【釋義】◎本義指契據，憑證，音 quàn。△音借表示門窗、橋樑等建築成弧形的部分，音 xuàn：拱券

旋〔鏇〕 xuàn

【析形】見"旋 xuán"。

【釋義】◎本義指周旋，音 xuán。◇引申①旋轉的：旋風　②用車牀切削或用刀子轉（zhuàn）着圈地削：旋牀│旋工（此義又作"鏇"）△音借指溫酒的器具：旋子（此義也作"鏇"）（以上各引申義和音借義音 xuàn）

削 xuē

【析形】見"削 xiāo"。

【釋義】義同"削 xiāo"，用於合成詞，音 xuē：削壁│削髮│削價│削減│削平│削弱│削職│剝削│瘦削│削足適履

靴〔鞾〕 xuē

靴楷（顏真卿）

【析形】靴字《說文》所無。楷書左旁是革，意符，表明材質；右旁是化，聲符，表示讀音（靴、化二字古音聲母相同，韻母同部）。形聲字。異體字以"華"為聲符。

【釋義】高筒鞋：靴子│馬靴│皮靴│雨靴│氈靴

薛 xuē

薛金 薛篆 薛隸（景君碑） 薛楷（顏真卿）

【析形】薛字金文左旁是月，右旁是辛，取意未明。小篆上部是"艸"，意符，表明字義與草木有關；下部是辥，聲符，表示讀音。形聲字。隸、楷書沿襲小篆。

【釋義】◎本義為草名，即"賴蒿"。用

作周代國名。薛國，在今山東滕縣一帶。又作姓氏用字。

穴 xué

內篆　門隸(馬王堆帛書)　穴楷(顏真卿)

【析形】穴字小篆像洞穴入口處之形。象形字。隸、楷書沿襲小篆。

【釋義】◎本義指土室。也指動物窠巢：穴居｜巢穴｜洞穴｜匪穴｜孔穴｜樹穴｜蟻穴｜龍潭虎穴　◇引申①墓穴：壽穴｜塘穴｜土穴　②人體可以進行針炙的部位：穴道｜穴位｜點穴｜耳穴

學 (学) xué

爻甲　𦥯金　𦥑篆　斅篆　學隸(曹全碑)

学草(王羲之)　學楷(虞世南)　学楷(顏真卿)

【析形】學字甲骨文下部像房屋形，上部像兩手用木料搭建房屋。搭建房屋需一磚一木壘築，學習知識需一點一滴積累，故學習之"學"字以構築房屋取意。會意字。金文在字下增"子"表示教學對象。小篆形一沿襲金文；形二右旁增"攴"為意符，表示舉棒督學。隸書及楷書形一沿襲小篆形一。

【簡化】楷書簡體"学"根據草書楷化而成。

【釋義】◎本義當指構築房屋。引申指學習，接受教育：學歷｜學業｜學長｜學子｜留學｜助學｜自學　◇引申①模仿：學舌　②學問，學術，知識：學識｜學說｜學位｜學養｜學者｜博學｜才學｜講學｜教學｜科學｜求學｜向學｜治學　③學科：學派｜光學｜國學｜漢學｜美學｜文學｜醫學｜哲學　④學校：學府｜學籍｜學齡｜學期｜大學｜開學｜失學｜休學

雪 xuě

彐甲　雪篆　雪隸(熹平石經)　雪楷(顏真卿)

【析形】雪字甲骨文像雨雪花飄落之形。象形字。金文未見"雪"字。小篆上部是雨，意符，表明字義與雨水有關；下部是彗，聲符，表示讀音(雪、彗二字古音同韻部)。形聲字。隸書聲符"彗"省變。楷書下部省為"彐"，

【釋義】◎空氣中的水蒸氣在攝氏零度以下凝結成的白色結晶體：雪花｜雪景｜雪原｜滑雪｜瑞雪　◇引申①指像雪的：雪白｜雪糕｜雪亮　②取白之意又引申表示洗掉，除去：雪恥｜雪恨｜雪冤｜昭雪

血 xuè

𥁕甲　𥃶金　𥁞篆　血隸(馬王堆帛書)　血楷(張猛龍碑誌)

【析形】血字甲骨文外廓是一隻器皿，中間表示皿中作為祭品之滴血。金文、小篆沿襲甲骨文。隸書器皿形作"皿"，血點寫作一畫，楷書又作"丿"。

【釋義】◎本義指古代用作祭品之牲畜血。◇引申①泛指人和動物體內循環系統中的紅色液體：血案｜血沉｜血管｜血跡｜血脈｜血泊 pō｜血球｜血型｜血壓｜鮮血　②人類因生育而自然形成的關係：血親｜血統｜血緣　③比喻剛強熱烈：血氣｜血性｜血氣方剛

勳 (勛) xūn

𠠃戰國金文　勳篆　勳隸(校官碑)

勳楷(龍藏寺碑)

【析形】勳字戰國文字右旁是力，意符，表明字義與功力有關；左旁是員，聲符，表示讀音。形聲字。小篆聲符為"熏"。隸、楷書沿襲小篆。

【簡化】簡化字"勛"沿用戰國文字；聲符的簡化見"員"字。

【釋義】◎功勞，多指大功勞：勳業｜勳章｜功勳｜殊勳｜元勳　◇引申指勳章：授勳

熏 〔燻〕 xūn

東金　橐金　熏篆　熏楷(顏真卿)

【析形】熏字金文形一是在"束"字上加"、"，取意煙燻(古人束香草，用火燻之而取其香味，故初文構造是在"束"字上加"、"取意)。會意字。形二在"束"字下加"火"表示火煙之意。小篆則像煙火從窗上冒出之狀。隸變後，火字在字下部為偏旁時分化出"灬"旁。

【釋義】◎本義指煙火上出。又指用煙火

炙。◇引申①煙、氣等接觸物體，使變顏色或沾上氣味：熏染｜熏陶｜熏製 ②燻製的（食品）：熏肉｜熏魚（以上各義俗作"燻"）③和暖：熏風（此義不作"燻"。）

薰 xūn

薰篆 薰 隸（夏承碑）薰 楷（張貴南墓誌）

【析形】薰字小篆上部是"艸"，意符，表明字義與草木有關；下部是熏，聲符，表示讀音。形聲字。隸、楷書沿襲小篆。

【釋義】本義為香草名，即蕙草，又名零陵香。引申①泛指花草的香氣：香薰 ②同"熏"，指由於長期接觸的人或事物對人的思想、品行產生影響：薰染｜薰陶

旬 xún

旬甲 旬金 說文古文 旬篆 旬 隸（威武簡）旬 楷（顏真卿）

【析形】旬字甲骨文借音近的"勻"字形體而省去內中兩"、"以作區別，是因聲減體指事字。金文內中增"日"為意符，表明字義與時日有關；"勻"為聲符，成為形聲字。說文古文"勻"字無省減。小篆沿襲金文。隸、楷書沿襲小篆。

【釋義】①十日為一旬，一個月分上、中、下三旬：旬報｜旬刊｜初旬｜上旬｜下旬｜中旬 ②十歲為一旬：年逾七旬

尋 (寻) xún

尋甲 戰國文字 尋篆 尋 隸（郭有道碑）尋 楷（顏真卿）

【析形】尋字甲骨文像伸開兩臂量長短之形。會意字。戰國文字省減了左旁表示量具的"丨"。小篆右上部像一隻手，中間左是工，本指工尺，代表量具；右是口，表示報告測量數據；下部是寸，代表尺度，均為意符，取意量度；左上部的"彡"為聲符，表示讀音（尋、彡二字古音同韻部）。會意兼聲字。隸書省減了聲符"彡"。楷書沿襲隸書。

【簡化】簡化字是用保留特徵、局部刪除的方法，保留原字輪廓特徵"寻"，刪除了其餘部件。

【釋義】◎本義指古代長度單位，八尺為一尋，倍尋為常（一說七尺或六尺為尋）：尋常 △音借表示找：尋查｜尋訪｜尋機｜尋覓｜尋求｜尋味｜尋問｜尋找

巡 xún

巡金 巡篆 巡 隸（華山神廟碑）巡 楷（昭仁寺碑）

【析形】金文左旁像道路形，隸作"彳"，下部像足印形，隸作"止"，均為意符，表明字義與行走有關；右旁是川，聲符，表示讀音（巡、川二字古音同韻部）。形聲字。小篆把"彳"、"止"兩個部件合作"辵"。隸變後，辵字為偏旁時寫作"辶"，"川"字隸作"巛"。楷書沿襲隸書。

【釋義】◎本義指巡行，行走：巡航｜巡廻｜巡警｜巡羅｜巡哨｜巡遊｜出巡 ◇引申作量詞，表示遍：酒過三巡

詢 (询) xún

詢篆 詢 隸（隸辨）詢 楷（歐陽詢）

【析形】詢字小篆左旁是言，意符，表明字義與言語有關；右旁是旬，聲符，表示讀音。形聲字。隸、楷書沿襲小篆。

【簡化】簡化字"询"的意符"讠"根據草書楷化而成。

【釋義】問，打聽，請教，徵求意見：詢問｜查詢｜探詢｜徵詢｜諮詢

循 xún

循篆 循 隸（馬王堆帛書）循 楷（顏真卿）

【析形】循字小篆左旁是"彳"（甲骨文像道路形），意符，表明字義與行走有關；右旁是盾，聲符，表示讀音（循、盾二字古音同韻部）。形聲字。隸、楷書沿襲小篆。

【釋義】◎本義指順行。◇引申指沿襲，依照，遵照：循規｜循環｜循例｜循序｜因循｜遵循

訓 (训) xùn

訓金 訓篆 訓 隸（王基碑）訓 楷（李璧碑）

【析形】訓字金文下部是心，意符，表明

字義與心聲有關（言為心之聲）；上部是川，聲符，表示讀音（訓、川二字古音同韻部）。形聲字。小篆以"言"為意符，表明字義與言語有關，寫作左右結構。隸、楷書沿襲小篆。

【簡化】簡化字"训"的意符"讠"根據草書楷化而成。

【釋義】◎本義指教導，教誨：訓斥｜訓導｜訓誡｜訓練｜訓示｜教訓　◇引申①教導或訓誡的話：家訓｜校訓｜遺訓　②法規，準則：不足為訓｜教子三訓　③解釋詞語：訓詁｜聲訓｜形訓｜義訓

訊 (讯) xùn

【析形】訊字甲骨文右旁像跪跽之人形，雙手被繩索反縛在背後；左旁是口，均為意符，表示犯人受審，取意訊問。會意字。金文沿襲甲骨文。小篆左旁是言，意符，表明字義與言語有關；右旁是卂，聲符，表示讀音。形聲字。隸、楷書沿襲小篆。

【簡化】楷書簡體"讯"的意符"讠"根據草書楷化而成。

【釋義】◎本義指問，審問：訊問｜審訊｜問訊｜刑訊｜偵訊　◇引申指消息，信息：傳訊｜電訊｜簡訊｜通訊｜聞訊｜喜訊｜音訊

迅 xùn

【析形】迅字小篆左旁是辵，意符，表明字義與行走有關；右旁是卂，聲符，表示讀音。形聲字。隸變後，辵字為偏旁時寫作"辶"。

【釋義】（行動）快，疾速：迅即｜迅急｜迅疾｜迅捷｜迅猛｜迅速｜奮迅

汛 xùn

【析形】汛字小篆左旁是水，意符，表明字義與水有關；右旁是卂，聲符，表示讀音。形聲字。隸變後，水字在字左側為偏

旁時寫作"氵"。

【釋義】河流定期漲水：汛期｜汛情｜潮汛｜春汛｜防汛｜漁汛

馴 (驯) xùn

【析形】馴字小篆左旁是馬，意符，表明字的初義與馬有關；右旁是川，聲符，表示讀音（馴、川二字古音同韻部）。形聲字。隸書沿襲小篆。

【簡化】楷書簡體"驯"意符的簡化見"馬"字。

【釋義】◎本義指馬順服。◇引申指使順服，順從：馴服｜馴化｜馴良｜馴順｜馴養｜溫馴｜桀驁不馴

遜 (逊) xùn

【析形】遜字小篆左旁是辵，意符，表明字義與行走有關；右旁是孫，聲符，表示讀音。形聲字。隸變後，辵字為偏旁時寫作"辶"。

【簡化】簡化字"逊"聲符的簡化見"孫"字。

【釋義】◎本義指逃遁。◇引申①退避，讓位：遜位　②謙虛，謙恭：謙遜　③差，不及：遜色｜稍遜一籌

殉 xùn

【析形】殉字《說文》所無。楷書左旁是歹（甲骨文像屍骸殘骨之形），意符，表明字義與死亡有關；右旁是旬，聲符，表示讀音。形聲字。

【釋義】◎本義指以人陪葬：殉葬　◇引申指為維護某種事物或追求某種理想而犧牲自己的生命：殉國｜殉節｜殉難 nàn｜殉情｜殉職

熏 xùn

【析形】見"熏 xūn"字。

【釋義】◎本義指煙火上出，音xūn。◇引申方言指煤氣中毒。

Y

壓 (压) yā

厭篆 壓篆 壓隸(華山神廟碑) 壓楷(顏真卿)
壓楷(顏真卿)

【析形】壓字小篆形一作"厭"。上部像山崖形,隸作"厂",意符,以山崖崩塌取意覆壓;下部是猒,聲符,表示讀音。形聲字。形二下部增"土"為意符,取意泥土覆壓。隸書、楷書形一沿襲小篆形二。

【簡化】楷書簡體用保留特徵、局部刪除的方法,保留了原字輪廓特徵"压",刪除其餘繁複部件。簡化字沿用楷書簡體。

【釋義】◎本義指覆壓。◇引申①對物體等施加作用力(多指從上到下):壓擠|壓力|壓縮|壓榨|電壓|風壓|高壓|氣壓|血壓|液壓 ②用強力制服,竭力限制或制止:壓倒|壓低|壓服|壓價|壓迫|壓抑|壓制|鎮壓 ③超越,勝過:壓卷|才不壓眾|技壓群芳 ④安排在最後或靠後:壓陣|壓軸 ⑤使穩定,使平靜:壓驚|壓氣 ⑥逼近:大兵壓境

呀 yā

呀篆 呀楷(顏真卿)

【析形】呀字小篆左旁是口,意符,表明字義與口有關;右旁是牙,聲符,表示讀音。形聲字。楷書沿襲小篆。

【釋義】◎本義為張口之貌,音xiā。又作歎詞,表示驚奇,音yā。

押 yā

押楷(顏真卿)

【析形】押字《說文》所無。楷書左旁是"扌"(手),意符,表明字義與手的動作有關;右旁是甲,聲符,表示讀音。形聲字。

【釋義】◎本義指在文書、字畫、契約上簽字或畫符號,以作憑證:押尾|畫押|簽押 ◇引申①把財物交給對方作為擔保:押當 dàng|押金|押賑|押租|抵押|典押|寄押|退押 ②看管人、不准其自由行動:關押|管押|羈押|看 kān 押|扣押|在押 ③看管,照料:押車|押隊|押解 jiè|押送|押運

鴉 (鸦)〔鵶〕yā

雅篆 鴉楷(顏真卿)

【析形】鴉字本作"雅"。小篆右旁是佳,短尾鳥之總名,意符,表明字義與鳥類有關;左旁是牙,聲符,表示讀音。形聲字。借用表示"雅俗"義,又為本義造了"鴉"字表示鳥類。異體字以"亞"為聲符。

【簡化】楷書簡體"鸦"意符的簡化見"鳥"字。

【釋義】◎鳥名。種類很多,嘴大,翼長,全身黑色,又稱老鴰:渡鴉|寒鴉|老鴉|烏鴉|鴉雀無聲 △音借作音譯詞〔鴉片〕

啞 (哑) yā

【析形】見"啞 yǎ"。

【釋義】〔咿啞〕擬聲詞。

鴨 (鸭) yā

鴨篆 鴨楷(顏真卿)

【析形】鴨字小篆右旁是鳥,意符,表明字義與鳥類有關;左旁是甲,聲符,表示讀音。形聲字。楷書沿襲小篆。

【簡化】楷書簡體"鸭"意符的簡化見"鳥"字。

【釋義】鳥類的一科。古代稱為"鶩"的一種鳥類。現多指家鴨。頸長,嘴扁,腿短,趾間有蹼,善游泳,肉可食:鴨蛋|鴨子|烤鴨

牙 yá

与金 貝篆 牙楷（昭仁寺碑）

【析形】牙字金文像白齒交錯相咬之形。
象形字。小篆線條化形體略變。楷書根據
小篆轉寫而成。

【釋義】◎本義指大牙，白齒。引申泛指
牙齒：拔牙｜門牙　◇引申①像牙的東西：
牙輪｜牙子　②特指象牙製成的：牙雕｜牙
筷｜牙章

芽 yá

骨篆 芽楷（顏真卿）

【析形】芽字小篆上部是"艸"，意符，表
明字義與植物有關；下部是牙，聲符，表
示讀音。形聲字。楷書沿襲小篆。

【釋義】◎本義指植物剛長出來的幼體，
可以發育成莖、葉或花的部分：芽豆｜抽
芽｜萌芽　◇引申指形狀像芽的東西：肉芽

崖 yá

崖篆 崖隸（馬王堆帛書）崖楷（褚遂良）

【析形】崖字小篆上部是屵，意符，表示
山崖高聳；下部是圭，聲符，表示讀音
（崖、圭二字古音同韻部）。形聲字。隸、
楷書沿襲小篆。

【釋義】山或高地的邊緣：崖壁｜崖谷｜山
崖｜懸崖｜雲崖｜懸崖峭壁

蚜 yá

蚜楷（顏真卿）

【析形】蚜字《説文》所無。楷書左旁是
虫，意符，表明字義與昆蟲類有關；右旁
是牙，聲符，表示讀音。形聲字。

【釋義】蚜蟲。俗稱膩蟲，種類很多，是危
害農作物的害蟲：菜蚜｜麥蚜｜棉蚜｜煙蚜

涯 yá

涯篆 涯楷（褚遂良）

【析形】涯字小篆左旁是水，意符，表明
字義與水有關；右旁是厓，意符兼聲符，
本義指山邊，取意邊際，也表示讀音。會
意兼聲字。隸變後，水字在字左側為偏旁
時寫作"氵"。

【釋義】◎本義指水邊。◇引申泛指邊
際：涯際｜無涯｜天涯海角｜一望無涯

衙 yá

衙篆 衙楷（顏真卿）

【析形】衙字小篆外廓是"行"（甲骨文像四
通八達之道路形），意符，表明字的初義
與道路有關；中間是吾，聲符，表示讀音
（衙、吾二字古音同韻部）。形聲字。楷書
沿襲小篆。

【釋義】◎本義指行進的行列。△音借表
示官署，舊時官吏辦事的地方：衙門｜衙
役｜縣衙

啞 （啞）yǎ

啞篆 啞楷（顏真卿）

【析形】啞字小篆左旁是口，意符，表明
字義與口有關；右旁是亞，聲符，表示讀
音。形聲字。

【簡化】楷書簡體"啞"聲符的簡化見"亞"
字。

【釋義】◎本義指由於生理缺陷或疾病而
不能説話。◇引申①嗓子乾澀發不出聲或
發聲不響：沙啞｜嘶啞　②無聲的，隱晦難
猜的：啞劇｜啞謎｜啞口無言　③因發生故
障，炮彈、子彈等打不響：啞火｜啞彈

雅 yǎ

【析形】見"鴉yā"字。

【釋義】◎本義為鳥名（見"鴉yā"）。△音
借表示正，合乎規範的。◇引申為高尚
的，不俗的：雅觀｜雅號｜雅量｜雅趣｜雅
興｜雅致｜雅座｜博雅｜淡雅｜典雅｜風雅｜古
雅｜清雅｜儒雅｜素雅｜文雅｜幽雅　對人的敬
辭：雅鑒｜雅教｜雅意｜雅正

軋 （軋）yà

軋篆 軋楷（顏真卿）

【析形】軋字小篆左旁是車，意符，表明
字義與車有關；右旁是乙，聲符，表示
讀音（軋、乙二字古音同韻部）。形聲字。

Y

楷書聲符訛作"乚"。

【簡化】簡化字"軋"意符的簡化見"車"字。

【釋義】◎本義指車輪輾壓。◇引申①泛指碾,滾壓:軋滾|軋花|軋棉花　②指擠壓:傾軋

亞 (亚) yà

甲 金 篆 隸(馬王堆帛書) 草(草書韻會) 楷(顏真卿)

【析形】亞字甲骨文、金文像原始社會部落的族徽圖案。象形字。小篆、隸書沿襲甲、金文。

【簡化】楷書簡體"亚"根據草書楷化而成。

【釋義】◎本義當為原始社會族徽圖案。△借表示①第二位的,次一等的:亞軍|亞熱帶|亞健康　②亞細亞的簡稱:亞洲|東亞|泛亞

壓 (压) yà

【析形】見"壓yā"。

【釋義】◎本義指覆壓,音yā。〔壓yà根兒〕根本,從來:我壓根兒不認識他。

訝 (讶) yà

篆 篆 楷(顏真卿) 迓楷(歐陽通)

【析形】訝字小篆形一左旁是言,意符,取意言語相迎;右旁是牙,聲符,表示讀音。形聲字。形二意符為"辵",表明字義與行為動作有關。隸變後,辵字在偏旁時寫作"辶"。楷書分別沿襲小篆形一、形二。

【簡化】簡化字"讶"的意符"讠"根據草書楷化而成。

【釋義】訝、迓本義均指迎接。後來二字之義各有所專,"迓"字表示迎接:迎訝;"訝"字表示驚奇,詫異:怪訝|驚訝|疑訝

呀 ya

【析形】見"呀ā"。

【釋義】◎助詞,用在句末,是"啊"的字

音受前一字韻母a、o、e、i、ü的影響而發生的變音:好大呀|真熱呀|這麼多呀|還是個謎呀|下不下雨呀

咽 yān

篆 楷(顏真卿)

【析形】咽字小篆左旁是口,意符,表明字義與口有關;右旁是因,聲符,表示讀音。形聲字。楷書沿襲小篆。

【釋義】◎喉頭、口腔後部呼吸和消化的共同通道:咽喉|鼻咽

煙 〔烟〕 yān

金 籀文 篆 篆 楷(虞世南) 烟楷(顏真卿)

【析形】煙字金文外廓像屋宇形,隸作"宀",意符;內中左旁下部是火,上部像窗,均為意符,取意屋內生煙,右旁是示,取意未明。籀文內中"示"訛作"火";左下的"火"訛作"土"。小篆形一省減"宀"。形二右旁是因,聲符,表示讀音,成為形聲字。楷書分別沿襲小篆形一和形二。內地採用"烟"字。

【釋義】◎本義指物質燃燒時所產生的氣體:煙火|煙囪|煙幕|煙筒|煙燭|炊煙|油煙　◇引申指像煙的東西:煙靄|煙波|煙霧|煙霞|煙雨|雲煙　又為"菸"字異體:煙袋|煙灰|煙絲|煙癮|抽煙|戒煙|香煙　引申特指鴉片:煙膏|煙鬼|大煙|禁煙

菸 〔煙〕 yān

篆

【析形】菸字小篆上部是"艸",意符,表明字義與植物有關;下部是於,聲符,表示讀音。形聲字。

【釋義】本義指(草木)枯萎,音yū。又指草或草製品,音yān。

淹 yān

篆 楷(顏真卿)

【析形】淹字小篆左旁是水,意符,表明字義與水有關;右旁是奄,聲符,表示讀

音。形聲字。隸變後，水字在字左側為偏旁時寫作"氵"。

【釋義】◎本義①古水名。又稱復水。在今四川省南部，注入金沙江。②浸沒：淹灌｜淹沒　◇引申指滯留：淹留

燕 yān

【析形】見"燕 yàn"。

【釋義】◎本義為鳥名，燕子，音 yàn。用作①地名用字。河北北部。②姓氏用字。（以上地名、姓氏用字音 yān）

殷 yān

【析形】見"殷 yīn"。

【釋義】◎本義當指醫治，音 yīn。△音借指黑紅色，音 yān：殷紅

醃〔腌〕yān

篆腌 楷(顏真卿)

【析形】醃字《說文》所無。左旁是酉，古文像一隻酒罈子，意符，表明字義與酒有關；右旁是奄，聲符，表示讀音。形聲字。異體字作"腌"。小篆左旁是肉，意符，表明字義與肉類有關；右旁是聲符"奄"。楷書沿襲小篆。古文肉、月二字形近，隸變後，兩個字作偏旁時多同化寫作"月"。內地採用"腌"字。

【釋義】◎本義指用酒、鹽等浸漬肉食。◇引申泛指浸漬食物：醃菜｜醃肉

延 yán

金延篆延 隸(居延簡) 延 楷(褚遂良)

【析形】延字金文左旁是"彳"（甲骨文像道路形），右旁是"止"（甲骨文像足印形，"趾"字初文），均為意符，表明字義與行走有關；小篆道路形略變，"止"上增"丿"為聲符，表示讀音，成為形聲字。隸書根據小篆把"彳"寫作"廴"。楷書沿襲隸書。

【釋義】◎本義指行走。引申①指伸長，延長：延伸｜延續｜綿延｜順延｜延年益壽　②時間向後推遲：延遲｜延緩｜延期｜延誤｜拖延　③引進，邀請，聘請：延請｜延

聘｜延師

嚴〔严〕yán

金嚴篆嚴 隸(馬王堆帛書) 严 楷(顏真卿)

【析形】嚴字金文上部是叩，義為大聲呼叫、驚呼，意符，取意急迫；下部是厰，聲符，表示讀音。形聲字。小篆、隸書沿襲金文。

【簡化】楷書簡體是用了保留特徵、局部刪除的方法，保留了原字輪廓特徵"严"，刪除了其餘部件。

【釋義】◎本義指緊急，急迫。◇引申①軍事上某種緊急狀態或非常狀態：解嚴｜戒嚴　②嚴厲，嚴格，與"寬"相對：嚴辦｜嚴防｜嚴父｜嚴禁｜嚴酷｜嚴令　③厲害，程度深：嚴冬｜嚴寒｜嚴刑｜嚴重　④周密，無空隙：嚴謹｜嚴密｜嚴實　⑤舊時對父親的尊稱：嚴命｜家嚴

言 yán

甲言金言篆言 言 隸(禮器碑) 言 楷(高貞碑)

【析形】言字甲骨文像舌頭從口中伸出之形，張口搖舌，取意說話。象形字。金文、小篆沿襲甲骨文。隸書筆畫化，已失初形。楷書沿襲隸書。

> "言"字為偏旁簡化時根據草書楷化作"讠"。以"言"字為偏旁的字類推簡化。例如：谱、谦、遣、请、设、谁、试、说、诵、谈等。

【釋義】◎本義指說話，說：言和｜言談｜言行｜斷言｜發言｜美言｜聲言｜直言　◇引申①說的話，言論：言辭｜言詞｜言語｜傳言｜導言｜方言｜格言｜謊言｜留言｜流言｜名言｜婉言｜文言｜宣言｜謠言｜預言｜怨言｜忠言　②漢語的一個字：重 chóng 言｜五言詩

巖〔岩、喦〕yán

甲巖篆巖篆巖 隸(華山神廟碑) 巖 楷(張猛龍碑)

【析形】巖字甲骨文下部是山，上部像岩

崖相連之形。象形字。隸作"嵒"。小篆
形一沿襲甲骨文。形二上部是山,意符,
表明字義與山崖有關;下部是嚴,聲符,
表示讀音。形聲字。隸、楷書沿襲小篆
形二。內地"岩"字上部是"山",下部是
"石",均為意符,表示岩石。會意字。
【釋義】◎本義指崖岸,山或高地的邊:
巖崖　◇引申①巖石突起的山峰:七星
巖　②巖石:巖層|巖洞|巖漿|溶巖|花崗
巖

炎 yán

甲　金　篆　炎　隸(趙寬碑)　炎　楷(高貞碑)

【析形】炎字甲骨文上、下均為"火",意
符,取意火苗升騰。會意字。金文、小
篆、隸、楷書均沿襲甲骨文。
【釋義】◎本義指火光上升,火苗升
騰。◇引申①熱:炎涼|炎熱|炎暑|炎
夏　②古人所稱之熱病。③身體某一部分
發生紅、腫、熱、痛的症狀:炎症|發炎|
肝炎|消炎

沿 yán

篆　沿　隸(馬王堆帛書)　沿　楷(顏真卿)

【析形】沿字小篆左旁是水,意符,表明
字的初義與水有關;右旁是㕣,聲符,
表示讀音。形聲字。隸變後,水字在字左
側為偏旁時寫作"氵"。
【釋義】◎本義指順流而下。◇引申①順
着:沿路|沿途|沿線　②靠近:沿岸|沿
海|沿河|沿江　③因襲,照舊:沿襲|沿
用|相沿　④邊:邊沿|河沿|前沿

研 yán

篆　研　楷(智永)

【析形】研字小篆左旁是石,意符,代表
碾磨器具;右旁是开,聲符,表示讀音。
形聲字。楷書聲符訛作"开"。
【釋義】◎本義指碾磨,細磨:研缽|研
磨　◇引申指探討,探求:研讀|研究|研
討|研習|研修|研製|科研|鑽研|研究生|
研究所|教研室

鹽 (盐) yán

篆　鹽　隸(武威簡)　盐　楷(顏真卿)

【析形】鹽字小篆上部中間是鹵,意符,
表明字義與鹹性有關;外廓是監,聲符,
表示讀音。形聲字。隸書沿襲小篆。
【簡化】楷書簡體"盐"根據草書楷化而
成。
【釋義】①食鹽的通稱:鹽場|鹽地|鹽湖|
鹽田|海鹽|精鹽|井鹽　②鹽類,即化學上
的一種化合物:鹽酸|鹽硝|磷酸鹽

鉛 (铅) yán

【析形】見"鉛qiān"。
【釋義】◎本義為金屬元素,音qiān。地
名用字。鉛山,縣名,在江西。

顏 (颜) yán

金　顏　篆　顏　隸(史晨碑)　顏　楷(顏真卿)

【析形】顏字金文右下像一顆頭顱形,隸
作"首",意符,表明字義與頭部有關;
上部是彥,聲符,表示讀音。形聲字。小
篆意符為"頁",義同"首"(見"頁"字)。
隸、楷書沿襲小篆。
【簡化】簡化字"颜"意符的簡化見"頁"
字。
【釋義】◎本義指臉部眉目之間。◇引申
①面容,臉色:顏面|汗顏|開顏|強qiǎng
顏|容顏|和顏悅色|奴顏婢膝|正顏厲色|
喜笑顏開|鶴髮童顏　②面子:顏面|厚顏
無恥　③色彩:顏色|顏料

閻 (阎) yán

篆　閻　隸(隸辨)　阎　楷(顏真卿)

【析形】閻字小篆外廓是門,意符,表明
字的初義與門有關;內中是臽,聲符,表
示讀音。形聲字。隸書沿襲小篆。
【簡化】楷書簡體"阎"意符的簡化見"門"
字。
【釋義】◎本義指里巷的門,也指里巷:
窮閻漏屋　△音借組合〔閻王〕佛教統管地
獄的神:閻羅　◇引申比喻極兇惡的人:
閻羅王

蜒 yán

蜒 楷(顏真卿)

【析形】蜒字《說文》所無。楷書左旁是虫,意符,表明字義與昆蟲有關;右旁是延,聲符,表示讀音。形聲字。

【釋義】〔蜒蚰〕一種害蟲,也叫蛞蝓。
〔蜿蜒〕◎蛇類曲折爬行的樣子。◇引申比喻(山、河、道路)彎彎曲曲地延伸。

檐 〔簷〕 yán

檐 篆 檐 楷(顏真卿)

【析形】檐字小篆左旁是木,意符,表明材質;右旁是詹,聲符,表示讀音。形聲字。楷書沿襲小篆。異體字以“⺮”(竹)為意符。

【釋義】◎本義指屋頂向外伸出之邊沿部分:檐溝|房檐|廊檐|屋檐|遮檐 ◇引申指某些器物上形狀像屋檐的部分:帽檐兒

掩 yǎn

掩 篆 掩 楷(褚遂良)

【析形】掩字小篆左旁是手,意符,表明字義與手的動作有關;右旁是奄,聲符,表示讀音。形聲字。隸變後,手字在字左側為偏旁時寫作“扌”。

【釋義】◎本義指遮蓋,隱蔽:掩蔽|掩藏|掩蓋|掩護|掩埋|掩飾|掩映|遮掩 ◇引申指關,合:掩捲|虛掩

眼 yǎn

眼 篆 眼 楷(顏真卿)

【析形】眼字小篆左旁是目,意符,表明字義與眼睛有關;右旁是艮,聲符,表示讀音(眼、艮二字古音同韻部)。形聲字。楷書沿襲小篆。

【釋義】◎本義指視覺器官,眼睛。◇引申①小孔,窟窿:蟲眼兒|打眼|泉眼 ②關節,事物的關鍵所在:腰眼|節骨眼 ③戲曲的節拍:板眼|一板一眼 ④量詞:一眼井|一眼針

演 yǎn

演 篆 演 隸(校官碑) 演 楷(顏真卿)

【析形】演字小篆左旁是水,意符,表明字的初義與水有關;右旁是寅,聲符,表示讀音。形聲字。隸變後,水字在字左側為偏旁時寫作“氵”。

【釋義】◎本義指水長流。◇引申①推衍,不斷變化:演化|演進|演示 ②發揮:演講|演說|演繹|演義|推演 ③把技藝表現出來:演唱|演技|演戲|演員|演奏|表演|導演|主演 ④練習或計算:演練|演算|演武|演習

衍 yǎn

衍 甲 衍 金 衍 篆 衍 隸(馬王堆帛書) 衍 楷(顏真卿)

【析形】衍字甲骨文外廓像四通八達之道路形,隸作“行”;中間是水,均為意符,取意水循河道流行。會意字。金文、小篆、隸書各體均沿襲甲骨文。楷書水旁寫作“氵”。

【釋義】◎本義指水循河道流匯於海。◇引申①指溢出 ②茂盛,很多:繁衍|豐衍 ③多餘的:衍文 ④漫延,擴展:衍變|衍化|敷衍|推衍

奄 yǎn

奄 金 奄 篆 奄 隸(樊敏碑) 奄 楷(智永)

【析形】奄字金文上部像閃電狀,隸作“申”;下部像正面人形,隸作“大”,均為意符,以閃電照人取意覆蓋。會意字。小篆把“大”移到上部。隸書下部寫作“电”。楷書沿襲隸書。

【釋義】◎本義指覆蓋,包括:奄有天下 △音借表示忽然,突然:奄忽|奄然

厭 〔厌〕 yàn

厭 金 厭 篆 厭 隸(馬王堆帛書) 厭 楷(顏真卿)

【析形】厭字金文左旁上部是口,下部是肉,右旁是犬,均為意符,以食犬肉取

意飽、滿足。會意字。小篆借"厭"字為"猒",表示飽、足之義。隸書訛"厂"為"广"。

【簡化】簡化字是用了保留特徵、局部刪除的方法,保留了原字輪廓"厌",刪除了其餘部件。

【釋義】◎本義指飽。◇引申指滿足:貪得無厭|學而不厭　又引申指嫌惡,憎惡:厭煩|厭倦|厭棄|厭食|厭惡wù|厭戰|討厭|不厭其煩|兵不厭詐

咽〔嚥〕yàn

【析形】見"咽yān"。

【釋義】◎本義指喉頭,音yān。◇引申指吞下,與"吐"相對,音yàn。此義常寫作"嚥":嚥唾沫|狼吞虎嚥|細嚼慢嚥

豔(艳)〔豔〕yàn

豔篆 豔隸(隸辨) 艷楷(王羲之)

【析形】豔字小篆左旁是豐,意符,取美好意;右旁是盍,聲符,表示讀音(豔、盍二字古音韻部相近)。形聲字。楷書以"色"為意符,取美色意。會意字。

【簡化】簡化字"艳"左旁的簡化見"豐"字。

【釋義】◎本義指容色美好。◇引申①男女情愛之事:豔情|豔史|豔遇　②色彩光澤鮮明美麗:豔麗|嬌豔|鮮豔|香豔|妖豔

宴 yàn

宀金宴篆 宴隸(辟雍碑) 宴楷(顏真卿)

【析形】宴字金文上部像屋宇形,隸作"宀",意符,以居有所取意安逸;下部是晏,聲符,表示讀音。形聲字。小篆、隸、楷書沿襲金文。

【釋義】◎本義指安逸,安閒:宴安|宴樂lè　◇引申①喜,樂:新婚宴爾　②請客吃酒飯:宴會|宴客|宴請|宴席|歡宴|筵宴　③酒席:赴宴|國宴|設宴|盛宴

驗(验)yàn

驗篆 驗隸(白石君碑) 驗楷(歐陽詢)
驗草(王羲之)

【析形】驗字小篆左旁是馬,意符,表明字的初義與馬有關;右旁是僉,聲符,表示讀音。形聲字。隸、楷書沿襲小篆。

【簡化】簡化字"验"根據草書楷化而成。

【釋義】◎本義為馬名。△音借表示證據,憑據:何以為驗　◇引申①察看,查考:驗關|驗光|驗貨|驗收|驗證|測驗|化驗|檢驗|考驗|體驗|實驗|試驗　②產生預期的效果:驗方|靈驗|應yìng驗

雁 yàn

雁篆 雁楷(顏真卿)

【析形】雁字小篆右下部是隹,本義為短尾鳥之總名,意符,表明字義與鳥類有關;中間是"人",表意未明(一說雁飛排成人字,故以"人"字為意符);外廓是"厂",聲符,表示讀音。形聲字。楷書沿襲小篆。

【釋義】鳥名。一種候鳥,形狀略像鵝,頸和翼較長,足和尾較短,羽毛淡紫褐色。群居水邊,每年春分後飛往北方,秋分後飛回南方:雁行háng|大雁|孤雁|鴻雁

焰〔燄〕yàn

燄篆 燄楷(褚遂良) 焰楷(顏真卿)

【析形】焰字小篆右旁是炎,意符,表示火光;左旁是臽,聲符,表示讀音。形聲字。楷書形一沿襲小篆。形二以"火"為意符,在左旁。

【釋義】◎本義指火苗:光焰|烈焰|內焰　◇引申指氣焰:敵焰|勢焰|兇焰

燕 yàn

燕甲 燕篆 燕隸(華山神廟碑) 燕楷(顏真卿)

【析形】燕字甲骨文像展開雙翅奮飛之燕子形。象形字。小篆燕頭、羽翼與身體分離。隸變後,燕尾訛作"灬",與"火"字在字下部為偏旁時的隸變分化體"灬"混同。楷書沿襲隸書。

【釋義】一種益鳥,俗稱燕子。翅膀尖長,尾巴分叉呈剪子狀。飛行時捕食昆蟲,對農作物有益。屬候鳥,春天飛到北方,秋天飛到南方:燕雛|燕窩|家燕|乳燕

硯 (砚) yàn

視篆 硯楷(顏真卿)

【析形】硯字小篆左旁是石，意符，表明字義與石頭有關；右旁是見，聲符，表示讀音。形聲字。

【簡化】楷書簡體"砚"聲符的簡化見"见"字。

【釋義】◎本義指光滑的石頭。後指硯台，即磨墨用的石製用具：硯池｜硯銘｜端硯　◇古代硯墨為讀書人必備的學習用具，故引申表示有同學關係的：硯弟｜硯兄｜硯友｜同硯

唁 yàn

暗篆 唁楷(顏真卿)

【析形】唁字小篆左旁是口，意符，表明字義與口的行為有關；右旁是言，意符兼聲符，表明字義與言語有關，也表示讀音。會意兼聲字。楷書沿襲小篆。

【釋義】◎本義指對遭遇非常變故者的慰問。古時憑弔死者稱"弔"，慰問遭遇變故之生者稱"唁"。◇引申指對遭遇喪事者表示慰問：唁電｜唁函｜弔唁

諺 (谚) yàn

諺篆 諺隸(曹全碑) 諺楷(顏真卿)

【析形】諺字小篆左旁是言，意符，表明字義與言詞有關；右旁是彥，聲符，表示讀音。形聲字。隸、楷書沿襲小篆。

【簡化】簡化字"谚"的意符"讠"根據草書楷化而成。

【釋義】諺語。長期流傳下來的、文詞固定的語句：古諺｜民諺｜農諺

堰 yàn

堰楷(顏真卿)

【析形】堰字《説文》所無。楷書左旁是土，意符，表明字義與土築有關；右旁是匽，聲符，表示讀音。形聲字。

【釋義】較低的擋水堤壩：打堰｜埂堰｜塘堰｜堰塞湖

央 yāng

央甲 央金 央篆 央隸(居延簡)

央楷(顏真卿)

【析形】央字甲骨文上部的"凵"像地坎形，表示一個範圍，中間像正面人形，人居其中，取意中央。會意字。金文沿襲甲骨文。小篆人形略變，"凵"寫作"冂"。隸書根據小篆轉寫而成。楷書沿襲隸書。

【釋義】◎本義指中心：中央｜大廳中央｜中央銀行　△借指表示①懇求：央告｜央求｜央託　②完結，終止：夜未央｜長樂lè無央

殃 yāng

殃篆 殃楷(顏真卿)

【析形】殃字小篆左旁是歹(甲骨文像殘骨形)，意符，表明字義與災禍等事有關；右旁是央，聲符，表示讀音。形聲字。楷書沿襲小篆。

【釋義】◎本義指禍害，災禍：禍殃｜災殃｜遭殃　◇引申指損害：禍國殃民

秧 yāng

秧篆 秧楷(顏真卿)

【析形】秧字小篆左旁是禾，意符，表明字義與穀類植物有關；右旁是央，聲符，表示讀音。形聲字。楷書沿襲小篆。

【釋義】◎本義指禾苗，多指水稻的幼苗：秧苗｜秧田｜插秧｜稻秧｜育秧穀　◇引申①植物的幼苗：秧苗｜菜秧｜樹秧｜栽秧　②某些植物的莖：豆秧｜瓜秧　③飼養的某些幼小動物：魚秧｜豬秧子　④栽培，畜養：秧了一池魚｜秧了一壟葡萄

鴦 (鸯) yāng

鴦篆 鴦楷(顏真卿)

【析形】鴦字小篆下部是鳥，意符，表明字義與鳥類有關；上部是央，聲符，表示讀音。形聲字。

【簡化】簡化字"鸯"意符的簡化見"鸟"字。

【釋義】〔鴛鴦〕見"鴛"。

Y

揚 (扬) yáng

【析形】揚字金文形一借音同的"易"字表示；形二像人雙手捧玉揚舉之形；形三右旁仍保留雙手揚舉之形，左旁"易"為聲符，表示讀音，成為形聲字。說文古文右旁人舉物之形省為手舉物。小篆左旁以"手"為意符，表明字義與手的動作有關；右旁"易"為聲符。隸變後，手字在字左側為偏旁時寫作"扌"。

【簡化】簡化字"扬"根據草書楷化而成。

【釋義】◎本義指舉起，向上升：揚鞭｜揚帆｜揚手｜昂揚｜揚長避短｜揚眉吐氣｜趾高氣揚 ◇引申①向上撒：揚場 cháng｜揚花｜揚棄 ②傳播，稱讚：揚名｜揚威｜揚言｜褒揚｜表揚｜傳揚｜頌揚｜宣揚｜讚揚｜張揚 ③在空中飄動：飛揚｜飄揚｜紛紛揚揚

羊 yáng

【析形】羊字甲骨文像正面羊頭之形，上部像羊角，下部像羊嘴。象形字。金文沿襲甲骨文。小篆、隸書線條化，失去初形。楷書沿襲隸書。

【釋義】一種哺乳動物。牛科反芻類。毛皮是工業原料，肉、乳可吃：羊羔｜羊圈 juàn｜羊皮

陽 (阳) yáng

【析形】陽字甲骨文左旁像山崖形，隸作"阜"，意符，表明字義與山有關；右旁是易，聲符，表示讀音。形聲字。金文、小篆、隸、楷書各體均沿襲甲骨文。隸變後，阜字在字左側為偏旁時寫作"阝"。

【簡化】簡化字是用了另造新字的方法，新造了以"阝"（阜）和"日"為意符的"阳"字，表明字義與日光有關。會意字。

【釋義】◎本義指山之南、水之北：陽面｜衡陽｜洛陽 ◇引申①向陽的部分。②太陽：陽光｜陽傘｜朝 cháo 陽｜驕陽｜夕陽｜朝 zhāo 陽 ③民間指屬於活人或人世的：陽間｜陽壽｜還陽 ④中國古代哲學家認為"陽"是貫穿於一切事物中的兩大對立面之一，與"陰"相對：陽性｜陽虛｜重 chóng 陽｜端陽｜陰陽 ⑤外露的，凸現的：陽溝｜陽文｜陽奉陰違 又引申指男性生殖器：陽具｜陽萎 ⑥帶正電的：陽電｜陽極

楊 (杨) yáng

【析形】楊字金文左旁是木，意符，表明字義與樹木有關；右旁是易，聲符，表示讀音。形聲字。小篆、隸書沿襲金文。

【簡化】簡化字"杨"根據草書楷化而成。

【釋義】樹名。楊樹，與柳同科異屬。落葉喬木，木材可製器具和造紙：楊柳｜白楊｜赤楊｜胡楊

洋 yáng

【析形】洋字小篆左旁是水，意符，表明字義與水有關；右旁是羊，聲符，表示讀音。形聲字。楷書沿襲小篆。

【釋義】◎本義為古水名。今指海洋，地球表面上被水覆蓋的廣大地方，約佔地球面積的十分之七，分成四個部分：太平洋、大西洋、印度洋、北冰洋。◇引申①外國的：洋車｜洋服｜洋行｜洋貨｜洋人｜出洋｜崇洋媚外 ②盛大，豐富：洋溢｜洋洋大觀｜洋洋得意｜洋洋灑灑｜洋洋萬言 ③舊指銀幣為洋錢，簡稱"洋"：洋毫｜洋錢｜大洋｜現洋｜銀洋

仰 yǎng

【析形】仰字小篆形一左旁是"人"字之反寫，右旁像一人匍伏翹首仰望左側之人，均為意符，表示仰慕、仰仗之意，當

是"仰"字本字。會意字。形二左旁又增
"人"為意符，表明字義與人有關。隸變
後，人字在字左側為偏旁時寫作"亻"。
【釋義】◎本義①仰慕；仰仗｜景仰｜敬仰｜
久仰｜信仰｜瞻仰 ②臉向上，與"俯"相
對：仰角｜仰望｜仰臥｜仰泳｜俯仰 ◇引申
指依靠，依賴：仰承｜仰靠｜仰賴｜仰求｜
仗｜仰人鼻息

養 (养) yǎng

篆 　 隸(曹全碑)　養楷(歐陽詢)

草(王羲之)

【析形】養字小篆下部是食，意符，表明
字義與食物有關；上部是羊，聲符，表示
讀音。形聲字。隸、楷書沿襲小篆。
【簡化】簡化字"养"下部的"刂"根據草書
楷化而成。
【釋義】◎本義指供養，撫育，供給生活
資料或費用：養兵｜養家｜養老｜哺養｜奉
養｜贍養｜收養 ◇引申①撫養的(非親生
的)：養父｜養子 ②養育：抱養｜寄養｜
領養｜生養 ③培植，飼養：養蜂｜養殖｜
放養｜私養｜畜養｜馴養 ④調理，滋補，
休息：養病｜養分 fèn｜養料｜養神｜補養｜
調 tiáo 養 ⑤培養：涵養｜教養｜素養｜修
養｜學養 ⑥維護：養護｜養路

氧 yǎng

氧楷(顏真卿)

【析形】氧字《說文》所無。楷書上部是
"气"，意符，表明字義與氣體有關；下部
是羊，聲符，表示讀音。形聲字。
【釋義】氣體元素，符號 O。通稱氧氣，
無色、無臭，約佔空氣中體積的五分之
一，能助燃，化學性質很活潑，可直接與
多種元素化合，是人和動植物呼息所必需
的氣體，在冶金和化學工業中用途也很
廣：氧化｜臭氧｜輸氧｜去氧｜二氧化碳

癢 (痒) yǎng

痒楷(顏真卿)

【析形】癢字《說文》所無。外廓是"疒"，
意符，表明字義與病痛有關(見"病"

字)；內中是"養"，聲符，表示讀音。形
聲字。
【簡化】楷書簡體"痒"是用了更換聲符的
方法，以筆畫較簡的"羊"為聲符，替換
了筆畫繁複的"養"。
【釋義】◎皮膚受到刺激需要抓搔的感
覺：癢處｜刺癢｜發癢｜搔癢｜痛癢 ◇引申
比喻想做某事的強烈願望：技癢｜剛學會
開車，一見方向盤就手癢

樣 (样) yàng

篆　様楷(顏真卿)

【析形】樣字小篆左旁是木，意符，表明
字義與樹木有關；右旁是羕，聲符，表示
讀音。形聲字。
【簡化】楷書簡體"样"是用更換聲符的方
法，以筆畫較簡的"羊"為聲符，替換了
筆畫繁複的"羕"。
【釋義】◎本義指栩實，此義後作"橡"，即
橡子。音 xiàng △音借表示樣式，模樣，
形狀：變樣｜花樣｜式樣｜圖樣 ◇引申①作
為標準或代表的：樣板｜樣本｜榜樣｜抽樣｜
清樣 ②種類：各樣｜兩樣｜同樣｜一樣｜異
樣(以上音借義及其引申義音 yàng)

漾 yàng

金　篆　漾楷(顏真卿)

【析形】漾字金文左旁是水，意符，表明
字義與水有關；右旁是羕，聲符，表示讀
音。形聲字。小篆沿襲金文。隸變後，水
字在字左側為偏旁時寫作"氵"。
【釋義】◎本義指古代水名，為漢水之
源。◇引申①水面微微動盪的樣子：蕩
漾 ②液體太滿向外流：漾奶｜水從杯中漾出

妖 yāo

妖楷(顏真卿)

【析形】妖字《說文》所無。楷書左旁是
女，意符，表明字義與女性有關；右旁是
夭，聲符，表示讀音。形聲字。
【釋義】◎本義指①豔麗，嫵媚：妖嬈｜妖
豔 ②古稱一切反常怪異的事物或現象，
也指神話中害人的怪物。◇引申①比喻

Y

邪惡的人或事：妖道｜妖怪｜妖精｜妖魔｜妖言　②裝束、神態不正派：妖媚｜妖氣｜妖冶

要 yāo

學金 𦥯篆 要隸(曹全碑) 要楷(王羲之)

【析形】要字金文下部是"女"，代表人；上部像兩手插腰狀，表示腰部。會意字。小篆省減下部"女"，突出腰部。隸書仍以"女"為意符，雙手插腰形已失。楷書沿襲隸書。

【釋義】◎本義指人體胯上脅下的部分，後寫作"腰"。△音借表示求：要求　◇引申①強迫：要脅　②同"邀"：要功

腰 yāo

腰楷(顏真卿)

【析形】腰字本作"要"(見"要 yāo"字)。楷書左旁的"月"是古文"肉"字的隸變體(古文肉、月二字形近，隸變後，兩個字作偏旁時多同化寫作"月")，意符，表明字義與身體的某部位有關；右旁是要，聲符，表示讀音。形聲字。

【釋義】◎本義指胯上脅下的部分，在身體的中間。因腎臟在此部位，也作腎臟的俗稱：腰子｜豬腰　◇引申①事物中間部位：當腰｜攔腰｜山腰　②裙、褲腰圍部分：褲腰｜裙腰

邀 yāo

邀楷(顏真卿)

【析形】邀字《說文》所無。楷書左旁是"辶"，意符，表明字義與行走有關；右旁是敫，聲符，表示讀音。形聲字。

【釋義】◎本義指約候。◇引申①遮，攔阻：邀擊　②希求，謀取：邀功｜邀賞　③約、請：邀請｜邀約｜特邀｜應邀

吆 yāo

吆楷(顏真卿)

【析形】吆字《說文》所無。楷書左旁是口，意符，以口能發出聲響取義；右旁是幺，聲符，表示讀音。形聲字。

【釋義】〔吆喝〕大聲喊叫。
〔吆呼〕大聲招呼。

夭 yāo

大甲 大金 夭篆 夭楷(顏真卿)

【析形】夭字甲骨文、金文像人行走時兩臂擺動之形。象形字。小篆形體略變，頭部像傾側之形。楷書筆畫化，已失初形。

【釋義】◎本義當指人奔跑之狀。小篆形體改變後，意義隨之改變，表示彎曲：夭矯　◇引申①受屈。②幼年早死：夭亡｜夭折　△音借形容草木茂盛：夭夭｜桃之夭夭

窯 (窑) yáo

窯篆 窑楷(顏真卿)

【析形】窯字小篆外廓是穴，意符，表明字義與洞穴有關；內中是羔，聲符，表示讀音。形聲字。楷書以"缶"為意符，表明字義與瓦器有關。會意字。內地採用"窑"字。

【釋義】◎本義指燒製磚瓦和陶瓷器皿的建築物：窯坑｜磚窯｜石灰窯　◇引申①土法生產的煤礦：煤窯　②窯洞　③妓院：窯姐兒｜窯子

謠 (谣) yáo

謠楷(顏真卿)

【析形】謠字《說文》所無。左旁是言，意符，表明字義與言語有關；右旁是䍃，聲符，表示讀音。形聲字。

【簡化】楷書簡體"谣"的意符"讠"根據草書楷化而成。

【釋義】◎本義指無音樂伴奏的歌唱。◇引申①一種簡練、押韻的民歌：歌謠｜民謠｜童謠　②憑空捏造的話或傳說：謠傳｜謠言｜闢謠｜造謠

搖 yáo

搖篆 搖楷(顏真卿)

【析形】搖字小篆左旁是手，意符，表明字義與手的動作有關；右旁是䍃，聲符，表示讀音。形聲字。隸變後，手字在字左

側為偏旁時寫作"扌"。

【釋義】擺動，轉動：搖擺｜搖船｜搖盪｜搖動｜搖撼｜搖晃｜搖籃｜搖曳｜動搖｜飄搖

遙 yáo

遙篆 遙楷(歐陽詢)

【析形】遙字小篆左旁是辵，意符，表明字義與行走有關；右旁是䍃，聲符，表示讀音。形聲字。隸變後，辵字為偏旁時寫作"辶"。

【釋義】遠：遙測｜遙感｜遙寄｜遙控｜遙望｜遙遠

肴 〔餚〕yáo

肴篆 肴楷(顏真卿)

【析形】肴字小篆下部是肉，意符，表明字的初義與肉有關；上部是爻，聲符，表示讀音。形聲字。楷書沿襲小篆。古文肉、月二字形近，隸變後，兩個字作偏旁時多同化寫作"月"。異體字增"食"為意符，表明字義與食物有關。

【釋義】◎本義指熟的可食之肉。◇引申泛指熟的魚肉之類葷菜：肴饌｜菜肴｜酒肴｜美味佳肴

姚 yáo

姚金 姚篆 姚楷(顏真卿)

【析形】姚字金文右旁是女，意符，表示姓氏（上古母系氏族社會，知其母，不知其父，故姓氏字多以"女"為意符）；左旁是兆，聲符，表示讀音。形聲字。小篆意符在左旁。楷書沿襲小篆。

【釋義】姓氏用字。相傳虞舜居住在姚虛，故以姚為姓。

僥 (侥) yáo

僥篆 僥隸(馬王堆帛書) 僥楷(顏真卿)

【析形】僥字小篆左旁是人，意符，表明字義與人有關；右旁是堯，聲符，表示讀音。形聲字。隸變後，人字在字左側為偏旁時寫作"亻"。

【簡化】簡化字"侥"的聲符根據草書楷化

而成。

【釋義】〔僬僥〕古代傳說中的矮人。

咬 〔齩〕yǎo

齩篆 咬楷(顏真卿)

【析形】咬字小篆左旁是齒，意符，表明字義與牙齒有關；右旁是交，聲符，表示讀音。形聲字。楷書"咬"是用了更換意符的方法，以筆畫較簡的"口"為意符，替換了筆畫繁複的"齒"。

【釋義】◎本義指上下牙齒合齊用力壓碎或夾住：咬牙｜咬住｜咬牙切齒　◇引申①鉗子夾住，或螺絲、齒輪卡住：咬合｜咬不住｜咬死了　②讀準（字音）；③過分地計較（字義）：咬文嚼字｜咬字清晰　④說話：咬定｜咬耳朵

舀 yǎo

舀篆 舀楷(顏真卿)

【析形】舀字小篆上部像手爪形，隸作"爪"，表明字義與手有關；下部是臼，像中間下凹的舂米器具，均為意符，取意從器物中挹取東西。會意字。楷書沿襲小篆。

【釋義】用瓢、勺等取東西：舀水｜舀粥

瘧 yào

【析形】見"瘧 nüè"。

【釋義】◎義同"瘧 nüè"。用於〔瘧 yào子〕瘧疾的俗稱：發瘧子(也稱"打擺子")

鑰 (钥) yào

【析形】見"鑰 yuè"。

【釋義】本義指門鎖，音 yuè。〔鑰匙〕開鎖的用具。

耀 〔燿〕yào

耀篆 耀楷(顏真卿)

【析形】耀字小篆左旁是火，意符，取光耀之意；右旁是翟，聲符，表示讀音（燿、翟二字古音同韻部）。形聲字。楷書以"光"為意符，取意與"火"同。

【釋義】◎本義指照射，光線強烈地照射：耀眼｜光耀｜閃耀｜照耀　◇引申①顯揚：誇耀｜顯耀｜炫耀｜耀武揚威　②光榮：榮耀｜光宗耀祖

藥（药）yào

Ψ金 篆 藥 隸（曹全碑）藥 楷（孔穎達碑）

【析形】藥字金文上部是"艸"，意符，表明字義與植物有關；下部是樂，聲符，表示讀音（藥、樂二字古音同韻部）。形聲字。小篆、隸、楷書均沿襲金文。

【簡化】簡化字是用同音合併的方法，以音同、筆畫較簡的"药"（白意為芷）代替筆畫繁複的"藥"，合併了藥、药二字的意義。

【釋義】◎本義指能夠治病的植物。◇引申①泛指可治病、殺菌、殺蟲的物品：藥材｜藥膏｜藥理｜藥皂｜農藥　②用藥毒殺：藥蟲｜藥鼠　③治療：藥浴｜不可救藥　④某些有化學作用的物品：彈藥｜火藥｜炸藥

要 yào

【析形】見"要 yāo"。

【釋義】◎本義指人的腰部，音 yāo。◇引申指重要，重大，重要的內容：要案｜要衝｜要道｜要地｜要點｜要犯｜要害｜要件｜要領｜要素｜要聞｜要職｜次要｜大要｜扼要｜概要｜紀要｜簡要｜首要｜提要｜顯要｜摘要｜主要　△音借表示①希望得到或保持，索取：要價｜要臉｜要強　②應該，必須：必要｜切要｜需要　③將要：要出發了｜節日要到了　④叫，請：導師要我去見他（以上各引申義及音借義音 yào）

掖 yē

【析形】見"掖 yè"。

【釋義】◎本義指扶持，音 yè。△音借表示掩藏，塞進縫隙，音 yē：藏掖

椰 yē

栬 篆 椰 楷（顏真卿）

【析形】椰字小篆左旁是木，意符，表明字義與樹木有關；右旁是牙，聲符，表示

讀音。形聲字。楷書改聲符為"耶"。

【釋義】椰子。常綠喬木。生長在熱帶，果汁可作飲料，也可釀酒：椰雕｜椰蓉｜椰油｜椰子糖

邪 yé

【析形】見"邪 xié"。

【釋義】◎本義見"邪 xié"。△音借表示①〔莫邪〕古代寶劍名　②文言助詞，表示疑問語氣，同"耶 yē"（以上各音借義音 yé）

爺（爷）yé

爺 楷（顏真卿）

【析形】爺字《說文》所無。楷書上部是父，意符，表明字義與父輩有關；下部是耶，聲符，表示讀音。形聲字。

【簡化】簡化字"爷"是用符號代替的方法，以筆畫較簡的"卩"作為象徵性符號，替換筆畫較繁複的聲符"耶"，失去了表音作用。

【釋義】◎本義指父親：爺娘　又指祖父或外祖父：爺爺｜姥爺　◇引申①對長輩或年長男子的尊稱：大爺｜舅爺｜老爺｜老太爺　②舊時也指對有權勢的男子的稱呼：大爺｜老爺｜少爺｜王爺　③對神的稱呼：佛爺｜老天爺｜土地爺｜閻王爺

也 yě

𢀖金 也 篆 也 隸（張表碑）也 楷（歐陽詢）

【析形】也字金文形體與"它"字同，像蛇體捲曲之形。小篆形體略變。隸書已失初形。楷書沿襲隸書。

【釋義】◎本義當同"它"，指"蛇"。△音借作㊀助詞（它、蛇、也三字古音同韻部）①用於句末，表示判斷、肯定的語氣：陳勝者，陽城人也　②表示疑問或反詰的語氣：是可忍也，孰不可忍也？　③表示句中的停頓：大道之行也，天下為公。㊁副詞　①表示同樣：你走，我也走。②表示委婉、強調：也只好放棄了｜連老人也會用電腦　③表示轉折或讓步：你不說，我也知道

冶 yě

冶 戰國文字　冶 篆　冶 隸(武威簡)
冶 楷(顏真卿)

【析形】冶字金文左旁下部是火，意符，取意熔煉；左上部的"二"和右下部的"口"一說為裝飾部件，右上部是刀，聲符，表示讀音(冶、刀二字古音韻部相近)。形聲字。小篆左旁像冰淩狀，為"冰"字初文，隸作"冫"，意符，以冰雪消融取意熔解；右旁是台(古音一讀yí)，聲符，表示讀音。(台、冶二字古音同韻部)。隸變後，"冫"字隸作"冫"。楷書沿襲隸書。

【釋義】◎本義指熔煉金屬，也指鑄匠(冶鑄之人)：冶金│冶煉│陶冶　△音借表示裝束豔麗，不正派：冶容│冶豔│妖冶

野 〔埜〕yě

野 甲　埜 金　野 篆　堅 隸(王基碑)
野 楷(敬使君碑)

【析形】野字甲骨文中間是土，兩旁二"木"表示樹木，均為意符，表示郊野之地。會意字。金文寫作上下結構。小篆左旁是里，本指鄉村廬舍，引申泛指鄉村居民聚落處，意符，以村舍表示郊外之意；右旁是予，聲符，表示讀音，成為形聲字。隸、楷書沿襲小篆。

【釋義】◎本義指郊外：野火│野外│荒野│郊野│原野　◇引申①未經過人工畜養或培植而生長的動植物：野菜│野馬│野生　②不當政之地位：野史│朝chóo野│下野　③不受約束：野性　④粗魯，蠻橫：野蠻│粗野│撒sā野　⑤郊野為城鄉之界，引申指界限：分野│視野

葉 (叶) yè

葉 金　葉 篆　葉 隸(曹全碑)　葉 楷(張猛龍碑)

【析形】葉字金文下部是木，表示樹木；"木"上小點表示樹葉。隸作"枼"。象形字。小篆上部增"艸"為意符，表明字義與植物有關。會意字。隸書、楷書形一沿襲金文形二。

【簡化】簡化字是用同音合併的方法，以音近、筆畫較簡的"叶"(見"叶"xié字)代替筆畫較繁複的"葉"，合併了葉、叶二字的意義。

【釋義】◎本義指植物營養器官之一，附生於莖、幹和枝條：葉片│茶葉│綠葉　引申①形狀和葉子相似的：肺葉│百葉窗　②由枝葉義又引申指時期的分段：初葉│末葉│中葉

業 (业) yè

業 金　業 篆　業 隸(華山神廟碑)　業 楷(高貞碑)

【析形】業字金文下部是木，表示木架子；上部像架子橫木上刻成鋸齒狀，用以懸掛鐘、磬之類古樂器的大版。象形字。小篆、隸、楷書沿襲金文。

【簡化】簡化字"业"是用保留特徵、局部代全體的方法，保留上部的"业"代替全字，刪除了其餘部件。

【釋義】◎本義指古時樂器架子橫木上刻成鋸齒狀，用以懸掛鐘、鼓、磬等的大版。又指古代書冊的夾板。　◇引申①學業：畢業│結業│受業│修業│肄業　②事業：業績│創業│功業│基業│偉業　③行業：副業│工業│開業│農業│企業│商業│休業│營業　④產業，財產：業主│家業│成家立業　⑤職業：業務│業餘│就業│失業│專業　⑥從事某種工作：業工│業商│業醫　△音借表示①已經：業經│業已　②佛教徒稱一切行為、言語、思想為"業"，分別叫做口業、身業、意業，合稱"三業"，包括善惡兩面，一般專指惡業：業障

液 yè

液 篆　液 隸(華山神廟碑)　液 楷(褚遂良)

【析形】液字小篆左旁是水，意符，表明字義與水有關；右旁是夜，聲符，表示讀音。形聲字。隸、楷書沿襲小篆。隸變後，水字在字左側為偏旁時寫作"氵"。

【釋義】液體：液化│液態│液壓│毒液│溶液│體液│血液│汁液

頁 (页) yè

頁 甲　頁 金　頁 篆　頁 隸(曹全碑)　頁 楷(顏真卿)

【析形】頁字甲骨文像跪踞之人形，上部特大其頭。象形字。金文沿襲甲骨文。小篆人頭形略變。隸書筆畫化，已失初形。楷書沿襲隸書。

【簡化】簡化字"页"根據草書楷化而成。

> "頁"字為偏旁類推簡化。例如：額、顛、頂、頓、煩、頰、頸、顆、頗、碩、頌、項、顏、預等。

【釋義】◎本義指頭，音 xié。與頭部有關的字多以"頁"為意符。如："額"、"頰"、"須"、"顏"、"項"、"頸"等。△音借①單張，單篇，音 yè：頁碼｜頁心｜冊頁｜插頁｜扉頁｜畫頁｜專頁 ②量詞，表示書冊的一張：一頁

夜〔亱〕yè

【析形】夜字金文右旁是夕，意符，表明字義與晚間有關；左旁是"亦"字的省減（右旁少一"、"），聲符，表示讀音（夜、亦二字古音韻部相近）。形聲字。小篆沿襲金文。隸書聲符形體變。楷書沿襲隸書。異體字把"夕"訛為"旦"。

【釋義】從天黑到天亮的一段時間，與"晝"相對：夜航｜夜色｜夜市｜夜晚｜夜宵｜徹夜｜深夜｜午夜｜子夜

咽 yè

【析形】見"咽 yān"。

【釋義】◎本義指喉頭，音 yān。◇引申指聲音阻塞，音 yè：悲咽｜哽咽｜嗚咽

掖 yè

【析形】掖字小篆左旁是手，意符，表明字義與手的動作有關；右旁是夜，聲符，表示讀音。形聲字。隸變後，手字在字左側為偏旁時寫作"扌"。

【釋義】◎本義指挾持，用手攙扶別人的胳膊。◇引申指扶助或提拔：扶掖｜獎掖

謁（谒）yè

【析形】謁字小篆左旁是言，意符，表明字義與言語有關；右旁是曷，聲符，表示讀音。形聲字。隸、楷書沿襲小篆。

【簡化】簡化字"谒"的意符"讠"根據草書楷化而成。

【釋義】◎本義指稟告，陳述。◇引申指晉見，拜見：謁見｜拜謁｜參謁｜進謁

腋 yè

【析形】腋字本作"亦"（見"亦"字）。"腋"為後起形聲字。楷書左旁的"月"是古文"肉"字的隸變體（古文肉、月二字形近，隸變後，兩個字作偏旁時多同化寫作"月"），意符，表明字義與身體的某部位有關；右旁是夜，聲符，表示讀音。形聲字。

【釋義】夾肢窩。上肢與肩膀連接處靠底下呈窩狀的部分：腋窩｜腋下

一 yī

【析形】"一"字甲骨文像古人用作記數的樹枝、木棒之類算籌之形。象形字。金文、小篆、隸、楷書各體均沿襲甲骨文。

【釋義】◎本義為數詞。最小的正整數：一次｜一個｜一人｜一事 ◇引申①專一：一心一德｜一心一意 ②同一：一般｜一概｜一律｜一起｜一齊｜一色｜一同｜一致｜統一｜劃一 ③全，滿：一共｜一切｜一世｜一體｜一統

衣 yī

【析形】衣字甲骨文像上衣之形，有領、襟、袖。象形字。金文、小篆沿襲甲骨文。隸書筆畫化，已失初形。楷書沿襲隸書。

【釋義】◎本義指上衣。古代上身所穿稱"衣"，下身所穿稱"裳"。◇引申①泛指衣服：衣襟|衣料|衣裳|衣物|衣着|雨衣 ②包在物體外面的一層東西：腸衣|胎衣|糖衣

伊 yī

伊(甲) 伊(金) 伊(篆) 伊(隸)(張表碑)
伊(楷)(高貞碑)

【析形】伊字甲骨文左旁是人，表明字義與人有關；右旁是尹，聲符，表示讀音。金文、小篆沿襲甲骨文。隸書筆畫化，略失初形。隸變後，人字在字左側為偏旁時寫作"亻"。

【釋義】①人稱代詞，他或她。②指示代詞，此，這個：伊人 ③文言助詞：下車伊始

醫 (医)〔毉〕yī

醫(篆) 醫(隸)(隸辨) 醫(楷)(顏真卿)

【析形】醫字小篆下部是酉(甲骨文像隻酒罈子)，意符，古人治病常用酒搽在患處以消毒；上部是殹，聲符，表示讀音。形聲字。隸、楷書沿襲小篆。異體字以"巫"為意符(古代醫巫不分家)。

【簡化】簡化字"医"是用保留特徵、局部代全體的方法，保留左上部"医"代替全字，刪除了其餘部件。

【釋義】◎本義指能治病的人：醫生|醫師|法醫|行醫|中醫 ◇引申①治療疾病：醫療|醫藥|醫院|醫治 ②治病的學科：醫書|醫術|醫學|西醫

依 yī

依(甲) 依(金) 依(篆) 依(楷)(褚遂良)

【析形】依字甲骨文外廓是衣，內中是人，均為意符，取意人有所依附，"衣"也兼表示讀音。會意兼聲字。金文中間是"立"，像人站立形，取意與"人"同。小篆仍以"人"為意符，寫作左右結構。隸變後，人字在字左側為偏旁時寫作"亻"。

【釋義】◎本義指恃，依靠：依傍|依存|依附|依賴|依戀|依託|依偎|依仗 ◇引申

①依從，允許：依順|遵依|百依百順 ②按照：依次|依舊|依據|依然|依照
〔依依〕形容輕柔的樣子，留戀的樣子

揖 yī

揖(篆) 揖(隸)(曹全碑) 揖(楷)(顏真卿)

【析形】揖字小篆左旁是手，意符，表明字義與手的動作有關；右旁是咠，聲符，表示讀音。形聲字。隸變後，手字在字左側為偏旁時寫作"扌"。

【釋義】拱手行禮：揖讓|作揖

壹 〔弌〕yī

壹(篆) 壹(説文古文) 壹(楷)(歐陽詢)

【析形】壹字小篆外廓是壺，意符，水壺注水，流向單一，取意專一；下部中間是吉，聲符，表示讀音。形聲字。説文古文以"一"為意符，以"弋"為聲符。楷書沿襲小篆而筆畫化，聲符訛失。

【釋義】◎本義指專一。又作漢字數目字"一"的大寫。詳見"一"字。

椅 yī

椅(篆) 椅(楷)(顏真卿)

【析形】椅字小篆左旁是木，意符，表明字義與樹木有關；右旁是奇，聲符，表示讀音(椅、奇二字古音同韻部)。形聲字。楷書沿襲小篆。

【釋義】樹名。椅桐，又稱山桐子，水冬瓜。

儀 (仪) yí

儀(甲) 儀(金) 儀(篆) 儀(楷)(褚遂良)

【析形】儀字甲骨文下部像古代兵器，兵器上像加羊角等飾物，表示軍陣威儀。會意字。金文沿襲甲骨文。小篆左旁增"人"為意符，表明字義與人的活動有關。隸變後，人字在字左側為偏旁時寫作"亻"。

【簡化】簡化字"仪"聲符的簡化見"義"字。

【釋義】◎本義指威儀。◇引申①典範，

Y

表率。②人的容貌，風度：儀表｜儀容｜儀態｜威儀 ③禮節：儀式｜儀仗｜禮儀｜司儀 ④禮物：菲儀｜賀儀｜謝儀 ⑤指傾心，嚮往：心儀 △音借表示儀器：儀表｜簡儀｜地動儀｜渾天儀｜記程儀

宜 yí

甲金篆隸(武威簡)
宜楷(顏真卿)
【析形】宜字甲骨文、金文外廓是"且"，意符，表明字義與祭祀之事有關(見"且"字)；"且"上像有祭品，祭祀所用。會意字。小篆把外廓"且"訛作"宀"。隸、楷書沿襲小篆。
【釋義】◎本義為祭名，祭祀土地之神。◇引申①適宜之事。②合適，適宜，應當：宜人｜得宜｜合宜｜權宜｜時宜｜相宜｜事不宜遲｜因地制宜

移 yí

篆隸(辟雍碑)楷(敬使君碑)
【析形】移字小篆左旁是禾，意符，表明字的初義與禾苗有關；右旁是多，聲符，表示讀音(移、多二字古音同韻部)。形聲字。隸、楷書沿襲小篆。
【釋義】◎本義指禾苗柔弱之貌。△音借指移栽，移種。《六書故‧植物二》："移，移秧也。凡種稻，必先苗之而移之。"◇引申①搬動，改換原來的位置：移動｜移交｜移居｜移民｜移植｜遷移｜推移｜漂移｜位移｜轉移 ②動搖，改變：遊移｜移風易俗｜潛移默化

遺 (遗) yí

金金篆隸(曹全碑)
遺楷(崔敬邕墓誌)
【析形】遺字金文形一左旁像道路形，隸作"彳"，意符，表明字義與行為有關；右旁是貴，聲符，表示讀音(遺、貴二字古音同韻部)。形二下部增"止"(甲骨文像足印形。"趾"字初文)為意符。小篆把"彳"、"止"兩個部件合篆作"辵"。隸變後，辵字為偏旁時寫作"辶"。

【簡化】簡化字"遗"聲符下部的簡化見"貝"字。
【釋義】◎本義指丟失：遺失｜拾遺 ◇引申①留下，餘下：遺傳｜遺風｜遺憾｜遺恨｜遺蹟｜遺址 ②專指死者留下的：遺產｜遺孤｜遺孀｜遺體｜遺像｜遺言

姨 yí

篆楷(顏真卿)
【析形】姨字小篆左旁是女，意符，表明字義與女性有關；右旁是夷，聲符，表示讀音。形聲字。楷書沿襲小篆。
【釋義】①母親的姐妹：姨表｜姨父｜姨媽｜姨母｜姨丈 ②妻子的姐妹：大姨子｜小姨子 ③舊時也表示子女稱父親之妾：姨娘｜姨太太 ④對與母親年歲差不多的女性之稱呼：阿姨

疑 yí

甲甲金篆隸(校官碑)
楷(龍藏寺碑)
【析形】疑字甲骨文形一像拄杖而立之人駐足張望之形，取意迷惑；形二右旁增"彳"(像道路形)為意符，像出行迷路，扶杖立於路口張望之形，取意遲疑迷惑。會意字。金文下部增"止"(甲骨文像足印形。"趾"字初文)為意符，表明字義與行走有關，右上部的"牛"為聲符(疑、牛二字古音韻部相近)；小篆右上增"子"為意符，把左旁"人"之頭部訛為"匕"，手執"杖"之形訛作"矢"，作聲符，表示讀音，成為形聲字。隸書右旁下部訛作"疋"。楷書沿襲隸書。
【釋義】◎本義指迷惑，不明白：疑雲｜懷疑 ◇引申①不能確定的：疑案｜疑點｜疑犯｜疑團｜疑似｜存疑｜質疑 ②不相信，猜度：疑惑｜疑懼｜疑問｜疑心｜猜疑｜犯疑｜懷疑｜嫌疑｜疑神疑鬼

夷 yí

金篆隸(曹全碑)楷(顏真卿)
【析形】夷字甲骨文借"尸"字表示。金文有沿襲甲骨文；也見像繩索縛矢之形。取

意未明。小篆沿襲金文。隸變後，矢形隸作"大"，縛矢之繩索隸作"弓"。楷書沿襲隸書。

【釋義】◎本義未明。舊為中國古代中原民族對東部各族的統稱，也泛指邊遠少數民族。又統指外國或外國人：夷族│東夷│華夷　△音借表示平坦：化險為夷│履險如夷　◇引申①削平：夷為平地　②除掉，殺盡：夷滅│芟夷

胰 yí

胰 楷（顏真卿）

【析形】胰字《說文》所無。楷書左旁的"月"是古文"肉"字的隸變體（古文肉、月二字形近，隸變後，兩個字作偏旁時多同化寫作"月"），意符，表明字的初義與肉有關；右旁是夷，聲符，表示讀音。形聲字。

【釋義】◎本義指夾脊肉。後指胰腺，人或高等動物內腺體之一，在胃的後下方，能分泌液體，幫助消化，又能分泌胰島素，調節體內糖的新陳代謝：胰液│胰臟│胰子│胰島素

乙 yǐ

乙 楷（顏真卿）

【析形】乙字甲骨文像植物屈曲而出之形。象形字。金文、小篆沿襲甲骨文。隸書筆畫化，失去初形。楷書沿襲隸書。

【釋義】◎本義指植物萌芽。△音借表示天干的第二位。◇引申①次序的第二：乙等│乙方│乙稀　②工尺譜記音符號，相當於簡譜的"7"。

已 yǐ

已 楷（顏真卿）

【析形】古文已、巳同字。甲骨文、金文均像頭朝下之胎兒形。小篆頭朝上。隸書筆畫化，已失去初形。楷書沿襲隸書。

【釋義】◎本義當指胎兒未成。◇引申①停止：爭論不已　②完畢：《玉篇·已

部》："已，畢也。"③已經，與"未"相對：已故│已婚│已往│已知│業已│早已

以 yí

以 隸（華山神廟碑）　**以** 楷（張猛龍碑）

【析形】以字甲骨文、金文像耕種之農具形。小篆形一沿襲甲、金文。形二右旁增"人"為意符，以人使用農具取意"用"。隸書根據小篆轉寫而成。楷書沿襲隸書。

【釋義】◎本義指用，拿，把：以暴易暴│以德報怨│以訛傳訛│以攻為守│以理服人│以身殉職│以身作則　△音借①連詞，表示而且，並且：以及│以致│以至│學以致用│夜以繼日│坐以待斃│拭目以待　②介詞，表示因為，根據：何以│物以類聚　③在方位詞前，表示時間、方位、數量的界限：以後│以來│以內│以前│以上│以往　④連詞，表示目的：以便│以免│以待時機　⑤作某些複合詞的構成成分：以為│得以│給以│加以│難以│予以│足以

倚 yǐ

倚 篆　**倚** 隸（馬王堆帛書）　**倚** 楷（王獻之）

【析形】倚字小篆左旁是人，意符，表明字義與人有關；右旁是奇，聲符，表示讀音。形聲字。隸變後，人字在字左側為偏旁時寫作"亻"。

【釋義】◎本義指靠在物體或人身上：倚靠│倚賴│倚重│倚馬可待　◇引申①憑仗：倚仗│倚官仗勢│倚老賣老│倚勢欺人　②偏，歪：不偏不倚

椅 yǐ

【析形】見"椅yī"。

【釋義】◎本義為樹名，椅桐，音yī。△音借指有靠背的坐具，音yǐ：椅子│靠椅│輪椅│躺椅

蟻 (蚁)〔螘〕yǐ

蟻 篆　**蟻** 楷（顏真卿）

【析形】蟻字小篆左旁是虫，意符，表明字義與昆蟲有關；右旁是豈，聲符，表示

讀音（蟻、豈二字古音韻部相近）。形聲字。楷書聲符為"義"。

【簡化】簡化字"蚁"聲符的簡化見"義"字。

【釋義】蟻科昆蟲的通稱。多在地下做窩群居。種類很多。其中白蟻吃木材，對房屋、橋樑、枕木、電杆、森林等破壞性很大：蟻巢｜蟻丘｜蟻穴｜螞蟻

億 (亿) yì

{金}戰國文字　{篆}億　{楷}(歐陽詢)
亿{楷}(顏真卿)

【析形】億字金文是在"言"字中間加個圓圈，作為指事字的標誌，以別於"言"字，而仍以"言"為聲符。（一說是"言"字中間有個"中"字，取意"言則中"。會意字。）小篆左旁增"人"為意符，表明字義與人類活動有關；右旁是意，聲符，表示讀音。形聲字。隸變後，人字在字左側為偏旁時寫作"亻"。

【簡化】楷書簡體"亿"是用更換聲符的方法，以筆畫較簡的"乙"為聲符，替換了筆畫繁複的"意"。

【釋義】數詞。十萬為一億：億萬｜億兆

義 (义) yì

【析形】見"儀"字。

【簡化】簡化字是用符號代替的方法，以筆畫較簡的"义"作為象徵性符號，代替了筆畫繁複的"義"。

【釋義】◎本義同"儀"。《說文·我部》："義，己之威儀也。"△音借表示公正，合乎正義的：義士｜義勇｜道義｜就義｜起義｜仁義｜信義｜仗義｜大義凜然｜大義滅親｜見義勇為｜捨生取義 ◇引申①合乎公益的：義舉｜義賣｜義演 ②拜認作親屬的：義父｜義女｜結義 ③情誼：義氣｜情義 ④人工製造的（人體部分）：義齒｜義肢 ⑤意思，意義：義理｜義項｜褒義｜貶義｜詞義｜定義｜廣義｜含義｜教義｜名義｜釋義｜狹義｜疑義｜音義｜字義

藝 (艺) yì

{甲}　{金}　{篆}藝　{隸}(夏承碑)　藝{楷}(顏真卿)

【析形】藝字甲骨文像人手執植物栽種之形。會意字。金文沿襲甲骨文又在左下增"土"為意符，表示種植入土。小篆意符"木"及人手執植物之形均已訛變。隸書上部增"艸"為意符，表明字義與植物有關；人種植之形訛作"丸"；右下之"云"當是"土"字之訛誤。楷書沿襲隸書。

【簡化】簡化字是用另造新字的方法，保留意符"艹"（艸），下部以筆畫較簡的"乙"為聲符，替換了原字筆畫繁複的部件，另造了形聲字"艺"。

【釋義】◎本義指種植。◇引申①技藝，技巧：才藝｜絕藝｜賣藝｜手藝｜武藝 ②藝術：藝人｜藝壇｜藝校｜藝苑｜曲藝｜文藝

憶 (忆) yì

憶{楷}(顏真卿)　忆{楷}(顏真卿)

【析形】憶字《說文》所無。楷書左旁是"忄"（心），意符，表明字義與心理活動有關；右旁是意，聲符，表示讀音。形聲字。

【簡化】楷書簡體"忆"是用更換聲符的方法，以筆畫較簡的"乙"為聲符，替換了筆畫繁複的"意"。簡化字沿用楷書簡體。

【釋義】◎本義指思念，想念。◇引申指回想，記住不忘：回憶｜記憶｜追憶

議 (议) yì

{篆}　議{隸}(校官碑)　議{楷}(顏真卿)
议{草}(王獻之)　议{楷}(顏真卿)

【析形】議字小篆左旁是言，意符，表明字義與言語有關；右旁是義，聲符，表示讀音。形聲字。隸、楷書沿襲小篆。

【簡化】楷書簡體"议"的意符"讠"根據草書楷化而成；聲符的簡化見"義"字。

【釋義】◎本義指商量，討論：議案｜議定｜議和｜議價｜議題｜復議｜計議｜評議｜審議 ◇引申①言論，意見：倡議｜建議｜決議｜抗議｜提議｜協議 ②評論，多指指責：非議｜爭議｜議論紛紛

亦 yì

{甲}　{金}　{篆}亦　{隸}(華山神廟碑)
亦{楷}(褚遂良)

【析形】亦字甲骨文像正面人形，腋下兩
"、"指事腋窩處，為"腋"字初文。指事
字。金文、小篆沿襲甲骨文。隸書已失初
形。楷書沿襲隸書。
【釋義】◎本義指人的腋窩。此義後作
"腋"。△音借作副詞，表示"也"、"又"
等義：亦步亦趨｜不亦樂乎｜人云亦云

異 (异) yì

甲 金 篆 異　隸(石門頌)
異 楷(高貞碑)　草(智永)

【析形】異字甲骨文像人舉起兩手往頭上
戴物之形。會意字。金文沿襲甲骨文。小
篆"頭"、"手"與人體分離。隸書人形已
失。楷書沿襲隸書。
【簡化】簡化字"异"根據草書略加改造楷
化而成。
【釋義】◎本義當為"戴"字初文，此義後
加"戈"為聲符作"戴"。◇頭戴物異於
本來面目，引申①不相同，有分別：異
端｜異化｜異己｜異體｜異性｜異議｜異樣｜差
異 ②分，分開：離異｜身首皆異 ③另外
的：異地｜異國｜異鄉｜異域 ④驚奇，奇
怪：異聞｜異物｜詫異｜驚異｜奇異 ⑤特殊
的：異彩｜異常｜異味｜特異｜優異

役 yì

甲 説文古文 篆 隸(曹全碑)
役 楷(顏真卿)

【析形】役字甲骨文左旁像側立之人形，
右旁像手有所執持之形，均為意符，取意
服役戍邊。會意字。説文古文沿襲甲骨
文。小篆把"人"形訛作"彳"。隸、楷書
沿襲小篆。
【釋義】◎本義指戍守邊疆：兵役｜服役｜
退役｜現役 ◇引申①戰爭，戰事：戰
役 ②需要出勞力之事：差役｜拘役｜苦役｜
勞役 ③驅使：役使｜奴役

易 yì

甲 金 篆 易　隸(曹全碑) 易 楷(褚遂良)

【析形】易字甲骨文像皿中之水傾側倒出
之形，取意給予。會意字。金文沿襲甲骨

文。小篆形體已變。隸、楷書沿襲小篆。
【釋義】◎本義指給予。◇引申①賜予，
賞賜。此義後作"賜"。②改變，變換：
易手｜易主｜變易｜移易｜改弦易轍｜移風易
俗 ③交換：交易｜貿易 △音借表示①容
易，與"難"相對：簡易｜淺易｜輕易 ②指
平和：和易｜平易

譯 (译) yì

篆 譯 隸(華山神廟碑) 譯 楷(顏真卿)
譯 草(草書韻會)

【析形】譯字小篆左旁是言，意符，表明
字義與言語有關；右旁是睪，聲符，表示
讀音。形聲字。隸、楷書沿襲小篆。
【簡化】簡化字"译"根據草書楷化而成
的。
【釋義】翻譯，即把一種語言文字轉換成
另一種語言文字：譯名｜譯文｜譯員｜筆譯｜
編譯｜口譯｜意譯｜音譯｜摘譯

疫 yì

篆 疫 楷(顏真卿)

【析形】疫字小篆左旁與右上"一"合為
"疒"，意符，表明字義與疾病有關（見
"病"字）；右下是"役"字的省減，聲
符，表示讀音。形聲字。楷書沿襲小篆。
【釋義】急性流行性傳染病的統稱：疫病｜
疫苗｜疫情｜防疫｜檢疫｜免疫｜鼠疫｜瘟疫

益 yì

甲 金 篆 益　隸(華山神廟碑)
益 楷(高貞碑)

【析形】益字甲骨文外廓像一隻器皿，皿
中有水溢出，為"溢"字初文。會意字。
金文、小篆均沿襲甲骨文。隸書"水"字
形體驟變。楷書沿襲隸書。
【釋義】◎本義指水漫出器皿。◇引申①
指水漲，此義後作"溢"。②增加：損益｜
增益｜延年益壽 ③更加：益發｜日益｜精
益求精｜老當益壯｜相得益彰 ④好處，與
"害"相對：公益｜利益｜權益｜收益｜受益｜
效益 ⑤有好處的：益處｜益鳥｜益友

誼 (谊) yì

篆 隸(居延簡) 楷(顏真卿)

【析形】誼字小篆左旁是言，表明字義與言論有關；右旁是宜，意符兼聲符，取意合宜，也表示讀音。會意兼聲字。隸、楷書沿襲小篆。

【簡化】簡化字"谊"的意符"讠"根據草書楷化而成。

【釋義】◎本義指正確的道理，合理的原則。◇引申表示交情，友誼：交誼｜情誼｜深情厚誼

意 yì

篆 隸(孔彪碑) 楷(智永)

【析形】意字小篆上部是音，下部是心，均為意符，以心音取意心思。會意字。隸、楷書沿襲小篆。

【釋義】◎本義指心思，心願，意向：意符｜意會｜意念｜意趣｜意義｜意願｜意旨｜意志｜本意｜稱 chèn 意｜誠意｜得意｜惡意｜故意｜滿意｜民意｜如意｜失意｜適意｜心意｜原意｜願意｜中 zhòng 意｜注意 ◇引申①見解：意見｜立意｜執意｜主意 ②料想：意料｜意外｜不意｜出乎意外｜出其不意 ③事物流露之情態：春意｜涼意｜寒意｜詩意

毅 yì

金 篆 隸(趙寬碑) 楷(顏真卿)

【析形】毅字金文右旁像有手所執持，隸作"殳"，意符，以動武取意果決；左旁是豕，聲符，表示讀音。形聲字。小篆、隸、楷書沿襲金文。

【釋義】本義指果決，剛強，堅韌：毅力｜毅然｜剛毅｜堅毅

翼 yì

金 篆 篆 隸(校官碑) 楷(李璧碑)

【析形】翼字金文上部是飛，意符，表明字義與羽翼有關；下部是異，聲符，表示讀音。形聲字。小篆形一沿襲金文。形二以"羽"為意符，表明字義與羽翼有關。隸、楷書沿襲小篆形二。

【釋義】◎本義指鳥類翅膀：羽翼｜比翼鳥 ◇引申①像鳥類翅膀的東西：鼻翼｜蟬翼｜機翼｜兩翼 ②軍事上作戰時的兩側。也指政治上的派別：側翼｜兩翼｜右翼｜左翼 ③羽翼助飛，引申指說明：翼贊｜翼助｜卵翼 △音借作星名，二十八宿之一。

溢 yì

篆 楷(顏真卿)

【析形】溢字本作"益"(見"益"字)。"益"字引申表示增益義後，為本義造了水旁的"溢"字。小篆左旁是水，右旁是益，均為意符，以水溢出容器取意水滿流出。會意字。隸變後，水字在字左側為偏旁時寫作"氵"

【釋義】◎本義指水滿而向外流出：溢出｜溢洪 ◇引申①充滿而外流：充溢｜橫溢｜漫溢｜飄溢｜洋溢 ②過分：溢美

邑 yì

甲 金 篆 隸(建甯殘石) 楷(敬使君碑)

【析形】邑字甲骨文上部表示區域範圍，下部像跪踞之人形，均為意符，表示人所居住之地。會意字。金文沿襲甲文。小篆下部人形略變。隸書根據小篆轉寫而成。楷書沿襲隸書。

【釋義】①都城：城邑 ②舊時也指縣

艾 yì

【析形】見"艾 ài"。

【釋義】◎本義為草名，音 ài。△音借指①同"乂"，表示治理：艾安｜自怨自艾 ②同"刈"，割，收穫莊稼。(以上音借義音 yì)

屹 yì

隸(李邕) 楷(顏真卿)

【析形】屹字《說文》所無。隸書左旁是山，表明字義與山有關；右旁是乞，聲符，表示讀音。形聲字。楷書沿襲隸書。

【釋義】山勢高聳：屹立｜屹然｜巍然屹立

抑 yì

甲 金 篆 篆 隸(校官碑)

楷(顏真卿)

【析形】抑字甲骨文下部像一個跪踞之人形，隸作"卩"，上部像一隻手，以手按人，使之跪下，取意壓制。會意字。金文沿襲甲骨文。小篆形一寫作左右結構；形二左旁再增"手"為意符，表明字義與手的動作有關。隸書沿襲小篆形二。隸變後，手字在字左側為偏旁時寫作"扌"。

【釋義】◎本義指按，捺，壓制：抑揚|抑止|抑制|貶抑|壓抑 △音借作文言連詞，表示選擇或轉折，相當於"或是"、"但是"：抑或

繹 (绎) yì

篆 草(草書韻會) 绎 楷(顏真卿)

【析形】繹字小篆左旁是糸，意符，表明字義與絲有關；右旁是睪，聲符，表示讀音。形聲字。

【簡化】楷書簡體"绎"根據草書楷化而成。

【釋義】◎本義指抽絲。◇引申指抽出或理出事物的頭緒：抽繹|尋繹|演繹

奕 yì

篆 奕 楷(顏真卿)

【析形】奕字小篆下部是大，意符，表明字義與大的事物有關；上部是亦，聲符，表示讀音。形聲字。楷書沿襲小篆。

【釋義】大。

〔奕奕〕高大，盛美，精神煥發：神采奕奕

逸 yì

金 篆 逸 楷(顏真卿)

【析形】逸字金文左旁上部像道路形，隸作"彳"，下部是"止"(甲骨文像足印形。"趾"字初文)，表明字義與行走有關；右旁是兔，均為意符，兔善跑，取意奔跑。會意字。小篆把"彳"和"止"合篆作"辵"。隸變後，辵字在偏旁時寫作"辶"。

【釋義】◎本義指奔跑：逃逸 ◇引申①散失，失傳：逸出|逸事|逸文|逸聞 ②隱逸。③安閒，安樂：安逸|好逸惡勞|閒情逸致|驕奢淫逸|一勞永逸 ④超出一般：超逸|飄逸

肆 yì

甲 金 篆 隸(馬王堆帛書)

楷(顏真卿)

【析形】肆字甲骨文左旁像一牲畜形，右旁像一隻手，均為意符，表示以手刷洗牲畜皮毛。會意字。金文右旁下部增"巾"為意符，表示手持布巾刷洗。小篆沿襲金文。隸書"布巾"已失初形。楷書筆畫化，初形盡失。

【釋義】◎本義當為刷洗(牲畜毫毛)。◇引申①練習。②學習：肆習|肆業

因 yīn

甲 金 篆 隸(樓蘭簡)

楷(顏真卿)

【析形】因字甲骨文像人(大)臥於蓆上之形。會意字。金文、小篆、隸、楷書各體均沿襲甲骨文。

【釋義】◎本義指就席。◇引申①依靠，憑藉，根據：因材施教|因地制宜|因陋就簡|因人而異 ②沿襲，循：因襲|因循|因勢利導|因循守舊|陳陳相因 ③原因，與"果"相對：因果|因緣|病因|成因|近因|內因|外因|誘因|原因 ④由於，因為：因此|因而|因小失大|因噎廢食

陰 (阴)〔陰〕yīn

金 金 篆 隸(張遷碑)

楷(高貞碑) 阴 楷(顏真卿)

【析形】陰字金文形一左旁像山崖形，隸作"阜"，本義指土山，意符，表明字義與山或高地有關；右旁是会，聲符，表示讀音。形聲字。形二聲符為"金"。小篆、隸書沿襲金文形一。隸變後，阜字在字左側為偏旁時寫作"阝"。

【簡化】簡化字是用了另造新字的方法，

左旁保留了意符"阝"，右旁以"月"為意符，表明字義與月亮有關（古籍"陰"字也指月亮），新造了"阴"字。
【釋義】◎本義指山之北面或水之南面：華陰｜江陰　◇引申①背陽的部分，即陽光被物體遮住，不能照射到的地方：陰暗｜陰冷｜陰涼｜陰面｜陰影　②天空雲層密佈，不見陽光：陰沉｜陰霾｜陰森｜陰天｜陰雨｜陰雲　③中國古代哲學家認為，"陰"是貫穿於一切事物中的兩大對立面之一，與"陽"相對：陰性｜陰虛｜陰陽　④帶負電的：陰電｜陰極　⑤屬於鬼神的：陰曹｜陰德｜陰功｜陰魂｜陰間　⑥詭詐，不光明正大：陰毒｜陰謀｜陰險　⑦隱藏的，不露在外面的：陰溝｜陰河｜陰私　⑧生殖器或專指女性生殖器：陰部｜陰道｜陰莖　⑨月亮：陰曆｜太陰　⑩指時間：寸陰｜光陰｜惜陰

音 yīn

【析形】"音"、"言"二字本來都指從口中發出聲音，最初並無區別，金文二字可互用（見"言"字）。後來"言"字專指人説話這一動作或所説的內容，而"音"字則泛指從口中發出的聲音，故金文在"言"字下部"口"中加一畫以示區別。小篆、隸、楷書沿襲金文。
【釋義】◎本義指從口中發出的聲音。◇引申①泛指物體受振動發出的響聲：音波｜音長｜音節｜音量｜音素｜音響｜音樂｜口音｜語音｜知音　②消息：音信｜音訊｜福音｜回音｜佳音

殷 yīn

殷楷（顏真卿）
【析形】殷字甲骨文右旁是身，左旁像有隻手用針形器具刺扎人的身體，取意醫治。會意字。金文、小篆沿襲甲骨文。隸書筆畫化，身形略失。楷書沿襲隸書。
【釋義】◎本義當指醫治。△音借表示盛，豐富：殷富｜殷實　◇引申①情意深厚，招待熱情，周到：殷殷｜殷切｜殷勤｜招待甚殷　②深重：殷憂｜憂心殷殷　③朝

代名：殷商｜殷墟｜可資殷鑒

姻〔婣〕yīn

姻楷（顏真卿）
【析形】姻字小篆左旁是女，意符，表明字義與女性有關；右旁是因，意符兼聲符，取意因就（古人稱婿家為女子所因就之處），"因"也表示讀音。會意兼聲字。説文籀文以"淵"為聲符（姻、淵二字古音同韻部）。楷書沿襲小篆。
【釋義】◎本義指男女嫁娶。又指婚家、婚父。◇引申泛指因結婚而發生的親屬關係：姻親｜姻緣｜婚姻｜聯姻

茵 yīn

茵楷（顏真卿）
【析形】茵字小篆上部是"艸"，表明材質；下部是因，聲符，表示讀音。形聲字。楷書沿襲小篆。
【釋義】◎本義指古時車上的墊褥。◇引申泛指墊褥，坐褥：茵褥｜綠草如茵

銀（银）yín

銀楷（蘇孝慈墓誌）　銀草（智永）
【析形】銀字小篆左旁是金，意符，表明字義與金屬有關；右旁是艮，聲符，表示讀音。形聲字。楷書沿襲小篆。
【簡化】簡化字"银"的意符"钅"根據草書楷化而成。
【釋義】◎金屬元素，符號Ag。銀白色，導熱、導電性能好。可製幣、首飾、器皿：銀盃｜銀幣｜銀錠｜銀礦｜白銀　◇引申①與貨幣有關的：銀根｜銀行｜銀洋　②像銀子顏色的：銀白｜銀耳｜銀河｜銀幕｜銀針｜水銀

吟〔唫〕yín

吟楷（王獻之）
【析形】吟字小篆左旁是口，意符，表明字義與口的行為有關；右旁是今，聲符，表示讀音。形聲字。楷書沿襲小篆。異體字以"金"為聲符。

【釋義】◎本義指歎息：呻吟　◇引申①聲調抑揚地唸：吟唱｜吟詩｜吟詠｜歌吟　②古典詩體的一種：《白頭吟》《秦婦吟》　③鳴，啼：蟬吟｜蟋蟀吟

淫〔婬〕yín

澀篆　淫隸（華山神廟碑）　淫楷（顏真卿）

【析形】淫字小篆左旁是水，意符，表明字的初義與水有關；右旁是㸒，聲符，表示讀音。形聲字。隸變後，水字在字左側為偏旁時寫作“氵”。異體字以“女”為意符，當為引申義而作。

【釋義】◎本義指久雨，水浸漬。◇引申①過分，過度，無節制：淫威｜淫雨｜驕奢淫逸｜樂而不淫　②不正當的男女關係。此義又作“婬”：淫蕩｜淫穢｜淫亂｜荒淫｜姦淫

引 yǐn

弖金　引篆　引楷（歐陽詢）

【析形】引字金文像弓上有一鈎，用來拉弓引箭，取意開弓。指事字。小篆分為“弓”和“丨”兩部分。楷書沿襲小篆。

【釋義】◎本義指開弓：引弓　◇引申①拉，牽：引渡｜引力｜牽引｜引而不發　②離開：引避｜引退　③引起，使出現：引爆｜引線｜引致｜拋磚引玉　④招惹：引動｜引誘｜勾引｜吸引｜招引｜引火焚身｜引人注目　⑤帶領，引導：引發｜引航｜引見｜引薦｜引進｜引橋｜指引｜引人入勝　⑥伸着：引頸｜引領｜引吭高歌　⑦用來作證據或根據：引申｜引述｜引文｜引用｜引證｜援引｜摘引｜引經據典｜引以為鑒｜引以為戒｜旁徵博引

飲〔饮〕yǐn

甲　金　篆　隸（辟雍碑）

飲楷（張猛龍碑）　饮草（米芾）

【析形】飲字甲骨文左下部像一隻酒罈子，右旁像一個人攀扶着酒罈張口吐舌就飲之形。會意字。金文人形與“口舌”分開。小篆“人”寫作“欠”，“口舌”訛作“今”，為聲符，表示讀音，成為形聲字。隸書右旁保留了“欠”，左旁以“食”為意

符，表明字義與飲食有關。

【簡化】簡化字“饮”根據草書楷化而成。

【釋義】◎本義指喝：飲酒｜飲水｜暢飲｜豪飲　◇引申①可喝的東西：飲料｜飲食｜冷飲　②含，忍：飲恨｜飲泣

隱〔隐〕yǐn

篆　隸（郭有道碑）　隱楷（朱君山墓誌）

草（米芾）

【析形】隱字小篆左旁是阜，義為土山，意符，表明字義與山有關；右旁是㥯，聲符，表示讀音。形聲字。隸變後，阜字在字左側為偏旁時寫作“阝”。楷書沿襲隸書。

【簡化】簡化字“隐”根據草書楷化而成。

【釋義】◎本義指隔山不相見。◇引申①藏起來使不外露：隱蔽｜隱藏｜隱居｜隱瞞｜隱秘｜隱沒｜隱士｜隱私　②不明顯的，潛伏的：隱患｜隱諱｜隱晦｜隱現｜隱語｜隱約

蚓 yǐn

篆　蚓篆　蚓楷（顏真卿）

【析形】蚓字小篆形一左旁是虫，意符，表明字義與蟲類有關；右旁是寅，聲符，表示讀音。形聲字。形二聲符為“引”。楷書沿襲小篆形二。

【釋義】〔蚯蚓〕見“蚯”字

癮〔瘾〕yǐn

癮楷（顏真卿）

【析形】癮字《說文》所無。楷書外廓是“疒”，意符，表明字義與病痛有關（見“病”字）；內中是隱，聲符，表示讀音。形聲字。

【簡化】簡化字“瘾”聲符的簡化見“隱”字。

【釋義】◎本義指內病。後指積久成癖之嗜好，即由於神經中樞長期因受某種刺激而養成的習慣：酒癮｜上癮｜煙癮　◇引申泛指濃厚的興趣：過癮｜棋癮｜球癮｜戲癮

印 yìn

甲　金　篆　隸（樓蘭簡）

印楷（主峰禪師碑）

Y

【析形】印字甲骨文右下部像跪跽之人形，左上部有一隻手，均為意符，像在人頭上壓印之形（古代為奴者會被烙印）。會意字。金文"人"為站立形。小篆"人"仍為跪跽形。隸變後，跪跽人形隸作"卩"。

【釋義】◎本義指壓印。◇引申①印章，圖章：印鑒｜印譜｜印信｜蓋印｜鋼印 ②痕跡：印痕｜印象｜腳印｜烙印｜血印｜指印 ③印刷：印發｜印花｜印染｜印製｜列印｜翻印｜付印｜刊印｜鉛印｜謄印｜影印｜油印 ④彼此符合：印證｜心心相印

飲 (饮) yìn

【析形】見"飲"yǐn。
【釋義】◎本義指喝，音yǐn。◇引申指給牲畜水喝，音yìn：飲馬｜飲牛

應 (应) yīng

【析形】應字金文借音同的"鷹"字表示。小篆下部是心，意符，表明字義與心理活動有關；上部是雁（同"鷹"），聲符，表示讀音。形聲字。隸、楷書沿襲小篆。
【簡化】簡化字"应"根據草書楷化而成。
【釋義】◎本義指應當，應該：應得｜應分 fèn｜應付(款)｜應收｜應有｜理應｜相應

英 yīng

【析形】英字小篆上部是"艸"，意符，表明字義與植物有關；下部是央，聲符，表示讀音（英、央二字古音同韻部）。形聲字。隸、楷書沿襲小篆。
【釋義】◎本義指花，花片：落英｜含英咀華 ◇引申①美好。②傑出，優異，智慧過人者：英才｜英豪｜英傑｜英雄 △音借作音譯詞〔英國〕〔英磅〕〔英里〕〔英文〕

櫻 (樱) yīng

【析形】櫻字小篆左旁是木，意符，表明

字義與樹木有關；右旁是嬰，聲符，表示讀音。形聲字。
【簡化】楷書簡體"樱"聲符的簡化見"婴"字。
【釋義】◎果樹名，即櫻桃。落葉喬木，果實可食，核供藥用，木材堅硬，可製器具。
〔櫻花〕落葉喬木，春季開白色或淡紅色花，可供觀賞。

鷹 (鹰) yīng

【析形】鷹字金文右旁是隹，本義為短尾鳥之總名，意符，表明字義與鳥類有關；左旁像側立之人形，古人所釋：鷹隨人所指，故以"人"為意符。會意字。小篆右旁保留了"人"和"隹"；左旁是"瘖"字的省減，聲符，表示讀音。形聲字。籀文下部增"鳥"為意符。隸書沿襲籀文而聲符略省減。楷書沿襲隸書。
【釋義】◎鷹科部分種類鳥之通稱。一般指鷹屬各種鳥。性兇猛，上嘴鈎曲，爪尖銳有力，視力強，飛行速疾，常翱翔於高空或挺立於大樹上伺機捕食小獸或其他鳥類：蒼鷹｜老鷹｜獵鷹

鶯 (莺) 〔鸎〕 yīng

【析形】鶯字小篆下部是鳥，意符，表明字義與鳥類有關；上部是"熒"字的省減，聲符，表示讀音。形聲字。楷書沿襲小篆。異體字上部是"嬰"字的省減，為聲符。
【簡化】楷書簡體"莺"意符的簡化見"鳥"字。
【釋義】◎鳴禽類鳥。又名倉庚，黃鸝。身體小，羽毛多為褐色或暗綠色，吃昆蟲，對農林業有益：黃鶯｜柳鶯｜夜鶯

嬰 (婴) yīng

【析形】嬰字甲骨文左旁像一串貝殼，右

旁是女，中間有一隻手，均為意符，表示女子取貝串飾身(古人把貝殼串連起來作頸飾，故有"連貝為嬰"之説)。會意字。金文省為一"貝"。小篆仍為二"貝"，並寫作上下結構。隸、楷書沿襲小篆。

【簡化】楷書簡體"嬰"上部二"貝"的簡化見"貝"字。

【釋義】◎本義指婦女頸飾，似現代項鏈。◇引申指纏繞：嬰疾　△音借表示初生的女孩，又引申泛指初生的小孩：嬰兒｜嬰孩｜婦嬰

纓 (缨) yīng

纓篆　纓隸(隸辨)　纓楷(顏真卿)

纓草(柳公權)

【析形】纓字小篆左旁是糸，意符，表明字義與絲帶等有關；右旁是嬰，聲符，表示讀音。形聲字。隸、楷書沿襲小篆。

【簡化】簡化字"缨"根據草書楷化而成。

【釋義】◎本義指繫帽之帶，即古代帽子上繫在頷下的帶子。◇引申①泛指帶子，繩子：纓帽｜長纓｜請纓　②作裝飾品的穗子：纓子｜帽纓　③像纓子的東西：蘿蔔纓子

鸚 (鹦) yīng

鸚篆　鸚楷(顏真卿)　鹦草(懷素)

【析形】鸚字小篆右旁是鳥，意符，表明字義與鳥類有關；左旁是嬰，聲符，表示讀音。形聲字。

【簡化】簡化字"鹦"根據草書楷化而成。

【釋義】〔鸚鵡〕一種能模仿人説話的鳥，通稱鸚哥：鸚鵡學舌

迎 yíng

迎篆　迎隸(銀雀山簡)　迎楷(褚遂良)

【析形】迎字小篆左旁是辵，意符，表明字義與行走有關；右旁是卬，聲符，表示讀音。形聲字。隸變後，辵字為偏旁時寫作"辶"。

【釋義】◎本義指相逢，相遇。◇引申①迎接，與"送"相對：迎候｜迎親｜迎送｜迎新　②向着，衝着：迎擊｜迎面｜迎戰　③使自己的言行符合別人的心意：迎合｜阿諛逢迎

盈 yíng

盈篆　盈隸(樊敏碑)　盈楷(智永)

【析形】盈字小篆下部是皿，意符，表明字義與器皿有關；上部是夃，義同"贏"，意符兼聲符；取意器皿盛滿東西，也表示讀音。會意兼聲字。隸、楷書沿襲小篆。

【釋義】◎本義指物件滿容器。◇引申①充滿：盈虧｜充盈｜豐盈｜惡貫滿盈　②多出，有餘：盈利｜盈餘　③圓滿，豐滿：月有盈虧

營 (营) yíng

營篆　營隸(史晨碑)　营草(王羲之)

营楷(顏真卿)

【析形】營字小篆下部是宮，意符，表明字義與屋宇有關；上部是"熒"字的省減，聲符，表示讀音。形聲字。隸書沿襲小篆。

【簡化】楷書簡體"营"根據草書略加改造而成。

【釋義】◎本義指圍繞壘土而居。◇引申①紮立營寨。②謀求：營救｜營利｜營生｜營私｜鑽營　③管理，經營：營建｜營業｜營造｜公營｜國營｜合營｜聯營｜私營｜運營　④軍隊駐紮的地方：營地｜營房｜營盤｜營寨｜營帳｜安營｜軍營｜露營｜宿營　⑤軍隊的編制單位：營長｜獨立營

蠅 (蝇) yíng

蠅篆　蠅楷(顏真卿)

【析形】蠅字小篆左旁是虫，右旁是黽，義為蛙類動物，均為意符，表明字義與昆蟲動物等有關。會意字。楷書沿襲小篆。

【簡化】簡化字"蝇"是用保留特徵、局部刪除的方法，右旁保留了輪廓特徵，刪除了一些筆畫。

【釋義】昆蟲。種類很多，有蒼蠅、青蠅、麻蠅等。通稱蒼蠅。頭部有一對複眼，在腐物上孵化為蛆，成蟲傳染霍亂、

Y

傷寒等疾病：蠅蛹｜蒼蠅｜麻蠅｜滅蠅

贏 (赢) yíng

鸁金䝲篆 贏楷(顏真卿)

【析形】贏字金文內中是貝，意符，表明字義與財物有關（見"貝"字）；外廓是"羸"字的省減，聲符，表示讀音。形聲字。楷書沿襲小篆。

【簡化】簡化字"赢"意符的簡化見"貝"字。

【釋義】◎本義指有餘。◇引申①盈利，獲利：贏得｜贏利｜贏餘 ②勝，與"輸"相對：贏家｜輸贏｜贏了一局｜打贏一仗

熒 (荧) yíng

𤇾金𤇾篆 熒隸(隸辨) 熒楷(顏真卿)
荧草(草書韻會)

【析形】熒字金文像兩支火把交相輝映之形。象形字。小篆下部又增一"火"為意符，表明字義與火光有關。會意字。隸、楷書沿襲小篆。

【簡化】簡化字"荧"根據草書楷化而成。

【釋義】◎本義指燈、燭或火的光亮。◇引申①微弱的光：熒熒 ②眼光疑惑，迷亂：熒惑 ③塗有某些發光物質的：熒光｜熒屏｜熒光粉

瑩 (莹) yíng

瑩篆 瑩楷(顏真卿) 瑩草(李世民)

【析形】瑩字小篆下部是玉，意符，表明字的初義與玉有關；上部是"熒"字的省減，聲符，表示讀音。形聲字。楷書沿襲小篆。

【簡化】簡化字"莹"根據草書略加改造而成。

【釋義】◎本義指玉色。◇引申指像玉那樣光潔、透明：晶瑩｜澄瑩

螢 (萤) yíng

螢楷(顏真卿) 螢草(蘇軾)

【析形】螢字《說文》所無。楷書下部是虫，意符，表明字義與昆蟲有關；上部是

"熒"字的省減，聲符，表示讀音。形聲字。

【簡化】簡化字"萤"根據草書略加改造而成。

【釋義】◎一種腹部末端能發出綠色光的昆蟲，俗稱螢火蟲。

影 yǐng

影楷(歐陽詢)

【析形】影字《說文》所無。楷書右旁是彡，像毛飾畫文，意符，取意光影斑駁；左旁是景，意符兼聲符，表示日光，也表示讀音。會意兼聲字。

【釋義】◎本義指人或物體因擋住光線而投射的暗像：暗影｜本影｜倒影｜幻影｜人影兒｜投影｜陰影｜造影｜蹤影 ◇引申①形象，照片：影像｜影印｜背影｜定影｜剪影｜攝影｜顯影 ②電影或皮影（一種民間藝術）的簡稱：影迷｜影片兒 piānr｜影評｜影壇｜影院｜電影｜皮影戲 ③摹寫：影本｜影格兒｜影宋本 ④遮蔽：影壁

穎 (颖) yǐng

穎篆 穎隸(曹全碑) 穎楷(顏真卿)

【析形】穎字小篆左下是禾，意符，表明字的初義與穀類植物有關；左上部與右旁合為"頃"，聲符，表示讀音。形聲字。隸、楷書沿襲小篆。

【簡化】簡化字"颖"右旁的簡化見"頁"字。

【釋義】◎本義指禾末，也指帶芒的穀穗。◇引申①某些東西的尖端：短穎羊毫｜脫穎而出 ②聰明，才能拔尖：穎異｜穎慧｜穎悟｜聰穎 ③新而別致：新穎

應 (应) yìng

【析形】見"應 yīng"。

【釋義】◎本義指應當，音 yīng。◇引申①順應，適應：應景｜應時｜應用｜相應 ②滿足要求，接受：應承｜應考｜應聘｜應試｜應驗｜應邀｜應運｜應診｜應徵｜承應｜供應 ③呼應，反應，回答：應答｜應對｜應和 hè｜應諾｜應聲｜答 dā 應｜對應｜感應｜接應｜救應｜內應｜相應｜回應 ④應付：應變｜

應酬｜應敵｜應急｜應接不暇（以上各引申義音 yìng）

映〔暎〕yìng

映篆 映楷（顔真卿）暎楷（智永）

【析形】映字小篆左旁是日，意符，表明字義與太陽有關；右旁是央，聲符，表示讀音（映、央二字古音同韻部）。形聲字。楷書沿襲小篆。楷書異體以“英”為聲符。

【釋義】◎本義指①照耀：映襯｜映射｜映照｜輝映｜相映｜掩映　②因光線照射而顯出物體的形象：映象｜倒映｜放映｜上映｜試映

硬 yìng

硬楷（顔真卿）

【析形】硬字《説文》所無。楷書左旁是石，意符，取意堅硬；右旁是更，聲符，表示讀音。形聲字。

【釋義】◎本義指堅實，與“軟”相對：硬幣｜硬度｜硬化｜硬殼｜硬席｜堅硬　◇引申①剛強，堅定：硬漢｜硬朗｜硬實｜心硬　②能力強，品質好：硬手｜過硬｜硬功夫　③固執：硬性｜僵硬｜死硬　又引申指不能通融的，無法改變的：硬任務｜硬指標　④勉強：硬撐｜硬充｜硬挺｜生硬｜生搬硬套　⑤系統中實體的：硬體｜硬盤｜硬着陸　⑥明顯的損傷或錯誤、缺陷：硬傷

喲〔喲〕yō

喲楷（顔真卿）

【析形】喲字《説文》所無。楷書左旁是口，意符，以口能發出聲音取意；右旁是約，聲符，表示讀音。形聲字。

【簡化】簡化字“喲”聲符中的“糹”根據草書楷化而成。

【釋義】歎詞，表示驚奇：喲，你怎麼了？

唷 yō

【析形】唷字《説文》所無。左旁是口，意符，以口能發出聲音取意；右旁是育，表示讀音，表示讀音。形聲字。

【釋義】歎詞。表示驚訝或疑問：唷，回來啦！

喲〔喲〕yo

【析形】見“喲 yō”。

【釋義】嘆詞，音 yō。助詞，用在句末表示祈使語氣，音 yo：快來喲！

傭〔佣〕yōng

傭篆 佣楷（顔真卿）

【析形】傭字小篆左旁是人，意符，表明字義與人或人的活動有關；右旁是庸，聲符，表示讀音。形聲字。隸變後，人字在字左側為偏旁時寫作“亻”。

【簡化】簡化字“佣”是用更換聲符的方法，以筆畫較簡的“用”為聲符，替換了筆畫繁複的“庸”。

【釋義】受僱為人勞動，僱傭勞動者：傭工｜僱傭

擁〔拥〕yōng

擁篆 擁楷（顔真卿）

【析形】擁字小篆左旁是手，意符，表明字義與手的動作有關；右旁是雝，聲符，表示讀音。形聲字。隸變後，手字在字左側為偏旁時寫作“扌”。楷書聲符為“雍”。

【簡化】簡化字“拥”是用更換聲符的方法，以筆畫較簡的“用”為聲符，替換了筆畫繁複的聲符“雝”或“雍”。

【釋義】◎本義指抱：擁抱　◇引申①圍着：簇擁｜前呼後擁　②人群擠在一起：擁堵｜擁擠｜擁塞 sè｜蜂擁　③贊成並支持：擁戴｜擁護　④領有，具有：擁有｜擁兵百萬

庸 yōng

庸金 庸篆 庸隸（馬王堆帛書）庸楷（智永）

【析形】庸字金文上部是庚，意符，取意更事，做事；下部是用，意符兼聲符，表示施用、使用，也表示讀音。會意兼聲字。小篆、隸書沿襲金文。楷書“庚”字形體訛變。

【釋義】◎本義指施用。常與否定副詞“無”、“勿”、“弗”連用：毋庸｜無庸諱

言丨無庸置疑　△音借表示平常，不高明：
庸才丨庸碌丨庸人丨庸俗丨庸醫丨昏庸丨平庸丨
中庸

永 yǒng

永楷(張猛龍碑)

【析形】永字甲骨文像水脈之形。象形字。
金文、小篆沿襲甲骨文。隸、楷書筆畫
化，略失初形。
【釋義】◎本義指水流長。◇引申指久
遠：永恆丨永久丨永世丨永遠丨永垂不朽

勇 yǒng

勇隸(孔彪碑)　**勇**楷(顏真卿)

【析形】勇字金文借音同的"甬"字表示；
也見左旁是用，右旁是戈，均為意符，以
用武表示有勇，"用"也表示讀音。會意
兼聲字。戰國文字改意符"戈"為"力"，
以力氣、力量取意勇敢，寫作上下結構；
上部"甬"為聲符，表示讀音。形聲字。
小篆形一沿襲金文；形二沿襲戰國文字以
"力"為意符，以"甬"為聲符而寫作左右
結構。隸、楷書又沿襲戰國文字作上下結
構。
【釋義】◎本義指敢，有膽量：勇敢丨勇
猛丨勇氣丨勇士丨勇武丨神勇丨驍勇丨義勇丨英
勇　◇引申①清代稱戰爭時期臨時招募的
兵卒為"勇"。②泛指士兵：散兵遊勇

湧 (涌) yǒng

涌楷(李璧碑)

【析形】湧字小篆左旁是水，聲符，表示
字義與水有關；右旁是甬，聲符，表示
讀音。形聲字。漢印聲符為"勇"。隸變
後，水字在字左側為偏旁時寫作"氵"。
內地採用"涌"字。
【釋義】◎本義指水往上冒。◇引申①水或
雲氣冒出：湧流丨湧泉丨洶湧丨風起雲湧丨淚
如泉湧　②比喻像水湧出來一樣：湧現

詠 (咏) yǒng

咏楷(顏真卿)

【析形】詠字金文下部是口，意符，表明
字義與口的行為有關；上部是永，聲符，
表示讀音。形聲字。小篆形一沿襲金文而
寫作左右結構；形二意符為"言"，表明
字義與言語有關。楷書沿襲小篆形一。內
地採用"咏"字。
【釋義】◎本義①依着一定腔調唱或唸：
詠歎丨歌詠丨吟詠　②用詩詞來敘事：詠梅丨
詠史

泳 yǒng

泳楷(褚遂良)

【析形】泳字小篆左旁是水，意符，表明
字義與水有關；右旁是永，聲符，表示讀
音。形聲字。隸變後，水字在字左側為偏
旁時寫作"氵"。
【釋義】在水中或水上浮行：潛泳丨蛙泳丨游
泳

蛹 yǒng

蛹楷(顏真卿)

【析形】蛹字小篆左旁是虫，意符，表明
字義與昆蟲有關；右旁是甬，聲符，表示
讀音。形聲字。楷書沿襲小篆。
【釋義】◎本義指蠶蛹。◇引申泛指昆蟲
從幼蟲變為成蟲的過渡形態：蛹期丨蠶蛹丨
蠅蛹

踴 (踊) yǒng

踴隸(夏承碑)　**踊**楷(石經)
踴楷(顏真卿)

【析形】踴字小篆左旁是足，意符，表明
字義與腿腳有關；右旁是甬，聲符，表示
讀音。形聲字。隸、楷書沿襲小篆。楷書
形二聲符為"勇"。
【簡化】簡化字是用了沿用古體的方法，
沿用小篆以"甬"為聲符。
【釋義】跳躍：踴躍

用 yòng

山甲 申金 用篆 用隸(華山神廟碑)
用楷(虞世南)

【析形】"用"字甲骨文像一隻盛水盛物之桶形，為"桶"字初文。金文、小篆沿襲甲骨文。隸、楷書筆畫化，略失初形。

【釋義】◎本義當指盛物器。◇引申①施用，使用：用戶|用具|用品|備用|採用|運用|專用 ②用處，功能：用途|實用|效用|中用|作用 ③需要：日用|需用 ④吃，喝：用餐|用茶|用飯|用膳|服用 ⑤費用：家用|零用|雜用 ⑥用意，企圖：用心良苦|別有用心

傭 (佣) yòng

【析形】見"傭 yōng"。

【釋義】◎本義指僱為人勞動或指僱傭勞動者，音 yōng。◇引申表示作買賣時付給中間人的一種酬金，音 yòng：傭金|傭錢

優 (优) yōu

隱篆 優隸(馬王堆帛書) 優楷(蘇孝慈墓誌)

【析形】優字小篆左旁是人，意符，表明字義與人的活動有關；右旁是憂，聲符，表示讀音。形聲字。隸變後，人字在字左側為偏旁時寫作"亻"。

【簡化】簡化字"优"是用更換聲符的方法，以筆畫較簡的"尤"為聲符，替換了筆畫繁複的"憂"。

【釋義】◎本義指豐饒，充足：優裕|養尊處 chǔ 優 ◇引申①優良，美好，與"劣"相對：優待|優點|優厚|優惠|優美|優勝|優勢|優秀|優異|優越|優質|優勝劣汰|擇優錄取 ②舊時也稱唱戲的人：優伶|名優|女優|俳優

憂 (忧) yōu

憂金 憂金 憂篆 憂隸(華神廟碑)
憂楷(崔敬邕墓誌)

【析形】憂字金文形一像人以手掩面之形，取意愁悶煩憂。象形字。形二上部是

頁(本義指頭，見"頁"字)；下部是心，均為意符，表明字義與心思有關。會意字。小篆"心"在"頁"中間，下部保留了金文形一下部的"止"(甲骨文像足印形。"趾"字初文)。隸、楷書沿襲小篆。

【簡化】簡化字是用另造新字的方法，新造了以"忄"(心)為意符，以"尤"為聲符的形聲字"忧"。

【釋義】◎本義指憂慮，擔心：憂愁|憂傷|憂心|憂鬱|擔憂|煩憂 ◇引申指令人憂愁的事：憂患|分憂|隱憂|內憂外患|後顧之憂

悠 yōu

悠篆 悠楷(顏真卿)

【析形】悠字小篆下部是心，意符，表明字義與心緒有關；上部是攸，聲符，表示讀音。形聲字。楷書沿襲小篆。

【釋義】◎本義指憂思。△音借表示①閒適：悠然|悠閒|悠遊 ②懸空擺動：悠蕩|顫悠|晃 huàng 悠|忽悠 ③長久，長遠：悠長|悠久|悠揚|悠遠

幽 yōu

幽甲 幽金 幽篆 幽隸(馬王堆帛書)
幽楷(敬使君碑)

【析形】幽字甲骨文上部像兩束絲，以絲之細取細微隱蔽之意；下部是火，均為意符，有火光方可見細微之物，取意隱暗。會意字。古文火、山二字形近，金文、小篆把"火"訛作"山"。隸、楷書沿襲小篆。

【釋義】◎本義指黝暗。◇引申①隱蔽的，不公開的，隱藏於內心的：幽會|幽居|幽期|幽怨 ②民間指陰間：幽魂|幽靈|幽冥|幽明 ③禁閉：幽閉|幽禁|幽囚 ④深遠，僻靜，昏暗：幽暗|幽谷|幽靜|幽深|幽思|幽婉|幽雅|清幽 △音借作音譯詞的構詞語素〔幽默〕

遊 〔游〕yóu

遊甲 遊金 遊金 遊金説文古文
遊隸(馬王堆帛書) 遊隸(辟雍碑)

Y

遊 楷(歐陽詢)

【析形】遊字甲骨文右旁像一杆飄揚的旗幟，下部是"子"，代表人，均為意符，表示人在旗幟引領下行進。會意字。金文形一沿襲甲骨文；形二左旁增"彳"(甲骨文像道路形)、下部增"止"(甲骨文像足印形"趾"字初文)為意符，取意行走。說文古文沿襲金文而旗幟形省變。隸書分別沿襲金文形一、形二。楷書沿襲隸書形二。異體字作"游"。內地採用"游"字。

【釋義】◎本義指行遊。◇引申①不固定的：遊擊｜遊民｜遊牧｜遊說 shuì｜遊學｜遊移｜遊勇｜遊子 ②閒逛，隨興漫步：遊船｜遊蕩｜遊記｜遊客｜遊覽｜遊玩｜遊戲｜出遊｜導遊｜郊遊｜漫遊｜神遊｜巡遊｜周遊 ③交往，交際：遊俠｜交遊

游 〔遊〕 yóu

㳺 金 瀡 篆 游 隸(華山神廟碑)

【析形】游字金文左旁是水，右旁是"遊"字初文，均為意符，表示在水中行進。會意字。小篆、隸書沿襲金文。隸變後，水字在字左側為偏旁時寫作"氵"。

【釋義】◎人或動物在水裏浮行：游水｜游泳｜浮游｜回游 ◇引申指河流的一段：上游｜下游｜中游

由 yóu

甶 甲 甶 金 甶 戰國文字 由 隸(石門頌) 由 楷(虞世南)

【析形】由字甲骨文、金文像頭盔之形(一說上部像土塊，下部像盛土之器)。象形字。戰國文字沿襲甲、金文。《說文》無"由"字。隸書作"由"。楷書沿襲隸書。

【釋義】◎本義當為冑。△音借表示原因：根由｜來由｜理由｜因由｜原由｜緣由 ◇引申①順從：不由自主｜事不由己｜聽天由命 ②介詞，表示自，從：由此｜由衷｜由表及裏｜由淺入深 ③經過：經由｜必由之路 ④歸屬：這工作由他負責

郵 (邮) yóu

郵 篆 邗阝 隸(曹全碑) 邮 楷(顏真卿)

【析形】郵字小篆左旁是垂，表示邊陲；右旁是邑，表示城邑，均為意符，表示邊境上傳遞文書的驛站。會意字。隸變後，邑字在字右側為偏旁時寫作"阝"。

【簡化】楷書簡體是用另造新字的方法，右旁保留了意符"阝"，左旁以筆畫較簡的"由"為聲符，替換意符"垂"，新造了形聲字"邮"。

【釋義】◎本義指邊境傳遞文書的驛站。◇引申泛指與郵務有關的：郵差｜郵船｜郵遞｜郵購｜郵寄｜郵件｜郵局｜郵政｜郵資｜電郵｜通郵

猶 (犹) yóu

時 甲 歈 金 犞 篆 犹 隸(華山神廟碑) 犹 楷(顏真卿)

【析形】猶字甲骨文右旁是犬，意符，表明字義的類屬與動物有關；左旁是酋，聲符，表示讀音。形聲字。金文沿襲甲骨文。小篆意符在左，聲符在右。隸、楷書沿襲小篆。隸變後，犬字在字左側為偏旁時寫作"犭"。

【簡化】楷書簡體"犹"是用更換聲符的方法，以筆畫較簡的"尤"為聲符，替換筆畫繁複的"酋"。

【釋義】◎本義為獸名，猴類。也叫猶猢，似猴而短足。△音借①如同：猶如｜過猶不及｜雖死猶生 ②還，尚且：猶自｜言猶在耳｜記憶猶新｜困獸猶鬥 ③音譯詞的構詞語素〔猶大〕〔猶太人〕

油 yóu

油 篆 油 楷(顏真卿)

【析形】油字小篆左旁是水，意符，表明字的初義與水有關；右旁是由，聲符，表示讀音。形聲字。隸變後，水字在字左側為偏旁時寫作"氵"。

【釋義】◎本義為古水名。後專指動植物內所含的脂肪或礦產中碳氫化合物的混合液體：油彩｜油茶｜油畫｜油料｜油田｜油性｜油煙｜食油｜原油｜動物油｜機器油｜清涼油｜魚肝油 ◇引申①用油塗抹：油漆｜油飾 ②圓滑世故：油滑｜油腔滑調｜油嘴滑舌 ③形容光亮潤澤：油綠｜綠油油｜油光

閃亮 ④取"潤滑"義。又引申表示自然而然：油然

友 yǒu

甲 **金** **篆** 友 隸(郭有道碑)
友 楷(鍾繇)

【析形】友字甲骨文像兩手相携之形，均為意符，取意交友、朋友。會意字。金文、小篆沿襲甲骨文。隸書上部之"手"隸作"ナ"，下部之"手"隸作"又"。楷書沿襲隸書。

【釋義】◎本義指朋友：友情│友人│友誼│訪友│交友│親友│校友│摯友 ◇引申①親近，相好：友愛│友好│友善 ②有友好關係的：友邦│友軍│友鄰

有 yǒu

金 **篆** 有 隸(王基碑) 有 楷(歐陽詢)

【析形】有字甲骨文用"屮"表示，形構未明(一說像牛頭形)。或借音近的、像右手形的"又"字表示。金文在"又"下增"肉"為意符，以手有所持取意擁有。小篆沿襲金文。隸書手形隸作"ナ"。古文肉、月二字形近，隸變後，二字為偏旁時多同化寫作"月"。

【釋義】◎本義指持有，具有，與"無"、"沒"相對：有關│有利│有名│有情│有趣│有效│有形│有意│有益 ◇引申①發生或出現：有病了│有情況│天氣有變 ②一部分：有的│有些│有時

又 yòu

甲 **金** **篆** 又 隸(郭有道碑)
又 楷(元珍墓誌)

【析形】又字甲骨文像右手又開手指之形。象形字。金文、小篆沿襲甲骨文。隸書形體略變。楷書沿襲隸書。

【釋義】◎本義指右手。此義後作"右"。△音借作副詞。表示①重複或繼續：讀了又讀 ②幾種情況或幾種性質同時存在：又歌又舞│又紅又綠 ③加重語氣，意思更進一步：玄之又玄 ④表示轉折：剛想說，又想不起來。⑤表示有矛盾的兩件事

或兩種情況：又想留，又想去。⑥整數之外再加零數：一又二分之一

右 yòu

金 **篆** 右 隸(曹全碑)
右 楷(褚遂良)

【析形】左右的右字甲骨文像一隻右手之形(見"又"字)，以右手表示左右之"右"，隸作"又"字。象形字。"又"字借為副詞後，金文在字下部增"口"為意符，表示左右之"右"，以區別於"又"字。會意字。小篆沿襲金文。隸書把手形隸作"ナ"。楷書沿襲隸書。

【釋義】◎本義指方位詞，右邊，與"左"相對：右方│左右 ◇引申①古人以右為尊，引申指崇尚，較尊貴的地位：右文│虛右 ②政治思想上保守的：右派│右傾│右翼

幼 yòu

甲 **金** **篆** 幼 楷(顏真卿)

【析形】幼字甲骨文左旁是力，右旁像束絲形，隸作"幺"，以氣力弱弱如絲取年少之意，幺也兼表示讀音(幼、幺二字古音韻部相近)。會意兼聲字。金文沿襲甲骨文。小篆意符"力"在右旁。楷書沿襲小篆。

【釋義】◎本義指年少：幼兒│幼子│年幼；也指小孩兒：婦幼│扶老攜幼 ◇引申指初出生的，未長成的：幼蟲│幼苗│幼體│幼芽

有 yòu

【析形】見"有 yǒu"。

【釋義】本義指持有，音 yǒu。古漢語同"又"，音 yòu：三十有二年

誘(诱) yòu

篆 誘 楷(顏真卿) 诱 草(懷素)

【析形】誘字小篆左旁是言，意符，表明字義與言語有關；右旁是秀，聲符，表示讀音(誘、秀二字古音同韻部)。形聲字。隸書沿襲小篆。

【簡化】簡化字"诱"的意符"讠"根據草書楷化而成。

【釋義】◎本義指引導，教導：誘導|誘發|勸誘|循循善誘 ◇引申①利用手段或計策引誘：誘捕|誘餌|誘供 gòng|誘惑|誘騙|誘殺|誘降|利誘 ②吸引：誘惑|香味誘人

佑〔祐〕yòu

祐 隸(桐柏廟碑) 佑 楷(顏真卿)

【析形】佑字本作"右"(見"右"字)。隸書左旁增"礻"為意符，取意神佑。楷書改意符為"亻"，表明字義與人的活動有關，成為形聲字。

【釋義】扶助，保護：保佑|庇佑

迂 yū

迂 金 迂 篆 迂 楷(顏真卿)

【析形】迂字金文左旁是走，意符，表明字義與行走有關；右旁是于，聲符，表示讀音。形聲字。小篆意符為辵，取意與"走"同。隸變後，辵字為偏旁時寫作"辶"。

【釋義】◎本義指曲折，迴避。◇引申①繞彎：迂道|迂曲|迂迴曲折 ②拘泥保守，不切實際：迂腐|迂闊|迂論|迂拙|迂夫子

淤〔瘀〕yū

淤 篆 淤 楷(顏真卿)

【析形】淤字小篆左旁是水，意符，表明字義與水有關；右旁是於，聲符，表示讀音。形聲字。隸變後，水字在字左側為偏旁時寫作"氵"。

【釋義】◎本義指水底沉積的泥沙等：淤泥|放淤|河淤 ◇引申①淤塞：淤積|淤塞 sè|淤滯 ②血液不流通，此義又寫作"瘀"：瘀斑|瘀血

于 yú

于 甲 于 甲 于 金 于 金 于 篆 于 隸(禮器碑)
于 楷(顏真卿)

【析形】于字甲骨文形一右旁像弓形，左旁是于，聲符，表示讀音。形聲字。形二省減了弓。金文分別沿襲甲骨文形一、形二。小篆、隸、楷書沿襲甲骨文形二。

【釋義】◎本義當指某種器物。△音借作介詞，表示地點、時間、對象、比較等，後作"於"，(見"於"字)。簡化字復作"于"。

於(于) yú

於 金 於 金 於 篆 於 隸(華山神廟碑)
於 楷(顏真卿)

【析形】於字金文形一像鳥形。象形字。形二分作兩個形體，鳥形省變。小篆、隸、楷書沿襲金文形二。

【簡化】簡化字是用同音合併的方法，以音近、筆畫較簡的"于"代替筆畫較繁複的"於"，合併了於、于二字的意義。

【釋義】◎本義為鳥名。△音借①歎詞，表示讚美。②介詞，表示地點，處所，相當於"在"：安於|便於|瀕於|長於|處 chǔ 於|歸於|居於|樂於|善於|生於|適於|屬於|位於|限於|勇於 ③相當於"到"，"自"，"從"：於今|青出於藍|形成於思 ④表示比較：大於|等於|高於|過於|少於|勝於|小於 ⑤表示對象，相當於"對"，"對於"：忠於祖國|無濟於事|有益於民 ⑥相當於"向"：求救於人|問道於盲 ⑦相當於"給"：嫁禍於人|讓位於人

余 yú

余 甲 余 甲 余 金 余 金 余 篆 余 楷(王獻之)

【析形】余字甲骨文形一、形二均像寮屋之形，上有棚頂，下有支架。象形字。金文形一沿襲甲骨文。形二下部增兩根支架。小篆沿襲金文形二。楷書筆畫化，已失初形。

【釋義】◎本義當指先民搭建的寮屋。△音借表示第一人稱代詞，我。

餘(余) yú

餘 篆 餘 楷(褚遂良) 餘 草(皇象)

【析形】餘字小篆左旁是食，意符，表明字義與食物有關；右旁是余，聲符，表示讀音。形聲字。

【簡化】簡化字是用同音合併的方法，以讀音相同、筆畫較簡的"余"代替筆畫繁複的"餘"，合併了余、餘二字的意義

("餘"字之義在可能與表示第一人稱的
"余"字發生混淆時仍用"餘"：餘勇可賈｜
餘年無多)

【釋義】◎本義指豐足，寬裕。◇引申①
剩下的：餘地｜餘毒｜餘額｜餘款｜餘利｜餘
音｜餘韻｜殘餘｜多餘｜富餘｜節餘｜結餘｜盈
餘 ②此外，以後：餘悸｜餘暇｜餘震｜公
餘｜業餘 ③整數後的零頭：餘數

魚 (鱼) yú

甲 金 篆 隸(曹全碑)

楷(顏真卿) 草(智永)

【析形】魚字甲骨文、金文均像一尾魚之
形。象形字。小篆仍見初形。隸書把小篆
下部的魚尾形訛作"灬"，與火字的隸變
分化體"灬"旁混同。

【簡化】簡化字"鱼"根據草書楷化而成。

【釋義】◎本義指生活在水中之脊椎動
物，種類極多，多有鱗，以鰭游泳，以
鰓呼吸。大部分可供食用：魚池｜魚類｜魚
網｜金魚｜鯊魚 ◇引申指像魚的：魚口｜魚
雷｜魚龍｜魚肚白｜魚貫而行

娛 yú

篆 楷(顏真卿)

【析形】娛字小篆左旁是女，意符，女子
擅歌舞，取意娛樂；右旁是吳，聲符，表
示讀音(娛、吳二字古音同韻部)。形聲
字。楷書沿襲小篆。

【釋義】◎本義指戲樂，快樂：娛樂｜歡
娛｜文娛｜耳目之娛 ◇引申指使快樂：娛
樂｜聊以自娛

漁 (渔) yú

甲 甲 金 篆 楷(顏真卿)

【析形】漁字甲骨文形一左側像一尾魚，
右旁像有隻手放繩垂釣。會意字。形二
省減"手"和"釣繩"，改意符為"水"。金
文水旁在左側，下部增兩隻手表示捕魚。
小篆沿襲甲骨文形二，定型為"水"在左
旁。隸變後，水字在字左側為偏旁時寫作
"氵"。

【簡化】楷書簡體"渔"意符"鱼"的簡化見
"魚"字。

【釋義】◎本義指捕魚：漁產｜漁船｜漁港｜
漁具｜漁民｜漁業 ◇引申指謀取不應得的
利益：漁利｜侵漁

愉 yú

金 金 篆 楷(顏真卿)

【析形】愉字金文形一借音同的"俞"字表
示。形二下部增"心"為意符，表明字義
與心情有關；上部"俞"為聲符，表示讀
音。形聲字。小篆寫作左右結構。隸變
後，心字在字左側為偏旁時寫作"忄"。

【釋義】快樂，高興：愉快｜愉悅｜歡愉

榆 yú

甲 篆 隸(馬王堆帛書)

楷(顏真卿)

【析形】榆字甲骨文左旁是木，意符，表
明字義與樹木有關；右旁是余，聲符，
表示讀音。形聲字。小篆聲符為"俞"。
隸、楷書沿襲小篆。

【釋義】樹名。榆樹。落葉喬木，皮褐
色，葉橢圓形，花淡紫色。可供建築或製
器具用：榆莢｜榆錢｜榔榆｜桑榆

逾 〔踰〕 yú

金 篆 楷(顏真卿)

【析形】逾字金文左旁像道路形，隸作
"彳"，下部是"止"(甲骨文像足印形。
"趾"字初文)，均為意符，表明字義與
行走有關；右上是俞，聲符，表示讀音。
形聲字。小篆把"彳"、"止"兩個部件合
篆作"辵"。隸變後，辵字為偏旁時寫作
"辶"。異體字以"足"為意符。

【釋義】◎本義指越過。◇引申①超過：
逾常｜逾期｜逾越｜年逾花甲 ②更加：逾甚
(此義不作"踰"。)

隅 yú

隸(馬王堆帛書) 楷(歐陽詢)

【析形】隅字小篆左旁是阜，義為土山，
意符，表明字義與山有關；右旁是禺，聲

符，表示讀音。形聲字。隸變後，阜字在字左側為偏旁時寫作"阝"。

【釋義】◎本義指山角。◇引申①泛指角落：城隅｜負隅｜牆隅｜向隅 ②邊遠的地方：海隅

輿 (舆) yú

甲 篆 隸(禮器碑) 輿楷(顏真卿)

【析形】輿字甲骨文中間是車，意符，表明字的初義與車有關；外廓是舁，聲符，表示讀音。形聲字。小篆沿襲甲骨文。隸書把小篆下部的兩隻手隸作"六"。楷書沿襲隸書。

【簡化】楷書簡體"舆"意符的簡化見"車"字。

【釋義】◎本義指車廂。◇引申①泛指車、轎：輿馬｜彩輿｜捨輿登舟 ②古代把人分為十等，"輿"為六等，屬於地位低下的人，故引申指眾人的：輿論｜輿情

愚 yú

金 篆 隸(乙瑛碑) 愚楷(智永)

【析形】愚字金文下部是心，意符，表明字義與心智有關；上部是禺，聲符，表示讀音。形聲字。小篆沿襲金文。隸、楷書沿襲小篆。

【釋義】◎本義指笨，傻：愚笨｜愚蠢｜愚鈍｜愚氓 méng｜愚人｜愚妄｜愚昧｜大智若愚 ◇引申①自稱的謙辭：愚見｜愚兄 ②欺騙：愚弄｜愚民政策

与 yǔ

篆 与楷(魏棲梧)

【析形】与字像勺中有物之形，以勺中有物與人，取意給予。會意字。楷書沿襲小篆。

【釋義】◎本義指給予，賦予。後作"與"。簡化字復作"与"(見"與"字)。

與 (与) yǔ

金 篆 與楷(智永)

【析形】與字金文中間是与，外廓像眾手相與之形，隸作舁，下部是口，均為意

符，取意朋黨。會意字。小篆省減"口"。隸變下部兩隻手隸作"六"。

【簡化】簡化字是用同音合併的方法，以筆畫較簡的"与"代替筆畫繁複的"與"，合併了與、与二字的意義。

【釋義】◎朋黨：黨與 △因聲通"与"，表示給予：付與｜施與｜贈與 ◇引申指及，和：與世無爭｜與世隔絕｜事與願達｜無與倫比｜國家與民族

予 yǔ

篆 隸(居延簡) 予楷(歐陽詢)

【析形】予字小篆像物相推予之形。隸書形體略變。楷書沿襲隸書。

【釋義】◎本義指給予，授予：予以｜賜予｜賦予｜寄予｜准予

嶼 (屿) yǔ

篆 嶼楷(王羲之)

【析形】嶼字小篆左旁是山，意符，表明字義與高地有關；右旁是與，聲符，表示讀音。形聲字。楷書沿襲隸書。

【簡化】簡化字"屿"聲符的簡化見"與"字。

【釋義】小島：島嶼

宇 yǔ

金 篆 隸(華山神廟碑) 宇楷(歐陽詢)

【析形】宇字金文外廓像屋宇形，隸作"宀"，意符，表明字義與屋室有關；下部是于，聲符，表示讀音。形聲字。小篆、隸、楷書沿襲金文。

【釋義】◎本義指屋簷。◇引申①泛指房屋：廟宇｜屋宇｜瓊樓玉宇 ②上下四方廣大的空間和世界：宇航｜宇內｜宇宙｜寰宇｜宇宙觀 ③氣質，風度：眉宇｜氣宇｜器宇｜神宇

羽 yǔ

甲 篆 隸(馬王堆帛書) 羽楷(高貞碑)

【析形】羽字甲骨文像鳥類羽翼之形。象形字。小篆、隸、楷書沿襲甲骨文。

【釋義】◎鳥類的毛：羽毛｜羽扇｜羽翼　△音借表示古代五音之一，相當於簡譜的"6"。

雨 yǔ

☲甲 雨金 雨篆 雨隸(華山神廟碑)　雨楷(歐陽詢)

【析形】雨字甲骨文像雨水降落之形。象形字。金文、小篆沿襲甲骨文。隸、楷書筆畫化，略失初形。

【釋義】◎空氣中的水蒸氣在天空遇冷凝成雲，再聚集成水滴，降向地面即形成雨：雨季｜雨量｜雨水

語 (语) yǔ

諮金 説篆 語隸(禮器碑)　語楷(智永)　语草(王羲之)

【析形】語字金文左旁是言，意符，表明字義與言語有關；右旁是吾，聲符，表示讀音(語、吾二字古音同韻部)。形聲字。小篆、隸、楷書沿襲金文。

【簡化】簡化字"语"的意符"讠"根據草書楷化而成。

【釋義】◎本義指説話，與人談論。古代漢語自言為"言"，與人談論為"語"：耳語｜言語｜私語｜絮語｜語無倫次｜胡言亂語｜默默無語　◇引申①語言，話：語詞｜語調｜語法｜語感｜語彙｜語氣｜語序｜語音｜評語｜熟語｜術語｜外語｜主語　②代替語言表達意思的動作或方式：燈語｜旗語｜手語

與 (与) yù

【析形】見"與yǔ"。

【釋義】◎本義指給予，賦予，音yǔ。◇引申指參加，音yù：與會｜參與

玉 yù

丰甲 王金 王篆 玉隸(白石君碑)　玉楷(虞世南)

【析形】玉字甲骨文像繩索串着幾枚玉片之形。象形字。金文、小篆、隸書沿襲甲骨文而略變，與"王"字形近。楷書右下

部增一"、"以別於"王"字(作偏旁時仍作"王")。

【釋義】◎本義指玉石。一種質地細、溫潤有光澤的礦物質，多呈乳白色，可用於製作高級工藝品或裝飾品：玉雕｜玉器｜玉鐲｜碧玉｜美玉　◇引申①比喻潔白或美麗，純潔：玉顏｜冰清玉潔｜亭亭玉立　②敬辭，指對方的身體或言行等：玉成｜玉體｜玉音｜玉照｜請移玉步

育 yù

毓甲 毓金 育篆 育隸(曹全碑)　育楷(智永)

【析形】表示生育義的"育"字本作"毓"。甲骨文上部是女，下部是倒"子"，像母產子之形，"子"旁小點表示產子時流出的血水。均為意符，表示生育。會意字。金文沿襲甲骨文。"育"為後起會意字。小篆上部是倒"子"，表明字義與子女有關；下部是肉，表明字義與肉體有關。隸書倒"子"形訛變。楷書沿襲隸書。古文肉、月二字形近，隸變後，兩個字作偏旁時多同化寫作"月"。

【釋義】◎本義指生育：育齡｜發育｜孕育　◇引申①培育，養活：育苗｜育秧｜育種｜哺育｜繁育｜撫育｜培育｜養育　②教育：德育｜美育｜體育｜訓育｜智育

獄 (狱) yù

狱金 獄篆 狱隸(居延簡)　狱草(孫過庭)　獄楷(顏真卿)

【析形】獄字金文中間是言，意符，表明字義與言語有關；兩旁像兩隻相對之犬，亦為意符，取意相爭。會意字。小篆、隸書沿襲金文。隸變後，犬字在字左側為偏旁時寫作"犭"。

【簡化】簡化字"狱"的意符"讠"根據草書楷化而成。

【釋義】◎本義指爭訟。◇引申①官司：斷獄｜決獄｜冤獄｜文字獄　②監禁罪犯之所：獄警｜獄卒｜典獄｜監獄｜牢獄｜越獄

浴 yù

浴甲 浴篆 浴隸(樓蘭簡)　浴楷(智永)

【析形】浴字甲骨文像人在浴缸沐浴之形。會意字。小篆左旁是水，意符，表明字義與水有關；右旁是谷，聲符，表示讀音（浴、谷二字古音同韻部）。形聲字。隸、楷書沿襲小篆。隸變後，水字在字左側為偏旁時寫作"氵"。

【釋義】◎本義指洗身。古人洗身稱"浴"，洗手稱"澡"，洗腳稱"洗"。今泛指洗澡：浴池｜浴缸｜浴室｜淋浴｜沐浴

預 (预) *yù*

預篆 預楷（歐陽詢）

【析形】預字小篆右旁是頁，本義指頭（見"頁"字），意符，表明字義與面部表情有關；左旁是予，聲符，表示讀音。形聲字。楷書沿襲小篆。

【簡化】簡化字"预"意符的簡化見"頁"字。

【釋義】◎本義指安樂。△音借表示事先：預備｜預測｜預訂｜預防｜預購｜預計｜預見｜預料｜預算｜預習｜預先｜預支 ◇引申指參加，參與：參預｜干預

域 *yù*

域金 或篆 域篆 域隸（曹全碑）域楷（褚遂良）

【析形】甲骨文、金文"國"、"或"、"域"三字同字（見"國"字）。金文又見左旁增"邑"為意符，表示邦國。小篆左旁增"土"為意符，表示國土，成為形聲字，區別於音借作代詞、連詞之"或"。隸、楷書沿襲小篆形二。

【釋義】◎本義指邦國。◇引申泛指一定疆界之內的地方，某種範圍：域外｜海域｜疆域｜境域｜領域｜流域｜區域｜水域｜外域｜西域｜異域｜音域

欲 〔慾〕*yù*

欲篆 欲隸（孔彪碑）欲楷（褚遂良）

【析形】欲字小篆右旁是欠，甲骨文像人張口呵氣，意符，取意有所欲；左旁是谷，聲符，表示讀音（欲、谷二字古音同韻部）。形聲字。隸、楷書沿襲小篆。異

體字下部增"心"為意符，表示心貪慾。

【釋義】◎本義指貪慾，慾望，此義又作"慾"：慾念｜情慾｜食慾｜私慾 ◇引申①想要，希望：欲罷不能｜欲蓋彌彰｜欲擒故縱｜欲取姑予｜暢所欲言｜躍躍欲試｜隨心所欲 ②要，將要：垂涎欲滴｜蠢蠢欲動｜呼之欲出｜望眼欲穿｜搖搖欲墜｜震耳欲聾

喻 *yù*

喻隸（隸辨）喻楷（顏真卿）

【析形】喻字《説文》所無。隸書左旁是口，意符，表明字義與口的行為有關；右旁是俞，聲符，表示讀音。形聲字。

【釋義】◎本義指説明，開導：不可理喻｜不可言喻 ◇引申①比方：暗喻｜比喻｜借喻｜明喻 ②明白，了解：不言而喻｜家喻戶曉

芋 *yù*

芋篆

【析形】芋字小篆上部是"艸"，意符，表明字義與植物有關；下部是于，聲符，表示讀音。形聲字。

【釋義】◎本義為植物名。多年生草本植物，塊莖供食用，葉柄作飼料：芋芳｜芋頭 ◇引申泛指馬鈴薯、番薯等薯類植物：薑芋｜菊芋｜魔芋｜山芋｜洋芋

籲 (吁) *yù*

籲篆

【析形】籲字小篆右旁是頁，本義指頭（見"頁"字），意符，表明發出動作的部位在頭部；左旁是籥，聲符，表示讀音。形聲字。

【簡化】簡化字是用同音合併的方法，以讀音相近、筆畫較簡的"吁"（本義為歎詞）代替筆畫繁複的"籲"，合併了籲、吁二字的意義。

【釋義】為某種要求而呼喊：籲請｜籲求｜呼籲

郁 *yù*

郁篆 郁隸（辟雍碑）郁楷（王獻之）

【析形】郁字小篆右旁是邑，意符，表明字義與都城等有關；左旁是有，聲符，表示讀音（郁、有二字古音同韻部）。形聲字。隸變後，邑字在字右側為偏旁時寫作"阝"。

【釋義】◎本義為古地名。△音借表示香氣濃厚：濃郁｜芬郁｜馥郁

鬱(郁) yù

〔金篆 隸(隸辨) 楷(顏真卿)〕

【析形】鬱字金文像林木積聚之貌。小篆形體已訛變。隸、楷書沿襲小篆而略變。

【簡化】簡化字是用同音合併的方法，以音近、筆畫較簡的"郁"代替筆畫繁複的"鬱"，合併了鬱、郁二字的意義。

【釋義】◎本義指草木繁茂：蒼鬱｜蓊鬱｜鬱鬱蔥蔥 又作香草名：鬱金香 △音借表示憂愁、憤懣等情緒悶在心裏：鬱憤｜鬱積｜鬱結｜鬱悶｜困鬱｜抑鬱｜憂鬱｜鬱鬱寡歡

尉 yù

【析形】見"尉wèi"。

【釋義】◎本義見"尉wèi"。地名用字。尉犁，在新疆。又作姓氏用字。（以上地名、姓氏用字音yù。）

寓 yù

〔金篆 楷(顏真卿)〕

【析形】寓字金文上部是"宀"，意符，表明字義與屋宇有關；下部是禺，聲符，表示讀音。形聲字。小篆、楷書沿襲金文。

【釋義】◎本義指寄居：寓居｜寓所｜寄寓 ◇引申①居住之所：公寓｜客寓｜張寓 ②寄託：寓言｜寓意｜寄寓

遇 yù

〔金篆 楷(王獻之)〕

【析形】遇字金文下部左旁像道路形，隸作"彳"，右旁是"止"（甲骨文像足印形。"趾"字初文），意符，表明字義與行走有關；上部是禺，聲符，表示讀音。形聲字。小篆把"彳"、"止"兩個部件合篆為"辵"，聲符為"禺"。隸變後，辵字作為偏旁時寫作"辶"。

【釋義】◎本義指相逢，碰到：遇害｜遇見｜遇難nàn｜遇險｜偶遇｜遭遇 ◇引申①對待，款待，對付：待遇｜冷遇｜禮遇｜知遇 ②機會：機遇｜際遇

御 yù

〔甲 金 金 金 說文古文 篆〕
〔隸(居延簡) 隸(趙寬碑)〕
〔楷(顏真卿) 楷(歐陽詢)〕

【析形】表示駕馭車馬古文有御、馭兩個形體。御字甲骨文左旁像道路形，右旁是卸，本義為停車解馬，取意駕馭，小篆沿襲甲、金文，均為意符，表示駕馭車馬行於路。會意字。金文沿襲甲骨文而下部增"止"（甲骨文像足印形。"趾"字初文）為意符，表明字義與行走有關。馭字金文左旁像馬形，右旁像手舉鞭策馬之形，均為意符，表示揮鞭策馬。會意字。說文古文沿襲金文而省減了馬鞭。隸、楷書分別沿襲"御"、"馭"兩個形體。隸變後，馭馬之"手"隸作"又"。

【簡化】簡化字"驭"意符"馬"的簡化見"馬"字。

【釋義】◎本義指駕馭車馬：御手｜駕御 ◇引申①舊時指上級對下級的管理和支配：御下｜御眾 ②封建社會稱與帝王有關的：御筆｜御賜｜御用｜御花園 △因讀音通"禦"，表示抵抗，抵擋。見"禦"字。

禦(御) yù

〔金篆 楷(陳義基誌)〕

【析形】禦字金文左旁是示，意符，表明字義與祭祀之事有關（見"示"字）；右旁是"御"字的省減，聲符，表示讀音。形聲字。小篆"御"字無省減，寫作上下結構。隸、楷書沿襲小篆。

【簡化】簡化字是用同音合併的方法，以音同、筆畫較簡的"御"代替筆畫繁複的"禦"，合併了禦、御二字的意義。

【釋義】◎本義為祭名。一種祈求福祐、禳除疾病和不祥之祭。△音借表示抵抗，抵擋：禦侮｜抵禦｜防禦｜抗禦

Y

裕 yù

俞金 裕金 稐篆 裕隸(張君碑)

裕楷(歐陽詢)

【析形】裕字金文形一外廓是衣，意符，表明字的初義與衣物有關；內中是谷，聲符，表示讀音(裕、谷二字古音同韻部)。形聲字。形二寫作左右結構。小篆、隸、楷書沿襲金文形二。

【釋義】◎本義指衣物豐富。◇引申①泛指豐富，充足，寬綽：充裕｜豐裕｜富裕｜優裕｜餘裕 ②使富足：富國裕民

蔚 yù

【析形】見"蔚wèi"。

【釋義】本義見"蔚wèi"。地名用字。蔚縣，在河北。姓氏用字。(以上地名、姓氏用字音yù)

豫 yù

豫篆 予象隸(禮器碑) 豫楷(智永)

【析形】豫字小篆右旁是象，意符，表明字的初義與大象有關；左旁是予，聲符，表示讀音。形聲字。隸、楷書沿襲小篆。

【釋義】◎本義指大象中之大者。△音借表示①安適：逸豫亡身 ②歡悅：不豫之色 地名用字。河南省的別稱：豫劇

愈 〔癒、痛〕yù

懲金 愈楷(歐陽詢)

【析形】愈字金文下部是心：意符，代表身心；上部是俞，聲符，表示讀音。形聲字。《說文》無愈字。楷書沿襲金文。

【釋義】◎本義指病情好轉：愈合｜病愈｜痊愈 此義又作"癒" ◇引申①較好，勝過：彼愈於此 ②更加，越：愈加｜愈益｜愈戰愈勇｜每況愈下 (以上引申義不作"癒")

譽 (誉) yù

闇篆 譽隸(張表碑) 譽楷(元倪基誌)

誊草(懷素)

【析形】譽字小篆下部是言，意符，表明字義與言語有關；上部是與，聲符，表示讀音。形聲字。隸、楷書沿襲小篆。

【簡化】簡化字"誉"根據草書楷化而成。

【釋義】◎本義指稱頌，讚美：稱譽｜毀譽｜載zài譽｜讚譽 ◇引申指名聲：馳譽｜名譽｜榮譽｜聲譽｜盛譽｜信譽

冤 〔寃〕yuān

圂篆 寃隸(校官碑) 冤楷(顏真卿)

【析形】冤字小篆上部像有覆蓋物，隸作"冖"，下部是兔，均為意符，兔子受困不得奔走，取意屈縮。會意字。隸、楷書沿襲小篆。異體字上部作"宀"。

【釋義】◎本義指屈縮，不舒展。◇引申①冤屈：冤案｜冤魂｜冤枉｜冤獄｜沉冤｜含冤｜鳴冤｜伸冤｜雪冤 ②上當，吃虧，不值得：花冤錢｜走冤路 ③怨恨：冤仇｜冤家｜冤孽｜冤頭

鴛 (鸳) yuān

鴛篆 鴛楷(顏真卿)

【析形】鴛字小篆下部是鳥，意符，表明字義與鳥類有關；上部是夗，聲符，表示讀音。形聲字。楷書沿襲小篆。

【簡化】楷書簡體"鸳"意符的簡化見"鳥"字。

【釋義】〔鴛鴦〕鳥名。形體像野鴨，但較小，善游泳，能飛。雄鴛鴦羽毛華麗，雌鴛鴦較小，羽毛蒼褐色。雌雄多成對生活，為中國珍禽。

淵 (渊) yuān

圌甲 熖金 灪篆 淵隸(曹全碑)

淵楷(顏真卿) 淵草(智永)

【析形】淵字甲骨文像一潭淵水。象形字。金文左旁增"水"為意符。小篆沿襲金文。隸變後，水字在字左側為偏旁時寫作"氵"。

【簡化】簡化字"渊"根據草書略加改造後楷化而成。

【釋義】◎本義指深潭，深水：淵藪｜淵源｜深淵｜天淵之別 ◇引申指深：淵博｜淵

默｜淵深

園 (园) yuán

園篆 園楷(智永) 园楷(顏真卿)

【析形】園字小篆外廓是"囗"，意符，表示環圍；中間是袁，聲符，表示讀音。形聲字。楷書沿襲小篆。

【簡化】楷書簡體"园"是用更換聲符的方法，以筆畫較簡的"元"為聲符，替換了筆畫較繁複的"袁"。

【釋義】◎用籬笆環圍種植花果、蔬菜之地：園地｜園丁｜園藝｜果園｜花園｜田園 ◇引申①供遊覽娛樂的地方：園林｜園囿｜公園｜樂園｜陵園｜庭園｜動物園｜植物園 ②人或事物聚集處或專事培養人的地方：家園｜梨園｜校園｜戲園子｜幼兒園

圓 (圆) yuán

圓篆 圓楷(顏真卿) 圆草(王羲之)

【析形】小篆圓字外廓是"囗"，意符，以環圍形取意完整，周全；內中是員，意符兼聲符，本義即"圓"，也表示讀音。會意兼聲字。楷書沿襲小篆。

【簡化】簡化字"圆"的聲符根據草書楷化而成。

【釋義】◎本義指完整，周全。◇引申①使圓滿或周全：圓場｜圓滑｜圓謊｜圓寂｜圓潤｜圓通｜團圓｜自圓其說 ②方圓的"圓"：圓圈｜圓形｜圓柱｜圓錐｜渾圓｜團圓｜橢圓 ③周圍的簡稱：圓徑｜圓心｜圓周｜半圓 ④像球狀的：滾圓｜湯圓｜圓珠筆 ⑤圓形的貨幣：金圓｜銅圓｜銀圓 ⑥中國貨幣單位之一。十角為一圓 ⑦聲音宛轉滑利：圓渾｜圓潤

員 (员) yuán

員甲 員金 員隸(史晨碑) 員草(智永) 員楷(顏真卿)

【析形】員字甲骨文下部像一隻鼎，上部之"口"表示鼎口，均為意符，以鼎口之圓表示圓形。會意字。金文沿襲甲骨文。古文"鼎"、"貝"二字形近，小篆下部訛作"貝"。隸、楷書沿襲小篆。

【簡化】楷書簡體"员"根據草書楷化而成。

> "員"字為偏旁的字類推簡化：例如：圓、損、隕。

【釋義】◎本義指方圓之"圓"，為"圓"的本字(音借表示"人員"義後，又在"員"字外增"囗"表示方圓之"圓")。△音借表示人員，成員：員工｜超員｜官員｜海員｜會員｜社員｜議員 ◇引申①量詞，表示人員：一員大將 ②周圍：幅員

原 yuán

原金 原篆 原篆 原隸(馬王堆帛書) 原楷(張玄墓誌)

【析形】原字金文上部像山崖形，隸作"厂"；下部像水從石隙流淌而出之形。會意字。小篆形一"厂"下是三個"泉"字，三泉湧流，取意水源；形二沿襲金文。隸書上部訛作"广"。楷書上部仍為"厂"。

【釋義】◎本義指水流起源之地，為"源"字本字。◇引申①本來的，最初的：原版｜原本｜原地｜原稿｜原告｜原故｜原籍｜原件｜原色｜原始｜原委｜原因｜原由｜原則 ②沒有經過加工的：原料｜原煤｜原油 △音借表示①寬闊平坦的地帶：原田｜原野｜草原｜高原｜荒原｜平原｜雪原｜中原 ②諒解：原諒｜情有可原

援 yuán

援篆 援隸(史晨碑) 援楷(蘇孝慈墓誌)

【析形】援字小篆左旁是手，意符，表明字義與手的動作有關；右旁是爰，聲符，表示讀音。形聲字。隸變後，手字在字左側為偏旁時寫作"扌"。

【釋義】◎本義指牽引：攀援 ◇引申①指引用：援例｜援引｜援用 ②幫助：援救｜援軍｜援手｜援外｜救援｜請援｜求援｜外援｜增援｜支援

緣 (缘) yuán

緣篆 緣隸(葉慧明碑) 緣草(王羲之) 緣楷(顏真卿)

【析形】緣字小篆左旁是糸，意符，表明字的初義與絲帛衣物等有關；右旁是彖，聲符，表示讀音。形聲字。

【簡化】楷書簡體"緣"的意符"纟"根據草書楷化而成。

【釋義】◎本義指裝飾衣邊。◇引申①泛指邊：邊緣｜周緣 ②順，沿：攀緣｜緣木求魚 ③緣分：化緣｜機緣｜結緣｜良緣｜投緣｜無緣｜因緣｜姻緣 ④原故：緣故｜緣起｜緣由

源 yuán

源 隸(桐柏廟碑) 源 楷(元珍墓誌)

【析形】源字本作"原"(見"原"字)。"源"為"原"字後起分化字。隸書左旁是水，意符，表明字義與水有關；右旁是原，意符兼聲符，表示水源，也表示讀音。會意兼聲字。楷書沿襲隸書。

【釋義】◎本義指水流起源之地：源泉｜源頭｜水源｜源遠流長 ◇引申指事物的來源或根由：源流｜本源｜財源｜電源｜溯源｜淵源｜資源

元 yuán

元甲 亓金 元篆 元 隸(史晨碑)
元 楷(元倪墓誌)

【析形】元字甲骨文下部像側立之人形，上部一畫指事人頭。指事字。金文、小篆沿襲甲骨文。隸書筆畫化，人形已失初形。楷書沿襲隸書。

【釋義】◎本義指人頭。◇引申①居首的，為首的：元老｜元首｜元帥｜元兇｜元勳｜狀元 ②開始的，第一：元旦｜元年｜元宵｜公元｜紀元 ③主要，基本：元氣｜元素｜元音 ④構成整體的一個組成部分：元件｜單元 ⑤要素：一元論 ⑥因聲通"圓"，表示貨幣單位：金元｜美元｜銅元 ⑦又作朝代名：元朝｜元曲

袁 yuán

袁篆 袁 隸(華山神廟碑) 袁 楷(顏真卿)

【析形】袁字小篆外廓是衣，上端像衣領，領下分叉像帶子，帶子下端之"口"像玉珮。會意字。隸變後已失初形。楷書沿襲隸書。

沿襲隸書。

【釋義】本義指衣襟上佩玉之帶，為"瑗"字本字。又指衣服很長的樣子。

猿〔猨〕yuán

猿 楷(顏真卿)

【析形】猿字《說文》所無。楷書左旁是"犭"(犬)，意符，代表動物；右旁是袁，聲符，表示讀音。形聲字。異體字以"爰"為聲符。

【釋義】靈長類哺乳動物，與猴相似，比猴大，種類很多，生活在森林中，有的形狀和人類很相似的：猿猴｜猿人｜猿嘯｜人猿｜心猿意馬

轅(辕) yuán

轅篆 轅 隸(隸辨) 轅 楷(顏真卿)
轅 草(王羲之)

【析形】轅字小篆左旁是車，意符，表明字義與車有關；右旁是袁，聲符，表示讀音。形聲字。隸、楷書沿襲小篆。

【簡化】簡化字"辕"的意符"车"根據草書楷化而成。

【釋義】◎本義指車前駕牲畜的兩根直木，壓在車軸上，伸出車輿前段：轅馬｜車轅｜架轅｜南轅北轍。古代帝王外出止宿時，在險阻處置車為屏藩，又把車直立起來，使車轅對峙如門，稱"轅門"。◇引申指軍營之門或官方的衙署：行轅

遠(远) yuán

遠金 遠篆 遠 隸(曹全碑) 远 楷(顏真卿)

【析形】遠字金文左上部是"彳"，像道路形，下部是"止"，(甲骨文像足印形。"趾"字初文)，均為意符，表明字義與行走有關；右上是袁，聲符，表示讀音。形聲字。小篆把"彳"、"止"兩個部件合篆作"辵"，隸變後，辵字為偏旁時寫作"辶"。

【簡化】楷書簡體"远"是用更換聲符的方法，以筆畫較簡的"元"為聲符，替換了筆畫較繁複的"袁"。

【釋義】◎本義指空間或時間的距離長，

與"近"相對：遠大｜遠程｜遠方｜遠郊｜遠望｜遠行｜遠洋｜遠征｜遠走｜永遠｜深遠｜悠遠　◇引申①差別大：相差很遠 ②關係不親密，不接近：遠房｜遠親｜疏遠｜敬而遠之 ③深奧：玄遠｜言近旨遠

怨 yuàn

篆 隸(馬王堆帛書)　怨 楷(顏真卿)

【析形】小篆怨字下部是心，意符，表明字義與心緒有關；上部是夗，聲符，表示讀音。形聲字。隸、楷書沿襲小篆。
【釋義】◎本義指怨恨，不滿：怨憤｜怨氣｜怨言｜哀怨｜抱怨｜仇怨｜恩怨｜含怨｜積怨　◇引申指責怪：怨言｜抱怨｜埋mán怨｜任勞任怨

院 yuàn

篆 院 楷(顏真卿)

【析形】院字小篆左旁是阜，義為土山，意符，表明字義與高築物有關；右旁是完，聲符，表示讀音。隸變後，阜字在字左側為偏旁時寫作"阝"。
【釋義】◎本義指院牆，圍牆。◇引申①有圍牆環繞的房屋，也稱院子：院落｜場院｜獨院｜後院｜庭院｜宅院 ②某些機關、學校、事業單位和公共場所的名稱：院長｜法院｜畫院｜寺院｜學院｜醫院｜影院｜科學院

愿 yuàn

金 愿 篆

【析形】愿字金文下部是心，意符，表明字義與心性有關；上部是元，聲符，表示讀音。形聲字。小篆改聲符為"原"。
【釋義】忠厚，老實，謹慎：謹愿｜誠愿

願 (愿) yuàn

篆 願 楷(顏真卿)

【析形】願字小篆右旁是頁，意符，表明字的初義與頭有關(見"頁"字)；左旁是原，聲符，表示讀音。形聲字。
【簡化】簡化字是用同音合併的方法，以音同、筆畫較簡的"愿"代替筆畫較繁複

的"願"，合併了願、愿二字的意義。
【釋義】◎本義指大頭。△音借表示心願，願望：初願｜但願｜宏願｜還願｜請願｜如願｜夙願｜遂願｜意願｜志願｜祝願　◇引申表示樂意，想要：願意｜甘願｜寧nìng願｜情願｜誓願｜自願

約 (约) yuē

篆 約 隸(樓蘭簡)　約 楷(智永)　約 草(李邕)

【析形】約字小篆左旁是糸，意符，表明字的初義與絲線有關；右旁是勺，聲符，表示讀音。形聲字。隸、楷書沿襲小篆。
【簡化】簡化字"约"的意符"纟"根據草書楷化而成。
【釋義】◎本義指把絲纏成一束。◇引申①拘束，限制：約束｜制約 ②共同商定的事或要遵守的條文：約法｜締約｜訂約｜公約｜毀約 ③預先說定：約會｜約請｜預約 ④邀請：約集｜約同｜懇約｜特約 ⑤儉省：儉約｜節約 ⑥簡要，簡單：簡約 ⑦大概：約計｜約略｜約莫mo｜約數

月 yuè

甲 金 月 篆 隸(夏承碑)　月 楷(張猛龍碑)

【析形】月字甲骨文像缺月之形。象形字。金文中間多一畫。小篆線條化。隸、楷書筆畫化，已失初形。
【釋義】◎本義指月亮，月球：月出｜月光｜月色｜滿月｜新月　◇引申①指計時單位之一，古人以月亮的盈虧變化週期為一個月計算時間，一年為十二個月：月初｜月份｜月薪｜大月｜閏月 ②每月的：月報｜月經｜月產量 ③形狀或顏色像月亮的：月白｜月餅｜月琴

樂 (乐) yuè

甲 金 金 篆 隸(曹全碑)　樂 楷(朱君山墓誌)　乐 草(皇象)

【析形】樂字甲骨文上部是絲，代表琴絃，下部像琴架，以樂器表示音樂。象形

字。金文形一沿襲甲骨文；形二上部增
"白"（像拇指形）為意符，表示用手指彈
撥樂器。會意字。小篆、隸、楷書沿襲金
文形二。

【簡化】簡化字"乐"根據草書楷化而成。

【釋義】音樂：樂隊｜樂府｜樂理｜樂律｜樂
譜｜樂器｜樂曲｜樂團｜樂章｜民樂｜配樂｜聲
樂｜奏樂｜管弦樂｜交響樂｜輕音樂

閱 (阅) yuè

閱篆 𝅘 隸(馬王堆帛書) 阅楷(顏真卿)

【析形】閱字小篆外廓是門，意符，代表
房舍門戶；內中是"說"字的省減，聲
符，表示讀音（閱、說二字古音同韻部）。
形聲字。隸、楷書沿襲小篆。

【簡化】楷書簡體"阅"意符的簡化見"門"
字。

【釋義】◎本義指查點，計算。◇引申①
考察，察看：閱兵｜閱讀｜閱覽｜參閱｜查
閱｜翻閱｜檢閱｜校jiào閱｜批閱｜評閱｜審
閱 ②經過，經歷：閱歷｜閱世

岳 yuè

𝖘 說文古文 岳楷(蘇孝慈墓誌)

【析形】岳字說文古文上部像山巒起伏之
形；下部是山，意符，表明字義與山有
關。會意字。楷書沿襲小篆。

【釋義】◎本義指高大的山。△音借表示
妻的父母：岳父｜岳母｜岳丈

嶽 (岳) yuè

嶽篆 𝖘 隸(華山神廟碑) 嶽楷(智永)

【析形】嶽字小篆上部是山，意符，本義
即山；下部是獄，聲符，表示讀音。形聲
字。隸、楷書沿襲小篆。

【簡化】簡化字是用同音合併的方法，以
音同、筆畫較簡的"岳"代替筆畫較繁複
的"嶽"，合併了嶽、岳二字的意義。

【釋義】◎本義同"岳"，指高大的山。又
特指名山"五嶽"：泰山、華山、衡山、
恆山、嵩山

粵 yuè

雩金 粵金 粵篆 粵楷(顏真卿)

【析形】粵字金文借音近的"雩"字表示。
小篆把上部的"雨"訛作"宷"。楷書沿襲
小篆。

【釋義】◎本義指古代求雨之祭。△音借
作①連詞，表示承借關係，相當於"於
是"。②古代民族名，居住在廣東、福
建、浙江等地。今作廣東省的別稱：粵
菜｜粵劇｜粵語｜南粵

悅 yuè

悅楷(顏真卿)

【析形】悅字《說文》所無。古籍多用"說"
字表示。楷書左旁是"忄"（心），意符，
表明字義與心境有關；右旁是"兌"字的
省減，聲符，表示讀音。形聲字。

【釋義】喜歡，愉快：悅服｜取悅｜喜悅｜愉
悅｜心悅誠服｜和顏悅色；也指使愉快：悅
耳｜悅目｜賞心悅目

躍 (跃) yuè

躍篆 躍楷(智永)

【析形】躍字小篆左旁是足，意符，表明
字義與腿腳有關；右旁是翟，聲符，表示
讀音（躍、翟二字古音同韻部）。形聲字。
隸、楷書沿襲小篆。

【簡化】簡化字"跃"是用更換聲符的方
法，以筆畫較簡的"夭"為聲符，替換筆
畫繁複的"翟"。

【釋義】◎跳，跳躍：躍進｜飛躍｜活躍｜雀
躍｜踴躍 ◇引申形容活躍，急切：躍然｜
躍躍欲試

越 yuè

戉金 戉金 越篆 越隸(朝侯殘碑)

越楷(顏真卿)

【析形】越字金文形一借音同的"戉"字
表示；形二左旁增"邑"為意符，用為古
越國專用字，右旁"戉"為聲符，表示讀
音，成為形聲字。小篆左旁是走，意符，
表明字義與行走有關；右旁是聲符"戉"。

形聲字。隸、楷書沿襲小篆。

【釋義】◎本義指度過，度過，跨過：越冬｜越過｜越獄｜超越｜翻越｜跨越　◇引申①超出範圍，超過：越軌｜越級｜越界｜越境｜越權｜優越｜卓越　②表示程度隨着時間、條件的發展而發展：越發｜越來越好　③聲音、感情等昂揚：激越　④搶劫：殺人越貨

鑰（钥）yuè

鑰楷（顏真卿）

【析形】鑰字《說文》所無。楷書左旁是金，意符，表明材質；右旁是龠，聲符，表示讀音。形聲字。

【簡化】簡化字"钥"是用更換聲符的方法，以筆畫較簡的"月"為聲符，替換了筆畫繁複的"龠"。

【釋義】◎本義指門鎖，也指開鎖的工具：鑰匙｜鎖鑰

暈（晕）yūn

【析形】見"暈yùn"。

【釋義】◎本義指日暈或月暈，音yùn。◇引申①頭腦不清醒：暈頭暈腦｜暈頭轉向　②昏迷：暈倒｜暈厥（以上各引申義音yūn）

雲（云）yún

ク甲雲篆**雲**隸（華山神廟碑）

雲楷（張猛龍碑）　**云**楷（智永）

【析形】雲字甲骨文像天空雲團之形。象形字。隸作"云"。"云"字借表示"說"義後，小篆上部增"雨"為意符，表示雲雨之"雲"。隸書和楷書形一沿襲小篆。

【簡化】楷書簡體"云"是用沿用古體的方法，沿用甲骨文形體，合雲、云為一字。

【釋義】◎本義指懸浮在空中由大量水滴、冰晶聚集形成的聚合物：雲彩｜雲層｜雲端｜雲霧｜風雲｜烏雲｜陰雲　◇引申①像雲那樣多而堆積的東西：雲鬢｜雲集｜疑雲　②比喻高：雲雀｜雲梯｜雲霄｜壯志凌雲　雲南省：雲貴｜雲腿

云 yún

【析形】見"雲"。

【釋義】說：云云｜人云亦云｜不知所云

勻（匀）yún

ク金**匀**篆**匀**楷（顏真卿）

【析形】勻字金文內中是二，意符，表示二分；外廓是"旬"字的省簡，聲符，表示讀音。形聲字。小篆沿襲金文。楷書中間"二"寫作"冫"。

【釋義】◎本義指分，分出：勻兌｜勻着吃｜勻出時間　◇引申①指調稱：勻稱chèn｜勻和huó｜勻淨｜勻溜｜勻實｜勻速｜勻整｜均勻　②指使均勻：勻臉｜調勻｜挽勻

員（员）yún

【析形】見"員yuán"。

【釋義】本義為方圓之"圓"，音yuán。人名用字。伍員，即伍子胥，春秋時人。

耘 yún

耘楷（顏真卿）

【析形】耘字《說文》所無。楷書左旁是耒，義為犁上的木把，意符，表明字義與農具有關；右旁是云，聲符，表示讀音。形聲字。

【釋義】除草：耘鋤｜耘田｜耕耘｜夏耘

允 yǔn

ク甲**兂**金**兂**篆**允**隸（白石君碑）　**允**楷（顏真卿）

【析形】允字甲骨文下部是側立之人形，上部像人點頭允諾之形。象形字。金文沿襲甲骨文；小篆下部是儿，代表人，上部訛作"目"（以），聲符，表示讀音，成為形聲字。隸書上部訛作"厶"。楷書沿襲隸書。

【釋義】◎本義指允諾，允許，許可：允准｜承允｜俯允｜慨允｜應yìng允　◇引申①誠信　②公平，得當：允當dàng｜公允｜平允

隕 (陨) yǔn

金篆 隕隸(曹全碑) 陨草(草書韻會) 隕楷(顏真卿)

【析形】金文隕字左旁像山崖形，隸作"阜"，義為土山，意符，表明字義與高地有關；右旁是員，聲符，表示讀音。形聲字。小篆沿襲金文。隸變後，阜字在字左側為偏旁時寫作"阝"。

【簡化】楷書簡體"陨"根據草書楷化而成。

【釋義】從高處墜落：隕落｜隕滅｜隕石｜隕星

孕 yùn

甲 篆 孕楷(虞世南)

【析形】孕字甲骨文外廓像側立之人形，腹中有"子"，像子在腹中之形，表示人懷有身孕。會意字。小篆把人形訛為"几"。楷書又訛作"乃"。

【釋義】懷胎：孕婦｜孕期｜孕育｜懷孕｜受孕

運 (运) yùn

篆 運楷(歐陽詢)

【析形】小篆運字左旁是辵，意符，表明字義與行為動作有關；右旁是軍，聲符，表示讀音(運、軍二字古音同韻部)。形聲字。隸變後，辵字為偏旁時寫作"辶"。

【簡化】簡化字"运"是用更換聲符的方法，以筆畫較簡的"云"為聲符，替換了筆畫較繁的"軍"。

【釋義】◎本義指轉動。◇引申①運動：運行｜運轉 ②搬運，運輸：運河｜運銷｜運營｜貨運｜客運｜營運 ③利用，使用：運筆｜運籌｜運氣｜運思｜運算｜運用 ④命理注定的轉數，氣數：運道｜運氣｜財運｜厄運｜好運｜命運｜走運

員 (员) yùn

【析形】見"員yuán"。

【釋義】◎本義見"員yuán"。姓氏用字，音yùn。

暈 (晕) yùn

甲 篆 暈楷(顏真卿)

【析形】暈字甲骨文中間是日，四面像環繞太陽的雲氣形成的光暈。象形字。小篆上部是日，意符，表明字義與日光有關；下部是軍，聲符，表示讀音(暈、軍二字古音同韻部)。形聲字。楷書沿襲小篆。

【簡化】楷書簡體"晕"聲符的簡化見"軍"字。

【釋義】◎本義指日光或月光通過雲層中的冰晶時經折射而形成的光圈：日暈｜月暈 ◇引申①光影、色澤四周模糊的部分。②感覺昏眩：暈車｜暈船｜發暈｜眩暈｜血暈｜眼暈

韻 〔韵〕 yùn

篆 韻楷(王元祐造像) 韵楷(褚遂良)

【析形】韻字小篆左旁是音，意符，表明字義與聲音有關；右旁是員，聲符，表示讀音(韻、員二字古音同韻部)。形聲字。楷書異體字聲符為"勻"。內地採用"韵"字。

【釋義】◎本義指和諧的聲音：琴韻悠揚 ◇引申①風度，情趣：韻事｜韻味｜韻致｜風韻｜氣韻｜神韻 ②韻母：韻腹｜韻腳｜韻律｜韻文｜詩韻｜押韻｜陽韻｜轉韻

醞 (酝) yùn

篆 酝楷(顏真卿)

【析形】醞字小篆左旁像酒罈子之形，隸作"酉"，意符，表明字義與酒有關；右旁是昷，聲符，表示讀音。形聲字。

【簡化】楷書簡體"酝"是用更換聲符的方法，以筆畫較簡的"云"為聲符，替換了筆畫較繁的"昷"。

【釋義】◎本義指釀酒：醞釀 ◇引申指酒：佳醞

蘊 (蕴) yùn

蘊楷(蘇孝慈之基) 蕰草(王羲之)

【析形】蘊字《說文》所無。楷書上部是"艹"(艸)，意符，以草木聚生取蓄藏之

意；下部是緼，聲符，表示讀音。形聲字。

【簡化】簡化字"蘊"的聲符根據草書楷化

而成。

【釋義】◎本義指包含，蓄藏：蘊藏｜蘊涵｜蘊藉｜蘊蓄　◇引申指深奧：底蘊｜精蘊

Z

紮〔紥〕zā

【析形】紮字《說文》所無。下部是"糸"，意符，表示捆束所用之繩索；上部是札（或"扎"），聲符，表示讀音。形聲字。

【釋義】◎本義指纏束弓靶。◇引申①捆，纏束：紮彩｜包紮｜結紮｜捆紮　②量詞，用於把兒，捆兒：一紮線｜一紮菜

雜 (杂)〔襍〕zá

雜篆　雜隸(乙瑛碑)　雜楷(王獻之)

杂楷(顏真卿)

【析形】雜字小篆左上部是衣，意符，表明字的初義與衣服有關；左下部的"木"與右旁的"隹"合為"集"，聲符，表示讀音（雜、集二字古音同韻部）。形聲字。隸書"衣"形體訛變。楷書更把"衣"訛作"九"。

【簡化】楷書簡體"杂"是用保留特徵、局部代全體的方法，保留左旁"杂"代替全字，刪除了右旁"隹"。

【釋義】◎本義指用五色相合製作衣服。◇引申①不純粹的，多種的，與"純"、"單一"相對：雜感｜雜念｜雜品｜雜色｜雜文｜雜務｜雜議｜雜音｜雜質｜繁雜｜複雜｜龐雜｜冗雜｜閒雜｜雜亂無章　②混合，攙入：攙雜｜錯雜｜混雜｜夾雜　③正項以外的，正式的以外的：雜費｜雜牌｜雜項

砸 zá

砸楷(顏真卿)

【析形】砸字《說文》所無。楷書左旁是石，意符，石可碎物，取意打碎；右旁是

匝，聲符，表示讀音。形聲字。

【釋義】◎本義指打碎，打破：砸碎｜盆砸了。也指用沉重的物體撞擊，搗，打：砍砸｜砸地基｜砸核桃　◇引申比喻事情做壞或失敗：砸鍋｜戲演砸了

災〔烖〕(災) zāi

災甲　災甲　災甲　災甲　災籀文　烖篆

災篆　灾隸(桐柏廟碑)　灾楷(元真墓誌)

【析形】表示災難義甲骨文有多個形體。形一像江河洶湧之形，表示洪水泛濫之災，象形字；形二在水流中增"才"為聲符，表示讀音，成為形聲字；形三右旁以"戈"為意符，表示戰亂之災，左上仍為聲符"才"；形四下部改意符為"火"，表示火災；形五外廓像房屋形，內中是火，以屋內起火取災害之意，會意字。籀文則兼以"水"、"火"表示災害。小篆形一沿襲甲骨文形三而增"火"表意；形二沿襲甲骨文形五，以屋內着火取意。隸書沿襲小篆形二，房屋形隸作"宀"。楷書沿襲隸書。

【簡化】簡化字沿用楷書簡體。

【釋義】自然或人為之禍害。也指個人遭遇之不幸：災害｜災荒｜災禍｜災民｜災難｜災情｜災區｜旱災｜洪災｜抗災｜天災｜賑災

栽 zāi

栽金　栽篆　栽隸(馬王堆帛書)

栽楷(顏真卿)

【析形】栽字金文左下部是木，意符，表明字義與植物有關；右旁是戈，聲符，表

示讀音。形聲字。小篆、隸、楷書沿襲金文。

【釋義】◎本義指種植：栽培｜栽秧｜栽種｜盆栽　◇引申①插上：栽絨｜栽刷子　②跌倒在地上：栽倒｜栽跟頭｜倒栽葱　③硬給安上：栽贓｜栽罪名

載 zǎi

【析形】見"載zài"。

【釋義】◎本義指乘坐，音zài。◇引申指把事情寫下來，刊登：載記｜載書｜登載｜記載｜刊載｜連載｜轉載　△音借表示年：千載難逢｜一年半載（以上引申義及音借義音zǎi）

宰 zǎi

𢦏 甲 𢦏 金 寑 篆 宰 隸（馬王堆帛書）
宰 楷（虞世南）

【析形】宰字甲骨文外廓像房屋形，隸作"宀"，下部是辛，古代一種刑具，均為意符，表示割殺。會意字。金文、小篆、隸、楷書均沿襲甲骨文。

【釋義】◎本義當指殺牲割肉：宰割｜宰殺｜屠宰　◇由施宰引申①主事者：主宰　②又作古代官名：宰輔｜宰相｜太宰｜縣宰

再 zài

𣸣 甲 𣸣 金 再 篆 𠕲 隸（辟雍碑）
再 楷（顏真卿）

【析形】再字甲骨文中間像一條魚之形，上下加"一"，以一魚又一取意又一次。會意字。金文形體略變。小篆魚形訛變。隸書根據小篆轉寫而成。楷書沿襲隸書。

【釋義】◎本義指又一次，第二次：再版｜再次｜再度｜再婚｜再生｜再現｜一再　◇引申①表示將要重複的動作：再會｜再見　②更加：再早些｜再多點兒　③表示兩個連貫動作的先後關係：賞完花再走

在 zài

𡉈 金 𡉈 篆 在 隸（華山神廟碑）
在 楷（虞世南）

【析形】在字甲骨文、金文借音近的"才"字表示（見"才"字）。金文也見右旁加"土"作"在"，土生萬物，取意存在，"才"為聲符，成為形聲字。小篆沿襲金文。隸書形體略變。楷書沿襲隸書。

【釋義】◎本義表示存在：在世｜健在｜潛在｜外在　◇引申①居於，處在：在朝｜在逃｜在位｜在握｜在職｜在座　②人或事物的位置：在家｜所在｜心不在焉　③參加或屬於（某團體）：在黨｜在教　④留在：在位｜在學　⑤介詞，與名詞組成介詞結構，表示時間、處所、範圍等：在今天｜在北京開會｜在人類歷史上　⑥正在：晚會正在進行　⑦在於，決定於：功在不捨｜事在人為　⑧與"所"連用，表示強調：在所不辭｜在所不惜｜在所難免

載 （载） zài

𩎟 金 𩎟 篆 載 隸（樊敏碑）載 楷（高貞碑）
𨏚 草（趙佶）

【析形】載字金文左下是車，意符，表明字義與車有關；上部是𢦏，聲符，表示讀音。形聲字。小篆、隸、楷書沿襲金文。

【簡化】簡化字"载"的意符"车"根據草書楷化而成。

【釋義】◎本義指乘坐（車）。◇引申①裝載：載體｜載譽｜承載｜負載｜運載｜轉載｜裝載　②充滿：風雪載途｜怨聲載道　③表示又，且：載歌載舞

咱 〔偺、喒〕zán

咱 楷（顏真卿）

【析形】咱字《說文》所無。楷書左旁是口，取意稱呼；右旁是自，表示己方，均為意符，表示第一人稱。會意字。異體字以"朁"為聲符；或以"亻"（人）為意符。形聲字。

【釋義】①第一人稱代詞，相當於"我"：咱爸｜咱家｜咱自己　②總稱己方和對方：咱倆｜咱們（"咱們"包括談話的對方；"我們"或者包括談話的對方或者不包括。如：我們明天去香山，你要有空，咱們一起去）。

攢(攢) zǎn

攢 楷(顏真卿)　欑 草(孫過庭)

【析形】攢字《説文》所無。楷書左旁是"扌"(手)，意符，表明字義與手的動作有關；右旁是贊，聲符，表示讀音。形聲字。

【簡化】簡化字"攒"的聲符根據草書楷化而成。

【釋義】積聚，儲蓄：攢錢∣積攢

暫(暫) zàn

暫 篆　暫 隸(隸辨)　暫 楷(顏真卿)

【析形】暫字小篆下部是日，意符，表明字義與時日有關；上部是斬，聲符，表示讀音。形聲字。隸、楷書沿襲小篆。

【簡化】簡化字"暂"聲符的簡化見"斬"字。

【釋義】◎本義指時間不久，與"久"相對：短暫∣久暫　◇引申指短時間之內：暫定∣暫且∣暫時∣暫停∣暫行∣暫用

贊(贊)〔賛、讚〕zàn

贊 篆　贊 草(懷素)　贊 楷(顏真卿)

【析形】贊字小篆上部是兟，義為進，表示進見；下部是貝，表明字義與財物有關(見"貝"字)，均為意符，表示攜禮進見。會意字。

【簡化】楷書簡體"赞"的意符"贝"根據草書楷化而成。

【釋義】◎本義指進見。◇引申指輔佐，説明：贊成∣贊禮∣贊同∣贊助∣參贊

讚(赞)〔贊〕zàn

讚 隸(張表碑)

【析形】讚字隸書左旁是言，意符，表明字義與言詞有關；右旁是贊，聲符，表示讀音。形聲字。

【簡化】簡化字是用音同、筆畫較簡的"贊"字的簡化字"赞"代替了筆畫較繁複的"讚"，合併了讚、贊二字的意義。

【釋義】◎本義指誇獎，稱讚：讚歌∣讚美∣讚揚∣讚語∣讚譽∣誇讚∣盛讚　◇引申指舊時文體的一種：像讚∣傳 zhuàn 讚

髒(脏) zāng

髒 楷(顏真卿)

【析形】髒字《説文》所無。見"骯"字。

【簡化】楷書簡體"脏"是用更換意符和聲符的方法，以義近、筆畫較簡的"月"(古文"肉"字的隸變體。古文肉、月二字形近，隸變後，兩個字作偏旁時多同化寫作"月")為意符，替換筆畫較繁複的"骨"；右旁以音近、筆畫較簡的"庄"為聲符，替換筆畫繁複的"葬"。

【釋義】〔骯髒〕見"骯"字。

贓(赃)〔臟〕zāng

贓 楷(顏真卿)

【析形】贓字《説文》所無。左旁是貝，意符，表明字義與財物有關(見"貝"字)；右旁是臧，聲符，表示讀音。形聲字。異體字聲符為"藏"。

【簡化】楷書簡體"赃"是用更換聲符的方法，以音近、筆畫較簡的"庄"為聲符，替換筆畫繁複的"臧"；意符的簡化見"貝"字。

【釋義】盜竊，貪污受賄所得的財物：贓款∣贓物∣分贓∣貪贓∣窩贓∣銷贓∣栽贓∣賊贓∣追贓

臟(脏) zàng

臟 楷(顏真卿)

【析形】臟字《説文》所無。左旁的"月"是古文"肉"字的隸變體(古文肉、月二字形近，隸變後，兩個字作偏旁時多同化寫作"月")，意符，表明字義與身體的某部分有關；右旁是藏，聲符，表示讀音。形聲字。

【簡化】簡化字"脏"是用更換聲符的方法，以音近、筆畫較簡的"庄"為聲符，替換了筆畫繁複的"藏"。與骯髒之"髒"的簡化字"脏"異字同形。

【釋義】胸腔內部器官的總稱：肝臟∣內臟∣五臟∣心臟

葬 zàng

葬 甲　葬 金　葬 篆　葬 隸(張表碑)

Z

莽 楷(顏真卿)

【析形】葬字甲骨文右旁像殘骨遺骸之形，隸作"歹"，意符，表明字義與死亡有關；左旁是廾，聲符，表示讀音（葬、廾二字古音同韻部）。形聲字。金文意符訛變。小篆上下都是草，中間是"死"，"死"下部的"一"表示土地，均為意符，表示埋葬死者。會意字。隸、楷書沿襲小篆。

【釋義】◎本義指埋葬，掩埋屍體。◇引申泛指處理屍體的方式：葬禮｜葬身｜安葬｜國葬｜火葬｜埋葬｜喪 sāng 葬｜殉葬

藏 zàng

【析形】見"藏 cáng"。

【釋義】◎本義指收存，儲藏，音 cáng。◇引申指儲存東西的地方：寶藏｜庫藏　△音借表示①藏族：藏曆｜藏民｜藏語　②佛教、道教經書的總稱：藏經｜道藏｜三藏｜大藏經（以上引申義及音借義音 zàng）

遭 zāo

篆 遭 隸(夏承碑) 遭 楷(顏真卿)

【析形】遭字小篆左旁是辵，意符，表明字義與行走有關；右旁是曹，聲符，表示讀音。形聲字。隸變後，辵字為偏旁時寫作"辶"。楷書沿襲隸書。

【釋義】◎本義表示①逢，遇上，碰到：遭難｜遭受｜遭殃｜遭遇｜遭災　②巡行，遍行：周遭　◇引申作量詞，表示周，圈：頭一遭｜走一遭｜繞了兩遭

糟 zāo

篆 糟 楷(智永)

【析形】糟字小篆左旁是米，意符，表明字義與穀米有關；右旁是曹，聲符，表示讀音。形聲字。楷書沿襲小篆。

【釋義】◎本義指酒渣：糟糠｜酒糟｜醩糟。也指用酒或酒糟醃製食物：糟蛋｜糟肉｜糟魚　◇引申①腐爛，不結實：糟朽　②事情辦壞：糟糕｜糟踐｜糟踏｜糟蹋｜一團糟

鑿（凿）záo

金篆 鑿 隸(隸辨) 鑿 楷(顏真卿)

【析形】鑿字小篆下部是金，意符，表明字義與金屬有關；上部是"鏧"字的省減，聲符，表示讀音。形聲字。隸、楷書沿襲小篆。

【簡化】簡化字"凿"是用保留特徵、局部代全體的方法，保留原字左上部"凿"代替全字，刪去了其餘部件。

【釋義】①挖槽或打孔用的工具：鑿子　②表示穿孔，挖掘：鑿井｜鑿孔｜開鑿

早 zǎo

早篆 早 隸(曹全碑) 早 楷(智永)

【析形】早字小篆上部是日，表明字義與太陽有關；下部像盔甲形，均為意符，表示太陽已上人頭。會意字。隸書把下部的"甲"字隸作"十"，楷書沿襲隸書。

【釋義】◎本義指早晨：早班｜早餐｜早操｜早潮｜早點｜早上｜明早｜清早　◇引申表示時間在先的，從前：早產｜早春｜早稻｜早年｜早期｜早熟｜早衰｜趕早｜及早｜提早

棗（枣）zǎo

棗金 棗篆 棗 楷(顏真卿)

【析形】棗字金文合二束而成。束即刺，棗樹樹枝有刺，故以重"束"取意。會意字。小篆沿襲金文。

【簡化】楷書簡體"枣"是用符號代替的方法，下部以筆畫省簡的"㐅"作為象徵性符號，替換了重複的"束"。簡化字沿用楷書簡體。

【釋義】◎樹名。落葉喬木或灌木，枝有刺，果實橢圓或長橢圓形，鮮嫩時黃色，成熟後紫紅色，味甘美，供食用，也可入藥：棗核｜棗泥｜棗樹｜黑棗｜紅棗｜蜜棗｜沙棗｜泡 pāo 棗　◇引申指像棗的：棗椰｜海棗｜椰棗

蚤 zǎo

篆 蚤 隸(馬王堆帛書) 蚤 楷(顏真卿)

【析形】蚤字小篆下部是虫，意符，表明

字義與昆蟲有關；上部像手爪形，為"爪"字古文，隸作"叉"，聲符，表示讀音（蚤、叉二字古音韻部相近）。形聲字。隸書聲符略變。楷書沿襲隸書。

【釋義】◎吸食人、畜血液，能傳染疾病的害蟲：跳蚤｜狗蚤

澡 zǎo

燥篆　燥隸（馬王堆帛書）　澡楷（顏真卿）

【析形】澡字小篆左旁是水，意符，表明字義與水有關；右旁是喿，聲符，表示讀音。形聲字。隸、楷書沿襲小篆。隸變後，水字在字左側為偏旁時寫作"氵"。

【釋義】◎本義指洗手。◇詞義擴大引申指洗身子：澡盆｜澡堂｜擦澡｜洗澡

藻 zǎo

藻篆　藻隸（基誌）　藻楷（顏真卿）

【析形】藻字小篆上部是"艸"，意符，表明字義與植物有關；下部是澡，聲符，表示讀音。形聲字。篆、楷書沿襲小篆。

【釋義】◎本義為藻類植物名。古代專指一種水草。◇引申①泛指生長在水中的綠色植物：海藻｜褐藻｜水藻｜金魚藻 ②華麗：藻井｜辭藻 ③修飾：藻飾

皂 (皁) zào

皂楷（顏真卿）

【析形】皂字《說文》所無。本作"皁"，像櫟實形。楷書形體訛變，上部作"白"，下部訛作"七"。

【釋義】◎本義指櫟斗。即櫟實，又叫柞實，其殼斗煮汁，可以染黑。◇引申①黑色：皂白｜皂鞋 ②舊時用皂莢去垢，故又引申稱去垢物為皂：皂化｜皂素｜肥皂｜香皂｜藥皂

竈 (灶) zào

竈金　竈篆　竈隸（馬王堆帛書）　灶楷（顏真卿）

【析形】灶字金文上部是穴，意符，表明字義與屋室有關；下部是"竈"字的省減，聲符，表示讀音（竈、竈

二字古音同韻部）。形聲字。小篆、隸書沿襲金文。

【簡化】楷書簡體是用另造新字的方法，新造了"灶"字。右旁是土，表明製作材料；左旁是火，均為意符，表示火爐。會意字。

【釋義】◎本義指置炊物之地。後指用磚、坯、金屬等製成的生火煮食物的設備：灶火｜灶君｜灶台｜灶頭｜電灶｜爐灶

造 zào

造金　造金　造金　造金　造篆　造隸（曹全碑）　造楷（虞世南）

【析形】"造"字金文有多個形體。形一上部是"宀"，左下是舟，意符，表示建造房屋、船隻等，右下是告，聲符，表示讀音。形聲字。形二意符為"戈"；形三意符為"金"；形四意符為"鼎"，均表示製造對象；形五意符為"辵"，表明字義與行為動作有關，各形聲符均為"告"。小篆沿襲金文形五。隸變後，辵字為偏旁時寫作"辶"。楷書沿襲隸書。

【釋義】◎本義指做，製作：創造｜塑造｜修造｜製造 ◇引申①成就，培養：造就｜造詣｜深造 ②表示前往，到：造訪｜造府｜登峰造極 ③建設：造林｜締造｜改造｜建造｜營造 ④虛構：造謠｜編造｜假造｜捏造｜偽造｜臆造 ⑤莊稼的收成或收成的次數：晚造｜早造｜一年三造

燥 zào

燥篆　燥隸（馬王堆帛書）　燥楷（顏真卿）

【析形】燥字小篆左旁是火，意符，表明字義與火有關；右旁是喿，聲符，表示讀音。形聲字。隸、楷書沿襲小篆。

【釋義】◎本義指以火乾物。◇引申①泛指缺少水分：燥熱｜熾燥｜乾燥 ②說話、寫文章不生動，索然無味：枯燥

躁 zào

躁楷（顏真卿）

【析形】躁字《說文》所無。楷書左旁是足，意符，人焦躁時常頓足跺腳，取意情急；

右旁是喿，聲符，表示讀音。形聲字。

【釋義】性情急，不冷靜：躁動｜躁急｜暴躁｜煩躁｜浮躁｜急躁｜毛躁

噪 zào

噪 楷 (顏真卿)

【析形】噪字《說文》所無。楷書左旁是口，意符，表明字義與口的行為有關；右旁是喿，聲符，表示讀音。形聲字。

【釋義】◎本義指鳥、蟲喧叫：蟬噪｜群鴉亂噪 ◇引申①吵雜、煩擾的聲音：雜噪｜噪音｜鴉噪 ②大聲吵嚷，叫罵：鼓噪｜聒噪｜呼噪

則 (则) zé

剔 金 貯 篆 貝刀 隸 (葉慧明碑)
則 楷 (歐陽詢) 則 草 (顏真卿)

【析形】則字金文右旁是刀，表明工具，左旁是鼎，均為意符，取意刻鑄。會意字。小篆把“鼎”訛作“貝”。隸變後，刀字在字右側為偏旁時寫作“刂”。

【簡化】簡化字“则”的意符“贝”根據草書楷化而成。

【釋義】◎本義指刻鑄。◇引申①法則，規章：定則｜附則｜規則｜簡則｜守則｜通則 ②模範，榜樣：以身作則 ③量詞：一則新聞｜寓言兩則 △音借作連詞，表示連接或轉折關係：否則｜或則｜雖則

責 (责) zé

青 甲 責 金 賞 篆 責 隸 (居延簡) 責 楷 (褚遂良)
責 草 (王羲之)

【析形】責字甲骨文下部是貝，意符，表明字義與財物有關 (見“貝”字)；上部是束，聲符，表示讀音。形聲字。金文、小篆沿襲甲骨文。隸書聲符形體訛變。楷書沿襲隸書。

【簡化】簡化字“责”的意符“贝”根據草書楷化而成。

【釋義】◎本義同“債”(古人釋：“責，謂索求負家償物也。”)。◇引申①索取，求。②要求，督促：責成｜責全｜求全責備 ③指責，斥責：責備｜責罰｜責怪｜貶責｜

叱責｜呵責｜苛責｜譴責｜指責 ④質問，詰問：責難 nàn｜責問｜詰責 ⑤處罰，為懲罰而打：笞責｜杖責 ⑥責任：負責｜盡責｜權責｜文責｜卸責｜職責｜專責｜罪責

擇 (择) zé

𢮾 金 擇 篆 擇 隸 (白石君碑) 擇 楷 (石經孝經)
擇 草 (孫過庭)

【析形】擇字金文下部像兩隻手，意符，表明字義與手的動作有關；上部是睪，聲符，表示讀音。形聲字。小篆意符為“手”，寫作左右結構。隸、楷書沿襲小篆。隸變後，手字在字左側為偏旁時寫作“扌”。

【簡化】簡化字“择”根據草書楷化而成。

【釋義】挑揀，挑選：擇交｜擇日｜擇友｜採擇｜抉擇｜選擇｜擇優錄取｜不擇手段｜飢不擇食

澤 (泽) zé

擇 篆 澤 楷 (顏真卿) 澤 草 (王羲之)

【析形】澤字小篆左旁是水，意符，表明字義與水有關；右旁是睪，聲符，表示讀音。形聲字。隸變後，水字在字左側為偏旁時寫作“氵”。

【簡化】簡化字“泽”根據草書楷化而成。

【釋義】◎本義指水聚匯之地：澤國｜草澤｜湖澤｜沼澤｜竭澤而漁 ◇水面光亮潤滑，引申①光潤：光澤｜色澤 ②濕，滋潤：潤澤 ③恩惠：恩澤｜澤及四方

賊 (贼) zéi

𢦙 金 賊 篆 賊 隸 (禮器碑) 賊 楷 (智永)
賊 草 (顏真卿)

【析形】賊字金文右旁是戈，意符，取意以武力破壞；左旁是則，聲符，表示讀音。形聲字。小篆沿襲金文。隸書聲符“刀”旁訛變。楷書又把“刀”旁訛作“十”。

【簡化】簡化字“贼”根據草書楷化而成。

【釋義】◎本義指破壞，傷害：戕賊 ◇引申①危害社會，出賣國家、團體利益的人：工賊｜國賊｜奸賊｜民賊｜賣國賊 ②偷東西的人：賊船｜賊首｜賊窩｜賊臟｜飛賊｜

慣賊｜竊賊　③邪的，不正派的：賊腔｜賊心｜賊眼　④狡猾：這人真賊　△音借表示很，非常：賊冷｜賊亮

怎 zěn

怎楷（顏真卿）

【析形】怎字《說文》所無。楷書下部是心，意符，取意心存疑問；上部是乍，聲符，表示讀音。形聲字。

【釋義】疑問代詞，表示疑問，相當於"如何"：怎的｜怎地｜怎麼｜怎奈｜怎樣

曾 zēng

曾甲金**曾**金**曾**篆**曾**隸（曹全碑）

曾楷（歐陽通）

【析形】曾字甲骨文像古代炊飯器"甑"之形（一種下體承水，中間設箅，上面盛飯之炊器），上面像有蒸氣冒出。象形字。金文形一下部增"口"表示炊爐，形二訛"口"為"日"。小篆沿襲金文形二。隸變後，"曰"字作偏旁時與"日"字同化。

【釋義】◎本義指蒸食之炊具，為"甑"字初文。△音借指中間隔兩代的親屬關係：曾孫｜曾祖父

增 zēng

增篆**增**楷（顏真卿）

【析形】增字金文借音同的"曾"字表示（見"曾"字）。小篆左旁增"土"為意符，以土地之厚取意增添；右旁"曾"為聲符，表示讀音。形聲字。楷書沿襲小篆。

【釋義】加，添：增產｜增大｜增多｜增高｜增光｜增加｜增進｜增收｜增添｜增益｜增值｜增殖｜倍增｜遞增｜激增

憎 zēng

憎篆**憎**隸（朝侯殘碑）**憎**楷（顏真卿）

【析形】憎字小篆左旁是心，意符，表明字義與心理活動有關；右旁是曾，聲符，表示讀音。形聲字。隸書沿襲小篆。隸變後，心字在字左側為偏旁時寫作"忄"。

【釋義】厭惡，恨：憎恨｜憎惡 wù｜憎嫌｜

愛憎｜可憎｜愛憎分明

贈 (贈) zèng

贈篆**贈**隸（葉慧明碑）**贈**草（顏真卿）

贈楷（顏真卿）

【析形】贈字小篆左旁是貝，意符，表明字義與財物有關（見"貝"字）；右旁是曾，聲符，表示讀音。形聲字。隸書沿襲小篆。

【簡化】楷書簡體"赠"的意符"贝"根據草書楷化而成。

【釋義】奉送，送給：贈品｜贈送｜贈言｜贈閱｜惠贈｜敬贈｜捐贈｜饋贈

喳 zhā

喳楷（顏真卿）

【析形】喳字《說文》所無。楷書左旁是口，意符，表明字義與口的行為有關；右旁是查，聲符，表示讀音。形聲字。

【釋義】①舊時僕役對主人的應諾聲。②象聲詞。多形容鳥聲：喜鵲喳喳地叫

查 zhā

【析形】見"查chá"。

【釋義】◎本義指木筏，音chá。又作姓氏用字，音zhā。

渣 zhā

渣楷（顏真卿）

【析形】渣字《說文》所無。楷書左旁是"氵"(水)，意符，表明字義與水有關；右旁是查，聲符，表示讀音。形聲字。

【釋義】◎物質經提取汁液或精華後的殘餘部分：渣滓｜沉渣｜廢渣｜礦渣｜爐渣｜藥渣　◇引申指碎屑：麵包渣

紮 〔紥、扎〕 zhā

【析形】見"紮zā"。

【釋義】◎同"紮zā"，表示纏束，捆紮。◇引申表示駐紮：紮營｜屯紮｜安營紮寨

Z

扎 zhā

【析形】見"扎 zhá"。

【釋義】刺：扎手 | 扎眼 | 扎針

扎 zhá

【析形】扎字《説文》所無。為"札"字俗字。

【釋義】◎同"札"。〔扎掙〕勉強支持，用力支撐或擺脫：病人扎掙着坐了起來

軋 (轧) zhá

【析形】見"軋 yà"。

【釋義】◎本義指車輪輾壓，音 yà。◇引申指壓鋼坯，音 zhá：軋鋼 | 軋製 | 滾軋 | 冷軋 | 熱軋

閘 (闸) zhá

閘篆　闸隸（馬王堆帛書）　闸楷（顏真卿）

【析形】閘字小篆外廓是門，意符，表明字的初義與門有關；內中是甲，聲符，表示讀音。形聲字。隸、楷書沿襲小篆。

【簡化】楷書簡體"闸"意符的簡化見"門"字。

【釋義】◎本義指開閉門。◇引申①可以隨時啟閉之水門，可控制水流大小和船隻通行：閘口 | 閘門 | 船閘 | 涵閘 ②制動器之通稱：閘板 | 閘門 | 電閘 | 風閘 | 手閘 | 線閘

炸 zhá

【析形】見"炸 zhà"。

【釋義】◎本義指物體突然破裂，音 zhà。◇引申指用多量燒沸的油弄熟食物，音 zhá：炸糕 | 炸醬 | 炸魚 | 油炸

鍘 (铡) zhá

铡楷（顏真卿）

【析形】鍘字《説文》所無。左旁是金，意符，表明材質；右旁是則，聲符，表示讀音。形聲字。

【簡化】楷書簡體"铡"的意符"钅"和聲符"则"分別根據草書楷化而成。

【釋義】◎一種裝着樞紐可以扳動的刀具：鍘刀 ◇引申指用鍘刀切：鍘草 | 鍘牀

眨 zhǎ

眨篆　眨楷（顏真卿）

【析形】眨字小篆左旁是目，意符，表明字義與眼睛有關；右旁是乏，聲符，表示讀音（眨、乏二字古音同韻部）。形聲字。楷書沿襲小篆。

【釋義】眼睛一張一合：眨眼 | 眨巴眨巴

炸 zhà

炸楷（顏真卿）

【析形】炸字《説文》所無。楷書左旁是火，意符，表明字義與火有關；右旁是乍，聲符，表示讀音。形聲字。

【釋義】◎本義指物體突然破裂：爆炸 | 煤氣罐炸了 ◇引申①用火力、炸藥爆破：炸彈 | 炸毀 | 炸雷 | 轟炸 ②因憤怒而忽然發作：氣炸了

榨 〔搾〕 zhà

榨楷（顏真卿）

【析形】榨字《説文》所無。楷書左旁是木，意符，表明材質；右旁是窄，聲符，表示讀音。形聲字。異體字以"扌"（手）為意符，表明引申義與手的動作有關。

【釋義】◎本義指壓出物體液體的器具：油榨 | 酒榨 ◇引申指用力壓出。此義又作"搾"：榨取 | 榨油 | 壓榨

乍 zhà

乍甲　乍金　乍篆　乍楷（王羲之）

【析形】乍字甲骨文下部是刀，像刀在物體上刻畫之形（一說下部是刀，上部是卜，均為意符，表示用刀製作占卜用之卜龜），會意字。當為"作"字初文。金文沿襲甲骨文。小篆形體略變。隸書已失原形。

【釋義】◎本義當為"作"字初文。△音借作副詞。表示①忽然，突然：乍見 | 乍冷乍熱 ②起初，剛：初來乍到

詐 (诈) zhà

詐金　詐篆　詐隸（西狹頌）　詐楷（顏真卿）

【析形】詐字金文左旁是言，意符，表明字義與言語有關；右旁是乍，聲符，表示讀音。形聲字。小篆、隸、楷書沿襲金文。
【簡化】簡化字"诈"的意符"讠"根據草書楷化而成。
【釋義】◎本義指欺騙，誑騙：詐財｜詐騙｜詐取｜訛詐｜奸詐｜狡詐｜敲詐 ◇引申①假裝：詐敗｜詐死｜詐降 ②用假話試探，使對方吐露真情：設法詐他説出實話

柵 (栅) zhà

柵篆　柵楷(顏真卿)

【析形】柵字小篆左旁是木，意符，表明材質；右旁是冊，意符兼聲符，表示如簡冊一般用竹木編造而成，也表示讀音（柵、冊二字古音同韻部）。會意兼聲字。楷書沿襲小篆。
【釋義】〔柵欄〕用木、竹、鐵條等做成的阻攔物：木柵｜鐵柵

摘 zhāi

摘篆　摘隸(隸辨)　摘楷(顏真卿)

【析形】摘字小篆左旁是手，意符，表明字義與手的動作有關；右旁是"適"字的省減，聲符，表示讀音。形聲字。隸書聲符下部訛變。隸變後，手字在字左側為偏旁時寫作"扌"。
【釋義】◎本義指摘取，拿下：摘除｜採摘 ◇引申表示選取：摘編｜摘抄｜摘記｜摘錄｜摘要｜摘引｜文摘

齋 (斋) zhāi

齋金　齋篆　齋楷(石經禮經)　齋草(王羲之)

【析形】齋字金文左旁是示，意符，表明字義與祭祀之事有關（見"示"字）；上部是"齊"字的省減，聲符，表示讀音（齋、齊二字古音同韻部）。形聲字。小篆、楷書沿襲金文。
【簡化】簡化字"斋"根據草書楷化而成，意符"示"已失初形。
【釋義】◎本義指古人在祭祀或舉行其他典禮前不飲酒、不吃葷、沐浴別居，清心寡慾，以示虔誠：齋戒｜齋期｜齋月｜把齋｜

封齋 ◇引申①素食：齋飯｜齋果｜吃齋｜持齋｜開齋 ②指捨飯給僧人：齋僧｜化齋｜施齋 ③稱書房、學校宿舍或某些商店；書齋｜西齋｜榮寶齋

宅 zhái

宅甲　宅金　宅篆　宅隸(樓蘭簡)　宅楷(智永)

【析形】宅字甲骨文上部像屋宇形，意符，表明字義與屋室有關；下部是乇，聲符，表示讀音（宅、乇二字古音同韻部）。形聲字。金文、小篆沿襲甲骨文。隸書屋字形隸作"宀"，楷書沿襲隸書。
【釋義】住所，房舍（多指較大的）：宅第｜宅地｜宅門｜宅院｜家宅｜內宅｜私宅｜住宅

擇 (择) zhái

【析形】見"擇zé"。
【釋義】義同"擇zé"。挑揀，挑選，用於口語，音zhái：擇菜｜擇刺｜擇席

窄 zhǎi

窄楷(顏真卿)

【析形】窄字《説文》所無。楷書上部是穴，意符，洞穴陰暗狹迫，取意狹小；下部是乍，聲符表示讀音。形聲字。
【釋義】◎本義指狹小，尤指橫的距離小，與"寬"相對：窄小｜狹窄｜冤家路窄 ◇引申①不寬裕：窄巴｜寬打窄用 ②不開朗：心眼窄

債 (债) zhài

債篆　債楷(顏真卿)　債草(趙構)

【析形】債字小篆左旁是人，意符，表明字義與人的活動有關；右旁是責，"債"字古文（見"責"字），意符兼聲符（債、責二字古音韻部相近）。會意兼聲字。隸變後，人字在字左側為偏旁時寫作"亻"。
【簡化】簡化字"债"右下部的"贝"根據草書楷化而成。
【釋義】欠別人的錢財：債款｜債權｜債券｜債務｜債主｜抵債｜放債｜負債｜還債｜借債｜內債｜欠債｜外債

Z

寨 zhài

寨 楷(顏真卿)

【析形】寨字《說文》所無。楷書下部是木，意符，表明建築材料；上部是"塞"字的省減，聲符，表示讀音。形聲字。

【釋義】①四周有柵欄或圍牆的村子：寨子｜邊寨｜村寨 ②防守用的柵欄：鹿寨｜木寨｜山寨 ③古代也指軍營：營寨｜安營紮寨

占 zhān

占 甲骨文 占 甲骨文 占 篆 占 隸(熹平石經)

占 楷(顏真卿)

【析形】占字甲骨文形一上部是卜，下部是口，均為意符，表示卜問(見"卜"字)。會意字。形二外廓像古代占卜用之卜骨形，占卜之義更顯。小篆、隸書沿襲甲骨文形一。楷書沿襲隸書。

【釋義】◎本義指卜問。通過察看用作占卜之龜甲、獸骨上的裂兆以推測吉凶禍福的一種活動。◇引申泛指用銅錢、竹籤等占卜：占卦｜占夢｜占問｜占星

沾 zhān

沾 篆 沾 隸(曹全碑) 沾 楷(顏真卿)

【析形】沾字小篆左旁是水，意符，表明字的初義與水有關；右旁是占，聲符，表示讀音。形聲字。隸、楷書沿襲小篆。隸變後，水字在字左側為偏旁時寫作"氵"。

【釋義】◎本義為水名。源出山西昔陽縣沾山嶺，流入河北井陘縣治河。△音借表示①因為接觸而被東西附上：沾染｜沾水 ②稍微碰上或挨上：沾邊｜沾唇｜腳不沾地｜沾親帶故 ◇又引申指憑藉某種關係而得到(好處)：沾光｜沾潤｜沾便宜

霑 〔沾〕zhān

霑 篆 霑 楷(虞世南)

【析形】霑字小篆上部是雨，意符，表明字義與雨水有關；下部是沾，聲符，表示讀音。形聲字。隸、楷書沿襲小篆。後用同音合併的方法，以音近、筆畫較簡的"沾"代替筆畫繁複的"霑"，合併了沾、霑二字的意義。

【釋義】浸潤，濡濕：霑濡 rú ｜霑潤｜淚水霑衣

粘 zhān

【析形】見"粘 nián"。

【釋義】◎本義指黍米煮熟後所具的黏糊特性，音 nián。◇引申指黏東西附着在物體上或互相連接，貼，膠合，音 zhān：粘連｜粘住

氈 (毡)〔氊〕zhān

氈 篆 毡 楷(顏真卿)

【析形】氈字小篆右旁是毛，意符，表明字義與毛製品有關；左旁是亶，聲符，表示讀音。形聲字。異體字意符在左，聲符在右。

【簡化】楷書簡體"毡"是用更換聲符的方法，以筆畫較簡的"占"為聲符，替換了筆畫繁複的"亶"。

【釋義】◎本義指獸毛等碾壓合成的片狀物。今泛指用棉、毛、化纖等碾壓合成的片狀物：氈墊｜氈房｜氈笠｜毛氈｜如坐針氈

瞻 zhān

瞻 篆 瞻 隸(馬王堆帛書) 瞻 楷(顏真卿)

【析形】瞻字小篆左旁是目，意符，表明字義與眼睛有關；右旁是詹，聲符，表示讀音。形聲字。隸書聲符形體略變。楷書沿襲小篆。

【釋義】向上或往前看：瞻顧｜瞻禮｜瞻望｜瞻仰｜觀瞻｜瞻前顧後｜高瞻遠矚

斬 (斩) zhǎn

斬 篆 斬 隸(馬王堆帛書) 斬 草(顏真卿) 斬 楷(顏真卿)

【析形】斬字小篆左旁是車，代表刑罰(車裂，古代酷刑的一種)；右旁是斤，古代形似斧的砍伐工具，均為意符，取意砍殺。會意字。隸、楷書沿襲小篆。

【簡化】楷書簡體"斩"的意符"车"根據草

書楷化而成。

【釋義】◎本義指砍殺，古代死刑的一種。◇引申泛指砍：斬斷│斬首│腰斬│斬釘截鐵│先斬後奏

盞（盏）〔琖、醆〕zhǎn

盞金 琖篆 盞楷(顏真卿)

【析形】盞字金文下部是皿，意符，表明字義與器皿有關；上部是戔，聲符，表示讀音。形聲字。小篆意符為"玉"，表明材質，寫作左右結構。楷書意符仍為"皿"，仍作上下結構。異體字或以"酉"為意符，表明字義與酒器有關。

【簡化】簡化字"盏"的聲符"戋"根據草書楷化而成。

【釋義】◎本義指淺而小的杯子，多指酒杯：把盞│杯盞│茶盞│酒盞　◇引申量詞：三杯兩盞　今多用於表示燈的單位：一盞燈

展 zhǎn

展篆 展隸(禮器碑) 展楷(蘇孝慈墓誌)

【析形】展字小篆上部是尸(甲骨文像人彎身屈膝之形)，意符，表明字義與人的動作有關；下部是"𢍉"字的省減，聲符，表示讀音。形聲字。隸書根據小篆轉寫而成。楷書沿襲隸書。

【釋義】◎本義指轉動，翻動：輾轉　◇引申①伸張，舒張：展翅│展開│展望│進展│開展│擴展│鋪展│伸展│延展│招展　②陳列，明顯地表現出來：展出│展露│展品│展期│展示│展銷│畫展│美展│展覽會　③發展(能力)：施展│一籌莫展

嶄（崭）zhǎn

嶄楷(顏真卿)

【析形】嶄字《說文》所無。上部是山，意符，取意高峻；下部是斬，聲符，表示讀音。形聲字。

【簡化】楷書簡體"崭"的聲符"车"根據草書楷化而成。

【釋義】◎本義指山高峻。◇引申指高出，突出：嶄新│嶄露頭角

佔〔占〕zhàn

【析形】見"占zhān"。表示佔有義增"亻"(人)為意符。

【釋義】◎本義指卜問，音zhān。△音借表示據有，奪取，音zhàn，後多寫作"佔"：佔據│佔領│佔有│霸佔│攻佔│搶佔│強佔│侵佔　◇引申指處於某種地位或屬於某種情況：佔多數│佔便宜│佔優勢

戰（战）zhàn

戰金 戰篆 戰隸(王基碑) 戰楷(昭仁寺碑)

【析形】戰字金文右旁是戈，意符，表明字義與兵器有關；左旁是單，聲符，表示讀音(戰、單二字古音同韻部)。形聲字。小篆、隸、楷書沿襲金文。

【簡化】簡化字"战"是用更換聲符的方法，以筆畫較簡的"占"為聲符，替換了筆畫較繁複的"單"。

【釋義】◎本義指戰爭，戰鬥：戰場│戰車│戰俘│戰果│戰壕│戰亂│戰役│戰友│交戰│冷戰│停戰│征戰　◇因聲通"顫"，表示哆嗦：戰抖│戰慄│打戰│寒戰│膽戰心驚

站 zhàn

站楷(顏真卿)

【析形】站字《說文》所無。楷書左旁是立，意符，取意站立；右旁是占，聲符，表示讀音。形聲字。

【釋義】◎本義指直立，立定：站隊│站立│站穩│站相　◇引申①中途暫駐的地方：站長│車站│驛站│火車站　②為某種業務而設立的機構：網站│觀測站│氣象站

顫（颤）zhàn

【析形】見"顫chàn"。

【釋義】◎本義指頭不定，音chàn。◇引申指發抖，哆嗦，音zhàn：顫慄│打顫

棧（栈）zhàn

棧篆 栈隸(隸辨) 栈楷(顏真卿)

【析形】棧字小篆左旁是木，意符，表明材質；右旁是戔，聲符，表示讀音。形聲

Z

字。

【簡化】楷書簡體"栈"的聲符"戋"根據草書楷化而成。

【釋義】◎本義指棚。古代也指用竹木所造之車。又指養牲畜之竹、木柵欄：戀棧｜馬棧　◇引申泛指存放貨物或供旅客住宿的地方：棧房｜貨棧｜客棧｜糧棧

綻 (绽) zhàn

綻 楷(顏真卿)

【析形】綻字《説文》所無。左旁是"糸"，意符，表明字的初義與衣物等有關；右旁是定，聲符，表示讀音。形聲字。

【簡化】楷書簡體"绽"的意符"纟"根據草書楷化而成。

【釋義】◎本義指衣縫裂開：綻裂｜開綻　◇引申泛指裂開，開：綻放｜破綻｜皮開肉綻

蘸 zhàn

蘸 篆 蘸 楷(顏真卿)

【析形】蘸字小篆上部是"艸"，取意未詳；下部是醮，聲符，表示讀音。形聲字。楷書沿襲小篆。

【釋義】將物體浸入水中或在粉末、液體等東西裏沾一下：蘸白糖｜蘸墨水｜蘸水筆

張 (张) zhāng

張 金 篆 張 隸(曹全碑)
張 楷(張猛龍碑) 草(王羲之)

【析形】張字金文左旁是糸，意符，表明材質；右旁是長，聲符，表示讀音。形聲字。小篆改意符為"弓"，表明字義與弓有關。隸、楷書沿襲小篆。

【簡化】簡化字"张"的聲符"长"根據草書楷化而成。

【釋義】◎本義指把弦繃在弓上，開弓，與"弛"相對：張弛｜改弦更張｜劍拔弩張　◇引申①開，展開：張掛｜張開｜張力｜張目｜張貼｜張嘴｜開張｜張口結舌｜綱舉目張　②陳設，鋪排：鋪張｜張燈結綵　③伸展，擴大，誇大：張狂｜張揚｜擴張｜伸張｜聲張｜虛張聲勢　④開業：開張｜新張　⑤量

詞：一張紙｜兩張椅子　⑥緊，緊張：慌張｜張惶失措

章 zhāng

章 金 章 篆 章 隸(華山神廟碑)
章 楷(蘇孝慈墓誌)

【析形】章字金文中間貫穿而下是辛，本義指古代刑具；下部像環束形，表意均未明(一説據小篆形體，上部是音，代表音樂；下部是"十"字古文，代表數量，均為意符，表示樂曲的章數)。會意字。小篆上部是音，下部像是十。隸、楷書沿襲小篆。

【釋義】◎本義指樂章。◇引申①歌曲、詩文的段落。②作品或文章：章節｜章句｜報章｜詩章｜文章｜斷章取義　③法規，條款：章程｜章則｜規章｜會章｜簡章｜違章｜憲章　④條理：順理成章｜雜亂無章　⑤標誌：徽章｜獎章｜領章｜勳章｜像章｜紀念章　⑥印鑒：蓋章｜公章｜圖章｜印章

彰 zhāng

彰 篆 彰 楷(歐陽詢)

【析形】彰字小篆右旁是彡，像毛飾畫文，意符，表示花紋色彩；左旁是章，聲符，表示讀音。形聲字。楷書沿襲小篆。

【釋義】◎本義指錯綜複雜的花紋或色彩。◇引申①顯明，顯著：彰明｜昭彰｜相得益彰｜欲蓋彌彰　②表揚：表彰｜彰善癉dàn 惡

樟 zhāng

樟 楷(顏真卿)

【析形】樟字《説文》所無。左旁是木，意符，表明字義與樹木有關；右旁是章，聲符，表示讀音。形聲字。

【釋義】樹名。樟樹，也稱香樟樹。常綠喬木，生在暖地，枝葉可製樟腦和樟腦油，供醫藥和工業之用。木材緻密，是製傢具、工藝品的良材，做成箱櫃可防蛀蟲：樟木｜樟腦

長 (长) zhǎng

【析形】見"長 cháng"。

【釋義】◎本義指長短之長，音 cháng。◇引申①年紀大或輩分高的：長輩｜長老｜長者｜師長｜兄長｜尊長 ②排行第一位：長房｜長孫｜長兄｜長子 ③主持人或指揮的，領導者：長官｜長機｜部長｜廠長｜首長｜院長｜族長 ④增進，增加：長進｜消長｜增長｜助長｜滋長 ⑤生，發育：長成｜長大｜成長｜生長｜苗長｜助長 (以上各引申義音 zhǎng)

漲 (涨) zhǎng

涨楷(顏真卿)

【析形】漲字《說文》所無。左旁是"氵"(水)，意符，表明字義與水有關；右旁是張，聲符，表示讀音。形聲字。

【簡化】楷書簡體"涨"聲符的簡化見"張"字。

【釋義】◎本義指水位升高：漲潮｜水漲船高 ◇引申指價格、股市指數等提高：漲價｜漲落｜漲錢｜暴漲｜高漲｜上漲

掌 zhǎng

篆掌 隸(華山神廟碑) 掌楷(蘇孝慈墓誌)

【析形】掌字小篆下部是手，意符，表明字義與手有關；上部是尚，聲符，表示讀音。形聲字。隸、楷書沿襲小篆。

【釋義】◎本義指手心。◇引申①手掌，某些動物的腳掌：掌聲｜掌心｜巴掌｜鼓掌｜撫掌｜拊掌｜熊掌 ②握，控制，主持，負責管理：掌班｜掌鞭｜掌舵｜掌管｜掌櫃｜掌勺｜掌握｜執掌 ③釘在鞋底前後的皮、橡膠等：後掌｜皮掌｜鞋掌

丈 zhàng

篆丈 楷(虞世南)

【析形】丈字小篆上部為棍棒，下部像一隻手，均為意符，為"杖"字本字。會意字。楷書手形訛變。

【釋義】◎本義當為"杖"字初文。◇古人持杖量度長短，故引申①長度單位：十尺為一丈：方丈｜市丈｜一落千丈 ②測量土地的長度、面積：丈量 △音借表示①對年老的人或長輩的尊稱：丈母｜丈人｜方丈｜岳丈 ②丈夫：姑丈｜姨丈

仗 zhàng

仗楷(顏真卿)

【析形】仗字《說文》所無。楷書左旁是人，意符，表明字義與人的活動有關；右旁是丈，聲符，表示讀音。形聲字。

【釋義】◎本義為兵器之總稱：儀仗｜明火執仗 ◇引申①戰爭或戰鬥：敗仗｜打仗｜大仗｜勝仗 ②持，拿着(兵器)：仗劍而行 ③倚仗，憑藉，依靠：仗勢｜仗恃｜仰仗｜依仗｜倚仗｜仗勢欺人｜狗仗人勢｜仗義疏財｜仗義執言

帳 (帐) zhàng

幅篆帳 楷(智永) 恨草(李世民)

【析形】帳字小篆左旁是巾，意符，表明材質；右旁是長，聲符，表示讀音。形聲字。楷書沿襲小篆。

【簡化】簡化字"帐"的聲符"长"根據草書楷化而成。

【釋義】◎本義指牀帳，幔帳等用紗或布做成之遮蔽物：帳幕｜帳蓬｜蚊帳｜營帳 因聲通"賬"，作錢財出入的記錄：帳簿

脹 (胀) zhàng

胀楷(顏真卿)

【析形】脹字《說文》所無。左旁的"月"是古文"肉"字的隸變體(古文肉、月二字形近，隸變後，兩個字作偏旁時多同化寫作"月")，意符，表明字義與皮肉有關；右旁是"長"，聲符，表示讀音。形聲字。

【簡化】楷書簡體"胀"聲符的簡化見"長 cháng"字。

【釋義】◎本義指皮肉鼓脹，即身體肉壁受到壓迫而產生不舒服的感覺：腹脹｜腫脹｜頭昏腦脹 ◇引申泛指其他事物、體積變大：鼓脹｜膨脹｜熱脹冷縮

漲 (涨) zhàng

【析形】見"漲 zhǎng"。

Z

【釋義】◎本義指水位升高，音zhǎng。◇引申①泛指體積增大，膨脹：漲閘｜紙箱被泡漲了 ②充滿：漲紅了臉(以上各引申義音zhàng)

障 zhàng

障_篆 障_{楷(顏真卿)}

【析形】障字小篆左旁是阜，義為土山，意符，表明字義與山有關；右旁是章，聲符，表示讀音。形聲字。隸變後，阜字在字左側為偏旁時寫作"阝"。

【釋義】◎本義指山路阻隔。◇引申①泛指阻隔，遮擋，起着阻礙作用的：障礙｜障蔽｜保障｜故障 ②用來遮擋或防衛的東西：障礙｜風障｜屏障

杖 zhàng

杖_篆 杖_{隸(葉慧明碑)} 杖_{楷(歐陽詢)}

【析形】杖字小篆左旁是木，意符，表明材質；右旁是丈，"杖"字初文，意符兼聲符，表示手杖，也表示讀音。會意兼聲字。隸、楷書沿襲小篆。

【釋義】◎本義指手杖，枴杖，扶着走路的棍子：雪杖｜藜杖 ◇引申①泛指棍棒：擀麵杖｜拿刀動杖 ②舊時刑罰的一種：杖責｜廷杖

招 zhāo

招_篆 招_{隸(張君碑)} 招_{楷(顏真卿)}

【析形】招字小篆左旁是手，意符，表明字義與手有關；右旁是召，聲符，表示讀音。形聲字。隸、楷書沿襲小篆。隸變後，手字在字左側為偏旁時寫作"扌"。

【釋義】◎本義指打手勢叫人來或向人致意：招手 ◇引申①引來，惹：招待｜招風｜招魂｜招攬｜招惹｜招笑｜招搖｜招議 ②用公開的方式使人來：招安｜招標｜招工｜招集｜招考｜招領｜招募｜招牌｜招聘｜招生｜招降｜招租 ③手法，技藝：招數｜招子｜高招｜花招｜絕招 ④承認，供認：招從｜招認｜不打自招｜屈打成招

着 〔著〕 zhāo

【析形】音"zhāo"之"著"字今又寫作"着"，是"著"字之分化字(見"著zhù"字)。

【釋義】◎放置：着點鹽 ◇引申①下棋時落棋子或走一步：着數｜高着兒｜失着兒｜棋高一着 ②比喻計策或手段：着數｜花着兒｜陰着

朝 zhāo

朝_甲 朝_金 朝_篆 朝_{隸(張遷碑)} 朝_{楷(歐陽詢)}

【析形】朝字甲骨文左旁中間是日，上下是草，右旁是月，表示日已出，月將落，取意天將明。會意字。金文左旁仍是"日"在"草"中，右旁訛"月"為水流形。小篆又訛"月"為"舟"。古文月、舟二字形近，隸變後，兩個字為偏旁時有的同化寫作"月"。隸、楷書沿襲甲骨文又復作"月"。

【釋義】◎本義指早晨：朝暉｜朝露｜朝氣｜朝夕｜朝霞｜朝陽 ◇引申表示時日：花朝｜今朝｜三朝

昭 zhāo

昭_篆 昭_{隸(桐柏廟碑)} 昭_{楷(顏真卿)}

【析形】昭字小篆左旁是日，意符，表明字義與光照有關；右旁是召，聲符，表示讀音。形聲字。隸、楷書沿襲小篆。

【釋義】◎本義指光，明亮。◇引申指明白，顯示：昭然｜昭示｜昭雪｜昭彰｜昭著｜昭然若揭

着 〔著〕 zháo

【析形】音"zháo"之"著"字今又寫作"着"，是"著"字之分化字(見"著zhù"字)。

【釋義】◎本義指穿，音zhuó。◇引申①挨上，接觸：着家｜腳不着地 ②感受，受到：着風｜着涼｜着忙｜着迷 ③觸火燃燒，又指燈發光，與"滅"相對：着火｜燈着了 ④用在動詞後表示達到目的或有結果：打着｜撈着｜睡着(以上各引申義音zháo)

沼 zhǎo

篆 隸(隸辨) 楷(顏真卿)

【析形】沼字小篆左旁是水，意符，表明字義與水有關；右旁是召，聲符，表示讀音。形聲字。隸、楷書沿襲小篆。隸變後，水字在字左側為偏旁時寫作"氵"。

【釋義】水池：沼氣｜沼澤｜池沼｜湖沼｜泥沼｜鹽沼

爪 zhǎo

甲 金 篆 隸(隸辨)

楷(昭仁寺碑)

【析形】爪字甲骨文像鳥爪形。象形字。金文則像手爪形。小篆線條化略失初形。隸、楷書沿襲小篆。

【釋義】◎本義指鳥獸的腳趾或趾甲。◇引申①泛指人或動物的指甲，趾甲：腳爪｜鱗爪｜鷹爪 ②比喻武臣、衛士等：爪牙 ③比喻輔佐的人。

找 zhǎo

楷(顏真卿)

【析形】找字《說文》所無。楷書左旁是"扌"(手)，意符，表明字義與手的動作有關；右旁是戈，聲符，表示讀音("找"字本為划船的"划"字異體，音huá)。形聲字。

【釋義】◎本為表示撥槳推船前進的"划"字異體，後又指尋求，覓取：找事｜尋找 ◇引申表示①添，自尋，故意挑：找病｜找茬兒｜找麻煩 ②把多餘部分退回：找還｜找零｜找錢｜找頭

召 zhào

甲 金 篆 隸(郭有道碑)

楷(李璧碑)

【析形】召字甲骨文下部是口，意符，表明字義與口的行為有關；上部是刀，聲符，表示讀音。形聲字。金文、小篆沿襲甲骨文。隸、楷書筆畫化，刀形略失。

【釋義】◎本義指呼喚：召喚｜召集｜召見｜召開｜感召｜徵召 ◇引申指招致，導致：召禍

兆 zhào

篆 隸(華山神廟碑) 楷(李璧碑)

【析形】殷商時代占卜時燒灼龜甲獸骨，視兆紋斷吉凶。兆字小篆像燒灼甲骨出現之裂兆。象形字。隸、楷書沿襲小篆。

【釋義】◎本義指卜兆：兆坼｜裂兆 ◇引申指預兆，事物發生前的徵候或跡象：兆頭｜惡兆｜吉兆｜前兆｜先兆｜徵兆 △音借表示數目字。一百萬為一兆：億兆

趙(赵) zhào

金 篆 隸(桐柏廟碑) 楷(顏真卿)

【析形】趙字金文左旁是走，意符，表明字的初義與行走有關；右旁是肖，聲符，表示讀音。形聲字。小篆、隸書沿襲金文。

【簡化】楷書簡體"赵"是用符號代替的方法，以筆畫較簡的"乂"作為象徵性符號，替換了筆畫較繁複的"肖"。

【釋義】◎本義指快步行走，超騰。周朝國名：趙國｜完璧歸趙

照〔炤〕zhào

金 篆 隸(景君碑) 楷(歐陽詢)

【析形】照字金文左旁上部是火，下部像手持物形，均為意符，表示手持火把照明；右旁是召，聲符，表示讀音。形聲字。小篆左下部是火，意符，取意光耀；左上部的"日"與右旁的"召"合為"昭"，聲符，表示讀音。隸變後，火字在字下部為偏旁時多作"灬"。楷書沿襲隸書。異體字以"火"為意符，以"召"為聲符。

【釋義】◎本義指光耀，照射：照臨｜照明｜光照｜普照｜日照｜映照 ◇引申①日光：殘照｜反照｜輻照｜落照｜夕照 ②明白，知曉：心照｜心照不宣｜肝膽相照 ③使明白，通知：照會｜關照｜知照 ④對着，向着：照海邊方向走｜照天空飛去 ⑤依着，按着：照辦｜照常｜照抄｜照舊｜照例｜照樣｜按照｜參照｜仿照｜依照｜遵照 ⑥憑證：本

Z

照｜護照｜牌照｜憑照｜執照 ⑦看顧：照拂｜
照顧｜照管｜照護｜照料｜照應｜關照 ⑧察
看：比照｜查照｜對照 ⑨借着光線照射拍
攝：照片｜照相｜拍照 ⑩對着鏡子或其他
反光的東西看自己或其他人物的影像；照
鏡子｜照妖鏡

罩 zhào

罩篆 罩楷（顏真卿）

【析形】罩字小篆上部是網，意符，表
明字的初義與網籠有關；下部是卓，聲
符，表示讀音（罩、卓二字古音韻部相
近）。形聲字。隸變後，網字為偏旁時寫
作"罒"。
【釋義】◎本義指捕魚的竹籠：魚罩 ◇引
申①覆蓋：罩棚｜罩住｜籠罩 ②套在外面
覆蓋物體的東西：罩袍｜罩衫｜燈罩｜口罩｜
面罩

折 zhē

【析形】見"折 zhé"。
【釋義】◎本義指折斷，音 zhé。◇引申指
翻轉，倒騰，音 zhē：折騰｜折跟頭

遮 zhē

遮篆 遮隸（居延簡） 遮楷（顏真卿）

【析形】遮字小篆左旁是辵，意符，表
明字義與行為動作有關；右旁是庶，聲
符，表示讀音（遮、庶二字古音韻部相
近）。形聲字。隸變後，辵字為偏旁時寫
作"辶"。
【釋義】◎本義指阻攔，遏止：遮道｜遮
斷 ◇引申①擋：遮擋｜遮光｜遮簷｜遮
陽 ②掩蓋，掩蔽：遮蔽｜遮藏｜遮蓋｜遮掩

折 zhé

折甲 折甲 折金 折篆 折隸（馬王堆帛書） 折楷（顏真卿）

【析形】折字甲骨文形一左旁像古代形似
斧的砍伐工具，隸作"斤"；右旁像斷開
的樹木，均為意符，以斷木取折斷之意。
會意字。形二把斷木易作斷草。金文及
小篆形一沿襲甲骨文形二。小篆形二把

"草"訛作"手"。隸變後，手字在字左側
為偏旁時寫作"扌"。
【釋義】◎本義指折斷，弄斷：摧折｜骨折｜
攀折 ◇引申①曲，彎：折腰｜波折｜曲折｜
周折 ②損傷，失敗，阻礙：折磨｜折辱｜
挫折｜摧折｜百折不撓 ③轉變方向，回
轉：折返｜折光｜折回｜折射｜折線｜轉折 ④
減損：折福｜折壽｜折損｜損兵折將 ⑤死
亡：夭折 ⑥漢字筆畫的一種，即"→"、
"乛"⑦元代雜劇的一個段落：一個雜劇
分成四折 ⑧折扣，按成數減少：折半｜折
頭｜打折｜不折不扣 ⑨抵作，以此代彼：
折變｜折兑｜折合｜折價｜折舊｜折算｜折賬

摺 (折) zhé

摺篆 摺楷（顏真卿）

【析形】摺字小篆左旁是手，意符，表明
字義與手的動作有關；右旁是習，聲符，
表示讀音。形聲字。
【簡化】簡化字是用同音合併的方法，以
音近、筆畫較簡的"折"代替筆畫較繁的
摺，合併了摺、折二字的意義。
【釋義】◎本義指毀壞。◇引申①表示
疊：摺疊｜摺扇 ②用紙摺疊起來的小本
子：摺子｜存摺｜奏摺

哲 zhé

哲金 哲金 哲篆 哲篆 哲隸（郭有道碑）
哲楷（虞世南）

【析形】哲字金文形一下部是心，意符，
表明字義與心智有關；上部是折，聲符，
表示讀音。形聲字。形二意符為"言"，
表明字義與言語有關。小篆形一沿襲金文
形一；形二意符為"口"，取意與"言"同。
隸、楷書沿襲小篆形二。
【釋義】◎本義指明智，有智慧：哲理｜
哲人｜哲學｜明哲保身 ◇引申指有智慧的
人：先哲｜賢哲

轍 (轍) zhé

轍篆 轍楷（顏真卿）

【析形】轍字小篆左旁是車，意符，表明字
義與車有關；右旁是"徹"字的省減，聲

符，表示讀音。形聲字。楷書沿襲小篆。
【簡化】簡化字"轍"意符的簡化見"車"字。
【釋義】◎本義指車輪碾出的痕跡：車轍｜覆轍｜合轍｜如出一轍　◇引申①行車規定的路線方向：上轍｜順轍｜下轍　②路數，路子，辦法，主意：實在沒轍

者 zhě

金　篆　隸(乙瑛碑)　者 楷(褚遂良)

【析形】者字金文下部是口，意符，以口能發出語詞取意；上部形構未明（一說為"堵"字古文），當為聲符，表示讀音（者、堵二字古音同韻部）。形聲字。小篆下部訛為"白"。隸變作"日"。楷書沿襲隸書。
【釋義】①語助詞，表示稍微停頓。②輔助性代詞，用在詞或短語後，指人、事、物、時等：筆者｜編者｜讀者｜患者｜記者｜前者｜強者｜使者｜行者｜學者｜長者　③早期白話作品表示近指代詞"這"：者個｜者番｜者回

這 (这) zhè

這 楷(顏真卿)

【析形】"這"字《説文》所無。楷書上部是言，外廓是"辶"，均為意符，表明字義與言行有關，當以言行表示指代的對象。會意字。
【簡化】簡化字"这"根據草書楷化而成。
【釋義】指示代詞，表示較近的時間、地點或事物等，與"那"相對。口語讀作"zhèi"：這般｜這邊｜這次｜這段｜這裏｜這些

浙 zhè

篆　浙 楷(顏真卿)

【析形】浙字小篆左旁是水，意符，表明字的初義與水有關；右旁是折，聲符，表示讀音。楷書沿襲小篆。隸變後，水字在字左側為偏旁時寫作"氵"。
【釋義】◎本義指水名，即今錢塘江，上游為新安江。◇引申指地名，浙江省的簡稱：浙貝｜江浙

蔗 zhè

篆　蔗 楷(顏真卿)

【析形】蔗字小篆上部是"艸"，意符，表示字義與植物有關；下部是庶，聲符，表示讀音（蔗、庶二字古音韻部相近）。形聲字。楷書沿襲小篆。
【釋義】植物名。甘蔗。禾本科，多年生草本植物，是一種主要的製糖原料：蔗糖｜蔗田｜蔗渣

着 〔著〕zhe

【析形】見"着 zhuó"。
【釋義】副詞，用在動詞、形容詞後，表示動作或狀態的持續：挨着｜放着｜接着｜亮着｜拿着｜隨着｜聽着｜向着｜走着

貞 (贞) zhēn

甲　貞 金　篆　貞 楷(校官碑)　貞 楷(高貞碑)

貞 草(智永)

【析形】貞字甲骨文有借音近的"鼎"字表示；也見上部增"卜"為意符，表明字義與占卜有關；下部"鼎"為聲符，表示讀音（貞、鼎二字古音同韻部）。形聲字。金文沿襲甲骨文。小篆把下部的"鼎"訛為"貝"。隸、楷書沿襲小篆。
【簡化】簡化字"贞"根據草書楷化而成。
【釋義】◎本義指卜問（《説文》："貞，卜問也。"）：貞卜　△音借指封建禮教中束縛女子的一種道德觀念：貞操｜貞節｜貞女｜童貞　◇引申指堅定不變：堅貞｜忠貞

針 (针)〔鍼〕zhēn

篆　隸(馬王堆帛書)　針 楷(歐陽詢)

針 草(孫過庭)

【析形】針字本作"鍼"。小篆左旁是金，意符，表明材質；右旁是咸，聲符，表示讀音（鍼、咸二字古音同韻部）。形聲字。隸書沿襲小篆。
【簡化】楷書"針"是用更換聲符的方法，以筆畫較簡的"十"為聲符（十、咸二字古音韻部相近），替換筆畫較繁複的"咸"。簡化字"针"的意符"钅"根據草書楷化而成。

Z

【釋義】◎縫製衣物等引線用的一種金屬細長工具：針尖｜針孔｜針線｜針眼｜穿針　◇引申①像針一樣的東西：錶針｜別針｜唱針｜時針｜指針｜避雷針　②中醫針灸、西醫注射用的器具：針刺｜針法｜針劑｜打針｜扎針(此義不作"鍼")

偵 (侦) zhēn

傊篆 偵楷(顏真卿)

【析形】偵字小篆左旁是人，意符，表明字義與人的活動有關；右旁是貞，聲符，表示讀音。形聲字。隸變後，人字在字左側為偏旁時寫作"亻"。

【簡化】簡化字"侦"聲符的簡化見"贞"字。

【釋義】◎本義指問，卜問。上古典籍中通作"貞"。◇引申指調查，暗中察看：偵察｜偵查｜偵緝｜偵探｜偵訊

珍 zhēn

珍篆 王介隸(禮器碑) 珍楷(顏真卿)

【析形】珍字小篆左旁是玉，意符，表明字的初義與玉器有關；右旁是參，聲符，表示讀音。形聲字。隸、楷書沿襲小篆。

【釋義】◎本義指珠玉之類的寶物。◇引申①指貴重的，稀有的：珍本｜珍貴｜珍奇｜珍品｜珍禽｜珍玩　②表示重視，愛惜：珍愛｜珍藏｜珍視｜珍重　③精美食品：珍饈｜山珍海味

真 zhēn

真金 真篆 真隸(禮器碑) 真楷(王羲之)

【析形】真字金文上部的"匕"是古文"人"字的倒寫，以人之倒取意變化；下部是"鼎"字的訛變，聲符，表示讀音。形聲字。小篆聲符形體略變。隸、楷書筆畫化。

【釋義】◎本義指道家所稱修真得道成仙的人：真人　◇引申①誠心，誠實：真誠｜真情｜真心｜真摯｜純真｜率真　②確實，的確：真確｜真正｜當dàng真｜果真　③清楚，明顯：真切　④不是虛構的，與"假"相對：真締｜真跡｜真假｜真實｜真意｜逼真

斟 zhēn

斝篆 斟隸(袁博碑) 斟楷(顏真卿)

【析形】斟字小篆右旁是斗，古代一種盛器，意符，表明字義與盛器有關；左旁是甚，聲符，表示讀音。形聲字。隸、楷書沿襲小篆。

【釋義】◎本義指用勺子舀取。◇引申指往杯子或碗裏倒酒或茶：斟茶｜斟酒｜斟酌

榛 zhēn

榛篆 榛楷(褚遂良)

【析形】榛字小篆左旁是木，意符，表明字義與樹木有關；右旁是秦，聲符，表示讀音。形聲字。楷書沿襲小篆。

【釋義】①樹名。落葉灌木，雄花黃褐色，雌花鮮紅色，果實叫榛子，可食用或榨油：榛實｜榛子　②草木叢雜：榛榛｜榛莽

診 (诊) zhěn

診篆 診楷(顏真卿)

【析形】診字小篆左旁是言，意符，表明字義與言語有關；右旁是參，聲符，表示讀音。形聲字。楷書沿襲小篆。

【簡化】楷書簡體"诊"的意符"讠"根據草書楷化而成。

【釋義】◎本義指省視，查考。《說文·言部》："診，視也。"◇引申①號脈：診脈　②檢查病情：診病｜診斷｜診療｜診所｜診治｜急診｜會診｜門診

枕 zhěn

枕篆 枕隸(樊敏碑) 枕楷(顏真卿)

【析形】枕字小篆左旁是木，意符，表明材質；右旁是尤，聲符，表示讀音。形聲字。隸、楷書沿襲小篆。

【釋義】◎本義指人睡覺時墊在頭底下之物：枕巾｜枕頭tou｜靠枕｜落lào枕　◇引申①把頭放在枕頭或別的東西上：枕藉jiè｜枕戈待旦｜高枕無憂　②墊：枕木｜軌枕

疹 zhěn

膍籀文 膌篆 疹楷(顏真卿)

【析形】疹字籀文左旁與右上一橫合隸作"疒"，意符，表明字義與病痛有關（見"病"字）；內中是 参，聲符，表示讀音。形聲字。小篆以"肉"為意符，表明字義與皮肉有關。楷書沿襲籀文。

【釋義】本義指嘴唇潰瘍，即唇生瘡。◇引申泛指病人皮膚上起的紅色小疙瘩：斑疹│風疹│麻疹│皰疹│皮疹│濕疹│瘟疹│血疹

陣 (阵) zhèn

陣楷(顏真卿) 陈草(孫過庭)

【析形】陣字《說文》所無，是從音近的"陳"字分化而來。右旁的"車"為意符，取意戰車佈陣。

【簡化】簡化字"阵"的意符"车"根據草書楷化而成。

【釋義】◎本義指兩軍交戰時隊伍的行列或組合方式：陣勢│嚴陣以待；也指軍隊作戰時佈置的局勢：陣容│陣線│陣營│疑陣│龍門陣 ◇引申①戰場：陣地│陣亡│敗陣│敵陣│臨陣│上陣 ②量詞，表示事情或動作經過的段落：陣痛│陣雨│一陣│陣陣寒意

振 zhèn

振篆 振隸(曹全碑) 振楷(顏真卿)

【析形】振字小篆左旁是手，意符，表明字義與手的行為動作有關；右旁是辰，聲符，表示讀音。形聲字。隸變後，手字在字左側為偏旁時寫作"扌"。

【釋義】◎本義指救助，賑濟：振民 ◇引申①奮起，興起：振拔│振奮│振興│振作│精神一振 ②搖動，揮動：振臂│振翅│振盪│振動│振筆疾書│振聾發聵

震 zhèn

震篆 震隸(熹平石經) 震楷(昭仁寺碑)

【析形】震字小篆上部是雨，意符，表明字義與雷雨有關；下部是辰，聲符，表示讀音。形聲字。隸、楷書沿襲小篆。

【釋義】◎本義指疾雷，雷擊。◇引申①泛指迅速或劇烈地顫動，也特指地震：震波│震盪│震撼│震級│震音│震源│震中│防震│抗震│威震四方 ②驚恐或情緒過分激動：震動│震驚│震怒│震懾

鎮 (镇) zhèn

鎮篆 鎮隸(王基碑) 鎮楷(王羲之) 扺草(王羲之)

【析形】鎮字小篆左旁是金，意符，代表重力；右旁是真，聲符，表示讀音。形聲字。隸、楷書沿襲小篆。

【簡化】簡化字"镇"的意符"钅"根據草書楷化而成。

【釋義】◎本義指重，壓，抑制：鎮尺│鎮痛│鎮壓│鎮紙 ◇引申①用兵力維持安定。②軍事上重要的地方：鎮守│重鎮│坐鎮 ③安定；鎮定│鎮靜 ④行政區劃單位：鎮子│城鎮│村鎮│市鎮│集鎮

正 zhēng

【析形】見"正 zhèng"。

【釋義】◎本義指征伐，音 zhèng。△音借表示農曆一年的第一個月，音 zhēng：正旦│正月│新正

爭 (争) zhēng

爭甲骨 爭篆 爭隸(辟雍碑) 爭楷(敬使君碑) 争草(王羲之)

【析形】爭字甲骨文上部和下部各有一隻手，像兩手相爭一物之形。會意字。小篆沿襲甲骨文而手形略變。隸變把上面的手隸作"爪"，下面的手隸作"ヨ"。

【簡化】簡化字"争"根據草書楷化而成。

【釋義】◎本義指爭奪，奪取：爭霸│爭鬥│爭衡│爭權│爭逐│鬥爭│競爭│抗爭 ◇引申①力求獲得或達到：爭光│爭強│爭取│爭勝│力爭 ②不同的意見相辯：爭辯│爭吵│爭持│爭端│爭論│爭執│紛爭│論爭

征 zhēng

征甲 征金 祉篆 征隸(曹全碑) 征楷(顏真卿)

【析形】征字甲骨文左旁像道路形，隸作"彳"，意符，表明字義與道路有關；右旁是正，"征"字初文，意符兼聲符，表示遠行、征伐，也表示讀音。會意兼聲字。金文沿襲甲骨文。小篆把聲符上部寫作"一"。隸、楷書沿襲小篆。

【釋義】◎本義指遠行：征程｜征帆｜征途◇引申指討伐：征伐｜征服｜征戰｜出征｜從征

徵 (征) zhēng

徵篆　徵隸(馬王堆帛書)

【析形】徵字小篆上部是"微"字的省減，表示微小；下部是壬，本義為挺起，均為意符，取意事物初起之苗頭。會意字。隸書沿襲小篆。

【簡化】簡化字是用同音合併的方法，以音同、筆畫較簡的"征"代替筆畫繁複的"徵"，合併了徵、征二字的意義。

【釋義】◎本義指跡象：徵候｜徵象｜徵兆｜特徵　◇引申指證驗，證明：徵引｜旁徵博引　△音借表示召，召集　◇引申①由國家召集或收用：徵兵｜徵購｜徵糧｜徵募｜徵稅　②尋求：徵稿｜徵聘

掙 (挣) zhēng

【析形】見"掙 zhèng"。

【釋義】◎本義指用力擺脫束縛，音zhèng。

〔掙 zhēng 扎〕用力支撐或擺脫：垂死掙扎

癥 (症) zhēng

【析形】癥字《説文》所無。外廓是"疒"，意符，表明字義與病痛有關；內中是徵，聲符，表示讀音。形聲字。

【簡化】簡化字是用同音合併的方法，以音近、筆畫較簡的"症"代替筆畫繁複的"癥"，合併了癥、症二字的意義。

【釋義】〔癥結〕中醫指腹內結硬塊的病，引申比喻問題的關鍵所在。

睜 (睁) zhēng

睜楷(顏真卿)

【析形】睜字《説文》所無。左旁是目，意符，表明字義與眼睛有關；右旁是爭，聲符，表示讀音。形聲字。

【簡化】楷書簡體"睁"聲符的簡化見"爭"字。

【釋義】張開眼睛：睜眼｜眼睜睜

箏 (筝) zhēng

箏篆　箏楷(顏真卿)　箏草(草書韻會)

【析形】箏字小篆上部是竹，意符，表明材質；下部是爭，聲符，表示讀音。形聲字。楷書沿襲小篆。

【簡化】楷書簡體"筝"的聲符"争"根據草書楷化而成。

【釋義】◎本義指古代一種弦樂器，琴身為竹製。戰國時已流行於秦地，所以也稱"秦箏"：古箏
〔風箏 zheng〕一種用線牽扯着在天上放飛的玩具：斷線風箏

蒸 zhēng

蒸篆　蒸隸(校官碑)　蒸楷(顏真卿)

【析形】蒸字小篆上部是"艸"，意符，表明字義與植物有關；下部是烝，聲符，表示讀音。形聲字。隸、楷書沿襲小篆。

【釋義】◎本義指去皮的麻稭。又指以麻稭、竹木做成的火炬。◇引申①熱氣上升：蒸發｜蒸餾｜蒸氣｜蒸汽｜蒸騰　②用蒸氣使食物變熟：蒸餅｜蒸籠

怔 zhēng

怔楷(顏真卿)

【析形】怔字《説文》所無。楷書左旁是"忄"(心)，意符，表明字義與心理活動有關；右旁是正，聲符，表示讀音。形聲字。

【釋義】〔怔營〕惶恐不寧。
〔怔忪 zhōng〕驚恐。

猙 (狰) zhēng

猙楷(顏真卿)

【析形】猙字《説文》所無。左旁是"犭"

（犬），意符，表明字義的類屬與動物有關；右旁是爭，聲符，表示讀音。形聲字。

【簡化】楷書簡體"狰"聲符的簡化見"爭"字。

【釋義】古代傳説中的怪獸名，形似豹，一角五尾。

〔猙獰〕形容樣子兇惡：面目猙獰

整 zhěng

篆 整　楷（顏真卿）

【析形】整字小篆上部左旁是束，右旁是"攴"（甲骨文像手持棒形），均為意符，取意整束、治理；下部是正，意符兼聲符，取意端正、有序，也表示讀音。會意兼聲字。楷書沿襲小篆。

【釋義】◎本義指整齊：整飭｜整然有序 ◇引申①使有條理、有秩序，使健全：整編｜整飭｜整頓｜整理｜整裝｜調tiáo整｜休整 ②不亂，使不亂：整潔｜工整｜平整｜嚴整 ③修理，修飾：整容｜整形｜整治｜修整 ④使吃苦頭：整治｜挹整 ⑤完全的，完整，不殘缺，與"零"相對：整除｜整年｜整套｜整體｜整天｜化整為零

拯 zhěng

甲 金 篆 拯 隸（郭有道碑）

拯 楷（敬使君碑）

【析形】拯字甲骨文像有兩隻手把落入陷阱的人救起之形。會意字。金文像以兩手托舉人之形，省去了下部陷阱形。小篆把陷阱形訛作"山"。隸書"人"形和兩旁"手"形皆訛變，左旁又增"扌"（手）為意符，表示以手搭救。楷書沿襲隸書。

【釋義】◎本義指上舉，援救：拯救

正 zhèng

甲 金 金 篆 正 隸（郭有道碑）

正 楷（歐陽詢）

【析形】正字甲骨文下部像一隻足印形，隸作"止"，意符，表明字義與行走有關；上部是丁（"釘"初文），聲符，表示讀音（正、丁二字古音同韻部）。形聲字。（一説上部像前行之目標或征伐之領

地。）金文形一沿襲甲骨文；形二上部聲符寫作"一"。小篆、隸、楷書沿襲金文形二。

【釋義】◎本義指征伐，為"征"字初文。△音借表示正中，不偏斜，與"歪"、"側"、"偏"相對：正東｜正門｜正面｜正廳｜正午｜立正｜平正 ◇引申①使不歪斜：正骨 ②改正偏差或錯誤：正名｜正誤｜正音｜正字｜訂正｜糾正｜更正｜矯正｜校正｜修正｜指正 ③合規範的，合標準的：正常｜正當dàng｜正道｜正規｜正品｜正氣｜正確｜正事｜正義｜正直｜端正｜方正｜公正｜嚴正｜真正｜周正｜正大光明 ④純一不雜：正色｜純正 ⑤恰好：正好｜正巧｜正如｜正是 ⑥主要的，基本的，與"副"相對：正本｜正稿｜正句｜正片兒piānr｜正史｜正題｜正統｜正職｜正傳zhuàn｜正宗 ⑦數位上大於零的，物理學上指失去電子的，與"負"相對：正電｜正負｜正極｜正數 ⑧與"反"相對的：正比｜正面 ⑨表示動作正在進行或持續：正在｜正看着

證（证）zhèng

篆 證 楷（顏真卿）　澄 草（王羲之）

【析形】證字小篆左旁是言，意符，表明字義與言語有關；右旁是登，聲符，表示讀音。形聲字。楷書沿襲小篆。

【簡化】簡化字"证"是用更換聲符的方法，以筆畫較簡的"正"為聲符，替換了筆畫繁複的"登"；意符"讠"根據草書楷化而成。

【釋義】◎本義指告發。◇引申①以人物、事實來表明或斷定：證據｜證明｜證實｜查證｜對證｜公證｜考證｜驗證｜引證｜印證｜作證 ②憑據，幫助斷定事理的人或事物：證件｜證據｜證券｜憑證｜簽證｜人證｜鐵證｜物證｜罪證

鄭（郑）zhèng

篆 奠阝 隸（禮器碑）　郑 楷（顏真卿）

【析形】鄭字金文借音近的"奠"字表示（見"奠"字）。小篆右旁增"邑"為意符，表明字義與城邑有關；左旁"奠"為聲符，表示讀音。形聲字。隸書沿襲小

篆。隸變後，邑字在字右側為偏旁時寫作"阝"。

【簡化】楷書簡體"郑"是用保留特徵、局部刪除的方法，左旁保留原字輪廓特徵"关"，替換了筆畫繁複的聲符"奠"，失去表音作用。

【釋義】◎本義指周代國名。今又作鄭州的簡稱。△音借合成〔鄭重〕表示嚴肅認真：鄭重其事|鄭重聲明

政 zhèng

甲 金 篆 隸（袁博碑）
楷（虞世南）

【析形】政字甲骨文右旁像手執棒形，隸作"攵"，意符，本指打擊，取意做事；左旁是正，意符兼聲符，表示匡正，也表示讀音。會意兼聲字。金文、小篆沿襲甲骨文。楷書沿襲隸書。

【釋義】◎本義指匡正，使正確。《説文》："政。正也。"◇引申①治理。②政治：政變|政策|政黨|政府|政綱|政局|政令|政權|政體|政團|參政|民政|內政|市政|聽政|議政|執政 ③國家某一部門主管的業務：財政|軍政|民政|行政|郵政 ④家庭或團體的事務：家政|校政

挣（挣）zhèng

楷（顏真卿）

【析形】挣字《説文》所無。左旁是"扌"（手），意符，表明字義與手的動作有關；右旁是爭，聲符，表示讀音。形聲字。

【簡化】楷書簡體"挣"聲符的簡化見"爭"字。

【釋義】◎本義指用力擺脫束縛：挣斷|挣命|挣脫 ◇引申指用勞動去取得報酬：挣錢|挣工資

症 zhèng

楷（顏真卿）

【析形】症字《説文》所無。楷書外廓是"疒"，意符，表明字義與病痛有關（見"病"字）；內中是正，聲符，表示讀音。形聲字。

【釋義】◎本義指病象。也泛指疾病：症候|癌症|急症|絕症

之 zhī

甲 金 篆 隸（史晨碑）
楷（鍾繇）

【析形】"之"字甲骨文上部像一足印形，隸作"止"（"趾"字初文），下部"一"取意起始，表示從某一起點開始行走。指事字。金文沿襲甲骨文。小篆足印形略失。隸書筆畫化，更失初形。楷書沿襲隸書。

【釋義】◎本義指往，到…去：由穗之京|不知所之 △音借作①代詞，"他"（她），"它"：持之以恆|當之無愧|呼之欲出|求之不得|置之不理|敬而遠之|取而代之|一笑置之 ②指示代詞，"這"，"此"：之子於歸 ③結構助詞，"的"：成人之美|後起之秀|門戶之見|莫逆之交|難言之隱|天壤之別|亡命之徒|眾矢之的 ④語助詞：總之|久而久之|聽之任之

隻（只）zhī

甲 金 篆 隸（元嘉畫像題記）
楷（褚遂良）

【析形】隻字甲骨文上部像一隻短尾鳥，隸作"隹"，下部像有隻手，均為意符，以捕鳥在手表示捕獲之意；又以獲鳥一隻表示單數義。會意字。金文、小篆沿襲甲骨文。隸書把右手形隸作"又"。楷書沿襲隸書。

【簡化】簡化字是用同音合併的方法，以音近、筆畫較簡的"只"（本義為語氣詞）代替筆畫較繁複的"隻"，合併了隻、只二字的意義。

【釋義】◎本義指捕獲，擒獲，音 huò。◇以捕鳥一隻，引申①量詞：一隻手|兩隻雞蛋 ②單獨的，極少的：隻身|隻字|形單影隻

支 zhī

篆 隸（校官碑）楷（敬使君碑）

【析形】支字小篆上部像枝條形，下部像一隻手，均為意符，以手持樹枝表示已脫

離樹幹的枝條。會意字。隸書把枝條形隸作"十",把"手"形隸作"又"。楷書沿襲隸書。

【釋義】◎本義指枝條。此義後作"枝"。◇引申①分支,支脈:支隊|支流|支路|支數|支線|旁支|總支 ②分散:支解|支離 ③調度,指使:支差 chāi|支派|支配|支使 ④量詞:一支隊伍|唱一支粵曲 ⑤伸出,豎起:支棱|支着耳朵 ⑥撐持:支撐|支點|支架|支柱 ⑦支持:支前|支援|體力不支 ⑧付出或領取(款項):支出|支付|支票|超支|借支|透支|預支

汁 zhī

汁篆 汁隸(武威簡) 汁楷(顏真卿)

【析形】汁字小篆左旁是水,意符,表明字義與水有關;右旁是十,聲符,表示讀音。形聲字。隸變後,水字在字左側為偏旁時寫作"氵"。

【釋義】液體。多指含有某種物質的液體:汁液|豆汁|毒汁|果汁|醬汁

蜘 zhī

蜘篆 蜘篆 蜘楷(顏真卿)

【析形】蜘字小篆形一下部是黽(蛙類動物),意符,表明字義與動物昆蟲類有關;上部是"智"字的省減,聲符,表示讀音。形聲字。形二意符為"虫"。楷書聲符為"知",寫作左右結構。

【釋義】〔蜘蛛〕節肢動物,體形成橢圓形,有四對足,肛門尖端能分泌黏液,凝成細絲用來結網捕食昆蟲。生活在屋簷和草木間。

芝 zhī

芝篆 芝隸(張表碑) 芝楷(褚遂良)

【析形】芝字小篆上部是"艸",意符,表明字義與植物有關;下部是之,聲符,表示讀音。形聲字。隸、楷書沿襲小篆。

【釋義】靈芝,也稱"木靈芝"。菌類植物的一種,生於枯木根際。入藥,為強壯劑。古人以之為神草、瑞草,以為服之可以成仙:赤芝|紫芝

枝 zhī

枝篆 枝隸(曹全碑) 枝楷(歐陽詢)

【析形】枝字小篆左旁是木,意符,表明字義與樹木有關;右旁是支,聲符,表示讀音。形聲字。隸、楷書沿襲小篆。

【釋義】◎本義指植物主幹上分出來的莖條:枝幹|枝節|枝蔓|枝條|枝丫|枝葉 ◇引申作量詞,計算枝狀物的單位:一枝花

知 zhī

知甲 知金 知篆 知隸(禮器碑)

知楷(龍藏寺碑)

【析形】知字甲骨文左旁是示,取意未明;中間是口,意符,代表言語;右旁是矢,聲符,表示讀音。形聲字。金文"矢"訛作"大",在左旁,"示"旁逸失,右旁增"于"(同"亏",表聲氣)、下部增"曰"為意符,取意發言、言詞。隸、楷書沿襲小篆。

【釋義】◎本義指知識:求知|無知|真知灼見 ◇引申①認識,了解:知己|知交|知心|知音|相知 ②知道,曉得:知覺|知名|知情|知趣|知悉|知曉|知足|未知|先知|已知|預知|周知|知書達理 ③使人知道:知會|知照|告知|通知 ④舊指主管:知府|知事|知縣

肢 zhī

肢篆 肢篆 肢楷(顏真卿)

【析形】肢字小篆左旁是肉,意符,表明字義與身體的某部分有關;右旁形一是"只",形二是"支",均為聲符,表示讀音。形聲字。古文肉、月二字形近,隸變後,兩個字作偏旁時多同化寫作"月",聲旁固定為"支"。

【釋義】◎本義指人體兩臂兩腿之總稱,也是鳥獸翼和足之統稱:肢解|肢體|後肢|假肢|截肢|上肢

織 (织) zhī

織金 織篆 織隸(曹全碑) 織楷(顏真卿)

織草(米芾)

【析形】織字金文借音同的"戠"字表示。小篆左旁增"糸"為意符，表明字義與絲麻等有關；右旁"戠"為聲符，表示讀音。形聲字。隸、楷書沿襲小篆。

【簡化】簡化字"织"是用更換聲符的方法，以筆畫較簡的"只"為聲符，替換了筆畫繁複的"戠"；意符"纟"根據草書楷化而成。

【釋義】◎本義指用經緯線交叉的方法，將紗或線製成布、綢、呢絨等織物：織布｜紡織｜絲織品　◇引申指用織針把紗或線交織製成毛衣、襪子、網兜等：編織

脂 zhī

脂篆　**脂**隸　**脂**楷(顏真卿)

【析形】脂字小篆左旁是肉，意符，表明字義與肉體有關；右旁是旨，聲符，表示讀音。形聲字。古文肉、月二字形近。隸變後，兩個字作偏旁時多同化寫作"月"。

【釋義】◎本義指有角動物的油質。◇引申①動植物所含的油脂、油膏：脂肪｜脂膏｜脂油｜松脂　②含脂的化妝品：脂粉｜胭脂｜塗脂抹粉

吱 zhī

吱楷(顏真卿)

【析形】吱字《説文》所無。楷書左旁是口，以口能發出聲音取意；右旁是支，聲符，表示讀音。形聲字。

【釋義】象聲詞：嘎吱｜咯吱

執(执) zhí

執甲　**執**金　**執**篆　**執**隸(史晨碑)
執楷(顏真卿)　**执**草(王羲之)

【析形】執字甲骨文像跪跽之人兩手上銬之形，取意拘捕。會意字。金文手銬形訛變，並與"人手"分離。小篆沿襲金文。隸書筆畫化，失去初形。楷書左旁寫作"幸"，右旁跪跽之人形訛作"丸"。

【簡化】簡化字"执"根據草書略加改造楷化而成。

【釋義】◎本義指拘捕，捉拿：被執　◇引

申①主持，控制，掌管：執導｜執教｜執掌｜執政　②施行：執法｜執禮｜執勤｜執行　③拿着：執筆｜執仗｜披肩執鋭　④憑證，憑單：執照｜存執｜回執　⑤持，堅持：執拗｜執意｜執着 zhuó｜固執｜爭執

直 zhí

直甲　**直**金　**直**篆　**直**隸(校官碑)
直楷(褚遂良)

【析形】直字甲骨文下部像眼睛之形，上部一豎取意目光直視。指事字。金文上部訛作"十"，左旁增"乚"，表意未明。小篆沿襲金文。隸、楷書筆畫化，略失初形。

【釋義】◎本義指直視。◇引申①泛指直，不彎曲，與"曲"相對：直徑｜直立｜直路｜直射｜直通｜直線｜直走｜筆直｜垂直　②直接，不轉折：直撥｜直播｜直達｜直觀｜直覺｜直書｜直屬｜直系｜直轄｜直譯　③豎，與"橫"相對：直排｜橫衝直撞　④公正的，正義的：剛直｜樸直｜正直｜忠直　⑤坦率，爽快：直率｜直爽｜直性｜直言｜耿直｜爽直｜直截了當　⑥伸直：直腰｜挺直　⑦連續不斷：直到｜一直

姪〔侄〕zhí

姪甲　**姪**金　**姪**篆　**侄**楷(顏真卿)

【析形】姪字甲骨文左旁是女，意符，表明字義與女子有關；右旁是至，聲符，表示讀音。形聲字。金文寫作上下結構。小篆沿襲甲骨文。楷書意符為"亻"(人)。內地採用"侄"字。

【釋義】◎女性稱兄弟的子女為姪：姪婦｜姪女｜姪子｜叔姪　◇引申①男性親戚的兒子：表姪｜內姪｜賢姪　②稱晚輩：世姪｜賢姪

值 zhí

值篆　**值**楷(顏真卿)

【析形】值字小篆左旁是人，意符，表明字義與人的活動有關；右旁是直，聲符，表示讀音。形聲字。隸變後，人字在字左側為偏旁時寫作"亻"。

【釋義】◎本義指執持。◇引申①（輪流）

擔任一定時間內的工作：值班|值勤|值夜|當值 ②遇着：值此|值遇|適值|正值 ③物和價相當：值錢|所值 ④有意義，有好結果，有積極作用：值當 dàng|值得|不值一提 ⑤價值，數值：幣值|貶值|調 diào 值|升值|增值|總值 ⑥數學名詞，指運算數學式所得的結果：比值|代數值|函數值

職(职) zhí

𦍎金 𦍌篆 職隸（張表碑）職楷（顏真卿）

【析形】職字金文下部是首，意符，表明字義與頭腦有關；上部是哉，聲符，表示讀音。形聲字。小篆左旁改意符為"耳"，取意記錄所聞。隸、楷書沿襲小篆。

【簡化】簡化字"职"是用更換聲符的方法，以筆畫較簡的"只"為聲符，替換了筆畫繁複的"哉"。

> "哉"字為偏旁的字類推簡化。例如：织、帜、炽、识等。

【釋義】◎本義指記。◇引申①表示職責，職務：職別|職稱 chēng|職能|職權|職守|職業|本職|瀆職|盡職|失職|述職 ②職位：職銜|稱 chèn 職|調 diào 職|公職|兼職|降職|就職|免職|失職|停職|文職|削職|要職|在職 ③職員的簡稱：職工

植 zhí

植篆 植隸（葉慧明碑）植楷（顏真卿）

【析形】植字小篆左旁是木，意符，表明字義與木有關；右旁是直，意符兼聲符，表明字義與直的事物有關，也表示讀音。會意兼聲字。隸、楷書沿襲小篆。

【釋義】◎本義指在門外關閉時，用來加鎖的中立直木。◇引申①樹立：植黨營私 ②栽種：植棉|植樹|培植|移植|種植 ③栽種之物：植被|植物|植株

殖 zhí

殖篆 歹直隸（隸辨）殖楷（顏真卿）

【析形】殖字小篆左旁是歹（甲骨文像剔去肉之殘骨），意符，表明字義與骨肉有

關；右旁是直，聲符，表示讀音。形聲字。隸、楷書沿襲小篆。

【釋義】◎本義指脂膏久放而腐壞。◇引申①孳生，生長：貨殖|繁殖|生殖|養殖|增殖|腐殖質 ②增加，增長：殖利 ③強國向它所征服的地區移民：殖民

止 zhǐ

甴甲 止金 止篆 止隸（居延簡）止楷（張猛龍碑）

【析形】止字甲骨文像一隻足印之形，有腳跟、腳趾，為"趾"字初文。象形字。金文略失初形。小篆沿襲金文。隸、楷書筆畫化，更失初形。

【釋義】◎本義指足，腳。腳趾義後作"趾"。◇引申①表示行止。②舉動：舉止|容止 ③停住：止步|止境|止息|靜止|休止|終止 ④使停止，攔阻：止痛|止血|防止|禁止|制止|阻止 ⑤截止：起止|為止 △音借作虛詞，表示"只"，"僅"：不止|何止

祇(只) zhǐ

祇篆

【析形】祇字小篆左旁是衣，意符，表明字義與衣物有關；右旁是氏，聲符，表示讀音。形聲字。隸書沿襲小篆。

【簡化】簡化字是用同音合併的方法，以音近、筆畫較簡的"只"(本義為語氣詞)代替筆畫較繁複的"祇"，合併了祇、只二字的意義。

【釋義】◎本義同"緹"，指橘紅色的絲織品，音 tí。△音借作副詞，表示限於某個範圍，相當於"僅僅"，音 zhǐ。簡化字寫作"只"：只得|只顧|只管|只好|只是|只要|只有|不只|僅只|只爭朝夕

旨 zhǐ

甴甲 甴甲 旨金 旨篆 旨楷（顏真卿）

【析形】旨字甲骨文形一下部是口，取意口味；上部是匕，聲符，表示讀音（旨、匕二字古音同韻部）。形聲字。形二意符為"甘"，取意美味。金文、小篆沿襲甲

骨文形二。小篆甘、日二字形近，隸變後，兩個字作偏旁時有的同化寫作"日"。

【釋義】◎本義指味美：旨酒｜甘旨　△音借表示主張，意思，目的：旨意｜法旨｜宏旨｜弘旨｜微旨｜要旨｜意旨｜主旨｜宗旨｜言近旨遠　◇引申指封建時代稱皇帝的命令：聖旨｜諭旨

址 zhǐ

址篆　址楷(顏真卿)

【析形】址字小篆形一左旁是土，意符，表明字義與土地有關；右旁是止，聲符，表示讀音。形聲字。楷書沿襲小篆。

【釋義】◎本義指地基：基址　◇引申指地點：故址｜會址｜舊址｜遷址｜新址｜遺址｜原址｜住址

紙 (纸)〔帋〕zhǐ

紙篆　紙楷(顏真卿)　帋楷(褚遂良)　纸草(王羲之)

【析形】紙字小篆左旁是糸，意符，表明字的初義與絲有關；右旁是氏，聲符，表示讀音。形聲字。楷書形一沿襲小篆；形二意符為"巾"，表明材質，寫作上下結構，為"紙"字異體。

【簡化】簡化字"纸"的意符"纟"根據草書楷化而成。

【釋義】◎古代指漂洗蠶繭時附着於筐上的絮渣。後又指以絲為原料的縑帛。自東漢蔡倫革新造革新造紙法，始以樹皮、麻頭、破布、舊魚網為原料製作紙張，為中國古代四大發明之一。今多用植物纖維製成：紙幣｜紙牌｜紙張｜手紙｜圖紙｜信紙｜宣紙｜紙醉金迷　◇引申①作量詞，指書信、文件的張數：一紙空文　②指文字，書本：紙上談兵

指 zhǐ

指篆　指隸(白石君碑)　指楷(顏真卿)

【析形】指字小篆左旁是手，意符，表明字義與手有關；右旁是旨，聲符，表示讀音。形聲字。隸變後，手字在字左側為偏旁時寫作"扌"。

【釋義】◎本義指手指：指法｜指甲｜指頭｜指印｜戒指｜五指｜屈指可數｜瞭若指掌　◇引申①引導：指出｜指導｜指揮｜指南｜指示　②用尖端對着，向着，意思上指向：指標｜指定｜指畫｜指派｜指使｜指向｜指望｜指標｜指桑罵槐｜指手劃腳　③挑出缺點、錯誤：指斥｜指控｜指責｜指摘

趾 zhǐ

趾隸(華山神廟碑)　趾楷(歐陽詢)

【析形】趾字初文作"止"(見"止"字)。隸書增"足"為意符，表明字義與腿腳有關。楷書沿襲隸書。

【釋義】◎本義指腳：趾高氣揚｜圓顱方趾　◇引申專指腳趾頭：趾骨｜趾甲｜腳趾

至 zhì

至甲　至金　至篆　至隸(曹全碑)　至楷(高貞碑)

【析形】至字甲骨文上部像一支箭矢，下部的"一"表示矢有所至。指事字。金文、小篆沿襲甲骨文。隸書筆畫化，矢形已失。楷書沿襲隸書。

【釋義】◎本義指到，到達：至今｜及至｜周至｜賓至如歸｜自始至終　◇引申①極，最：至寶｜至誠｜至多｜至好｜至交｜至親｜至少｜至尊｜至高無上｜至理名言｜仁至義盡　②至於：乃至｜甚至｜以至

志 zhì

志金　志篆　志隸(曹全碑)　志楷(張猛龍碑)

【析形】志字金文下部是心，意符，表明字義與心意有關；上部是之，聲符，表示讀音。形聲字。小篆沿襲金文。隸書把上部的"之"訛作"土"。楷書又作"土"。

【釋義】心意，志向，意志：志氣｜志趣｜志願｜得志｜鬥志｜立志｜神志｜遺志

誌 (志) zhì

誌篆　誌楷(元顯儁墓誌)　誌楷(元珍墓誌)

【析形】誌字小篆左旁是言，意符，表明字義與言詞有關；右旁是志，聲符，表示

讀音。形聲字。隸、楷書沿襲小篆。

【簡化】簡化字是用同音合併的方法，以筆畫較簡的"志"代替筆畫繁複的"誌"，合併了誌、志二字的意義。

【釋義】◎本義指記載或記載的文字：碑誌｜方誌｜府誌｜日誌｜雜誌　◇引申①記在心裏：誌哀｜永誌不忘　②記號：標誌

識 (识) zhì

篆　隸(華山神廟碑)

草(王羲之)　識楷(顏真卿)

【析形】識字本作"戠"。甲骨文左下是音，代表語言，右上是戈，代表器物，均為意符，表示在器物上銘刻作記號，記錄語言。會意字。金文沿襲甲骨文。小篆左旁增"言"為意符，表意更明確。隸書沿襲小篆。

【簡化】楷書簡體"识"是用更換聲符的方法，以筆畫較簡的"只"為聲符，替換了筆畫繁複的"戠"；意符"讠"根據草書楷化而成。

【釋義】◎本義指標誌，記號：標識｜款識　◇引申指記住：博聞強識

幟 (帜) zhì

篆　隸(隸辨)　幟楷(敬使君碑)

【析形】幟字小篆左旁是巾，意符，表明材質；右旁是戠，聲符，表示讀音（幟、戠二字古音韻部相近）。形聲字。隸、楷書沿襲小篆。

【簡化】簡化字"帜"是用更換聲符的方法，以筆畫較簡的"只"為聲符，替換了筆畫繁複的"戠"。

【釋義】旗子：旗幟｜別樹一幟｜獨樹一幟

制 zhì

金　篆　隸(華山神廟碑)

制楷(敬使君碑)

【析形】制字金文左旁是未，代表樹木；右旁是刀，均為意符，表示以刀斷木。小篆沿襲金文。隸書把"未"訛作"朱"。楷書"朱"形體略變。隸變後，刀字在字右側為偏旁時寫作"刂"。

【釋義】◎本義指裁斷，切割　◇引申①限定，用強力約束：制裁｜制止｜抵制｜遏制｜壓制｜專制　②規定，擬定：制訂｜制定　③制度，法度：幣制｜編制｜帝制｜法制｜建制｜體制｜學制　④統一的，有規定樣式的：制服

製 (制) zhì

縶篆　製楷(顏真卿)

【析形】製字小篆下部是衣，意符，表明字義與衣服有關；上部是制，本義指割斷，意符兼聲符，表示裁衣，也表示讀音。會意兼聲字。楷書沿襲小篆。

【簡化】簡化字是用同音合併的方法，以筆畫較簡的"制"代替筆畫繁複的"製"，合併了制、製二字的意義。

【釋義】◎本義指裁剪衣服。　◇引申表示造，製作：製版｜製品｜製造｜仿製｜複製｜監製｜研製｜創製

質 (质) zhì

金　篆　隸(校官碑)　質楷(虞世南)

草(孫過庭)

【析形】質字金文下部是貝，意符，表明字義與財物有關（見"貝"字）；上部是所，取意未明。小篆、隸、楷書沿襲金文。

【簡化】簡化字"质"根據草書楷化而成。

【釋義】◎本義指抵押，抵押物，即以財物或人作保證：質押｜人質　◇引申①本體，本質：質變｜質量｜質樸｜質問｜質詢｜質疑｜對質｜品質｜實質　②物質，質地：質感｜地質｜鈣質｜灰質｜活質｜角質｜礦質｜流質｜皮質｜溶質｜釉質｜蛋白質｜腐殖質

治 zhì

篆　隸(曹全碑)　治楷(爨寶子碑)

【析形】治字小篆左旁是水，意符，表明字的初義與水有關；右旁是台，聲符，表示讀音（治、台二字古音同韻部）。形聲字。隸、楷書沿襲小篆。隸變後，水字在字左側為偏旁時寫作"氵"。

【釋義】◎本義為古代水名。△音借表

示整理，修理：修治 | 整治 | 治理黃河 ◇引申①管理，疏理：治安 | 治本 | 治國 | 治水 | 德治 | 法治 | 根治 | 禮治 | 政治 | 自治 ②醫療：治病 | 防治 | 救治 | 醫治 | 診治 ③懲處：治罪 | 懲治 | 處治 ④安定：治世 ⑤太平：大治 | 長治久安 | 人心思治 ⑥研究：治學 ⑦消滅（害蟲）：治蟲 | 治蝗

致 zhì

篆致 隸（華山神廟碑）

【析形】致字小篆左旁是至，取意到達；右旁是夂，義為足，均為意符，表明字義與行走有關。會意字。隸書把"夂"訛作"夂"。

【釋義】◎本義指送去，送到。◇引申①傳達，給予，向人表達：致辭 | 致電 | 致函 | 致敬 | 致謝 ②使達到，招引：致病 | 致富 | 致命 | 致使 | 以致 | 引致 | 招致 | 學以致用 ③集中（力量、意志等）於某個方面：致力 | 專心致志 △音借指情趣，意態：筆致 | 別致 | 景致 | 情致 | 興致 | 錯落有致 | 曲折有致 | 閒情逸致

緻（致）zhì

篆緻 楷（顏真卿）

【析形】緻字小篆左旁是糸，意符，表明字義與絲帛有關；右旁是致，聲符，表示讀音。形聲字。楷書沿襲小篆。

【簡化】簡化字是用同音合併的方法，以音同、筆畫較簡的"致"代替筆畫繁複的"緻"，合併了緻、致二字的意義。

【釋義】◎本義指細繒。◇引申表示精密，細密：緻密 | 工緻 | 精緻 | 細緻

秩 zhì

篆秩 隸（孔彪碑）楷（顏真卿）

【析形】秩字小篆左旁是禾，意符，表明字的初義與穀類植物有關；右旁是失，聲符，表示讀音。形聲字。隸、楷書沿襲小篆。

【釋義】◎本義指禾粟積聚。也指舊時官吏的俸祿。◇引申①官吏的職位或品級：秩滿 | 常秩 ②整齊有序：秩序 ③十年：

第七秩 | 八秩大慶

智 zhì

篆智 隸（葉慧明碑）智楷（龍藏寺碑）

【析形】"智"與"知"為同源字（見"知"字）。小篆左旁是"知"，意符兼聲符，取意知識，也表示讀音；右旁是于，本指呼氣，取意表達心智；中間下部的"白"當是"智"字金文下部"曰"字的訛變。隸書上部省減"于"，下部訛作"日"。楷書沿襲隸書。

【釋義】◎聰明，見識：智謀 | 智囊 | 智能 | 智取 | 智商 | 才智 | 機智 | 理智 | 神智 | 大智若愚 | 足智多謀 | 利令智昏 | 急中生智 | 見仁見智

置 zhì

篆置 隸（郭有道碑）置楷（顏真卿）

【析形】置字小篆上部是網，意符，取意網捕罪人（古文與罪人、罪行相關的字多以"網"為意符）；下部是直，聲符，表示讀音。形聲字。隸變後，網字在字上部為偏旁時寫作"罒"。楷書沿襲隸書。

【釋義】◎本義指赦免，遣放（有罪之人）。◇引申①放，擱，擺：置身 | 安置 | 處 chǔ 置 | 放置 | 廢置 | 棄置 | 閒置 | 置之度外 | 不置可否 | 推心置腹 ②佈置，設立：設置 | 配置 | 裝置 又引申指購買：置辦 | 置備 | 購置 | 添置

摯（摯）zhì

甲 金 篆摯 隸（隸辨）摯楷（顏真卿）

【析形】摯字甲骨文左旁像一個人雙手被桎梏之形，隸作"執"，右上像有隻手，均為意符，表示手執有罪之人，執也表示讀音。會意兼聲字。金文"手"在下部，"桎梏"與人分離。小篆沿襲金文。隸、楷書沿襲小篆。

【簡化】簡化字"摯"意符的簡化見"執"字。

【釋義】◎本義指執持有罪之人。◇引申表示握持。△音借表示親密，誠懇：摯友 | 誠摯 | 懇摯 | 深摯

擲(撃) zhì

擲 楷（顏真卿）

【析形】擲字《說文》所無。楷書左旁是
"扌"（手），意符，表明字義與手的動作有
關；右旁是鄭，聲符，表示讀音（擲、鄭
二字古音聲母相同；韻母相近）。形聲字。
【簡化】簡化字"掷"聲符的簡化見"郑"
字。
【釋義】投，抛：抛擲｜棄置｜投擲｜擲
色 shǎi 子｜一擲千金｜擲地有聲

窒 zhì

窒 篆 窒 隸（隸辨） 窒 楷（顏真卿）

【析形】窒字小篆上部是穴，意符，本指
土室、洞穴，洞穴狹窄，取意阻塞；下部
是至，聲符，表示讀音。形聲字。隸、楷
書沿襲小篆。
【釋義】阻塞，不通：窒礙｜窒息

滯(滞) zhì

滯 篆 滯 隸（隸辨） 滯 楷（顏真卿）

【析形】滯字小篆左旁是水，意符，表明字
的初義與水有關；右旁是帶，聲符，表示
讀音（滯、帶二字古音同韻部）。形聲字。
隸變後，水字在字左側為偏旁時寫作"氵"。
【簡化】簡化字"滞"聲符的簡化見"带"
字。
【釋義】◎本義指水不流通。◇引申泛指
積留，不流通：滯後｜滯貨｜滯留｜滯銷｜沉
滯｜呆滯｜凝滯｜停滯｜淤滯｜阻滯

稚 zhì

稚 篆 稚 楷（顏真卿）

【析形】稚字小篆左旁是禾，意符，表明
字的初義與穀類植物有關；右旁是屖，聲
符，表示讀音（稚、屖二字古音同韻部）。
形聲字。隸書改聲符"屖"為"隹"（稚、隹
二字古音韻部相近）。楷書沿襲隸書。
【釋義】◎本義指幼禾。◇引申指幼小：
稚嫩｜稚氣｜稚子｜幼稚

中 zhōng

中 甲 中 甲 中 金 中 金 中 篆 中 隸（衡方碑）

中 楷（張猛龍碑）

【析形】中字甲骨文形一像一桿旗幟之
形，在旗杆中間加一指事符號，指示中間
位置。指事字。形二旗幟省減，突出中
間部位。金文分別沿襲甲骨文形一和形
二。小篆、隸、楷書沿襲金文形二。
【釋義】◎本義指中間，與四方、上下或兩
端距離同等的位置：中部｜中點｜中斷｜中
樞｜中途｜中午｜中線｜中央｜中游｜華中｜人
中｜日中｜適中｜正中 ◇引申①在一定範圍
內，裏面：當中｜個中｜空中｜內中｜其中｜
心中 ②不偏不倚：中立｜中庸｜適中 ③適
於，合於：中看｜中用 ④位置、性質、等級
等在兩端之間的：中波｜中策｜中等｜中鋒｜
中耕｜中將｜中介｜中年｜中秋｜中途｜中型｜中
性｜中學｜期中 ⑤中國的簡稱：中餐｜中華｜
中式｜中外｜中文｜中西｜中藥 ⑥表示事情、
動作正在進行中：部署中｜建設中

忠 zhōng

忠 金 忠 篆 忠 隸（張遷碑） 忠 楷（元珍墓誌）

【析形】忠字金文下部是心，意符，表明字
義與心性有關；上部是中，聲符，表示讀
音。形聲字。小篆、隸、楷書沿襲金文。
【釋義】盡心竭力：忠臣｜忠誠｜忠厚｜忠良｜
忠烈｜忠心｜忠信｜忠貞｜忠直｜盡忠｜孝忠

終(终) zhōng

終 甲 終 金 終 說文古文 終 篆

終 隸（朝侯殘碑） 終 楷（顏真卿）

終 草（王獻之）

【析形】終字甲骨文是在一條繩子的兩端
打結表示終結。指事字。金文亦像在繩
上打結之形。說文古文仍見初形。隸作
"冬"。"冬"字借表示季節義，為本字造
了"終"字。小篆左旁是糸，意符，代表
繩索；右旁是冬，聲符，表示讀音。形聲
字。隸、楷書沿襲小篆。
【簡化】簡化字"终"的意符"纟"根據草書
楷化而成。

【釋義】◎本義指終端。◇引申①末了，最後，與"始"相對：終場｜終點｜終極｜終結｜終審｜告終｜年終｜始終 ②人死：終老｜臨終｜壽終｜送終 ③表示完整的一段時間：終日｜終身｜終歲 ④到底：終究｜終日｜終於｜終止

鐘 (钟) zhōng

鐘金鐘篆**鍾**隸(馬王堆帛書)**鐘**楷(顏真卿)

【析形】鐘字金文左旁是金，意符，表明材質；右旁是童，聲符，表示讀音。形聲字。小篆、隸、楷書沿襲金文。

【簡化】簡化字"钟"是用更換聲符的方法，以筆畫較簡的"中"為聲符，替換筆畫繁複的"童"；意符"钅"根據草書楷化而成。

【釋義】◎本義指古代一種打擊樂器，中空，用銅或鐵製成。懸掛在架上用槌扣擊發音。◇引申①泛指古代響器：鐘鼎｜鐘鼓｜鐘樓｜鐘聲｜警鐘｜敲鐘｜撞鐘 ②計時器：鐘擺｜鐘錶｜鐘樓｜電鐘｜掛鐘｜時鐘｜石英鐘 ③時間，小時：鐘頭｜十分鐘｜一秒鐘｜鐘點工

鍾 (钟) zhōng

鐘金鐘篆**鍾**隸(校官碑)

鍾楷(元珍墓誌)**鍾**草(孫過庭)

【析形】鍾字金文左旁是金，意符，表明材質；右旁是重，聲符，表示讀音。形聲字。小篆、隸、楷書沿襲金文。

【簡化】簡化字"钟"是用更換聲符的方法，以筆畫較簡的"中"為聲符，替換了筆畫繁複的"重"；意符"钅"根據草書楷化而成。

【釋義】◎本義指古代盛酒器皿（同"盅"）：一鍾酒 ◇引申泛指酒杯、茶杯。△音借表示集中、專一：鍾愛｜鍾情｜鍾靈毓秀

盅 zhōng

盅金盅篆**盅**楷(顏真卿)

【析形】盅字金文下部是皿，意符，表明字義與器皿有關；上部是中，聲符，表示

讀音。形聲字。小篆、隸、楷書沿襲金文。

【釋義】◎本義指器皿空虛，音 chōng。後指燉煮食物的一種盛器，音 zhōng：燉盅。也指沒有把兒的小杯子：盅子｜茶盅｜酒盅兒 ◇引申作量詞：喝兩盅｜一盅茶

衷 zhōng

衷篆**衷**隸(郭有道碑)**衷**楷(顏真卿)

【析形】衷字小篆外廓是衣，意符，表明字的初義與衣服有關；內中是中，聲符，表示讀音。形聲字。隸、楷書沿襲小篆。

【釋義】◎本義指貼身內衣。◇引申①內，內心：衷腸｜衷情｜衷曲｜衷心｜隱衷｜由衷｜和衷共濟｜莫衷一是｜無動於衷｜言不由衷 ②同"中"，正中：折衷

腫 (肿) zhǒng

膧篆**肿**楷(顏真卿)

【析形】腫字小篆左旁是肉，意符，表明字義與皮肉有關；右旁是重，聲符，表示讀音。古文肉、月二字形近，隸變後，兩個字作偏旁時多同化寫作"月"。

【簡化】簡化字"肿"是用更換聲符的方法，以筆畫較簡的"中"為聲符，替換了筆畫較複雜的"重"。

【釋義】◎本義指一種毒瘡，癰。又指肌肉、皮膚或黏膜等組織由於各種原因而增大：腫大｜腫瘤｜腫脹｜膿腫｜水腫｜血腫

種 (种) zhǒng

【析形】見"種 zhòng"。

【釋義】◎本義指禾類早種晚熟。音 zhòng。◇引申①穀物的種子。②泛指種植用的種子，即生物傳代繁殖的東西。種畜｜種麻｜種仁｜播種｜傳種｜純種｜浸種｜絕種｜良種｜撒種｜選種｜引種｜育種 ③人種：種族｜白種｜黑種｜黃種 ④類別，式樣：種別｜種類｜變種｜工種｜劇種｜品種｜物種｜雜種(以上引申義音 zhǒng)

中 zhòng

【析形】見"中 zhōng"。

【釋義】◎本義指中間，音 zhōng。◇引申①恰好合上，對上：中標｜中的 dì｜中計｜中獎｜中肯｜中選｜中意｜考中｜命中｜切中｜相中 ②受到，遭受：中毒｜中風｜中傷｜中暑（以上各引申義音 zhòng）

衆 (众) zhòng

【析形】衆字甲骨文上部是日，下部像三人並立之形，均為意符，古人以"三"表示數目之多，三人立於日光之下，取意衆人。會意字。金文形一沿襲甲骨文；形二"日"訛作"目"。小篆沿襲金文形二。隸書上部訛作"血"，下部三人之形亦訛變。楷書沿襲隸書。
【簡化】簡化字"众"是用了另造新字的方法，新造了三"人"為"众"的會意字。
【釋義】◎本義指許多人，大家：衆目｜衆望｜衆生｜出衆｜大衆｜當衆｜公衆｜觀衆｜民衆｜群衆｜示衆 ◇引申指許多，與"寡"相對：衆多｜衆人｜衆口難調｜衆矢之的｜寡不敵衆

種 (种) zhòng

【析形】種字小篆左旁是禾，意符，表明字義與穀類植物有關；右旁是重，聲符，表示讀音。形聲字。隸、楷書沿襲小篆。
【簡化】簡化字"种"是用了更換聲符的方法，以筆畫較簡的"中"為聲符，替換了筆畫較繁複的"重"。
【釋義】◎本義指禾類早種晚熟。◇引申①泛指栽植：種花｜種田｜種植｜點種｜耕種｜搶種｜引種｜栽種 ②把疫苗接種在人體上：種痘｜接種

重 zhòng

【析形】重字金文形一貫穿而下的是"人"字，中間是東，古代一種裝東西的袋囊，像人有所負重之形，東也表示讀音（重、東二字古音同韻部）。會意兼聲字。形二下部增"土"為意符，人負重立於地，取意重量。小篆沿襲金文形二。隸、楷書沿襲小篆。
【釋義】◎本義指重量，分量：重力｜重心｜比重｜超重｜承重｜淨重｜毛重｜失重｜體重｜載重 ◇引申①厚，高：重金｜重利｜重賞 ②分量大，比重大，與"輕"相對：重擔｜重負｜重物｜重型｜笨重｜沉重｜粗重｜繁重｜負重｜舉重 ③重要：重大｜重地｜重點｜重任｜重託｜重鎮｜貴重｜舉足輕重 ④重視：重利｜重用｜保重｜並重｜側重｜敬重｜器重｜珍重｜注重｜着 zhuó 重｜尊重 ⑤程度深：重病｜重創 chuāng｜重傷｜慘重｜濃重｜深重｜危重｜嚴重｜言重 ⑥數量多：重兵 ⑦不輕率：持重｜隆重｜慎重｜穩重｜莊重｜自重

仲 zhòng

【析形】仲字金文借音近的"中"字表示。小篆左旁增"人"為意符，右旁"中"，意符兼聲符，表示長幼次第或兄弟排行在中間的，也兼表示讀音。會意兼聲字。隸變後，人字在字左側為偏旁時寫作"亻"。
【釋義】◎本義指長幼排行位次在中的。舊時兄弟排行以伯、仲、叔、季為序，仲是排行第二的：仲弟｜仲兄｜伯仲 ◇引申①一季的第二個月：仲春｜仲冬｜仲秋｜仲夏 ②地位居中的：仲裁

舟 zhōu

【析形】舟字甲骨文像一隻小船之形。象形字。金文沿襲甲骨文。小篆舟形略變。楷書筆畫化，已失初形。
【釋義】◎船：舟車｜泛舟｜輕舟｜同舟共濟｜破釜沉舟｜順水推舟

州 zhōu

【析形】州字甲骨文像川流中央有塊陸地之形。指事字。金文沿襲甲骨文。小篆是甲、金文之繁構。隸書筆畫化，水中陸地之形已失。楷書沿襲隸書。

【釋義】◎本義指水中陸地，即河流中由沙石、泥土淤積而成的陸地。又作行政區劃名：州縣|廣州|杭州

周〔週〕zhōu

围甲 粵金 周篆 **周**隸(史晨碑)

周楷(高貞碑)

【析形】周字甲骨文像田地之形，中間小點像田中密植之農作物，以密植取意細密。會意字。金文下部增"口"，取意未明。小篆上部訛作"用"。隸、楷書沿襲小篆。異體字增"辶"為意符，表明字義與行為動作有關。

【釋義】◎本義指細密，周密：周到|周全|周詳|周至 ◇引申①普遍，遍及：周身|周遊|周知 ②周圍：周邊|周長|四周|圓周 ③時間的一輪，也特指一個星期：周報|周刊|周末|周期|周歲 ④圈子：周旋|周折|周轉繞三周 △音借表示物理學名詞"周波"的簡稱：千周|兆周|中周 以上各義又作"週"。朝代名：周朝|北周|東周|西周

覜〔賙〕zhōu

【析形】賙字《説文》所無。左旁是貝，意符，表明字義與財物有關(見"貝"字)；右旁是周，聲符，表示讀音。形聲字。內地採用"周"字

【釋義】接濟：賙濟|賙恤

洲 zhōu

【析形】洲字本作"州"(見"州"字)。"州"字用為州縣名後，左旁增"氵"(水)為意符表示本義，以區別於州縣名。

【釋義】◎本義指水中陸地：沙洲 ◇引申指大陸及其附屬島嶼的總稱：洲際|澳洲|非洲|美洲|歐洲|亞洲|大洋洲

粥 zhōu

鬻篆 弓粱弓隸(隸辨) **粥**楷(顏真卿)

【析形】粥字小篆上部是米，表明字義與穀米有關；下部是鬲，古代一種樣子像鼎的炊具，隸作"鬲"，兩旁像煮食熱氣蒸騰狀，均為意符，表示用炊具煮米飯。會意字。隸書省減下部的"鬲"，兩旁蒸汽狀訛作"弓"。楷書沿襲隸書。

【釋義】稀飯，用糧食煮成的半流質食品：稠粥|米粥|麵粥|八寶粥|僧多粥少

軸(軸)zhóu

軸篆 **軸**楷(褚遂良) **軸**草(草書韻會)

【析形】軸字小篆左旁是車，意符，表明字義與車有關；右旁是由，聲符，表示讀音。形聲字。楷書沿襲小篆。

【簡化】簡化字"轴"的意符"车"根據草書楷化而成。

【釋義】◎本義指穿在車輪中間用來持輪之圓柱形物件。◇引申①機械中用來支援其他轉動零件的圓桿：軸承|軸孔|軸心|車軸|主軸|轉zhuàn軸 ②像車軸的：軸子|畫軸|卷juàn軸 ③把平面或立體分成對稱部分的直線：軸線|地軸|中軸線

肘 zhǒu

𦙶篆 **肘**楷(顏真卿)

【析形】肘字小篆左旁是肉，意符，表明字義與身體的某部分有關，右旁是寸，本義指手臂寸口處，表明字義與手臂有關。古文肉、月二字形近，隸變後，兩個字作偏旁時多同化寫作"月"。

【釋義】上臂與前臂交接處向外凸起可以彎曲之部分：肘窩|肘子|捉襟見肘

帚〔箒〕zhǒu

𠬶甲 帚金 帚篆 帚隸(馬王堆帛書)

帚楷(顏真卿)

【析形】帚字甲骨文像束枝條為笤帚之形。象形字。金文沿襲甲骨文。小篆上部訛作"手"，下部訛作"巾"，手持布巾，取意掃除。隸、楷書沿襲小篆。異體字上部增"⺮"為意符，表明製作材料。

【釋義】清除垃圾、塵土的用具：掃帚|笤帚

宙 zhòu

甲 篆 楷(虞世南)

【析形】宙字甲骨文外廓像屋宇形，隸作"宀"，意符，表明字的初義與房屋有關；內中是由，聲符，表示讀音(宙、由二字古音同韻部)。形聲字。小篆、楷書沿襲甲骨文。

【釋義】◎本義指棟樑。古人釋："宇，屋簷也；宙，棟樑也"。◇棟樑橫貫屋宇上下，引申表示古往今來的時間。古人釋："往古今來謂之宙，四方上下謂之宇。"〔宇宙〕包括地球及一切天體的無限空間：宇宙飛船　◇引申指一切存在的總體：宇宙觀

畫(晝) zhòu

金 篆 楷(智永) 草(智永)

【析形】晝字金文上部像有隻手握着筆，是古文"畫"字的省減，意符，以畫界取意時限("晝"為日出到日落的一段時間，以夜為界)；下部是日，亦為意符，表明字義與時日有關。會意字。小篆沿襲金文。楷書把"日"寫作"旦"，取意與"日"同。

【簡化】簡化字"昼"根據草書楷化而成。

【釋義】白天。即從天亮到天黑的一段時間，與"夜"相對：晝夜|白晝

皺(皱) zhòu

楷(顏真卿)

【析形】皺字《說文》所無。右旁是皮，意符，表明字的初義與皮膚有關；左旁是芻，聲符，表示讀音。形聲字。

【簡化】楷書簡體"皱"的聲符"刍"根據草書楷化而成。

【釋義】◎本義指臉部皮膚因鬆弛而起的紋路。◇引申①泛指物體上的褶紋：皺痕|皺紋|褶皺|皺巴巴　②使生褶：皺眉

驟(骤) zhòu

篆 楷(顏真卿)

【析形】驟字小篆左旁是馬，意符，表明字的初義與馬有關；右旁是聚，聲符，表示讀音(驟、聚二字古音同韻部)。形聲字。楷書沿襲小篆。

【簡化】楷書簡體"骤"意符的簡化見"馬"字。

【釋義】◎本義指馬奔馳：馳驟　◇引申①急速：急驟|暴風驟雨　②突然，忽然：驟變|驟降|驟起|驟然

咒〔呪〕zhòu

楷(顏真卿)

【析形】咒字本作"呪"。楷書"咒"字當是"呪"字傳寫之誤。"呪"字左旁是口，表明字義與"口"的行為有關；右旁是兄，代表禱告的人，取意禱告。會意字。

【釋義】◎本義指禱告。舊時也指僧、道、巫師等自稱可以驅使鬼神或降災、除災的口訣：咒語|唸咒|緊箍咒　◇引申①指說希望別人遭受災難的話：詛咒|咒罵　②發誓：賭咒

軸(轴) zhòu

【析形】見"軸zhóu"。

【釋義】◎本義指穿在車輪中間用來持輪之圓柱形物件，音zhóu。◇引申作戲曲術語，指一場折子戲演出中作為軸心的主要劇目。排在最後一齣戲叫大軸子，倒數第二齣戲叫壓軸子，音zhòu。

朱〔硃〕zhū

甲 金 篆 隸(曹全碑) 楷(褚遂良)

【析形】朱字甲骨文像一棵樹木之形，中間加一畫區別於"木"字。指事字。金文、小篆沿襲甲骨文。隸書形體略變。楷書沿襲隸書。

【釋義】◎本義指赤心木。◇引申①大紅色：朱筆|朱門|朱墨|朱漆|朱雀　②朱砂。此義又作"硃"，礦物名：朱墨

珠 zhū

篆 楷(王獻之)

【析形】珠字小篆左旁是玉，意符，珍珠

Z

晶瑩如玉，故以"玉"為意符；右旁是
朱，聲符，表示讀音。形聲字。楷書沿襲
小篆。

【釋義】◎本義指蚌殼內所生的珍珠。圓
形小顆粒，有光澤，可入藥，也可作裝飾
品：珠寶│珠璣　◇引申指像珠子的、球
狀小顆粒事物：珠簾│珠算│鋼珠│淚珠│露
珠│珠圓玉潤

株 zhū

株 篆 株 楷(顏真卿)

【析形】株字小篆左旁是木，意符，表明
字義與樹木有關；右旁是朱，聲符，表示
讀音。形聲字。楷書沿襲小篆。

【釋義】◎本義指露出地面的樹幹。◇引
申①泛指草木，植物體：母株│幼株│守株
待兔　②植物的量詞：兩株苗│一株樹

諸 (诸) zhū

諸 篆 諸 隸(桐柏廟碑) 諸 楷(高貞碑)
诸 草(王獻之)

【析形】諸字金文借音近的"者"字表示
(見"者"字)。小篆左旁增"言"為意符，
表明字義與言語有關；右旁"者"為聲
符，表示讀音(諸、者二字古音同韻部)。
形聲字。隸、楷書沿襲小篆。

【簡化】簡化字"诸"的意符"讠"根據草書
楷化而成。

【釋義】◎本義指辨說。△音借表示①眾
多：諸多│諸君│諸如│諸位　②文言代詞中
"之於"的合音：公諸眾│付諸東流│見諸
報端

豬 〔猪〕zhū

豬 篆 猪 楷(顏真卿)

【析形】豬字小篆左旁的"豕"是"豬"字本
字，意符；右旁是者，聲符，表示讀音
(豬、者二字古音同韻部)。形聲字。

【簡化】楷書是用更換意符的方法，以筆
畫簡省的"犭"(犬)為意符，代表動物，
替換筆畫較繁複的"豕"。內地採用"猪"
字。

【釋義】◎哺乳動物。體肥大，鼻和吻突

出，耳大，四肢較短小。肉供食用，皮、
骨、鬃供工業用：豬場│豬圈 juàn │豬苗│
豬皮│母豬│野豬│種豬

蛛 〔蝃〕zhū

蛛 金 蛛 篆 蛛 楷(顏真卿)

【析形】蛛字金文下部是黽，本指蛙類動
物，意符，表明字義與動物昆蟲類有關；
上部是朱，聲符，表示讀音。形聲字。小
篆形一沿襲金文；形二意符為"虫"，表
意更準確，並寫作左右結構，楷書沿襲小
篆形二。

【釋義】〔蜘蛛〕見"蜘"字。

朮 zhú

朮 篆 朮 楷(顏真卿)

【析形】朮字小篆像一株植物之形。象形
字。隸作"朮"。楷書沿襲小篆。

【釋義】草名。菊科朮屬植物的泛稱。多
年生草本，有白朮、蒼朮等數種。

竹 zhú

竹 金 竹 篆 隸(校官碑) 竹 楷(顏真卿)

【析形】竹字金文像竹枝形，有莖、葉，
下部像竹節形。象形字。小篆只保留了枝
葉。隸、楷書沿襲小篆。

【釋義】◎本義指竹子。禾本科。常綠多
年生植物，莖中空，可供建築和製器物
用，也可作造紙原料：竹竿│竹管│竹節│
竹筐│竹筍│毛竹　◇引申①簫管類樂器的
代稱：絲竹　②竹簡的簡稱：竹帛│竹絲│
罄竹難書

逐 zhú

逐 甲 逐 甲 逐 金 逐 篆 逐 隸(馬王堆帛書)
逐 楷(顏真卿)

【析形】逐字甲骨文形一上部像豬之形，
隸作"豕"；形二上部像麋鹿形，意符，
均代表動物；下部像足印形，隸作"止"
("趾"字初文)，亦為意符，表示追趕動
物。會意字。金文表示動物的意符定形為
"豕"，左旁增"彳"(像道路形)為意符，

表明字義與行走有關。小篆把"彳"、"止"合篆作"辵"。隸變後，辵字為偏旁時寫作"辶"。

【釋義】◎本義指追趕野獸。◇引申①泛指追趕：馳逐｜追逐｜隨波逐流 ②趕走：逐出｜驅逐｜逐客令 ③挨着次序：逐步｜逐次｜逐個｜逐漸｜逐日｜逐字 ④競爭：角 jué 逐｜爭逐

燭 (烛) zhú

燭篆 燭楷(敬使君碑) 烛楷(顏真卿)

【析形】燭字小篆左旁是火，意符，表明字義與火有關；右旁是蜀，聲符，表示讀音。形聲字。楷書沿襲小篆。

【簡化】楷書簡體"烛"是用保留特徵、局部代全體的方法，保留原字右旁下部的"虫"代替全字，刪除其餘部件，失去聲符的表音作用。

【釋義】◎本義指火炬。◇引申①以蠟製成的用來照明的蠟燭：燭花｜燭台｜秉燭｜香燭 ②照耀，照見：燭照｜洞燭其奸｜火光燭天

主 zhǔ

坖篆 主隸(乙瑛碑) 主楷(褚遂良)

【析形】主字小篆下部像一隻燈座，上部像燈心火炷。象形字。隸書筆畫化，失去初形。楷書沿襲隸書。"主"字用作主人、首領等義後，又為本字造了"炷"字。

【釋義】◎本義指燈芯。此義後作"炷"。◇引申①中心，最重要的，最根本的，與"從"、"次"相對：主從｜主導｜主幹｜主將｜主力｜主題｜主體｜主語｜主旨 ②主人，與"客"、"賓"相對：主婦｜賓主｜主人翁 ③古稱國君：君主｜宗主國 ④社會中佔有奴隸或僱用僕役的人，與"奴"、"僕"相對：主僕｜主子｜地主｜僱主｜奴隸主 ⑤權力或財物的所有者：主權｜主宰｜霸主｜財主｜戶主｜領主｜盟主｜業主｜債主 ⑥當事人：主顧｜買主｜失主｜事主 ⑦負責的：主辦｜主編｜主導｜主管｜主講｜主考｜主席 ⑧主張，決定，見解：主持｜主和｜主見｜主使｜主戰｜自主｜做主

煮 zhǔ

煮篆 煮隸(馬王堆帛書) 煮楷(顏真卿)

【析形】煮字小篆下部是火，意符，表明字義與火有關；上部是者，聲符，表示讀音(煮、者二字古音聲母相同，韻母同部)。形聲字。隸變後，火字在字下部為偏旁時分化出"灬"旁。

【釋義】把東西放在水中加熱烹熟：煮飯｜煮沸｜煮熟｜滷煮

屬 (属) zhǔ

屬篆 屬隸(居延簡) 属楷(褚遂良)

【析形】屬字小篆上部是尾，意符，尾連於體，取意連接；下部是蜀，聲符，表示讀音。形聲字。隸書沿襲小篆。

【簡化】楷書簡體"属"是用保留特徵、局部刪除的方法，保留原字的輪廓特徵，刪除中間部分筆畫。簡化字沿用楷書簡體。

【釋義】◎本義指連接，連續：屬文｜連屬｜前後相屬 ◇引申指(意念)與某一點相連在一起：屬目｜屬望｜屬意

囑 (嘱) zhǔ

囑楷(顏真卿)

【析形】囑字《說文》所無。楷書左旁是口，意符，表明字義與口的行為有關；右旁是屬，聲符，表示讀音。形聲字。

【簡化】楷書簡體"嘱"聲符的簡化見"屬"字。

【釋義】吩咐，託付：囑咐｜叮囑｜醫囑｜遺囑

拄 zhǔ

拄楷(顏真卿)

【析形】拄字《說文》所無。楷書左旁是"扌"(手)，意符，表明字義與手的動作有關；右旁是主，聲符，表示讀音。形聲字。

【釋義】用手扶着棍杖支撐身體平衡：拄着枴棍

Z

助 zhù

助篆 助楷（王羲之）

【析形】助字小篆右旁是力，意符，表明字義與力氣、力量有關；左旁是且，聲符，表示讀音（助、且二字古音同韻部）。形聲字。楷書沿襲小篆。

【釋義】輔佐，説明：助教│助理│助手│助威│助興│助長│輔助│援助│贊助│資助

住 zhù

住楷（褚遂良）

【析形】住字《説文》所無。楷書左旁是"亻"（人），意符，表明字義與人的活動有關；右旁是主，聲符，表示讀音。形聲字。

【釋義】◎本義指停止，停留：住筆│住口│住手│打住　◇引申①居住：住處│住房│住戶│住宿│住宅│住址　②放在動詞後表示停頓、牢固、穩當：頂住│記住│截住│攔住│留住│黏nián住│穩住│剎住│站住│抓住

注 zhù

注篆 注隸（禮器碑）注楷（褚遂良）

【析形】注字小篆左旁是水，意符，表明字義與水有關；右旁是主，聲符，表示讀音。形聲字。隸變後，水字在字左側為偏旁時寫作"氵"。

【釋義】◎本義指（水）灌入：注入│注射│大雨如注　◇引申①集中在一點上：注目│注視│注意│注重│關注│貫注│傾注│專注　②登記，記載：註冊│註失│註銷　③用文字解釋或用符號標明：註解│註明│註釋│註音│批註│評註│轉註　④解釋字句所用的文字：註腳│註釋│註疏│附註│集註│批註│詮註（以上引申義②③④現多寫作"註"）　⑤賭博時所投下的錢：下注│賭注│孤注一擲　⑥投入：注資

駐(驻) zhù

駐篆 駐隸（西狹頌）駐楷（顏真卿）

【析形】駐字小篆左旁是馬，意符，表明字的初義與馬有關；右旁是主，聲符，表示讀音。形聲字。隸、楷書沿襲小篆。

【簡化】簡化字"驻"意符的簡化見"馬"字。

【釋義】◎本義指馬立住。　◇引申①泛指停留：駐足　②保持不變：駐顏術　③軍隊住在某地，機關設在某地：駐地│駐防│駐軍│駐守│駐紮zhā│進駐│留駐│佔駐

柱 zhù

柱篆 柱隸（袁博碑）柱楷（歐陽詢）

【析形】柱字小篆左旁是木，意符，表明材質；右旁是主，聲符，表示讀音。形聲字。隸、楷書沿襲小篆。

【釋義】◎本義指支撐房屋的柱子。　◇引申①泛指支撐建築物的直立構件：柱石│石柱│支柱│頂樑柱　②比喻像柱子的事物：冰柱│火柱│水柱│台柱│煙柱│圓柱體

祝 zhù

祝甲 祝金 祝篆 祝隸（居延簡）祝楷（顏真卿）

【析形】祝字甲骨文左旁是示，意符，表明字義與祭祀祈禱之事有關（見"示"字）；右旁像跪跽禱告之人，上部突出"口"，均為意符，取意祈禱。會意字。金文沿襲甲骨文。小篆跪跽人形略變。隸書右旁隸作"兄"。楷書沿襲隸書。

【釋義】◎本義指向鬼神祈禱。也指祭祀時司祭禮的人。　◇引申指良好的願望：祝詞│祝禱│祝福│祝賀│祝酒│祝壽│祝願

著 zhù

著隸（泰山金剛經）著楷（褚遂良）

【析形】著字《説文》所無。隸書上部是"艹"（艸），意符，草木萌生，取意顯明；下部是者，聲符，表示讀音（著、者二字古音同韻部）。形聲字。楷書沿襲隸書。

【釋義】◎本義指顯明：著稱│著名│顯著│昭著│卓著　◇引申①寫作：著書│著述│著文│著作│編著│合著　②著作：巨著│論著│名著│原著│專著

鑄 (铸) zhù

甲 金 金 金 篆 隸(隸辨)

鑄楷(顏真卿) 草(孫過庭)

【析形】鑄字甲骨文上部左右像兩隻手，中間像一隻倒置之鑄器，下部像一個器皿，均為意符，表示手持鑄器澆鑄器皿。會意字。金文形一沿襲甲骨文而在"皿"上增"火"為意符，表明字義與火有關；形二省減下部"皿"，中間左旁增"金"為意符，表明字義與金屬有關，右旁增"壽"為聲符，表示讀音，成為形聲字；形三只保留了意符"金"和聲符"壽"。小篆、隸、楷書沿襲金文形三。

【簡化】簡化字"铸"根據草書楷化而成。

【釋義】把金屬熔化後，倒在模子裏製成器物：鑄幣｜鑄工｜鑄造｜鑄字｜澆鑄｜熔鑄｜陶鑄｜壓鑄

筑 zhù

篆 隸(馬王堆帛書) 筑楷(顏真卿)

【析形】筑字小篆上部是竹，表明材質；下部是巩，本義指抱，取意操持，均為意符，表示操持樂器；竹亦表示讀音。會意兼聲字。隸、楷書沿襲小篆。

【釋義】古代弦樂器，大體形似箏，已失傳。（一說為古代一種名為"筑曲"的音樂）

築 (筑) zhù

金 篆 築楷(褚遂良)

【析形】築字金文左下部是木，意符，表明材質；上部是筑，聲符，表示讀音。形聲字。小篆沿襲金文。楷書寫作上下結構。

【簡化】簡化字是用同音合併的方法，以音同、筆畫較簡的"筑"代替筆畫繁複的"築"，合併了築、筑二字的意義。

【釋義】◎本義指搗土用的杵。◇引申①搗土使堅實。②建造，修蓋：築堤｜築路｜構築｜建築｜修築

蛀 zhù

蛀楷(顏真卿)

【析形】蛀字《說文》所無。楷書左旁是虫，意符，表明字義與昆蟲有關；右旁是主，聲符，表示讀音。形聲字。

【釋義】◎咬食樹幹、衣物、書籍、穀物等的小蟲：蛀蟲｜蛀心蟲 ◇引申指被蛀蟲咬壞：蛀齒｜蛀蝕

貯 (贮) zhù

甲 甲 金 金 篆 貯楷(顏真卿)

【析形】貯字甲骨文形一外廓像一隻貯物器具，內中是貝，代表財物（見"貝"字），均為意符，表示貯物。會意字。形二寫作上下結構，"貝"移至器外。金文分別沿襲甲骨文形一、形二。小篆寫作左右結構。右旁隸變作"宁"，楷書簡體作"㝉"。

【簡化】楷書簡體"贮"意符的簡化見"貝"字。

【釋義】◎本義指貯藏，儲存：貯備｜貯存｜貯蓄

抓 zhuā

抓楷(顏真卿)

【析形】抓字《說文》所無。楷書左旁是"扌"(手)，意符，表明字義與手的動作有關；右旁是爪，意符兼聲符，表示用手取東西，亦表示讀音。會意兼聲字。

【釋義】◎本義指用手拿取：抓鬮兒｜抓舉｜抓藥｜抓住 ◇引申①捉拿，捕捉：抓獲｜抓賊 ②把握住：抓差chāi｜抓緊｜抓拍

爪 zhuǎ

【析形】見"爪zhǎo"。

【釋義】◎本義指鳥獸的腳趾或趾甲，音zhǎo。◇引申指鳥獸的腳，音zhuǎ：爪子｜尖爪｜貓爪

專 (专) zhuān

甲 篆 隸(楊統碑) 草(孫過庭)

专楷(顏真卿)

【析形】專字甲骨文左旁像一隻手，右旁像一隻紡錘，均為意符，表示紡織器具。會意字。小篆寫作上下結構，手形訛作"寸"。隸書沿襲小篆。

【簡化】楷書簡體"专"根據草書楷化而成。

> "專"字為偏旁的字類推簡化。例如：转、砖、传等。

【釋義】◎本義指紡錘，即收絲器具。△音借表示專一，單獨，集中在一點上：專案│專長│專場│專誠│專程│專訪│專輯│專家│專款│專欄│專利│專賣│專心│專修│專賣│專職│專注│專著　◇引申指獨斷，獨自掌握，佔有：專斷│專橫 hèng│專權│專制│獨斷專行 xíng

磚〔甎〕(砖) zhuān

砖楷(顏真卿)

【析形】磚字《說文》所無。左旁是石，意符，表明字義與土石有關；右旁是專，聲符，表示讀音。形聲字。異體字以"土"或"瓦"為意符，表明材質。

【簡化】楷書簡體"砖"聲符的簡化見"專"字。

【釋義】◎本義指用黏土放在土坯中燒製成的建築材料：磚塊│磚坯│磚窰│瓷磚│硅磚│火磚│耐火磚　◇引申指像磚的東西：冰磚│茶磚│金磚│煤磚

轉(转) zhuǎn

轉金**轉**篆**車專**隸(曹全碑)**孖**草(王羲之)**转**楷(顏真卿)

【析形】轉字金文左旁是車，意符，車輪回轉，取意轉動；右旁是專，聲符，表示讀音。形聲字。小篆、隸書沿襲金文。

【簡化】楷書簡體"转"根據草書楷化而成。

【釋義】◎本義指轉動，即改變方向、位置、形勢、情況等：轉變│轉軌│轉行│轉化│轉換│轉機│轉向│轉移│轉折│倒 dào轉│翻轉│迴轉│逆轉│扭轉　◇引申指不是直接的，中間經過別的人或地方等：轉播│轉車│轉達│轉告│轉讓│轉載│轉贈│轉賬│中轉

傳(传) zhuàn

傳甲**傳**金**傳**篆**傳**隸(隸辨)**传**草(孫過庭)**传**楷(顏真卿)

【析形】傳字甲骨文左旁是人，意符，表明字義與人的活動有關；右旁是專，聲符，表示讀音。形聲字。金文、小篆沿襲甲骨文。隸變後，人字在字左側為偏旁時寫作"亻"。

【簡化】楷書簡體"传"根據草書楷化而成。

【釋義】◎本義指古代傳遞郵件的驛站。◇引申①指傳遞。②記載個人事蹟的文體：傳記│傳略│列傳│外傳│小傳│正傳│自傳　③闡述經書(儒家經典)的文字：經傳│《左傳》│《詩經毛傳》④敘述歷史故事的作品，多用於書名：《水滸傳》│《射雕英雄傳》

轉(转) zhuàn

【析形】見"轉 zhuǎn"。

【釋義】◎本義指轉動，音 zhuǎn。◇引申指旋轉，打轉，音 zhuàn：轉盤│轉圈兒│轉速│轉椅│轉軸│公轉│輪轉│運轉│自轉│暈頭轉向

賺(赚) zhuàn

賺楷(顏真卿)

【析形】賺字《說文》所無。楷書左旁是貝，意符，表明字義與財物有關(見"貝"字)；右旁是兼，聲符，表示讀音。形聲字。

【簡化】簡化字"赚"意符的簡化見"貝"字。

【釋義】獲利，掙得，與"賠"相對：賺錢│賺大頭

撰 zhuàn

撰隸(史晨碑)**撰**楷(顏真卿)

【析形】撰字《說文》所無。隸書左旁是"扌"(手)，意符，表明字義與手的動作有關；右旁是巽，聲符，表示讀音。形聲字。楷書沿襲隸書。

【釋義】寫作，著述：撰稿│撰述│撰文│撰寫│杜撰

莊(庄) zhuāng

莊篆**莊**隸(居延簡)**莊**楷(顏真卿)

【析形】莊字小篆上部是"艸"，意符，表明字的初義與草有關；下部是壯，聲符，表示讀音。形聲字。隸書沿襲小篆。

【簡化】簡化字"庄"是用另造新字的方法，外廓是"广"（當從"莊"字外廓的"艹"和"丬"演變而來），古文像高屋形；內中是土，均為意符，表示田舍。會意字。表示音借義"田舍"之"莊"。

【釋義】◎本義指草叢茂盛的樣子。△音借①村落，田舍：莊戶｜農莊｜山莊｜田莊 ②指封建社會貴族地主佔有的大片土地：莊園｜莊園主 ③嚴肅，端重：莊嚴｜莊重｜端莊 ④某些牌戲或賭博中每一局的主持人：莊家｜坐莊

裝 (裝) zhuāng

裝篆 裝楷(顏真卿) 裝草(趙孟頫)

【析形】裝字小篆下部是衣，意符，以衣裹體取意束裹；上部是壯，聲符，表示讀音。形聲字。隸書沿襲小篆。

【簡化】簡化字"装"的聲符"壮"根據草書楷化而成。

【釋義】◎本義指束裹。◇引申①衣裝：成裝｜春裝｜女裝｜時裝｜晚裝｜西裝 ②打扮，修飾：裝扮｜裝裱｜裝潢｜裝飾｜裝束｜裝幀｜包裝｜偽裝 ③故意做出：裝假｜裝傻｜裝蒜｜假裝｜偽裝｜裝聾作啞｜裝模作樣｜裝腔作勢 ④裝配，安置：裝備｜裝卸｜裝修｜裝運｜安裝｜改裝｜散裝 ⑤行裝，配備的武器、衣物、器材等：裝備｜束裝｜輕裝｜武裝｜整裝｜治裝 ⑥把零散的書頁或紙張加工成冊：裝訂｜裝幀｜精裝｜平裝｜線裝

妝 (妝) zhuāng

妝甲 妝金 妝篆 妝隸(馬王堆帛書) 妝楷(顏真卿) 妝草(祝枝山)

【析形】妝字甲骨文右旁是女，意符，女子喜梳妝，取意打扮、修飾；左旁是"牀"字的省減，聲符，表示讀音（妝、牀二字古音同韻部）。形聲字。金文右旁增一部件，表意未明。小篆、隸、楷書沿襲甲骨文。

【簡化】簡化字"妆"根據草書楷化而成。

【釋義】◎本義指打扮，修飾：妝飾｜化妝｜

梳妝 ◇引申①身上的裝飾，也指演員的裝飾：妝飾｜紅妝｜上妝｜卸妝 ②女子的嫁妝：妝奩｜妝新

椿 (樁) zhuāng

椿篆 椿楷(顏真卿)

【析形】椿字小篆左旁是木，意符，表明字義與木頭有關；右旁是春，聲符，表示讀音。形聲字。楷書沿襲小篆。

【簡化】簡化字"桩"是用更換聲符的方法，以音同、筆畫較簡的"庄"為聲符，替換了筆畫較繁複的"春"。

【釋義】◎本義指木橛。◇引申①泛指插入地裏的木棍或石柱：樁子｜打樁｜界樁｜木樁｜橋樁 ②作量詞，表示事情的件數：一樁婚姻｜一樁往事

壯 (壯) zhuàng

壯金 壯篆 壯隸(馬王堆帛書) 壯楷(虞世南) 壯草(索靖)

【析形】壯字金文右旁是士，意符，代表男人，以男子體格取意人體高大。左旁是丬，聲符，表示讀音（壯、丬二字古音同韻部）。形聲字。小篆沿襲金文。隸書聲符形體略變。

【簡化】簡化字"壮"的聲符根據草書楷化而成。

【釋義】◎本義指人體高大。◇引申①強健有力：壯大｜壯丁｜壯年｜壯實｜粗壯｜精壯｜強壯｜少壯 ②宏偉，強大：壯觀｜壯闊｜壯麗｜壯烈｜壯士｜壯志｜悲壯｜豪壯｜雄壯 ③加強，使壯大：壯膽｜壯聲勢

狀 (狀) zhuàng

狀篆 狀隸(乙瑛碑) 狀草(皇象) 狀楷(虞世南)

【析形】狀字小篆右旁是犬，意符，表明字的初義與狗有關；左旁是丬，聲符，表示讀音（狀、丬二字古音同韻部）。形聲字，隸、楷書沿襲小篆。

【簡化】楷書簡體"状"根據草書楷化而成。

【釋義】◎本義指犬形。◇引申①泛指外

形，情形：狀況｜狀貌｜狀態｜形狀｜性狀｜原狀｜症狀｜罪狀｜奇形怪狀 ②對情狀的描摹，陳述：摹狀｜不可名狀 ③陳述事件或記載事蹟的文字：行狀｜軍令狀｜自供 gòng 狀 ④訴訟的文字：狀子｜狀紙｜告狀｜供 gòng 狀｜訴狀 ⑤嘉獎、委任的文件：獎狀｜委任狀

撞 zhuàng

篆 撞楷（顏真卿）

【析形】撞字小篆左旁是手，意符，表明字義與手的動作有關；右旁是童，聲符，表示讀音（撞、童二字古音同韻部）。形聲字。隸變後，手字在字左側為偏旁時寫作"扌"。

【釋義】◎本義指敲，擊：撞擊｜撞鐘 ◇引申①碰撞，闖：撞車｜撞見｜撞針｜衝撞｜頂撞｜莽撞｜橫衝直撞｜招搖撞騙 ②碰見：撞見 ③闖，冒失地行動：衝撞｜頂撞｜莽撞｜橫衝直撞

幢 zhuàng

【析形】見"幢 chuáng"。

【釋義】◎本義指古代儀仗用的、以羽毛為飾的一種旗幟，音 chuáng。也指張掛在車、船上的簾子，音 zhuàng。△音借作量詞，用於房屋，音 zhuàng：一幢樓房

追 zhuī

甲 金 篆 追隸（景君碑） 追楷（虞世南）

【析形】追字甲骨文下部像一隻足印形，隸作"止"（"趾"字初文），意符，表明字義與腿腳動作有關；上部是自，聲符，表示讀音。形聲字。金文左旁增"彳"（像道路形）為意符，表明字義與道路有關。小篆把"彳"、"止"兩個部件合篆作"辵"。隸變後，辵字為偏旁時寫作"辶"。

【釋義】◎本義指追逐，追趕：追逼｜追捕｜追擊｜追隨｜追蹤 ◇引申①追求：追歡｜追尋 ②追究：追查｜追根｜追問｜追贓 ③補救：追補｜追記｜追加｜追繳｜追賠｜追認｜追

授｜追贈 ④回溯，回顧過去：追悼｜追懷｜追悔｜追述｜追思｜追溯｜追憶

椎 zhuī

篆 椎隸（馬王堆帛書） 椎楷（顏真卿）

【析形】椎字小篆左旁是木，意符，表明材質；右旁是隹，聲符，表示讀音。形聲字。隸、楷書沿襲小篆。

【釋義】◎本義指捶擊器具，此義後作"槌"。△音借指構成高等動物背部中央骨柱的短骨：椎骨｜脊椎｜頸椎

錐 (锥) zhuī

篆 錐草（顏真卿） 錐楷（顏真卿）

【析形】錐字小篆左旁是金，意符，表明材質；右旁是隹，聲符，表示讀音。形聲字。

【簡化】簡化字"锥"的意符"钅"根據草書楷化而成。

【釋義】◎本義指銳利的工具：錐子｜扁錐｜立錐之地 ◇引申指像錐子形的東西：錐度｜錐面｜錐探｜錐形｜圓錐

墜 (坠) zhuì

甲 金 篆 墜楷（歐陽詢）

【析形】墜字甲骨文右旁像山崖形，隸作"阜"；左旁像一個頭部朝下的人從山崖墜落之形。會意字。金文左旁是阜，右旁是㒸，聲符，表示讀音，成為形聲字。小篆下部增"土"為意符，表示墜落地。隸變後，"阜"字在字左側為偏旁時寫作"阝"。

【簡化】簡化字"坠"沿用古體的方法，上部沿用甲骨文，由"阜"、"人"兩個部件構成。

【釋義】◎本義指墜下：墜地｜墜毀｜墜落｜墜馬 ◇引申①往下沉：偏墜｜下墜 ②繫在身體或物體上懸垂之物：墜子｜耳墜｜扇墜

綴 (缀) zhuì

篆 綴隸（史晨碑） 缀草（陸柬之） 綴楷（顏真卿）

【析形】綴字小篆左旁是糸，意符，表明字義與絲線等有關；右旁是叕，像線與線聯綴之形，亦為意符，取意聯綴。會意字。隸、楷書沿襲小篆。

【簡化】簡化字"綴"的意符"纟"根據草書楷化而成。

【釋義】◎本義指縫補，縫合：補綴 ◇引申①連結，組成字句篇章：綴合｜綴輯｜綴文｜連綴｜拼綴 ②附著，附著 zhuó 物：詞綴｜前綴｜音綴 ③裝飾：點綴

贅 (贅) zhuì

贅篆 贅楷(顏真卿)

【析形】贅字上部是敖，意符，取其"出放"之意；下部是貝，亦為意符，表明字義與財物有關(見"貝"字)。會意字。

【簡化】楷書簡體"贅"意符的簡化見"貝"字。

【釋義】◎本義指放物作抵押：贅子 ◇引申指男子就婚於女家：贅婿｜入贅｜招贅 △音借表示多餘的，無用的：贅瘤｜贅述｜贅物｜贅言｜累 léi 贅

諄 (諄) zhūn

諄篆 諄楷(顏真卿)

【析形】諄字小篆左旁是言，意符，表明字義與言語有關；右旁是享，聲符，表示讀音。形聲字。楷書聲符訛作"享"。

【簡化】簡化字"谆"的意符"讠"根據草書楷化而成。

【釋義】教誨不倦的樣子，形容懇切地教導。多疊用：諄諄教導｜諄諄告誡

準 (准)〔準〕zhǔn

準篆 准隸(桐柏廟碑) 准楷(歐陽詢)

【析形】準字小篆左旁是水，意符，以水面之平取平之意；右旁是隼，聲符，表示讀音(準、隼二字古音同韻部)。形聲字。

【簡化】隸、楷書"准"是用保留特徵，局部刪除的方法，保留上部而省減了左旁一"丶"以別於"淮"字，刪除了下部的"十"。

【釋義】◎本義指水準。古人釋："謂水之平也。天下莫平於水。" ◇引申①測平器具。②標準，法則：準繩｜準則｜基準｜水準 ③準確，正確：準星｜對準｜音準 ④確實，一定：準保｜準信兒｜定準｜一準 引申表示程度上雖不完全達到，但可作某類事物看待：準將 jiàng｜準平原 ⑤射箭的標的：瞄準

准 zhǔn

【析形】准字本作"準"(見"準")，為"準"字之俗字。

【釋義】本義同"準"，後有分工，表示允許：准予｜核准｜獲准

捉 zhuō

捉篆 捉楷(顏真卿)

【析形】捉字小篆左旁是手，意符，表明字義與手的動作有關；右旁是足，聲符，表示讀音(捉、足二字古音同韻部)。形聲字。隸變後，手字在字左側為偏旁時寫作"扌"。

【釋義】◎本義指握，持：捉筆｜捉刀｜捉襟見肘 ◇引申表示抓，逮：捉姦｜捉拿｜捉賊｜捕捉｜活捉

桌 zhuō

桌楷(顏真卿)

【析形】桌字《說文》所無。楷書下部是木，意符，表明材質；上部是卓，聲符，表示讀音。形聲字。

【釋義】◎桌子，几案：桌布｜桌椅｜餐桌｜課桌 ◇引申作量詞：一桌飯｜兩桌酒席

拙 zhuō

拙篆 拙楷(朱君山墓誌)

【析形】拙字小篆左旁是手，意符，表明字的初義與手的動作有關；右旁是出，聲符，表示讀音(拙、出二字古音同韻部)。形聲字。隸變後，手字在字左側為偏旁時寫作"扌"。

【釋義】◎本義指不靈巧，笨：拙劣｜笨拙｜口拙｜弄巧成拙 ◇引申作謙詞，多指自己的作品、見解等不高明：拙筆｜拙見｜拙

譯｜拙著｜拙作

酌 zhuó

酌(金) 酌(篆) 酌(隸)(袁博碑) 酌(楷)(石經)

【析形】酌字金文左旁像一隻酒罐子，意符，表明字的初義與酒有關；右旁是勺，聲符，表示讀音（酌、勺二字古音同韻部）。形聲字。小篆、隸、楷書沿襲金文。

【釋義】◎本義指斟酒，飲酒：對酌｜自斟自酌 ◇引申①酒飯：便酌｜菲酌 ②商量：酌辦｜酌定｜酌量｜酌情｜斟酌

濁 (浊) zhuó

濁(金) 濁(篆) 濁(隸)(華山神廟碑) 濁(楷)(褚遂良)

【析形】濁字金文左旁是水，意符，表明字義與水有關；右旁是蜀，聲符，表示讀音。形聲字。小篆沿襲金文。隸變後，水字在字左側為偏旁時寫作"氵"。

【簡化】簡化字"浊"是用局部代全體的方法，聲符只保留下部的"虫"代替全字"蜀"，刪除了其餘部件，失去表音作用。

【釋義】◎本義指水名，即今北洋河。後指水不清亮：濁流｜污泥濁水 ◇引申①泛指渾，不乾淨，與"清"相對：濁物｜渾濁｜混濁｜污濁 ②混亂：濁世 ③聲音低沉，粗重：濁音｜濁聲濁氣

啄 zhuó

啄(篆) 啄(楷)(顏真卿)

【析形】啄字小篆左旁是口，意符，表明字義與口的行為動作有關；右旁是豕，聲符，表示讀音。形聲字。楷書沿襲小篆。

【釋義】鳥類用嘴取食物：啄食｜啄木鳥

卓 zhuó

卓(甲) 卓(金) 卓(篆) 卓(隸)(馬王堆帛書)

卓(楷)(顏真卿)

【析形】卓字甲骨文下部像捕鳥器具，上部像鳥爪子，代表鳥，均為意符，表示捕鳥。會意字。金文捕鳥器具形已訛變。小篆又據金文把下部訛作"早"。隸、楷書沿襲小篆。

【釋義】◎本義當為"罩"字本字，意為捕鳥。△音借指高明，高超，不平凡的：卓見｜卓絕｜卓識｜卓越｜卓著 ◇引申指高而直：卓立

灼 zhuó

灼(篆) 灼(楷)(顏真卿)

【析形】灼字小篆左旁是火，意符，表明字義與火有關；右旁是勺，聲符，表示讀音（灼、勺二字古音同韻部）。形聲字。楷書沿襲小篆。

【釋義】◎本義指火燒：灼傷｜灼熱｜燒灼 ◇引申指明瞭，透徹：灼灼｜真知灼見

茁 zhuó

茁(篆) 茁(楷)(顏真卿)

【析形】茁字小篆上部是"艸"，意符，表明字義與植物有關；下部是出，聲符，表示讀音（茁、出二字古音同韻部）。形聲字。楷書沿襲小篆。

【釋義】◎本義指草初生的樣子。◇引申指生長旺盛：茁長｜茁壯

着 〔著〕zhuó

【析形】音"zhuó"之"著"字今又寫作"着"，是"著"字之分化字。見"著"字。

【釋義】◎本義指穿：着衣｜穿着｜衣着 ◇引申①附在別的物體上：着筆｜着墨｜着色｜附着｜不着痕跡 ②接觸：着地｜着陸｜不着邊際 ③把力量或注意力等放在某一事物上：着手｜着力｜着眼｜着意｜着重｜執着 ④着落：無着

琢 zhuó

琢(篆) 琢(楷)(顏真卿)

【析形】琢字小篆左旁是玉，意符，表明字的初義與製玉有關；右旁是豕，聲符，表示讀音。形聲字。楷書沿襲小篆。

【釋義】本義指加工雕刻玉石，使成器物：琢磨 mó｜雕琢

姿 zī

篆 姿　隸(孔宙碑)　姿 楷(高貞碑)

【析形】姿字小篆左下是女，意符，女子多姿色，取意姿態；左上部與右旁合為"次"，聲符，表示讀音。形聲字。隸、楷書寫作上下結構。

【釋義】①形態，姿態：姿勢｜舞姿｜雄姿｜英姿 ②容貌：姿容｜姿色｜風姿

資(资) zī

篆 資　隸(華山神廟碑)　資 楷(智永)

草(智永)

【析形】資字小篆左下是貝，意符，表明字義與財物有關（見"貝"字）；左上部與右旁合為"次"，聲符，表示讀音。隸、楷書沿襲小篆。

【簡化】簡化字"资"的意符"贝"根據草書楷化而成。

【釋義】◎本義為財物、本錢的總稱：資財｜資產｜資方｜資金｜資源｜工資｜集資｜投資｜外資｜物資 ◇引申①提供財物，供給：資助｜以資參考｜以資鼓勵 ②資格：資歷｜資深｜資望｜師資 ③人的素質，智力，天賦：資質｜天資

滋 zī

甲 篆 滋 楷(顏真卿)

【析形】滋字甲骨文外廓與中間的小點像水流形，意符，表明字義與水有關；中間是絲，聲符，表示讀音。形聲字。小篆聲符訛為"茲"，寫作左右結構。隸變後，水字在字左側為偏旁時寫作"氵"。

【釋義】◎本義為水名，即河北省滋河，大清河的支流。又指含水分多：滋潤 ◇引申①增益：滋補｜滋養｜滋益｜滋陰 ②生長，生出：滋蔓｜滋生｜滋事｜滋長 ③愈加，甚：滋甚 △音借表示味道：滋味｜有滋有味

吱 zī

【析形】見"吱zhī"。

【釋義】象聲詞，多形容小動物的叫聲：秋蟲吱吱叫

咨〔諮〕zī

篆 咨 隸(華山神廟碑)　咨 楷(顏真卿)

【析形】咨字小篆左下部是口，意符，表明字義與口的行為有關；左上部與右旁合為"次"，聲符，表示讀音。形聲字。隸書作上下結構。楷書沿襲隸書。

【釋義】◎本義指商議，詢問：咨客｜咨詢｜咨議 ◇引申指舊時一種公文（多用於平行機構之間），又指某些國家元首向國會提出的報告：咨文

諮〔咨〕zī

隸(曹全碑)

【析形】諮字隸書左旁是言，意符，表明字義與言詞有關；右旁是咨，意符兼聲符，義同"咨"，也表示讀音。會意兼聲字。

【釋義】同"咨"。

茲 zī

甲 金 篆 隸(馬王堆帛書)

茲 楷(智永)

【析形】茲字甲骨文、金文借音近的"絲"字表示。小篆上部增"艸"為意符，表明字義與植物有關；下部"絲"為聲符，表示讀音。形聲字。隸、楷書沿襲小篆。

【釋義】◎本義指草木滋生。此義後作"滋"。△音借表示①這個：茲日｜念茲｜在茲 ②現在：茲定於明日開會

子 zǐ

甲 金　甲 金 篆 隸(曹全碑)　子 楷(虞世南)

【析形】子字甲骨文形一像小兒形象，頭大，毛髮無束，下有兩脛；形二仍突出幼兒頭大特徵，兩臂揮動，下部像兩足並合之形。象形字。金文形一、形二分別沿襲甲骨文形一、形二。小篆沿襲甲、金文形二。隸書根據小篆轉寫而成。楷書沿襲隸書。

【釋義】◎本義指兒女，後專指兒子：子女｜子孫｜子息｜父子｜繼子｜王子｜長子

◇引申①泛指人：才子|公子|男子|學子 ②古時對男子的尊稱或美稱：夫子|君子|孔子|諸子 ③幼小的，小的，嫩的：子城|子堤|子薑|子豬|童子 ④小而堅硬的塊狀物或粒狀物：子彈|棋子兒|槍子兒|石子兒 ⑤從母體產生的，附屬的，與"母"相對：子目|子金|子息|子公司 ⑥構成物體的最簡單的物質：變子|超子|電子|分子|光子|核子|介子|離子|粒子|原子 △音借表示①地支的第一位：甲子 ②子時，即夜裏十一時至一時：子夜

仔 zǐ

【析形】仔字甲骨文左旁是人，右旁是子，均為意符，表示兒子。會意字。金文、小篆沿襲甲骨文。隸變後，人字在字左側為偏旁時寫作"亻"。
【釋義】◎本義指兒子。◇引申指幼小的（多指牲畜、家禽等）：仔豬|仔雞

紫 zǐ

【析形】紫字金文左旁是糸，意符，表明字的初義與絲有關；右旁是此，聲符，表示讀音。形聲字。小篆寫作上下結構。隸、楷書沿襲小篆。
【釋義】◎本義指青赤色的絲。◇引申指紅藍合成之色：紫紅|紫花|紫色

姊 zǐ

【析形】姊字小篆左旁是女，意符，表明字義與女子有關；右旁是𠂔，聲符，表示讀音。形聲字。楷書沿襲小篆。
【釋義】義同"姐"，姐姐：姊姊|姊妹

籽 zǐ

【析形】籽字《說文》所無。楷書左旁是米，代表顆粒植物；右旁是子，代表子實，均為意符，表示植物的種子，子也表示讀音。會意兼聲字。
【釋義】植物的種子：籽粒|籽棉|菜籽兒|棉籽

滓 zǐ

【析形】滓字小篆左旁是水，意符，表明字義與水有關；右旁是宰，聲符，表示讀音（滓、宰二字古音同韻部）。形聲字。隸書聲符下部多一畫。隸變後，水字在字左側為偏旁時寫作"氵"。
【釋義】◎本義指沉澱物：沉滓|渣滓 ◇引申指污濁：滓濁|垢滓

自 zì

【析形】自字甲骨文像鼻子之形，有鼻樑、鼻翼。象形字。金文沿襲甲骨文。小篆鼻翼形略失。隸書根據小篆轉寫而成。楷書沿襲隸書。
【釋義】◎本義指鼻子，呼吸和嗅覺器官。甲骨卜辭有用為"鼻"之記載。◇人常點着自己鼻子表示自我，引申指自己：自愛|自白|自稱|自薦|自滿|自身|自視|自首|自述|自信|自修|自願|自治 △音借作介詞，表示由，從：自從|自打|自始至終

字 zì

【析形】金文上部像房屋形，下部是子，均為意符，表示生養孩子。會意字。小篆沿襲金文。小篆、隸、楷書均沿襲金文。
【釋義】◎本義指生育，孵化。◇引申①懷孕：《易·屯》："女子貞不字，十年乃字。" ②女子許嫁：待字|許字 △音借表示①文字：字典|字跡|字幕|字盤|字書|字體|字形|字音|本字|別字|名字|生字|數字|古文字 ②字眼，詞：煉字|實字|虛字|字斟句酌|文從字順|咬文嚼字 ③字體：草字|楷字|篆字 ④字音：字正腔圓|一字一板 ⑤人的別名：表字 ⑥用文字寫成的字條，憑據，證據：字據

畫字|立字為據 ⑦書法作品：字畫

子 zi

【析形】見"子 zǐ"。

【釋義】◎本義指兒女，音 zǐ。△音借作構詞語素。①加在名詞性詞素後：案子|本子|步子|村子|稻子|肚子|妻子|椅子 ②加在形容詞或動詞性詞素後，成為名詞：矮子|扳子|呆子|販子|拍子|胖子|起子|梳子 ③量詞詞尾：豆粒子|一下子|一陣子|這檔子事(以上音借義讀輕聲)

宗 zōng

甲 金 篆 隸(曹全碑)

楷(安定王基誌)

【析形】宗字甲骨文上部像屋宇形，隸作"宀"，意符，表明字義與房屋有關；下部是示，亦為意符，表明字義與祭祀之事有關(見"示"字)。會意字。金文、小篆、隸、楷書各體均沿襲甲骨文。

【釋義】◎本義指祖廟，祭祀祖先的地方。◇引申①祖先：宗祠|宗廟|祖宗|光宗耀祖|列祖列宗 ②效法，尊奉：宗法|宗教|宗師|宗仰|文宗|宗主國 ③家族，同一家族的：宗弟|宗法|宗室|宗族|連宗|同宗 ④派別：宗派|禪宗|正宗 ⑤量詞，指批或件：大宗款項|一宗案件 ⑥根本，主旨：宗旨|開宗明義|萬變不離其宗

棕〔椶〕zōng

篆 隸(馬王堆帛書) 楷(顏真卿)

【析形】棕字又作"椶"。小篆左旁是木，意符，表明字義與樹木有關；右旁是夋，聲符，表示讀音。形聲字。隸、楷書改聲符為"宗"。

【釋義】◎本義指樹名。棕櫚樹。常綠喬木。莖圓柱形，不分枝，葉如扇形。葉鞘纖維質暗褐色，俗稱棕毛，可入藥。木材可製器具：棕繃|棕編|棕毯|油棕 ◇引申指褐色：棕熊|棕壤

蹤〔踪〕zōng

隸(葉慧明碑) 楷(顏真卿)

【析形】蹤字《說文》所無。隸書左旁是足，意符，表明字義與腿腳有關；右旁是從，聲符，表示讀音。形聲字。楷書改聲符為"宗"。內地採用"踪"字。

【釋義】足跡：蹤影|跟蹤|萍蹤|失蹤|行蹤|追蹤

綜 (综) zōng

綜 篆 隸(郭有道碑) 楷(顏真卿)

草(王羲之)

【析形】綜字小篆左旁是糸，意符，表明字的初義與絲有關；右旁是宗，聲符，表示讀音。形聲字。隸書沿襲小篆。

【簡化】楷書簡體"综"的意符"纟"根據草書楷化而成。

【釋義】◎本義指絲縷纏經線與緯線交織。◇引申指彙聚起來聚在一起：綜合|綜括|綜述|綜援|錯綜複雜

總 (总)〔總〕zǒng

篆 楷(顏真卿)

【析形】總字小篆左旁是糸，意符，表明字義與絲繩等有關；右旁是悤，聲符，表示讀音。形聲字。異體字聲符"总"是"悤"之隸變體。

【簡化】楷書簡體"总"是用保留特徵、局部代全體的方法，保留了聲符"总"代替全字，刪除了意符"糸"。簡化字沿用楷書簡體。

【釋義】◎本義指繫紮，聚束。◇引申①聚合，匯聚：總合|總計|總括|總之|歸總|匯總|攏總 ②概括全部的，全面的，為首的：總裁|總部|總督|總綱|總共|總管|總行 háng|總和|總會|總理|總論|總評|總體|總務 ③畢竟：總得 děi|總歸|總能|總算 ④經常，一直：總是

縱 (纵)〔縱〕zòng

篆 隸(馬王堆帛書) 草(李隆基)

纵 楷(顏真卿)

【析形】縱字小篆左旁是糸，意符，以絲之柔軟取意鬆緩；右旁是從，聲符，表示讀音。形聲字。隸書沿襲小篆。

Z

【簡化】楷書簡體"纵"的意符"纟"根據草書楷化而成；聲符的簡化見"從"字。

【釋義】◎本義指鬆緩。◇引申①表示發、放，釋放：縱火｜縱覽｜縱馬｜縱目｜操縱 ②放任，不加拘束：縱酒｜縱情｜縱慾｜放縱 ③身體猛地向前和向上：縱步｜縱身 ④從前到後的：縱深 ⑤豎，直，與"橫"相對：縱隊｜縱貫｜縱橫｜縱向｜縱坐標

走 zǒu

尚金　走篆　走隸（桐柏廟碑）　走楷（顏真卿）

【析形】走字金文上部像人甩動兩臂奔跑之形；下部是"止"（甲骨文像足印形。"趾"字初文），意符，表明字義與行走有關。會意字。小篆沿襲金文。隸書把"人"形訛作"土"，失去初形。楷書沿襲隸書。

【釋義】◎本義指跑，奔跑。◇引申①逃跑：走馬｜走獸｜敗走｜奔走｜逃走 ②離去：出走｜撤走｜溜走 ③漏出，洩漏：走風｜走火｜走氣｜走油｜走漏風聲｜說走了嘴 ④步行：走道｜走動｜走路｜行走 ⑤往來：走動｜走訪｜走親戚 ⑥移動，挪動：走棋｜走筆 ⑦改變或失去原樣：走板｜走調｜走神｜走味兒｜走樣｜走眼 ⑧趨向，呈現某種趨勢：走俏｜走紅｜走運

揍 zòu

揍楷（顏真卿）

【析形】揍字《說文》所無。楷書左旁是"扌"（手），意符，表明字義與手的動作有關；右旁是奏，聲符，表示讀音。形聲字。

【釋義】打：揍揍｜揍他一頓

奏 zòu

𣥺篆　奏隸（武威簡）　奏楷（鍾繇）

【析形】奏字小篆下部是夲，義為快速前行，取意進；上部像兩手捧物形，均為意符，表示進獻。會意字。隸變後，上部手捧物形隸作"𡗗"，下部訛作"夭"。楷書沿襲隸書。

【釋義】◎本義指進獻神祖。◇引申①泛指奉獻（封建時代臣子向君主上書、進言、

呈奉財物等）：奏本｜奏請｜奏章｜奏摺｜啟奏｜先斬後奏 ②演奏：奏樂 yuè｜伴奏｜吹奏｜獨奏｜合奏｜彈奏｜協奏曲｜二重奏 ③發生，取得，呈現：奏功｜奏捷｜奏效

租 zū

租篆　秄隸（居延簡）　租楷（顏真卿）

【析形】租字小篆左旁是禾，意符，表明字的初義與農作物有關；右旁是且，聲符，表示讀音（租、且二字古音同韻部）。形聲字。隸、楷書沿襲小篆。

【釋義】◎本義指田賦：租稅 ◇引申①出租：租佃｜租借｜租賃｜租約｜包租 ②租用：租車｜租房｜租戶｜租金｜租錢｜招租 ③出租所得的金錢或實物：租子｜地租｜佃租｜房租｜減租｜繳租

足 zú

𠯺甲　足金　𧾷篆　足隸（曹全碑）　足楷（歐陽詢）

【析形】足字甲骨文上部"口"表示膝蓋骨（"正"字上部的"口"本為填實的"丁"字，作聲符，鏤空後與"足"字同形。見"正"字。）下部像足印形，"趾"字初文，代表腳。金文、小篆沿襲甲骨文。隸書筆畫化，已失初形。楷書沿襲隸書。

【釋義】◎本義為人體下肢的總稱。◇引申①專指踝骨以下部分。②泛指動物的腳：足跡｜頓足 ③器物下部形狀像腳的支撐物：鼎足 △音借表示①充分，夠量：足夠｜足色｜充足｜富足｜滿足｜十足｜足智多謀 ②夠得上某種數量或程度：足以｜足有千斤｜無足輕重 ③夠得上，值得（多用於否定式）：不足道｜不足為奇｜不足為訓｜何足掛齒｜微不足道

族 zú

�甲　�金　𤩜篆　㫃隸（禮器碑）　族楷（顏真卿）

【析形】族字甲骨文左旁像一桿旗幟，旗下像交疊而坐之人形，均為意符，以人聚於旗下表示軍旅之意。會意字。甲骨文"交"與"矢"二字形近，金文、小篆把

"交"訛作"矢"。小篆又把旗幟形分寫作
"放"，已失初形。隸、楷書沿襲小篆。
【釋義】◎本義指軍旅。◇引申①集合，
聚合。②有一定血統關係的人群：族權｜
族人｜族長｜貴族｜皇族｜家族｜世族｜氏族｜
宗族 ③民族，種族：部族｜漢族｜藏族 ④
具有共同屬性的一類：族類｜水族｜語族｜
上班族

卒 zú

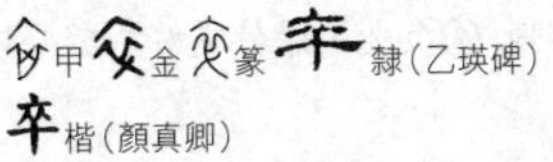

�甲 夾金 夾篆 卒隸(乙瑛碑)
卒楷(顏真卿)

【析形】卒字甲骨文是在"衣"字上加指事
性符號，表示衣服有標識。指事字。金
文、小篆沿襲甲骨文。隸書筆畫化，衣形
已訛失。楷書沿襲隸書。
【釋義】◎本義指古代供隸役穿的一種衣
服，衣上有標記，以別於常人之服。◇引
申①差役，即古時供驅遣從事一定勞役
的奴隸：隸卒｜走卒 ②士兵：兵卒｜士卒｜
獄卒｜馬前卒｜身先士卒 △音借表示①結
束，完畢：卒業｜聊以卒歲 ②死亡：暴卒｜
病卒｜生卒年月 ③最後，終於：卒勝敵軍

組 (组) zǔ

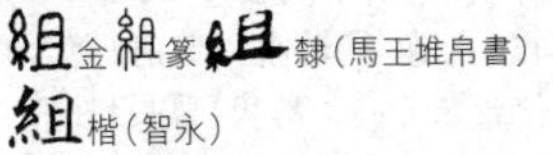

組金 組篆 組隸(馬王堆帛書)
組楷(智永)

【析形】組字金文左旁是糸，意符，表明
字義與絲線有關；右旁是且，聲符，表示
讀音(組、且二字古音同韻部)。形聲字。
小篆、隸書沿襲金文。
【簡化】簡化字"组"的意符"纟"根據草書
楷化而成。
【釋義】◎本義指寬而薄的絲帶，古代多
用於佩印或佩玉的綬帶。◇引申①指組
合，構成：組成｜組閣｜組織｜改組 ②合成
一組：組歌｜組曲｜組詩 ③由不多人組織
成的單位：班組｜機組｜小組

祖 zǔ

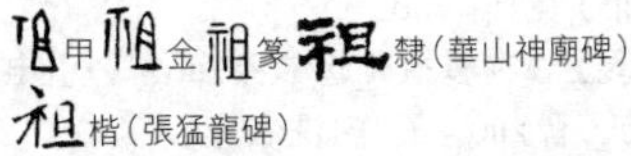

阻甲 阻金 祖篆 祖隸(華山神廟碑)
祖楷(張猛龍碑)

【析形】祖字甲骨文像雄性生殖器之形。
古代有生殖崇拜的習俗，先民們把生殖器
官奉為神，並作為繁衍子孫後代的祖先來
祭拜。左旁是"示"，意符，表明字義與
祭祀之事有關(見"示"字)。會意字。金
文沿襲甲骨文。小篆、隸、楷書沿襲甲、
金文。
【釋義】◎本義指祖先：祖輩｜祖傳｜祖籍｜
祖廟｜祖業｜祭祖 又指父母親的上一輩：
祖父｜祖母｜祖孫 ◇引申指事業或宗派的
首創者：祖師｜鼻祖｜始祖｜開山祖

詛 (诅) zǔ

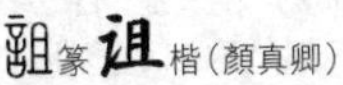

詛篆 詛楷(顏真卿)

【析形】詛字小篆左旁是言，意符，表明
字義與言語有關；右旁是且，聲符，表示
讀音(詛、且二字古音同韻部)。形聲字。
楷書沿襲小篆。
【簡化】楷書簡體"诅"的意符"讠"根據草
書楷化而成。
【釋義】◎本義指求神加禍於自己恨的
人。◇引申指咒罵：詛咒

阻 zǔ

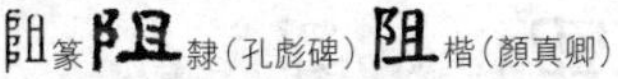

阻篆 阻隸(孔彪碑) 阻楷(顏真卿)

【析形】阻字小篆左旁是阜，義為土山，
意符，表明字義與山有關；右旁是且，聲
符，表示讀音(阻、且二字古音同韻部)。
形聲字。隸變後，阜字在字左側為偏旁時
寫作"阝"。
【釋義】◎本義指山路難行，險要：險
阻 ◇引申指擋住：阻礙｜阻擋｜阻隔｜阻擊｜
阻攔｜阻力｜阻撓｜阻塞 sè

鑽 (钻) zuān

【析形】見"鑽 zuàn"。
【釋義】◎本義指穿孔的工具。
音 zuàn。◇引申①穿孔，打眼：鑽孔｜鑽
探 ②進入，穿過：鑽進｜鑽山洞 ③深入
研究：鑽研(以上各引申義音 zuān)

嘴 zuǐ

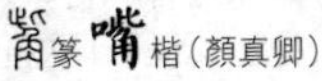

嘴篆 嘴楷(顏真卿)

【析形】嘴字小篆下部是角，意符，表明字的初義與頭角有關；上部是此，聲符，表示讀音（本讀zǐ）。形聲字。楷書隨字義演變增"口"為意符，表明字義與口有關。

【釋義】◎本義指貓頭鷹之類頭上之毛角。鳥類的嘴酷似這種毛角，引申指鳥嘴。◇引申①泛指口：嘴巴｜張嘴 ②形狀或作用像嘴一樣的：壺嘴｜奶嘴｜煙嘴 ③說話：嘴快｜嘴甜｜嘴嚴｜吵嘴｜快嘴｜名嘴

最 zuì

冣篆　冣楷（顏真卿）

【析形】最字小篆上部的"冃"是"冒"字古文，取冒犯之意；下部是取，取意捉拿，均為意符，表示冒犯而捉拿之。會意字。隸變後，"冃"字作偏旁時與"日"字同化。

【釋義】◎本義指冒犯而捉拿之（《說文·冃部》："最，犯而取也"）。◇引申①古代考核軍功或政績時之最優者。②副詞。表示極，頂：最初｜最高｜最佳｜最近｜最先｜最新｜最終

罪〔辠〕zuì

辠金　辠篆
罪篆　罪隸（樊敏碑）　罪楷（鍾繇）

【析形】罪字古文有"辠"、"罪"兩個形體。本是兩個字。

辠字金文下部是辛，本義指古代一種刑具；上部是自，本義為鼻子，均為意符，以割鼻酷刑取意治罪。會意字。小篆沿襲金文。因"辠"字與"皇"字形近，為避諱，秦代開始，用"罪"字表示犯罪義。

罪字小篆上部是網，意符，表明字的初義與網有關；下部是非，聲符，表示讀音（罪、非二字古韻同韻部）。形聲字。隸書沿襲小篆。隸變後，"網"字在字的上部為偏旁時寫作"罒"。

【釋義】◎辠，犯法，即今"罪"字。罪，本義指捕魚之竹網。因聲借用為"辠"，指作惡或犯法的行為：罪惡｜罪犯｜罪名｜罪人｜罪行｜罪責｜罪狀｜認罪｜贖罪 ◇引申①過失：罪過｜歸罪｜賠罪｜問罪 ②刑罰：定罪｜免罪｜判罪 ③苦難，痛苦：受罪｜遭罪 ④把罪過歸到某人身上：怪罪｜見罪

醉 zuì

醉篆　醉隸（隸辨）　醉楷（昭仁寺碑）

【析形】醉字小篆左旁像一隻酒罎子，意符，表明字義與酒有關；右旁是卒，意符兼聲符，取意盡、終，以酒量盡取醉之意，也表示讀音（醉、卒二字古音同韻部）。會意兼聲字。隸、楷書沿襲小篆。

【釋義】◎本義指飲酒過量，神智不清：醉酒｜醉態 ◇引申①用酒泡製（食品）：醉蝦｜醉棗 ②沉迷，過分愛好：醉心｜沉醉｜陶醉

尊 zūn

尊甲　尊金　尊篆　尊篆　尊隸（史晨碑）
尊楷（顏真卿）

【析形】尊字甲骨文上部像一隻酒罎子，下部像有兩隻手，均為意符，以手捧酒器表示禮器。會意字。金文、小篆形一沿襲甲骨文。小篆形二下部為寸（本義指手臂寸口處），也表示手。隸、楷書沿襲小篆形二。

【釋義】◎本義指古代盛酒之禮器，用於祭祀或宴請賓客之禮（此義後寫作"樽"）：尊俎 ◇引申①敬重：尊稱｜尊崇｜尊貴｜尊重｜自尊 ②敬辭：尊府｜尊容｜尊姓 ③地位或輩分高：尊卑｜尊長｜屈尊

遵 zūn

遵篆　遵隸（華山碑）　遵楷（智永）

【析形】遵字小篆左旁是辵，意符，表明字義與行走有關；右旁是尊，聲符，表示讀音。形聲字。隸變後，辵字為偏旁時寫作"辶"。

【釋義】◎本義指順着走。◇引申①沿着，循着。②依照，按照：遵從｜遵命｜遵守｜遵循｜遵照

作 zuō

【析形】見"作zuò"。

【釋義】◎本義指興起，音zuò。◇引申指作坊，音zuō：石作｜洗衣作

昨 zuó

昢篆 昨楷（鍾繇）

【析形】昨字小篆左旁是日，表明字義與時日有關；右旁是乍，聲符，表示讀音。形聲字。楷書沿襲小篆。

【釋義】◎本義指今天的前一天：昨日｜昨天｜昨晚　◇引申泛指過去：今是而昨非

琢 zuó

【析形】見“琢zhuó”。

【釋義】◎本義指加工雕刻玉石，音zhuó。◇雕玉需切磋研磨，引申指反覆考慮，思索，音zuó：琢磨 mo

左 zuǒ

ナ甲 ナ金 左金 𠂇篆 左隸（白石君碑）
左楷（元珍墓誌）

【析形】左字甲骨文像手指向左叉開之形。象形字。金文形一沿襲甲骨文；形二右下部增“工”為意符，本義為工尺，代表工具，取意輔佐，成為會意字。小篆沿襲金文形二。隸書手形訛變。楷書沿襲隸書。

【釋義】◎本義當為左手。《詩經·王風·君子陽陽》：“君子陽陽，左執簧，右招我由房，其樂只且。”◇引申①輔佐。此義後作“佐”。②方位，即面向南時，東面為左，與“右”相對：左邊｜左方｜左輪｜左面｜左手｜左右｜左轉　③附近：左鄰　④偏，斜，不正常：左嗓子｜左門旁道　⑤錯，不對頭：說左了｜你想左了　⑥約定俗成指進步的：左聯｜左派｜左翼

撮 zuǒ

【析形】見“撮cuō”。

【釋義】◎本義指用三個手指抓取，音cuō。◇引申作量詞，用於成叢的毛髮，音zuǒ：一撮毛｜一撮頭髮

作 zuò

𥝩篆 作隸（校官碑）作楷（敬使君碑）

【析形】作字甲骨文、金文寫作“乍”（見“乍zhà”字）。小篆左旁增“人”為意符，表明字義與人的活動有關；右旁“乍”為聲符，成為形聲字。隸、楷書沿襲小篆。

【釋義】◎本義指製作卜龜。◇引申①興起：作色｜作祟｜大作｜振作｜興風作浪　②發作：作怪｜作亂｜大作｜作威作福　③從事某項活動：作案｜作弊｜作成｜作梗｜作畫｜作弄｜作主｜操作｜動作｜合作｜勞作｜協作｜製作　④舉行，進行：作戰　⑤作為：作伴｜作保｜作東｜作陪｜作證｜以身作則｜自作聰明　⑥寫作：作家｜作曲｜作文｜創作　⑦指作品：佳作｜傑作｜名作｜習作｜遺作｜原作｜著作　⑧裝作：作勢｜作態｜造作｜裝腔作勢｜矯揉造作

坐 zuò

𡊏說文古文 坐篆 坐隸（馬王堆帛書）
坐楷（顏真卿）

【析形】坐字說文古文兩旁是人，中間是土，像兩人相對而坐之形，均為意符，人有留止之地，取意止息。會意字。小篆上部是“留”字的省減，意符，取意留止；下部仍為“土”。隸書上部形體訛變，已失初形。楷書沿襲說文古文。

【釋義】◎本義指止息。◇引申①古人席地而坐。②泛指與“立”相對的：坐具｜坐勢｜坐席｜坐下｜坐椅｜端坐｜坐立不安　③守定，常駐，不動：坐班｜坐館｜坐牢｜坐鎮｜坐享其成｜坐以待旦｜坐以待斃　④位置放在：坐標｜坐落｜坐南朝北　⑤向後移動，下沉：坐力｜向下坐

座 zuò

座楷（顏真卿）

【析形】座字《說文》所無。楷書外廓是“广”，古文像高屋形，意符；內中是坐，意符兼聲符，表示坐位，也表示讀音。會意兼聲字。

【釋義】◎本義指坐具。◇引申①坐位：座次｜座位｜寶座｜茶座｜叫座｜賣座｜滿座｜讓座｜入座｜上座｜雅座｜專座｜座右銘　②托着器物的墊子：插座｜底座｜胎座　③星座：天蠍座

Z

做 zuò

做 楷（顏真卿）

【析形】做字《説文》所無。楷書左旁是"亻"（人），意符，表明字義與人的活動有關；右旁是故，亦為意符，取意所做之事（古書釋："故，事也"）。會意字。

【釋義】◎本義指進行某種工作或活動：做法｜做工｜做事｜做買賣 ◇引申①製造，製作：做成｜做飯｜訂做 ②擔任，充當：做伴｜做東｜做官｜做媒｜做主 ③裝扮：做派｜做戲｜做作 ④寫作：做文章 ⑤舉行，舉辦活動：做壽｜做生日 ⑥結成某種關係：做親

後　記

　　唐代詩人賈島"十年磨一劍，霜刃未曾試"，不知道詩人後來又繼續磨了多久才敢試刃？我磨蹭了二十年，打磨出一條鏈，它一端始於古文字，另一端是今文字，鏈上每一個環都是漢字發展變化的一個階段，把這些環串連起來，鏈接了漢字古今形體的演變，捋出漢字初始意義和當今意義的脈絡。

　　我一直不願意把這部書稿題為"字典"，是生怕別人真就把它捧為"典"來讀，寧願讀者們把它當做一本普普通通的書，一本關於漢字形體古今演變的書。

　　感謝恩師、華南師範大學張桂光教授。二十年前，是他的信任，出版社把原來約他做的這部書交給我來做，我雖然不堪重負，但終於扛到今天，全因為有了在古文字研究領域成就卓越的張教授在後面支撐着我，指點着我負重前行，才有了書稿最終完成的這一天。

　　感謝我的博導、香港大學單周堯教授。在先生指導下攻讀博士學位，受益匪淺。先生治學嚴謹、勤勉敬業、為人謙和的品格對我影響至深，特別感謝先生在百忙之中欣然應允為我審閱書稿，並提出許多寶貴的修改意見。

　　感謝父母家人。二十年來，家人都知道，我一直在做一件事，為此，父母、姐弟願意為我做一切事情。一年一年過去，父母日漸年邁，每當想起不能在他們身邊照看他們，心中戚戚然，常常只能打個電話問候，電話那頭總是說："我們很好，硬朗着呢，十年八年內都不用你操心，安心工作，注意身體。"這話總能讓我暫時放下那份牽掛。一個十年八年，又一個十年八年，他們還是這樣說。常常是，放下電話才知道，父親正在發燒，母親因病吊了一星期點滴……他們從不讓這些事影響我的工作，也從來沒有半句怨言。家人這種無私的愛總是那樣自然而然，潤物細無聲，日復一日，年復一年，支持着我堅持到今天。

感謝我先生陳鏗。結婚不多久，我就開始着手編著這部書，先生二十多年如一日的尊重、理解和支持，已經醇化作一種無言的默契，只要我在工作，他樂意幫助做任何事情，書稿中的許多古文字字形都是他親手摹寫的。不論外出採風、寫生或是出差開會，他都會到書店，幫我找尋漢字研究方面的書籍，只要看到封面有“漢字”這兩個字的書，他都會買下帶回來給我。還要感謝我先生的父母為我們分擔家務，照料孩子；也感謝先生的妹妹，在她懷小女兒期間一邊照料年幼的大女兒，一邊為我採編字形，幫忙校對書稿。

感謝我的一雙兒女可洋、可菲，是他們給我帶來完整的人生，給我帶來的許多歡樂伴着我編寫這部書。尤其是愛女菲菲，在校對書稿清樣的那些日子，她天天為我做飯，幫助處理許多事務。

感謝摯友鮑宇華，書稿的總校對和釋義的增補完善都由她來完成，沒有她的細緻嚴苛，書中文字、標點不會這樣嚴謹、精準、整潔。有一天，她給我發來一則短信說：“阿拉伯有句諺語，上帝要懲罰誰，就讓他去編字典。”但她仍說她最適合做這個工作。每次來拿稿時，她總是說，“有這活兒幹的日子真充實”。我和宇華之間驚人的一致在於：我們從不認為自己正在做一件多麼了不起的事情，只是，選擇了做，就要把事情做完，做好。最重要的是，我們都享受着做這件事帶來的樂趣。還要感謝梁小萍老師幫助輸入修改稿，整理字形出處及年代。

感謝華南師範大學秦曉華教授，在繁忙的教學和科研工作中，不辭辛苦，為我一稿一稿地審校，提出了許多很好的建議和修改意見。

感謝著名簡帛文字專家、首都師範大學劉樂賢教授，在校對清樣的最後關頭，劉教授到訪中文大學，我“雁過拔毛”，他欣然相予，對書中字形的排列提出了寶貴意見，也指出書中錯誤之處。也感謝中文大學沈培教授的關心和指點。

我不會忘記，華南師範大學方小燕教授，還有陳銳軍、陳紅雲夫婦，謝青女士，他們為這部書的出版出謀獻策，多方聯絡；不會忘記，在我埋頭編著此書的多少日子裏，香港中文大學陳小章教授夫婦待我和孩子親如家人，給我們太多的關愛和呵護；不會忘記，忘年交駱信明、李潔蘭夫婦多年的關愛和指點；不會忘記，好友楊暉在我患病時，為我送藥送飯；不會忘記張一兵先生親自開車送我兒子參加高考，還在考場附近賓館訂房間，免除兒子連考幾天路上奔波，而我們做父母的，還是事後才得知此事；不會忘記，姪女謝從暘在緊張的大學學習中抽空幫助校對書稿；堂姪女謝裕萍把早期書稿卡片輸入電腦。

親朋好友無私、不求回報的愛總讓我想到老子"上善若水，水善利萬物而不爭"這句話，我在若水善德的滋潤下，一步步走到今天。

我常對朋友說，這部書稿是我第三個兒子，就是孕育的時間長了點兒。女兒常問我同一個問題：媽媽，你最喜歡誰？我說，那還用說，當然是你們啦。女兒說，不，是你的這部書。

其實，在我內心深處，最愛的何嘗不是父母兒女，摯友親朋？

在此，向所有愛我、關心我、理解支持我的親人、朋友深深地、長時間地鞠一個躬！

以一己之力扛千斤之鼎，我深感力所不逮。學力、能力、精力所限，本書錯漏、失誤在所難免，敬請廣大讀者見諒並教正！

謝春玲

二〇一二年七月於香港中文大學

參考書目

一、 論著類書(以作者姓名首字中文拼音為序)

1. 陳夢家：《殷虛卜辭綜述》，北京：中華書局，1988 年。
2. 陳年福：《甲骨文動詞詞彙研究》，成都：巴蜀書社，2001 年。
3. 陳年福：《甲骨文詞義論稿》，上海：上海古籍出版社，2007 年。
4. 陳煒湛：《甲骨文簡論》，上海：上海古籍出版社，1987 年。
5. 陳煒湛：《甲骨文田獵刻辭研究》，南寧：廣西教育出版社，1995 年。
6. 陳煒湛：《甲骨文論集》，上海：上海古籍出版社，2003 年。
7. 陳煒湛：《古文字趣談》，上海：上海古籍出版社，2006 年。
8. 陳煒湛、唐鈺明：《古文字學綱要》，廣州：中山大學出版社，1984 年。
9. 崔　波：《甲骨占卜源流探索》，北京：中國文史出版社，2003 年。
10. 崔恆升：《簡明甲骨文詞典》，合肥：安徽教育出版社，2001 年。
11. 島邦男〔日〕：《殷墟卜辭研究》，上海：上海古籍出版社，2006 年。
12. 董　琨：《中國漢字源流》，北京：商務印書館，1998 年。
13. 董作賓、胡厚宣著：《甲骨年表》，上海：上海商務印書館，1937 年。
14. 董作賓：《甲骨學六十年》，台北：藝文印書館，1965 年。
15. 高　明：《中國古文字學通論》，北京：北京大學出版社，1996 年。
16. 顧音海：《甲骨文發現與研究》，上海：上海書店出版社，2002 年。
17. 管燮初：《殷墟甲骨刻辭的語法研究》，北京：中國科學院出版社，1953 年。
18. 郭沫若：《卜辭通纂》，《郭沫若全集》(考古編第 2 卷)，北京：科學出版社，1983 年。
19. 何琳儀：《戰國文字通論》(訂補)，南京：江蘇教育出版社，2003 年。
20. 胡淀咸：《甲骨文金文釋林》，合肥：安徽人民出版社，2005 年。
21. 胡厚宣：《甲骨學商史論叢初集(全)》，台北：台灣大通書局，1972 年。
22. 胡厚宣等著：《甲骨探史錄》，北京：三聯書店出版社，1982 年。
23. 胡厚宣主編：《甲骨文與殷商史》第二輯，上海：上海古籍出版社，1986 年。
24. 胡厚宣、胡振宇：《殷商史》，上海：上海人民出版社，2003 年。
25. 黃　侃：《文字聲韻訓詁筆記》，上海：上海古籍出版社，1983 年。
26. 黃天樹：《殷墟王卜辭的分類與斷代》，台北：文津出版社，1991 年。

27. 黃錫全：《古文字論叢》，台北：台灣藝文印書館，1999 年。

28. 李　圃：《甲骨文選讀》，上海：華東師範大學出版社，1981 年。

29. 李　圃：《甲骨文文字學》，上海：學林出版社，1995 年。

30. 李學勤等著：《英國所藏甲骨集(上編)》，北京：中華書局，1985 年。

31. 李雪山主編：《董作賓與甲骨學研究續編》，北京：中國社會科學出版社，2007 年。

32. 林　澐：《古文字研究簡論》，長春：吉林大學出版社，1986 年。

33. 劉　桓：《殷契新釋》，石家莊：河北教育出版社 1989 年。

34. 呂叔湘、王海棻主編：《馬氏文通讀本》，上海：上海教育出版社，1986年。

35. 馬如深：《殷墟甲骨文引論》，長春：東北師範大學出版社，1993 年。

36. 彭裕商：《殷墟甲骨斷代》，北京：中國社會科學出版社，1994 年。

37. 裘錫圭：《文字學概要》，北京：商務印書館，1988 年。

38. 裘錫圭：《古文字論集》，北京：中華書局，1992 年。

39. 裘錫圭：《文史叢稿》，上海：上海遠東出版社，1996 年。

40. 饒宗頤：《殷代貞卜人物通考》，香港大學出版社，1959 年。

41. 饒宗頤：《甲骨文通檢》，香港：香港中文大學出版社，1994 年。

42. 單周堯：《勉齋小學論叢》，上海：上海古籍出版社。2009 年。

43. 單周堯、陸鏡光主編：《語言文字學研究》，北京：中國社會科學出版社，2005 年。

44. 沈　培：《殷墟甲骨卜辭語序研究》，台北：文津出版社，1992 年。

45. 沈之瑜：《甲骨文講疏》，上海：上海書店出版社，2002 年。

46. 宋鎮豪：《夏商社會生活史》，北京：中國社會科學出版社，1994 年。

47. 宋鎮豪主編：《百年甲骨學論著目》，北京：語文出版社，1999 年。

48. 宋鎮豪、劉源：《甲骨學殷商史研究》，福州：福建人民出版社，2006 年。

49. 唐　蘭：《中國文字學》，上海：上海古籍出版社，2001 年。

50. 王　力：《古代漢語》，北京：中華書局，1978 年。

51. 王宇信：《建國以來甲骨文研究》，北京：中國社會科學出版社，1981 年。

52. 王宇信：《西周甲骨探論》，北京：中國社會科學出版社，1984 年。

53. 王宇信：《甲骨學通論》，北京：中國社會科學出版社，1989 年。

54. 王宇信、楊升南：《甲骨學一百年》，北京：社會科學文獻出版社，1999 年。

55. 徐烈炯、劉丹青：《話題的結構與功能》，上海：上海教育出版社，2007年。

56. 徐錫台：《周原甲骨文綜述》，西安：三秦出版社，1987 年。

57. 嚴一萍：《甲骨古文字研究》第一輯，台北：台灣藝文印書館，1976年。

58. 嚴一萍：《甲骨古文字研究》第二輯，台北：台灣藝文印書館，1989年。

59. 嚴一萍：《甲骨古文字研究》第三輯，台北：台灣藝文印書館，1990年。

60. 楊逢彬：《殷墟甲骨刻辭詞類研究》，廣州：花城出版社，2003 年。

61. 楊樹達：《積微居甲文説》，上海：上海古籍出版社，1986 年。
62. 姚孝遂：《殷墟甲骨刻辭類纂》，北京：中華書局，1989 年。
63. 姚孝遂、肖丁：《小屯南地甲骨考釋》，北京：中華書局，1985 年。
64. 曾憲通主編：《古文字與漢語史論集》，廣州：中山大學出版社，2002 年。
65. 曾憲通主編：《古文字與出土文獻叢考》，廣州：中山大學出版社，2003 年。
66. 張桂光：《漢字學簡論》，廣州：廣東高等教育出版社，2004 年。
67. 張桂光：《古文字論集》，北京：中華書局，2004 年。
68. 張玉金：《甲骨文語法學》，上海：學林出版社，2002 年。
69. 趙　誠：《甲骨文字學綱要》，北京：商務印書館，1993 年。
70. 趙　誠：《甲骨文與商代文化》，瀋陽：遼寧人民出版社，2000 年。
71. 趙　誠：《二十世紀甲骨文研究述要(上，下)》，太原，書海出版社，2006 年。
72. 鄭慧生：《中國文字的發展》，鄭州：河南人民出版社，1996 年。
73. 鄭慧生：《甲骨卜辭研究》，開封：河南大學出版社，1998 年。
74. 朱芳圃：《甲骨學文字編》，上海：商務印書館，1933 年。
75. 朱歧祥：《殷墟甲骨文字通釋稿》，台北：台灣文史哲出版社，1989 年。
76. 朱歧祥：《甲骨四堂論文選集》，台北：學生書局，1990 年。
77. 朱歧祥：《殷墟卜辭句法論稿》，台北：學生書局，1990 年。
78. 朱歧祥：《甲骨文字學》，台北：里仁書局，2002 年。
79. 鄒曉麗等著：《甲骨文字學述要》，長沙：嶽麓書社，1999 年。
80. 鄒曉麗、李彤、馮麗萍：《甲骨文字學述要》，長沙：嶽麓書社，1999 年。

二、 論文類書(以作者姓名首字中文拼音為序)

1. 陳年福：〈卜辭“御”字句型試析〉，《古漢語研究》，北京：商務印書館，1996 年第 2 期。
2. 陳煒湛：〈卜辭文法三題〉，《古文字研究》，第 4 輯，北京：中華書局，1980 年。
3. 陳煒湛：〈甲骨文“不”字説〉，《第二屆國際中國古文字學研討會文集》，香港：香港中文大學中國語言及文學系發行，1993 年。
4. 管燮初：〈甲骨文中“唯”字用法的分析〉，北京：《中國語文》1962 年第 6 期。
5. 管燮初：〈甲骨文“苜”字的用法分析 —— 試論殷商語法中否定的否定式“不苜”、“勿苜”〉，香港：《中國語文研究》，1992 年第 10 期。
6. 韓耀隆：〈甲骨卜中叀、佳用法探究〉，台北：《中國文字》，第 43 冊，1972 年。
7. 雷煥章：〈論“不”和“弗”兩個不同種類的否定詞與甲骨文中的“賓”〉，

《甲骨文發現一百周年學術研討會論文集》，1998 年。

8.　裘錫圭：〈說弜〉，《古文字論集》，北京：中華書局，1992 年。

9.　裘錫圭：〈釋勿、發〉，《古文字論集》，北京：中華書局，1992 年。

10.　單周堯：〈說"皇"〉，《古文字研究》第十輯，北京：中華書局，1983 年。

11.　單周堯：〈"不"字本義為花柎說質疑〉，《中國語文研究》，1984 年第 5 期。

12.　單周堯：〈王字本義平議〉，《中國語文論稿》，香港：現代教育研究社，1998 年。

13.　單周堯：《《漢語大字典》通假漏釋辨讀七則》，廣州：《學術研究》，2006 年。

14.　單周堯：《楚竹書〈周易〉符號命名管見》，(出土文獻與傳世典籍的詮釋——紀念譚樸森先生逝世兩周年國際學術研討會論文)，2009 年。

15.　沈　培：〈申論殷墟甲骨文中"氣"字的用法〉，《北京大學中國古文獻研究中心集刊》第 3 輯(頁 1-18)，北京：北京大學出版社，2002 年。

16.　沈　培：〈說古文字裏的"祝"及相關之字〉，(武漢大學簡帛研究中心主辦《簡帛》(第二輯)，上海，上海古籍出版社。2007 年。

17.　姚小平：《殷墟花園莊東地甲骨卜辭的初步研究》，北京：首都師範大學博士學位論文，2005 年。

18.　伊藤道治〔日〕：〈卜辭中"虛詞"之性格——以叀、唯之用例為中心〉，《古文字研究》第 6 輯，北京：中華書局，1980 年。

19.　伊藤道治〔日〕：〈有關語詞"叀"的用法問題〉，《古文字研究》，第 12 輯，中華書局，1985 年。

20.　張玉金：〈甲骨辭中"唯"和"叀"的研究〉，長沙：《古漢語研究》，1988 年第 1 期。

21.　張玉金：〈祭祀卜辭"遘"字句的句法分析〉，大連：《遼寧師範大學學報》，1995 年第 4 期。

22.　周國正：〈卜辭兩種祭祀動詞的語法特徵及有關句子的語法分析〉，《古文字學論集》(初稿)，國際中國古文字學研討會論文，香港中文大學出版社，1983 年。

23.　朱歧祥：〈殷墟卜辭辭例流變考〉，《第二屆國際中國古文字學研討會文集續編》，香港：香港中文大學，1995 年。

三、　工具類書(以作者姓名首字中文拼音為序)

1.　蔡哲茂：《甲骨綴合集》，台北：樂學書局，1999 年。

2.　蔡哲茂：《甲骨綴合集續集》，台北：文津出版社，1999 年。

3.　崔恆升：《簡明甲骨文詞典》，合肥：安徽教育出版社，1992 年。

4.　段玉裁：《說文解字注》，上海：上海古籍出版社，1981 年。

5.　郭沫若、胡厚宣主編：《甲骨文合集》，北京：中國社會科學院歷史研究所，1983 年。

6.　漢語大字典編輯委員會：《漢語大字典》（縮印本），四川辭書出版社，湖北辭書出版社，1993 年。

7.　胡厚宣主編：《甲骨文合集釋文》，北京：中國社會科學出版社，1999 年。

8.　容庚編著：《金文編》，北京，中華書局，1998 年。

9.　李孝定：《甲骨文字集釋》，台北：台灣中央研究院歷史語言研究所，1965 年。

10.　李學勤、艾蘭：《歐洲所藏中國青銅器遺珠》，北京：文物出版社，1995年。

11.　李學勤、艾蘭：《瑞典斯德哥爾摩遠東古物博物館藏甲骨文字》，北京：中華書局，1999 年。

12.　羅福頤編：《漢印文字徵》，北京：中華書局，1979 年。

13.　羅竹風主編：《漢語大詞典》，漢語大詞典出版社，1997 年。

14.　沈建華、曹錦炎：《新編甲骨文字形總表》，香港香港中文大學出版社，2001 年。

15.　司馬光：《類編》，上海，上海古籍出版社，1988 年。

16.　松丸道雄、高嶋謙一〔日〕編：《甲骨文字字釋綜覽》，東京：東京大學出版會，1993 年。

17.　孫海波主編、中國社會科學院考古研究所編輯：《甲骨文編》，北京：中華書局，1989 年。

18.　湯余惠主編：《戰國文字編》，福州，福建人民出版社，2001 年。

19.　王延林編著：《常用古文字字典》，上海，上海書畫出版社，1987 年。

20.　王宇信、楊升南、聶玉海：《甲骨文精粹釋譯》，昆明：雲南人民出版社，2004 年。

21.　徐　鍇：《説文解字繫傳》，北京：中華書局，1987 年。

22.　徐中舒主編：《漢語古文字字形表》，成都：四川辭書出版社，1985 年。

23.　徐中舒主編：《甲骨文字典》，成都：四川辭書出版社，1990 年。

24.　許　慎：《説文解字》，北京：中華書局，1963 年。

25.　姚孝遂主編：《殷墟甲骨刻辭摹釋總集》，北京：中華書局，1988 年。

26.　姚孝遂主編：《殷墟甲骨刻辭類纂》，北京：中華書局，1989 年。

27.　于省吾主編：《甲骨文字詁林》，北京：中華書局，1996 年。

28.　張玉金：《甲骨文虛詞詞典》，北京：中華書局，1994 年。

29.　趙　誠：《甲骨文簡明詞典》，北京：中華書局，1999 年。

30.　中國社會科學院考古研究所編著：《殷墟花園莊東地甲骨》，昆明：雲南人民出版社，2003 年。

商務印書館 讀者回饋咭

請詳細填寫下列各項資料，傳真至2565 1113，以便寄上本館門市優惠券，憑券前往商務印書館本港各大門市購書，可獲折扣優惠。

所購本館出版之書籍：＿＿＿＿＿＿＿＿＿＿＿＿＿＿＿＿＿＿＿＿＿

購書地點：＿＿＿＿＿＿＿＿＿＿＿　姓名：＿＿＿＿＿＿＿＿＿＿＿

通訊地址：＿＿＿＿＿＿＿＿＿＿＿＿＿＿＿＿＿＿＿＿＿＿＿＿＿＿

電話：＿＿＿＿＿＿＿＿＿＿＿＿＿　傳真：＿＿＿＿＿＿＿＿＿＿＿

電郵：＿＿＿＿＿＿＿＿＿＿＿＿＿＿＿＿＿＿＿＿＿＿＿＿＿＿＿＿

您是否想透過電郵或傳真收到商務新書資訊？　1□是　2□否

性別：1□男　2□女

出生年份：＿＿＿＿年

學歷：1□小學或以下　2□中學　3□預科　4□大專　5□研究院

每月家庭總收入：1□HK$6,000以下　2□HK$6,000-9,999
　　　　　　　　3□HK$10,000-14,999　4□HK$15,000-24,999
　　　　　　　　5□HK$25,000-34,999　6□HK$35,000或以上

子女人數（只適用於有子女人士）　1□1-2個　2□3-4個　3□5個以上

子女年齡（可多於一個選擇）　1□12歲以下　2□12-17歲　3□18歲以上

職業：1□僱主　2□經理級　3□專業人士　4□白領　5□藍領　6□教師　7□學生
　　　8□主婦　9□其他

最多前往的書店：＿＿＿＿＿＿＿＿＿＿＿＿＿＿＿＿＿＿＿＿＿＿＿

每月往書店次數：1□1次或以下　2□2-4次　3□5-7次　4□8次或以上

每月購書量：1□1本或以下　2□2-4本　3□5-7本　2□8本或以上

每月購書消費：1□HK$50以下　2□HK$50-199　3□HK$200-499　4□HK$500-999
　　　　　　　5□HK$1,000或以上

您從哪裏得知本書：1□書店　2□報章或雜誌廣告　3□電台　4□電視　5□書評/書介
　　　6□親友介紹　7□商務文化網站　8□其他（請註明：＿＿＿＿＿＿＿＿）

您對本書內容的意見：＿＿＿＿＿＿＿＿＿＿＿＿＿＿＿＿＿＿＿＿＿＿
＿＿＿＿＿＿＿＿＿＿＿＿＿＿＿＿＿＿＿＿＿＿＿＿＿＿＿＿＿＿＿＿

您有否進行過網上購書？　1□有　2□否

您有否瀏覽過商務出版網（網址：http://www.commercialpress.com.hk）？1□有　2□否

您希望本公司能加強出版的書籍：1□辭書　2□外語書籍　3□文學/語言　4□歷史文化
　　　5□自然科學　6□社會科學　7□醫學衛生　8□財經書籍　9□管理書籍
　　　10□兒童書籍　11□流行書　12□其他（請註明：＿＿＿＿＿＿＿＿）

根據個人資料「私隱」條例，讀者有權查閱及更改其個人資料。讀者如須查閱或更改其個人資料，請來函本館，信封上請註明「讀者回饋咭-更改個人資料」

香港筲箕灣
耀興道3號
東滙廣場8樓
商務印書館（香港）有限公司
顧客服務部收